KONSALIK

Die Tochter des Teufels

Babkin, unser Väterchen

KONSALIK

Die Tochter des Teufels
Babkin, unser Väterchen

ZWEI ROMANE

ERSCHIENEN BEI HESTIA

Printed in Germany
ISBN 3-7770-0379-4
Umschlaggestaltung: Atelier Schütz, München
Umschlagzeichnung: Solveig Ullrich, München
Satz: Compusatz GmbH, München
Druck und Bindung: Ebner Ulm

INHALT

ERSTES BUCH

DIE TOCHTER DES TEUFELS

ERSTER TEIL

1

Am Ufer des Flusses Tobol entlang ritt an diesem Morgen eine junge Frau. Mit losen Zügeln ließ sie den Rappen galoppieren, der Ufersand und runde, in Jahrmillionen abgeschliffene Kiesel wirbelten um sie herum, und sie lachte, ließ das lange blonde Haar im Wind wehen und sah über das breite, träge, in der milchigen Morgensonne wie Blei fließende Wasser.

Ab und zu hielt sie das Pferd an, dann strich sie sich die Haare aus dem Gesicht, richtete sich im Sattel auf und überblickte das weite, flache Land wie ein Feldherr.

Der Fluß... die beiden Sandbänke, auf denen sich wilde Schwäne die Nacht aus dem Gefieder schüttelten... der Birkenwald zur Rechten, die kleine Zwiebelturmspitze der rosa gestrichenen Kirche von Podunskoje zur Linken, dazwischen die Felder und Äcker, Buschgruppen und Weiden... und dann der Himmel, sich mit dem Land verschmelzend, als höre die Welt am Horizont auf... das war ein Anblick, dessen man nie müde wurde.

Langsam ritt Helena Feodorowna Woronzowa weiter. Sie saß nicht wie eine vornehme Dame auf dem Pferd, in einem sittsamen Reitrock und in einem Damensattel, o nein, wie ein Kosak ritt sie daher, in hohen Stiefeln, im Herrensitz, über der schönen Brust eine Jacke aus rotem Filz und darunter eine Bluse aus chinesischer bestickter Seide. Und wie ein Kosak beugte sie sich auch über den Hals des Pferdes, schrie ihm etwas in die Ohren und jauchzte, als der Gaul den Kopf emporwarf, wieherte und weitergaloppierte, den Sand aufwirbelnd, hinunter zum Ufer des Flusses Tobol.

Über dem Wasser schwebten Nebelschleier. Früh war in diesem Jahr die Schneeschmelze gewesen. Das Eis auf dem Tobol war nicht wie sonst unter donnerndem Krachen geborsten, Kanonenschüsse der Natur, die in den Herzen der Bauern wie Glokkengeläut klangen, denn nun kam der Frühling auch nach Sibirien. Diesmal war es ganz merkwürdig am Fluß, das Eis setzte sich einfach in Bewegung, floß zum großen Bruder Ob, riß bei Tobolsk und Jelisarowo einige Holzbrücken weg und verschwand dann ganz in der warmen Frühjahrssonne.

Helena Feodorowna ritt wie ein blonder Teufel weiter am Ufer entlang. Ihr langes Haar war wie eine goldene Fahne.

Später, in den vielen einsamen Tagen und Nächten, die diesem Frühlingsmorgen folgten, dachte sie viel darüber nach, wie es damals geschehen war. Erklärungen gab es nicht – es blieb immer ein Geheimnis.

Das Pferd scheute plötzlich. Mit hocherhobenem Kopf stieg es vorn hoch, warf die Vorderbeine in die Luft, machte dann einen Satz, stolperte und knickte ein. »Was ist denn, Jascha?« schrie Helena Feodorowna noch, aber da sie mit lockeren Zügeln ritt, fand sie keinen Halt mehr, sie versuchte noch, sich in der Mähne festzukrallen, aber es kam alles so plötzlich und ruckartig, daß sie weit durch die Luft flog und in einer Staubwolke im Sand des Tobolufers aufschlug.

Sie erwachte, weil sie fror.

Mit Schrecken sah sie, daß sie nackt am Ufer des Flusses lag, die Sonne glitt über ihren weißen Körper, und sie war naß, als habe man sie gewaschen. Unter ihr lagen ihre Kleider, die hohen Stiefel standen nahe am Fluß, ein merkwürdiger Anblick: zwei einsame Lederröhren vor dem Hintergrund des gurgelnden Wassers.

»Gott segne dich, mein Täubchen ...« sagte hinter ihr eine tiefe Stimme.

*

Mit einem Schrei fuhr sie herum, riß, was am nächsten lag – es war ihre Reithose –, vor ihre Blöße und rollte sich zur Seite zu einem windzerzausten Busch, als könne er sie schützen und verbergen.

Auf einem Stein saß ein junger, wild aussehender Mensch. Lange dunkle Haare fielen ungekämmt über den mächtigen Schädel, ein langer, struppiger Bart hing bis auf die Brust. Ein schmutziges blaues Bauernhemd trug er, von einem selbstgeschnittenen Lederriemen zusammengehalten. Darunter sahen alte, geflickte Hosen hervor, die in hohen, derben, staubigen Bauernstiefeln endeten.

Helena Feodorowna kroch zu dem Busch, die Kleider hinter sich herschleifend. Sie zuckte zusammen, als dröhnendes Lachen ihr folgte und der struppige Mensch sich auf die Schenkel schlug, als sehe er einen derben Spaß.

»Schämst du dich, mein Vögelchen?« rief er. »Als du vom Pferd fielst, sah es aus, als gäbe es keinen heilen Knochen mehr an dir. Aber du kannst beruhigt sein ... an deinem schönen Körperchen ist alles, wie es sein soll. An der Hüfte wirst du einen blauen Fleck bekommen. Aber wer sieht's? Oder hast du einen Geliebten, den es stört?«

Helena Feodorowna schlüpfte in die Reithosen und zog die

Bluse über. Völlig durchnäßt war sie, und sie ahnte, daß der bärtige Mensch sie damit abgerieben hatte, um sie aus ihrer Ohnmacht zu erwecken. »Warum hast du mich ausgezogen?« fragte sie, als sie hinter dem Busch wieder hervorkam. Der Bärtige musterte sie wie ein junges Pferd. In seinem Blick lag eine magische, anziehende Kraft, die Helena verwirrte. Sie wandte sich ab und sah über den Fluß, nur um diesen blauen, glänzenden Augen auszuweichen, die durch alles hindurchsahen, als bestände die Welt nur aus Glas.

»Als du da im Sand lagst, du schönes Menschenkind, bleich und verkrümmt, da hatte ich Angst.« Der Bärtige erhob sich. Er war kein Riese, wie Helena zuerst gedacht hatte, aber er war breit und stark, und das Mächtigste war sein Kopf mit der starken Nase und den zwingenden Augen. »Ich habe dich ausgezogen, wie es eine Mutter tut, ich habe dich zum Fluß getragen und gewaschen, ich habe deine Glieder massiert und die Knöchelchen nachgesehen, ich habe dich frottiert, bis dein Atem wieder tief und voll Leben war. Und dann habe ich dagesessen und habe dich angesehen und mich erfreut an deiner Schönheit. Du bist schön, mein Täubchen. Ich habe noch nie eine solch schöne Frau gesehen. Unsere Mädchen haben breite Hüften und schwere Brüste ... du bist zierlich wie eine Elfe, deine Beine sind lang und schlank, deine Hüften schmal und deine Brüste fest und rund. Gott hat die Schönheit geschaffen, damit man sie sieht. Ich habe sie bewundert, mein Vögelchen ...«

Helena Feodorowna wagte nicht, sich umzuwenden. Die tiefe, warme Stimme des Bärtigen war einschmeichelnd und schwemmte den eigenen Willen weg. Eine zärtliche Kraft lag in ihr, gegen die sie sich anstemmte. Jeder Ton, jedes Wort drang in sie ein. Sie spürte es wie ein Flimmern in sich, und als sie an sich heruntersah, bemerkte sie, daß ihre Finger nervös gegen ihre Schenkel trommelten.

»Wo ist mein Pferd? Wo ist Jascha?« fragte sie bewußt hart und mit Kälte in der Stimme.

»Ich habe ihn an einen Baum gebunden. Über eine Wurzel ist er gestolpert.«

»Du lügst! Hier gibt es keine Wurzeln! *Du* hast Jascha erschreckt!« Sie fuhr herum, gewillt, hochmütig und stolz zu sein. Wer ist er schon, dachte sie. Ein dreckiger Muschik! Oder gar ein Herumtreiber? Wann hat er sich zum letztenmal gewaschen? Er wird stinken nach Schweiß, Knoblauch und feuchter Erde.

Und dann sah sie seine Augen, helle blaue Sterne, und aller Hochmut schmolz, wie das Eis auf dem Tobol geschmolzen war.

»Ich werde dir fünf Rubel geben«, sagte sie nervös. Sie verfolgte seinen Blick und sah an sich hinunter. Die nasse Bluse klebte auf ihrem Körper, ihre Brüste drückten sich durch den anliegenden dünnen Stoff. Da bückte sie sich, riß die rote Filzjacke hoch und zog sie über.

»Erkälten wirst du dich, mein Täubchen!« sagte der Bärtige. Er tappte zum Ufer, holte die Reitstiefel und reichte sie ihr hin wie ein Leibeigener. »Leg dich zwei Tage ins Bett, trink einen heißen Tee mit Wodka vermischt und schwitze! Das tut gut.« Er stützte sie, als sie die Reitstiefel anzog, und seine Berührung durchdrang sie wie ein wundersamer Schauer.

»Wer bist du?« fragte er, als sie hinauf zum Uferpfad gingen. Jascha stand an einer Weide angebunden und wieherte. Er hatte einen Verband um den linken Vorderhuf. Ein dreckiges, zerrissenes Hemd war es.

»Jascha ist verletzt?« rief Helena.

»Eine Verstauchung. Ich habe ihn gestreichelt, und nun kann er wieder gehen.« Der Bärtige blieb stehen. Über Helena zog eine warme, angenehme Welle. Die Stimme war wärmer als die Sonne, die durch den Morgennebel gebrochen war und den Fluß mit Gold übergoß.

»Du hast gute Hände«, sagte sie leise.

»Gott hat sie mir gegeben ...«

»Ich bin Helena Feodorowna Woronzowa«, sagte sie, an seine erste Frage denkend. »Die Witwe Woronzowa ...«

»So jung und eine Witwe?«

Helena sah über den Fluß. Ihr schmales Gesicht unter den nassen blonden Haaren wurde scharfkantig und fremd.

»Der Tobol hat mir Wladimir Alexandrowitsch genommen«, sagte sie hart. »Ein reicher Kaufmann war er. Vor einem Jahr heirateten wir, und dann fuhr er mit Freunden in einem Boot auf dem Fluß, um zu fischen. Das Boot schlug um ... alle retteten sie sich, nur Wladimir ertrank. Er geriet in einen Strudel.« Sie hob den Arm und zeigte hinüber. »Dort, an der Sandbank war es. Drei Wochen waren wir verheiratet.«

»Und jetzt bist du eine reiche, sorglose Witwe. Ein Pferd hast du, ein großes Haus, Bedienstete, einen immer gedeckten Tisch, einen Kasten voll Goldrubel ... Was willst du mehr für drei Wochen Ehe?«

Helena Feodorowna schwieg. Sie faßte Jascha am Zügel, und ehe man es ahnte, saß sie mit einem Schwung im Sattel und ritt davon.

Der bärtige Mensch folgte ihr. Wie ein Bär trabte er hinterher, mit weiten, stampfenden Schritten. Ja, er holte sie sogar ein, denn sie ritt keinen Galopp, und er klammerte sich an ihrem Steigbügel fest und rannte neben ihr her wie ein riesiger, zottiger, hungriger Hund.

So kamen sie nach Podunskoje, dem schmucken Dorf mit der rosa gestrichenen Holzkirche, und zu dem Haus der Woronzows. Das größte Gebäude im Dorf war es, von einem Garten umgeben, den ein Lattenzaun von der Straße absperrte. Drei Mägde kamen herausgelaufen, als sie die Herrin sahen, und ein Knecht, ein grobschlächtiger, weißbärtiger Bursche mit einer zerbeulten Nase, rannte aus dem Stall herbei.

»Schön lebst du, mein Täubchen«, sagte der wilde Kerl neben Helena Feodorowna und ließ den Steigbügel los. Man sah ihm den langen schnellen Lauf nicht an. Er keuchte nicht, er schwitzte nicht, sein Atem ging regelmäßig. Und seine Augen leuchteten nicht mehr blau, sondern mit einem hellen Goldton. »Und nun ins Bett und schwitzen ...«

»Ich lasse dir fünf Rubel bringen«, sagte Helena stolz und stieg vom Pferd. »Und wenn du essen willst ... in der Küchenecke ist immer ein Platz für Hungrige ...«

»Ich werde dich zu Bett legen, Vögelchen.« Der Bärtige sagte es so, daß es keine Widerrede gab. »Ich sehe, man muß sich um dich kümmern. Du bist so einsam trotz all der Menschen, die um dich sind. Ein einsames Herz aber ist der halbe Tod ...«

Am nächsten Morgen wachte Helena Feodorowna auf, weil ein bärtiger Mund sie küßte. Sie dehnte sich unter den warmen streichelnden Händen und schloß wieder die Augen vor atemloser Seligkeit.

»Wer bist du?« fragte sie und schwamm in neuer träger Müdigkeit.

»Man nennt mich Grigori Jefimowitsch Rasputin.« Das Streicheln der Hände und die Küsse der bärtigen Lippen hörten auf. Helena öffnete die Augen. Rasputin saß auf der Bettkante, angezogen mit seinem dreckigen Muschikzeug. Er war reisefertig, das sah sie. Er nahm Abschied nach einer Nacht, die Himmel und Hölle zugleich gewesen war.

»Kommst du wieder?« fragte sie. Sie hielt seine Hand fest, zog sie zu sich und küßte sie. »Ich kann nicht mehr leben ohne deine Hände.«

»Ich werde wiederkommen.« Rasputin erhob sich. Seine Augen hatten sich wieder verfärbt ... nun waren sie dunkel wie ein Nachthimmel. »Ich war sehr glücklich, Helena Feodorowna. Glück ist so selten.«

»Bleib!« rief sie. Sie schnellte aus dem Bett und umklammerte ihn. Ihr schmaler, nackter weißer Körper zuckte. »Bleib bei mir, Grigori Jefimowitsch. In Seide werde ich dich kleiden, mit einer Kutsche werden wir herumfahren, die großen Städte werden wir besuchen ... es wird ein herrliches Leben werden ...«

Rasputin schüttelte den struppigen Kopf. Vorsichtig, als seien ihre zarten Knochen wirklich aus Glas, löste er die Arme von seinem Nacken und legte Helena ins Bett zurück wie ein krankes kleines Kind.

»Pokrowskoje erwartet mich«, sagte er und deckte Helena zu. Eine seidene, bestickte Decke war's mit einem Tatarenmuster. »Ich habe Praskowja über ein Jahr nicht gesehen...«

»Wer ist Praskowja?« fragte Helena. Ihr Herz schlug schwach. Was soll ich tun ohne seine Hände, dachte sie.

»Meine Frau«, sagte Rasputin.

Da schnellte sie hoch, Feuer sprühte aus ihren Augen. Sie riß an der Glocke und schellte und schellte, bis das Glockenseil zerriß und die drei Mädchen und sogar der greise Stallknecht in das Schlafzimmer rannten.

»Hinaus mit ihm!« schrie sie und zeigte auf Rasputin. »Werft ihn vor die Tür wie einen räudigen Hund! Jagt ihn vom Hof! Treibt ihn aus dem Dorf! Zeigt dem stinkenden Muschik, was eine Herrschaft ist...«

In das Zimmer stürmten jetzt drei andere Knechte. Sie ergriffen Rasputin, stießen ihn die Treppe hinunter, aus dem Haus, durch den Garten und auf die Straße, und dort prügelten sie auf ihn ein mit Knüppeln und Schaufeln, und als er wegrannte, bewarfen sie ihn mit Steinen, und er lief und lief, hinunter zum Fluß, den Kopf voller Beulen und mit geschwollenen Gliedern, warf sich am Fluß in den nassen Sand und keuchte und röchelte wie ein an Land geworfener Riesenfisch.

»Gott verzeih dir, Helena Feodorowna«, sagte er, als er ruhiger wurde. »Gott wird dir verzeihen. Ich liebe dich... aber mein Weg ist vorgeschrieben und kreuzt nur deine Lebensbahn.«

Dann kniete er am Ufer des Tobol und betete, sah noch einmal zurück auf den kleinen Zwiebelturm der Kirche, umging in einem weiten Bogen das Dorf Podunskoje und wanderte weiter durch das unendliche Land, dem Himmel zu, der am Horizont mit der Erde verschmolz.

*

»Ein Halunke bist du! Ein Gauner! Ein Schurke!«

Es war die alte Klaschka, die so schrie, und das am gesegneten Sonntagmorgen. Lange blaue Röcke trug sie, eine gelbe wollene Bluse und darüber eine geblümte Schürze. Die war naß und fleckig, und die Flecken – kann man so etwas glauben – sahen aus wie Blut. Außerdem schwitzte die alte Klaschka. Das weiße Haar klebte an der niedrigen Stirn, zu dampfen schien sie in ihren Kleidern. Dabei war es gar kein heißer Tag, eher kühl war er zu nennen. Vom Tobol, dem breiten Fluß, zogen Nebelschwaden über das flache Land, und die Sonne schwamm hinter grauen

Vorhängen. Gerade war das Eis geschmolzen, die Felder standen noch unter Wasser, am Ufer türmten sich noch Eisschollen, in den Straßen des Dorfes quietschte der Schlamm unter den Stiefeln. April war's, die Krokusse blühten, und alles wartete auf die Trockenheit.

Der Bettler, den die alte Klaschka so beschimpfte, zog die Schultern hoch und strich sich seinen langen, verfilzten Bart. Erbarmungswürdig sah er aus. Ein geflicktes Hemd, darüber ein zerrissener Mantel, lehmbeschmutzte Hosen und um die Füße dicke Lappen, zusammengehalten durch rohe Hanfschnüre, die bis zu den Knien reichten, so stand er da, ein Bild des Elends, und hielt seine Schüssel hin. Aus Blech war sie, zerbeult und zerkratzt; selbst ein Hund hätte geheult, wenn man ihn gezwungen hätte, daraus zu fressen.

»Ein Süppchen, verehrtes Mütterchen«, sagte der Bettler und verdrehte die Augen. Gelbe Augäpfel hatte er auch. Sie verfehlten selten ihre Wirkung: Wenn er sie verdrehte, begannen die Herzchen der Weiber zu zucken aus Schreck, er könne auf der Türschwelle umfallen und sterben. Das gab unnötige Arbeit, denn einen Leichnam kann man nicht wegkehren wie eine tote Schabe. »Nur ein Löffelchen voll für einen gottgeweihten Mann...«

»Scher dich weg!« schrie die alte Klaschka. »Geh nebenan zu Promieff... der hat Geld genug, der Viehbetrüger!«

»In der Kirche sind sie alle, Mütterchen.« Der Bettler wiegte seinen struppigen Kopf wie ein Pferd, das Hafer riecht. »Ein leeres Dorf. Gott hat mich geführt, daß ich dich wenigstens fand.«

Die alte Klaschka beugte den Kopf nach hinten und lauschte in das große zweistöckige Haus. Dort war es still, nur ab und zu wehte etwas aus dem Innern heran, von der Treppe herab, das wie ein Seufzen klang, wie das Klagen des Windes in verklebten Fensterritzen.

»Warte, bis die Kirche zu Ende ist, du Schurke!« sagte sie dann. »Siehst du nicht, daß ich arbeite?«

»Du schlachtest ein Huhn, Mütterchen. Für den Sonntagstisch? Die Knöchelchen kannst du mir aufheben, die Gurgel, den Kopf. Eine fette Suppe kann's noch daraus geben...«

Der Bettler betrachtete die fleckige Schürze der alten Klaschka und hielt seine Blechschüssel wieder hin. Viel Demut lag in dieser Gebärde, aber das gehört zum Handwerk eines richtigen Bettlers.

»Hier wird ein Kind geboren«, sagte die alte Klaschka und strich sich die Haare aus der Stirn. »Begreifst du nun? Weg mit dir!«

»Ein Kindchen. Der Herr segne es.« Der Bettler drückte die zerbeulte Blechschüssel an die Brust und sah hinauf in den grauen, sonnenstreifigen Himmel. »Vor wessen Haus stehe ich? Für wen darf ich beten?«

»Das hier ist das Haus der Witwe Helena Feodorowna Woronzowa, und ich bin die Nachbarin Klaschka Jegorowna Pupychew. Und jetzt geh... lauf an den Fluß und wasch dich! Bist du sauber, kannst du wiederkommen! Nur saubere Kerle bekommen bei uns zu essen! Ist's ein Junge, kannst du ein Stück Braten nehmen, ist's ein Mädchen, füll ich dir die Schüssel mit Borschtsch. Aber nun geh... geh...«

Die alte Klaschka schlurfte ins Haus zurück und warf die Tür zu. Der Bettler – ein wirklich frommer Mann war's, der aus Irkutsk kam und pilgern wollte zur Heiligen Mutter von Kasan – schlug ein Kreuz gegen die zugeworfene Bohlentür, nahm sein zerbeultes Schüsselchen und setzte sich neben dem Haus auf einen Stein.

Ein Kindchen wird geboren. Im Haus einer Witwe. Ei, ei! Die Wunder der Liebe hören nimmer auf. Schwach sind wir alle, ob Bettler oder Edelmann. Wartet man also ab, bis die Kirche zu Ende ist, der erste Schrei des Kindes durch die Wände dringt, der Duft von Braten und Fisch aus der Küche quillt. Ein volles Schüsselchen wird es geben, einen satten Bauch und einen gesunden Mittagsschlaf im Stroh.

Der Bettler lehnte sich gegen den Lattenzaun des Gartens und schloß die Augen. Das Glöckchen der kleinen rosa Holzkirche bimmelte.

»Läutet, ihr Glocken, läutet es in alle Lande: Der Herr ist wahrhaftig, er lebt, er ist bei uns...« sang in diesem Augenblick Väterchen Pjotr, der Pope, und der Psalmsänger Lumonow fiel ein und verkündete mit hellem Tenor die Wunder Gottes.

Ein Sonntag.

Über dem Fluß Tobol lichteten sich die Nebel. Die Sonne brach durch das Gewölk. Die Wärme nahte.

In dem zweistöckigen Haus mit dem geschnitzten Balkon rannte die alte Klaschka mit Trögen voll heißem Wasser und auf heißen Steinen gewärmten, weichen, gebleichten Tüchern umher. Aus dem Schlafraum drang Stöhnen und Ächzen, einmal hell wie das Heulen einer Wölfin, dann wieder dunkel und dumpf, als sterbe ein Bär.

»Wasser!« schrie eine tiefe Frauenstimme aus dem Schlafraum. »Bewege deinen Hintern, Klaschka!«

Und die alte Klaschka rannte und schleppte dampfendes Wasser heran und breitete die heißen Tücher über einer Stuhllehne aus.

Im Schlafraum saß die Hebamme Krawzowa wie eine Katze vor dem Mäuseloch an den gespreizten Beinen einer jungen, stöhnenden, sich aufbäumenden Frau. Nackt war sie, das junge Weibchen, auf ihrer weißen Stirn stand der Schweiß in kleinen Lachen, das blonde Haar zerwühlte sie mit ihren Händen und riß an ihm, denn bis zu den Haarwurzeln schrie der Schmerz in ihr. Der hohe, blaugeäderte Leib zuckte wild, als die alte Klaschka auf einen Wink der Krawzowa ein heißes Tuch darüber legte und die Hände der Hebamme das Fleisch kneteten.

»O Gott!« schrie die nackte junge Frau. »O Mutter Gottes! Ich zerreiße! Ich zerreiße...« Dann faltete sie die Hände und betete laut.

Darja Nikolajewna Krawzowa lehnte sich ächzend zurück. Der Stuhl krachte unter ihr und bog sich. Gut zweihundert Pfund wog sie, und dazu trug sie vier Röcke, eine dicke Schürze und hohe, derbe Stiefel. Ein Prachtweib ist sie, sagten die Männer und gingen ihr aus dem Weg, denn wer der Krawzowa in die Hände fiel, war ein armer Mensch: Jeden im Dorf und im Umkreis kannte sie, die Mehrzahl hatte sie selbst ans Licht geholt, und nun waren es selbst Väter und Saufköpfe, die sich versteckten, wenn sie Darja von weitem sahen. »He!« schrie sie etwa. »Komm her, du! Lauf nicht weg! Du hast gestern deine Frau geschlagen. Still! Ich weiß es! Besoffen warst du wieder! Bürschchen, ich schlage dir den Schädel ein, wenn du deine Nastja nicht in Ruhe läßt.«

Überhaupt die Darja Nikolajewna! Eine Hebamme war sie, wie sie sein soll! Im ganzen Bezirk Tobolsk gab es keine bessere, und wenn in den Dörfern ringsumher die Weiber in den Wehen lagen – meistens neun Monate nach der großen Fastenzeit, denn die Kerle, der Teufel hole sie, kümmerten sich dann um andere fleischliche Gelüste –, schickte man von weit her nach dem Dorf Podunskoje, zu Pferd, mit Schlitten und Karren, um Darja zu holen. Mochte sie grob sein wie ein Fuhrknecht... ihre großen, rauhen, vom ständigen heißen Wasser roten Hände wurden so unendlich zärtlich, wenn das neue Leben in den Tag trat.

Wie gesagt, ein Satan und ein Engel war sie. Die Weiber schimpfte sie genauso aus wie die Männer. Zerwühlten die Wehen ihr Inneres und sie klagten, jammerten und beteten, schrie sie sogar: »Daran habt ihr im Bett nicht gedacht, he? Zu schön und warm war's, und jetzt klappern euch die Zähne vor Heulen! Aber beruhigt euch – es ist noch keines drin geblieben! Gekommen sind sie alle!«

Und dann begann sie, die hohen Leiber der Kreißenden zu kneten und zu massieren und zu klopfen, und ihre Hände waren voller Segen.

Heute war's nun Helena Feodorowna Woronzowa, die am Ende ihrer Kräfte war. Selbst stöhnen konnte sie nicht mehr; ihr Mund war aufgerissen, und irgendwo in der Tiefe ihrer Brust gurgelte es dumpf. Zwischen den prallen Brüsten, in der Halsbeuge und in den Augenhöhlen stand der Schweiß, ihr Leib zuckte, ein Geruch von heißem Blut zog über sie hinweg wie eine erstickende Wolke, die Beine, weit gespreizt und gegen die Schultern der Krawzowa gestemmt, zitterten wie im Frost... und nun war es geschehen, ein Wunder hatte sich wieder vollzogen, der Druck, der schreckliche Druck war vorbei, wie eine leere Schale kam sie sich vor, aufgeknackt von Riesenhänden.

Die alte Klaschka saß in der Ecke auf einem Stuhl und betete. Das tat sie immer, wenn sie etwas Besonderes erlebte, und war beleidigt, wenn man sie anbrüllte, sie solle lieber helfen, als der Mutter von Kasan ein Lied zu singen.

»Ein Mädchen, Helena Feodorowna«, sagte die Hebamme Darja, ließ die zitternden Beine von ihrer Schulter zurück aufs Bett fallen und warf ein neues warmes Tuch über den schweißnassen Leib. »Ein kräftiges Mädchen! Gott habe es lieb! Gesund ist es, rund und lieblich. Möge der Himmel verhüten, daß es seinem Vater ähnlich wird...«

Helena lächelte schwach. Sie wollte den Kopf heben und das Kind sehen, das zwischen ihren Schenkeln lag, aber Darja drückte sie zurück, beugte sich ächzend vor und begann das Neugeborene abzunabeln. »Wasser!« brüllte sie dabei. »Den Schwamm her! Bettet das alte Luder! Hast du wenigstens die Schere ausgekocht, Klaschka Jegorowna?«

Helena Woronzowa legte die Hände auf die Augen und atmete tief auf. Wenn Grigori hier wäre, dachte sie. Stolz würde er sein. Er liebt Kinder. Vor fünf Monaten zog er wieder durch Podunskoje, und er war so fröhlich, als er meinen Zustand erfuhr, er streichelte meinen Leib und sagte leise: »Aus dieser warmen Höhle wird ein Engel kommen...« Ein Engel. Er ist geboren, Grigori! Und ich werde es großziehen wie ein heiliges Geschenk, ich werde stolz auf es sein, auch wenn die anderen Menschen hinter unserem Rücken flüstern. Liebe kommt von Gott, sagtest du. Ich glaube daran...

Die rauhe Stimme der Hebamme zerriß ihre schwebenden Gedanken.

»Wo ist er denn, der Vater?« rief die grobe Krawzowa und umwickelte die Nabelwunde des Neugeborenen. »Wo treibt er sich herum, der Lump, der Wüstling, der Weiberschänder, he? Soll man ihn suchen, den Saufhund? Wo wird man ihn schon finden... vielleicht in einem Hurenhaus?«

Helena ließ die Hände von den Augen sinken. Das Bild Rasputins, ihr letztes von ihm, wie er im Staub der Sommerstraße und gegen den hellen Horizont verschwand, als sei er aufgesaugt von der Ewigkeit, fiel zusammen. Nach Blut roch es wieder, nach Schweiß, nassen Kleidern und Urin.

»Grigori pilgert zum Ruhme Gottes. Warum beschimpfst du ihn, Mütterchen Darja?« sagte Helena schwach. »Warum bist du wie die anderen? Du kennst ihn nicht. Du hast ihn nie gesehen. Du müßtest dankbar sein, denn er hat mich glücklich gemacht...«

In der Ecke hüstelte die alte Klaschka. Ist sie nicht doch ein einfältiges Weibchen, diese Helena, trotz ihres Geldes, dachte sie dabei. Nun ja, blind macht die Liebe – aber so blind kann man nicht sein, um nicht zu sehen und auch zu hören, wie es dieser Grigori Jefimowitsch treibt. In den Nachbardörfern hat man ihn schon verprügelt, weil er an die Weiber der anderen Bauern ging. Ob es stimmt, wer weiß es? Die Weibchen schweigen ja aus Scham, und außerdem gefällt es ihnen, den Hürchen! Aber so dunstig ein Gerücht auch immer ist... ein Tröpfchen Wahrheit kommt aus der kleinsten Wolke.

»Ihr seid nur gegen ihn, weil er anders ist als ihr! Er ist kein gewöhnlicher Bauer und Fuhrmann. Das wißt ihr! Gott hat zu seinem Herzen gesprochen, in seinen Händen trägt er den Segen. Wie könnt ihr darüber sprechen... er hat euch nie gestreichelt...« Helena Woronzowa hob ein wenig den Kopf und sah die alte Klaschka und die Hebamme Darja an. Ein Kind ist da, dachte sie. Ein Kind von ihm. Und keiner verteidigt ihn; nur Schmutz schleudern sie auf ihn. Wer hat seine Augen so gesehen wie ich? Wer sah das Meer in ihnen, die wogenden Felder Sibiriens, die Urwälder der Taiga, die reißenden Ströme und den unendlichen Abendhimmel? Wer kennt ihn denn, den Menschen Rasputin?

»In einem Kloster wird er sein«, sagte sie heftig. »In Werchoturje oder in Abalak oder Perm. Habt ihr es nicht gehört von den Reitern aus Tjumen? Man spricht über ihn... einen Strannik nennt man ihn, einen wandernden Wundermönch...«

»Ein Saufwunder ist er!« schrie die Krawzowa böse. »Ein Hurenwunder! Der Himmel erbarme sich deiner, daß dein Kind nichts von ihm hat...«

Helena Feodorowna schwieg. Müdigkeit senkte sich über ihre Lider. Ihr Leib war leer, und sie war zu erschöpft, um mit der wilden Darja zu streiten. Aber als die Krawzowa das Kind hochhob und zur Wanne trug, wo die alte Klaschka wartete und wie ein Idiot im Wasser planschte, sammelte sie alle Kraft in sich und sah es mit großen, glänzenden Augen an. Ein Mädchen. Dichte blonde Haare hatte es. Und es weinte leise.

»Wie soll es heißen?« fragte Darja Nikolajewna und schwenkte den kleinen, runzeligen Körper im warmen Wasser. »Wie soll Väterchen Pjotr es taufen?«

»Nadja...« Helena Feodorowna schloß glücklich die Augen und ließ sich zurück auf die schweißnasse Decke fallen. Schlafen... tief schlafen... Morgen scheint die Sonne wieder, und der neue Tag wird schöner sein als alle Tage vorher. »Ja – nennen wir es Nadja... Er hat mich immer Nadja genannt, wenn er bei mir war... nie Helena...«

Darja, die Hebamme, knurrte etwas Unverständliches. Sie wickelte das Kind in saubere Tücher und legte es in eine geflochtene Wiege. In ihr hatte schon Helena Feodorowna gelegen, vor 24 Jahren. Die alte Klaschka watschelte herum und räumte auf.

»Sie schläft...« sagte sie leise. »Und sie lächelt...«

»Eine Schande ist's!« Darja Nikolajewna wusch den nackten Leib Helenas. Sie wachte nicht davon auf, so erschöpft war sie. »Wie kann ein so hübsches, sauberes, reiches Mädchen einen so dreckigen Kerl wie Grigori Jefimowitsch lieben? Und sie liebt ihn wirklich!« Und dann tat die Krawzowa etwas, was noch niemand von ihr gesehen hatte, ja, selbst die alte Klaschka wurde sprachlos: Sie beugte sich über Helena Feodorowna und küßte sie auf die geschlossenen Augen. »Sei stark, mein Täubchen«, sagte sie dabei. »Das Schicksal wird mit dir spielen wie der Wind mit einem Blatt...«

In der kleinen Holzkirche auf dem Hügel nahe dem Fluß Tobol ging der Sonntagsgottesdienst zu Ende. Väterchen Pjotr sprach den Segen, und dann sang der Psalmsänger Lumonow noch eine Strophe aus dem Dankchoral. Ein ehemaliger Fuhrknecht war er, den man seiner schönen hellen Stimme wegen zur Ausbildung nach Abalak ins Kloster geschickt hatte. Dort hatte er singen gelernt und sich beim Holzhacken drei Finger abgeschlagen.

Das Glöcklein läutete im Zwiebelturm. Die Sonne schien. Der Bettler rappelte sich hoch, klemmte seine Blechschüssel unter den Arm und ging zurück zur Tür. Aus dem Küchenfenster wehte der Geruch von Fischsuppe und gebratenem Speck. Die alte Klaschka hantierte mit klappernden Pfannen und Tiegeln und sah aus dem Fenster, als der Bettler den Vorgarten betrat.

»Ein Junge oder ein Mädchen, Mütterchen?« fragte er und hielt seine zerbeulte Schüssel hoch.

»Ein Mädchen, du Scheusal!«

»Dann bekomme ich eine volle Schüssel Borschtsch!«

»Auch zwei. Heute ist hier ein glückliches Haus. Setz dich vor die Tür, ich komme mit dem Kessel...«

Es war im Jahr 1897. In Sibirien. Im Dorf Podunskoje, im Bezirk Tobolsk. Nadja Grigorijewna Woronzowa war geboren.

Die Sonne schien an diesem Tag, aber über dem Fluß wogte noch der Nebel...

*

»Wir sind nur Staub auf dieser Erde, o Herr, erhöre unser Flehen...« sangen die Mönche von Werchoturje hinter der Ikonostase. Sie sangen besonders feierlich, denn heute war Sonntag, und viele Gläubige waren in die Klosterkirche gekommen.

Das Kloster von Werchoturje liegt auf einem Felsen an der Tura, und es hat den großen Segen, daß in ihm der heilige Semjon begraben liegt. So war man es gewöhnt, daß jeden Sonntag viele Bauern und sogar reiche Reisende den Felsen hinaufwanderten und am Grab des wundertätigen Semjon beteten. Semjon galt als ein Wundertäter, der vor allem die Familie beschützte und für einen gesunden Nachwuchs jegliche Fürbitte annahm. Wen wundert es da, daß vor allem viele Weiblein vor der Grabesplatte knieten, Kerzen opferten und ohne Murren Kopeken oder gar Rubel in die Beutel legten, die ihnen die tief ergriffen blickenden Klosterbrüder unter die Nase hielten.

Auch an diesem Sonntag war das Grab des heiligen Semjon dicht umringt, Hunderte von Kerzen flackerten, es roch nach Wachs und geölten Stiefeln. Im Hintergrund der Grabeskapelle, verborgen hinter der goldenen Ikonostase, sang der Mönchschor von der großen Schuld auf Erden, vier Brüder liefen zwischen den Reihen der Gläubigen umher und kassierten, und der Vater Abt stand abseits an einer Säule unter einem Marienbild und freute sich still über die Tageseinnahme.

Ein sibirisches Kloster – das muß man wissen, um vieles zu verstehen – mußte sich damals selbst ernähren. Hier hinter dem Ural gab es keine Spenden von reichen Gläubigen, keine immer fließenden Pachtzinsen aus eigenen Ländereien, keine staatlichen Zuschüsse... Mönch sein in Sibirien war eine echte Kasteiung, man war arm wie ein hungriger Wolf.

Anders war es allerdings, wenn man das Glück hatte, einen Wundertätigen zu präsentieren, einen Heiligen, einen Seligen oder zumindest einen der frommen Idioten und Stammler, die sich ein jegliches Kloster hielt, um den einfältigen Bauern den Schauer religiöser Ekstase zu zeigen. Wer wußte schon, daß diese »heiligen Idioten« nur erbarmungswürdige Epileptiker waren, deren Gestammel und Schaum vor dem Mund während ihrer Anfälle als Zeichen göttlicher Verzückung bezeichnet wurden? Das Volk umringte sie ehrfürchtig. So war jedes Kloster froh, einen Idioten zu besitzen. Er wurde rührend gepflegt.

Unter den Betenden am Grab des heiligen Semjon fiel dem Abt seit Wochen ein Mann auf, der – wie man ihm sagte – im Landwirtschaftsbetrieb des Klosters sich nützlich machte, Holz hackte, die Pferde lenkte und putzte, fleißig betete, die Bibel las, sich mit den Popen über Himmel und Hölle unterhielt, über Sünde und Buße, Psalmen auswendig lernte und auf den Feldern den Bauern etwas vorpredigte, des Nachts aber durch die Gegend schlich und den willigen Weibchen an die Röcke griff. Jeden Sonntag aber kam er zur Grabeskirche des heiligen Semjon, so wie er war, mit seinen struppigen langen Haaren, seinem wilden Bart, dem alten Bauernhemd, das ein roher Lederriemen zusammenhielt, den langen schwarzen Hosen und den plumpen, dicken Muschikstiefeln, die er nie putzte. Seine Stimme dröhnte im Chor der Gläubigen wie eine Orgel, und oft betete er laut mit dem Popen mit, was diesen ungemein irritierte.

»Er ist ein merkwürdiger Mensch«, sagte der Pope Kyrill vor einer Woche. »Ich fragte ihn, warum er hier sei und wie ein Ochse arbeite, und er sieht mich an mit einem Blick, daß es mir ganz heiß wird, umarmt mich, küßt mich auf beide Wangen und sagt: ›Väterchen, es steht geschrieben: Wer den Himmel erschauen will, muß auch die Hölle kennen.‹ Man sollte ihn fragen, ob er nicht als Laienbruder bei uns eintreten will. Er hat eine starke Ausstrahlung. Was haltet ihr davon?«

Hinter der Ikonostase begann der Mönchschor ein neues Lied. Weitere Gläubige kamen und drängten zum Grab des heiligen Semjon. Der Mann mit dem wirren Bart erhob sich plötzlich, richtete sich hoch auf, blickte hinauf zu den Fenstern, als könne er hinter den Glasmalereien den weiten Himmel sehen, und ging dann durch die Reihen der Betenden. Seine derben Stiefel knarrten über den Steinboden.

Verwundert sah der Abt ihm zu. Der Muschik trat aus dem betenden Volk heraus, kam auf ihn zu, und ehe der Abt einen Schritt zurückweichen konnte, hatte der Mann die Arme ausgebreitet, den Abt umarmt und geküßt.

»Freue dich mit mir, Väterchen!« sagte er mit einer tiefen, schönen Stimme. »Soeben hat mir ein Weib, Helena Feodorowna, ein Kind geboren. Ein Mädchen. Ich bin ein glücklicher Mensch. Segne mich, Väterchen ...«

»Ein Kind?« Der Abt von Werchoturje strich sich verwirrt über die Augen. »Wo ... ein Kind?«

»In Podunskoje, einem Dorf am Tobol, Väterchen. Im Bezirk Tobolsk.«

»Und wann ... wann wurde es geboren?« fragte der Abt. Ein merkwürdiges Gefühl umklammerte sein Herz.

»Soeben, Väterchen. Während ich kniete und betete ... da geschah es ...« Der bärtige Mann lachte fröhlich. Keine heilige Scheu war in ihm, nur ehrliche männliche Freude. »Gott hat es mir gesagt. Ich habe seine Stimme gehört. Geh zurück nach Podunskoje – sagte er – ein Kind hast du. Ein Mädchen, das so heißt, wie du seine Mutter nennst: Nadja.« Der Mann mit dem struppigen Bart senkte den wilden Kopf. Heu war mit seinem Haar verfilzt, denn er schlief im Stall neben den Pferden. »Segne mich und das Weib Helena Feodorowna und unser Kind, Väterchen.«

Der Abt sah sich um. Vor dem Grab des heiligen Semjon beteten versunken die Gläubigen, die Klosterbrüder sangen hinter der Ikonostase oder sammelten fleißig ein. Es fiel nicht auf, wenn er jetzt etwas Ungewöhnliches tat. Und etwas Ungewöhnliches mußte er tun, das fühlte er wie einen urmächtigen Drang.

Er beugte sich vor, schlug das Kreuz über dem Haupt des hingeknieten Bauern, hob ihn auf, drückte ihn an seine Brust und küßte ihn.

»Wer bist du?« fragte er danach.

»Grigori Jefimowitsch Rasputin«, sagte der Bärtige. Mit lauten, unheiligen Schritten ging er an den Betenden vorbei, hinaus aus der Kapelle in den feuchten Frühlingstag.

Der Abt starrte ihm nach, wie gelähmt an seiner Säule stehend.

Rasputin, dachte er.

Das war er, der Strannik?

Rasputin... welch ein Name!

Hurer heißt das. Wüstling. Lump.

Wie kommt Gottes Wort in diesen Körper?

*

Die Geburt von Nadja Grigorijewna blieb kein Ereignis allein für das Haus Woronzow. Die Behörden in Tobolsk interessierten sich sehr dafür, und so kam ein kaiserlicher Richter extra mit einem Schiff nach Podunskoje, um zu fragen, wer der Vater sei. Bei jeder Bäuerin hätte man das übersehen. Sie bekommen Kinder wie Hasen, sagte man dazu. Wen interessiert der Vater? Sibirien braucht Menschen; da ist ein warmes Bett genau das richtige. Bei Helena Feodorowna allerdings lag der Fall ganz anders. Ihr verunglückter Mann Wladimir gehörte einer Schicht an, die in Petersburg und Kiew Bankhäuser besaß, Offiziere und sogar zwei Richter stellte. Was da in dem Dorf Podunskoje bei der Frau des Vetters Wladimir geschehen war, konnte deshalb nicht ungeprüft hingenommen werden. Schließlich war das Kind einmal der Erbe der Ländereien am Tobol, wenn man nicht eine Möglichkeit fand, Helena Feodorowna aus der Familie auszustoßen. Zuerst aber mußte der Vater bekannt werden. Man munkelte von einem jungen Offizier, der in Tjumen in der Garnison lag. Ein Graf Danilo Saraskoy. Er leugnete zwar und behauptete, die Witwe Woronzowa gar nicht zu kennen, aber wer gibt schon zu, Vater eines unehelichen Kindes zu sein, vor allem, wenn man eine Offiziersuniform trägt...

Helena Feodorowna empfing den kaiserlichen Untersuchungsrichter in ihrem Salon im Parterre des großen Holzhauses. Die Wiege stand neben ihr, und Nadja schrie ohrenbetäubend, als der Herr aus Tobolsk ins Zimmer geführt wurde.

»Sehen Sie sich das Kind an, Maxim Kyrillowitsch«, sagte Helena stolz und deckte das kleine strampelnde Wesen auf. »*Mir* sieht es ähnlich! Was wollen Sie mehr? Hat es einen Vater? Ich weiß es nicht...«

Der Untersuchungsrichter kaute an der Unterlippe. Er holte ein parfümiertes Taschentuch aus der Hose und wedelte sich zu. Sommer war's, über dem Land stand die Luft still. Der Fluß dampfte.

»Jedes Kind hat einen Vater. Verwirren Sie nicht die Biologie, Helena Feodorowna.«

»Als ich es empfangen habe, schlief ich.«

»Schon, schon.« Maxim Kyrillowitsch wedelte sich erneut parfümierte Luft zu. »Aber der Mann! Es muß doch ein Mann gewesen sein.«

»Ich kenne ihn nicht.«

»Helena! Sie müssen doch...«

»Ich schlief...« Helena Feodorowna lächelte mild, deckte das Kind wieder zu und begann die geflochtene Wiege zu schaukeln.

»Dann... dann war es ein Unfall?« fragte Maxim Kyrillowitsch heiser. »Das ändert alles! Sie wurden überfallen, mißbraucht, geschändet...«

»Ich schlief...«

»Danke. Das genügt.«

Mit dem nächsten Schiff fuhr der Untersuchungsrichter zurück nach Tobolsk. In Petersburg und Kiew knirschten die anderen Woronzows mit den Zähnen. »Sie wird uns beweisen, daß es ein Wunder war!« schrie der Bankier in Petersburg. »Ist denn so etwas möglich? Und die Idioten in Sibirien glauben es! Ich sage immer: Sibirien tötet die Gehirne!«

Von da an wurde es still um Helena Feodorowna. In Podunskoje gewöhnte man sich daran, daß im Garten der Villa Woronzow ein zartes, hübsches, blondgelocktes Mädchen herumtollte, auf einem weißen Pony ritt und gepflegt und umhegt wurde wie eine Prinzessin. Vor allem die alte Klaschka war verrückt vor Liebe zu dem Kind. Nachdem ihr Mann gestorben war, trat sie ganz in die Dienste Helena Feodorownas, schlief mit der kleinen Nadja in einem Raum und war wie ein riesiger knurrender Hund, der jeden Schritt des »blonden Engels«, wie sie Nadja nannte, überwachte. Nach dem fünften Jahr allerdings verfärbten sich die Haare, wurden dunkler und dunkler, und die alte Klaschka begann zu jammern und schlug vor, nach Tobolsk zu fahren wie die feinen Damen und bei dem französischen Friseur die Haare blond färben zu lassen.

»Sie bekommt die Haare des Vaters!« schrie die alte Klaschka verzweifelt. »Helena Feodorowna, erlaubt, daß ich sie bleiche.«

»Warum soll sie den Vater leugnen?« fragte Helena. »Sie wird einmal stolz sein, Rasputins Tochter zu sein...«

So still das Leben an Podunskoje vorbeifloß, geregelt durch die Jahreszeiten, die den Ablauf eines Jahres bestimmen, von Eisgang zu Eisgang, von Ernte zu Ernte, so bewegt war die Kunde, die in den vielen Monaten aus allen Winden über Rasputin in die Stille des Dorfes am Tobol drang.

*

Aus dem wandernden Strannik war ein Staretz geworden, ein heilender Prediger, der überall, wo er auftrat, in den Dörfern oder den Klöstern, in den Städten oder auf Waldwegen, überall, wo Menschen sich um ihn scharten, von den Wundern Gottes predigte und Beichten abnahm, Kranke durch ein Streicheln seiner wundersamen Hände heilte oder »den Teufel austrieb«, vor allem bei den Weibern, die bei seinem Anblick in Zuckungen verfielen.

Wüste Geschichten kamen nach Podunskoje. Da erzählte ein Pilger, daß Rasputin mit zwölf Frauen auf die Wanderschaft gegangen sei, und alle zwölf seien seine Geliebten geworden, teils freiwillig, teils mit Gewalt. In Kiew hatte er eine schwere Zeit, er mußte im Kloster Holz hacken, verrichtete niedrige Dienste, denn – so sagte man – die Polizei suchte ihn wegen einiger Vergewaltigungen an Beamtenfrauen und beichtenden Jungfrauen. Böse Berichte waren das, und Helena Feodorowna hörte sie stumm und steinern an und sagte auch später kein Wort dazu. Aber mehr noch als seine wüsten Taten flog die Kunde von seinen Wundern durch Rußland. Sein größtes Wunder machte ein Kloster arm und hinterließ haßerfüllte Mönche: Durch bloßes Handauflegen und gütiges Zusprechen heilte er einen der armen »heiligen Idioten«.

Wen nahm es Wunder, daß der Ruhm des Staretz von Mund zu Mund flog? Rußland war damals reich an Scharlatanen und pilgernden Heiligen, die Sekten blühten, und das arme Volk beugte sich in gläubiger Scheu vor jeder Stimme, die Gott lobte... Rasputin aber war ein Wunder, das sah nun jeder ein. Nur einer hatte es bisher vermocht, mit bloßer Hand einen Kranken zu heilen. Man bekreuzigte sich und wünschte, daß der Weg des Staretz einmal durch das eigene Dorf führen möge.

An einem Abend im September, schon wehte es kalt aus der Taiga heran, viel zu früh für die Ernte, die noch auf den Feldern stand, klopfte es an der Tür der Villa Woronzow. Man hatte einen großen bronzenen Klopfer angebracht, denn die alte Klaschka hörte immer schlechter, und sie allein war es, die immer die Tür aufschloß.

»Der Herr bewahre uns vor dem Satan!« schrie sie, als sie sah, wer draußen stand. Aber bevor sie sich bekreuzigen und die Tür zuwerfen konnte, hatte der Besucher seine derben Stiefel über die Schwelle gesetzt und drückte die alte Klaschka an die Wand.

»Helena Feodorowna, schließt euch ein!« brüllte die Alte die Treppe hinauf. »Rettet euch! Der Teufel ist zu Besuch gekommen!«

»Welch ein einfältiges Mütterchen«, sagte Rasputin, umarmte die jammernde Klaschka und küßte ihre fetten Wangen. »Weißt du nicht, daß der Herr sagt: Wo die Liebe ist, da ist auch deine Heimat? – Hier ist meine Liebe, und hier bin ich zu Hause ...«

Er schwieg, als sei ihm das Wort abgeschnitten. Die Treppe herunter kam ein kleines zartes Mädchen. Mit großen dunklen Augen sah sie den fremden, struppigen Mann an, der vor der alten Klaschka stand und seinen Bart strich.

»O weh!« stammelte die Alte und rang die Hände. »O weh, daß so etwas geschehen mußte ...«

Das schöne, zierliche Mädchen mit den langen dunklen Locken blieb auf der Treppe stehen und musterte den düsteren Besucher. Keine Angst hatte sie, das sah man ... im Gegenteil, sie neigte das Köpfchen zur Seite und betrachtete den Mann voll Interesse und Neugier. Sie trug ein Kleidchen aus dunkelrotem Samt, an den Ärmeln und am Kragen mit weißer, reicher Spitze besetzt. Ein Prinzeßchen konnte nicht schöner sein.

»Wer bist du?« fragte das Mädchen mit heller Stimme. »Warum jammert Klaschka so? Hast du ihr etwas getan? Wer Klaschka etwas tut, ist ein böser Mensch! Bist du ein böser Mensch ...«

Rasputin schwieg. Mit leuchtenden Augen sah er Nadja an. Seine Lippen zuckten, als weine er innerlich, ein Zittern lief über seine unrasierten Wangen, und seine großen magischen Hände strichen lautlos über seine Brust und den vom Wetter ausgelaugten Kittel.

»Das ist Nadja, nicht wahr?« fragte er nach einer ganzen Zeit des Schweigens. »Klaschka ... das ist Nadja ...«

»Der Herr erbarme sich unser ... Der Herr erbarme sich unser ...« stammelte die Alte.

»Welch ein schönes Kind ...« sagte Rasputin leise. »Der ganze Glanz der Mutter liegt über ihrem Wesen.« Er ließ ein Bündel fallen, das er unter den Arm geklemmt hatte, und trat einen Schritt vor. Nadja blieb unerschrocken auf der Treppe stehen, nur ihre großen Kinderaugen wurden dunkler und zornig.

»Bist du ein Bettler?« fragte sie herrisch. »Du trittst auf wie ein Herr! Warum sagst du nichts?«

»Auch Bettler können Herren sein, mein Kind.« Rasputin war am Fuß der Treppe stehen geblieben. Über ihm glänzte der Kopf des Kindes im Schein einer starken Petroleumlampe. Sie hat meine Augen, dachte er.

O Gott im Himmel, sie hat die Augen des Staretz. Wenn ich nie im Leben glücklich war – jetzt darf ich es sein, ohne Gott zu beleidigen. »Weißt du nicht, daß auch Christus wie ein Bettler durch die Lande zog?«

»Bist du ein Pilger?« Das Mädchen verzog den Mund.

»Nein«, sagte Rasputin.

»Ein wandernder Strannik?« Der Mund des Kindes verzog sich noch mehr. »Ich höre dich nicht an! Du lügst! Alle lügen, die von meinem Vater erzählen. Sie lügen wegen eines Tellers Suppe, wegen einer Scheibe Brot treten sie meinen Vater in den Schmutz. Geh! Du bist wirklich ein böser Mensch...«

Rasputin sah in die harten Augen seines Kindes. Man sollte jauchzen, dachte er. Man sollte sie in die Arme nehmen, hinauslaufen unter die Menschen und schreien: Seht, seht, auch Rasputin darf glücklich sein! Solch eine Tochter hat er! Kniet nieder, ihr gemeines Volk! In diesem Kind ist ein Hauch von Ewigkeit!

Zum erstenmal in seinem Leben senkte Rasputin den Kopf vor dem Blick eines anderen Menschen. Fast demütig sah er auf seine dreckigen Stiefel. Er spürte den heißen Blick des Kindes im Nacken, und er wußte, daß sie jetzt sah, wie ungewaschen er war. Da schämte er sich und wunderte sich maßlos, daß es noch Scham in ihm gab.

»Führe mich zu deiner Mutter, Nadja...« sagte er langsam. »Sie wartet auf mich seit sechs Jahren.«

»Ich führe dich nicht hin, wenn du Schlechtes über meinen Vater erzählen willst!« antwortete das Kind laut.

Rasputin schüttelte den gesenkten Kopf. »Ich werde nur Gutes berichten, Nadja. Dein Mütterchen wird glücklich sein.«

»Schwörst du es?«

»Ich schwöre es!« sagte Rasputin feierlich. Seine dunkle Stimme sang fast.

»Dann komm...« Nadja hielt ihm die Hand entgegen, und er ergriff sie, selig wie nie in seinem Leben, beugte sich darüber und küßte die kleinen, zarten, nach Rosen duftenden Finger, die in seiner Hand lagen wie fünf nackte Vögelchen.

»Was tust du da?« sagte Nadja und zog ihre Hand zurück. Zum erstenmal kam Schrecken in ihre schönen großen Augen.

»Ich bin ein glücklicher Mensch, Nadja.« Rasputin stieg die Treppen empor. Es war ihm, als berühre er gar nicht die knarrenden Stufen. »Ich werde ausruhen von den Jahren der Sünde und Buße tun...«

Unten an der Tür stand noch immer die alte Klaschka mit gefalteten Händen. »Der Herr sei bei uns...« stammelte sie noch einmal, als oben die Tür aufging und ein heller Schrei Helena Feodorownas durch das stille Haus flog.

»Grigori Jefimowitsch!«

»Mein goldenes Täubchen...«

Die Tür fiel zu, als sei es die Höllenpforte.

So wenigstens klang es in den Ohren der alten, einfältigen Klaschka.

*

Bis zum Weihnachtsfest blieb Rasputin in Podunskoje.

Er sprach mit Väterchen Pjotr über Gott und Teufel, und der Pope wußte zu sagen, daß Rasputin ein ungeheuer weiser Mann geworden war. Kein Priester, nein, aber er hatte etwas von dem Atem der Ewigkeit in sich, und wenn er seine Augen auf einen richtete, war man schwach und klein und beugte sich seinem Willen, der wie ein Berg über einem schwebte.

Mit der kleinen Nadja fuhr er in einem Schlitten mit zwei Pferden den zugefrorenen Fluß entlang, zeigte ihr, wie man in aufgeschlagenen Löchern Fische unter dem Eis fängt, jagte mit ihr zu den Wäldern der beginnenden Taiga und erschlug vor ihren Augen mit einem einfachen Knüppel einen großen grauen Wolf. Er baute Schneemänner mit ihr und balgte sich mit ihr auf der Erde; er kroch im Haus herum, und Nadja ritt auf ihm und gab ihm die Sporen; er fuhr mit ihr nach Tobolsk und kaufte ihr einen warmen weißen Fuchspelzmantel und schaukelte mit ihr und kegelte in dem langen Flur, der den Küchentrakt von dem Wohntrakt trennte.

»Ist er nicht ein wunderbarer Vater?« sagte Helena Feodorowna glücklich. »Sag es, Klaschka! Gibt es einen besseren Vater?«

Die alte Klaschka schwieg. Sie hatte neue schreckliche Dinge gehört. In Perm suchte die Polizei den Wüstling Rasputin. In Kasan klagte man ihn des Betrugs an. In Kiew sagte eine Nonne aus, der Vater Grigori habe die Beichte benutzt, sie zu entjungfern. Wie konnte man das der glücklichen Helena sagen? Zu grausam war es.

Nadja Grigorijewna hatte sich schnell daran gewöhnt, in Rasputin ihren Vater zu sehen. »Du bist so lustig, Väterchen«, sagte sie immer, wenn sie vom Spielen und Tollen müde war. »Warum erzählt man nur so Böses über dich?«

»Weil die Welt böse ist, mein Täubchen«, erwiderte Rasputin dann. »Die Menschen sind böse, sie leben in der tiefsten Sünde. Aber so muß es sein, denn nur wer die Sünde kennt, kann sie bekämpfen. Treibet die Sünde durch die Sünde aus, und ihr werdet einmal dastehen rein wie die Erzengel, geläutert wie durch ein weißes Feuer. Doch das verstehst du noch nicht, Täubchen... du wirst es nie verstehen, denn ich werde die Sünde von dir fernhalten wie mit einem flammenden Schwert.«

Kurz vor Weihnachten geschah das Wunder mit dem »nackten Kustja«.

*

Väterchen Pjotr, der sanfte Pope von Podunskoje, kam in die Villa Woronzow und sagte:

»Es ist unrecht, was hier geschieht. Ihr lebt mit einem Mann zusammen, Helena Feodorowna, wie Mann und Frau, ohne den Segen Gottes, in verfluchter Buhlschaft, denn Ihr wißt, daß Grigori Jefimowitsch eine Frau und drei Kinder hat, die auf ihn warten und ihn ebenso lieben wie Ihr! Gott wird Euch strafen!«

»Gott hat mich gesegnet«, antwortete Helena sanft. »Ich habe Nadja...«

»Und ein Wundertäter will er sein? Ein Staretz?« schrie der sonst so stille Pope Pjotr und warf die Arme gegen den Himmel. »Er ist nicht anders als alle anderen Scharlatane! Er betrügt das einfältige Volk mit Taschenspielerkunststückchen! Er predigt die Sünde! Er verwirrt die Gedanken! Er trägt Unruhe in die Herzen! Eine Gefahr ist er für Rußland! Wunder! Noch habe ich keins gesehen von ihm...«

»Du wirst es sehen, Väterchen...« sagte eine tiefe Stimme von der Tür her. Der Pope Pjotr fuhr herum. Dort stand Rasputin, in schwarzen Samthosen und blanken Stiefeln, ein hellblaues gesticktes Hemd über dem gedrungenen Oberkörper. Wie ein feiner Herr sah er aus, sogar sein Bart war gekämmt. »Hol mir Kustja, Väterchen«, fuhr er fort. »Und laß das Volk in den Garten kommen.«

Väterchen Pjotr eilte davon, getrieben von einer heiligen Scheu.

Wie in vielen Dörfern Sibiriens gab es auch in Podunskoje einen einfältigen Menschen, der in der Ofenecke hockte und von der Familie ernährt wurde, der Holz sammelte und im Winter Schafwolle rupfte. So einer war auch Kustja, ein körperlich kräftiger Mann von etwa vierzig Jahren, aber mit dem Gehirn eines Kindes. Er war immer fröhlich, lachte jeden an und sagte ständig: »Kustja ist ein lieber Junge! Nicht wahr? Nicht wahr? Ein lieber Junge...«

Kaum eine Stunde später war es in Podunskoje bekannt, daß Grischa, der merkwürdige Staretz bei der Witwe Helena Feodorowna, ein Wunder vollbringen wollte. Im Garten der Villa Woronzow drängten sich die Bauern, sogar ein paar Schlitten mit Durchreisenden hielten am Zaun und warteten.

Ein eisiger Tag war es. Der Schnee war fest gefroren, der Himmel von einer kalten Bläue, das Eis auf dem Tobol türmte sich in vielen Schichten. Nicht einmal Löcher konnte man in die Eisdecke schlagen, und die Fischer klagten, es sei ein Winter, der sie arm machte. So standen sie also alle in dem großen Garten herum, in dicke Pelze vermummt, in Steppjacken und hohen Pelz- oder Filzstiefeln, sie froren trotzdem und stampften mit den Füßen auf und ab wie tanzende Bären.

Kustja, der Einfältige, ging durch die Reihen und lachte. »Ein lieber Junge! Nicht wahr? Nicht wahr?« rief er. Väterchen Pjotr stand inmitten der Bauern und sah finster drein.

»Er kommt!« rief jemand an der Tür des großen Hauses. »Grischa kommt...«

Die Tür flog auf, und Rasputin trat hinaus in die klirrende Kälte. Er trug weder einen Pelz noch einen dicken Mantel... in seiner dünnen Hose und seinem dünnen bestickten Hemd ertrug er den Anprall des Frostes, als spüre er ihn gar nicht.

Über die dichtgedrängte Menge senkte sich Schweigen. Um so deutlicher wurde die Stimme Rasputins, ein dunkler, merkwürdig die Sinne fesselnder Ton.

»Komm her, Brüderchen Kustja...« sagte er und streckte die rechte Hand aus. Der blöde Kustja gehorchte. Er kam auf Rasputin zu und sah ihn aus großen braunen Kinderaugen an.

Fast drei Minuten standen sie sich gegenüber und sahen sich an. Der Blick Rasputins wurde golden und glitzernd, er zerschnitt mit ihm die Seele des armen Kustja und machte ihn sich untertan.

»Zieh dich aus!« sagte Rasputin laut: »Leg deine Kleider ab, Brüderchen Kustja . . .«

»Er wird ihn töten!« schrie der Pope aus der Menge. »Bei dieser Kälte! In einer Minute wird er tot sein!«

»Zieh dich aus!« sagte Rasputin eindringlich, und Kustja begann seine Steppjacke abzulegen, sein Hemd, seine Stiefel zog er aus und seine dicken Wollstrümpfe. Barfüßig und mit nacktem Oberkörper stand er im Frost und lächelte, als beschiene ihn die warme Sonne.

»Aufhören!« schrie der Pope wieder und drängte sich vor. Er bückte sich und warf dem blöden Kustja die Fufaika über. »Er überlebt es nicht!«

Rasputin schwieg. Er trat an Kustja heran, riß die Steppjacke wieder herunter und zeigte auf die Hosen.

»Zieh sie aus!« sagte er mit schmeichelnder Stimme.

Väterchen Pjotr, der Pope, wich zurück. Kustja nickte, streifte die Hose herunter und stand nun nackt in dem verharschten Schnee. Durch die Menge der Gaffenden lief ein Murmeln, die Weiblein sahen in den Schnee, die Männer grinsten.

»Leg dich hin, Brüderchen«, sagte Rasputin, und Kustja tat es.

Mit klappernden Zähnen harrte die Menge eine Stunde aus. Sie starrte auf den stummen Kustja, der noch immer auf dem Schnee lag, als liege er in einem warmen Bett. Väterchen Pjotr betete laut.

Für ihn war Kustja ein bereits toter Mensch. Das Thermometer zeigte 34 Grad Frost... ein Eisblock mußte Kustja jetzt sein, nach einer Stunde.

»Steh auf, Brüderchen«, sagte Rasputin, als die Stunde verstrichen war. »Zieh dich an, geh nach Hause und freue dich. Die Hand Gottes war über dir.«

Ein neues Stöhnen flog durch die schwarze, dichtgedrängte Menge, als sich Kustja gehorsam erhob, seine Kleider wieder überzog und davonging. Wo er vorbeikam, befühlte man sein Gesicht, seine Hände; sie waren warm, als habe er geschwitzt. Und jeder, der ihn berührte, bekreuzigte sich, wandte sich um zu Rasputin und senkte den Kopf.

»Seht ihr es nun?« rief von der Tür eine helle Kinderstimme. »Mein Väterchen ist ein Mann Gottes!«

Mit ausgebreiteten Armen ging Rasputin auf Nadja zu, hob sie hoch und drückte sie an sein Herz. Über ihre langen, schweren Locken hinweg sah er auf die schweigende Menge. Und alle verstanden ihn und schämten sich.

Am nächsten Morgen suchte man überall im Haus und im Dorf den Staretz. Vergeblich war's. In der Nacht war Rasputin gegangen, und keiner hatte ihn gesehen.

Helena Feodorowna schloß sich ein in ihrem Zimmer und weinte tagelang. Sie saß vor einem Bild des heiligen Johannes von Tobolsk, das Rasputin ihr mitgebracht hatte.

Die Jahre der Einsamkeit begannen wieder.

*

Am 30. Juli 1904 donnerten Kanonenschüsse über die Newa und St. Petersburg. Die Leute auf den Straßen blieben stehen, die Fuhrwerke hielten an, die Pferdebahnen wurden gezügelt, die Boote schaukelten sanft, in den Häusern und den Büros trat man an die Fenster.

Hunderttausend Menschen zählten mit.

Und dann flog ein befreites Lachen über die ganze Stadt, die Menschen umarmten sich... ein Junge. Ein Junge ist's. Geboren ist endlich der Zarewitsch! Nach vier Töchtern hat Gott den Zar gesegnet! Alexandra Feodorowna, die Zarin, sei gelobt!

In den Kirchen sangen die Priester den Dank, die Glocken läuteten. Rußland hatte den Erben der Krone. Das Geschlecht der Romanows lebte weiter...

Aber schon ein paar Wochen nach der Geburt des Zarewitsch Alexej senkte sich Sorge über den Sommerpalast Zarskoje Selo, zwanzig Werst von Petersburg entfernt, wo Zar Nikolaus II. mit seiner Familie am liebsten wohnte.

Eine Nabelblutung des kleinen Alexej kam nicht zum Stillstand.

Trotz Druckverband, trotz der besten Ärzte Rußlands... aus der winzigen Wunde in der Nabelkuhle sickerte unaufhaltsam Blut. Kein Schorf bildete sich, kein Zeichen von Gerinnung.

Um das Bett des kleinen Zarewitsch saßen mit ernsten Mienen die Ärzte. Die Zarin betete in einem Nebenzimmer, der Zar ging mit kleinen, nervösen Schritten hin und her. Er begriff es nicht, daß eine Wunde ständig bluten kann.

In diesen Stunden wurde die schreckliche Wahrheit geboren. Professor Dr. Fedorow, der berühmteste Chirurg Petersburgs, sprach es aus, und Dr. Derewenko, der Leibarzt des kleinen Zarewitsch, hörte mit bleichem Gesicht zu. »Seine Kaiserliche Hoheit hat die Hämophilie«, sagte Professor Fedorow. »Der Zarewitsch ist ein Bluter.«

Wie ein Todesurteil war das. Dr. Derewenko wußte es genauso wie Professor Fedorow. Kein Mittel gab es gegen die Bluterkrankheit... nur lindern konnte man und hoffen. Hoffen, daß der Körper selbst die Blutung einstellte, oder wehrlos dabeisitzen, wie sich der Körper ausblutete.

»Wer sagt es dem Zaren?« fragte Dr. Derewenko leise, als Professor Fedorow die Decke wieder über den winzigen Körper des Zarewitsch breitete. »*Wie* sagt man es ihm?«

»Ich werde es übernehmen.« Professor Fedorow ging zur Tür des Vorzimmers. Dort ging der Zar hin und her und betete die Zarin vor einer Ikone. »Zu schweigen wäre ein Verbrechen...«

Von diesem Tag an wurde der Hof des Zaren in Zarskoje Selo zu einem Treffen der »Wundermänner«. Konnten schon die besten Ärzte Rußlands nicht helfen, bekam man aus der ganzen Welt nur ein Achselzucken zur Antwort, wenn man fragte: »Wer heilt den Zarewitsch?« So lag nun die ganze Hoffnung bei jenen Wundertätern, die durch die russischen Weiten zogen oder von den Klöstern empfohlen wurden.

Alexandra Feodorowna, die Zarin, flüchtete sich in die Mystik. Wochenlang betete sie in einer extra für sie erbauten Kapelle im Park von Zarskoje Selo, empfing die »heiligen Idioten« und beugte sich über sie, um aus ihrem Gestammel ein Wort des Wunders herauszuhören. Der Zar sah zu und schwieg. Die Liebe zu seiner Frau, die Sorge um das Leben des Zarewitsch ließ ihn alles ertragen.

Und so kamen sie alle nach Petersburg und Zarskoje Selo, dem herrlichen Sommerschloß: der Franzose Dr. Philipp, der sich jahrelang als medizinischer Berater am Hof hielt... der »heilige Idiot« Mitja Koljaba aus dem Kloster Optima Pustyn, den der Psalmsänger Jegorow herumführte, denn nur durch ihn – so sagte er – könne der Wundertäter seine Verklärungen verkünden. General Orloff, ein Freund der Zarenfamilie, entdeckte die »heilige

Törin« Darja Ossipowa, die schreiend und spuckend sich auf der Erde wälzte, und die Zarin kniete neben ihr und wartete auf ein erlösendes Wort Gottes. Und Dr. Badmajew trat auf, ein geheimnisvoller Arzt, der im fernen Tibet bei den Mönchen studiert hatte und seine »Tibetische Medizin« anbot... die »Schwarze Lotosessenz«, das »Niwrik-Pulver«, das »Tibetanische Lebenselixier«, den »Nientschen-Balsam« und vor allem sein »Infusum aus Asokablumen«, das den Zarewitsch heilen sollte.

Professor Fedorow und Dr. Derewenko waren machtlos. Zwar überwachten sie den Zarewitsch ärztlich, aber die Zarin mißtraute ihrem Können. Als es Dr. Badmajew gelang, mit seinem »Infusum aus Asokablumen« die Schmerzen des kleinen Jungen zu lindern und sogar eine innere Blutung zu stillen, verfiel die Zarin völlig den »Wundertätern« und öffnete den Palast den Scharlatanen.

Ein riesiger Matrose der kaiserlichen Marine, Derenkow, wurde abkommandiert zum Bewacher des Zarewitsch. Nicht einen Schritt tat der kleine Prinz mehr ohne seinen Matrosen; Derenkow schlief im gleichen Zimmer, aß mit dem Zarewitsch, war wie ein Schatten. Hinzu kam eine fröhliche dralle Kinderfrau, die Wischniakowa, die an dem Zarewitsch hing wie an ihrem eigenen Kind.

So wuchs der Erbe der russischen Krone in einer Welt von Angst und Lüge auf. Wenn er spielte, durfte er sich nicht stoßen und verletzen, er durfte nicht stolpern und fallen und nicht schnell laufen, er mußte in einem riesigen Spielzimmer in einem gepolsterten Stuhl sitzen und mit einer mechanischen Welt spielen... mit einer riesigen Eisenbahnanlage, mit Schiffen, die in einem großen Bassin schwammen, mit Arbeitern, die sich in einem aufgebauten Bergwerk bewegten, mit einer Miniaturstadt, in der Autos fuhren und Pferdekarren. Das alles konnte er von seinem Stuhl aus mit Knöpfen und Schaltern bedienen, laufen und stehen lassen... eine Welt voll herrlichsten Spielzeugs, und der Zarewitsch saß mit traurigen Augen davor, ließ die Schiffchen fahren und die Autos rumpeln und hörte immer wieder den riesigen Derenkow oder die dicke Wischniakowa sagen: »Alexej, stoß dich nicht... Alexej, sei vorsichtig... Lauf nicht so schnell, Sonnenscheinchen...«

Um ihn herum aber tobte eine Welt, die ihn ekelte. Der blöde Mitja wälzte sich mit Schaum vor dem Mund auf dem Teppich und machte sich naß, die Törin Ossipowa schrie im Anfall unflätige Dirnenworte, Dr. Badmajew braute seine tibetischen Tränke, und die Ärzte saßen hilflos an seinem Bett, wenn irgendwo in seinem Körper, durch den kleinsten Stoß verursacht, eine Blutung ausbrach.

Am 7. Oktober 1907, vormittags um 11 Uhr, wurde Professor Dr. Fedorow vom Operationstisch weggeholt nach Zarskoje Selo.

Das Entsetzliche war geschehen.

Beim Spielen im Sandkasten, im Park des Schlosses, war unter den Augen seines Leibwächters und seiner Kinderfrau Wischniakowa der Zarewitsch gefallen. Ehe sie herbeispringen konnten, hatte er sich gestoßen. Eine große innere Blutung war aufgetreten... die rechte Leistengegend wurde blau, wahnsinniger Schmerz durchzuckte den kleinen Jungen. Als der Matrose Derenkow im Laufschritt zurück zum Palast kam, das Kind auf den Armen, war der Zarewitsch schon ohnmächtig.

Vor zwei Tagen war das gewesen. Niemand hatte es erfahren. Die Wundertätigen und »heiligen Idioten« versagten, die tibetische Medizin Dr. Badmajews blieb ohne Wirkung... schmerzgekrümmt, mit angezogenem Bein, lag der Zarewitsch im Bett, und das Fieber stieg von Stunde zu Stunde.

Die Zarin saß zwei Tage und zwei Nächte am Bett ihres Kindes und betete. Nachts lag sie auf dem Fußboden und flehte Gott um ein Wunder an. Erst wenn der Morgen dämmerte, erhob sie sich und schwankte hinaus in den Nebenraum, wo der Zar wartete, die Ärzte, der Matrose Derenkow, die Wischniakowa und in Abständen die anderen Mitglieder der kaiserlichen Familie; die Töchter Olga, Tatjana, Maria und Anastasia und die Großfürstinnen Miliza und Stana Nikolajewna.

»Gott schweigt...« stammelte die Zarin und lehnte sich an die Brust des Zaren. »Und das Fieber steigt... Wir verlieren unseren Sonnenschein, Niki... Kann denn keiner helfen?«

Am Morgen dieses 7. Oktober 1907, noch bevor Professor Dr. Fedorow im Schloß von Zarskoje Selo eintraf, schickte die Großfürstin Stana Nikolajewna ihre Boten aus, um einen Mann zu suchen, den sie bei einer Wallfahrt zum Kloster Kiew gesehen hatte, wie er Holz hackte. Ein Staretz, sagte man ihr. Ein sibirischer Muschik mit heilenden Händen. Im Höhlenkloster von Petscherskaja Lawra, vor den Gräbern der Mumien, hatte er gebetet, und dann war er hinausgetreten unter das Volk und hatte Besessene geheilt mit bloßen Händen und flammenden Blicken. Selbst der Bischof von Sarow, der große Hermogen, und der berühmte Mönchspriester Iliodor aus Zaryzin bestätigten es: »In diesem Mann redet Gott!«

Seit einem Jahr war der Wundermann in Petersburg. In einer großen Wohnung auf dem Newski-Prospekt, der Prachtstraße Petersburgs, hielt er Sprechstunden ab, nachdem die Witwe Baschmakowa ihm die Wohnung gemietet hatte aus Dank für Heilung von seelischer Krankheit.

»Aljoscha wird nicht sterben«, sagte die Großfürstin Stana, nachdem die Zarin weinend auf einen Sessel gesunken war. »Im Kloster von Kiew haben wir jemanden gefunden, der ihn heilen kann.«

Der Kopf der Zarin zuckte hoch. »Wer ist es?« rief sie. »Keiner kann Aljoscha mehr helfen...«

»Ein Pilgervater ist's, Alix.« Die Großfürstin Stana sah hinüber zu ihrer Schwester Miliza. Die Erinnerung wurde lebendig. Der Mann mit dem wirren Bart und den stechenden Augen. »Göttliche Kräfte hat er. Er heilt mit den bloßen Händen...«

Die Zarin sah sich um. Das Gesicht Nikolaus II. war düster. Genug Heilige waren schon in Zarskoje Selo gewesen.

»Es geht um Aljoscha, Niki...« sagte die Zarin leise. Ihre Hände zitterten. »Nur diesen einen noch! Sollen wir alle Hoffnung aufgeben? Wie heißt der Pilgervater?«

»Rasputin«, sagte Großfürstin Miliza ehrfürchtig.

»Rasputin!« Die Zarin richtete sich auf. »Er soll kommen! Er soll sofort kommen! Ich will an seine wundertätigen Hände glauben...«

Die Boten ritten hinaus nach Petersburg.

Das Fieber des Zarewitsch stieg. Professor Fedorow und Dr. Derewenko saßen an seinem Bett und sahen sich hilflos an. Das Kind hatte das rechte Bein fast bis zur Brust angezogen. Schweiß bedeckte den kleinen mageren Körper, die rechte Hüfte war blaurot und dick geschwollen.

»Er wird sterben«, sagte Dr. Derewenko leise. »Ich glaube nicht an Wunder...«

*

»O Väterchen, welch eine herrliche Stadt! Die großen Häuser aus Stein... die Kirchen... die Paläste... Väterchen, ist das ein Märchenland?«

Grigori Jefimowitsch Rasputin lachte. Ein lautes, starkes, tiefes Lachen war es. Er saß in einem Schlitten, von einem feurigen Pferdchen gezogen, und fuhr durch die Straßen von Petersburg. Gerade waren sie in den Newski-Prospekt eingebogen, der Schnee staubte unter den Hufen und Kufen, der Atem flog in kleinen weißen Wolken vor ihnen her, und der Fahrtwind zerrte an Rasputins langem Haar. Keine Mütze trug er, nicht einmal einen Pelz... in einem Bauernmantel saß er im offenen Schlitten, eine Felldecke nur über den Knien, und lenkte das Pferdchen mit der Kraft eines sibirischen Bauern.

Neben ihm, an seine Seite geschmiegt, saß Nadja Grigorijewna Woronzowa. In einen Pelz war sie gewickelt, das lange, zu Zöpfen geflochtene Haar umschloß ein dickes wollenes Tuch, aber sie hatte sich aus der Vermummung herausgeschält und sah sich nun mit großen Augen um, wie es ein Mensch tut, der ein wundersames, unbekanntes Land betritt.

Dezember 1907 war's, und Nadja war nun zehn Jahre alt.

Zierlich war sie noch immer, aber doch kräftig, und das Schönste an ihr waren ihre dunklen großen Augen. Als Väterchen Grischa plötzlich in Podunskoje erschien und sagte, sie solle mitkommen nach Petersburg, hatte Mütterchen Helena es zunächst verboten. Dann hatte sie geweint und gefleht, und schließlich wollte sie alles in Podunskoje verkaufen und mitkommen.

»Später, mein Täubchen«, hatte Rasputin gesagt. »Ich werde dich nachkommen lassen. Zuerst nehme ich das Kind mit... es wird ein anderes Leben haben als wir.« Dann hatte er Helena Feodorowna angesehen, und sein Blick war so stark gewesen, daß sie stumm genickt hatte.

Anfang Dezember waren sie abgefahren. Mit einem Schlitten nach Tjumen, dann mit einem dampfenden und fauchenden Zug nach Jekaterinburg und Perm und von dort mit einem anderen Zug nach Petersburg.

»Wie schön ist das, Väterchen!« rief die kleine Nadja immer wieder. »Wie wunderschön. Ich bin noch nie mit einem Zug gefahren.«

Und Rasputin legte den Arm um sie, drückte sie an sich und war stolz und glücklich wie alle Väter auf dieser Welt.

St. Petersburg.

Das war damals neben Paris die schönste Stadt der Erde. Wo gab es sonst noch solche breiten Straßen, solche riesigen Paläste, solchen Reichtum an Gold, Silber und Edelsteinen, Brillanten und Perlen, Kleidern und Pelzen? Wo lagen die Geschäfte so voll wie hier, wo gab es mehr Pferdekutschen, wo mehr Theatervorstellungen und Feste? Die Großfürsten und der reiche Adel hatten hier ihre Palais... gegenüber dem Winterpalais, an der Moika oder dem Gribojedova-Kanal, am Smolny-Park oder am Lustgarten. Hier war das Stroganow-Palais, der Palast Razumowski, das Miatlew-Palais, der Palast des Fürsten Lobznow-Rostowski und das Palais des Fürsten Jussupoff. Riesige Kirchenkuppeln und goldene Zwiebeltürme ragten in den grauen Winterhimmel, Soldaten in prächtigen Uniformen gingen über die Straßen, Schlitten mit vornehmen Damen in wertvollen Zobelpelzen glitten durch den verharschten Schnee... Man konnte die Bauern und Kleinbürger verstehen, die versunken in all diese Pracht die Hände falteten, wenn sie nach Petersburg kamen und die Macht des Zaren, in Stein geformt, bewunderten.

Nun fuhren sie über den breiten Newski-Prospekt, dem Winterpalais entgegen. Das Pferdchen wieherte, Glöckchen bimmelten fröhlich am Zaumzeug, und die Leute an der Straße blieben stehen, erkannten den fröhlichen Schlittenfahrer und stießen sich an.

»Das ist er. Väterchen Grischa. Der Heilige! Nehmt die Mützen ab. Ein Blick von ihm ist mehr wert als ein Segen des Johannes von Kronstadt...«

»Sieh dir die Stadt an!« rief Rasputin fröhlich. Er drückte Nadja an sich, ließ die Zügel los und beschrieb mit der freien Hand einen weiten Kreis. »Wir werden sie erobern! Sie wird unser sein! Die schönste Stadt der Erde...« Seine Augen glühten, und sein Mund unter dem struppigen, im Wind fliegenden Bart war verzerrt vor überschwenglicher Fröhlichkeit.

»Sie gehört schon dir, Väterchen«, sagte die kleine Nadja und sah über den Platz, auf den sie jetzt fuhren. Eine riesige Kirche, eine Kuppel, die in die Wolken stieß mit ihren Kreuzen. Allein schon dies war ein Wunder, daß man so etwas aus Stein erbauen konnte.

Rasputin lenkte den Schlitten auf den großen Platz und hielt an.

»Ist es wahr, Väterchen«, sagte Nadja und sah zu ihrem Vater auf, »daß du den Zarewitsch vom Tod errettet hast?«

»Man sagt es, Töchterchen. Aber es war Gott, der uns allen half.« Rasputin sprang aus dem Schlitten. Er half Nadja aus den Decken und Fellen heraus und hob sie auf die Erde. »Ich erzähle es dir morgen. Komm, ich will dir die schönste Kirche Rußlands zeigen.«

Hand in Hand gingen sie über den großen Platz zu der mächtigen Kathedrale. Vor den herrlichen Kolonnaden aus Olonez-Granit blieben sie stehen und sahen hinauf zur vergoldeten Kuppel.

»Einhundertzwei Meter ist sie hoch!« sagte Rasputin und streichelte den Kopf Nadjas. Unendliche Zärtlichkeit lag in seinen Händen. »Und sieh dir die Engel in den Ecknischen an. Fackeln tragen sie, die Ostern angezündet werden.«

Langsam betraten sie die Kirche. Nadjas Augen wurden groß. Dieser Prunk, dieser Reichtum, das Gold an den Wänden, die Heere der Heiligen und Engel an den Wänden, Säulen und Gewölben, diese riesige Kirchenhalle mit ihren bleiverglasten Fenstern, die hochaufstrebenden Wände aus buntem Marmor, die breite, schimmernde Ikonostase aus Lapislazuli und Malachit, die Gemälde der Marienstatuen und Heiligen, das Funkeln der Edelsteine zwischen den Ikonen... es war wie im Himmel.

Rasputin kniete nieder vor der riesigen Ikonostase. Er faltete die Hände und betete leise.

»Gott, beschütze dieses Kind«, sagte er demütig. »Herr, wende deine ganze Liebe zu ihr, die meine Seele ist. Strafe mich, wie und wann du willst... aber dieses Kind halte in deiner Hand...«

Nadja Grigorijewna kniete neben Rasputin und sah sich mit glänzenden Augen um. Ergriffen führte sie die Händchen zum Mund und blickte hinauf zu einer Statue, über deren goldenes

Gewand die Sonne glitt... ein einzelner Strahl durch ein weißes, kleines Fensterfeld.

Wie schön ist die Welt, und wie mächtig ist Väterchen Grischa...

Neben der Ikonostase der Kathedrale St. Isaak von Kiew standen zwei Mönche und sahen dem betenden Rasputin und seiner kleinen Tochter zu. Der eine der Mönche, ein junger, blasser Mensch mit unstetem Blick und knochigen Händen, hatte den Kopf vorgestreckt, einem Adler gleich, der sein Opfer vom Gipfel des Berges erspäht.

»Sieh ihn dir an, Bruder Genjka«, sagte der andere Mönch leise und legte die Hand auf die Schulter des knochigen Menschen. »Brenn dir seinen Anblick in dein Herz! Ihn zu vernichten ist eine heilige Sache. Nichts soll von ihm bleiben!«

»Und das Kind, Bruder?« fragte der Mönch Genjka heiser.

»Auch das Kind nicht! Es hat sein Blut. Alles muß weg, was Rasputin ist...«

Vor der Ikonostase bekreuzigte sich Rasputin und erhob sich. Er legte wieder den Arm um seine Tochter und ging langsam mit ihr durch die Kathedrale.

»Und morgen, Väterchen?« fragte Nadja, als sie wieder an den mächtigen Bronzetüren standen. »Fahren wir morgen Schlitten auf dem Fluß?«

»Nein. Morgen bringe ich dich zur Zarin.« Rasputin drehte sich um. Der Mönch Genjka ging hinter ihm her wie ein Schatten. »Ab morgen, mein Töchterchen, wirst du vergessen lernen, daß du aus Podunskoje in Sibirien kommst...«

2

Müde vom Erschauen all der Pracht des mächtigen Petersburg, das Köpfchen gegen den zottigen Pelz des Vaters gelehnt, kehrte Nadja Grigorijewna am Abend in die große Wohnung Rasputins auf dem Newski-Prospekt zurück. Wie immer warteten auch jetzt auf der breiten Treppe die Bittsteller und Kranken auf Väterchen Grischa, den Wundermann. Bis hinunter ins Treppenhaus standen sie, in langer Reihe, mit dampfenden Pelzen und Wattejacken, Brote kauend und sich erzählend von dem, was sie gehört hatten über wundersame Heilungen. Nicht alles war wahr, aber wenn nur ein Zehntel dessen stimmte, was man über Rasputin erzählte, so war er der größte Mensch, den Rußland je geboren hatte.

»Er kommt!« rief es durch das ganze Haus. »Väterchen Grischa ist vorgefahren! Aus dem Schlitten steigt er!«

In die wartende Menge kam Bewegung. Die Weiber schlugen schon im voraus das Kreuz, die Männer knöpften die Mäntel auf;

heiß wurde ihnen plötzlich. Unten im Eingangsflur machte sich ein Mann, der auf einem Stuhl neben einem Ofen saß, in sein Notizbuch einige Bemerkungen. Er sah auf seine Uhr, beleckte die Spitze des Bleistifts und schrieb: »8 Uhr 17 abends. Rückkehr mit dem Kind. Er ist in fröhlicher Stimmung.« Dann klappte er das Buch zu und schob es in die Tasche seines langen Rockes.

Seit der wunderbaren Heilung des Zarewitsch saßen immer einige Männer unten neben der Treppe und bewachten jeden Schritt Rasputins. Spitzel der Ochrana waren sie, der zaristischen Geheimpolizei, der mächtigsten Polizeiorganisation Rußlands, vor der selbst Minister zitterten, denn die Berichte der Ochrana waren präzise und nicht zu leugnen. Die Daten stimmten, die Zeiten und die Orte, die Zeugen und die Taten... und welcher Mensch besitzt kein schlechtes Gewissen, wenn er erst einmal eine Stellung erreicht hat, die ihn in das Blickfeld der Ochrana rückt?

*

»Gott segne euch alle!« rief Rasputin, als er das Haus betrat und die lange Schlange der Wartenden sah. Er hob die rechte Hand in Augenhöhe und verharrte so ein paar Sekunden in stummem Segen. Die Frauen und Mädchen senkten den Kopf, die Männer atmeten tiefer und lauter, oben in der Tür erschien eine dicke Frau in einer langen weißen Schürze und blickte über das Treppengeländer hinunter zum Eingang.

»Wo bleibst du, Väterchen?« rief sie. »Ein Telefongespräch aus dem Schloß. Die Zarin wollte dich sprechen...«

Im Treppenhaus breitete sich ehrfurchtsvolle Stille aus. Die Zarin hatte angerufen. Wo in Rußland hatte man das schon gehört? Die Zarin ruft einen Muschik an! Wie mächtig war Grigori Jefimowitsch...

»Gott wird euch allen helfen!« sagte Rasputin mit tiefer Stimme, als er die Treppe hinaufging. Die Frauen faßten an seinen Pelz und küßten seinen Mantel, sie tasteten nach seinen Händen und streichelten sie, die Männer sahen ihm in die Augen, um einen Blick zu erhaschen, ein Blinzeln, ein Wort zu hören... sie drängten sich alle gegen die Wand, um die Treppe freizuhalten, und sie betrachteten das Kind, das Väterchen Grischa folgte und das ihm ähnlich sah, als sei es seine Tochter.

»Geht nach Hause!« sagte Rasputin, als er an der offenen Wohnungstür stand. Die dicke Frau in der weißen Schürze, eine Art Haushälterin war sie, nahm Nadja an die Hand und führte sie in den Vorraum. »Heute hilft euch noch das eigene Gebet. Morgen wird Gott wieder durch mich sprechen. Schlaft und glaubt an die Kraft des Himmels. Es wird euch allen geholfen werden...«

Dann ging er in die Wohnung und warf die Tür hinter sich zu.

Er zog den dicken Pelz aus, strich sich durch den vereisten Bart, der nun in der Wärme des Raumes auftaute und naß wurde, und legte den Arm um Nadja.

»Hast du Hunger, mein Liebling?« fragte er.

»Ja, Väterchen, sehr.« Nadja sah sich um. Ein großes Zimmer war es, das sie jetzt betraten, nicht prunkvoll eingerichtet, aber immer noch wertvoller als die Zimmer im großen Haus von Podunskoje. Eine seidene Tapete hatte es, einen großen Tisch mit einer weißen Decke, viele Stühle mit Samtbezügen, sogar ein Teppich lag auf den gewachsten Dielen. »Bist du so reich, Väterchen?« fragte sie, als sie sich brav an den Tisch setzte, der schon mit weißem Porzellan gedeckt war. Eine Platte mit köstlich duftendem Kuchen stand genau vor ihr. Sie zog die kleine Nase kraus und bekam einen unbändigen Hunger.

»Nichts gehört mir, mein Engelchen.« Rasputin setzte sich neben Nadja. Sein aufgetauter Bart tropfte, aber er wischte ihn nicht trocken. Auch die hohen Stiefel hatte er nicht ausgezogen. Wie ein Bauer aus Sibirien, der gerade vom Fluß gekommen war, um in einem ins Eis geschlagenen Loch zu fischen, saß er da, legte Nadja den duftenden Kuchen auf den Teller und schenkte ihr dampfenden Tee in eine Tasse. Dazu ließ er einen Löffel goldenen Honig hineinlaufen und rührte ihn um. »Ich bin ein armer Mensch«, sagte er dabei. »Und ich werde es bleiben. Ich diene Gott, und wer Gott dient, entsagt allen irdischen Gütern. Wertvoller als Pelze und Perlen, Diamanten und Paläste ist eine Seele, die dem Himmel nahe ist.« Er machte eine weite Handbewegung, die alles zu umfassen schien, was sein Leben bedeutete. »Das alles hier ist nur geliehen, mein Töchterchen. Man hat mir Kleider geschenkt, bestickte Hemden, Samthosen, schöne, weiche Stiefel, aber hier...«, er klopfte auf seinen Rock, »die Taschen sind leer. Was ich esse – gute Menschen bringen es mir. Die Wohnung ist ein Geschenk. Aber ich bin nur Gast hier... ich werde immer ein Gast auf dieser Erde sein, weiter nichts...«

Nadja aß, wie alle Kinder essen, wenn sie einen Teller voller Kuchen vor sich haben und keiner sagt: Nur ein Stückchen... Und Rasputin sah ihr zu, mit glänzenden Augen, so wie es alle Väter tun, die stolz sind und glücklich. Als er merkte, daß Nadjas Köpfchen auf die Brust sank und die Lider schwer wurden, hob er sie auf seine starken Arme und trug sie nebenan in ein kleines Zimmer, in dem nur ein Eisenbett stand, ein alter Schrank und ein Stuhl. Er zog Nadja aus, küßte ihren weißen Kinderkörper, legte sie unter dicke Decken und breitete ein Biberfell noch darüber. Dann saß er auf der Bettkante, hielt die kleinen Hände fest und dachte an die glücklichen Stunden in Podunskoje bei Helena Feodorowna Woronzowa.

»Du wolltest mir etwas erzählen, Väterchen«, sagte Nadja im Halbschlaf. Sie bemühte sich, wach zu bleiben, ihre Lider zitterten unter der Anstrengung. Rasputin beugte sich tief über sie.

»Was wollte ich erzählen, mein Engelchen?«

»Von der Zarin ... wie du den Zarewitsch geheilt hast ... wie du ein berühmtes Väterchen geworden bist....«

Rasputin lächelte still. Er strich über die langen Haare Nadjas und wickelte die Locken um seine Finger.

Und dann erzählte er, und seine Stimme war so tief und voller Melodie, daß Nadja darüber einschlief, als habe man sie in den Schlaf gesungen.

*

7. Oktober 1907. Abends neun Uhr.

Der Leibarzt Dr. Derewenko saß im Nebenzimmer und starrte auf den Zaren. Der riesige Matrose, der den Zarewitsch betreute, lehnte in einer Ecke des Zimmers und betete. Der Zar stand am Fenster, starrte in die kalte graue Winternacht und hatte den Kopf gegen die Scheibe gelehnt. Schmal und klein wirkte er, fast zierlich und zerbrechlich. Seine Hände tasteten über die Fensterbank, seine vorgeschobenen Schultern zuckten.

Der Zar weinte.

Dr. Derewenko sah erschüttert weg. Nebenan im Krankenzimmer, das war das letzte, was er sah, als er es verließ, lag die Zarin neben dem Bett des bewußtlosen Zarewitsch und hielt die Hand des fiebernden Kindes umklammert. Wie versteinert war sie ... sie gab keine Antwort mehr, wenn man sie ansprach, sie rührte sich nicht vom Platz, wenn jemand an das Bett trat, selbst auf die Worte des Zaren reagierte sie nicht. Alles schien in ihr erstorben zu sein – mit dem nahenden Tod des Zarewitsch schien auch sie zu vergehen.

Professor Dr. Fedorow, der berühmte Petersburger Chirurg, hatte Zarskoje Selo wieder verlassen. Er konnte nichts mehr tun. Als er die Behandlung aufgab, hatte sich der Bluterguß in der Hüfte noch vermehrt, die ganze Seite war nun blaurot, ein Beweis, daß der Zarewitsch innerlich verblutete. Man hatte ihm Morphium gegeben, aber die Pression der Nerven durch diesen gewaltigen Bluterguß war so stark, daß auch kein Morphium mehr die Schmerzen überdecken konnte.

Der Zarewitsch erbrach alle Medikamente, das Fieber stieg, die Schmerzensschreie des Jungen waren so grell, daß sie durch alle Zimmer bis hinaus auf den Gang drangen. Das Kindermädchen, die dicke Wischniakowa, rannte immer wieder aus dem Krankenzimmer, fiel nebenan auf einen Sessel und weinte laut. Unerträglich war es fast, die Qualen des Zarewitsch anzusehen; bei jedem

Schrei, der durch die Türen flog, zuckte der Zar zusammen, als schlüge man ihn mit der Nagaika. Ab und zu wandte er sich um und sah mit seinem tränennassen Gesicht Dr. Derewenko stumm an. Und Dr. Derewenko hob ebenso stumm die Schultern in schrecklicher Hilflosigkeit.

Wir können nichts mehr tun, Majestät.

Wir... sind... am... Ende...

Kurz vor neun Uhr abends kamen die beiden Großfürstinnen Stana Nikolajewna und Miliza in den Nebenraum. Ihre Augen glänzten hektisch. Ihnen folgte die Hofdame Anna Wyrobowa, die Vertraute der Zarin. Auch sie lächelte wie ein beschenktes Kind. Fast schön sah in diesen Minuten ihr dickliches Bauerngesicht aus. Der Zar wandte sich wieder vom Fenster ab.

»Sie haben ihn gefunden«, sagte die Großfürstin Stana mit einer Stimme, in der es wie Jubel schwang. »Er wird geholt! Er ist gleich hier!«

»Wer?« fragte der Zar mit leiser, müder, hoffnungsloser Stimme.

»Väterchen Grigori. Der Staretz aus Sibirien.« Die Wyborowa faltete die Hände über der breiten Brust. »Er wird Aljoscha heilen...«

Der Zar blickte noch einmal auf Dr. Derewenko. Er erkannte das Mißtrauen in dessen Blick, den Widerwillen gegen einen neuen »Heiligen«, der in Zarskoje Selo seine sinnlosen Zaubereien anwenden wollte. Nur noch ihn, hieß dieser lange Blick des Zaren zu seinem Leibarzt. Nur noch diesen Muschik... Soll man die letzte Hoffnung aufgeben? Und Dr. Derewenko verstand, nickte und nagte an der Unterlippe.

Neun Uhr abends.

Dr. Derewenko betrat noch einmal das Krankenzimmer, nachdem er aus seinem Wohnraum schmerzstillende Mittel geholt hatte. Verwundert blieb er vor dem Bett des Kranken stehen.

Die Zarin und der Zar waren nicht mehr im Zimmer. Die Wischniakowa war der Zarin vorhin auf der Treppe begegnet, wie sie eilig, mit hochgerafften Röcken, davonlief... ganz allein war der Zarewitsch, nur der riesige, schnauzbärtige Matrose saß neben dem Bett und sah dem Arzt düster entgegen.

Der Zarewitsch war wieder bei Bewußtsein. Sein Fieber war nicht gesunken, er stöhnte laut und weinte dann, schwach, greinend, ohne innere Kraft. Und doch war eine Veränderung mit ihm vorgegangen... er hatte einen offenen Blick, die völlige Apathie war gewichen, er nahm teil an dem, was um ihn herum geschah, trotz der wahnsinnigen Schmerzen, die den kleinen ausgezehrten Körper marterten.

»Was ist geschehen?« fragte Dr. Derewenko leise und steckte

sein schmerzstillendes Mittel wieder ein. Es war sinnlos, es dem Zarewitsch zwischen die zusammengepreßten Lippen zu geben.

Der riesige Matrose zuckte mit den Schultern. »Nichts!« sagte er müde. »Die Großfürstin Stana war hier und hat gesagt, der Staretz hätte gebetet, bevor er in den Schlitten stieg. Auf den Knien hat er gelegen. Als sie das berichtete, wachte Aljoscha auf...«

Verwirrt verließ Dr. Derewenko das Krankenzimmer. Im Nebenraum traf er den Zar und die Zarin, die gerade eintraten. Völlig verändert war die Zarin, das Eisige, Steinerne war von ihr abgefallen. Ihre Augen hatten wieder Leben, ihr Gesicht war seltsam gerötet. »Sie können sich jetzt ausruhen, Dr. Derewenko!« sagte die Zarin. Ihre Stimme war schnell und abgehackt, als habe sie einen langen Lauf hinter sich. »Morgen früh rufen wir Sie wieder...«

Der Zar schwieg. Er wich dem fragenden Blick seines Leibarztes aus. »Es wird eine Katastrophe geben, Majestät!« wollte Dr. Derewenko rufen. »Gehorchen Sie nicht der Mystik der Zarin... auch dieser Rasputin ist nur ein Scharlatan wie alle Wundertäter, die in Zarskoje Selo ein und aus gingen! Es gibt kein Mittel gegen die Hämophilie. *Noch* nicht! Vielleicht werden unsere Enkel nicht mehr daran sterben... aber wir leben im Jahr 1907, Majestät! Wir können nur auf ein Wunder hoffen. Aber es gibt keine Wunder mehr seit Christi Tod...«

Aber er rief es nicht aus, er schluckte die Worte in sich hinein, erstickte fast an ihnen und verließ wie ein gebrochener Mann die Zimmerflucht des Zarewitsch. In seinem Wohnzimmer warf er sich auf das Sofa, bedeckte die Augen mit beiden Händen und verfluchte seine Hilflosigkeit.

Neun Uhr abends.

Die Großfürstin Stana Nikolajewna wartete schon an einer kleinen Seitenpforte im rückwärtigen Teil des Schlosses Zarskoje Selo, als Rasputin in einem geschlossenen Schlitten des Großfürsten Nikolai Nikolajewitsch, des Onkels des Zaren, vorfuhr. Keine Wache hatte den kaiserlichen Schlitten angehalten. Im Flur kam ihnen die Wischniakowa entgegen. Wie von einer Faust zurückgestoßen, blieb sie stehen und starrte den Mann an, der mit dicken Bauernstiefeln und hartem Schritt herankam.

»Was glotzt du mich so an?« sagte er mit lauter, harter Stimme. »Wo ist der Zarewitsch?«

»Hier entlang!« Die Wischniakowa drehte sich um und rannte voraus. Über eine Reihe selten benutzter Gänge, durch dunkle Zimmerfluchten und Treppenhäuser grollte der Schritt Rasputins. Er hatte beide Hände vor die Brust gelegt, den Kopf hoch erhoben, und es schien, als habe er Freude daran, daß seine derben

Bauernstiefel diesen harten Klang in dem nächtlichen Kaiserschloß verbreiteten.

»Hier«, sagte die dicke Wischniakowa atemlos. »Hier...«

Einige große, erleuchtete, prunkvolle Zimmer... das Spielzimmer des Zarewitsch mit seinem künstlichen See, dem Bergwerk, der Eisenbahn, dem beweglichen Dorf... das Vorzimmer... die Wischniakowa riß die Tür auf.

Der riesige Matrose, der Leibwächter des kleinen Thronfolgers, trat ihnen entgegen. Er starrte den Besucher sprachlos an und war sichtlich verwirrt. Die Großfürstin Stana zeigte auf die verschlossene Tür des Krankenzimmers. Ihr Gesicht war verzerrt wie in einer Ekstase.

»Dort«, sagte sie. »Väterchen Grigori...« Ihre Stimme zerbrach wie Glas mit einem schrillen Ton.

Die Wischniakowa öffnete vorsichtig die Tür. Aber ehe sie etwas sagen konnte, drängte sie Rasputin zur Seite und betrat mit polternden Schritten das stille Zimmer.

Ein Zimmer, in dem der Zar und die Zarin neben dem Bett des weinenden Zarewitsch saßen und auf den Tod oder ein Wunder warteten.

Rasputin warf einen Blick über das Zimmer. Nur den Bruchteil einer Sekunde blieb er auf dem fiebernden Gesicht des kleinen Jungen haften und auf den großen Augen, die ihn angstvoll anstarrten.

»Habt keine Angst mehr!« sagte Rasputin laut. Es war, als läutete eine große Glocke in dem stillen Zimmer.

Mit weiten, dröhnenden Schritten ging er auf den Zaren zu, umarmte ihn und küßte ihn nach alter russischer Sitte auf beide Wangen. »Gott segne dich, Papa!« sagte er dabei und übersah den entsetzten Blick der Wischniakowa und die stumme Abwehr des Zaren. Dann ging er weiter zur Zarin, umarmte auch sie und küßte sie auf beide Wangen. Das war so ungeheuerlich, daß die Wischniakowa sich bleich an die Wand lehnte und fassungslos die Hände rang. Ein dreckiger, ungepflegter, nach Zwiebeln stinkender, ungekämmter Muschik küßt die Zarin!

»Gott segne dich, Mama!« sagte Rasputin ungerührt. »Weine nicht mehr... ich bin gekommen.«

Die Zarin rührte sich nicht. Gelähmt war sie durch den Anblick des wilden Menschen, der da ins Zimmer gepoltert war, gelähmt von der tiefen Stimme, gelähmt von dem Blick der kleinen tiefblauen Augen, die ein kaltes Feuer ausstrahlten wie ein Stern in der Winternacht. Es war, als habe sie die Küsse gar nicht wahrgenommen, als sei in diesen Sekunden nicht etwas geschehen, was den Stolz des gesamten Kaisertums erschütterte; sie sah zu dem bärtigen, ungekämmten, nach Alkohol und ungelüfteter Wäsche riechenden Mann auf, und in ihrem Blick lag die unendliche Bitte aller leidenden Mütter: Hilf! Hilf, wer du auch seist...

Rasputin sah sich um. In der Zimmerecke hingen die geweihten Ikonen, brannte das winzige Ewige Licht. Er ging mit dröhnenden Schritten darauf zu, fiel dann auf die Knie, als habe eine Axt seine Beine mit einem Schlag weggesäbelt, es krachte, als er auf die Knie stürzte, und seine Stimme wurde leise und monoton, als er mit seinen Gebeten begann, die niemand verstand.

Von seinem Bett aus beobachtete ihn das kranke Kind. Die Wischniakowa löste sich aus ihrer Erstarrung und setzte sich auf einen Stuhl neben die Tür. Der Zar und die Zarin hatten die Hände gefaltet, als beteten sie mit. Ein Zucken ging durch alle, als sich Rasputin plötzlich erhob, mit ein paar schnellen Schritten am Bett des Zarewitsch stand und mit einer weiten Handbewegung das Kreuz über dem Körper des Kindes schlug.

Ein heller, kurzer Schrei durchzitterte die Stille. Der Zarewitsch starrte mit weitgeöffneten Augen Rasputin an. Es war, als wolle er ausweichen, als sich der Mann mit dem struppigen Bart auf das Bett setzte und seine Hand ausstreckte. Aber dann – als die große Hand sich langsam auf die Stirn des Kindes legte – verwandelte sich fast unheimlich das Gesicht des Zarewitsch. Alle Verzerrung, alle Qual, aller Schmerz der letzten schrecklichen Tage wichen aus dem schmalen Antlitz. Das immerwährende leise Weinen verstummte, das Zittern des mageren Körpers verschwand... nur die großen Augen blieben starr auf das Gesicht Rasputins gerichtet, auf diesen Urwald von Haupt- und Barthaaren.

Rasputin schlug ohne ein Wort die Decke zurück. Einen jammervollen Anblick bot der verkrampfte Kinderkörper, das bis zur Brust angezogene Bein, die dicke, blaurot geschwollene Hüfte, das Zeichen unaufhaltbarer innerer Verblutung.

»Hab keine Angst, Aljoscha...« sagte Rasputin mit tiefer, eindringlicher, fast singender Stimme. Gütig und väterlich war sie, aber auch zwingend und hypnotisierend. Dabei sah er das Kind mit leuchtenden Augen an. Seine Hände glitten über den verkrümmten Körper des Zarewitsch hinweg, aber er berührte ihn nicht, die Wischniakowa, die seitlich vom Bett saß, sah es ganz deutlich: Millimeter über dem Körper schwebten sie dahin, streichelten und glitten hin und her, näherten sich der schrecklich geschwollenen Hüfte, schwebten dort wie ein Dach und senkten sich schließlich zu den Beinen.

»Du wirst wieder gesund werden...« sagte Rasputin. »Du hast schon gar keine Schmerzen mehr... Sieh, ich nehme sie dir weg, meine Hände jagen sie weg, die häßlichen Schmerzen, sie flüchten vor ihnen wie die Hasen im Schnee. Fühlst du es? Sie laufen davon, sie laufen ... dein Bein hat keine Schmerzen mehr ... aus deinem kleinen Bauch flüchten sie ... aus der Brust ... aus deiner ganzen Seite ... jetzt ... und jetzt ... und jetzt ... Gar keine Schmerzen sind mehr da ... nichts ist in deinem Körper, das dir weh tut ... du kannst dich ausstrecken und schlafen, ganz tief schlafen ... Und wenn du morgen aufwachst, wird man dir die Sonne am Himmel zeigen, und du bist gesund ... ganz gesund ... Nichts tut mehr weh ... gar nichts ...«

Rasputins singende, monotone, tiefe Stimme schwieg. Der kleine Zarewitsch starrte ihn noch immer an, aber aus seinen Augen war alle Angst gewichen. Ohne zu stöhnen oder aufzuschreien, wie noch vor einer Viertelstunde, bewegte er sich, kroch er aus seiner Verkrümmung heraus, senkte sich das bis zur Brust emporgezogene Bein und streckte sich. Mit großer Anstrengung, aber ohne den geringsten Schmerzenslaut, versuchte er sogar, aus der Seitenlage sich auf den Rücken zu drehen, um Rasputin besser sehen zu können ... dann streckte er die Hand aus, eine stumme Geste: Hilf mir, mich aufzurichten.

Die Zarin überflog ein Zittern, sie beugte sich vor, wollte das Kind daran hindern, aber Rasputin schob sie mit der linken Hand weg. Der Zar saß erstarrt neben der Zarin, sein bleiches, schmales Gesicht zuckte wild.

»Siehst du, wie die Schmerzen weggelaufen sind?« sagte Rasputin. Der singende Ton ebbte etwas ab ... die tiefe Stimme begann zu erzählen, so wie die Märchenerzähler früher an den Höfen von den alten Sagen des Volkes kündeten. »Du wirst nie wieder Schmerzen haben, und alles, was in deinem Körperchen weh tut, wird verschwinden wie Schnee in der Frühlingssonne. Als ich so alt war wie du, Aljoscha, da habe ich etwas erlebt. In Sibirien war's ... ja, von Sibirien will ich dir erzählen, von den weiten Steppen und den unendlichen Urwäldern, wo die Sträucher und Blumen und Bäume sprechen können und eine Seele haben wie du und ich. Ja, riesig ist dieses Sibirien, Flüsse durchfließen es, die so breit sind, daß man die anderen Ufer nicht mehr sieht ... man kann wie ein Adler in die Luft steigen und in die Runde blicken ... alles, was du dann siehst, von Horizont zu Horizont, alles, was unter dem Himmel liegt, ist immer noch Sibirien, und es gehört deinem Papa, und es wird einmal Aljoscha gehören, wenn er groß und stark geworden ist ...«

»Das ... das ganze Land ...« flüsterte der Zarewitsch. Es war das erstemal seit Tagen, daß er Worte sprach und nicht nur klagende Laute von sich gab.

»Einmal saß ich in unserem Dorf in Sibirien, Pokrowskoje heißt es, am Ufer der Tura. Da kam eine Wildente zu mir, sie fiel mir fast in den Schoß und sagte zu mir: ›Grigori Jefimowitsch, ein Pfeil hat meinen rechten Flügel durchbohrt, kannst du mir helfen?‹ Und ich konnte es. Ich machte eine Schiene, ich pflegte die Ente, ich fütterte sie mit gekochten, zerbröckelten Eiern, und als der Flügel wieder gesund war, schwebte sie davon, kreiste über dem sonnenglänzenden Fluß und verwandelte sich in einen Sonnenstrahl, der mir tief ins Herz drang. Seitdem trage ich ihn in mir, diesen Sonnenstrahl, und alle, die meine Freunde sind, spüren, wie seine Wärme aus meinen Händen dringt...«

Der Zarewitsch nickte leicht. »Ich spüre es...« flüsterte er. »Ich spüre es, Väterchen...«

»Unser Sibirien ist reich an Wundern und großen Taten. Hast du schon gehört von der ungetreuen Zarewna, die in eine weiße Ente verzaubert wurde? Von dem Ritter ohne Beine und dem Ritter ohne Augen? Kennst du die Geschichte vom buckligen Pferd? Oh, das alles ist das wundersame Sibirien... die Geschichte von dem Zarewitsch Wassili und der schönen Prinzessin Jelena, die Märchen von Alenuschka und Iwanuschka, und dann der tausendjährige Baum am Jenissei, der zu den Pilgern sprechen konnte und sich öffnete wie ein warmes Haus, wenn sich jemand im Winter in der Taiga verirrte. Dort bin ich aufgewachsen, Aljoscha, und dein Papa wird einmal zu uns kommen und dir dieses herrliche Land, das dir gehört, zeigen. Dann führe ich dich zu den sprechenden Tieren und lehre dich, sie zu verstehen und mit ihnen zu reden...«

Die Augen des Zarewitsch glänzten. Aber es war kein Fieber mehr, es war helle Freude. Sogar seine mageren Ärmchen stemmte er auf und wollte sich im Bett aufsetzen, eine Bewegung, die Professor Dr. Fedorow als absolut tödlich bezeichnet hatte. Die Zarin und der Zar schreckten hoch.

»Aljoscha!« rief die Zarin zitternd. »Beweg dich nicht. Bitte... du darfst dich doch nicht bewegen...«

Es war zu spät. Der kleine Junge saß bereits. Nicht ein Ton des Schmerzes kam von seinen Lippen, im Gegenteil, er lächelte.

»Laß mich, Mama«, sagte er klar und laut. »Er kann so schön erzählen... Bitte, bitte, erzählt weiter, Väterchen...«

Rasputin richtete sich auf und sah die sprachlose Zarenfamilie an. Seine tiefen blauen Augen schimmerten.

»Recht hat er«, sagte er. »Nichts tut ihm mehr weh. Was soll ihm noch weh tun? Hab keine Sorge, Papa... weine nicht mehr, Mama... Aljoscha ist gesund! Solange ich bei ihm bin, wird ihm nie mehr etwas geschehen. Glaubt an die Kraft Gottes, die durch mich zu euch gekommen ist.«

»Können auch die Pferde sprechen?« fragte der kleine Zarewitsch. »Marja«, dabei sah er die vor Glück schluchzende Wischniakowa an, »ist so dumm. Sie sagt, Tiere könnten nicht reden.«

»In Sibirien können sie es. Ich werde dir alles genau erzählen. Aber jetzt ist es spät, du mußt schlafen.« Rasputin beugte sich vor und legte seine rechte Hand wieder auf die Stirn des Kindes. Der Zarewitsch rutschte zurück, lag auf dem Rücken, streckte sich, während die Zarin in stummer Angst beide Hände bittend hob, und atmete tief und regelmäßig. »So spät ist es schon...« Die Stimme Rasputins nahm wieder den singenden, monotonen Tonfall an. »Du bist so müde, Aljoscha... spürst du es... ganz müde bist du... du wirst schlafen... schlafen... Nichts tut mehr weh... weggelaufen sind die Schmerzen... nur müde bist du... und du legst dich so hin, wie du immer liegst, wenn du schlafen willst... streck dich, schlafe... schlafe... Aljoscha...«

Die tiefe Stimme verwehte.

Der Zarewitsch schloß die Augen. Sein mageres Gesichtchen war überhaucht von Glück. »Kommst du wieder, Väterchen?« fragte er schon im Halbschlaf. »Erzählst du weiter...«

»Von den Tieren in Sibirien, von den sprechenden Bäumen, von den Flüssen mit den silbernen Fischen... Ich komme wieder, Aljoscha. Nun schläfst du ein... du schläfst... du schläfst... und du wirst träumen von Sibirien und stark und gesund werden wie die Bären, die im Fluß nach Fischen jagen... So müde bist du... so müde... Hörst du? Schlafe... schlafe...«

Rasputin erhob sich. Der kranke Zarewitsch schlief. Ohne Schmerzen, ohne Fieber, mit tiefem gesundem Atem.

Ungläubig, von dem Zar gehalten, beugte sich die Zarin tief über das Gesicht ihres Sohnes. Sie küßte es, sie spürte, daß kein Fieber mehr in ihm war, sie starrte auf das gelöste, lächelnde, zufriedene Kindergesicht.

»O mein Gott!« sagte sie leise. Und plötzlich drehte sie sich um, sank in die Knie, ergriff die Hände Rasputins und küßte sie mit aller Inbrunst. Der Zar stand hinter ihr wie versteinert, sprachlos und zu keiner Bewegung fähig. »Wie von einer göttlichen Hand wurde ich berührt...« schrieb er später in sein Tagebuch. Die dicke Wischniakowa stand an der Tür und weinte lautlos.

»Gott hat dich nicht verlassen, Mama«, sagte Rasputin leise und schlug über ihrem Haupt das Kreuz. »Glaube an die Kraft meiner Gebete, und dein Sohn wird leben.«

Er befreite sich aus den Händen der noch immer knienden Zarin, ging zur Tür, stieß die Wischniakowa an, mitzukommen, und verließ das Krankenzimmer.

Wenige Minuten später brachte ihn der Schlitten der Großfürstin Stana Nikolajewna zurück nach Petersburg.

7. Oktober 1907. Abends zehn Uhr.

Ein Wunder war geschehen.

*

Am Mittag des 8. Oktober saßen Dr. Derewenko und Professor Dr. Fedorow bei einer Tasse Tee in Derewenkos Zimmer. Sie hatten den Zarewitsch untersucht; sie hatten die breit lächelnde, vor Seligkeit fast platzende Wischniakowa gesehen; sie hatten gehört, daß die Zarin nach Tagen wieder ruhig schlief; sie hatten den Matrosen, den Betreuer Alexejs, gesehen, der herumging, als sei er Admiral geworden; sie hatten den Zar gesprochen, der zum erstenmal nach Tagen wieder lächeln konnte.

Der Zarewitsch lag noch immer schlafend in den Kissen. Auf dem Rücken, wie Professor Dr. Fedorow sah. Der Puls ging regelmäßig, der Atem war tief und langgezogen, der Körper war ausgestreckt und ohne Schmerzzucken, die geschwollene Hüfte hatte die bläuliche Verfärbung etwas verloren, aller Krampf des Körpers war verschwunden. Da lag ein tief schlafendes, entspanntes Kind, dem man nicht mehr ansah, daß der Tod schon seine Hände um den kleinen Körper gelegt hatte.

»Wie ist das möglich?« fragte Professor Fedorow und rührte nervös in seiner Teetasse. »Es war doch gar keine Chance mehr.«

Dr. Derewenko hob die Schultern. »Ein Wunder! Etwas anderes kann ich nicht sagen! Medizinisch ist es nicht zu fassen. Es gibt dafür keine Erklärungen! Wir können es nur hinnehmen: Der Zarewitsch wird weiterleben. Der Staretz hat es geschafft... ein sibirischer Bauer aus Pokrowskoje, Grigori Jefimowitsch Rasputin, ein Wanderprediger, ein bärtiger Sibiriake, ein Mensch, der nicht einmal richtig schreiben kann... Es ist nicht zu fassen!«

Dr. Derewenko bedeckte die Augen mit der Hand. Das Unbegreifliche erschütterte auch ihn.

Professor Fedorow trank langsam seinen Tee. Er war heiß und süß. Was niemand in Zarskoje Selo aussprach, empfand nun auch er, und er hatte Angst davor, Angst für die Zarenfamilie, Angst um Rußland: Der mächtigste Mann im größten Land der Erde hieß ab heute nicht mehr Nikolaus II., sondern Rasputin.

*

Über ein Jahr wartete Helena Feodorowna Woronzowa auf eine Nachricht aus Petersburg. Aber weder Rasputin schrieb ihr, noch hörte sie etwas über das Schicksal ihres Kindes Nadja.

Nach der Schneeschmelze war sie krank geworden und mußte sieben Wochen im Bett liegen, fiebernd und hustend. »Eine Lungenentzündung, Helena Feodorowna«, sagte der Arzt aus Tobolsk, der in mühseliger Fahrt über völlig aufgeweichte Wege drei Tage bis nach Podunskoje brauchte. »Da hilft alle Ungeduld nichts... wenn Sie nicht sterben wollen oder die Auszehrung zurückbehalten wollen, müssen Sie liegen, sich warm halten, sich einreiben lassen und bittere, entzündungshemmende Medizin trinken.«

Es war ein trauriges Leben in dem großen zweistöckigen Haus, seit Nadja in Petersburg war und die Verwandtschaft fern blieb, denn ein Schandfleck war die junge hübsche Frau des reichen Woronzow geworden, die als Witwe ein Kind bekam von einem streunenden, ungebildeten Bauern und Strannik.

Die alte Klaschka und der Pferdeknecht Fjodor waren die einzigen, die noch im Haus wohnten. Die Felder verkamen, die Scheunen verrotteten, im Frühjahr säte man gerade so viel aus, daß es für den eigenen Bedarf reichte, und im Herbst erntete man nicht mehr, als drei Menschen essen konnten, wenn der lange Winter kam. Auch das Dorf wandte sich von Helena Feodorowna ab, trotz des Wunders an dem blöden Kustja, der nun wieder sprechen konnte wie ein normaler Mensch und sogar Gedichte schrieb, die man verstand. Vor allem der Pope Pjotr war's, der Feindschaft in das Dorf trug. »Sie ist von ihm verhext!« schrie er sogar vom Altar beim sonntäglichen Gottesdienst. »Rasputin, dieser Unheilige, dieser Säufer und Hurer, hat sie irrsinnig gemacht. Meidet das Haus am Fluß, meine Töchter und Söhne, auf daß ihr nicht auch verflucht werdet!«

Helena Feodorowna kümmerte das wenig. Sie wartete geduldig auf ein Zeichen aus Petersburg.

Auf einen Brief. Auf ein Telegramm. Auf das ersehnte »Komm zu mir, Seelchen...«

Aber nichts kam aus Petersburg. Den Frühling über nicht, nicht im Sommer. Nur Reisende und Bettler brachten Nachrichten mit, die sich widersprachen.

Rasputin beherrscht den Zaren.

Rasputin hat zwei Frauen bei einem Trinkgelage vergewaltigt.

Rasputin trinkt mit der Zarin und den Großfürstinnen Tee.

Eine Frau, die Rasputin geschändet hat, ist in die Newa gesprungen und hat sich ertränkt.

Rasputin sagt dem Zaren, was er tun soll.

Rasputin schlägt Minister vor.

Rasputin ist jeden Abend betrunken. Er tanzt mit Zigeunern und reißt den Zigeunermädchen die Kleider vom Leib.

»Alles Lüge! Lüge! Infame Lüge!« sagte Helena Feodorowna, wenn die alte Klaschka an ihr Bett kam und die neuesten Berichte erzählte. »Hat niemand von Nadja etwas erzählt?«

»Niemand!« Die alte Klaschka wischte sich über die Augen. »Ich hätte unser Täubchen nicht wegfliegen lassen! Ich hätte es festgebunden. Ich hätte eher Grigori Jefimowitsch getötet!«

»Es ist sein Kind, Klaschka...« sagte Helena müde.

»Gezeugt hat er es! Was ist schon dabei? Aber du hast es geboren, du hast es großgezogen, du hast einen Menschen aus ihm gemacht. Und da kommt er her, nach zehn Jahren, und nimmt es weg! Warum wehrst du dich nicht, Helena Feodorowna? Ist das Liebe von einem Mann, einfach das Kind wegzunehmen? Ha! Wir fahren nach Petersburg! Wir alle! Ins Gesicht werde ich ihm spucken, dem dreckigen Grigori Jefimowitsch, Nadja auf die Arme nehmen und weggehen. Er will mich aufhalten? Haha! Wer hält die alte Klaschka auf!« Sie schlug mit der Faust gegen die Wand und gebärdete sich wie eine Irre. »In den Unterleib trete ich ihn! Zermalmen werde ich ihm alles, was er am meisten liebt! Oh – wir werden alle nach Petersburg fahren und Nadja zurückholen!«

Das war auch ein stiller Gedanke Helenas, und er wuchs in den langen Wochen ihrer Krankheit zu einem starken Willen. Nach Petersburg! Alles in Podunskoje verkaufen, das Haus, die Felder, die Pferde, die Wälder. In Petersburg leben, an der Seite Grigoris, in seinen Armen liegen und glücklich sein. Man würde Geld genug haben, um in Petersburg ein großes Haus zu führen, man würde sich eine Kutsche und Pferde, einen geheizten Schlitten, einen Kutscher und zwei Lakaien halten können. Im Sommer konnte man an das Schwarze Meer fahren, nach Jalta, wo auch die Zarenfamilie sich erholte, und in den langen Wintermonaten würde man die Bälle besuchen, die Theater und Konzerte. Welch ein Leben! Nur Mut gehörte dazu... Mut, das Leben in Podunskoje aufzugeben, alles zu verkaufen und nach Petersburg zu fahren, in die starken Arme Rasputins.

Es war schon ein reifer Sommer, als Helena Feodorowna endlich aufstehen konnte. Die Lungen waren frei, so sagte der Arzt aus Tobolsk, als er sie mit einem hölzernen Hörrohr abgehorcht hatte. Der Atem rasselte nicht mehr, es war kein leises Plätschern mehr im Lungenraum. »Sie sind gesund, Helena Feodorowna, aber nun beginnt die Zeit der Kräftigung. Sie haben mindestens zwanzig Pfund an Gewicht verloren«, sagte der Arzt zum Abschied. »Schonen Sie sich! Petersburg? Unmöglich! Die Reise zermürbt Sie. Sehen Sie sich doch im Spiegel an, Helena Feodorowna...«

Es kostete eine große Überwindung, bis Helena den Mut fand, sich im Spiegel zu betrachten. Sie tat es gründlich. Nackt stand sie vor der blanken, grausamen Scheibe und drehte sich langsam nach allen Seiten.

Ein schmales, kindlich zartes weißes Körperchen sah sie. Die blonden Haare flossen lang bis zur Hüfte, aber sie verdeckten nicht die Wahrheit. Knochig war sie geworden, die Haut spannte sich über den Beckenschalen, die Beine waren lang und dürr, die Arme wie bei einem Hungernden, die sonst runden, straffen

Brüste hingen etwas, und die Schlüsselbeinknochen waren wie zwei Stangen, die den Rumpf vom Kopf trennten.

»Klaschka!« schrie sie hell und rannte zur Tür. Sie wickelte sich in die herrlichen langen blonden Haare und riß die Tür weit auf. Ihre Stimme durchzitterte das weite Haus. »Klaschka! Komm her! Komm her!« Und als die alte Klaschka ins Zimmer gewatschelt kam, mit nasser Schürze, denn sie schrubbte gerade den Hausflur, rannte Helena zurück zum Spiegel und drehte sich wieder vor der erbarmungslosen Scheibe.

»Sieh mich an!« schrie sie. »Sieh, wie häßlich ich geworden bin! Die Knochen, die schlaffen Brüste, die fahle Haut... ich bin häßlich! Häßlich! Grigori wird sich vor mir ekeln... so, wie ich bin, kann ich nie vor ihn hintreten... Wir können nicht nach Petersburg fahren. Ich bin zu häßlich... ich bin häßlich!«

Sie warf sich auf das Bett, vergrub das Gesicht in die Kissen und heulte wie eine Wölfin. Die alte Klaschka schloß zunächst die Tür, dann ging sie zum Bett, drehte die weinende Helena Feodorowna auf den Rücken und zog sie an den Haaren hoch. Bis zum Spiegel zurück zerrte sie Helena an den Haaren, hielt sie fest und zwang sie, sich wieder anzusehen.

»Wo bist du häßlich, he?« schrie die alte Klaschka. »Dein Schoß etwa? Er hat Nadja das Leben gegeben! Deine Brüste? Sie haben Nadja gestillt! Dein Gesicht? In ihm haben sich elf Jahre Warten eingegraben! Ist das eine Schande, he? Schön bist du, schöner als alle Weiber in Petersburg mit ihren seidenen Röcken und Zobelpelzen! Du bist die Schönste von allen, siehst du es denn nicht?« Sie zog Helena wieder an den Haaren, und Helena Feodorowna starrte sich an, strich mit den Händen über ihren mageren Körper, streichelte ihre Brüste und ließ die Finger über ihren Schoß gleiten. Ein Schauer durchlief sie, denn sie dachte an die Hände Rasputins, die sie ebenso gestreichelt hatten.

»Ich werde viel essen müssen«, sagte sie leise. »Zwanzig Pfund fehlen, sagte Dr. Wladimir. Klaschka, wir werden nach Petersburg fahren, wenn meine Brüste wieder so fest sind, daß sie beim Galopp mit Jascha nicht einmal zittern...«

»Du bist verrückt!« sagte die alte Klaschka und ließ die seidigen blonden Haare los. Dann ging sie wieder, um den Flur zu schrubben, denn morgen war Sonntag. Helena Feodorowna aber blieb vor dem Spiegel stehen und betrachtete weiter ihre nackte Schönheit.

Vierunddreißig Jahre bin ich alt, dachte sie. Und ich sehe aus wie ein junges, unerfahrenes Mädchen.

Wirklich – wer kann sich mit mir messen in Petersburg?

Es dauerte noch einige Wochen, bis Helena Feodorowna mit ihrem Körper zufrieden war. Über den Hüften lagen neue Rundungen, die Haut hatte wieder den seidenen, goldenen Glanz bekommen, die Brüste waren rund und voll und hart.

Mit ihrem wilden Pferd Jascha ritt sie wieder am Ufer des Tobol entlang, in einer dünnen Bluse, und beim Galopp über die Uferbüsche und die Sandbänke blickte sie an sich herunter und jauchzte, wenn sie sah, daß sich unter dem seidenen Blusenstoff nichts bewegte.

»Nach Petersburg!« schrie sie nach diesem Ritt, kaum daß sie in den Hof gesprengt war und der alte Fjodor das Pferd an die Kandare nahm.

»Wir fahren nach Petersburg! Wir werden Nadja wiedersehen und Grigori Jefimowitsch!«

Aber das Schicksal war grausam. Zwei Tage später heulte aus der Taiga der Wintersturm heran, Schneemassen wirbelten auf das Land; so plötzlich kam der Sturm, daß vier Herden auf den Weiden erfroren; der Fluß vereiste, die Erde überzog sich mit dickem Schnee, das Dorf Podunskoje erstickte unter weißen Bergen.

Acht Tage dauerte der Sturm aus der Taiga, dann schien an einem Morgen wieder die Sonne, der Himmel war blau und wolkenlos, und die alte Klaschka kam ins Zimmer und sagte: »Dreißig Grad Frost, Mütterchen. Und die Wölfe kommen bis an den Dorfrand. Auch sie wurden überrascht und hungern seit einer Woche. Niemand wagt sich mehr allein vors Haus.«

Helena Feodorowna saß am Fenster und sah hinaus in die weiße, in der Sonne blendende Unendlichkeit des Landes. Ihr Gesicht war hart wie damals, als man sie zwingen wollte, amtlich den Namen des Vaters von Nadja Grigorijewna bekanntzugeben.

»Wir fahren nach Petersburg!« sagte sie entschlossen.

»Im Frühjahr, Mütterchen...«

»Nein. Jetzt. Übermorgen! Alles ist gepackt!«

»Es gibt keine Straßen mehr!« rief die alte Klaschka.

»Es gibt das Eis. Wir fahren mit dem Schlitten über das Eis von Tobol und Tura bis Tjumen. In Tjumen gibt es Züge.« Helena Feodorowna erhob sich so abrupt, daß der Stuhl umstürzte. »Ich warte nicht mehr länger. Ich will Nadja wiedersehen.«

Kopfschüttelnd verließ die alte Klaschka das Zimmer und rief Fjodor, alles vorzubereiten für eine Fahrt über das Eis.

Das war eine Arbeit!

Der große Reiseschlitten wurde eingewachst, die Kufen wurden geölt, für die beiden Pferdchen wurden Stiefel aus Stroh geflochten, die man ihnen überzog. Darüber band man dicke Säcke, damit sie auf dem Eis der Flüsse nicht ausrutschten. Die alte Klaschka nähte eine ganze Nacht hindurch Hundefelle zu breiten Decken zusammen, und Helena Feodorowna packte Säcke und

Kisten mit Kleidern und Pelzen, Backwaren und selbstkandierten Waldfrüchten, Salzfleisch und marinierten Fischen und holte aus dem geheimen Tresor im Keller alles Geld, das sie zur Verfügung hatte. Fast 5000 Rubel waren es, ein Vermögen in Sibirien.

Vom Hausverkauf und dem Verkauf der Felder sprach sie nicht mehr. Das hatte Zeit. Erst einmal in Petersburg sein, erst mit Nadja am Ufer der Newa spazierengehen, mit ihr die Oper besuchen, mit Grigori Jefimowitsch die Kathedrale Unserer Lieben Frau von Kasan betreten und Gott danken für das große Glück ... und im Frühjahr dann konnte man die Käufer über die Besitzung von Podunskoje führen und mit ihnen über den Preis verhandeln.

Ein klarer Sonnentag von klirrender Kälte war's, als Fjodor, der alte Kutscher, meldete, daß der Schlitten bereitstände. Die Kisten und Säcke waren verstaut, die alte Klaschka hockte schon, drei Mäntel übereinander und eine Pelzmütze tief im Gesicht, unter den Hundedecken im Schlitten, die beiden Pferdchen schnaubten und schabten mit ihren dick umwickelten Hufen in dem verharschten Schnee.

Noch einmal ging Helena Feodorowna durch alle Räume des großen Hauses am Tobol. Sie nahm Abschied, denn unsicher war's, wann sie wieder nach Podunskoje zurückkehren würde. Zwei Lohnknechte mit ihren Frauen sollten das Haus bewachen, das Vieh versorgen und sich vor allem um Jascha, das Reitpferd, kümmern.

Ein Abschnitt ihres Lebens war beendet. In Petersburg begann ein neuer Teil. Jugend, Sehnsucht, Erfüllung, Einsamkeit und Trauer blieben in Podunskoje zurück ... in Petersburg wartete der Glanz, das herrliche Leben, das große Glück an der Seite Grigori Jefimowitschs.

Mit schnellen Schritten verließ Helena Feodorowna das Haus, stapfte durch den Schnee zum Schlitten und stieg unter die Felldecken. Von Jascha hatte sie sich nicht verabschiedet ... sie konnte nicht, zu schwer wäre es gewesen, in seine großen treuen Augen hineinzusagen: Leb wohl, mein Liebling ... ob wir jemals wieder am Ufer des Tobol reiten werden, wenn die Morgennebel über den Fluß ziehen ...?

»Dawai, Fjodor!« schrie Helena, als sie im Schlitten saß. »Fahr los, Alterchen! Und blick nicht zurück ...«

Und so geschah es. Sie glitten hinunter zum Fluß, betraten das Eis und schabten fast lautlos über die spiegelnde weiße Fläche. Keiner sah zurück ... auf das hohe Haus, auf den kleinen Zwiebelturm der rosa Kirche von Podunskoje, auf die hellen Rauchfäden, die über den eingeschneiten Häusern hingen, zu der erstarrten Wand der Wälder, die sich im Osten an das Dorf heranschoben.

Die Pferdchen liefen fröhlich dahin, auf dem Geschirr klingelten die Glöckchen, die alte Klaschka schlief, denn sie hatte auch die letzte Nacht mit Packen zugebracht, und so vergingen die Stunden.

Weit nach Mittag umgab sie völlige Einsamkeit. Die Wälder waren an den Fluß gerückt, mächtige Stämme mit verfilztem Unterholz, ein Urwald, den noch kein Mensch durchstreift hatte.

Die Pferdchen wurden unruhig, und auch Fjodor sah sich öfter um, nestelte seine alte Taschenuhr aus dem Pelz und sah nach der Zeit. Noch drei Stunden, und sie mußten in Leskaja sein, einem Ort, der zur Poststrecke gehörte, wo es ein Gasthaus gab, ein warmes Essen und ein breites Bett. Noch drei Stunden, und der erste Tag der großen Reise nach Petersburg war geschafft.

Durch den Schlitten ging ein wilder Ruck. Die Pferdchen hoben die Köpfe und schrien. Fjodor stieß einen Fluch aus, bückte sich und holte eine Axt aus einem Sack zu seinen Füßen. Die alte Klaschka erwachte und gähnte. »Was ist, du Schurke!?« schrie sie nach alter Gewohnheit.

»Vom Wald her!« Fjodor streckte den Arm aus. »Noch haben sie Angst, aufs Eis zu kommen!«

Helena und Klaschka fuhren herum. Am Waldrand, auf gleicher Höhe mit dem Schlitten, jagten graue Schatten durch den Schnee. Nicht einer oder drei oder fünf... ein langer Streifen rennender Leiber verfolgte sie. Unmöglich war's, die Zahl zu erkennen, in Gruppen sprangen sie durcheinander, überholten sich, jagten wie Schemen vor der Wand des dunklen Waldes.

»Wölfe...« sagte Helena Feodorowna schaudernd. »Mein Gott, wie viele sind es, Fjodor?«

»Zwanzig oder hundert... was macht es, Herrin? Schon einer genügt, wenn er sich auf das Eis wagt!«

Und sie wagten sich auf das Eis. Der Hunger trieb sie dazu, der seit zehn Tagen leere Magen, der Geruch der schwitzenden Pferde, die Witterung des Fleisches. Erst war es der Leitwolf, der mit einem verzweifelten Satz auf den zugefrorenen Fluß sprang und damit seine Angst überwand... dann folgten ihm die anderen Schatten... und plötzlich war die Stille aufgerissen von schaurigem Heulen und heißem Hecheln, vom Trappeln vieler Krallen über das Eis, vom Triumphschrei blutgieriger Natur.

»Gott segne uns!« schrie der alte Fjodor. Er hatte die Pferde nicht mehr in der Gewalt, sie gehorchten keinem Zügel mehr, Todesangst schrie in ihren Augen, ihre Beine stampften über das Eis, rutschten und glitten, sie wieherten hell, warfen die Köpfe in den eisigen Himmel und rannten dann weiter. Der Schlitten schleuderte und schwankte, aber er hielt sich, denn es war ein breiter Schlitten.

»Festhalten!« schrie der alte Fjodor und umklammerte die

Vorderholme. »Noch ein paar Werst, und wir kommen an eine Siedlung! Betet! Betet!«

Was nutzt das Beten, wenn vierzig hungrige Wölfe schneller sind als Pferde?

Der Leitwolf überholte den Schlitten mit weiten, eleganten Sprüngen. Sein Rachen war rot und dampfte, als er sich vier Meter vor den Pferden auf dem Eis herumwarf, sich duckte und mit einem mächtigen Satz dem linken Gäulchen an die Kehle sprang.

»Satan! Satan!« schrie der alte Fjodor. Er holte mit der Axt aus, traf die Schulter des grauen Würgers, aber zu spät war's schon, der Biß saß in der Kehle, das Pferd bäumte sich auf und stürzte auf das Eis. Noch zehn Meter rutschte es, das andere Pferd verfing sich in der Deichsel, brach in die Knie, und der schwere Schlitten glitt auf die um sich schlagenden Körper, bohrte sich in das warme, dampfende Pferdefleisch und schnitt es auf wie mit einem gewaltigen Messer. Die messerscharfen Kufen waren es, von Fjodor für die Reise gestern noch geschliffen. Ein Blutbach ergoß sich über das Eis, und die Pferde schrien, daß einem das Gehirn zerplatzen konnte.

Ein vielstimmiges Gebrüll umgab das Knäuel auf dem Eis des Tobol. Der Blutgeruch verbreitete mörderischen Wahnsinn. Wie eine dichte graue Wolke brachen die Wölfe über Pferde und Menschen herab, eine Wolke aus wirbelnden Beinen, fletschenden Zähnen, roten aufgerissenen Rachen und kalten, hungrigen Augen.

Die alte Klaschka hatte sich unter die Felle verkrochen und betete. Fjodor stand mit seiner Axt auf dem Eis und drehte sich wie ein Kreisel um sich selbst. Er hieb nach allen Seiten, und von allen Seiten sprangen ihn die Wölfe an und gerieten in den Schwung seiner Axt. Sie kugelten weg, jaulten, leckten sich schnell die Wunde und sprangen von neuem an. Über den zuckenden Pferdeleibern hingen wie Geierschwärme die grauen Knäuel und rissen das Fleisch von den Knochen. Nebel umgab sie alle, Nebel aus dampfendem Blut.

Helena Feodorowna stand im Schlitten, nur mit einem Knüppel bewaffnet, den sie hinter dem Kutscherbock gefunden hatte. Sie schlug auf jeden Kopf, der zu ihr vorschnellte, sie schlug mit einer Kraft, daß die Hirnschalen der Wölfe platzten, sie kämpfte stumm und mit leeren Augen, bis sie spürte, wie ihre Arme schlaff wurden.

Von drei Seiten kamen sie, blutbefleckt und heulend im Blutrausch. Fast gleichzeitig sprangen sie, so dicht, daß sie sich in der Luft anstießen ... dann fielen sie über Helena Feodorowna und die alte Klaschka her und warfen sie in die Felle.

Der Aufschrei Klaschkas ging unter im Gebrüll der Wölfe.

Helena Feodorowna trat um sich und schützte das Gesicht mit den Unterarmen. Der erste Biß drang in ihre Schulter, zerfetzte den Pelz, als sei er Papier. »Nadja!« schrie sie. »Meine arme Nadja!« Sie wälzte sich herum, weinte und drückte das Gesicht tief in die Felldecken. Ein heißer Atem flog über ihren Nacken, an ihrem Ohr zitterte wildes Hecheln.

»Grischa!« schrie sie da. »Grischa, hilf!«

Der Schmerz, der sie vom Nacken her durchzuckte, war unerträglich, aber kurz. Als die Nackenwirbel unter den spitzen Zähnen zersplitterten, war sie schon ohnmächtig... den Tod spürte sie nicht mehr.

Als letzter fiel der alte Fjodor. Mit einem Hieb zermalmte er einem Wolf den Rücken, aber die Axt blieb in dem Körper stecken und wurde seiner Hand entrissen. Wehrlos stand er da, mit hängenden Armen, den Kopf mit dem langen weißen Bart hinauf zum Himmel gerichtet. So starb er, angefallen von vier grauen Wölfen, die sich gleichzeitig in ihm verbissen und seinen Leib in Fetzen rissen.

Nur zwei Werst weiter war die nächste menschliche Siedlung am Fluß. Pelzjäger mit Gewehren.

Sie fanden am nächsten Morgen die schrecklichen Überreste von Menschen und Pferden auf dem Eis.

Nach Petersburg kam die Kunde von dem Drama auf dem Eis des Tobol erst nach vierzehn Tagen. So lange brauchten die Beamten, um einen Bericht zu schreiben, denn auch damals, 1908, waren die Beamten nicht schneller als heute. Sogar die Zeitungen brachten eine Meldung, und sie nannten die Namen der Toten.

»Es ist meine Schuld, o Herr«, sagte Rasputin, als er die amtliche Meldung des Polizeipräfekten in den Händen hielt. Seine Finger zitterten, er küßte das Papier und sank in die Knie. »Wie kannst du mir vergeben?« Eine Woche lang war er darauf aus Petersburg verschwunden. Man sah ihn kurz in Kronstadt, wo er barfüßig durch den Schnee ging und den mächtigen Johannes von Kronstadt, den berühmtesten Priester Rußlands, um Vermittlung zu Gott bat. Drei Tage lang lag er auf den eisigen Steinquadern der Kirche, betete und weinte. Dann fuhr er zurück nach Petersburg und betrat seine Wohnung auf dem Newski-Prospekt wie ein lebender Leichnam. Nadja lief ihm mit ausgebreiteten Armen entgegen. Mit einem tiefen Ächzen fiel er wieder auf die Knie, umfing das Kind mit beiden Armen, preßte es an sich und weinte.

»Unser Mütterchen Helena ist bei Gott...« sagte er. »Auf dem Weg zu uns starb sie. Nun bist du allein, mein Engelchen – aber solange ich lebe, wird über dir die Sonne scheinen. Du bist ein Stück von mir, mein Seelchen...«

Die volle Wahrheit erfuhr Nadja Grigorijewna erst viel später.

An diesem Tag weinte sie mit ihrem Vater, ließ eine Ikone für ihre Mutter weihen und spürte zum erstenmal den großen Schmerz des Lebens.

Zwei Tage später küßte Rasputin die Hände der Zarin.

»Wir werden für Nadja sorgen«, sagte die Zarin gütig. »Sie wird im Haus des Fürsten Alexej Petrowitsch aufwachsen, sie wird erzogen werden wie alle Kinder am Hof. Sie wird mit den Großfürstinnen spielen und ihre Lehrer haben. Wenn du für sie bittest, Vater Grigori, weiß ich, daß es ein gutes Werk ist. Ich werde Nadja aufnehmen, als gehöre sie zu uns.«

Rasputin hob die Hand, und jetzt war es die Zarin, die ehrfürchtig den Kopf senkte.

»Der Himmel wird es dir danken, Mama«, sagte er mit seiner tiefen, herrlichen Stimme. »Er wird es dir vergelten an deinem Sohn Aljoscha.«

Die Zarin schloß die Augen.

Der Zarewitsch, dachte sie mit aller mütterlichen Ergriffenheit. Rasputin hatte ihn geheilt. Was gäbe es nicht auf der Welt, das ich nicht für ihn tun würde, nur Aljoschas wegen.

Ein paar Tage später zog Nadja Grigorijewna Woronzowa in das Palais des Fürsten Petrowitsch, aber auch in Zarskoje Selo bekam sie ein Zimmer, eine Kinderfrau und wurde den Lehrern der Zarentöchter vorgestellt: dem strengen Professor Gilliard, dem Englischlehrer Shilik und der Lehrerin Tintschewa.

Zum erstenmal sah sie, daß die Zarenfamilie wie in einem goldenen Käfig lebte, zurückgezogen, umgeben von Lakaien und Dienern, abgeschirmt von der Welt. Sogar die Räume der Zarentöchter, der Großfürstinnen Olga, Tatjana, Maria und Anastasia, die ab jetzt zu ihren Freundinnen und Gespielinnen gehören würden, waren bewacht. Zwei riesige Neger, Apty und Jim, saßen an der Tür zum Großfürstinnentrakt des Schlosses. Kein Mann durfte diese Räume betreten, nur Rasputin.

»Warum kann ich nicht bei dir bleiben, Väterchen?« fragte Nadja, als sie in ihrem Zimmer im kaiserlichen Schloß stand und die Kammerfrau die Koffer ausgepackt und alles in die Schränke eingeräumt hatte. »Es war so schön bei dir...«

»Ich bin nur ein Gast auf dieser Welt, mein Seelchen«, sagte Rasputin und streichelte Nadjas lange Haare. »Hast du vergessen, was ich dir einmal sagte? Nichts gehört mir als das Wort Gottes. Du aber sollst einmal der fröhlichste und glücklichste Mensch sein, der jemals aus Sibirien in die Welt gegangen ist. Noch kann ich dir helfen. Du weißt, mein ganzes Herz hängt an dir...«

In dieser Nacht, in einem Zimmer mit goldenem Stuck und seidenen Tapeten, mit warmen Teppichen und einer Dienerin, der sie befehlen konnte und die alles tat, als sei Nadja selbst ein Kind des Zaren, war sie tief unglücklich und weinte bis zum Morgen.

Sie wollte keinen Prunk, sie wollte nicht die Freundschaft der Großfürstinnen, sie wollte nicht Französisch und Englisch lernen, seidene Kleider tragen und bei einem Tanzmeister tanzen lernen... sie wollte bei Väterchen Grigori sein, ihn bewundern, wie er die Kranken heilte, wie er predigte, wie seine Augen leuchteten und seine tiefe Stimme wie eine Glocke schwang...

Erst gegen Morgen schlief sie ein.

Die Kammerfrau weckte sie mit einem leichten Rütteln an der Schulter, auf dem Sessel lagen die neuen Kleider bereit. Die Wintersonne vergoldete den Park von Zarskoje Selo.

»Wir sind schon spät dran, Nadja Grigorijewna«, sagte die Kammerfrau. »In einer halben Stunde frühstücken die kaiserlichen Hoheiten, und Sie sollen ihnen ab heute Gesellschaft leisten.«

Nadja richtete sich im Bett auf. Man duzte sie nicht mehr... die Kammerfrau sprach zu ihr wie zu einer Dame. Ein anderes Leben hatte begonnen.

Mit einer koketten Bewegung strich sich Nadja die Haare aus der Stirn und schlug die Decken zurück.

Beginne ich schon erwachsen zu sein? dachte sie.

Sie lief zu dem großen Spiegel in dem dicken Goldrahmen und betrachtete sich. Unter dem langen, glatt herabfallenden Nachthemd drückten sich zaghaft, kaum erkennbar, zwei Wölbungen durch.

»Sie müssen sich waschen, Nadja Grigorijewna«, sagte die Kammerfrau aus dem Nebenzimmer. Wasser plätscherte in eine Porzellanschüssel. Nadja nickte und zog das Hemd über den Kopf.

Der erste Tag in einer neuen Welt begann...

*

Das Leben am Hof des Zaren schirmte Nadja von allem ab, was draußen im Alltag geschah. Sie fuhr mit den Großfürstinnen nach Jalta zur Erholung, nach Belowega und Spala zur Jagd, nach Kronstadt und auch nach Moskau, der herrlichen Stadt, die Zar Nikolaus II. merkwürdigerweise nicht liebte und kaum besuchte. Meistens aber war sie in Zarskoje Selo, dem Sommerschloß, zwanzig Werst von Petersburg entfernt, oder in dem großen Winterpalast an der Newa, der so viel Zimmer hatte, daß sich Nadja dreimal verlief. Auch im Haus der Anna Wyrobowa, der ersten Hofdame der Zarin, an der Ecke der Sredniaja und Tserkownaja, wohnte sie öfter. Mit der Wyrobowa verband sie eine echte Freundschaft. »Dein Vater ist ein Heiliger«, sagte Anna

Wyrobowa immer, wenn Rasputin sie oder die Zarin besucht hatte, mit ihnen Tee getrunken und fröhliche Geschichten erzählt hatte. »Dein Vater ist der größte Mensch, den Rußland je geboren hat! Was wären wir alle ohne Väterchen Grigori...«

Das war das einzige, was Nadja über ihren Vater erfuhr: Seine regelmäßigen Besuche, bei denen er den Lernfleiß Nadjas lobte und ihr wertvolle Ikonen mitbrachte, die enthusiastischen Worte der Wyrobowa, die Briefe, die die Zarenkinder ihm schrieben, wenn er in Pokrowskoje war bei seiner Frau Praskowja und den drei Kindern Maria, Warwara und Dimitri, und die lobenden Worte der Zarin selbst, die in ihrer Dankbarkeit für die Heilung des Zarewitsch alle Grenzen zwischen sich und dem sibirischen Bauern verwischte.

Das andere erfuhr sie nie, sondern las es erst viel später, ohne es glauben zu können: Die Berichte der Ochrana, der Geheimpolizei, über die Orgien Rasputins in seiner Wohnung und in der Dependance der Villa Rode, einem Schlemmerlokal in Petersburg, wo Zigeunerkapellen spielten und Rasputin Unmengen von Fisch, Madeirawein, Portwein und Kuchen zu sich nahm, zu den Klängen der Zigeunerkapelle tanzte und Männern, die ihm schmeichelten, Empfehlungsschreiben an den Zar mitgab. Man erzählte von Vergewaltigungen an Hofdamen und Bittsucherinnen, sogar die gute Wischniakowa sollte er belästigt haben. Eine lange Liste wurde von General Spiridowitsch, dem Chef der Geheimpolizei bis 1916, dem Zar überreicht, in der mit Datum und Uhrzeit aufgezeichnet war, daß Rasputin täglich mehrmals Frauenbesuche erhielt, wie ein Wüstling lebte und die Ehen des Stabskapitäns Sandetzki und des Hauptmanns Gill zerstört hatte. Die Schauspielerin Warwarowa wurde als seine Geliebte genannt, ebenso wie die Frau des Psalmsängers Jermolaj. Eine Woge von Schmutz spülte über Rasputin hinweg, von den Kanzeln und in den Klöstern predigte man Haß gegen ihn, die Politiker wünschten ihn tot, und der Adel am Hof ekelte sich vor ihm.

Das alles ging nur bis zur Tür der Zimmerflucht, vor der die Neger Apty und Jim wachten. Nadja erfuhr nichts davon... für sie war Rasputin das geliebte, zärtliche Väterchen, das sie erziehen ließ wie eine Prinzessin.

So verflogen die Jahre zwischen Zarskoje Selo und Petersburg. Nadja lernte ein vorzügliches Russisch bei dem Hauslehrer Pjotr Wassiljewitsch Petrow, sie konnte Klavier spielen und schön singen, was ihr der Musiklehrer Conrad beibrachte, sie sprach fließend Englisch, zur großen Freude des neuen Englischlehrers Professor Charles Gibbs. Sie spielte mit Jimmy, dem Hund Anastasias, und lief neben dem Fahrrad her, wenn der Zarewitsch unter Aufsicht seines riesigen Matrosen im Park fahren durfte.

Und sie wurde, schneller als die Großfürstinnen, eine junge Dame.

Als sie vierzehn Jahre war, hatte sie runde, feste Brüste und gut gepolsterte Hüften, sie war groß und schlank, ihr Haar schimmerte in der Sonne bronzefarben, und die Beine, die unter den langen Röcken nur zu ahnen waren, kamen ihr lang und wunderschön schlank vor.

Mit fünfzehn Jahren sah sie voll Stolz, wie die Lakaien und die Offiziere der Wache und der Garde ihr nachblickten; dann bewegte sie die Hüften beim Gehen und hatte einen großen Spaß, wenn selbst verheiratete ältere Offiziere glänzende Augen und rote Wangen bekamen.

»Du bist schön!« sagte Rasputin einmal bei einem Besuch im Haus der Wyrobowa und zog Nadja an sich. »Bei Gott, du wirst schöner, als es deine Mutter war! Das ist gefährlich, mein Engelchen! Mißtraue allen Männern, die dich umschmeicheln, weise sie ab, wenn sie schöne Worte reden.« Er sah Nadja tief in die Augen, ein Blick, der sie zerschnitt wie mit einem brennenden Messer. »Bist du schon verliebt, mein Seelchen?«

»Nein, Väterchen!« Nadja lächelte. »Ich liebe nur dich...«

»Wenn du dich in einen Mann verliebst, rufe mich, mein Engel.« Rasputin ließ die Hände sinken und legte sie über seinen langen Bart. »Ich muß ihn sehen, hörst du, ich muß mit ihm sprechen, ich muß in seine Seele sehen, ob er würdig ist, dich wiederzulieben. Versprichst du mir das, mein Seelchen?«

»Ich verspreche es, Väterchen.« Nadja küßte ihren Vater auf die Stirn und Rasputin war zufrieden, wie es alle Väter sind, die eine erwachsene schöne Tochter haben.

In diesem Jahr – es war im August 1912 – sprach das Schicksal zu Nadja Grigorijewna. Die Sonne brannte heiß über Petersburg, die Straßen glühten, und alles ging an der Newa spazieren, in den Parks oder auf den Promenaden der Inseln zwischen Njewka und Großer Newa. Auch Nadja hatte sich auf den Weg gemacht. Sie hatte in Petersburg im Winterpalais etwas abgeholt, ein versiegeltes Paket für die Wyrobowa, und nun spazierte sie allein durch den herrlichen Sommergarten, der Parkinsel zwischen Newa, Moika und Fontanka. Einen seidenen, spitzenbesetzten Sonnenschirm hatte sie aufgespannt, und während sie mit graziösen Schritten über die Wege ging, raffte sie den langen weißen Rock ein wenig und zeigte die schmalen, zarten Knöchel in spitzen, schnallenbesetzten Seidenschuhen. Man sah ihr nach wie einer Elfe, die einem Märchen entsprungen war. Die langen, bronzefarben schimmernden Haare hatte sie nur mit einem roten Seidenband im Nacken zusammengebunden... bei meiner Seele, gab es etwas Schöneres in Petersburg? Undenkbar!

Sie stand gerade an dem gemauerten Kai und sah hinunter in die blauen Wasser der Fontanka, drehte den Sonnenschirm auf ihrer Schulter und ließ den warmen Sommerwind über ihre Stirn streichen, als zwei elegant gekleidete junge Männer rechts und links an sie herantraten und ihre gelben aus Panamastroh geflochtenen Hüte lüfteten.

»Ein so schönes Täubchen hat sich noch nie nach Petersburg verirrt!« sagte der eine, ein langer blonder Mensch mit einer pickeligen Nase und aufgeworfenen Lippen. »Darf man fragen, wo das Nestchen ist?«

»Wir hatten ausgemacht, Janis, daß die Schöne selbst entscheiden soll!« fuhr der links von Nadja Stehende dazwischen. Er war etwas kleiner, schwarze Locken umgaben sein weiches, weibisches Gesicht, in dem die Augen flackerten und die fahle Haut zuckte. »Machen wir Fair play, mein Lieber. Wer gefällt Ihnen am besten, meine Schöne?«

Nadja drehte sich um. Eine unbestimmbare Angst schnürte ihr die Kehle zusammen. Die beiden eleganten Männer lächelten sich zu. »Was wollen Sie von mir?« fragte Nadja laut.

»Es geht um eine Wette.« Der Blonde fächelte sich mit seinem Strohhut Luft zu. »Wir verfolgen Sie seit einer Stunde, schönes Vögelchen. Tichon, mein Freund, sagte, Sie würden hundert Rubel kosten. Das ist ein Preis, den man in Moskau zahlt. Petersburg ist nicht Moskau, meine Liebe ... ich glaube, Sie wären mit fünfundsiebzig Rubel gut honoriert ...«

»Sie ist stolz! Ich sage: hundertfünfzig Rubel!« rief der dunkle Tichon. »Du hast keinen Blick für extravagante Frauenzimmer, lieber Janis!«

»Lassen Sie mich gehen!« Nadja klappte den Sonnenschirm zusammen. So wurde er eine Waffe, wenn es nötig war. »Sie beleidigen mich ...«

»Oho, mein Täubchen!« Janis, der Blonde, hielt sie am Arm fest, als Nadja fortgehen wollte. Sie wollte sich losreißen, aber sein Griff war wie eine eiserne Klammer. »Sag nicht, du seist eine Adlige. Wo ist deine Kammerfrau, he? Ein bürgerliches Püppchen bist du, vielleicht die Tochter eines Perückenmachers oder eines Kramhändlers. Was macht's? Hübsch bist du, und ich biete dir, verdammt, zweihundert Rubel für eine Stunde! Das verdient dein Vater nicht in einem Monat!«

Tichon, der Schwarzgelockte, lachte laut. Er packte Nadja am anderen Arm und streichelte ihr mit der freien linken Hand über das Gesicht. Sie warf den Kopf zurück, voll Ekel und Schrecken.

»Welch ein zimperliches Weibchen!« rief Tichon. »Ich mache dir einen Vorschlag, Janis, Bruderherz ... wir zahlen dreihundert Rubelchen und teilen uns den Spaß!«

Mit aller Kraft riß sich Nadja los. Sie wich zurück bis zum steinernen Kai der Fontanka und stieß den Schirm wie einen Degen vor. »Ich rufe um Hilfe!« keuchte sie. »Ich schreie! Sie wissen nicht, wer ich bin!«

»Eine Puppe!« schrie Janis und schob den Strohhut ins Genick. »Hat man das schon gesehen? Ein Bürgermädchen mit Ehre?«

Er lachte hell und wollte nach dem Schirm greifen, mit dem Nadja um sich schlug, als um die Ecke der Rosenbüsche ein hochgewachsener, schlanker Offizier bog, in einer hellen, straff sitzenden Uniform, eine weiße Schirmmütze mit dem Wappen des Zaren auf dem Kopf. Ein schmales schwarzes Bärtchen unter der Nase zerteilte sein braungebranntes Gesicht. Wie ein Südländer sah er aus, nur kräftiger und breiter in den Schultern.

Mit ein paar langen Schritten war er am Kai, und er fragte nicht erst, sondern packte Janis an den Schultern, gab ihm einen Schwung und warf ihn in die Hecke. Noch ehe sich Tichon wehren konnte, taumelte er gegen die Kaimauer und begann aus der Nase zu bluten. Ein Faustschlag verwandelte den Sommertag für ihn in eine kreisende Landschaft.

»Sie Flegel!« brüllte Janis und stolperte aus den Rosen heraus. »Was geht Sie an, was hier geschieht? Die Polizei rufe ich!«

Der junge Offizier hatte sich zu Nadja umgewandt und grüßte. »Ist Ihnen etwas geschehen?« fragte er, und beim ersten Ton seiner Stimme zog ein Hauch von Seligkeit durch Nadjas Herz. Eine schöne, tiefe Stimme war es, eine Stimme voller Melodie. Eine Stimme, fast wie Väterchen Grigori... »Sind Sie belästigt worden?«

»Eine Hure ist sie!« schrie der blutende Tichon und drückte ein seidenes Taschentuch gegen seine Nase. »Hundert Rubel nimmt sie sonst, und jetzt will sie dreihundert! Der Faustschlag aber wird Sie teuer zu stehen kommen!«

»Ich bin Nadja Grigorijewna Woronzowa«, sagte Nadja schwach. Jetzt, im Schutz des unbekannten Offiziers, verließ sie alle Kraft. Sie hätte weinen können wie ein Kind. »Ich bin eine Freundin der Großfürstinnen. Meine Kutsche wartet am Winterpalais. Bitte bringen Sie mich dorthin, Herr Offizier...«

Die beiden vornehmen Herren Tichon und Janis waren davongerannt. Sie kamen in Begleitung eines Polizisten wieder, als Nadja sich bei dem Offizier einhakte und zurück zum Winterpalais gehen wollte. »Da sind sie!« schrie Janis. »Eingehakt! Vielleicht hat der Herr Offizier vierhundert Rubel geboten!«

Der Offizier blieb stehen und ließ den Polizisten herankommen. Man sah dem Beamten an, wie peinlich es ihm war, einen Offizier zu verhören. Das gab eine unangenehme Meldung. Das gab endlose Verhöre.

»Es liegt eine Anzeige vor«, sagte der Polizist heiser. »Euer Hochwohlgeboren sollen zwei Passanten mißhandelt haben.«

»Ich habe zwei Flegel gezüchtigt, weiter nichts!« Der Offizier sah auf Janis und Tichon. »Und ich schlage sie noch einmal zu Boden, wenn sie es wünschen!«

Der Polizist atmete schwer. »Euer Hochwohlgeboren... es handelt sich bei den Herren um den Grafen Janis Jegorowitsch Kolosichin und um den Fürsten Tichon Michailowitsch Schamanskij.«

»Und ich bin der Gardehauptmann Seiner Majestät des Zaren, Nikolai Georgijewitsch Gurjew.« Er legte den Arm um die Schulter Nadjas, und sie kam sich unendlich geborgen und glücklich vor. »Wenn die Herren eine Beschwerde haben, reichen Sie sie bitte dem Zaren ein! Der Zar entscheidet selbst über seine Gardeoffiziere!« Er nickte dem Polizisten zu, übersah die großen Augen der jungen Lebemänner und beugte sich zu Nadja herab. Fast einen ganzen Kopf kleiner als Gurjew war sie. »Kommen Sie, Gnädigste, ich bringe Sie sicher nach Zarskoje Selo. Ich werde neben Ihrer Kutsche herreiten.«

So lernte Nadja ihn kennen, den Gardehauptmann Gurjew.

Zwanzig Werst, bis vor das Schloß, ritt er neben ihr her, und sie sah zu ihm hinauf, wie er gerade und stolz auf dem Pferd saß, den Bildern gleich, die sie bisher von Reitern gesehen hatte. Nicht satt sehen konnte sie sich... sie prägte sich sein schönes, schmales Gesicht ein, sein flottes Bärtchen, seine breiten Schultern, seine schmalen Lippen, die langen Beine, die das Pferd lenkten, die eng sitzende Uniform mit den breiten bestickten Schulterstücken.

Am Tor von Zarskoje Selo hielt er an. Die Kutsche rollte weiter, sie hatte immer freie Fahrt. Nadja hob sich aus den Polstern und winkte zurück. Das letzte, was sie sah, war ein Bild wie ein Denkmal... ein schwarzes Pferd, ein schöner Mann in Uniform, die Hand grüßend an die Mütze gehoben. Dann schloß sich das Gittertor.

Am Abend schrieb sie in ihr heimliches Tagebuch: »Ich bin verliebt... ich bin verliebt... Nikolai Gurjew heißt er... Wie unendlich selig ist das Gefühl im Herzen... ich liebe...«

Nadja sah Nikolai Gurjew vorerst nicht wieder. Der goldene Käfig von Zarskoje Selo ließ keinen Blick in die gemeine Welt frei, wie die Wyrobowa alles nannte, was außerhalb der Schloßmauern lag.

*

Silvester stand auf dem Kalender. Silvester 1913.

Für Nadja Grigorijewna bedeutete das ihren ersten Hofball. Sie war nun sechzehn Jahre alt, eine gebildete, hochgewachsene junge

Dame von bewundernswerter Schönheit. Sie trug die Haare in langen gedrehten Locken bis hinunter zur Hüfte, ihre Stirn war hoch und weiß, und das Mieder umschloß eine Brust, von der die Großfürstin Tatjana einmal sagte: Sie ist königlich!

Sie sprach französisch und englisch, musizierte mit den Zarentöchtern vierhändig am Klavier und konnte nach Aussage des Tanzlehrers Fourège tanzen wie eine Schwanenfeder.

Der Hofschneider entwarf für sie zum ersten Hofball ein Kleid aus Seide und Spitze, Brokat und Florentiner Tüll, bestickt mit Rosen und mattleuchtenden Perlen. Als Nadja es anprobierte, im Haus der Wyrobowa, umarmte die Hofdame sie und weinte vor Freude. »Du bist das schönste Mädchen der Welt!« rief sie enthusiastisch. »Wie könnte es anders sein als Tochter von Vater Grigori!«

Rasputin war in diesem Winter nicht in Petersburg. Er lebte in Pokrowskoje bei seiner Familie, verbittert über die Feindschaft, die ihm überall entgegenschlug, und erstaunt, daß alle seine Werke, die nur dem Frieden und dem Wohlergehen dienen sollten, sich in das Gegenteil verkehrten. Er grollte. Zwar schrieben ihm die Zarin, die Zarentöchter, die Wyrobowa glühende Briefe der Treue, aber in seinem Herzen nagte die Trauer, daß eine Welt so undankbar sein konnte. Er sah, daß er ausgenutzt worden war von Ministern und Schmeichlern, und er ekelte sich vor ihnen.

So kam die Silvesternacht.

Nadja wurde von ihrer Kammerfrau angekleidet. Eine Friseuse aus Paris kämmte und flocht ihr die Haare, schminkte sie und zauberte die letzte Vollkommenheit in ihr Gesicht. Und dann war der große Augenblick gekommen ... wie eine Königin stand sie im Zimmer, mit großen, glänzenden Augen, und die Wyrobowa überreichte ihr den ersten Ballfächer. Der Griff war aus Elfenbein und die einzelnen Fächer aus japanischem Reispapier. »Es wird der erste Fächer sein, der voll von Tanzanmeldungen sein wird«, sagte die Wyrobowa. »Du wirst dich nicht retten können vor Tänzern.«

Der Glanz des Ballsaales, den sie dann betraten, blendete Nadjas Augen. Aus riesigen Kristalleuchtern flammten die Kerzen über die goldenen, bemalten Wände, das Mosaikparkett spiegelte, eine Woge von Uniformen und Fräcken, rauschenden Kleidern und Pelzen umgab sie, Orden blitzten, Brillantkolliers funkelten. In einer Ecke des großen Saales spielte das Orchester in tscherkessischen Uniformen, die Großfürstinnen standen mit vielen Adeligen an einem langen weißgedeckten Büfett. In der Mitte des spiegelnden Parketts, unter den kristallenen Kronen, tanzte das Ballett der Petersburger Oper. Der Zar, in einer engen blauen Jacke mit dem roten Doppeladler auf der Brust und schwarzen

Hosen mit roten Streifen, saß neben der Zarin auf einem kleinen Podium und überblickte den Saal. Die Zarin wirkte zerbrechlich und müde, das prunkvolle Kleid schien ihr zu schwer zu sein, ebenso das funkelnde Diadem auf den Locken. Ein wenig starr saß sie auf dem goldenen Stuhl und sah dem Ballett zu. Der Zarewitsch fehlte. Der geringste Stoß in der wogenden Menschenmenge konnte wieder eine lebensgefährliche innere Blutung hervorrufen.

Nadja atmete tief auf. Sie sah sich um, die Wyrobowa war zu den Großfürstinnen geeilt, das Ballett tanzte durch einen Ausgang davon, das Orchester begann einen Walzer zu spielen, in die festliche Menschengruppe kam Bewegung.

»Das kommende Jahr wird mein schönstes sein!« sagte in diesem Augenblick eine tiefe Stimme hinter ihr. Nadja fuhr herum. Sie spürte, wie helle Röte in ihr Gesicht stieg, wie das Herz aussetzte und dann weiterschlug... seliger, tiefer, schwerer.

»Nikolai Georgijewitsch...« sagte sie, und sie hatte Mühe, normal zu sprechen und nicht zu stottern.

»Sie erkennen mich wieder?« Gurjew beugte sich über Nadjas Hand und küßte sie. »Ich habe Sie gesucht, Nadja Grigorijewna. Ein ganzes Jahr lang... dann habe ich resigniert. Es war nicht möglich, Ihnen in den Palast eine Nachricht zu geben. Aber ich hoffte auf diesen Abend, ich hoffte mit ganzer Seele... und nun ist es in Erfüllung gegangen.«

Nadja nickte stumm. Die Seligkeit, die sie durchrann, kannte keine Worte. Sie sah Gurjew an, und alles, was sie in ihr Herz eingeschlossen hatte, brach hervor wie eine Sturmflut. Sein Gesicht, seine Augen, die Lippen... und jetzt stand er da, in einer goldbetreßten Uniform, eine Schärpe um die breiten Schultern, mit goldenen Epauletten, engen schwarzen Hosen und blanken Lackschuhen. Die jungen adeligen Damen sahen ihn von weitem bewundernd an, und zum erstenmal empfand sie so etwas wie Besitzerstolz und die Macht ihrer Schönheit.

»Ihren Fächer, Nadja Grigorijewna«, sagte Gurjew, nahm ihn aus ihrer schlaffen Hand, entfaltete ihn, nahm einen Bleistift aus dem Rock und schrieb quer über alle Felder: Nikolai. Dann gab er ihn zurück und lächelte. »Ich gehöre Ihnen, Nadja. Befehlen Sie über mich! Mein Kommandeur hat mich für diese Nacht beurlaubt. Ich gehorche nur noch der schönsten Frau von Petersburg...«

»Dann tanzen wir!« sagte Nadja leise. »Wenn Sie so tanzen können, wie Sie reiten, Nikolai Georgijewitsch...«

Er konnte es. Wie zwei Federn schwebten sie über das Parkett, man sah kaum, daß ihre Füße den Boden berührten. Es war der seligste Walzer, der je in diesem Saal getanzt worden war, und alle, die ihnen zusahen, erkannten das, traten zurück und machten die Mitte frei für Nadja und den Gardehauptmann Gurjew. Unter den Augen des Zaren und der Zarin tanzten sie schließlich allein unter den kristallenen Kronen, ein Paar wie aus einem Königsmärchen, schwerelos. Sie tanzten auch noch, als das Orchester schwieg, denn sie hörten gar nicht die Musik, weil ihre Herzen schöner und seliger sangen.

Erst als die anderen Gäste klatschten, sogar der Zar klatschte mit, erwachten sie aus ihrem Traum, standen verlegen inmitten des glänzenden Kreises und gingen dann zur Seite.

In einem Nebenraum, wo sich Nadja nach vielen Tänzen etwas ausruhen wollte, waren sie allein. Gurjew hatte zwei Kelche Sekt mitgebracht, und sie trank zwei Schlucke wie eine Verdurstende. Dann sahen sie sich an, und was sie nicht aussprachen, lag in ihren Augen.

Sie zuckten zusammen, als im Saal ein lautes Hoch ausgebracht wurde. Das Orchester spielte die Zarenhymne, durch die Fenster drang das Geläut zahlloser Glocken. Böllerschüsse zerrissen die Nacht.

»Mitternacht!« sagte Gurjew leise. »Das Jahr 1914 beginnt. Es möge uns alle glücklich machen...«

Dann stellte er sein Glas zur Seite, nahm das andere aus Nadjas Händen, umarmte sie, zog sie an sich und küßte sie auf den zitternden, kalten, sektfeuchten Mund. Ihr erster Kuß war es, und sie schlang die Arme um seinen Nacken und hielt ihn fest und wartete darauf, ob sie vor Glück sterben würde.

»Ich liebe dich, Nadja...« sagte Gurjew, als sie sich nach langer Zeit voneinander lösten.

»Ich liebe dich auch, Nikolai...«

»Wir werden glücklich sein...«

»Unendlich glücklich...«

Sie küßten sich immer und immer wieder, während im Saal der Ball ins neue Jahr weiterging mit einer großen Polonäse.

»Ich werde es Papa schreiben«, sagte Nadja, als sie zurück zu den Tanzenden gingen. »Ich habe es ihm versprechen müssen. Und ich weiß, daß Väterchen dich auch so lieben wird wie ich. Er wird uns segnen, und wir werden glücklich sein...«

»Ich werde selbst mit deinem Vater sprechen.« Gurjew legte den Arm um Nadja, als sie den Saal betraten. Jeder sollte sehen, daß sie von nun an zusammengehörten. »Wo kann ich ihn sehen?«

»Er wird im Frühjahr nach Petersburg kommen.« Nadjas Gesicht glänzte vor Glück. »Du wirst ihn wunderbar finden, Nikolai.«

»Bestimmt. Wer ist dein Vater?«

»Rasputin...«

Nadja winkte der Wyrobowa zu. Sie war ausgelassen vor Freude, sie hätte laut jubeln können.

So sah sie nicht, wie das Gesicht Gurjews erstarrte. Ja, Entsetzen lag in seinen Augen. Wie ein aufgezogener Spielzeugsoldat ging er weiter, als ihn Nadja zum Parkett, zum neuen Tanz in das Jahr 1914 zog...

3

Spät am Abend – Nadja blieb in dieser Nacht im Haus der Wyrobowa, die immer mehr zu ihrer Vertrauten und mütterlichen Freundin wurde, sehr zur Freude der Zarin – trat plötzlich Rasputin in die kleine luxuriöse Villa der Hofdame. Schrecklich sah er aus. Draußen waren dreißig Grad Frost, der Eiswind klirrte gegen die Fensterscheiben, und wie Rasputin so eintrat, mit vereistem, steifem Bart, hartgefrorenem Pelz, mit Schneekristallen von der Pelzmütze bis zu den dicken Stiefeln überzogen, sah er ganz so aus, als sei er zu Fuß aus Sibirien gekommen, in wochenlanger Wanderung über Ural und Steppe, durch Wälder und über zugefrorene Flüsse.

»Väterchen Grigori!« schrie die Wyrobowa auf, als Rasputin die ihn anmeldende Kammerfrau einfach zur Seite schob und in den Salon mit den Seidenmöbeln und dicken Perserteppichen stampfte. »Woher kommen Sie? Keiner weiß, daß Sie in Petersburg sind! O meine Seele... Sie wollten in Pokrowskoje bleiben! Ich werde Mama sofort benachrichtigen. Und auch Papa wird sich freuen. Man vermißt Sie sehr im Schloß, Väterchen. Vor allem die Kinder fragen nach Ihnen. Und Aljoscha...«

Rasputin zog seinen dicken Pelzmantel aus und warf ihn über die Lehne eines der wertvollen Sessel. Eine Pfütze bildete sich sofort auf dem Teppich. Das Eis schmolz in der Zimmerwärme. Auch aus seinem Bart tropfte das Schmelzwasser und durchnäßte seinen groben Bauernkittel, den er über den gesteppten Hosen trug.

»Laß Mama und Papa ruhen!« sagte er laut. Seine Stimme hatte einen harten Klang. »Sie brauchen nicht zu wissen, daß ich hier bin! Ich werde auch morgen oder übermorgen zurückfahren nach Pokrowskoje.« Er schüttelte sich. Die Wyrobowa starrte ihn entzückt und ängstlich zugleich an. Er ist heimlich hier, dachte sie beglückt. Und er macht mich zu seiner Vertrauten. Man sollte ihm die Hände küssen und um seinen Segen bitten...

»Wo ist Nadja?« fragte Rasputin. Er dehnte sich wie ein Riesenbär, über seinem breiten Oberkörper spannte sich das grobe

Hemd. Von seinen Stiefeln fielen Eisstücke auf den Teppich. »Schläft sie schon?«

»Sie ist in ihrem Zimmer, Väterchen.« Die Wyrobowa hockte in ihrem Sessel wie ein hypnotisiertes Kaninchen. »Ja, in ihrem Zimmer. Wir haben heute Tee getrunken, an einem Wandbehang gestickt, Kuchen haben wir gegessen... Ich liebe sie wie meine Tochter, Väterchen...«

»Was ist geschehen?« Rasputin ging in dem großen Zimmer hin und her. Er blieb vor einer Ikone stehen, starrte das verklärte Gesicht des heiligen Semjon an, ging weiter, riß den geschliffenen Korken von einer hohen Kristallflasche voll Madeirawein, setzte die Flasche an die breiten Lippen und trank schmatzend und in langen Zügen die halbe Flasche leer. Darauf ächzte er etwas, umkreiste den Sessel, in dem die Wyrobowa unbeweglich hockte, wandte sich zu einem Tisch, auf dem eine Schale zierlicher Kuchen nach französischer Art lagen, griff mit beiden Händen zu und stopfte sich drei Stücke gleichzeitig in den Mund. »Was ist geschehen?« wiederholte er kauend.

»Nichts ist geschehen, Väterchen Grigori.« Die Wyrobowa verging vor Glück. Er trinkt meinen Wein, er ißt meinen Kuchen, er fühlt sich wie zu Hause. Ihre heiße, unterdrückte, sinnlose Liebe zu Rasputin lag in ihrem seligen Blick, mit dem sie jede Bewegung des Staretz verfolgte. »Aljoscha ist gesund. Derenkow, der Matrose, hütet ihn wie sein eigenes Augenlicht. Mama schläft wieder ohne Träume, Papa hat Sorgen mit der Duma und den Abgeordneten und mit all den Unzufriedenen, die ihm die Schuld zuschieben...«

»Du lügst!« Rasputin blieb vor der Wyrobowa stehen. »Seelchen, du lügst! Ich hatte keine Ruhe in Sibirien! Ich mußte weg nach Petersburg. Mein Herz zuckte, mein Blut kochte in den Adern, in der Nacht kam der Erzengel Michael zu mir und schrie: Fahr nach Petersburg! Dein Glück ist in Gefahr! – Lügt der Erzengel Michael, he? Was ist geschehen?«

Über die Wyrobowa glitt die Verzweiflung eines Kindes. Sie verzog weinerlich das Gesicht. »Nichts ist, Väterchen. Könnte ich dich je belügen? Dich, der du in die Herzen siehst und in ihnen liest wie in einem Buch...?«

Rasputin ging zurück zu der geschliffenen Weinkaraffe, setzte sie wieder an den Mund und trank sie leer. »Laß mich mit Nadja allein«, sagte er dumpf, als er sich abwandte und zur Tür ging. »Besorge neuen Wein. Er wärmt meine Seele mehr als Tee!«

Er verließ das Zimmer, warf die Tür hinter sich zu, und so viel Kraft war in ihm, daß das Holz splitterte, in das das Schloß eingelassen war.

Nadja Grigorijewna hatte sich noch nicht ausgezogen. In einem mit hellgrauem Nerz besetzten Kleid und gelösten, bis auf die Schultern fließenden Haaren saß sie am Fenster an einem kleinen weißgold und rot lackierten Schreibsekretär und sah hinaus auf den Schnee und die bizarren Bäume des Gartens, durch die der Nachtsturm fegte und weiße Wolken gegen die Hauswand trieb.

Sie schrieb einen Brief an Nikolai Gurjew.

Jeden Abend schrieb sie jetzt einen Brief. Nur ein paar Zeilen, nur ein Hauch von Glück und Seligkeit floß auf das rosa Papier, und wenn sie geschrieben hatte: »Ich liebe Dich! Ich sehne mich nach Dir! Die Welt ist schöner geworden, seit ich sie in Deinen Augen gesehen habe...« dann setzte sie nicht darunter: »Deine Nadja«, sondern sie drückte ihre Lippen auf das Papier, und dieser Abdruck sagte: Ich küsse Dich, Nikolai... ich bin bei Dir...

Seit der Silvesternacht hatte sie Gurjew nur einmal von fern gesehen... auf dem Pferd, vor einer Eskadron reitend, in Pelzmütze mit dem kaiserlichen Adler und einem Mantel aus wertvollen Biberfellen. Vom Fenster des Schlosses hatte sie ihm zugewinkt, aber er konnte ihr kein Zeichen geben, er war im Dienst und ritt daher wie zu einer Parade. Nur aus einer leichten Drehung des Kopfes erkannte sie, daß er sie am Fenster gesehen hatte.

Aber schreiben, das konnte Nadja in ihrem goldenen Käfig in Zarskoje Selo. Jeden Abend schrieb sie: »Gute Nacht, mein Liebster!« Oder: »Ich habe zwei Sterne am Himmel gesehen... waren es Deine Augen, Nikolai?« Und die Briefchen gingen hinaus aus dem Schloß. Die Kammerfrau trug sie weiter, die Friseuse nahm sie mit, die Englischlehrerin, einmal sogar der Neger Apty, der vor den Frauengemächern Wache hielt. Nur Antwort bekam sie nicht oft. Nikolai Gurjew hatte einen strengen Dienst, er war oft in Petersburg, und so erreichten ihn häufig vier Briefchen auf einmal, und er schrieb zurück: »Mein kleiner Himmel... wie qualvoll ist es, Dich aus der Ferne zu sehen, von Fremden von Dir zu hören, den Abdruck Deiner Lippen zu küssen und vor dem Schloß zu stehen wie ein Bettler, der sich wärmt beim Anblick einer Kerze... Ich liebe Dich. Wenn es Frühling ist, werde ich den Zaren bitten, Dich heiraten zu dürfen...«

Nadja Grigorijewna beugte sich über das Papier und schrieb. Der Wind prallte gegen die Scheiben, im Garten ächzten die Bäume. Silvester, dachte sie. Ist es erst drei Wochen her? Drei Jahre könnten es sein, so sehne ich mich nach Nikolai.

Bis zum Morgen haben wir getanzt. Als wir uns trennen mußten, denn die Großfürstinnen verließen auch den Saal, blieb er zurück wie versteinert, unendlich traurig, mit Augen, die man nie vergessen kann. Nicht einmal küssen konnten wir uns zum Abschied... wir winkten uns zu, und dann schlossen sich die hohen Türen zwischen uns. Nikolai...

»Wer ist das, an den du schreibst?« fragte eine tiefe Stimme hinter ihr. Mit einem hellen Schrei fuhr Nadja herum. Der Stuhl polterte über das Parkett, die langen Haare wehten über ihr entsetztes Gesicht. Erst nach diesem Aufschrei erkannte Nadja ihren Vater, breitete die Arme aus und fiel ihm um den Hals. Was tat es, daß sein Bart naß war, daß er nach Wein roch, daß aus seinen Kleidern ein strenger, stallähnlicher Geruch strömte? »Väterchen!« rief sie und küßte Rasputin über das ganze bärtige Gesicht. »Väterchen! Du bist hier! Du wirst mir helfen...«

Rasputin ließ den Sturm der Begrüßung über sich ergehen, aber er war nicht so zärtlich wie früher. Er ließ sich küssen, ohne Nadja auch von sich aus zu umarmen, er schwieg zu ihren Ausrufen und starrte an ihren flatternden Haaren vorbei auf den Schreibtischsekretär. »Wem schreibst du?« fragte er.

»Ich bin so glücklich, Väterchen...« Nadja breitete die Arme aus, als könne sie die Welt umarmen. »Soll ich dir beweisen, wie es in mir brennt? Ich werde durch den Sturm gehen, und das Eis wird unter meinen Füßen schmelzen und der Schnee zerfließen, bevor er meinen Körper trifft...«

»Ein Mann! Es ist ein Mann!« Rasputin setzte sich schwer auf einen Stuhl und legte die Hände in den Schoß. Er sah zu Nadja hinauf, die sich vor ihm drehte, tanzend und wiegend wie nach einer schmeichelnden Musik. Und plötzlich kam es über ihn, eine heiße Welle des Zorns und der väterlichen Enttäuschung, ja, erschrocken erkannte er, daß es auch Eifersucht war, wilde Eifersucht auf diesen Mann, der Nadja so verwandelt hatte. Er stampfte mit seinen dicken Stiefeln auf, hieb mit den Fäusten auf den Tisch und legte den Kopf in den Nacken, während er brüllte.

»Wer ist er?« schrie er. »Nichts, sagt die alte Hexe Anna, nichts! Ist es nichts? Ein Mann! Wie siehst du aus, Nadja, mein Seelchen? Hast du andere Augen bekommen, einen anderen Blick? Komm her! Hierher sollst du kommen! Hierher! Ich will dich ansehen! Ich will sehen, ob du mehr vom Leben weißt als damals, als ich wegging! Bleib stehen!«

Rasputin erhob sich. Nadja wich zurück zur Wand. Ihre Fröhlichkeit war zerbrochen. Angst und Schrecken durchschüttelten sie. Zum erstenmal hörte sie die andere Stimme ihres Vaters... nicht weich und tief und singend, sondern hart, wie niederstürzende Felssteine, das Herz zertrümmernd und begrabend.

»Väterchen...« stammelte sie. »Was denkst du von mir...«

»Sieh mir in die Augen!« Rasputin stand vor ihr. Sein Blick glühte. Gegen diesen Blick gab es keine Kraft mehr, ihm war nicht zu entfliehen, er brannte die Wahrheit schlackenlos aus aller Lüge heraus. »Bist du noch meine reine Tochter Nadja... bist du mein weißes Täubchen? Schwöre es mir...«

Nadja schwankte. Der Blick Rasputins zerschnitt sie. Sie konnte nicht mehr atmen, das Herz flatterte, ihr Blut wurde zu Feuer. Da schlug sie beide Hände vor die Augen, warf sich herum und drückte den Kopf gegen die seidene Tapete.

»Ich liebe ihn!« schrie sie gegen die Wand. »Ich liebe ihn!«

Rasputin wischte sich über die Augen und die Stirn. Sie war naß, aber es war kein Schneewasser mehr ... es war kalter, klebriger Schweiß. Er atmete schwer, strich sich über den langen Bart und spreizte die Beine, um fester zu stehen, denn er hatte das Gefühl, daß er schwankte.

»Wer ist er?« fragte er. Ein dumpfes Seufzen begleitete die Frage.

»Nikolai Gurjew.« Nadja drehte sich herum. Jetzt, da der schreckliche Blick sie nicht mehr traf, stiegen wieder Mut und ein ihr fremder Widerstand in ihr auf.

»Was macht er?«

»Er ist Offizier. Hauptmann der Garde des Zaren.«

»Ein Offizier! Offiziere leben für den Krieg! An Orden, an siegreiche Schlachten denken sie! Das Töten ist ihre Aufgabe! Ein Offizier!« Rasputin warf beide Arme empor, hoch über seinen Kopf. »Meine Tochter mit einem Offizier! Einen ehrlichen Kaufmann solltest du heiraten, einen Bauern ... jawohl, einen fleißigen, guten Bauern, der seinen Hof in Ordnung hat, der mit Wind und Eis kämpft, der von seiner Hände Arbeit lebt ... oder einen Handelsmann, der aus fremden Ländern die Waren kommen läßt. Alles, alles kannst du heiraten ... aber einen Offizier? Nein, das nicht!« Rasputin trat einen Schritt vor. Nadja hob wieder die Arme, aus Angst, er könne sie schlagen. »Du siehst die Uniform! Du siehst ihn auf dem Pferd sitzen! Du siehst seine breiten Epauletten! Vergoldete Knöpfe funkeln, Schnüre und Streifen. Und du bist geblendet, mein Seelchen, von dieser Pracht, in der ein Mann steckt. Welch ein Mann? Man hat ihn ausgebildet, damit er schießen und stechen und schlagen kann! Und wenn er recht viele Menschen absticht, so wie der Schlächter seine Ferkelchen, dann bekommt er einen Orden oder auch zwei oder drei, er bekommt einen Stern mehr an seine schöne Uniform, er wird geehrt, und der Zar küßt ihn auf die Wangen. Nur weil er getötet hat, weil er andere Menschen umbrachte und weil man das, wenn man es in Uniform tut, Tapferkeit und Heldentum nennt! – Will Gott das? Ist das ein Leben, das Gott mit Wohlgefallen sieht? Hat er die Welt erschaffen, damit sie sich wieder vernichtet? – Und meine Tochter, mein Vögelchen, liebt einen Offizier! Ich bin traurig, sehr traurig ...«

Rasputin ging zu dem Stuhl zurück und setzte sich wieder. Wie ein alter, gebrochener Mann saß er da, wie ein armseliger, schmutziger Bauer, dem der Frühlingsschlamm die Felder verwüstet hat und der nun einsehen muß, daß er im Sommer und im Herbst hungern konnte.

»Ich bin traurig...« sagte Rasputin leise.

»Nikolai ist nicht so wie andere!« Nadja blieb zitternd an der Wand stehen. Zwischen Mitleid und Trotz mischte sich die Liebe; sie wurde hin und her gerissen. »Du kennst ihn nicht, Väterchen. Er wurde Offizier, weil sein Vater und sein Großvater Offiziere des Zaren waren.«

»Und wo sind sie?«

»Tot.« Nadja senkte den Kopf. »Nikolais Vater fiel im Japanischen Krieg...«

»Und es werden immer wieder Kriege kommen... Krieg nach Krieg... und sie werden fallen wie die Fliegen im Stall, wenn man sie mit einer Lederklatsche herunterschlägt.« Rasputin streckte beide Hände aus. Seine Stimme wurde flehend. »Nadja... Nadjuscha... ich habe es gefühlt. Als die Silvesterglocken läuteten, mußte ich hinausgehen aus der Stube in den Schnee. Mein Herz war so schwer. Und dann quälte es mich, bis ich gefahren bin... bei eisigen Stürmen mit dem Schlitten bis Tjumen... mit Zügen, die steckenblieben im Schneewind und freigeschaufelt werden mußten... in einem offenen Karren von Petersburg bis hierher... keine Ruhe hatte ich... die Sorge um dich trieb mich... Stimmen waren in mir, die mir zuriefen: Rette dein Glück, Grischa! Rette dein Glück! Oh, was ist denn mein Glück?« Rasputins Kopf sank auf die Brust. »Mein Glück bist du, Seelchen... Gehorche deinem Vater...«

»Ich liebe Nikolai!« Nadja blieb stehen. Sie rührte sich nicht, sie übersah die ausgestreckten Hände Rasputins, die sie zu sich heranziehen wollten. »Ich werde ihn heiraten!«

»Und wenn ich es nicht will?«

Nadjas Augen wurden hart. Erschrocken sah es Rasputin... ein Wille stemmte sich ihm entgegen, wie er ihn noch nie empfunden hatte. Ein Widerstand aus einer Kraft heraus, die er nicht zu brechen wagte, weil es Kraft aus seiner eigenen Kraft war.

Meine Tochter, dachte er, beglückt und wehrlos zugleich. O Gott, sie ist wirklich meine Tochter. Sie hat den unendlichen Atem Sibiriens in sich...

»Ich werde mit ihm sprechen«, sagte er besänftigend. »Morgen schon. Ich sehe ihn mir an!«

Damit stand er auf und ging mit schleifenden Schritten hinaus. Die Wyrobowa erwartete ihn mit altem Madeirawein und dampfendem Fettgebäck. Ein Diener hatte unterdessen den Tisch gedeckt wie eine Festtafel.

»Väterchen Grigori... Honigrollen, die Sie so mögen!« sagte

die Wyrobowa. Sie rannte um den Tisch herum wie ein gejagter Pfau. »Und Madeira. Zehn Jahre alt. Nehmen Sie Platz... nehmen Sie Platz. Honigrollen...«

»Ersticken sollst du an ihnen!« sagte Rasputin, schob die sprachlose Wyrobowa zur Seite und verließ den Salon. Sekunden später rannte die Kammerfrau ins Zimmer. Ihr Blick war wie irr.

»Hinaus ist er...« stammelte sie. »In den Schneesturm... ohne Mantel... mit bloßem Haupt... Er wird umkommen, Anna Alexandrowna...«

Die Wyrobowa rührte sich nicht. Versteinert saß sie hinter den dampfenden Honigrollen, alles Leben schien aus ihr gewichen.

Im Nebenzimmer lag Nadja Grigorijewna auf dem Bett und weinte.

Es war der erste Abend, an dem kein Brief zu Nikolai Gurjew ging.

*

Er hatte heute seinen dienstfreien Tag und überlegte, was er tun sollte. Wieder hinausfahren nach Zarskoje Selo und warten, ob Nadja sich am Fenster zeigte? Schlafen und am Abend ins Theater gehen? Mit anderen Kameraden ein Tingeltangel besuchen und sich frivole Tänze ansehen? Da war der lustige Boris, Oberleutnant und Sohn unermeßlich reicher Eltern... er kannte alle hübschen Mädchen in Petersburg und Zimmervermieterinnen, die diskret waren. Oder der riesengroße Konja! Auch Hauptmann, wegen ständigen Saufens immer wieder zurückgestellt von der Beförderung zum Major. Mit ihm konnte man bis zum Morgen durch die Lokale ziehen und sich betrinken. Es gab nicht viel Auswahl in Petersburg für einen einsamen, verliebten Mann, der treu sein wollte und an Nadja Grigorijewna dachte.

Nikolai Gurjew entschied sich, zunächst zu schlafen und dann brav in die Oper zu gehen. Irgendwann wurde dann das tägliche Billett Nadjas abgegeben... zarte, süße Worte, die er auswendig lernte und auch noch im Traum hersagte.

Gurjew wachte gegen Mittag auf, als sein Bursche ihn an der Schulter rüttelte und einen Brief vor die Nase hielt. Es war kein rosafarbener Umschlag, sondern ein einfaches graues Kuvert von billigstem Papier. Verwundert setzte sich Gurjew im Bett auf, riß den Umschlag auf und las.

»Mein Sohn.

Ich erwarte Dich gleich in meiner Wohnung. Gott segne Dich.
Grigori...«

Gurjew sprang mit einem Satz aus dem Bett und rief nach seiner Sonntagsuniform. In fliegender Eile kleidete er sich an, blickte in den Spiegel, sah ein paar Haarspitzen am Kinn und ließ sich von seinem Burschen schnell rasieren, schrie nach einem Schlitten, warf seinen pelzbesetzten Mantel über und rannte aus dem Haus. Bevor er die Wohnung auf dem Newski-Prospekt, die jedes Kind in Petersburg kannte als die geheimnisvollen Zimmer, in denen Rasputin Besessene heilte, ansteuern ließ, ließ er sich zu dem größten Blumengeschäft der Stadt fahren und kaufte einen Strauß dunkelroter Treibhausrosen. Sie wurden der Kälte wegen in Watte verpackt und dem Kutscher unter den warmen Sitz gelegt. Dann glitt der Schlitten durch den festgestampften Schnee zur Wohnung Rasputins.

Verwundert, weil alles anders war, als es überall berichtet wurde, betrat Gurjew das Treppenhaus. Keine wartenden Menschenschlangen schoben sich die Treppe hinauf, selbst die Ecke der Ochrana-Wächter war leer bis auf einen dicken, schnaufenden Beamten, der eben eingetroffen war. Die Nachricht im Hauptquartier der Geheimpolizei: Rasputin ist wieder da! hatte wie eine Bombe eingeschlagen. General Spiridowitsch glaubte es zuerst nicht... er wußte nur aus Tobolsk und Tjumen, daß Rasputin in Pokrowskoje war. Aber als es sich bestätigte – zehn Leute hatten Rasputin bloßhäuptig in der Nacht durch den Schnee rennen sehen –, hetzte Spiridowitsch den Geheimen Inspekteur Luka Sergejewitsch Tatin in das Haus auf dem Newski-Prospekt, um wenigstens zwei Augen dort zu haben.

»Er ist oben, Herr Hauptmann!« keuchte Tatin. »Was wollen Sie von ihm, wenn man's erfragen darf?«

»Ich will mir einen Pickel auf der linken Hinterbacke wegsprechen lassen!« antwortete Gurjew böse. Tatin seufzte. Ein Mensch, der nichts als seine Pflicht erfüllt, wird immer angestänkert! Er zeigte auf den dicken Blumenstrauß und leckte sich die Lippen.

»Und die Blumen?«

Gurjew, schon auf der Treppe, drehte sich noch einmal um. »Vater Grigori hat sie gewünscht! Vielleicht soll ein Weibchen damit glücklich gemacht werden.«

»Wissen Sie, welche, Herr Hauptmann?«

»Kreuzen Sie irgendeine auf Ihrer Liste an! Spielt's eine Rolle?«

Gurjew rannte weiter die Treppe hinauf. Inspekteur Tatin setzte sich und trug in sein Berichtsbuch ein: »14.17. Besuch von Gardehauptmann Gurjew mit Blumen. Unhöflicher Mensch.« Ein paar Zeilen darüber aber stand: »Rasputin kam in die Wohnung um 11 Uhr 28. In seiner Begleitung eine verschleierte junge unbekannte Frau von großer Schönheit. Rasputin ist mit ihr allein in der Wohnung...«

Tatin lauschte nach oben. Ein Klopfen, ein Knarren der Tür, das Zuschnappen eines Schlosses. Keine Stimmen, keine Worte.

Und Inspekteur Tatin trug in sein Buch ein: »Es scheint, daß

Rasputin zwischen der unbekannten Dame und dem Hauptmann Gurjew ein Stelldichein vorbereitet hat.«

Luka Sergejewitsch wußte in diesem Augenblick des Eintrags, daß er wegen der Wörtchen »es scheint« von General Spiridowitsch wieder angebrüllt würde. Als ob man überall dabeisein könnte...

Nikolai Gurjew stand hochgewachsen, schlank und stolz in seiner glänzenden Sonntagsuniform vor dem Mann, den der Adel Rußlands haßte wie den Satan und die Zarenfamilie verehrte wie einen Heiligen. Zum erstenmal sah er in die Augen, die – wie man sagte – jede Seele durchschauten, zum erstenmal hörte er die Stimme, die weich sein konnte und hart wie ein Fels, zum erstenmal drückte er die Hände, die Wunder geschehen ließen, und spürte die Küsse auf seinen Wangen, die unter dieser Berührung zu zittern begannen.

Das ist Rasputin, dachte er. Ein schwerer, klobiger Bauer mit wirren Haaren und einem ungepflegten Bart. Ein Muschik, der grobe Stiefel trägt, ein verblichenes wollenes Bauernhemd, verschmutzte Hosen und von dem ein Geruch nach Zwiebeln, Jauche, Wein und Schweiß ausströmt.

Das ist der Vater Nadjas! O Herr im Himmel, gib mir die Kraft, nur das zu denken: Er ist der Vater Nadjas...

In Gurjew war nichts von heiliger Scheu oder Ehrfurcht. Rasputin spürte das, und sein Blick, der erst freundlich auf dem jungen Menschen geruht hatte, wurde hart und kalt.

»Du bist Nikolai Georgijewitsch Gurjew...« sagte Rasputin langsam. Er strich sich über den Bart, und er blieb in der Diele der Wohnung stehen, ohne Gurjew ins Zimmer zu bitten. Dort stand Nadja, bleich und bebend wie alle jungen Mädchen in einer solchen Situation, und wartete, daß Nikolai hereinkam. »Du liebst meine Tochter...«

Gurjew spürte, wie Widerwillen in ihm aufkam. Ich werde höflich sein, hatte er sich auf der Fahrt im Schlitten vorgesagt. Ich will vergessen, was man über Rasputin erzählt. Ich liebe Nadja und nicht ihn. Niemand kann sich seinen Vater aussuchen. Ich werde höflich sein und mich vor Rasputin beugen. Aber jetzt war das anders... zu deutlich war die Feindschaft, die zwischen diesen beiden Männern stand. Eine Feindschaft, glühend in aller Stummheit, unversöhnlich und elementar, vom ersten Blick an, den sie sich zugeworfen hatten.

»Ja, ich liebe sie«, sagte Nikolai Gurjew fest. »Und ich werde sie heiraten.«

»Du sagst es so bestimmt, mein Söhnchen. *Zu* bestimmt.« Rasputins Blick bekam den merkwürdigen Glanz, der die meisten verwirrte, wenn er sie damit anstarrte. An Gurjew versagte die

Wirkung; um das festzustellen, genügte ein kurzes Duell der Augen zwischen Rasputin und Nikolai. »Man sollte bei diesen Entschlüssen immer erst den Vater fragen und von ihm den Segen erbitten.«

»Wer weiß, daß Sie der Vater Nadjas sind, Grigori Jefimowitsch?« fragte Gurjew hart. Rasputins linke Augenbraue hob sich.

»Niemand! Nur die Zarin und der Zar, die Wyrobowa, die Großfürstinnen und Gott!«

»Das beruhigt mich.« Gurjew legte den eingewickelten Blumenstrauß auf einen Stuhl, der an der Wand stand. Ich werde hochmütig sein, dachte er. Bei Gott, ich kann diesen Menschen nur ertragen mit Hochmut. »Ich werde die Zarin um die Hand Nadjas bitten.«

»*Ich* bin der Vater!« Rasputins Stimme schwoll an. Noch war's ein Grollen, aber der Vulkan brodelte schon.

Das ist er, dachte er, und sein Herz war schwer wie bei allen Vätern, die den Mann ansehen müssen, der ihnen die Tochter wegnimmt und der von nun an mehr geliebt wird als der Vater. Das ist ein Raub, der unverzeihlich ist; eine Wunde ist's, die nie verheilt und immer aufbricht.

Für Rasputin war es mehr... er hatte das Empfinden, von Gurjew gepfählt und verbrannt zu werden. Was liebte er mehr auf dieser Welt als Nadja? Ein Ebenbild ihrer Mutter war sie, und keiner wußte, was Helena Feodorowna für ihn bedeutet hatte.

»Sie haben Sie gezeugt, Grigori Jefimowitsch.« Nikolai Gurjew sah stolz auf den Mann mit dem wilden Bart hinab. »Das war ein Akt von Sekunden oder Minuten. Erzogen wurde Nadja von der Mutter, zu einer Dame ist sie geworden durch die Zarin... ihre Herkunft ist für die Umwelt ein Geheimnis... es wäre schlecht, wenn man erführe, wer der Vater ist...«

Rasputin zog die breiten Schultern hoch. Aber Gurjew beachtete es nicht, er sprach weiter.

»Ich werde die Zarin um Nadjas Hand bitten, und unter dem Patronat der Zarin werden wir heiraten. Kein Flecken wird mehr auf Nadjas Namen liegen...«

»Ein Flecken... ein Flecken sagt er...« Rasputin atmete tief auf. »Bin ich ein Flecken?« schrie er plötzlich. Gurjew zuckte zusammen, seine Hand fuhr zum Degen. »Ein Flecken!« brüllte Rasputin. »Ich erwürge dich, du armseliger Hund! Ich zertrete dich mit meinen Bauernstiefeln wie eine Wanze! Ich zerdrücke dich wie einen Floh! Wer bist du denn, du stolze Larve? Oh, das sage ich dir: Eher fällt der Himmel auf die Erde, als daß du Nadja in dein Bett bekommst! Hinaus! Hinaus mit dir, du Hund!«

Rasputin rannte zur Tür und riß sie auf. Nikolai Gurjew rührte sich nicht. Er sah in die entgegengesetzte Richtung, auf die weiße Tür, die ins Zimmer führte und hinter der Nadja wartete.

»Ich werfe dich die Treppe hinunter!« schrie Rasputin. »Ich werfe dich vor die Tür wie einen verschlissenen Lappen!«

»Wo ist Nadja?« fragte Gurjew hart. »Ich nehme sie mit. Sie soll vergessen, welchen Vater sie hat...«

Er wollte zur Zimmertür gehen, aber wie ein Tiger warf sich Rasputin ihm entgegen. Von dem Anprall schwankten sie, fielen gegen die Wand, umklammerten sich und starrten sich aus flammenden Augen an. Und hier, in diesem verbissenen Kampf, Auge in Auge, begriffen sie, wie beschämend es war, was sie taten.

Rasputin trat zurück. Er keuchte, sein wilder Bart war wie ein vom Sturm zerfetztes Gebüsch. Die Tür zum Treppenhaus stand noch offen, Luka Tatin schlich die Treppe hinauf, um zu lauschen.

Nikolai Gurjew wischte sich über das Gesicht. Seine Offizierspelzmütze mit dem roten Zarenadler darauf war ihm in den Nacken gerutscht.

»Wir benehmen uns wie die Straßenjungen, Grigori Jefimowitsch...« keuchte er. »Wie wilde Hunde, die um einen Knochen zanken.« Er rückte die Mütze zurecht und zerrte seinen Mantel gerade. »Aber wer Sie auch sind und was Sie auch getan haben und noch tun werden... meine Liebe zu Nadja ist so groß, daß ich vergessen werde, was ihr Vater an Unglück über die Menschen und Rußland bringt.«

»Warum haßt du mich so?« Rasputin kämmte sich die Haare, indem er mit gespreizten Fingern hindurchfuhr. »Was habe ich dir getan?«

»Jeder in Petersburg weiß, wie Sie leben, Grigori Jefimowitsch. Ihre Liebschaften, Ihre Orgien in der Villa Rode, Ihre Ehebrüche, Ihre Heilungen, die Vergewaltigungen sind, Ihr verwerfliches Leben zwischen Huren und Säufern, Betrügern und Karrieremachern, Ihr Einfluß auf die Zarin und den Zaren, Ihre Reden: ›Wer regiert in Wahrheit Rußland? Ich!‹, Ihr Haß gegen das Militär und den Adel, Ihre einseitigen Informationen für den Zaren... Sie werden Rußland vernichten, Grigori Jefimowitsch!«

»Ich werde Rußland aus dem Schlamm ziehen, in dem es zu ersticken droht! Ich sage Papa die Wahrheit, die Wahrheit über sein Volk, das ihn liebt und das der Adel ausbeutet und knechtet! Ich sage ihm die Wahrheit über die vielen tausend Deportierten und Sträflinge in Sibirien, die im Namen des Zaren lebendig verfaulen – und Papa weiß nichts davon! Dafür bin ich geboren... die Wahrheit zu sagen und Rußland, meinem Rußland zu helfen!« Rasputin starrte Nikolai Gurjew an, den Mann, der ihm seine Tochter stahl. »Geh!« sagte er hart. »Geh sofort! Oder ich flehe den Himmel an, dich mit ewigem Fluch zu belasten...«

Nikolai Gurjew zögerte ein paar Sekunden. Noch einmal sah er zu der weißen Doppeltür, hinter der Nadja sein mußte, dann wandte er sich ab, verließ die Wohnung und rannte auf der Treppe mit dem heranschleichenden Tatin zusammen.

»Was ist?« flüsterte der Ochrana-Inspekteur. »Was ist mit ihm?«

»Er ist ein großer Mann!« keuchte Gurjew. »Er ist so groß, daß man ihn hassen muß! Wir werden ihn nie verstehen, weil er nicht von unserer Welt ist!«

Er stieß Tatin zur Seite und rannte aus dem Haus. Auf der Straße sprang er in seinen wartenden Schlitten, boxte dem Kutscher in den Rücken und schrie: »Fahr los! Irgendwohin! Von mir aus zur Petrowskij-Insel. Ich muß allein sein! Ich muß Luft haben. Frische, eisige Luft! Fahr, du Schurke!«

Der Schlitten ruckte an.

In diesem Augenblick rannte aus einem Hauseingang ein junger schmaler Mensch in einem langen schwarzen Mantel, hetzte wie ein Riesenwiesel über die verschneite Straße und sprang neben Gurjew in den anfahrenden Schlitten. Er fiel ihm fast vor die Füße, umklammerte die Seitenholme und richtete sich auf die Knie auf. Aus einem schmalen, bleichen Gesicht sahen Gurjew zwei irre, fiebrige Augen an.

»Lassen Sie weiterfahren, Herr Hauptmann!« sagte der schwarzgekleidete Mann. »Ich bin ein Mönch. Genjka heiße ich... ein Mönch... Sehen Sie meine Kleidung...«

»Was wollen Sie von mir?« fragte Gurjew. Unter der Felldecke umklammerte er den Degenknauf, bereit, sofort die Klinge blank zu ziehen. »Woher kommen Sie?«

»Sie waren bei ihm... dem Antichrist, dem Teufel in Person, dem Verderber der Welt... Hassen Sie ihn? Wollen Sie ihn töten? Ich habe Sie gesehen, als Sie aus dem Haus kamen. In Ihren Augen lag Mordlust! Ich bin nur ein Mönch... ein kleiner Mönch in armseliger Armut. Aber ich habe einen Auftrag von Gott: Ich muß die Familie Rasputin vernichten...«

Gurjew überlief es eiskalt. Er sah Genjka in die irren Augen und erkannte die Gefahr in seinem Wahnsinn. »Die Familie?« fragte er. »Warum sie? Genügt nicht Rasputin allein?«

»Nichts darf von ihm übrigbleiben!« Der Mönch Genjka hob beide Arme gegen den bleiernen Winterhimmel. Er würde den Himmel aufreißen, wenn er es könnte, durchfuhr es Gurjew schaudernd. »Ein heiliger Auftrag ist's, Bruder Hauptmann! Alles, was Rasputin gehört, darf nicht mehr leben! Erst wenn die Welt wieder ohne Rasputin ist, wird es eine Welt Gottes! Willst du ihn töten?« Genjka sah Gurjew mit flackernden Augen an. Er zitterte vor Frost und heiliger Erregung. »Tu es, Bruder, tu es! Gott wird dich segnen!«

»Ich werde es nicht tun!« schrie Gurjew auf. Er warf die Felldecken weg, zog den Degen und richtete sich auf. Der irre Mönch Genjka kreischte wie ein Marktweib, duckte sich, sprang auf die Straße zurück, glitt auf dem glatten Schnee aus, rutschte ein paar Meter, und dabei kreischte er weiter, schlug mit den Armen um sich und gebärdete sich wie ein tollwütiger Wolf. Dann fand er Halt, sprang auf die Beine, erhob drohend die Faust gegen den über den breiten Newski-Prospekt hingleitenden Schlitten und ging zurück zum Haus Rasputins, wo er wieder Posten bezog in dem Hausflur daneben, ein Schatten, der dem Staretz folgte, nun schon sieben Jahre lang...

Oben in der Wohnung hatte Rasputin gerade die Tür geschlossen, nachdem er einen mitleidigen Blick auf den schwitzenden Tatin geworfen hatte, als Nadja aus dem Wohnzimmer kam. Sie hatte nur dumpfe Stimmen gehört, denn die Türen in der Wohnung Rasputins waren dicht und schlossen viele Geheimnisse ab. Dann waren die Stimmen plötzlich verstummt, und nun trieb die Angst sie hinaus auf den Flur. Sie sah den großen, in Watte gepackten Rosenstrauß auf dem Stuhl, sie sah ihren Vater, wie er gerade die Tür schloß, und etwas zersprang in ihr mit einem heißen, wie in Feuer gehüllten Stoß.

»Wo ist er, Vater?« fragte sie. »Wo ist Nikolai? Er war hier... die Blumen dort... Warum ist er gegangen...?«

Rasputin drückte das Kinn an. Seine Augen wurden klein und zwingend. »Er wird nicht wiederkommen!« sagte er laut. »Ich habe es ihm angesehen: Er ist deiner nicht wert!«

»Ich liebe ihn!« Es war ein Aufschrei, der Rasputin zusammenzucken ließ. »Was hast du mit ihm gemacht? Was hast du ihm getan?« Sie rannte zur Tür, und als sich Rasputin ihr entgegenstellte, vergaß sie alles, vergaß, daß es ihr Vater war, daß sie ihn liebte und verehrte, daß er für sie der größte Mensch auf Erden war... Sie stieß mit den kleinen Fäusten nach ihm, schrie, als schneide man ihr Streifen aus der schönen weißen Haut, riß sich los, stieß die Tür auf, rannte die Treppe hinunter, lief über die Straße und schrie, mit beiden Armen winkend: »Einen Schlitten! Einen Schlitten! Haltet doch an! Haltet! Nehmt mich mit! Dort fährt er! Dort! Nikolai! Nikolai...«

Nach ein paar taumelnden Schritten blieb sie stehen und sah dem Schlitten Gurjews nach, der in einer Wolke von Schneestaub den Newski-Prospekt hinunterjagte. Sie sah ihm nach, bis er seitlich abbog zur Admiralität und zur breiten Palastbrücke über die Große Newa.

Mit geballten Fäusten ging sie zurück ins Haus, beachtete den Inspekteur Tatin nicht, der sie etwas fragte, betrat die Wohnung und fand Rasputin am gedeckten Tisch. Er goß aus einer Flasche gerade Wein ein, einen funkelnden, süßen Madeira, den er so liebte.

»Iß und trink, mein Seelchen«, sagte er und lächelte sie an. »Im Frühling fahren wir zurück nach Podunskoje. Wir werden in den Wäldern jagen und leben wie freie Menschen... Ein Stück kalten Hühnerbraten habe ich für dich, mein Täubchen...«

»Ich hasse dich!« sagte Nadja. Sie blieb an der Tür stehen und schüttelte die Fäuste. »Du bist nicht mehr mein Vater! Ich verachte dich! Ich will dich nie, nie mehr wiedersehen! Du hast keine Tochter mehr!«

»Welch ein Irrtum, Seelchen!« Rasputin hob das Glas mit dem funkelnden Wein. »Ein schöner Tag ist heute! Ich erkenne mein Töchterchen! Geh nebenan zu einem Spiegel, sieh dich an... diese Augen, dieser Mund, diese Stärke, dieses wilde sibirische Blut... Oh, du bist meine Tochter... jetzt mehr als je zuvor!«

Mit einem Aufschrei wandte sich Nadja ab, warf die Tür zu und rannte in das Nebenzimmer. Dort war ein großer Spiegel, bis zur Erde reichte er, und sie baute sich davor auf und starrte sich an.

Und sie sah: die Augen Rasputins, die unbezwingbare Kraft des Willens im Blick, ein Wald zerzauster Haare, herrlich in seinem Bronzeton, aber doch jetzt, gerade jetzt ähnlich dem Bart Rasputins. Sie sah, daß sie seine Tochter war, unverkennbar.

»Ich hasse dich!« schrie sie wieder, ergriff einen silbernen Leuchter, der neben ihr stand, und schleuderte ihn in den Spiegel. Krachend zerbarst das Glas, die Splitter spritzten durch das ganze Zimmer.

Nebenan hob Rasputin das Glas Madeirawein, als der Spiegel zerschellte. Er lachte. Ein dröhnendes, ein stolzes, ein siegreiches Lachen.

*

Von diesem Tag an kam sich Nadja Grigorijewna wie eine Gefangene vor.

Anna Alexandrowna Wyrobowa nahm sie wieder mit zurück nach Zarskoje Selo, in das herrliche, geliebte und gehaßte goldene Gefängnis, zu dem traurigen, immer von seinem riesigen Leibmatrosen bewachten Zarewitsch, der so gern spielen wollte wie andere Jungen und nichts durfte, als auf Knöpfe drücken, um damit ein Heer mechanischen Spielzeugs in Gang zu setzen; zu den vier schönen Zarentöchtern, die musizierten, stickten, Tagebücher führten und französische Romane lasen; zu der Zarin, die mehrmals täglich betete und Briefe an Rasputin schrieb; zu dem Zaren, der blaß und schmal, immer sorgenvoll, immer stiller werdend in seinem Schloß umherging, regieren wollte und nicht regieren konnte, weil Minister und Großfürsten ihm ein falsches Bild Rußlands vorspiegelten.

Eine Verbannung war es jetzt für Nadja. Was einmal für sie das wunderbare sorglose Leben im Schoß der kaiserlichen Familie war, ein Leben, von denen beneidet, die nicht wußten, wie schrecklich Langeweile in prunkvollen Räumen sein kann, wandelte sich jetzt in eine tägliche Qual.

Mit der Wyrobowa war nicht zu reden. Sie war so im Banne Rasputins, daß alles, was er ihr befahl, wie ein Wort aus dem Evangelium war. Nadja ahnte, was ihr Vater angeordnet hatte, und sie erfuhr es durch ihre Kammerfrau, die unter großen Schwierigkeiten einen Brief nach Petersburg zu Nikolai Gurjew geschmuggelt hatte.

Der Brief kam aber zurück. Mit einem schrecklichen Vermerk.

Hauptmann Nikolai Gurjew ist versetzt. Wohin? Unbekannt.

»Das ist sein Werk!« rief Nadja verzweifelt und schwenkte den Brief vor der Wyrobowa. »Sag, wo ist er hin? Wohin hat man ihn gebracht? In die Verbannung nach Sibirien? Du weißt, wo er ist! Oh, könnte ich hier heraus! Könnte ich doch leben wie alle jungen Mädchen! Ich ersticke hier! Ich ersticke!«

Die Wyrobowa schwieg. Auch sie wußte nicht, wohin man Nikolai Gurjew versetzt hatte. Ein Telefonanruf Rasputins bei dem Zaren hatte genügt. Und weder der Zar noch die Zarin würden jemals sagen, was befohlen worden war.

»Wir werden einen großen Wandteppich sticken«, sagte die Wyrobowa, nachdem sich Nadja etwas beruhigt hatte. »Zum Geburtstag von Mama. Olga, Tatjana und Maria sticken mit. Anastasia will ein Bild malen. Hast du Lust, Nadja?«

Nadja nickte ergeben. Das Leben ging weiter, was nutzte alle Auflehnung. Wie einer der vielen Vögel war sie, die in goldenen Bauern in den Zimmern hingen und zwitscherten. Ihr Futter bekamen sie, ihr Wasser, ihre Wärme, ein bißchen menschliche Liebe. Das genügte zum Leben. Und sie sangen dankbar.

In Europa braute sich unterdessen ein Unwetter zusammen. Die Duma, das russische Parlament, gärte vor Unzufriedenheit. Korruption und Vetternwirtschaft beherrschten Politik und Geschäftsleben, die Bauern murrten, in den Bergwerken und Verbanntenlagern Sibiriens kam es zu Aufständen, die von Kosaken blutig niedergeschlagen wurden. Die Adeligen mit ihrem unermeßlichen Großgrundbesitz beuteten die Pächter aus und lebten auf ihren Schlössern und Datschas im Stil französischer Könige, in den Stadtpalais sammelten sie Kunstwerke von Millionen Rubel Wert, die Wände wurden mit Marmor verkleidet. Das Portal des Palastes des Fürsten Jussupoff an der Moika, einem Flußkanal, der durch Petersburg fließt, war mit griechischen Säulen geschmückt, die Säle und Zimmer atmeten die Einflüsse französischer, deutscher und italienischer Baumeister und waren behangen mit den wertvollsten Gemälden. Stolz zeigte Jussupoff, der einer der reichsten Fürsten Rußlands war, seine Edelsteinsammlung, von der man flüsterte, daß sie selbst die Sammlung der englischen Könige übersteige.

Am aktivsten aber waren die Militärs. Der Onkel des Zaren, Großfürst Nikolai Nikolajewitsch, Oberbefehlshaber des russischen Heeres und Ehemann der Großfürstin Stana, die der Zarin als erste Rasputin empfahl und ihn nach Zarskoje Selo brachte, arbeitete unermüdlich an einem großen Feldzugsplan gegen Deutschland. Sein Haß gegen den westlichen Nachbarn war grenzenlos. Mit seinen Generälen saß er vor den riesigen Aufmarschkarten und besiegte im Geist die deutschen Armeen, eroberte Ostpreußen und rückte an der Spitze seiner Kosaken in Berlin ein. Ein Wunschtraum, auf dessen Erfüllung er wie ein Besessener wartete.

In diesen Tagen waren die politischen Wolken besonders dicht. Aus Serbien trafen Geheimberichte ein. Die »Schwarze Hand«, eine nationalistische Geheimbewegung, die die Loslösung Serbiens aus der österreichischen Monarchie anstrebte, hatte Nachricht nach Rußland gegeben. Oberst Artamanow, der russische Militärattaché in Belgrad, fragte an: Was geschieht, wenn die »Schwarze Hand« den österreichischen Thronfolger Franz Ferdinand bei seinem Besuch in Serbien ermordet und es Krieg geben sollte?

Großfürst Nikolai Nikolajewitsch wartete nicht lange mit der Antwort. Er wußte, daß Österreich und Deutschland ein Waffenbündnis auf Gegenseitigkeit hatten. Gab es Krieg mit Österreich, marschierte auch Deutschland. Der große ersehnte Krieg würde entstehen. »Serbien wird nicht allein stehen!« ließ Großfürst Nikolai antworten, ohne den Zaren lange zu fragen. »Ein Überfall auf Serbien sieht Rußland an seiner Seite!«

»Ich flehe dich an, Papa, mach keinen Krieg!« schrieb Rasputin in diesen Tagen aus Pokrowskoje in Sibirien nach Zarskoje Selo. »Unermeßliches Leid wird über Rußland kommen. Die Erde wird rot von Blut sein. Halte Frieden, Papa. Gott will es!«

»Rasputin muß weg!« sagte Großfürst Nikolai. »Soll es uns so ergehen wie 1912, wo Rußland Gewehr bei Fuß stand, als der Balkankrieg ausbrach? Damals hätten wir den Süden Europas beherrschen können, aber der Zar lehnte ab. Rasputin hatte ihn beschworen! Soll sich das wiederholen? Wir brauchen den Krieg!«

Der Mönchspriester Iliodor und Bischof Hermogen, einst Freunde und Förderer Rasputins, jetzt seine erbittertsten Feinde, wurden benachrichtigt. Sie wußten einen Weg... und so kam es zum 28. Juni 1914.

Ein schöner Sommertag war es, als ein Postbote ein Telegramm der Zarin im Haus Rasputins in Pokrowskoje abgab. »Von Mama!« rief Rasputin fröhlich, erbrach das Siegel und las die wenigen Zeilen, die wie immer fragten: Wann kommen Sie wieder zurück nach Petersburg, Vater Grigori...

»Warte, Brüderchen!« rief Rasputin, als er den Zettel zusammengefaltet hatte. »Nimm die Antwort gleich mit!« Doch der Briefträger hatte das Haus schon verlassen und ging die Straße hinunter.

»Warte!« rief Rasputin noch einmal, steckte das Telegramm der Zarin in seinen Rock und lief dem Boten nach.

An einem Busch am Wegrand blieb er stehen. Eine Frau kam dort auf ihn zu, eine zerlumpte, arme Pilgerin, und sie streckte die Hand aus und bettelte mit greisenhafter, zitternder Stimme.

»Ein Almosen, Väterchen, nur eine Kopeke... ich hungere, mein Magen ist wie Feuer... ein Almosen...«

Rasputin blieb stehen und suchte in seinen Taschen nach einem Geldstück. Der Postbote drehte sich um und kam zurück. An den Zäunen der anderen Häuser standen die Nachbarn.

Und dann geschah es so schnell, daß nicht einmal Rasputin ausweichen konnte. Die Bettlerin stieß einen hellen Schrei aus, etwas Blankes blitzte in ihrer Hand, sie schnellte vor und stieß mit aller Wucht einen Dolch in den Leib Rasputins.

Rasputin schwankte und brüllte auf. Beide Hände preßte er gegen den aufgeschlitzten Bauch, er fühlte, wie die Därme hervorquollen, wie das Blut warm über seine Arme strömte... »Er stirbt!« kreischte die zerlumpte Frau. Ihr Kopftuch warf sie ab, und jetzt erst sah man, daß sie noch jung war, aber vom Leben zerstört und mit einem irren Lachen in dem bleichen Gesicht. »Den Antichrist habe ich getötet! Den Antichrist!«

Rasputin stöhnte. Er preßte die linke Hand auf die lange Bauchwunde, ergriff einen neben der Straße liegenden Holzknüppel und hieb auf die Schreiende ein. So unheimlich war seine Kraft, daß er erst aufhörte, als die Frau auf der Erde lag und sich die Nachbarn und der Postbote über sie warfen und sie fesselten. Dabei schrie sie immer noch: »Ich habe den Antichrist getötet!« und heulte vor Triumph. Ihr von der Syphilis zerfressenes Gesicht war schrecklich verzerrt.

Rasputin schleppte sich ins Haus, die vorgefallenen Därme in die fürchterliche Wunde zurückpressend. Erst im Zimmer brach er zusammen, und Nachbarn, seine Frau Praskowja und Maria, die älteste Tochter, trugen ihn zum Bett, verbanden ihn notdürftig und ließen von der Post nach Tjumen telefonieren.

Dr. Wladimir soll kommen! Sofort! Sofort! Der Staretz stirbt. Nach acht Stunden, über unvorstellbare Straßen, in einer halsbrecherischen, wie von Wölfen gehetzten Fahrt in einem schwankenden Karren traf Dr. Wladimir endlich ein. Rasputin lag stöhnend auf dem Bett, seine Augen bettelten wie die eines Kindes: Rettet mich! Rußland braucht mich noch! Es ist zu früh für mich, zu sterben.

Dr. Wladimir tat sein Bestes, und das war wenig genug. Muskeln, Bauchnetz, Bauchfell waren glatt durchschnitten und vom Griff des tief in den Leib gerammten Dolches zerrissen, der Darm war verletzt und der Inhalt ergoß sich in die Bauchhöhle. Dr. Wladimir wußte, was das bedeutete: Bauchfellentzündung. Tod.

Aber er versuchte alles, was möglich war: Beim Schein der Kerzen, die Nachbarn rund herum um das Bett Rasputins in ihren bebenden Händen hielten, säuberte er mit Tampons die Bauchhöhle, legte eine Darmnaht an, spülte die Bauchhöhle mit Karbollösung aus und vernähte die große Wunde. Dann sah er Rasputin lange an, und Rasputin, aus seiner Ohnmacht erwachend, erwiderte stumm seinen Blick.

Sie kannten sich. Und in ihren stummen Blicken lag die Erinnerung der vergangenen Jahre.

Podunskoje. Helena Feodorowna Woronzowa. Das Kind Nadja. Das große Geheimnis Rasputins. Der Tod auf dem Eis, unter den Zähnen verhungernder Wölfe...

Dr. Wladimir zog die Augenbrauen hoch. »Wenn Sie ein Heiliger sind, Grigori Jefimowitsch, und wenn Sie den Zarewitsch mit Ihren Händen heilen konnten«, sagte er, »so können Sie das Wunder jetzt an sich wiederholen. Heilen Sie sich... die Medizin kann es nicht mehr. Ihnen kann nur noch Gott helfen...«

Rasputin schloß die Augen. Seine bleichen Hände glitten über seine Brust und falteten sich. Er betete stumm.

Mit einem Achselzucken verließ Dr. Wladimir das Haus, setzte sich in seinen schwankenden Karren und fuhr acht Stunden wieder zurück nach Tjumen. Für ihn gab es keinen Rasputin mehr.

Aber Rasputin überlebte. Fiebernd und fluchend, betend und Verwünschungen ausstoßend, von unheimlicher Wildheit nach Leben und peinigender Todesangst befallen, ließ er sich nach Tjumen ins Krankenhaus bringen, mit einem alten Bauernkarren, der vierzehn Stunden unterwegs war, durch Wälder und über reißende Flüsse, durch glutende Sonne und über holprige Straßen und Feldwege.

Professor Fedorow, den die Zarin am 10. Juli nach Tjumen schickte, operierte Rasputin noch einmal. Nach acht Tagen glaubte auch er an ein neues Wunder: Rasputin erholte sich, der Eiter floß literweise über den angelegten Drain aus der Bauchhöhle, dann ging das Fieber zurück, die Schwellung des Leibes fiel zusammen.

»Ich lebe ...« sagte Rasputin an diesem Tag. »Ich werde weiterleben. Rußland braucht mich ... Papa und Mama brauchen mich dringend ...«

Verwirrt fuhr Professor Fedorow wieder ab. Er hatte gesehen, daß Rasputin etwas überlebte, was noch kein Mensch vor ihm überstanden hatte.

Die Mörderin aber, die ehemalige Prostituierte Konja Gussewa, lag zu dieser Zeit in einer Zelle des Gefängnisses von Tobolsk, spuckte gegen die Wände, riß sich die Haare aus, wälzte sich auf dem Boden, nagte ihr Bett an und kreischte, bis ihre Stimme zerbrach. Sie war wahnsinnig geworden.

Genau einen Monat nach dem Tag, an dem Rasputin getötet werden sollte, weil er den Krieg verdammte, wurden in Sarajewo der österreichische Thronfolger Franz Ferdinand und seine Frau von Mitgliedern des Geheimbundes »Schwarze Hand« ermordet.

Ein Stöhnen flog durch die Welt.

Gab es Krieg?

Österreich mobilisierte. Deutschland rief die Reservisten unter die Waffen. England und Frankreich zogen die Armeen an der Grenze zusammen, die britische Flotte stand unter Dampf. In Rußland hob Großfürst Nikolai Nikolajewitsch die Hand, als gebe er ein Signal. »Es ist soweit, meine Herren!« sagte er zu den Generalen. »Ich werde Seiner Majestät den Willen des russischen Volkes übermitteln, dem serbischen Bruder zu helfen ...«

Die Welt hielt den Atem an. Und auch Rasputin, zwischen Tod und Leben, erkannte die Gefahr. Von seiner Tochter Maria ließ er sich Feder und Papier bringen und schrieb ein Telegramm an den Zaren. Er flehte den Herrscher des größten Landes der Erde an:

»Lieber Freund, ich wiederhole es Dir noch einmal. Ein fürchterliches Gewölk zieht über Rußland auf. Unglück! Unzählige Leiden! Von allen Seiten ist es düster. Und ich bemerke an keinem Punkt des Horizonts einen Hoffnungsschimmer. Überall Tränen, ein Ozean von Tränen! Und das Blut? Ich finde keine Worte! Das Entsetzen ist unbeschreiblich. Dennoch weiß ich, daß alles von Dir abhängt. Diejenigen, die den Krieg wollen, begreifen nicht, daß er unser Untergang ist. Schwer ist die göttliche Züchtigung, wenn Gott uns die Vernunft nimmt, denn das ist der Anfang vom Ende. Du bist der Zar, der Vater des Volkes! Du darfst die Unsinnigen nicht triumphieren lassen und selbst mit dem Volk untergehen! Wir werden Deutschland besiegen, ja, aber was wird aus Rußland werden? Wahrlich, ich sage Dir: Trotz unseres Sieges wird es seit Anbeginn der Jahrhunderte keine entsetzlichere Qual gegeben haben als diejenige

Rußlands. Es wird ganz von Blut überschwemmt sein. Und sein Untergang wird vollständig sein. – Unendliche Traurigkeit. Grigori.«

Welche Worte!

Welche Geschichte, die erst die späteren Generationen verstehen lernten.

Welche Wahrheiten, geschrieben am 30. Juli 1914.

War Rasputin wirklich ein Heiliger, ein Seher, ein Wunder Gottes?

Am 1. August 1914 donnerten die Geschütze, krachten die Gewehre, heulten die Schrapnelle, brüllten die angreifenden Regimenter Hurra. Die russischen masurischen Armeen unter General Rennenkampff und General Samsonow marschierten nach Ostpreußen.

Eine Welt begann zu brennen.

In seinem Haus in Pokrowskoje, hinter dem Ural, im weglosen Sibirien, lag Rasputin, einem Gerippe gleich, in seinem Bett. Er weinte.

Er weinte um seinen eigenen nahen Tod. Er weinte um Rußland, das er als einen blutenden Leichnam sah. Er weinte um Nadja, die er nie wiedersehen würde. Er weinte, weil Gott sich von allen abgewandt hatte.

Über Petersburg flatterten die Fahnen, läuteten die Glocken aller Kirchen, schossen die Artillerie und die schweren Schiffsgeschütze in den Hafenbecken der Gutujew-Insel Salut, jubelten die Menschen auf den Straßen, wurden die ausrückenden Soldaten, die durch die Stadt zu den Verladebahnhöfen marschierten, mit Blumen und Küssen überschüttet.

Krieg! Wir werden Deutschland schlagen!

Mit Gott und dem Zaren, ihr tapferen Soldaten! Die Liebe Mütterchen Rußlands marschiert mit euch...

Der Zar stand mit abwesendem Blick an einem Fenster des riesigen Winterpalais und starrte auf die lange erdbraune Schlange seiner abrückenden Truppen. Infanterie, Kavallerie, Artillerie. An den Gewehren Blumen, vor den Kanonenmündungen Sträuße. Frauen, Mädchen und Kinder begleiteten singend die Kompanien.

Seufzend wandte sich der Zar vom Fenster. Auf der Brust, unter dem Uniformrock, trug er das Telegramm Rasputins aus Pokrowskoje.

Ein Ozean von Tränen... unzählige Leiden... Rußland, von Blut überschwemmt...

»Sieh dein Volk, Niki«, sagte Großfürst Nikolai Nikolajewitsch. Er stand hinter dem Zaren am Fenster. Sein schmales, von einem weißen Bart eingerahmtes Gesicht glänzte vor Erregung. Er hatte seinen Krieg. »Wie sie jubeln! Aus dieser Begeisterung wird Geschichte geschrieben!« Der Zar ging zurück ins Zimmer. Klein, schmal, traurig.

»Die vielen Toten...« sagte er leise.

»Ein Feldherr denkt nur an den Sieg, Niki!« Nikolai Nikolajewitsch legte die Hände auf eine große Karte Ostpreußens. »Geschichte wird mit Blut geschrieben! Samsonow und Rennenkampff rücken vom Narew aus vor. In vier Tagen ist Ostpreußen Teil des russischen Reiches. Du solltest stolz sein, Niki. Rußland braucht jetzt einen starken stolzen Zaren!«

Nikolaus II. nickte. Er trank ein Glas Wasser, die Kehle war ihm trocken geworden. Als er das Glas zum Mund hob, raschelte es in seiner Brusttasche.

Das Telegramm Rasputins.

Der Zar sah zu Boden. Es war, als schäme er sich.

*

Anna Wyrobowa hatte eine glänzende Idee. Die Zarin und die Zarentöchter nahmen sie mit Begeisterung auf. Es war eine Flucht aus dem Einerlei des Alltags, ein Ausflug aus dem goldenen Käfig.

»Mama«, sagte die Wyrobowa. Sie hatte sich die Anrede Rasputins für die Zarin auch angewöhnt, und man duldete es. »Unser Volk jubelt, die Soldaten ziehen umkränzt in die Schlacht... wir sollten ein Beispiel geben, hinausfahren zu einem Bahnhof und auch Blumen, Schokolade und Bilder des Zaren an die Truppen verteilen. Welche Ehre wird es sein, wenn die Großfürstinnen ihnen die Hand drücken. Sie werden mutig wie sibirische Wölfe werden.«

»Wir werfen Blumen! Wir werfen Blumen! O Mama, erlaube es! Erlaube es!« Die jüngste Zarentochter, die immer fröhliche Anastasia, hüpfte durch das Zimmer. Ihre langen Haare flogen um ihren schönen Kopf. Nadja sah aus dem Fenster. Unberührt von dem begonnenen Krieg spielte der Zarewitsch mit seinem Leibmatrosen Derenkow im Park. Man ließ eine große mechanische Eisenbahn über die Wege rollen. Sogar Dampf puffte aus dem Schornstein.

»Ich werde Papa fragen«, sagte die Zarin. »Aber ich glaube, er wird nichts dagegen haben.«

Am Nachmittag des 2. August fuhren sieben Equipagen des kaiserlichen Hofes, mit Lakaien und Dienern, von Zarskoje Selo nach Petersburg zum Baltiski Woksal, dem Baltischen Bahnhof. Ein Wagen mit Blumensträußen und Liebesgabenpaketen folgte den Kutschen. Reiter der Leibhusaren umritten sie, machten Platz, meldeten die Ankunft der Großfürstinnen auf dem Bahnhof und räumten die Bahnsteige von allem Volk. Die abschiednehmenden Frauen und Bräute wurden in eine Ecke zusammengedrängt, Husaren sperrten ab, der Bahnhofsvorsteher jammerte und klagte, denn er war gerade an diesem Tag nicht rasiert, weil das Messer stumpf gewesen war, die Transportoffiziere der Züge übten Meldungen, ein Oberst, Kommandant des Transportes, schwitzte vor Erregung und brüllte umher.

Begleitet von Offizieren und Lakaien, abgeschirmt von Husaren, betraten die vier Zarentöchter, die Hofdamen, die Wyrobowa und Nadja Grigorijewna den Bahnsteig. Aus den Fenstern der Waggons winkten und jubelten die Soldaten, wie befohlen, eine Militärkapelle spielte die Zarenhymne, der Bahnhofsvorsteher rannte herbei, im Herzen die Angst vor Sibirien wegen seines unrasierten Gesichtes.

Hinter der Kette der Husaren starrten die Frauen und Mädchen auf den glänzenden Aufzug. Seide und Spitze rauschten, Orden blitzten, auf zwei großen Wagen wurden Pakete und Blumengebinde herangefahren.

»Es lebe der Zar!« schrie der dicke Oberst. »Es lebe die Zarin!«

Aus den hundert Fenstern des langen Zuges antwortete donnernd der Chor der Soldaten. »Es lebe der Zar!«

Langsam gingen die Großfürstinnen von Fenster zu Fenster, reichten Blumen hinein, drückten harte Hände und verschenkten die Liebesgabenpakete. »Viel Glück!« sagten sie immer wieder. »Ihr werdet siegen...«

Als sie die Mitte des Zuges gerade erreicht hatten, bat der dicke Oberst um Vergebung. Die Fahrpläne waren genau berechnet, es ging um militärische Pünktlichkeit, der Zug mußte jetzt abfahren.

Die Großfürstinnen nickten und traten zurück. Auch Nadja verließ eines der Fenster, in das sie gerade einen Strauß geworfen hatte. Im Arm hielt sie noch einen Bund kleiner Chrysanthemen aus den Gewächshäusern des Zaren.

»Achtung! Der Zug fährt ab!« brüllte der Bahnhofsvorsteher. »Euer Hochwohlgeboren... bitte zurücktreten.«

Nadja stand auf der Mitte des Bahnsteigs, als der Zug leise anruckte. Noch einmal blickte sie die lange Fensterreihe mit den winkenden Soldaten ab. Ihre große, stille Hoffnung zerrann. Gurjew war nicht darunter.

In diesem Augenblick durchbrach ein Ruf den Jubel. Nadja hörte ihn, aber es war mehr ein unsinniges Gefühl als ein Ton, der sie ansprang. Sie rannte ein paar Schritte vorwärts, dem Klang entgegen, der in ihr zitterte. »Wo willst du hin?« hörte sie die Stimme der Wyrobowa. »Nadja, stehenbleiben!«

Da war es wieder. Im Gewirr der Stimmen, der dampfenden Lokomotive, des Jubels hörte sie es ganz klar.

Fast am Anfang des langen Zuges... ein langgestreckter besserer Wagen als die anderen. Im Fenster die flachen Mützen von Offizieren, breite Schulterstücke, winkende Arme.

»Nadja, Nadjuscha... Hier! Hier!«

Durch Nadjas Herz zog eine Welle unsagbaren Glücks. Sie riß die Arme empor, winkte mit den Chrysanthemen, sie jubelte in den heißen Sommertag und kümmerte sich wenig darum, daß sie sich benahm wie ein kleines Mädchen aus dem Volk und nicht wie eine Dame aus der Familie der Zarin.

»Nikolai!« schrie sie. »Mein Niki! Nikolai.«

Eine Hand hielt sie an der Schulter fest. Die Wyrobowa stand hinter ihr, hochrot im Gesicht.

»Welch ein Benehmen!« zischte sie. »Du kommst sofort zurück zu den Großfürstinnen.«

»Da ist Nikolai! Mein Nikolai!« Nadja riß sich los, ihr Gesicht leuchtete vor Freude. Noch einmal griff die Wyrobowa zu, entsetzt erkennend, was hier das Schicksal inszeniert hatte. »Laß mich los!« schrie Nadja. Sie stieß die Wyrobowa vor die Brust, raffte ihre seidenen Röcke und lief dem Fenster zu, aus dem sich Gurjew lehnte und ihr mit beiden Armen zuwinkte.

Der Zug rollte an, die Kapelle spielte einen Marsch, die Soldaten winkten mit den geschenkten Blumen.

»Nikolai!« rief Nadja. Sie rannte neben dem Fenster her, ihr Haar flog im Wind. Sie reichte Gurjew den Blumenstrauß, sie ergriff seine starken Hände, und so rannte sie, von ihm gehalten, fast hochgehoben, und sie sahen sich an, und sie lachte und sie weinte und schrie: »Ich liebe dich! Ich liebe dich! Ich liebe dich! Komm wieder! Komm wieder! Ich warte... ich warte...«

»Ich werde dich nie vergessen, Nadjuscha!« rief Gurjew zurück. Tränen rannen über sein Gesicht, er ließ ihre Hände los, als der Zug schneller fuhr und es gefahrvoll war, sie länger festzuhalten. Aber sie lief weiter, keuchend, mit vorgestreckten Armen, sie sah seine Tränen und sie spitzte die Lippen, küßte die Luft, die ihn umwehte, und breitete die Arme aus.

»Komm wieder, Niki!« schrie sie. Vor ihren Augen löste sich die Welt auf. Der Bahnhof begann zu kreisen. »Ich liebe dich... Ich liebe dich...« Die Zugpfeife schrillte. Donnernd rollten die anderen Wagen an ihr vorbei, schneller, immer schneller... Zwei Arme, die winkten... die Chrysanthemen... ein letzter Blick seiner Augen... und dann Fenster, Fenster, Fenster... singende Münder, wogende Köpfe, Blumen und Bänder, Musik, Rauch, Sonne... rollende Räder... Fenster...

Nadja streckte noch einmal die Arme aus.

»Nikolai...«

Dann war der Zug hinaus aus dem Bahnhof. Es war plötzlich still. Wie die Stille eines Grabes...

Zwei Husarenoffiziere faßten Nadja Grigorijewna unter und brachten sie zurück zum kaiserlichen Gefolge. Die Großfürstinnen umringten sie und bestürmten sie mit Fragen. Die Wyrobowa hatte ein steinernes Gesicht.

Aber Nadja wandte sich ab, drückte die Hände vor die Augen und weinte.

Der Krieg!

Warum ist Rasputin nicht hier?

Niemand hatte Nadja gesagt, was mit ihrem Vater geschehen war.

In der Nacht noch schrieb sie einen Brief.

»Wenn Du mich liebst, wenn ich Deine Tochter bin, Väterchen, rette Nikolai! Hole ihn zurück von der Front. Ich könnte nicht mehr leben ohne ihn. Väterchen, hilf mir. Deine unglückliche Nadja ...«

Rasputin bekam diesen Brief in Tjumen, im Krankenhaus, nachdem ihn Professor Fedorow noch einmal operiert hatte.

Sofort schickte er ein Telegramm an den Zaren.

Es kam zu spät.

Die Schlacht bei Tannenberg war geschlagen. Die Armeen Rennenkampffs und Samsonows waren vernichtet. Von den deutschen Generalen Hindenburg und Ludendorff sprach die ganze Welt. Die berühmte »russische Dampfwalze« war zerbrochen. Nicht einmal einen Monat nach Beginn des Krieges! Rußland stöhnte auf. Hunderttausende von Müttern und Frauen weinten.

Die Meldung war kurz, die Nadja erhielt, und diesmal gab sie ihr die Wyrobowa selbst:

Hauptmann Nikolai G. Gurjew wurde bei Tannenberg verwundet und ist seitdem vermißt. Es muß damit gerechnet werden, daß ihn die Deutschen töteten.

Drei Wochen saß Nadja, diesen Zettel in der Hand, stumm und starr in ihrem Zimmer. Sie aß, trank und schlief, aber es war alles nur mechanisch, wie das Spielzeug des Zarewitsch.

Sie sprach mit keinem, sie gab keine Antworten auf Fragen, sie weigerte sich, mit den Großfürstinnen zu spielen, sie blickte durch die Wyrobowa hindurch, als sei sie aus Glas. Wie eine herrliche weiße Porzellanfigur saß Nadja in ihrem Salon, starrte hinaus in den Park von Zarskoje Selo, über die Seen mit ihren Wasserspielen, über die geharkten Wege, über die blühenden Büsche.

Ich bin tot, dachte sie. Warum trägt man mich nicht weg? Warum bekomme ich keinen Sarg? Sie lassen mich einfach sitzen. Sehen sie denn nicht, daß ich tot bin?

Es war Mitte September, als Rasputin wieder in Petersburg eintraf, das nach Kriegsanfang nun amtlich Petrograd hieß. Eine unerhörte Unruhe trieb ihn aus Sibirien weg in die Hauptstadt. Er war noch schwach in den Beinen, sein Gesicht war knochig und fahl, die Augen brannten in tiefen Höhlen, der kraftvolle, strotzende Bauernleib war dürr und ausgeblutet. Noch immer schmerzte die Wunde, brannte es ab und zu wie Feuer in seinen Därmen ... aber er achtete nicht mehr darauf. »Ich habe eine Aufgabe!« sagte er, wenn seine Freunde ihn überreden wollten, in Pokrowskoje zu bleiben. »Brüder, die Tage, die Gott uns gibt, sind gezählt. Ich muß sie nützen ...«

Nicht mit einer kaiserlichen Equipage kam er nach Zarskoje Selo, sondern in einem billigen Mietwagen. Was er in Petersburg sah, die Frauen in schwarzen Witwenkleidern, die jungen Soldaten, die nach Westen zum Sterben marschierten, zerschnitt ihm das Herz.

Plötzlich, unangemeldet, stand er wieder im Haus der Wyrobowa, ein hohläugiger Dämon mit einem zerzausten Bart.

»Wo ist Nadja?« fragte er, ehe die Wyrobowa seine Hand küssen und um seinen Segen bitten konnte. »Ich muß zu ihr ...«

Durch eine Hintertür des Schlosses betrat Rasputin den Palast. Die Wyrobowa begleitete ihn, aufgeregt wie ein gescheuchtes Huhn. Vor der Tür zu Nadjas Zimmer blieb sie stehen.

»Sage Papa und Mama, daß ich gleich komme«, sagte Rasputin. »Ich muß sie sprechen!«

Dann riß er die Tür auf und trat ein.

Nadja, am Fenster sitzend, rührte sich nicht. Rasputin blieb stehen, und sein hartes Herz zerschmolz wie Schnee im Frühlingswind, als er sie sah. Ihre Blässe ergriff ihn, ihre Starrheit umklammerte sein Herz.

»Mein Seelchen ...« sagte er leise.

Nadja zuckte zusammen. Sie sprang auf, Hoffnung und Flehen waren in ihrer Gebärde, als sie die Arme ausstreckte, auf Rasputin zuging, den Kopf an seine Brust drückte und ihn umarmte.

»Er ist vermißt, Väterchen ...« schluchzte sie. »Er ist tot. Die Deutschen haben ihn erschlagen!« Dann weinte sie wie ein kleines Kind, umklammerte ihren Vater und ließ sich von ihm hochheben, zum Bett tragen und niederlegen.

»Warum weinst du, mein weißes Schwänchen?« fragte Rasputin. Er streichelte ihre Stirn, wischte die Tränen von ihrem zuckenden Gesicht, setzte sich neben sie aufs Bett und hielt ihre Hände fest. Und da war sie wieder, die unheimliche Kraft, die von ihm auf die anderen Menschen überging ... ganz ruhig wurde Nadja, die Tränen versiegten, in ihren Augen glänzte es wie Hoffnung. »Er ist nicht tot, mein Seelchen ...«

»Sie haben es gemeldet, Väterchen ...« stammelte Nadja.

»Sie wissen es nicht anders.« Rasputin sah über den Kopf Nadjas hinweg, als blicke er in die Weite des sibirischen Landes.

Hochaufgerichtet saß er da, die Hände seiner Tochter streichelnd, und in seinem Blick schwammen Himmel und Erde zusammen.

»Er lebt«, sagte er mit seiner dunklen singenden Stimme. »Ich sehe ihn... irgendwo an einem großen Wasser, in einem kleinen Haus, in einem weißbezogenen Bett. Verwundet ist er, ja, aber er lebt, und er wird weiterleben und zurückkommen nach Petersburg. Du sollst nicht weinen, Seelchen, du sollst nicht traurig sein... er lebt... ich sehe ihn... wir müssen lernen, zu warten... Glaube mir, du sollst nicht traurig sein...«

Mit einem glücklichen Lächeln schlief Nadja ein, und auf Zehenspitzen schlich sich Rasputin aus dem Zimmer.

Der Zar und die Zarin empfingen ihn sofort, als die Wyrobowa ihn anmeldete. Nikolaus II. kam ihm mit gesenktem Kopf entgegen, wie ein ausgescholtener Schuljunge, wie ein Bub, der seine Schulaufgabe vergessen hat. Die Zarin beugte das Knie, um sich segnen zu lassen.

»Dieser Krieg!« sagte Rasputin laut und breitete die Arme aus, als solle er ans Kreuz geschlagen werden. »Ein Verbrechen ist er! Papa, o Papa... was soll aus unserem Rußland werden?«

Der Zar zog die Schultern hoch, wie ein Mensch, der friert, und wandte sich stumm ab.

*

Die Jahre vergingen.

Von Nikolai Gurjew kam keine Nachricht mehr. War er wirklich getötet worden, war er in deutscher Gefangenschaft, oder brach in Rußland alles zusammen, wie Rasputin unermüdlich dem Zaren berichtete: die Versorgung mit Lebensmitteln und Munition, die Ernten, die Post, die Moral der Truppen. Es gab keine Siege mehr, nur Niederlagen. Rußland blutete aus tausend Wunden, auf den Schlachtfeldern wurden die besten Armeen geopfert, kein Haus gab es mehr im weiten Land, in das nicht die Trauer einzog und Bilder der Toten umkränzt wurden.

»Wir müssen Frieden machen, Papa«, sagte Rasputin zum Zaren. Der Winter 1916 war gekommen, die Armeen wankten kraftlos durch das Land, in der Duma stritten sich die Abgeordneten, wer schuld habe an der russischen Katastrophe, das Volk hungerte, die Generäle schwiegen, der reiche Adel feierte weiter auf seinen Schlössern, als gäbe es keinen Krieg, hier und da, vereinzelt noch, meuterten schon Soldaten gegen die Befehle ihrer Offiziere. Alexander Feodorowitsch Kerenskij, ein Abgeordneter der Duma, entfachte Stürme mit seinen Reden von Sozialismus, Freiheit und Gleichheit, eine Idee geisterte durch das Volk: Eine Republik! Eine Republik des freien russischen Volkes! Eine Volksregierung!

»Mach Frieden mit Deutschland, Papa«, sagte Rasputin eindringlich. »Rette Rußland vor dem Untergang...«

*

Es war der 16. Dezember 1916, als sich Rasputin besonders sorgfältig und festlich ankleidete. Über sein weißseidenes Überhemd, das die Zarin selbst mit Kornblumen bestickt hatte, und über seine Hosen aus schwarzem Samt, die in blankgeputzten Stiefeln steckten, zog er einen dicken Pelz, betrachtete sich im Spiegel und kämmte mit seltener Hingabe seine Haare und seinen Bart. Aron Simanowitsch, sein Sekretär, der seit Jahren alles Schriftliche erledigte, Buch führte, die verschiedenen Geliebten benachrichtigte und Rasputin vergeblich in andere Bahnen lenken wollte, sah ihm beunruhigt zu. Auch Mascha, von Rasputin »Schwester« genannt, ein üppiges blondes Mädchen, das seine Favoritin war, beobachtete ihn mit zusammengekniffenen Lippen. Er geht zu einer anderen Frau, dachte sie. Eine reiche Dame muß es sein, eine Hochgestellte der Gesellschaft... er hat gebadet und sich gekämmt, er trägt seidene Hemden und Samthosen.

»Wohin gehst du, Grischa?« fragte sie. »Fein hast du dich gemacht. Was soll's?«

Rasputin zog den Pelz aus und warf sich lachend auf das Bett.

»Ich gehe zum ›Kleinen‹!« sagte er. »Was glotzt du so? Um Mitternacht holt er mich mit einem Auto ab! Keiner soll es wissen, hört ihr? Die Fürstin will bei mir beichten.« Er schloß die Augen und schnalzte mit der Zunge. Die Fürstin, dachte er. Irene Alexandrowna, die Nichte des Zaren, Tochter des Großfürsten Alexander Michailowitsch, die Frau des Fürsten Jussupoff, die schönste Frau Rußlands, wie man sie nennt... sie erwartet mich. Und ihr Mann selbst wird mich zu ihr hinführen. Heute nacht, um Mitternacht genau...

Aber noch war es lange Zeit bis dahin. Rasputin starrte gegen die Decke, und wie ein Schatten glitt es über ihn. Eine Ahnung stieg in ihm auf, die seinen Herzschlag schwer machte. »O Gott«, sagte er leise und faltete die Hände. »Es darf nicht so sein. Ich bitte um deinen Schutz...«

Getrieben von einer plötzlichen Unruhe, sprang er auf und schrieb zwei Briefe. Einen an seine Familie, an seine zwei Töchter Maria und Warwara, die ein paar Zimmer weiter in seiner Wohnung schliefen und ihm schon gute Nacht gesagt hatten. Einen zweiten an Nadja Grigorijewna Woronzowa. Ihn steckte er ein, in einen Lederbeutel, den er unter dem Seidenhemd auf der Brust trug.

»Seelchen – wenn diese Worte Dich erreichen, weine nicht. Ich bin tot. Das Schicksal wollte es so. Du aber wirst leben und glücklich sein, und Du wirst die Welt sehen in aller Schönheit, und es werden meine Augen sein! Leb wohl. Wer kann begreifen, wie ich Dich liebte? Dein Väterchen Grigori.«

Was ist das, dachte er, als er unruhig hin und her lief? Warum denke ich an den Tod? Jussupoff, der »Kleine«, ist mein Freund! Von einer seelischen Krankheit habe ich ihn geheilt, wir haben in der Villa Rode zusammen getrunken und nach der Musik der Zigeuner gesungen. So schön und hell singen kannst du, mein Kleiner. Ich höre dir gern zu! Warum habe ich Angst, zu dir zu gehen? Du bist mein Freund, ich weiß es! Du bist anders als die anderen Adeligen. Ein leichtsinniger Bursche, ja... aber du hast ein Herz! Du bist wie ein Künstler! Du kannst träumen wie ich. Warum habe ich Angst?

Rasputin ging zu einer Kiste Wein, entkorkte eine Flasche, setzte sie an die Lippen und trank sie in einem Zug aus. Löschen, dachte er. Grigori, lösche den Brand der Angst! Noch nie hatte er Angst wie heute gehabt.

*

Um die gleiche Zeit trafen sich im Arbeitszimmer des Fürsten Jussupoff der Großfürst Dimitri Pawlowitsch, der stämmige Leutnant Suchotin, der Abgeordnete der Duma Purischkewitsch und der Militärarzt Dr. Lasowert zu einer letzten Besprechung.

»Ist alles in Ordnung?« fragte er nervös. Ein zierlicher, feingliedriger Mann war er, mit einem schmalen, edel geschnittenen Gesicht. Unruhig glitten seine Hände über den Tisch.

Die anderen vier Verschwörer nickten. »Ich bin zwölf Stunden umhergefahren, ehe ich die richtige Stelle hatte«, sagte Großfürst Dimitri. »Nun wartet alles. Ich habe von zwei meiner Arbeiter ein Loch in das Eis schlagen lassen... in die kleine Njewka, unter der Petropawlowsk-Brücke. Du weißt, auf der Peter-Insel.«

Jussupoff nickte. Der Arzt Dr. Lasowert trocknete sich noch immer die Hände ab, als müsse er die Haut abschaben.

»Die Kuchenstückchen sind mit Zyankali geimpft.« Seine Stimme war nüchtern wie bei einem medizinischen Vortrag. »Auch zwei Karaffen Madeirawein sind vergiftet. Die Menge reicht aus, um zehn Ochsen zu töten. Er wird umfallen wie ein gefällter Baum.«

»Das Auto?« fragte Jussupoff, tief atmend.

»Bereit!« sagte Leutnant Suchotin.

Mit einem großen Taschentuch wischte sich der Abgeordnete Purischkewitsch die Stirn. Er schwitzte wie in einem römischen Dampfbad. Seine Augen quollen hervor.

»Angst?« fragte Großfürst Dimitri mit einem spöttischen Unterton. Purischkewitsch wedelte sich Luft zu.

»Ich habe keine Übung im Morden, Hoheit«, sagte er giftig.

»Denken wir daran: Es ist zum Segen Rußlands.« Fürst Jussupoff sah auf seine goldene Uhr. »Er ist ein Verräter. Er will einen Sonderfrieden mit Deutschland. Er beherrscht die Zarenfamilie! Er hat einen Einfluß, der Rußland zerstört. Wir morden nicht – wir retten das Vaterland!« Jussupoff blickte in die Runde. Noch eine Stunde, dann ist Rußland von seinem Teufel befreit. »Sie können noch gehen, Purischkewitsch!« sagte er steif. Der Abgeordnete verneinte, setzte sich und stützte den Kopf in beide Hände.

Kurz nach Mitternacht hielt der Wagen vor dem Haus Rasputins. Wie zwei Lebemänner, die aus einem fremden Haus davonschleichen, verließen wenig später Jussupoff und Rasputin die Wohnung, stiegen in das Auto, hinter dessen Steuer Dr. Lasowert wartete, und fuhren davon. Erst im hinteren Hof, wo der Wagen nach einer unsicheren Fahrt über die glatten, verschneiten Straßen hielt, wurde Rasputin gesprächig, sprang aus dem Wagen und betrachtete das Palais des Fürsten.

»Schön wohnst du, mein Kleiner!« sagte er laut. »Du bist ein glücklicher Mensch.«

»Kommen Sie, Grigori Jefimowitsch.« Jussupoff nahm Rasputin beim Arm und führte ihn durch eine Hintertür zu einer Treppe. In ein großes Kellergewölbe kamen sie. Eine breite Steintreppe schwang sich nach oben zu einer kleinen Tür, hinter der Lachen ertönte, Grammophonmusik, die neuesten amerikanischen Schlager. Rasputin blieb stehen und hob den Kopf.

»Du hast Gäste, mein Kleiner?«

Jussupoff nickte. »Gäste meiner Frau, sie gehen gleich. Lassen Sie uns hier warten, Grigori Jefimowitsch. Meine Frau ist begierig, Sie zu sehen und bei Ihnen zu beichten.« Er half Rasputin aus dem Pelzmantel und ging ihm dann voraus in den weiten Kellerraum.

In mühsamer Arbeit war dieses Gewölbe in den letzten Tagen ausgebaut worden. Dicke Perserteppiche lagen auf den rohen Steinquadern, die Nischen waren mit schweren Portieren verkleidet, an den Wänden hingen wertvolle Gobelins, die Möbel stellten antike Kostbarkeiten dar. Bodenvasen aus China standen umher, lederbezogene Stühle, ein paar Brokatsessel ... es war ein Raum, wie ihn sich nur der reichste Mann Rußlands leisten konnte.

Mit langsamen Schritten durchmaß Rasputin den Keller. Auf dem langen, weißgedeckten Tisch standen Kristallkaraffen mit Wein, lagen Gebäck und Kuchenstückchen, funkelten Teller und silberne Bestecke.

»Machen Sie es sich bequem, Grigori Jefimowitsch«, sagte

Fürst Jussupoff. Seine Stimme war belegt vor innerer Erregung. »Greifen Sie zu, Wein... Kuchen...«

Rasputin schüttelte den Kopf und ging im Zimmer umher. Unruhe trieb ihn. Angst. Mißtrauen. Vor einem Schränkchen mit vielen kleinen Schubladen blieb er stehen. Ein Kruzifix stand darauf, im Licht matt schimmernd, die Strahlen aufnehmend und zurückwerfend. Eine Kreuzigung aus Kristall und Silber, wertvollste Arbeit aus dem siebzehnten Jahrhundert Italiens.

»Wie schön!« sagte Rasputin mit einer fremden, kindlichen Stimme. Er öffnete die Schubladen und stieß sie wieder zu, eine nach der anderen, immer wieder von vorn anfangend, spielend und anscheinend glücklich. »So etwas möchte ich auch haben. Du mußt mir so etwas beschaffen, mein Kleiner...«

Fürst Jussupoff lehnte am Tisch. Sein Herz schlug wild. Oben dröhnte das Grammophon, warteten die vier anderen Verschwörer.

Eine halbe Stunde lang unterhielten sie sich. Von Innenminister Protopopow, vom Krieg, von der Strafe Gottes für alle, die Rußland und Rasputin vernichten wollten. Eine halbe Stunde lang saß Fürst Jussupoff wie gelähmt Rasputin gegenüber und wartete, daß er Wein verlangte und nach den verführerischen Kuchenstückchen griff. Jeder wußte, wie gern Rasputin Madeira trank... Kisten trank er leer, in einer Woche, so sagte man, vier Stück zu zwanzig Flaschen.

Rasputin lehnte sich zurück. Seine Augen, bisher nervös, lauernd, ja ängstlich, bekamen einen sanften Schimmer. »Schenk mir ein, mein Kleiner«, sagte er mit tiefer Stimme. »Ich weiß, daß du einen guten Wein hast.« Er beugte sich vor, zog den Kuchenteller heran und nahm ein Stück Mandeltörtchen. Fürst Jussupoff goß ein Glas voll Madeira. Seine Hand zitterte nicht dabei. Mit starren Augen sah er zu, wie Rasputin in den Kuchen biß, ihn zurücklegte, den Mund verzog und sagte: »Er ist mir zu süß.« Dann griff er nach einem Schokoladentörtchen, biß hinein, nickte zufrieden und aß es auf.

»Das ist gut, mein Kleiner!« Rasputin nahm das funkelnde Glas, hielt es gegen die Kerzen und nickte. »Es ist schön, einen Freund zu haben!«

Jussupoff hielt den Atem an, als Rasputin mit einem tiefen Schluck das Glas leer trank. Das Gift, dachte er. Jetzt wirkt das Gift. Gleich muß er umfallen.

»Oh, der Madeira ist gut!« sagte Rasputin und hielt sein Glas Jussupoff entgegen. »Gib mir noch etwas davon.«

Die Hände zitterten Jussupoff, als er wieder eingoß. Noch viermal trank Rasputin das Glas mit dem vergifteten Wein leer, aß drei Stücke des vergifteten Kuchens, dann stützte er den Kopf in beide Hände, starrte vor sich hin, und sein Blick wurde wild und hart.

»Warum kommt sie nicht?« rief er. »Warum warten wir? Jag die Gäste weg, Kleiner! Ich warte nicht gern auf eine Frau.«

Jussupoff überlief es kalt. Seine Finger zuckten. Ich muß ihn erwürgen, dachte er. Ich muß ihn töten mit meinen eigenen Händen. Warum wirkt das Gift nicht? Warum sieht er mich so fragend, so kalt, so fordernd an? Weiß er, daß ich ihn töten will? Warum wehrt er sich nicht? Warum kämpft er mit mir diesen stummen, kaltblütigen, mich innerlich zerreißenden Kampf? Warum stirbst du nicht, Satan!

Um Jussupoff drehte sich einen Augenblick der Keller. Der Schrecken, daß Rasputin durch Gift nicht zu töten war, raubte ihm fast die Besinnung. Aber dann fing er sich wieder und starrte Rasputin an, der nach der nächsten Karaffe des vergifteten Weines tastete.

»Gieß ein«, sagte er mit schwerer Zunge. »Ich habe großen Durst. Mein Magen brennt. Die alte Wunde! Laß uns trinken, Kleiner. Wann kommt deine Frau?«

»Es wird nicht mehr lange dauern«, antwortete Jussupoff doppelsinnig. Von oben tönte noch immer blechern das Grammophon. Großfürst Dimitri rannte unruhig hin und her, Purischkewitsch schwitzte wieder, Dr. Lasowert und Leutnant Suchotin rauchten nervös. Fürst Jussupoff schob das Glas gefüllt über den Tisch. Auch er trank nun, aus einer anderen Karaffe, um sich zu beruhigen. »Es freut mich, wenn es Ihnen schmeckt, Grigori Jefimowitsch.«

Rasputin trank, als verbrenne er innerlich. Dann seufzte er, lehnte sich zurück und zeigte auf eine Gitarre, die an der Wand hing. »Oh, das ist gut!« sagte er fröhlich. Seine Augen bekamen wieder Glanz. »Spiel mir etwas Lustiges, mein Kleiner! Sing etwas. Ich höre dich so gern singen!«

Mit schweren Beinen ging Fürst Jussupoff zur Wand, nahm die Gitarre herunter, setzte sich in einen Sessel und ließ die Finger über die Saiten gleiten. Rasputin hob den Kopf. Etwas wie inneres Glück überstrahlte sein Gesicht.

»Sing, mein Kleiner!« wiederholte er fast zärtlich.

Und Jussupoff sang. Der Mörder griff in die Saiten der Gitarre, sein Mund öffnete sich, und dann schwebte eine helle schöne Tenorstimme durch das Kellergewölbe, eine Stimme voll Zartheit und Wohlklang.

Eine Romanze. Ein trauriges, klagendes Lied. Die Weite der Steppe kam in den Kellerraum.

Rasputin winkte ab. »Nicht so, mein Kleiner!« rief er. »Etwas Lustiges! Fröhliches! Wie die Zigeuner!«

Er erhob sich, schob den Stuhl zurück, schwankte in die Mitte des Raumes und hob sein Glas mit dem vergifteten Wein hoch in die Luft. Jussupoff war es, als schnüre ihm jemand die Kehle zu, er umklammerte die Gitarre und zitterte in seinem Sessel.

»Kannst du eine Komarinskaja spielen?« rief Rasputin. »Ein Bauerntanz ist das! In Sibirien tanzen sie ihn, wenn sie den Frauen gefallen wollen! So... und so... und so...«

Rasputin tanzte. Seine Stiefel stampften auf die Steinplatten und die Teppiche, sein Bart flog ums Gesicht, die Kopfhaare verwirrten sich. So tanzt ein Bär oder ein Dämon, so tanzt ein Besessener oder ein Waldgeist! Über Jussupoff kroch eine lähmende Angst. Seine Finger griffen in die Gitarre, er hörte sich singen mit einer völlig fremden, brüchigen, in Furcht eingepreßten Stimme... und er sang wieder traurige Melodien, Romanzen, Balladen, während der wilde, stampfende Bär vor ihm nach einer ganz anderen, inneren Melodie tanzte, verzückt, mit offenem Mund, mit flammenden Augen, mit dröhnenden Stiefeln und einem dunklen, heiseren Keuchen der Wonne.

»So ist es recht, mein Kleiner! Wie schön deine Stimme ist! Ich liebe sie. Du legst soviel Seele hinein...« Rasputin trank aus dem Glas, schwenkte es durch die Luft und drehte und wiegte sich und stampfte durch den Raum.

Mit einem Mißklang beendete Jussupoff seinen Gesang. Am Ende war er, sein Körper flog wie bei einem gehetzten Pferd. Er schwankte zur Treppe, klammerte sich an das Geländer und hatte das Gefühl, sich erbrechen zu müssen. Rasputin kam zu ihm, den letzten Rest des vergifteten Weines austrinkend.

»Warum lärmt man da so?« fragte er und zeigte nach oben zur Tür.

Jussupoff atmete tief. Seine Stimme war unkenntlich. »Das sind wahrscheinlich die Gäste, die weggehen«, sagte er. »Ich werde hinaufgehen und sehen, was los ist.«

Rasputin nickte und schwankte in den Keller, zum Tisch zurück. Mit zitternden Knien rannte Jussupoff die Treppe hinauf. Es war eine Flucht vor dem Unbegreiflichen. Oben riß er die Tür auf, stürzte in den Raum, warf die Tür zu und fiel in die Arme von Großfürst Dimitri und Leutnant Suchotin.

»Er lebt!« schrie er. »Er lebt! Das Gift wirkt nicht!«

Über das Gesicht Dr. Lasowerts zog fahles Gelb. »Das ist unmöglich«, stotterte er. »Es reicht für zehn Ochsen. Ich habe es ausprobiert! Zyankali ist ein Gift, das sofort...«

»Wieviel hat er denn getrunken?« keuchte Purischkewitsch.

»Den ganzen Wein! Und vier Stück Kuchen hat er gegessen.« Jussupoff lehnte sich gegen die Wand. »Er lebt! Er tanzt! Ich mußte ihm sogar vorsingen und auf der Gitarre...«

»Den ganzen Wein.« Dr. Lasowert raufte sich die Haare. »Nach medizinischem Wissen müßte er siebenmal tot sein!«

»Aber er lebt!« schrie Jussupoff. Wie Wahnsinn flackerte es in seinen Augen. »Ist er denn unsterblich?«

»Wir gehen alle hinunter, werfen uns auf ihn und erwürgen ihn!« sagte Leutnant Suchotin. »In meinen Händen gibt es keine Unsterblichen...« Jussupoff schüttelte den Kopf. »Das verdirbt alles! Die fremden Menschen... es könnte alles umsonst sein... er ist so voller Mißtrauen.« Er sah den Großfürsten Dimitri an, und in seinem Blick lag die Wehmut und die Tragik eines Märtyrers. »Gib mir deinen Revolver, Dimitri...« sagte er heiser. »Ich muß es allein tun! Er ist *nicht* unsterblich!«

Stumm, als handle es sich um einen ehrenvollen Selbstmord, überreichte ihm Dimitri seinen Revolver. Jussupoff sah seine Freunde noch einmal an, lange, schweigend. Nahm er Abschied für immer?

Dr. Lasowert öffnete wieder die Tür, der Abgeordnete Purischkewitsch war dem Weinen nahe. Seine Nerven zerbrachen.

Langsam, Stufe um Stufe, schritt Fürst Jussupoff die Treppe wieder hinab. In der Tasche umklammerte er den Griff des Revolvers. Im Kellergewölbe war es geisterhaft still.

Rasputin stand vor dem Schränkchen mit den vielen Schubladen, öffnete sie, schob sie zurück, starrte auf das kristallene Kreuz, vor dem er vor einer Minute noch gekniet und gebetet hatte. Er drehte sich nicht um, als er den Schritt Jussupoffs hörte. Er spielte weiter mit den Schubladen.

*

»Wie schön es ist«, sagte er wie vor zwei Stunden. »Was hast du dafür bezahlt, Kleiner? Ich möchte es kaufen...«

Fürst Jussupoff blieb stehen. Langsam zog er den Revolver aus der Tasche. Rasputin stand noch immer unbeweglich vor ihm, den Kopf nach rechts geneigt. Seine Augen blickten gebannt auf das Kruzifix.

Jussupoff hob den Revolver. Wohin muß ich zielen, dachte er. Wo ist er sterblich? Auf die Schläfe? Auf das Herz? In den freien Nacken? Ein Schauer durchrüttelte ihn. Gott, gib mir die Kraft, ein Ende zu machen, betete er innerlich. Laß mich ruhig zielen. Wenn ich ihn nicht töte... ich stürbe vor Entsetzen...

»Grigori Jefimowitsch«, sagte er mit tonloser Stimme. »Sie täten besser daran, das Kruzifix anzusehen und ein Gebet zu sprechen...«

Jetzt, dachte Jussupoff, jetzt, o Gott!

Sein Arm streckte sich. Warum wog der Revolver einen Zentner?

In diesem Augenblick drehte sich nun Rasputin langsam zu Jussupoff um.

4

Sie sahen sich an, der Mörder, der ein Fürst war, und das Opfer, von dem man nicht wußte, ob es ein Heiliger oder ein Teufel war. Es war nur ein Blick, aber beiden kam es vor, als vergingen darüber Minuten. In beider Augen standen Entsetzen und Angst, spiegelte sich die Tragik dieser Nacht.

Nur eine Sekunde war's oder auch nur ein Bruchteil davon... dann drückte Jussupoff ab. Der Knall des Schusses dröhnte in dem Gewölbe wie ein Granateneinschlag und hallte mehrfach wider.

Rasputin brüllte auf. Es war der Aufschrei eines Tieres, unmenschlich. Er warf die Arme hoch und stürzte dann auf dem Bärenfell, das vor dem Schränkchen mit dem kristallenen Kruzifix lag, zusammen. Jussupoff überfiel ein Zittern. Er wich zurück, die Hand mit dem Revolver sank herab, wie gebannt starrte er auf den vor ihm liegenden Körper Rasputins, über dessen Gesicht noch ein Zucken lief. Auf der Seidenbluse breitete sich ein roter Fleck aus.

Rasputins Blut. Jussupoff schloß erschüttert die Augen. Ich habe ihn getötet, dachte er. Ich hatte die Kraft dazu! Ich habe einen Teufel vernichtet...

Die Treppe hinunter rannten Großfürst Dimitri, Dr. Lasowert, der Abgeordnete Purischkewitsch und Leutnant Suchotin. Der Schuß war das Signal für sie gewesen. Sie wollten helfen, falls Jussupoff Rasputin nur verwundet hatte. In ihrer Aufregung stießen sie gegen den Lichtschalter. Völlige Dunkelheit brach über das Kellergewölbe herein.

»Licht!« schrie Jussupoff. Entsetzen würgte seine Kehle. »Was ist denn? Licht!«

Er tat einen Schritt nach vorn und prallte mit Purischkewitsch zusammen. Der Abgeordnete stieß einen hellen Angstschrei aus und stolperte in der Dunkelheit davon. Leutnant Suchotin suchte den Lichtschalter und fluchte. Großfürst Dimitri stand auf der Treppe und rief in die Finsternis hinein: »Hast du ihn getroffen, Felix? Wo ist er?«

Als das Licht endlich wieder aufflammte, standen sie wie versteinert im Keller und starrten auf den ausgestreckten, mächtigen, verhaßten, blutigen, von wilden Bart- und Haupthaaren umwucherten Körper. Purischkewitsch war den Tränen nahe, er lehnte am Treppengeländer und verzog das Gesicht wie ein greinendes Kind. Jussupoff war totenbleich, sein schönes, schmales Gesicht wirkte wie durchsichtiges Porzellan.

Dr. Lasowert war der einzige, der sich rührte, der nicht angesteckt war von einer inneren Scheu vor dem Toten. Er kniete sich neben den Körper Rasputins, untersuchte die Wunde, indem er das weiße Seidenhemd hochschob, das Hemd, von der Zarin mit Kornblumen bestickt, und ohne Erregung, routinemäßig, als beuge er sich über ein Krankenbett, fühlte er den Puls und kontrollierte den Herzschlag.

»Er ist tot!« sagte Dr. Lasowert, als er sich wieder aufgerichtet hatte. »Die Kugel hat die Herzkammer durchbohrt. Durchlaucht...« Er nahm eine militärisch stramme Haltung an. »Sie haben Rußland von einem Ungeheuer befreit!«

»Was nun?« stotterte Purischkewitsch. »Was nun?« Er schwitzte wieder. Er kam sich völlig unnütz vor. Er war kein Verschwörer, kein Mörder – er liebte Ruhe, gutes Essen und schöne Frauen.

»Es läuft alles so ab, wie es besprochen ist!« Großfürst Dimitri winkte. Purischkewitsch stöhnte auf, aber er griff zusammen mit Leutnant Suchotin und Dimitri zu und schleifte den Körper Rasputins von dem Bärenfell weg auf die Steinfliesen, die man besser vom Blut säubern konnte. Dann gingen alle nach oben, drehten das Licht aus und setzten sich. Purischkewitsch trank mit bebenden Händen ein Glas Wein. »Wir haben Rußland vor dem Ruin gerettet!« sagte Dimitri, aber es klang nicht freudig oder wie eine Befreiung, eher wie eine Verteidigung. »Die Schande, die über das Haus Romanow gekommen war, ist getilgt!«

»Reden wir nicht, handeln wir.« Fürst Jussupoff gab den Revolver an Dimitri zurück und nickte Leutnant Suchotin zu. »Sie ziehen den Pelzrock und die Mütze Rasputins an und fahren in einem offenen Privatwagen in Richtung Golochawaja. Sollten Spitzel der Ochrana das Kommen des Staretz beobachtet haben, so glauben sie dann, er führe wieder weg. Dr. Lasowert begleitet Sie. Sie fahren bis zum Warschauer Bahnhof, verbrennen die Kleidungsstücke Rasputins im Lazarettzug, der dort stationiert ist, fahren mit einer Droschke zum Palast des Großfürsten Dimitri, dort wartet ein geschlossenes Automobil, das Sie zurückbringt zur Moika.«

»Und ich bringe dann den Kadaver zur Peter-Insel – und weg mit ihm in die Newa!« Großfürst Dimitri zündete sich eine Zigarette an. »Das Eisloch wird offengehalten. Es kann nichts danebengehen, Felix.«

»Handeln wir schnell!« Jussupoff sah auf die Uhr. Gleich drei Uhr morgens. Die Straßen waren leer, der Frost klirrte in den Hauswänden, niemand würde den einsamen Wagen beachten. »Er wird spurlos verschwunden sein! Die Strömung der Newa wird den Körper mitreißen bis hinaus ins Finnische Meer. Nichts wird von ihm übrigbleiben.«

Jussupoff sah auf die Tür, die hinunter zum Keller führte. Er kam sich wie befreit vor, und doch spürte er jetzt eine merkwürdige Unruhe in sich aufsteigen, einen unwiderstehlichen Drang, den Leichnam noch einmal zu sehen. War es das Gefühl des Triumphs des Siegers, des von Angst Befreiten? Er sprang auf und riß die Tür fast aus dem Schloß. Verwundert sah ihm Großfürst Dimitri zu. »Was ist, Felix?« fragte er.

»Ich muß ihn noch einmal sehen!«

Jussupoff winkte ab, als Leutnant Suchotin ihn begleiten wollte. Allein stieg er die Treppe hinunter in das Gewölbe, langsam, Stufe um Stufe, als schritte er die Treppe eines Ballsaales hinab.

Rasputin lag auf den Steinfliesen, so wie man ihn hingeschleift hatte. Der Blutfleck auf dem weißen Seidenhemd war dunkel geworden und verhärtet. Einen Augenblick stand Jussupoff sinnend vor dem Toten und starrte in das grobe, verzerrte, gehaßte, noch im Tod von einem wilden Zauber umgebene Gesicht Rasputins. Er kniete neben dem Leichnam nieder, fühlte noch einmal den Puls, und dann tat er etwas, wofür er nie eine Erklärung wußte, wie ein Zwang kam es über ihn: Er ergriff beide Arme Rasputins, schüttelte den Toten und richtete ihn dabei etwas auf. Dann ließ er ihn zurückfallen und starrte ihn wieder an.

In diesem Augenblick geschah das Unbegreifliche.

Das linke Augenlid Rasputins begann zu zittern. Ein Zucken glitt über sein Gesicht... das linke Auge öffnete sich halb... das rechte Augenlid hob sich langsam... und dann waren beide Augen offen und starrten mit einem unheimlichen grünlichen Schimmer Jussupoff an, der gelähmt neben dem Körper kniete.

Unendlicher, höllischer Haß schrie aus den Augen Rasputins. Durch den zerschossenen Brustkorb flog ein leises Röcheln. Fürst Jussupoff erhob sich, aber seine Beine waren wie mit den Granitplatten des Kellers verwachsen, er hatte das Empfinden, daß sein Blut in den Adern gerann, daß sein Körper, daß jeder Muskel vereiste.

»Hilfe!« wollte er schreien. »Hilfe!« Aber aus seiner zugeschnürten Kehle drang kein Laut.

Mit einem ungeheuren, unbegreiflichen Satz, mit einer übermenschlichen Stärke sprang Rasputin plötzlich auf. Er lallte, schwankte heftig, warf die Arme hoch, Schaum trat vor seinen Mund, aus den Mundwinkeln liefen dünne Blutfäden, und die Augen quollen aus den Höhlen.

Und dann brüllte er. Es war ein so fürchterliches, heiseres, bärenähnliches Brüllen, ein so urgewaltiger Ausbruch eines Vulkans von Schmerz und Enttäuschung, daß Jussupoff noch immer gelähmt in dieses wilde verzerrte Gesicht starrte, das sich ihm näherte.

»Verfluchter!« brüllte Rasputin. »Verfluchter! Felix! Felix! Was hast du getan? Felix! Verfluchter!«

Er warf die Hände vor, umkrallte die Kehle des erstarrten Jussupoff, rutschte ab, schwankte, fiel gegen den Fürsten und hieb die Finger wie stählerne Zangen in die Schultern Jussupoffs.

»Felix! Felix! Felix!«

Jussupoff erwachte aus seiner Starrheit. Er duckte sich, hieb auf die Arme, drückte Rasputin zurück, wollte sich befreien... aber was war die Stärke des kleinen, zierlichen Fürsten gegen die Urkraft dieses sibirischen Bauern? Rasputins Brüllen wurde unkenntlich, es waren keine Worte mehr, nur noch Schreie. Immer wieder versuchte er, den Hals Jussupoffs zu fassen, um ihn zu erdrosseln, sie rangen miteinander, keuchend und gnadenlos, mit einem kreischenden Laut riß Rasputin die Epaulette von der Uniform Jussupoffs, hob die Faust und hieb zu, und dabei rann ihm das Blut aus dem Mund, und blutiger Schaum blähte sich vor seinem Gesicht.

Mit einer letzten verzweifelten Bewegung riß sich Jussupoff aus den umklammernden Armen Rasputins los, stieß ihn vor die Brust und rannte zur Treppe. Und diesmal war es eine Flucht vor der leibhaftig gewordenen Hölle.

Rasputin schwankte, stürzte nach hinten auf die Steinquader, ein fürchterliches Röcheln erfüllte den Keller, er hob die Faust, mit der er die abgerissene Epaulette umkrallt hielt, führte sie zum Mund und biß in wilder Wut in die goldene Stickerei.

Fürst Jussupoff hetzte die Treppe hinauf.

»Er lebt!« schrie er, als er die Tür aufriß. »Er lebt noch immer! Schnell, schnell, kommen Sie herunter!«

Der Abgeordnete Purischkewitsch, der allein und Wein trinkend im Arbeitszimmer saß, starrte den Fürsten entgeistert an. Ein Gespenst stürzte da ins Zimmer, wachsbleich, zerfetzt, mit irren Augen. Aber dann begriff er, und alle Angst, die den dicken Mann bisher umklammert hatte, fiel von ihm ab in diesen Minuten, da er handeln mußte. Rußland war in seine Hände gelegt, das war das einzige, was er jetzt dachte.

»Wo?« rief er und zog seinen Revolver aus der Tasche. »Wo ist er?«

»Er lebt!« Jussupoff schwankte durch das Zimmer. »Er wollte mich würgen!« Mit ein paar taumelnden Schritten stand er vor seinem Schreibtisch. Dort lag ein langer, harter Gummiknüppel, den ihm der Duma-Abgeordnete Maklakov bei einer der Vorbesprechungen zu dieser Mordnacht gegeben hatte, für alle Fälle, wie er damals ahnungsvoll sagte.

Purischkewitsch rannte zur Treppe. Jussupoff, den Gummiknüppel schwingend, hatte die Tür schon wieder erreicht.

Dann standen sie oben auf dem Treppenabsatz, unfähig, etwas zu unternehmen. Was sie sahen, war unbegreiflich.

Rasputin kletterte die Treppe herauf. Auf dem Bauch kriechend, auf Händen und Knien, sich wälzend und von Stufe zu Stufe schiebend, wie ein sterbendes, einen schützenden Winkel suchendes Tier, kam er näher und näher. Er brüllte und röchelte, Haare und Bart waren mit Blut verschmiert, seine Augen quollen aus den Höhlen, und sie waren nicht mehr bannend und grünlichblau, sondern bis zum Bersten gefüllt mit schreiender Todesangst.

»Er will zur Tür in den Hof!« schrie Jussupoff. »Aber sie ist verschlossen! Schießen Sie doch!«

Purischkewitsch hob den Revolver. Jussupoff lief die Stufen hinunter, den Gummiknüppel schwingend.

Mit einem mächtigen, bärenähnlichen Satz erreichte Rasputin die Tür, drückte die Klinke herunter und warf sich gegen das Holz. Und die Tür schwang auf... die Tür in die Freiheit, in das Leben...

Jussupoff lehnte sich gegen die Wand. Das ist unmöglich, schrie es in ihm. Die Tür war abgeschlossen! Sie war – bei Gott – abgeschlossen! Hören die Wunder der Hölle nie auf?

»Schießen Sie, Purischkewitsch!« stammelte Jussupoff. »Um Gottes willen, schießen Sie... er entflieht...«

Rasputin stolperte draußen durch den Schnee, er rannte schwankend an dem Gitter entlang, das den Hof abgrenzte, und nahm mit einem unheimlichen Instinkt den Weg zu dem Gittertor, das er noch nie gesehen hatte.

»Felix! Felix!« brüllte er dabei in die eisige Nacht. »Ich werde alles der Zarin sagen!«

Purischkewitsch war ihm nachgerannt. Auch Jussupoff erschien in der Tür, ein lebender Leichnam, zerfressen vom Entsetzen.

»Schießen Sie doch...« stöhnte er.

Purischkewitsch schoß im Laufen. Die Kugel drang Rasputin in den Rücken; er blieb stehen, stöhnte auf und drehte sich halb um. Da schoß Purischkewitsch zum zweitenmal und traf Rasputin am Kopf. Mit einem Aufschrei stürzte der Staretz in den Schnee, die Wucht war so groß, daß die Flocken nach allen Seiten aufspritzten.

»Schießen Sie...« stammelte Jussupoff und schwankte durch den Schnee, der Spur nach, die Rasputin getreten hatte. »Schießen Sie...«

Der dicke, friedliche, ängstliche Purischkewitsch stand vor dem im Schnee lang hingestreckten Körper Rasputins und schoß in den Berg Fleisch hinein, bis sein Revolver leer war. Dann trat er mit aller Wucht gegen die Schläfe des Staretz, aus einer ohnmächtigen, irrsinnigen Verzweiflung heraus, daß das Schicksal gerade ihm diese Rolle zudiktiert hatte.

Und Rasputin blickte ihn an. Das rechte Auge richtete sich auf Purischkewitsch. Stumpfsinnig, fragend... der anklagende Blick eines Toten.

Purischkewitsch wandte sich ab, ließ den Revolver fallen und schlug die Hände vors Gesicht.

Schwankend, wie ein Betrunkener, war Fürst Jussupoff herangekommen. Zwei Diener, durch die Schüsse aufgeweckt, liefen über den Hof, sahen den Toten und erkannten ihn. Sie erstarrten und begannen zu zittern.

»Ins Haus!« sagte Purischkewitsch leise. »Ins Haus! Schnell. Dort kommt die Polizei! Ich werde sie beruhigen.«

Jenseits des Gitterzauns hörte man Schritte, Stimmen und das Klappern von Säbeln. Die Diener hoben Rasputin aus dem Schnee, trugen ihn in das Palais und legten ihn auf den Absatz der Treppe hinter die Tür, durch die Rasputin hatte entfliehen wollen.

Jussupoff lehnte in seinem Arbeitszimmer an der Wand, den Gummiknüppel noch immer in der Hand. Ihm war schwindlig, Brechreiz würgte in seiner Kehle und bohrte in seinem Magen. Er versuchte ein paar Schritte... die Beine waren, als gehörten sie gar nicht zu seinem Körper. Sie bewegten sich, aber wie fremde Stelzen, mechanisch angetrieben.

»Jetzt ist er wirklich tot«, sagte Purischkewitsch, der von den Polizisten zurückkam. Er hatte sie beruhigen können mit der Lüge, Betrunkene, Gäste des Fürsten, hätten aus Spaß in die Luft geschossen. »Er liegt auf der Treppe.«

Jussupoff nickte. Wie ein Schlafwandler stieg er die Stufen hinunter und blickte auf Rasputin, der auf dem Rücken lag. Das helle Licht der kristallenen Kronleuchter gab jede Einzelheit seines entstellten Gesichts frei, das Blut floß aus zahlreichen Wunden – es war ein schrecklicher Anblick.

In diesem Augenblick verließen Fürst Jussupoff die Nerven. Wut und Haß erstickten ihn. Ein Anfall von Wahnsinn überspülte alles, was einen Menschen ehrt, was ihn vom Tier unterscheidet... er hat das Gift überlebt, schrie es in Jussupoff... er hat meinen Herzschuß überlebt... er hat die Schüsse Purischkewitschs überlebt... er lebt noch immer... er lebt... er lebt... Warum kann er nicht sterben?

Mit einem röchelnden Aufschrei warf sich Jussupoff auf den blutenden Körper. Sein Kopf zerbarst, er wußte nicht mehr, was er tat.

Mit aller Kraft, wie sie nur ein Irrer hat, schlug er mit dem Gummiknüppel auf Rasputin ein, immer und immer wieder, wie eine hämmernde Maschine; er zerhieb das Gesicht in einem Rausch der Vernichtung, der nichts, gar nichts mehr von Rasputin übriglassen wollte.

Dann – ganz plötzlich – sank Jussupoff zurück, der Knüppel fiel aus seinen Händen. Purischkewitsch bückte sich und fing den Fürsten auf. Jussupoff hatte das Bewußtsein verloren.

Während der Fürst ohnmächtig auf einer Liege ruhte, luden Großfürst Dimitri, Leutnant Suchotin und Dr. Lasowert die Leiche in den bereitgestellten Wagen, nachdem sie den Körper in ein dickes Leinentuch gedreht und mit Stricken gefesselt hatten. Wie bis ins Detail geplant, fuhren sie von der Moika über die Brücken der Newa bis zur Peter-Insel, wo unter der Petropawlowsk-Brücke das große Eisloch freigeschlagen war. Niemand war in dieser eisigen Nacht auf den Straßen. Dunkel, ohne Licht, ein Schatten nur, stand der Wagen auf der Brücke.

»Hinein!« sagte Großfürst Dimitri.

Der Leichnam Rasputins hing über dem Brückengeländer, genau über dem großen Loch im Eis. Man hörte das Gurgeln des Wassers in der Stille der kalten Nacht.

»Los!«

Dr. Lasowert und Leutnant Suchotin ließen los. Der Körper klatschte auf das Eis, rutschte in das Loch und versank mit einem schmatzenden Laut in der kleinen Njewka. Dann standen die drei pelzvermummten Männer am Brückengeländer, starrten in das Eisloch und kamen sich merkwürdig leer vor.

Grigori Jefimowitsch Rasputin lebte nicht mehr.

Brach jetzt ein neues Jahrhundert an?

Es war der 17. Dezember 1916.

*

Zwei Tage lang suchte man Rasputin.

Die Ochrana verhörte Fürst Jussupoff, die Zarin flehte ihn an, die Wahrheit zu sagen, Großfürst Dimitri leugnete. Der Zar kam aus seinem Hauptquartier in Mogilew zurück, verließ seine Truppen und vergaß den Krieg, um selbst die Untersuchungen zu leiten... eine Mauer des Schweigens stand da, und keiner konnte sie durchbrechen.

Anna Wyrobowa hatte den Kopf verloren. Sie rannte herum, weinte und betete, schrieb in ihr Tagebuch Zeilen unfaßbaren Schmerzes, saß mit der Zarin in deren Zimmer und rief die Heiligen an.

Blaß, zerbrechlich in ihrer Zartheit, ging Nadja Grigorijewna durch die Räume des Alexandra-Palastes von Zarskoje Selo oder durch die Zimmer der kleinen Villa der Wyrobowa, ruhelos, wartend, ohne Tränen, ohne Gebet. Aron Simanowitsch, der Sekretär Rasputins, hatte den Brief gefunden, den Rasputin vor seiner Abfahrt mit dem »Kleinen« in dessen Palais noch an Nadja geschrieben hatte. Es waren Zeilen, die alles sagten. Die Zarin hatte sie gelesen und geschworen, diese Worte in Gold fassen zu lassen. Die Wyrobowa war mit dem Brief in der Hand zusammengesunken und hatte geschrien: »Er ist tot! Er hat es geahnt! Was soll aus Rußland, aus uns allen werden ohne Vater Grigori?«

Am Morgen des 19. Dezember, zwei Tage nach dem Mord, fand man endlich unter dem Eis den festgeklemmten Körper Rasputins. Die Polizei hatte das Eisloch unter der Brücke entdeckt, Blutspuren waren noch an den Rändern zu sehen. Von diesem Loch aus, die Strömung berechnend, hatte man gesucht. Das erste, was man fand, war ein Stiefel, Schuhgröße zehn, Marke Treugolnik. Er gehörte Rasputin. Polizei und Pioniere brachen das Eis unter der Brücke auf. Taucher stiegen in die eisigen Tiefen und gingen unter der meterdicken Eisdecke auf dem Flußgrund der Strömung nach. So fanden sie ihn, zogen ihn an Land und brachten ihn zur Präfektur.

Professor Kossorotow, Leiter des Krankenhauses von Tschesma, untersuchte den Toten und obduzierte ihn. Als er sich wieder aufrichtete, zeigte auch sein Gesicht den Widerschein von Entsetzen.

»Er hat noch gelebt, als sie ihn in die Newa stürzten...« sagte er leise. »Er war noch nicht tot! Erst unter Wasser, unter dem Eis, ist er gestorben. Ertrunken...«

Nadja sah es der Wyrobowa an den Augen an, was diese zu sagen hatte, als sie am Abend des 19. Dezember zu ihr ins Zimmer kam. Ihre Augen waren rot verquollen, mit den Händen hielt sie eine kleine Ikone umklammert, die Rasputin ihr einmal von einer Reise mitgebracht hatte. Nadja faltete die Hände, ihr Herzschlag setzte einen Augenblick aus.

»Er ist tot...« sagte sie kaum hörbar.

Die Wyrobowa schluchzte auf und drückte die kleine Ikone an ihre Lippen. Nadja wandte sich ab und sah hinaus in den Park. Drei Gärtner mit Fackeln in den Händen gingen über die Wege und fegten den Flugschnee zur Seite. Zu jeder Zeit mußten die Wege in Zarskoje Selo frei sein.

»Wann starb er?« fragte sie dumpf.

»Man weiß es noch nicht.« Die Wyrobowa schluchzte haltlos. Sie lag in einem Sessel, die Stirn auf der Ikone. »Aber er ist ermordet worden. Und Felix war es! Es muß Felix gewesen sein. Bei ihm war Vater Grischa zuletzt.«

»Warum haben sie das getan?« Nadja verfolgte die lodernden Fackeln der Gärtner. Die Bäume des Parkes schienen sich im Flammenschein zu bewegen. »Alle haben ihn gehaßt. Warum? Er hat nur die Wahrheit gesagt. Er wollte nur das Beste! Er sah mehr als alle anderen. Tötet man deshalb Menschen? Ist Wahrheit ein Verbrechen?«

Sie wandte sich wieder in das Zimmer zurück. Die Wyrobowa betete leise. »Kann ich meinen Vater sehen?« fragte Nadja fest. Sie schwieg betroffen... der harte Ton ihrer Stimme war erschreckend für sie selbst. »Wohin hat man ihn gebracht?«

»Er kommt morgen nach Zarskoje Selo. Jetzt sind die Ärzte noch bei ihm, die Polizei, der Innenminister Protopopow, General Belinskij. Schwester Akulina aus dem Kloster Ochtoj hat man gerufen, um Väterchen zu waschen und neu zu kleiden. Vater Grigori hat Akulina vor Jahren vom Irrsinn geheilt... weißt du noch...« Die Wyrobowa schluchzte. »Die Zarin ist völlig verwirrt. Mein Gott, was soll Mama ohne Vater Grischa tun? Was soll aus dem Zarewitsch werden? Wenn Aljoscha sich wieder verletzt...«

Nadja Grigorijewna stand auf. Sie ging ins Nebenzimmer, nahm ihren Pelz aus dem Schrank und warf ihn über. Die Wyrobowa richtete sich auf. »Wo willst du hin?«

»Zu meinem Vater!« sagte Nadja steif.

»Sie lassen dich nicht heran! Nicht einmal die Zarin könnte ihn jetzt sehen.«

»Ich bin nicht die Zarin, ich bin seine Tochter!«

»Wer weiß es denn? Seine echten Töchter sind auch in Petersburg, in seiner Wohnung. Und selbst Maria und Warwara dürfen ihn nicht sehen.«

»Ich *werde* ihn sehen!« Nadja setzte eine dicke Pelzmütze auf. Sie klingelte, die Kammerfrau erschien in der Tür, auch mit roten, verweinten Augen. »Meine Stiefel!« befahl Nadja. »Die hohen! Die Reitstiefel! Schnell!«

Die Wyrobowa rang die Hände. Ihr Gesicht war ein einziges Zucken. »Ich beschwöre dich, Nadja... tu es nicht! Nicht jetzt! Du weißt, wie sie über deinen Vater denken! Undankbar sind sie alle! Kübel voll Unflat schütten sie über ihn aus! Lügen, alles Lügen! Und nun kommst du und sagst ihnen: Er hatte noch eine Tochter. Ich! Wie sie schreien werden! Wie sie ihn wieder verdammen werden! Sie werden dich verhören, verhaften, sie werden deine Mutter in den Schmutz ziehen... Warum willst du Vater Grigori noch im Tod besudeln lassen?«

Nadja schwieg. Sie zog die hohen Reitstiefel an, knöpfte den dicken Pelz zu und zog die Fellhandschuhe über. Sie tat es mit den ruhigen Bewegungen eines Menschen, der sich sorgfältig anzieht, um einer Einladung zu folgen. Die Kälte, die sie ausströmte, wehte die Wyrobowa wie ein Grabeshauch an. Sie schauderte.

»Ein Schlitten?« fragte Nadja über die Schulter.

Die Kammerfrau nickte.

»Fährt gerade vor, Nadja Grigorijewna.«

»Bleib!« Die Wyrobowa sprang auf. Die Ikone Rasputins fiel aus ihren Händen. »Du machst dich unglücklich, Nadja.«

»Bin ich ein dummer Mensch?« Nadja drehte sich an der Tür um. Die Wyrobowa erschrak bis ins Herz und öffnete den Mund zu einem stummen Schrei. Diese Augen, dachte sie wie gebannt. Dieser Blick! Das sind Rasputins Augen! Bei Gott – sie könnte gar nichts anderes sein als seine Tochter! Sie kann gar nicht anders handeln und denken!

Vor der Polizeipräfektur stauten sich Menschen. Aber sie warteten vergeblich. Kein Sarg wurde herausgetragen, niemand gab Auskunft. Die Leiche Rasputins war längst an einen geheimen Ort gebracht worden und wurde etwas zurechtgemacht, um ihn mit anständigem Aussehen weiter nach Zarskoje Selo zu bringen. General Belinskij, der neue Chef der Ochrana, verfaßte ein Kommuniqué für den Zaren. In schneller, präziser Kleinarbeit, aus Meldungen eines kleinen Heeres von Geheimagenten und Zuträgern waren die Mörder ausfindig gemacht worden; er nannte die Namen ohne Scheu, von Großfürst Dimitri bis zu dem stämmigen Leutnant Suchotin.

Zum ersten- und zum letztenmal stand Nadja drei Stunden später General Belinskij gegenüber. Vor dem Eingang des großen Gebäudes der Ochrana standen die Schlittenpferde und dampften. Sie waren von Zarskoje Selo bis nach Petersburg gerannt, als wären sie vor einem Sturmwind geflohen.

General Belinskij, elegant, höflich, aber kalt wie Marmor, warf einen langen Blick über die junge, hübsche, wertvoll gekleidete Dame in den hohen Reitstiefeln. So etwas sah man selten. Es gab nicht viele Amazonen in der Petersburger Gesellschaft. Zwischen Samt und Seide fielen Stiefel auf.

»Ihre Majestät, die Zarin, schickt mich!« sagte Nadja mit dem Stolz, den man aus der Umgebung des Zaren gewöhnt war. »Ich bin Nadja Grigorijewna Woronzowa.« Sie zog den Handschuh von der linken Hand und hob sie in Augenhöhe. General Belinskij blickte auf einen goldenen Ring mit dem Siegel des Zaren. Der doppelköpfige Adler mit der Kaiserkrone darüber. »Die Zarin läßt fragen, wann der Leichnam Grigori Jefimowitschs in das Alexandra-Palais überführt wird. Die Zarin will eine Ehreneskorte Husaren schicken.«

General Belinskij zwinkerte mit den Augen. Er war etwas verwirrt. Es ist doch alles geklärt, dachte er. Der Hof weiß genau die Zeit. Und alles soll heimlich geschehen, ohne Aufsehen. Wieso jetzt Husaren?

»Rasputin wird morgen früh in einem neutralen Auto nach Zarskoje Selo gebracht«, antwortete er. »Es war der Befehl des Zaren, daß niemand den Transport sieht.«

»Ich komme von der *Zarin*!« Nadja warf den Kopf in den Nacken. Belinskij lächelte schwach. Natürlich, natürlich, dachte er. Der Zar will Diskretion, die Zarin will Hoftrauer. Das alte Lied in Rußland: Uneinigkeit bis in die Familie des Kaisers hinein. Wie soll Rußland da eine Nation werden?

»Ich unterstehe dem Zar, Madame!« General Belinskij verneigte sich höflich, aber mit deutlicher Reserviertheit. »Ich führe seine Befehle aus. Wenn Ihre Majestät, die Zarin, genaueste Auskunft wünscht, bitte ich Sie, den Zaren selbst zu fragen ...«

Wortlos, grußlos verließ Nadja das Zimmer des Ochrana-Chefs. Belinskij pfiff leise vor sich hin, schob einen Notizblock heran und notierte sich den Namen Nadja Grigorijewna Woronzowa. Er wußte in diesem Augenblick noch nicht, daß in den Aufzeichnungen seines Vorgängers, General Spiridowitsch, hinter diesem Namen stand: Tochter Rasputins.

Nadja fuhr zurück nach Zarskoje Selo. In der Seraphimskapelle, im Park des Schlosses, hatte man einen Nebenraum hergerichtet wie ein Bad. Dort saß Schwester Akulina, die Rasputin vor der Aufbahrung waschen sollte, und betete. Ein Arzt und zwei Nadja unbekannte Männer bauten Flaschen und Salbentöpfe auf und trugen Instrumente aus einem Wagen in den Hinterraum der Kapelle.

»Was hat man vor?« fragte Nadja und schüttelte die im Gebet versunkene Akulina. »Was wollen die Männer hier?«

»Sie balsamieren ihn ein, Töchterchen. Sie haben Befehl von der Zarin. Vater Grigori soll unsterblich werden. Nach dem Krieg wird man eine große Kirche über ihm bauen, ein Wallfahrtsort für alle Russen!« Akulina ergriff die Hand Nadjas und küßte sie. Etwas von ihrer früheren Besessenheit brach wieder durch. »Warum bist du hier, Töchterchen?«

»Ich will ihn sehen, Akulina.«

»Niemand darf das! Die Zarin hat's befohlen! Nicht einmal seine Frau Praskowja und seine Kinder Maria, Warwara und Dimitri dürfen zu ihm. Er wird hier begraben werden nur im Beisein der kaiserlichen Familie. Keiner darf zusehen. Keiner!«

»Das weiß ich.« Nadja griff in den Pelz und holte eine kleine, goldunterlegte, hölzerne Handikone hervor. Die Augen Akulinas leuchteten auf.

»Von ihm?« stammelte sie.

»Ja. Er hat sie mir mitgebracht aus Athos. Sie gehört dir, wenn du mich versteckst ... hier, in der Kapelle ... wenn ich Grigori Jefimowitsch noch einmal sehen kann ... allein ...«

Akulina griff nach der Handikone, drückte sie an die Lippen und weinte. »Jetzt ist er bei mir ... ganz nah ...« flüsterte sie verzückt. »Keiner kann ihn mir mehr wegnehmen ...«

In einem Kellergewölbe versteckte Akulina hinter Brettern und Kisten Nadja Grigorijewna. Die Tür nach oben ließ sie offen, um Zeichen zu geben oder ihr zuzurufen.

Die ganze Nacht saß Nadja auf einer Kiste, den dicken Pelz um sich geschlungen, mit angezogenen Beinen. Ab und zu schlief sie ein, lehnte den Kopf nach hinten an die Wand. Aber dann schrak sie wieder hoch und lauschte.

Gegen Mitternacht hörte sie Schritte und leise Stimmen. Dann Gemurmel, als bete jemand laut. Akulina erschien auf der Kellerstiege, als es wieder still in der Kapelle war.

»Die Zarin...« sagte sie leise. »Gebetet hat sie. Sie sieht aus, als müsse man morgen auch sie begraben. Und Anna war bei ihr. Sie hat gar keine Augen mehr. Ihr Gesicht ist vom Weinen zugeschwollen.«

Nadja zog die Schultern hoch. Die Wyrobowa. Ob sie das Verschwinden Nadjas gemeldet hatte? Ob man eine Suche eingeleitet hatte? Nadja glaubte es nicht. Schweigen lag jetzt über Zarskoje Selo.

Am frühen Morgen erwachte sie wieder. Über ihrem Kopf trappelten viele Männerschritte. Stimmen, sogar Lachen drang zu ihr. Ein Motor brummte auf. In dem Hinterzimmer polterte etwas.

Nadja legte die Hände auf die Brust und trat bis zur untersten Stufe der Treppe vor. Sie hörte, wie Akulina einen leisen Schrei ausstieß, wie eine rauhe Männerstimme sagte: »Sie haben ihn verdammt zugerichtet, Schwester. Mach ihn hübsch, damit die Zarin nicht fragt, wer da liegt.«

Rohes Lachen. Stiefelklatschen, Klappern von Eimern.

Grigori Jefimowitsch Rasputin war gekommen zu seinem letzten Auftritt.

Vier Stunden lang hockte Nadja hinter ihren Brettern und Kisten, fror und lauschte, lief bis zur Treppe und zerfetzte ihr Spitzentaschentuch zwischen den Fingern. Sie hörte alles... wie Akulina mit Hilfe der anderen den Leichnam wusch, wie man daranging, den Toten einzubalsamieren, wie man ihn in den Sarg legte und wegtrug in den Kirchenraum. Dann wurde es ganz still... nur der schlurfende Schritt Akulinas kratzte über den Steinboden.

»Komm herauf...« sagte Akulina in der fünften Stunde des Wartens. »Alle sind weg. Aber in ein paar Minuten rückt die Wache an. Komm schnell, Töchterchen...«

Nadja rannte die Treppe hinauf. Die Tür zur Kapelle stand offen... Umgeben von brennenden Kerzen, in einem herrlichen Sarg lag Rasputin vor der goldglänzenden, wertvollen Ikonostase. Schwarze Samthosen trug er, darüber seine Russenbluse. Sein Bart war gekämmt, sein Haupthaar geordnet, die Hände gefaltet.

Wie ein Schlafender lag er da, keine Wunde war zu sehen... der Frieden des Himmels schimmerte auf seinem entspannten Gesicht, die Majestät des Todes hatte ihn verwandelt.

Langsam trat Nadja näher. Akulina schloß die Tür und blieb in ihrem Zimmer. Ganz allein stand Nadja vor dem Sarg und sah ihren Vater an. Auf seiner Brust lag ein Brief, der letzte Brief der Zarin, den Anna Wyrobowa gebracht hatte:

»Mein teurer Märtyrer, erteile mir Deinen Segen, damit er mich auf dem schmerzvollen Weg begleite, den ich hienieden noch zu wandeln habe. Gedenke in Deinen heiligen Gebeten auch im Himmel noch unser. Alexandra.«

»Vater...« sagte Nadja leise. Sie kniete neben dem Sarg, neben dem wilden, schönen, mächtigen Kopf nieder und legte ihre Stirn auf die kalte Brust Rasputins. »Väterchen... ich bin bei dir. Kann deine Seele mich hören? Siehst du mich aus deinem Himmel? Ich danke dir für alles, was du mir gegeben hast... vor allem für das Leben danke ich dir, für das Glück, dein Kind zu sein. Wer weiß, wie ich dich liebe, Väterchen? Du wußtest es selbst nicht. Was soll nun werden ohne dich...?«

Sie schloß die Augen, legte die Arme um Rasputin und streichelte sein starres, eisiges Gesicht. Es war, als sei sie wieder ein Kind... in Podunskoje, am Tobol, im fernen Sibirien. Väterchen war zu Besuch gekommen, und nun lag sie neben ihm im Bett, an seine Brust gekuschelt, und er erzählte ihr mit seiner tiefen, warmen Stimme abenteuerliche Erlebnisse aus der unendlichen Taiga. Die Stimme der Mutter, Helena Feodorowna: »Ich bin eifersüchtig, Grischa! Du liebst Nadja mehr als mich!« Das tiefe Lachen Rasputins. Seine Hände, die nach Helena griffen und sie ans Bett zogen. »O mein Seelchen, ich bin ein glücklicher Mensch! Warum hat Gott mir ein so ruheloses Herz gegeben?«

Nadja schreckte auf. Die Tür knarrte, Akulina sah in die Kapelle.

»Die Wache kommt! Mach schnell.«

Nadja nickte. Noch einmal sah sie ihren Vater an, küßte seine Stirn, legte ihr Gesicht auf seine Hände, als könnten sie noch segnen. Dann sprang sie auf, schlug den Pelz hoch und rannte hinaus.

Durch den Park von Zarskoje Selo marschierten Leibgardisten heran und sperrten die Kapelle ab. Gärtner fegten die Wege frei... die Zarenfamilie kam in ein paar Minuten.

»Du mußt wieder in den Keller!« sagte Akulina. »Erst in der Nacht kannst du ungesehen fort...«

Und so war es.

In der Kapelle, neben dem Sarg, hielten die Zarin und Anna Wyrobowa die ganze Nacht hindurch abwechselnd Totenwache.

Sie beteten oder starrten stumm in das Antlitz Rasputins. Durch einen Spalt der Tür sah Nadja die betende Zarin, bevor Akulina sie durch die Hintertür hinausschob. Zwischen Büschen und hinter Baumalleen rannte Nadja durch den Park zurück zum Schloß. Dort, in ihrem Zimmer, fiel sie auf das Bett, angezogen, wie sie war, mit Reitstiefeln und Pelzmantel, und sie schlief sofort ein.

Sie schlief den ganzen Tag hindurch, und das war gut so, denn so sah sie nicht das Begräbnis ihres Vaters.

Niemand war zugegen, nicht einmal die Frau Rasputins und seine ehelichen Kinder durften dem Sarg folgen. An der Totenmesse nahmen nur der Zar und die Zarin teil, die vier Töchter, Anna Wyrobowa, Innenminister Protopopow, zwei Adjutanten und die Popen. Auch der Zarewitsch wurde ferngehalten, aus Angst, er könne in seiner Trauer stolpern oder auf dem glatten Boden ausrutschen. Wer half ihm dann vor dem Verbluten? Es gab keine Wunder Rasputins mehr...

Der Zar selbst trug zusammen mit Minister Protopopow und einigen Offizieren den Sarg auf seinen Schultern zu der Grabstätte im Park von Zarskoje Selo. Als die Schollen der gefrorenen Erde auf den Sargdeckel polterten, war es, als töne noch einmal, zum letztenmal, die tiefe Stimme des Staretz aus dem Grab. Der Zar faltete die Hände.

Eine Ahnung durchzog ihn: Es bricht eine neue Zeit herein. Wie wird Rußland sie überstehen...

Die Ermordung Rasputins schien wie ein Gift zu wirken. Es lähmte die Regierung und den Zarenhof, aber es machte aus den bisher trägen Gehirnen der russischen Bürger, Soldaten und Bauern flammende Herde revolutionären Denkens. Hinzu kamen die Niederlagen der russischen Armeen an allen Fronten, der Zusammenbruch der Lebensmittelversorgung und die Ignoranz des Adels hinsichtlich der Kriegsprobleme: In Petersburg spielte die Oper, tanzte das Ballett, floß französischer Sekt in Strömen in den Luxusrestaurants und den Palais der Fürsten und Grafen, die nach wie vor ihre Feste gaben, sich Mätressen hielten und auf den Pöbel, wie sie das blutende Volk nannten, herabsahen.

In der Duma, dem russischen Reichstag, hielt der Abgeordnete Kerenskij flammende Reden gegen diesen Ungeist. Er rief zum Sozialismus auf, gegen Korruption, gegen den Adel, der Rußlands Gräber schaufelte. Er rief das Volk auf, zu handeln, ehe es zu spät sei.

»Rettet euch durch eure eigene Kraft, wenn es andere nicht mehr können! Das russische Volk ist müde, für eine Regierung zu sterben, die nichts für es tut! Wir brauchen eine Revolution, die Rußland völlig neu gestaltet! Nur eine Revolution, nur sie allein kann uns noch retten!«

Die Preise in den Läden kletterten immer höher. Bäckereien, Metzgerläden, Milchgeschäfte schlossen in Massen ... was sollten sie noch verkaufen? Es gab kaum noch Mehl, keine Rinder und Schweine, keine Butter und keinen Käse. Die Banken gaben keine Kredite mehr – woher das Geld nehmen? –, die Bauern, ob in der Ukraine oder in Sibirien, am Kaukasus oder an den Westhängen des Urals, weigerten sich, ihre Produkte abzuliefern. Sie horteten sie, lagerten ein, säuerten den Kohl, vergruben die Kartoffeln, versteckten das Vieh und prügelten die amtlichen Kontrolleure von den Höfen. Ab und zu wurden Kosaken eingesetzt ... die plünderten dann im Namen des Zaren einige Dörfer, brannten die Hütten nieder, folterten die Bauern, bis sie sagten, wo sie ihre Schätze versteckt hatten, schändeten nebenbei die Frauen, trieben das Vieh weg und hinterließen eine verwüstete Landschaft.

Das sprach sich herum, das flog wie der Wind in alle Gebiete. Und das bisher ruhige russische Volk, geduckt gehalten seit Jahrhunderten, gebeugt unter der Nagaika der Großgrundbesitzer, der Adeligen, der Wucherer und bestechlichen Beamten, besann sich auf seine unverbrauchte Urkraft: Es leistete Widerstand. Es schlug zurück. Es schluckte die Thesen von einer Revolution wie Rauschgift.

Am 18. Februar 1917 rotteten sich zum erstenmal Menschenmengen zusammen und zogen durch Petersburg. Niemand wußte, wer die Massen dazu aufgerufen hatte ... aber plötzlich waren sie da, zogen durch die Straßen, rote Fahnen flatterten im Wind, und über den Tausenden von Köpfen hing ein Schrei, der sich fortpflanzte und über Petersburg hing wie das Heulen eines Sturmes:

»Wir wollen Brot! Wir wollen Brot! Wir wollen Brot!«

Hunger! H-u-n-g-e-r ...

Zum erstenmal kochte der Kessel über. Fensterscheiben wurden eingeschlagen, Geschäfte gestürmt und geplündert. Ein Bäkker, der seit Tagen nichts mehr verkauft hatte, wurde auf der Straße totgetrampelt. In seinem Keller hatte man zehn Säcke Mehl entdeckt.

Einige Hundertschaften Kosaken galoppierten durch Petersburg. Sie hatten den Befehl, die Menschen rücksichtslos zu zerstreuen, die Massen niederzureiten, mit ihren Säbeln dreinzuschlagen. Aber was taten die Kosaken? Sie ritten heran, schwenkten die Säbel und schrien: »Nein! Wir werden nicht auf unsere Brüder schießen! Wir sind keine Henker des Volkes!« Sogar die Offiziere schrien es mit, und das Volk marschierte weiter, jauchzte den Kosaken zu, brüllte »Hurra! Hurra!«, wenn eine neue Hundertschaft an ihnen vorbeiritt, statt sie zu zertrampeln, und zog vor die Paläste und Regierungsgebäude, zur Präfektur und zum Schloß.

»Wir wollen Brot! Wir wollen Brot!«

Innerhalb von drei Tagen stieg ein kleines Maß Kartoffeln, das früher fünfundzwanzig Kopeken kostete, auf fünf Rubel. Es gab keine Eier, für eine dicke Scheibe Brot mußte man stundenlang anstehen.

Am 23. Februar marschierten 80 000 Arbeiter durch die Straßen Petersburgs. In den großen Putilow-Werken hatten sie die Arbeit niedergelegt, nun zogen sie, wachsend wie eine riesige Lawine, singend und mit roten Fahnen zum Gebäude der Duma, um zu protestieren. Straßenbahnen wurden angehalten, die Polizeiabsperrketten überrannt. Es gab keine Angst mehr, die heilige Scheu des Russen vor seiner Obrigkeit war verflogen. Die Kosaken ritten umher, ohne anzugreifen... nur die Polizei schlug sie. Es gab die ersten Toten.

In Zarskoje Selo erfuhr man von alldem kaum etwas. Hier lebte man wie auf einer fernen Insel. Was das Volk dachte, wer hatte sich schon darum gekümmert? Der einzige, der jetzt seine Stimme vor dem Zaren hätte erheben können, der hätte helfen können mit seiner mystischen Macht... er lag ermordet im Park des Schlosses.

Auch Nadja erfuhr nicht viel von der beginnenden Revolution. In Zarskoje Selo lag noch immer die Trauer um Rasputin wie eine Decke über allen, eine Decke, die jeden Laut abhielt.

»Mein liebes Kind«, hatte die Zarin Alexandra zu Nadja am Tag nach der Beerdigung Rasputins gesagt. Nadja hatte vor der Zarin gekniet, weinend und voll kindlichem Schmerz, und die Zarin hatte ihr über die langen bronzefarbenen Haare gestrichen. »Wir alle haben unseren Vater verloren. Grigori Jefimowitsch aber lebt in uns weiter, seine Gebete im Himmel werden uns schützen. Weine nicht, mein Kind... du gehörst zu uns, du bist mir lieb wie meine eigenen Töchter. Deine Heimat ist hier bei uns.«

Das waren große beruhigende Worte, und die Zarin meinte sie ehrlich. Drei Tage nach dem Begräbnis Rasputins erhielt Nadja von der Zarin einen kleinen Kasten mit Edelsteinen, Brillanten, Saphire, Rubine und Smaragde. Der Zar schenkte ihr zwei große Perlenketten und einen Briefumschlag. Als sie ihn öffnete, lagen fünftausend Rubel darin.

»Heb alles auf, mein Kind«, sagte die Zarin, als Nadja ihr zum Dank die Hand küssen wollte. »Wir wissen nicht, welche Zeiten kommen, was das Schicksal mit uns spielen wird... und es ist auch nur ein kleiner Teil des Dankes, den wir Vater Grigori schulden...«

Die Revolution weitete sich aus. Die Sprechchöre wurden radikaler. »Nieder mit dem Krieg!« brüllten sie. »Nieder mit der deutschen Zarin!« Und zum erstenmal: »Es lebe die Regierung des Volkes!«

In Zarskoje Selo verstand man das alles nicht. Nadja hatte von ihrer Kammerfrau, die einen Revolutionär kannte, eine Zeitung bekommen. Kopfschüttelnd las die Zarin das Blatt und warf es dann weg, als stänke es. »Es ist eine Bewegung von Gesindel, Gassenjungen und dummen Mädchen, die die Unruhen zu steigern versuchen, indem sie schreien, sie hätten kein Brot«, sagte sie, und damit war für sie alles erledigt.

Kein Brot! Wer konnte sich das vorstellen im Alexandra-Palast?

Am 25. Februar saß Nadja Grigorijewna in ihrem Zimmer im Haus der Wyrobowa in Petersburg, der Stadtwohnung an der Ecke der Sredniaja und Tserkownaja, und stickte. Am Morgen war sie in die Stadt gekommen, um einen Mantel für sich abzuholen. Fassungslos war sie in einem geschlossenen Auto durch die Straßen gefahren ... sie sah die Menschenmassen, die seit Tagen umherzogen, die geplünderten Geschäfte, die umgestürzten Straßenbahnen, die Kreuze an den Hauswänden – »Hier starb ein guter Russe für sein Volk!« – die Polizeieskorten, die Kosaken und Militärstreifen ... sie sah die Schlangen vor den Läden, das Elend in den Gesichtern der Frauen, ihre schwarzen Kleider ... Witwen, ein Heer von Witwen ... sie sah die demonstrierenden Arbeiter ... sie hörte die Chöre: »Nieder mit dem Krieg! Wir wollen Brot! Nieder mit dem Zaren!« Und sie sah Offiziere, die eine rote Armbinde trugen und von der Menge beklatscht wurden.

»Mein Gott!« sagte sie und lehnte sich zurück. »Das haben wir ja alles nicht gewußt! Das weiß auch nicht der Zar! Warum sagt ihm denn keiner die Wahrheit?«

Anna Wyrobowa, die neben Nadja saß, sah starr geradeaus.

»Was kümmert es uns?« erwiderte sie hart. »Pöbel ist es! Undankbarer Pöbel. Wir wissen, daß Papa alles für sein Volk tut. Und so dankt man es ihm! Man sollte einfach hineinschießen! Sieh nicht hin, Nadja ... es lohnt sich nicht. Morgen sind wir wieder in Zarskoje Selo. Das Militär wird dem Pöbel schon Vernunft beibringen.«

Das war ein Irrtum.

Gegen Mittag des 25. Februar 1917 klopfte es hart an die Tür der Wyrobowa-Wohnung. Die Kammerfrau, die öffnete, wurde beiseite geschoben ... zehn Männer in dicken, schmutzigen Stiefeln, Gewehre über dem Rücken, auf dem Kopf Lederkappen und um die Ärmel ihrer zerschlissenen alten Mäntel rote Binden, drangen in das Haus ein.

»Herhören!« brüllte einer der Männer. Er hatte einen riesigen Glatzkopf und trug einen Kneifer. Er sah auf die Wyrobowa, die stolz, mit gerümpfter Nase, vor ihm stand. Nadja kam herein, ein Mann hatte sie in ihrem Zimmer entdeckt und ihr zugerufen: »Mitkommen!«

»Was wollen Sie hier?« fragte die Wyrobowa den Glatzköpfigen. »Sie beschmutzen meine Teppiche.«

Die zehn Männer lachten brüllend. Sie stampften den Dreck von ihren Stiefeln ab und freuten sich, als Lehm und Straßenkot über die Teppiche spritzten.

»Es ist aus mit eurem Hochmut!« schrie der Glatzkopf. »Ihr habt das Volk genug ausgesaugt! Ruhe! Du sollst herhören, du Hure! Im Namen des Revolutionskomitees verfüge ich über dich und alle, die hier wohnen, Hausarrest! Ihr habt euch nicht aus dem Haus zu rühren! Habt ihr verstanden?«

»Nein!« erwiderte die Wyrobowa stolz. »Befehle nehme ich nur vom Zaren entgegen.«

»Der Zar wird bald an einer Laterne baumeln!« brüllte der Glatzkopf. »Ab jetzt befiehlt das Volk!«

»Das müssen Sie beweisen!« sagte die Wyrobowa hart.

»Und wie wir das beweisen! Freunde! Zeigt es ihnen!«

Die Männer lachten wieder. Sie nahmen ein paar Stühle und zwei wertvolle Brokatsessel, warfen sie gegen die Wand und zertrümmerten sie. Dann rissen sie die Gardine ab, und ein Revolutionär stellte sich gegen die Wand mit der Seidentapete, knöpfte seine Hose auf und pinkelte dagegen.

»Genügt das?« fragte der Glatzkopf zufrieden. »Unten stehen Wachen! Wer das Haus verläßt, wird erschossen!«

Er drehte sich um und verließ den Salon. Die anderen folgten ihm. Der letzte sah Nadja lange an, schmatzte und sagte breit: »Ich komme wieder! Du gefällst mir, Püppchen ...«

»Das ist das Ende.« Die Wyrobowa fiel auf einen der heilgebliebenen Sessel und sah auf die Trümmer, als die Revolutionäre das Haus endgültig verlassen hatten. Ihr starrer Mut fiel ab; jetzt zitterte sie. »Es ist das Ende, das Vater Grigori gesehen hat. Was hat er damals gesagt? ›Solange ich lebe, wird Gott bei euch sein und werdet ihr auch leben.‹ Nun ist er tot ... und auch wir werden vernichtet werden ...«

Sie weinte, brach zusammen, zitterte und schrie und wurde von Nadja und der Kammerfrau ins Bett getragen. Ein Nervenfieber machte sie für die nächsten Tage ohnmächtig. Sie dämmerte dahin ... und die Revolution wuchs und wuchs, griff über nach Moskau, raste wie ein Feuersturm durch das ganze riesige Land.

Das Volk regiert! Schluß mit dem Zaren! Frieden! Freiheit! Brot! Baut ein neues Rußland aus den Trümmern! Jahrhunderte haben wir verschlafen!

Der Duma-Präsident Rodzianko telegrafierte an den Zaren ins Hauptquartier nach Mogilew. »In den Straßen wird wild durcheinander geschossen ... Es muß eine neue Regierung gebildet werden! Jede Verzögerung ist tödlich!«

Und der Zar sagte, während er die Depesche zur Seite warf: »Wieder Dummheiten von dem dicken Rodzianko!«

In Petersburg befahl jetzt General Chabalow die Truppen. Sie sollten die Volksmassen aufhalten. Aber niemand gehorchte ihm mehr.

Das wolhynische Garderegiment, das gegen die Demonstranten vor dem Winterpalais eingesetzt werden sollte, weigerte sich, auf das Volk zu schießen. Da trat der Kommandeur vor die Front seiner Soldaten, setzte den Revolver an die Schläfe und erschoß sich aus Scham. Die Garden aus Litauen und Preobrashenskij verließen ihre Kasernen und mischten sich unter die Revolutionäre, die Kosaken ritten wie ein Begleitschutz neben den Volksmassen her, man stürmte das Polizeidepartement, zündete das Gerichtsgebäude an, zog zu den Gefängnissen und befreite die Gefangenen. Das Litauische Schloß, das riesige Zentralgefängnis, wurde zu einer lodernden Fackel, die den Himmel über Petersburg tagelang rot färbte. Auf den großen Plätzen, auf dem Newski-Prospekt, dem Samsonowski-Prospekt und am Vyborg-Kai wurden Reden gehalten. Selbst Frauen, Fabrikarbeiterinnen, zogen durch die Straßen. Wo gab es das jemals in Rußland?

Keiner arbeitete mehr. Der Generalstreik war ausgerufen. Im Hafen meuterten die Matrosen und schwärmten in die Stadt, um die Revolutionäre zu unterstützen. Mit aufgepflanztem Bajonett beherrschten sie bald die Straßen. Polizisten und Ochrana-Spitzel, die verhaßtesten Personen in Rußland, wurden gejagt und erschlagen. Immer mehr Regimenter liefen über... die baltischen Truppen, das Pawlowskij-Regiment, die Reservebataillone der Garde. Eine provisorische neue Regierung wurde gebildet, als Präsident ernannte man den Fürsten Lwow, aber jeder wußte, daß Kerenskij das Herz, die Seele, der Atem der Revolution war.

In der Nacht vom 2. zum 3. März 1917, zwölf Minuten vor Mitternacht, unterschrieb Zar Nikolaus II. seine Abdankungsurkunde im Salonabteil seines Hauptquartierzuges. Er hatte, als er die Wahrheit erkannte, versucht, von Mogilew nach Petersburg zu fahren, um durch seine Person vielleicht zu retten, was noch zu retten war. Zum erstenmal hatte er Mut und Tatkraft gezeigt – aber zu spät. Sein Zug wurde hin und her gefahren, bis die Entwicklung in Rußland über ihm zusammenschlug wie eine alles erdrückende Woge. In der kleinen Stadt Pskow, auf einem Abstellgleis des Bahnhofes, empfing der Zar die Abgeordneten Gutschkow und Schulgin und verzichtete schriftlich auf seinen Thron.

Als er am 8. März in Zarskoje Selo eintraf, war das Schloß von Truppen des Schützenregiments abgeriegelt. Wie ein Fremder mußte sich Nikolaus II. vor dem Kommandeur, Oberst Kobylinskij, ausweisen. Im Inneren des Schlosses herrschte als neuer Kommandant Oberst Korowitschenko. Als der Zar an die Tür klopfte, fragte man ihn: »Wer ist da?« Und der Zar antwortete: »Öffnen Sie dem Obersten Romanow!«

Dann trat er ein, ging sofort in die Zimmer der Zarin und umarmte sie. »Jetzt sind wir endlich für uns, Alix...« sagte er leise. Er hatte noch die Kraft, die Zarin zu trösten. »Verrat, Feigheit, Schurkerei – das ist alles, was ich um mich sehe! Ich will nichts mehr damit zu tun haben.«

Zarskoje Selo wurde zum Gefängnis. Ein goldenes Gefängnis mit Hofmarschällen und Heiducken, mit Negern in Samtröcken und Kammerdienern, mit Hofdamen und Leibärzten. Nur die Wyrobowa fehlte. Sie wurde in ihrem Haus in Petersburg festgehalten. »Sie ist an allem schuld!« schrie der Glatzkopf, der die Wache des Hauses kommandierte. »Sie hat Rasputin zur Zarin gebracht!«

Und durch die Straßen zogen die Massen... die Opfer der Revolution wurden begraben... 184 Särge wurden durch Petersburg getragen, umlodert von Fackeln, begleitet von 184 Kanonenschüssen... rote Fahnen wehten im Eiswind, Transparente knatterten... »Land und Freiheit«... »Proletarier aller Länder, vereinigt euch!«... »Ewiges Gedenken denen, die für die Freiheit gefallen sind«... Und die Massen sangen, Zehntausende waren es, ein schwarzer Strom, der die Straßen überschwemmte... sie sangen die Hymnen der Revolution, die Internationale, die Warszawianka, die Marseillaise...

Nadja stand am Fenster ihres Zimmers und starrte hinunter auf die Straße und die Menschen. War Rußland erwacht, oder tanzte es jauchzend in den Abgrund, aus dem es keinen Wiederaufstieg gab?

So kam der 23. März 1917.

Im Haus entstand Lärm. Der dicke Glatzkopf polterte durch die Zimmer, spuckte die Wyrobowa an, die ihn fragte, was er hier wolle, und riß die Tür zu Nadjas Zimmer auf.

»Aha!« schrie er. »Das ist eine Neuigkeit! Stimmt es – du bist eine gehurte Tochter Rasputins? Antworte!«

Nadja Grigorijewna sah den Glatzkopf groß an. Es war ein Blick, der im Gehirn brannte, und der Revolutionär sah zur Seite, weil er spürte, wie Verlegenheit in ihm hochkroch.

»Ja«, sagte Nadja fest. »Ich bin eine Tochter Rasputins. Doch hören Sie...« Sie nahm von einem kleinen Tisch einen schweren silbernen Kerzenleuchter. »Wer meine Mutter eine Hure nennt, dem zertrümmere ich den Kopf!«

»Ein stolzes Vögelchen!« schrie der Glatzkopf. »Frech wie der Vater! Aber das soll anders werden... wir haben Methoden, daß du wie ein Wurm herumkriechst! O ja, Methoden haben wir!« Er winkte und trat von der Tür weg. »Mitkommen!«

»Wohin?« fragte Nadja kalt. Sie rührte sich nicht. Der Glatzkopf sah auf den silbernen Leuchter in ihrer Hand. Er wußte, daß sie nicht zögern würde zuzuschlagen, wenn er näher kam.

»Wir machen eine Fahrt, mein Täubchen. Eine Spazierfahrt durch den Winterwald. Die Sonne scheint, die Glöckchen klingen, die Gäulchen traben... so gefällt es dir doch, nicht wahr?« Er winkte wieder ungeduldig. »Los, anziehen! Nimm Gepäck mit! Du kommst woanders hin!«

Ohne Widerrede packte Nadja eine große Reisetasche. Es hatte keinen Sinn, sich zu wehren. Sie nahm nur das Notwendigste mit, zwei Kleider, Unterwäsche, Schuhe. Die wertvollen Kleider ließ sie im Schrank... die Zeit der Spitzen und Rüschen, des Samtes und des Brokats war vorbei. Sorgfältig schichtete sie die einfachen Kleider in die Tasche. Wer ahnte, daß in den Nähten die Perlen, Brillanten und Edelsteine eingenäht waren, die sie vom Zar und der Zarin erhalten hatte? Wer wußte, daß zwischen den Sohlen der Schuhe die fünftausend Rubel lagen?

Der Glatzkopf saß auf einem Stuhl, beobachtete sie und rauchte. »Fertig?« fragte er, als sie die Tasche zuschnürte.

»Ja!«

»Gehen wir.«

Sie verließen das Haus, ohne daß Nadja noch einmal die Wyrobowa sah. Es war ein verhinderter Abschied für immer... nie sah Nadja Grigorijewna ihre Ziehmutter Anna Alexandrowna Wyrobowa wieder. Als die Haustür zuschlug, war es das Zufallen einer Pforte zu einer Welt, die in diesen Tagen unterging... spurlos und endgültig.

Auf der Straße wartete ein Auto mit einem roten Lappen auf dem Dach. Zwei Revolutionäre, Matrosen mit Gewehren und Bajonetten, saßen schon im Fond und warteten.

»Einsteigen!« sagte der Glatzkopf knapp. Er warf die Reisetasche den Matrosen zu, kletterte hinter das Steuer und ließ von einem vor dem Haus stehenden Wächter den Motor anwerfen.

Nadja setzte sich, klappte den Kragen ihres Pelzes hoch, drückte die Pelzkappe tiefer in die Stirn und lehnte sich zurück. Der Wagen ratterte, zitterte und fuhr dann langsam durch die Straßen, die übersät waren mit Zeitungen, roten Bändern, weggeworfenen Schulterstücken und Orden. Sogar an einem Toten fuhren sie vorbei. Er lag am Rand des Gehsteigs, mit dem Gesicht nach unten... ein Offizier der Polizei.

»Du fragst nicht, wohin wir fahren?« sagte der Glatzkopf.

»Es interessiert mich nicht.« Nadja starrte geradeaus. Ihr schönes Gesicht war kantig und voll Entschlossenheit.

»Wenn wir dich nun töten?« fragte der Glatzkopf.

»Ihr könnt es. Ihr habt die Macht.«

»Wenn wir dich in einen Wald fahren, dich schänden und aufhängen?«

»Es paßte zu dem, wie ihr euch benehmt...«

»Wenn wir dich totprügeln? Mit der Nagaika?«

»Wer will euch hindern? Wenn euch ein Mädchen so gefährlich ist?«

»Du bist kein Mädchen!« schrie der Glatzkopf. »Du bist eine Tochter des Teufels!«

Sie fuhren eine Stunde langsam, denn es war glatt auf dem gefrorenen Schnee, als Nadja die Gegend plötzlich bekannt vorkam. Dieser Wald, diese Straße... Sie richtete sich auf und sah sich um.

»Das ist der Wald von Pergolowo«, sagte sie. Der Glatzkopf nickte.

»Wir fahren ja nach Zarskoje Selo!« rief sie.

»Ein kluges Köpfchen.« Der Glatzkopf lachte rauh. »Ein nettes Spielchen wird man spielen! Man wartet nur auf dich...«

Die Straße wurde breiter... die ersten Häuser... die verschneiten Alleen... die Palais der Großfürsten... rote Fahnen wehten jetzt auf den Dächern... die Parks... das Alexandra-Schloß... Zarskoje Selo, der goldene Käfig ihrer Jugend, die glücklichen Jahre in der Familie des Zaren... die Liebe zu Nikolai Gurjew... der Silvesterball... der erste Kuß...

Nikolai Gurjew... Wie lange ist das her? Nur dreieinhalb Jahre? *Schon* dreieinhalb Jahre?

Nadja senkte den Kopf. Nikolai, dachte sie. Wo bist du gestorben? Wo hat man dich begraben? Wenn ich es gewußt hätte, ich wäre in diesen Jahren zu Fuß zu dir gekommen... ich hatte ja soviel Zeit...

»Passieren!« rief eine Stimme. Nadja schrak hoch. Der Wagen fuhr durch das Gittertor in das Innere des Parks. Überall Soldaten, lachend und rauchend, die Gewehre auf dem Rücken, rote Binden um den Arm. Und dazwischen Offiziere, die man dem Zaren als Begleitung gelassen hatte... elegant, sauber, mit Orden und goldenen Schnüren. Ein merkwürdiges Bild des Zusammenlebens.

Der Wagen hielt mitten im Park, in der Nähe der Seraphinkapelle. Dort standen die Soldaten eng beieinander und bildeten einen Kreis.

»Aussteigen!« sagte der Glatzkopf.

Er faßte Nadja am Ärmel ihres Pelzes und zog sie mit sich durch den hohen Schnee. »Platz da!« brüllte er, als sie sich den Soldaten näherten. »Platz, Genossen!«

Der Ring der Soldaten öffnete sich. Nadja durchdrang ein

feuriger Strahl. Sie blieb stehen und stemmte die Beine in den Schnee. Der Glatzkopf zog an ihr wie an der Leine eines störrischen Ochsen.

»Komm schon!« keuchte er.

Nadja starrte auf das Bild, das die Soldaten freigaben. Grauen schüttelte sie. Das Grab Rasputins war geöffnet, die Erde hatte man in kleine Hügel verteilt. An Seilen war der Sarg hochgezogen worden und stand nun auf einem Brett im Schnee. Zwei Matrosen und ein Offizier mit roter Binde waren gerade dabei, den Deckel aufzuschrauben.

»Nein...« stammelte Nadja. »Nein... o nein...«

Sie schwankte, der Park wurde dunkel vor ihr, die Stimmen um sie herum tönten wie fallendes Wasser.

»Ich werde dich erschießen, wenn du nicht weitergehst«, drohte der Glatzkopf leise. »Sie warten auf das Schauspiel. Sie bringen *mich* um, wenn du nicht weitergehst...«

Der helle Tag kehrte zurück. Der Schnee, die Kälte, die Soldaten, das Schloß, die Kapelle. Nadja riß die Augen weit auf, als sehe sie die Welt zum erstenmal, als sei sie bisher blind gewesen. Und wirklich... es waren andere Augen, die den Glatzkopf und die Soldaten ansahen. Harte, glitzernde Augen.

»Los!« sagte der Glatzkopf rauh.

Mit festen Schritten betrat Nadja den Kreis der Soldaten. Die Matrosen hoben den Sargdeckel ab... und da lag er, kaum verändert, etwas gelber im Gesicht, den Brief der Zarin auf der Brust und unter dem Bart eine Ikone, auf der geschrieben stand: »Alice, Olga, Anna.«

»Wer ist das?« fragte jemand hinter Nadja. Es war nicht mehr der Glatzkopf.

»Väterchen...« sagte Nadja leise und faltete die Hände. »Daß ich dich noch einmal sehe...«

Dann erstarrte sie, regungslos stand sie im Schnee wie ein Eisblock, aber ihre Augen sahen alles, und in ihre Seele brannte es sich ein: Soldaten rissen den Leichnam Rasputins aus dem Sarg, warfen ihn in den Schnee, bespuckten ihn, flochten Zöpfchen in seinen Bart und zogen ihm die Hosen herunter. »Laß sehen, ob er wirklich so stark war, daß ihm alle Weiber nachliefen!« schrie jemand. »Wer hat ein Metermaß? Ich will nachmessen!«

Grölen und Lachen umrauschte Nadja, sie wurde gestoßen, mit unflätigen Worten überschüttet, mußte nahe herantreten und hinuntersehen auf die geschändete Leiche. Und sie tat es, starr und ohne sichtbares Gefühl... Mit steifen Beinen ging sie hinterher, als man die Leiche wegtrug, auf einen Wagen warf und den Park von Zarskoje Selo verließ. Am Gittertor wartete wieder der Glatzkopf und schob Nadja in sein Auto.

Sie setzte sich wie eine Puppe, der man die Beine einknickt. Durch den Ort ging die Fahrt zurück nach Petersburg. Kurz vor Udelnaja bog die Kolonne in einen Waldweg ein und hielt auf einem großen Holzeinschlagplatz. Dort hatte man einen Scheiterhaufen errichtet, aus gutem, trockenem Holz, das mit Petroleum getränkt war. Auch hier warteten Revolutionssoldaten und Zivilisten, wärmten sich an Lagerfeuern und tranken Schnaps.

Vier Männer trugen den Leichnam Rasputins auf den Holzstoß, deckten ihn mit Knüppeln zu und bespuckten ihn. Der Glatzkopf zog Nadja wieder aus dem Wagen und schob sie vor sich her. Ein Zivilist mit gepolsterter Lederjacke und einer Pelzmütze erwartete sie am Holzstoß. Der Glatzkopf reckte sich.

»Die Tochter, Genosse Revolutionsrat!« sagte er laut.

Der große schlanke Mann in der Lederjacke sah Nadja lange wortlos an. Sie erwiderte seinen Blick, kalt, hart, fast hochmütig.

»Hier!« sagte der Revolutionär plötzlich. Er stieß eine Fackel in ein Feuer, ließ sie anbrennen und reichte sie Nadja hin. Das Pech qualmte schwarz, die Flamme zuckte. »Steck ihn an!«

Nadja streckte den Arm aus und ergriff die lodernde Fackel.

Eine Sekunde lang dachte sie daran, die Fackel dem Mann mit der Lederjacke blitzschnell ins Gesicht zu stoßen. Aber was nutzte das? Man würde sie töten, und den Scheiterhaufen steckte ein anderer an.

»Er friert!« sagte der Mann in der Lederjacke hämisch. »Gib ihm etwas Wärme, Töchterchen...«

Nadja umkrallte die Fackel. Mit vier langen Schritten war sie am Holzstoß, hob die Fackel hoch, als grüße sie damit den Himmel... dann stieß sie die Flamme in den Holzstoß und ließ die Fackel los. Das mit Petroleum getränkte Holz flammte auf, blaue Glut zischte hoch, umgab mit einem Feuerwall die verkrümmte Gestalt Rasputins, knisterte, ergriff, vom Wind angetrieben, den Bart, die Haare, die ausgebreiteten Arme, die Hände, die einmal heilen konnten.

»Väterchen!« sagte Nadja und sah die brennende Gestalt. Süßlicher, widerlicher Geruch kroch über die Waldlichtung. »Väterchen... ich bin glücklich, daß ich dich begraben kann...«

Sie schwankte, die Flammen kamen näher, weit breitete sie die Arme aus, und sie stürzte in sich zusammen, als das Feuer den Leib Rasputins voll ergriff, sein Körper sich aufbäumte, der Kopf sich erhob und er in die Runde zu blicken schien, mit flammendem Bart und loderndem Haar... der Glatzkopf war es, der Nadja auffing und aus dem Feuerkreis zog. Nach vorn wäre sie gefallen und mit verbrannt.

Er schleifte sie zum Auto, legte sie auf die Hintersitze und breitete eine Decke über die Bewußtlose.

Umgeben von schweigenden Soldaten und Revolutionären verbrannte der Holzstoß mit Rasputin zu Asche. Man sammelte sie in einem großen Karton und nahm sie mit nach Petersburg.

*

Am frühen Morgen des 25. März, beim Morgengrauen, unter einem Himmel wie Blei, aus dem neue Schneemassen hervorbrechen würden, ging Nadja Grigorijewna durch die leeren, vereisten Straßen Petersburgs. Zwei Soldaten gingen ihr voraus... zwei Soldaten schritten an ihren Seiten... zwei Soldaten folgten ihr... eingekreist tappte sie in hohen Fellstiefeln durch die Morgendämmerung. Man hatte einen Strick um ihren Nacken gebunden, und an diesem Strick hing der Karton mit der Asche Rasputins. Außerhalb des Soldatenringes ging der Glatzkopf, tief vermummt. Man sah ihm an, daß er sich nicht ganz wohl fühlte.

»Anfangen!« sagte er laut und heiser, als sie den Newski-Prospekt erreicht hatten. Sie schritten mitten auf der Straße, über kleine Hügel vereisten Schnees. »Los, anfangen! Die Straße der Revolution darf nicht glatt sein! Die Straße der Revolution ist sauber! Hier rutscht keiner aus! Anfangen!«

Nadja atmete tief auf. Dann griff sie mit der Hand in die graue Asche ihres Vaters und begann sie auf das spiegelnde Eis der Straße auszustreuen.

Ganz langsam ging sie, mit leeren Augen, eine Maschine, die man in Gang gesetzt hatte.

Griff... streuen... Griff... streuen... Griff... streuen... Wie ein Automat... wie ein Arm aus Metall... wie ein Greifer...

Streuen... streuen... streuen...

Die Asche war merkwürdig warm zwischen ihren Fingern. Sie war grob und dunkel... sie klebte nicht... sie staubte nicht wie Mehl... körnig war sie... ja, körnig... wie Samen... wie das Korn, das der Bauer aussät, um leben zu können...

Der Newski-Prospekt. Der Schlitten, mit dem sie im Winter durch die Stadt fahren, die kleine, wie im Märchen staunende Nadja, und der Vater, stark, lachend, mit wehendem Bart, die Urkraft Sibiriens.

Die St.-Isaaks-Kathedrale.

Weißt du noch, Väterchen, wie du gebetet hast und ich die goldenen Ikonenwände bestaunte?

Greifen... streuen... greifen... streuen...

Die Straßen der Revolution sind nicht glatt!

Deine Asche ist wie Korn, Väterchen.

Ich streue dich aus... ich säe dich in die Straßen Petersburgs. Wird Rußland weiterleben? Soll es das bedeuten? Wird Rußland ewig sein wie du?

Greifen ... streuen ... greifen ... streuen ...

Der Platz vor der Admiralität. Die Newa. Die Brücken.

Nadja blieb stehen. Ihre Hände sanken herab.

»Der Karton ist leer ...« sagte sie tonlos.

»Wahrhaftig!« Der Glatzkopf trat in den Kreis der Soldaten, hob den Karton hoch, stülpte ihn um und warf ihn dann weg in einen Hauseingang. »Nicht einmal bis zu den Brücken hat's gereicht. Enttäuschend, dein Väterchen Rasputin ...«

Man führte sie in ein Haus, in einen Keller, gab ihr heißen Tee und ließ sie allein.

Das Haus des Leinenwebers Leontij Abramowitsch Rutschkin lag im Armenviertel der Stadt, zu den großen Fabriken hin. Leontij war ein alter Revolutionär, der sogar schon 1908 einmal verurteilt worden war, weil er auf den Zaren schimpfte. Er war der erste, der eine rote Fahne trug, und er war auch einer der ersten, die am 25. Februar bei der Ausrufung des Generalstreiks verwundet wurden. Nicht schwer, aber immerhin ... sein Blut war für die Revolution geflossen. Außerdem war er ein guter Redner; er kannte alle Parolen auswendig, von Marx bis Lenin. Sogar Kerenskij und Trotzki zitierte er. Ein wertvoller Mann der ersten Stunde!

»Genosse, du wirst eine große Aufgabe bekommen!« hatte man ihm im Revolutionsrat gesagt. »Du bist jetzt fünfzig Jahre alt, hast keine Kinder, aber große erzieherische Fähigkeiten. Bei uns darf nichts brachliegen ... du wirst eine Tochter bekommen und sie erziehen! Im Geist des Volkes!«

Leontij Abramowitsch schluckte mehrmals, und dann fragte er vorsichtig: »Wie alt ist die Tochter, Genossen?«

»Neunzehn Jahre!«

»Das ist gut!« sagte Rutschkin und strahlte über das ganze Gesicht. »Ihr seid gute Freunde, Genossen!«

»Ein Schwein bist du!« schrie der Vorsitzende und hieb auf den Tisch. »Nadja, deine zukünftige Tochter, ist die Tochter Rasputins! Verstehst du, du Idiot? Erziehen sollst du sie, nicht ins Bett nehmen! Eine Genossin sollst du aus ihr machen! Wir brauchen sie zur Propaganda! Vom Zarenhof zur Roten Fahne – die Tochter des Teufels Anführerin einer werktätigen Brigade ... das ist ein Schlagwort! Das geht in die Gehirne! Verstanden? Du erziehst das Mädchen zu einer Kommunistin!«

Und Leontij Abramowitsch seufzte, holte Nadja aus dem Keller, in dem sie zwei Tage lang gewartet hatte, und nahm sie mit nach Hause.

Eine windschiefe Wohnung, drei kleine Zimmer, wie Löcher, zwei runde Eisenöfen, auf einem wurde auch gekocht, zwei Betten aus zusammengenagelten ungehobelten Latten.

»So lebt ein arbeitender Mensch!« brüllte Rutschkin und breitete die Arme aus. »So sind wir ausgebeutet worden! Aber das sage ich dir, mein Vögelchen... hier wird nicht nur gelernt, hier wird auch Geld verdient! Und ich weiß auch schon, wie und wo...«

Zwei Tage später saß Nadja am Geländer der breiten Palastbrücke, die über die Große Newa führt. Vor sich hatte sie einen kleinen runden Eisenofen stehen, in dem Holzkohle glühte. Auf einem Rost über der Glut lagen, in Reihen nebeneinander, dicke Eßkastanien und brieten gar. Wenn die Schale mit einem leisen Knall aufplatzte und das Kastanienfleisch hervorquoll, waren sie gar. Dann hob Nadja mit einem Löffel die Kastanien vom Rost, zählte zehn Stück ab und legte sie in eine Tüte.

»Kastanien!« rief sie den Vorbeigehenden zu. »Heiße Kastanien. Nur fünfzig Kopeken die Tüte. Kastanien! Heiße Kastanien...«

Von früh um neun bis abends um zehn saß sie auf der Brücke vor ihrem glühenden Öfchen, tief in ihren Pelz vermummt, die Beine in derben Filzstiefeln. Rutschkin brachte ihr zweimal am Tag das Essen... eine Suppe, die sie auf dem Rost aufwärmte, meistens eine saure Kohlbrühe. »So ißt das Volk seit tausend Jahren!« schrie Rutschkin jedesmal. »Und wenn wir uns beschwerten, was taten die Polizisten? Sie nahmen die Kochkessel und pißten hinein! Aber jetzt regiert das Volk, verdammt noch mal!« Dann kassierte er die Kopeken, die Nadja eingenommen hatte, schimpfte wieder und ging.

Nadja war damit zufrieden. Sie lebte, und sie wartete ab. Das Leben würde sich bald wieder normalisieren, die Wehen der Revolution hörten einmal auf... dann lebte man wieder vernünftig und hatte Zeit, sich umzusehen. Manchmal lächelte sie heimlich über den eifrigen Rutschkin. Wenn er wüßte, dachte sie dann, daß in seinem wackligen Kleiderschrank ein Vermögen hängt. Eingenäht in meinen Kleidern. Brillanten. Edelsteine.

Und das Leben liegt noch vor einem. Das Leben... daß man es behalten hat, das ist das wichtigste.

Sie sah hinunter auf das Eis der Newa, wo die Kinder Schlittschuh liefen und Schlitten schoben, sie betrachtete die Menschen, die an ihr vorbeigingen, und stellte fest, daß es trotz der Revolution noch viele reiche Damen gab, die wertvolle Pelze trugen und teure Kleider. Sie sah den Soldaten nach, wenn sie vorbeimarschierten, und sie konnte bald unterscheiden, was Revolutionssoldaten waren und noch nicht sozialisierte Truppen. Es war ein buntes Durcheinander... Offiziere mit roten Binden und Offiziere mit Orden und Epauletten... sie standen beieinander, rauchten und lachten... es gab keine Ordnung mehr. Equipagen fuhren wieder auf den Straßen, Autos mit Generälen... einmal sah sie sogar den Großfürsten Paul und den als Lebemann bekannten

Grafen Liowskij. Wie früher saß er in einem Schlitten, umgeben von drei Lakaien, seine derzeitige Geliebte neben sich. Und neben dem Schlitten her marschierten Arbeiter mit roten Binden...

»Kastanien... heiße Kastanien... Nur fünfzig Kopeken die Tüte!«

Es war warm vor dem Ofen. Sie fror nicht, auch wenn der Wind über die Newa wehte. Der dicke Pelz hielt alles ab, und von vorn prallte die Glut gegen sie. Ihr Gesicht war immer gerötet... vom Schein des Feuers, von der Wärme, vom Eiswind, wenn sie ab und zu aufstand und hin und her ging, um sich die Beine zu vertreten.

»Kastanien... heiße Kastanien... fünfzig Kopeken...«

Nadja füllte gerade eine Tüte ab, als ein Schatten über sie fiel. Sie legte die Tüte hin, griff nach einer vollen und hielt sie hoch. Im gleichen Augenblick sagte der Käufer:

»Bitte, eine Tüte...«

In Nadjas Herz schlug es ein wie ein Blitz. Sie holte Atem, sie ließ die Tüte fallen, die heißen Kastanien rollte umher, zischend schmolz der Schnee, wo sie liegen blieben. Ihre Arme schnellten hoch, ein einziger Aufschrei war ihr hitzeglühendes Gesicht.

»Nikolai!«

Der Offizier in langem Mantel und Pelzmütze, der sich gerade heruntergebeugt hatte, um die Kastanien entgegenzunehmen, prallte zurück. Das Geld fiel aus seiner Hand.

»Mein Gott...« stammelte er. »Mein Gott... Nadja. Nadjuscha... du lebst...«

Er riß Nadja von ihrem fellüberzogenen Hocker, hob sie über den Ofen weg, als sei sie schwerelos und drückte sie an sich, küßte das heiße rote Gesicht, und es kümmerte ihn gar nicht, daß die Leute auf der Brücke stehenblieben, daß sie den Kopf schüttelten, daß sie Bemerkungen riefen... er trug Nadja, mit den Armen gegen seine Brust gepreßt, vom Ofen weg, drehte sich mit ihr im Kreis und schrie in den kalten Tag hinein. »Meine Nadjuscha! Meine Nadjuscha! Ich habe sie wieder! Sie lebt! Sie lebt!«

»Du lebst, Nikolai. Du lebst!« Sie weinte und lachte in einem Atem, sie tastete sein Gesicht ab und küßte ihn auf die Stirn, auf die Augen, die Nase, den Mund... und immer wieder streichelte sie ihn, umfaßte seinen Kopf und schrie: »Du lebst! Nikolai! Nikolai!«

Es dauerte lange, bis sie sich beruhigt hatten, bis sie am Geländer der Brücke standen und sich an den Händen hielten.

»Ich war verwundet«, sagte Gurjew. Seine Kehle war noch zugeschnürt vor Glück. »Bei Tannenberg. Kameraden retteten mich vor der Gefangenschaft... ich kam auf die Krim, lag dort im Lazarett, fast ein Jahr lang... Und ich habe dir geschrieben, jede Woche, ein halbes Jahr lang... Und ich habe gewartet, Tag für

Tag, auf eine Antwort. Sie kam nie... und da sagte ich mir: Sie hat mich vergessen! Vielleicht hat sie einen Grafen geheiratet. Was bin ich denn schon? Ein Hauptmann! Was bildet sich ein Gurjew denn ein? Nadja kann andere Männer haben... Nach einem halben Jahr schrieb ich nicht mehr... ich kam nach Moskau, und als die Revolution ausbrach, versetzte man mich nach Petersburg... und ich fragte überall nach dir... Sie ist tot, hieß es, wenn man überhaupt etwas wußte. Sie ist wie ihr Vater ermordet worden...«

»Ich habe nie einen Brief bekommen, Nikolai.« Nadja lehnte den Kopf an seine breite Schulter. Wie die Welt anders aussieht! Wie hell der Himmel ist! Er lebt! »Man hat mir gesagt, du seist gefallen...«

»Wer hat das gesagt?«

»Die Wyrobowa!«

»Wo ist sie?« rief Gurjew. »Ich möchte sie ohrfeigen! An sie habe ich alle Briefe geschrieben, weil alle Post durch ihre Hände ging...«

»Ich weiß nicht, wo sie jetzt lebt. Ist es so wichtig?« Sie legte den Arm um ihn. »Du bist da! Wir sind wieder zusammen...«

»Wir haben drei Jahre durch sie verloren, Nadjuscha.«

»Was sind drei Jahre, Nikolai? Wir vergessen sie einfach. Ein böser Traum waren sie, weiter nichts! Jetzt erst, jetzt beginnen wir zu leben! Der Krieg wird zu Ende sein, ein neues Rußland kommt... Was kann uns noch geschehen, Liebster?«

Nikolai Gurjew schwieg. Er sah über die Newa, auf die spielenden Kinder, auf das Winterpalais, Zeuge einer vergangenen kaiserlichen Pracht.

»Wo wohnst du?« fragte er.

»In einem Loch.«

»Ich miete dir ein Zimmer.«

»Da mußt du den Revolutionsrat fragen.« Sie richtete sich auf, und erst jetzt sah sie, daß Gurjew eine rote Armbinde trug, schamhaft fast heruntergezogen bis zu den Aufschlägen. Ihre Augen wurden weit und fragend. Stumm zeigte sie auf die rote Binde. Gurjew nickte.

»Ja, Nadjuscha«, sagte er heiser. »Ich bin Offizier der Revolution geworden. Es ist eine lange Geschichte. Ich erzähle sie dir. Doch bevor du weiter fragst, sollst du mir die Wahrheit sagen: Glaubst du, daß ich ein Revolutionär bin? Glaubst du, daß ich den Zaren verraten könnte?«

»Die Binde, Nikolai...« sagte Nadja stockend. »Die rote Binde!«

»Es gibt Bären, die tanzen nach einer Pfeife auf dem Markt. Bleiben sie nicht deshalb doch Bären?«

»Diese Binde ist eine Lüge?«

»Sie ist mein Schutz, dein Schutz, der Schutz des Zaren! Ich heule mit den Wölfen und suche eine eigene sichere Höhle.« Gurjew faßte Nadja um die Schuler, küßte sie und zog sie mit sich weg von der Brücke. »Was gibt es zu erzählen! Was liegt jetzt noch vor uns. Ich habe dich wieder ... mein Gott, das ist mir eine ganze Revolution wert!«

Am Mittag, als Rutschkin wieder die saure Suppe zur Brücke brachte, fand er den Schemel leer und kalt, und der Ofen brannte nicht mehr. »O Scheiße!« schrie er, warf den Suppentopf über die Brücke aufs Eis, trat den kalten Ofen um und raufte sich die Haare. »Sie ist weg, Genossen!« brüllte er die harmlosen Passanten an. »Weg! Einfach weg! Und mich treten sie in den Hintern! Habe ich das verdient?«

Er fuhr nach Hause, legte sich aufs Bett und dachte darüber nach, ob es nicht besser sei, nach Finnland zu flüchten und von dort nach Schweden. Als alter Revolutionär wußte er, wie man Fälle wie den seinen behandelte ...

*

Am 15. August – zwei Tage nach dem Abtransport der Zarenfamilie aus Petersburg in die Verbannung nach Tobolsk – heirateten Nikolai Gurjew und Nadja Grigorijewna.

Ein schwerer Weg war zurückgelegt ... drei Monate lang hatte Gurjew bei der Revolutionsregierung gebettelt, ehe er Nadja heiraten durfte. Kerenskij selbst war es dann, der den Erlaubnisschein unterschrieb.

Und eine bemerkenswerte Hochzeit war's!

Rutschkin und der dicke Glatzkopf waren Trauzeugen ... Nadja hatte es so gewollt. Mit saurer Miene standen die beiden entblößten Hauptes in der Kirche, starrten auf die Ikonostase, beugten die Knie, als das Brautpaar vereint wurde, und ließen sich von dem Popen segnen, dem sie den Untergang angesagt hatten. Ja, sie mußten sogar das hingehaltene Kreuz küssen, und sie taten es, obgleich Rutschkin leise stöhnte: »Ich beiße hinein! Genosse, ich beiße glatt hinein!«

Doch dann beglückwünschten sie Gurjew und Nadja, auch wenn es ihnen wiederum nicht gefiel, daß Nadja das festliche Brautkleid mit Krone und Schleier trug und Gurjew seine Galauniform als Gardeoffizier, anstatt in einfachen Hosen und offenem Hemd zu heiraten. Sie klatschten in die Hände, als sich Nikolai und Nadja den Hochzeitskuß gaben, und begleiteten das Brautpaar zur Kutsche, die sie wegfahren sollte zu einer Woche gemeinsamen Glücks ... in eine kleine Waldhütte am Rand der großen Wälder, die Gurjew entdeckt und gemietet hatte.

»Viel Glück!« schrie der Glatzkopf und schwenkte seine Mütze.

»Viel Glück!« rief auch Rutschkin.

Dann standen sie auf der Straße, winkten der Kutsche nach und blickten dann scheu zurück zur Kirche hinter sich.

»War das nun eine revolutionäre oder eine bürgerliche Hochzeit, Genosse?« fragte Rutschkin und stülpte seine Mütze auf. »Verdammt, wir haben uns blamiert!«

Der Glatzkopf schwieg. Er dachte an den Scheiterhaufen im Wald von Udelnaja, an den Karton mit Asche, die ausgestreut wurde auf dem Newski-Prospekt.

Er war zufrieden, daß alles so gekommen war.

Am Abend trug Nikolai Gurjew seine junge Frau über die Schwelle der Blockhütte. Ein Lehmofen brannte, es roch nach Tee. Wärme schlug ihnen entgegen.

»Es ist kein Palast, den ich dir bieten kann«, sagte er, tappte, Nadja auf den Armen, durch die Dunkelheit, setzte sie auf einem Tisch ab und zündete mit einem Streichholz die Petroleumlampe an, die von der Decke hing. »Ein Tisch, eine Bank, zwei Stühle, ein Ofen, Nägel an den Wänden für die Kleider und ein Bett, ein breites, warmes, weiches Bett. Das ist alles!«

Nadja sah sich um. Ihr Gesicht leuchtete.

»Gib mir ein Messer, Niki...« sagte sie fröhlich.

Gurjew sah sie belustigt an, ging zum Ofen, nahm ein Fleischmesser und reichte es Nadja. »Willst du mich gleich in der ersten Nacht erstechen?«

Nadja schüttelte den Kopf. Wie ein kleines Mädchen war sie, so lustig und ausgelassen. Sie setzte das Messer innen am Futter ihres Mantels an, schlitzte die Naht auf und holte eine kurze Schnur heraus. Wie ein Bleiband sah es aus, aber als sie den Stoff aufschnitt, rollten blitzende Steine über den rohen Tisch... Smaragde und Rubine und einige funkelnde Brillanten.

»Mein Hochzeitsgeschenk...« sagte sie leise und streichelte die Haare Gurjews, der sich über die Steine beugte und die Hände um sie legte. Seine Finger zitterten dabei.

»Woher?« stammelte Gurjew.

»Von der Zarin, Liebster. Für diesen Tag...«

»Das ist ein Vermögen, Nadjuscha.«

»Es ist nur ein Teil. Ich habe noch mehr eingenäht. Perlen und Brillanten...«

Gurjew setzte sich schwerfällig auf einen Stuhl. Er starrte auf die glitzernden Steine und umfaßte die Knie Nadjas, die neben ihm auf dem Tisch saß.

»Ein Vermögen. Ein Lichtblick in all der Finsternis! Wenn wir das alles verkaufen... o Gott!« Er sprang auf. Sein Gesicht glühte. »Damit können wir den Zar befreien! Nadja... wir können den Zar befreien! Das ist es doch, was ich will. Darum bin ich Revolutionär geworden! Um das Vertrauen der anderen zu gewinnen! Alles ist vorbereitet ... eine Gruppe von zwanzig Offizieren ... sie warten auf das Signal ... Und hier ist es! Hier!« Er zeigte mit beiden Händen auf Nadjas Edelsteine. »*Das* ist das Signal ... wir haben das Geld für die Befreiung des Zaren!«

Mit angstvollen Augen sah ihn Nadja an. Sie verstand ihn nicht. Sie wollte ihn nicht verstehen.

»Du willst den Zar befreien ...« sagte sie leise. »Und wir ... unser Glück ... unser endlich entdecktes Paradies ... Nikolai, wach auf! Wach auf, Nikolai!« Und sie legte beide Hände über die glitzernden Steine.

5

Nikolai Gurjew wandte sich ab und ging vom Tisch weg zum Fenster. Dabei warf er den leichten Sommermantel ab; er fiel auf den rohen Dielenboden, einen klickenden Laut gab es, als die breiten Epauletten auf das Holz klatschten. Wie ein Symbol war es: Seht, ich brauche die Uniform nicht mehr! Der Zar ist ein Gefangener, nach Tobolsk in die Verbannung hat man ihn gebracht, die russischen Armeen werden an den Fronten zerschlagen, die Heimatgarnisonen meutern, das Volk revoltiert und hungert, Rußland stirbt ... Unser ewiges Mütterchen Rußland blutet aus ... Wozu die Uniform? Wozu alle Hoffnungen? Wozu selbst Illusionen?

Nadja Gurjewa – ja, so hieß sie nun seit einigen Stunden bis zu ihrem Lebensende – hockte noch immer auf dem Tisch, die Hände über die Edelsteine gedeckt. Ihre Augen waren dunkel und voll Tränen.

»Verstehst du das nicht, Niki?« fragte sie leise.

Gurjew schwieg. Was sollte er antworten? Es ging um mehr als diese Steine – es ging um die Wiedergeburt eines Kaisertums, um das Anhalten einer sinnlosen Revolution, um das Ende eines Krieges, der verloren war. Nun sah es auch der Zar ein ... aber er saß hilflos in der Gouverneursvilla von Tobolsk. Konnte das eine Frau verstehen, wenn es um ihren Schmuck ging? Konnte sie begreifen, daß ihre bunten, glitzernden Steine zum Schicksal ganz Rußlands werden würden, wenn man mit ihnen die Befreiung des Zaren finanzierte?

»Weißt du, was noch kommt, Niki?« fragte Nadja bedrückt. »Diese Brillanten und Perlen sind unser einziges Kapital!«

»Ich weiß, daß zwanzig Offiziere auf die Stunde warten, um den Zaren zu befreien. Aus diesen zwanzig werden zweihunderttausend, zwanzig Millionen! Der Tag, an dem der freie Zar wieder vor seine Truppen tritt und zu ihnen spricht, wird auch die Freiheit

Rußlands bedeuten! Ich weiß das, alle wissen es... wenn jetzt der Zar ein freier Mann wäre, bräche die Revolution zusammen! Jetzt, jetzt, Nadja, nicht in ein paar Monaten oder Jahren!« Gurjew drückte die Stirn gegen das Fenster. Um die Hütte wogte der Wald im Sommerwind. Wolken jagten über den Nachthimmel, riesigen Reitern mit wehenden Mänteln gleich. »Warum hast du mir die Steine gezeigt?« fragte er leise.

»Ich... ich bin so glücklich, Niki.« Nadja senkte den Kopf. Sie weinte leise. »Ich hatte mich so auf diesen Augenblick gefreut. Wer war ich denn? Die nicht anerkannte Tochter eines Mannes, den man heute einen Teufel nennt... ein Mädchen, das auf der Palastbrücke saß und heiße Kastanien verkaufte... ohne Heimat, ohne Eltern, ohne ein eigenes Bett, ein Vagabund, wenn du es willst... Und dann sollte der Tag kommen, an dem ich verrate, was keiner wußte, der Tag, an dem ich nicht mehr ein Stück Treibholz bin, sondern glücklich und reich. Glücklich mit dir und reich durch die Zarin...« Sie hob die Hände hoch. Das Licht der Petroleumlampe pendelte über die Steine. Sie glitzerten und funkelten. »Wenn sie Unglück bringen, werfe ich sie in den Wald!« schrie sie plötzlich und sprang vom Tisch. »Jawohl, in den Fluß werfe ich sie! Ich will mit dir allein glücklich sein! Nur mit dir! Ich habe nie diese Steine gehabt! Nie!« Sie fegte mit einer wilden Handbewegung die Brillanten und Saphire auf den Boden und sah sich um. »Wo ist ein Besen?« schrie sie. »Ich fege sie hinaus!«

Nikolai Gurjew starrte sie an. Ihre Wildheit erschreckte und begeisterte ihn gleichzeitig. Welch ein Mädchen, dachte er. In ihr ist die Kraft Sibiriens – ich hätte es nie geglaubt. In Samt und Seide und Spitzen habe ich sie gesehen, eine Schönheit von porzellanhafter Zerbrechlichkeit... aber das ist sie gar nicht! Sie paßt in Stiefel und Fufaika genauso wie ein Bauernmädchen, sie paßt auf einen Panjewagen, auf den Rücken eines struppigen Pferdchens, in die Kohlfelder mit Hacke und Schaufel. Sie ist wie das Rauschen der Taigawälder, unaufhaltsam und beklemmend.

Stumm bückte er sich, kniete nieder und rutschte auf den Knien durch die Hütte, sammelte die Steine auf und trug sie in seinen hohlen Händen zu Nadja zurück, die weinend am Ofen stand.

»Nimm sie...« sagte er heiser. »Näh sie wieder ein. Wir haben sie nie gesehen. Vielleicht hast du recht... es werden Zeiten kommen, die wir ohne sie nicht überstehen. Zeiten ohne den Zaren.« Gurjew ließ die Steine in Nadjas Tasche rollen. »Kannst du dir das vorstellen? Eine Zeit ohne Zar?«

»Ja«, sagte Nadja merkwürdig laut und fest. »Das kann ich! Die Zeit der Zaren ist vorbei!«

Gurjew atmete tief auf. »Das sagst du, wo du in Zarskoje Selo aufgewachsen bist?«

Nadja nickte mehrmals. »Ich habe es erlebt, Niki.« Sie zog den Mantel aus und legte ihn über einen der roh zusammengezimmerten Schemel. »Man kann kein Land wie Rußland regieren, wenn man nicht weiß, was außerhalb der eigenen vier Wände geschieht... und es auch gar nicht wissen will, weil es die innere Ruhe stört. Ein morscher Baum fällt beim ersten Frühjahrssturm... das ist das Gesetz der Taiga. Und die Gesetze der Natur regieren auch uns!«

Nikolai Gurjew antwortete nicht. Er zwang sich, jetzt, in dieser Nacht, die für das Glück ausgesucht war, nicht an Politik zu denken. Vor ein paar Stunden hatten sie vor dem Popen gekniet, zwei Revolutionäre hatten neben ihnen gebetet, sogar eine kleine Glocke hatte ihretwegen geläutet, schamhaft, wie hinter der vorgehaltenen Hand... Gott segne eure Liebe und beschere euch gute Kinder, hatte der Pope gesagt. Und er hatte nach Nadjas Hand getastet, ihre kalten Finger gefunden und sie gedrückt.

»Komm, Nadjuscha...« sagte Gurjew zärtlich. Er wischte ihr die Tränen aus den Augen, umarmte und küßte sie. »Ich verspreche dir, nie mehr davon zu reden! Ich schwöre es dir! Ich bin ein dummer Mensch! Gib mir eine Ohrfeige!«

»Du bist ein lieber Mensch. Du bist mein Mann!« Nadja legte den Kopf gegen seine Brust. Wie ein armes, verletztes Vögelchen war sie jetzt, hungernd nach Wärme und Zärtlichkeit. »Ich will ja nichts vom Leben als nur dich und Liebe...«

In der Nacht lag Nadja noch lange wach, als Nikolai schon tief schlief und leise schnarchte. Wenn sie sich bewegte, rieben sich ihre nackten Körper aneinander; das war ein so seliges Gefühl, daß Nadja sich immer wieder rührte, ganz vorsichtig und langsam... sie drehte und wand sich, sie schob sich auf und nieder, und sie fühlte seine Muskeln, seinen Körper, seine Wärme und den leichten Schweiß, der ihre Leiber überzog. Ab und zu beugte sie sich über Nikolai und sah ihm in das schlafende Gesicht. Ihre Hände glitten an seinem Körper hinab, und sie atmete tief den herben Geruch ein, der aus seiner Haut strömte.

Mein Mann, dachte sie dann. Mein Mann! Wie das klingt. Wie merkwürdig zufrieden und ruhig das macht. Mein Mann! Das ist mehr, als wenn man sagen könnte: Mein Land... meine Taiga... mein Fluß... mein Rußland... mein Himmel... Was ist das alles gegen: Mein Mann!

Sie legte den Kopf vorsichtig, damit er nicht aufwachte, auf seine dunkelbehaarte Brust. Sie hörte sein Herz klopfen, und sie zählte die Schläge. Wie regelmäßig sie waren, wie fest und stark. Ganz sanft legte sie die Hand gegen seinen Hals und hielt den Atem an. Die Schlagader, der Strom seines Blutes... unter ihren Fingerspitzen pulste es... wie der gleichmäßige Schlag eines winzigen Hammers war es. Das ist sein Leben, dachte sie atemlos. Sein Leben, das jetzt auch mir gehört. Mein Mann... welches Wort ist schöner?

»Du...« sagte sie leise. Und als er sich nicht rührte, küßte sie ihn, hielt seinen Atem mit ihrem Kuß an und lachte, als er nach Luft japste. »Du... ich will dir noch etwas schenken...«

Nikolai Gurjew grunzte im Halbschlaf, umfaßte ihren nackten Leib und zog ihn an sich. Aber sie wehrte sich und glitt von ihm weg. »Nicht so... Wach auf, Niki! Liebster, hör mich an!«

Sie schüttelte ihn. Gurjew riß die Augen auf, wischte sich über die Stirn und stützte sich auf die Ellenbogen.

»Ich habe geträumt«, sagte er und schluckte. »Verdammt, ich habe geträumt, über Petersburg wehten Fahnen, und alle Leute schrien Sieg! Sieg! Ein blöder Traum! Hol mir einen Becher Wasser, Nadjuscha...«

Nadja blieb in dem breiten Bett sitzen. Die Decke war von ihr geglitten. Im ungewissen, schwimmenden Licht der Sommernacht, die überging in einen noch fernen Morgen, schimmerte ihre weiße Haut und wölbten sich ihre festen runden Brüste. Nikolai hob die Hand, um diese Schönheit zu umfassen, aber sie schlug ihm sanft auf die Finger. Ganz ernst war sie und gelassen.

»Wieviel Geld brauchst du, um den Zaren zu befreien?« fragte sie ruhig.

Gurjew setzte sich mit einem Ruck auf. Er war hellwach.

»Wir wollten nicht mehr davon reden, Nadjuscha!« rief er.

»Ich kann dir helfen, Niki. Wir fahren nach Podunskoje. Ich verkaufe das Haus und das Land meiner Mutter. Es gehört ja mir. Ich bin ihre einzige Tochter! Wir werden Tausende von Rubeln haben! Ein großer Landbesitz ist's.«

»Gott hat nicht aufgegeben, Engel zu schicken«, sagte Gurjew ergriffen und preßte sein Gesicht zwischen Nadjas Brüste. »Wann fahren wir?«

»Wenn du willst, morgen schon.«

»O Himmel, ja, ich will!« Gurjew sank nach hinten und riß Nadja mit sich. So lagen sie, Körper auf Körper, und umklammerten sich. Ihre Augen glänzten, und ihre Herzen trommelten. »Ist das das Paradies?« fragte Gurjew leise.

»Ich weiß es nicht, Niki.« Ihr Kopf sank auf seine Schulter. »Ich liebe dich... das kann auch die Hölle sein...«

*

In Podunskoje herrschte ein Mensch, den man unter dem Namen Janis Antonowitsch Skamejkin kannte. Wie sein Name bewies, war er tatarischen Ursprungs, und so sah Janis Antonowitsch auch aus: mittelgroß, aber kräftig, mit einem Oberkörper wie ein Bär, krumme Reiterbeine, lange, affenähnliche Arme, ein runder Kopf mit leicht geschlitzten, schräggestellten Augen, schütteres Haar, ein breiter Mund und völlig unfähig, Angst zu haben. Aus Tjumen war er schon vor sechs Jahren gekommen, hatte von dem Land der von Wölfen zerrissenen Helena Feodorowna Woronzowa einfach Besitz ergriffen, bewohnte das zweistöckige Herrenhaus, beschäftigte zehn Tagelöhner, ließ große Landstriche kultivieren und bepflanzen, züchtete Pferde und benahm sich, so klagte der Starost, der Dorfvorsteher von Podunskoje, wie Rotz in einer Trinkernase.

Als Janis Antonowitsch Skamejkin einzog, beschäftigte das natürlich die anderen Dorfbewohner, und sie schickten den Starost zu dem neuen, unbekannten Bürger.

»Aha!« brüllte Janis, kaum daß er des Bürgermeisters ansichtig wurde. »Da kommt ein Geier geflogen! Was soll's? Fragen, wer ich bin?« Er drehte sich herum, bückte sich und zeigte dem verblüfften Starost seine runde Hinterseite. »Habe ich einen Arsch wie du?« brüllte er. »Überzeuge dich, Brüderchen! Soll ich die Hosen runterlassen und beweisen, daß ich ein Mann bin? Beim Satan!« Er drehte sich wieder um. »Genügt das nicht? Ein Mensch und ein Mann bin ich! Und jetzt weg von meiner Schwelle, sonst spucke ich dich über den Zaun!«

So einer war Janis Antonowitsch! Klar, daß ihm die Dorfbewohner nicht wohlgesonnen waren. Sie steckten einmal eine Feldscheune von ihm an, überfielen abends, beim Rückweg aus den Wäldern, fünf seiner Tagelöhner und verprügelten sie so, daß sie auf allen vieren nach Hause krochen, ja, sie warteten – vor einem Jahr war das noch –, bis Janis einmal nach Tobolsk zum Einkaufen fuhr, rotteten sich dann vor dem Haus zusammen und taten etwas, was Janis maßlos erregte, mehr als Feuer und Prügel: Sie bepinkelten die Eingangstür wie ein Rudel wilder Hunde. Seine Wut war grenzenlos. Er rächte sich, indem er wöchentlich einmal zur Post ging und einen Brief an die Regierung schickte. Anzeigen, daß dieser oder jener Bauer von Podunskoje den Staat bei der Ablieferung der Landprodukte betrüge. Jedesmal kam dann ein Inspektor ins Dorf, und es gab viel Ärger. Der Posthalter stöhnte schon immer leise vor sich hin, wenn Janis mit einem Brief am Schalter erschien.

»Zerreiß den Brief!« brüllten die Bauern. Selbst der Starost brüllte mit, denn er war angezeigt worden, zwei Schweine unterschlagen zu haben. »Zieh ihn über die Theke und stemple seinen nackten Hintern mit unabwaschbarer Farbe!« Aber das waren dumme Ratschläge. Erstens tut so etwas kein Postbeamter, und zweitens war Janis stärker als die meisten im Dorf.

Nur einmal war er ruhig ... das war, als ein Richter aus Tjumen kam und ihn aufforderte, den Kaufvertrag des Besitzes der Woronzowa zu zeigen. »Das ist nicht nötig, Euer Hochwohlgeboren«, sagte Janis Antonowitsch friedlich. Er holte aus einer Lackschatulle ein großes Papier und entfaltete es. »Ich bin eingesetzt als Verwalter von Pal Nikolajewitsch Woronzow in Kasan, dem Bruder des verstorbenen Wladimir Alexandrowitsch Woronzow, dem Besitzer dieser Güter. Seine Witwe Helena Feodorowna lebt auch nicht mehr – Pal Nikolajewitsch ist also der Erbe und hat das Recht, darüber zu verfügen, wie er will. Es gibt keine anderen Ansprüche. Die Ehe war kinderlos.«

Der Richter aus Tjumen blätterte in einigen mitgebrachten Akten und schob die Unterlippe vor. »Hier liegt ein Irrtum vor«, sagte er dann mit amtlicher Strenge. »Helena Feodorowna hatte *doch* ein Kind. Nadja Grigorijewna...«

Janis Antonowitsch lächelte mild, wie über einen faden Witz. »Ein Bastard, Hochwohlgeboren. Der Wurf einer heißen Wölfin, die mit einem streunenden Hund geschlafen hat! Ein Kind Rasputins! Was soll's? Die Familie Woronzow erkennt es nicht an! Es gibt diese Nadja für uns nicht! Für uns ist Helena Feodorowna kinderlos gestorben! Und übrigens – wo ist diese Nadja? Wer hat sie seit zwölf Jahren gesehen? Vielleicht ist sie in irgendeiner Gosse verreckt, wie ihr Väterchen in der Newa!« Janis Antonowitsch war wirklich ein strammer Kerl, er brachte sogar den Richter in Verwirrung. »Hier ist mein Auftrag von den Erben!« sagte er und schwenkte das Papier. »Darf ich bitten, Hochwohlgeboren, das so lange zur Kenntnis zu nehmen, bis sich ein anderer Erbe meldet? Und nun, bitte schön, hinaus!«

Das war ungeheuerlich, aber nicht zu verwehren. Der Richter fuhr nach Tjumen zurück, machte eine Aktennotiz, verschwieg die entehrende Behandlung, denn man hätte ihn nur ausgelacht, und Janis Antonowitsch herrschte weiter über das Gut der Woronzows und kümmerte sich einen Teufel um die anderen Bewohner von Podunskoje.

So war die Lage – man muß das unbedingt wissen, Freunde –, als Nadja und Nikolai Gurjew in Podunskoje eintrafen. Von Tjumen waren sie mit einem flachen Boot die Tura und dann den Tobol hinabgefahren und hatten in Podunskoje angelegt. Vorher hatten sie die Behörden in Tjumen aufgesucht und sich angemeldet. »Welch ein Glück!« sagte der Richter, der von Janis Antonowitsch so schlecht behandelt worden war, rang die Hände und dankte innerlich Gott für die Gerechtigkeit. »Wir machten uns große Sorgen um das Erbe. Aber nun sind Sie da, Nadja Grigorijewna, und das Erbe steht Ihnen zur Verfügung.« Und etwas leiser fügte er hinzu: »Wenn Sie Hilfe brauchen, wir werden tun, was in unseren Kräften steht.«

Das war so dahergeredet, denn Hilfe war unmöglich, Tjumen war fest und vollständig in der Hand der Revolutionäre, die Bürger gingen mit roten Armbinden spazieren, und die Zarentreuen bemühten sich, Nachweise ihres heimlichen inneren Widerstandes gegen das Feudaltum zu erbringen, kurzum: Wenn Janis Antonowitsch auch ein Roter war, gab es überhaupt nichts, was Nadja Grigorijewna helfen konnte.

Die Landung des flachen Bootes, das neben Reisenden auch Handelsware nach Podunskoje brachte, war immer ein Festtag. An diesem Tag aber, als ein großer, schlanker Offizier in der Uniform der Garde, aber mit einer roten Armbinde am Ärmel, an Land kam und neben ihm eine wunderschöne junge Frau, in der der Pope Pjotr, fast neunzig Jahre alt und am Stock humpelnd, mit seherischen Augen die Tochter Helenas erkannte, kannte der Jubel im Dorf kaum eine Grenze. Der Starost machte einen Luftsprung, stieß sich den Kopf am Balken und küßte seine Frau Malika, was beweist, wie begeistert er war, denn er hatte Malika seit der Geburt von Tichon, seinem jüngsten Sohn, nicht mehr geküßt. Und Tichon war jetzt zehn Jahre alt! »Es geht los!« schrie er immer wieder. »Es geht Janis an den Kragen! Hurra! Hurra! Los geht es!«

Janis Antonowitsch Skamejkin saß in seinem Schreibzimmer und rechnete die Wochenernte durch, trank einen Wodka dazu und rauchte eine Pfeife mit Machorka, als die Tür aufflog und ein Offizier den Raum betrat.

»Wer sind Sie?« brüllte der Eintretende sofort. »Was machen Sie hier? Wo kommen Sie her? Antwort!«

Janis legte seine Pfeife weg, schielte auf die rote Armbinde und beschloß, vorerst höflich zu sein. Dann sah er Nikolai Gurjew ins Gesicht und antwortete: »Ich bin hier der Herr! Und wer sind Sie, Genosse?«

Gurjew gab die Tür frei und winkte. Vom Flur wehte ein hellblauer langer Mantel heran. Mit großen glänzenden Augen war Nadja durch die unteren Räume gegangen. Erinnerungen an unendlich ferne Zeiten sangen in ihr wie wehmütige Stimmen.

Das Nähzimmer... der Salon... das große Speisezimmer... das Zimmer der alten Klaschka... Und über die Dielen tappt ein fester, harter Schritt, dröhnen dicke Bauernstiefel, flattert ein tiefes Lachen durch die Räume... »Komm her, mein Seelchen... wir wollen ausfahren! Die Pferdchen sind schon angespannt!«

Rasputin. Väterchen... Und Helena Feodorowna steht lächelnd am Fenster und winkt ihnen zu, während sie schnell hinunterfahren zum rauschenden Fluß...

Janis Antonowitsch wußte sofort, welche Stunde gekommen war, als er Nadja Grigorijewna eintreten sah. Er kannte sie nicht, aber es konnte niemand anders sein. »Aha!« sagte er nur. »Aha! Selbst Revolutionen werden von Bastarden überlebt...«

Man wird einsehen, daß dies falsch war. Janis war kein Diplomat und kein Taktiker... Er erkannte das gründlich, als er sich an der Wand aufrappelte, sich schüttelte wie ein nasser Hund und sein Kinn anschwoll. Mit einem tiefen Grunzen senkte er den Kopf, nahm einen Anlauf und stürzte sich auf den Gegner, aber auch diesmal irrte er sich, denn hier hatte er keinen Bauern vor sich, der zurückdrosch und wie ein Pferd auskeilte, sondern mit einer impertinenten Eleganz stand da ein schlanker Offizier, ließ die lange Reitpeitsche sausen und zerhieb Janis mit schnellen, pfeifenden Schlägen das breite tatarische Gesicht. Viermal heulte die Peitsche quer über seine Augen, die Haut sprang auf, Blut sickerte über Lider und Lippen, Stirn und Kinn brannten, und der fünfte Schlag, hell pfeifend wie ein Moorvogel, traf Janis genau auf den Mund und zerriß ihn.

Taumelnd wich Janis Antonowitsch zurück. Haß und Mordlust flackerten in seinen Augen, vor denen jetzt ein roter Schleier von Blut wallte. Er lehnte sich gegen die Wand, ballte die Fäuste und trommelte hinter sich gegen die Tapete.

»Hinaus!« sagte Gurjew kalt.

»Meine Kleider. Die Wäsche. Oben... die Koffer...«

»Hinaus!«

Janis Antonowitsch zog die Schultern hoch. »Die Polizei in Tjumen...« setzte er an. Er kam nicht zu Ende. Die Reitpeitsche zischte durch die Luft. Auf der linken Backe schwoll eine neue blutige Strieme.

»Hinaus!« wiederholte Gurjew. Janis nickte. Die Kälte einer Winternacht wehte ihn an. Er schlägt mich in Fetzen, dachte er. Er diskutiert gar nicht. Er fragt nicht mehr. Er schlägt und schlägt... Was kann ich dagegen tun?

Mit blutüberströmten Augen schwankte er an Gurjew vorbei zur Tür. Durch den Schleier seines Blutes sah er Nadja Grigorijewna. Sie starrte ihn an, entsetzt und sogar mit Mitleid... aber was half das noch! Offizierspack, dachte Janis, als er vor dem Haus stand. Was nützt die Revolution, wenn solche überleben? Mit der Peitsche... mich mit der Peitsche... vom Hof gejagt...

Er schwankte durch das Tor, lief hinunter zum Fluß, warf sich in den Ufersand und legte das Gesicht in das kühlende Wasser des Tobol. Mit einer Peitsche! Er weinte in das Wasser und biß vor Wut in die kleinen gekräuselten Wellen.

»Dein Haus!« sagte Nikolai Gurjew zu Nadja, als Janis hinausgelaufen war. »Nimm es wieder in Besitz, Nadjuscha!«

Nadja nickte. Ihr Gesicht war bleich. »Jetzt haben wir einen Todfeind, Niki«, sagte sie leise. »Und ich habe Angst...«

Es stellte sich heraus, daß Nadjas Angst berechtigt war. Zwei Tage nach dem Auspeitschen trafen Janis Antonowitsch und Nikolai Gurjew allein zusammen. Im Wald war es, Gurjew ritt den Besitz ab, um sich ein Bild zu verschaffen, wie groß die Ländereien waren. Da schallte ein Schuß durch das Rauschen der Bäume, das Pferd bäumte sich auf, schrie entsetzlich und brach zusammen. Mit einem weiten Satz schnellte sich Gurjew aus dem Sattel und rannte der Gestalt nach, die wie ein Hase im Zickzacklauf zwischen den Bäumen davonhetzte.

Gurjew war ein sportlicher Mensch. Eine gute Lunge hatte er und lange Beine. Dagegen wirkte Janis wie ein Igel, der mit seinen krummen Beinen die Erde unter sich wegscharrt.

Unter turmhohen Zedern trafen sie sich ... Janis Antonowitsch sah ein, daß es sinnlos war, weiter zu flüchten. Er blieb stehen, zog ein langes gebogenes Messer und stemmte die Beine in den feuchten Waldboden.

Nikolai Gurjew sah ihn mit den ruhigen Augen des Überlegenen an.

»Das war ein Mordversuch, mein Freund«, sagte er ohne Erregung. »Ein Mordversuch an einem Hauptmann der Garde des Zaren oder – wenn es dir besser gefällt – an einem Offizier der siegreichen Revolutionsarmee! Such dir aus, was dir besser gefällt. Ob so oder so ... man wird dich zum Tod verurteilen! Da den jetzigen Gerichtsherren nicht zu trauen ist – man ist noch im Aufbau, lieber Freund, du mußt das verstehen –, gilt nach wie vor das Standrecht. Ich verurteile dich also hiermit zum Tod, Janis Antonowitsch.«

Janis' Augen glitzerten. Er schob die Hand mit dem Dolch vor. Sein von den Peitschenhieben striemiges Gesicht zuckte. »Hol dir dieses Leben, du Hund!« sagte er heiser. »Hol es dir!«

Nikolai Gurjew griff in den Gürtel. Dort hing in einer Schlaufe eine Lederpeitsche. Nur kurz, gerade handlang, war der Holzgriff, mit Lederstreifen umwickelt. Aber das Peitschenseil, sich zum Ende verjüngend bis zu einem dünnen Faden, war lang, aus bester Ochsenhaut und ungebraucht. Gurjew schüttelte den Griff, das Peitschenseil, bisher um den Griff gewickelt, glitt auf den Waldboden. In diesen Sekunden wußte Janis, daß er verloren war, und er wußte, daß sein Tod der schrecklichste werden würde, den ein Mensch erleiden konnte. Der Dolch zitterte in seiner Faust. Aus seiner Brust quoll ein dumpfes Röcheln.

Nikolai Gurjew hob den Kopf. Hinter ihm, irgendwo im Wald, schrie noch einmal das Pferd. Ein greller, den Himmel aufreißender Todesschrei. Auch Janis' Augen wurden starr. »Hörst du's?« fragte Gurjew. Und jetzt zitterte seine Stimme. Janis nickte stumm.

»Es galt mir«, sagte Gurjew. »Der Schuß galt mir. Du bist ein Mörder, auch wenn ich noch lebe...«

Janis seufzte laut. Dann sauste die Peitsche durch die Luft, zerschnitt sein Handgelenk, der Dolch fiel zu seinen Füßen, ein Ruck, Janis sank in die Knie, umklammerte die Peitschenschnur, wollte sie festhalten, aber das dünne, glatte Leder rutschte durch seine Finger, schnitt die Handflächen auf wie ein Messer...

»Herr!« brüllte Janis. »Erbarmen! Erbarmen! Ich verlasse Podunskoje! Heute noch. Heute! Ich ziehe weg... in den Süden... nie mehr komme ich hierher... Erbarmen... Heute noch gehe ich...«

Die Peitsche pfiff.

Der zweite Schlag traf den Hals. Die Schnur wickelte sich um die Kehle, einer dünnen Schlange gleich, warm und geschmeidig, würgte sie die Luft ab...

Janis warf beide Arme hoch. »Herr!« schrie er. »Ich küsse dir die Stiefel... ich küsse... küsse... Stiefel...« Er rutschte auf den Knien zu Gurjew, die blutenden Hände wie ein Bettler geöffnet...

Der dritte Schlag. Quer über den Kopf.

Janis Antonowitsch fiel mit dem Gesicht zuerst in den feuchten, nach Moder riechenden Waldboden.

Verwesung, durchzuckte es ihn. Ich liege schon in meinem Grab. Verwesung...

Man fand Janis Antonowitsch Skamejkin nie. Man wußte nicht einmal, ob er tot war. Auch Nikolai Gurjew konnte es nicht sagen. Vielleicht hatten die Wölfe ihn zerrissen, oder er war wirklich weggewandert in den Süden, wo ihn keiner kannte. Gurjew hatte ihn verlassen, als er nicht mehr stöhnte. Mit dem Sattel über der Schulter kehrte er zum Gut zurück, hängte das Halfter an einen Haken neben der Box, in der das Pferd gestanden hatte, und ging stumm ins Haus. Und keiner fragte ihn... jetzt nicht, und auch später nicht. Was gibt es da noch zu fragen?

*

Die Zarenfamilie hatte man im Gouverneurshaus untergebracht. Tobolsk, das Zentrum und der Umschlagplatz aller Verbannungen nach Sibirien seit Peter dem Großen, war seit dem Eintreffen des Dampfers »Rusk«, mit dem die kaiserlichen Gefangenen von Tjumen aus angekommen waren, in zwei Lager gespalten. Nun ja, es hatte eine Revolution gegeben, in Petersburg und Moskau hatten die Soldaten gemeutert, die Leute waren hinter roten Fahnen hergezogen, Kerenskij, Trotzki und Lenin hielten Reden und verkündeten eine neue Zeit, man sang Lieder von Freiheit, Gleichheit und Brüderlichkeit, Dinge, an die vorerst kein Russe glaubte, denn so etwas hatte sich nie in russischen Hirnen festgesetzt, und ja, Matrosen hatten ihre Offiziere erschossen, überall hungerte man, an den Fronten gab es nur noch Niederlagen gegen die Deutschen... Aber hier war Sibirien, hier floß der Tobol zu seinem riesigen Bruder Irtysch und weiter in den Ob, hier begann die unerforschte Taiga, hier schob sich von Norden die Tundra heran, hier tobten im Winter die Eiswinde, krachten im Frühjahr die Flüsse auf mit Kanonengetöse, heulte im Sommer der Sandsturm aus dem Süden herauf, versank das Land im regenreichen Herbst im Schlamm. Hier lebte man anders, hier dachte man anders... hier sah man die Welt mit den prüfenden Augen eines Tieres, das weder Worten noch dem Geruch des Fressens traut, nicht der Ruhe und nicht einmal der Einsamkeit.

Der Zar in Tobolsk. Die Zarin und die vier Zarentöchter Olga, Tatjana, Maria und Anastasia. Und der kranke Zarewitsch, schon wieder am Rand des Todes nach einem leichten Stoß. Diesmal trug der Zar ihn selbst auf seinen Armen herum, gefolgt von Dr. Botkin, dem neuen Leibarzt. Es gab keinen Matrosen Derenkow mehr, der sich um den kranken Jungen kümmerte. Der riesige Matrose war ein Revolutionär geworden... und er nahm Rache für sein schweres Leben, immer für alles verantwortlich zu sein, was dem Zarewitsch passierte, indem er dem Zar im Park von Zarskoje Selo nach der Revolution auf den Fuß trat. Dann verschwand er für immer.

In Tobolsk nahm man die Verbannung des Zaren wie eine Ehre auf, wie eine Segnung mit einem großen Heiligtum, wie die Verleihung einer Reliquie. In dieser klassischen »Stadt der Verbannten« gab es mehr Zarenfreunde als Zarenfeinde, ein Wunder, dem die Revolutionäre fassungslos gegenüberstanden.

Als Kerenskij den Entschluß faßte, die Zarenfamilie aus Zarskoje Selo wegzubringen, um durch die bloße Anwesenheit Nikolaus II. die Revolution nicht zu gefährden, andererseits aber auch Extremisten keine Gelegenheit zu geben, den Zaren zu töten, geschah das alles noch im Rahmen eines zwar matten, aber doch noch kaiserlichen Glanzes. In der Nacht vom 13. zum 14. August 1917 bestieg die Zarenfamilie mit einem kleinen Hofstaat einen Sonderzug auf der Station Alexandrowskaja der Nord-West-Bahn. Zwei Salonwagen der Internationalen Schlafwagengesellschaft standen der kaiserlichen Familie zur Verfügung. Fünfunddreißig Personen umfaßte der neue »Zarenhof« auf Rädern: der Zar, die Zarin, der Zarewitsch, die vier Großfürstinnen, Hofmeister Prinz Wassili Dolgorukow, General Tatischtschew, die Hofdame Comtesse Hendrikowa, der neue Leibarzt Dr. Botkin, die Erzieherin der Prinzessinnen Fräulein Schneider, der Hauslehrer Pierre Gilliard, der Kammerdiener Trupp, die Kammerfrau der Zarin Anna Demidowa, der Leibkoch Charitonow und als Kommandant des Exilzuges Oberst Kobylinsky. Von der Revolutionsregierung wurde dem Zaren der Kommissar Makarow mitgegeben, ein undurchsichtiger Mann, der den fanatischen Revolutionär herausstellte, allein mit dem Zaren aber, unbeobachtet und sich sicher fühlend, in fast sklavischer Treue zur Kaiserfamilie hielt. Um diese wichtigen Figuren gruppierten sich noch Diener und Leibhusaren. Wen nimmt es wunder, daß die Einwohner von Tobolsk fast jubelten, als der Zar mitten unter ihnen, im Gouverneurshaus, seinen neuen Hof aufschlug, im Park vor aller Augen spazierenging oder sich auf dem Glasdach des Gärtnerhauses mit seiner Familie sonnte.

Mit schiefen Blicken sahen die Revolutionäre die Sympathien des Volkes für den Zaren. Man beobachtete, daß viele Bürger und ehemalige Soldaten durch die Ritzen des Bretterzaunes sahen, wenn der Zar oder die Zarin sich im Garten erholten. Und es kam vor, daß die Menschen dann draußen auf der Straße auf die Knie sanken und laut für den Zaren beteten. Kalmücken, dem Glauben nach Mohammedaner, riefen Allah an. Die Tataren sprachen mit ihren Ahnen: Beschützt Papa und Mama! Sie sind Rußland...

Damals schrieb der Altkommunist Bykow in einem Bericht: »Man kann mit Sicherheit behaupten, daß es in der Geschichte niemals einen Verbrecher gegeben hat, der während seiner Haft über so viele Dienstboten verfügt hätte, wie sie Nikolai mit Kerenskijs Zustimmung bewilligt worden sind. Dieser kleinbürgerliche Revolutionär empfand eine wahrhaft lakaienhafte Ehrerbietung für den ärgsten Feind des Volkes...«

Und so war es möglich, daß der Zar Besuche empfing... Offiziere besuchten ihn, Mönche und Nonnen, ehemalige Hofdamen und die reichen Bürger von Tobolsk, Boten kamen und gingen, die Tafel war gedeckt wie in Zarskoje Selo. Noch hatte der Zar Geld, und solange er für alles bezahlte, blieb die Illusion, ein Kaiser zu sein, wenn auch ein verbannter.

Ende August war dieser Selbstbetrug zu Ende. Der Kommunismus faßte mehr Fuß in Tobolsk... vor allem waren es wieder die unzufriedenen Soldaten. Das 2. Regiment, das in Tobolsk lag, verweigerte sogar der Revolutionsregierung in Petersburg den Gehorsam. Nach dem Muster der meuternden Matrosen in Petrograd jagten sie die Offiziere weg und bildeten einen Soldatenrat. Die Führung übernahm ein Mann mit Namen Arnold Goldstein.

»Schluß!« sagte Goldstein auf der ersten Soldatenratsversammlung. »Schluß mit diesem bürgerlichen Zauber! Der Bürger Nikolaus hat Rußland an den Abgrund gebracht, er hat es verraten und ausgenommen! Soll er dafür auch noch Gänse fressen und behandelt werden wie ein kleiner Gott? Schluß damit! Es soll endlich der Geist der Freiheit herrschen!«

Der Geist der Freiheit hieß Zwang. Die Soldaten des 2. Regiments sperrten die beiden Häuser ab, in denen der Zar residierte... das Gouverneurshaus und das Haus des Kaufmanns Kornilow. Sie lagen an einer Straße, die sinnigerweise Swoboda hieß. Freiheit! Vergeblich protestierte Oberst Kobylinsky, gingen Boten zu Kerenskij, die Revolution entglitt den Männern in Petersburg. Ein Bürgerkrieg drohte – die gemäßigten Revolutionäre um Kerenskij gegen die extremen Bolschewisten um Lenin. Schon wurden Offiziere erschossen, die schwer verwundet von der Front kamen... was sollte man in Rußland mit Krüppeln? Die Armeen weigerten sich, Befehle von Deserteuren entgegenzunehmen, die nun Befehlshaber geworden waren, kommunistische Agitatoren wurden verprügelt und erschlagen, Brot gab es noch immer nicht genug, die Soldaten bekamen keine Löhnung mehr, und im Volk wehte der Ruf über das riesige Land: Wir wollen den Zaren wieder haben!

Das war die Lage in Tobolsk, als Nikolai Gurjew mit einem Bauernwagen in die Stadt kam. Er hatte sich als Muschik verkleidet, seinen schönen Schnurrbart abrasiert, Lumpen hingen um seinen Körper, sein Haar hatte er mit Schmutz durchkämmt; wer ihn so sah, beachtete ihn weiter nicht. Einer der Bauern aus Sibiriens armen Dörfern... es gab davon fast zwei Millionen.

Nadja war auf dem Gut geblieben. Ein reicher Getreidehändler, der durch die Knappheit an Mehl Hunderttausende von Rubel verdiente, weil er seine vollen Lager langsam und zu wahnsinnigen Preisen leerte, hatte Interesse an dem Woronzowschen Besitz. In Tjumen hatte man schnell Nadjas Ansprüche anerkannt. Sie war die Alleinerbin, das ging aus dem Geburtsregister klar hervor. Und während sie nun mit dem Kaufmann Kolosichin über den Preis verhandelte – Kolosichin wurde 1920 von den Bolschewisten im Tobol ertränkt, aber wer ahnte das damals? –, umschlich Nikolai Gurjew das Gouverneurshaus, stand mit den anderen am Zaun und spähte in den Garten, wo der Zar spazierenging.

»Weitergehen!« schrie jemand. »Was gafft ihr so?« Er hörte Hiebe und Geschrei und drehte sich um. Zwei Soldaten des 2. Regiments, die rote Binde am Arm und eine rote Kokarde an der Mütze, räumten mit Stockschlägen den Zaun von den Neugierigen. Gurjew trat zurück, ein dreckiges Bäuerlein war er ja, und nahm die Mütze in die Hand.

»Genossen«, sagte er demütig. »Warum verjagt ihr uns? Ich habe gehört, daß man in Moskau in einem Tierpark wilde Tiere ohne Belästigung besichtigen kann. Hier ist ein großes Raubtier zu sehen, gönnt uns den Blick auf dieses Vieh, damit wir es verfluchen können!«

»Das ist ein guter Genosse!« riefen die Soldaten, klopften Gurjew auf die Schulter und ließen ihn am Zaun stehen. Die anderen jagten sie fort.

Zwei Tage lang beobachtete Gurjew das Haus, den Garten, das Leben auf der Swoboda-Straße. Er kundschaftete das Gelände aus, er unterhielt sich mit den Wachen, er kam sogar in Berührung mit dem Kammerdiener Nagorny, der jeden Morgen vom Haus Kornilows hinüberging zum Gouvernement, um seinen Dienst beim Zaren anzutreten.

»Brüderchen«, sagte Gurjew am dritten Tag und gab Nagorny die Hand. Ohne eine Miene zu verziehen, spürte Nagorny, wie ein gefalteter Zettel in seine Handfläche gedrückt wurde. Die Wachen vor dem Tor sahen ihnen zu und amüsierten sich über den tölpelhaften Muschik. »Ich gebe dir die Hand, weil du ein verlorener Mensch bist. Man wird dich bald aufknüpfen! Wie kannst du dem Satan noch dienen, he?«

Wortlos ging Nagorny weiter, begleitet vom Grinsen der Soldate, die Gurjew freundlich zunickten. In seinem Zimmer faltete Nagorny den Zettel auseinander. Es war eine Nachricht an den Zaren.

»Majestät. Empfangen Sie morgen gegen Mittag die Nonne Jelisaweta. Sie wird Euer Majestät eine freudige Nachricht bringen. N. Gurjew. Gardehauptmann Eurer Majestät.«

Am nächsten Morgen kleidete sich Nikolai Gurjew im Haus Nr. 17 der Petrowskaja um. Er legte Nonnenkleider an, schminkte sein schmales Gesicht blaß, und als er den Schleier über den Kopf zog, sah er wirklich aus wie eine große, schlanke, hübsche Nonne, viel zu schön, um hinter Klostermauern zu verblühen.

»Man könnte sich verlieben in dich!« lachte Leutnant Pertenaw. Er hatte die Wohnung als Holzhändler gemietet und war einer der Außenposten der Offiziersgruppe, die den Zaren befreien wollte. »Vergiß nicht, leise und hoch zu sprechen...«

»Bin ich ein Anfänger?« Gurjew betrachtete sich im Spiegel. Seine Maske war vollkommen. Sogar Brüste drückten sich durch das lange Kleid... er hatte sich mit Wäschestücken ausgestopft. »Was berichtet Tschuptikow?«

»Der Oberst hat ein Schiff ausfindig gemacht, das von Jalta hinüber zur türkischen Küste fährt. Für die Fahrt nach Jalta stehen sieben Fuhrwerke bereit. Außerhalb der Stadt, in einem Schuppen am Tobol.«

Gurjew nickte. Seine Kehle begann, sich zusammenzuschnüren. Welch ein Unternehmen, dachte er. Von Tobolsk bis zur Krim! Der Zar, die Zarin und die fünf Kinder. Wo hatte es jemals solch einen verwegenen Plan gegeben? Er zog den Schleier dichter ins Gesicht und sah durch den Spiegel Leutnant Pertenaw an.

»Noch etwas?« fragte er, denn Pertenaws Augen gefielen ihm nicht. Der Leutnant nickte.

»Oberst Tschuptikow läßt sagen, daß Wagen, Pferde, Schiff, die einzelnen Übernachtungsstationen, die Flußboote, die Gehilfen in den Dörfern, der Begleitschutz treuer Männer bis zur Krim nur bereit sind, wenn sie bezahlt werden. Der Oberst hat ausgerechnet, daß es bis auf dreißigtausend Rubel kommen wird. Wann trifft das Geld ein? Wir müssen es genau wissen.«

Nikolai Gurjew wandte sich vom Spiegel weg. »Es ist in wenigen Tagen da! Nadja Grigorijewna verhandelt gerade mit dem Käufer. Immer dieses Geld!«

»In Rußland hat heute alles seinen Preis. Vor allem die Freiheit.« Leutnant Pertenaw begleitete Gurjew bis zur Haustür. »Viel Glück, Herr Hauptmann.«

Genau zur Mittagsglocke stand Gurjew als Nonne Jelisaweta vor dem Wachhabenden des Gouverneurshauses.

»Eine Nonne!« schrie der Revolutionär, ein ehemaliger Feldwebel, und lachte schallend. »Ein hübsches Engelchen! Aber eine Mißgeburt bist du... dir wachsen die Flügelchen an der verkehrten Seite!« Er griff mit beiden Händen nach den Brüsten, drückte sie, ließ sich auf die Finger schlagen und hieb sich auf die Schenkel. »Fühlen sich nicht an wie Federchen!« brüllte er fröhlich. Dann gab er Gurjew einen Klaps und ließ ihn ins Haus.

In der Diele erwartete ihn der Diener Trupp, der Vertraute des Zaren. Verblüfft starrte er auf den Busen der Nonne, die doch ein Mann sein sollte. Gurjew grinste.

»Mein bester Passierschein!« sagte er leise. »Wir Männer sind doch Idioten!«

Nach einer Stunde verließ die Nonne Jelisaweta wieder das Gouverneurshaus und ging langsam die Swoboda hinunter, wie im Gebet versunken. Leutnant Pertenaw sah Gurjew vom Fenster aus, wo er die ganze Zeit ungeduldig gewartet hatte. Er rannnte ihm entgegen und zog ihn ins Haus. »Nun?« rief er. »Was ist? Was macht der Zar? Haben Sie die Zarin gesprochen? Was sagt der Zar zu unserem Plan? Wie geht es dem Zarewitsch?«

Nikolai Gurjew riß den Schleier vom Kopf und setzte sich erschöpft auf einen Stuhl. Seine Augen waren müde.

»Eine Stunde lang habe ich geredet«, sagte er stockend. »Mit dem Zar, mit der Zarin... Ich habe alle Pläne dargelegt... Der Zar will nicht!«

»Er will nicht?« schrie Leutnant Pertenaw.

»Nein! Der Zar glaubt nicht an eine Gefahr für sein Leben. Er hat Hoffnung, daß England ihm Asyl gewährt. Er wartet auf eine Nachricht seines englischen Vetters. Kerenskij hat ihm versprochen, ihm freies Geleit zu geben, wenn England ihn darum bittet.«

»Mein Gott! Mein Gott!« Pertenaw wischte sich mit zitternden Händen über die Augen. »Weiß er denn nicht, daß Englands Premierminister Lloyd George es durch seinen Botschafter abgelehnt hat, den Zaren nach England emigrieren zu lassen? Weiß er denn nicht, daß auch Frankreich das Asyl ablehnt, weil die Zarin eine Deutsche ist? Weiß er denn nicht, daß niemand ihn haben will, aus Angst, die Arbeiter in den Armenvierteln aller Staaten könnten dagegen protestieren?«

Gurjew schüttelte verzweifelt den Kopf. »Er weiß gar nichts! Er hofft und hofft und glaubt an die Treue seiner Verbündeten.«

»Und Sie haben es ihm auch nicht gesagt, Nikolai Georgijewitsch?«

»Nein!« Gurjew schlug die Hände vors Gesicht. »Ich konnte es nicht! Pertenaw, begreifen Sie doch ... er war so voller Zuversicht, so voller Glauben an das Gute, so kindlich in der Erwartung ... ich *konnte* ihm diese Hoffnung nicht zerstören! Er hätte es auch nicht geglaubt.«

»Und was nun?« fragte Leutnant Pertenaw leise.

»Wir müssen ihn mit Gewalt entführen.« Gurjew riß das Nonnenkleid von sich und warf es weg. »Wir brauchen nur das Geld, um bis aufs Schiff zu kommen. Bis zur Krim – dann ist er gerettet. Der Zar hat vierzehn Millionen Rubel Vermögen ... hier in Tobolsk wird er geldlich unterstützt von dem Bankier Jaroschinskij und von dem Grafen de Saint-Sauveur, dem Repräsentanten der französischen Waffenfirma Schneider-Creusot. Bis zur Krim, Pertenaw ... und alles ist gewonnen.«

»Und wo liegen die vierzehn Millionen Rubel?«

»Auf der Bank von England ...«

»Aha!« Leutnant Pertenaw hieb mit der Faust gegen die Wand. »Da liegen sie gut! England verbietet ja das Asyl des Zaren!«

Gurjew und Pertenaw sahen sich stumm an. Sie wußten, was die Ablehnung Lloyd Georges bedeutete: das Todesurteil für den Zaren.

Wenn man nicht half. Schnell half. Sofort half.

*

In Podunskoje erwartete Gurjew eine neue Hiobsbotschaft: Nadja hatte es nicht geschafft, den Kaufmann Kolosichin zum sofortigen Kauf des Gutes der Woronzowa zu bewegen. »Warten wir noch ein Weilchen, Nadja Grigorijewna«, hatte der fette Halsabschneider lächelnd gesagt, als er ging. »In einem Jahr kostet es die Hälfte. Die Zeiten ändern sich. Wer will noch Großgrundbesitzer sein? Ein Glück, daß die Revolutionsführer meine Freunde sind!«

»Ein Schuft!« schrie Gurjew in sinnloser Wut. »Welch ein Schuft! Sind denn Himmel und Hölle gegen uns?«

Es schien so.

Ohne Geld war der Zar nicht gewaltsam zu befreien, und freiwillig verließ er Tobolsk nicht. An einem Septemberabend – es wehte schon kalt von der Taiga her, und die ersten Schneehühner flatterten über den Fluß, sicheres Zeichen, daß der Winter nahte, denn sie flogen dem Schnee voraus – kamen noch einmal vierzehn Offiziere, als Bauern verkleidet, im Haus Woronzow zusammen. Nadja hatte einen Rentierbraten auf dem Ofen, man trank Wodka und Rotwein von der Krim, den Gurjew aus Tjumen besorgt hatte.

»Es hat keinen Sinn, Freunde«, sagte Oberst Tschuptikow, der von Jalta heraufgekommen war. »Wir sollen Geld aus Frankreich bekommen. Aber erst im Januar. Sinnlos ist es aber, im Winter, bei Schneesturm und vereisten Straßen mit der Zarenfamilie quer durch Rußland zu flüchten. Die Großfürstinnen, vor allem aber der Zarewitsch, werden es nicht aushalten! Wir müssen also warten auf das nächste Frühjahr. Gebe Gott, daß es uns dann gelingt. Wir werden dann auch mehr freiwillige Helfer haben, denn diese Revolution zerfleischt sich selbst...«

Am nächsten Morgen zogen die vierzehn Bauern wieder aus Podunskoje weg, in alle Winde. Tschuptikow nach Tjumen, Pertenaw nach Tobolsk, vier nach Omsk, drei nach Jekaterinburg, einige versteckten sich bei Bekannten in den Wäldern oder in den einsamen sibirischen Dörfern.

Der Winter raste über das Land. Mit heulendem Sturm, mit Eiskristallen, mit wirbelnden Bergen von Schnee. Die Fenster wurden wie jedes Jahr von innen verklebt, die Häuser versanken im Schnee, die Flüsse froren zu, in der Taiga begannen wieder die Wölfe zu heulen, die Riesenbäume starben stehend bis zum nächsten Frühjahr, bis zu ihrer Auferstehung.

Sibirien wurde wieder zu dem, als was man es kennt: zu einem schweigenden, feindlichen, im Frost erstarrten Land.

Am 25. und 26. Oktober 1917 erschütterte die zweite Revolution das hungernde Rußland. Die Bolschewisten unter Lenin stürmten das Winterpalais in Petersburg, die Provisorische Regierung zerstob in alle Winde, Kerenskij flüchtete in Frauenkleidern, die neue sowjetische Republik wurde ausgerufen, Soldaten plünderten die Zarenpaläste, zerstörten sinnlos wertvollste Kunstschätze und brachen die Weinkeller auf. Sie soffen, bis einige von ihnen an Alkoholvergiftung starben. Den Rest des Weines, alte, kostbare Flaschen aus aller Welt, warfen sie in die Newa.

Die radikalste Neuordnung, die je über ein Land gekommen war, marschierte unaufhaltsam und sternförmig durch Rußland.

Proletarier aller Länder, vereinigt euch!

Es gibt keinen Besitz mehr – alles gehört dem Volk!

Massenhinrichtungen färbten die Pflaster rot; es wurde etwas erfunden, was bleibenden Wert behalten sollte: eine Grube, davor kniende Menschen, dahinter die Schützen, den Lauf an den Hinterkopf der Verurteilten gelegt. Der Genickschuß.

Die neue Zeit hatte begonnen.

Erst zwei Wochen später kamen die ersten Nachrichten in das durch Schnee und Eis von der Umwelt abgeschlossene Tobolsk. Ein neuer Kommissar als Kommandant des Gouverneurshauses reiste von Moskau heran, dem neuen Sitz der Regierung. Jakowlew hieß er. Er sperrte sofort alle Vergünstigungen, er befahl, daß die Zarenfamilie das Soldatenessen bekam, er erklärte dem Zaren, daß er ein Gefangener sei und weiter nichts. Die letzten unsicheren Truppen, die noch dem Zaren innerlich die Treue hielten, wurden aus Tobolsk verlegt, man hörte, Fürst Jussupoff, der Mörder Rasputins, sei bei der Oktoberrevolution ermordet worden, aber es stimmte nicht, er konnte von seinen Gütern, wohin er verbannt worden war, rechtzeitig nach Paris flüchten. Die ersten Friedensverhandlungen mit den Deutschen wurden geplant... Rußland war in einem Aufbruch, der dreihundert Jahre wegwischte, als seien sie nie gewesen.

Über Podunskoje wehte der Schneewind. Das Thermometer zeigte fünfunddreißig Grad Frost. Am Waldrand streunten die Wölfe, sogar bis ins Dorf wagten sie sich, wo sie mit Knüppeln erschlagen wurden oder von vier Männern der Miliz, die jetzt beim Starost wohnten, durch Schüsse getötet wurden. Begraben brauchte man sie nicht... die überlebenden Wölfe schleiften die Toten mit, im Wald wurden sie zerrissen und gefressen.

Die Nächte waren lang, länger als die blassen, vom Sturm umheulten Tage. Zugeschneit in ihrem großen Haus, lagen Nikolai und Nadja in ihrem breiten warmen Bett und sahen nicht den Winter, sondern nur ihre Augen, ihre Körper, ihre wundervolle Liebe.

Nur um das Essen zu kochen oder die Öfen zu heizen, standen Nadja und Nikolai auf. Aber selbst das Essen vollzogen sie im Bett, schoben die Teller unter das Bett, umarmten sich und versanken wieder in Wärme und Glück.

Im Februar war's, als Nadja sich aufrichtete und in das Licht blinzelte. Draußen schien die Sonne, aber wer sah sie schon? Bis zum halben Fenster des unteren Stockwerks war das Haus zugeweht, und so war es überall. Nur die Fischer mußten an den sturmfreien Tagen hinaus auf den Tobol, um das Eis aufzuhacken und Lachse und Störe zu fischen oder ihre Reusen auszulegen.

»Ich wünsche mir ein Mädchen, Niki«, sagte Nadja zärtlich und dehnte sich in den blassen Strahlen, die schräg ins Zimmer fielen. »Ein Mädchen muß es sein. Es soll nur wissen, was Liebe ist. Ein Junge denkt an Soldaten, an Kriege, an Revolutionen!

Nein, es soll kein Junge werden! Ein Mädchen! Sag, wird es ein Mädchen?«

Gurjew lachte leise. Er zog den schlanken weißen Körper an sich und vergrub sein Gesicht darin. Er roch nach Aprikosen und frischem Moos, dieser junge, bebende, ihm gehörende, warme Leib.

»Wo gibt es zwei Menschen, die so glücklich sind wie wir?« fragte er.

Nadja umfaßte seinen Kopf und hielt ihn fest.

»Ich weiß es nicht, Niki. Nur im Märchen habe ich's mal gelesen.«

»Wir leben in einem Märchen, Nadjuscha. Die Prinzessin und der Schweinehirt...«

»Der Prinz und die Gänsemagd...«

»Die unsterbliche Nachtigall...«

Sie küßten sich, legten sich in der Umarmung zurück und ließen ihre Körper von der Wintersonne bescheinen.

Vom Tobol her krachte es.

Die Fischer sprengten ihre Löcher in das Eis. Zwei Meter war es dick. Die Fensterscheiben klirrten leise.

Am 26. April 1918, früh um vier Uhr, verließen sieben offene, primitive Kutschen mit kleinen, struppigen Pferdchen davor das Gouverneurshaus von Tobolsk. Soldaten und Offiziere zu Pferd gaben der kleinen Karawane das Geleit. Über das Eis des schon tauenden Tobol ging die schnelle Fahrt, kaum beachtet von den wenigen Menschen, die schon auf den Beinen waren. Tobolsk schlief noch.

Der Zar verließ die Stadt. Aus Moskau, von dem mächtigen Kommissar Swerdlow, war der Befehl gekommen, die Zarenfamilie in den Ural zu bringen. Unter einem Vorwand wurden am 13. April Prinz Dolgorukow, der Haushofmeister, General Tatischtschew, Fräulein Schneider, Comtesse Hendrikowa und Hauslehrer Gilliard verhaftet und weggebracht. Es war der Kommandant Jakowlew, der dies befahl. Er begleitete auch den Transport von Tobolsk nach Jekaterinburg, neben dem Zar im Stroh des ersten Wagens sitzend. Alles, bis auf fünf Menschen – Dr. Botkin, Kammerdiener Trupp, Kammerfrau Demidowa, der Koch Charitonow und ein Küchenjunge – blieb in Tobolsk zurück.

Der Zar – wer wußte das? – hatte seine letzte Reise begonnen.

Er hoffte, da es nach Westen ging, in die Freiheit zu fahren. Oder ahnte er die Wahrheit? Warum hatte er über den Zurückbleibenden das Kreuz geschlagen, wie ein Märtyrer auf seinem letzten Gang?

Leutnant Pertenaw, der eine Stunde später von dem Abtransport des Zaren hörte, warf sich auf sein Pferd und ritt wie der

Teufel nach Podunskoje. Er jagte Gurjew aus den Armen Nadjas, trank heißen Tee, aß kaltes Fleisch, wechselte den Sattel auf ein Pferd Nadjas und ritt weiter durch das vereiste Land, nach Tjumen zu Oberst Tschuptikow.

»Der Zar ist abtransportiert worden!« Gurjew stampfte in seiner Hauptmannsuniform mit der roten Armbinde durch das Haus. Mit ängstlichen Augen verfolgte Nadja seine Unruhe. »Nur ein paar Begleiter sind um ihn. Das wäre eine Chance! Wir zersprengen den Transport und leiten ihn um nach Süden! O verdammt, verdammt, wenn Pertenaw bloß die anderen Kameraden zusammenbekommt! Wie hungernde Kosaken werden wir über die Bolschewisten herfallen. Eine einmalige Chance ist's!«

Aber die Gelegenheit wurde vertan. Nur sechs Offiziere bekam Pertenaw zusammen. Die anderen hatten sich vor dem Winter verkrochen wie Bären in ihre warme Erdhöhle. Keiner wußte, wo sie waren.

Und so gelangte der Zar nach Jekaterinburg. Die festen Türen der Villa des Kaufmanns Ipatieff schlossen sich hinter ihm. Sie öffneten sich erst wieder für einen Toten.

*

»Wer sind Sie?« fragte der Mann in der Lederjacke und den blanken hohen Stiefeln. Er hatte ein ovales Gesicht mit einer kräftigen Nase, kleine, katzenhafte Augen und schien sehr eitel zu sein, denn sein Gesicht war glatt rasiert und sauber gewaschen. Er hieß Jankel Jurowski, nannte sich Volkskommissar und hatte den Befehl über die Villa Ipatieff übernommen.

Vor dem Schreibtisch, hinter dem Jurowski selbstgefällig in einem Sessel saß, stand ein hagerer Mensch in einer dreckigen, oft geflickten und doch an vielen Stellen zerrissenen Mönchskutte. Ein langer schütterer Bart umrahmte das bleiche, ausgezehrte, junge und doch wieder uralte, zeitlose Gesicht. Tiefliegende, irr glänzende Augen starrten Jurowski an, und es war zu sehen, daß der Volkskommissar diese Augen nicht mochte.

»Ich bin Genjka, Genosse«, sagte der dürre Mönch. »Der Mönch Genjka aus Petersburg. Ein heiliger Auftrag läßt mir keine Ruhe.«

Jurowski nickte und strich sich über seine Nase. »Es muß wohl so sein, daß die Idioten sich selbst unters Beil legen. Soll ich dich erschießen, erwürgen, ertränken oder an die Kirchentür nageln lassen? Hat man so etwas schon gesehen? Kommt daher, hat einen heiligen Auftrag und bittet, umgebracht zu werden! Du weißt, daß wir Popen als Gift fürs Volk betrachten, he? Religion ist Opium fürs Volk, sagt Lenin! Du bist Opium! Soll ich dich wegräuchern?«

Genjka verschränkte die Hände über der Brust. Seine Augen flammten. »Ich bin ein Genosse der Revolution!« rief er.

»Als Mönch?« brüllte Jurowski zurück.
»Ich komme mit einer Warnung.«
»Ach!«
»In der Stadt ist ein Mensch, der Nikolai Gurjew heißt. Ein Gardehauptmann. Den Zaren will er befreien, schon seit Tobolsk. Er ist der Ehemann von Nadja, einer Tochter Rasputins. Im Haus des Gerbers Konopjow wohnt er.« Der Mönch Genjka beugte sich vor. Die Kälte einer ungewissen Angst wehte Jurowski an. Es ist nicht leicht, in irre Augen zu blicken. »Ich warne euch, Genossen! Er kann den Zaren befreien. Vernichtet alles. Alles! Ihn, Nadja, die ganze Rasputin-Brut!«
Jurowski nickte. Er klopfte gegen die Wand, drei Männer stürzten ins Zimmer, ergriffen Genjka und schleiften ihn davon. Am nächsten Morgen war die Zelle, in die man ihn sperrte, leer. Die Türen standen offen, aber die Schlösser waren unversehrt.
»Es muß etwas Wahres an diesem Idioten sein!« sagte Jurowski betroffen, als er die Zelle besichtigt hatte. »So etwas habe ich noch nicht gesehen. Auf, Genossen, sehen wir uns das Haus des Gerbers Konopjow an.«
Konopjow, ein armer Mensch, wohnte in einem baufälligen Schuppen, nicht weit entfernt von der Villa Ipatieff. Er war krank, litt an der Leber, hatte ein gelbes Gesicht und lag im Bett, als Jurowski mit seinen Leuten erschien. »Wo ist Gurjew?« brüllte Jurowski sofort, und als Konopjow zu stammeln begann, warf man ihn aus dem Bett, trat ihm in den Leib und mißhandelte ihn so, daß er eine Stunde später starb.
In dieser Zeit lungerte Nikolai Gurjew, als Revolutionsoffizier von allen in Ruhe gelassen, um die Villa Ipatieff herum, beobachtete die Wachen Jurowskis und sah ab und zu den Zaren oder eine der Zarentöchter am Fenster. Einen großen Teil der Fenster hatte man mit Holzlatten zugenagelt, aber es gab noch einige unversehrte, die man zum Lüften brauchte. An sie hielt sich Gurjew und versuchte, einen Plan zu machen.
Der Abschied von Nadja, die in Podunskoje blieb, war schrecklich gewesen. »Bleib, Niki!« hatte sie geschrien. »Es hat keinen Sinn mehr! Niemand kann den Zaren retten, auch du nicht! Ich bitte dich um alles, bleib! Denk an unsere Liebe, an unser Kind, das in mir wächst... Niki, ich flehe dich an...« Sie war auf die Knie gefallen, hatte seine Stiefel umklammert, hatte sich mitschleifen lassen zur Tür, denn Gurjew mußte gehen. Vor dem Tor warteten sein Pferd und Leutnant Pertenaw. Es gab kein Zurück mehr, wollte man ihn nicht Feigling und Verräter nennen.
An der Tür war sie aufgesprungen und hatte sich mit ausgebreiteten Armen davorgestellt. »Töte mich!« hatte sie geschrien. »Nur wenn du mich tötest, kannst du aus dem Haus!« Und als er sie zur

Seite schieben wollte, mit eisernem Gesicht, aber mit Augen, die in unerträglicher Verzweiflung schwammen, da hatte sie zugeschlagen, mit ihren kleinen Fäusten, sie hatte auf ihm herumgetrommelt und dabei Worte geschrien, die niemand mehr verstand. Eine Stunde rang sie um ihn, eine Stunde wartete Leutnant Pertenaw draußen mit dem Pferd... dann ließen Nadjas Kräfte nach, sie schloß die Augen und sank vor der Tür auf den Boden.

Zum letztenmal hatte Gurjew gezögert. Man muß sie ins Bett bringen, dachte er. O Gott, mein Gott, dieser Zwiespalt zerreißt mich.

Aber dann atmete er tief auf, stieg über den verkrümmten Körper hinweg und verließ das große Haus. Er blickte nicht zurück, als er im Galopp davonritt, und so sah er Nadja nicht, die auf der Straße stand und ihm nachweinte.

»Ich hasse den Zaren!« schrie sie, als sie wieder im Haus war, in diesem schrecklich leeren, nur mit Erinnerungen angefüllten Haus. »Ich hasse alles, alles!« Und dann stand sie vor einem Bild Rasputins, das in der Ikonenecke hing, faltete die Hände und starrte ihn an. »Hilf mir, Väterchen!« bat sie schluchzend. »Hilf deinem Seelchen...«

Ja, so war es vor zwei Wochen gewesen. Nun stand Gurjew, nur durch einen Zaun getrennt, neben dem Zaren. Der Krieg war zu Ende... die Revolutionsregierung hatte am 3. März 1918 in Brest-Litowsk den Frieden mit Deutschland unterzeichnet. Im Süden und im fernen Osten Rußlands hatten sich Armeen gebildet, die das Land von den Bolschewisten befreien wollten. Im Gegensatz zu den Roten nannten sie sich die Weißen. Admiral Koltschak und General Kornilow führten die weißen Truppen quer durch Sibirien heran, vom Schwarzen Meer, von der Kaspischen See rückten die Regimenter vor... Kosaken und Husaren, Infanterie und Artillerie... nur eine Frage der Zeit war es, wann sie die Roten geschlagen haben würden. Die Bauern jubelten ihnen zu, die Städte schmückten sich mit Fahnen, wenn sie einrückten. Auch nach Jekaterinburg würden sie kommen. Meldungen besagten, daß Admiral Koltschak mit Riesenschritten Sibirien durcheilte und zum Ural vorstieß.

In diesen Tagen schickte Gurjew durch eine Aufwartefrau, der er zehn Rubel gab, einen Brief an den Zaren in die Villa Ipatieff:

»Die Stunde ist gekommen, die Befreiung naht. Die Tage der Thronräuber sind gezählt. Die Freunde kommen. Die slawischen Armeen nähern sich immer mehr Jekaterinburg. Sie sind nur noch einige Werst von der Stadt entfernt. Der Augenblick des Handelns ist gekommen. Beschreiben Sie, welches Fenster günstig und offen ist...«

Und der Zar antwortete, zum erstenmal, und er bewies damit, daß er im Inneren wußte, wie verzweifelt seine Lage war:

»Das zweite Fenster von der Ecke aus, das auf den Platz hinausgeht, bleibt seit zwei Tagen sogar nachts offen. Das siebente und achte Fenster neben dem Haupteingang, die ebenso auf den Platz gehen, sind immer offen. Es ist das Zimmer des Kommandanten und seiner Gehilfen, die jetzt die Wache bilden. Es sind dreizehn, und sie sind mit Gewehren, Revolvern und Bomben bewaffnet. Keine Tür außer unserer hat einen Schlüssel. Die Wache vom Dienst macht im Haus zweimal nachts die Runde. Um ein Uhr hören wir ihre Waffen unter unseren Fenstern klirren. Auf dem Balkon steht ein Maschinengewehr und unter dem Balkon ein zweites... Benachrichtigen Sie uns auf jeden Fall, wenn es möglich sein wird. Antworten Sie, ob wir unsere Leute mitnehmen können. Vor der Tür steht immer ein Automobil. Jeder Posten ist durch eine Klingel mit dem Kommandanten verbunden...« (Originalbrief des Zaren!)

Als Gurjew dieses Schreiben erhalten hatte, war er versucht, es zu küssen.

Der Zar will! Er ist bereit! Er wartet auf uns!

Nikolai Gurjew stand am Zaun der Villa Ipatieff und beobachtete die Fenster zwei und sieben, als neben ihm ein Auto hielt und vier Männer in Lederjacken und roten Armbinden heraussprangen. Er beachtete sie nicht und wunderte sich sichtlich, als sie vor ihm stehenblieben, die Gewehre im Anschlag.

»Ihr habt Humor, Genossen«, sagte Gurjew ruhig. »Seit wann umstellt man einen Hauptmann der Roten Armee? Oder gibt es so viele Farbenblinde in der Stadt?«

»Nikolai Gurjew?« Jurowski atmete tief auf. »Sie sind Gurjew?«

»Natürlich.« Nikolai griff in die Tasche seiner Uniform. Aber einer der Revolutionäre war schneller, riß ihm die Hand hoch und schlug ihm den Revolver aus den Fingern, den er ergriffen hatte. In einem weiten Bogen flog die Waffe gegen den Zaun.

»Ich verhafte Sie, Gurjew«, sagte Jurowski mit vor Haß heiserer Stimme. »Sie haben die Revolution verraten, Sie wollten den Zaren befreien!«

Jurowski nickte. Die vier Männer hielten Gurjew fest, und dann tat Jurowski etwas, was für Gurjew schlimmer war als Folter und Tod... er griff zu den breiten Offiziersschulterstücken, riß sie ab, warf sie in den Schmutz der Straße und trat darauf. Dann riß er die Orden von Gurjews Brust, die rote Binde von seinem Arm, knüllte alles zusammen und schleuderte es ihm ins Gesicht. »Du Schwein!« sagte Jurowski. Er zitterte vor Wut. »Du Verräterschwein! Nicht erschießen werden wir dich, das geht zu schnell... langsam sollst du krepieren, so wie ein Kohlkopf verfault...«

Sie stießen Gurjew in das Auto, fesselten ihn mit Stricken und fuhren mit ihm davon.

Am selben Tag wurden Leutnant Pertenaw und Oberst Tschuptikow in Jekaterinburg verhaftet. Auf dem Schreibtisch Jurowskis lag ein Zettel des irren Mönchs Genjka, der die genauen Adressen nannte.

Leutnant Pertenaw wurde auf der Treppe erschlagen wie ein toller Hund. Oberst Tschuptikow verteidigte sich in seinem Zimmer mit zwei Revolvern, bis die Munition ausging. Mit der letzten Kugel schoß er sich zwischen die Augen.

Den Zaren rettete niemand mehr...

*

Am 15. Juli 1918 verließen die bolschewistischen Führer der Region Ural das Zimmer 10 des Hotels »Amerika« in Jekaterinburg. Jurowski, jetzt Kommissar für Justizangelegenheiten, lächelte triumphierend. Die Würfel waren gefallen, und die anderen Konferenzteilnehmer hatten mit an dem Würfelbecher geschüttelt: Beloborodow, der »kleine König des Ural«, Ermakow, der Kommandant der Geheimpolizei Tscheka im Bezirk Jekaterinburg, und Woikow, der Lebensmittelkommissar des Bezirks Ural. Aus Moskau war Kommissar Goloschtscherin gekommen, als Sonderbeauftragter des Kreml, als Freund des mächtigen Swerdlow.

»Genossen!« hatte er gesagt. »Die Zeit drängt. Die Weißrussen stehen vor den Toren! Was soll mit dem Blutsauger Nikolaus und seiner Familie geschehen, die fröhlich in der Villa Ipatieff leben?«

»Erschießen!« sagte Jurowski ruhig. »Es gibt nur diesen einen Weg! Erschießen!«

Die Kommissare schwiegen. Plötzlich stand ihnen kalter Schweiß auf der Stirn. Sie starrten auf die Hände Goloschtscherins, die ein weißes Stück Papier nahmen, eine Feder, sie in die Tinte tauchten und dann zu schreiben begannen.

Verurteilt zum Tode.

Lautlos wanderte das Papier von Hand zu Hand. Und jeder, der es erhielt, griff zur Feder, tauchte sie in die Tinte und schrieb seinen Namen unter die drei tödlichen Worte. Zuletzt Jurowski, am ganzen Körper bebend, mit dicken Schweißperlen auf der Stirn.

»Wann...?« fragte er tonlos, als Goloschtscherin den Zettel in seine Brieftasche steckte.

»Beim ersten Kanonendonner der Weißrussen, den man in Jekaterinburg hört!«

Jurowski zog die Schultern hoch. Das Schicksal spielte mit... in diesem Augenblick quoll von ganz fern ein donnerndes Rollen über die Stadt. »Also sofort«, sagte er kaum hörbar. »Das ist Koltschaks Artillerie...«

Ohne eine Antwort verließ Goloschtscherin das Zimmer. Er hatte das Seinige getan... das andere war Sache Jurowskis. War es ein Fehler, würde er allein dafür zu büßen haben.

Noch beim Hinausgehen zerbröselte der Kommissar aus Moskau das Todesurteil mit den Unterschriften in seiner Tasche zwischen den Fingern.

Zuerst wurde der Küchenjunge Leonid Siedew aus dem Haus geholt. Ein Rotarmist nahm ihn mit sich, ohne Erklärungen. Jurowski hatte zum erstenmal ein Herz gezeigt. »Holt den Jungen!« hatte er befohlen. »Was kann er dafür? Vielleicht wird er ein guter Bolschewist.«

Am Abend des 16. Juli 1918 verteilte Jurowski elf Nagan-Revolver an ein besonders ausgewähltes Kommando. Schwere Militärrevolver waren es, sieben Schuß in der Trommel. Die Posten rund um die Villa Ipatieff wurden informiert. »Wenn ihr Schüsse hört, Genossen, keinen Alarm! Wir sind es!«

Die Posten nickten, ernst, ängstlich, plötzlich bleich. Zwei bekreuzigten sich sogar, als Jurowski außer Sichtweite war.

In seinem Dienstzimmer überblickte Jurowski noch einmal seine Auserwählten. Die Zeiger der Uhr auf seinem Handgelenk rückten auf Mitternacht. Über der Stadt Jekaterinburg stand wie ein erdrückendes Gewitter das Nahen der Weißen Armee Koltschaks. In den Vorstädten schoß man bereits... dort waren Vortrupps der Weißrussen auf die Rotarmisten gestoßen. Morgen, spätestens übermorgen würde Koltschak die Stadt bombardieren und erobern, das war allen klar. Schon wurden Rotarmisten von der Bevölkerung in die Häuser gezogen und abgeschlachtet wie Hammel.

Jurowskis Gesicht war steinern und bleich. Er wußte, was der Kreml von ihm erwartete, und doch fühlte er sich in dieser Stunde einsam wie nie.

Die zehn anderen Männer, die Nagans im Gürtel, rauchten stumm. Tschechen, Balten und Ungarn waren sie, ein Haufen von seelenlosen, stumpfsinnigen Abenteurern. Sie hießen Edelstein, Waganow, Fischer, Nikulin, Feckete, Grünfeld, Verhasy, Nagy, Horwarth und Medweden.

»Gehen wir!« sagte Jurowski heiser.

Kurz nach elf Uhr nachts schreckten die Bewohner der Villa Ipatieff aus dem Schlaf hoch. Der Zar sprang auf und öffnete seine Tür um einen Spalt. Aus dem Treppenhaus dröhnte die Stimme Jurowskis.

»Alle Bewohner des Hauses Ipatieff herhören!« brüllte er. »Aufstehen und anziehen! Machen Sie schnell. Bürger Romanow, es wird eine unruhige Nacht! Anziehen und herunterkommen ins Erdgeschoß! Ihre Familie kann nicht oben bleiben! Kugeln können durchs Fenster fliegen! Anziehen und reisefertig herunterkommen.«

Geduldig wartete Jurowski in seinem Zimmer, bis der Kammerdiener Trupp meldete, daß die Zarenfamilie reisefertig sei. Die Kammerfrau Demidowa hatte die Zarin noch frisiert, Trupp hatte dem Zaren die Uniform gebracht und dem Zarewitsch seinen geliebten Matrosenanzug. Dr. Botkin, der Leibarzt, verband noch einmal den Fuß des Zarewitsch. Seit Tagen blutete er wieder aus einer kleinen Wunde, die ein Holzsplitter in die Haut gerissen hatte. Die vier Großfürstinnen standen müde und ängstlich auf dem Flur, Anastasia drückte den Lieblingshund ihrer Schwester Tatjana, Jimmy, an die Brust. Die Zarin erschien in einem violetten Kleid, bleich und hoheitsvoll.

»Fertig?« fragte Jurowski. »Ist der Bürger Romanow bereit?«

»Ich bin bereit«, sagte der Zar. Er nahm den kranken Zarewitsch auf den Arm und folgte Jurowski, der ihnen voranging, durch einen schmalen Gang in ein Zimmer, dessen Fenster verbarrikadiert waren. Eine einsame Glühbirne, nackt und trist, erhellte notdürftig den Raum. Dr. Botkin sah sich um. Wir sind im Souterrain, dachte er. Dieses Zimmer liegt unter der Straße. Angst sprang in ihm hoch.

Jurowski zeigte auf drei Stühle, die an der Wand standen. »Sie können sich setzen, Bürger Romanow.« Der Zar nickte. Er setzte sich und nahm den Zarewitsch auf den Schoß. Die Zarin sank auf den dritten Stuhl, und als sich niemand auf den mittleren Stuhl setzte, hob der Zar seinen Sohn auf den freien Sitz. Die vier Zarentöchter stellten sich hinter die Stühle, Dr. Botkin lehnte sich an die Wand, links neben dem Zaren.

»Dorthin!« sagte Jurowski, als sich die Dienerschaft auch zu den anderen stellen wollte. Er wies auf die andere Ecke des Raumes. Der Kammerdiener Trupp nickte. Er breitete noch eine Decke über die Füße der Zarin und ging dann zu den anderen... zu der Zofe Demidowa, die ein Kissen vor sich hielt, und zu dem Koch Charitonow, der das alles nicht verstand.

Jurowski verließ den Raum. »Fertig!« sagte er zu den wartenden Männern nebenan. »Wer ein Herz hat, kann noch gehen! Wer sich vor Kindergesichtern fürchtet und vor Frauen... bitte!« Er wies zur Tür, aber keiner der zehn rührte sich. »Also dann!« Jurowski zog seine Nagan aus dem Gürtel. »Gehen wir.«

Dr. Botkin war vielleicht der einzige, der die Situation erkannte, als die elf Männer mit den Revolvern eintraten. »Was haben Sie vor?« schrie er, aber Jurowski unterbrach ihn hart.

»Mund halten!«

Zwei Sekunden lang stand Fassungslosigkeit zwischen der Zarenfamilie und den Mördern. Dann trat Jurowski vor.

»Bürger Romanow! Ihre Anhänger wollen Sie befreien! Die weißen Armeen rücken vor, aber wenn die Revolution stirbt, sollen auch Sie sterben!«

Der Zar sah Jurowski aus großen, verständnislosen Augen an. Er wollte sich erheben, aber dann legte er instinktiv den Arm um den Zarewitsch. »Was... was soll das bedeuten?« fragte er hilflos.

»Das!« schrie Jurowski mit sich überschlagender Stimme. »Das!«

Der Zar saß erstarrt, als Jurowskis erster Schuß ihn traf. Im selben Augenblick schossen auch die anderen zehn, wahllos, wie in einem Blutrausch, bis die Magazine leer waren.

Die Zarin fiel nach vorn. Dr. Botkin, auf dem Sprung zum Zaren, um ihn zu decken, wurde von Kugeln durchsiebt und schlug gegen die Wand. Der Zarewitsch, nur verwundet, röchelte laut, bis Jurowski noch einmal auf seinen Kopf schoß. Die Zarentöchter fielen schreiend übereinander... Anastasia war es, die noch nach Minuten schrie, bis ein Bajonett sie durchbohrte. In der anderen Ecke des Zimmers lagen der Diener Trupp auf dem Rücken, die Fäuste geballt, die Zofe Demidowa, das Kissen gegen das Gesicht gepreßt, als biete es so Schutz, und der Koch Charitonow, der sterbend noch ein Stück durch das Zimmer gekrochen war, hinüber zum Zaren.

Der letzte, der lebte, war der kleine Hund Jimmy. In den verkrampften Händen Anastasias hockte er und bellte schrill. Mit einem Gewehrkolben wurde er erschlagen, aber er biß noch einem Mörder in die Finger, ehe man seinen kleinen Kopf zerschmetterte.

Jurowski sah wieder auf seine Uhr.

1 Uhr 15. Der 17. Juli 1918.

Der wahre Todestag Rußlands!

Eine Stunde später rollten unbeleuchtete Lastwagen aus Jekaterinburg hinaus in die Wälder von Koptiaki. Mitten in der Wildnis des Urwaldes, an einem Platz, der im Volksmund »Zu den vier Brüdern« genannt wurde, warf man die Leichen auf den Boden, schnitt ihnen die Kleider von den blutigen Körpern, zerstückelte die Leichen, übergoß sie mit Schwefelsäure und verbrannte den Rest. In einen alten Bergwerksstollen schüttete man die Asche und schaufelte Erde darüber.

Nichts blieb mehr zurück. Selbst der Geruch von Säure und Scheiterhaufen verwehte mit dem Morgenwind.

Nur der Bauer Marabow sah die Vernichtung eines Zeitalters von fern, hinter dicken Baumstämmen verborgen. Er schlug dreimal das Kreuz, als die nackten Leichen in der Schwefelsäure zischten, und flüchtete in den Wald.

Dreißig Jahre lang zog er später durch Rußland und sang vom Wind, der schweigt. Er war irrsinnig geworden. In Perm wurde er 1948 von einem Lastwagen überfahren.

Am 25. Juli eroberten die weißrussischen Truppen Jekaterinburg. Eine berittene Abteilung raste durch die Stadt, den Wossnessensky-Prospekt hinunter, zur Villa Ipatieff.

Sie kamen acht Tage zu spät.

Von den roten Bataillonen war nichts mehr zu sehen.

*

Ein Brief kam in Podunskoje an. Sommerhitze brütete über dem Land, der Tobol dampfte, die Bauern stöhnten, denn die Ernte verbrannte ihnen. Vom Fluß zu den Feldern fuhren Karren mit Wassertonnen. »Betet um Regen!« rief man sich zu, obwohl es verboten war, jetzt noch an Gott zu glauben, seitdem neben dem Starost ein Dorfsowjet, ein politischer Mensch mit einem scheelen Blick, saß.

»Kein Absender, Nadja Grigorijewna«, sagte der Postbote. »Aber gestempelt ist er in Tjumen.«

Nadja nickte, gab dem Boten zehn Kopeken, und das war viel, drehte den Brief in den Fingern und zögerte, ihn aufzuschlitzen.

Von Nikolai hatte sie nichts mehr gehört. Die Wochen der Sorge und des Wartens waren unendlich lang gewesen, aber als sie sich entschloß, selbst nach Jekaterinburg zu fahren, rollte der Krieg Weiß gegen Rot zum Ural. Unmöglich war es, durch die kämpfenden Fronten zu kommen. Mit dem Popen Pjotr, der nun arbeitslos war und seine rosa Kirche fegte und putzte, als solle sie einen Reinlichkeitspreis bekommen, besprach sie alles.

»Nikolai wird Glück gehabt haben«, sagte sie zuversichtlich und wußte, daß es doch nur eine billige Beruhigung war. »Er wird zu den weißen Truppen gestoßen sein! Du sollst sehen, Väterchen, eines Tages reitet er mit den Kosaken hier durchs Dorf.«

»Dann soll er sich beeilen.« Der Pope Pjotr war ein Pessimist. »Die Roten sind wie die Wanzen... sie vermehren sich in jedem Dreck. Tjumen und Tobolsk sind bolschewistischer als zuvor. Die Hölle verschlinge sie! Was ist es bloß, das dem Volk den Verstand raubt?«

Die Kunde vom Tod des Zaren kam auch nach Podunskoje. Vier Tage rannte Nadja im Haus umher, zog Reithosen und Stiefel an, packte einen Reisesack und ließ das beste Pferd satteln. Und vier Tage lang hielt der Pope Pjotr sie zurück. »Sei vernünftig, Töchterchen!« rief er und lief Nadja nach. »Wo willst du hin? Wenn der Zar tot ist, kann Nikolai leben... dann versteckt er sich. Wo willst du suchen? Oder er ist mit dem Zaren gestorben... was soll dann dein Opfer? Oder die Roten haben ihn gefangen ... dann siehst du ihn nie! Oder er ist bei den Weißen, dann hörst du bald von ihm! Auf jeden Fall ist es besser, du bleibst in Podunskoje! Nach hierher kommt er bestimmt zurück, wenn er lebt! Warte, Töchterchen! Glaube an sein Leben! So schwer es ist ...«

Und nun kam der Brief. Aus Tjumen. Ein graues, billiges Kuvert, beschrieben mit einer kratzigen Feder.

Nadja riß den Brief auf, nachdem sie ihn gegen die grelle Sonne gehalten hatte. Ein paar Zeilen schimmerten undeutlich durch das Papier.

Aber dann stieß sie einen hellen Schrei aus, als sie den Brief gelesen hatte, steckte das Papier zwischen ihre Brüste, rannte in den Stall, sattelte »Boris«, den stärksten Gaul, rannte zurück ins Haus, zerrte den gepackten Sack aus dem Schrank, zog ihre Reitkleider an und warf sich auf das Pferd. Wie ein betrunkener Kosak ritt sie zur Kirche und riß Väterchen Pjotr aus seinem satten Mittagsschlaf.

»Er lebt!« schrie sie, riß den Brief aus der Bluse und hielt ihn dem Popen hin. »Hier ... eine Nachricht! Lies, Väterchen, lies! Er lebt!«

Sie tanzte um den Popen herum, sie lachte und stieß jauchzende Laute aus und kümmerte sich nicht darum, daß dies alles vor der heiligen Ikonostase geschah.

»Nikolai Gurjew lebt. Im Gefängnis von Tjumen ist er. Er ist Gefangener der Roten. Kommissar Minajew hat das Kommando.«

Das stand in dem Brief. Nicht mehr. Kein Absender. Kein Hinweis. Der Pope ließ das Blatt sinken und schaute der tanzenden Nadja zu.

»Du glaubst es?« fragte er, als Nadja taumelnd von den vielen Drehungen sich gegen eine Säule lehnte. In ihrem Leib zuckte das Kind. Sie legte beide Hände auf den Bauch und sah Väterchen Pjotr glücklich an.

»Ja!« rief sie. »Ja! Ja! Ja!«

»Woher kommt der Brief? Wer schrieb ihn? Warum dieser Weg? Warum so geheimnisvoll? Ich glaube es nicht, Töchterchen. Eine Falle ist's!«

»Er lebt! Ich fühle es! Ich höre es singen in meinem Blut: Er lebt! Er lebt!« Nadja umarmte den Popen und küßte ihn. »Warum soll ich fragen, wer den Brief schrieb? Und wenn ihn der Teufel geschrieben hat ... ich küsse ihn, wenn Niki lebt!«

»Und nun?« fragte der Pope Pjotr und sah an ihrer Reitkleidung herunter.

»Ich reite nach Tjumen! Ich fliege! Noch nie wird Boris so galoppiert sein!« rief Nadja. Sie schüttelte ihre bronzenen Locken aus dem glühenden Gesicht. »Vater Pjotr, verwalten Sie mein Gut! Ich komme erst wieder, wenn ich Niki habe.«

»Das ist doch Wahnsinn!« rief der Pope und hielt Nadjas Hände umklammert. »Was willst du tun?«

»Ich hole Niki aus dem Gefängnis!«

»Bei den Roten? Sie werden dich schänden und umbringen!« Pjotr wandte sich um. »Und das Kind? Es lebt unter deinem Herzen. Es ist ein Kind, das Gott gehört! Im sechsten Monat bist du! Das Kind stirbt, wenn du nach Tjumen reitest! Zwölf Stunden im Sattel ... das Kind in dir wird zermalmt! Höre auf mich. Höre, Töchterchen.« Und dann sank der Pope in die Knie und hob die Hände zum Marienbild. »Gib ihr Einsicht!« schrie er. »Halte sie zurück, o Mutter aller Mütter! Sie überlebt es nicht!«

Nadja senkte den Kopf. Dann warf sie sich herum und rannte aus der Kirche. Der Pope sprang auf und lief ihr nach, so schnell ihn seine zittrigen Beine trugen.

»Nadja!« schrie er. »Du versuchst Gott! Dein Kind ...«

»Versorge mein Haus!« schrie Nadja. Sie saß schon im Sattel, auf den Hinterbeinen stieg Boris empor, so feurig war er. »Ich komme zurück, Väterchen! Und ich bringe Niki mit!«

Zitternd stand der Pope an der Kirchentür, mit hocherhobenen segnenden Händen. Nadja jagte zum Fluß hinunter, der Staub wirbelte um sie wie eine Nebelwolke. Sie ritt wie der wilde Geisterjäger, von dem die Märchen der Taiga erzählen.

»Töchterchen«, sagte der Pope Pjotr leise. »O Töchterchen ...«

Er sah Nadja Gurjewa nie wieder.

*

Washa Wladimirowitsch Minajew war zum Kommandanten von Tjumen geworden, ohne daß er sich dazu gedrängt hätte. Die Revolution hatte ihn, den Fischkonservierer aus den Fischfabriken von Tjumen, emporgespült, nur weil er im Oktober 1917 seinem Fabrikherrn eine Ohrfeige gegeben hatte und auf dem Dach der Konservenabteilung die rote Fahne hißte. Seitdem galt er als mutig und fortschrittlich, wurde von Moskau zum Kommissar ernannt, bekam Vollmachten wie früher der Gouverneur, residierte in einer feudalen Villa, die dem geflüchteten Großkaufmann Stepura gehört hatte, festigte seine Macht, indem er bisher neunundvierzig Todesurteile fällte und vollstrecken ließ, und leistete sich als einzigen Luxus eine Geliebte, die Tochter eines geflüchteten Grafen.

Minajew ging man aus dem Weg ... das war ein geflügeltes Wort in Tjumen. Es war vorgekommen, daß völlig Unschuldige nur deshalb eingesperrt wurden, weil sie Minajew nicht gefielen: »Er hat eine Knollennase«, sagte er zum Beispiel. Oder: »Seine Ohren wackeln wie bei einem Esel!« Das genügte für eine Zelle im feuchten Keller.

Um so erstaunter war er, als einer seiner Genossen grinsend ins Zimmer trat und sagte: »Draußen wartet eine Puppe auf dich, Genosse. Ein Weibchen, sage ich dir. Nicht auf dem Mist des Arbeiters gewachsen! Das ist kein Kürbis, sondern eine Rose.«

»Herein mit ihr!« Minajew drehte sich eine Zigarette und beleckte das ausgefranste Papier. Wie jeder gute Russe nahm er dazu ein Stück Zeitung. Zeitungspapier schmeckt am besten, Genossen. Auch heute noch! Und die Prawda ist besser als die Iswestija! Dann legte er die dicke Tabakwurst auf den Tisch und musterte die Frau, die man hereinschob. Sie trug derbe Strümpfe und Schuhe, ein verwaschenes Sommerkleid, darüber einen Fransenschal und ein Kopftuch. Das schöne seidenglänzende Haar war aufgesteckt. Große dunkle Augen sahen ihn an.

»Was soll's?« fragte Minajew. Er hatte einen Blick für Frauen. Er ahnte, wie es unter dem etwas zu weiten Kleid aussah, und es war eine schöne Ahnung. »Was wollen Sie, Genossin?«

»Ich bin Nadja Gurjewa, Genosse Kommissar.«

»Oha!« Minajew zog die Luft zwischen die Zähne. Er beugte sich vor. Über sein rundes Gesicht glitt Verblüffung. »Sie sind es? Wirklich? Dann hat er nicht gelogen! Verdammt noch mal!«

»Wer hat nicht gelogen?« fragte Nadja.

»Der Irre! Ein Mönch! Kommt hier herein, sagt, Rasputin habe eine Tochter, die keiner kennt, sie sei die Frau des Sauhundes Nikolai Gurjew, der hier unten im Keller verfault, und er könne sie herbeilocken wie eine Katze, die Baldrian riecht! Ich habe den Idioten auf die Straße werfen lassen. Und was sehe ich ... sie ist da! Nadja Gurjewa!« Minajew fuhr sich über das Gesicht, er war ein wenig aus dem Gleichgewicht gebracht. »Kennen Sie diesen Mönch Genjka?«

»Nein!« Nadja hob die Schultern. Sie zwang sich, nicht aufzuschreien. Nikolai war hier. In diesem Haus. In einem Keller. Unter ihren Füßen atmete er ... hoffte er ... dachte er an sie ... In diesem Haus ... Sie trat vor und stützte sich mit beiden Händen auf den Schreibtisch des Kommandanten.

»Was hat er Ihnen getan, Genosse Kommissar?« fragte sie. Ein fremder, harter Ton war in ihrer Stimme. »Warum soll er verfaulen?«

»Die Tochter Rasputins!« sagte Minajew und streichelte seine Nase. »Man soll's nicht glauben. Bist du's wirklich? Zehn Jahre war ich alt, als dein Vater in Tjumen predigte. Meine Mutter hat noch eine Handikone von ihm. Noch heute schläft die Alte mit dem Ding unterm Kissen!«

»Lassen Sie Nikolai Gurjew frei, Washa Wladimirowitsch.«

Nadja beugte sich vor. Die Augen Minajews und ihre Augen waren sich ganz nah. »Ich bin die Tochter Rasputins, aber man soll das vergessen. Ich bin jetzt Nadja Gurjewa und liebe meinen Mann.«

»Er hat die Rote Armee verraten!« sagte Minajew keuchend.

Dieser Blick, dachte er. Beim Bart Lenins, das Weib hat einen Blick, daß einem die Hosen rutschen. Man muß sie ansehen und anhören, obgleich man sie einsperren lassen müßte. Diese Augen!

»Nikolai Gurjew wollte den Zaren befreien«, sagte Nadja leise.

»Todesstrafe! Todesstrafe!« sagte Minajew mühsam.

»Er ist ein Idealist! Ein Phantast! Er bereut immer zu spät. Ich liebe ihn. Ich bin schwanger...«

»Das kann jeder sagen«, keuchte Minajew.

»Sie sollen es sehen, Kommissar.« Nadja trat einen Schritt zurück. Das Kleid knöpfte sie vorn auf, zog es auseinander... nur wenig trug sie darunter. Weiß wölbte sich ihr Leib vor, deutlich ihren Zustand zeigend. Eine noch kleine weiße Kugel.

Minajew stöhnte leise. »Bedecken Sie sich, Genossin«, sagte er und fuhr sich mit beiden Händen durch die Haare. »Es genügt.«

Ruhig knöpfte Nadja ihr Kleid wieder zu und beugte sich vor. Ihre Hand schob sich über den Tisch und öffnete sich vor den Augen Minajews. Sieben Steine lagen darin... glitzernd, blitzend, kleine Berge aus kaltem Feuer.

»Todesstrafe!« schrie Minajew. »Gehen Sie, Nadja Gurjewa!«

»Die Steine haben einen Wert von zehntausend Rubel!«

»Hinaus!«

»Keine Revolution gibt Ihnen zehntausend Rubelchen! Ist Ihnen ein Nikolai Gurjew zehntausend Rubel wert? Denken Sie doch klar, Washa Wladimirowitsch.«

Minajew erhob sich von seinem Sessel. Er tappte wie ein blinder Bär zur Tür, riß sie auf und brüllte in den Flur.

»Die Genossin in den Keller! Sie handelt in meinem Namen.«

Dann wandte er sich zurück, sah, daß die Steine auf seinem Tisch lagen, und wischte sich den Schweiß aus den Augen.

»Gehen Sie, Sie Satansweib«, sagte er leise und gab Nadja einen Stoß in den Rücken. »Man wird Sie in den Keller führen. Suchen Sie sich Ihren Nikolai aus... wenn er noch darunter ist!«

Mit festen Schritten verließ Nadja das Büro des gefürchteten Minajew. Washa Wladimirowitsch aber schob die glitzernden Steinchen in sein Taschentuch, machte einen doppelten Knoten hinein und ließ sich nach Hause fahren.

Revolutionen sind kurz. Das ist eine geschichtliche Erfahrung.

*

Ein langer Gang, so schmal, daß gerade zwei Menschen nebeneinander gehen können, ein Gang, entlang einem eisernen Gitter, das den ganzen Keller durchzieht... das war der Silo, wie Minajew sein Gefängnis nannte. Der Silo, in dem die Menschen verfaulten wie schlechte Kohlköpfe.

Vierundneunzig Männer und Frauen hockten, lagen oder standen in diesem langen Käfig, schnappten Luft unter den beiden winzigen Kellerfenstern, die man geschlossen hatte. Aber die Gefangenen hatten in ihrer Verzweiflung das Glas zertrümmert, mit Schuhen, die sie dagegenwarfen. So kam ein wenig frische Luft in die Modergruft, aber sie verdrängte nicht den Gestank der Menschen, die drei offene Eimer in der Ecke für ihre Notdurft benutzen mußten.

Die meisten waren Offiziere oder Großgrundbesitzer. Man hatte sie geschlagen und gefoltert, zum Tod verurteilt und in den Keller geschleift. Nun warteten sie auf den Tod. Er kam täglich. In Tropfen gewissermaßen. Um vier Uhr früh wurden sieben Namen aufgerufen. Das war das Tagesmaß Minajews. Er hielt die Sieben für seine Glückszahl.

Auch ein Pope war unter den lebenden Toten. Man hatte ihn sechs Tage lang gepeitscht, aber nun ging er durch die Reihen der anderen Gefangenen, sprach zu ihnen von Gottes Gnade und segnete die, deren Namen aufgerufen wurden. Dann beteten die anderen mit, auch wenn die Wachen lachten, die Internationale sangen oder hinter das Gitter stürzten und sinnlos auf die Menschenleiber einschlugen.

Wie immer fuhren alle Köpfe zur Tür herum, als das Schloß kreischte. Neue Namen? Neue Tote?

»Nein!« schrie jemand grell. »Ich will nicht sterben! Ich habe nichts getan! Ich habe nichts getan! Gnade! Gnade!«

Er rutschte durch die Zelle auf den Knien, ein junger Bursche war's noch, aber mit dem Gesicht eines Greises.

»Vater, hilf mir!« schrie er. »Hilf mir! Ich will nicht sterben!«

Der Pope hielt ihn fest, zog ihn zu sich und hielt seinen Kopf umklammert. Leise sprach er auf den Weinenden ein. »Nicht sterben«, schluchzte der Junge. »Was habe ich denn getan...«

Über den Moderkeller senkte sich Schweigen. Drei Rotarmisten traten ein, die Gewehre über der Schulter. Ihnen folgte eine junge Frau in bäuerlichen Kleidern.

Nadja blieb an der Tür stehen. Der Gestank, der ihr entgegenschlug, war bestialisch. O Niki, dachte sie und preßte die Hand auf ihren runden Leib. Wenn du noch lebst... wenn du wirklich hier noch lebst... Sie lehnte den Kopf gegen das Gitter, die vielen Köpfe vor ihr verschwammen, die Augen, sprühende Löcher voll Angst und Bitten, kreisten um sie. Sie hörte das leise

Beten des Popen, das Weinen des Jungen, ein vielstimmiges Gemurmel...

»Das ist nicht wahr«, flüsterte Nikolai Gurjew. »Oh, das ist nicht wahr!« Er hockte inmitten einer Gruppe Offiziere. Seine Uniform war zerfetzt, um seinen Kopf schlang sich ein durchgebluteter Verband. Er umklammerte den Arm eines Kameraden und begann wie im Fieber zu zittern. »Das ist meine Frau... das ist Nadja... Man hat sie auch gefangen...« Und dann wollte er aufspringen und schreien, aber die anderen hielten ihn fest und drückten ihn zurück.

»Ist er dabei?« fragte einer der Wächter laut.

Nadja hob den Kopf. Die Nebel zerrannen, die Schwäche glitt von ihr ab. Sie sah die elenden Köpfe, sie überblickte die lebenden Toten, sie erkannte diese stumme Todesnot.

»Ich weiß es nicht...« sagte sie leise. »Ich muß jeden ansehen.«

Langsam ging sie am Gitter entlang und betrachtete jeden Kopf. Dann sah sie Nikolai Gurjew, und ihr Herz setzte aus. Sie nickte mehrmals, lehnte sich gegen den Rotarmisten neben sich und zeigte mit zitterndem Finger durch das Gitter. »Dort ist er! Mit dem Kopfverband. Der Mann mit dem kleinen Bart. Er... er ist es!«

Der Rotarmist schüttelte den Griff Nadjas ab, sie fiel gegen das Gitter, ihre Stirn preßte sich gegen das kalte Eisen... und so sahen sie sich an, und alles Leid, das zwischen Himmel und Erde möglich ist, schrie aus ihren Blicken.

»Nikolai Gurjew!« schrie der Wächter. »Vortreten! Alle Sachen mitnehmen!«

Nikolai Gurjew erhob sich langsam. Es war der bekannte Befehl. Alle Sachen mitnehmen! Jeden Tag siebenmal. Wer hier hinausging, verlor sich in der Ewigkeit. Ab und zu hörte man sogar die Schüsse.

»Gott segne dich, mein Sohn«, sagte der Pope, als Nikolai an ihm vorbeiging. Dann öffnete sich die Gittertür und Gurjew stand auf dem Gang. Zwei der Rotarmisten stießen ihn aus dem Keller, die Treppe hinauf. Mit letzter Kraft umklammerte Nadja die Gitter.

»Halt!« schrie sie. »Halt! Was tut ihr mit ihm? Ihr sollt ihn nicht erschießen. Das ist ein Irrtum! Ein Irrtum!«

6

Es war kein Irrtum.

Ein Rotarmist riß Nadja von den Gitterstäben, stieß sie aus dem Keller und warf hinter ihr die schwere Eisentür zu. Das letzte, was sie hörte, war ein vielstimmiges dumpfes Stöhnen der Zurückbleibenden und die helle Stimme des Jungen, dessen Kopf die Hände des Popen umfaßt hielten. »Ich bin es nicht! Sie holen mich nicht! Gott sei gelobt! Gott sei gelobt!«

Mit gefühllosen Beinen, immer wieder in den Rücken gestoßen, stieg Nadja die Treppe hinauf. Über sich hörte sie die Stiefeltritte der anderen Rotarmisten, die Nikolai Gurjew vor sich hertrieben. In der Eingangshalle der Villa des Kaufmanns Stepura hielt der kleine Zug. Gurjew lehnte an der Wand – sie war einmal mit blasser rosa Seide bespannt gewesen, nun hing alles in Fetzen herunter – und starrte Nadja an, die gerade aus dem Keller kam. Seine Augen waren blutunterlaufen. Angst, nackte Todesangst schrie aus seinem Blick.

»Nadjuscha...« rief er. »Verzeih mir, Nadjuscha!«

Er bekam von einem seiner Bewacher einen Schlag auf den Mund und schwieg. Sein dick verbundener Kopf sank auf die Brust. Die Scham, als Gardeoffizier in das Gesicht geschlagen zu werden, ohne sich wehren zu können, war fast schlimmer als der Tod.

In der Halle stand ein großer, dicker Matrose. Eine breite rote Binde trug er um beide Arme, und an die Matrosenmütze hatte er sogar einen großen roten Stern geheftet, aus Blech geschnitten und grellrot lackiert. Er hatte getrunken, man sah es an seinen wäßrigen, rollenden Augen, den gedunsenen Wangen und dem leichten Schwanken, das er sogar beim Stehen nicht vermeiden konnte.

»Aha!« schrie er, als Gurjew und Nadja in der Halle standen und die Kellertür zuklappte. »Aha! Die Liebenden von Tjumen! Welch ein trautes Paar! Welche Rührung überkommt einen! Die Tochter Rasputins und ein Befreier des Zaren! Man sollte euch ausstopfen und in das Volksmuseum stecken wie früher die Vogelbälge!«

»Kommissar Minajew hat mir versprochen...« sagte Nadja leise. Sie sah Nikolai an und wußte, daß es keine Gnade mehr unter den Menschen gab. »Zugesichert hat er...«

»Das hat er! Das hat er!« schrie der Matrose. »Aus dem Keller durftest du ihn holen, nicht erschossen wird er, er soll leben... natürlich, natürlich... alles wird befolgt... aber *wie* er leben wird, das hat Genosse Minajew nicht bestimmt. Das bestimmt der Soldatenrat unter Vorsitz des Genossen Schejin! Und das bin ich!« Der dicke Matrose rülpste, wackelte mit dem Kopf und trat an Gurjew heran. Er schlug ihm mit der flachen Hand unters Kinn, so daß sein Kopf hochflog und gegen die Wand stieß.

»Den Zaren wollte er befreien, der Herr Gardehauptmann! Den Blutsäufer wieder aufs Volk loslassen! Für ein Sternchen mehr auf seinen Epauletten, für eine Orden mehr auf der Heldenbrust! Aber was aus dem Volk wird, wen kümmert's? Und nun auch noch begnadigt sein! Euer Hochwohlgeboren... « Spott lag in der Stimme Schejins. Er genoß diese Minuten wie reinen Wodka. »Die Zeit hat sich gewandelt. Ein Matrose, ein kleiner, dreckiger Matrose, der bis vor kurzem noch die Planken schrubbte und den Herren Offizieren die Stiefel putzen mußte, erlaubt sich, Euer Hochwohlgeboren zu verabschieden.«

»Ich bitte Sie...« stammelte Nadja und machte einen Schritt vorwärts. Aber dann blieb sie stehen... ein Gewehr mit aufgepflanztem Bajonett versperrte ihr den Weg zu Nikolai. »Ich flehe Sie an...«

Der Matrose Schejin lachte wohlgefällig. Dann hob er die Faust und hieb auf Gurjew ein. Erst auf die Nase, daß das Blut mit einem Schwall hervorquoll, dann auf den Mund, daß die Lippen aufplatzten, zuletzt gegen den verbundenen Kopf mit dem durchgebluteten Verband. Gurjew stieß einen gurgelnden Schrei aus – zu mehr war er nicht mehr fähig –, tastete um sich, als könnte ihm jemand helfen, sank in die Knie und fiel auf die Marmorfliesen. Verkrümmt, ein schrecklich kleines Bündel, lag er vor den Füßen Schejins.

»Ich wünsche eine gute Reise, Madame!« sagte Schejin, verbeugte sich vor Nadja, spuckte sie dann an und verließ die Halle.

Drei Matrosen schleppten Gurjew aus der Villa und warfen ihn auf die Straße. Im Staub lag er, wie eine alte, zerrissene Kinderpuppe. Man wartete fast darauf, daß Holzwolle aus seiner Brust quoll.

Nadja ließ ihn liegen, rannte in das nächste Haus und schrie durch die Wohnung, in die sie eindrang: »Wasser! Einen Eimer mit Wasser! Um alles in der Welt – Wasser!«

Man fragte nicht – wer fragte schon in diesen Monaten? –, gab ihr einen Eimer voll Wasser und ein Handtuch, und sie rannte damit zurück auf die Straße, wo Gurjew noch immer im Staub lag, unbeachtet von den Passanten, denn man wußte ja nicht, was das bedeuten sollte, ein Mann vor dem Haus des Kommissars, jedes Interesse konnte strafbar sein. Sie kniete nieder, nahm den Kopf Nikolais in ihren Schoß und wusch sein Gesicht. Sie knöpfte die zerfetzte Uniformjacke auf, rieb mit dem Handtuch und dem kalten Wasser seine Brust, und sie erschrak bei dem Anblick seines Körpers, denn er war mager, ein Gerippe mit Haut nur, auf der die Haare wuchsen wie verdorrte Grasbüschel in einer wasserlosen Steppe.

Eine halbe Stunde fast rieb und wusch sie Nikolai, rief seinen Namen, küßte ihn, drückte ihn an sich und streichelte ihn. Was kümmerten sie die Menschen, die vorübergingen und sie aus den

Augenwinkeln ansahen? Was bedeuteten die obszönen Zurufe der Rotarmisten, die vom Fenster der Villa Stepura alles beobachteten und gemeine Ratschläge gaben, wie man einen Mann schnell wieder zum Leben erwecken könnte. Erst als Gurjew langsam die Augen öffnete, als seine Lider zitterten, sein erster Blick die Augen Nadjas traf und ein mattes Lächeln über sein elendes, nasses Gesicht glitt, erhob sie sich, stützte Nikolai, stellte ihn gegen die Hauswand und übergoß ihn mit dem Rest Wasser aus dem Eimer. Wie ein Hund schüttelte er sich, aber er wurde völlig klar, sein verschleierter Blick bekam Leben.

»Komm«, sagte sie leise, ergriff seine Hand und zog ihn mit sich wie einen kleinen Jungen. »Komm ... es ist ja alles vorbei! Du lebst. Du lebst!«

Schwankend tappte Gurjew an ihrer Hand über die Straße ... nach dreißig Schritten ging er wieder aufrecht ... nach hundert Schritten kam wieder Kraft in seinen Leib. Er blieb stehen, helle Röte überflutete sein Gesicht.

»Wieso lebe ich?« fragte er und zog Nadja an sich, die weitergehen wollte. »Minajew kennt keine Gnade.«

»Du lebst. Komm!« sagte Nadja und zog an seiner Hand.

»Was hast du ihm gegeben?« Gurjews Finger krallten sich in Nadjas Hand. »Nadjuscha ... o Himmel ... was hast du ihm gegeben? Bei Minajew gibt es nur eine Bezahlung, die er annimmt! Nadja!« Er schrie auf, riß sie an sich und umklammerte ihren schmalen Kopf mit den großen tiefblauen Augen. »*Was* hast du ihm gegeben?« brüllte er. »Schäme dich nicht! Sag es! Für mich hast du es getan, für mich ... aber ich kann nicht leben, wenn es wahr ist! Und auch du kannst es nicht ertragen! Ich weiß es! Hast du bei Minajew geschlafen?«

Nadja sah ihn groß an. Ihr Mund verzerrte sich etwas. Ein Offizier ist er, dachte sie. Orden hatte er, verwundet war er, wenn das Kaiserreich weiter bestanden hätte, würde man einen Helden aus ihm gemacht haben ... Und was ist er wirklich? Ein Phantast, ein großes Kind, einer, der über die Erde geht, ohne sie zu berühren, weil er über sie wegschwebt wie sein unruhiger, ungebändigter Geist.

»Sieben Diamanten hat er genommen«, sagte sie, so wie man ein vorlautes Kind tadelt.

»Nicht dich?« keuchte Gurjew.

»Ich gehöre dir, Nikolai! Das wird sich nicht ändern bis zum Ende unserer Tage.«

»O mein Engel.« Gurjew legte den Kopf auf Nadjas schmale Schulter. Er weinte laut. Alle Qual, aber auch die Befreiung von der Todesangst lag in diesem hellen Schluchzen. »Ich schäme mich. Versagt habe ich. Der Zar ist tot. Und sie haben mich geschlagen wie einen Leibeigenen, wie einen Muschik! Was bleibt von unserer Welt?«

»Viel, Nikolai, viel!« Nadja schob seinen Kopf hoch und sah ihm in die tränenden Augen. Ihr blasses Gesicht war hart, schön und irgendwie grausam. Das Gesicht des Staretz Rasputin. »Ich bleibe. Und unser Kind wird bleiben. Ist das nicht genug für eine Welt?«

Gurjew nickte. Er wischte sich die Augen trocken und tastete sein deformiertes, von den Schlägen fast unkenntlich gewordenes Gesicht ab.

»Woher nimmst du die Kraft, Nadjuscha?« fragte er leise.

»Aus meiner Liebe zu dir. Und nun komm ...«

Sie ergriff wieder seine Hand, und er trottete ihr nach wie ein gehorsamer Bär. Oder wie ein Blinder, den man durch das Leben führt, der die Stimmen der Menschen hört, den Lärm der Straßen, den Wind, das Rauschen der Bäume, das Klapppern der Hufe und Fuhrwerke, und um den es doch dunkel ist, obgleich er von innen her alles sieht ...

*

Am Stadtrand von Tjumen, an der Tura, dort wo die ausgedehnten Sumpfgebiete beginnen mit ihren Schwärmen von Millionen Mücken und Schnaken und dem fliegenden Heer schillernder, wie aus Kristall geformter Libellen, hatten Nadja und Nikolai Unterkunft gefunden. Eine arme Bauernfamilie war's, die vor zehn Jahren aus dem Verbannungsgebiet von Jenisseisk nach hier umgesiedelt worden war, nachdem man Ignat Iwanowitsch Dronow begnadigt hatte. Er war früher Lehrer in Kiew gewesen und wurde 1888 zu lebenslänglicher Zwangsarbeit verurteilt, weil er in der Schule gelehrt hatte, der Mensch, ganz gleich ob Großfürst oder Muschik, sei frei geboren. Das legte man als revolutionäre Rede aus. Zwanzig Jahre, bis 1908, lebte Dronow in Sibirien, in der Verbannung, schlug Steine aus den Steinbrüchen, ließ seine Frau nachkommen, zeugte in den Besuchstagen vier Kinder und bekam nach zwanzig Jahren Fronarbeit ein Stückchen Sumpfland bei Tjumen und seine begrenzte Freiheit mit dem Auftrag, den Sumpf zu kultivieren. Das war, wie gesagt, vor zehn Jahren. Nun ging Dronow umher als weißhaariger, armer Mann, lebte wie alle armen Muschiks von der Erde, die er bebaute, und liebte noch immer den Zaren. Er hielt ein Bild der Zarenfamilie hinter zwei losen Brettern seiner Zimmerwand verborgen, als die Revolution den neuen Geist proklamierte, und als man die Zarenfamilie erschoß, weinte er ehrlich. Man kann's nicht verstehen, nach dreißig Jahren Sibirien ... aber er war nun eben ein Russe!

Nadja pflegte Gurjew drei Wochen lang, strich Salben, die

Dronow aus seiner Sibirienzeit her kannte und selbst herstellte aus Wurzeln und Kräutern, auf sein Gesicht, verband die Kopfwunde, die zu eitern begann, und besorgte mit den Rubeln, die sie als kleine Röllchen aus den Nähten ihrer Kleider trennte, in Tjumen alles das zum Essen, was neue Kraft gab: Fleisch, Butter, Speck und Schinken. Fische fing Dronow selbst in der Tura ... man aß sie teils gebraten oder gesotten, teils stellte Dronow aus den fetten, saftigen Lachsen eine Art Tran her, den Gurjew trinken mußte. Man zwang ihn dazu, und sein Widerwille war so groß, daß er jedesmal würgte und blau im Gesicht wurde. Aber es half. Wie eine Lampe, die neues Öl bekommen hat, so entflammten sich Leben, Stärke und Geist in Gurjew. Nach drei Wochen begleitete er Dronow schon zum Fischfang und lenkte das Boot über die durchaus nicht sanfte Tura.

Mit der Kraft kam auch sein Tatendrang wieder. Nadja hatte sich damit abgefunden, in Tjumen zu bleiben, bis ein neues Rußland entstanden war. Noch durchzitterte der Bürgerkrieg das Land... der Kampf der Roten gegen die Weißen zog wie eine Flammenwand von Süden, wo General Denikin die Weiße Armee befehligte, zum Ural und in Richtung Moskau... durch Sibirien galoppierten die Regimenter des Admirals Koltschak, eroberten eine Stadt nach der anderen und trieben die Bolschewisten vor sich her wie Füchse auf einer Treibjagd.

»Wenn wieder Ruhe ist«, sagte Nadja in diesen Tagen, »kehren wir zurück nach Podunskoje. Ich habe Nachricht... in unserem Haus ist der Stab einer roten Kosakenabteilung. Einmal wird es entschieden sein... weiß oder rot... und dann ist das Haus auch wieder frei. Niemand wird uns etwas antun, wenn wir friedliche Bürger sind.«

Nikolai Gurjew dachte anders. Gestärkt, wieder der schöne, kräftige Mann, den nur noch der Kopfverband verunzierte, saß er mit Ignat Iwanowitsch Dronow vor einem alten Atlas. Der ehemalige Lehrer erklärte ihm, was ihn erwartete, wenn er etwa nach Süden ziehen würde, um Anschluß an die Armee des Generals Denikin zu bekommen.

»Wird es möglich sein, Ignat Iwanowitsch, daß wir Persien erreichen?« fragte Gurjew an einem dieser langen Abende. Nadja und Axinja Dronowa saßen am Ofen und legten für den Winter Fisch in Essig ein. Große tönerne Töpfe waren es, die sie mit den Fischstücken füllten.

Dronow sah auf die Karte. »Möglich ist es«, sagte er. »Aber der Weg, Nikolai Georgijewitsch! Dieser Weg! Den ganzen Tobol hinauf, bis Orsk. Wenn Sie Glück haben und die Roten die Bahnlinie nicht gesprengt haben, geht es dann weiter mit der Kleinbahn nach Aralsk und Kasalinsk. Aber dann, Herr Hauptmann? Da ist die Wüste Kysyl-Kum und die Wüste Kara-Kum, und ehe Sie Buchara oder Aschchabad erreichen, hat man Sie längst umgebracht. Wenn nicht die Roten oder die Weißen, so die Räuberbanden, die dort das Gebiet beherrschen. Und dann der Gebirgsriegel nach Persien, der Koper-Dag!« Dronow schüttelte den Kopf. »Es ist ausgeschlossen, Herr Hauptmann.«

Gurjew sah das ein. Er hatte Kartenlesen gelernt auf der Kadettenschule in Poltawa, woher die besten Offiziere kamen. Der Plan, Rußland auf diesem Weg zu verlassen, war zu dieser Zeit undurchführbar. Nur eine Möglichkeit gab es . . . einen Seehafen erreichen, wo auch ausländische Dampfer und Handelsschiffe anlegten. Sewastopol etwa auf der Krim oder der große Hafen von Wladiwostok am Japanischen Meer. Zwischen beiden Häfen und Tjumen aber lagen Tausende von Werst. Dieser Gedanke blieb eine Utopie.

Gurjew fuhr mit dem Zeigefinger über den Atlas. Rostow, Saratow, Kasan . . . das waren Orte, die man erreichen konnte. Mit guten Pferden, zur Not auch mit einem Bauernwagen. Von Süden herauf zog die Armee des Generals Denikin . . . man sollte ihr entgegenfahren, wieder die Uniform der Zarentreuen anziehen und die Rotarmisten vor sich hertreiben oder in den Boden stampfen.

Nichts düngt die Erde besser als Menschenleiber, soll Dschingis-Khan gesagt haben. Etwas Wahres ist an jeder Grausamkeit . . .

»Können Sie mir einen Wagen geben?« fragte Gurjew in der vierten Woche. Er war seit Tagen unruhig. Wie ein gefangenes Tier lief er im Haus umher, rannte am Fluß entlang, saß im Garten und starrte auf die am Himmel vorbeitreibenden Sommerwolken. »Von mir aus einen Tarantas. Aber ein gutes Pferd muß davor!«

Dronow versprach nichts, aber er redete heimlich mit Nadja.

»Was soll es?« fragte er. »Nikolai will in den Süden, zu den Weißen, zu Denikin. Reden Sie es ihm aus, Nadja . . . es ist eine Fahrt durch die Hölle. Im siebten Monat sind Sie jetzt, er sollte wirklich Rücksicht nehmen! Wollen Sie Ihr Kindchen im Straßengraben bekommen? Oder in einer Heumiete? Oder unter einer Baumwurzel? Hier bei uns sind Sie sicher. Wir haben für den Winter vorgesorgt. Es wird bei uns keinen Hunger geben. Und was im nächsten Jahr ist? Wer weiß? Es ändern sich die Völker heute in einer Nacht! Bleiben Sie, Nadja Grigorijewna.«

Nadja sprach mit Gurjew darüber, als sie allein waren, umschlungen im Bett lagen und ermattet vom Glück an die Balkendecke starrten. Er hatte seine Hand auf ihren gewölbten Leib gelegt und spürte unter seinen Fingern die Bewegungen seines Kindes. Gibt es schönere Minuten?

»Laß uns hierbleiben, Niki«, sagte Nadja und streichelte seine wieder breit und kräftig gewordene Brust. »Laß uns die Augen schließen wie ein Biber, der überwintert. Laß uns auch nichts hören! Lassen wir die Zeit über uns hinweggehen, wie sie hinweg-weht über die Taiga und die Flüsse, die Steppen und Wüsten. Was kümmert uns, was draußen geschieht? Ob Koltschak oder Lenin, ob Denikin oder Trotzki... die Erde von Podunskoje wird immer blühen und reifen und Frucht geben, es werden immer Fische im Tobol gefangen, und in den Wäldern werden immer die Marder und Hermeline, die Zobel und Nerze, die Füchse und die Wölfe durch das Unterholz springen. Wer kümmert sich um Moskau, was geht den Wolf an, ob Lenin oder der Zar die Steuern eintreibt oder ob die Armee weiße oder rote Sterne trägt...«

Gurjew seufzte. »Wenn alle so denken, gibt es kein Rußland mehr«, sagte er heiser. »Ich bin Offizier, ich habe meinem Vaterland die Treue geschworen! Wo ist es, dieses Vaterland? Zerstampft wird es von roten Horden, die mordend, brennend und schändend durch die Provinzen ziehen. Soll die Zukunft Rußlands so aussehen wie Minajew und Schejin? Ist Mütterchen Rußland zu einer Hure geworden? O Nadjuscha, wenn du wüßtest, wie es in mir aussieht! Wie ich innerlich blute! Zurück nach Podunskoje im nächsten Jahr... keiner hindert uns daran, natürlich.« Er richtete sich auf und stützte sich über Nadja. Er sah ihre großen dunklen Augen, in denen Wehmut stand. »Aber welches Leben ist das? Ein Offizier, der sich im Stall verkriecht! Ein Gardehauptmann, der in Muschikkleidern über die Felder tappt und pflügt, weil er blind und taub sein will. Nadja! So soll ich leben?« Gurjew sprang aus dem Bett. Sein nackter Körper glänzte im fahlen Mondlicht, das durch das Fenster fiel. Übergroß sah er in diesem Licht aus, riesenhaft, ein nackter Männerleib wie ein Denkmal der Kraft.

»Der Gardehauptmann Nikolai Gurjew versteckt sich zwischen Rindern, Schafen und Schweinen!« rief er und warf die Arme empor. »Kann ich so leben, Nadjuscha? Kein Tag verginge, an dem ich mich nicht schämte vor mir selbst... an keinem Spiegel könnte ich vorübergehen, ohne in mein Spiegelbild zu spucken, an der eigenen Verachtung würde ich ersticken... Soll ich so leben, Nadja? Der Kadett von Poltawa, der beste Reiter auf der Kavallerieschule von Jelisawetgrad? Dem Zaren habe ich seinen weißen Araberhengst eingeritten! Aus meiner Hand bekam die Großfürstin Tatjana ihren Rappen! Und ich soll mich verkriechen wie ein getretener Wurm...«

Nadja schwieg. Mit geschlossenen Augen lag sie da, nackt, mit hohem Leib, die Decke ballte sich auf der Erde, denn Gurjew hatte sie beim Aufspringen weggerissen. Wie aufgebahrt lag sie, die Hände über dem wachsenden Kind gefaltet. Gurjew überlief ein Zittern. Er schluckte mehrmals und kam auf leisen Sohlen zum Bett zurück.

»Nadjuscha...« stammelte er. »Mein Engel... Verzeih mir! Es ist aus mir herausgebrochen. Ich konnte es nicht mehr halten. Nun ist mir leichter.« Er kniete neben dem Bett und legte den Kopf auf ihren Leib. »Natürlich fahren wir nach Podunskoje. Natürlich. Im Frühjahr, gleich nach der Eisschmelze. Als eine kleine, glückliche Familie werden wir zurückkehren. Ich will nie wieder von den anderen Dingen sprechen...«

Nadja schüttelte den Kopf. Sie legte beide Hände auf die Haare Gurjews und streichelte seinen Verband.

»Du sollst nicht unglücklich sein«, sagte sie leise. »Mein Vater, so wird behauptet, hat nur Unglück über die Menschen gebracht. Ich will darin nicht seine Tochter sein... ich will, daß du glücklich bist! Und wenn du glücklich bist, bin ich es auch, und unser Kind wird es ebenfalls sein... Wann fahren wir, Niki?«

Ein Beben durchfuhr Gurjew. Er küßte die gespannte Haut unter sich und spürte an seinen Lippen das Zittern des Kindes.

»Nadjuscha...«

»Wohin, Niki?«

»Nach Süden. Zur Armee von Anton Iwanowitsch Denikin. Die erste Begegnung mit weißen Truppen bedeutet unsere Freiheit!«

»Wir fahren morgen.«

»Dich hat Gott gesegnet.« Gurjew kroch in das Bett. Sein Körper war kalt. Nadja umfing ihn und drückte ihn an sich. Sie zitterte, aber sie spürte, wie gut ihm die Wärme tat. »Morgen!« murmelte er. »Ja... morgen...«

Gurjew schlief schon längst, den Kopf an Nadjas Schulter, als sie noch immer wach lag und der Geburt des neuen Tages zusah. Ein lichtes Grau, ein streifiger goldroter Himmel, und dann die Sonne, die aus den Sümpfen auftauchte und aussah, als ob sie mit flüssigem Gold gefüllt sei.

Wird Dronow recht behalten, dachte sie. Wird mein Kind im Straßengraben geboren werden? Im Stroh? Unter einem Baum? Werde ich den Fluch, der Rasputin verfolgte, weitertragen müssen?

Sie faltete die Hände und schloß die Augen. »O Väterchen«, sagte sie leise. »Was soll aus deinem Seelchen werden...?«

Neben ihr bewegte sich Gurjew. Er murmelte im Schlaf.

Im Traum sah er sich mit gezogenem Degen vor einer Schwadron herreiten.

*

Admiral Wladimir Wasiljewitsch Koltschak hatte in Jekaterinburg selbst die Villa Ipatieff besichtigt. Erschüttert stand er in dem Zimmer, in dem die Zarenfamilie erschossen worden war. Die Geschoßeinschläge hatten die Wände zerfetzt, Blut klebte noch an den Tapeten und im Flechtwerk der Fachwerkwand. Der Boden war noch von den Bolschewisten gescheuert worden, ehe sie aus der Stadt flüchteten.

Im Haus des Polizeipräfekten leitete der von Koltschak beauftragte Richter Nikolai Sokolow die Untersuchung des Zarenmordes. Gefangene wurden verhört, Augenzeugen befragt, Spuren gesucht. Das Bild des Mordzimmers ging in alle Welt. Ein Schauer überlief die Menschen außerhalb Rußlands, aber auch nur das, nicht mehr. Rußland war weit, die rote Oktoberrevolution größtenteils sogar erwünscht. Sie beendete den Krieg mit Deutschland. In England, Frankreich und Amerika, die dem Zaren das Exil verweigert hatten, ein Exil, das ihn gerettet hätte, zog man die Köpfe ein und schwieg. Politiker mit Schuldgefühl werden taubstumm – das war schon immer so. Man überließ es der Presse, entrüstet zu sein. Charakter ist kein guter Partner am internationalen Verhandlungstisch ... und mit dem neuen Rußland wollte man schließlich auch verhandeln. Als erster erkannte Amerika sofort die Revolutionsregierung an ... schnelle Reaktionen ersparen auf die Dauer viel Geldinvestitionen.

Untersuchungsrichter Sokolow hatte viel zu tun. Die schnell vorrückenden Regimenter Koltschaks hatten einige bolschewistische Gruppen überrollt. Bei ihnen fand man sogar am Zarenmord Beteiligte, und wenn es auch nur die Posten waren, die außerhalb des Zimmers gestanden haben.

Bauern führten Sokolow und Admiral Koltschak zu dem alten, stillgelegten Bergwerkschacht »Zu den vier Brüdern« und zu der Waldlichtung, auf der man die Zarenfamilie mit Schwefelsäure übergossen und dann verbrannt hatte. Man grub in dem Schacht nach ... was man fand, waren ein paar Knochen, Knöpfe von Uniformen und Kleidern, eine Schnalle.

Versteinert stand Admiral Koltschak vor diesem kläglichen Rest kaiserlicher Pracht. Der Tod des Zaren war für ihn mehr als die Vernichtung einer Dynastie ... es war ihm, als habe man Rußland in seiner Gesamtheit getötet und verbrannt.

»Wir werden das rächen«, sagte er heiser, als er sich abwandte und zu seinem Wagen ging. »Ich werde nicht ruhen, bis ich Rußland von diesen Mördern unter der roten Fahne gesäubert habe. Bei Gott, ich werde lernen, grausam und unmenschlich zu sein!«

Einen Tag bevor Admiral Koltschak zurück nach Omsk fuhr, wo seine Truppen in erbitterten Kämpfen mit den Bataillonen der roten Direktoriumsregierung standen, wurde ihm ein Besucher gemeldet. Der Adjutant deutete an, daß der Mann sehr wichtige Meldungen habe.

Koltschak nickte. Aber er zog die Augenbrauen zusammen, und sein schmallippiger Mund wurde noch härter, als ein dürrer Mönch in schmutziger Kleidung eintrat, um den Arm eine weiße Binde. Das gelbliche Gesicht war einem Totenkopf ähnlich, nur in den Höhlen brannten fanatische, starre Augen. Der Mönch neigte den Kopf, hob dann die rechte Hand und segnete Koltschak. Der Admiral rührte sich nicht.

»Bitte?« sagte er mit heller Stimme.

»Ich bin Genjka, der Mönch«, sagte der Totenähnliche. »Euer Gnaden haben die Güte, mich anhören zu wollen.«

Koltschak winkte kurz. Wie ein Degenhieb wirkte diese Bewegung. »Was soll's?«

Genjka betrachtete Koltschak mit fiebrigen Blicken. Um seinen Mund zuckte es, als weine, lache, schreie und bete er zugleich.

»Der Zar ist tot, die Zarin, die Großfürstinnen. Ihr unschuldiges Blut wird die Mörder treffen, wie einst Hiob die Strafe Gottes traf und ihn mit Aussatz schlug. Sie starben mit Gott im Herzen – aber ihr Mörder läuft frei herum.«

»Wir werden Jurowski, Woikow und wie sie alle heißen, heute oder morgen oder übermorgen bekommen. Ich werde sie bestrafen.«

Koltschak drückte das Kinn an, als er den Mönch Genjka den dürren Kopf schütteln sah.

»Jurowski war ein Werkzeug, Euer Gnaden. Er aß von dem Braten, dem man ihm servierte«, sagte Genjka betont langsam. »Der Zar hätte frei sein können, auf dem Weg zur Krim. Eine Gruppe Offiziere hatte alles vorbereitet. Sie hatte Tausende von Freunden und Helfern. Es wäre ein leichtes gewesen, den Zaren und seine Familie in Sicherheit zu bringen. General Denikin zieht ihm ja entgegen. Alles war schon vorbereitet, die Wagen standen bereit...«

»Ich weiß«, antwortete Koltschak ungeduldig. »Aber das Unternehmen flog im letzten Moment auf.«

»Durch Verrat, Euer Gnaden.«

Sekundenlang war es still im Raum. Eine Ungeheuerlichkeit war geboren, die die Geschichte Rußlands auf dem Gewissen hatte.

Koltschak atmete tief auf. »Verrat?« fragte er heiser. »Nein...«

»Doch, Euer Gnaden. Für zehntausend Rubel verriet der Gardehauptmann Nikolai Georgijewitsch Gurjew den Plan der Befreiung. Am gleichen Tag noch wurde der Zar mit seiner Familie getötet. Die anderen Offiziere neben Gurjew fielen im Kampf oder erschossen sich selbst. Nur Gurjew, er allein, lebt! Gesund und frei ... mitten unter den Roten ... in Tjumen ... Genügt das als Beweis?«

Koltschaks Gesicht war wächsern geworden. Er trat an das Fenster und starrte auf die Straße. Vor dem Haus wartete sein Wagen.

»Das ist Lüge«, sagte Koltschak endlich. Er hatte eine fremde Stimme. »Ein Gardehauptmann! Lüge!«

Genjka legte die Hände flach vor seine Brust. »Euer Gnadenn ... lügt ein Mönch?«

Koltschak drehte sich um. Über sein Gesicht zuckte es wild.

»Ich muß es glauben!« schrie er. »Wo soll er leben?«

»In Tjumen. Im Schutz der Roten. Als einziger Überlebender der Verschwörer ...«

»Das ist wirklich ein Beweis.« Koltschak setzte sich. Er riß ein Blatt Papier zu sich und tunkte den Federhalter in das Tintenfaß. »Wie heißt er, Bruder Genjka?«

»Gurjew. Nikolai Georgijewitsch Gurjew. Hauptmann der Garde von St. Petersburg.« In Genjkas Stimme schmetterte es wie mit Fanfaren. »Verheiratet ist er mit Nadja Grigorijewna Woronzowa. Sie ist immer bei ihm. Sie ist eine unbekannte Tochter Rasputins.«

Koltschak sah auf. Der Federhalter fiel aus seinen Fingern.

»Das ist doch wohl unmöglich!« sagte er rauh.

Genjka, der irre Mönch, hob die Arme empor. »Die Wahrheit, Euer Gnaden, ist immer das Unglaubwürdigste ...«

Am Abend noch ging aus dem Stab des Admirals Koltschak ein Steckbrief hinaus an alle erreichbaren weißen Truppen.

Jagt Nikolai und Nadja Gurjew wie wahnwitzige Wölfe!

Rächt den Zaren!

Schlagt Nikolai Gurjew tot!

*

Der Abschied von den Dronows war kurz. Man umarmte sich, küßte sich auf beide Wangen und bat Gott, den anderen zu segnen. Ignat Iwanowitsch schenkte Gurjew die Karte Südrußlands, die er aus dem Atlas gerissen hatte; Axinja Dronowa drückte Nadja ein braunes Medizinfläschchen in die Hand und tat sehr geheimnisvoll.

»Von meiner Großmutter ist's noch«, flüsterte sie. »Ein ausgestorbenes Rezept. Seit drei Generationen wundern sich unsere Männer, warum wir beim Kinderkriegen nicht schreien wie andere Weiber. Die Tropfen sind's, Nadja. Wenn du merkst, daß die Wehen kommen, wenn du glaubst, in deinem Bauch drücke ein Zentnerstein zum Ausgang, dann nimm zwanzig Tropfen. Einfach so, ohne Wasser, in die hohle Hand geschüttet – und weg! Und nach zwei Stunden wieder zwanzig Tropfen und kurz vor dem Gebären dreißig! Nach Pilzen schmecken sie, nicht schlecht. Aber du schreist nicht, hast keine Schmerzen, du schwebst wie auf einer Wolke und hörst den Wind wie eine Harfe. Vier Kinder habe ich so bekommen, und meine Mutter neun und meine Großmutter sogar vierzehn.«

»Ich danke dir, Axinja.« Nadja steckte die kleine braune Flasche in ihren Handbeutel. Gurjew war bei dem Pferd und schloß die Zügel an die Kandarenstange. Der alte Dronow kroch um den Tarantas herum und begutachtete noch einmal die Festigkeit.

So ein Tarantas ist ein merkwürdiges Gefährt. Vier Räder aus Holz hat er, das stimmt, aber schon bei den Federn ist's anders. Er hat gar keine Federn, sondern der Wagenkasten liegt auf langen, biegsamen Holzstangen, die die Stöße der Straße auffangen. Dazu braucht man aber genaue Maße: Von der Vorderachse zur Hinterachse überspannt ein guter Wagenbauer mindestens vier Arschinen lang die Straße mit den Tragbäumen; nur so wippt der eigentliche Kasten richtig und schwingt sich über die Schlaglöcher. Und wichtig sind Eisen auf den Holzrädern, starke Naben, ungespaltene Achsen und gut verkettete Deichseln.

In einem Tarantas gibt es keine Sitzbank, keinen Stuhl, kein Brett. Säcke, Kisten und Koffer schichtet man so, daß sie eine natürliche Sitzgelegenheit ergeben, und wenn es kalt ist, aber auch zur Bequemlichkeit, stopft man die Zwischenräume mit Stroh aus, legt Decken und Felle darüber, hockt sich darauf und hei! – los geht die klapprige Fahrt. Ein altes Bauernfahrzeug ist er eben, solch ein Tarantas... mit ihm hat man Sibirien erobert, und wenn ein gutes Pferdchen vorgespannt ist, verliert die Weite des Landes ihre Schrecken. Was kann schon passieren, Freunde? Knarrt und quietscht es überall, so hat man Talg zum Schmieren. Bricht ein Rad... es gibt Säge, Hammer, Nägel und Schrauben, um es zu reparieren. Zerreißen die Stricke... Ersatz ist immer dabei. Eine Kiste voller Werkzeug und Seile – Brüderchen, was willst du mehr für die Reise?

Zweihundert Rubel für den Tarantas und dreihundert Rubel für ein starkes Pferd bezahlte Nadja dem sprachlosen Dronow. Er hielt die Scheine in der Hand wie Heiligenbilder und konnte es nicht fassen, daß Menschen, die so arm waren wie die Gurjews, plötzlich Geld aus den Nähten ihrer Kleidung trennten.

»So etwas!« sagte der Alte immer noch, als Nikolai den Karren belud. »Euer Hochwohlgeboren... Sie beschenken mich reichlich...«

Am frühen Morgen fuhren sie ab. Der Wagen schwankte und ächzte, das Pferd wieherte fröhlich, Nadja hielt sich an der Karrenwand fest und winkte mit einer Hand, Gurjew lenkte das Pferd mit Zungenschnalzen und Zurufen, und die Dronows standen vor der Hütte und winkten zurück, bis der Tarantas auf die Straße bog und neben der Tura her zwischen Büschen und Bäumen verschwand.

Außerhalb des Dorfes, am Flußufer, hielt Gurjew an, beugte sich zurück und holte aus einer Leinentasche eine rote Armbinde. Er streifte sie über und steckte sie mit einer Nadel fest.

»Solange wir bei Rot sind, zeigen wir diese Fahne!« lachte er. Übermütig wie ein Knabe, der zum erstenmal ein Holzschwert schwingt. »Kommen wir in ein weißes Gebiet, wechseln wir die Farbe.« Er rückte seine Jacke zurecht. In den vergangenen Wochen hatte Nadja seine Uniformjacke geflickt, so gut es ging. Gurjew hatte es gewünscht. »Ob Rot oder Weiß . . . die Uniform ist immer noch ein guter Ausweis. Ein roter Gardehauptmann, das geht in die Knochen. Waren doch alles Soldaten, die Rotarmisten!«

Gurjew schien mit seiner Ansicht recht zu haben. Fünf Tage schaukelten sie nach Süden, erreichten den Zusammenfluß von Tura und Tobol und hielten sich dann an die Uferstraße, die nach Kustanai, an der Grenze Kasachstans, führt. Und überall, wo man sie sah, grüßte man sie, half ihnen durch verschlammte Wegstükke, indem sich Klumpen von Männern in die Speichen hängten und den Tarantas weiterdrückten. Sie übernachteten bei Bauern, einmal auch am Waldrand im Wagen. Gurjew saß in dieser Nacht auf einer Kiste und wachte, während Nadja auf zwei Fellen lag, die über zwei Säcke mit Mehl gelegt waren, und erschöpft schlief.

Am sechsten Tag, in dem Dorf Makinskaja, einem armseligen Flecken am Tobol hinter Kurgan, das sie umfahren hatten, hielt Gurjew an. Er konnte es nicht mehr mit ansehen. Nadja lag auf den Kisten, sich festklammernd, damit sie nicht beim Schütteln des Tarantas wegrollte, ihr Gesicht war leer und ausdruckslos, und ihre Augen starrten stumm in den Himmel, der über ihr schwankte. Sie hob den Kopf, als Nikolai das Pferd anhielt.

»Ein Seil gerissen?« fragte sie müde. Ihre Stimme zerriß das Herz Gurjews. Er schüttelte den Kopf.

»Wir unterbrechen hier, Nadjuscha«, sagte er. »Ein paar Tage erholen wir uns. Noch zwei Tagereisen, und die Steppe beginnt. Dann geht es schneller und besser, mein Engel.«

Sie nickte, schloß die Augen und lächelte zum erstenmal seit drei Tagen. Das machte Gurjew glücklich, er sprang aus dem Wagen, nahm das müde Pferd am Zügel und ging zu Fuß in das Dorf Makinskaja.

Es war ein erschreckend leeres, trauriges Dorf. Nur Frauen und Greise hockten vor den Häusern oder arbeiteten in den Gärten, und die Kinder stoben schreiend davon, als sie den Mann mit seiner Uniform und dem Tarantas die Dorfstraße herunterkommen sahen. Kein Mann zwischen fünfzehn und siebzig Jahren schien mehr im Dorf zu sein... die Türen der Häuser standen offen, als seien sie Museen und man solle sie besichtigen.

Als Gurjew den Tarantas vor einem halbwegs guterhaltenen Haus anhielt, kam ein Greis mit einem langen weißen Bart heraus, musterte den Offizier, sah die rote Armbinde und hob grüßend die Faust.

»Willkommen, Genosse!« sagte der Geis. »Wasser für das Pferd? Ein wenig Heu? Für Sie einen Teller Borschtsch und einen Becher Kwaß... mehr haben wir nicht.«

Gurjew sah sich um. Aus den Gärten sahen sie verstohlen zu ihm herüber. Feindliche, ängstliche Blicke.

»Ich bin ein Freund«, sagte Gurjew betont. »Kann ich hier wohnen?«

»Es gibt nur noch Freunde«, antwortete der Alte. Dann sah er die Frau auf den Säcken. Unsicher wurde er und kratzte sich den Bartansatz.

»Wo sind die Männer?« fragte Gurjew ahnungsvoll.

»Wo sollen sie sein, Genosse? Die Weißen haben sie mitgeschleppt, als sie Makinskaja eroberten. Alles, was laufen konnte – mitgenommen!« Er sah auf die rote Armbinde und schüttelte den Kopf. Gurjew lächelte schwach.

»Was staunen Sie so, Väterchen?«

»Ich war Soldat.« Der Alte sah in den blauen Himmel. Es war warm, der Staub wehte über das Land und legte sich auf das Gras. »Schon lang ist's her. Sie sind ein Gardehauptmann, nicht wahr? Und Sie tragen die rote Binde der Revolution. Wer versteht's? Ich bin eben ein alter Mann.«

»Ein kluger Mann seid Ihr, Väterchen.« Gurjew trat nahe an ihn heran. »Zu den Weißen will ich. Zur Armee Denikin. Die rote Binde ist eine Lüge. Wo sind die Männer?«

»Verschleppt von den Roten!« keuchte der Greis.

»Und wie weit sind die Weißen entfernt?«

»Keiner weiß es. Auf und ab geht es. Mal rote Kosaken, mal weiße Kosaken. Man kennt sich kaum noch aus! Vor einer Woche saß in meinem Haus der General Pechkow... vor zwei Tagen soff sich hier der Kommissar Jewgenerow unter die Bank. Wo ist weiß? Wo ist rot? Keiner weiß es. Nur Prügel bekommen wir von beiden – das wissen wir...«

Nadja und Nikolai schliefen einen ganzen Tag und eine Nacht im Haus des Alten, so erschöpft waren sie. Dann badete sich Nadja nach acht Tagen wieder in einem Holzzuber im Stall, Nikolai bürstete sie ab, frottierte sie, dann stieg auch er in den Zuber, ließ neues heißes Wasser dazugießen und sich von Nadja abschrubben. Danach fühlten sie sich wie neugeboren und sagten sich, daß sie Kraft genug hätten, die Reise durch die Steppe, hinein in das weite Kasachstan, fortzusetzen.

Gegen Mittag war's, als Schreie, Pferdegetrappel, Rufe, Räderrollen und Kommandos die Stille Makinskajas zerstörten. Gurjew und Nadja saßen gerade beim Essen und kauten Kartoffeln mit einer Specksoße, als der Greis in das Haus lief und sich den Bart raufte.

»Rote sind's!« jammerte er. »Eine wilde Horde. Sie ziehen nach Süden, um die weißen Kosaken zu vernichten. Drei Kanonen haben sie bei sich, Granatwerfer und Maschinengewehre. Wollen Sie sich verstecken, Euer Hochwohlgeboren?«

Gurjew sah hinüber zu Nadja. Ohne Angst aß sie weiter, aber wer sie kannte, wußte, daß ihre Sicherheit nur eine Maske war.

»Wozu?« sagte Gurjew. Er zupfte an seiner roten Binde.

Vor dem Haus ertönte Lärm und Klirren. Einige Stimmen riefen, Pferde schnaubten. Der Alte bekreuzigte sich schnell.

»Sie sind da. Gott segne Sie!«

Mit einem Tritt stieß jemand die Tür auf. Wie eine Woge spülten sechs Rotarmisten in den Raum, erstarrten beim Anblick des Offiziers und hoben dann die Gewehre. Gurjew stand auf und lachte.

»Sieg, Genossen!« rief er. »Es ist gut, daß ich euch treffe. Die Weißen sind zur Steppe ausgewichen...«

Die Rotarmisten standen erstarrt. Die rote Binde auf einer Uniform des Zaren! Unsicher sahen sie sich um. Ein Mann betrat das Haus, eine Reitgerte in der Hand. Hohe blanke Stiefel trug er, blaue Hosen und um den breiten Oberkörper die Litewka eines Husaren. Nur hatte er die Zierknöpfe abgetrennt und durch rote Blechknöpfe ersetzt. Er sah dekorativ und gehorsamheischend aus. Auf dem Kopf trug er eine flache Mütze.

»Nanu?« sagte er, als er Gurjew sah. »Wer ist denn das? Warum lebt er noch?«

Gurjew verbeugte sich kurz. »Hauptmann Gurjew von der Garde in Petersburg. Von Kommissar Woikow beauftragt, im Süden aus versprengten Rotarmisten eine neue Truppe zusammenzuziehen.«

Der Mann in der Litewka schlug mit der Reitgerte gegen seine hohen, blanken Stiefel. »Rittmeister Bencken. Fritz Bencken.«

Gurjew hob die Brauen. »Deutscher, Herr Kamerad?«

»Ja. 1914 in Gefangenschaft geraten. Von den kommunistischen Freunden 1917 befreit. Kommandeur der 2. mittelsibirischen Brigade der Roten Armee. Noch etwas?« Rittmeister Benkken sah hinüber zu Nadja. Ihr Zustand war nicht zu übersehen. Sie trug ein dünnes Kattunkleid. »Ihre Frau?«

»Ja.«

»Und dann in militärischer Mission? Ihren Ausweis, bitte.«

Gurjew hob die Schultern. »Sie wissen, Kamerad, daß man heute bei delikaten Missionen auf alle Ausweise verzichtet. Fragen Sie bei dem Genossen Woikow an.«

Bencken wehte mit der Reitgerte durch die Luft. »Wird geschehen! Eine rote Binde kann sich jeder Hammel umbinden – er wird dadurch noch nicht zum Stier! Sie erlauben, Hauptmann, daß ich Mißtrauen habe! Betrachten Sie sich ab sofort als interniert. Sie sind frei beweglich, aber bei Fluchtversuch wird geschossen! Waffen?«

»Keine, Herr Rittmeister.«

»Ihr Ehrenwort? Oder Durchsuchung?«

»Ehrenwort.«

»Danke. Auch für die Frau Gemahlin gilt meine Anordnung. Bitte um Vergebung, aber die Zeiten sind unruhig.« Er nahm die Hacken zusammen, verbeugte sich ruckartig vor Nadja, schlug mit der Gerte wieder gegen seine Stiefel und verließ mit schnellen kleinen Schritten das Haus. Die Rotarmisten folgten ihm, aber sie bildeten einen Ring um das Gehöft.

»Was war das?« fragte Nadja. Jetzt erst zitterte sie. Gurjew setzte sich schwer auf einen Schemel. Schweiß stand ihm auf der Stirn.

»Ein deutscher Bolschewist! Wir müssen unseren Mut in beide Hände nehmen, Nadjuscha. Wir müssen weg von ihm, sobald es sich machen läßt. Ein deutscher Bolschewist in russischem Dienst – das ist so ziemlich der Wegweiser zur Hölle ...«

Der Tag bewies, daß Gurjew nur teilweise recht hatte. Rittmeister Bencken, in den Landstrichen, die er schon durchzogen hatte, nur der »rote Fritz« genannt, führte ein strenges Regiment. Er ließ am Abend zwei seiner Soldaten auspeitschen, weil sie, liebeshungrig seit Tagen, über ein dreizehnjähriges Mädchen hergefallen waren und es in eine Scheune gezerrt hatten. Er ließ aber auch einem Bauern – er war vierundachtzig Jahre alt – die Zungenspitze abhacken, weil er gelogen hatte bei der Frage, ob er Fleisch im Vorratskeller habe. Bencken ließ dieses Schauspiel vor dem ganzen Dorf abrollen ... der Greis wurde gefesselt, ein Rotarmist öffnete mit einem Messer die Zähne des Mannes, packte die Zunge und schnitt trotz des heiseren Gebrülls des Armen die Spitze ab.

»Zucht und Wahrheit!« schrie Bencken. »Sie sind das Fundament des Staates!« Dabei sah er hinüber zu Gurjew, der auch zusehen mußte. Nadja war von dem Schauspiel befreit worden.

Er ist wahnsinnig, dachte Gurjew und hielt dem Blick stand. Er hat einen Machtrausch. An ihm wird er zugrunde gehen, durch seine eigenen kommunistischen Brüder ...

Am nächsten Tag brach die Kolonne der Rotarmisten wieder auf. Eine ganze Kompanie war es, wie Gurjew jetzt sah, mit Troß und Werkstattwagen. Eine kleine, gut ausgerüstete, straff geführte Kampftruppe.

»Ihren Tarantas lassen Sie hier«, sagte Bencken zu Gurjew, der seinen Wagen wieder beladen wollte. »Er hindert den zügigen Vormarsch. Packen Sie Ihre Sachen auf ein Troßfahrzeug. Ihre Gattin kann im Werkstattwagen reisen. Ihnen lasse ich einen Sattel bringen, und wir reiten zusammen an der Tête in eine neue Zeit! Was halten Sie davon?«

»Es ist ein fast romantischer Vorschlag, Herr Kamerad«, sagte Gurjew. Die Hoffnung, bei einer passenden Gelegenheit zu flüchten, sank zusammen. »Sie reiten gern, Bencken?«

»Ich war Springreiter der kaiserlichen Equipe.«

»Ich habe dreimal das Zarenturnier in Petrograd gewonnen.«

Bencken musterte Gurjew mit unverhohlener Neugier. »Gurjew, sagten Sie? Nikolai Gurjew? Ich habe den Namen schon gehört. Erinnere mich schwach.« Er nickte. Ein Soldat schnallte dem Pferd Gurjews einen Sattel um. »In einer Stunde ist Abmarsch.« Er grüßte militärisch, und Gurjew grüßte zurück.

Das Dorf Makinskaja lag ausgestorben unter dem Wind, als die rote Kompanie abrückte. Die Frauen und Greise blieben in den Häusern. Gurjew ritt an die Spitze, nachdem er gesehen hatte, daß Nadja im Gerätewagen gut aufgehoben war. Man hatte ihr eine Matratze gegeben, auf der sie nun lag und zurück auf den aufgewirbelten Staub sah.

»Bleib bei mir!« flehte sie und hielt seine Hände fest, als Nikolai ihr eine Flasche mit Wasser und Zitronen brachte. »Was haben sie mit uns vor?«

»Wir ziehen den Weißen entgegen. Bencken will den Kampf. Er lebt vom Siegen.«

»Und wir, Niki? Was wird aus uns?«

»Wir müssen mitziehen, bis es zur Schlacht kommt. Dann hilft uns nur Mut und kaltes Blut.« Er beugte sich vom Pferd aus zu ihr, küßte sie und streichelte über ihre aufgelösten Haare. »Noch zwei Tage ... die Kosaken Denikins sind in der Nähe.«

Nadja klammerte sich an seinen Uniformrock. Er küßte die kalten, schmalen Hände, versuchte ein jungenhaftes Lachen, gab dem Pferd die Sporen und sprengte an die Spitze der roten Truppe.

Bencken wandte den Kopf zur Seite. »Frau beruhigt?«

»Ja.«

»Angst?«

»Ja.«

»Vor mir?«

»Wundert Sie das, Bencken?«

Fritz Bencken lachte hell. Er schlug sich auf die Schenkel und fiel in einen Trab. Gurjew folgte ihm. Sie ritten nun der Truppe weit voraus. Plötzlich hielt Bencken an und hob die Hand. Gurjew zügelte sein Pferd.

»Sie haben Mut«, sagte Bencken hart. »Ich liebe mutige Männer, Gurjew.«

»Wieso sollte ich Mut haben, Bencken?« Gurjew sah in die harten grauen Augen des Deutschen.

»Sie belügen mich die ganze Zeit und benehmen sich dabei wie ein Kavalier. Können Sie auch so stolz sterben?«

»Ich nehme es an, Bencken.«

»Wir werden sehen. Es wird sich bald Gelegenheit dazu bieten.«

Sie ritten weiter. Stumm. Nebeneinander. Fast auf Tuchfühlung. Sechs Stunden lang.

Dann jagten ihnen die Späher entgegen. Burjätische Reiter auf kleinen, struppigen, fahlen Pferden. »Aha!« sagte Bencken ruhig, als er sie am Horizont aus der Steppe auftauchen sah. »Aha!«

»Die Kosaken!« schrien die Burjäten, als sie heran waren. Die Pferde stiegen hoch und flockten. »Weiße Kosaken. Ein paar hundert. Wohin man sieht: Pferde! Nach Norden ziehen sie!«

»Uns entgegen!« Bencken spielte mit seiner Reitgerte über dem dampfenden Hals seines Pferdes. »Die 2. Schwadron. Sie ist mir schon seit drei Wochen gemeldet. Ein Ataman Sergej Kubulai führt sie. Eine gute Truppe.« Er sah sich zu Gurjew um. »Gilt Ihr Angebot, aufrecht zu sterben?«

»Es gilt, Bencken!«

»Dann zurück. Dort am Hügel, den Hang am Rücken, igeln wir uns ein!« Bencken zeigte mit der Gerte auf eine kleine Erhebung in der Steppe. Die rote Kompanie hatte sie gerade erreicht und schob sich heran. »Die Maschinengewehre auf den Hügel und über die eigenen Köpfe weg! Die Fahrzeuge zu einem Ring gefahren! Granatwerfer und Scharfschützen an die Flanken!« Bencken ließ die Gerte sinken. »Was übernehmen Sie, Gurjew?«

»Den Schutz meiner Frau.«

»Das ist zu bürgerlich, Gurjew. Sie kommen mit mir zum Igel. Sie werden mit mir auf die weißen Kosaken schießen! Ich stehe hinter Ihnen... wenn Sie nicht zielen, sondern nur in die Luft feuern, erledige ich Sie. Wir verstehen uns, Gurjew?«

»Wir verstehen uns, Bencken.«

»Danke!«

Rittmeister Bencken gab seinem Pferd die Sporen und galoppierte zu seiner Truppe zurück. Mit verzerrtem Gesicht folgte ihm Gurjew. Er fürchtete nicht den Kampf... aber er hatte keinen Plan, wie er Nadja retten konnte.

Der Igel stand und starrte vor Waffen, als sich am Horizont in breiter Front die Kosaken des Atamans Kubulai zeigten. Eine

Woge von Pferdeleibern und trommelnden Hufen ergoß sich über das flache Land. Ein Wald von Köpfen wogte heran, überglänzt von dem Blitzen der Lanzenspitzen und den gezogenen krummen Säbeln mit der breiten Schneide. Die Erde donnerte und bebte, als durchziehe sie ein vulkanisches Feuer.

Rittmeister Bencken überblickte seine kleine Festung. Sie war gelungen. Was nützten Pferde, wenn die Maschinengewehre hämmerten und aus der eleganten Linie ein Knäuel um sich tretender, schlagender, stürzender und schreiender Körper wurde? Was nützte aller Kosakenmut, wenn unter dem Hintern der Reiter ihr Stolz, die Pferde, starben? Ein Kosak auf der Erde – das ist wie ein blindes Schwein, das Eicheln sucht.

»Die erste Salve nur auf die Pferde!« schrie Bencken noch einmal zu den Maschinengewehren und Scharfschützen. »Die zweite Salve auf die Männer! Dann die Granatwerfer in die Knäuel. Und herankommen lassen! Nicht nervös werden, Kinder! Nahe heran und dann Finger durch! Denkt daran: Selbst Wölfe gehen einem Igel aus dem Weg!«

Gurjew stand hinter Bencken, ein Gewehr in der Hand. In den Taschen lagen die Patronenrahmen. Vor zehn Minuten hatte Bencken ihm die Waffe gegeben. »Jetzt haben Sie eine große Chance, Gurjew«, hatte er dabei gesagt. »Erschießen Sie mich! Sie kennen die Truppe... des Kopfes beraubt, ist sie wie ein geschlechtsloser Mensch: Sie weiß nicht, was sie mit sich anfangen soll.« Und Gurjew hatte das Gewehr genommen und war zu Nadja gegangen, um ihr Mut zuzusprechen. Das war nicht nötig. Sie stand hinter dem Gerätewagen und hatte die fahrbare Lazarettausrüstung ausgepackt. Ein Sanitäter war bei ihr.

»Ein Luxuslazarett, Genosse!« sagte er grinsend.

Gurjew senkte den Kopf, sah Nadja noch einmal lange an, als sei es ein Abschied, und ging dann zurück zu Bencken.

Über die Steppe jagten die Kosaken. Staubwolken hüllten sie ein. Als sie die roten Truppen sahen, hatten sie sofort mit Schreien begonnen. Schrill, tierähnlich, entsetzlich. Die Krummsäbel blitzten in der Sonne, die Lanzen wurden gefällt, unter den donnernden Hufen der Pferde spritzte das Gras auf und flogen die Erdbrocken durch die heiße Luft. Ein schrecklicher Anblick war es... eine glitzernde Woge schäumte auf den Hügel zu, der Himmel wurde gelb vom Staub, das Schnauben der Pferde war lähmender als das Geheul eines Schneesturms.

Der Tod reitet heran. Der Tod! Der Tod!

Ruhig überblickte Bencken die Lage. »Sie kommen in drei Wellen«, stellte er fest. »Nicht dumm von Kubulai. Aber sie reiten zu eng aufeinander. Wenn die erste Welle stürzt, reiten die anderen in die Knäuel und werden mitgerissen. Man sollte bei solchen gestaffelten Attacken mindestens hundert Meter zwischen den einzelnen Wellen lassen! Was ist Ihre Meinung, Gurjew?«

Nikolai starrte auf den heranbrausenden Tod. Schon konnte man Gesichter erkennen ... aufgerissene Mäuler, schwitzend, rot, brennend vom Schreien und Reiten. Die Ruhe Benckens war unheimlich; ob er wollte oder nicht – er mußte ihn bewundern.

»Wann werden Sie das Feuer freigeben?« fragte Gurjew heiser.

»Wenn ich ihre Augen klar sehen kann.« Bencken lachte leise. »Sie sind ein guter Reiter und Russe, Gurjew, aber kein deutscher Soldat! Ihr Menschenpotential unter deutscher Führung ... die Welt gehörte in einem Jahrzehnt uns! – Aufpassen! Noch wenige Meter!«

Gurjew hob sein Gewehr. Er ist wahnsinnig, dachte er wieder. So kann nur ein Wahnsinniger handeln. Noch fünfzig Meter sind es bis zur ersten Reiterreihe. Was sind fünfzig Meter für galoppierende Kosaken?

Bencken hob die Hand hoch empor.

Ein Horizont voll dampfender, keuchender Pferde. Flatternde Mähnen, geblähte Nüstern, Lanzenspitzen, Säbelblitzen in der Sonne, Geschrei ... Hurra! Hurra ...! Wirklich, die schreien Hurra! Staubwolken, bebende Erde, ein Himmel voll Sand ... Hurra! Hurra ...! Gesichter wie zerrissene Masken! Augen, die aus den Höhlen hängen ...

Bencken ließ die Hand fallen. Vom Hügel hämmerten die Maschinengewehre, von den Flanken schossen die Scharfschützen, aus der Wagenburg schlug das Feuer in die Pferdeleiber.

Wie ein einziger Aufschrei war es, wie das Zerbersten des Himmels. Eine Sturzflut um sich schlagender Tierleiber schlug dreißig Meter vor dem roten Igel auf die Steppe und rollte brüllend aus. Menschen wirbelten durch die Luft, die zweite Welle raste in die erste, die dritte überritt Menschen und Pferde oder prallte wie gegen eine federnde Mauer.

Bencken hatte recht ... die Verwirrung war ungeheuerlich.

Gurjew blickte zur Seite. Der deutsche Rittmeister lächelte still. Die nächsten Salven galten den Kosaken selbst, die noch auf den scheuenden Pferden saßen, über die Steppe krochen oder halb betäubt von dem Sturz umherwankten wie Betrunkene.

Aber die Rechnung hatte einen Fehler. Nach den drei Wellen, die sich ineinander verkeilten und gemeinsam starben, erschien in weitem Abstand eine neue Kavalkade. Nicht in Reihe, sondern tief gestaffelt. Wie ein Sturmwind brauste es heran, schon von weitem schießend, aus schwankendem Sattel, vom galoppierenden Pferd.

Benckens Gesicht wurde steinern. Er sah zurück zu seinen Maschinengewehren.

»Das ist Sergej Kubulai«, sagte Gurjew mit harter Stimme. »Sterben Sie vor mir, Bencken! Ich will einen Helden sehen!«

Bencken fuhr herum. Gurjew stand vor ihm, das Gewehr auf ihn im Anschlag.

»Sie reden zuviel, Gurjew!« sagte er ruhig. Dann, blitzschnell, ehe Nikolai reagieren konnte, hieb Bencken gegen den Lauf und schlug ihm mit der Faust das Gewehr aus der Hand. Mit der Linken riß er eine Pistole aus seinem Gürtel und hob sie hoch. Gurjew stürzte sich auf ihn, bevor der Schuß sich löste ... sie fielen in das Steppengras, der Schuß fuhr in die Erde ... und dann rangen sie miteineinander, stumm, denn es gibt keine Worte mehr, wenn nur einer übrigbleiben kann.

Der rote Igel schwankte. Die Kosaken ohne Pferde hatten sich gefunden ... sie bildeten nun eine Linie, aus der den Rotarmisten gezieltes Feuer entgegenschlug. In Sprüngen kamen sie heran, wie tollwütige Hasen, die den Fuchs nicht mehr fürchten. Der zweite Teil der Schwadron unter Kubulai selbst umritt die noch immer brüllenden und um sich schlagenden blutigen Knäuel von Pferden und Menschen und griff die Roten von der linken Flanke an. Auf dem Hügel flüchteten die Maschinengewehrschützen und liefen zur anderen Seite hinab.

Bencken stieß mit einem gewaltigen Tritt Gurjew von sich und erhob sich schwankend. Mit einem Blick übersah er die Lage seiner Kompanie, sah das Abbröckeln der Festung, sah, wie auf der rechten Seite Rotarmisten weiße Taschentücher an ihre Gewehre banden.

»Rußland ist ein ewiges Land!« schrie er Gurjew zu, der wieder auf ihn zukam, mit gespreizten Händen wie Würger. »Seien Sie stolz auf dieses Land, Gurjew! Mehr bleibt Ihnen nicht übrig. Rußland wird immer die Tragik haben, von den Falschen regiert zu werden.«

Er wandte sich um, zog seine zerrissene Litewka vor der Brust zusammen, sah seine Reitgerte im Staub liegen, nahm sie auf und ging hocherhobenen Hauptes auf die heranbrausenden Kosaken zu. Gurjew blieb wie angewurzelt stehen.

»Bencken ...« stammelte er. »Was tun Sie? Das ist kein Heldentum mehr! Das ist ein billiger Selbstmord ...«

Bencken sah sich noch einmal zu Gurjew um. Er hob die Reitgerte, grüßte, lachte sogar ... dann ging er weiter ...

Sekunden später überrollte ihn die tobende Welle der rasenden Pferdeleiber, wurde er zerhackt von den niederprasselnden Säbeln, fiel er in Stücken auf die dampfende Steppe.

Gurjew rannte zurück zur Wagenburg. Mit einem wilden Aufschrei sah er, wie Nadja ihm entgegenkam, aus dem Schutz der Wagen rannte und über das freie Feld lief.

»Nadja!« brüllte er. »Mein Gott! Mein Gott!«

Er rannte ihr entgegen, Schweiß machte ihn fast blind... er fühlte ihre Arme, wie sie ihn umschlangen, und er warf seine Arme um sie, und so standen sie, eng umschlungen, mitten in der Steppe, schutzlos, umgellt vom Geschrei der Kosaken, vom Krachen der Schüsse, dem Pfeifen der Kugeln, dem Stöhnen der Sterbenden und dem Donnern der Hufe. Sie schlossen die Augen, fühlten nur ihre aneinandergepreßten Körper und erwarteten so den Tod, der sie gemeinsam, zur gleichen Sekunde, treffen mußte.

Neben ihnen wehten die Pferdeleiber vorbei. Schäumender Geifer näßte sie, in ihren Ohren brüllten hundert Gewitter, Staub nahm ihnen den Atem, sie erstickten im aufgewirbelten Sand, aber sie blieben umklammert und fühlten nichts mehr, weil sie schon nicht mehr auf dieser Welt waren...

*

Zuerst wachte Gurjew auf.

Es war ein schreckhaftes Erwachen. Er fuhr empor, und sein erster Gedanke: Ich lebe ja! – lähmte ihn zunächst. Dann sah er sich um. Neben ihm, auf einem Feldbett, wie es Offiziere im Krieg benutzten, lag Nadja und schlief noch. Sie atmete... Er sah es ganz deutlich.

Wir leben, dachte Gurjew. O Himmel, wir leben ja! Er ließ sich zurückfallen auf eine Strohmatte, mit der der Steppenboden belegt war, und starrte nach oben.

Ein spitzes Dach aus grauem Leinen.

Stangen ringsherum.

Ein Zelt.

»Wir haben Sie nur gerettet, um meinen Kosaken das Schauspiel einer Hinrichtung zu bieten!« sagte eine tiefe Stimme hinter Gurjew. Er fuhr herum, warf sich auf den Bauch und sah in ein breites gelbliches tatarisches Gesicht. Es lächelte ihn an, mit der grausamen Freundlichkeit, die ein Europäer nie verstehen wird.

»Sergej Kubulai...« sagte Gurjew aufatmend.

»Sie kennen mich, Hauptmann?« Kubulai rauchte eine Zigarette an und hielt sie Gurjew hin. Nikolai schüttelte den Kopf. Er war zu schwach, um jetzt eine starke Zigarette zu rauchen. »Wir haben wenig Abwechslung. Reiten, kämpfen, sterben... ein etwas eintöniges Leben. Meine Kosaken freuen sich auf Ihre Hinrichtung. Man wird abstimmen, welcher Art sie sein wird. Erschießen am Pfahl, Erhängen an einem Baumast oder Totpeitschen in der Gasse. Wie ich meine Kosaken kenne, werden sie die Gasse wählen... sie lieben fröhliche Spielchen, bei denen sie ihre Kraft zeigen können...«

Gurjew setzte sich auf die Strohmatte. Er schwankte im Sitzen, in seinem Kopf war das Summen von Millionen Mücken.

»Kubulai ...« sagte er mühsam. »Sie sind im Irrtum. Sie wissen nicht, wer ich bin.«

»Ein Abtrünniger. Ein Offizier des Zaren, der zu den Roten übergelaufen ist! Wissen Sie, was Denikin mit Ihnen machen würde?«

»Zu Denikin will ich ja ...« sagte Gurjew. Seine Kehle war rauh und ledern. Erst jetzt spürte er den wahnsinnigen Durst. Er schluckte, bekam kein Wort mehr heraus und machte eine hilflose Geste des Trinkens. Kubulai nickte, goß Wasser in ein Glas und reichte es ihm. Gurjew trank in langen Zügen, die Kälte der Flüssigkeit durchrann ihn mit einem unsagbaren Glücksgefühl ... den Rest im Glas schüttete er sich über das Gesicht und verrieb das Wasser. Stumm sah ihm Kubulai zu. Das Lächeln auf seinem gelblichen Gesicht war verschwunden.

»Sie haben die rote Truppe geführt?« fragte er, als Gurjews Blick klar geworden war.

»Nein. Der Führer war Rittmeister Fritz Bencken, ein Deutscher.«

»Der Mann, den wir zerhackt haben? Er lief in unsere Attacke hinein.«

»Ja.« Gurjew sah hinüber zu Nadja. Sie bewegte sich und seufzte leise.

»Wer ist diese Frau?« fragte Kubulai. »Die Kompaniehure?«

Gurjew atmete tief auf. »Meine Frau«, sagte er heiser. »Die Frau des Gardehauptmanns des Zaren Nikolai Georgijewitsch Gurjew. Wir waren auf dem Weg in die Freiheit ... auf dem Weg zu Ihnen, Kubulai, oder zu Denikin, zu irgendeinem, der die weißrussische Südarmee führt.«

»Und das hier?« Kubulai hob die rote Armbinde hoch. Gurjew sah auf seinen Arm. Es war seine Binde.

»Ein Schutz, um durch die roten Linien zu kommen.«

»Das soll man Ihnen glauben?«

»Ich bitte Sie darum, Kubulai. Mein Offiziersehrenwort ...«

»Ein Offizier, der eine rote Binde trägt, hat keine Ehre mehr!« Das klang ganz nüchtern, ohne Leidenschaft, aber Gurjew wußte, daß es ein Todesurteil war, wenn er Kubulai nicht überzeugen konnte.

»Bringen Sie mich zu Denikin. Der General wird mich verstehen ...«

»Denikin ist auf dem Vormarsch zum Don. Er hat andere Sorgen. In der Steppe gilt das Wort Kubulais!« Die geschlitzten Augen musterten Gurjew. Blicke wie Schwerter stießen in ihn. »Wo kommen Sie her?«

»Aus Tjumen«, sagte Gurjew. Hoffnung schwang in seiner Stimme. Kubulai ließ sich auf Fragen ein. Das war ein Fortschritt.

»Was machten Sie in Tjumen?«

»Ich war Gefangener des Kommissars Minajew.«

»Warum?«

»Ich wurde von Kommissar Jurowski überwältigt. In Jekaterinburg. Ich war einer der Führer der Offiziersgruppe, die den Zaren befreien wollte. Wir waren nahe am Ziel. Jemand muß uns verraten haben.«

»Den Zar befreien?« Die engen Augen Kubulais weiteten sich rätselhaft. Sie verloren das Asiatische, sie wurden rund. »Sie Phantast! Sie Lügner! Von dieser Offiziersgruppe lebt niemand mehr!« Kubulai sprang auf. Er war klein und gedrungen. Weiche Stiefel mit hohen Schäften schmiegten sich um seine etwas krummen Reiterbeine. »Ich lasse Sie heute noch hinrichten!«

»Er lügt nicht...«

Kubulai drehte sich um. Nadja war erwacht. Mit herabhängenden Armen lag sie auf dem Feldbett, ihre Hände schabten über die Grasbüschel neben der Liege.

»Nadja...« stammelte Gurjew. »Mein Engel...« Er wollte aufspringen, aber Kubulai winkte energisch ab.

»Ich begrüße Sie, Madame Gurjewa.« Kubulai verneigte sich höflich. »Ich habe erfahren, wer Sie sind. Ich sehe Ihren gesegneten Leib, und es schmerzt mich, daß Sie einen Mann haben, den Rußland nicht mehr ertragen kann. Erzählen Sie Ihrem Kind nie von diesem Mann, Madame, erfinden Sie ein gütiges Märchen, wenn es einmal nach seinem Vater fragt. Erziehen Sie Ihr Kind zur Ehre gegenüber allem, was heilig ist.«

»Er lügt nicht«, sagte Nadja noch einmal. Ihre Hände umkrallten ein Grasbüschel und rissen es aus. Sie hob es hoch, Sand regnete auf sie nieder... dann streckte sie den Arm aus zu Kubulai. »Das ist Rußlands Erde«, sagte sie mit plötzlich kräftiger Stimme.

»Ja«, antwortete Kubulai kurz.

»Ich will diese Erde in meinen Mund stopfen, ich will an Rußlands Erde ersticken, wenn Nikolai gelogen hat. Er hat den Zaren befreien wollen, er war der Gefangene Jurowskis und Minajews, er war mit mir auf dem Weg zu der weißen Armee...«

Sergej Kubulai starrte auf den großen Grasbüschel in Nadjas Hand. Er sah, wie sie den Arm zurückzog und die Erde zu ihrem Mund führte. Es gab keinen Zweifel... sie würde sich das Gras in den Mund stopfen und daran ersticken, wenn er schwieg. Er war Asiate... und wer weiß besser als sie, zu was ein Mensch fähig ist?

»Madame, es ist zuviel, was ich glauben soll!« Kubulai atmete innerlich auf, als Nadja den Grasbüschel sinken ließ. Er zeigte auf

Gurjew. »Wieso lebt dieser Mensch, wenn er in Tjumen in Minajews Keller war?«

»Ich habe ihn herausgeholt«, sagte Nadja.

»Sie, Madame?« Kubulai trat einen Schritt vor zu Nadja. »Vielleicht versuchen Sie mich noch zu überzeugen, daß *ich* an Rußlands Erde ersticken müßte! Sie sind weder ein Teufel, Madame, noch sind Sie ein Engel!«

»Nein. Ich bin die Tochter Rasputins...«

Der Grasbüschel fiel aus ihren Fingern, Kubulai vor die Stiefelspitzen. Er wich einen Schritt zurück, als habe Nadja eine Bombe geworfen. Seine geschlitzten Augen wurden wieder unerklärlich rund.

»Sie lügen, Madame...« stotterte er.

Nadja schüttelte den Kopf und streckte ihm die offene Hand entgegen. »Geben Sie mir Rußlands Erde wieder, Kubulai«, sagte sie müde. »Bitte...«

Mit einem Fußtritt schleuderte Kubulai den Grasbüschel in eine entfernte Zeltecke und verließ schnell, als verjage ihn jemand, das Zelt. Draußen atmete er auf, als käme er aus einem Zelt voll erstickenden Qualms.

Rasputin, dachte er.

Im Klosterhof von Krasnodar hat er mich gesegnet. 1909 war es. Zu meinem vierzigsten Geburtstag. Und er hat mich angesehen mit seinen strahlenden blauen Augen und hat gesagt: »Mein Sohn, ich sehe es dir an: Gott wird einmal eine große Entscheidung von dir verlangen. Fälle sie nach dem, was deine Seele fühlt...«

Wie ein Geschlagener, den Blick zur Erde gerichtet, ging Sergej Kubulai zu seinem Zelt. Er stand in der Mitte des Kosakenlagers und sah aus wie eine tatarische Königsjurte.

Gegen Abend erst kam er zurück.

Ein schrecklicher Tag war vorüber. Nadja und Nikolai hatte man aus dem Zelt geholt, nachdem man ihnen ein gutes Essen gebracht hatte. Kascha, Salzfleisch und einen Krug Kwaß. Ein Feldwebel führte sie vor das Zelt, und von hier aus überblickten sie einen weiten Platz, der durch die in einem Karree stehenden Kosaken gebildet wurde. In der Mitte des Platzes hatte man eine tiefe Grube ausgehoben. Die Sonne prallte heiß auf die schwitzenden Männer, kurz nach Mittag war's ja, die Steppe dampfte, der Horizont löste sich auf im flimmernden Dunst der Hitze.

Ein langer Zug humpelnder, sich gegenseitig stützender Männer, begleitet und angetrieben vom »Dawai! Dawai!« der neben ihm gehenden Wächter, wurde auf den Platz geführt. Als die zerlumpten, notdürftig verbundenen Männer die Grube sahen, stutzten sie, blieben stehen und sahen sich um. Das Karree der Kosaken hatte sich geschlossen. Peitschen knallten auf die Rücken der Armseligen, ein Schrei zerriß den seufzenden Laut, der in der Luft schwebt, wenn einige hundert Männer tief atmen.

»Nein!« brüllte jemand aus der Gruppe der Gefangenen. »Wir sind doch Brüder! Was tut ihr denn? Sind wir nicht Russen wie ihr? Laßt uns doch Brüder sein!«

Nikolai Gurjew umfaßte Nadja, drückte ihren Kopf an sich und verbarg ihr Gesicht an seiner Brust. »Sieh nicht hin«, sagte er heiser. »Leg die Hände gegen die Ohren.«

Sie gehorchte, aber sie zitterte wie im Eiswind und wußte, was hinter ihrem Rücken geschah.

Gurjew überblickte die zusammengeballte Masse der elenden Gestalten. Der Rest der roten Kompanie. Die Überrollten, die Hoffenden, die mit einem weißen Taschentuch am Bajonett den Kosaken entgegengelaufen waren, die Tapferen, die bis zuletzt gekämpft hatten. Es gab jetzt keine Unterschiede mehr.

Der dicke Futtermeister, der Nadja die Matratze gegeben hatte, stand am Grubenrand und weinte leise. Der junge Leutnant, der die Vorhut geführt hatte... zwei Rotarmisten stützten ihn. Auf einem Bein humpelte er zur Grube, das andere pendelte zerschossen an seiner Hüfte.

Zwei Maschinengewehrschützen... die Granatwerferabteilung... der Werkstattleiter... vier burjätische Reiter... neunzehn blutig geschlagene Revolutionssoldaten...

»Das können sie nicht tun«, sagte Gurjew leise. »Das ist gegen jedes Völkerrecht! Das wollen weder Denikin noch Koltschak. Das ist Mord! Glatter Mord!«

Kubulai war nicht zugegen. Ein riesiger Kosak befehligte diese grausame Stunde. »Aufstellen!« brüllte er. »Nebeneinander!«

Wieder knallten die Peitschen. Die Rotarmisten schwankten an den Grubenrand, formierten sich zu einer Reihe, starrten in die Tiefe ihres Grabes. Der Futtermeister fiel auf die Knie und begann laut zu beten; der junge Leutnant mit dem zerschmetterten Bein warf den Kopf in den Nacken und sang. Die Internationale. Völker, höret die Signale, auf zum letzten Gefecht... Die anderen Rotarmisten faßten sich an den Händen wie eine Kette von Kindern, die gleich Ringelreihen tanzen... sie sahen empor in den glühenden Himmel und hinüber in die Weite zum flimmernden Horizont, der nirgends so schön ist wie in Rußlands Steppe. Ein Zug Kosaken trat vor und baute sich hinter den Roten auf. Die Schlösser der Gewehre knackten.

Gurjew umschlang Nadja mit beiden Armen. Sie preßte die Hände gegen ihre Ohren und wühlte ihr Gesicht in seine zerfetzte Uniformjacke.

»Feuer!« kommandierte der riesige Kosak.

In zehn Sekunden war alles vorbei...

Dann führte man Nadja und Gurjew zurück in ihr Zelt, und hier saßen sie stumm auf dem Feldbett, rührten das Essen nicht an, das man ihnen brachte, und warteten auf ihr Schicksal.

Am Abend kam Kubulai.

Er setzte sich auf den Klappstuhl, starrte auf den Steppenboden und nagte an der Unterlippe. Gurjew atmete heftig. Verzweifelt, bittend sah ihn Nadja an und schüttelte den Kopf. Aber wer kann einen Vulkan aufhalten, wenn er die Erdkruste bereits durchbrochen hat?

»Was haben Sie getan, Kubulai?« sagte Gurjew rauh. »Das war kein Strafgericht – das war Mord! Gefangene waren es. Das war gegen die Genfer und Haager Konvention.«

»Ich kenne weder Genf noch Haag noch sonstwas...« sagte Kubulai dumpf.

»Es war gegen das Gesetz!« schrie Gurjew.

»In der Steppe gilt das Gesetz der Steppe. Seit Jahrhunderten ist es so. Ein gutes Gesetz ist es...« Kubulai hob den Kopf. Seine geschlitzten Augen flammten. »Ist nicht eine reine Luft in der Steppe? Ist hier nicht die Freiheit wirklich frei?«

»Es war Mord!« Gurjew ballte die Fäuste auf seinen Knien. »Was haben Sie mit uns vor, Kubulai? Wann richten Sie mich hin? Welches Schauspiel kann ich Ihnen verschaffen? Es muß ein besonderer Kosakengenuß sein, eine schwangere Frau aufzuhängen...«

»Niki...« flehte Nadja und faltete die Hände. »O Gott... Niki... O mein Gott...«

Kubulais asiatisches Gesicht war starr und maskenhaft. Er griff in die Tasche und zog eine kleine, hölzerne, primitiv gemalte, abgegriffene Ikone heraus. Kaum konnte man noch das Bild erkennen. Er hielt sie Nadja hin, und sein Arm bebte etwas.

»Das Bild der wundertätigen Parasheva...« sagte er laut, als müsse er sich an seiner eigenen Stimme aufrichten. »Seit neun Jahren begleitet es mich in der Satteltasche! Ich wurde nie krank, ich wurde nie verwundet, dreimal überlebte ich allein einen Angriff der Roten und konnte flüchten. Ich glaube daran, daß ich unverwundbar bin, solange ich dieses Bild bei mir trage.« Er sah Nadja an, die auf den verwaschenen Heiligenkopf starrte. »Dein Vater schenkte es mir...«

Nadja nickte. Der Hals war ihr wie zugeschnürt. Kubulai steckte die kleine Ikone wieder zurück in seinen Rock und sprang auf.

»Zu General Denikin ist die Verbindung zu schlecht. Ich werde euch nach Omsk zu Koltschak bringen lassen. Der Admiral soll entscheiden. Ihr werdet von zwei Unteroffizieren begleitet. Das ist das einzige, was ich tun kann.« Er ging zum Ausgang, aber bevor er die Leinwand aufschlug, drehte er sich noch einmal um. »Beten

Sie zu Vater Grigori, Nadja Grigorijewna...« sagte er dumpf. »Er allein hat Sie gerettet...«

In der Nacht noch verließ eine kleine Gruppe das Lager der Kubulai-Kosaken. In einem leichten, einer Karosse ähnlichen Wagen saß Nadja zwischen den Gepäckstücken. Kubulai hatte ihren Vorschlag abgelehnt zu reiten. »Nicht in Ihrem Zustand, Madame! Ich mag ein Teufel der Steppe sein – aber eine werdende Mutter ist bei uns wie ein Heiligtum.«

Vor der Karosse ritten Nikolai Gurjew und die beiden Unteroffiziere. Der Kutscher, der den Wagen lenkte, sollte wieder zurückkehren zu den Kosaken.

»Sie werden bis zum Bahnhof Kurgan geführt«, hatte Kubulai zum Abschied gesagt. »Von dort geht ein Zug nach Omsk. Sollte Kurgan von den Roten wieder besetzt sein, müssen Sie weiterreiten bis Petropawlowsk. Das ist bestimmt in unserer Hand. In Omsk wird Admiral Koltschak über Sie entscheiden. Leben Sie wohl.«

Gurjew sprang auf sein Pferd. Das Glück der Freiheit beseelte ihn. Auch Nadja glaubte an das gute Ende – sie hatte wieder genug innere Ruhe, um einzuschlafen. Wie ein seliges Kind lag sie in dem leicht schaukelnden Wagen, eingewiegt in die Freude, zu leben.

Während des langen nächtlichen Rittes träumte Gurjew von der Zukunft. Er sah sich vor Koltschak, dem Retter Sibiriens. Er sah sich an der Spitze einer Schwadron als Sieger über die Roten in Moskau einreiten. Er sah sich im Saal bei der Krönung eines neuen Zaren.

Ewiges Rußland!

So zogen sie wieder nach Norden, Admiral Koltschak entgegen, der den Gardehauptmann Nikolai Gurjew bereits in Abwesenheit als Verräter des Zaren zum Tod verurteilt hatte.

Der Steckbrief war unterwegs an alle Truppen. Er brauchte seine Zeit, denn nur wenige Einheiten hatten eine telegrafische Verbindung. Die meisten Befehle wurden durch Kuriere weitergegeben.

Und so ritten die Melder mit dem Todesurteil in der Satteltasche in alle Richtungen und kreuzten auch den Weg Gurjews, der davon träumte, Rußland zu retten und doch amtlich schon ein toter Mann war.

Am fünften Tag ihrer Reise erreichten sie Kurgan. Die beiden Unteroffiziere gaben Gurjew und Nadja bei einem Hauptmann ab, der den Bahnhof befehligte. Er las das Begleitschreiben Kubulais, öffnete eine Mappe, überflog ein Blatt Papier und ließ den Deckel wieder zufallen.

»Nikolai Georgijewitsch«, sagte er steif. »Bitte Ihr Koppel und den Schulterriemen. Im Namen des Admirals Koltschak verhafte ich Sie. Sie sind zum Tod verurteilt!«

7

Es gibt im Leben Augenblicke, in denen sich die ganze Hilflosigkeit des Menschen offenbart, wenn er seine Umwelt nicht mehr versteht und sich wie ein Fremder, wie ein Wesen von einem anderen Stern vorkommt.

Nicht anders fühlte Gurjew, als er dem weißrussischen Hauptmann im Vorsteherzimmer des Bahnhofs von Kurgan gegenüberstand und dessen fordernd ausgestreckte Hand betrachtete. Auch Nadja Grigorijewna war sprachlos.

»Machen Sie keine Schwierigkeiten, Nikolai Gurjew«, sagte der Hauptmann noch einmal. »Ich muß Sie festnehmen.«

»Das ist doch wohl ein Irrtum...« erwiderte Gurjew heiser. »Ich bin der Gardehauptmann...«

»Es steht alles im Steckbrief!« unterbrach der Hauptmann barsch. »Ihr Koppel bitte!«

»Steckbrief?« Nadja trat einen Schritt vor. »Wieso ein Steckbrief? Mit Steckbriefen werden Verbrecher gejagt. Räuber und Mörder! Sie verwechseln den Namen, Herr Hauptmann!«

»Ich bedaure sehr, Madame, daß Sie mich als des Lesens unkundig betrachten.« Der Hauptmann von Kurgan schlug die Mappe auf, drehte sie herum und zeigte das Rundschreiben. »Bitte, überzeugen Sie sich.«

Nadja und Nikolai beugten sich über das Schreiben.

»... wegen Verrats... in Abwesenheit zum Tod verurteilt... Nikolai Georgijewitsch Gurjew... sofort zu liquidieren... Admiral Koltschak...«

Nadja richtete sich auf. Ihr Gesicht war schmal und weiß wie das eines kranken Kindes. Gurjew starrte noch immer auf die Zeilen. Verrat... zum Tode verurteilt...

»Sie sehen, ich tue nur meine Pflicht, Madame«, sagte der Hauptmann.

»Das alles ist purer Wahnsinn! Nikolai ein Verräter? An wem denn? Für den Zaren hat er sein Leben eingesetzt, er hat in den Todeskellern der Bolschewisten gelitten...«

Der Hauptmann hob die Schultern. »Es steht mir nicht zu, einen Schuldspruch des Admirals zu kritisieren.« Er wandte sich an Gurjew, der mit schwerer Hand die Mappe zurückschob. »Herr Kamerad – Sie wissen, was ein Befehl bedeutet. Damen kann man das nicht erklären. Darf ich bitten?«

Gurjew nickte stumm. Er schnallte Koppel und Schulterriemen

ab und reichte sie dem Hauptmann. Es war eine halbe Degradierung – das Abreißen der Schulterstücke war dann der letzte Akt vor der Erschießung. Mit großen Augen, in denen Nichtbegreifen und Angst standen, sah Nadja dieser symbolischen Handlung zu.

»Ich wiederhole, daß hier ein Irrtum vorliegt«, sagte Gurjew. Seine Stimme hatte einen fremden Klang. »Ich bitte, mir die Gelegenheit zu geben, mich vor Admiral Koltschak selbst verantworten zu dürfen. Ich bin vor dem Urteilsspruch nicht gehört worden. Jeder Angeklagte hat ein Recht auf Verteidigung.«

»Sie waren flüchtig.«

»Im Keller Minajews war er!« rief Nadja verzweifelt.

»Und wurde freigelassen.«

»Weil ich Minajew bestochen habe.«

Der Hauptmann lächelte mokant. Es war ihm anzusehen, wie ungeheuerlich und plump er diese Lüge fand. »Minajew ist nicht bestechlich!« sagte er steif. »Gurjew wurde entlassen, weil die Roten ihm Dank schuldeten. Aber das zu klären, ist nicht meine Aufgabe. Der Admiral befindet sich in Omsk.« Er sah hinaus auf den Bahnsteig, wo ein Zug unter Dampf stand. Vier Waggons waren mit Militär besetzt ... dahinter hatte man Wagen vierter Klasse für die Privatreisenden gekoppelt. »Das einzige, was ich für Sie tun kann, ist die Überstellung nach Omsk zum Hohen Militärgericht. Betrachten Sie das als mein persönliches Wohlwollen und als Ehrung des Zustandes von Madame.« Er warf einen kurzen Blick auf den Leib Nadjas. »Mein Befehl lautet, Sie sofort zu füsilieren.«

»Ich danke Ihnen, Kamerad«, sagte Gurjew mit belegter Stimme. »Es wird sich alles aufklären lassen ...«

Der Zug fuhr erst am Abend aus Kurgan ab. Kosaken säuberten einen Streckenabschnitt hinter Petropawlowsk, wo rote Truppen die Gleise gesprengt hatten. Patrouillen ritten durch die Steppe. Die kleinen Dörfer entlang der Bahnlinie bekamen Besatzung und stöhnten unter der Wildheit der Reitergruppen. Am Abend tickte der Telegraf in Kurgan: Strecke frei bis Omsk.

Gurjew und Nadja bekamen ein besonderes Abteil im Offizierswaggon. Man hatte das Abteil extra für sie geräumt, damit sie keinen Kontakt mit anderen Offizieren aufnehmen konnten. Es lag am Ende des Wagens. Ein Feldwebel wurde abgeordnet, Gurjew zu bewachen. Ein wenig verlegen stellte er sich Gurjew vor; es war ungewöhnlich, einen Gardehauptmann als Gefangenen zu transportieren.

»Feldwebel Ilja Prokopiwitsch Posnakow zu Diensten Euer Hochwohlgeboren!« meldete er sich. Er war ein starker, breitschultriger Mensch mit einem gutmütigen, grinsenden Gesicht und einer niedrigen Affenstirn. Aber in seinen Muskeln lag Eisen; man traute ihm zu, daß er Kanonenrohre biegen konnte.

»Es ist gut, Ilja.« Gurjew klopfte ihm auf die Schulter. »Bist du verheiratet?«

»Vier Kinderchen habe ich. In Saratow, Euer Hochwohlgeboren.«

»Und was hältst du vom Krieg?«

Feldwebel Posnakow war sehr verlegen. Ein Offizier fragte ihn, den armseligen Muschik, was er vom Krieg hielt! Was sollte man da antworten? Die Wahrheit war bestimmt falsch, die Lüge konnte aber ebenso nachteilig sein.

»Es ist so«, sagte Ilja vorsichtig, »daß dieser Krieg eigentlich gar kein Krieg ist, sondern ...«

Gurjew lächelte. Sie saßen in dem abgesonderten Abteil, hatten Kurgan verlassen und ratterten durch die Nacht nach Osten. Birkenwälder und Eiben, Lärchen und Tannen huschten am Fenster vorüber ... dann wieder Steppe, ein paar Sumpfniederungen, zwischen Buschwerk und Hügeln kaum erkennbare Bauernhütten.

»Winde dich nicht wie ein Wurm, Ilja«, sagte Nikolai. »Siegen die Roten oder siegen die Weißen?«

»Wer weiß das?« Posnakow zog die Schultern hoch. Welch eine Frage!

»Du bist ein Mann aus dem Volk. Wer soll siegen?«

Posnakow überlegte lange. Er sah Nadja an, er starrte Gurjew in die Augen, er dachte an seine vier Kinder und an Anna, seine vollbrüstige Frau. Er dachte daran, daß man ihn, bevor er zur Armee ging und noch ein Bauer bei Saratow war, wie ein wildes Schwein behandelt hatte. Rechtlos war er gewesen, die Steuereintreiber traten wie die Henker auf, die Adeligen benahmen sich, als seien die Muschiks ein Dreck, den man in die Gosse kehren kann. Der Zar war weit gewesen und hatte sich nie um sie gekümmert, aber jeder neue Minister hatte neue Pläne ausgearbeitet, um noch mehr aus dem Volk herauszupressen, als ob man aus einer ausgequetschten Feige noch einen Tropfen gewinnen könne ... ja, so war es, und nicht nur bei Saratow, sondern vom Eismeer bis zur Kaspischen See. Posnakow holte tief Atem.

»Das Volk, Euer Hochwohlgeboren, das Volk sieht die Roten gern!«

»Und du?«

»Wenn man es bedenkt – was hatten wir bisher vom Leben? Aber wenn es keinen Großgrundbesitz mehr gibt, wenn alle Felder dem Staat gehören, wir für den Staat arbeiten und er uns ernährt, alles gerecht zugeht und keine Laune des Grundbesitzers uns aus unserer Hütte jagt ... das könnte ein gutes Leben werden. Sie haben keine üblen Ideen, die Roten! Was war denn die arbeitende Klasse bisher in Rußland? Eine Armee von Wanzen! Viele Fehler sind gemacht worden ...«

Nadja nickte. Mit großen Augen betrachtete Posnakow ihre Hände, die den Umhang, den sie über die Schulter geworfen hatte, zur Seite schlugen und mit den Fingernägeln eine Naht aufritzten. Eine dünne Rolle fiel in ihren Schoß. Sie wickelte die Seidenstreifen auf und schob dann ihre flache Hand zu Posnakow hin. Vier glitzernde, runde Steine leuchteten Ilja in die Augen.

»Brillanten«, sagte Nadja leise. »Von der Zarin. In Zarskoje Selo hat sie mir die Steine gegeben. Als kleinen Dank für meinen Vater. Mein Vater war Rasputin ...«

Der Feldwebel Posnakow fuhr zurück und bekreuzigte sich, als habe er soeben den Satan selbst gesehen. Hinter seiner niedrigen, flachen Stirn arbeiteten die Gedanken wie eine außer Kontrolle geratene Maschine. In seinen Augen sah man es ... sie rollten wie bei einem Betrunkenen.

»Rasputin ...« sagte er dumpf. »O Gott! Und die Steine. Was soll das?«

»Sie gehören dir. Und tausend Rubel in Scheinen dazu. Du kannst zurück nach Saratow, zu deiner Frau und den vier Kindern. Wenn die Roten siegen, bist du zu Hause ... Was haben deine vier Kinder davon, wenn sie erfahren, ihr Väterchen Ilja ist als Held irgendwo in Sibirien erschlagen worden?«

»Das ist wahr«, sagte Posnakow leise. »Das ist wirklich wahr. Mütterchen, Sie sind ein Engel.« Er beugte sich vor, ergriff die andere Hand Nadjas und küßte sie nach unterwürfiger Bauernart. Dann ließ er sich die Brillanten geben, steckte sie in einen ledernen Brustbeutel, den er auf der bloßen Haut trug und der schon ganz schwarz von Schweiß war, zählte die Rubelscheine ab, die Nadja aus dem Rocksaum trennte, und ging dabei oft zur Tür, sah hinaus in den Gang des Waggons und kontrollierte, ob niemand in die Nähe des gesperrten Abteils kam.

»Euer Hochwohlgeboren«, sagte er dann zu Gurjew. »Ich bin Soldat der Befreiungsarmee und tue so etwas! Ein Schwein bin ich eigentlich! Hätte ich nicht vier Kinder ...«

Gurjew winkte ab. Er hatte sich einen Plan zurechtgelegt, von dem er glaubte, daß er mit ihm sein weiteres Leben bestimmen konnte. Mit dem Zug nach Wladiwostok, zu dem großen Hafen, den die Schiffe aller Nationen anliefen. Hier mußte es möglich sein, auf ein amerikanisches Schiff zu kommen und Rußland zu verlassen. Dann konnte man ein neues Leben aufbauen ... in den USA, in Südamerika, vielleicht auch im westlichen Europa ... irgendwo ... nur weit weg vom roten Rußland!

»Wenn der Zug in der Nacht hält, verlassen wir den Waggon«, sagte Gurjew, als verteile er eine Schlachtordnung. »Um uns brauchst du dich nicht zu kümmern, Ilja ... sieh zu, daß du dich durchschlägst nach Süden.«

Der Feldwebel Posnakow nickte stumm. Ein merkwürdiges Gefühl durchzog ihn: Jetzt bin ich weder Weiß noch Rot, sondern frei wie ein Vogel. Ein Wolf bin ich, der durch die Wälder streift und den jeder jagen darf.

Er verließ das Abteil, stellte sich draußen im Gang an die Tür und starrte in die Nacht hinaus. Es ist schwer, plötzlich ein Nichts zu sein, auch mit tausend Rubeln und vier Brillanten der Zarin in der Tasche.

Zwei Tage durchratterte der Zug die Steppe und die lichten Lärchen- und Birkenwälder. Posnakow holte aus dem Küchenwagen die Verpflegung für sich und seine Gefangenen ... Kascha, aufgekochten Stockfisch, Kapustabrei, Borschtsch und einmal sogar glitschiges Brot. Gurjew und Nadja besprachen immer wieder die Möglichkeiten, die sich ihnen bieten konnten. Bis Wladiwostok waren sie sich einig ... dann trennten sich ihre Ansichten. »Rußland verlassen?« fragte Nadja entsetzt. »In Amerika weiterleben? Das können wir nicht, Niki. Was sind wir ohne Rußland? Ich kann das Land nicht verlassen, über das ich die Asche meines Vaters ausgestreut habe ...«

In der dritten Nacht ihrer Fahrt hielt der Zug auf freier Strekke. Einige Kilometer weiter hatten rote Kommandotrupps es trotz der Kosakenstreifen gewagt, die Strecke mit gefällten Bäumen zu blockieren. Nun räumte man das Hindernis weg, es konnte Stunden dauern ... der Zug blieb stehen, aus den Zivilwagen strömten die Menschen rechts und links der Gleise in die Steppe, zündeten Feuer an und begannen ein von Bratenduft und Lachen umwehtes Lagerleben. Auch die Soldaten verließen die Waggons und bildeten kleine Lagergruppen.

»Es ist soweit«, sagte Gurjew, als Posnakow mit ihnen ausstieg und im Schatten des Waggons stehenblieb. »Leb wohl, Ilja Prokopiwitsch, und viel Glück.«

»Auch Ihnen viel Glück, Hochwohlgeboren«, sagte Posnakow, drückte Gurjew die Hand und küßte Nadja beide Hände. »Wir werden uns nie wiedersehen, aber ich werde oft an Sie denken ...«

Dann machte er eine Kehrtwendung, wie auf dem Kasernenhof, und verschwand in der Dunkelheit einer Buschgruppe, die nahe an den Gleisen wuchs und überging in den Wald.

Keiner von ihnen ahnte in dieser Stunde, daß es doch einmal ein Wiedersehen geben würde ...

Unbemerkt von den zur Steppe und zu den ersten Feuern Drängenden erreichten auch Gurjew und Nadja den Waldrand und tauchten unter in der Schwärze der Wipfelschatten. Sie gingen über eine Stunde ziellos geradeaus durch den Wald, langsam, denn das Gehen war Nadja schon beschwerlich, dann rasteten sie, tranken aus der blechernen Feldflasche des Feldwebels Posnakow kalten Tee und lauschten in die Stille der Nacht.

Von ganz weit her trug der Wind Geräusche heran. Ein Fauchen, ein Pfeifton... der wartende Zug ließ Dampf ab.

Nadja gab die Blechflasche an Gurjew zurück. Ihr schmales Gesicht unter dem Kopftuch war rührend jung. »Nun sind wir frei«, sagte sie und bemühte sich, mit fester Stimme zu sprechen. »Aber was liegt vor uns?«

»Einige tausend Werst bis zur Küste des Japanischen Meeres.« Nikolai Gurjew schloß die Augen. Die Karte Rußlands lag vor ihm... von der Bahnlinie nach Omsk bis Wladiwostok, das hieß, einen ganzen Erdteil zu durchwandern. Durch Sümpfe, Steppen und Urwälder, durch asiatische Wüsten und Gebirge, über Flüsse und Seen, durch riesige Gebiete, die niemand kannte und die ein weißer Fleck auf der Landkarte waren. Stumm blickte er zu Nadja. Sie lehnte an einem Baumstamm, und ihr Leib wölbte sich im Sitzen deutlich durch das weite Kleid.

Es geht nicht, dachte er. Bei Gott, es ist unmöglich! Sie hält es nicht durch... und was soll geschehen, wenn das Kind kommt, irgendwo auf der Strecke... vielleicht in den Bergschluchten von Ost-Sajan oder auf den Felsplateaus von Jablonowy? Furchtbar wäre das! Nadja könnte verbluten, das Kind würde unter meinen Händen sterben! Ein Hauptmann Gurjew hat das Töten gelernt, aber keine Geburtshilfe...

»Gehen wir weiter?« fragte Nadja und erhob sich. Gurjew nickte.

»Bis zur nächsten Siedlung«, sagte er beklommen. »Dort werde ich versuchen, Zivilkleider zu bekommen. Und dann zurück zur Bahn! Es bleibt uns kein anderer Weg als der Zug.«

Nadja blieb stehen und drehte sich zu ihm um. »Du denkst an mich und das Kind...«

»Ja, Nadjuscha.«

»Wir halten durch, wir zwei...«

»Es wäre Wahnsinn.« Gurjew schüttelte den Kopf. »Irgendwo auf diesen tausend Werst gehen wir zugrunde. Entweder der Zug – oder wir haben das Spiel verloren! Es bleibt für uns keine Wahl...«

*

Das Schicksal war mit ihnen, es war ihnen seltsamerweise wohl gesinnt.

Gegen Mittag erreichten sie eine Waldsiedlung von Burjäten, kleine, spitzzulaufende Jurten aus dicken Leinendecken und Fellen. Struppige Hunde liefen ihnen entgegen, fletschten die Zähne und begleiteten sie heulend und kläffend bis ins Dorf. Die Männer waren auf der Jagd, nur die Frauen und Kinder und ein paar Greise saßen vor den Jurten, rieben Körner zu Mehl oder flochten Matten. Fuchsbälge und ein großes Bärenfell trockneten in der Sonne. Es roch stark nach verwesendem Fleisch.

In diesem Burjätendorf bekam Gurjew zivile Kleidung. Hose, Hemd und Jacke für hundert Rubel, einen Wolfspelz für zweihundert Rubel, denn der Winter stand ja bereit, über Sibirien zu ziehen, einen Fellsack aus Hundefell für zehn Rubel, in den er seine Uniform stopfte.

»Ich gebe sie nicht her«, sagte er, als Nadja meinte, er solle sie verbrennen. »Mich von der Uniform trennen, bevor ich weiß, ob Rußland nicht doch wieder einen Zaren bekommt? Das wäre wirklich Verrat! Nein! Die Uniform geht mit uns in die Freiheit, ganz gleich, wo diese Freiheit ist...«

Nadja schwieg. Wieder einmal verstand sie Gurjew nicht. Ihr Mann, ihre Liebe, die Verkörperung ihres Glücks... er war ihr in solchen Augenblicken erschreckend fremd. Für sie war eine Uniform ein Fetzen Stoff – für Gurjew bedeutete sie eine ganze Welt.

Als einfache Bauern, in grobes Zeug gekleidet, den Pelz um die Schulter gelegt, die Fellbeutel in den Händen, so ließen sie sich von einem Tarantas zurück zur Bahnlinie bringen.

In Tschubilaisk, einer winzigen Station, die nur aus einem hölzernen, rosa gestrichenen Bahnhof, einem mürrischen Bahnwärter, seiner dicken Frau und neun Kindern bestand, warteten sie fünf Tage auf einen Zug aus dem Westen. »Er muß hier durch!« sagte der mürrische Bahnwärter grob, als Gurjew fragte, ob das wirklich die richtige Strecke sei. »Gibt's einen anderen Weg als durch den Mund in den Magen und durch den Darm? Na also! Fährt ein Zug ab, so muß er durch Tschubilaisk kommen und hier halten! Das ist Vorschrift. Hier tanken sie neues Wasser! Warte also, Freundchen... vertreibe dir die Zeit mit deinem schönen Weibchen...«

Am sechsten Tag weckte gegen sechs Uhr morgens der Bahnwärter Nadja und Nikolai. »Auf! Auf!« schrie er. »Er kommt! Ein Vorzug mit einer Kompanie Soldaten ist schon durch! Sie sollen die Strecke freihalten. Ein langer Zug ist's, direkt aus Moskau. Der Expreß! Fährt quer durch die Roten und die Weißen – Diplomaten aus Amerika und Frankreich sind in den Wagen. Wie rohe Eierchen werden sie behandelt, sagen die Soldaten. Ein sicherer Zug.«

»... bis Wladiwostok...« sagte Gurjew leise. Das Glück war schier unfaßbar. »Sag, Brüderchen... er fährt durch bis zum Japanischen Meer.«

»Genau dahin! Eine Delegation reist von Moskau ab, sagen die Soldaten. Vorn an die Lokomotive haben sie ein großes weißes

Tuch gespannt, darauf steht: ›Passieren lassen. Lenin. Koltschak.‹ So etwas gibt es nur einmal, Brüderchen! Du hast ein Glück, als ob du Gott zum Vetter hättest!«

Und so war es.

Der berühmte Transsibirische Expreß mit den Diplomaten aus Amerika und Frankreich hielt auf der winzigen Station Tschubilaisk und nahm frisches Wasser in die Tanks. Offiziere vertraten sich die Beine auf dem staubigen Platz vor der rosa Hütte, die Kinder des Bahnhofsvorstehers verkauften Kränze aus Lärchen und Tannenzapfen, der mürrische Vorsteher bekam Post und Zeitungen und begrüßte bekannte Kollegen im Zug wie langentbehrte Geliebte mit Küssen und Umarmungen... für eine Stunde war der Steppenort Tschubilaisk umweht vom Atem der großen Welt. Der französische Botschaftsrat Pierre Descrieux kaufte von der dicken Vorsteherin einen Klumpen Butter und etwas Speck, ein Amerikaner ging um das rosa Haus herum, fotografierte es mit einer großen Balgkamera und verteilte Kaugummi an die Kinder – was später noch zu Komplikationen führte, denn Vater Timofei behauptete nach Abfahrt des Zuges, dieses Zeug sei nicht zum Kauen da, sondern eine Spezialmasse zum Verschließen von Löchern in Holzwänden – und als friedliche Reisende bestiegen Gurjew und Nadja einen der Wagen und hatten gleich einen Streit mit dem Wagenkontrolleur.

»Das ist kein Kameltransport!« schrie der Kondukteur und riß die Tür wieder auf. »Hinaus! Ihr beleidigt die normalen Menschen!«

»Du bist ein besoffener Idiot, Brüderchen!« schrie Gurjew zurück und wedelte mit einigen Rubelscheinen vor der Nase des Beamten. »Ich bezahle, will mit meinem Weibchen nach Wladiwostok, und ich bin ein Mensch wie alle anderen auch! Wenn die Herren aus dem Westen reisen und bezahlen dafür, so reise ich auch, wenn ich bezahlen kann! Oder verachtest du das Menschenrecht, Genosse?«

Der Kondukteur zog den Kopf ein. Menschenrecht, Genosse... das klang gefährlich. Der Expreß fuhr ja nicht nur bis zur Küste, er kehrte auch zurück nach Moskau. Und dort saß Lenin im Kreml, und man wußte nie, wie man in der neuen Bahnverwaltung Unhöflichkeit gegen andere Genossen aufnahm.

»Die Abteile sind besetzt!« sagte er. »Aber im Gepäckwagen räume ich eine Ecke aus. Wenn es recht ist...«

Gurjew nickte, drückte die Rubel in die Hand des Beamten und ließ sich durch einige Wagen erster Klasse zum Gepäckwagen führen. Dort waltete der Subbeamte Pupkow wie ein kleiner Tyrann und befehligte vier Arbeiter, die Post und Säcke, Kisten und Körbe aus- und einluden, während der Fahrt auf Pritschen lagen oder – das aber nur im Winter – um den runden Ofen in der Mitte des Waggons saßen, Tee kochten und sich dort auch wie Hunde zusammenrollten und schliefen, denn der Taigawind pfiff durch alle Ritzen.

»Aha! Platz für zwei Stinktiere!« schrie Pupkow. »Dort hinten! Zwischen den Zickelställen!« Er musterte Nadja, grinste und schnalzte unverschämt mit der Zunge. »Zweieinhalb Stinktiere, Verzeihung!« sagte er anzüglich.

Nadja griff Nikolai am Ärmel, als sie sah, wie er sich auf Pupkow stürzen wollte. »Nicht...« sagte sie leise. »Wir sehen aus wie arme Bauern und werden so behandelt. Es ist doch gleich, wie wir nach Wladiwostok kommen, wenn wir nur hinkommen!«

Und so bekamen Nikolai und Nadja eine Ecke im Waggon zwischen zwei Verschlägen, in denen zehn Zuchtziegen meckerten. Für Irkutsk waren sie bestimmt. Es mußte eine ganz besondere Rasse sein, daß man sie mit dem Expreß schickte.

So gut es ging, richteten sich Nikolai und Nadja ein. Es stank zwar nach Ziegenkot, und der scharf riechende Urin floß in einer Rinne im Holzboden an ihnen vorbei, durch ein Loch in der Wagenwand hinaus auf die Gleise – aber hier konnten sie sicher sein, daß keine Kontrolle sie fand, wenn überhaupt auf den großen Bahnhöfen die Wagen durchsucht wurden. In Omsk, Krasnojarsk und Irkutsk kamen zwar Offiziere der weißrussischen Armee in den Zug, aber sie begrüßten nur die ausländischen Diplomaten und fragten sie, ob sie Wünsche oder Beschwerden hätten. Dann ging die Fahrt weiter, durch endlose Wälder und Steppen, durch rauhe, kahle Gebirge und Schluchten. In Tschita hatten sie zwei Tage unverhofften Aufenthalt. Bei Nertschinsk kämpften Weißrussen gegen ein rotes Kommando, das aus dem Gebirge hervorgebrochen war. Ein verlorener Haufen, der sich zu dem Talkessel von Borsja an der mongolischen Grenze durchschlagen wollte, wo ein Regiment Rotarmisten operierte.

Drei Wochen dauerte die Fahrt nach Wladiwostok. In der Zugkantine kaufte Gurjew Brot und Butter, Wurst und gesäuerten Kohl; hielt der Zug in großen Bahnhöfen, dann schwärmten von allen Wagen die Käufer zu den Handwagen und Buden, die entlang der Bahnsteige aufgestellt waren. Dort gab es dann alles, was man bis zur nächsten Station brauchte, auch Zeitungen mit den neuesten Meldungen. Las man die weißrussischen Blätter, dann siegte Koltschak an allen Fronten... in den heimlich verteilten bolschewistischen Zeitungen rückten die Rotarmisten überall vor und befreiten das Land. Was war die Wahrheit? Keiner wußte es genau. In ein paar Monaten würde es sich zeigen, wer den längeren Atem hatte. Die Diplomaten im Expreßzug tippten auf die Bataillone Lenins... sie hatten das Volk hinter sich. Der einfache Russe wußte nur, daß er Prügel bekam, wenn er anders dachte als sein adeliger Herr.

An einem schönen Herbstmorgen, bei strahlender Sonne, aber einem kalten Wind von Sachalin her, der schon nach Schnee roch, wie Nadja sagte, fuhren sie in Wladiwostok ein. Eine große, reiche Hafenstadt, das Petersburg des Fernen Ostens. An den Kais lagen die Frachtschiffe aus aller Welt; amerikanische Passagierdampfer, englische Kanonenboote, französische Tankschiffe hatten geflaggt, als sei es tiefer Friede mit einer Parade: Welches ist das schönste Schiff? Die Kräne an den Lagerschuppen hievten die Ware an Land... über knirschende Förderbänder kollerten Tausende Tonnen Rohkohle aus den Bergwerken von Chabarowsk in die weit geöffneten Laderäume der ausländischen Frachter. Auch lange, schwitzende Kolonnen von Kohlentrimmern sah man noch; nach vorn gebeugt, die Zentnersäcke und Körbe auf den wundgescheuerten Rücken, tappten sie die Laufstege hinauf auf die Schiffe und schütteten ihre Kohlen in das Innere der stählernen Bäuche.

»Das Ziel!« sagte Gurjew und legte den Arm um Nadjas Schulter. »Das Meer... das Tor in die Freiheit...«

Nadja Gurjewa stützte sich gegen ihren Mann. Die drei Wochen ratternder und schwankender Fahrt zwischen den Ziegenställen hatten sie unendlich müde und schlaff gemacht. Ihr Leib war gewachsen, nun verbargen auch die weiten Bauernröcke nicht mehr ihren Zustand. Sie hatte sich ausgerechnet, daß das Kind im November kommen müßte. Keine zwei Monate mehr, und sie standen hier in einer fremden Stadt und wußten nicht, wie das Leben weitergehen sollte.

Gurjew hatte seine Felltasche geöffnet und betrachtete seine sorgfältig zusammengelegte Uniform. Wladiwostok war fest in weißer Hand... bis hierher kam keine Rote Armee, es sei denn, der Befreiungszug Koltschaks brach völlig zusammen.

»Nicht«, sagte Nadja und schloß die Tasche. Sie kannte Nikolais Gedanken. »Zieh sie nicht an, Niki. Laß uns versuchen, unbekannt und in der Masse von Tausenden zu leben.«

Gurjew nickte. Aber seine Zustimmung war nur eine Ablenkung. An seinem Herzen nagte die Ungerechtigkeit, die ihm von Koltschak widerfahren war. Er dürstete nach Rehabilitierung wie ein Wüstenwanderer nach Wasser. Ein Irrtum muß sich aufklären lassen, dachte er seit Wochen. Man muß mir die Uniform wieder anziehen, mit allen Ehren, und ein General muß mir meinen Degen überreichen.

Er glaubte fest an diesen herrlichen Tag. Und er sagte sich, daß man eine Gelegenheit, wenn sie sich bietet, nicht vorübergehen lassen soll. Bis dahin konnte man den Wunsch Nadjas erfüllen und ein bürgerliches Leben führen... irgendwo in einer kleinen Wohnung oder auch nur in einer Kammer unter dem Dach.

In Wladiwostok wohnten Gurjew und Nadja drei Tage in einer billigen Herberge, schliefen in einem Saal mit vierzig Holzpritschen, auf denen ungeniert vor aller Augen das Leben in seiner Vielfalt demonstriert wurde. Hier wurden Kinder gezeugt, während die anderen Kinder im Gang zwischen den Betten mit Bällen und Murmeln spielten, hier starben vier Greise und drei Frauen, und ihr Röcheln vermischte sich mit dem Lachen und Gurren der verliebten jungen Paare. Ein satanischer, urweltlicher und doch rührend naiver Saal war es, in dem sie Quartier fanden und von dem aus Gurjew durch die Stadt zog, bei Vermittlern vorsprach und von Haus zu Haus ging wie ein Bettler und fragte: »Haben Sie ein Zimmer abzugeben? Haben Sie eine leere Bodenkammer? Oder einen Kellerraum? Ich zahle gut dafür...«

Endlich fand er ein Zimmer in einem dreistöckigen Haus. Unten war ein Laden, im ersten Stockwerk wohnte der Advokat Karagin, im zweiten der Importeur Waganow, im dritten der Schneider Klobkow, und ihm gehörte auch die Bodenkammer, die Gurjew mietete. Ein Holzverschlag mit einem Bett, einem wackeligen Schrank, einem eisernen Waschtisch und einem Klappfenster. Wasser gab es im Flur, die Toilette war eine Etage tiefer. »Ein Luxuszimmer, Bruder!« sagte der Schneider Klobkow und hielt die Hand hin, in die Gurjew dreißig Rubel für einen Monat Miete zahlte. »Du hast es gesehen. Die Stadt ist voll von Flüchtlingen. Und jetzt kommt auch noch der Winter, da kann niemand mehr in den Parkanlagen übernachten. Man sollte fünfzig Rubelchen geben, Freundchen.«

Und Gurjew zahlte fünfzig Rubel für einen zugigen Holzverschlag, direkt unter dem Dach.

Einen Vorteil hat das Zimmer, sagte er, als er Nadja aus dem stinkenden, vom Geschrei der Kinder und dem Schimpfen der Erwachsenen erfüllten Schlafsaal der Herberge holte. Die Luft, geschwängert von Knoblauch, Sauerkohl, Fisch und Schweiß, nahm ihm fast den Atem. »Es liegt genau gegenüber dem Krankenhaus. Wenn es soweit ist, Nadjuscha, kann ich dich auf meinen Armen hinübertragen.«

In den kommenden Wochen sah sich Gurjew in Wladiwostok um, während Nadja in dem Dachzimmerchen kochte und stundenweise dem Schneider Klobkow in der Werkstatt half. Dafür durfte sie abends die Nähmaschine benutzen und Kinderkleidchen nähen, Windeln säumen, Wickeltücher zuschneiden und Jäckchen abkurbeln. »Ein fleißiges Frauchen«, lobte Klobkow im Familienkreis. »Und Hände hat sie wie eine Prinzessin. Ich wette, sie ist etwas Höheres! Ihr Benehmen allein... ich sage euch, meine

Lieben, wir haben einen hohen Gast bei uns! Aber daß mir keiner fragt, zum Teufel noch mal!«

Nikolai Gurjew hatte es bald heraus, wo man gute Geschäfte machen konnte. Er strich an den Kais umher wie eine läufige Hündin, beobachtete die einlaufenden Schiffe und hielt sich vor allem an die Amerikaner. Wenn die Touristen an Land gingen, und es gab tatsächlich Vergnügungsreisende, obgleich es noch Krieg war, machte sich Gurjew an sie heran und begrüßte sie mit einem guten Englisch. Er zog die Mütze, ein sonniges Lächeln glitt über sein feines Gesicht mit dem wieder gepflegten, schmalen Schnurrbart, und vor allem die Amerikanerinnen betrachteten ihn wohlwollend und atmeten schneller.

»Willkommen im ewigen Rußland!« sagte Gurjew etwa. »Atmen Sie tief ein, Mylady... dieser Wind kommt aus dem unendlichen Sibirien, wo der Bär durch den Urwald bricht und der Tiger vor den Holzhütten brüllt!« Das war natürlich Unsinn, denn der Wind wehte von Japan herüber oder von Sachalin, aber die Amerikanerinnen gaben wenig auf die Richtung. Sie bewunderten die schwarzen Haare Nikolais, seine schlanken, kräftigen Hände und seine muskulöse Figur.

An diese Amerikanerinnen verkaufte Gurjew im Lauf der Wochen neun Steine... zwei Brillanten, drei Saphire und vier Smaragde. Er nahm Phantasiepreise, nannte sie in Dollar, und die verzückten Amerikanerinnen zahlten sie. »Ein Stein aus dem Nachlaß der Zarin! Oh, very nice!« Er war das Dreifache wert, wenn man ihn voll Triumph der neidischen Mabel und der mißgünstigen June in Boston vorführen konnte.

Bei einem Geldwechsler tauschte Gurjew die Dollar in Rubel um. Sie wurden gut umgerechnet, denn nichts gab es auf der Welt, was eine härtere Währung hatte als der Dollar. Einen Teil der Dollar aber behielt Gurjew zurück und versteckte sie unter einer losen Diele auf dem Speicher.

»Viertausend Rubel haben wir!« sagte er eines Tages zu Nadja. Sie hatte alles für den großen Tag gepackt. In Bündeln, mit Bändchen umschnürt, lagen die Windeln, Jäckchen und Wickeltücher bereit. Drei lange Nachthemden aus feinstem Linnen hatte sie sich auf der Maschine von Schneider Klobkow genäht. Von einem Kleiderladen hatte Gurjew eine Bettjacke aus weichem Filz, eingefaßt mit weißen Hermelinen, mitgebracht. Der erste Schnee war über Wladiwostok gefallen. Sehr spät in diesem Jahr – es war schon Anfang November. »Viertausend Rubel, Nadjuscha! Und nur neun Steine habe ich verkauft. Die Amerikanerinnen sind verrückt nach ihnen, wenn ich ihnen von der Zarin erzähle.«

»Wir werden es brauchen, Niki.« Nadja saß an dem kleinen runden Eisenofen, den Klobkow ihnen in den Verschlag gestellt hatte, als es kalt wurde. Allerdings hatte er dafür zwanzig Rubel extra verlangt und für einen Korb Kohle noch einmal fünf Rubel. Sie hielt die Hände gegen das heiße Blech; das Fenster über ihnen schloß nicht dicht, und der Wind pfiff über sie hinweg. »Ich habe mit dem Arzt gesprochen. Ein Bett kostet pro Tag fünfundzwanzig Rubel! Er ist bereit, mir ein Bett zu geben, wenn du vierzehn Tage im voraus bezahlst.«

»Halsabschneider, alle sind Halsabschneider!« rief Gurjew. »Sie verdienen an der Not Rußlands! Koltschak stemmt sich gegen die Roten, und hier machen sie Geschäfte mit der Angst! Man sollte sie anspucken und ohrfeigen!«

Aber am nächsten Tag ging Gurjew doch zu dem Arzt, der die Kreißstation des Krankenhauses leitete, war höflich und bescheiden, legte dreihundert Rubel für das Bett auf den Tisch und noch einmal dreihundert Rubel extra. »Ich möchte, daß es Nadja Grigorijewna an nichts fehlt, Doktor«, sagte er. »Das beste Essen, die beste Betreuung, Ihre ganze ärztliche Kunst...«

Der Arzt strich die Rubel ein, gab Gurjew die Hand und sagte: »Mein Herr, Sie können beruhigt sein. Ihre Gattin wird wie eine Großfürstin behandelt werden.«

Zufrieden verließ Gurjew das Krankenhaus.

In der Nacht zum 15. November krümmte sich Nadja neben Nikolai im Bett. Sie stöhnte, preßte die Hände gegen den Leib und begann zu zittern.

Gurjew sprang auf, wickelte Nadja in eine Decke und dann in seinen Wolfspelz, hängte sich an Lederschnüren zwei Taschen mit den Windeln, Hemdchen, Jäckchen und Tüchern um den Hals, nahm Nadja auf seine starken Arme und trug sie, so wie er es ihr versprochen hatte, die Treppen hinunter, über die vereiste Straße zum Krankenhaus und dort, an einer verschlafenen Schwester vorbei, bis hinauf zum Kreißsaal, wo er sie auf ein Bett legte.

»Wo ist der Arzt?« fragte er, hielt Nadjas Hände fest und spürte ihre Schmerzen mit im Zucken seines Herzens.

»Der Doktor schläft. Er kommt morgen früh.« Die Schwester beugte sich über Nadja, schob dann das Nachthemd empor, entblößte den hohen weißen Leib und griff in eine Schale mit Gummihandschuhen. »Gehen Sie bitte hinaus...«

»Der Arzt muß her!« rief Gurjew. »Ich habe ihn bezahlt, damit er hier ist und nicht in seinem warmen Bett schläft! Wecken Sie ihn!«

»Das ist unmöglich! Und warum denn? Wegen einer Geburt? Das habe ich schon hundertmal gemacht.« Die Schwester streifte die Gummihandschuhe über. Nadja zog die Beine an, ein stechender Schmerz durchschnitt sie. Ihr weißer Körper überzog sich plötzlich mit Schweiß, ihre Augen wurden trüb.

»Und wenn Sie es tausendmal gemacht haben – hier geht es um Nadja Gurjewa! Ich will den Arzt!« schrie Gurjew.

»Dann holen Sie ihn!« schrie die Schwester zurück.

»Wo ist der Faulpelz?«

»Auf Zimmer neunzehn.«

Gurjew rannte aus dem Zimmer. Er suchte auf der ersten Etage die Nummer 19, riß die Tür auf und fand den Arzt in tiefem Schlaf. Alkoholdunst lag schwer im Raum. Der Doktor war betrunken.

»Aufwachen!« brüllte Gurjew. Er nahm eine Waschschüssel, schüttete Wasser hinein und kippte sie über den Arzt aus. Der Doktor fuhr empor, stierte um sich, sagte einige gurgelnde Worte und wollte sich zurücklegen in das nasse Bett. Mit hartem Griff riß Gurjew ihn aus den Decken und stellte ihn gegen die Wand. Mit der linken Hand hielt er die schwankende Gestalt fest, mit der rechten schlug er zu, immer in das Gesicht, das ihn blöd angrinste.

Nach einer Stunde Kampf, in der Gurjew den Arzt zum Wasserhahn schleifte und den Kopf des Betrunkenen unter den eiskalten Strahl hielt, war der Doktor endlich soweit, daß er seine Hose anzog und mit Gurjew hinauf zum Kreißsaal ging. »Schwester Nastja ist ein gutes Mädchen!« lallte er auf dem Weg. »Sie holt die Kinder wie andere Äpfel vom Baum! Ein gutes Mädchen! Hören Sie...« Er blieb stehen und hob die Hand. Schwach tönte ein Kinderweinen durch den stillen Flur. Das Greinen eines Säuglings. Der Arzt lächelte beglückt. »Es ist da! Es ist schon da! Sagte ich nicht... Schwester Nastja holt die Kinder wie andere Äpfel von den Bäumen...«

Gurjew ließ den Arzt stehen und rannte zum Kreißsaal.

Nadja lag auf dem Tisch, entspannt und erschöpft. Das Hemd hatte sie über ihren Brüsten zerfetzt. Als sie den Windzug von der Tür her spürte, drehte sie langsam den Kopf. In ihren Augenhöhlen stand der Schweiß.

»Niki...« sagte sie müde.

»Nadjuscha!« Er fiel vor ihr in die Knie und legte seine Stirn auf ihre herabhängende, heiße Hand. »Mein Engel...«

»Ein Mädchen ist's«, sagte die Schwester vom Waschbecken her. Sie war dabei, das Neugeborene zu wickeln. »Ein kräftiges Mädchen. Fast sieben Pfund! Wo ist der Doktor, he?«

Gurjew gab keine Antwort. Er küßte Nadjas Hände und hörte mit geschlossenen Augen das leise Weinen seines Kindes.

»Ein Mädchen...« stotterte er später. »Du hast es dir gewünscht, Nadjuscha.«

»Und es soll Helena heißen«, sagte Nadja und legte ihre Hand auf Gurjews Kopf. »Helena, wie meine Mutter, die ich nie vergessen werde...«

*

Am 18. November 1918 verkündete Admiral Koltschak in Omsk das Ende der bolschewistischen Revolution. Er erklärte die »Direktoriumsregierung« für abgesetzt und rief sich selbst zum »Regenten der antibolschewistischen Regierung von Sibirien« aus. Er verkündete Gesetze und erließ einen Aufruf an alle ehemaligen Offiziere, für das Wohl der Heimat, für das ewige Rußland, für die Freiheit des Volkes sich zu den Armeen zu melden und den Rest der Roten zu vernichten.

Nikolai Gurjew las diesen Aufruf in der Zeitung und an den Plakatsäulen. Sein Herz jubelte. Die Stunde, auf die er gewartet hatte, war gekommen. Die Stunde der Wahrheit wurde von Koltschak selbst proklamiert. Der Gardehauptmann Gurjew hatte es nicht mehr nötig, sich in billigen Zivilkleidern auf einem Dachboden zu verstecken und am Hafen amerikanische Touristinnen zu begleiten.

Das Kind war geboren. Nadja lag in einem weißen Bett, umsorgt von Schwestern und einem Arzt, der auf mehr Rubel hoffte. In zehn Tagen, so sagte man ihm, konnte Nadja das Krankenhaus verlassen. Zehn Tage! Das war eine lange Zeit. Sie reichte aus, um den Hauptmann Gurjew in allen Ehren wieder aufzunehmen.

Nikolai fühlte sein Herz hämmern. Ich werde sie abholen in voller Uniform, dachte er. Mit allen Orden, mit meinem neuen Degen, mit breiten Epauletten.

Er sah schon ihre erstaunten Augen und hörte sich sagen: »Euer Hochwohlgeboren Frau Gardehauptmann Gurjewa... der Kommandeur lädt sie zu einem Tee ein...«

Wie ein übermütiger Junge rannte Gurjew nach Hause. Er zog seine Uniform an, bürstete sie aus, rasierte sich noch einmal, und er freute sich, daß die Uniform blutbefleckt war, denn es war sein Blut, das er für den Zaren vergossen hatte. Dann verließ er stolz das Zimmer und traf auf der Treppe den Schneider Klobkow. Entgeistert sank dieser gegen die Wand und riß den Mund auf. Dann rannte er fort, rief seine Familie zusammen, trank zwei Gläschen Wodka und sagte: »Nun ist es heraus! Ein hoher Offizier! Bei uns unterm Dach! Verdammt noch mal – und ich habe nur fünfzig Rubel Miete verlangt!«

*

Die Kommandantur lag in der Nähe des Hafens. Gurjew hatte sie oft umstrichen wie ein Fuchs einen Gänsestall. Er kannte die Wachen, er kannte die Wachoffiziere, er kannte alle Namen des Stabes.

Mit großen Schritten durcheilte er die Stadt, kümmerte sich

nicht um die verwunderten Blicke der Bürger, die dem großen Mann in der blutbefleckten, geflickten Uniform nachsahen, und es tat ihm geradezu wohl, daß die Wachen vor der Kommandantur präsentierten, als er die Eingangshalle betrat. Ein Leutnant starrte ihn entgeistert an.

»Zu General Karsanow«, sagte Gurjew mit dem Ton, den jeder Uniformträger versteht. »Ich bin Nikolai Georgijewitsch Gurjew von der Garde des Zaren.«

Der junge Leutnant verschwand in einem Zimmer. Dafür kamen zwei Hauptleute heraus, begrüßten Nikolai mit Handschlag und führten ihn in ein leeres Zimmer. Dort wartete er fast eine Stunde, bis ein Major ihn abholte, über eine breite Treppe führte und an eine geschnitzte Tür klopfte. Dann schob er Gurjew in das große Zimmer und schloß die Tür.

Am Fenster lehnte ein bärtiger, mittelgroßer Mann in Generalsuniform und musterte stumm den Menschen, der vor ihm stand. Dann kräuselte er die Lippen und schnippte mit den Fingern.

»Das also ist Gurjew...« sagte er.

»Ja, Herr General.« Gurjews Herz schlug schneller. Konstantin Petrowitsch Karsanow, dachte er. Der Held vieler Schlachten. Der große Stratege. Der Freund Koltschaks. »Hauptmann Gurjew meldet sich nach abenteuerlicher Flucht erneut zum Dienst für Rußland.«

Karsanow drückte das Kinn an seinen hohen Uniformkragen. Man sah, er war unsicher. »Sind Sie verrückt?« fragte er stokkend. »Sie wissen, was gegen Sie vorliegt...«

»Ein Irrtum, Euer Gnaden.« Gurjew nahm stramme Haltung an. »Bei meiner Offiziersehre erkläre ich, daß – was man mir auch vorwirft – alles nur ein Irrtum sein kann.«

»Ich pfeife auf Ihre Ehre!« schrie Karsanow. Er trat zwei Schritte vor und stützte sich auf seinen Schreibtisch. »Gehörten Sie zum Offizierskommando, das den Zaren aus Jekaterinburg befreien sollte?«

»Ja, Euer Gnaden. Ich war einer der Gründer dieser Gruppe.«

»Wurde die Gruppe verraten?«

»Ich nehme es an. Ich wurde verhaftet, als ich persönlichen Kontakt mit dem Zaren hatte.«

»Alle Offiziere verloren ihr Leben. Nur Sie allein überlebten.«

»Das weiß ich nicht.«

»Aber ich weiß es!« brüllte Karsanow. »Man ließ Sie laufen, weil Sie das Unternehmen verraten haben! Ihre Verhaftung war nur zum Schein, billiges, verwerfliches Theater! Wir wissen, daß Sie um den Preis Ihres Lebens den Zaren verraten haben! Sie Feigling! Sie Hundsfott! Sie Lump! *Sie* sind der Mörder der

Zarenfamilie, nicht Jurowski! Ich möchte Sie mit meinen eigenen Händen erdrosseln...«

Nikolai Gurjew stand gelähmt im Zimmer. Seine Arme hingen kraftlos herab. Zum erstenmal hörte er, was man ihm vorwarf, und das war so ungeheuerlich, so absurd, so irrsinnig, daß er keine Antwort wußte. In seinem Kopf dröhnte es. Mörder des Zaren! Mörder des Zaren. Gurjew – Mörder des Zaren. Ein Bienenschwarm sang dieses Lied in seinem Hirn.

Wie ein nasser Hund schüttelte er den Kopf, um dieses Summen zu verscheuchen. General Karsanow hieb mit der Faust auf den Tisch.

»Sie schweigen?« brüllte er.

»Was soll ich sagen?« stammelte Gurjew. »Ich, gerade ich... der sein ganzes Leben nur dem Zaren... der schon in Petersburg an seine Befreiung dachte... der nichts anderes ersehnte als die Freiheit des Zaren... der alles tat... der in der Todeszelle lag...« Er hob die Arme und ließ sie wieder herabfallen. »Euer Gnaden, was soll ich noch sagen?«

»Nichts!« Die Stimme Karsanows war kalt. »Das Todesurteil wird vollstreckt!«

Gurjew senkte den Kopf. »Ich bitte um mein Leben, Euer Gnaden. Ich bitte um einen Aufschub der Vollstreckung«, sagte er heiser. »Geben Sie mir die Gnade, meine Unschuld zu beweisen.« Einen Augenblick dachte er daran, von Nadja und dem Kind zu sprechen, sie als Zeugin aufzurufen, daß die Brillanten der Zarin ihm das Leben von Minajew abgekauft hatten. Aber dann schwieg er. Das Gesicht Karsanows ließ keine Gnade erwarten. Sollte er Nadja in den Strudel hineinziehen, in den er selbst geschwommen war? Die Tochter des Teufels, wie die Offiziere Rasputin nannten... gerade sie sollte diese Offiziere überzeugen können? Es war besser, verschwunden zu sein... verschollen in der Weite Rußlands. Das Leben würde für Nadja Gurjewa weitergehen... sie hatte Rubel und Dollar, sie hatte noch genug Perlen und Edelsteine in den Nähten ihrer Kleider. Vor ihr lag der Hafen, fuhren die Schiffe in die Freiheit, öffnete sich eine friedlichere Welt.

Leb wohl, Nadjuscha... leb wohl, Helena... mit vier Tagen verlierst du deinen Vater. Niemand wird dir einmal sagen, wie er aussah, denn es gibt nur ein Bild von ihm, und das trägt deine Mutter in ihrem Herzen.

Nadjuscha! Wenn du es jemals kannst... verzeih mir...

»Ich bin bereit, Euer Gnaden!« sagte Gurjew, als Karsanow schwieg. Seine Stimme war wieder fest. Er reckte den Kopf und legte die Hände an. »Sie sehen das Blut auf meiner Schulter. Die Wunden, aus denen es lief, schlugen mir die Roten. Vor der Brust ist noch Platz genug für das Blut, das die Armee des Zaren aus mir schießt...«

General Karsanow hob die Augenbrauen. Er sah Gurjew lange an, dann schellte er mit einer silbernen Glocke. Zwei Hauptleute traten ein.

»Der Gardehauptmann Gurjew hat Arrest, bis weitere Befehle kommen!« Und leiser, für Gurjew bestimmt: »Ich werde Koltschak telegrafieren und ihn fragen. Abtreten!«

Benommen verließ Nikolai den General. Man führte ihn in einen Raum, in dem ein Bett stand, völlig deplaziert, denn das Zimmer war einmal ein Damensalon gewesen. Hier wurde er eingeschlossen.

Ein Telegramm an Koltschak.

Die letzte Gnade. Die allerletzte Chance.

Gurjew ließ sich auf das Bett fallen und bedeckte die Augen mit beiden Händen.

Ich soll den Zaren verraten haben?

Das ist doch Wahnsinn! Wahnsinn!

*

Vier Tage wartete Nikolai, dann war es entschieden. General Karsanow kam selbst in den Salon. Gurjew sprang auf und nahm Haltung an. In der Hand hielt er einen Stapel beschriebenen Papiers – er hatte um Papier und Feder gebeten und in den vier Tagen einen genauen Bericht geschrieben, was seit der Revolution in Petersburg geschehen war. Nur Nadja verschwieg er... er löschte sie aus seinem verpfuschten Leben und nannte es Mitleid. In Wahrheit war es Angst. Angst, auch dieses Leben aufs Spiel gesetzt zu haben.

»Nikolai Gurjew!« sagte Karsanow abgehackt. »Machen Sie sich bereit.«

Gurjew überlief ein Zittern. Er hob die Hand mit den Papieren. »Der wahre Bericht, Euer Gnaden«, sagte er mit belegter Stimme. »Keine Rechtfertigung – die Wahrheit.«

»Ich lese ihn später.«

Gurjew ließ die Papiere auf den Tisch neben sich fallen. Sein Gesicht war farblos.

»Ich werde erschossen?« fragte er leise.

»Kommen Sie endlich!« Karsanow trat von der Tür weg.

»Ich bitte um eine letzte Auszeichnung, Euer Gnaden, mir einen Revolver zu geben und mir selbst das Urteil zu überlassen...«

Karsanow schob die Unterlippe vor. Seine Augen glitzerten. »Die Garde stirbt aufrecht, nicht wahr? Gut denn! Hören Sie zu. Admiral Koltschak hat auf mein Telegramm geantwortet. Er überläßt es mir, was zu tun ist! Er hat andere Sorgen, als sich um einen Gurjew zu kümmern! Überall im Land agitieren die roten Propagandisten. Der Terror wächst, das Volk glaubt den Parolen... überall entstehen rote Bataillone. Ich könnte sagen, auch das ist Ihre Schuld, denn lebte der Zar noch, wäre er befreit, gäbe es keine Rote Armee! Ich begnadige Sie, Gurjew. Was nützt mir ein toter Versager?« Karsanows Stimme wurde lauter. »Ich begnadige Sie zur Zwangsarbeit auf Lebenszeit! Sie werden in Sibirien Wälder roden, Bahngleise bauen, Holz sägen, Fabriken errichten. Sie werden arbeiten, bis Sie umfallen! Das wollten Sie doch... das Leben...«

Gurjew nickte. Der Hals war ihm wie zugeschnürt. Zwangsarbeit in Sibirien... das war mehr als der schnelle Tod unter einer Kugel. Und doch war es das Leben... die Möglichkeit, die Unschuld doch noch zu beweisen.

»Ich danke Ihnen, Euer Gnaden«, sagte Gurjew tief atmend. »Ich glaube an die Gerechtigkeit.«

Karsanow kaute an der Unterlippe. »Sie ziehen gleich die Uniform aus! Man wird Ihnen andere Kleidung bringen. Von jetzt an sind Sie kein Mensch mehr, sondern eine Arbeitskraft.« Er ging zur Tür, blieb dort stehen und wandte sich noch einmal um. »Soll ich Ihnen nicht doch einen Revolver geben, Gurjew?«

»Nein. Jetzt nicht mehr, Euer Gnaden.«

»Sie wissen nicht, was Sie erwartet.«

»Das Leben, Euer Gnaden.«

»Sie werden es verfluchen!«

Mit einem dumpfen Knall fiel die Tür zu. Nikolai starrte auf das goldverzierte Holz. Schon andere haben Sibirien überlebt, dachte er. Wenn man mir nur die Zeit läßt, meine Unschuld zu beweisen...

*

Als Nikolai am zweiten und am dritten Tag nicht ins Krankenhaus kam, um Nadja und sein Kind zu besuchen, wurde Nadja unruhig. Sie durfte noch nicht aufstehen, aber wenn sie allein war, schob sie sich aus dem Bett und wankte auf wackeligen Beinen zum Fenster. Von hier konnte sie hinüber zum Haus sehen, genau in die Schneiderwerkstatt Klobkows, der nur bei offenen Gardinen arbeitete. Von Nikolai sah sie nichts... Ein paarmal versuchte sie, Klobkow, der ans Fenster trat, um zu lüften, Zeichen mit einem Handtuch zu geben, aber er blickte nicht hinüber zum Krankenhaus, sondern hinunter auf die Straße, wo sich die Frauen vor den Geschäften anstellten. Das Brot wurde knapp. Die Bauern lieferten kaum noch Getreide ab – sie waren Kommunisten, sagten es nicht, boykottierten aber die Versorgung der Städte, die in »weißen« Händen waren. Schon ging man dazu über, Erfassungskommandos über Land zu schicken. Es kam zu Schießereien mit den Dorfbewohnern, es gab Tote. An jedem Brot klebt Blut, schrien die Zettel in roter Farbe, die nachts von Unbekannten verteilt wurden und an den Hauswänden klebten.

Am vierten Tag hielt es Nadja nicht mehr in ihrem Zimmer aus. Schwester Nastja, die sie dreimal hinübergeschickt hatte, kam stets mit dem gleichen Bescheid zurück: »Im Zimmer meldet sich niemand.« Beim vierten Gang aber lüftete sich das Geheimnis ein wenig. »Der Schneider Klobkow«, berichtete Nastja, »hat beobachtet, daß Nikolai Georgijewitsch in einer Offiziersuniform das Haus verlassen hat. Seitdem ist er nicht wiedergekommen.«

An diesem Tag gab es eine heftige Auseinandersetzung mit dem Arzt. Er weigerte sich, Nadja zu entlassen... einerseits, weil die Zeit noch nicht herum war, die eine Wöchnerin braucht, andererseits, weil jeder Tag gute fünfundzwanzig Rubelchen brachte.

»Auf Ihre Verantwortung, Nadja Grigorijewna!« schrie der Arzt, als Nadja ihre Sachen packte und die winzige Helena auf den Arm nahm. Ein kleines, dick vermummtes Bündel Mensch. Zwischen Tüchern und Decken sah ein zerknittertes Gesicht mit einer Stupsnase hervor. »Sie sind noch zu schwach, das Kind braucht Pflege, es kann Komplikationen geben, Vergiftungen, Nachblutungen, Infektionen... ich lehne jede Verantwortung ab!«

Nadja ließ den kleinen Doktor schimpfen. Sie drängte ihn zur Seite, verließ ihr Zimmer, und Schwester Nastja folgte ihr mit zwei Taschen, was der Doktor als Verrat bezeichnete.

In dem Dachzimmer hatte sich manches verändert. Ein alter Strohteppich lag auf dem Boden, der runde Eisenofen war durch einen ausgemauerten Stahlofen ersetzt worden, ein Kinderbett stand an der Wand, ein Tisch und drei Stühle machten die Kammer wohnlicher; aber das Glanzstück waren zwei Bilder, die an den Wänden hingen... links eine Gemäldereproduktion des Zaren in Galauniform, rechts ein Foto Lenins in Windjacke und flacher Mütze. Man konnte sich aussuchen, mit wem man sympathisierte.

Schneider Klobkow empfing Nadja mit vielen Verbeugungen. Er wollte das Kindchen bewundern und Loblieder auf dessen Schönheit anstimmen, aber Nadja unterbrach ihn schroff.

»Wo ist Nikolai Georgijewitsch?« fragte sie. Klobkow kratzte sich den Kopf. Immer diese unangenehmen Fragen.

»Er ging vor fünf Tagen weg, Madame«, antwortete er. »In Uniform! Ein herrlicher Anblick! Ein Held! Ich träume noch jetzt davon...«

»Warum hat mir keiner gesagt, daß Nikolai weggegangen ist?«

»Konnten wir ahnen, daß Madame nicht unterrichtet waren?«

»Und wo ist Nikolai hingegangen?«

»Wer hätte es gewagt, ihn danach zu fragen...?«

Das war am Vormittag. Bis zur Mittagszeit saß Nadja auf dem Bett in ihrer Kammer und sah mit leeren Augen gegen die Wand. Sie wickelte das Kind, gab ihm zu trinken und ging dann ruhelos hin und her. Eine ungeheure Entscheidung rang sie sich ab. Im Kleiderschrank, zusammen mit den weggeworfenen Zivilkleidern Gurjews, hatte sie eine Zeitung gefunden. Auf der ersten Seite stand der Aufruf Koltschaks an alle Offiziere: Helft mit, Rußland vor der roten Flut zu retten! Es gab keinen Zweifel mehr, wohin Nikolai gegangen war. In seinem Glauben an die Gerechtigkeit, mit der Kindlichkeit eines Phantasten hatte er sich ausgeliefert.

Die Familie Klobkow saß gerade am Mittagstisch und aß Blintschikis, das sind Pasteten, gefüllt mit Fleisch, weißem Käse und Kartoffeln, und die Kinder schielten hinüber zu der Schüssel mit Pachtasalat – eine Köstlichkeit, Freunde, aus Hühnchen, Gurken, Oliven, Pfirsichen, Äpfeln und Pflaumen, und das alles in Sirup –, als Nadja mit dem Säugling auf dem Arm eintrat.

»Ich muß Nikolai suchen«, sagte sie ohne Einleitung. »Sie werden das verstehen, Klobkow.« Klobkow nickte, obgleich er es nicht verstand, aber man war ein höflicher Mensch. »Können Sie Helena so lange pflegen?«

Klobkow machte ein saures Gesicht. Wer selbst genug Kinder hat, die aus dem gröbsten heraus sind, kennt die Abneigung, wieder mit einem Säugling zu beginnen. Er zuckte deshalb zusammen, als die Klobkowa einen Freudenschrei ausstieß, die Arme ausstreckte und die winzige Helena aus Nadjas Armen nahm, an sich drückte und vor ihrem üppigen Busen zu wiegen begann.

»Natürlich!« rief die Klobkowa. »Welche Freude. Sieh nur – wie süß es lacht! Die Grübchen! Die blauen Äugelchen. Ein Schatz ist es. Sieh nur!« Klobkow sah hin, aber sein Blick hatte sich vor Zorn verdunkelt. Er sah nicht die Grübchen, er hörte im Geist wieder das nächtliche Geschrei, dem er seit Jahren entronnen war.

»Wie lange?« fragte er.

»Ich weiß es nicht.« Nadja griff in die Tasche und legte ein Bündel Scheine auf den Tisch. Die Miene Klobkows hellte sich auf. Rubel wärmen jedes Herz. »Es sind tausend Rubel, Klobkow. Umsorgen Sie Helena wie Ihr eigenes Kind. Ich bitte Sie... ich flehe Sie an...«

»Ich werde es hüten wie mein Augenlicht, Nadja Grigorijewna«, sagte Klobkow, nahm die tausend Rubel und steckte sie flink in die Rocktasche. »Seien Sie ohne Sorge. Suchen Sie Nikolai Georgijewitsch! Helena Nikolajewna wird von uns allen beschützt werden.«

Nadja umarmte die Klobkowa, küßte sogar die unrasierten Wangen Klobkows und drückte dann stumm ihr Kind an sich. So blieb sie ein paar Minuten abseits stehen, während die Familie Klobkow andachtsvoll schwieg ... dann gab Nadja das Kind an die Klobkowa zurück, drehte sich mit einer heftigen Bewegung um und rannte aus der Wohnung.

»Welch eine Zeit!« sagte Klobkow weise. »Nun suchen die Weiber schon ihre Männer!«

Dann setzte er sich wieder an den Tisch und holte sich die Schüssel mit dem köstlichen Pachtasalat heran.

*

Zwei Tage wartete Nadja in der Kommandantur, bis sie von General Karsanow empfangen wurde. Die Offiziere waren ratlos ... sie saß in der Halle auf einer Bank und weigerte sich, das Haus zu verlassen, ehe sie nicht den Kommandeur gesprochen habe. Man brachte ihr heißen Tee, einen Teller mit Piroschkis, redete ihr gütig zu ..., aber sie gab keine Antwort, sah über die Köpfe der Offiziere hinweg und sagte nur immer wieder: »Ich muß General Karsanow sprechen ...«

Da man sie nicht mit Gewalt entfernen konnte, übernahm es der Adjutant Karsanows, den General endlich davon zu unterrichten, daß unten eine Frau hocke, die sich nicht abweisen lasse. Sie sähe aus wie eine arme Bürgerin, aber ihr Gesicht und ihre Hände seien von einer merkwürdigen Aristokratie.

»Herauf!« sagte Karsanow kurz. »Das erledigt sich schnell.«

Ein Leutnant führte Nadja in den gleichen Raum, in dem Gurjew gestanden hatte und mit seinem Leben abschloß. General Karsanow, von eisiger Kälte, verzichtete auf jede Höflichkeit. »Was wollen Sie?« bellte er, als Nadja im Zimmer stand. »Einen Satz höre ich mir an, dann lasse ich Sie auf die Straße werfen!«

»Ich grüße Sie von Fürstin Anastasia Petrowna ...« sagte Nadja leise. General Karsanow zog den Kopf ein, in seine Augen trat ein ungläubiges Staunen. Anastasia Petrowna, durchfuhr es ihn. Die kleine süße Fürstin in Zarskoje Selo. Mein Gott, wie verliebt war man damals, und wie hoffnungslos war diese Liebe.

»Wer sind Sie?« fragte er abwartend.

»Ich kenne Sie vom Silvesterball 1913 in Zarskoje Selo, General. Damals waren Sie Oberst. Sie kamen auf mich zu und wollten mit mir tanzen – aber mein Tanzfächer war schon vollgeschrieben. Überall stand Gurjew ...«

Die Miene Karsanows verfinsterte sich wieder. »Was ist mit Gurjew?«

»Nikolai Gurjew ist mein Mann.«

Einen Augenblick war es völlig still im Raum. Karsanow zerrte an seinem Uniformrock. »Davon hat er mir nichts erzählt«, sagte er rauh. »Er hat nie Ihren Namen genannt. Wer sind Sie?«

Nadja ließ ihr dickes Kopftuch fallen. Ihr schmales, bleiches, schönes Gesicht ergriff Karsanow. Erinnerungen tauchten auf... der Silversterball, natürlich... die kleine Schönheit mit den langen Haaren, die mit den Großfürstinnen gekommen war, der Schützling der Zarin... das Mädchen, von dem man munkelte, es sei eine Tochter Rasputins...

»Ich erinnere mich...« sagte Karsanow gedehnt. »Nun sind Sie die Frau Gurjews?«

»Ja. Nadja Grigorijewna Gurjewa.«

»Nadja. Natürlich. Mit Anastasia Petrowna sind Sie oft spazierengefahren. In der Kutsche der Zarin. Man sagte, Sie seien eine Tochter...«

»Ich bin es!« unterbrach Nadja.

General Karsanow ging hinter seinem Schreibtisch hin und her. Die Situation war schicksalhaft, das erkannte er. Aber er sah auch, daß es kaum einen Ausweg gab. Mit einem Ruck blieb er stehen.

»Nikolai Gurjew ist verhaftet worden!« sagte er laut. »Er ist ein Lump! Admiral Koltschak hat ihn zum Tode verurteilt – ich hatte die Möglichkeit, ihn zur Zwangsarbeit zu begnadigen. Mehr konnte ich nicht tun, als ihm das Leben schenken. Sie haben einen Schuft geheiratet, Nadja Grigorijewna.«

»Einen Träumer, General. Einen Idealisten.«

»Er hat den Zaren verraten!«

»Welcher Irrsinn! Er wollte ihn befreien und wurde selbst verraten!«

»Und warum lebt er noch?«

»Ich habe ihn aus dem Todeskeller Minajews geholt. Ich habe Minajew mit den Brillanten der Zarin bestochen...«

»Das soll Ihnen jemand glauben...« erwiderte Karsanow gedehnt.

»Ich schwöre es Ihnen, General!«

»Was sind heute noch Schwüre?« Karsanow winkte ab. »Ich werde Ihre Aussagen zu Protokoll geben und an Koltschak nach Omsk weiterreichen. Die Entscheidung liegt bei ihm. Mehr kann ich nicht tun.«

»Und Nikolai...?« fragte Nadja leise.

»Er wird zum Gleisbau nach Usk-Tschenaja geschafft. Er ist nicht allein... vierhundert andere Strafgefangene werden ihn begleiten.« General Karsanow zögerte, dann kam er um den Tisch herum und streckte Nadja seine Hand entgegen. »Nadja Grigorijewna, ich bitte Sie, mich nicht als ein Ungeheuer anzusehen. Ich bin Soldat, und ich hatte einen Befehl auszuführen. Gurjew ist rechtskräftig verurteilt. Ich werde mich bemühen, Koltschak zur Gnade zu bewegen. Seine Unschuld zu beweisen, dafür dürfte unsere Zeit jetzt nicht die nötige Ruhe haben. Aber Gnade ist der Adel der Mächtigen. Ich verspreche Ihnen meine Hilfe.«

»Dann lassen Sie Gurjew in Wladiwostok, General...« sagte Nadja mit bebender Stimme.

»Zu spät.« Karsanow sah auf seine Hände. »Koltschak hat die Deportation Gurjews bestätigt. Der Transport geht übermorgen ab.«

»Und wo... wo ist Nikolai jetzt?«

»Im Lager Iwanowna. Oberst Sinjew leitet den Transport.«

»Ich werde ihn begleiten!« sagte Nadja laut.

General Karsanow verhielt den Schritt, drehte sich um und sah Nadja aus großen Augen an. Sie ist furchtlos wie ihr Vater, dachte er. Und ihren Vater habe ich gehaßt.

»Sie haben Mut«, sagte er leise. »Aber was nützt er Ihnen? Sie zu warnen ist sinnlos, das weiß ich – ich kann Ihnen nur sagen, was Sie erwartet: die Hölle!«

Wie eine Siegerin, hocherhobenen Hauptes, verließ Nadja die Kommandantur von Wladiwostok.

*

Im Lager Iwanowna, an der Straße entlang der mandschurischen Grenze, warteten die Verurteilten auf den Abmarsch. Es war ein armseliges Lager... Holzbuden, deren Ritzen man mit Gras verstopft hatte, hundert Mann in einer Baracke, zwei Öfen, die kaum die nächste Umgebung wärmten, auf dem Boden Strohbündel, in die sich die vor Frost klappernden Männer einwühlten. Einmal am Tag gab es eine Kohlsuppe, angedickt mit Maismehl. Wenn sie von der Küchenbaracke in offenen Kesseln durch den klirrenden Frost zu den Männern getragen wurde, war sie schon lauwarm, aber man schlang sie hinunter wie ein Festessen. Abends wurden heißes Wasser und hartes Brot verteilt; dann brockte man das Brot in das heiße Wasser und schlürfte diese Brotsuppe mit dem Genuß eines Gourmets.

Es war eine abenteuerliche Gesellschaft, die hier in Iwanowna zusammengetrieben worden war. Deserteure, Schieber, Plünderer, Diebe, aber auch – wie Gurjew – Offiziere, die des Verrats angeklagt waren, weil sie mit den Roten sympathisiert hatten. Sogar ein Graf war darunter... er hatte eine Reitertruppe gegen Koltschak geführt in dem Glauben, damit die Beschlagnahme seiner Güter durch die Bolschewisten abzuwenden.

Bekleidet waren sie wie die Lumpensammler. Nichts Tragbares gab es, was hier nicht am Leibe schlotterte... von der Schaffelljacke bis zum usbekischen Hemd, von der Windjacke bis zum hundertmal geflickten Trödlermantel, von tungusischer Fellkleidung bis zum feierlichen, nun an vielen Stellen zerfetzten Bratenrock. Dieses Glanzstück gehörte einem Professor. Man hatte ihn verurteilt, weil er in der Schule gelehrt hatte: Rußland befindet sich in einem Aufbruch! Die alte Zeit der Feudalherrschaft ist tot!

Nikolai hatte sich mit seinem Schicksal abgefunden. In den Nächten dachte er mit wehem Herzen an Nadja und sein Kind und bat Gott um Verzeihung... an den Tagen hackte er Holz vor der Küche oder schleppte Baumaterial für neue Baracken heran.

An einem Freitag fuhren drei große Wagen in das Lager. Die Gefangenen durften die Baracken nicht verlassen, aber schnell sprach es sich herum: Es geht los! Sie bringen Stepphosen und warme Oberkleidung.

Und dann folgte der Schreckensschrei: Sie laden Ketten ab.

Brüder, wir werden in Ketten gelegt!

»Das ist unmenschlich!« schrie der Graf. »Ich protestiere! Das ist ein Rückfall in die schrecklichste Zarenzeit! Ketten! Sind wir wilde Tiere?«

In den Baracken rotteten sich die Gefangenen zusammen. Flüche flogen hinaus in die Kälte, Fäuste wurden geschüttelt... was half es? Eine Kompanie Soldaten marschierte vor den Baracken auf, drei Maschinengewehre richteten sich auf die Männer, die einzeln heraustreten mußten und von vier Soldaten in Empfang genommen wurden. Ein Haufen Ketten lag im Schnee, und jeder mußte herantreten, seine Hände hinhalten und die Beine spreizen. Die breiten Stahlbänder, an denen die Ketten befestigt waren, knackten um die Hand- und Fußgelenke. Es war ein ekelhafter Laut, wie ein Zähneknirschen, mit dem sich die Freiheit für alle Zeiten verabschiedete.

Mit starren Beinen verließen die Gefesselten den Kreis der Soldaten. Die schweren Eisenketten schleiften über den Schnee und schlugen beim Gehen gegen den Magen, denn sie waren so lang, daß man die Arme im rechten Winkel zum Körper ausbreiten konnte und an den Füßen so weit, daß ein vernünftiger Schritt möglich war. Aber bei jeder Bewegung rasselten die Ketten, und wenn man sie gegeneinanderschlug, klangen sie sogar wie ein zerbrochenes Glockenspiel.

Tappend lief Gurjew mit seiner neuen Last durch den Schnee. Im Kreis der Soldaten fielen klatschende Schläge... zum letztenmal protestierte der Graf. Unter Rutenhieben hielt er seine Hände hin... dann lief er weinend über den Lagerplatz und rasselte mit den Ketten wie ein gefangener blindwütiger Bär.

In der Nacht schallte das Lager wider vom Klang der Ketten. Vierhundert Sträflinge standen in den Baracken und schlugen die Eisenglieder aneinander. Ein Gedröhn wie von vierhundert zersprungenen Glocken rauschte in den kalten Nachthimmel.

Leb wohl, Heimat! Adieu, Freiheit!
Wir sind keine Menschen mehr!

Und die Ketten rasselten bis zum frühen Morgen. Es war das Abschiedskonzert der Verlorenen.

*

Ernst, abweisend stand Oberst Sinjew an diesem Morgen Nadja Gurjewa gegenüber und las den Brief durch, den sie ihm von Karsanow überbrachte. Dann zerriß er den Brief und warf ihn in einen Papierkorb.

»Sie dürfen also den Transport begleiten?« sagte er feindselig. Seine Stimme schnitt ein wie eine lederne Peitschenschnur. »Ich verstehe den General nicht, aber das ist seine Sache. Die Verurteilten gehen zu Fuß...«

»Ich weiß es«, sagte Nadja fest.

»Sie werden zwei Monate gehen! Durch Eis und Schneesturm, über Steppen und Felsgebirge.«

»Ich kenne den Weg nach Usk-Tschenaja. Ich habe die Karten studiert.«

»Sie wollen nebenherlaufen?«

»Ich habe einen Pferdeschlitten, Oberst.«

»Abgelehnt!« Oberst Sinjew wischte mit seiner großen Hand durch die Luft. »Wir werden Mühe haben, unsere eigenen Begleitpferde und die Troikapferde mit dem Gepäck zu versorgen! Einen Fresser mehr dulde ich nicht.«

»Dann ziehe ich den Schlitten selbst!«

Oberst Sinjew sah Nadja verblüfft an, dann zuckte er mit den Schultern und wies zur Tür. »Gehen Sie!« rief er. »Machen Sie, was Sie wollen! Nur stören Sie nicht den Transport. Für mich sind Sie nicht vorhanden...«

Und so verließ am Sonntag morgen der lange Zug der Sträflinge das Lager Iwanowna. Bevor sie abmarschierten, segnete sie ein Priester, besprengte sie mit Weihwasser und schwenkte den Weihrauchkessel über ihnen. Dann öffnete sich das Tor, sechs Reiter trabten hinaus, und ihnen folgten, in Viererreihen, nun miteinander und von Reihe zu Reihe untereinander gefesselt, die Verlorenen, in schleppendem Schritt, die Köpfe gebeugt, mit heruntergezogenen Ohrenmützen, in alten gesteppten Kleidern. Sie hatten ihre Handketten, um sie besser tragen zu können und damit sie nicht dauernd gegen den Magen schlugen, in ihre Ledergürtel gesteckt, aber die Fußketten klirrten schauerlich und überdeckten alle anderen Geräusche dieses Morgens... das Klappern der Pferdehufe, das Schnauben der dampfenden Nüstern, die Kommandos, das Knarren der Soldatenstiefel der Begleitmannschaften zu Fuß, das Knirschen der Eisenkufen der zehn Troikas, die an den Verbannten vorbeipreschten und im Schneenebel verschwanden.

Oberst Sinjew ritt als letzter aus dem Lagertor, eine martialische Gestalt in dickem Pelzmantel und Pelzmütze. Er stutzte, als er die schmale Frauengestalt bemerkte, die am Straßenrand stand, einen flachen Schlitten hinter sich, die Lederriemen über die Schultern gezogen und über der Brust gekreuzt wie ein Schlittenhund.

»Sie ist verrückt!« sagte Sinjew laut. »Verdammt, hat man schon mal so ein Weib gesehen?«

Er galoppierte an ihr vorbei, ohne sie anzusehen, und schrie die Verbannten an, die mit den Ketten rasselten, sobald ein Mensch ihnen entgegenkam. Meistens schlugen sich die Leute, die ihnen begegneten, zur Seite und sahen weg. »Eine Bande!« sagte der Graf, der neben Gurjew gefesselt war. »Eine feige Bande!«

Nadja starrte dem dunklen Zug der klirrenden Gestalten entgegen. In den heruntergezogenen Ohrenmützen, in den Kettenbögen, in den dicken Steppjacken sahen alle gleich aus, und doch war einer von ihnen Nikolai Gurjew, wenn Karsanow sie nicht belogen hatte.

Fast die Hälfte der Sträflinge war vorbeigezogen, als ein Kopf hochflog und ein Mund sich zu einem Aufschrei öffnete.

»Nadja!« brüllte Gurjew. »Nadjuscha!« Er wollte stehenbleiben, aber da er an das Vorderglied gefesselt war, wurde er mitgezogen, er stolperte, riß an den Ketten, stemmte sich gegen den Zug, versuchte, um sich zu schlagen.

»Halt!« schrie er. »Halt, Kameraden! Bleibt doch stehen, nur einen Moment, eine Sekunde... stehenbleiben!« Aber unmöglich war's... von der Spitze an, wo die sechs Reiter durch den Schnee zogen, wurde das Tempo angegeben... es gab keinen eigenen Willen mehr... ein grauer Wurm mit achthundert Füßen tappte durch den Morgen – was sind da zwei Beine, die stehenbleiben wollen?

Gurjew wurde mitgerissen. »Nadja!« brüllte er wieder. »Mein Gott! Mein Gott! Was tust du, Nadja? Wer hat dich hierhergebracht? Nadja...«

Sein Schrei verwehte. Einer der Reiter galoppierte an ihn heran, hob die Peitsche und schlug ihm über den Kopf. Der Graf schleifte Gurjew mit, die Hintermänner drückten ihn weiter durch den Schnee.

»Halt die Schnauze, Nikolai«, sagte der Graf. »Marschier! Was hat es für einen Sinn?«

»Es ist meine Frau...« stammelte Gurjew. »Sieh doch nur... sie kommt mit... sie zieht den Schlitten hinter sich her... wie ein Schlittenhund... Nadja, meine Nadja...« Er weinte laut, lehnte den Kopf an die Schulter des Grafen und tappte weiter ... gezogen von den Ketten, gestoßen von den Nachfolgenden, angeschrien von den Wachmannschaften.

Nadja hatte sich in die Lederriemen gelegt, als Gurjew an ihr vorbei war. Sie zog den Schlitten hinter sich her, und es ging leichter, als sie geglaubt hatte. Der Kaufmann, von dem sie ihn erstanden hatte, hatte die Kufen dick mit Rinderfett eingerieben und ihr ein kleines Faß davon mitgegeben. Nun glitt der Schlitten hinter ihr her wie ein großes Spielzeug, ja, manchmal stießen seine gebogenen Vorderstangen sie in den Rücken, weil er schneller rutschte, als sie gehen konnte.

Die Soldaten riefen ihr zu ... sie achtete nicht darauf. Dreimal ritt Oberst Sinjew an ihr vorbei – sie sah ihn gar nicht an. Nach vorn gebeugt, zog sie den Schlitten durch den kalten Wintermorgen, neben dem kettenklirrenden Wurm her.

Noch einmal schrie Gurjew laut auf. »Nadja! Bleib bei unserem Kind! Nadja!« Aber sie schien ihn nicht zu hören ... sie lächelte ihn an, als sich ihre Blicke trafen, sie nickte ihm mit schweißglänzendem Gesicht zu, und ihre schlanken Beine in den dicken Filzstiefeln stemmten sich in den Schnee und hielten Schritt mit der Kolonne der Verlorenen.

Ich bin bei dir ... sagten die Blicke, wenn Gurjew sie voller Qual ansah. Niki ... ich bin bei dir ... Ich liebe dich ... ich liebe dich ... du mußt Kraft haben ... du mußt durchhalten ... ich bin immer bei dir ...

Bis gegen Mittag marschierten sie ohne Unterbrechung. Hinter Iwanowna begann ein steppenähnliches Gebiet, nur Telegrafenmasten zeigten an, daß unter dem Schnee eine Straße lag. Von den Bergen des Sichote-Alin heulte der Eiswind und trieb den Schnee in dicken Nebeln über den grauen Wurm der angeketteten Männer. Die Kälte fraß sich in die Kleidung, die Eisenbänder an den Handgelenken knirschten.

Und dann sangen sie ... vierhundert Verlorene erhoben ihre Stimme und sangen in den Schneesturm hinein, denn Singen wärmt. Sie sangen von der Freiheit, ein altes Kosakenlied war's.

Reiten, reiten in die Sonne,
nimmer müde wird das Pferdchen,
und die Feinde zittern feige,
sehen sie uns schon am Horizont ...

Auch Gurjew sang mit. Auf gleicher Höhe mit ihm zog jetzt Nadja durch den Schnee. Aber sie war nicht mehr allein. Zwei Soldaten drückten hinten den Schlitten durch den Wind. Oberst Sinjew hatte sie abkommandiert, aber noch immer beachtete er Nadja mit keinem Blick.

Gegen Mittag, in einer Erdfalte, hielt der Zug an. Die vorausgefahrenen Troikas hatten schon Feuer entzündet... aus den Kesseln zog der Duft von Kascha über die Elenden. Ein paradiesischer Duft! Die Ketten klirrten plötzlich heller, die Gesichter verloren ihre Starrheit.

Essen! Heiße Kascha! Dazu heißes Wasser!

Verdammt, Kameraden – wir leben noch, und so lange ist das Leben schön!

Nadja zog ihren Schlitten etwas abseits von den Sträflingen an eine Hügelwand, klopfte den Schnee aus ihren Kleidern und begann die gefrorenen Stricke aufzuschnüren, um an ihr Essen zu kommen. Eine Schneewelle überspülte sie plötzlich, sie hob schützend die Hand und fuhr herum. Hinter ihr sprang Oberst Sinjew vom Pferd, beim Anhalten hatte er den Schnee aufgewirbelt.

»Nadja Gurjewa...« sagte er heiser. »So geht das nicht. Wir sind nun fünf Stunden gelaufen... und vor uns liegen acht Wochen! Es ist vollkommen unmöglich, daß Sie mit Ihrem Schlitten nebenher ziehen. Dieser Anblick ist einfach unerträglich, auch wenn Sie nur die Frau eines Lumpen sind! Ich verbiete es Ihnen!«

Nadja Gurjewa setzte sich auf ihren Schlitten und faltete die Hände.

8

Oberst Sinjew hieb mit der Reitpeitsche nervös gegen seine vereisten hohen Stiefel. Der Rand seiner tief in die Stirn gezogenen Pelzmütze überzog sich mit einem Hauch weißen Reifs... die Atemwolken gefroren sofort in der eisigen Luft.

»Hier sitze ich, und hier bleibe ich!« sagte Nadja fest. Um ihre Worte noch zu unterstreichen, stieß sie die Spitzen ihrer Stiefel tief in den Schnee, als wolle sie sich in ihm verankern. »Rufen Sie Ihre Kosaken, daß sie mich wegtragen, spannen Sie Pferde vor meinen Schlitten und lassen Sie ihn wegziehen... es gibt kein Gesetz, das einer Frau verbietet, neben ihrem Mann durch das freie Rußland zu ziehen, auch wenn dieser Mann ein Sträfling ist!«

»Sie mißverstehen mich, Nadja Grigorijewna.« Oberst Sinjew sah zurück zu den Lagerfeuern. Die Kolonne der Gefangenen hatte sich zu Gruppen aufgeteilt und hockte um die wärmenden, flammenden Holzstöße. Von den Troikas, die auch die Küchen mitführten, brachte eine Abordnung von dreißig Verdammten, die steinhart gefrorenen Brote heran. Ein erschütternder Anblick war's – auf den vorgestreckten Armen, an denen die langen Ketten klirrten, türmten sich die Brotlaibe wie gleich groß geschnittene Baumstämmchen. Drei Soldaten gingen nebenher und brüllten völlig sinnlos: »Dawai! Dawai!« Aber es gehörte nun einmal dazu.

Ein Sträfling muß immer das Gefühl haben, getrieben und ohne eigenen Willen zu sein.

Nadja folgte dem Blick Oberst Sinjews. Sie sah Nikolai Gurjew an einem der dampfenden Kessel stehen. Eine blecherne Schüssel hielt er hin, wie ein Bettler seine zitternde Hand, und der Koch goß eine Kelle voll Kascha hinein und winkte dann mit dem Kopf. Weitergehen. Der nächste. Eine Kelle voll genügt. Zur Arbeit seid ihr verurteilt, nicht zur Mast!

»Wenn Sie gestatten, esse ich auch etwas«, sagte sie, aber sie rührte sich nicht, weil sie nicht wußte, was Sinjew befehlen würde. Der Oberst blickte zurück zu ihr.

»Was wollen Sie essen?«

»Ich habe einen Petroleumkocher bei mir. Ich werde ein Stück Fleisch in Schneewasser kochen und getrocknete Kartoffelscheiben hineingeben.«

Oberst Sinjew verzog seinen Mund. Er hieb mit der Reitpeitsche wieder gegen seine Stiefel. Diesmal war es Verlegenheit und Ausdruck eines inneren Kampfes, den er mit sich führte.

»Darf ich Sie bitten, mit mir zu essen?« fragte er dann rauh. »Ich habe in einer Troika decken lassen...«

Nadja sah Sinjew erstaunt an. »Decken lassen? Sind wir in einem Luxusrestaurant auf dem Newski-Prospekt?«

»Kommen Sie! Die Kälte zieht in meine Stiefel! Und ich bitte Sie, sich nicht mehr um den Schlitten zu kümmern. Ich lasse Ihr Gepäck auf einen Wagen umladen. Das war es, was ich Ihnen sagen wollte, Nadja Grigorijewna.«

Oberst Sinjew stapfte voraus durch den Schnee zu den in einem Halbkreis aufgefahrenen Troikas. Nadja folgte ihm... in einiger Entfernung kam sie an Gurjew vorbei, der wie ein großer Hase im Schnee hockte und seinen Kascha löffelte. Sie hob die Hand, und er nickte ihr zu, Qual und Sorge in den Augen und Sehnsucht nach einem Wort, einem Streicheln ihrer Hand. Um sie herum klirrten die Ketten der vierhundert Verdammten, wenn sie ihre Löffel zum Mund führten. Eine schaurige Tafelmusik.

Die Troika, vor der Sinjew stehenblieb, war ausgeräumt. Ein Zeltdach auf langen Stangen überspannte sie. Im Inneren des Wagens war tatsächlich ein Tisch aufgestellt, mit einem weißen Tischtuch bedeckt, Porzellangeschirr und Gläser standen darauf, sogar vier gefaltete Servietten. Silberbestecke glitzerten in der kalten Sonne. Vier Klappstühle umstanden den Tisch; von ihnen sprangen jetzt zwei in Pelze gehüllte Gestalten auf und nahmen Haltung an. Sinjew machte eine Handbewegung.

»Darf ich Ihnen meine Offiziere vorstellen, Nadja Gurjewa«, sagte er. »Oberleutnant Lomonow und Leutnant Narsochin.« Die beiden Offiziere grüßten, als käme eine der Großfürstinnen zu

Gast, und behielten die Paradehaltung bei, bis Sinjew abwinkte. »Wir haben ein gekochtes Huhn mit Safranreis und gezuckerte Himbeeren als Nachtisch. Ich hoffe, Sie essen Safranreis, Madame.«

»Sehr gern.« Nadjas Kehle war wie zugeschnürt. Sie wußte hinter sich Nikolai im Schnee hocken, der den dicken Kascha mit einem Blechlöffel aß. Sie wußte, daß er zu ihr hinüberstarrte und daß er sehen würde, wie sie am weißgedeckten Tisch das dampfende Hähnchen aß. Eine Ordonnanz goß angewärmten Rotwein in die Gläser... aus einem Petroleumofen strömte wohlige Wärme um den Tisch. Oberst Sinjew knöpfte sogar seinen Mantel auf, so warm war es.

»Bitte Platz zu nehmen«, sagte er höflich. Er wartete, bis Nadja saß, dann klemmte auch er sich auf den Klappstuhl, ihm folgten in der Rangstufe Lomonow und dann Narsochin. Der Koch stampfte von der Küchentroika durch den Schnee, in den Händen eine große Porzellanterrine mit dem gekochten Huhn. Eine zweite Ordonnanz trug die Reisschüssel. Oberst Sinjew hob sein Rotweinglas.

»Auf den Sieg unserer treuen Truppen!« sagte er. »Auf die Ewigkeit Rußlands!«

Es war wirklich wie in einem Luxusrestaurant auf dem Newski-Prospekt: An einem weißgedeckten Tisch mit erlesenem Porzellan und silbernen Bestecken speisten drei Offiziere und eine Dame. Der Wein funkelte rubinrot in den geschliffenen Gläsern.

Und um sie herum dehnte sich eine Wüste aus Eis, Schnee und bizarren Felsen, hockten vierhundert Sträflinge in Ketten um die prasselnden, krachenden Lagerfeuer und tranken zum Nachtisch das Kipjatok, das ja nichts anderes war als heißes Wasser. Einige böselten etwas von dem steinharten Brot hinein und genossen mit verzückten Augen die trübe Mehlsuppe. Doch was tut's? Wärme ist Leben! Was will man mehr, Brüder...

Es war eine gespenstische Mahlzeit, die Nadja mit der Haltung einer Dame, die in Zarskoje Selo unter den Augen der Zarin erzogen worden war, überstand. Nicht einmal sah sie zur Seite, wo Gurjew am Feuer lag und zu ihr hinüberstarrte. Sie schämte sich nicht – aber sie konnte diesen Blick nicht ertragen, der jeden Bissen, den sie zu sich nahm, verfolgte. Und bei jedem Stückchen Huhn, bei jeder Gabel körnigen Safranreises, bei jeder kandierten Himbeere dachte sie: Ich werde dir helfen können, Nikolai. Dies ist der Anfang. Das harte Herz des Oberst Sinjew ist weich geworden – vom Tyrannen wurde er zum Väterchen. Welch ein heimlicher Sieg für uns, Nikolai...

Nach zwei Stunden zog die Kolonne weiter.

Voran die Troikas mit den kleinen Pferden, die den Schnee

aufwirbelten zu glitzernden Wolken, dann drei Reiter, dahinter der dunkle, kettenklirrende Wurm der Sträflinge, an dem die anderen Wachmannschaften zu Pferd vorbeiritten und ab und zu »Dawai! Dawai!« schrien. Am Ende der Kolonne zwei große, behäbige Lastkarren, von vier Pferden gezogen. In diesen Wagen lag das Magazin: die Verpflegung, trockenes Holz, Munition, Handgranaten, Pulverfässer, Sprengstoffladungen. Ein weiter Weg war's bis Chabarowsk, wo die Sträflinge verladen werden sollten, falls dann noch Züge nach Tschita fuhren. Vielleicht mußte man vereiste Flußbarrieren sprengen, vielleicht gab es sogar ein Gefecht mit streunenden Bolschewistengruppen ... man war auf alles eingerichtet.

Nach einiger Zeit verließ Oberst Sinjew die klirrende Kolonne und ritt im Galopp den Troikas nach. Er erreichte sie nach einer halben Stunde und ritt an den Wagen heran, in dem Nadja auf einer Matratze saß, eingemummt in Felle und begleitet von Leutnant Narsochin, der in seinem vereisten Fell wie ein auf einem Pferd hockender Bär aussah.

»Alles wohlauf, Nadja Grigorijewna?« rief Sinjew und beugte sich unter die Plane, die man zum Schutz Nadjas über die Troika gespannt hatte.

Nadja nickte. »Sie sind ein Kavalier, Oberst«, sagte sie. »Aber ich fühle mich elend. Ich sehe Nikolai nicht mehr ...«

»Sie werden ihn lange genug sehen, wenn er den Marsch übersteht!«

»Er muß zu Fuß gehen, und ich reise warm unter Pelzen wie eine große Dame. Das bedrückt mich ...«

Oberst Sinjew wischte sich über sein gerötetes Gesicht. Die Atemwolken seines Pferdes umwehten ihn. »Gönnen Sie sich diesen Luxus, Madame!« rief er und bemühte sich, in gleicher Höhe mit der Troika zu reiten. »In Ust-Tschenaja werden Sie Ihre Kräfte gebrauchen müssen! Dort hilft Ihnen niemand! Es wird eine furchtbare Zeit kommen ...«

Nadja kroch in ihre Felle zurück wie eine Schnecke in ihr schützendes Haus. Sinjew ritt zurück zur Kolonne der Verdammten. Er hörte sie schon von weitem, noch bevor er sie um die Biegung des von Felsen begrenzten Weges sah. Das Geklirr der Ketten, das Schnaufen von vierhundert Mündern, das Stampfen von achthundert Beinen.

Am Abend erreichten sie eine kleine Poststation, ein Dorf, wo man früher die Pferde der Kutschen wechselte. Das Tagesziel, auf den Karten genau eingezeichnet, war erreicht. Der Posthalter, ein alter Mann mit geschlitzten Augen und einem breiten Schädel, hatte alles vorbereitet, so gut er es konnte. Vierhundert Sträflinge und eine Kompanie Soldaten, wo sollte man die unterbringen?

Und so hatte er zwei Ställe für die Soldaten und eine Scheune für die Sträflinge geräumt und hoffte im übrigen auf die Gnade Gottes und auf einen halbwegs vernünftigen Kommandanten des Zuges.

Sinjew besichtigte Ställe und Scheune, fand sie gut und ließ seine Kolonne einrücken. Es zeigte sich, daß die Scheune für vierhundert Sträflinge etwas eng war ... nicht alle konnten liegen, es sei denn, man legte sich übereinander.

»Warum so schamhaft?« brüllte Sinjew, als er die Lage in der Scheune überblickte. »Zu Hause liegt ihr auch auf euren Frauen! Seid froh, daß ihr ein Dach habt und nicht friert! Morgen kann es anders sein!«

In der Scheune einigte man sich ... eine Abteilung legte sich hin und schlief, die andere stand oder hockte auf der anderen Seite und wartete. Acht Stunden Schlaf sollte es geben. Für jede Gruppe vier Stunden also. Von einem Wachtposten hatte man sich eine Uhr geliehen. Sechs Mann bewachten sie, damit niemand an den Zeigern drehte und die Schlafzeit der ersten Abteilung abkürzte. Nach vier Stunden wurden die Schlafenden geweckt. Wie in einem langsamen Karussell geschah die Umgruppierung ... die Liegenden erhoben sich und schoben sich nach rechts die Wand entlang zu den Stehplätzen, die Stehenden schoben sich nach rechts weg zu den Liegeplätzen. Am Schnittpunkt standen zehn Sträflinge und kontrollierten, ob nicht einer der Vierstundenschläfer sich wieder in die zweite Abteilung schmuggelte. Am Ende gab es Geschrei und klatschende Schläge. Hinter einem Strohhaufen hatte man drei Sträflinge entdeckt, die sich dort versteckt hatten. Man zerrte sie in die Mitte der Scheune und verprügelte sie so, daß sie die restlichen vier Stunden Stehen nur durch Anlehnen an die kalte Holzwand ertragen konnten.

Bevor Nadja im Hinterzimmer des Posthalters unter ihre Felldecken kroch, versuchte sie, Nikolai zu sehen. Aus dem Fenster kletterte sie und schlich sich an den Holzstapeln vorbei zur Scheune. Doch bevor sie die Tür erreichen konnte, hielt sie eine Stimme fest.

»Das sollten Sie nicht tun, Nadja Grigorijewna!« sagte jemand hinter ihr. »Zwingen Sie mich nicht, auch Sie wie eine Gefangene zu behandeln.«

Nadja blieb stehen und drehte sich langsam um. »Sie sind wohl überall, Oberst Sinjew?« sagte sie entmutigt.

»Es wäre gut, wenn Sie das beherzigten, Madame. Ich habe hundert Augen, wenn ich im Dienst bin.« Sinjew machte eine kleine Verbeugung. »Außerdienstlich habe ich nur zwei Augen, und sie gehören vor allem einer schönen Frau ...«

Wortlos wandte sich Nadja ab und ging zurück zur Poststation.

Sie schloß das Zimmer ab, verriegelte das Fenster und kroch unter die Felle.

Über das Land heulte der Schneesturm. Es war ungewiß, ob man morgen weiterziehen konnte.

*

Von jeher war die Grenze zwischen Rußland und der Mandschurei eine weiche Grenze. Auf den Landkarten sah man sie als Strich, der keine Rücksicht auf Gebirge, Felsen, Schluchten, Steppen und Sümpfe nahm. Die Wahrheit kannten allein die Grenzposten, die einsamer als der Mann im Mond in elenden Steinhäusern hockten und einen Abschnitt bewachten, den sie gar nicht übersehen konnten. Fragte man sie, wo denn nun die Grenze sei, so zeigten sie auf einen Pfahl, der in den Boden gerammt war und die russischen Farben trug. »Dort, und dann links und rechts weiter ... bis zum nächsten Pfahl.« Und der konnte fünfzig Werst entfernt sein ...

Seit Jahrhunderten war diese Grenze deshalb auch unruhig. Mongolische Reiter brachen immer wieder über das russische Land herein und plünderten die Grenzdörfer, schändeten und verschleppten die Frauen und verschwanden dann in der Weite der Mandschurei, bevor ein russisches Regiment aufmarschierte. Strafzüge konnte man nicht unternehmen, denn woher kamen die Reiterhorden? Niemand wußte es ... sie waren Naturereignisse, denen man sich beugen mußte. Einmal nur gelang es durch Zufall, eine Reiterhorde zu vernichten – es war, als stieße man einen Stock in einen Ameisenhaufen. Aus allen Felsschluchten brachen Gruppen von kleinen, gelblichen, schlitzäugigen Reitern hervor und legten einen Feuergürtel entlang der russischen Grenze. Selbst die harmlosen Grenzposten wurden vernichtet, obwohl gerade sie einen fast freundlichen Kontakt mit den mongolischen Banden hatten. Man fand die armen Soldaten in ihren Steinhütten nackt auf den Holztischen liegend. Mit langen Eisennägeln hatte man sie festgenagelt.

Entlang dieser Grenze zog am vierten Tag die klirrende Kolonne der Verdammten. Oberst Sinjew hatte seine Mannschaft umgestellt ... vor den Troikas ritt jetzt eine Abteilung Kavallerie. Die aneinandergeketteten Sträflinge brauchten nicht so viel Bewachung. Wie sollten sie fliehen? Die Gefahr kam jetzt aus den Bergen.

»Wenn wir die erste Poststation vor Ignatjewka erreichen, könnte es überstanden sein!« sagte Sinjew zu Oberleutnant Lomonow. »Zwischen den Flüssen Iman und Bikin war schon immer ein Mistgebiet!«

Gegen Mittag geschah es dann. Die Straße senkte sich etwas aus einer Hochebene und mündete in eine Felsschlucht, so wie sich ein Wasserlauf seinen Weg durch einen Berg gesägt hat. Am Eingang dieser Straßenschlucht standen wie eine Mauer pelzvermummte mongolische Reiter auf kleinen, struppigen Pferdchen. Sogar ein Wimpel an einer Lanze flatterte über den spitz zulaufenden Fellmützen. Die russische Vorauspatrouille wurde sofort beschossen, als sie sich näherte, machte kehrt und galoppierte zu den Troikas zurück.

»Halt!« schrie Leutnant Narsochin, der die Vorhut führte. »Alles halt! Der Paß ist von mongolischen Räubern besetzt.«

Von der Hauptkolonne ritt Oberst Sinjew heran. Man hatte das Schießen gehört und den Zug der Sträflinge sofort im Schnee halten lassen. »Unsere Befreier!« schrie einer der Sträflinge. »Die Ketten werden sie uns abnehmen! Und dann betet! Wir werden euch zerreißen!«

Sinjews Gesicht war starr geworden. Er überblickte die vierhundert Verdammten und wußte, daß es dort das Wort Gnade nicht mehr gab. Ich werde sie erschießen lassen, wenn die Mongolen kommen, dachte er. Mit zwei Maschinengewehren ist es leicht. In den Ketten verwirren sie sich; es wird ein Abschlachten geben, ein Durchlöchern eines geballten Haufens von schreienden Leibern.

Von den Troikas raste ein Melder heran, er hing über dem Hals seines Pferdes. »Wir müssen durchbrechen, Euer Gnaden!« schrie er Sinjew zu. »Sie haben die Straßenschlucht besetzt.«

»Wie viele?« fragte Sinjew hart.

»Mindestens eine Schwadron...«

»Hurra!« schrie jemand aus der Sträflingskolonne. »An den Hals geht es euch, ihr Saukerle! Los, Kameraden! Schreit! Ruft die Befreier herbei! Zerreißt mit euren Stimmen den Himmel! Los!« Und bevor Sinjew einen Befehl geben konnte, bevor zwei Reiter den Rädelsführer mit Peitschen in den Schnee schlugen, rissen vierhundert Münder auf, und ein donnernder Schrei flog in den kalten Wintertag; die Atemwolke aus vierhundert Kehlen zog wie ein Nebel vor die kalte Sonne.

»Hilfe! Hilfe! Hilfe!«

Oberst Sinjew lächelte grausam. Er gab seinem Pferd die Sporen und galoppierte nach vorn zu den Troikas.

Dort hatte sich bereits eine Front gebildet. Maschinengewehre waren hinter den Wagen in Stellung gegangen. Leutnant Narsochin meldete, was er gesehen hatte, aber Sinjew sah es ja selbst deutlich genug. Das Gebrüll der vierhundert Verdammten wehte über ihn hinweg bis zu der Schlucht, wo die mongolischen Reiter regungslos verharrten. Für sie war die Situation klar... es gab nur zwei Möglichkeiten... entweder rückten die Russen vor und machten den Weg frei, dann waren sie verloren ... oder sie zogen sich zurück, dann war ihre Vernichtung sicher, denn eine rückwärts marschierende Kolonne ist keine gute Verteidigung.

Oberst Sinjew stieg vom Pferd. Er brauchte es nicht mehr. Eine Attacke gegen die Mongolen zu reiten war Wahnsinn! Sie haben ihre Pferde und ihren wilden Todesmut – ich habe Maschinengewehre, dachte er grimmig. Das ist mehr! Schießen wir uns den Weg also frei ...

In ihrer Troika saß Nadja geduckt hinter einer Kiste mit Brot und starrte auf die mongolischen Reiter. Sie dachte an die Kosaken des Atamans Kubulai, an den Angriff, der die bolschewistische Kompanie zerfetzte trotz Maschinengewehren und Granatwerfern, an das schreckliche Gericht Kubulais und die lange Grube, in der die roten Soldaten verschwanden. Sie hatte genug gelesen, wie die Mongolen ihre Gefangenen behandelten. Und während Sinjew seine Soldaten dirigierte und die mongolischen Reiter sich am Paß zum Angriff aufstellten, stieg in ihr die Erinnerung auf an eine Geschichte, die sie in einem Buch in Zarskoje Selo gelesen hatte ... damals, als vierzehnjähriges Mädchen, und sie hatten mit heißen Wangen sich laut aus diesem Buch vorgelesen, die Zarentöchter und sie, die Tochter Rasputins. Die Heldentaten des chinesischen Soldaten Tung-Chi-lai. Mit Pulversäcken vor der Brust und einer Lunte war er vor die Mauern der feindlichen Festung marschiert und hatte mit seinem Leib ein Loch in die Mauer gesprengt.

Am Paß formierten sich die Mongolen zu sechs Reihen. Hinter den Troikas lagen die Russen. Ein Melder von der Kolonne der Sträflinge ritt heran. Sein Pferd blutete.

»Sie schlagen mit den Ketten um sich!« schrie er. »In die Hände nehmen sie sie wie Eisenhämmer. Befehlen Sie zu schießen, Euer Gnaden ...«

Oberst Sinjew atmete tief auf. Er sah hinüber zu den Mongolen. Jeden Augenblick konnten sie angreifen.

In diesen kritischen Minuten geschah etwas Ungeheuerliches. Sinjew erstarrte, die russischen Soldaten duckten sich hinter ihren Troikas, vergeblich versuchte Leutnant Narsochin, den Weg durch drei beherzte Männer abzuschneiden ... aus dem Troikalager brach ein Wagen aus, drei wilde, rasende Pferde galoppierten mit schreiendem Wiehern die Straße hinab, dem Paß zu, den leichten Wagen hinter sich herziehend, als sei er ein Stückchen Holz. Und jetzt sahen sie auch, warum die Pferde dem Wahnsinn nahe waren ... an ihre Schwänze hatte jemand Strohbüschel gebunden und sie angezündet. Nun rasten sie durch den Wintertag, getrieben von der Hitze und den Flammen an ihren Schweifen, gejagt von der Panik der Angst, blind geworden in der kreatürlichen Ratlosigkeit.

Oberst Sinjew warf die Arme hoch empor. »Anhalten!« schrie

er. »Schießt sie ab! Schießen!« Aber kein Finger rührte sich... Gebannt starrten alle auf die Troika und die drei Pferde mit den flammenden Schwänzen.

Sinjew drehte sich herum. Hinter ihm stand Nadja, klein, kindlich fast, kaum zu sehen in dem langen Pelz. Ihr blasses Gesicht in der Pelzmütze war wie aus Porzellan.

»Was machen Sie hier?« schrie Sinjew. »Zu den Wagen!« Dann hob er die Schultern, als fröre er, nestelte seinen Revolver aus der Ledertasche und reichte ihn Nadja hin. »Hier... Sie werden ihn nötig haben, wenn die Mongolen uns überreiten. Halten Sie ihn gegen die Schläfe und drücken Sie ab... Sie werden den Schmerz nicht mehr merken...«

Nadja steckte den Revolver in die Tasche ihres Pelzes. »Sie rennen genau auf die Mongolen zu...« sagte sie leise.

»Wer?« fragte Sinjew heiser.

»Die Pferde...«

»Wenn ich den erwische, der das getan hat...« sagte Sinjew dumpf. »Ich mache mit ihm das gleiche...«

»Ich war es«, sagte Nadja fest.

»Sie?« Sinjew ballte die Fäuste. »Nadja Grigorijewna, Sie zwingen mich, in Ihnen keine Frau mehr zu sehen...«

»Warten Sie ab, Oberst... in fünf Minuten wird der Paß frei sein...«

»Durch drei Pferde mit brennenden Schwänzen?«

»Durch die Troika, die sie ziehen. Ich habe sie mit zwei Kisten Sprengstoff und vier Säcken Pulver beladen...«

»O Himmel! O Gott!« Sinjews Stimme überschlug sich. »Dekkung!« brüllte er. »Alles volle Deckung!« Er packte Nadja und riß sie mit sich in den Schnee, als er sich hinfallen ließ. Im Liegen zog er sie an sich und warf sich mit dem Oberkörper auf sie.

Die Sekunden wurden zur ewigen Qual. Wiehernd rasten die Pferde mit den flammenden Schweifen auf den Paß zu. Von der Schlucht her kam lautes Lachen. Die mongolischen Reiter bogen sich in ihren Sätteln, zeigten mit ausgestreckten Armen auf die drei schreienden Pferde und die brennenden Schwänze. Dann rissen sie ihre Gewehre herunter und warteten, bis die Gäule nahe genug heran waren.

»Jetzt!« sagte Sinjew und drückte Nadja tiefer in den Schnee. »Jetzt! Gott sei uns gnädig...«

Die Mongolen schossen. Sie zielten auf die Pferde, sie feuerten aber auch auf den hüpfenden Wagen. Und dann war der Tag nicht mehr Tag, der Himmel nicht mehr blau, die Sonne nicht mehr golden, der Schnee nicht mehr weiß... in einem ungeheuren Krachen, das die Trommelfelle in den Ohren eindrückte, zerbarst der Wagen mit den Sprengladungen und dem Pulver. Erde,

Schnee, Holzteile und zerfetzte Menschen- und Pferdeleiber wirbelten durch die Luft… und wo die beiden ersten Reihen der mongolischen Reiter gestanden hatten, dehnte sich jetzt eine flache, schwärzliche, qualmende Mulde, ein ausgehobeltes Loch im Schnee, groß genug, ein ganzes Haus darauf zu setzen.

Oberst Sinjew zuckte zusammen. Neben seinem Kopf schlug ein abgerissener Pferdehuf in den Schnee. Blut spritzte über sein Gesicht. Von der Schlucht her gellten Schmerzensschreie und das unvergeßliche Gebrüll sterbender Pferde. Dann bebte die Erde, als schüttelte sie sich vor Grauen. Was noch übriggeblieben war von den mongolischen Horden, galoppierte durch den Paß davon.

Ächzend stemmte sich Oberst Sinjew auf die Knie, überblickte das Feld der zerrissenen Leichen und zog Nadja zu sich hoch. Er umarmte sie und küßte sie auf die blassen, kalten, zusammengepreßten Lippen.

»Nadja Grigorijewna«, sagte er tonlos. »Sie haben uns das Leben gerettet. Vergessen Sie, daß ich Ihr Feind sein muß. Verfügen Sie über mich.«

Nadja schloß die Augen. Was vor ihr lag, war zu grauenvoll, um es anzusehen. Zwischen den Leichen von Pferden und Menschen krochen einige Mongolen herum, mit abgerissenen Gliedern, und schrien um Hilfe. Russische Soldaten rannten auf sie zu und erschossen sie. Es war das beste, so grausam es auch war… wer konnte ihnen hier helfen?

»Lassen Sie Nikolai frei«, sagte sie leise.

»Das ist das einzige, was ich nicht kann.« Sinjew drückte Nadja an sich. »Für *Sie* kann ich alles tun.«

»Ich lebe nur für Nikolai, Oberst.«

Sinjew nickte. Er stand auf und zog auch Nadja aus dem Schnee. Die Soldaten stürmten jetzt unter Leutnant Narsochin in den Paß… er war verlassen. Der Weg nach Ignatjewka war frei.

»Ich werde mit dem General reden«, sagte Sinjew tief atmend. »Vielleicht wird er Gurjew Ihretwegen begnadigen. Aber erst müssen wir in Tschita sein… und das sind über zweitausend Werst…«

Nach einer Stunde zog die Kolonne weiter.

Das normale Leben kehrte zurück… vorweg die Troikas, dann die vierhundert Verdammten, zuletzt die Vorratswagen.

Die Ketten klirrten.

Die Soldaten schrien: »Dawai! Dawai!«

Oberst Sinjew schritt an den Kolonnen entlang.

Gegen Abend begannen die vierhundert zu singen, weil sie müde wurden.

In der Poststation Nowo Scherma kochten schon die Kessel mit

Kascha über den Feuern. Die Troikas waren eine Stunde vorher eingetroffen.

Ein Tag ging zu Ende.

Und man lebte noch!

Brüder... hoffentlich ist die Scheune groß genug, und wir brauchen nicht mehr in zwei Abteilungen zu schlafen.

Schlafen! O Wonne, Schlaf! Und heiße Kascha! Und Kipjatok! Mit Brotstückchen!

Noch zehn Werst durch den Schnee. Singen, Brüderchen! Sing! Sing! Nach zehn Werst eine Scheune mit Stroh zum Paradies...

*

Am zehnten Tag erreichten sie Chabarowsk.

Wie alle sibirischen Städte war auch Chabarowsk nach dem Muster eines Schachbretts gebaut. Nur zum Fluß hin, dem Amur, der auch die Grenze bildete zur Mandschurei, lockerte sie sich etwas auf... hier lag das »Chinesische Viertel«, ein Gewirr von Hütten und Häusern, eine Verfilzung von Gassen und Dächern, Übergängen und windschiefen Buden. Wäre hier nicht die Eisenbahn gewesen und hätte der Zusammenfluß von Ussuri und Amur nicht eine strategische Stellung bedeutet... Chabarowsk wäre nie über eine sibirische Siedlung hinausgekommen. So aber herrschte hier jetzt sogar ein Gouverneur, man hatte einen schönen Bahnhof gebaut, und es gab sogar genug heimliche Kommunisten, daß man große Sorge hatte, eine rote Regierung könnte den Gouverneurspalast besetzen und damit Wladiwostok von seiner Lebensader, der Eisenbahn, abschneiden. Die »Weißen« hatten deshalb ein ganzes Regiment in Chabarowsk liegen und kontrollierten von hier aus die ganze wichtige Provinz Priamuri.

Oberst Sinjew zog mit seiner Sträflingskolonne in ein verwahrlostes Bauerngut, das von einem Bretterzaun umgeben war. Hier wartete er auf das Verladen seiner vierhundert Verdammten. Der Gouverneur schickte Verstärkung... fünfzig verwegene sibirische Scharfschützen, die in zwei Tagen rund um das Gut vier Wachtürme aus Rundstämmen bauten und von dort aus Tag und Nacht das Lager bewachten. Wer sich dem Bretterzaun auf vier Schritt näherte, wurde ohne Anruf beschossen... der erste war der junge Graf, dem ein Stück aus dem Oberschenkel weggerissen wurde, als er an den Zaun trat, um zu urinieren.

Das gab böses Blut im Lager. Von dieser Stunde an standen stets große Gruppen von Häftlingen genau vier Meter vom Bretterzaun entfernt im Schnee, hatten die Hosen aufgeknöpft und pinkelten in Richtung auf die Wachtürme. Es war ein stummer, rührend kindlicher Protest gegen die Gewalt.

Oberst Sinjew, der das Zimmer des Gutsherrn bewohnte, ließ

am vierten Tag des Wartens Nadja zu sich bitten. Er schob ihr ein beschriebenes Blatt Papier hin und lehnte sich zufrieden zurück. »Lesen Sie, Nadja Grigorijewna«, sagte er, »was ich an Admiral Koltschak geschrieben habe. Es wird seine Wirkung nicht verfehlen. Ich habe vorgeschlagen, Nikolai Gurjew zu begnadigen und ihm als einem freigelassenen Häftling ein Stück Land in Sibirien zuzuweisen, das er urbar machen kann. Dort können Sie leben, Kinder kriegen und mithelfen, Sibirien mit Hacke und Schaufel zu erobern.«

Nadja Gurjewa schob das Schreiben ungelesen über den Tisch zurück zu Oberst Sinjew. Es war eine stolze Gebärde, die Sinjew fasziniert beobachtete. »Wir wollen keine Gnade, Herr Oberst«, sagte sie laut. »Wir wollen Gerechtigkeit! Nikolai ist unschuldig!«

»Gerechtigkeit braucht Zeit, Madame.« Sinjew legte den Brief in eine lederne Mappe. »Sie werden sie in Sibirien haben.«

»Wenn man so schnell rehabilitiert, wie man Nikolai verurteilt hat ...«

Sinjew hob abwehrend beide Hände. »Was denken Sie, Madame? Einen Stein zu werfen ist leichter, als ihn im Flug wieder aufzuhalten. Wir unterliegen Naturgesetzen ... auch die Gerechtigkeit! Es wäre ein großer Vorteil, wenn Gurjew keine Ketten mehr zu tragen brauchte. Aber was Sie auch denken ... ich schicke den Brief ab! Ein kleiner Schritt in die Freiheit, und wenn es auch nur die Vergünstigung ist, gefahren zu werden, statt in Ketten zu laufen, bedeutet für Ihren Mann eine nicht meßbare Zahl an gewonnenen Lebensjahren ...«

Acht Tage später, bei einem wütenden Schneesturm, der Chabarowsk völlig unter weißen Bergen vergrub, wurden die vierhundert Sträflinge verladen. Einfache Viehwagen waren es, deren Boden man mit Stroh belegt hatte. Vierzig Männer wurden in einen Wagen hineingepreßt, und als erstes verstopften sie die breiten Ritzen in den Bretterwänden, durch die der Sturm heulte. Tücher und Schals, Fußlappen und Strümpfe dichteten die Wagen ab; von da ab war es mollig warm, denn es gibt keinen besseren Ofen als vierzig lebende Leiber und deren Ausdünstungen.

In einem Personenwagen, der als letzter an den Zug gekoppelt war, erhielt Nadja Gurjewa ein Abteil für sich allein. Sinjew hatte es so angeordnet, sehr zur Verwunderung des Bahnhofskommandanten, der in den Sträflingen wilde Tiere sah und sie mit Tritten und Peitschenhieben behandelte.

Beim Verladen sah Nadja ganz kurz Nikolai. Mit drei anderen, aneinandergefesselten Kameraden holte er einen großen Kessel kochendes Wasser aus dem Bahnhofsgebäude. Sie winkten sich zu, als führen sie auf zwei sich begegnenden Schiffen aneinander vorbei, ihre Blicke trafen sich und riefen sich zu: Ich liebe dich ...

dann stolperte Nikolai weiter, das heiße Wasser schwappte über seine Hände, er verbiß den Schmerz und starrte geradeaus auf die Viehwagen und die wartenden Kameraden. In der Nacht setzte sich der Zug in Bewegung. Vor der Lokomotive wurden drei Flachwagen mit Sand hergeschoben. Viermal war in den letzten Wochen die Strecke durch Minen gesprengt worden, die dann hochgingen, wenn der erste Wagen darüberrollte. So koppelte man jetzt Sandwagen davor, deren Verlust keine Menschenopfer forderte.

Nadja saß am Fenster und drückte die Stirn gegen die kalte Scheibe, als der Zug Chabarowsk verließ. Der Übergang von der Zivilisation zur völligen Wildnis ging sehr schnell... ein paar Hütten noch, ein paar winzige, einsame Lichter... dann kam der Wald an die Gleise heran, Tannen, Lärchen und Zedern, eine vereiste, starre Wand, die sich verlief in den Sümpfen, um dann wieder aufzutauchen in urweltlicher Größe und Einsamkeit.

Heimat der Wölfe und Tiger.

Nadja sah hinaus in die vorbeiziehende Unendlichkeit. So würde es jetzt bleiben, zweitausend Werst lang... ein paar sibirische Städte, ein paar Dörfer, einsame Bahnhöfe, auf denen riesige Holzstapel auf das Verladen warteten, und dann wieder Wälder, kahle, glatte Felsen, und immer wieder Wälder, turmhohe Bäume, die Kronen von Eiswind zerfetzt.

Sibirien.

Gab es jemals ein Zurück zu den Menschen?

Im Nebenabteil, getrennt durch eine dünne Holzwand, hörte sie Sinjew husten. Dann schnarchte er wieder.

Ob Nikolai schlief? Oder saß auch er wach an der Schiebetür und starrte hinaus in die unter der Schneedecke erstorbenen Wälder?

Wir werden es annehmen, Nikolai, dachte Nadja und lehnte sich zurück. Wenn Koltschak dich begnadigt, wenn du ein sibirischer Muschik werden mußt... wir nehmen es an! Sinjew hat recht: Es ist das Leben! Ist es nicht gleich, wo wir leben und wie wir leben, wenn wir nur zusammen sind? Wir werden Helena zu uns bringen lassen und eine kleine Welt inmitten der riesigen Wälder sein. Was wird uns Petersburg kümmern, Moskau, Lenin oder Koltschak, Trotzki oder Kerenskij? In Sibirien versinken Zeit und Namen, man ist der Ewigkeit so nahe, daß man die Jahre nicht zählt... Ja, so wird es sein, Nikolai... Laß uns beten, daß alles so wird...

*

Am sechsten Tag der Fahrt passierten sie den Holzverladeplatz Ust-Tschenaja. Es hatte sich bei den Sträflingen herumgesprochen, daß man gegen Mittag den Ort durchfahren würde. Nun standen sie alle an den offenen Türen der Viehwagen und sahen auf den Flecken Urwald und Fels, der für unbestimmte Zeit ihre Heimat und für viele von ihnen auch das Grab werden sollte.

»Es ist ein richtiger Ort!« schrie jemand. »Sogar eine Kirche haben sie!«

»Ich habe Weiber gesehen. Weiber, Freunde!«

»Ein Rock für zwanzig Mann! Was soll's?«

»Wir werden es genau organisieren, Brüder. Jeder bekommt eine Karte, die gelocht wird!«

Man lachte. Mit rasselnden Ketten winkten sie den Leuten von Ust-Tschenaja zu. Sahen sie ein weibliches Wesen, und wenn es ein humpelndes Mütterchen war, pfiffen sie und riefen zotige Worte.

Ein kurzes Vergnügen war's, dann umgab sie wieder der starre Wald, die schweigende Unendlichkeit Sibiriens. »Idioten sind die Militärs!« sagte jemand. »Statt zu halten und uns auszuladen, schaffen sie uns nach Tschita und von dort wieder zurück nach Ust-Tschenaja, nur weil der alte Ryschikow uns sehen will! Und ich wette, wir müssen das Stück auch noch zu Fuß zurück! Dreihundertfünfzig Werst durch den Wald! Man sollte sie alle ertränken!«

Genauso war es. Bis Tschita, der großen Eisenbahnstation nach Irkutsk, fuhr der Zug, rollte auf ein Nebengleis und wurde dort von Militär erwartet.

Nadja beugte sich aus dem Fenster. Was sie sah, war trostlos. Ein Bahnhof, ein unregelmäßiges Gewirr niedriger Häuser, etwas außerhalb, umgeben von Holzhütten und einem hohen Holzzaun, ein langgestrecktes rotgestrichenes Haus ... zwischen qualmenden Kaminen und mit Schneehauben bizarr verzierten Dächern die kupferne Kuppel einer Kirche ... und das alles lag in einer weiten Talmulde, öde, mit ein paar Sträuchern und windschiefen Wäldchen durchsetzt. Am Horizont schoben sich Hügel gegen den Himmel, ein Kranz von Bergen, der das Tal abschirmte, blauschimmernd in der Sonne.

»Tschita!« sagte Oberst Sinjew, der in Nadjas Abteil getreten war. »Ein riesiger Nachttopf, und wir sind auf dem Grund. Sehen Sie das rote Haus? Dort wohnt General Ryschikow, der Kommandant des Straflagers Tschita! Bei Wilna hat ihm eine deutsche Granate die linke Hand abgerissen, aber er trägt über dem Stumpf einen ausgestopften Handschuh. Das hat ihn bei den Burjäten berühmt gemacht. Um ihnen zu imponieren, ist er einmal zu ihnen in ihr Jurtenlager geritten und hat gewettet, daß er sich mit einem großen Hammer auf die linke Hand schlägt, ohne einen Laut von sich zu geben. Man lachte ihn aus, gab ihm den Hammer, er schwang ihn hoch über seinen Kopf und ließ ihn auf seine linke Hand niedersausen. Dabei lächelte er, warf dann den Hammer weg und stieg unter ehrfürchtigem Schweigen der Burjäten wieder auf sein Pferd. Seitdem kann er befehlen, was er will – die Burjäten tun es!«

Während die Sträflinge ausgeladen wurden, ihre Ketten wieder aufnahmen und in Viererreihen aneinander angeschlossen wurden, fuhren Sinjew und Nadja Gurjewa in einem Tarantas in die Stadt. Vor dem hohen Holzzaun des roten Hauses blieben sie stehen, ein Posten in seinem schwarz-weiß gestreiften Schilderhaus kam heraus, grüßte den Oberst und meldete durch eine Klingel das Kommen der Gäste. Von innen wurde das Tor geöffnet, der Tarantas fuhr in einen wie ein Garten angelegten Hof und hielt vor einer Freitreppe. Ein Leutnant kam ihnen entgegen, grüßte stramm und betrachtete Nadja mit Verwunderung.

»Oberst Sinjew mit dem Transport aus Waldiwostok?« fragte er abgehackt.

»In der Tat«, brummte Sinjew.

»Ich bitte Sie, sich zu gedulden. Exzellenz hält seinen Mittagsschlaf.«

»Das ist allerdings wichtig. Stören Sie Väterchen Jegor bloß nicht!« Sinjew faßte Nadja unter. »Sie sehen, Madame, auch in Sibirien gibt es einen Mittagsschlaf und die Bürokratie.« Er wandte sich zu dem Leutnant um. »Wo können wir warten?«

»Kommen Sie bitte hier herein.«

Man führte sie in eine Art Vorzimmer, wo ein Eisenofen eine solche Hitze verströmte, daß es den Eintretenden, die aus klirrender Kälte kamen, den Atem verschlug. Sinjew riß seinen Pelz vom Körper und half auch Nadja aus ihrer dicken Vermummung. Erstaunt sah er, daß sie darunter fast festlich gekleidet war. Sie trug ein blaßviolettes Kleid mit Spitzenbesatz und einem Kragen aus weißem Nerz. Das einzige, was dazu fehl am Platz war, waren die Stiefel.

»Sie verblüffen mich, Madame«, sagte Sinjew ehrlich. »Vergessen Sie nicht – General Ryschikow ist Kommandant eines Straflagers und nicht Gastgeber auf einem Ball.«

Sie warteten fast eine Stunde, dann schien Ryschikow ausgeschlafen zu haben. Drei Ordonnanzen betraten das Zimmer und begaben sich in einen Nebenraum, eine dunkle Stimme sprach laut, aber man konnte die Worte nicht verstehen.

»Seien Sie still, wenn er Sie anschnauzt«, sagte Sinjew leise. »Er soll ein grober Mensch sein.«

Nadja nickte stumm. Gebannt starrte sie auf die Tür. Hinter ihrem weißlackierten Holz verbarg sich das Schicksal Nikolais. Das Wort Ryschikows war hier gleichbedeutend mit Leben oder Sterben.

»Bitte kommen Sie!«

Der Leutnant stand in der Tür. Oberst Sinjew zog seinen Uniformrock gerade, blinzelte Nadja noch einmal zu und betrat zuerst das Zimmer des Generals. Er knallte die Hacken zusammen und meldete sich und seine vierhundert Sträflinge.

Hinter seinem Schreibtisch aus Mahagoni, unter einem Bild des Zaren, erhob sich aus einem Sessel eine hagere, große Gestalt. Weiße Haare bedeckten den schmalen Vogelkopf, unter einer spitzen, gebogenen Nase hing ein eisgrauer, struppiger Schnurrbart über die schmalen, blutleeren Lippen. Der linke Arm mit der ausgestopften sagenhaften Handschuhhand legte sich auf den Rücken. Kleine graue Augen sahen Sinjew mit stechender Schärfe an.

»Sie sind in Damenbegleitung, Oberst?«

Eine tiefe Stimme aus dieser vertrockneten, langen Mumie. . . . Sinjew zuckte unwillkürlich zusammen.

»So ist es, Exzellenz. General Karsanow hat gestattet . . .«

»Ich weiß, ich weiß! Wo ist die Dame, zum Teufel?«

»Im Nebenzimmer.«

»Warum im Nebenzimmer? Sie sind nicht wichtig, Oberst! Warum drängen Sie sich vor?«

Oberst Sinjew bekam einen hochroten Kopf und preßte die Lippen zusammen. Mit Staunen sah er, wie Ryschikow um den Schreibtisch herumkam, an ihm vorbeiging und ins Nebenzimmer trat. Dort ging er auf Nadja zu, verbeugte sich, nahm ihre kalte, kleine schmale Hand und führte sie formvollendet an die Lippen.

»Ich begrüße Sie, Madame«, sagte Ryschikow und hielt Nadjas Hand fest. »Tschita zeigt sich von seiner scheußlichsten Seite. Im Sommer ist es erträglicher – da blühen sogar Rosen in unserem Garten. Darf ich bitten . . .« Er trat zur Seite und zeigte auf sein Zimmer. Verwirrt machte Nadja ein paar Schritte und blieb dann stehen. Ryschikow an ihrer Seite lächelte sie an.

»Kennen wir uns nicht, Exzellenz?« fragte sie unsicher.

»Ob Sie sich meiner erinnern, weiß ich nicht. Ich sah Sie mit den Großfürstinnen auf dem Bahnhof, als Sie unsere tapferen Truppen verabschiedeten, die nach Tannenberg in den Tod fuhren. Sie liefen neben einem Wagen her, aus dem ein junger Offizier hing . . .«

»Nikolai Gurjew . . .« sagte Nadja tonlos. »Er ist jetzt bei den Sträflingen. Er ist mein Mann . . .«

»Wie sich die Zeiten und Schauplätze ändern, Madame . . .«

Jegor Arkadjewitsch Ryschikow schloß die Tür, sehr zum Bedauern seiner im Vorzimmer wartenden jungen Offiziere. Er winkte Sinjew zu, bequem zu stehen, und lehnte sich gegen die Kante seines breiten Schreibtisches. Dabei warf er einen langen Blick auf das Bild des Zaren.

»Man hat ihn und die ganze Familie ermordet . . .« sagte er hart.

»Es war nicht Nikolais Schuld! Er hat den Zaren nicht verraten!« rief Nadja flehend. »Warum glaubt man *mir* nicht, wenn man von ihm sagt, er lüge, um seinen Kopf zu retten?«

»Wir sind nicht da, Schuldfragen zu klären, Madame. Aber ich habe die Ehre, Ihnen die Anerkennung Admiral Koltschaks auszusprechen für Ihre tapfere Tat bei Ignatjewka. Ich habe über Funk Anweisungen bekommen, die mich sehr erfreuen.«

»Sie lassen Nikolai frei?« schrie Nadja auf. Sie wollte die Arme vor Freude emporwerfen, aber Ryschikow winkte fast traurig mit seiner ausgestopften Hand ab.

»Der Admiral hat mir erlaubt, daß Sie bei Nikolai Gurjew bleiben dürfen, auch in Tschita und später in Ust-Tschenaja. Bitte, jubeln Sie nicht zu früh, Madame. Sie werden eine Hütte bewohnen, die außerhalb des Lagers liegt und doch dem Kommando des Lagers und seiner Verwaltung untersteht.« Ryschikow strich sich über seinen eisgrauen, hängenden Schnurrbart. »Um es kurz zu machen: Ein Sondergesetz des Zaren Nikolaus I. aus dem Jahr 1826 regelt den rechtlichen Status der Frauen, die mit ihren Männern in der sibirischen Verbannung leben wollen. Es war eine besondere Güte des Zaren anläßlich der Verschickung der Dekabristen nach Sibirien. Ausnahmsweise ist Admiral Koltschak als Verwalter des verwaisten zaristischen Erbes bereit, Ihnen diese Güte auch zuzuerkennen.« General Ryschikow ging um seinen Schreibtisch herum, öffnete einen gelben Aktendeckel und schob Nadja zwei große, eng beschriebene Bogen zu. »Wenn Sie es durchlesen und unterschreiben wollen, Madame . . .«

Nadja setzte sich in den kleinen Lederstuhl, der vor dem Schreibtisch stand, und begann mit leiser, aber deutlicher Stimme vorzulesen. Es war ihr in trockenen amtlichen Worten vorgezeichnetes Schicksal . . . ein Leben ohne Geheimnisse, zusammengedrängt auf zwei Seiten, geregelt durch Bestimmungen und Verpflichtungen. Das Leben einer Puppe, deren Feder das Gesetz immer wieder aufdreht.

». . . wenn Frauen politischer Verbrecher ihre Männer nach Sibirien begleiten und bei ihnen bleiben wollen, so kann das nur möglich sein, wenn sie voll das Schicksal ihrer Männer teilen. Sie geben also ihren bisherigen Stand auf. Sie gelten ab sofort nur als die Frauen von Sträflingen, haben keinerlei Rechte wie die Verbannten. Ihre Kinder, die sie in Sibirien gebären, sind unfrei und werden Leibeigene des Zaren.«

Nadja blickte auf. Die eisgrauen Augen Ryschikows sahen über ihre bronzenen Haare hinweg gegen die grünen Vorhänge vor den Fenstern.

»Das ist ja Sklaverei ...« sagte sie leise. »Exzellenz ... wir leben doch im 20. Jahrhundert ...«

»Lesen Sie bitte weiter, Madame.«

»... Die Frauen der Verbannten haben von den Behörden keinen Schutz zu erwarten, wenn sie beleidigt, angegriffen, geschändet oder von Männern verfolgt werden. Wie ihre Männer der verächtlichsten Klasse in Rußland angehörend, sind sie vogelfrei für jedermann und haben sich selbst zu schützen. Wer ihnen Gewalt antut, wird von keiner Behörde bestraft oder verfolgt ...«

»Das ist ungeheuerlich«, sagte Oberst Sinjew tonlos. Ryschikow sah ihn streng an.

»Ich habe nicht um Ihre Meinung gebeten, Oberst!« schnauzte er. »Madame verliest ein Gesetz, merken Sie sich das.«

»... Die Frauen der Verbannten dürfen die ihnen zugewiesenen Wohnplätze nie mehr in ihrem Leben verlassen, es sei denn, es erfolgt ein neuer Befehl des Zaren. Wenn sie Briefe schreiben, müssen diese in offenem Zustand bei dem Kommandanten des Lagers abgegeben werden. Zweimal in der Woche ist es den Frauen der Verbannten gestattet, ihre Männer zu empfangen. Ein Wachtposten wird sie begleiten ...«

Nadja hob den Kopf. General Ryschikow schien verlegen zu sein. »Sind wir Stuten, die man nach dem Kalender belegt?« fragte Nadja laut. Oberst Sinjew schnaubte wütend durch die Nase.

»So geht es weiter, Madame.« Ryschikow legte seine ausgestopfte Hand wie einen Briefbeschwerer auf die Papierbogen. »Es sind noch hundert Verbote, aber nicht eine Erlaubnis. Kein zusätzliches Essen an die verbannten Männer. Keinen Tabak. Keine Wäsche. Keine Briefe, die der Kommandant nicht abgezeichnet hat. Kein Treffen außerhalb der beiden Tage in der Woche. Keine Sprecherlaubnis. Sie können Ihren Mann sehen, Sie dürfen in seiner Nähe leben, Sie dürfen ihn zweimal in der Woche lieben, Sie können jedes Jahr ein Kind kriegen ... Ihr Leben wird das einer Wölfin sein, die um die Gitter streicht, hinter denen der Wolf sein Leben in Gefangenschaft verdämmert. Wenn Sie das wollen, Madame ...« Ryschikow hob seine ausgestopfte Hand von den Papieren ab. »Dann unterschreiben Sie.«

»Ich will!« Nadja nickte und hob die Hand. »Bitte Ihren Federhalter, Exzellenz.«

Mit kräftigen Strichen setzte sie ihren Namen unter das Dokument, mit dem sie ihre Freiheit und die Freiheit ihrer Kinder aufgab. Nadja Grigorijewna Gurjewa.

Hinter ihr stöhnte Oberst Sinjew leise. General Ryschikow betrachtete wieder seine grünen Vorhänge. Beide zuckten zusammen, als Nadja den Federhalter auf den Tisch warf ... das kleine Geräusch klang wie eine Explosion.

»Kann ich jetzt Nikolai sehen und sprechen?« sagte sie mit fester Stimme.

General Ryschikow schüttelte den Kopf.

»Mit Ihrer Unterschrift, Madame, beginnt die erste Woche Ihres Daseins als Sträflingsfrau Gurjewa. Der erste Besuchstag ist in drei Tagen. Es ist ein Freitag. Man wird Sie jetzt in Ihre Unterkunft bringen.«

Stolz wie eine Königin verließ Nadja das Zimmer des Generals Ryschikow. Sinjew und Ryschikow blickten ihr nach, und sie sahen noch immer auf die Tür, als diese sich längst geschlossen hatte.

»Welch eine Frau!« sagte der alte General. »Man spürt die unheimliche Kraft ihres Vaters.«

»Und eine solche Frau soll in Sibiriens Urwäldern verfaulen...« fügte Sinjew leise hinzu.

Das Straflager Tschita war überfüllt. Die normalen Lager quollen über, und so hatte man den neuen »Transport Sinjew« vom Bahnhof auf ein Gut gebracht, das neben der Kirche lag und von Mönchen bewirtschaftet wurde. Der Friedhof Tschita lag zwischen der Scheune, in die man die vierhundert Sträflinge sperrte, und der Kirche, in der jeden Sonntag, morgens um sieben Uhr, Gottesdienst für die Gefangenen war. Da der Friedhof von einer Mauer umgeben war, stellte er einen idealen Auslaufplatz für die Verdammten dar, leicht zu übersehen und von der Mauer aus zu überwachen.

»Ihr seid den Toten näher als den Lebenden«, sagte Sinjew, als er sich von den vierhundert verabschiedete. Seine Aufgabe war erfüllt; er reiste zurück nach Wladiwostok. Die Begleitkompanie blieb in Tschita. Man erwartete auch hier das Vordringen der Roten, die am Amur und der Grenze sengende und mordende Banden gebildet hatten. Noch gab es keine einheitliche bolschewistische Armee, aber man wußte aus Erfahrung, daß sich so etwas schnell bildet, wenn nur der richtige Führer auftaucht.

»In ein paar Tagen werdet ihr nach Ust-Tschenaja kommen. Freut euch nicht darüber. Gleisarbeiten im Winter und Straßen durch die Felsen schlagen im Sommer ist mehr als höllische Verdammnis! Erholt euch! Geht auf dem Friedhof spazieren und unterhaltet euch mit den Toten! Ihr könnt sie jetzt schon Brüder nennen...«

Das war eine typische Abschiedsrede Sinjews. Die vierhundert Sträflinge schwiegen. Die Ketten hatte man ihnen abgenommen. In einem Nebenraum, dem Schafstall, lagen sie in großen Haufen auf dem Boden. Sechs Abkommandierte waren dabei, sie mit Schmirgelpapier und Flußsand zu scheuern, als dienten sie als Schmuck zu einer Parade. Auch Nikolai Gurjew war unter den sechs Putzern, eine erste Auszeichnung von Ryschikow, denn die Kettenscheurer bekamen eine halbe Schüssel mehr Kascha als die anderen Sträflinge.

Von Nadja hatte er nichts mehr gehört. Bei den Wachsoldaten fragte er nach ihr, aber sie hatten nur gesehen, daß ein Leutnant sie in die Stadt begleitete, nachdem sie bei General Ryschikow gewesen war.

Am Freitag nach dem Mittagessen – die meisten Sträflinge lagen umher und schliefen oder spielten Karten mit selbstgezeichneten Blättern aus Pappe und Packpapier – wurde Nikolai aus der Scheune geholt und auf den Friedhof geführt. Niemand sagte ihm, was man mit ihm vorhatte... ein wenig zögernd und mißtrauisch folgte er dem Wachtposten mit dem aufgepflanzten Bajonett und blieb an der Tür stehen, die zum Friedhof hinaus führte.

»Was soll das?« fragte er heiser.

»Befehl vom General«, brummte der Soldat. »Los, geh schon hinaus!«

Mit schweren Beinen trat Nikolai hinaus auf den Friedhof. Es hatte neu geschneit, die Kreuze aus Holz, mit Blechbeschlägen zum Teil, oder die Steine, zusammengesetzt aus den runden, abgeschliffenen Kieseln des Flusses, trugen hohe, in der Sonne blauweiß leuchtende Hauben. Die wenigen Sträucher zwischen den Gräbern sahen aus wie aufgeblähte Schneemänner.

»Geh!« sagte der Soldat und stieß Gurjew leicht in den Rücken.

»Wohin?«

»Geradeaus zur Mauer.«

»Und dann?«

»Du fragst zuviel! Wirst es schon sehen, tjurjemnik...«

Mit langsamen Schritten stapfte Gurjew durch den kniehohen Pulverschnee zur Mauer. Es war eine hohe, unverputzte Wand, und er blieb davor stehen, starrte sie an und wartete darauf, daß man ihn jetzt von hinten erschoß.

Aber nichts geschah. Dafür hörte er jenseits der Mauer ein helles Räuspern und ein klatschendes Geräusch, so, als schlage jemand die Arme gegen den Körper, um die Kälte zu vertreiben.

»Ist dort jemand?« fragte Gurjew laut. Seine Stimme zitterte.

»Niki...«

Wie ein Aufschrei war es. Er zuckte zusammen, stürzte gegen die Mauer und preßte die Stirn gegen die eisigen Steine, als sei es das Gesicht Nadjas.

»Nadjuscha...« stammelte er. »Du bist da...«

»Wie geht es dir, Niki?« Ihre Stimme war klar, viel gefaßter als seine. Sie hatte eine Kraft, die er nicht mehr in sich fand. Für ihn war das Leben hier in Tschita zu Ende.

»Mir geht es gut...« sagte er mühsam. Seine Finger kratzten

über die runden Flußsteine, als könne er damit ein Loch in die dicke Mauer sägen. »Und dir, Nadjuscha? Was tust du?«

»Ich wohne bei einem Freigelassenen. Hör zu, Niki. Ich habe eine Verpflichtung unterschrieben. Ich werde bei dir bleiben. Jede Woche dürfen wir uns zweimal sehen... ist das nicht schön? Ich werde in einem Haus neben dem Lager wohnen, und wenn du begnadigt wirst, bekommen wir ein Stück Land in Sibirien, das uns gehört und auf dem wir mit den Kindern leben können...«

»O Nadja... Nadja...« Gurjew lehnte sich gegen die Mauer und starrte in den kalten blauen Himmel. Sein Mund war aufgerissen, als ersticke er. »Was habe ich aus uns gemacht...«

»Ich liebe dich, Niki...« sagte Nadja. Auch sie stand ganz nahe an der Mauer und wärmte mit ihrem Körper die Steine, als könne diese Wärme zu ihm durchdringen. »Vergiß es nie... ich liebe dich...«

Gurjew starrte empor zur Mauerkrone. Sie war zu hoch, um sie anzuspringen und sich emporzuziehen. Da drückte er wieder beide Hände gegen die Steine, legte den Kopf darauf und schluchzte leise.

»Gib mir etwas von dir, Nadjuscha...« stammelte er. »Irgend etwas... ich will es bei mir tragen, als seist du es...«

»Ich darf es nicht, Niki. Ich habe unterschrieben...«

»Bist du allein?«

»Ein Soldat begleitet mich. Aber er steht an der Straße und unterhält sich mit einem Mädchen.«

»Dann wirf etwas über die Mauer, Nadjuscha.« Gurjew klopfte mit den Fäusten gegen die Steine. »Ich bitte dich... ich flehe dich an, Nadjuscha... nur eine Kleinigkeit...«

»Und deine Wache?«

Gurjew sah sich um zu dem Soldaten, der ihn hergebracht hatte. Er stand an einem Grabstein und rauchte. »Warte«, sagte er. »Wenn er sich herumdreht... jetzt geht er weiter... er sieht zur Scheune... Jetzt, Nadjuscha... bitte, jetzt...«

Wie ein Ertrinkender, dem man eine Leine zuwirft, starrte Gurjew auf die Mauerkrone. Etwas Weißes flatterte durch die Luft und fiel fast genau zu seinen Füßen in den Schnee. Ein Taschentuch Nadjas war's, um einen festgedrückten Schneeball gedreht. Gurjew bückte sich schnell, schob das Taschentuch in seinen Mantel und lehnte sich wieder an die Mauer. Er war erschöpft, als sei er fünfzig Werst gelaufen.

»Ich danke dir, Nadjuscha«, sagte er mit Schluchzen zwischen den Worten. »Oh, ich danke dir... Wann sprechen wir uns wieder?«

»In drei Tagen. Am Dienstag. Den Sonntag rechnen sie nicht als Tag!«

»Du mußt gesund bleiben, hörst du? Wo ist unser Kind?«

»Bei dem Schneider Klobkow. Ich hole es nach, wenn wir wissen, wo wir in Zukunft leben müssen.«

Gurjew legte die Hände auf seine Brust. Der Schneeball in Nadjas Taschentuch schmolz, das Wasser lief ihm die Brust herunter über den Bauch. Es war ein Gefühl, als streichelten ihn ihre Hände.

»Verzeih mir«, sagte er stockend. »Ich habe uns alle ins Unglück gebracht. Aber ich glaubte an die Wahrheit. Ich wollte nicht verstehen, daß es kein Vertrauen mehr gibt...«

»Gefangener Gurjew, halten Sie sich bereit!« rief der Posten zwischen den Grabsteinen und kam näher.

»Werden wir uns Dienstag nicht nur hören, sondern auch sehen?« rief Gurjew. Er kratzte wieder mit den Nägeln über die vereisten Steine. »Nadja... Nadja... bist du noch da? Kannst du mir das alles verzeihen...«

»Ich liebe dich, Niki...«

Mit hochgerecktem Kopf stand Gurjew an der Mauer und lauschte. Schwache, schnelle Schritte knirschten im Schnee... weit entfernt Stimmen... Nadja war gegangen. Hinter ihm brummte der Posten und schob die Zigarette zwischen den Lippen hin und her.

»Kommen Sie, Gurjew...«

Nikolai nickte. Er steckte die Hände in die Taschen seines Mantels und ging zwischen den Grabsteinen zurück zur Scheune des Klosterhofs.

Bis zum Abend wartete er, bis die Dunkelheit in dem großen Saal die Konturen verschluckt und die vierhundert Sträflinge im Stroh lagen und schliefen... da erst nahm er das Taschentuch von seiner Brust und drückte es gegen die Lippen.

Ihr Geruch, durchfuhr es ihn. Dieser zarte Duft von Rosenöl und Aprikosenblüte. Nadjas Duft... Sie ist bei mir, sie liegt neben mir, ich kann sie in meine Arme nehmen... O welches Wunder! Du bist da, Nadjuscha. Du liegst an meinen Lippen...

Selig streckte er sich aus, das Taschentuch mit beiden Händen an sich drückend, als umfange er diesen weißen, schlanken Körper, der jede Nacht in seinen Träumen wiederkehrte...

*

Am Dienstag sahen sie sich nicht... General Ryschikow hatte alle Vergünstigungen gesperrt. Im Lager hatte es einen Aufstand gegeben. Widerstand gegen eine saure Kohlsuppe, die dreimal ausgegeben worden war. Beim drittenmal hatte man die Suppe den Soldaten an den Kopf geworfen und geschrien: »Freßt sie selber, ihr Halunken!« Das war eine Rebellion, und Ryschikow bestrafte als Exempel zehn Sträflinge mit zwanzig Peitschenhieben, ohne zu fragen, ob die Gezüchtigten bei der Revolte mitgemacht hatten.

Eine Woche später wurden die vierhundert in vier Gruppen aufgeteilt. Die blankgeputzten Ketten wurden ihnen wieder umgelegt, und an drei Tagen wurden je hundert Mann mit einem Holzzug weggeschickt in das Lager Ust-Tschenaja, von dem es hieß, daß selbst die Wölfe weinten, wenn sie diesen Namen hörten.

Mit dem letzten Transport verließ auch Nikolai Gurjew die Stadt Tschita. Vergeblich sah er umher, ob er Nadja irgendwo bemerkte, aber der Bahnhof war leer – es war im Morgengrauen, und es schneite schon wieder –, nur die Soldaten standen umher, sogar General Ryschikow war gekommen, um den letzten Transport abfahren zu sehen.

Voll dunkler Ahnungen, zerrissen von der Sorge um Nadja, sah Nikolai die Stadt Tschita im Schneenebel versinken... den Bahnhof, das große rote Haus des Kommandanten, die Kirche mit dem kupfernen Dach, hinter der der Friedhof lag, die einzige Stelle in Tschita, mit der sich für Gurjew eine glückliche Erinnerung verband. Dann ratterten sie wieder durch die im Frost erstarrten Urwälder, die Unendlichkeit, das Schweigen Sibiriens umgab ihn...

»Zur letzten Station fahren wir«, sagte der junge Graf neben ihm und kaute an einem Kanten gefrorenen Brotes. »Ich sage Ihnen, Nikolai Georgijewitsch... in Ust-Tschenaja werden einmal auch unsere Kreuze stehen, wenn man uns überhaupt wie Christenmenschen begräbt...«

Sie fuhren drei Tage, obwohl es normalerweise nur eine Tagesreise war. Aber zwischen Tschita und Ust-Tschenaja hatten sich Banden von Bolschewisten eingenistet, die jeden Zug beschossen und von den begleitenden Soldaten erst verjagt werden mußten, ehe man die Fahrt fortsetzen konnte. Dabei erfuhr man, daß der zweite Transport der aufgeteilten vierhundert auf eine Mine gelaufen war und es achtundzwanzig Tote gegeben hatte.

»Ob wir es bei den Bolschewisten besser hätten?« fragte der junge Graf an einem Abend, als sie wieder hielten und fernes Schießen ertönte. »Man könnte versuchen, zu flüchten. Was meinen Sie, Nikolai Georgijewitsch... Sie kennen doch die Roten!«

»Heute ist die Hölle überall in Rußland«, sagte Gurjew dumpf. »Wir sind zu einem verfluchten Volk geworden, und keiner weiß, warum...«

Endlich, nach drei Tagen eisiger Zugfahrt, hielten sie auf dem Blockhüttenbahnhof von Ust-Tschenaja. Ein Zug Soldaten wartete schon, und in der Tür des Stationsgebäudes stand Nadja

Gurjewa, dick in einen Pelz gewickelt, und neben ihr dampfte ein großer Kessel mit heißem Wasser.

In den Viehwaggons klang Jubel auf.

Kipjatok! Und Brot!

Brüderchen – unsere eisigen Bäuche werden wieder warm! Unsere starren Glieder bekommen wieder Leben! Seht nur, wie es dampft!

Ein ganzer Kessel voll!

Jemand schrie Hurra, und hundert Kehlen fielen ein. Unter Hurra-Geschrei sprangen die Sträflinge in den Schnee, stellten sich auf, ließen sich die Ketten anschließen und marschierten zum Bahnhofsgebäude. In den klirrenden Händen hielten sie ihre Blechschüsseln.

So kamen sie alle an Nadja vorbei, die mit einer Kelle jedem zweimal heißes Wasser in die Schüssel goß. Als Nikolai vor ihr stand, sahen sie sich stumm an. Über sein Gesicht zuckte es wild, Tränen stiegen in seine Augen... sie nickte ihm zu, tauchte die Kelle in das heiße Wasser und goß seine Blechschüssel voll.

Einmal... zweimal...

»Nadja...« stammelte er. »O Gott, nun ist alles gut.«

»Weitergehen!« schrien die anderen hinter Gurjew. »Tritt ihn doch ins Kreuz, Brüderchen...«

Gurjew schwankte weiter, das heiße Wasser schwappte über seine Finger... dann stand er an einem Holzstapel, brockte das harte Brot in das dampfende Wasser und trank ganz langsam, mit verklärtem Genuß, die graubraune, mehlige Brühe.

Zu Fuß ging es dann weiter zum Lager. Es lag nahe an der Bahnstrecke, sechs lange, flache Baracken mit einem hohen Bretterzaun darum. Kein Wachturm, keine Wachhunde wie in Tschita und Iwanowna, nur eine Blockhütte mit zehn Soldaten, die sogar ohne Gewehre umherliefen. Eine größere Baracke beherbergte den Kommandanten, die Schreibstube und das Krankenrevier. Hauptmann Miron Iwanowitsch Birjukow war nicht einmal zugegen, als die Kolonne einrückte. Er saß mit dem Bahnhofsvorsteher in einem warmen Zimmer, trank angewärmten Kwaß, aß eine Hammelkeule und scherzte mit der Tochter des Bahnbeamten, der üppigen Marussja. Was hat man sonst schon für Vergnügungen in Ust-Tschenaja?

Die Baracke III war für den neuen Transport hergerichtet. Hundert Holzpritschen, je zwei übereinander. Drei glühende Öfen in der Mitte. Nägel an den Wänden für die Kleider. Längs durch den großen Raum ein langer Tisch mit Bänken. In den Betten Strohsäcke.

»Ein Luxushotel!« sagte der Graf und prüfte die Weichheit seines Bettes. »Man merkt, daß hier die Endstation ist!«

Und so wie er dachten sie alle im Lager Ust-Tschenaja.

In der ersten Nacht stand Gurjew vor dem beschlagenen Fenster der Baracke und starrte gegen die Latten, als seien sie aus Glas. Irgendwo dort draußen, wo jetzt die Wölfe heulten und der Schnee lautlos aus dem bleiernen Himmel rieselte, war Nadja... lag sie auch auf einem Bett in einer Holzhütte und dachte an ihn? Nicht schlecht hatte sie ausgesehen, als sie das Kipjatok am Bahnhof verteilte... ein wenig magerer als früher, aber gesund und voll herrlicher Kraft.

Wann konnte man sich wiedersehen?

In drei Tagen?

Wann begann man mit dem Zählen dieser Zeit? Ab heute? Oder setzte es Hauptmann Birjukow willkürlich fest?

Gurjew nahm sich vor, morgen schon mit Miron Iwanowitsch Birjukow zu sprechen und sein Recht anzumelden, seine Frau sehen zu dürfen.

»Leg dich hin, Niki«, sagte die Stimme des Grafen aus der Dunkelheit. Er schlief über Gurjew. »Wir sollten uns daran gewöhnen, nicht mehr nach dem Kalender zu denken...«

*

An einem Mittwoch wurde Gurjew von einem Wachsoldaten abgeholt. Diesmal trug der Soldat Gewehr und Bajonett, aber nur weil es Vorschrift war. Wer hier flüchten wollte, war ein Irrer... die Wölfe zerrissen ihn, schon beim Eintritt in den Wald, oder die burjätischen Banden, die merkwürdigerweise völlig unpolitisch dachten, lieferten ihn wieder ab, des Kopfgeldes wegen, das auf jeden eingefangenen Flüchtling ausgesetzt war. Dreimal hatten Sträflinge versucht, über den Amur in die Mongolei zu entkommen... dreimal mißlang es. Und jetzt gab es drei Kreuze mehr auf dem einsamen Friedhof von Ust-Tschenaja.

Nadja hatte sich in der Hütte, die man ihr zugewiesen hatte, so gut eingerichtet, wie es in Sibirien möglich war. Aus Tschita hatte sie allen Hausrat mitgenommen. Federbetten, Kochtöpfe, Geschirr, einen Samowar, Gläser, Besen, Gardinen für die Fenster, einen handgewebten Bettvorleger, Tischdecken, Bettwäsche, Decken aus Wolle und geschorenen Fellen... kurzum, es war ein vollkommen eingerichteter Haushalt, der über vierhundert Rubel gekostet hatte und den man in Ust-Tschenaja bestaunte. Sie ließ den Ofen nach eigenen Angaben ummauern, so wie sie ihn von Podunskoje her kannte. Es zeigte sich, daß er viel besser wärmte als die sibirischen Öfen, man konnte in besonderen Nischen die Speisen warm halten und sogar Äpfel braten, und eine Plattform war vorhanden, groß genug, um bei heftigstem Schneesturm, wenn es zu kalt im Bett war, hinaufzuklettern und warm zu schlafen.

An diesem Mittwoch hatte Nadja ihre Hütte hergerichtet wie zu einem Fest. Sie hatte Tannenreiser geflochten und den Tisch damit umkränzt, auf dem ein Krug Kwaß stand. Über dem Feuer brutzelte ein gespickter Renhirschbraten, und ein Glas mit kandierten Walderdbeeren stand auf einem Holzbord neben der »schönen Ecke«. Der Dielenboden war gefegt und mit Wachs poliert, das Bett, breit genug für zwei Menschen, war mit weißen Laken überzogen und aufgeschlagen, ein rührendes Bild der Einladung, das keiner Worte mehr bedurfte.

Nadja stand am Fenster und sah hinaus auf die Straße, über die man Gurjew heranführen mußte. Ihr Herz pochte heftig wie bei einem jungen Mädchen, das zum erstenmal heimlich ihren Liebhaber empfängt, und sie sagte sich, daß sie rot werden würde, wenn Nikolai gleich eintrat und sein Blick auf das aufgeschlagene Bett fiel.

Innerlich bebend trat sie zurück ins Zimmer, lief zum Spiegel und betrachtete sich. Ihre bronzenen Haare waren aufgelöst und flossen in langen Strähnen weit über ihre Schultern hinab. Über dem schlanken Körper trug sie ein langes weißes Nachthemd, mit Spitzen verziert und doch bäuerlich derb, das beste Nachthemd, das sie in Tschita bekommen konnte. Am Hals war es tief ausgeschnitten und ließ ihre Brustansätze frei ... sanft gerundete, weiß blinkende Hügel, die sich im derben Stoff des Hemdes verloren und doch gegenwärtig waren. An den Füßen hatte sie gestickte mongolische Pantoffel.

Wie ein Bild aus einem Märchenbuch war sie.

Vor der Hütte knirschten Schritte durch den verharschten Schnee. Zwei Männerstimmen ... dann das schreckliche Klirren der Ketten.

Gurjew kam. Nikolai ... o Nikolai ...

Nadja blieb mitten im Zimmer stehen. Ihre Arme sanken herab. Alle Kraft verließ sie jetzt ... sie spürte, wie ihr Herz gegen die Rippen trommelte, wie das Blut, wie von Feuer angetrieben, durch ihre Adern jagte.

Das Klappen der Haustür. Schritte im Vorraum.

Stimmen. Nikolais Stimme.

Der Soldat. »Zwei Stunden, Gurjew. Ich warte hier. Ich klopfe nachher gegen die Tür ...«

O Nikolai ...

Die Tür öffnete sich knarrend. Im Hintergrund eine Uniform, die flache Mütze, das Gewehr mit dem Bajonett. Und dann kam Gurjew herein, blieb an der Tür stehen und drückte sie mit einer Schulterbewegung zu.

Man hatte ihm die Ketten nicht abgenommen. Um die Fußgelenke und die Handgelenke lagen die eisernen Bänder, an denen die Ketten eingehakt waren. Gurjew hatte Stofflappen daruntergeschoben, damit sie nicht die Haut aufscheuerten. Es gab Sträflinge, die nach jahrelangem Tragen der Ketten Hornhaut an den Gelenken hatten.

Sie standen sich gegenüber und sahen sich stumm an. Nichts von allem, was Nadja vorbereitet hatte, sah Gurjew... das Bett nicht, den Tisch nicht, den brutzelnden Braten, den Tannenkranz... er sah nur sie, und sie kam ihm vor wie ein Engel.

»Wie schön du bist...« sagte er leise. »O Himmel, wie schön du bist...« Das löste ihre Erstarrung. Nadja warf die Arme empor und stürzte auf ihn zu. Und auch Nikolai rannte ihr entgegen, begleitet von dem schaurigen Kettenklirren an seinen Füßen. Ganz hoch hob er die Arme mit den Ketten, ließ sie über Nadjas Kopf sinken und schloß sie mit den Ketten an seiner Brust ein. Sie spürte die Kälte des Eisens an ihrem Rücken, ihre Hände umklammerten Gurjews Gesicht, und dann küßten sie sich, als müsse in diesem Kuß der Atemhauch eines neuen Lebens liegen, als sei dieser Kuß eine Neugeburt, ein Auferstehung, eine einmalige Gnade Gottes.

»Nadjuscha...« stammelte Gurjew, als sie Atem holen mußten. »Oh, wie habe ich von dieser Stunde geträumt... es gibt wirklich ein Paradies auf Erden...«

»Wie spitz du geworden bist«, flüsterte sie. »Wie hart dein Körper ist. So knochig, Liebster... aber du bist es... du bist es... und wenn nichts mehr von dir wäre... ich sehe deine Augen... ich fühle deine Lippen...«

Sie ließ die Fingerspitzen über seine Lippen, seine Augen und sein Gesicht gleiten und spürte, wie seine gefesselten Hände ihren Rücken streichelten und durch die Ketten gehindert wurden, über ihre Schulter zu fahren und ihre Brüste zu liebkosen.

»Zwei Stunden...« sagte sie tief atmend. »Nur zwei Stunden...«

Er hob die Arme wieder über ihren Kopf, die Ketten klirrten, und dann bückte er sich, schob die Arme unter ihren Körper, legte die schmale Gestalt in dem langen Nachthemd auf die Eisenglieder, und so trug er sie durch das Zimmer zum Bett, wiegte sie auf seinen Ketten wie ein Kind und legte sie auf die weißen Laken.

Ein Stöhnen quoll aus seiner Brust, als er an sich heruntersah. Nadja kniete im Bett, ihre dunklen Augen glänzten voll Seligkeit.

»Heb die Ketten hoch, Liebster«, sagte sie mit fester Stimme. »Sie gehören jetzt zu unserer Liebe wie die Glocken, die uns trauten. Wir werden auch die Ketten lieben lernen...«

Mit streichelnden Fingern zog sie Gurjew aus, und dann lag er neben ihr, die Arme mit den Ketten über ihrem Kopf, während sie sich von seinen Fußketten abstemmte wie ein schaukelndes Kind.

Der Braten auf dem Feuer, eine gespickte Renhirschkeule, verkohlte...

*

Im April 1919 war es – von der Mongolei stürmte schon der Frühlingswind, das Eis auf dem Amur krachte, und aus den Urwäldern bei Ust-Tschenaja lief das Schmelzwasser in gurgelnden Bächen –, da erschien plötzlich General Ryschikow im Lager.

Gurjew arbeitete an der Bahnlinie; als Auszeichnung hatte man ihn nicht zur Gleiskolonne eingeteilt, sondern als Vorarbeiter in dem Sägewerk, das die Bohlen für die Gleisunterlagen schnitt. Es war eine gute Arbeit, die nicht den Körper auslaugte im Wind und im Frost; nur die Stämme, die auf kleinen Wagen zu den Gattern gezogen werden mußten, waren urweltliche Bäume, die alle Muskelkraft erforderten, um sie zu bewegen.

Nadja sah erstaunt auf, als ohne Anmeldung plötzlich General Ryschikow in ihr Holzhaus kam, allein, noch grauer geworden, und mit neuen Falten in dem hageren Gesicht. Er kam allein, seinen Adjutanten ließ er draußen im Troikaschlitten warten.

»Sie haben es schön hier, Madame«, sagte er nach einem langen Rundblick. »Eine Puppenstube mitten in Sibirien! Man könnte denken, Sie seien in Frankreich erzogen worden.«

»Ich hatte in Zarskoje Selo eine französische Hauslehrerin, Exzellenz.« Nadja legte ihre Arbeit auf den Tisch; sie strickte an einem Pullover für Nikolai, aus dicker Schafwolle, mit doppeltem Rollkragen für die gnadenlosen sibirischen Winter.

Ryschikow seufzte und setzte sich an den Tisch. »Zarskoje Selo... das waren Zeiten, Madame! Sie liegen zurück wie die Eiszeit, und sie kommen nie wieder wie die Saurier! Rußland stirbt. Unsere Generation stirbt. Es kommt eine neue Zeit. Ob sie besser ist, wer weiß es? Das Volk glaubt daran, daß es besser wird. Es will sich nicht mehr erinnern... es will nur das Neue!«

Nadja ging zum Ofen, holte einen Teller mit Bratäpfeln aus der Röhre und stellte einen Krug mit sibirischem Birkenwein vor Ryschikow. Der General nahm einen der köstlich duftenden Äpfel, biß hinein und sah an Nadja vorbei auf die Ikone in der Ecke und auf ein Bild der Zarin Alexandra Feodorowna.

»Es ist alles Mist!« sagte er laut. »Verzeihen Sie, Madame.«

»Das klingt mutlos, Exzellenz. Was ist geschehen?« Nadja setzte sich dem General gegenüber. Eine Ahnung ließ sie innerlich zittern. Ryschikow kaute an seinem Bratapfel.

»Sie haben nichts gehört?« fragte er. »Natürlich... hier hat man keine Zeitung, und die Nachrichten brauchen lange bis in die Urwälder.« Er legte den Apfelbutzen auf den Teller zurück. »Unsere Sache, die Rettung Rußlands vor dem Bolschewismus, die Einsetzung eines neuen Zaren, scheint verloren zu sein. Die Roten Armeen beherrschen immer mehr das Land. Admiral Koltschak zieht umher und kämpft wie ein angeschossener Tiger – aber er hat im Land, vor allem bei den Bauern und Arbeitern, keine Freunde mehr. Unsere weißen Truppen werden zerrieben. Das Geld geht aus. Die Munition wird knapp. In Moskau herrscht Lenin mit eiserner Hand und einer teuflischen Redekunst, aus dem Kaukasus zieht ein Mann mit Namen Stalin heran... durch die Steppe jagen die Reiterheere eines Budjonnij und treiben unsere Soldaten wie Karnickel vor sich her... Rußland bricht auseinander, Madame. Die rote Welle ertränkt uns alle...«

»Das habe ich geahnt«, sagte Nadja leise. »Und nun, Exzellenz?«

»Ich habe von Koltschak unbegrenzte Befehlsgewalt bekommen.« Ryschikow lächelte müde. »Worüber soll ich befehlen? Mir untersteht eine Division, von der die Hälfte desertieren wird, wenn die Rote Armee uns angreifen sollte. Aber ich habe dadurch die Möglichkeit, Ihnen zu danken, daß Sie von unserer Zarin wie ein eigenes Kind erzogen wurden und in mir – vielleicht zum letztenmal – die Erinnerung an Zarskoje Selo wachrufen.« General Ryschikow straffte sich im Sitzen. Sein langer grauer Schnurrbart zuckte.

»Madame«, sagte er feierlich. »Ich erkenne die Unschuld Ihres Mannes. Ich spreche ihn von allen Anklagen frei. Ich rehabilitiere ihn. Ich werde nachher im Lager vor allen Offizieren, Mannschaften und Sträflingen Nikolai Georgijewitsch Gurjew wieder in den Rang eines Hauptmanns erheben, ihm eine Uniform bringen und ihm selbst Degen und Pistole zurückgeben. Ihre Verpflichtung als Sträflingsfrau habe ich bereits in Tschita zerrissen. Mit anderen Worten, Madame: Sie sind frei!«

»Frei...« Nadja saß starr hinter dem Tisch. Vor ihren Augen kreiste die Stube, tanzte der festgemauerte Ofen. »Wir... wir können zurück nach Wladiwostok... Ich kann zu meinem Kind... Ich kann Nikolai mitnehmen...«

»Ja. In allen Ehren.« General Ryschikow goß sich ein Glas Birkenwein ein, seine Hand zitterte dabei heftig. »Nur weiß ich nicht, wie Sie zurückkommen werden. Die Strecke ist unterbrochen. Zwischen Tschita und Wladiwostok haben die Bolschewisten Bahn und Straßen besetzt. Es gibt nur eine Möglichkeit: quer durch Wälder, Steppen und Felsen wie ein Bär. Militärisch gesagt: durchschlagen. Wir sitzen hier in einer riesigen Falle. Es ist eine hoffnungslose Situation, Madame...«

9

Eine lange Zeit – oder schienen ihnen wenige Minuten nur so lange? – saßen sie sich schweigend gegenüber. Das Eis auf der Schilka, dem Fluß südlich Ust-Tschenaja, krachte; man hörte es bis zum Lager, und es war, als bebe die Erde mit in den Geburtsschmerzen für einen neuen Frühling. Noch ein paar Tage, und die Eisbarriere bewegte sich hinab zum Amur, türmte sich zu Bergen auf und donnerte dann als weiße, gezackte Mauer den großen Strom hinab.

Nadja Gurjewa wischte sich langsam über die Augen, als sei eine lange Nacht traumzerwühlten Schlafes hinter ihr. Sie sah General Ryschikow mit dem Birkenweinkrug in der Hand am Tisch, den eisgrauen, buschigen Schnurrbart feucht vom Wein, und sie begriff erst jetzt die trostlose Wahrheit. Frei! Aber welche Freiheit! Ein Stück Treibholz auf einem roten Meer, das von allen Seiten heranbrandete und Rußland überspülte. Ein wiedergeschenktes Leben, das keine Chancen mehr hatte, durchlebt zu werden.

Nadja ballte die Fäuste im Schoß. Ihr Kopf flog trotzig in den Nacken. Ryschikow nickte mehrmals stumm. Die Tochter des alten Satans, dachte er. Sieh an, da ist sie plötzlich! Der gleiche Blick, der gleiche zusammengepreßte Mund, das harte Kinn, mit dem man Stahlplatten einbeulen konnte. Aber was hat es jetzt für einen Sinn? Auch Rasputins Kraft nützt dir nichts, mein Töchterchen. Wir sitzen auf einer Insel, und rund um uns herum flattern die roten Fahnen der bolschewistischen Revolution.

»Können Sie mir Wagen und Pferde geben, Exzellenz?« fragte Nadja hart. Ryschikow nickte und nahm noch einen Schluck Birkenwein.

»Soviel Sie wollen, Nadja Grigorijewna! Vom Tarantas bis zur Kalesche ... wir brauchen alles in absehbarer Zeit nicht mehr.«

»Geben Sie mir einen Panjewagen und zwei Pferde, auf denen man auch reiten kann.«

»Und dann? Mitten durch die Roten?«

»Ja. Mitten durch!«

»Nach Wladiwostok?«

»Wenn Gott uns hilft ...«

»Gott ist aus Rußland geflüchtet, Nadja Grigorijewna.« Ryschikow legte beide Hände über die Augen, es war, als ob er lautlos weinte. »Und die Menschen haben das Ebenbild Gottes verloren, als das sie geschaffen wurden. Ich gebe Ihnen Pferde und Wagen ... aber den Mond werden Sie eher erreichen als Wladiwostok. Ich habe einen anderen Plan. In Ust-Tschenaja und Tschita liegen zwei Regimenter. Zusammen mit den Häftlingen, die wir bewaffnen könnten, ergäbe das eine kleine Stoßbrigade, die mit der Kraft des Todesmutes vielleicht den Riegel der roten Truppen durchbrechen und sich durchschlagen könnte. Es wird viele Tote geben – aber es winkt als Preis die Freiheit!«

»Ich möchte keinen Kampf.« Nadja stand auf und trat ans Fenster. Von hier aus konnte sie die äußere Holzpalisade des Straflagers sehen, das ständig offene Tor, die wenigen Posten, die Straße, vom Matsch tauenden Schnees knöcheltief versumpft. »Geben Sie mir Nikolai heraus und lassen Sie uns ziehen.«

»In den Tod, Madame! Das ist fast eine Garantie.«

»Aber ein Tod mit Nikolai! Er wird nicht schwer sein.«

»Ich bewundere Sie, Madame.« General Ryschikow erhob sich. »Es ist mir eine tragische Freude, Ihren Wunsch zu erfüllen. Bitte, denken Sie ein wenig freundlich an mich.«

»Sie haben nur Ihre Pflicht getan, Exzellenz.«

Ryschikow nickte schwer. Dann ging er zur Tür. Die Uniform schlotterte ihm um den knochigen Körper wie das durchlöcherte Hemd um eine Vogelscheuche. Erschrocken erkannte Nadja, daß der zaristische General schon in ihm erstorben war... er war nur noch ein Denkmal einer längst begrabenen Zeit.

»Über die Pflicht sollte ein Philosoph einmal ein Buch schreiben«, sagte er an der Tür. »Aber er wird es nie zu Ende bringen... spätestens in der Mitte wird ihn der Wahnsinn befallen...«

Ryschikow grüßte, seufzte und verließ dann die Hütte der Gurjewa.

Am nächsten Morgen – die Sonne schien, ein wenig kälter war es geworden, und das Eis auf der Schilka stand wieder – ließ Hauptmann Birjukow das gesamte Straflager II auf dem Appellplatz antreten. »In Sonntagskleidung!« hieß der Befehl. »Gewaschen und rasiert! Die Nachtruhe wird um eine Stunde zurückverlegt, um die Kleidung auszubessern.«

»Heute ist Donnerstag«, sagte der junge Graf, spuckte auf seine Stiefel und rieb sie mit einem großen Wollappen blank. »Ein normaler Tag. Kein Feiertag, kein Kirchgang, kein Gedenken. Es gibt nur zwei Möglichkeiten: entweder bekommen wir Besuch von Koltschak selbst, oder man läßt uns in Gala sterben! Wie's auch sei – Nikolai, mein Freund, an deiner linken Tasche fehlt ein Knopf. Näh ihn an...«

Der Morgen brachte neue Überraschungen. Die Arbeitskommandos rückten nicht aus, die Wachsoldaten trugen ihre Sonntagsuniformen, die zum Lagerinnendienst Abkommandierten bekamen keine Ketten umgelegt, auch die anderen Sträflinge behielten nur ihre Eisenschellen an den Knöcheln und Handgelenken, während die Ketten neben den Betten liegen blieben. Unheimlich war es, plötzlich über den großen Appellplatz gehen zu können, ohne daß die Ketten gegen den Bauch schlugen, durch den Schnee schleiften und das schreckliche Klirren in die kalte Luft stieg.

»Besuch«, sagte der junge Graf neben Nikolai, als die Barakkeninsassen in einem großen Karree aufgestellt waren und auf das warteten, was nun kommen sollte. »Es kann nur ein Besuch sein! Und er soll sehen, wie gut es uns geht, uns Ratten Rußlands!«

Hauptmann Birjukow inspizierte seine Sträflinge. Er meckerte an einigen Leuten herum, die noch Lehmflecke auf den Steppjakken hatten, schickte vier zurück in die Baracke, die sich nicht rasiert hatten, und schrie seine Wachkompanie an, die – vom Exerzierdienst völlig entwöhnt – das Probepräsentieren sechsmal verpatzte.

»Wir wechseln aus!« schrie Birjukow mit hochrotem Kopf. »Ich mache euch zu Sträflingen! Noch einmal! Stillgestanden! Das Gewehr über! Achtung – präsentiert das Gewehr...«

Er übte noch immer, als ein Reiter die Ankunft der Gäste meldete. Hauptmann Birjukow faltete gottergeben die Hände, zog dann seinen breiten Säbel, stellte sich in die Mitte des Karrees und hob die Klinge hoch in die Luft. Die Sonne glitzerte auf dem blanken Stahl, die erste Reihe vor Birjukow wurde geblendet.

»Das ganze Lager Achtung!« brüllte er.

Die vierhundert Sträflinge standen stramm, die Wachkompanie krachte mit den Stiefelabsätzen. Erstaunlich, plötzlich klappte es vorzüglich.

Durch das breite Tor ritt eine Schwadron Husaren. Sie verteilten sich entlang der Palisadenwand... ein herrliches Bild von edlen Pferden und fast vergessenen Uniformen. Dann folgte eine Kalesche, aus der eine lange, dürre Gestalt in einem flatternden Mantel stieg. Ein Schlitten mit einer Holzkiste darauf wurde hinter ihm hergezogen.

»Der Alte!« sagte der Graf leise. »Will uns der gute Ryschikow als Osterhase bescheren?«

Das Tor schloß sich. Das Schnauben der Pferde, das Klirren der Waffen und des Zaumzeugs waren die einzigen Laute im Lager. Gurjew durchflog ein Zittern. Er hatte in der Kalesche, aus der Ryschikow gestiegen war, eine schmale, in Pelze gehüllte Gestalt bemerkt. Sie drückte sich in den Sitz, als wolle sie nicht gesehen werden.

Nadja, durchfuhr es Gurjew. Es ist Nadja! Im Wagen des Generals. Was ist geschehen? Wie kommt sie zu dieser Ehre? Ein ekelhaftes Gefühl von Eifersucht und Mißtrauen umklammerte sein Herz.

General Ryschikow nahm die Meldung Hauptmann Birjukows entgegen, grüßte die Soldaten und – man sollte es nicht glauben – auch die Sträflinge, stellte sich dann in die Mitte des Vierecks und winkte den Schlitten zu sich heran.

»Soldaten! Kameraden! Meine Herren!« Die Stimme des alten Ryschikow war hell und klar wie in seiner besten Zeit als Kommandeur des 2. kaiserlichen Husarenregiments. Die Sträflinge sahen sich aus den Augenwinkeln an. Meine Herren, damit waren sie gemeint. Drehte sich die Erde anders herum?

»Ich habe eine Ehrenpflicht zu erfüllen, und deshalb sind wir heute zusammengekommen.« Er gab Hauptmann Birjukow einen Wink – der riß den Säbel wieder hoch.

»Stillgestanden!« schrie Birjukow. »Achtung! Präsentiert das Gewehr!« Dabei flehten seine Augen: Jungs, blamiert mich nicht...

Es gelang vorzüglich. Auch die Husaren an der Holzwand hielten die Kandaren steif und präsentierten ihre breiten Säbel. Die Sträflinge atmeten kaum. Was geschah jetzt? Das alles war wie ein wundersamer Traum, den man nicht zu deuten vermochte.

General Ryschikow blickte über die Köpfe der Gefangenen hinweg. »Nikolai Georgijewitsch Gurjew!« rief er. »Vortreten.«

Nichts rührte sich. Der junge Graf stieß Gurjew, der starr und steif neben ihm stand, in die Seite.

»Du bist gemeint, Niki. Raustreten...« flüsterte er.

Gurjew blieb stehen. »Das ist ein Irrtum«, flüsterte er zurück.

General Ryschikow räusperte sich laut. »Ich rufe Nikolai Georgijewitsch Gurjew...«

»Hier!«

Gurjew drängte sich nach vorn. Mit langsamen Schritten kam er näher, ging an Hauptmann Birjukow vorbei, der ihm rätselhaft zublinzelte, und blieb vor Ryschikow und dem Schlitten mit der Kiste stehen. Der General sah ihn streng an. Eine Ordonnanz der Husaren öffnete den Kistendeckel. Noch konnte keiner sehen, was die Kiste enthielt. Mit einem Gefühl des Erstaunens nahm Gurjew militärische Haltung an.

»Nikolai Gurjew zur Stelle!« sagte er laut.

Ryschikow nickte. »Im Namen der Regierung von Sibirien habe ich folgendes zu erklären –« rief er über den weiten Platz. Er sah über Gurjews Pelzmütze hinweg, denn er überragte ihn noch um Haupteslänge. »Die Verurteilung Nikolai Gurjews erfolgte durch einen Irrtum! Das Urteil wird hiermit aufgehoben.«

Ryschikow blickte zu Gurjew hinunter. In dessen Gesicht zeigte sich keinerlei Regung... es war erstarrt, wie versteinert in der Unbegreiflichkeit.

»Ich habe die Ehre, Nikolai Georgijewitsch«, sagte Ryschikow mit bewegter Stimme, »Sie wieder in die Armee aufzunehmen. Ich ernenne Sie erneut zum Gardehauptmann, gebe Ihnen alle Ehren zurück und freue mich, Sie mit eigener Hand vor allen Menschen zu rehabilitieren.«

Ryschikow griff in die Kiste auf dem Schlitten. Er zog einen neuen Uniformrock hervor. Die breiten Schulterstücke glänzten in der Sonne. Wie ein Schneider bei der Anprobe hielt Ryschikow den offenen Rock Gurjew hin.

»Ziehen Sie sich bitte um, Nikolai Georgijewitsch...«

Wie eine mechanisch betriebene Puppe handelte Gurjew. Er knöpfte seine dicke Steppjacke auf, schob sie über die Schultern und ließ sie in den Schnee fallen. Dann drehte er sich um, und General Ryschikow half ihm in den Uniformrock, der auf dem Körper saß, als käme er gerade aus einem Maßatelier. Mit zitternden Fingern knöpfte Gurjew den Rock zu. Dabei sah er zu seinen Sträflingskameraden und bemerkte mit einem Würgen in der Kehle, daß viele von ihnen weinten.

Mit einem Ruck drehte er sich zu Ryschikow um. Der General hatte ein Koppel in der Hand. Pistole und Pistolentasche hingen an dem Ledergurt... in der anderen Hand hielt Ryschikow den symbolischen Offiziersdegen.

Wortlos trat der General vor und schnallte eigenhändig das Koppel um Gurjews Leib. Dann hob er den Degen und hielt ihn Gurjew hin.

»Hauptmann Gurjew...« sagte Ryschikow ergriffen. »Für die Freiheit Rußlands und die Wiedergeburt des Zaren – Hurra! Hurra! Hurra!«

Nikolai schwieg. Er preßte den Degen gegen die Brust, sein Gesicht zuckte. Ein erschütterndes Bild war es... bis zu den Hüften ein Gardeoffizier... aber von da ab noch ein Sträfling, in geflickten, ausgelaugten Stepphosen und mit plumpen Stiefeln, deren Absätze mit gezacktem Blech beschlagen waren, damit man sich in das Eis krallen konnte.

Ein zweigeteilter Mensch, mitten durchgeschnitten... Ein Symbol Rußlands?

General Ryschikow sah in den zerstampften Schnee. Er ahnte, was jetzt in Gurjew vorging. Man brauchte ihm nicht zu sagen, wie ungeheuerlich diese Szene war, mit der man monatelange Leiden wegwischte und so tat, als sei nichts weiter geschehen als das Zurückbringen einer gesäuberten Uniform aus der Reinigung.

»Ihre Gattin wartet in meinem Wagen«, sagte er leise zu Gurjew. »Sie hat Ihnen ein Festmahl bereitet. Die Offiziere der Garnison Tschita werden die Ehre haben, Ihre Gäste zu sein.«

Nikolai Gurjew drehte sich um und ging. Den Degen noch immer gegen die Brust gepreßt, mit unsicheren Schritten, als taste er sich über Glatteis, kam er an die Kalesche und sah auf das Häuflein Pelz. Das schmale Gesicht Nadjas starrte ihm aus einem Urwald von Fellhaaren entgegen.

»Mein Gott... Nadjuscha... was ist das alles?« fragte Gurjew heiser. »Was machen sie mit mir...«

»Steig ein, Niki.« Nadja rückte etwas zur Seite. »Unsere Gäste kommen in einer Stunde...«

»Habe... habe ich das dir zu verdanken? Was hast du dafür gegeben?« stammelte er.

»Du bist wie ein Kind, Niki.« Nadja versuchte ein mattes Lächeln. »Unser Rußland ist nicht mehr. Die Rote Armee hat gesiegt. Man gibt dir den Glanz zurück, weil er wertlos geworden ist. Das ist alles! Steig ein, Hauptmann Gurjew!«

Mit steifen Beinen kletterte Gurjew in die Kalesche. Der Kutscher, ein Feldwebel der Husaren, schnalzte mit der Zunge, die beiden geschmückten Pferde zogen an, liefen einen Kreis und verließen das Straflager. Das große Tor öffnete sich... aber die Freiheit lag nicht mehr hinter ihm... Die zurückgebliebenen Sträflinge standen schweigend und sahen der Kalesche nach. Wie eine Hochzeitskutsche sah sie aus... eine Hochzeitsreise in die Hölle!

Die Wachkompanie rührte sich, die Husarenschwadron stellte sich zum Abritt bereit. Für General Ryschikow wurde ein Pferd herangeführt.

»Und wir gehen vor die Hunde«, sagte der junge Graf leise. Die Lücke neben ihm, wo Gurjew gestanden hatte, wirkte wie ein Eisblock. Man hatte sich so aneinander gewöhnt, wie ein Zwilling war man gewesen... nun war die Welt leer. »Man hat ihn nicht umsonst hier herausgeholt... ganz in der Nähe stinkt es, Kameraden. Riecht ihr es nicht? Nach Pulver, Blei und Blut riecht es... und immer näher kommt's...«

Die anderen schielten zu ihm hin und schwiegen. Sie verstanden ihn. Die Nachricht von dem Vorrücken der Roten war auch ins Lager geschlichen.

»Ein armer Mensch, unser Nikolai«, sagte jemand aus dem letzten Glied. »Jetzt werden ihm die Roten den Schädel einschlagen. Die schöne Uniform – verdammt, er wird sie teuer bezahlen müssen!«

Die Parade wurde aufgelöst.

Arbeitsfrei war dieser Tag. Die Küche lieferte köstlichen Kascha und eine Suppe aus Dorschfleisch. Ein Feiertag war's, wahrhaftig.

Aber soviel man in sich hineinfraß – und man konnte heute essen, soviel man wollte –, das Gehirn aß nicht mit.

Die Roten kommen!

Rußland, unser kaiserliches Rußland, ist endgültig tot.
Jetzt regiert das Volk.
Wo ist das Volk? Was ist das Volk?
O Gott, erbarme dich über Rußland!
Die Zukunft ist wie ein blutiger Nebel.
Was ist dahinter, wenn der Nebel zerreißt?

*

Der Abschied von seinen Kameraden fiel Nikolai Gurjew schwer.

Während Nadja den Panjewagen belud und alle Nachbarn ihr halfen mit dem, was sie abgeben konnten – und das waren Säckchen mit Grieß und Korn, Gläser mit eingeweckten Pilzen und Fischen, Salzfleisch und Stockfisch, Mehl und Zucker, Preßtee und in Streifen geschnittener Tabak –, ging Gurjew ins Lager zurück und gab jedem die Hand. Die meisten drückten sie stumm, blickten zur Seite und beeilten sich weiterzugehen... nur einige atmeten tief auf und sagten: »Wenn du eine Möglichkeit hast, nach Rostow zu schreiben... eine alte Mutter habe ich da... sag ihr, daß ich noch lebe...« – »In Irkutsk wohnt meine Frau, Brüderchen. Sag ihr, daß es mir gutgeht...« – »Wirst du Petersburg wiedersehen? Meine Tochter lebt in Petersburg. Grüße sie, Nikolai...«

Bei dem jungen Grafen blieb Gurjew am längsten. Er hatte Stalldienst und mistete die Boxen der Militärpferde des Lagers aus. »Überleg es dir, Niki«, sagte der Graf und hob frisches Stroh mit der Gabel zu der Krippe. »Wirf dem alten Ryschikow die schöne Uniform an den Kopf. Bestehe darauf, daß du Sträfling bleibst. Sei doch vernünftig, überleg doch: Wenn die Roten Ust-Tschenaja erobern, sind wir die Märtyrer! Man wird uns pflegen wie die Zuchthengste, man wird unsere Fotos in alle Welt schikken... zuerst alle in Ketten, dann alle lachend nach der Befreiung durch die Rote Armee. Wir werden ein tolles Propagandamaterial abgeben! Aber du? Du kannst es dir aussuchen: Auf dem Feld der Ehre zu fallen... dann mußt du dich fragen, wo ist Ehre und für wen lohnt es sich? Oder: Man wird dich in der grausamsten Weise abschlachten, und auch hier sollte man sich fragen: Lohnt sich Heldentum noch? Ich sage nein! Gewöhnen wir uns daran, Proleten zu sein! Es mag sogar sein, daß es sich dann leichter leben läßt. Unbeschwert von Heiligen kann man die Hölle besser genießen!«

Gurjew versuchte nicht zu diskutieren. Er wollte Abschied nehmen, weiter nichts. Sein Weg war klar. Nach Wladiwostok. Noch war die Stadt eine Bastion gegen die Roten. Im Hafen lagen die Schiffe aller Nationen, sogar zwei amerikanische Zerstörer, deren Geschütze auch die Bolschewisten respektieren würden.

Wie konnte Gurjew wissen, daß die Regierung Lenins von

Amerika anerkannt worden war? Wer hatte ihm gesagt, daß für die übrige Welt Rußland schon rot war und man sich damit abgefunden hatte mit dem makabren Satz: »Lieber die als wir…« Woher kam ihm die Kunde, daß nur Träumer oder Idioten noch an ein anderes, an ein feudales Rußland glaubten?

Der junge Graf umarmte Gurjew, man küßte sich auf beide Wangen und sah sich lange in die Augen.

»Leb wohl, Niki«, sagte der Graf. »Und wenn du wirklich Glück hast… schreib einmal meiner Schwester nach Paris. 1914, vor Beginn des Krieges, hat sie einen Diplomaten geheiratet. Raoul Brassière. Sie wohnt in irgendeiner Villenstraße am Bois de Boulogne. Ich habe den Namen vergessen. Aber sie steht im Telefonbuch. Brassière.«

Gurjew nickte. Der Abschied war für immer, er wußte es. Noch einmal umarmte er den jungen Grafen, dann drückte er ihm die Heugabel in die Hand, wandte sich ab und rannte aus dem Pferdestall.

Eine halbe Stunde später hatten Nadja und Nikolai mit ihrem Panjewagen und zwei kräftigen, struppigen sibirischen Pferdchen Ust-Tschenaja, das ihre Heimat bis zum Lebensende hatte sein sollen, verlassen. Sie fuhren nicht auf der Straße entlang der Schilka, sondern nahmen einen der schmalen Bauernwege, die quer durch die Wälder führten, an einem Holzeinschlag enden und vor der unberührten Wildnis des Urwalds kapitulieren.

Ungefähr sechs Werst von Ust-Tschenaja entfernt sahen sie am Wegrand einen einsamen Reiter stehen. Ein dicker Pelzmantel hüllte ihn völlig ein. Nikolai nahm seine Pistole aus dem Futteral und entsicherte sie. Er trug, wie Nadja, einfache, vielfach geflickte und schmutzige Bauernkleidung – die Uniform lag in einer Kiste, auf der Gurjew saß und die Pferde lenkte. Nur die Pistole hatte er mit dem Koppel um den Leib geschnürt, unter dem Hemd, damit man sie auch beim Öffnen des Mantels nicht sofort sah.

Langsam fuhren sie auf die einsame Gestalt zu. Erst kurz vorher erkannten sie den Reiter… an dem eisgrauen Schnurrbart, der unter der Pelzmütze herabhing. Gurjew hielt die Gäulchen an und steckte die Pistole weg.

»Exzellenz…« Auch Nadja hatte sich aus dem Stroh erhoben, in dem sie warm gesessen hatte, und stapfte nach vorn zu Nikolai. »Sofort nach dem Anruf hätte ich geschossen…«

General Ryschikow ritt an Gurjew heran. Wie ein uralter sibirischer Felljäger sah er aus, nein… wie der wilde Jäger der Taiga, von dem man erzählt, vom Eismeer bis zum Baikalsee.

»Ich wollte Ihnen nicht vor allen Leuten Adieu sagen, Nikolai Georgijewitsch.« Ryschikow beugte sich aus dem Sattel zu Gurjew. »Ich weiß, daß wir uns nie mehr wiedersehen. Und deshalb wollte ich Ihnen noch einmal die Hand drücken...«

»Kommen Sie mit uns, Exzellenz...« sagte Gurjew mit belegter Stimme.

»Ich desertiere nicht.«

»Sie retten sich! Was bindet Sie noch an Ihren Eid? Der Zar, dem Sie ihn geschworen haben, ist tot!«

»In unserem Herzen ist er nie gestorben! Wir sind eine andere Zeit als Sie, Gurjew! Wir müssen mit ihr sterben! Was sollte ich woanders... irgendwo im Ausland, weg von Rußland? Es wäre undenkbar, sähe ich diesen sibirischen Himmel nicht mehr. Nein, Gurjew... Fossile wie ich soll man dort begraben, woher ihre Knochen einmal Kraft bekamen... in diese heilige russische Erde. Leben Sie wohl...«

Er klopfte Gurjew auf die Schulter, beugte sich weit vor zu Nadja, nahm ihre Hand und küßte sie mit der Galanterie des alten Kavaliers.

»Und wenn *ich* Sie bitte, mitzukommen, Exzellenz?« sagte Nadja leise.

Ryschikow schüttelte den Kopf und richtete sich im Sattel auf.

»Ich habe zwei Regimenter und vier Straflager mit fast tausend Mann zu befehligen. Soll ich den Rest meines Lebens vor mir selbst ausspucken? Gott sei mit Ihnen, Nadja Grigorijewna! Und Sie, Gurjew... schwören Sie mir, daß Sie Rußland nie vergessen.«

»Ich schwöre es«, sagte Gurjew feierlich.

»Dann los!« Ryschikow holte aus seinem Mantel eine Peitsche und hieb damit den beiden sibirischen Pferdchen über den Rükken. Sie wieherten auf, stemmten sich in das Geschirr und rasten mit dem Panjewagen davon. »Dawai!« rief ihnen der General nach. »Gott führe euch in die Freiheit! Dawai!«

»Exzellenz!« schrie Gurjew und versuchte vergeblich, die gepeitschten Pferde anzuhalten. »Exzellenz, hören Sie doch!«

Ryschikow hatte sein Pferd herumgerissen und galoppierte zurück nach Ust-Tschenaja. Unter seinen Hufen wirbelte der Schnee auf, und sein weiter Pelzmantel flatterte um ihn und blähte sich wie ein Fledermausflügel. Nach wenigen Metern war er zwischen den Bäumen verschwunden. In die Spuren der Hufe sackte der aufgestobene Schnee zurück.

Das Zeltdorf der Burjäten lag in der Nähe von Sobolinskaja, an der einzigen Straße, die nach Taptugarv an der Bahnlinie führte. In ein Felstal gedrückt standen im Kreis die Zelte, aus den runden Dachöffnungen der Jurten quoll der Rauch der offenen Feuer, die im Inneren zwischen aufgeschichteten Steinen flammten und um die die ganze Familie lag, Felle gerbte, Pfeile anspitzte, Lanzen wickelte, Filz preßte oder einen Brei aus saurer Stutenmilch und Mais kochte.

Man war im Dorf erstaunt über den Besuch, der da auf einem struppigen, schwitzenden Pferdchen herangesprengt war. Der Häuptling des Stammes, ein uralter Mann mit geflochtenen weißen Haaren und schwarzen Zähnen, empfing ihn in seiner großen Ältestenjurte, bot ihm – er war ein höflicher, gastlicher Mensch – einen Holzbecher Ziegeltee an und betrachtete dann stumm das merkwürdige Wesen.

Ein menschliches Gesicht hat er ja, dachte der Alte. Aber diese Augen sind irr, und der wilde Bart ist seit Jahren nicht gepflegt, und was er auf dem langen, dürren Leib trägt, ist wie ein Kaftan, so wie ihn die Juden in Birobidschan tragen. Aber ein Jude ist er nicht... er kommt nicht mit einem Wagen voller Waren, sondern allein mit einem dreckigen, ausgemergelten Pferd! Ein seltenes Geschöpf.

»Ich heiße Genjka«, sagte der merkwürdige Mensch, nachdem er mit Widerwillen den Ziegeltee getrunken hatte, denn das war kein gewöhnlicher Tee, sondern ein Gesöff aus brauner Brühe, ranzigem Fett, Pfeffer, Salz und Milch, ein Getränk, dem die Burjäten ihre Lebenskraft zuschreiben und das hohe Alter ihrer Greise. »Kennt ihr Rasputin?«

Der Alte schüttelte den runden gelben Kopf. Um seine geschlitzten Mongolenaugen wirbelten die weißen Haare. »Wer soll das sein?« fragte er.

»Seid ihr rot oder weiß?« fragte Genjka, der Mönch.

»Gelb, Brüderchen, gelb, du siehst es doch!« Der alte Burjäte nahm einen tiefen Schluck seines Ziegeltees. Er sprach ein holpriges Russisch, durchsetzt mit mongolischen Sprachfetzen.

»Bist du Bolschewist?« fragte Genjka. Seine Augen flimmerten.

»Was kümmert mich das?« Der Alte wischte sich die Hände an seiner Lederkleidung ab. Die letzten Monate waren unruhig, dachte er dabei. Kosaken sind durch das Dorf geritten, und wir mußten ihnen die Pferde tränken und putzen und bekamen Prügel dafür. Das waren die Weißen, wie wir nachher erfuhren. Dann rückte eine Kolonne mit Wagen an, wir mußten wieder die Pferde putzen, man fraß uns unser Salzfleisch weg, die geräucherten Störe, den Honig, und sechs unserer Mädchen schwängerten sie. Dann zogen sie weiter. Das waren die Bolschewisten, hieß es später. Eine unruhige Welt, die bis in unsere Jurten dringt. Aber was haben wir mit ihr zu schaffen? Wir ziehen von Weideplatz zu Weideplatz, und man soll uns unsere Ruhe lassen.

»Es gibt ganz in der Nähe zwei Menschen, auf deren Kopf die Bolschewisten tausend Rubel gesetzt haben.« Genjka, der

Mönch, beugte sich vor. Seine Stimme bebte. »Mit einem Wagen und zwei Pferden ziehen sie in Kürze hier vorbei. Ihr braucht sie nur einzufangen und bei den Bolschewisten abzuliefern, und tausend Rubel bekommt ihr in die Hand.«

»Wer sind diese beiden Menschen?« fragte der Alte ruhig.

»Feinde des Volkes! Ausbeuter! Blutsauger!«

»Und tausend Rubel?«

»Der Kommandant von Irkutsk zahlt sie euch sofort.«

»Irkutsk ist weit.«

Genjka zögerte. Dann griff er unter seinen zerfetzten Soutanenrock und zog ein Bündel Geldscheine hervor. Er legte sie einzeln, jeden Schein aufrollend, neben die steinerne Feuerstelle. Stumm betrachtete der Alte die knochigen Hände Genjkas, die das Geld abzählten.

»Dreihundert Rubel als Anzahlung«, sagte der irre Mönch. Dann legte er beide Hände über die Scheine und starrte den Burjätenhäuptling an. »Ich habe einen Auftrag, einen heiligen Auftrag, mein Alter. Ich kann nicht sterben, solange noch jemand von der Sippe Rasputins lebt! Es gibt für mich keine Zeiten mehr, keine Jahre, keine Grenzen, bis mein heiliger Auftrag erfüllt ist. Tausend Rubel... was bedeutet das für deinen Stamm!«

»Wir wären reich.« Der Alte holte eine Holzpfeife aus dem Lederwams, füllte sie mit einem groben goldgelben Tabak und entzündete sie am offenen Feuer. »Wo sind die beiden Menschen?«

»Im Wald. Auf dem Weg zur Bahnlinie.«

»Bewaffnet?«

»Sie haben Pistolen und ein Gewehr.«

»Und wenn wir sie töten müssen?«

Die Augen des irren Genjka flammten auf. »Schickt ihre Köpfe nach Irkutsk. Sie genügen. Wenn es sein muß, bringe ich ihren Kopf selbst in die Stadt.«

»Ihren Kopf?« Der Alte zog die Pfeife aus dem Mund. »Einer ist eine Frau?«

»Ja. Nikolai und Nadja Gurjewa.«

»Wir sollen eine Frau töten? Was verlangst du? Nimm dein Geld und geh!«

»Dann fangt sie ein und liefert sie ab!« schrie Genjka. Er sprang auf, die Soutane flatterte um seinen dürren Körper. Gespenstisch sah sein knochiges bleiches Gesicht im Feuerschein aus. »Tausend Rubel! Wer hat euch jemals für zwei erbärmliche Menschenleben tausend Rubel geboten?«

»Niemand.« Auch der Alte erhob sich. Er reichte Genjka knapp bis unter die Achsel, aber er war fast doppelt so breit wie er. »Ich werde es mit dem Stammesrat besprechen. Das Geld laß neben dem Feuer liegen. Ich nehme es erst dann, wenn wir abreiten wollen! Wir sind ehrliche Menschen!«

Bis zum Abend wartete Genjka auf eine Nachricht. Man hatte ihm eine kleine Jurte gegeben ... dort lag er auf einem Kamelfell, aß Rauchfleisch und trank kühles Quellwasser. Schließlich schlief er ein.

So hörte er nicht, wie ein Reitertrupp von zwanzig Burjäten das Zeltdorf verließ und hinaus in die Nacht galoppierte. Auf ihre Sättel hatten sie dicke Deckenrollen und lederne Taschen geschnürt; sie bereiteten sich auf einen langen Zug vor und nahmen Verpflegung und ein großes Zelt mit.

»Ihr bringt die Gefangenen selbst nach Irkutsk!« hatte der Ältestenrat befohlen. »Und ihr kassiert auch die tausend Rubel!«

Und so ritten sie los, zwanzig kleine, krummbeinige gelbe, schlitzäugige Männer, verwachsen mit ihren schnellen Pferdchen ... Geister aus der gelben Steppe und den roten Bergen.

Für Nadja und Nikolai gab es kein Entrinnen mehr.

*

Die roten Regimenter rückten schneller vor, als es General Ryschikow errechnet hatte. Überall, wohin die Bolschewisten kamen, empfing sie das einfache Volk wie Befreier, jubelte ihnen zu, brachte ihnen Essen und Trinken, verriet die sich versteckenden Großgrundbesitzer, die Mädchen schüttelten alle Scham ab wie Hunde Wassertropfen aus dem Fell – wahrhaftig, es war ein Siegeszug, den die roten Regimenter unternahmen, ein Triumphzug, wie keiner ihn geahnt hatte.

Verzweifelt kämpften die versprengten weißen Regimenter um ihr Leben, warfen sich Koltschak und Denikin der roten Flut entgegen, riefen das Land auf, sich zu besinnen. Aber auf was sollte man sich besinnen? Auf den Zaren? Er hatte abgeschlossen gelebt wie ein Heiliger. Auf die Fürsten? Sie hatten das Volk ausgebeutet und das Geld für Champagner und Weiber hinausgeworfen, das Geld, das von den Muschiks auf den Feldern im Schweiß ihres Angesichts verdient worden war. Besinnen auf die Großgrundbesitzer? Auf die reichen Bankiers? Auf die hochnäsigen Handelsherren? Auf die Beamten, die die Steuern mit Peitschenhieben eintrieben? Auf die Generäle, die nur Tote hinterließen und neue blitzende Orden an die eigene Brust hefteten? O Brüder – wo war denn Rußland?

Von allen Seiten zogen die Roten auf Tschita zu. Flüchtlinge, die kopflos losgefahren waren, ohne zu wissen, wohin man noch flüchten sollte, berichteten von der Feuerwelle, die den Bolschewisten folgte. »Sie machen alles nieder, was sie *Bourgeoisie* nennen!« sagte man. »Sie verbrennen die großen Herrenhäuser, sie sprengen die Schlösser, sie erschießen die Reichen. Das neue Rußland wird ein leeres Rußland sein!«

General Ryschikow sammelte seine Truppen und verließ Tschita. Er marschierte nach Ust-Tschenaja. Welchen Sinn hatte es, die Stadt zu verteidigen und nachher abbrennen zu lassen? Aber hier in den Urwäldern tat es keinem Unschuldigen weh, wenn die letzte Schlacht geschlagen wurde. Das gesamte Arsenal fuhr mit nach Ust-Tschenaja, die Kleiderkammer, die Munitionsvorräte, die Werkstätten, die Schreibstuben. Plötzlich war das kleine Dorf zu einem Heerlager geworden, Gräben wurden ausgehoben, künstliche Sümpfe angelegt, in denen die roten Kavallerieschwadronen versinken sollten, Forts aus dicken Rundstämmen gebaut, umgeben von Palisadenwänden mit zugespitzten Stämmen. Viertausend Männer, Soldaten und Sträflinge, gruben eine Woche lang und leiteten das Wasser der Schilka in einen künstlichen Wasserarm, der rund um das große befestigte Lager floß. Schnelle Reiterpatrouillen meldeten jeden Tag, wie weit die Roten waren.

Tschita war besetzt worden. Zwei bolschewistische Regimenter und eine Feldartillerieabteilung rückten auf Ust-Tschenaja... eine rote Kosakenspitze war schon auf die Reiter Ryschikows getroffen und in die Flucht geschlagen worden.

»In drei Tagen sind sie hier«, sagte der alte Ryschikow. Er hatte das Haus Nadjas bezogen, das im »Festungsbereich« lag – wie man das armselige Dorf jetzt nannte –, saß vor der Karte Südsibiriens und verfolgte mit roten Kreisen das Vorrücken der Bolschewisten. »Noch drei Tage, Kameraden...«

Dann schwieg er, sah jeden seiner Offiziere stumm an, und alle senkten den Kopf, denn sie wußten, was dieses Schweigen bedeutete.

Am nächsten Tag geschah etwas Ungeheuerliches: Die Sträflinge von Ust-Tschenaja wurden bewaffnet. Die Ketten wurden ihnen abgenommen; zum erstenmal seit Monaten, bei einigen seit Jahren, schloß man ihnen die Stahlbänder um Fußknöchel und Handgelenke auf. Es gab eine kräftige Fleischsuppe und für jeden einen Krug voll Kwaß.

»So ist es immer«, sagte der junge Graf und hob seinen Becher. »Man wird menschenfreundlich, wenn es ans Sterben geht! Trinkt, Brüder! In ein paar Tagen läuft euch der Saft rot aus anderen Löchern! Wir waren verflucht und sind verflucht!«

General Ryschikow sprach es aus, als er am Abend die Straflager besuchte und die Sträflinge angetreten sah, in sauberen Anzügen, in der Hand Gewehre, an den Koppeln die schwarzen Handgranaten.

»Ihr kämpft nicht für den Zaren!« sagte er mit seiner hellen Stimme. »Ihr kämpft nicht für die weiße Regierung. Das alles ist sinnlos! Ihr kämpft um euer eigenes Leben! Glaubt nicht, daß die Bolschewisten euch befreien! Wer von euch Adeliger ist, Grundbesitzer, hoher Beamter war oder studiert hat ... er wird von den Roten sofort erschossen! Das ist die Wahrheit! Ihr verteidigt euch, nicht mich! Deshalb befehle ich euch auch nichts ... schlagt euch durch, vernichtet die Roten, das ist alles, was ich euch sagen kann.«

Die Sträflinge standen stumm, ein dunkler Block entschlossener, vom Schicksal niedergetretener Kreaturen, bis zum heutigen Tag dazu verurteilt, in Sibiriens Urwäldern zu verfaulen. Nun waren sie frei, hatten sie Waffen ... aber diese Freiheit bedeutete auch nur wieder Tod.

»Ich wünsche euch Glück!« sagte General Ryschikow hell. Er grüßte, drehte sich abrupt um und verließ das Lager.

Den Befehl übernahm Hauptmann Birjukow. Zum erstenmal ertönte ein neues Kommando. »Drittes sibirisches Bataillon ... stillgestanden!«

Die Sträflinge standen stramm. Der junge Graf zog das Kinn an.

»Drittes sibirisches Bataillon ...« sagte er leise. »Ob es sich leichter stirbt, wenn man einen Namen hat ...?«

Es starb sich nicht leicht.

Erst fünf Tage später erreichten die roten Regimenter die Wälder von Ust-Tschenaja. Aber sie kamen wirklich wie eine rote Woge, wie ein Sturm aus den Weiten der Mongolei.

Zwei Tage betrommelte ihre Artillerie die befestigten Stellungen, die Palisaden flogen davon, als hebe ein Windstoß sie noch in die Lüfte, die Baumstamm-Forts zerbrachen, der Wald brannte an neun Stellen, zu allem Unglück schmolz das Eis und trieb in großen Schollen durch den künstlichen Wasserarm, die Schilka trat über die Ufer und überschwemmte die Magazine und das Lager II, ja, und darauf folgte der Angriff der Bolschewisten, Welle nach Welle, und er kam nicht weiter als bis zu dem künstlichen Sumpf und dem Wasserarm. Dort stauten sich die Leiber der Pferde und Menschen, lagen die Verwundeten wimmernd und schreiend umher und schossen die Verteidiger von Ust-Tschenaja auf alles, was sich bewegte. Vor allem das Feuer der Sträflinge war verheerend – sie kämpften mit dem kalten Mut der Verlorenen. Sie waren die Gladiatoren Sibiriens.

Nach diesem ersten Angriff änderten die Roten ihre Taktik. Sie griffen nicht mehr an – sie vernichteten die Festung durch Feuer. Nach alter Burjätenart schossen sie mit Pech umwickelte Pfeile und ganze brennende Fackeln auf die Dächer und gegen die Holzwände, an einem Tag 4390 flammende Pfeile, die Ust-Tschenaja in ein Feuermeer verwandelten.

In einem Erdbunker – Nadjas Haus brannte lichterloh, wie alle

Häuser und Baracken und Forts des Dorfes – saß General Ryschikow vor einer Kiste und schrieb. Die Hitze wurde unerträglich ... In den Gräben, in denen die Soldaten und Sträflinge hockten, wälzten sich die Verteidiger im Schmelzwasser des Schnees und im Schlamm, nur um ein wenig Kühlung auf der Haut zu spüren. Beißender Rauch zog über alles hinweg und reizte zum Husten. Die Augen tränten. Es war, als brenne die Erde auch von innen her.

»Ich bin ein armer Mensch«, schrieb Ryschikow mit seiner großen, steilen Handschrift. »Ich habe keinen Erben, und ich habe auch nichts, was sich zu erben lohnte. Nur mein Herz habe ich ... und ich vermache hiermit mein Herz meinem geliebten Rußland, meinem ewigen Rußland ...« Dann nahm er den Lauf seiner Pistole zwischen die Zähne, legte den eisgrauen Schnurrbart sorgfältig über das kalte Metall und schoß sich durch den Mund.

Er sah schrecklich aus, als man ihn fand. Nur an der Uniform erkannte man ihn noch.

Von 5362 eingeschlossenen Männern in Ust-Tschenaja gelang es siebenundvierzig Soldaten und neunzehn Sträflingen, sich in der Nacht durchzuschlagen und in den riesigen Urwäldern zu verschwinden. Auch der junge Graf war unter ihnen ... man mußte ihn tragen, denn ein Granatsplitter hatte ihm die linke Ferse weggerissen.

Von den anderen 5296 Männern blieb nichts mehr übrig. Nicht einmal mehr eine Erinnerung oder die Erwähnung in einem Geschichtsbuch.

Wer kennt schon Ust-Tschenaja? Und was bedeuten zwei Regimenter und 954 nach Sibirien Verbannte?

Die Geschichte rechnet mit anderen Zahlen. Von mehr als einer Armee an wird das Sterben heroisch.

Ein Sonntag war's, als die Bolschewisten von Ust-Tschenaja Besitz ergriffen. Aus den verkohlten Trümmern züngelten noch die Flammen und quoll der Rauch. Der Wald- und Steppenboden war mit Leichen wie gepflastert.

Ein Trupp von dreiunddreißig Soldaten kam den Roten entgegen, an der Spitze Hauptmann Birjukow, aus sechs Wunden blutend. Sie marschierten heran wie zu einer Parade, ihre Stiefel stampften über die toten Leiber wie über Kopfsteinpflaster.

Und so wie sie marschierten, wurden sie auch umgeweht ... von zwei Maschinengewehren mit drei ratternden Salven.

Über Ust-Tschenaja leuchtete die Sonne. Ein blauer Himmel glänzte.

Der Frühling nahte.

Und Sonntag war's ... der Tag des Herrn ...

*

Acht Tage lang waren sie unterwegs. Völlige Einsamkeit umgab sie, aber keine Stille. Der Urwald lebte. Von den Riesenbäumen schmolz der Schnee unter dem Atem des warmen Windes, der aus dem Süden, vom Amur herauf, wehte; Moos begann zu blühen, als habe man nur eine Decke weggezogen, unter der immer und ewig die Blumen auf die erste Sonne warteten. Die Tiere krochen aus ihren Bauten, Biber huschten durch das sumpfige Unterholz, Hermeline und große Eichkätzchen jagten knisternd die Stämme hinauf in die wogenden Baumkronen, ein Wolfsrudel zog hechelnd nach Süden; einmal begegnete ihnen sogar ein riesiger braunschwarzer Bär, er saß auf einem Baumstamm, leckte schläfrig seine Tatzen, schien in seinem dicken Winterpelz zu schwitzen und blinzelte verdrossen in die Sonne. Der Winterschlaf war vorbei, der Kampf ums Leben begann wieder, aber die Müdigkeit des langen Winters lag noch in den Augen.

Das war eine gute Zeit für die Jäger. Bevor die Tiere den dicken Pelz wechselten, schossen sie die Müden fast mühelos ab... ein Torkeln und Rumoren war's im Wald, ein Vogelzwitschern und Knistern in allen Zweigen, ein Erwachen und Töten – mit dem Frühling kam auch die Grausamkeit.

Nadja und Nikolai vermieden alle menschlichen Ansiedlungen. Sahen sie Rauchfahnen von fern – meistens waren es kleine Burjätenstämme in ihren Jurten –, schlugen sie einen weiten Bogen und verkrochen sich weiter in den Wald. Nadja kochte auf einem Petroleumkocher die Mahlzeiten, aber erst wenn Nikolai mit einem der ausgespannten Pferde kreuz und quer umhergeritten war und ausgespäht hatte, daß sie wirklich allein waren, nur beobachtet von den Tieren der Taiga. Dann saßen sie auf zwei Kisten, über die Nadja Decken gebreitet hatte, und aßen aus Blechschüsseln ihr Mahl... aufgeweichten Trockenstör, gekochtes Salzfleisch, Kascha aus Grießbrei und Rosinen, Stücke einer geräucherten Hammelkeule. Nach dem Essen legten sie sich in den Wagen, krochen eng zusammen, zogen die Decken über sich, küßten sich und schliefen umschlungen ein. Die beiden struppigen Pferdchen standen umher, lehnten sich an einen Baum und schliefen im Stehen. Wer sie so sah, etwa gegen vier Uhr morgens in der Morgenkälte, dachte, sie seien erstarrt.

Einmal hörten sie von weitem Schießen, aber sie dachten, es seien Jäger. Da sie keine Karte hatten und sich nur nach der Sonne richteten, glaubten sie, weitab von allen Straßen zu sein. Aber das war ein Irrtum. Noch nicht fünf Werst entfernt lief ein Fahrweg durch den Wald, und über ihn ritten in manchen Nächten die Reitergruppen der bolschewistischen Armee. Bei Jerofej-Pawlowitsch sammelte sich eine rote Armee, um hineinzuströmen in das südliche Amurbecken und Wladiwostok zu erobern. Wie die Reiter Dschingis-Khans fegten sie lautlos dahin, und ahnungslos zogen nur wenige Werst von ihnen Nadja und Nikolai durch den Urwald, voll des Glaubens, in grenzenloser Einsamkeit und Sicherheit zu sein.

Bevor sie sich aneinanderschmiegten in ihrem Panjewagen und einschliefen, jeder von der Wärme des anderen beglückt, sprachen sie oft über die Zukunft.

»Ich habe nichts gelernt, als Offizier zu sein«, sagte Gurjew dann. »Und du bist erzogen am Zarenhof, ein Luxusgeschöpf in Seiden und Spitzen... Was soll nur aus uns werden?«

»Ich hatte einen Vater, der ein sibirischer Muschik war«, erwiderte Nadja. »Er hatte die Kräfte eines Bären, den Mut des Tigers und das Herz eines Wolfes. In mir ist etwas davon zurückgeblieben. Hast du Angst, Niki?«

»Ich überlege, was ich tun könnte, um uns zu ernähren. Welche Fähigkeiten habe ich sonst noch außer dem Kommandieren, dem Reiten, dem Träumen und dem Tragen einer Uniform? Ich habe mich nie für Technik interessiert, die Mathematik war ein Greuel für mich, die Arbeit in den Schreibstuben widerte mich an, in einem Beamten sah ich ein verstaubtes, nach Leim stinkendes und aufgewärmten Tee trinkendes Monstrum, zum Handel fehlt mir der Begriff des Geldes, zum Handwerker jedes Geschick... genau betrachtet bin ich eine Null, Nadjuscha. Ja, das bin ich! Ich werde eine riesige Null sein, wenn ich die Uniform ausziehe.«

»Du bist Niki, mein Mann!« sagte Nadja zärtlich. »Du hast den Kopf eines Römers, den Körper eines Griechen, den Gang eines Spaniers und den Blick eines Deutschen. Und du kannst tanzen wie ein Wiener und reiten wie ein Kosak vom Don. Ist das nicht genug Kapital, Niki?«

Gurjew starrte in die Sterne, die durch die Baumwipfel flimmerten. Er zog die Decke fester um sich und Nadja, nahm ihre kalte Hand und legte sie auf seine Brust.

»Tanzen und reiten, das wäre ein Beruf, Nadjuscha. Man sollte es sich überlegen. Wenn wir Rußland verlassen müssen... irgendwo auf der Welt könnte ein Platz frei sein für einen Tanzlehrer und für einen vom roten Wind weggewehten Hauptmann, der verwöhnten Töchtern beibringt, wie man im Sattel bleibt, durch sanftes Gelände trabt und nachher beim Ball erzählen kann, wie herrlich die Welt auf dem Rücken eines Pferdes ist... O Gott, Nadja, was wird aus uns werden...«

So schliefen sie oft ein, mit Gedanken, die ihnen vorauseilten und sich verloren in einer Wildnis, aus der auf ihre fragenden Stimmen keine Antwort hallte. Am Morgen war dann alles vorbei... Sie zogen weiter durch die Taiga, überquerten Bachläufe und rumpelten durch Felstäler, umfuhren Sümpfe und wichen menschlichem Geruch aus wie Tiger, in deren Fleisch noch die Wunden schwären, die Menschen ihnen geschlagen hatten.

Am neunten Tag hörten sie Pferdegetrappel. Sie hielten an, mitten im Wald, zogen Pferde und Wagen in eine Buschgruppe und holten zum erstenmal ihre Waffen aus den Säcken. Nicht weit von ihnen, zwischen den Stämmen hindurchreitend in langer Reihe, sahen sie dann kleine, über die Pferdehälse gebückte Reiter, in lederner Kleidung und mit spitzen Mützen.

»Burjäten«, flüsterte Nikolai. Er stand hinter einem dicken Baum, das entsicherte Gewehr in den Händen, bereit, sofort zu schießen. Hinter ihm stand Nadja, in jeder Hand eine Pistole, die Zeigefinger um den Abzug gekrümmt. »Sie reiten vorbei... Aber wieso kommen hier Burjäten entlang? Was machen sie im Wald? Ihr Gebiet ist die Ebene an den Flüssen...«

Es gab eine schnelle Antwort.

Im Gebüsch wieherte eines der Pferdchen. Rossig war es, und bei der Kavalkade der Burjäten ritten auch Hengste. Wer kann es einem Gäulchen verübeln, wenn es vor Sehnsucht wiehert?

Als habe man sie beschossen, wirbelten die Burjäten herum. Aus dem Galopp heraus rissen sie ihre kleinen Pferde herum, sie stiegen hoch, stampften in den weichen Waldboden und stießen Laute aus, die eher einem hellen Stöhnen glichen als einem Wiehern. Aus dem Busch antworteten die Gäulchen Nikolais – eine Freude war's, diese Begrüßung zu hören.

Gurjew legte sein Gewehr an die Wange. Aber bevor er schoß, zählte er die Reiter, und er kam nicht zurecht mit ihrer Zahl, so wimmelte es zwischen den Baumstämmen durcheinander.

Ein Burjäte löste sich aus der Gruppe und ritt langsam heran. An einem Speer trug er einen weißen Fetzen, blieb zehn Meter von Nikolai entfernt stehen und sah sich um. Dann legte er die Hand wie einen Trichter vor den Mund und rief in den Wald hinein.

»Komm heraus, Brüderchen!« schrie er mit kindlich heller Stimme. »Wehr dich nicht. Was soll's? Du kannst zehn von uns erschießen... zwanzig werden dich überwältigen! Und denk an deine Frau, Brüderchen. Laß sie nicht leiden, weil du mutig sein willst.«

Nikolai Gurjew ließ sein Gewehr sinken. Sein Gesicht wirkte eingefallen und blutleer.

»Sie suchen uns. Nicht zufällig sind sie hier... sie suchen uns, Nadjuscha...« Gurjew wandte sich um. Die Pistolen nahm er ihr aus den Händen, steckte die eine in seine Hosentasche und umklammerte die andere. »Wir werden nicht Tanzlehrer sein und keine feinen Damen das Reiten lehren. Wir sind am Ende unserer Reise.«

Nadja nickte. Sie lehnte sich an einen Baumstamm, hob den Kopf empor und schloß die Augen. Stolz und schön stand sie da, mit geöffneten Händen und langen aufgelösten Haaren.

»Schieß, Niki...« sagte sie ganz ruhig. »Ich liebe dich... das ist mein letztes Wort... ich liebe dich...«

Gurjew überflog ein Zittern. Er drückte das Kinn an, aber das hinderte ihn nicht, aufzuschluchzen.

Der kleine Burjäte wartete noch immer. Unruhig stampfte das Pferdchen den Moosboden. »Ergib dich, Brüderchen«, rief er noch einmal. »Was soll das Zögern?«

»Ich kann es nicht«, stammelte Gurjew. Die Pistole fiel aus seiner Hand. »Nadja, wie könnte ich dich erschießen...« Er griff in die Tasche, holte die andere Pistole heraus und hielt sie Nadja hin. »Um mich geht es nur. Denk an das Kind. Eine Mutter ist wichtiger als der Vater. Ich flehe dich an, Nadjuscha... mach ein Ende mit mir! Ich bin zu nichts mehr nütze auf der Welt!«

Nadja Gurjewa nahm die Pistole, aber sie richtete sie nicht auf Nikolai, sondern warf sie in einem hohen Bogen in den Wald. Dann trat sie aus dem Versteck hervor und ging dem Burjäten drei Schritte entgegen.

»Was willst du?« fragte sie hart.

Der kleine gelbe Reiter lachte breit. Die Schlitzaugen verschwanden völlig in seinem faltigen Gesicht. Er winkte, und die anderen ritten heran, wie seit Jahrhunderten bewaffnet mit selbstgemachten Bogen und Pfeilen und langen Lanzen. Nur wenige trugen Gewehre, und die waren älter als ihre Häuptlinge. Einen Halbkreis bildeten sie und betrachteten vergnügt die Frau, die stolz vor ihnen stand und sie ohne Angst musterte.

»Wir bringen dich nach Irkutsk, mein Vögelchen«, sagte der erste Burjäte freundlich. »Ein goldenes Täubchen bist du für uns! Ein langer Weg ist's zwar, aber wir haben kein Angst vor der Weite. Wo ist dein Mann?«

»Hier.« Gurjew trat hinter einem dicken Stamm hervor.

Die Burjäten auf ihren Pferdchen strafften sich.

»Hast du Waffen?« rief der Wortführer.

Nikolai Gurjew nickte mit dem Kopf nach hinten. »Sie liegen auf dem Boden. Warum sucht ihr mich? Wer hat euch beauftragt? Niemand hat ein Interesse daran, mich zu sehen.«

Die Burjäten grinsten wieder. Wir sind keine Dummen, hieß dieses Grinsen. Wir wissen, was tausend Rubel wert sind! Ob rot oder weiß... auf einem Rubelschein gibt's davon keinen Fleck.

»Nimm die Hände hoch!« sagte der Burjäte höflich. »Ganz hoch, Brüderchen, wie's sich für einen Gefangenen gehört.«

Nikolai Gurjew stand aufrecht vor den Reitern. Sein bleiches Gesicht zeigte wilde Entschlossenheit.

»Ich bin Offizier«, sagte er laut. »Ein Offizier hebt die Hände nicht empor! Ich gehe mit, aber nicht mit erhobenen Armen...«

Die Burjäten flüsterten miteinander. Dann ritten drei von ihnen zu Gurjew, warfen ihm eine Schlinge um die Brust, zogen sie an und preßten seine Arme an den Leib. Ein anderer ritt zu Nadja, befestigte einen Strick um ihr rechtes Handgelenk und lachte ihr fröhlich ins Gesicht.

»Fertig?« rief der Wortführer. »Dann los!«

Während zehn Burjäten bei Nikolais Panjewagen und den Pferden blieben, ritten die anderen langsam davon. An ihren langen Stricken liefen Nadja und Nikolai ihnen nach... sie mußten schnell laufen, um nicht an den Seilen hinterhergeschleift zu werden.

Keuchend rannten sie nebeneinander durch den Wald. Ihre Beine wurden gefühllos, ihr Blick trübte sich, aber die Stricke, an den Sätteln befestigt, kannten keine Gnade... weiter... weiter... laufen, taumeln, über Wurzeln springen, durch Bäche waten. Das kalte Wasser tat gut, es erfrischte, ließ die Umwelt wieder erkennen, der Blick wurde klarer... Die kleinen gelben Reiter, die Stämme des unendlichen Waldes, die trappelnden Hufe der struppigen Pferde, das straffe Seil, das in das Fleisch schneidet und einen mitreißt...

Laufen... laufen... o mein Gott, laß unsere Beine laufen wie eine Maschine...

Gurjew riß den Mund auf. Er sah Nadja neben sich stolpern, aber sie fing sich wieder und rannte weiter, vorwärtsgerissen von dem Strick.

»Nadja...« keuchte er. Und dann brüllte er wie ein Bär, den eine Lanze in der Brust trifft. »Stoj! Stoj! Habt Erbarmen! Ich flehe euch an!«

Die Burjäten ritten langsamer. Nadja schwankte zu Gurjew und sank gegen ihn. Er konnte sie nicht umfassen, die Schlinge machte ihn bewegungsunfähig. Er sah, wie ihre Zunge zwischen den Lippen hing und ihre Augen trübe geworden waren, als flösse das Leben aus ihr fort. »Ihr Schweine!« schrie Gurjew. »O ihr Schweine! Tötet uns doch.«

Er umklammerte Nadja mit dem letzten, was er bewegen konnte, mit seinen Beinen, ließ sich mit ihr fallen und rollte in den Staub. Ein paar Meter schleiften sie über den Waldboden, rissen sich an Wurzeln die Kleidung auf, dann lagen sie still, Gurjew zuunterst, Nadja auf ihm wie auf einem flachen Schlitten.

Die Burjäten ritten zurück und betrachteten die beiden schmutzüberzogenen, verschlungenen, regungslosen Körper.

Der Wortführer nickte, sah sich um und winkte. Es war ein guter Platz. Bis zur Nacht war es nicht mehr weit.

Neben den ohnmächtigen Körpern, die sie übereinander liegen ließen, schlugen sie ihre große Jurte auf, trugen Holz heran und zündeten ihr Lagerfeuer an.

Der Geruch von saurer Stutenmilch und ranzigem Fett zog durch den Wald. Ein Festtag war heute ... man hatte tausend gute Rubel verdient.

*

Gesang und der Klang von Trommeln, Flöte und einer Bajan – das ist eine kleine Knopfharmonika – weckten sie. Zuerst war es Nadja, die die Augen aufschlug. Sie lag auf dem weichen Waldboden, die Arme auf dem Rücken gefesselt und auch um die Fußknöchel einen Strick. Nikolai Gurjew hing neben ihr, an einen Baumstamm gestellt... nur die Seile hielten ihn aufrecht, sein Kopf pendelte vor der Brust, die Beine waren eingeknickt, ein Bild des Jammers war's und doch ein Bild der Freude: Er lebte, er atmete, ein paarmal lief ein Zucken durch seinen Körper, dann pendelte der Kopf stärker, und die Beine stemmten sich instinktiv gegen die Erde.

Nadja sah hinüber zu dem Kreis der Burjäten, die um das Feuer saßen und einen großen Holzbecher mit Schnaps kreisen ließen. Ein kleiner, dürrer gelber Mensch blies die alte Hirtenflöte mit einer Hingabe, als müsse er mit ihr seine Seele aushauchen... neben ihm hockte der Trommler und bearbeitete das Kalbfell, das er über einen großen halbierten Kürbis gespannt hatte, mit beiden Händen, indem er sie flach, aber in schnellem, hüpfendem Rhythmus daraufschlug. Etwas weiter saß der Harmonikaspieler, ein dicker, häßlicher Mongole, sein breiter Mund war vor Entzücken geöffnet, und wie die anderen wiegte er sich im aufreizenden Klang des Liedes hin und her und sang dazu in Abständen mit einer quäkenden Stimme, die jedesmal mit einem lauten Juchzer abbrach.

Der lodernde Schein des großen Feuers umgab sie alle... Fabelwesen, die im Urwald zusammengekommen waren, um eine Hexenfeier zu veranstalten. Ab und zu stoben Funkenwolken in den Nachthimmel, dann warf jemand neues Holz in den brennenden Stoß und stocherte mit einer langen Lanze in der Glut herum.

Gurjew rührte sich heftiger, sein Kopf bekam neue Kraft, hob sich und lehnte sich zurück an den glatten Stamm, an den er gebunden war. Dann öffneten sich die Augen, und Nadja erkannte, daß Nikolai lange Zeit brauchte, um zu begreifen, was er sah und wo er war. Sie fürchtete, daß er wieder schreien würde, und hustete laut. Der Kopf Gurjews schwang herum.

»Nadja...« keuchte er.
»Mein Liebster...« flüsterte sie zurück.
»Hast du Schmerzen? Hat man dir weh getan?«
»Nichts, gar nichts, Niki. Und wie fühlst du dich?«
»Ich möchte mir das Herz aus der Brust reißen und dort ins Feuer werfen...«
»Dein edles, stolzes Herz! So wenig ist es dir wert?«
»Wenn ich dich damit retten kann, Nadjuscha...«
»Dazu brauchen wir nicht dein Herz, Niki.« Sie bewegte sich langsam mit dem Rücken hin und her, wie eine große Feile, wie ein schwerfälliges Pendel, oder tanzte ihr Körper den Rhythmus des Mongolenliedes, das sie jetzt alle am Feuer mitsangen? Ein altes Heldenepos war es, und die windschnellen Pferde und der Mut der Reiter wurden besungen.
»Ich liege auf einem Stein«, sagte Nadja. »Eine scharfe Kante hat er. Wenn ich meine Stricke durchwetze...«
»O Himmel, wenn das gelänge!« Gurjew sah hinüber zu den kleinen Burjäten. Der Schnapsbecher kreiste wieder, einige der krummbeinigen Reiter lagen schon im Gras, dehnten sich und schliefen ein, umnebelt vom Rausch und wohltuend eingehüllt von der Wärme des Feuers. »In einer Stunde werden sie alle auf der Erde liegen. Sie fühlen sich so sicher. Hast du eine Wache gesehen?«
»Sie haben keine Wache. Auch nicht bei den Pferden. Wer sollte sie angreifen? Sie sind die Herren dieses Landes.«
Mit großer Anstrengung nahm Nadja ihre Arbeit wieder auf. Unendlich mühsam war es, immer wieder mit dem Strick über die scharfe Kante des Steins zu schaben und das Gewicht des Körpers daraufzulegen, damit sich die Fasern durchwetzten. Gurjew sah ihr zu, beobachtete den Feuerkreis und warnte sie, wenn jemand zu ihnen herübersah. Er hing dann wie vordem in seinen Stricken und spielte den Besinnungslosen.
Flöte, Handtrommel und Bajan wurden langsamer. Schließlich war es nur noch die Hirtenflöte, die einsam und klagend durch die Nacht klang, ein auf und ab schwingendes Weinen, bis auch sie erstarb und nur noch das Holz im Feuer prasselte.
»Jetzt schlafen sie alle«, flüsterte Gurjew. »Spürst du, daß du den Strick durchwetzen kannst?«
Nadja nickte. Schweiß lief ihr über das Gesicht. Als zucke ihr Körper in Krämpfen, so verzweifelt bewegte sie sich jetzt über den kantigen Stein... und dann spürte sie, wie der Druck der Stricke nachließ, wie sie ihre Arme bewegen konnte, wie die Enden des durchgeschabten Seils über ihre Hände fielen. Sie hätte aufschreien können vor Freude, aber sie senkte nur den Kopf, setzte sich und bedeckte das Gesicht mit ihren Händen.

»Mein Gott!« flüsterte Gurjew heiser vor Erregung. »Du hast die Hände frei. Bleib so sitzen, ich beobachte erst die Burjäten ... um Himmels willen, rühr dich nicht, Nadja ...«

Der dicke häßliche Bajan-Spieler hatte sich erhoben, schwankte vom Feuer weg zum nächsten Baumstamm und knöpfte sich die Lederhose auf. Als er wieder zum Feuer zurückkehrte, warf er sich hin, auf den Rücken wie eine umgedrehte Schildkröte, streckte die Glieder von sich und schlief weiter.

»Jetzt ...« sagte Gurjew leise.

Sie hatten wenig Zeit, zu überlegen. Ein Mensch handelt in solcher Lage wie ein Tier, und meistens trifft er das Richtige. Der Selbsterhaltungstrieb verleiht ihm Kraft und Mut, Schnelligkeit und Ausdauer, Kaltblütigkeit und Gnadenlosigkeit.

Nachdem Nadja ihre Fußfesseln aufgebunden hatte, kroch sie hinter Gurjew an den Baum und löste auch seine Stricke. Eine langwierige Arbeit war das, denn die Burjäten hatten eine besondere Knotenart, an der die Nägel von Nadjas zarten Fingern zerbrachen. Unsagbar lang wurden die Minuten. Gurjew biß sich vor Erregung die Lippen blutig, über seine Augen legte sich ein Schleier, und er gestand sich ein, daß dies die erbärmlichste Angst sei, die Angst, den Wettlauf mit der Zeit zu verlieren.

Als die Stricke auf den Waldboden fielen, sank auch Nadja mit der Stirn gegen den Baumstamm und weinte wie ein geschlagenes Kind. Aufrecht, als sei er noch gefesselt, blieb Gurjew stehen und sah hinüber zu dem langsam niederbrennenden Feuer. Wenn der Morgen dämmerte, erwachten die Burjäten wieder, und es war, als sei die Trunkenheit aus ihnen von der Sonne weggesaugt. Dann ging der Ritt weiter und das fürchterliche Hinterherlaufen an den langen Stricken ... Hunderte von Werst, bis nach Irkutsk ...

Gurjew machte einen Schritt nach vorn und blieb lauschend stehen. Mit diesem Schritt warf er alle Angst von sich ab. Wilde Entschlossenheit durchzog ihn. Er tastete mit den Blicken jeden der Schlafenden ab und war bereit, sich auf den ersten zu stürzen und ihn zu erwürgen, wenn er sich rührte. Aber die kleinen gelben Reiter lagen umher wie ihr Feuerholz, bizarr verkrümmt und verdreht, und nur ihr Schnarchen bewies, daß es keine Ansammlung pittoresker Wurzeln war.

»Komm ...« sagte Gurjew leise und streckte den Arm nach hinten aus. Keinen Blick ließ er von den Schlafenden, fühlte Nadjas kalte Finger in seiner Hand und umfaßte sie wie eine Klammer. »Wo sind die Pferde?«

»Links im Wald ...« flüsterte Nadja.

»Kannst du schnell laufen?«

»Ich will es versuchen, Niki ...«

»Dann los ...«

Sie rannten aus dem Feuerkreis nach links in den Wald, und das alles geschah so schnell wie das Vorbeiflattern zweier Nachtvögel. Zwischen den Bäumen sahen sie die Pferdchen, aber es war eine Wache bei ihnen, ein junger Burjäte, der an einem Baum saß und ebenfalls schlief. Vorsichtig nahm ihm Gurjew das Gewehr fort, das an dem Stamm lehnte, während Nadja zwei Pferde losband und tiefer in den Wald führte. Über einen Werst gingen sie so stumm neben den Pferden her, ehe sie sich auf die struppigen Rücken schwangen und dem fahlen Streifen entgegengaloppierten, der den Morgen ankündigte.

Beim ersten Sonnenstrahl erhob sich ein lautes Geheul um das niedergebrannte Feuer. Die kleinen Burjäten traten gegen die leeren Stricke, bespuckten sie und klagten wie hungrige Wölfe ihr Leid dem heller werdenden Morgenhimmel. Dann warfen sie sich auf die Pferde und jagten den Flüchtlingen nach; nur die beiden Burjäten, denen man ihre Gäule weggenommen hatte, blieben zurück, saßen an der Asche und starrten auf den Waldboden.

Ein Reiter ohne Pferd, das ist wie ein Himmel ohne Sonne, wie ein Körper ohne Blut. Sie schämten sich so, daß sie sich gegenseitig nicht einmal ansehen konnten.

Drei Tage ritten Nadja und Gurjew durch den Wald, ernährten sich von einem Schneehasen, den Gurjew gleich am ersten Tag mit einem Schuß aus der uralten Burjätenbüchse erlegte, obwohl es Leichtsinn war, in der Nähe der Verfolger zu schießen; aber der Hunger bohrte in ihren Mägen und ließ die Landschaft vor ihren Augen flimmern. Am vierten Tag ritten sie aus dem Wald hinaus und kamen in ein von Bäumen freigeschlagenes Tal, durch das sich die Schienen einer Eisenbahn zogen.

»Die Bahnstrecke ...« sagte Gurjew und umarmte Nadja, als schenke er ihr etwas ganz Wertvolles. »Nadja, wir haben die Strecke nach Wladiwostock erreicht. Wenn noch ein Zug fährt ... er bringt uns in die Freiheit!«

Umschlungen, stumm vor Glück, standen sie so eine ganze Zeit am Waldrand und sahen hinunter auf die Holzschwellen und die beiden eisernen Bänder. Nie hatten sie ein schöneres Bild gesehen, empfanden beide. Nie war die Welt herrlicher als jetzt ... zwei Schienen, die sich im Endlosen verloren und den Weg in den Frieden wiesen ... welches Bild auf dieser Erde konnte schöner sein?

In der Nacht ritten sie weiter, immer den Schienen entlang, und erreichten gegen Morgen einen kleinen Bahnhof, der Somonskaja hieß. Nur eine Blockhütte war's; ein Bahnwärter mit Frau und vier Kindern wohnte hier, die weder lesen noch schreiben konnten, denn die nächste Schule war fünfzig Werst entfernt. Ilja Wassilijewitsch Lobkin kam sich auch vor wie ein einsamer Bär in der Taiga und hatte es aufgegeben, danach zu fragen, warum gerade ihn das elende Schicksal getroffen hatte, in Somonskaja zu verschimmeln und diese Strecke zu bewachen.

»Wir halten den Zug an, wenn einer kommen sollte!« sagte Lobkin großzügig zu Gurjew, nachdem man ausgiebig gegessen und getrunken hatte. Nahrungsmittel waren das einzige, was neben Holz in Somonskaja reichlich vorhanden war. »Schon immer war es mein Wunsch, einmal in meinem Leben den Expreß aufhalten zu können. Hier, an meiner Hütte... und ich, Lobkin, stehe da und lasse ihn dann wieder abfahren! Der ganze große schöne Zug... unter meinem Befehl! Ein Herzenswunsch, Brüderchen... und jetzt erfülle ich ihn mir! Du sollst sehen... vor meiner roten Fahne macht selbst der Expreß halt!«

Drei Tage warteten Gurjew und Lobkin, ob der Telegraf, ein uralter Morseapparat, zu ticken begann und einen Zug ankündigte. Als dann das leise rhythmische Klappern ertönte, sprang Lobkin auf, tanzte durch die Stube, küßte Gurjew, Nadja und seine Frau – das letztere beweist, in welcher Hochstimmung sich Ilja Wassilijewitsch befand! – und breitete die Arme aus.

»Wirklich, der Expreß! Aus Irkutsk! Er kommt! Er kommt! In einer Stunde ist er hier! Und ich halte ihn auf, ich, Ilja Wassilijewitsch Lobkin! Welch ein Tag!«

Man feierte ihn wirklich. Die Lobkina und die Kinder trugen ihren Sonntagsstaat, als der Zug herandonnerte, sie hatten Honiggebäck auf Kisten aufgebaut und wollten es an die reichen Herren im Zug verkaufen, Gurjew und Nadja standen neben dem Blockhaus, Hand in Hand, und spürten, daß sie beide innerlich zitterten.

Die Freiheit! Wladiwostok. Das Meer.

Und Helena. Die kleine Helena...

Der Expreß schnaufte heran. Lobkin, in Eisenbahneruniform, hatte das Haltezeichen heruntergelassen und lief dem Zug mit einer großen Fahne entgegen. Er schwenkte sie, schrie dabei, was natürlich niemand verstand, aber ein Glücksgefühl ohnegleichen durchrann ihn, als er das Kreischen der Bremsen hörte und der Zug langsam vor der Blockhütte ausrollte.

Lobkin stoppt den Expreß!

Herrgott, das ist ein ganzes Leben in Sibirien wert!

Nadja und Nikolai liefen zu den Gepäckwagen, wo sie hinaufgezogen wurden. Es würde noch eine lange Diskussion um den Fahrpeis geben, das wußte man, aber wichtig war es, erst einmal im Zug zu sein.

Mit stolzen Schritten ging Lobkin unterdessen dem Zugführer entgegen, der wild gestikulierend auf ihn zulief. Die Mütze saß ihm schief auf dem Kopf.

»Was soll das?« schrie der Zugführer. »Ist die Strecke gesprengt? Sind die Roten vorgerückt? Warum halten wir hier?«

»Es ist nichts, Euer Gnaden«, sagte Lobkin höflich und stolz. »Nur ein Offizier ist eingestiegen. Ein gutes Herrchen.«

Der Zugführer starrte Lobkin wie einen Waldgeist an, seufzte laut und rannte zum Zug zurück. Lobkin hob seine große rote Fahne und winkte dem Lokführer zu, der aus dem Fenster seiner Maschine hing.

»Abfahren, Brüderchen!« schrie Lobkin mit stolzgeschwellter Brust. »Gib Dampf, Freundchen! Dawai!«

Fauchend setzte sich der Expreß in Bewegung. An den Kisten mit dem verschmähten Honiggebäck standen die Lobkina und die vier Kinder und winkten. Mit großen Schritten ging Lobkin zu ihnen und baute sich neben ihnen auf. Seine rote Fahne knatterte im Wind.

Zischend verschwand der Expreß um eine weite Kurve, und nach wenigen Minuten war nur noch das Rauschen der Taiga um sie. Lobkin nahm seine Mütze ab und wischte sich über die Stirn.

»Welch ein Tag!« sagte er feierlich. »Bei Gott, welch ein Tag!«

Es war ein Sonntag, als der Zug im Bahnhof von Wladiwostock einlief. Noch war die Stadt im Besitz von General Karsanow, aber sie bot das Bild einer Heeresetappe und war überfüllt mit Flüchtlingen aus allen Gegenden. Eine Stadt, die aus den Nähten platzte. Eine Stadt, in der schon um Mitternacht die Frauen anstanden, um Brot, Kartoffeln und Fisch in den Läden zu bekommen. Eine Stadt, durch deren Gassen schon die Parolen der Roten krochen, wo jeden Tag Sabotageakte und Bombensprengungen die Menschen erzittern ließen.

Hand in Hand rannten Gurjew und Nadja durch die Stadt, vom Bahnhof bis zum Haus des Schneiders Klobkow. Sie sahen die Überfülle an Menschen nicht, sie beachteten nicht die Schlangen vor den Läden, sie übersahen die Uniformen in den Straßen.

Wie wilde Tiere stürzten sie die Treppe zur Wohnung Klobkows hinauf, rissen die Türen fast aus den Scharnieren und stießen den sprachlosen Klobkow zur Seite, der seine Besucher erst nicht erkannte, denn Sibirien kann einen Menschen von Grund auf verwandeln. Aber dann ging ihm ein Licht auf, er schrie auf, hüpfte in die Luft und rannte den beiden dreckigen, nach Schmutz, saurer Milch, ranzigem Fett und Pferdemist stinkenden Menschen nach.

Die kleine Helena Nikolajewna Gurjew spielte auf dem Fußboden mit bunten Bauklötzen aus Holz. Dick und rund war sie geworden, rosig und gesund sah sie aus, und sie lachte hell den beiden entgegen, die vor ihr in die Knie sanken, weinten, sie an sich zogen und sie küßten.

»Mein Kleines...« stammelte Nadja und drückte das Köpfchen an ihre Brust. »O mein Kleines... wie schön du bist... wie gesund... wie glücklich...«

Über eine Stunde dauerte die Begrüßung, dann saß man am großen Tisch der Klobkows, aß Piroggen und trank Kwaß. Klobkow gab Gurjew die neueste Zeitung über den Tisch, die er soeben auf der Straße gekauft hatte.

General Karsanow erklärte Wladiwostok zur Festung.

Die letzte sibirische Bastion vor der roten Flut.

Hatte es noch einen Sinn? Konnte Wladiwostok die Weltgeschichte aufhalten?

»Wir werden alle vor die Hunde gehen«, sagte Klobkow trübe. »Eine Festung! Die Roten werden keine Gnade kennen! Und was wollen Sie machen, Euer Gnaden?«

Gurjew sah über den Tisch zu Nadja, und ihre Blicke trafen sich und sagten das gleiche.

Was soll nun werden?

Wohin noch?

Mit einem Schiff ins Ausland? Rußland verlassen? War das nicht Feigheit? Konnte man leben ohne den russischen Himmel?

Was brachte die Zukunft? Ja, was würde morgen schon sein? Wie sah der neue Tag aus?

Eine Falle war zugeschlagen. Vor ihnen lag das Meer, die Fremde, die Emigration... vom Land her rollten die Wogen der Roten Armee heran und vernichteten alles, was noch das »alte Rußland« war.

Wohin also? Wo fand man den Frieden?

»Wir werden es schaffen, irgendwie Niki...« sagte Nadja leise, und alle hörten ihr bewegungslos zu. »Das wichtigste ist: Wir sind nun alle zusammen. Den kleinen Platz, den wir zum Leben brauchen... wir werden ihn irgendwo finden...«

Irgendwo!

Wo, mein Gott, liegt Irgendwo...?

10

Nur wenige Tage blieben zum Ausruhen und zum Nachdenken. Nachdem Nadja und Nikolai fast vierundzwanzig Stunden geschlafen hatten, oben in ihrer kleinen, schiefen Bodenkammer, die der Schneider Klobkow nicht verändert hatte, obgleich niemand mehr geglaubt hatte, daß die Gurjews jemals wiederkommen würden, gingen sie durch die Straßen Wladiwostoks, um neue Kleidung zu kaufen. Gurjews von General Ryschikow geschenkte Uniform hatte Klobkow in Verwahrung genommen; er hatte Rock und

Hose gebügelt, die Knöpfe nachgenäht – keiner kann richtig Knöpfe annähen, behauptete er, aber am sauber genähten Stiel eines Knopfes erkennt man den Meisterschneider! –, er hatte die silbernen Tressen geputzt und die Uniform dann in einen Schrank gehängt. Von den Rubeln, die Nadja für Helenas Verpflegung zurückgelassen hatte, war noch eine Menge vorhanden, und so besuchten Nadja und Nikolai nun Geschäft nach Geschäft, um einen Anzug, Sommerkleider, einen dünnen Mantel, einen Hut und Schuhe zu kaufen.

Aber überall war es das gleiche – die Händler machten große Augen, als Nadja ihre Wünsche vorbrachte, warfen einen Blick an die Decke und falteten die Hände über dem Bauch.

»Das Geschäft ist leer, das Lager ist leer – sehen Sie sich um! Rubel! Wissen Sie, ob dieser Rubel morgen noch etwas wert ist? Versuchen Sie es bei Saltijew um die Ecke.«

Aber auch Saltijew hatte keinen einzigen Fetzen Stoff mehr, und bei Kraschenkow, Buljatin und Wladronew war es ebenso. In den Geschäften herrschte gähnende Leere, und die Kaufleute hinter der Theke machten den Eindruck von Nackten, denen man nun noch die Körperhaare wegnehmen will, wogegen sie sich wehrten, was man verstehen kann.

»Sie halten die Waren zurück!« knirschte Nikolai Gurjew, nachdem sie den ganzen Tag herumgelaufen waren. Einer war sogar so dreist gewesen, sie bereits mit »Genosse« anzureden und Gurjew eine flache Arbeitermütze anzubieten. »Sie haben die Keller voll, ich möchte wetten! Sie warten, bis die Bolschewisten in der Stadt sind, und dann quellen die Geschäfte über! Anspukken sollte man sie alle, diese Krämer!«

In der Nähe des Hafens fanden sie, müde vom Laufen und durstig vom Straßenstaub, einen kleinen Laden, der dem Juden Aaron Prokopiwitsch Bubka gehörte.

Bubka war ein weiser Mann. Außerdem wohnte er nahe am Hafen und hörte und sah so manches, was andere nicht bemerkten. Zu ihm kamen die Matrosen und selbst die Kapitäne der ausländischen Schiffe, denn bei Aaron Bubka gab es Dinge zu kaufen, die wunderbare Geschenke abgaben: den Ring einer Gräfin, Ohrringe einer Großgrundbesitzersgattin, einen Seidenschal, mit Goldfäden durchwirkt, von einer Fürstin, Armreifen einer mongolischen Häuptlingstochter... ob das alles wahr war, wer fragte danach? Die Dinge sahen echt und vor allem selten und schön aus – wen kümmerte es in New York oder London, ob sie wirklich einmal von einer Großfürstin getragen worden waren?

Aaron Bubka musterte seinen beiden neuen Käufer einen Augenblick, dann verbeugte er sich. Er rannte um die Theke herum, holte Nadja einen Stuhl und eilte dann in die Hinterstube, wo kurz darauf Gläser klirrten und eine Flasche entkorkt wurde.

»Es ist Rotwein!« sagte Bubka, als er mit einem Tablett zurückkam und Nadja und Nikolai zwei große Gläser reichte. »Vielleicht sind Euer Gnaden einen anderen Wein gewöhnt... aber die Zeiten sind schlecht geworden, und wer kann noch den Import der guten Burgunder und Bordeaux bezahlen? Dieser hier ist aus dem Kaukasus...«

Durstig tranken Nadja und Nikolai ihre Gläser leer, und es war ihnen, als hätten sie noch nie einen so herrlichen Wein getrunken. Zufrieden sah ihnen Aaron Bubka zu, die Hände auf dem Bauch gefaltet. Es schien die Berufshaltung der Händler zu sein.

Nikolai Gurjew stellte sein Glas auf das Tablett zurück und wischte sich den Mund. Ein Streifen zog sich über sein Gesicht; wo seine Hand über die Haut glitt, hinterließ sie eine Straße durch den Staub.

»Sie sind der erste höfliche Mensch, Aaron Prokopiwitsch, den wir heute treffen«, sagte er. »Aber ich vermute, daß auch Sie keine Ware mehr im Laden haben, kein Kleid für Nadja Grigorijewna und keinen Anzug für mich.«

»Kann man es ihnen verübeln, den Kollegen?« Bubka lehnte sich gegen seine alte, abgestoßene Theke. »Vor den Toren der Stadt marschiert die Rote Armee auf. Sie wird Wladiwostok bis nächsten Sonntag erobert haben. Und dann? Sie wissen alle nicht, ob man sie aufhängt oder weiterarbeiten läßt. Ist es nicht verständlich, daß sie ihre Waren verstecken?«

»Und Sie, Aaron Prokopiwitsch?«

»Ich kann Ihnen alles verkaufen, was Sie brauchen, Euer Gnaden.«

»Warum nennen Sie mich Euer Gnaden?«

»Weil Sie ein Offizier sind!« Bubka lächelte mild über das Erstaunen Gurjews. »Ihre Haltung, Euer Gnaden, Ihre Sprache, Ihre Bewegungen... man kennt das doch! Ich habe lange Jahre den Gouverneur beliefert, ich habe Kunden unter den hohen Offizieren. Nicht wahr, Sie sind Offizier?«

»Ja«, antwortete Gurjew knapp.

»Und was wollen Sie tun?« Bubka sah Nadja an, ihre bleiche Schönheit ergriff ihn. Vor allem ihre Augen zogen ihn an, eine magische Kraft hatten sie, und es war, als könnten sie einem ins Herz blicken. »Ich weiß, Sie haben keine Angst. Aber Mut allein ist wie das Blasen gegen den Wind, wenn die Bolschewisten kommen. Sie werden auch über Euer Gnaden informiert sein.« Bubka strich sich über seine schütteren grauen Haare. »Wollen Sie Rußland verlassen?«

»Nicht, wenn es nicht nötig ist.«
»Es wird nötig sein.«
»Gibt es denn eine Möglichkeit, Rußland zu verlassen?«
Es war Nadja, die dies fragte, und zum erstenmal stand diese Frage konkret vor ihnen. Es war ein Augenblick, der Gurjews Herz erzittern ließ. Rußland verlassen! In einem fremden Land hungern. Kann man nicht auch in Rußland hungern, wenn es schon keinen anderen Ausweg gibt, als im Elend zu leben?
Aaron Bubka sah gegen die blinde Scheibe seines Ladens. Hinter ihr lag die Straße, die direkt zum Hafen führte. Eine alte Gasse, über die nachts die amerikanischen Seeleute grölend zurück zu ihren Schiffen zogen, voll vom guten Wodka, den man ihnen auch nur gegen gute Dollar verkaufte.
»Wenn die Rote Armee in die Stadt einzieht, werde ich auf einem amerikanischen Schiff sein«, sagte Bubka sehr ruhig. »Der Kapitän ist mein Kunde.« Er sah wieder auf Nadja und bewunderte ihre dunklen Augen und ihr schmales Gesicht mit den langen bronzefarbenen Haaren. »Ich könnte für Euer Gnaden einen Platz reservieren. Keine Kabine, die sind besetzt. Seit Tagen schon. Ich wußte gar nicht, wie viele Grafen und Fürsten und Generäle es in Rußland gibt! Wenn das Schiff abfährt, müßten die Schornsteine blauen Qualm ablassen, soviel Adel ist an Bord. Aber eine Ecke im Laderaum findet sich immer. Wenn es um das Leben geht, fühlt sich ein Bretterboden wie ein Daunenkissen an...«
»Und was verlangen Sie dafür?« fragte Gurjew. Er war plötzlich heiser. Rußland verlassen, dachte er immer wieder. Und dann bohrte sich ein glühender Pfahl in seine Brust: ein ganzes Schiff voller Fürsten und Grafen und Großgrundbesitzer... und Generäle. Jawohl, auch Generäle! Die Exzellenzen, die von der Treue bis in den Tod gesprochen hatten.
»Wie viele Personen sind Sie, Euer Gnaden?« fragte Aaron Bubka.
»Drei. Meine Frau, ich und unser Kind Helena.«
»Tausend Dollar!«
Gurjew sah Bubka entsetzt an. Er rechnete um, wieviel Rubel nötig waren, um sie in die wertvollen Dollar umzuwechseln, ganz davon abgesehen, daß es unmöglich war, tausend Dollar in der Stadt aufzutreiben. Nadja verzog ein wenig den Mund, aber sie blieb ruhig sitzen und sah an Bubka vorbei, der leicht mit den Schultern zuckte.
»Auch Leben ist ein Geschäft, Euer Gnaden«, sagte er. »Denken Sie nicht, daß die tausend Dollar für mich sind! Oh, wäre das ein Geschäft. Ich muß den Kapitän überzeugen, den Ersten Offizier blind machen, den Lademeister bestechen, den Koch drei Portionen mehr zählen lassen... und die Preise steigen, je näher

die Bolschewisten kommen! Wenn ich zehn Prozent übrigbehalte... ist das nicht gerecht?«

»Tausend Dollar!« Gurjew nagte an der Unterlippe. »Sprechen wir nicht mehr darüber. Verkaufen Sie mir einen Anzug und einen Mantel und Nadja Grigorijewna ein Sommerkleid, Aaron Prokopiwitsch, und vergessen wir das Schiff!«

»Nehmen Sie auch Brillanten?« fragte Nadja plötzlich. Bubka und Gurjew fuhren herum. Nikolai hob beide Hände.

»Es ist unser Letztes, Nadja!« rief er.

»Sind sie echt?« fragte Bubka.

»Von der Zarin.«

»Lächerlich!« Bubka lachte leise. »Wollen Sie Aaron hereinlegen? Ich verstehe etwas von Steinen. Zeigen Sie sie mir. Von der Zarin! Das kann ich meinen Käufern erzählen, aber wir sollten untereinander ehrlich bleiben...«

»Meine Frau lügt nicht!« sagte Gurjew hart. »Ich bin Gardehauptmann des Zaren gewesen.«

»Wenn auch! Wer die Palasttüren bewacht, braucht noch keine Edelsteine der Zarin zu haben.«

»Kennen Sie Rasputin?« fragte Nadja. Stolz lag in ihrer Stimme.

Aaron Bubka hob die Augenbrauen. Was soll das, dachte er, ehe er antwortete. Warum beschwören sie den Schatten eines Mannes, von dem man nicht weiß, ob er ein Dämon oder ein Heiliger war?

»Wer kennt ihn nicht...« antwortete er vorsichtig.

»Ich bin seine Tochter.« Nadja Gurjewa sah Bubka ernst an. Und jetzt begriff Bubka auch, was ihn die ganze Zeit gefesselt hatte, was ihn dazu bewogen hatte, das Geheimnis des Schiffes preiszugeben, obgleich er die Menschen, die da in seinen Laden gekommen waren, nie zuvor gesehen hatte und sie doch vom ersten Augenblick sein Herz anrührten.

Die Augen Rasputins. Der magische Blick des heiligen sibirischen Bauern! In den Augen Nadja Grigorijewnas kehrte er wieder.

Aaron Bubka senkte den Kopf. »Lassen Sie die Steine sehen«, sagte er mit belegter Stimme. »Natürlich, ich zweifle nicht an ihrer Herkunft. Ich werde sie verkaufen, sehr gut verkaufen. Und ich werde für Sie Plätze auf dem Schiff reservieren lassen. Das ist ganz sicher. Wann wollen Sie an Bord kommen?«

»Ich weiß es nicht.« Nikolai Gurjew wandte sich ab und trat an die große Fensterscheibe. Durch das monatelang nicht geputzte Glas sah er auf die enge Gasse. Wie durch einen Nebel unterschied er Menschen und Dinge... ein Pferdefuhrwerk, einen Hund, drei Soldaten, einige Frauen in Kopftüchern. »Vielleicht brauchen wir das Schiff gar nicht.«

»Warum nicht?«

»Wenn Wladiwostok in den Händen der Armee bleibt.«

»Haben Sie schon ein Brett im Sand gesehen, das eine Flut aufhält?«

»Das Volk wird sich gegen die rote Flut stemmen. Ein Damm von Leibern.«

»Das Volk!« Aaron Bubka spuckte aus. »Was verlangen Sie von ihm, Euer Gnaden? Seit tausend Jahren wird es getreten, jetzt verspricht man ihm die volle Freiheit! Ja, sogar eine Volksregierung soll es werden! Kennen Sie einen Löwen, der nach tausend Tagen Gefangenschaft nicht wild wird, wenn er Blut riecht?«

»Warten wir es ab, Aaron Prokopiwitsch.« Gurjew zog seinen zerschlissenen Rock aus. »Probieren wir einen Anzug an ... er ist uns jetzt am nächsten auf der Haut.«

Während Gurjew drei Anzüge anprobierte und Nadja unter sieben Kleidern wählen konnte, beugte sich Bubka in einem unbeobachteten Augenblick zu ihr hinab.

»Das Schiff wird auslaufen, sobald die roten Truppen einrükken«, flüsterte er.

»Ich bringe Ihnen morgen die Brillanten«, antwortete Nadja leise.

Dann kam Gurjew zurück, in einem braunen Anzug, der ihm gut paßte. Nur die Ärmel waren zu lang. »Die wird Klobkow umändern«, sagte er. »Wie gefalle ich dir, Liebes?«

»Du bist der schönste Mann!« Es klang fröhlich, aber jeder wußte, wie bitter dieser Witz war. Sie kauften den Anzug und zwei Kleider für Nadja, und sogar Kleidung für die kleine Helena hatte Bubka in seinem Laden. Mit einem dicken Paket kamen sie zurück und trafen den Schneider Klobkow bei einer merkwürdigen Arbeit an. Statt der Nähmaschine bediente er eine Handpresse, aus der bedruckte Zettel in einen eisernen Kasten fielen. Klobkow schwitzte dabei und war sehr verlegen, als Gurjew und Nadja eintraten. Es war seine Schuld, er hatte vergessen, die Tür zu verriegeln.

»Was ist denn das?« fragte Gurjew und blieb an der Tür stehen.

»Eine handbetriebene Druckpresse, Euer Gnaden«, sagte Klobkow und wischte sich den Schweiß aus den Augen. »Der Teufel hole sie – ein älteres Modell war wohl nicht aufzutreiben.«

»Und was drucken Sie da?«

»Flugblätter.« Der Schneider Klobkow nahm einen der bedruckten Zettel und hielt ihn hoch. »Genossen! Frauen! Werktätige aller Schichten! Der Tag der Befreiung ist gekommen! Die roten Armeen werden auch Wladiwostok erobern und Ordnung in einem Land schaffen, das bisher von der Feudalklasse ausgebeutet und geknechtet wurde. Helft den kommunistischen Genossen bei der schweren Arbeit! Baut auf das neue Rußland! Dient der Revolution, die das Menschenrecht auf ihre roten Fahnen schreibt. Genossen...«

»Sind Sie verrückt?« rief Gurjew. »Das ist ja ein bolschewistisches Manifest!«

»Natürlich.« Der Schneider Klobkow lehnte sich gegen seine alte Presse. »Euer Gnaden, es ist nun einmal so... wir sind eine kommunistische Familie. Schon seit Jahren.«

»Und Sie nahmen uns auf? Ausgerechnet Sie einen zaristischen Offizier?«

»Der Mensch ist ein merkwürdiges Geschöpf! Er denkt auf zwei Ebenen. Menschlich und politisch. Was geht den Kommunisten Klobkow an, was der Mensch Klobkow fühlt und umgekehrt? Als Mensch habe ich Hochachtung vor Ihnen, Euer Gnaden... immerhin arbeitete ich zwanzig Jahre lang für Offiziere und Adelige und habe ihnen die Uniformen genäht und die Galafräcke. Aber als Kommunist muß ich Sie anspucken! Sie Schädling des Volkes! Im Augenblick bin ich Kommunist und drucke Flugblätter! Was wollen Sie, Gurjew?«

»Ich bringe einen Anzug! Man muß die Ärmel kürzen.«

»In einer Stunde, Genosse!« Klobkow drückte wieder auf den Hebel seiner Handpresse. Der Tiegel krachte auf ein neues Blatt. »Ab sechs Uhr abends können Sie wieder den Schneider Klobkow sprechen. Und jetzt hinaus, Genosse! Die Revolution duldet keine Unterbrechung...«

Kopfschüttelnd, aber von neuem innerlich aufgewühlt, verließ Gurjew die Schneiderwerkstatt und stieg hinauf zu seiner Dachkammer.

Das Beispiel Klobkow war zu deutlich... Rußland befand sich wirklich in einer völligen Umstellung. Ein Schiff voll Fürsten, Grafen und Generälen – wie Bubka sagte –, war das alles, was von dem herrlichen Rußland des Zaren übrigblieb?

Herrliches Rußland? War es wirklich so herrlich gewesen?

Wie hatte der Muschik gelebt? Wie eine Wanze.

Wieviel galt der Fabrikarbeiter? Weniger als der fette Hund des Direktors oder die Siamkatze der Frau Direktor.

Was war die Aufgabe der reichen Handelsherren? Betrug, Geld scheffeln und amüsieren mit Geliebten in teuren Luxuswohnungen.

Was tat der Adel? Er tanzte, gab das Geld aus, intrigierte und herrschte. Und nach Sibirien marschierten die Kolonnen der Sträflinge, die sich dagegen aufgelehnt hatten.

Herrliches Rußland?

Gurjew blieb auf der Treppe stehen und lehnte sich gegen die gekalkte Wand. Er bekam plötzlich keine Luft mehr.

Wo ist noch das Vaterland, durchfuhr es ihn. Wofür soll man leben? Wofür – getreu dem Offizierseid – sterben? Wo ist die Heimat, in der die kleine Helena einmal aufwachsen soll, glücklicher als ihre Eltern?

Wo – ist – Rußland?

Wie ein Betrunkener stolperte er ins Zimmer und fiel auf das Bett. Entsetzt lief Nadja auf ihn zu. Aber seine Augen waren nicht krank, sondern starr vor Erkenntnis.

»Wir werden das Schiff nehmen, Nadjuscha ...« sagte Gurjew tonlos. »Ganz gleich, wohin es uns führt ... Wir müssen weg ... Rußland ist überall, denn wir haben es im Herzen! Hier können wir nicht mehr bleiben. Hier nicht!«

In ihrem kleinen Bett schlief schon Helena. Satt und gesund war sie und müde vom Spielen mit den Klobkow-Kindern. Nadja setzte sich neben Nikolai auf das Bett und drückte seinen Kopf an ihre Brust. Sie spürte, wie ein Zittern durch seinen Körper lief und wie er sich zwang, die Tränen zu unterdrücken.

»Ich habe die Nähte der alten Kleider schon aufgetrennt«, sagte sie leise und streichelte seine schwarzen, jetzt struppigen Haare. Die Zärtlichkeit einer Mutter war in ihren Händen und die Hingabe einer Geliebten. »Neun Brillanten, sieben Smaragde und drei Rubine sind es noch. Wir werden die Überfahrt bezahlen können und irgendwo auf der Welt die Miete für ein Zimmer ... Und wir haben vier Hände und zwei tapfere Herzen ... O Niki, wie reich wir sind ...!«

*

Drei Tage später rückten die letzten weißen Kompanien in die zur Festung erklärte Stadt Wladiwostok ein. Sie kamen vom Amur, dreckig, müde, die meisten verwundet, ein trauriger Haufen gejagter Hasen. Sie marschierten durch die Straßen, und niemand winkte ihnen zu, brachte ihnen Wasser, munterte sie auf ... man sah an ihnen vorbei, und in der Alexandrownastraße flatterten sogar Flugblätter in die Kolonnen. Es waren die Zettel, die Klobkow auf seiner Handpresse gedruckt hatte.

General Karsanow sah die Unmöglichkeit ein, als letzte Bastion Sibiriens Wladiwostok halten zu können. Was er aus anderen Teilen Rußlands hörte, waren die gleichen Katastrophen ... am Don siegten die Roten, auf der Krim, im Kaukasus, im Ural, in Kasachstan, in der Ukraine ... überall löste sich die Moral der weißen Regimenter, oder sie verwandelte sich in Grausamkeit, das letzte Mittel der Schwachen. Daß man damit kein Volk überzeugen konnte, war klar – die Masse der russischen Menschen war in Bewegung geraten, die Masse, die im Zarenreich niemand beachtet hatte und die man lediglich als Arbeitskräfte ohne Rechte einstufte. Ein seit Jahrhunderten schlafender Vulkan hatte zu speien begonnen. Wer konnte Naturereignisse aufhalten?

Das sah auch Karsanow ein – aber er sagte es nicht. Dickschädelig befahl er, Wladiwostok bis zur letzten Patrone zu halten, eine beliebte Parole, die bei Generälen unsterblich ist und auch fernerhin ausgerufen werden wird. Um zu beweisen, daß die Stadt sich nie ergeben würde, ließ Karsanow rund um die Außenbezirke Gräben und Erdbunker anlegen, brachte Artillerie und schwere Maschinengewehre in Stellung und erließ einen Aufruf, daß sich alle wehrfähigen Männer sofort zu melden hätten. Drückebergern drohte er sofortige Erschießung an, ebenso Feiglingen.

»Nun ist es Zeit!« sagte Nadja, als sie den Aufruf in der Zeitung las. Auch an allen Litfaßsäulen und an den Häuserwänden klebten die Plakate mit dem Aufruf:

»Wir werden unsere Heimat verteidigen!«

Zum letztenmal stemmte sich Nikolai Gurjew gegen den Gedanken, als Offizier heimlich die Heimat zu verlassen. Während Nadja oben in der Dachkammer die Koffer packte, während abends beim Wind vom Land her das ferne Kanonendonnern zu hören war, verlangte Gurjew von dem Schneider Klobkow seine Uniform.

Klobkow kratzte sich die Nase und trank ein Gläschen Kwaß zur Stärkung.

»Sie hängt bei mir im Schrank«, sagte er. »Und dort bleibt sie auch hängen. Sie sind ein so sympathischer Mensch, Euer Gnaden, und Ihre Frau ist ein so liebes Geschöpf... warum soll die Revolution zwei solch wertvolle Menschen auffressen? Mir als Revolutionär kann es ja recht sein – weg mit der Bourgeoisie! –, aber ich bin auch ein Mensch, wie schon erwähnt, und als solcher weigere ich mich, Ihnen die dumme Uniform zu geben, damit Sie sich und Ihre Frau und das süße, unschuldige Kindchen ins Unglück bringen!«

»Geben Sie die Uniform heraus, Klobkow!« sagte Gurjew laut.

»Nein!«

»Ich befehle es Ihnen!«

»Mein Befehlshaber ist Lenin!« erwiderte Klobkow stolz. »Verlassen Sie mein Zimmer, Genosse Gurjew, sonst bewerfe ich Sie mit meinem heißen Bügeleisen!«

»Sie Zwerg!« Gurjew machte einen Schritt vorwärts, aber der kleine Klobkow war schneller, er flitzte um seinen langen Schneidertisch herum, ergriff ein dampfendes Bügeleisen und hob es hoch über seinen Kopf. Mit der anderen Hand umklammerte er eine lange Schere.

»Bedenken Sie, Gurjew!« schrie er. »Bedenken Sie, was Sie tun! Ich bin ein Mitglied des kommenden Stadt-Sowjets! Ich kann Sie hinrichten lassen, wenn man Sie später als Gefangenen einliefert. Nur einen Stempel brauche ich auf Ihre Einlieferung zu setzen – bum! –, und man erschießt Sie unten an der Hauswand! So einfach ist das! Ein Stempelchen! Noch bin ich der Mensch Klobkow... aber zwingen Sie mich nicht, sofort ein Sowjet zu sein! Gehen Sie! In drei Tagen beginnt der Sturm auf die Stadt. Versuchen Sie, sich abzusetzen! Retten Sie Ihre Frau und das Kindchen!«

»Meine Uniform...« sagte Gurjew dumpf. »Mensch, geben Sie mir meine Uniform heraus.«

»Nein!« schrie Klobkow hell. »Nein! Nein!«

Gurjew achtete nicht auf das dampfende Bügeleisen über Klobkows Kopf. Er rannte von Schrank zu Schrank, riß die Türen auf und durchwühlte sie. Was er fand, warf er ins Zimmer, aber die Uniform war nicht dabei.

»Wo ist sie?« brüllte er.

Klobkow lachte meckernd. Aber dann erstarb sein Lachen. Gurjew zog aus der Tasche die Pistole, die sie den schlafenden Burjäten abgenommen hatten, richtete sie auf Klobkow und genau auf dessen Stirn. Der kleine Schneider wurde bleich, und das Bügeleisen über seinem Kopf schwankte bedrohlich.

»Sie werden doch nicht, Genosse...« stotterte er.

»Die Uniform!« sagte Gurjew kalt.

Dann war Stille zwischen ihnen. Sie starrten sich an, und es waren zwei Welten, die sich gegenüberstanden, die sich verstanden und doch nicht verstehen wollten, weil Kriege und Revolution die Gehirne verblöden.

Plötzlich ließ Klobkow sein Bügeleisen fallen. Es krachte auf die Dielen und bohrte sich mit der Spitze ins Holz. Danach stank es verbrannt, denn ein gutes Schneiderbügeleisen ist schwer und hält die Hitze. Weit breitete der Schneider die Arme aus und sah hinauf an die Decke.

»Erschießen Sie mich, Euer Gnaden!« schrie er. »Eher sterbe ich, als Ihrer Frau das anzutun, Ihnen die Uniform wiederzugeben! Sie sind ein Phantast, Euer Gnaden... wir im Volke würden sagen: Ein Idiot sind Sie!«

Nikolai Gurjew ließ die Pistole sinken. Noch einmal sah er Klobkow an, der mit ausgebreiteten Armen hinter seinem Tisch stand, vor den Füßen das die Dielen versengende Bügeleisen, dann machte er kehrt und verließ die Werkstatt. Mit einem Seufzer ließ Klobkow die Arme fallen, bückte sich und wußte, daß seine Frau, wenn sie das sah, ihn wieder beschimpfen würde. Aber das mußte man ertragen, denn die Klobkowa ließ sich nicht aufhalten durch heroische Gesten.

Den ganzen Tag lief Gurjew durch die Straßen und sah, wie sich die jungen Männer zu den Sammelplätzen begaben, zu denen sie der Aufruf General Karsanows befohlen hatte. Meistens waren es Schulen und die Schulhöfe, aber auch im Hafen versammelten sich Hunderte, auf den Sportplätzen und auf den großen Plätzen im Herzen der Stadt. Offiziere der weißrussischen Armee schrieben die Namen auf und teilten die Männer in Kompanien ein. Am Rand der Plätze standen in langen Reihen die Frauen und Kinder und weinten und heulten wie die jungen Wölfe im ersten Winter.

In der Nacht begann die Beschießung der vorgeschobenen Stellungen durch die Rote Armee. General Karsanow antwortete mit zwei schweren Hafenbatterien, die er hatte umdrehen lassen. Rauschend flogen die schweren Granaten über die Stadt, der Boden erzitterte bei jedem Abschuß. Die Schiffe im Hafen lagen alle unter Dampf... es gab kein Boot mehr, nicht einmal mehr ein Holzfloß, das nicht schon gemietet oder gekauft worden war. Man erzählte sich, ein Großkaufmann aus Chabarowsk habe einem Schiffer für seine kleine Motorschaluppe 500 000 Rubel geboten. Derselbe Mann, so wußte man zu berichten, hatte sich bis zum Winter noch selbstherrlich zehn Leibeigene als Diener gehalten und ihnen mehr Schläge als Essen ausgeteilt.

Am nächsten Morgen – die ganze Nacht über hatten Nadja und Nikolai auf ihren Koffern gesessen und heißen Tee getrunken, den ihnen die Klobkowa brachte, und hatten gewartet, daß ihnen Bubka Nachricht aus dem Hafen zukommen ließ – begann das Bombardement auf die Stadt. Die Roten mußten Hunderte von Geschützen haben, denn es orgelte und brummte und heulte durch die Luft, überall in der Stadt schlugen die Granaten ein und zerfetzten Häuser, rissen tiefe Löcher in das Pflaster, wirbelten Menschenleiber durch die Morgenluft, brachen Brände aus und schrien Verwundete um Hilfe. Frauen und Kinder rannten in panischer Angst durch die Straßen oder verkrochen sich in die Keller, die Polizei besetzte die wichtigsten Plätze der Stadt und bewachte die Geschäfte vor Plünderern, Soldaten fuhren auf Wagen nach Norden, während Verwundete die neuesten Meldungen mitbrachten. Die Roten waren durchgebrochen. Sie standen jetzt vor der zweiten Linie Karsanows. Und dort blieben sie liegen, sie hatten Zeit... sie wollten die Stadt zunächst sturmreif schießen.

Und immer wieder, bis zum Mittag, krachten die Einschläge, fielen Häuser zusammen wie Kinderbausteine, loderten hohe Brände auf und sahen die Straßen aus wie pockennarbige Gesichter.

Der Schneider Klobkow hatte sich bereits umgezogen. Er trug eine Lederhose, hohe Stiefel, ein kariertes Hemd, eine Lederjacke und eine flache Arbeitermütze. Um seinen Hals und um seinen Arm hatte er rote Tücher gebunden. Die Klobkowa lief jammernd durchs Haus.

»Wie die Kinder sind sie, die Männer!« schrie sie. »Maskieren sich, und die Toten fliegen durch die Luft! Bist du noch gescheit, Klobkow?«

»Halt das Maul, Weib!« erwiderte Klobkow stolz. »Eine jede Zeit hat ihre Mode. Ich als Schneider weiß das besser!«

»Sieg, Genossen!« brüllte er später in der kleinen Dachkammer, wo alles zum Aufbruch bereit war. Von Bubka war keine Nachricht gekommen, aber Nadja wollte nicht länger warten.

»Wir gehen zum Hafen!« sagte sie. »Ich kenne das amerikanische Schiff! Aaron Prokopiwitsch hat es mir gezeigt. Auch den Kapitän kenne ich! Ich warte nicht mehr länger!«

»Recht so!« Klobkow half mit, die Koffer hinunterzutragen, aber nur bis zur Haustür von innen, denn es gäbe ein schiefes Bild, wenn ein Revolutionär einem weißen Offizier die Koffer trägt und andere sähen das! »Retten Sie sich, Nadja Grigorijewna. Gott sei mit Ihnen und dem Kindchen!« Da brach seine Stimme, er beugte sich über die kleine Helena, die in Nadjas Armen lag, küßte sie auf die kleine Nase und die lustigen Augen, und dann begann Klobkow zu schluchzen, wischte sich die Augen und heulte wie ein Vater, dem der eigene Sohn vors Schienbein getreten hat. »Rettet euch, lauft, lauft ...« schluchzte er. »Ich habe Nachricht bekommen vom Zentralrat. In drei Tagen bin ich Distriktkommissar! Dann muß ich euch hinrichten lassen, ihr bourgeoisen Schweine! So lauft doch schon ...«

Gurjew hängte sich vier Koffer an Lederriemen über die Schultern, Nadja trug Helena in einem großen Umschlagtuch, drei Leinentaschen baumelten an dem Gürtel, den sie sich um den Leib geschnallt hatte. So rannten sie los, um die Mittagszeit, als die bolschewistischen Kanoniere neben ihren heißen Geschützen saßen und eine Schüssel mit Kascha auslöffelten. Karsanows Geschütze schwiegen seit einer Stunde. Sie waren nicht zerstört worden, sie hatten nur keine Munition mehr. Auch von den Grabenstellungen kamen die Meldungen, daß es nicht mehr viel zu verschießen gab.

»Dann haben wir die Bajonette!« schrie Karsanow. »Zehn Finger haben wir ... und zuletzt die Zähne! Dann müssen wir eben lernen, wie tollwütige Hunde zu beißen!«

Die Gasse, in der Aaron Bubka wohnte, sah wüst aus. Ein Trümmerhaufen war sie, eine Salve hatte sie in einen wirren Berg von Balken und Steinen verwandelt. Auch das Haus Bubkas war verschwunden ... er selbst, der kleine Aaron Prokopiwitsch, lag auf der Straße, auf einer herausgerissenen Haustür aufgebahrt, als wolle man demonstrieren, wie friedlich ein Mensch inmitten Granateneinschlägen und prasselndem Feuer schlafen kann, wenn er ein reines Gewissen hat – nur wenn man genauer hinblickte, erkannte man die gelassene Ruhe des Todes. »Der Luftdruck!« sagte jemand zu Nadja, die sich über Bubka beugte. »Er stand vor der Tür, als die Granate hinter ihm einschlug. Er flog durch die Luft wie eine Fledermaus und war schon tot, als er herunterkam. Und dabei wollte er immer einmal fliegen, das war sein größter Wunsch.«

Einen Augenblick zögerte Nadja, dann setzte sie sich neben Bubka in die Trümmer und winkte Nikolai zu sich. »Setz dich zu mir...« flüsterte sie. »Und stell die Koffer vor mir ab...«

Er tat es, und Nadja knöpfte den Rock Bubkas auf, seine Weste und sein schmuddeliges Hemd. Auf der bleichen, eingefallenen Brust fand sie einen flachen ledernen Beutel.

»Um Himmels willen, was tust du da!« sagte Gurjew entsetzt. »Du bestiehlst einen Toten...«

»Die Steine! Sollen die Bolschewisten sie bekommen?«

»Es ist schaurig, schaurig, Nadja...«

Sie öffnete den ledernen Beutel und fand darin nichts als ihre Brillanten. Nur noch drei waren es... die anderen hatte Bubka verkauft und das Geld auf dem Schiff verteilt. Diese drei waren sein Anteil gewesen.

»Laß sie ihm«, stöhnte Gurjew.

»Und in der Nacht kommen die anderen und nehmen sie ihm weg!«

»Das ist Fledderei! Ich flehe dich an, Nadja... laß uns weiter zum Hafen laufen...«

Nadja schüttelte die drei funkelnden Steine in die hohle Hand und ließ sie dann in ihren eigenen Brustbeutel rollen, den sie aus ihrem Kleid hervorzog. »Ich tue es für uns, Niki...« sagte sie tief atmend. »Für dich und Helena... Dem armen Bubka helfen die Steine nichts mehr, aber für uns können sie das Leben bedeuten...« Sie richtete sich auf, nahm das Kind wieder in ihre Arme und trat zurück von der Tür und dem Toten. »Mit solchen Steinen habe ich dich von Minajew freigekauft...«

Gurjew nickte. Er warf die Koffer wieder über seine Schultern, und dann rannten sie weiter, dem Hafen zu.

In der Ferne donnerte es wieder. Die Mittagspause war zu Ende. Die Beschießung der Stadt wurde fortgesetzt.

Auf seiner Tür lag Bubka, und seine leeren Augen starrten in die Sonne. Noch zweimal schlugen Granaten in seine Gasse ein und bedeckten ihn mit Staub und Dreck.

Im Keller seines Hauses fanden die Bolschewisten später drei Koffer mit Anzügen, zwanzigtausend Dollar und einen Vertrag mit der Firma Ludwig Argent in Paris, der Aaron Bubka als Partner bestätigte von dem Tag an, da er den Boden von Paris betreten würde.

Nein, Bubka hatte sich keine Sorgen gemacht, sein Lebensabend schien sicher und friedlich. Wer konnte wissen, daß ihn eine Granate durch die Luft schleudern würde?

*

Es ging schneller, als es General Karsanow geahnt hatte. Nicht von außen her wurde Wladiwostok erobert, sondern von innen. Während die Kompanien sich wirklich mit den Zähnen in die Erde krallten und einen Riegel um die Stadt legten, erhob sich in Wladiwostok das werktätige Volk. Wie eine Sturzflut kam es durch die Straßen ... jubelnde Menschen mit roten Fahnen und Armbinden, roten Sternen auf den Mützen und Plakaten, die sie vor sich hertrugen: Wer auf uns schießt, ermordet das Vaterland!

Und niemand schoß. Die Soldaten ließen sich entwaffnen oder rissen ihre Schulterstücke ab, ließen sich eine rote Armbinde reichen und marschierten mit. Einige Offiziere wurde erschlagen wie Ratten, ein Polizeitrupp, der sich dem Zug der Demonstranten entgegenstemmte, wurde überrannt ... und als die Kolonne der singenden Revolutionäre weiterzog, hinterließen sie neunzehn völlig nackte Männer, die verschämt in die nächsten Häuser flüchteten und sich schworen, nie wieder Polizisten zu sein.

Wie in Petersburg in den Februartagen 1917 war es. Ein Fieber hatte die Leute ergriffen. Zum Gouverneurspalast zogen sie und stürmten die prunkvollen Räume, aber Kyrill Leontinowitsch Okoschkin, der Gouverneur, und seine Frau, die geborene Fürstin Lepnarsky, hatten den Palast längst verlassen und waren auf dem amerikanischen Schiff in Sicherheit. So zerschlug man in Ermangelung besserer Dinge nur die Möbel, riß die Betten auseinander, warf die Schränke auf die Straße und verfluchte die Bourgeoisie.

Am Abend verließ auch General Karsanow sein Hauptquartier, fuhr mit einem Kraftwagen durch die brennende Stadt zum Hafen und bestieg ein Motorboot, das auf ihn wartete. An Bord des amerikanischen Schiffes *George Landon* diktierte er seinen letzten Tagesbefehl an seine tapferen Truppen.

»... wir haben unsere Pflicht getan bis zum letzten. Gott war uns im Schlachtenglück nicht gnädig, möge er uns im weiteren Leben gütiger sein.

Aus tiefem Herzen danke ich allen, die ihr Vaterland bis zur Selbstaufopferung liebten ... vom kleinsten Infanteristen bis zum General. Wir nehmen die Gewißheit mit, daß das Schicksal unseres geliebten Rußland nicht beendet ist, sondern die roten Bestien sich einmal selbst zerfleischen und das Volk sehen wird, daß Gott unser Vaterland segnete, als es noch den Zaren hatte. Dann werden wir zurückkommen und Gericht halten über die, die aus Rußland einen roten Sumpf gemacht haben ...«

Große Worte, die aber die Truppen nicht mehr erreichten. Im Morgengrauen flatterte eine große weiße Fahne über dem Gouverneurspalast. Wladiwostok ergab sich... Auf sieben Straßen zogen die roten Armeen in die Stadt, die Regimenter der Weißen ließen sich entwaffnen. Das Volk lief den Bolschewisten jubelnd entgegen, auf den Marktplätzen spielten Musikkapellen, es wurde wieder geschossen, aber es waren Freudenböller, die die Luft zerrissen.

An der Reling der *George Landon* stand General Karsanow und sah hinüber auf die nahe, noch immer brennende, aber vom Jubel der Massen erfüllte Stadt.

»Es gibt keinen Charakter mehr!« sagte er und wandte sich ab. Der amerikanische Kapitän sah den Russen verblüfft an. »Im Altertum wäre diese Stadt mit Mann und Maus untergegangen. Und heute? Sie feiert ihre Totengräber! Ein Glück, daß man uns die Gelegenheit geben wird, im Exil die rote Pest mit allen Mitteln zu bekämpfen.«

Im Gouverneurspalast saß seit einer Stunde der Schneider Klobkow und regierte. Man nannte ihn jetzt Oberkommissar. Er hatte einen Schreibtisch, und er hatte auch einen Stempel.

Mit eiserner Miene verhängte er seine ersten Todesurteile.

Bum... ein Stempeldruck. Ein Toter.

Bum... bum... bum... bum...

Ein Toter.

Revolutionen kosten Opfer.

Das ist die Grundlehre aller Revolutionen.

Und während er seine Todesurteile stempelte, dachte Klobkow mit fieberndem Herzen: Ob sie das Schiff erreicht haben? Ob sie in Sicherheit sind? Was mache ich, wenn man sie anschleppt... heute oder morgen oder übermorgen? Himmel, was mache ich dann?

Bum! Der Stempel.

*

Der gute Aaron Bubka hatte alles bestens vorbereitet... nicht im Laderaum, versteckt wie blinde Passagiere, heimlich verpflegt von den Eingeweihten, mußten Nikolai und Nadja ihre Heimat verlassen. Bubka hatte eine Kabine aufgetrieben, was an sich schon ein Wunder war – aber daß es sogar eine Kabine erster Klasse war, schien geradezu unbegreiflich. Hier war der Tod zu Hilfe gekommen: Die Gräfin Schemanowsky, eine achtzigjährige Dame, war einem Herzschlag erlegen, als das Bombardement auf die Stadt begann und zuerst die Gegend brannte, in der ihr Palais lag. Vom Kabinenfenster aus sah sie den Feuerschein und sank entseelt um. Nun lag sie im Kühlraum des Schiffes und sollte auf offener See nach Seemannsart bestattet werden, in den Wellen des Meeres, das sie zeit ihres Lebens nicht leiden mochte, weil sie behauptete, das feuchte Klima sei schuld an ihrem Rheuma. So war die Kabine frei geworden, und man gab sie den Gurjews, die mit Bubkas Empfehlung von der Schaluppe an Bord kletterten und vom Ersten Offizier empfangen wurden. Die *George Landon* ankerte außerhalb der Piers, nur mit Booten war sie zu erreichen. Andere Schiffe, direkt am Kai liegend, waren von Flüchtlingen gestürmt worden oder von Granaten beschädigt. Nun konnten sie nicht auslaufen, und die Flüchtlinge warteten weinend und betend auf die Roten, die sie wieder an Land holten und am Schreibtisch Klobkows vorbeimarschieren ließen.

Bum! Der Stempel...

»Das Schiff fährt nach Genua und weiter nach Marseille«, sagte Gurjew, als er zurück in die Kabine kam, wo Helena gerade gegessen hatte und auf dem breiten Bett herumkrabbelte. »Ich hatte mit dem Kapitän eine lange Unterhaltung. Weißt du, wer auch an Bord ist? Der Gouverneur Okoschkin. Er gibt heute abend einen Ball im großen Saal.«

»Einen Ball... und draußen brennt die Stadt?«

»Maria Petrowna, seine Frau, hat Geburtstag.« Gurjew setzte sich schwer auf die Bettkante. Die kleine Helena rutschte zu ihm und richtete sich an ihm auf, indem sie sich an seinem Rock festkrallte und sich auf unsicheren Beinchen emporzog. »Wenn man das so sieht, Nadjuscha... wenn man durch das Schiff geht... es ist alles so gespenstisch.« Nikolai wischte sich über die Augen. »Wie in einem Panoptikum ist es. Exzellenz... Euer Durchlaucht... Gräfin... Wo ist der Fürst?... Seine Hoheit haben gestern noch gesagt... Und dann stehen sie alle an der Reling, sehen hinüber auf die Stadt und philosophieren über die Intelligenz des Volkes und sein Unvermögen, Staaten zu regieren. Es ist schrecklich, Nadja... das Schiff ist voll von hölzernen Köpfen...«

»Und du, Niki?« Nadja wusch sich die Hände. Eine Schürze trug sie, und sie sah aus wie eine Bäuerin und nicht wie die Bewohnerin einer Erster-Klasse-Kabine. Neben ihnen wohnte der Fürst Barnowejew, ihnen gegenüber hatte die Gräfin Lossow zwei Kabinen bezogen, eine für sich und eine für ihre Zofe und ihren Pekinesen.

»Ich habe lange gebraucht, um zu erwachen«, sagte Gurjew leise. »Mein Gott, wie faul war das alles! Warum hat man diese Fäulnis nicht schon längst gerochen?«

»Sie haben alle gutes französisches Parfüm gehabt.«

»Sollen wir nicht doch in Rußland bleiben, Nadjuscha?«

»Damit die Roten dich töten?«

»Was sollen wir im Ausland, zusammen mit diesen Mumien

und Verfaulenden?« Gurjew sprang auf. »Der Kapitän fragte mich, wo wir aussteigen wollen. In Genua oder in Marseille. Und ich wußte keine Antwort.«

»In Marseille.« Nadja kämmte sich die langen Haare und steckte sie auf. Unwirklich zart und jung sah sie aus, wie auf Porzellan gemalt und dann vom Leben angehaucht.

»Und was sollen wir dort?«

»Wir fahren weiter nach Paris.«

»Und in Paris?«

»Leben!«

»Als Reitlehrer und Eintänzer?«

»Wenn es sein muß, als Straßenkehrer. Aber leben, Niki!« Sie sah ihn im Spiegel mit ihren großen faszinierenden Augen an. »Wir wissen doch jetzt, wie göttlich dieses eine Wort ist: Leben!«

»Nach Paris wollen die anderen auch.« Gurjew riß sich den Kragen auf, als ersticke er. »Alle wollen nach Paris! Und sie haben Pläne... wahnsinnig wie ihr bisheriges Leben!«

»Wir werden nichts von ihnen merken, Niki. Paris wird sie aufsaugen. Paris ist wie ein Schwamm. Ich hatte eine Erzieherin in Zarskoje Selo, die kam aus Paris. Viel hat sie uns erzählt von dieser Stadt, in der man aufgeht, weil man sie lieben muß. Ich glaube, wir werden in Paris unser kleines Paradies finden...«

»Es ist überall, wo du bist, Nadja«, sagte Gurjew gepreßt. Er stand am Fenster der Kabine, das nicht rund wie die Bullaugen der anderen Räume war, sondern viereckig mit Vorhängen und Portieren. Drüben brannte Wladiwostok. Zwei bolschewistische Kanonenboote waren in der Hafeneinfahrt erschienen und sperrten sie ab. Ihre Geschütztürme waren auf die *George Landon* gerichtet. Zwei Generäle an Bord stritten sich, welches Kaliber sie hatten, ein Graf erklärte, daß zwei gezielte Torpedos den Spuk vertreiben könnten. Atemlos hörten die Damen zu.

In der Funkkabine rasselten die Morsetasten. Kapitän McLydd von der *George Landon* erklärte den Bolschewisten auf den Kanonenbooten, daß sein Schiff als amerikanischer Hoheitsbesitz unantastbar sei und auslaufen würde, wann es ihm paßte.

»Und wir laufen morgen um zwölf Uhr mittags aus«, ließ er funken. »Wenn man uns hindert, kann das unabsehbare Konflikte mit den Vereinigten Staaten nach sich ziehen. Bedenken Sie, daß unsere Regierung Ihre Regierung in Moskau anerkannt hat! Jede Behinderung ist ein unfreundlicher Akt...«

Die Kanonenboote gaben keine Antwort. Man nahm von ihnen nur Geheimzeichen auf, die sie an Land funkten. Sicherlich fragten sie das Rote Oberkommando. Die Geschütztürme aber blieben auf die *George Landon* gerichtet.

Am Nachmittag trafen sich Gurjew und General Karsanow auf

dem Promenadendeck. Wie vom Schlag gerührt blieb Karsanow stehen.

»Gurjew!« rief er. »Hauptmann Nikolai Gurjew!«

»Ganz richtig, Konstantin Petrowitsch.«

Karsanow zuckte zusammen. Diese Anrede war ungeheuerlich. »Was machen Sie hier an Bord?« schrie er so laut, daß sich einige Damen umdrehten und interessiert auf die beiden Männer sahen. »Gehört ein Offizier nicht zu seiner Truppe? Dort drüben sterben Hunderte den Heldentod, und Sie lungern hier herum? Wie kommen Sie auf dieses Schiff?«

»Mit einem Boot wie Sie, Konstantin Petrowitsch.«

»Werden Sie nicht frech, Gurjew!« Karsanows Gesicht lief rot an. »Wollen Sie von einem General Rechenschaft?«

»Sie sind kein General mehr«, sagte Gurjew ruhig.

»Ich bleibe es bis zum letzten Seufzer!« brüllte Karsanow. »Und ich habe eine vaterländische Aufgabe zu erfüllen!«

»Ich ebenso ... ich habe eine familiäre Aufgabe zu erfüllen. Ich habe Frau und Kind.«

»Ein Feigling sind Sie!« Karsanow überlief ein Beben. »Ihr Platz ist dort drüben an der Spitze der Truppe!«

»Es gab Zeiten, da ritten auch die Generäle ihren Soldaten voraus ... auf einem weißen Pferd, damit der Feind besser sah, wer der Führer war! Es wird sich auch in Wladiwostok noch ein weißes Pferd auftreiben lassen, Konstantin Petrowitsch ...«

»Ich spucke vor Ihnen aus!« Karsanow zitterte vor Wut. Er machte einen Schritt vorwärts, spitzte die Lippen und spuckte Gurjew vor die Schuhe. Nikolai atmete tief auf.

»Und ich züchtige einen Menschen, vor dem ich soviel Achtung habe wie vor einem lahmen Schwein!«

Ehe es Karsanow verhindern konnte, hatte Gurjew weit ausgeholt und ihm eine Ohrfeige gegeben. Die Damen schrien hell auf, Karsanow schwankte und griff sich ans Herz. Zwei Herren – es waren Grafen, wie sich später herausstellte – fingen den Schwankenden auf und betupften sein rotes Gesicht mit einem parfümierten Taschentuch.

»Verhaften!« keuchte Karsanow. »Sorgen Sie dafür, daß er verhaftet wird. Und füsilieren. Sofort füsilieren.«

Gurjew blieb stehen und wartete, bis sich Karsanow so weit erholt hatte, daß er wieder klar denken konnte. Die Aufforderung der beiden Grafen, in die Kabine zu gehen, überhörte er schweigend.

»Ich übersehe Sie, Gurjew!« sagte Karsanow, als er sich wieder gefangen hatte. »Sie sind für mich Luft!«

»Wir werden uns in Paris wieder begegnen, Konstantin Petrowitsch. Paris ist ein guter Platz, um an Rußland zu denken. Die

Seine fließt durch die Stadt wie die Newa durch Petersburg. Und irgendwo in Paris werde ich Sie einmal fragen, warum ein General lebt, der Gehorsam bis zum Tod von seinen Soldaten forderte. Sehen Sie auf die Stadt!« Gurjew streckte den Arm weit über die Reling. Karsanow wandte den Kopf zur anderen Seite. »Wladiwostok brennt! Zur Festung haben Sie es erklärt, und das war sein Untergang. Und Sie stehen hier, können hinübersehen und reißen sich nicht das Herz aus der Brust?«

General Karsanow wandte sich ab und ging mit hocherhobenem Kopf unter Deck. Die beiden Grafen folgten ihm, und die Damen, die auf ihrer Promenade an Gurjew vorbeikamen, musterten ihn wie einen nach Mist stinkenden besoffenen Muschik.

Rußland mußte sterben, dachte Gurjew und lehnte den heißen Kopf gegen die eisernen Stangen, an denen ein Rettungsboot hing. Dieses Rußland war faul bis in die Wurzel. Warum haben wir das alles nicht gesehen? Warum blendete uns nur der Glanz?

War Lenin wirklich der Vater des Volkes?

Am Abend bekam die *George Landon* hohen Besuch.

Oberkommissar Klobkow kam an Bord, mit einer Barkasse und zehn schwerbewaffneten Soldaten. Als Begründung für seinen Kontrollgang gab er eine reichlich dämliche Erklärung: Das Schiff der USA kann nur dann auslaufen, wenn es keine Waffen an Bord hat, die nach der siegreichen Revolution dem russischen Volk gehören.

Klobkow wollte es selbst feststellen, und Kapitän McLydd hatte keine Veranlassung, die »Revolutionswanzen«, wie ein General an Bord sie verächtlich nannte, nicht auf sein Schiff zu lassen.

Und so ging Klobkow mürrisch umher, sah alle Leute wieder, die er am liebsten mit seinem »Bum! Der Stempel!« ins Jenseits befördert hätte, erschreckte die Damen durch unhöfliches Benehmen, und zu General Karsanow, den er auf Deck traf, sagte er: »Sie hätte ich vor dem Erschießen noch kastriert!« Er suchte und suchte und fand schließlich auch die Kabine 43, die er ahnungslos wie alle anderen Kabinen betrat.

Gurjew und Nadja starrten ihm entgegen. In einem Kinderbett atmete Helena in tiefem Schlaf. Schnell zog Klobkow die Tür hinter sich zu und gab einem Rotarmisten einen Stoß vor die Brust, als dieser auch eintreten wollte.

»Klobkow ...« sagte Nadja entgeistert. »Sie sind der gefürchtete Oberkommissar?«

»Es ist schön, daß Sie hier sind!« erwiderte Klobkow. »Seit zwei Tagen mache ich mir Sorgen, wo Sie sein könnten. Aber hier ist es gut! Himmel, wie zufrieden ich bin. Wie fröhlich! Lassen Sie mich Helenuschka noch einmal sehen. Ans Herz ist sie mir gewachsen wie ein eigenes Töchterchen.«

Er ging zum Bettchen, beugte sich über das Kind und sah es lange an. Tränen traten in seine Augen, er schneuzte sich und kaute auf seiner Unterlippe.

»Richtig fröhlich bin ich!« sagte er stockend. »Verdammt, das ist ein schöner Tag für mich. Lebt wohl! Und vergeßt uns nicht. Ja, und das soll ich euch noch mitgeben.« Er blickte zur Tür, vergewisserte sich, daß sie geschlossen war, griff unter seinen Lederrock. Eine kleine Ikone holte er hervor und legte sie der schlafenden Helena auf das Bett. »Der Erzengel Michael«, sagte er mit zuckenden Lippen. »Von meiner Frau ... seit zwei Tagen trage ich sie mit mir herum ... Welche Angst hatte ich! Aber nun ... lebt wohl!« Er umarmte Gurjew und Nadja, küßte sie auf beide Wangen, und seine Küsse waren salzig von Tränen.

»Ihr werdet euch nie wohl fühlen in Paris«, sagte er und setzte seine Mütze mit dem roten Stern wieder auf. »Ihr werdet Rußland nie vergessen. Wer kann unser Rußland vergessen? Vielleicht könnt ihr zurückkommen, wenn sich alles normalisiert hat. Wir wollen ja nicht nachtragend sein. Wir wollen nur das Land umpflügen und eine neue, kräftige Saat aussäen ... sagt Lenin. Sicherlich werdet ihr wiederkommen dürfen. Sagt, kommt ihr dann zurück?«

»Ja«, antwortete Nadja fest. »Wir werden kommen.«

»Zu eurem Klobkow?«

»Ganz sicher.«

Klobkow sah Gurjew und Nadja noch einmal an, dann riß er die Tür auf, er straffte sich, die kleine Gestalt schien sich zu verdoppeln.

»Inspektion beendet!« brüllte er durch den Kabinengang. »Wo ist der Kapitän? Ich gestatte ihm, morgen mittag auszulaufen!«

Ein Aufatmen ging durch das Schiff. In den Kabinen bekreuzigten sich die Damen. Die Herren knirschten mit den Zähnen. Klobkow erlaubte es ... welch eine Demütigung!

»Ob er mehr weiß als wir alle?« fragte Gurjew. Er stand mit Nadja am Fenster und sah der Barkasse nach, die Klobkow und seine zehn Rotarmisten zurück zum Kai von Wladiwostok brachte. »Ob man uns wirklich wieder zurückholt nach Rußland?«

»Wer weiß es, Niki? Klobkow ist ein Narr wie wir alle. Warten wir es ab. Denken wir jetzt nur daran, daß Paris auf uns wartet ... die Freiheit, die Ruhe, die Menschlichkeit, das Aufatmen. An nichts wollen wir sonst denken ... an gar nichts ...«

*

Pünktlich um zwölf Uhr mittags heulten die Schiffssirenen, und die *George Landon* setzte sich in Bewegung in Richtung auf das Japanische Meer. Die bolschewistischen Kanonenboote waren am Hafenausgang verschwunden, man sah sie später wieder auf freier

See im Funkverkehr mit zwei japanischen Kreuzern, die außerhalb der russischen Hoheitsgewässer wie in Wartestellung lagen.

In der Nacht war über Wladiwostok ein Feuerwerk hochgegangen. Es war Klobkows Idee, ein Fest der Befreiung zu feiern, nachdem er im Keller des Gouverneurspalastes die Feuerwerkskörper in großen Kisten gefunden hatte.

»Unser Feuerwerk! Zu deinem Geburtstag wollten wir es abbrennen!« sagte Kyrill Leontinowitsch Okoschkin, der Gouverneur von Wladiwostok, an der Reling der *George Landon,* als die sprühenden bunten Kaskaden über den Nachthimmel zischten. »Diese Schweine!«

Und alle anderen um sie herum gratulierten der Okoschkina, als gelte das Feuerwerk wirklich noch ihr.

Nun aber lief die *George Landon* aus... die Kaianlagen, die Kirchtürme, die Dächer von Wladiwostok wurden kleiner... nun war die Stunde des Abschieds gekommen, die man in den vergangenen langen Stunden überspielen wollte, vor der man sich gefürchtet hatte, vor der man geflüchtet war in Hochmut und Erbitterung.

Rußland versank vor ihren Augen.

Die Heimat ging unter.

Für immer.

Sie standen alle an der Reling, die dem Land zugekehrt war, und starrten stumm hinüber auf das zurückbleibende Rußland. Auch Nikolai und Nadja standen oben an Deck, das Kind auf den Armen zwischen sich, und blickten zurück auf die Erde, die sie nie wieder betreten durften.

Ein Block bunter Uniformen auf dem Promenadendeck... das war die Ansammlung der Generäle. Auch der Gouverneur hatte Gala angelegt und stand an der Reling. Die rechte Hand an der Mütze, so standen sie auf dem Schiff und grüßten zum letztenmal das Land, das ihren Händen entglitten war, weil diese Hände feucht vom Schimmel waren.

Einige der Damen weinten leise, die Spitzentaschentücher knisterten. Unten, auf dem C-Deck und an den Ladeluken, standen die einfachen Leute, in zerrissenen, schmutzigen Kleidern, einige Männer mit Verbänden, die Frauen mit großen Kopftüchern. Auch sie verloren in dieser Stunde ihre Heimat, und sie fuhren in die Fremde ohne Pläne und ohne Verbindungen, nur vertrauend auf ihre Hände und die Zähigkeit ihrer arbeitsgewohnten Körper.

»Leb wohl, Rußland...« sagte Nadja leise und lehnte den Kopf an Nikolais Schulter. Sie weinte jetzt, und die kleine Helena wischte mit spitzen Fingerchen die Tränen von Nadjas Wange, wenn sie wie kleine Perlen herunterliefen. »Leb wohl, Väterchen Grigori...«

Das Schiff zitterte. Der Hafen lag hinter ihm, das freie Meer rollte heran. Wladiwostok war nur noch ein dünner Streifen am Horizont... die Arme der Kräne sahen aus wie aufrecht stehende Haare auf einem lockigen Kopf. Ganz in der Ferne, blau im Himmel schwebend, leuchteten unwirklich die Berge von Sutchan. Noch einmal heulte die Schiffssirene... Abschied, Abschied, Abschied...

Auf dem A-Deck trug man eine Frau weg, sie war ohnmächtig geworden... auf dem C-Deck knieten die einfachen Menschen nieder und beteten... die Generäle grüßten noch immer...

Ein Streifen nur noch, schon überspült von den Wellen... die Ahnung von Land... ein leicht gebuckelter Horizont, sonst nichts mehr...

Rußland. Ewiges Rußland!

Unvergeßliches Rußland.

Kapitän McLydd verzog den Mund. Er hatte Sinn für einen bitteren Humor. Er sah zum Kartentisch hin und nickte mit dem Kinn.

»Sag mir, wenn's soweit ist, Bob...«

Er hatte die Hand an der Sirenensperre. Das Land ging unter im Meer. »Jetzt!« rief Bob, der Mann am Kartentisch. »Genau jetzt!«

McLydd zog an dem Schalter. Das Geheul sämtlicher Sirenen fuhr den Russen in die Glieder. Sie duckten sich unter dem Gekreisch, sie sahen sich ratlos und ängstlich an. Die Mütze wurde General Karsanow vom Kopf geweht und fiel ins Meer. Fröhlich schaukelte sie neben dem Schiff her.

»Die Dreimeilenzone«, sagte Gurjew bitter und legte den Arm um die schluchzende Nadja. »Wir haben die Hoheitsgrenze Rußlands passiert. Nun sind wir Staatenlose... nun sind wir vogelfrei wie die Spatzen...«

Nadja schüttelte den Kopf. Mit einer Bewegung, die Tapferkeit und Trotz ausdrückte, wischte sie sich das Gesicht und stellte sich stolz an die schwankende Reling.

»Vor uns liegt Paris!« sagte sie laut. Und da die Sirenen noch immer heulten, schrie sie dagegen an und ballte die Fäuste. »Paris liegt vor uns! Paris! Die Freiheit! Die Freiheit! Ein neues Leben für uns alle! Es lebe Paris! Hoch Paris!«

Ihr Schrei verwehte im Wind, im Rauschen des Meeres, im Geheul der Sirenen. Nur Nikolai Gurjew hörte ihn und die kleine Helena, die laut über die fröhliche Mama lachte.

Paris.

Nikolai und Nadja lehnten sich an die Reling und sahen hinüber zum Kiel der *George Landon,* der schäumend das Meer durchschnitt. Jetzt blieb ihnen nur noch, an Rußland zu denken.

Eine Fahrt um die halbe Welt... und dann?

War Paris bereit, sie aufzunehmen?

Es war Nacht, als die letzten die Reling verließen und in ihre Kabinen gingen. Nadja und Nikolai Gurjew waren unter ihnen...

*

Vier Wochen stampfte die *George Landon* durch das Meer. Die Weite von Wasser und Himmel war bedrückend; oft standen Nikolai und Nadja an ihrem Kabinenfenster oder oben auf den Decks und sahen zum Horizont, faßten sich an den Händen und empfanden das gleiche: Wir schwimmen ins Ungewisse. Die Unendlichkeit saugt uns auf. So unbekannt wie das, was sich dort hinter dem Horizont verbirgt, so ungreifbar ist auch unsere Zukunft. Ein völlig neues Leben muß beginnen. Und es wird zögernd und tastend beginnen wie die ersten Schritte eines Kindes, und keiner wird da sein, der uns helfend an die Hand nimmt.

Auf dem Schiff teilten sich die Menschengruppen. Obwohl russische Flüchtlinge und alle nun ohne Heimat, blieb die Klasseneinteilung streng bestehen: Im C-Deck und im Unterdeck lebten die Armen, die man sowieso nicht ansah, im B-Deck bildeten sich Gruppen der Mittelschicht, meistens Beamte und Handwerker, Geschäftsleute und Angehörige freier Berufe. Das A-Deck, von allen anderen Zugängen durch Ketten abgetrennt, war ein neues Zarskoje Selo geworden. Hier lebten die Adeligen und Generäle, die Bankiers und Grundbesitzer, hier wurde an reichgedeckten Tischen mit Kristallgläsern gespeist, weißlivrierte Ober bedienten, eine Streicherkapelle spielte leise Tafelmusik, meistens Wiener Walzer, die Rußlands Adel so sehr liebte... Im Rauchsalon saßen die Generäle und Fürsten bis tief in die Nacht zusammen und machten Pläne, rechneten mit der Hilfe der befreundeten Nationen und dem baldigen Sterben des Bolschewismus, das ihnen die Rückkehr erlaubte. »Dann wird es ein Aufräumen geben!« sagte Gouverneur Okoschkin mit rotem Kopf. Er hatte zuviel Rotwein getrunken, wie jeden Abend. »Ein eiserner Besen wird unser Vaterland leerfegen von allen radikalen Elementen! Dieser Aufstand der Massen soll sich nie wiederholen! Wir werden das Volk an die Kandare nehmen wie ein wildes Pferd! Etwas anderes ist es nicht wert!«

Unbeachtet von allen lebte auch ein langer, dürrer Mensch in einer dunklen, kleinen Kabine auf dem B-Deck. Er verließ selten seine Kammer, aß nicht mit den anderen Passagieren, sondern ließ sich sein Essen, meistens nur eine Suppe, an die Tür bringen, wo er sie in Empfang nahm, ohne daß der Steward die Kabine betreten konnte.

Man hätte sich auch sehr verwundert, wenn man diese Kabine B 86 betreten hätte. In eine kleine Kirche war sie umgewandelt...

ein Altar aus sechs Ikonen war errichtet, an den Wänden hingen mit religiösen Motiven bestickte Vorhänge, zwei Leuchter warfen flackerndes Kerzenlicht in den sonst abgedunkelten Raum... und hier kniete Genjka, der irre Mönch aus Petersburg, Stunde um Stunde, Tag um Tag und Woche um Woche und betete, schwang sein Weihrauchkesselchen gegen die Ikone und fragte Gott, wann der Tag der Rache kommen sollte. Nur zu den Mahlzeiten unterbrach er seinen unheimlichen Gottesdienst... dann hockte er auf dem Boden vor dem Bett, das er nicht berührte, denn er schlief auf der Erde vor seinem Altar, löffelte seine Suppe und starrte gegen die Wand. Seine Augen brannten in einem inneren Feuer.

Vier Wochen kniete er vor den Ikonen, unter sich das Schwanken des Schiffes und das dumpfe Stampfen der Motoren, vier Wochen quoll der Weihrauch gegen die vergoldeten Bilder von Christus und den Erzengeln, als Genjka plötzlich aufschrie und die Arme weit ausbreitete.

»Herr! Ich danke dir!« schrie er hell. »Du gibst mir den Befehl! Die Stunde ist da! Die Stunde ist da! Dein Zeichen habe ich erkannt.« Er starrte mit flimmernden Augen auf die Ikone, die Christus zeigte. Die Nähe der Kerzen und die Hitze hatten die Ölfarbe angegriffen. Die Augen Christi hatten sich geschlossen. Farbe aus der Dornenkrone und der Stirn waren über die Lider geflossen, und nun sah es aus, als habe Christus keinen Blick mehr, wie ein Blinder, dessen Pupille farblos ist.

Genjka, der irre Mönch, faltete die Hände und legte seine Stirn darauf. Durch seinen Körper flog ein heftiges Zittern. Für ihn war es das Zeichen Gottes, auf das er seit fast fünfzehn Jahren gewartet hatte, seit er in der Kathedrale St. Isaak in Petersburg den Auftrag bekommen hatte, alles, was Rasputin heißt, von dieser Erde zu tilgen.

Bis zum Abend lag Genjka vor seinem Altar, betete, aß nichts mehr und bereitete sich auf die große Stunde seines Lebens vor. Dann kleidete er sich in sein Festtagsgewand, kämmte sich, ordnete den Bart und steckte in den Gürtel unter seine Soutane einen langen, gebogenen mongolischen Dolch. Noch einmal schwenkte er das Weihrauchkesselchen über seine Ikone, bekreuzigte sich, sah sich lange, wie Abschied nehmend, im Raum um, verließ die Kabine, schloß sie sorgfältig ab und ging hinauf an Deck.

Die Absperrkette zum A-Deck überstieg er einfach, ging langsam die Treppe hinauf und setzte sich auf dem Promenadendeck in einen der herumstehenden Liegestühle.

Eine warme Nacht war's. Man näherte sich der arabischen Küste. In Aden wollte die *George Landon* zwei Tage ankern, um

Frischwasser und Kohlen aufzunehmen, dann sollte die Fahrt weitergehen durch das Rote Meer, den Suezkanal und das Mittelmeer bis Genua und Marseille, dem Ende der langen Fahrt.

In den Salons der Ersten Klasse erklang Tanzmusik. Lachen flatterte zu dem einsamen Passagier, der lang und dunkel wie ein Schatten in seinem Liegestuhl hockte und hinauf zu den Sternen sah. Er konnte warten ... das Zeichen war gegeben, und was nun folgte, war die Arbeit des Schicksals, dessen Werkzeug Genjka nur war. Er kam sich wie außerhalb seines Körpers vor, als ob er sich selbst und den Ablauf des Geschickes beobachten könne.

Gegen elf Uhr nachts hob Genjka den schmalen, bleichen Kopf.

Zwei Menschen kamen die Treppe von den Kabinen herauf und betraten das Promenadendeck. Der Mann hatte seinen Arm um die Schulter der Frau gelegt, und so standen sie an der Reling, sahen in die Nacht und hinab in das schäumende Meer.

Der irre Mönch Genjka erhob sich lautlos aus seinem Liegestuhl. Das Schicksal war pünktlich. Hochaufgerichtet stand er im Schatten eines Windschutzes und sah in den Nachthimmel.

»Herr...« flüsterte er, und es war, als fielen die Worte wie glühende Tropfen aus seinem Mund. »Dein Diener gehorcht...«

Er griff unter seine Soutane, zog den krummen mongolischen Dolch hervor und bewegte sich lautlos auf die beiden Menschen an der Reling zu.

»Morgen früh sollen wir Aden erreichen, sagt der Erste Offizier«, berichtete Nikolai Gurjew gerade. »Wer hätte das gedacht, Nadjuscha, daß wir einmal Arabien sehen? Märchen werden wahr, aber was kosten sie!«

Nadja legte ihre kühlen Finger auf Nikolais Lippen und drückte sich enger an ihn. Sein starker Arm umfaßte sie, und es war gut, ihn so nah und kraftvoll zu spüren.

»Ich habe mir gedacht«, sagte sie und ließ den Seewind durch ihr langes Haar wehen, »daß du in Paris zuerst zu den großen Rennställen im Bois de Boulogne gehst. Dort brauchen sie immer gute Reiter zum Trainieren der Turnierpferde. Und wer kann besser reiten als ein russischer Gardeoffizier? Ich habe es gestern von der Gräfin Powotzkoi am Tisch gehört... ein Oberst aus Kiew soll Stallmeister in einem der Reitställe sein! Du wirst sehen, Niki... wir werden schnell wieder aus der Einsamkeit herauskommen. Wir werden keine Sorgen haben. Und sechs Brillanten habe ich auch noch...«

Nikolai Gurjew nickte. Das Problem seines weiteren Lebens hatte ihn wortkarg gemacht. Er fühlte sich völlig unnütz auf der Welt, und das war ein so schreckliches Gefühl, daß man darüber nicht sprechen konnte, auch nicht mit Nadja, die alles als so einfach und rosig ansah. Ihr Mut war ungeheuerlich, ihr Lebenswille glich einem sprudelnden Quell... das machte ihn kopflos, denn für Nikolai war mit Rußland auch der Sinn seines Lebens gestorben. Was kommen würde, und wenn es ein Schloß an der Loire sein sollte, konnte nur ein Bild werden, das man betrachtete, und keine Landschaft, in der man selbst wohnte... die Heimat war Rußland, und Paris, das wußte Nikolai Gurjew, würde die Hölle werden! Und deshalb schwieg er und lächelte mild zu Nadjas Träumen von der Zukunft.

Der irre Mönch Genjka war auf zwei Meter an Nikolai und Nadja herangekommen. In seinem Blick lag ein Haß, der aus einer anderen Welt kommen mußte, denn alles Menschliche hatten diese glühenden Augen verloren. Stumm, mit bebenden Lippen, hob er den langen krummen Mongolendolch und starrte auf den Rücken Nadjas, den er mit einem gewaltigen Stoß durchbohren wollte.

War es sein heftiges Atmen, war es ein Geräusch, erzeugt vom Wind in dem Segeltuch, das eine kleine Bar auf dem Promenadendeck überspannte... Nikolai Gurjew drehte sich um und starrte in die flackernden Augen Genjkas. Sprachlos und erschrocken erkannte er die lange Klinge, die in der hocherhobenen Faust zuckte... er sah die Gespanntheit des dürren schwarzen Körpers, dieses raubtierhafte Muskelspannen vor dem Sprung, diese Sekunde vor dem tödlichen Aufbrüllen.

Seine Stimme war gelähmt. Ahnungslos sah Nadja hinauf in den Sternenhimmel und hob sogar den Arm, um auf einen großen glitzernden Punkt zu zeigen. »Sieh, Niki!« rief sie mit ihrer hellen Stimme, und Gurjew wußte, daß er sie zum letztenmal hörte, denn vor diesem gebogenen Mongolendolch gab es kein Entweichen mehr. »Ist es der gleiche Stern, den wir in der Steppe gesehen haben? Er ist heller als alle anderen...«

Mit weit offenen Augen warf sich Gurjew gegen den Rücken Nadjas, als der Dolch herunterzuckte. Mit seiner Brust fing er den Stoß auf, umklammerte mit seinen Händen den ziselierten Goldgriff und krallte die Nägel in die Handrücken Genjkas.

Der Irre ließ den Dolch los und warf die Arme empor.

»Zu Ende!« brüllte er grell. »Zu Ende! Der Antichrist ist stärker! Fliehe, Gott! Flieht, ihr Heiligen! Der Antichrist hat gesiegt!«

An der entsetzten Nadja vorbei schwang sich Genjka über die Reling, breitete die Arme aus, als könne er fliegen, und ließ sich hinab ins Meer fallen... ein langer schwarzer Vogel, der in den Wellen untertauchte, so wie Kormorane ihre Fischbeute suchen, indem sie sich ins Wasser stürzen.

»Niki, wer war das?« stammelte Nadja. Sie drehte sich um, und dann verkrampfte sich ihr Herz, sie fiel in die Knie, der Schrei, der aus ihr hinauswollte, würgte ihr die Luft ab und zerbarst schon in der Kehle ... auf den Planken des Promenadendecks hockte Nikolai Gurjew, die Hände vor die Brust geschlagen, und über seine Finger lief das Blut, tropfte an ihm herunter und sammelte sich in einer Lache vor seinen Schuhen. Der Dolch steckte noch tief in seiner Brust; er legte seine Hände wie schützend über den goldenen Griff, denn er wußte, daß sein Leben noch einige Minuten länger war, wenn er die Waffe in seinem Körper ließ und sie nicht herauszog und damit die Quelle öffnete, mit der sein Leben wegfloß.

»Nadjuscha ...« stöhnte er. »O Nadjuscha ... einmal konnte *ich* dir helfen. Einmal war ich für dich da ... du wirst weiterleben, Liebes ...«

»Niki! Niki!« Sie kniete neben ihm, sah den Dolch in seiner Brust, umklammerte seinen Kopf und drückte ihn an sich. »Was ist denn?« schrie sie. »Was hat man dir getan? Warum? Warum? Wer war es denn?« Dann sprang sie auf, und jetzt konnte sie schreien, so laut und grell, daß sich Türen und Fenster öffneten, ein Steward und zwei Offiziere die Treppen heraufgerannt kamen.

Nikolai Gurjew schwankte ... er war zu schwer, als daß ihn Nadja halten konnte, mit ihr fiel er auf den Rücken, noch immer den Dolchgriff umklammernd. Sie umarmte ihn, sein Blut floß über sie, sie küßte ihn und sah, wie seine Lippen weiß wurden und der Blick seiner Augen von einem Schleier überzogen wurde.

»Paris ...« sagte Nikolai leise. »Paris wird schön sein, Nadjuscha ... du wirst es erobern ... ich weiß es ... Paris wird dir zu Füßen liegen ... in dir ist das ewige Leben ... du bist das Leben ... das schöne Leben ...«

Bis zum Morgen kämpften drei amerikanische Ärzte und zwei russische Emigrantenärzte um das Leben Nikolai Gurjews. Vier Blutübertragungen bekam er, man operierte ihn mit einem fast verbrecherischen Mut, indem man seinen Brustkorb öffnete ... umsonst war's. Der lange Dolch hatte den Herzbeutel durchtrennt; Nikolai Gurjew verblutete nach innen, und niemand konnte das Schicksal aufhalten.

Als nach vier Wochen Seefahrt endlich zum erstenmal wieder Land am Horizont auftauchte, die Küste Arabiens, das Zauberland aus seinen Jugendträumen, starb Nikolai Gurjew, seine Hände in den Händen Nadjas. Er lächelte im Tod.

Zum erstenmal konnte *ich* dir helfen, Nadjuscha ...

Mit solchem Glück stirbt es sich leicht.

Die Sirenen des Schiffes begrüßten die Küste. Mit bunten Fahnen an den Masten lief die *George Landon* im Hafen von Aden ein. Es war ein heißer, sonniger Tag. Die Boote der Hafenhändler umschwirrten das große Schiff. An der Reling standen die Passagiere und winkten.

Nur ein kleiner Kreis wußte vom Tod Nikolai Gurjews. Nur die Ärzte, die Offiziere und drei Stewards. Und sie schwiegen auf Befehl von Kapitän McLydd.

»Ein erhabenes Gefühl!« sagte Gouverneur Okoschkin, als die *George Landon* am Kai festmachte und die Gangway herausgeschoben wurde. »Als freier Mensch ein freies Land zu betreten... das ist schon erhaben, bei Gott!«

*

Drei Tage lang kämpfte Nadja verbissen um den Körper Nikolais. Wie eine Tigerin hockte sie in der Kabine.

»Er kommt mit nach Paris!« schrie sie, wenn die Ärzte und Kapitän McLydd sie überzeugen wollten, daß es unmöglich sei, eine Leiche durchs Rote Meer, den Suezkanal und das Mittelmeer bis nach Marseille mitzuschleppen. »Er hat sich auf Paris gefreut – und er soll in der Erde von Paris begraben werden!«

»Es ist unmöglich, Madame, einen Toten so lange aufzuheben!« schrie McLydd, den die Geduld verließ.

»Balsamieren Sie ihn ein!« rief Nadja. »Es sind doch genug Ärzte an Bord!«

»Wir sind ein Passagierschiff, aber keine Präparieranstalt!« brüllte McLydd. »Nach dem Gesetz muß der Tote im Meer bestattet werden. Und das wird er auch!«

»Er kommt mit mir nach Paris!« Nadja setzte sich vor den Toten. »Wer ihn anfaßt, muß mich zuerst töten!«

»Seien Sie doch vernünftig, Madame!« sagte McLydd und wischte sich den Schweiß aus dem Gesicht.

»Ist das Leben vernünftig? Das Schicksal? Gott? Warum mußte Nikolai sterben? Gerade jetzt, wo uns die Freiheit entgegenkommt? Warum hat er Sibirien überlebt, die Keller der Roten, die Eisenketten Koltschaks? Warum starb er nicht dort... Da wäre es logisch gewesen, aber jetzt... hier... warum, warum? O nein... ich beuge mich nicht mehr der Vernunft! Für mich gibt es keine Vernunft mehr! Gehen Sie, McLydd! Nikolai wird in Paris begraben.«

Aber dann, am vierten Tag, draußen schien die Sonne mit vierzig Grad Glut, und der süßliche Geruch von Nikolais Körper betäubte sie fast, gab sie nach. Sie nickte nur, als Dr. Wladimorow, ein Arzt aus Irkutsk, wieder ins Zimmer kam und versuchen wollte, sie zu überreden, denn Kapitän McLydd hatte als letztes Mittel vorgeschlagen, Nadja mit Chloroform zu betäuben und den Toten dann schnell und heimlich im Meer zu versenken.

»Nehmen Sie ihn, Stepan Iwanowitsch«, sagte sie müde. »Ich trage Niki in meinem Herzen... nehmt seinen Körper...«

In der Nacht, als alles auf dem Schiff schlief, wurde Nikolai

Gurjew im Roten Meer versenkt. Man hatte ihn in ein großes Segeltuch eingenäht und ihn mit Bleiplatten beschwert. Dort, wo sein Herz sein mußte, hatte man ein kleines Kreuz unter die Stricke geschoben. Ein Pope aus dem C-Deck, denn Popen sind arme Wichte, sprach ein Gebet, segnete den toten Leib und segnete Nadja, die wie erstarrt an der Reling stand und ins Meer sah.

Dann hoben vier Stewards das lange Paket über die Reling, die amerikanischen Schiffsoffiziere grüßten, der Pope hob das Doppelkreuz hoch empor in den Nachthimmel ... langsam glitt Gurjew durch die Hände der Stewards, neigte sich und fiel ins Meer. Klatschend schlug er auf, die Wellen öffneten sich vor ihm, so sah es aus, und dann rollten wieder die Wogen dahin, und Nadja dachte an die unendlichen Felder der Ukraine und die maßlosen Urwälder der Taiga.

»Bitte, Madame ...« sagte Kapitän McLydd mit heiserer Stimme. Er reichte ihr einen Kranz hin, den Matrosen geflochten hatten.

Nadja nickte. Mit einem weiten Schwung warf sie ihn ins Meer, und er schaukelte über dem Grab Gurjews, bunt und erschreckend fröhlich wie eine Demonstration, daß das Leben weiterging.

Später stand Nadja allein an der Reling, die *George Landon* zog entlang der arabischen Küste durch das Rote Meer, und sie sah in die Wellen und hatte das Gefühl, daß Nikolai sie begleitete und immer begleiten würde.

»Du bist in mir, Niki!« rief sie den Wellen zu. »Du bist unauslöschlich in mir! Und ich habe Helena. Du wirst unsterblich sein, Niki ...«

An einem sonnigen Maitag betrat Nadja Gurjewa den Boden Frankreichs. Das Ziel ihrer langen Reise, um den halben Erdball herum, war erreicht.

Und sie brachte nichts mit als sich, ihr Kind und das Bild Nikolais ... und ihr heißes Herz und den wilden Mut, zu leben.

Zu leben in der Stadt des Lichtes. In Paris.

Du wirst Paris erobern, Nadjuscha ... das waren die letzten Worte Nikolais. Paris wird dir zu Füßen liegen ...

ZWEITER TEIL

11

»Sie bekommen fünfhundert Francs extra, wenn Sie mir den Weg zur Garderobe zeigen«, sagte Gérard Cassini, lehnte sich in seinen Sessel zurück und sah wieder auf die Bühne. Um sein Angebot zu bekräftigen, holte er eine Brieftasche aus feinstem Krokodilleder aus seinem Frack, entnahm ihr eine Fünfhundertfrancnote, legte sie auf den Tisch und schob sein Sektglas darüber.

Der Oberkellner Pierre Bonnet drückte das Kinn an den Kragen, bekam feuchte Hände und schwieg.

Auf der mit Straußenfedern und goldenem Flitter dekorierten Bühne geschah gerade etwas, das seit Monaten ganz Paris in Atem hielt. Über dem Eingang des weltberühmten *Moulin Rouge* schrie es als riesiges Leuchtplakat in die Nacht; die elegantesten Kavaliere lockte es an, als seien sie Motten, die zum Licht fliegen:

Es tanzt *La Russe*.

Der große Star des *Moulin Rouge,* dem Paris zu Füßen liegt.

La Russe, die Geheimnisvolle. Die schönste Frau der Welt, die niemand kennt.

La Russe, die die Herzen verhext.

»Es gibt Dinge, Monsieur Cassini, die man auch mit Geld nicht kaufen kann«, sagte der Oberkellner Bonnet und goß dabei neuen Champagner in das Glas, unter dem die fünfhundert Francs lagen.

»Das ist eine Sage, Pierre.« Der Mann in dem eleganten Frack griff wieder in die Tasche und legte eine neue Banknote auf den Tisch. »Lassen Sie *La Russe* den schönsten Strauß roter Rosen bringen, den Sie auftreiben können. Und in der Pause führen Sie mich hinter die Bühne.«

»Die Rosen werden sofort besorgt – das andere ist unmöglich.« Oberkellner Bonnet stellte die Champagnerflasche in den Eiskühler zurück. »Ich wäre morgen arbeitslos, Monsieur. Ich flöge sofort aus meiner Stellung. Und Frankreich hat soviel Arbeitslose, daß man auf mich ohne Zögern verzichten könnte.«

»Ich engagiere Sie als Diener, Bonnet.« Cassini starrte auf die hell erleuchtete Bühne. In einem Meer von Straußenfedern, die von fast völlig nackten Girls wie wogende Wellen geschwenkt wurden, tanzte, als einzige bekleidet, eine berauschend schöne

Frau. Ihr langes Abendkleid aus einem grünschillernden Stoff umschloß den schlanken Leib wie eine Schlangenhaut. So eng war dieses Kleid, daß man das Spiel der Muskeln darunter sah, wenn sie sich im Rhythmus der Musik bewegte. Mehr tat sie nicht ... sie stand inmitten der Pfauenfeder-Girls, eine goldene Maske vor dem schmalen Gesicht, die langen schwarzen, bis zu den Hüften reichenden Haare aufgelöst, und ihr Körper bewegte sich wie eine Schlange, ein grandioses Spiel von Muskeln und Formen war es, die Demonstration einer Schönheit, die Musik trinken kann und sie durch alle Muskeln rinnen läßt wie einen feurigen Strom.

So etwas hatte Paris noch nicht gesehen. Nacktheit, die war man gewöhnt. Wohin man auch kam, in die kleinste Bar ... immer waren es drei, vier Mädchen, die auf einer Tanzfläche oder einer winzigen Bühne sich im schummerigen Licht auszogen und um Beifall bettelten.

Hier aber ahnte man nur, wie formvollendet ein Körper sein konnte. Hier berauschte man sich an der eigenen Phantasie. Hier war die Sehnsucht nach Wissen schmerzhaft und lockend wie ein Rauschgift.

La Russe, das war die Schönheit des Lebens in Vollendung.

Gérard Cassini klatschte laut, als die Musik schwieg und die herrliche Frau starr, das Gesicht mit der goldenen Maske stolz erhoben, in den Saal blickte. Dann gingen alle Lichter aus, nur ein einsamer Scheinwerfer tauchte *La Russe* in einen Lichtkegel, sie hob die Arme ... und jetzt begann sie zu gehen, nur zu gehen ... aber es war wie das lautlose Schleichen einer Wildkatze, wie das gefährliche Gleiten einer Riesenschlange.

Nichts rührte sich im Saal ... das Muskelspiel dieser fleischgewordenen Göttin wirkte wie eine Hypnose.

Cassini war der einzige, der sich erhob, sein Glas mit einem Zug leer trank und dem Oberkellner Bonnet auf die Schulter tippte.

»Der Weg zu ihrer Garderobe?« flüsterte er.

»Unmöglich, Monsieur«, stotterte Bonnet. »Der Bühnenmeister, der Inspizient ... es sind so viele, die uns sehen würden ...«

»Sprechen Sie mit ihnen, Bonnet. Geben Sie diesen Burschen auch Geld. Ich *muß* mit ihr sprechen! Sie sollten wissen, daß es keine Widerrede gibt, wenn Cassini etwas will ...« Er sah zurück zur Bühne, wo *La Russe* dem Höhepunkt entgegentanzte ... wie eine Schlange, die sich schälen will, begann ihr Körper zu zucken und sich zu winden, unruhig glitten ihre Hände über den schillernden Leib, die Musik wurde wilder und wilder, die schwarzen Haare flogen wie zerfetzte Schleier ... und dann griffen die vor Erregung zitternden Finger an den Ausschnitt des Kleides, sie zogen und zerrten daran, als ersticke diese herrliche Frau in der engen, glitzernden Haut ... ein Trommelwirbel ... in dem maskierten Gesicht riß der Mund auf, ein stummer Schrei war es, aber jeder im Saal hörte ihn und zuckte unter ihm zusammen, so nah, so greifbar war jedem diese nach Befreiung schreiende Schlange... Wann zerreißt sie das Kleid... wann fetzt sie diese enge Haut herunter... jetzt, mein Gott, jetzt... helft ihr... helft! Stürmt die Bühne, rettet sie, sie bekommt die Schlangenhaut nicht herunter...

Im Saal fielen einige Stühle um, elegante Herren in Frack und Smoking waren aufgesprungen und umklammerten die Tischplatten, Schweiß rann ihnen über die verzerrten Gesichter...

Erstickt sie? Wer rennt zuerst über die Holzstufen zur Bühne hinauf?

Ein Stöhnen quoll im Saal auf. Knirschend zerriß der grünschillernde Stoff über der Brust von *La Russe*... und jetzt schrie sie wirklich, hell und triumphierend, und ihr Schrei blieb in den Herzen der Männer hängen...

Und das Licht erlosch.

Als es kurz darauf wieder aufflammte, standen die eleganten Herren noch immer sprungbereit hinter ihrem Tisch. Das plötzliche grelle Licht blendete sie, sie kniffen die Augen zusammen... und dann erst rauschte Lachen und Beifall auf, trampelte man auf den Boden und rief im Chor: *»La Russe! La Russe! La Russe!«*

Aber die schönste Frau von Paris erschien nicht mehr auf der Bühne.

»Das ist einmalig«, sagte jemand, der an Cassini vorbei zur Bar ging. Es war ein kleiner, vor Erregung schwitzender, kurzatmiger Mann. »Das kann einen an den Rand eines Herzschlags bringen! So etwas von Ausdruckstanz...«

Cassini nickte stumm und ging langsam hinaus in das Foyer. Dort wartete der Oberkellner Bonnet auf ihn und brachte ihm eine Schachtel Zigaretten, als habe Cassini sie bestellt.

»Nun?« fragte Cassini. »Führen Sie mich jetzt zu ihr?«

Bonnet wischte sich über die Stirn. »Es ist unmöglich, Monsieur. Der Bühnenmeister ist unbestechlich. Aber was ist Ihnen ein Tip wert?«

»Wenn ich dadurch diese Frau sprechen kann... fünfhundert Francs, wie abgemacht.«

»Ich kann Ihnen nur einen Hinweis geben, Monsieur. *La Russe* verläßt heute zwischen den beiden Auftritten das Haus. Sie hat sich schon abgeschminkt und zieht sich um. Das hat sie noch nie getan. Es ist eine einmalige Chance, Monsieur.«

Cassini nickte. »Sie sind ein Menschenfreund, Bonnet. Ihre fünfhundert Francs liegen noch unter dem Champagnerglas.«

Bonnet verbeugte sich tief. Mit hochgezogenen Brauen sah er zu, wie Cassini zum Ausgang lief, sich seine Garderobe geben ließ, den mit weißer Seide gefütterten Frackmantel lässig über die Schulter warf und das *Moulin Rouge* verließ, als verfolge ihn jemand.

»Nie wird er sie sprechen! Nie!« sagte Bonnet laut. »Das haben schon ganz andere versucht...«

*

Auf der Place Blanche, gegenüber dem *Moulin Rouge,* fand Cassini zwar seinen Wagen, aber der Chauffeur war weggegangen und saß sicherlich in einem der kleinen Lokale am Boulevard de Clichy. Vor vier Uhr morgens kam Cassini nie aus einer Bar, das wußte der Chauffeur.

»Um so besser!« sagte Cassini zu sich. »Ein Leben ohne Zeugen ist das ideale Leben!« Er suchte in seiner Fracktasche nach seinem Schlüsselbund, fand daran auch den Ersatzschlüssel des Wagens, schloß ihn auf und setzte sich hinter das Steuer. Den Frackmantel warf er auf den Hintersitz, aber den Zylinder behielt er auf und schob ihn keck und tatenfroh in den Nacken.

So wartete er eine halbe Stunde und wollte schon ärgerlich aussteigen und Bonnet die fünfhundert Francs wieder abnehmen, als er *La Russe* aus einem Seitenausgang des *Moulin Rouge* kommen sah. Er erkannte sie sofort, auch wenn sie völlig anders aussah als auf der Bühne. Die langen Haare waren aufgesteckt, sie trug einen einfachen Trenchcoat, hatte den Kragen hochgeschlagen und die Hände tief in den Taschen vergraben. Nur die Beine verrieten sie... lange, schlanke Beine in hochhackigen Riemchenschuhen, und als sie jetzt über das Pflaster ging zum Taxenstand, hörte man kaum das Klappern der Absätze, so leicht und federnd war ihr Gang.

Cassini ließ den Motor an und beobachtete im Rückspiegel, wie *La Russe* in eine Taxe stieg. Sie nahm nicht den Wagen, der vorn stand und an der Reihe war, sondern den vorletzten, und merkwürdigerweise protestierte keiner der Fahrer. Sie machten ihrem Kollegen Platz und ließen ihn aus der Reihe heraus.

Cassini ließ die Taxe an sich vorbeifahren, dann setzte er sich hinter sie, pfiff vor sich hin und gestand sich ein, daß er nicht vor Vergnügen pfiff, sondern vor innerer Erregung. Eine ungeheure Spannung lag über ihm... nur selten hatte er sich so angespannt gefühlt, nicht an den großen Börsentagen, wo es um Millionen ging, um Triumph oder Untergang des privaten Bankhauses »Cassini und Sohn«.

In der Taxe lehnte sich *La Russe* in die Polster zurück und faltete die Hände. Als blendeten sie die Lichter der Leuchtreklamen, schloß sie die Augen und seufzte leise. Der Fahrer sah sie im Rückspiegel an.

»Was haben Sie, Nadja Grigorijewna?« fragte er auf russisch. »Ist etwas schiefgegangen?«

»Danke, Boris Michailowitsch. Nein, es war wie immer.« Nadja Gurjewa zog die Schultern hoch, als fröre sie. Dabei war es eine ziemlich laue Frühlingsnacht. »Ob Dr. Rampal zu Hause ist?«

»Wo soll er um diese Zeit sein?« Der Chauffeur gab mehr Gas. Klappernd hüpfte der Wagen über das Pflaster des Boulevard des Batignolles. Sie fuhren die breiten Straßen hinunter zur Place de l'Etoile, wo der Arc de Triomphe wuchtig in den Nachthimmel ragte. »Wie geht es Helenuschka?«

»Am Abend, bevor ich wegging, hatte sie Fieber.« Nadja beugte sich vor. »Sie hat sich übergeben, das ganze Essen...«

»Eine Magenverstimmung...«

»Ob sie sich über Blumen freut?«

»Blumen sind immer etwas Schönes, Nadja Grigorijewna...«

»Dann kehr um, ich will die Blumen holen und ihr bringen. Irgend jemand hat mir einen großen Strauß Rosen in die Garderobe geschickt.«

»Ein Liebhaber?«

»Ich kenne ihn nicht! Und ich will ihn auch nicht kennenlernen.«

Der Wagen fuhr in eine kleine Seitenstraße, stieß zurück, wendete und fuhr zurück zum *Moulin Rouge*. Cassini, der am Straßenrand hielt, tippte gegen seinen Zylinder und hatte Mühe, seinen schweren Wagen schnell genug zu wenden.

»Verrückt!« sagte er. »Die fährt zum Vergnügen durch die Straßen!«

Um so verblüffter war er, als er *La Russe* vor dem *Moulin Rouge* aus dem Wagen springen sah und die Taxe mit laufendem Motor wartete. Auch Cassini hielt und steckte sich mit zitternden Fingern eine Zigarette an. Seine Erregung wuchs. Er war völlig außer Rand und Band, als er *La Russe* zurückkommen sah, im Arm einen riesigen Strauß roter Rosen.

»Meine Blumen!« sagte Cassini, zerdrückte die Zigarette und fühlte, daß ihm glühend heiß geworden war. »Sie hat meine Blumen geholt! Was soll das nun bedeuten?«

Von neuem ging die Fahrt quer durch Paris, die großen Avenuen hinunter bis zur Seine. An der Ecke der Avenue de New York und der Place de l'Alma, vor einem der großen mehrstöckigen Häuser mit den wuchtigen Sandsteinfassaden, hielt die Taxe, und Nadja Gurjewa sprang heraus. Sie schellte an der Tür, die Hausmeisterin machte auf, fragte etwas, und dann verschwanden beide in dem schwach erleuchteten Treppenhaus.

Cassini wartete auf der gegenüberliegenden Seite, ehe er ausstieg und sich an die Kaimauer lehnte. Am anderen Ufer der

Seine, ein Filigran genial ineinander verschachtelter Stahlträger, ragte der Eiffelturm in den Nachthimmel.

Die Taxe war ein Stück weitergefahren, weil vor dem Haus Parkverbot war, und wartete nun. Das gefiel Cassini gar nicht. Man mußte jetzt handeln, dachte er. Bonnet hatte mit seinem Tip doch recht: Es ist eine nie wiederkehrende Gelegenheit, das Geheimnis um *La Russe* zu lüften. Für einen Mann aber bedeutet das die Minute des Schicksals, der schönsten Frau von Paris zu sagen, daß er ihr die Welt zu Füßen legen will.

Cassini warf die Zigarette weg, zertrat sie, überquerte den Platz und betrat das große Haus. Die Hausmeisterin hatte vergessen, die Tür wieder abzuschließen. Ein grober Fehler, dachte Cassini. Was kann da alles passieren? Aber sie waren beide aufgeregt, als geschähen beunruhigende Dinge in diesem Haus.

Er setzte seinen Zylinder gerade, kontrollierte den korrekten Sitz seiner Frackschleife und begann die breiten Steintreppen emporzusteigen.

*

Die Wohnung Nadja Gurjewas bestand aus vier Räumen, einer Küche, zwei Schlafzimmern und einem Wohnzimmer, das man hier Salon nannte. Sie waren geschmackvoll mit gebrauchten, schönen Möbeln eingerichtet, dicke Portieren mit goldenen Troddeln hingen vor den Fensternischen, auch die Türen waren mit Schabracken verziert, und im Salon lag ein verblichener, aber immer noch ansehnlicher chinesischer Teppich. Vor einem Jahr hatte Nadja diese Wohnung bezogen und die Möbel von einer Diplomatenwitwe gekauft, die vorher hier gewohnt hatte. »Ich werde das alles modernisieren«, hatte Nadja gesagt. »Stück für Stück, sowie ich das Geld dazu habe. Für jemanden, der in einer kalten Kammer unterm Dach gehaust hat, ist dies hier ein Paradies …«

In der Wohnung kam ihnen die Tochter der Hausmeisterin entgegen, als sie Schritte in der Diele hörte.

»Wie geht es Helena?« rief Nadja schon an der Tür. »Ist das Fieber gesunken?«

»Es hat sich nichts geändert, Madame.« Die Tochter der Hausmeisterin rieb sich die müden Augen. »Sie ist wach.«

»Mein Engel …« sagte Nadja, als sie das Schlafzimmer Helenas betrat.

»Mein kleiner Engel …«

»Mamuschka …«

Helena lag in den dicken Kissen, und ihr kleines Gesichtchen glühte. Die großen dunklen Augen glänzten im Fieber, und als sie nun die Händchen ausstreckte und die Finger Nadjas ergriff, waren sie glühend heiß. Nadja setzte sich ans Bett, knöpfte ihren Trenchcoat auf und küßte Helena auf die schweißige Stirn.

»Hast du Schmerzen, mein Engelchen?« fragte sie.

»Der Bauch, Mamuschka, der Bauch. Jemand bohrt darin herum.«

»Der Onkel Doktor kommt gleich. Sieh einmal, was ich dir mitgebracht habe.« Sie lief zur Tür zurück, griff um die Ecke, wo auf einem Stuhl der große Rosenstrauß lag, und holte ihn ins Zimmer. Die fiebrigen Augen Helenas wurden noch größer.

»Soviel Blumen, Mamuschka... Und so schön rot. Sind das Rosen?«

»Ja, das sind Rosen, mein Engel.«

»Für mich?«

»Für dich ganz allein. Freust du dich?«

»Riechen Sie auch?«

»Ganz süß, mein Engel.« Nadja zupfte eine Rose aus dem Strauß und hielt sie der kleinen Helena hin. Das Näschen schnupperte, und dann schüttelte Helena den Kopf.

»Nichts, Mama.«

»Weil du krank bist, mein Liebes. Aber nachher kommt der Onkel Doktor, und morgen ist das Fieber weg, und du kannst die Rosen riechen. Wie Honig riechen sie...«

»Ich mag Honig gern, Mamuschka.«

»Ich weiß, Helenuschka...«

Sie saß wieder auf dem Bett, hielt die heißen Hände der Kleinen und sah über das glühende Köpfchen hinweg gegen die Wand.

Mein Gott, dachte sie. Laß es nichts Ernstes sein. Laß sie wieder gesund werden. Was wäre mein Leben ohne das Kind? Ich lebe ja nur für dieses Kind. Es ist das einzige Erbe, außer der Erinnerung, das mir Nikolai hinterlassen hat. Für sie wäre ich bereit, eine Welt zu erobern... mit Feuer und Schwert, wenn es nötig ist.

In diesem Augenblick betrat Gérard Cassini die Wohnung. Auch hier fand er die Tür offen. In der Diele prallte er auf die Hausmeisterin und ihre Tochter. Er lüftete höflich seinen Zylinder und sah sich um.

»Madame ist im Salon?« sagte er, als kenne er sich hier aus.

»Im Schlafzimmer des Kindes, Monsieur.«

»Danke.«

Cassini zögerte keinen Augenblick und öffnete die nächste Tür. Sie führte in den Salon, und er ging hinein. Die Hausmeisterin gab ihrer Tochter einen Stups und drängte sie zur Tür.

»Wer ist denn das?« fragte das Mädchen.

»Ein Kavalier von Madame. Frag nicht! Es geht dich nichts an. Gehen wir...«

Sie verließen die Wohnung und zogen die Tür hinter sich zu.

Cassini sah sich um. Im Salon brannte nur eine Wandlampe mit einem jämmerlichen Schein. Nebenan hörte er Stimmen. Er faßte wieder an seine Frackschleife, rückte den Frack zurecht und öffnete dann die Seitentür.

Von einem Kinderbett fuhr eine Frauengestalt hoch, und trotz der mangelhaften Beleuchtung erkannte Cassini, daß es *La Russe* war.

»Wer sind Sie?« rief sie. »Wie kommen Sie hier herein?«

»Die Türen waren offen, Madame. Und die Hausmeisterin nahm an, daß wir uns kennen. Sie nahm vorweg, wonach ich mich seit Monaten sehne...«

Nadja Gurjewa überflog mit einem Blick den Eindringling. Ein energischer Kopf mit braunen Haaren, ein Frack vom besten Schneider, die Sicherheit, die großer Reichtum bewirkt. Und harte Augen, die sie betrachteten wie ein Rennpferd vor dem Start.

»Gehen Sie in den Salon«, sagte Nadja kalt. »Das Kind hat Fieber. Gleich wird der Arzt hiersein.«

Die kleine Helena sah den fremden Mann mit großen Augen an.

»Wo kommst du her?« fragte sie.

»Aus einem Schloß, mein Kleines.« Cassini blieb an der Tür stehen, während Nadja schon im Salon war.

»Ein richtiges Schloß?«

»Ja. Mit Türmen und Zinnen und einem Wassergraben und Pferden und Rittern in glänzenen Rüstungen...«

»Ist das schön! Kann ich zu dir kommen, wenn ich wieder gesund bin?«

»Ich werde dich mit einer Kutsche und zwei weißen Pferden abholen. Wie heißt du?«

»Helena Nikolajewna...«

»Ein schöner Name. Weißt du was – wenn du wieder gesund bist, schenke ich dir ein weißes Pferd...« Cassini winkte Helena zu und schloß die Tür. Nadja Gurjewa stand neben dem runden Barocktisch. Sie hielt noch immer die Rose, an der Helena geschnuppert hatte, in der Hand und schien es nicht zu merken.

»Wir haben schon Freundschaft geschlossen«, sagte Cassini und legte seinen Zylinder auf einen Sessel. »Und ich werde ihr ein weißes Pferd schenken.«

»Sie sind mir aus dem *Moulin Rouge* gefolgt«, sagte Nadja hart. »Vor dem Kind wollte ich es Ihnen nicht sagen: Verlassen Sie sofort meine Wohnung.«

»Gérard Cassini.« Cassini verbeugte sich höflich. »Meine Rosen sagten Ihnen, wie sehr ich Sie verehre. Ich lege Ihnen mein ganzes Leben zu Füßen. Mein Vermögen ist dabei nur eine Dreingabe.«

»Ich werde die Rosen in den Müll werfen!« sagte Nadja böse. »Gleich werfe ich sie weg.«

»Helena freut sich so darüber.«

»Ich kann Helena zehn Rosensträuße kaufen!«

»Warum sind Sie so böse?« Cassini betrachtete die junge Frau in dem geöffneten Trenchcoat. Unter dem Mantel trug sie ein enges Wollkleid, und er erinnerte sich an die schillernde Schlangenhaut und das Spiel ihrer Muskeln auf der Bühne. Sie hat einen Körper, dachte er, von dem die großen Maler und Bildhauer träumen. Sie ist die schönste Frau, die ich jemals sah. Sie wird mich vielleicht eine Million kosten, aber sie ist es wert. Man hat schon Millionen für weniger Wertvolles investiert.

»Ich habe von einem Schloß gesprochen ... es gehört Ihnen«, sagte Cassini und trat näher. »Es wird keinen Wunsch geben, der nicht schon erfüllt ist, kaum daß er gedacht wurde. Die besten Ärzte Frankreichs stehen der kleinen Helena zur Verfügung, die besten Hauslehrer, die blendendste Ausbildung. Wir haben an der Riviera ein Haus und ein Landgut in der Provence. In Florida gehört mir ein Küstenstreifen. An meiner Seite werden Sie eine ungekrönte, aber eine herrschende Königin sein.« Cassini sah in Nadjas dunkle, abweisende Augen. »Ich zähle Ihnen das alles auf, um Ihnen meine irdischen Güter darzubieten. Mein Herz kann ich Ihnen nicht zeigen ...«

»Sie wollen mich kaufen«, sagte Nadja hart. »Machen Sie, daß Sie hinauskommen!«

»Ich liebe Sie! Ich weiß nicht, wer Sie sind, woher Sie kommen, wer dieses Kind ist, was hinter Ihnen liegt ... was interessiert es mich? Wir lassen einen eisernen Vorhang über alles Vergangene fallen. Ihr und auch mein Leben beginnt neu ...« Cassini trat nahe an Nadja heran. »Ich weiß, wie ungewöhnlich das alles ist – aber sind wir nicht auch ungewöhnliche Menschen?«

Nadja hatte sich abgewandt. Sie stand am Fenster und blickte über die Straße. Jenseits der Seine hob sich gegen den Nachthimmel der Eiffelturm ab. Unten stand noch die Taxe und wartete auf ihre Rückkehr.

»Gehen Sie«, sagte sie laut.

Cassini stand hinter ihr. So nahe war er, daß sie seinen Atem in ihrem Nacken spürte, als er sprach.

»Sie werfen mich hinaus, ohne mich richtig angesehen zu haben. Aber es macht mich schon glücklich, daß Sie wenigstens eine Rose von mir in der Hand halten.«

Die Finger Nadjas zerrieben den Stengel der Rose, aber sie ließ sie nicht fallen. »Ich werde sie gleich aus dem Fenster auf die Straße werfen!«

»Darf ich Ihnen das Fenster aufmachen?« Cassini beugte sich

über ihre Schulter. Noch wenige Millimeter, und ihre Körper berührten sich. Sie versteifte sich. Ein Vordrücken der Schulter, das war die beste Abwehr und deutlich gezeigte Abneigung. Aber es gelang ihr nicht so, wie sie es wollte. Etwas Rätselhaftes in ihr hielt sie davon ab, wirklich wütend zu sein. Das verwirrte sie und machte sie ratlos.

Und da beging Cassini einen groben Fehler. Er griff um ihre Schultern, zog sie zu sich herum und wollte sie küssen. Wie eine Katze duckte sie sich, entglitt seinen Händen, die Rose wirbelte durch die Luft und klatschte ein paarmal um Cassinis Wangen. Starr stand er vor ihr, während sie ihn mit seiner Rose ohrfeigte, nur seine Augen wurden kalt und böse wie bei einem tückischen Tier.

»Gehen Sie jetzt endlich?« rief Nadja und warf ihm die zerfetzte Rose ins Gesicht. »Gehen Sie jetzt?«

Cassini hob die Schultern. Er war ein großer, schlanker, kräftiger Mann. Er hatte geboxt und gerungen, er konnte rudern und segeln. Er sah Nadja stumm an.

»Sie sind ein Raubtier«, sagte er heiser. »Himmel, wie schön sind Sie, wenn Sie wütend sind! Wissen Sie, daß ich Raubkatzen über alles liebe? Stundenlang kann ich ihnen zusehen, wenn sie hin und her gehen und ihre Muskeln vor gebändigter Kraft zittern! So ein Wesen sind Sie ... Himmel, wie liebe ich Sie ...«

Mit einem Sprung war er bei ihr und riß ihr den Mantel von den Schultern. Das machte ihre Arme bewegungslos. Sie stieß einen dumpfen Schrei aus, stieß mit dem Kopf nach ihm und trat gegen seine Beine. Er lachte, und sie sah, daß er herrliche, starke Zähne hatte. Mit seinem Leib drängte er sie auf das Barocksofa an der Wand, und nach einem Stoß fielen sie beide auf die Polster. Er küßte sie, und Nadja biß ihm in die Lippen. Er stöhnte.

»Ich bin verrückt!« keuchte er. »Ich weiß es, ich bin verrückt.«

Mit beiden Händen griff er nach ihren Brüsten, dann stemmte er eine Hand gegen ihr Kinn und tastete mit der anderen ihren Körper ab.

»Warum wehrst du dich?« keuchte er. »Teufel noch mal ... dich hat die Natur zur Liebe geboren ... an dir zu verglühen ist selbstmörderisches Glück! Warum wehrst du dich ... sieh mich doch an ... ich möchte dich anbeten ...«

Mit einem wilden Ruck machte sich Nadja frei. Sie ließ sich zu Boden fallen, rollte ein paarmal über den Teppich, und bevor Cassini ihr nachspringen konnte, war sie schon auf den Beinen und jagte zur Wand. Dort hing eine lederne Reitpeitsche. Sie riß sie von der Wand, das dicke, geflochtene Leder wippte in ihrer Hand, und dann schlug sie zu, als Cassini mit vorgestreckten Armen auf sie zukam.

Er schrie auf, als der erste Schlag eine Strieme über seine linke Wange zog. Wie Feuer brannte sein Gesicht. Er hatte das Gefühl, seine Wange quelle auf und das Blut müßte gleich heraussprudeln.

Taumelnd blieb er stehen. Er wollte etwas sagen, aber da pfiff der zweite Schlag auf ihn herunter, quer über den Kopf, die Lederschlaufe glitt über sein linkes Auge, und er dachte: Nun ist das Auge hin. Sie hat mir das linke Auge ausgeschlagen. Himmel und Hölle, sie peitscht mich zu Tode, wenn ich nicht etwas tue.

Er wich zurück und hob schützend die Arme vor das Gesicht. Der dritte Peitschenschlag zog eine blutige Strieme über seine Handrücken. Es gibt nur eins, dachte er schnell. Entweder ich töte sie, oder ich flüchte wie ein Feigling. Dann sah er sie an, zwischen den schützenden Armen hindurch, und ihre wilde Schönheit war so grandios, daß er es nicht fertigbrachte, sich auf sie zu stürzen und sie umzubringen.

Werden wir ein Feigling, dachte er. Das ist etwas Neues, aber hier lohnt es sich.

Er rannte durch den Salon zur Tür, riß sie auf und tastete über seine Wange. Ein dicker Fleischwulst glühte auf ihr. Mit wippender Peitsche stand Nadja mitten im Zimmer. Die Schulter ihres Trenchcoats war zerrissen. Das Futter quoll wie Eingeweide heraus.

»Ich werde dir einen neuen Mantel schicken«, sagte Cassini. Dabei wunderte er sich, wie hohl seine Stimme klang. »Wollen wir wetten, daß du mich einmal bittest, dich zu küssen?«

Nadja schwieg. Sie hob nur die Reitpeitsche und machte zwei Schritte nach vorn. Cassini winkte ab. Er nahm seinen Zylinder vom Sessel, stülpte ihn über den brennenden Kopf und verließ die Wohnung. Auf der Treppe nahm er sein Taschentuch heraus und drückte es gegen die Strieme auf der Wange.

Er sah niemanden mehr, nur hinter dem Flurfenster der Hausmeisterin brannte noch Licht. Das war ihm sehr recht, und er verließ das Haus.

Nadja stand oben am Fenster und beobachtete, wie Cassini zuerst zu seinem schweren Wagen ging, sich setzte und sein Gesicht im Spiegel betrachtete. Die Peitsche hielt sie noch in der Hand. Dann stieg Cassini wieder aus und ging hinüber zu der wartenden Taxe.

Der Chauffeur sah den Herrn im Frack gleichgültig an und wies stumm auf das heruntergeklappte Schild am Taxameter.

»Bestellt, Monsieur«, sagte er dann.

Cassini nickte. Diese beiden Worte, in dem typischen harten Französisch der Emigranten gesprochen, genügten ihm. »Sie sind Russe?« fragte er.

»Ja, Monsieur.«

»Lange in Paris?«

»Vier Jahre, Monsieur.«

»Auch einmal General gewesen?«

»Nein. Rittmeister und Graf.«

Der Taxichauffeur sah gleichmütig vor sich hin. Ebenso gleichgültig nahm er die Zehnfrancnote an, die ihm Cassini durchs heruntergekurbelte Fenster reichte. Früher, vor knapp sechs Jahren – welch eine winzige Zeitspanne, und doch war es, als lägen jetzt Jahrhunderte dazwischen! – hatte Graf Boris Michailowitsch Saparin mit fünftausend Rubeln gerechnet und sie in einer Nacht am Spieltisch im Hinterzimmer der Lokale von Petersburg vertan. Er hatte vierhundert Leibeigene gehabt, und um die Grenzen seiner Besitzungen abzureiten, brauchte man fünf Tage. Nur mit Wehmut dachte er an diese Zeit. Er war ehrlich genug, zu sagen, daß die Revolution notwendig gewesen war, dieses Leben hinwegzufegen.

Cassini lehnte sich an die Tür. »Beachtlich«, sagte er. »Ein Graf! Was jetzt so alles in Paris herumwimmelt an Grafen, Fürsten, Großfürsten, Prinzen, Generälen... Es gab wohl nur Adelige in Rußland, was?«

»Rußland war ein Feudalreich, Monsieur«, sagte Saparin gleichgültig. »Auch unter Napoleon gab es mehr Generäle und Fürsten als je zuvor.«

»Recht so, mein Freund.« Cassini beugte sich zu Saparin vor. »Wie heißt *La Russe* wirklich?«

»Eine solche Frage stellt man nicht für zehn Francs, Monsieur«, sagte Saparin stolz.

»Dann hundert Francs.«

»Bieten Sie zehntausend.«

»Verrückt.«

»Sehen Sie! Die Ehre eines russischen Grafen ist eben nicht käuflich...«

Cassini zögerte, doch dann ging er zurück zu seinem Wagen, stieg ein und fuhr ab.

Am Fenster trat Nadja zurück in den Salon. Sie atmete auf. Aber das Gefühl, daß mit der heutigen Nacht ihr Leben sich verändern würde, blieb.

*

Dr. Rampal kam eine halbe Stunde später und roch nach Pernod. Er war ein alter, erfahrener Arzt, und wenn er sich bei jedem Neumond betrank, so verzieh man ihm das, weil er wirklich etwas konnte. Seine Patienten hatten sich daran gewöhnt, ihn bei Neumond vier Tage nicht zu rufen oder zu besuchen, obgleich er Praxis hielt. Die es trotzdem taten, kamen nicht mit einem Rezept, sondern betrunken aus seinem Sprechzimmer.

»Das ist etwas Kritisches«, sagte Dr. Rampal, als er die kleine Helena untersucht hatte. Er hatte Fieber gemessen, den Leib abgetastet, die Beinchen an den Bauch gedrückt und wieder gestreckt, er hatte die Bauchdecke eingedrückt und hochschnellen lassen und Helena hatte »Au! Au!« gerufen. »Das kann ein Appendix sein. Blinddarm, meine Beste. Die Bauchdecke ist gespannt, und das Fieber dazu... nicht angenehm...«

»Also operieren...« sagte Nadja leise. Helena hörte es nicht, sie war vom Fieber erschöpft und lag in einem Dämmerschlaf. Nadja hatte ihr kalte Wadenwickel gemacht, was Dr. Rampal sehr gelobt hatte.

»Noch nicht! Warten wir ab bis morgen früh. Kalte Kompressen um den Leib. Haben Sie einen Eisbeutel hier?«

»Die Hausmeisterin bestimmt.« Nadja saß zart und bleich auf einem Stuhl und sah Dr. Rampal zu, der seine Tasche ausräumte und zwischen Schachteln, Röhrchen und Ampullen nach einem fiebersenkenden Mittel suchte.

»Sie müssen wieder weg?« fragte Dr. Rampal.

»Ja. In einer Stunde beginnt mein neuer Auftritt. Aber die Hausmeisterin wird für Helena sorgen.«

»Wann sind Sie wieder zu Hause?«

»Erst gegen fünf Uhr.«

»Rufen Sie mich um sieben an. Wenn das Fieber nicht runtergeht und die Bauchdecke noch so gespannt ist, fahren wir die Kleine ins Hospital.« Dr. Rampal hatte das Mittel gefunden. Eine Schachtel mit Zäpfchen. »Geben Sie ihr das gleich«, sagte er. »Sie wird ruhiger schlafen...«

»Danke, Doktor.«

Nadja nahm die Schachtel und folgte Dr. Rampal, der ins Badezimmer ging und sich die Hände wusch. Im Salon wartete sie auf ihn. Auf dem Sofa lag der zerrissene Trenchcoat, auf der Erde vor dem Fenster die Reitpeitsche.

Dr. Rampal sah das alles nicht – er hatte Durst auf einen Pernod. Übermorgen war Neumond. Tue einer was gegen die Vorfreude!

»Und wenn Helena operiert werden muß... wenn der Blinddarm vereitert ist...«

»Keine Sorge.« Dr. Rampal putzte seine Brille. Sie beschlug immer, wenn er Durst hatte. Merkwürdig war das. »Unsere Chirurgen sind so gut, daß ein Blinddarm kaum beredet wird. Das geht schnell und ohne Komplikationen...«

»Ich würde sterben, Doktor, wenn Helena etwas geschieht«, sagte Nadja leise. »Sie ist alles, was ich noch auf der Welt habe.«

»Ich weiß«, sagte Dr. Rampal.

»Ich habe keine Heimat mehr... die Asche meines Vaters

mußte ich auf die Straßen von Petersburg streuen... meinen Mann, Nikolai Gurjew, haben sie ermordet und im Roten Meer versenkt... nur das Kind ist mir geblieben. Nur das Kind! Retten Sie es, Dr. Rampal!«

»Natürlich rette ich es!« Der Arzt sah sich im Zimmer um. Nadja ahnte, was er suchte, sie lief zu einem Schrank und holte eine Flasche und ein Glas heraus. Es war kein Pernod, aber auch Cognac war etwas gegen den Durst Dr. Rampals. Zufrieden trank er zwei Glas hintereinander und ging dann noch einmal ins Krankenzimmer.

Helena schlief. Ihr Köpfchen glühte. Die kleinen Hände waren zu Fäusten geballt, als boxe sie mit dem Schmerz in ihrem Körper. Dr. Rampal schob die Decke zurück und drückte noch einmal leicht auf den im Schlaf zuckenden Bauch.

»Es wird sich nicht umgehen lassen«, sagte er. »Ich rufe gleich das Hospital an. Sie sollen ein Bett vorbereiten. Wissen Sie was? Wir holen die Kleine um sieben Uhr ab. Wir warten nicht mehr. Um sieben Uhr...«

Nadja nickte. Angst würgte in ihrer Kehle. Da steht man nun und kann nicht helfen, dachte sie. Das ist am fürchterlichsten. Um sieben Uhr... und dann muß man warten, warten, auf einem Stuhl, in der Nische eines weißen, nach Karbol riechenden Ganges... und die Ärzte laufen vorbei und die Schwestern und die Krankenpfleger... und man wartet und wartet und sieht jeden an, ob er ein Wort sagt, ob er zu einem kommt und sagt: »Es ist alles gutgegangen!« Oder ob er kommt und einem nur stumm die Hand drückt und man weiß, daß das Leben von jetzt an keinen Sinn mehr hat...

»Ich habe Angst, Dr. Rampal«, sagte Nadja leise. »Fürchterliche Angst...«

»Nicht nötig.« Dr. Rampal nahm noch ein Glas Cognac zu sich, tätschelte Nadja väterlich die Wange und verließ die Wohnung. Unten, in der Loge der Hausmeisterin, ging das Schiebefenster hoch, als Dr. Rampal die Treppe herabkam.

»Einen Eisbeutel!« schrie Dr. Rampal. Er hatte sich angewöhnt, Hausmeisterinnen anzuschreien. Anders kommt man bei ihnen nicht zu Wort, war seine Ansicht. »Auf den Bauch! Und flott, flott! Ich werde einen Wagen schicken und das Kind ins Hospital bringen lassen. Gute Nacht.«

»Gute Nacht, Doktor.«

Das Glasfenster wurde geschlossen. Brummend verließ Dr. Rampal das Haus.

Während Helena schlief, ging Nadja in der Wohnung umher und packte alles ein, was ein Kind im Krankenhaus braucht. Wäsche, Nachthemdchen, das Spielzeug, vor allem die beiden

Püppchen und einen Teddybären. Die Hausmeisterin erschien wieder mit ihrer Tochter und brachte einen Eisbeutel. Sie erzählte, daß auch ihr Neffe und ihre Tante Blinddarmoperationen überstanden hätten, und seitdem schmecke ihnen das Essen viel besser.

Nadja hörte nicht zu. Erst als es Zeit wurde, daß sie wieder zum *Moulin Rouge* fahren mußte, lief sie noch einmal ins Schlafzimmer und küßte den glühenden Kopf Helenas. Daß man ihr den Eisbeutel auf den Leib gelegt hatte, merkte sie gar nicht.

»Mein Engel…« sagte Nadja unter Tränen. »Mein kleiner, armer Engel…«

»Wir bleiben am Bett sitzen«, sagte die Hausmeisterin. »Und wenn es schlimmer wird, rufen wir Sie an. Und Dr. Rampal auch. Sie brauchen keine Sorge zu haben.«

Nadja nickte. Noch einmal blickte sie sich an der Tür nach ihrem Kind um. Ein merkwürdiges Gefühl panischer Furcht hatte sie ergriffen. Es war unerklärlich. Als sähe ich sie zum letztenmal, dachte sie und lehnte sich gegen die Tür. O Gott, laß nach all dem, was schon gewesen ist, nicht auch noch dieses zu…

Unten auf der Straße hupte Saparin. Es war Zeit, abzufahren.

»Gehen Sie ruhig, Madame«, sagte die Hausmeisterin. Sie rückte einen Stuhl neben das Bett und setzte sich. »Ich bin ja da…«

Saparin stieß die Tür des Autos auf, als er Nadja über die Straße laufen sah. Sie sprang in den Wagen und verkroch sich fast in den Polstern.

Saparin ließ den Motor an, aber er fuhr nicht ab.

»Was ist mit Helena?« fragte er.

»Sie soll morgen früh operiert werden.«

»Blinddarm?«

»Ja.«

»Dachte ich es mir doch.« Saparin ließ den Wagen anrollen. »Es ist keine große Operation, Nadja Grigorijewna. Vor zwanzig Jahren, als man mir in Petersburg das Ding herausschnitt, da ging es noch um Leben und Tod. Aber heute. In vierzehn Tagen spielt Helena wieder im Garten…«

Nadja schwieg. Sie sah nicht hinaus, sondern starrte vor sich auf den Wagenboden. Erst kurz vor dem *Moulin Rouge* tippte sie Saparin an die Schulter.

»Tun Sie mir einen Gefallen, Boris Michailowitsch?«

»Jeden. Das wissen Sie, Nadja.«

»Wenn Sie Ihre Runden durch die Stadt fahren und kommen in meine Nähe… sehen Sie dann mal schnell nach Helena? Nur ganz kurz, wie es ihr geht, ob sie schläft, oder ob sie neue Schmerzen hat. Und dann rufen Sie mich an…«

»Natürlich.«

Saparin hielt wieder an der Place Blanche gegenüber den sich drehenden Flügeln der rotangemalten und von Hunderten von Glühbirnen umgebenen Mühle auf dem Flachdach des Kabaretts. »Ich werde jede Stunde vorbeifahren, wenn es möglich ist.«

»Sie sind ein guter Mensch, Boris Michailowitsch.« Nadja stieg aus und gab Saparin einen Kuß auf die Stirn. Saparin lachte laut.

»Ich bin ein reicher Mann!« rief er. »Für so einen Kuß bezahlen die Kavaliere da drinnen tausend Francs!«

Er sah Nadja nach, wie sie zum Künstlereingang lief und im Haus verschwand. Betrunkene torkelten über den Boulevard, vom Pigalle her hörte man Schreien und Kreischen. Dort prügelten sich wieder die Zuhälter mit ausländischen Gästen. Ein Liebespaar kam auf ihn zu, eng umschlungen, stieg ins Auto und küßte sich.

»Wohin?« fragte Saparin.

»In den Bois. Oder rund um Paris. Ist egal!«

Und Saparin fuhr ab.

*

In dieser Nacht geschahen außerhalb von Paris, in einer kleinen Landgemeinde, merkwürdige Dinge.

Ein Mann klingelte den Landarzt aus dem Bett und fragte ihn: »Können Sie einen Blinddarm operieren?«

»Wozu?« fragte der Arzt. Er kannte den Mann, der ihn mitten in der Nacht herausholte, und wunderte sich deshalb über diese Frage: »Wer ist denn krank? Die nächste gute Klinik ...«

»Es soll keine Klinik sein!«

»Aber wieso denn?«

»Können *Sie* operieren?«

»Wenn es sein muß! Aber es ist völlig ungebräuchlich, daß außerhalb einer Klinik ...«

»Kommen Sie mit, Doktor ...«

Sie fuhren durch die Nacht, und der brave Landarzt kannte den Weg genau. Ein Schloß mit Zinnen und Wassergraben tauchte aus einem Park auf, sie fuhren über eine Zugbrücke, ein steifer Butler empfing sie in der riesigen, mit Ritterausrüstungen ausgestatteten Halle, nahm dem Arzt den Mantel ab und zeigte auf ein sprechbereites Telefon.

»Hören Sie, Doktor«, sagte eine Stimme im Telefon. Sie sprach kurz und bestimmt. »Ich weiß, daß Sie auf Ihrem Haus fünfzehntausend Francs Schulden haben. Ihr Sohn ist ein Lump, der sich am Mittelmeer herumtreibt und Schecks mit Ihrem Namen fälscht, die Sie einlösen, damit auf Ihren Namen keine Schande fällt. Ich bezahle Ihnen Ihre Schulden.«

»Monsieur...« stotterte der Arzt. Er setzte sich auf den neben dem Telefon stehenden Stuhl. Die Beine wurden ihm weich. »Ich weiß wirklich nicht, was das alles soll...«

»Ich verlange von Ihnen einen Dienst. Sie werden – wenn es nötig ist – einen Blinddarm herausnehmen müssen.«

»Im Spital...«

»Bei mir.«

»Im Schloß?«

»Es wird im Augenblick alles hergerichtet. Die chirurgischen Werkzeuge und alles, was dazu gehört, haben Sie. Ein Wagen ist unterwegs, um aus der Sanitätsstation meiner Eisengießerei den Operationstisch zu holen. Er ist in einer Stunde hier... können Sie dann operieren?«

»Wer... wer soll denn operiert werden...« stotterte der Arzt. Er schwitzte vor Aufregung wie in einem Dampfbad.

»Das werden Sie noch sehen.« Die Stimme war befehlsgewohnt und duldete keine weiteren Fragen mehr. »Es kann sein, daß wir es gar nicht brauchen, aber ich will für alles gewappnet sein. Ist das klar?«

»Nein...« stammelte der Arzt.

»Was nicht?«

»Warum kein Hospital...?«

Die Stimme antwortete nicht mehr. Es knackte. Mit zitternder Hand legte auch der Arzt den Hörer auf. Hilflos sah er sich um. Der Butler, der bisher an der großen hölzernen Treppe gestanden hatte, stumm wie eine der eisernen Rüstungen, winkte.

Er ging voraus. Mit dem Gefühl, von einer unsichtbaren Sonne ausgetrocknet zu werden, folgte ihm der Arzt. Sie kamen in eine große gekachelte Küche, die man gerade ausräumte. Ein Diener schrubbte den Kachelboden, ein Gärtner die gekachelten Wände. Es stank ätzend nach Lysol.

»Wo soll der Operationstisch stehen?« fragte der Butler. »Wohl am besten in der Mitte. Dort können wir von oben die starken Lampen anbringen.«

Der Arzt nickte. »Ja, in der Mitte. Natürlich.«

Nicht fünfzehntausend Francs Schulden sind es, dachte er plötzlich. Vierundzwanzigtausend sind es! Er hat wieder gespielt und verloren! Oh, wenn ihn doch der Blitz erschlüge oder ein Auto überführe. Aber die Lumpen leben am längsten, so ist es immer!

»Geben Sie mir einen Cognac!« sagte er heiser. »Nur einen. Ich brauche einen klaren Kopf. . .«

Der Butler ging und holte ihm ein kleines Glas voll, das er in schnellen Zügen leer trank.

Während ein Lastwagen mit einem Operationstisch durch die Nacht raste, fuhr ein großer Reisewagen mit dicken Polstern nach

Paris hinein. Auf dem Hintersitz lagen Kissen und Decken. Die beiden Männer, die vorn saßen, hatten weiße Ärztemäntel an und rauchten schweigend. Ab und zu sahen sie auf die Uhr und fuhren langsamer. Sie hatten Zeit. Im Osten wurde der Himmel fahl. Ein Frühlingstag klomm aus der Dunkelheit. Wie ein Scherenschnitt ragte davor der Eiffelturm empor.

»Es wird heute früh hell«, sagte der eine.

Und der andere nickte.

*

Im *Moulin Rouge* war die Stimmung auf dem Höhepunkt. Die Girls waren abgetreten, im Ballsaal tanzten Hunderte den neuesten Tanz aus Amerika, den Jimmy. Der Champagner schäumte in den Gläsern, die Mädchen lachten girrend, ein Herr im Frack tanzte ein Solo und warf die Beine hoch, bis er auf den Rücken fiel und von der Tanzfläche gezogen wurde. In den Nischen küßten sich Liebespaare, schimmerten nackte Schultern und noch mehr... Zum Teufel, man hatte den Krieg gewonnen, man hatte am Krieg verdient, und wenn nun die Weltwirtschaftskrise kam, wen ging es was an? Noch rollte der Franc, und kam wirklich einmal die Sintflut... nun denn, so lebt heute, als gehe morgen die Welt unter, Freunde! Nach uns das Chaos, damit andere Generäle auch was zu tun haben!

In ihrer Garderobe saß Nadja und wartete auf ihren letzten Auftritt. Er war nur kurz, nur eine Tanznummer, denn um diese Zeit war kaum jemand im Saal, der noch klar sehen konnte, was auf der Bühne vor sich ging. Nur ein paar Unentwegte, ein paar Anbeter von *La Russe* saßen und warteten auf die grünschillernde Schlange. Aber diese wenigen hatten das meiste Geld.

Saparin hatte zweimal angerufen.

»Alles in Ordnung, Nadja Grigorijewna«, hatte er gesagt. »Bin eben bei Helena gewesen. Sie schläft. Man hat den Eisbeutel gewechselt. Das Fieber geht herunter.«

Das war eine gute Nachricht, aber in Nadja blieb die rätselhafte Unruhe. Sie saß in einem Sessel in der engen Garderobe, trank Tee und rauchte, zum erstenmal wieder nach einem Jahr, eine Zigarette nach der anderen. Dabei zitterten ihre Finger, als fröre sie.

Noch eine Stunde, dann bin ich zu Hause, dachte sie. Herrgott, wie lang kann eine Stunde sein! Sechzig Minuten... sechzig Ewigkeiten, wer hält das aus?

Über der Tür der Garderobe flammte eine rote Lampe auf. Ein heller Summerton unterbrach die Stille in ihrem Zimmer.

Fertigmachen zum Auftritt. In fünfzehn Minuten auf die Bühne.

Nadja warf den seidenen Morgenmantel ab. Sie war nackt, als sie jetzt in das enge grünschillernde schlangenhautähnliche Abendkleid schlüpfte. Jedesmal schämte sie sich, wenn sie dieses Kostüm anzog, auf solche Weise Geld zu verdienen. Aber was war ihr geblieben als nur ihr Stolz, sich sehen, aber nicht anfassen zu lassen? Sie hatte es vier Jahre lang anders versucht. Als Näherin für Schürzen, bis die Fabrik pleite ging, als Serviererin in einem Eßlokal, bis der Küchenchef sie vergewaltigen wollte, als Platzanweiserin in einem Kino, wo ihr die Männer im Dunkeln unter den Rock griffen oder ihre Brust betasteten. Dreimal hatte sie zugeschlagen, da wurde sie entlassen. In den Fabriken war keine Arbeit, die Arbeitslosen lungerten zu Scharen unter den Brücken an der Seine herum, und die Mädchen verdienten sich ihr Geld auf dem Strich. Da hatte sie eine Tanzschule besucht, mit dem letzten Geld, das sie besaß, und Saparin hatte die Idee gehabt mit diesem Schlangentanz. Und plötzlich war das Elend zu Ende. *La Russe,* die Geheimnisvolle, war geboren. Und jedesmal, wenn sie nackt in das schillernde Kleid schlüpfte, sah sie ihr Spiegelbild an und sagte: »Schäm dich nicht, Nadja! Du tust es nur für Helena! Sie soll nie wissen, was Not und Elend ist, und ich will ihr sagen, ihr Vater war ein großer reicher Mann, ein Held, der Rußland bis zuletzt verteidigte. Stolz soll sie auf Nikolai sein und auf den Namen Gurjew. Und stolz auch auf ihren Großvater Grigori Jefimowitsch Rasputin...«

Die rote Lampe über der Tür schnurrte wieder. Noch zehn Minuten bis zum letzten Auftritt.

Nadja löste die Haare und ließ sie lang über die Schulter fallen. Von fern hörte sie die Musik aus dem großen Saal und das Gelächter der Gäste. Das war immer, wenn die Tür zur Bühne sich öffnete und die Girls abtraten.

Sie zuckte zusammen, als die Tür aufgerissen wurde. Aber nicht die Garderobiere stand dort, sondern Saparin, und er sah schrecklich aus.

Das Haar hing ihm ins Gesicht, er schwitzte, seine Augen rollten, und mit dem Kinn machte er mahlende Bewegungen. Er war außer Atem und stieß den Bühnenfriseur weg, der hinter ihm im Gang erschien.

Noch bevor Saparin etwas sagen konnte, stieß Nadja einen hellen Schrei aus. Sie warf die Arme hoch empor und faßte in die Luft, als könne sie sich dort festhalten.

»Nein!« schrie sie. »Nein! Nein! Sag es nicht! Ich bringe dich um, Saparin, wenn du es sagst...« Ihr war, als zerspringe ihr Herz... ein wahnsinniger Schmerz durchjagte ihren Körper.

Helena... es ist zu spät... Helena... meine Helenuschka... nun – ist – es – zu – spät –

Saparin wischte sich mit beiden Händen die Haare aus dem Gesicht. Seine rotunterlaufenen Augen sahen fürchterlich aus.

»Sie ist weg...« stammelte er. »Man hat sie weggeholt... Unbekannte... in weißen Ärztemänteln... Man hat sie weggenommen... man hat das kranke Kind entführt... Als ich kam, war das Bett leer... Es war leer...«

12

Über der Tür summte wieder die kleine rote Lampe. Drittes Klingelzeichen. Noch fünf Minuten! Auf die Bühne! Die Girls warten schon. Die Kapelle spielt die Einleitungsmusik. Auf die Bühne...

Saparin war zusammengezuckt und starrte auf die rote Lampe.

»Sie wollen doch wohl jetzt nicht auftreten?« stammelte er. »Sie können doch jetzt nicht tanzen...«

»Ich muß...« Nadja schwankte zum Schminktisch. Mit einer großen Puderquaste bestäubte sie ihr totenblasses Gesicht. Mühsam stützte sie sich auf die Tischkante und holte ein paarmal tief Atem. Das alte Artistengesetz galt auch für sie: Was auch kommen mochte... erst der Auftritt. Erst hinterher durfte man Mensch sein.

»Was... was hat man gemacht?« stotterte sie.

»Die Polizei ist schon da. Aber was soll die Polizei machen? Man hat Helena abgeholt, ohne sich die Mühe zu machen, die Spuren zu verwischen. Himmel und Hölle, Nadja... Sie können doch jetzt nicht auf die Bühne.«

Jemand klopfte an die Tür. Saparin fuhr herum, als habe man ihn in den Rücken gestoßen. »Ruhe!« brüllte er.

»Auf die Bühne!« schrie eine Stimme zurück.

»Wie lange dauert Ihr Auftritt?« fragte Saparin heiser.

»Zwanzig Minuten.« Nadja Gurjewa warf ihren Seidenmantel über das schillernde Schlangenkleid. Ihre langen Haare fielen über ihr Gesicht. An den zuckenden Schultern erkannte Saparin, daß sie lautlos weinte.

»Warten Sie auf mich... gleich von der Bühne fahren wir nach Hause...«

»Ein Mistberuf!« schrie Saparin. »Welch ein Leben, sich so ernähren zu müssen! Jetzt erst sieht man, was aus uns geworden ist! Man kauft uns unsere Seelen ab! Plakate sind wir, die man anklebt und die man wieder abreißt, wenn sie verblichen sind!«

Nadja öffnete die Tür. Der Spielleiter der Revue kam um die Ecke des Garderobengangs gelaufen. Er fuchtelte mit beiden Armen durch die Luft.

»Wo bleiben Sie?« rief er. »Schnell! Schnell! Die Kapelle wiederholt schon den Schlußteil. Was ist denn los...?«

Nadja rannte davon, zur Bühne. Krachend fiel die eiserne Tür, auf der »Eintritt verboten! Bühnenraum!« stand, hinter ihr zu.

»Was los ist?« schrie Saparin außer sich. »Man hat Helena entführt!«

»Wer ist Helena?« fragte der Regisseur entgeistert.

»Ihr Kind, Mann!«

»La Russe hat ein Kind? Aber das weiß doch niemand.«

»Jetzt wissen Sie es. Und man hat das Kind aus dem Bett geholt, mit über vierzig Grad Fieber und einem geschwollenen Leib! Es sollte operiert werden! Und nun...« Saparin wischte sich den Schweiß aus den Augen. »Daß es solche Bestien gibt!«

Der Auftritt von *La Russe* war wie immer. Niemand merkte, daß unter der glitzernden Schlangenhaut, daß in diesem verführerischen, vollendeten Körper ein Herz zuckte und nach innen schrie. Niemand sah die tränennassen Augen, denn *La Russe* trug ja eine goldene Maske, und das Zittern ihrer Finger nahmen die Zuschauer als verhaltene Leidenschaft, als Ausdruck eines mühsam gebändigten erotischen Vulkans.

»Bravo!« schrien die Kavaliere im Frack und warfen Blumen auf die Bühne. »Da capo!« brüllte jemand und warf einen Tausendfrancschein ins Orchester. Noch nie, solange sie tanzte, war der Erfolg so laut und spontan gewesen wie in dieser Nacht. Weinend, mit zuckenden Schultern, tanzte sie ihre zweite Nummer zu Ende, ihr herrlicher Körper brauchte kein Schauspielern mehr, um Luftnot und Ersticken zu spielen, das Beben ihres Leibes war echt, und ihr aufgerissener Mund stammelte wirklich...

»Bravo!« schrien sie im Saal wieder. »Bravo!« Und ein dicker, schwitzender Mann saß wie gelähmt in seinem Sessel und sagte: »Dieses Weib ist ein Wunder!«

Hinter der Bühne wartete Saparin auf das Ende des grausamen Tanzes. Das Orchester heulte auf... der große Augenblick von *La Russe,* der Griff mit beiden Händen an das Dekolleté, das Herabreißen der Schlangenhaut von diesem betörenden Körper...

Licht aus... Licht aus...

Nadja Gurjewa stürzte in der Dunkelheit von der Bühne. Saparin fing sie mit beiden Armen auf, schlang einen Mantel um sie, und so, wie sie war, geschminkt, in ihrem engen Schuppenkleid, mit aufgelösten Haaren, rannte sie durch den Seitengang auf die Straße und fiel fast in den Wagen Saparins.

In rasender Fahrt, die sich weder um Verkehrsregeln noch um Ampeln kümmerte, jagte Boris Michailowitsch quer durch Paris zur Seine, zur Avenue de New York...

*

Die Wohnung war voll von Kriminalbeamten in Uniform und in Zivil. Sie sicherten Spuren, wie es im Fachjargon heißt, stäubten Pulver über alle Gegenstände, die man berührt haben konnte, und nahmen Fingerabdrücke ab. Die Hausmeisterin und ihre Tochter saßen weinend im Salon und wurden verhört. Sie sagten nun dasselbe zum drittenmal aus... zuerst beim Revierpolizisten, dann beim Kriminalkommissar Leclerc und nun vor Kriminalrat Boité, den man aus dem Bett geholt hatte. Es war die vierte Kindesentführung in neun Wochen. Immer nachts waren die Kinder entführt worden, friedlich schlafend aus ihren Bettchen. Schon schrieben die Zeitungen, Kriminalrat Boité sei ein Versager. Es war bekannt, daß er schöne Frauen liebte, und eine Zeitung schrieb gehässig – Zeitungen sind immer gehässig! –, daß es sinnlos für Boité sei, unter Weiberröcken nach verschwundenen Kindern zu fahnden.

Das Eintreffen Nadja Gurjewas klärte die Lage keineswegs. Sie stürzte an das Bett, das von vier Kriminalbeamten umringt war und zentimeterweise untersucht wurde. Aufschluchzend warf sie sich in die Kissen, in denen noch die Wärme Helenas lag, und vergrub ihr Gesicht darin. Kriminalrat Boité winkte ab, als man sie wegziehen wollte. Er blieb allein mit Nadja im Schlafzimmer, so sehr auch Saparin protestierte, und wartete, bis sie sich etwas beruhigt hatte. Ihr Schlangenkleid, das von den Tränen verwischte grell geschminkte Gesicht gaben ihr ein ergreifend lächerliches, aber auch tragisches Aussehen. Der weinende Bajazzo, dachte Boité. Er war ein gebildeter Mann und hatte ein Opernabonnement, was ihn von vielen Beamten unterschied, die zufrieden waren mit der Lektüre des *Figaro* oder des *Jour*.

»Darf ich Ihnen mein Mitleid und meine Abscheu vor diesem widerlichen Verbrechen aussprechen, Madame?« sagte er, nur um einen Anfang zu haben. Er wußte selbst, wie sinnlos solche Worte für eine Mutter sind, deren Kind man weggenommen hat.

»Was... was können Sie tun?« stammelte Nadja. Sie war wie leergebrannt. In mir ist alles leer, dachte sie. Mein Herz ist weggebrannt, und meine Seele ist in den Tränen ertrunken. Sie haben mir Helena genommen... warum lebe ich überhaupt noch?

Kriminalrat Boité faltete die Hände. Seien wir ehrlich, dachte er. Es hat keinen Sinn, sie zu belügen.

»Wir haben Spuren genug«, sagte er langsam. »Aber es sind Spuren, die vor der Haustür enden. Wir haben festgestellt: Zwei Männer in weißen Ärztemänteln betraten das Haus. Sie hatten sogar weiße Leinenhosen an, wie die Concierge sagt. Wer kommt da auf den Gedanken, daß sie nicht von einer Klinik kommen?

Diese Männer klingeln bei der Hausmeisterin, sie öffnet, sieht eine Trage, die weiße Kleidung und denkt ganz natürlich: Aha! Jetzt geht's los ins Krankenhaus. Sie führt die beiden in Ihre Wohnung, dort laden sie das schlafende Kind – es hatte, wie die Frau sagte, ein Zäpfchen bekommen und schlief fest – auf die Trage, schnallen es vorschriftsmäßig fest und verlassen wieder das Haus. Draußen wartet ein großer Wagen, sie schieben die Trage hinein, und ab geht's. Bei der ganzen Sache wurden kaum fünf Sätze gewechselt... es war ja alles klar. Sogar den Koffer, den Sie vorher für das Kind gepackt hatten, haben sie mitgenommen.«

Nadja legte beide Hände über ihr Gesicht. Die nüchterne Aufzählung der Tatsachen war grauenhaft. Die Worte fielen wie Tropfen glühenden Eisens auf sie hinab.

»Vielleicht war es doch die Klinik...« sagte sie leise.

Boité schüttelte den Kopf. »Wir haben alle Kliniken angerufen... es ist kein Kind mit akutem Blinddarm eingeliefert worden. Ausgerechnet heute nicht... sonst liegen in Paris mindestens zehn Kinder mit Blinddarmentzündungen in den Krankenhäusern!«

»Und was nun?« fragte Nadja kaum hörbar.

»Wir müssen abwarten, ob die Auswertung der Fingerabdrükke etwas ergibt. Ob es ›Bekannte‹ von uns sind. Aber ich befürchte das Schlimmste, Madame. Daß man sich in keiner Weise vorgesehen hat, ist ein Beweis, daß es keine ›Kunden‹ sind. Nur eines paßt mir nicht hinein.«

Nadjas Kopf richtete sich auf. Hoffnung lag in ihren tränennassen Augen. »Was paßt nicht?«

»Warum man Ihr Kind entführte. Bisher, bei den anderen Fällen, war das Motiv klar: Erpressung! Alle Kinder stammten aus Millionärshäusern. Die Mode der Kindesentführung ist eins der miesen Dinge, die uns Amerika importierte. In Frankreich war dieses Verbrechen fast unbekannt. Der Franzose, Madame, ist sehr kinderlieb! Eher wurde hier jemand zum Massenmörder, als daß er ein Kind zu so scheußlichem Verbrechen ausnützte und es dann auch noch umbrachte...«

»Sie... Sie meinen... daß man Helena... daß Helena...« Nadja sprang auf. Boité hob die Arme.

»Um Gottes willen, Madame, das war nur eine historische Betrachtung. Bitte, seien Sie ruhig! Eben weil Sie keine Millionärin sind, weil man bei Ihnen durch Erpressung nichts erreichen kann, ist diese Entführung anders als die bisherigen! Bis jetzt hatten wir es fast mit Sicherheit mit einem Täterkreis zu tun, der immer mit der gleichen Methode arbeitete... hier imitierte ein anderer Täter seine Vorgänger. Frage: Warum? Wer hat ein

Interesse daran, ein krankes Kind aus – sagen wir – bescheidenen Verhältnissen zu entführen? Sie haben nicht die Mittel, um große Lösegelder zu bezahlen?«

»Nein.« Nadja Gurjewa senkte den Kopf und lehnte sich gegen die Wand. Der Anblick des leeren Bettes war unerträglich. »Oder doch ...« sagte sie leise.

»Doch?« Boité sprang auf. »Wieso denn?«

»Ich habe noch eine Perlenkette und zwei Rubine ... das letzte von den Geschenken der Zarin.«

»Wer weiß das?«

»Keiner.«

»Wirklich keiner? Auch nicht der Chauffeur, dieser Graf Saparin?«

»Niemand. Boris Michailowitsch wäre der einzige ... aber auch er weiß es nicht. Auch Helena wußte es nicht. Ich wollte den Schmuck erst verkaufen, wenn Helena in ein Schweizer Pensionat kommen sollte ...« Nadja schlug die Hände vors Gesicht und weinte wieder.

In der Wohnung hatte sich Lärm erhoben. Es hörte sich an, als brülle jemand mit allen Anwesenden und beschimpfe sie. Boité öffnete die Tür und sah den tobenden Dr. Rampal, der gerade die Hausmeisterin anschrie.

»Mit einem Personenwagen!« schrie er und hüpfte von einem Bein auf das andere. »Wer transportiert Kranke in einem Personenwagen? Welche Klinik holt die Kranken nicht mit ihrem Krankenwagen ab?«

»Aber die weißen Hosen ...« schrie die Concierge zurück. »Und die weißen Mäntel, die Trage ...«

»Zum Teufel mit den weißen Hosen!« Dr. Rampal warf sich in einen Sessel und atmete schwer. Mit seinem Eintritt war Alkoholdunst in die Wohnung gekommen, aber er dachte trotz vieler Pernods logisch und klar. »Ein Bett war freigehalten worden im Hospice Leprince. Das liegt am nächsten.«

»Von dort ist keiner gekommen«, sagte Boité und kam näher. Dr. Rampal sprang wieder auf wie ein Gummiball.

»Aha! Der große Kriminalist! Was sagen Sie nun, Boité? Man stiehlt ein todkrankes Kind!«

»Nehmen Sie Rücksicht auf die Mutter, Rampal!« sagte Boité finster. Er verstand die Anspielung. »Ich sagte schon zu Madame, daß diese Tat kein Motiv hat!«

»Und damit sind Sie am Ende, was?« Dr. Rampal schlug die Hände zusammen. »Wenn die Kleine nicht bis Mittag operiert ist, perforiert der Appendix, und dann ist alles aus!«

»Mäßigen Sie sich, Rampal!« brüllte Boité. »Sie sind ja wieder stockbesoffen!«

»Können Sie eine Bauchfellentzündung aufhalten? Woran Könige gestorben sind, das soll dieses Kind überleben?«

»Sie sind ein gefühlloser, roher Patron!« schrie Boité.

Dr. Rampal sah Nadja in der Tür stehen und hob die Schultern. »Pietät ist etwas, das man braucht, wenn man der Umwelt bei einem Begräbnis Ergriffenheit vorspielen muß! Hier ist das Blödsinn! Hier müssen wir die Wahrheit sagen! Und Sie, Boité, sollten etwas tun! Nicht am Schreibtisch sitzen und warten, bis Ihnen der Zufall, diese gütige Fee und Geliebte der Kriminalbeamten, den Täter frei Haus serviert. Halten Sie den Kopf hin, Boité: Gehen Sie in die Öffentlichkeit! Pressekonferenz! Fall schildern! Und den Tätern sagen: Das Kind ist todkrank. Geld ist nicht zu holen! Kommt das Kind um, ist es Mord, und dafür gibt es nur eins: Kopf ab! Und rufen Sie ganz Paris auf, mitzusuchen! Zwei Millionen Augen sehen mehr als Sie mit Ihren kurzsichtigen Linsen!«

Kriminalrat Boité sah seine Beamten an. Daß jemand so mit ihm sprach, war blamabel, auch wenn's nur ein Betrunkener war. Aber der Funken Wahrheit, der in jedem trunkenen Geschwätz liegt, zündete bei ihm. Auch hierin unterschied er sich löblich von den meisten Beamten, die leeren Feuerzeugen glichen, an denen kein Funken mehr springt. Er nickte und setzte seinen Hut auf, was gleichbedeutend war mit einer großen Entscheidung.

»Wir werden alles tun, was nur möglich ist, Madame«, sagte er zu Nadja. Saparin hatte ihr wieder den Mantel übergeworfen. Sie sah in ihrem Schlangenkleid und dem verwischten Schminkgesicht schrecklich aus. Im fahlen Morgenlicht wirkte sie wie eine Wasserleiche. »Ihr Kind muß operiert werden ... das werden auch die Entführer erkennen. Und es wird in ganz Frankreich keinen Arzt geben, der sich nicht meldet, wenn er ein Kind operiert hat, das man überall sucht! Und dann haben wir die Spur!«

»Ein naives Gemüt!« Dr. Rampal setzte sich wieder in den Sessel. Aber er war ehrlich genug, zu gestehen, daß auch er keinen anderen Weg wußte.

*

Wie durch einen Schleier sah Helena die Gestalten ... einen Mann in einem weißen Kittel, ein Mädchen, das mit einer Mullkompresse kam und sie ihr auf die Stirn legte, einen anderen Mann, der einen Tisch abseifte. Übelkeit würgte sie. Als sie die Beine anziehen wollte, durchfuhr ein stechender Schmerz ihren Leib, und sie schrie auf. Mit den Händen wollte sie zum Bauch tasten, aber der Mann im weißen Kittel hielt sie fest.

»Du mußt ganz ruhig liegen, Helena«, sagte der Mann. Seine Stimme war väterlich, aber Helena hatte Angst vor den Augen, die so dicht über ihr waren.

»Wo ist Mamuschka?« sagte sie schwach. »Mamuschka soll kommen. Ich will Mamuschka sehen...«

»Sie ist in der Stadt und holt Obst.« Der Mann im weißen Kittel hielt Helenas Hände weiter fest. »Nicht bewegen, mein Püppchen. Wir haben dir den Bauch aufgeschnitten und den Teufel herausgeholt, der dich immer gequält hat. Wenn du schön ruhig liegen bleibst, hast du morgen schon keine Schmerzen mehr und kein Fieber, und du sollst sehen, daß du später nie mehr solche Schmerzen im Bauch haben wirst...«

»Jetzt ist mein Bauch offen?« fragte Helena leise.

»Nein. Ich habe ihn wieder zugenäht.«

»Wie ein Schneider?«

»Wie ein Schneider, jawohl.«

»Ich habe einen Bären...« Helenas Augen verschwammen wieder. Ihre Stimme sank zu einem Flüstern herab. »Dem habe ich den Bauch auch aufgeschnitten... zugenäht... ganz still liegen, Teddy... Durst... ich habe solchen Durst... Mamuschka soll kommen...«

»Geben Sie her«, sagte der Mann im weißen Kittel. Aus einer Glasschüssel nahm er ein mit Wasser getränktes Mulläppchen und legte es auf die heißen Lippen des Kindes. Es machte eine saugende Lippenbewegung, und der Mann beobachtete genau, daß nicht zuviel Flüssigkeit aufgesogen wurde.

Dann schlief Helena wieder, und sie lächelte sogar, denn sie träumte, daß sie mit Mamuschka unter Apfelsinenbäumen spazierenging, und sie brauchte nur die Hand auszustrecken, und schon fiel ein Apfelsine hinein.

»Es war höchste Zeit«, sagte der Mann und zog seinen weißen Kittel aus. »Wäre der Blinddarm durchgebrochen, hätte keiner das Kind gerettet. Überhaupt...« Er sah sich um. Wie einem Alptraum entronnen, kam er sich vor. Der schmale Operationstisch, die Eimer und Wannen mit den blutigen Abdecktüchern und Tupfern, die weißgekachelten Wände der Küche, ein Gasherd, auf dem in einem hohen Topf seine Instrumente ausgekocht wurden, der wortkarge Mann, der jetzt den Boden schrubbte, das Bett, das von dem Mädchen weggerollt wurde, diese ganze wahnsinnige Nacht fiel erst jetzt über ihn her.

»Ist er verrückt geworden?«

Das Mädchen, das Helena gerade hinausrollte, sah sich um. »Das müssen Sie den Chef selbst fragen, Doktor. Ich habe gar nicht gewußt, daß ein kleiner Landarzt so gut operieren kann...«

»Ich auch nicht«, sagte der Mann und atmete tief auf. »Verdammt, ich auch nicht!«

Er setzte sich auf einen Schemel, der mitten in der Küche stand, und sah dem Diener zu, der den Steinboden schrubbte.

»Was soll nun werden?« fragte er.

Der Diener sah kurz auf. »Das bestimmt der Chef. Sie bekommen Ihr Geld und müssen den Mund halten. Das ist alles. Ja, und dem Kind darf nichts geschehen. Es ist doch gerettet?«

»Wenn keine Komplikationen kommen.«

»Sie dürfen nicht kommen.«

»Sagen Sie das der Krankheit.«

»Wozu sind Sie Arzt, he?«

»Auch Ärzte können keine Wunder vollbringen.«

Das Mädchen kam zurück. Es trug jetzt eine weiße Schürze und ein Spitzenhäubchen, wie ein Kammerkätzchen. »Das Kind weint«, sagte sie. »Es hat Schmerzen.«

»Natürlich hat es Schmerzen nach der Operation.« Der Arzt erhob sich ächzend und ging an das Waschbecken. Er schrubbte und seifte gründlich seine Hände und Unterarme und murmelte dabei Worte, die keiner verstand. Dann sagte er deutlich: »Es muß jemand bei dem Kind bleiben. Auf keinen Fall darf es die ersten zwei Tage etwas trinken! Auch wenn es noch so sehr jammert. Und ruhig muß es liegen.«

»Geben Sie ihm doch einfach eine Spritze, damit es weiterschläft«, sagte das Mädchen.

Der Arzt schüttelte heftig den Kopf.

»Nein! Es hat genug Spritzen bekommen! Es geht sonst ans Herz...«

»Das wird der Chef schon bestimmen.« Das Mädchen im zierlichen Spitzenhäubchen verließ wieder die Küche und knallte die Tür zu.

»Wie soll das bloß weitergehen?« sagte der Arzt und wusch sich weiter die Hände. »Himmel, was soll daraus werden...«

*

Einige Nächte mußte das *Moulin Rouge* auf seinen Star *La Russe* verzichten. Wegen Krankheit, hieß es offiziell. Der Ersatz, eine Entkleidungstänzerin mit bronzener Haut, hatte nur mäßigen Erfolg. Die reichen Kavaliere blieben aus – nackte Häute konnte man überall in den Lokalen am Boulevard de Clichy sehen... vom hellsten Weiß, das waren zierliche Japanerinnen, bis zum Ebenholzschwarz der wie poliert glänzenden Senegalnegerinnen.

Vier Tage lang blieb Nadja Gurjewa in ihrer Wohnung, saß vor dem Telefon und wartete. Alle, von Dr. Rampal angefangen bis zu Kriminalrat Boité und Graf Saparin, hatten ihr versichert, daß sich der Entführer melden würde. Saparin hatte zu diesem Zweck sogar seine Taxe an einen Kollegen vermietet gegen zwanzig Prozent Beteiligung. Das war ein großer Verlust für einen armen russischen Emigranten, aber es war ganz unmöglich, Nadja in diesen Tagen allein zu lassen. Saparin schlief in Helenas Zimmer, und jedesmal, wenn das Telefon läutete, rannte er an den Apparat und nahm das Gespräch an. Aber es war nie eine fremde Stimme – meistens fragte Boité, ob es Neuigkeiten gäbe, und Saparin schrie zurück: »Nein! Die Polizei kann weiterschlafen!«

In diesen Tagen aß Nadja kaum. Mit hohlen, leergeweinten Augen saß sie am Fenster ihrer Wohnung und starrte hinüber zum Eiffelturm. Saparin erriet ihre Gedanken und schüttelte den Kopf.

»Ich weiß nicht, wie viele sich schon herabgestürzt haben«, sagte er. »Aus Liebeskummer, wegen unheilbarer Krankheit, aus Lebensangst! Eine Nadja Gurjewa stürzt sich nicht herunter! Jede andere ... nicht die Tochter Rasputins ...«

Nadja schwieg. Aber oft stand sie jetzt in einer Ecke des Salons, die wie die »Schöne Ecke« in einem russischen Bauernhaus gestaltet war. Eine goldene Ikone hing dort, ein Ewiges Licht flackerte in einer roten Schale. Und ein Foto hing neben der Ikone ... ein bärtiger Mann mit stechenden Augen und einer segnend erhobenen Hand.

»Väterchen«, sagte Nadja in den Augenblicken des erneut ausbrechenden Schmerzes, den sie kaum ertragen konnte. »Väterchen, warum hilfst du mir nicht?« Und sie betete vor dem Bild und der Ikone, und sie wurde ruhiger und wartete weiter.

Am fünften Tag klingelte das Telefon wieder. Saparin, der sich gerade eine Apfelsine schälte, sprang auf. Die Stimme der Hausmeisterin, die von ihrer Hauszentrale aus die Gespräche zu den Wohnungen vermittelte, war heiser vor Aufregung.

»Los! Umschalten!« sagte Saparin barsch. Dann hielt er die Sprechmuschel zu und winkte Nadja. Mit beiden Händen fuhr sie sich zum Herzen. Ihre Augen wurden groß und farblos vor Schreck.

»Ja?« sagte Saparin. »Ich höre. Danke. Ich gebe es weiter.« Er legte den Hörer und wandte sich zu Nadja um. »Er war es!«

»Und? Was ist mit Helena? Wo ist sie? Was verlangt er?« schrie Nadja.

Saparin schüttelte den Kopf. »Nichts. Er sagte gar nichts. Er sagte nur: Ich wollte wissen, ob Nadja zu Hause ist. Und dann legte er auf.«

»Er hat Nadja gesagt? Woher kennt er meinen Namen?«

»Das fiel mir auch auf. Aber jetzt glaube ich, daß Helena es ihm gesagt hat.«

»Dann lebt sie? Sie lebt, Boris Michailowitsch?« schrie Nadja hell.

»Helena lebt ...« Sie faltete die Hände und weinte, und Saparin wagte nicht, ihr zu sagen, daß dies alles nur ein Trick sein konnte, denn mit keinem Wort war Helena erwähnt worden.

Das Telefon klingelte wieder. Saparin und Nadja zuckten zusammen. Aber es war nur Kriminalrat Boité, der anrief. »Der Kerl hat eben mit Ihnen gesprochen«, sagte er. »Wir haben alles gehört. Natürlich überwachen wir Ihr Telefon. Der Anruf, das haben wir sofort festgestellt, kam aus einer Telefonzelle am Boulevard Haussmann. Der Kerl ist längst weg. Aber er wird noch einmal anrufen, und dann haben wir ihn.«

Saparin legte mit saurer Miene auf. »Es muß dumme Verbrecher geben, wenn sie wirklich so handeln, wie die Polizei hofft. Man sollte es nicht glauben...«

An diesem Vormittag, eine halbe Stunde nach dem Anruf, wurde bei der Hausmeisterin ein Brief von einem Straßenjungen abgegeben. Der Junge, einer der Burschen, die an den Kais herumlungern und sich vom lieben Gott ernähren lassen, konnte nur berichten, daß ein Auto bei ihm gehalten habe, ihm jemand zehn Francs in die Hand gedrückt und ihm befohlen habe, diesen Brief hier abzugeben. Wie der Mann ausgesehen hatte? Nun ja... weicher Filzhut tief in die Stirn, Sonnenbrille auf der Nase...

Bitte, für zehn Francs guckt man nicht so genau hin.

Mit bebenden Fingern riß Nadja den Umschlag auf. Der Brief war mit der Schreibmaschine geschrieben, und es war ein billiges graues Papier.

»Rufen Sie mich genau um zwölf Uhr mittags von der *Auberge St. Denis* an und verlangen Sie die Nummer ELY 98-340. Fragen Sie nach Jacques. Ich vertraue Ihrer Klugheit, nicht die Polizei einzuschalten.«

»Er macht es gründlich!« sagte Saparin und sah auf seine Uhr. »Noch zehn Minuten. Ich kenne das Lokal *Auberge St. Denis*. Fahren wir sofort, Nadja Grigorijewna...«

Zum erstenmal seit fünf Tagen verließ Nadja wieder das Haus, und die frische Luft, der Wind, der über die Seine wehte, warf sie fast um. Sie brauchten nur ein paar Straßen zu fahren, bis sie das geschwungene, vergoldete Schild des Lokals sahen. Es war ein gutes Restaurant mit Austernspezialitäten. Die Ober begrüßten die frühen Gäste höflich und legten sofort zwei Gedecke auf, denn wer die *Auberge St. Denis* um Mittag betrat, hatte nichts anderes im Sinn, als gut zu speisen.

Saparin sah wieder auf seine Uhr. »Noch fünf Minuten«, sagte er. »Soll *ich* gehen, Nadja?«

Sie schüttelte den Kopf und stand auf. »Nein! Er will mich sprechen.« Sie versuchte ein Lächeln und drückte Saparin an den Schultern auf seinen Stuhl zurück. »Keine Angst. Ich bin stark genug. Es geht um Helena, und da kann ich ein Riese sein...«

Genau um zwölf Uhr mittags wählte Nadja die Nummer ELY

98-340. Es knackte ein paarmal im Apparat, und dann meldete sich eine tiefe Stimme.

»Ich möchte bitte Jacques sprechen . . .« sagte Nadja. Ihre Stimme klang selbstbewußt und sicher, und sie wunderte sich, woher sie diese unheimliche Kraft nahm.

»Das bin ich«, sagte die tiefe Stimme. Sie war verstellt; Nadja merkte es an der Mühe, die Tiefe zu halten.

»Was wollen Sie? Wie geht es Helena? Ich habe nicht viel Geld, das wissen Sie, aber ich bin bereit, Ihnen alles zu geben, was ich habe.«

»Alles?«

Nadja nickte, als könne der Sprecher es sehen. »Ja, alles.«

»Darüber ließe sich reden. Ich mache Ihnen einen Vorschlag. Sie kommen in den Bois de Boulogne. In der Rue des Moulins, an der Weggabelung zur Großen Kaskade, erwartet Sie ein großer schwarzer Wagen. Sie steigen ein, und man bringt Sie zu mir . . .«

»Zu Helena?« schrie Nadja und umklammerte das Telefon.

»Helena ist bei mir.«

»Ich komme.«

»Allein. Punkt neun Uhr abends. Der auf Sie wartende Wagen wird die Scheinwerfer kurz aufblenden, wenn Sie über die Straße kommen.«

Ein Knacken. Das Gespräch war zu Ende. Nadja blieb noch ein paar Minuten in der Telefonzelle. Sie wußte, daß sie jetzt nicht gehen konnte, ihre Beine waren wie aus Gummi. So lehnte sie sich gegen die Wand und atmete hastig und tief, bis auch die Übelkeit vorüber war, die ihren Magen umzudrehen schien.

Saparin sah ihr besorgt entgegen und schob seine Zwiebelsuppe zur Seite, die er notgedrungen bestellt hatte, denn die Ober umstanden den Tisch und warteten auf die Bestellungen.

»Alles klar?« fragte er heiser vor Aufregung.

»Alles, Boris Michailowitsch. Gehen wir.«

»Ohne zu essen? Das wird man uns sehr übelnehmen.«

»Ich bringe keinen Bissen hinunter.« Sie legte zwanzig Francs auf den Tisch und ging zum Ausgang. Steif, mit beleidigter Miene, strich der Ober das Geld ein. Die Francs allein waren in der *Auberge St. Denis* nicht wichtig, sondern auch die zufriedenen Mienen der satten Gäste. Daß jemand ohne Essen das Lokal verließ, war wie eine Lästerung.

Am Abend fuhr Saparin hinaus in den Bois de Boulogne. Nadja hatte sich geschminkt und ein schlichtes dunkelblaues Kleid angezogen, verführerisch in seiner Einfachheit und raffinierten Enge. Erst an den Knien wurde es weiter und war mit Rüschen besetzt.

In der Handtasche hatte sie eine kleine Pistole verborgen. Saparin, der in Paris alle dunklen Kanäle kannte, hatte sie ihr besorgt. »Ich folge Ihnen«, sagte er, »wenn der andere Wagen abfährt. Es ist noch keinem gelungen, mich abzuschütteln.«

»Und wenn er es merkt?«

»Ich fahre ohne Licht...«

»Sie sind verrückt, Boris Michailowitsch.«

»Leben wir nicht seit vier Jahren wie die Verrückten?«

Nadja beugte sich zu Saparin und gab ihm einen Kuß auf die Wange. Dann richtete sie sich energisch auf und ging zu Fuß das letzte Stück zur Rue des Moulins.

Die hohen Laubbäume des Bois de Boulogne rauschten im Abendwind. Über einen Seitenweg trabten später Reiter in roten Röcken und schwarzen Kappen. Pferde schnaubten, die Hufe wirbelten den weichen Boden des Reitwegs hoch.

Saparin saß startbereit hinter seinem Steuer und wartete auf das Blinkzeichen des anderen Wagens. Er stand dicht am Wald und konnte die Straße überblicken, auf der eine Reihe Autos parkte. Ganz fern, vom Restaurant der Rennbahn von Longchamp, tönte Tanzmusik durch den stillen Wald.

Aber Saparin kam nicht dazu, seine Verfolgung aufzunehmen. Ein großer Mann in einem langen Mantel stand plötzlich am Wagen und tippte Saparin durch das geöffnete Fenster auf die Schulter.

»Nach Montmartre. Pigalle«, sagte der Mann. Er setzte sich auf den Hintersitz, bevor Saparin etwas sagen konnte.

»Besetzt!« Saparin zeigte auf sein heruntergeklapptes Freischild. »Ich bin bestellt.«

»Machen Sie keine Sprüche, Chauffeur ... zum Pigalle.«

»Ich sage Ihnen, Monsieur, ich bin besetzt.« Saparin hob die Schultern. Auf der Rue des Moulins blinkte ein Scheinwerfer auf. »Steigen Sie sofort aus!« schrie er.

Das war das letzte, was Saparin sagte. Ein dumpfer Schlag auf seinen Hinterkopf warf ihn gegen das Steuer und nahm ihm die Besinnung.

Als er wieder aufwachte, parkte er mit seinem Wagen am Seineufer in der Nähe von Notre-Dame. Es fehlte kein Geld, er war nicht beraubt worden, im Gegenteil – zwanzig Francs lagen neben ihm auf dem freien Sitz.

Da wußte Saparin, daß dies alles zusammengehörte und man ihn auf die einfachste Art ausgeschaltet hatte. Er sprang aus dem Wagen, rieb sich den schmerzenden Kopf und brüllte die wüstesten russischen Flüche in die Nacht und über die Seine, Flüche, wie sie in Sibirien durch die Wälder hallen, wenn es zu knapp zu essen und keine Frauen gibt...

*

Nadja hatte man die Augen verbunden, als sie in den wartenden Wagen stieg. Was sie noch sah, bevor es dunkel um sie wurde, waren zwei Männer mit alltäglichen Gesichtern. Wenn sie diese Gesichter später der Polizei beschreiben würde, konnte Boité etwa zweihunderttausend Männer in Paris verhaften. So alltäglich waren sie.

Wie lange man sie umherfuhr, konnte sie nicht schätzen. Sie zählte leise vor sich hin... aber bei siebenhundertneunzehn hörte sie auf. Rund zwölf Minuten waren das, dann verlegte sie sich darauf, Geräusche wahrzunehmen. Aber auch das war ohne Erfolg. Die Fenster waren geschlossen, und sie hörte nur das Brummen des Motors und das Rauschen der Reifen.

Nach einer Fahrt, die Nadja unendlich lang vorkam, hielt der Wagen endlich. Jemand ergriff ihre Hände, zog sie vom Sitz und führte sie über eine Treppe in ein Haus. Dort nahm man ihr die Binde ab. Sie stand in einem dunklen Zimmer, nur eine Stehlampe brannte in einer Ecke und verbreitete kaum Licht durch den dicken Schirm aus bemaltem Pergament. Das Zimmer war kostbar eingerichtet mit Barockmöbeln und Damastbezügen, ein großer kristallener Kronleuchter hing von der geschnitzten Decke. Das war das erste, was ihr auffiel. Wohnte so ein Verbrecher? Konnte so ein Mensch leben, der aus der Epressung anderer verdiente?

Eine Tür klappte. Nadja fuhr herum und drückte die Handtasche mit der kleinen Pistole an ihre Brust.

Ein Mann hatte den Raum betreten. Sein Kopf, sein Körper verschwammen im Schatten. Verblüfft erkannte Nadja, daß er einen Abendanzug trug. Ein Lichtschimmer glitt über seine Schuhe und ließ sie aufglänzen. Lackschuhe... Darüber schwarze Hosen mit einer messerscharfen Bügelfalte.

»Wieviel Geld wollen Sie?« fragte Nadja, als der Mann stumm in der Dunkelheit stehenblieb. »Ich habe nicht viel. Aber ich kann Ihnen eine Perlenkette und zwei Rubine der Zarin geben... Es ist das letzte, was ich noch aus Rußland habe... und Helena.«

»Ich brauche nicht Ihren Schmuck.« Die tief verstellte Stimme ließ sie erschauern. »Sie sehen – ich habe Vermögen genug. Aber alle meine Millionen reichen nicht aus, den Stolz von *La Russe* zu brechen und sie davon zu überzeugen, daß ich sie liebe und begehre, wie nie eine Frau zuvor.«

Nadja Gurjewa wich zurück. Eine wahnsinnige Angst schnürte ihr den Atem ab. Aber der Mann in der Dunkelheit rührte sich nicht. Ein Wahnsinniger ist es, durchfuhr es Nadja. Mein Gott, Helena ist in den Händen eines Irren!

»Wer sind Sie?« fragte sie tonlos. Der Mann lachte leise.

»Ihr glühendster Bewunderer. Seit Wochen laufe ich Ihnen nach wie ein Hund. Jede Nacht sitze ich im *Moulin Rouge,* und mein Herz schmerzt vor Verlangen nach Ihnen. Ich habe Ihnen Blumen und Schatullen mit Schmuck geschickt... man gab sie mir zurück. Sie haben gar nicht Ihre Garderobe erreicht, so stolz sind Sie! Sie haben mich und meine Liebe jede Nacht gedemütigt, indem Sie mich wegstießen wie eine streunende Katze. Wissen Sie, was es bedeutet, eine Frau zu lieben bis zur Selbstaufgabe und dafür immer nur geohrfeigt und ausgelacht zu werden?«

»Und deshalb haben Sie Helena genommen...« Nadja hatte ihre Handtasche geöffnet. Ihre Finger umkrallten den Griff der kleinen Pistole. Und dann riß sie die Waffe plötzlich heraus und richtete sie auf den Mann, dessen Umrisse sich gegen die hellere Tür abzeichneten.

»Geben Sie Helena her!« schrie sie wild.

Der Mann lachte wieder. Er rührte sich nicht und machte keine Anstalten, sich zu wehren.

»Nadja, warum tun Sie so etwas?« fragte er nur. »Ihr väterlicher Freund, der Graf Saparin, hat Sie falsch beraten. Das mag in Rußland üblich sein... bei mir ist es lächerlich. Wenn Sie schießen, töten Sie mich und sehen Helena nie wieder. Was hätten Sie gewonnen? Ich weiß Ihren Namen übrigens von Helena. Nadja Gurjewa... ein herrlicher, ein wilder Name. Wild wie seine Trägerin. Wer den Namen ausspricht, schmeckt die Taiga auf der Zunge.«

Nadja ließ seufzend die kleine Pistole sinken. »Wie geht es Helena?« fragte sie leise.

»Den Verhältnissen entsprechend gut.«

»Ihre Krankheit...«

»Es ist alles vorbei. Der Blinddarm ist entfernt, seit gestern ist sie fieberfrei und hat einen guten Appetit.«

»Sie... sie ist operiert worden...« stammelte Nadja. Die Tasche und die Pistole fielen ihr aus den Händen. »O Helenuschka... mein armes Engelchen...«

»Wir haben sie hier im Haus operiert. Es verlief alles glatt und unter Beachtung aller antiseptischen Maßnahmen. Übrigens war es höchste Zeit. Bis sieben Uhr morgens wäre es schon zu spät gewesen. Ihr Dr. Rampal ist ein Rindvieh.« Der Mann im Dunkeln machte eine kleine Pause. »Es freut mich«, sagte er, »daß ich Ihnen auch dieses Geschenk – außer meiner Liebe – machen kann: Ich habe Ihre Helena gerettet. Was ich verlange, ist keine Dankbarkeit... ich will Ihre Liebe, Nadja!«

»Wie... wie sieht Helena aus?« fragte Nadja stockend.

»Treten Sie zur Lampe hin. Dort liegen auf einem Tischchen Fotos. Gestern aufgenommen. Ein wenig blaß und spitz sieht sie noch aus, die Kleine, aber sie lacht schon wieder... Sehen Sie?«

Mit zitternden Händen hielt Nadja die drei Fotos ins Licht, die auf dem Tisch lagen.

Helena in einem weißen Bett. Das schmale Gesichtchen in den Kissen, aber mit großen, wachen Augen.

Helena, im Bett sitzend, gestützt durch einen Kissenberg. Sie lacht und hebt eine Hand.

Helena mit einem großen Teddybär im Arm.

Die Bilder fielen aus Nadjas Hand und flatterten zu Boden. Lautloses Schluchzen schüttelte ihren Körper.

»Was verlangen Sie?« fragte sie endlich.

Und die Antwort kam klar und kalt aus der Dunkelheit:

»Sie, Nadja!«

»Wissen Sie, wie gemein das ist?« Sie lehnte sich gegen die Seidentapete und schlug die Hände vor das Gesicht. »Sie machen mich zu einer Dirne! Sie zwingen mich, eine Ware zu sein. Mein Körper gegen das Kind ...«

»Es bleibt mir keine Wahl, Nadja.«

»Ich weiß noch nicht einmal, wer Sie sind ...«

»Das werden Sie auch nie erfahren. Es gab einmal die Gelegenheit, daß wir ein richtiges Liebespaar werden konnten. Diese Stunde wurde verpaßt. Nun müssen wir uns lieben im Dunkel der Nacht. Es ist vollkommen ausgeschlossen, daß Sie erfahren, wer ich bin. Wir werden uns verlassen und uns wiederfinden, ohne das Gesicht des anderen zu sehen. Es ist wie in einem Gruselfilm ... aber ich kann auf Ihre Liebe nicht verzichten.« Der Mann im Dunkeln bewegte sich. Nadja sah einen Schatten die Wand entlanggleiten. Sie hob die Hände und schrie auf.

»Sie sind ja wahnsinnig!« schrie sie. »Wahnsinnig sind Sie!«

»Ich will großzügig sein.« Die Stimme des Mannes schwankte etwas. Der Schein der Stehlampe fiel auf Nadja und zeigte ihren herrlichen Körper in dem engen Kleid. »Für eine Nacht gebe ich Ihnen Helena wieder. Sie können nicht nachempfinden, wie es in einem Mann aussieht, der nichts anderes mehr denkt, als Sie zu besitzen.«

Über Nadjas Rücken kroch ein eiskaltes Grauen. Ekel würgte sie. Seit Nikolais Tod hatte sie nicht mehr geliebt, und es war ihr bisher unvorstellbar gewesen, einen anderen Mann an ihrer Seite zu sehen. Die Treue zu Nikolai und die Liebe zu Helena – das waren die Wurzeln ihres Lebens gewesen. Nun zerriß dies alles ... die Treue war der Preis für Helena.

Noch einmal bäumte sie sich gegen ihr Schicksal auf. »Sie belügen mich!« sagte sie laut. »Helena ist gar nicht bei Ihnen.«

»Nehmen Sie den Hörer ab, der hinter der Lampe an der Wand hängt«, sagte der Mann. »Er verbindet Sie direkt mit dem Zimmer ...«

Mit einem leisen Schrei riß Nadja den Hörer an sich. »Helena...« rief sie. »Helenuschka... Hörst du mich? Bist du da? Sag doch etwas...«

Und aus dem Hörer klang ein Jubelruf und die helle Stimme Helenas: »Mamuschka! Du bist hier? Wie schön. Wie schön! Du, ich habe gar kein Fieber mehr, und auch der Bauch tut mir nicht mehr weh...«

Der Hörer fiel aus Nadjas Hand und schlug dumpf gegen die Wand. Sie warf den Kopf zurück, schloß die Augen und breitete die Arme aus.

»Nehmen Sie sich, was Sie wollen, Sie Ungeheuer!« sagte sie. »Wenn es einen Gott gibt, wird er Sie dafür bestrafen...«

Der Mann im Dunkeln öffnete die Tür. »Eine Zofe wird Sie gleich betreuen. Sie sind die Herrin des Hauses, Madame! Ich glaube, Sie werden sogar glücklich sein, wenn wir uns erst näher kennen...«

Die Tür klappte zu, und wenig später flammte der kristallene Leuchter auf. Blendende Helle ergoß sich über Nadja, sie schloß die Augen und sah sich mit zusammengekniffenen Lidern um.

Ein wunderschönes Zimmer. Wertvolle Gemälde, dicke Teppiche auf dem Parkett. Als es klopfte, zuckte sie zusammen. Mit zögernder Stimme sagte sie: »Herein.«

Ein Mädchen in Zofenkleidung kam ins Zimmer und machte einen Knicks. »Darf ich Madame ins Schlafzimmer führen?« fragte sie und hielt die Tür offen. »Das Bad ist schon fertig...«

Taumelnd machte Nadja die ersten Schritte. Verzeih mir, Nikolai, dachte sie dabei. Verzeih mir. Ich verkaufe mich doch nur wegen Helena...

*

Wenn man Nadja Gurjewa später auf diese Nacht ansprach, starrte sie wie abwesend vor sich hin und hob die Schultern. Alles war so unwirklich gewesen, daß sie manchmal glaubte, sie habe nur geträumt. Aber die Entweihung ihres Körpers, die Gewalt, mit der der Unbekannte sie zur Liebe gezwungen hatte, der verzweifelte Zweikampf vor dem breiten, von einem Baldachin überspannten Bett, das ekelhafte Geräusch, mit dem ihr Kleid unter seinen Fingern zerriß und sein Liebesgestammel, als sie, mit Galle im Mund vor Ekel, von ihm bezwungen war, das alles klebte wie nie abzuscheuerndes Pech an ihr. Zehn Tage lang sah sie auf ihrer weißen Haut die blutunterlaufenen Male, die seine Fingernägel hinterlassen hatten... wie Pocken übersäten sie ihren Körper, und sie schauderte zusammen, wenn sie sich im Spiegel sah und daran dachte, mit welchem Wahnsinn der Unbekannte ihren Leib genossen hatte.

Und dann das Ende dieser Höllennacht. Sie hatte versucht, seine Maske vom Gesicht zu reißen, als er erschöpft neben ihr lag und sich sein breiter Brustkorb heftig atmend hob und senkte.

Aber er war schneller gewesen. Er hatte sich auf sie geworfen und ihre Hände weggeschlagen.

»Du Schuft!« hatte sie geschrien, und das war das letzte, woran sie sich erinnerte. »Du Satan! Du Schuft!«

Aufgewacht war sie auf einer Bank im Bois de Boulogne. Angezogen, gekämmt, so, als habe sie nur ein wenig geschlafen, übermannt von der Frühjahrsmüdigkeit. Die Morgensonne schob sich über den blauen Himmel von Paris; die ersten Reiter trabten über die Reitwege. Von den Ställen wurden die Rennpferde zum Trainingsplatz von Longchamp geführt. Und es roch nach Linden und betautem Farn.

Mit einem Schrei fuhr sie hoch und tastete um sich, ehe sie begriff, wo sie sich befand. Sie sprang auf, und alle Qual der Erkenntnis, betrogen und verraten worden zu sein, schrie aus ihr.

»Helena! Helena! Oh, ihr Schufte! Ihr Teufel! Ihr... ihr... Mörder...« Sie sank auf die Bank zurück, schlug die Hände vor die Augen und weinte laut und haltlos. Ein paar Reiter, die an ihr vorbeitrabten, sahen mit einem breiten Lächeln zu ihr hinab. So was kommt vor im Bois de Boulogne, dachten sie und ritten weiter. In der Nacht leuchten die Sterne, und die Liebe ist ein Zaubergarten. Scheint dann die Sonne, kommt der Kater. Man gewöhnt sich daran, mein Mädchen. Beim nächsten Mal weinst du nicht mehr...

Nadja zog sich an der Banklehne hoch und sah mit leeren Augen um sich. Noch einmal, wie ein Tier, dem man das Junge weggenommen hat, rief sie in den Wald. »Helena, Helenuschka...« Aber nur der Morgenwind raschelte in den Zweigen, und Antwort gab das Hufestampfen der Pferde. Da ging sie quer durch den Wald, laut weinend, legte ab und zu den Kopf gegen die rauhe Rinde der Bäume und wünschte sich den Tod.

Ihr Opfer war umsonst gewesen. Der Betrug an ihr war eine Wunde, die nie heilen konnte. Warum sollte man weiterleben?

Aber sie lebte weiter. Sie erreichte nach einer Stunde die Straße, die zum Rennplatz Longchamp führte, winkte eine Taxe heran und ließ sich nach Hause fahren.

Seit diesem Tag hatte sich Nadja Gurjewa verändert. Mit dieser Nacht war alles in ihr erstorben. Ihr Stolz war zertrümmert, ihre Moral zerrissen. Aus der Asche ihrer Jugend, die in dieser Nacht begraben worden war, stieg eine Frau, die berechnend und eiskalt war... Um so eisiger, je mehr sich die Männer an ihr entflammten.

»Sie hatten recht, Boris Michailowitsch«, sagte sie zu Saparin, der nicht von ihrer Seite wich, denn er hatte Angst, sie könne wirklich vom Eiffelturm springen oder sich in die Seine stürzen. »Das Leben ist ohne Ideale. Man frißt oder wird gefressen. Ich werde auf seiten derer sein, die fressen!«

Von Helena hatte sie nichts mehr gehört. Kriminalrat Boité verhörte sie stundenlang und stellte hundert Fragen... Nadja war nicht in der Lage, den Unbekannten zu beschreiben. Die Einrichtung des Hauses, von dem sie sprach, half auch nicht weiter. Um Paris herum gibt es mehr Villen als sonst in einer Stadt der Welt.

»Ein Irrer!« sagte Boité schließlich erschöpft. »Aber Irre haben meistens ein System. Ich nehme an, daß der Mann sich auch weiterhin unter den Stammgästen des *Moulin Rouge* befindet. Wenn ihn die Sehnsucht nach *La Russe* wieder packt, wird er sich melden. Er hat ja Helena in der Hand, um Nadja jederzeit heranzulocken! Sehen wir uns also die galanten Kavaliere an.«

Aber auch das war ein Fehlschlag. Was die Kriminalbeamten an Namen zusammentrugen, war ein Querschnitt durch die beste und vornehmste Gesellschaft von Paris. Ein Herzog war darunter, zwei Grafen, sechs Bankiers, vier Großgrundbesitzer, drei bekannte Börsenmakler, ein Architekt, ein Bierbrauer und ein Sektfabrikant. Ferner – das war besonders unangenehm – ein Exminister und drei Abgeordnete der Nationalversammlung.

»Verdammt!« sagte Boité. »Strich drunter! Sollen wir uns mit dem nackten Hintern in einen Ameisenhaufen setzen? Und doch ist einer dieser Kerle der hundsgemeine Lump! Es ist wirklich eine Tortur, in der Pariser Gesellschaft nach Schuldigen zu suchen. Verfilzt sind sie alle miteinander wie die Wurzeln einer Pilzkolonie...«

Es sprach sich bald herum, daß *La Russe* eine andere geworden war. Noch kannte keiner ihren wahren Namen, aber sie nahm Huldigungen entgegen, Blumen und Geschenke. Und acht Tage nach der grauenhaften Nacht nahm sie zum erstenmal eine Einladung an, nach dem Tanz ein Glas Sekt zu trinken.

Als sie ohne Maske, in einem langen, fließenden weißen Abendkleid, die Haare aufgesteckt, im Saal erschien, als man zum erstenmal ihr Gesicht sah, dieses ebenmäßige, schmale, stolze russische Gesicht mit den großen, glühenden dunklen Augen, stockte den Zuschauern der Atem.

»Sie ist ein Wunder«, sagte einer. »Ihr Blick verglüht einem das Blut. Man verdampft, verdammt noch mal!«

Der Glückliche dieses Abends hieß Jean Gabriel. Er hatte vier Banken in Paris, Marseille, Bordeaux und Lyon, ein Gestüt, ein Landgut in der Bretagne und ein Schloß an der Loire. Seit vier Jahren war er Witwer, und es gibt auf der ganzen Welt nichts Schöneres, als ein reicher Witwer in Paris zu sein. Bestimmt! Über seine große Luxuswohnung auf der Avenue Foch im berühmten, reichen 12. Bezirk von Paris sprach man unverhohlen als von einem Paradies, in dem sich die schönsten Frauen der Stadt sonnten. Jean Gabriel war fünfzig Jahre alt, groß und etwas dicklich, und er sah so aus, wie Millionäre auszusehen haben: zufrieden, mit grauen Schläfen, in den besten Anzügen von den besten Schneidern, galant und berechnend. Er schwitzt Geld, sagte man von Gabriel.

*

Gérard Cassini, der an diesem Abend auch im *Moulin Rouge* war, kam an dem Tisch vorbei, an dem Nadja mit Gabriel in fröhlichster Stimmung Champagner trank. Er blieb stehen, und seine harten Augen tauchten in den abweisenden Blick Nadjas.

»Aha!« rief Gabriel leutselig und glücklich, *La Russe* erobert zu haben. »Mein Freund Cassini. Darf ich Ihnen einen Mann vorstellen, meine Liebe, der fast ebensoviel Geld hat wie ich?«

»Ich glaube, wir kennen uns«, sagte Nadja kalt. »Es gibt Gesichter, deren einmaliger Anblick fürs ganze Leben genügt.«

Cassini hob bedauernd die Schultern. »Sie sehen, Gabriel, unsere wunderschöne Russin ist schlechter Laune. Auf ein anderes Mal, mein Guter.«

»Gute Nacht, Cassini ...«

Nadja sah Cassini nach, und plötzlich war es ihr, als falle ein Regen glühender Funken über sie. Dieser Gang, dieses Wiegen in den Hüften, die Hände mit den beiden Ringen ... Atemlos faßte sie Gabriel am Arm. »Trug er zwei Ringe?« fragte sie mühsam.

»Ja.« Gabriel winkte dem Ober und zeigte auf seine leere Champagnerflasche. »Cassini trägt immer einen Siegelring und einen Rubinring an der linken Hand. Man erzählt sich, daß er sie auch nachts anbehält! Na ja, verrückt ist jeder von uns ...«

Einen Rubinring.

Die Hand, die sie niederzwang, die ihr das Kleid zerriß, trug einen Rubinring. Wenn alles auf der Welt aus ihrem Gedächtnis gelöscht war ... diese Hand vergaß sie nie!

»Ist er ein mächtiger Mann, dieser Cassini?« fragte Nadja tief atmend.

»Ja. Er kennt Gott und alle Welt! Aber meine Verehrteste«, Gabriel hob sein Glas, »wer wird denn an Cassini denken? Werden Sie mir nicht untreu ... auch nicht in Gedanken! Ich bin ein alter Esel ... aber gerade alte Esel sind besonders störrisch ...«

Und Nadja lachte hell, so hell, daß es Cassini noch hörte, und dieses Lachen war Berechnung und ein glühender Pfeil, den sie Cassini in den Rücken schoß.

*

Es war gegen Morgen, als Nadja nach ihrem Mantel verlangte. Sie stand im Kaminzimmer der Wohnung Gabriels auf der Avenue Foch und war müde und beschwipst. Unten, das wußte sie, wartete Saparin mit seinem Auto. Saparin, der Mephisto, der ihr zugeflüstert hatte: »Seien Sie kein idiotisches Vögelchen, Nadja Grigorijewna! Gabriel ist bereit, Ihnen die Welt zu Füßen zu legen. Und diese Füßchen sind noch hübsch... in dreißig Jahren küßt sie keiner mehr und trinkt niemand mehr Champagner aus ihrem Schuh! Die alte Zeit ist vorbei... es lebe die Liebe in Paris! Es lebe der heiße Sturm in unseren Herzen!«

Und Nadja war mitgegangen. Saparin hatte ja recht... nach dem Verschwinden Helenas – und keiner hatte Hoffnung, daß sie noch einmal auftauchte – und der Liebesnacht mit dem Satan gab es nur noch das Leben, wie es einem täglich zuströmte. Nicht an gestern denken, nicht an morgen... der heutige Tag will gelebt sein, denn keine Stunde kommt wieder, mit jeder Minute verrinnt die Zeit, werden wir älter, wachsen wir dem Grab zu.

Genießen, Freunde... das ist wie ein Hymnus!

Nun stand sie in der Wohnung Gabriels, trunken vom Champagner, und wartete, daß er ihr den Mantel brachte. Der Morgen dämmerte schon. Ein wenig enttäuscht war Jean Gabriel, denn weiter als bis ins Kaminzimmer hatte er Nadja nicht gebracht. Das Schlafzimmer mit dem breiten, indirekt beleuchteten Bett hatte sie nicht gesehen.

Immerhin hatte Gabriel erreicht, dessen noch keiner vor ihm sich rühmen konnte: Er hatte *La Russe* geküßt. Und sie hatte seinen Kuß erwidert, was ihn berauschte und kindisch glücklich machte. Sie hatten auf dem Sofa gesessen, ihre Gläser leergetrunken und sich geküßt wie zwei Anfänger, und er hatte von der Bretagne erzählt und von seinem Schloß an der Loire. So war die Zeit vergangen, und als sie aufstand und sagte: »Jetzt muß ich gehen, Liebster!« hatte er nicht gebettelt, sondern fand es fast natürlich, daß sie nicht mit ihm ins Schlafzimmer ging.

Ich werde sie heiraten, dachte Gabriel, als er das Zimmer verlassen hatte und nicht zur Garderobe in der Diele ging, sondern in sein Bibliothekszimmer. Dort schloß er eine Schatulle auf und entnahm ihr einen flachen Kasten. Jawohl, ich werde sie heiraten! Als ein Spaß hat es begonnen, und, zur Hölle mit mir, jetzt liebe ich sie ehrlich. Sie ist die Frau, die meinem Leben den glanzvollen Abschluß geben wird! Sie ist es wert, meine Witwe, meine Erbin zu werden. Und wenn die Verwandtschaft mit den Köpfen gegen die Wände rennt... ich heirate sie!

Er kam zurück und blieb an der Tür stehen. Nadja wartete mit dem Rücken zu ihm, und sie sah schmal und mädchenhaft aus, von einer zauberhaften Zerbrechlichkeit und doch voll unwiderstehlichem Reiz.

Leise trat Gabriel hinter sie, und als er ihren Hals berührte, zuckte sie erschrocken zusammen und griff nach seinen Händen, als habe er versucht, sie zu würgen.

»Bleib ganz ruhig stehen«, sagte er mit seiner gütigen Stimme. »Heb das Kinn etwas hoch, Liebste... und ganz ruhig stehen...«

Nadja machte sich steif. Sie atmete kaum... und dann fühlte sie, wie sich kaltes Metall um ihren Hals legte und wie das Licht sich unter ihrem Kinn zu funkelnden Kaskaden brach.

»Das darfst du nicht tun...« sagte sie. Sie tastete an ihren Hals und fühlte das große mit Brillanten besetzte Geschmeide, das Gabriel ihr umgelegt hatte.

»Dort ist ein Spiegel! Wie eine Königin siehst du aus.«

»Ich will es nicht sehen«, sagte sie leise. »Nimm es wieder ab... Es steht mir nicht zu...«

»Nur dir, Geliebte.« Er küßte ihren Nacken und ihre Schultern, und zum erstenmal seit Jahren empfand sie die gleiche Freude, die sie unter den Lippen Nikolais empfunden hatte. Das verwirrte sie und verstärkte ihre Abwehr.

»Ich will es nicht haben«, sagte sie. »Es gehört nicht zu mir...«

»Wer anders könnte es tragen als du?« Gabriel umfaßte ihre Schultern und vergrub sein Gesicht in ihr hochgestecktes, duftendes Haar. »Willst du meine Frau werden?« fragte er. »O Gott, tu es mir nicht an und lache mich aus... Nimm es ernst... Willst du mich heiraten?«

»Ich weiß es nicht, Jean.« Nadja drehte sich langsam um, nahm Gabriels Kopf zwischen ihre Hände und küßte ihn. »Frag es mich morgen und übermorgen und jeden Tag... du mußt Ausdauer haben... Vielleicht sage ich einmal ja, wenn alle Schatten von mir gefallen sind...« Sie nahm die wertvolle Halskette und legte sie zurück in Gabriels Hände. Und sie tat es so entschieden, daß er nicht wagte, sie darum zu bitten, die Kette zu behalten. »Und nun bring mich hinunter, Jean«, sagte sie. »Boris Michailowitsch wartet... Auch er ist etwas von meinem Leben, das du übernehmen müßtest...«

*

Am nächsten Tag erschien Kriminalrat Boité und war sehr unsicher. Nadja sah an dem Zucken seiner Lippen, daß er etwas sagen wollte und nach Worten suchte.

»Seien Sie ehrlich«, sagte sie mit allem Mut, den sie aufbringen konnte. »Sie haben schlechte Nachrichten.«

»Schlecht wäre ein Halleluja«, erwiderte Boité dumpf. »Bitte, tun Sie mir einen Gefallen, Madame... werden Sie nicht ohnmächtig.«

»Man hat Helena gefunden, nicht wahr?« sagte Nadja gefaßt. »Sie lebt nicht mehr? Sprechen Sie ohne Scheu, Monsieur Boité. Ich habe mich auf diesen Tag vorbereitet.«

Boité kratzte sich den Kopf. »Es ist zum Verrücktwerden! Ich kann Ihnen gar nichts sagen, Madame! Heute ist alles wieder zum Ausspucken. Drei Kinder haben wir jetzt... eins wurde aus der Seine gezogen, eins fanden wir im Bois de Boulogne, und das dritte entdeckte ein Bauer in seiner Scheune.«

»Tot...« sagte Nadja tonlos.

»Ja.« Boité putzte sich die Nase. Er wagte nicht, Nadja anzusehen. »Alles Mädchen. Und alle schon sehr mitgenommen. Es ist schrecklich, Madame – aber ich muß Sie bitten, mitzukommen und sich die Kinder anzusehen, ob Ihre Helena darunter ist....«

»Ich soll...« stammelte Nadja. Nun schwankte sie doch. »Wo denn?«

»Im Leichenkeller des Hospitals Hôtel-Dieu, gegenüber von Notre-Dame. Sie müssen es, Madame. Es bleibt nur dieser Weg der Identifizierung...« Nadja nickte. Boité rannte in die Diele, holte ihren Mantel und einen Hut, half ihr hinein und faßte sie unter. Er trug sie fast die Treppe hinunter, und die Hausmeisterin weinte hinter ihnen her, denn sie hatte vorher von Boité alles erfahren, wie es einer Concierge zusteht.

Das Hôtel-Dieu, das älteste und berühmteste Krankenhaus von Paris, wirkte auf Nadja wie eine Burg voller Grauen. Mit einem Fahrstuhl fuhren sie hinunter in die Kellergewölbe, durchschritten lange hallende Gänge und blieben dann vor einer Tür stehen, auf die ein Kreuz gemalt war.

Boité faßte Nadja fester am Arm. Der Arzt, der sie begleitete, sah nachdenklich auf die bleiche junge Frau.

»Machen Sie auf«, brummte Boité. »Je länger wir warten, desto schlimmer wird's!«

Der Arzt klopfte gegen die dicke Holztür. Von innen hörte man ein Schlurfen von Schritten. Ein Riegel wurde weggeschoben, und die Tür schwang lautlos auf. Eisige Kälte wehte Nadja entgegen.

13

»Bitte, Madame«, sagte Kriminalrat Boité. Ihn erschreckte es nicht, den Leichenwärter in einer langen roten Gummischürze zu sehen. Auch der leicht süßliche Geruch, der mit ihm aus dem schwach beleuchteten Keller kam, war ihm bekannt. Nadja dagegen prallte zurück und zog voll Grauen die Schultern hoch.

»Muß... muß das sein?« stammelte sie.

»Machen Sie mehr Licht, Batiste!« sagte Boité grob zu dem stummen Leichenwärter. »Es genügt für Madame, Ihr dunkles Gesicht zu sehen...«

Batiste drehte an einem Schalter, und aus drei nackten Glühbirnen an der Gewölbedecke fiel bleiches Licht in den Keller. Boité betrat zuerst den Vorraum und sah sich um. Nadja folgte ihm mit langsamen, zögernden Schritten. Der junge Arzt war an der Tür stehengeblieben, hatte ein Taschentuch herausgezogen und träufelte Eau de Cologne aus einer Taschenflasche darauf. Er bereitete sich darauf vor, daß Nadja in wenigen Augenblicken ohnmächtig würde.

»Gut belegt?« fragte Boité, um dem Grauen durch Burschikosität die Wirkung zu nehmen.

»Siebenunddreißig.« Batiste, der Leichenwärter, strich sich die struppigen blonden Haare aus der Stirn. »Ist wieder ein toller Tag, Herr Rat! Ich komme mit Waschen und Ankleiden kaum nach. Fünf Messieurs werden in einer Stunde abgeholt... die muß ich noch rasieren.« Er sah zu Nadja hinüber, die sich mit zitternden Beinen an die getünchte Wand lehnte. Ihr Gesicht war weiß wie die Anstrichfarbe. »Wo soll's hingehen? Die Wasserleiche von heute früh?«

»Die Kinder!« sagte Boité böse. Batiste sprach sonst wenig. Der Umgang mit den Stummen hatte ihn auch wortkarg gemacht. Daß er gerade jetzt soviel sprach, war eine Ausnahme, die Boité verfluchte.

»Jawohl, Monsieur. Die Kinder. Drei.... Ich weiß«, knurrte Boité.

»Raum neun.«

»Gehen Sie voran, Batiste.« Der Kriminalrat faßte Nadja unter und nickte ihr zu. »Seien Sie stark, Madame... wir kommen um diesen Gang nicht herum.«

Batiste schlurfte ihnen voraus. Vom Vorraum gingen zahlreiche Türen ab zu anderen Kellerräumen, ein Labyrinth von Gewölben, in dem sich Batiste zu Hause fühlte. Hier hatte er, in einem Zimmer neben Raum fünf, eine Liege aufgestellt, und hier hielt er auch seinen Mittagsschlaf, wenn die oben auf den Stationen des Krankenhauses ihn in Ruhe ließen und keine neuen Toten schickten.

»Bitte...« sagte Batiste und stieß eine Tür auf, knipste Licht an und trat zur Seite. »Madame sollten den Mantel zuknöpfen. Hier ist es kälter als im Vorraum. Das muß sein, damit die Verblichenen auch im Hochsommer nicht aus der Form kommen...«

»Halt das Maul!« schrie Boité empört. Er spürte, wie Nadja an seinem Arm zusammensank und sich nur mühsam aufrecht hielt.

»In zehn Minuten ist alles vorbei, Madame«, sagte er väterlich, nahm das mit Eau de Cologne getränkte Taschentuch, das ihm der Arzt stumm hinhielt, und drückte es Nadja gegen die Nase. Sie nickte und richtete sich auf. Mit zusammengepreßten Lippen, mit so fest aufeinandergebissenen Zähnen, daß die Backenknochen weit durch die Haut stachen und ihr Gesicht kantig wurde, ging sie an Boité vorbei in den Leichenkeller Nr. 9.

Auf drei blanken weißen Marmortischen, die ringsherum eine Auffangrille hatten, lagen drei kleine, zugedeckte, starre Körper. Unter den Laken am Fußende sahen drei Schildchen hervor. Sie waren mit einer Kordel am Fußgelenk festgebunden und enthielten Namen und Sterbedatum. Heute waren die Schildchen nur mit dem Datum des Einlieferungstages versehen... dort, wo die Namen stehen sollten, hatte Batiste drei große Fragezeichen gemalt.

»Ich... ich bin bereit«, sagte Nadja. Sie erschrak. Wie Donner klang ihre Stimme in dem kalten Gewölbe, und sie klang völlig fremd und wie eingefroren.

»Na denn...« sagte Batiste. Er trat an das Kopfende des ersten Marmortisches, ergriff das Laken und zog es mit einem Ruck von dem kleinen Körper.

Ein Mädchen. Kurze blonde Haare. Nackt. Um den erstarrten Mund war das Entsetzen eingefroren.

Nadja schüttelte den Kopf und drückte das Taschentuch vor ihre Augen. »Nein...« sagte sie tonlos. »Nein! Helena war dunkel... nicht blond...«

Ich halte es nicht durch, dachte sie im gleichen Moment. Gleich werde ich aufschreien und mit dem Kopf gegen die weiße, gekachelte Wand rennen. Das ist zuviel, das hält keine Mutter aus. Wenn Helena die zweite ist... oder die dritte... wenn sie so daliegt auf dem kalten Marmor, steif und mißhandelt... Gott, o mein Gott, laß mich nicht wahnsinnig werden... Laß mich umsinken und sterben. Ich flehe dich an, mein Gott! Sei ein gnädiger Gott. Laß mich sterben...

»Nummer zwei!« sagte Batiste ungerührt. »Hat schwarze Haare.«

Ein Griff zum Laken, ein Ruck... ein neuer, kleiner, schmaler mißbrauchter Körper. Gelblich, etwas aufgedunsen. Das Kind, das man aus der Seine gefischt hatte. Die langen Haare waren noch naß – wie kann in dieser Kälte etwas trocknen? Um den Hals zogen sich zwei blutunterlaufene Striemen. Der Beweis, daß man das Kind mit einem Strick erwürgt hatte.

»Madame... bitte...« sagte Boité leise. Auch ihn überkam ein Grausen. Immer wenn er getötete Kinder sah, verlor er seinen nüchternen Verstand. »Vierteilen müßte man die Kerle, die so etwas tun!« sagte er einmal, als er vor einem Kind stand, das ungefähr so alt war wie sein jüngstes Mädchen. »Wie im Mittelalter... pfählen, aufs Rad binden, die Glieder einzeln ausreißen! Das Fallbeil... pah, ein paar Sekunden und vorbei ist's! Humanität hin, Religion her... solche Mörder haben kein Recht mehr, als Menschen behandelt zu werden!«

Nadja ließ langsam das Taschentuch sinken. Zuerst sah sie die dunklen, nassen Haare und schrie auf. »Ja!« wollte sie rufen. »Ja!« Aber dann sah sie das kleine, im Leid erstarrte Gesicht und schüttelte wieder den Kopf.

»Es ist nicht Helena...« sagte sie und lehnte sich gegen Boité. Sie legte den Kopf auf seine Schulter und weinte. »Es ist furchtbar. Es ist furchtbar...« stotterte sie.

»Nummer drei!« Batiste hatte schon viele hier unten weinen sehen. Er war gegen Erschütterungen gefeit. Wer nun schon zehn Jahre lang die Leichen wäscht, rasiert und für die Aufbahrung zurechtmacht, wer neben ihnen sein Nickerchen hält und sich sogar mit den Toten unterhält, wie damals mit dem Nachbarn Pomloton, der plötzlich als Leiche bei ihm im Keller auftauchte, wo er ihn am Sonntag noch im Bistro gesehen hatte, ein solcher Mann wie Batiste hatte keine Seele mehr für die Lebenden. Die Toten waren seine Freunde. Und es waren gute Freunde.

»Auch schwarze Haare!« sagte er. »Das Mädchen aus dem Bois de Boulogne...«

Nadja stand starr vor dem dritten Marmortisch und hatte keinen Mut mehr, das Taschentuch von ihren Augen zu nehmen. Sie sah nur das Fußende, das Schildchen mit dem Datum, das Fragezeichen. Sie sah, weil sich das Laken verschoben hatte, einen Kinderschuh und ein Stückchen von einem Bein.

Blaue Strümpfchen... Helena hatte blaue Strümpfe gehabt, und sie wußte genau, daß sie sie in den Koffer gepackt hatte, der ins Krankenhaus gebracht werden sollte.

Zierliche hellbraune Schuhe mit zwei Riemchen über dem Rist. Auch solche Schuhe hatte Helena gehabt. Auf dem Boulevard Haussmann hatte sie die Schuhe gekauft, in einem ganz teuren, vornehmen Geschäft, und Helena hatte noch die Kristalleuchter bewundert und die roten Vorhänge aus Samt, mit denen die Kabinen abgeteilt waren, in denen die Kunden allein anprobieren konnten wie Könige auf einem Thron. »Das ist ja wie im Weihnachtsmärchen, Mamuschka...« hatte Helena noch gesagt. »Oh, werden die Schuhe teuer sein...«

Nadja nickte stumm. Boité griff fester zu. »Sie haben das Gesicht noch nicht gesehen, Madame«, sagte er heiser.

»Ich... ich kann es nicht... Aber die Schuhe! Die Schuhe!«

Sie klammerte sich an Boité fest und drückte ihr Gesicht gegen seine Schulter. Boité schluckte mehrmals, ein dicker Kloß saß ihm im Hals. Er rekapitulierte den Polizeibericht. Fundort: Bois de Boulogne, in der Nähe des Großen Sees. Fundzeit: 7 Uhr 29 morgens. Das Kind lag hinter einem Busch. Der Hinterkopf war mit einem stumpfen Gegenstand (Hammer, Eisenstange, Holzknüppel?) eingeschlagen worden. Das Mädchen war voll bekleidet.

Bois de Boulogne, dachte Boité. Es paßt genau zu allen vorangegangenen Ereignissen. Auch Nadja Gurjewa war nach der Nacht mit dem Mann im Dunkeln im Bois ausgesetzt worden.

»Sie müssen das Gesicht ansehen, Madame...« sagte er leise. »Es ist nun einmal Vorschrift. Ohne dies ist eine Identifizierung nicht gültig. Mut, Madame! Nur ein Blick... Es ist doch nichts mehr zu ändern, und Gewißheit ist besser als zermürbendes Warten...«

Er streckte die Hand nach hinten aus und winkte. Der junge Arzt gab ihm die Eau-de-Cologne-Flasche. Boité schüttete etwas in seine hohle Hand und rieb damit den Nacken Nadjas ein, der, nach vorn gebeugt, an seiner Brust lag.

»Bitte...« sagte er noch einmal ganz leise.

Mit einem wilden Ruck warf Nadja den Kopf herum. Alle Kraft nahm sie zusammen, allen Trotz gegenüber dem grausamen Schicksal, alle Wildheit, die in ihrem sibirischen Wesen schlief. Mit diesem Mut greift ein hungriger Wolf selbst einen Tiger in der Taiga an. Mit diesem Trotz stehen die Riesenbäume im Eissturm, bis einmal der Frühling kommen muß. Mit dieser Wildheit schreien die sibirischen Ströme auf, wenn das Eis auf ihnen bricht.

Hochaufgerichtet stand sie vor dem dritten Marmortisch. Batiste zog das Laken weg, wortlos, geübt, wie eine Denkmalsenthüllung.

Schwarze Haare, ein runder, süßer Mädchenkopf, ein Mund, der wie vor Erstaunen offen stand und nicht begriff, daß das Leben vorbei war.

»Nein...« stammelte Nadja und griff nach Halt suchend um sich. »Nein... sie ist es nicht. Das ist nicht Helenuschka... Das ist ein fremdes Kind... Ein – fremdes – Kind...«

»Mist!« sagte Boité. »Wieder eine Pleite!«

Er fing Nadja Gurjewa auf, und mit dem jungen Arzt zusammen trugen sie die Ohnmächtige hinaus in den Privatkeller Batistes und legten sie auf sein Sofa, das er sich aus seiner Wohnung in den Leichenkeller hatte bringen lassen.

Brummend deckte Batiste die drei Kinderleichen wieder zu und stopfte sich eine Pfeife.

Hier unten war Rauchen erlaubt. Tote husten nicht mehr.

Fünf Tage lag Nadja mit einem Nervenfieber im Bett. Sie schwankte zwischen tiefer Ohnmacht und Minuten des Wachseins, in denen sie schrie und um sich schlug. Jean Gabriel hatte die besten Ärzte von Paris herbeigerufen, und er hatte mit Saparin regelrecht darum gekämpft, daß Nadja nicht in ihrer Wohnung lag oder in eine Klinik eingeliefert wurde, sondern in das breite, baldachinüberspannte Bett Gabriels getragen wurde und von zwei Krankenschwestern betreut werden konnte.

»Sie kompromittieren Nadja Grigorijewna!« hatte Saparin geschrien. »Wer in Ihrem Bett liegt, Monsieur, von dem weiß man, warum er da hineingehört! Aber Nadjuscha ist nicht Ihre Geliebte! Das weiß ich! Aber jetzt wird jeder denken –«

»Sie wird nie meine Geliebte sein, Graf Saparin«, sagte Jean Gabriel stolz. »Sie wird als meine Frau in die Gesellschaft kommen.«

»Sie ... Sie wollen sie heiraten?«

»Ja. Es ist mein fester Wille. Die Antwort liegt allein bei Nadja ...«

»Sie wird zustimmen.« Saparin lächelte verzeihend. »Vertrauen Sie auf mich, Monsieur.« Aber dann wurde er wieder ernst und trat einen Schritt zurück. »Sie wissen, was Sie eben gesagt haben!« rief er streng. »Das war ein Ehrenwort! Von Mann zu Mann! Und ich schwöre es Ihnen: Wenn Sie Nadja nicht heiraten, töte ich Sie! Wir Russen haben da eine unverletzliche Ehre.«

»Sie können mich umbringen, Graf«, sagte Gabriel fest. »Ich liebe Nadja. Mein Leben wird mit dem ihren fest verbunden sein.«

»Danke, Monsieur.« Saparin nahm die Hacken zusammen und verbeugte sich knapp. Gabriel hatte das Gefühl, auf einem zaristischen Kasernenhof zu stehen. »Unter diesen Umständen, bitte ... legen Sie Nadja in Ihr Bett.«

Die Mühe der Ärzte beschränkte sich darauf, Nadja zu beruhigen. Mit Injektionen, mit Tabletten und mit einem großen Aderlaß. Am sechsten Tag zeigte sich der Erfolg ... Nadja konnte im Bett sitzen, ohne mit den Dämonen zu kämpfen, die seit Tagen auf sie herunterstürzten und sie würgen wollten.

Überglücklich, wie ein beschenkter Junge, rannte Gabriel umher und brachte ihr mit Erlaubnis ein Glas Sekt. Er saß an ihrem Bett, sah sie unverwandt an und begriff nicht, wie er bisher hatte zufrieden leben können ohne diese Frau.

»Du bist so gut, Jean ...« sagte Nadja, nahm seine Hand und küßte sie. »Du bist soviel Liebe wert ... Aber in mir ist es so leer, so schrecklich leer ...«

»Wir werden an die Riviera fahren«, sagte Gabriel. »Mein Haus liegt direkt auf den Klippen. Weit kannst du übers Meer sehen, und nachts wiegt dich das Rauschen ein ...«

»Nicht das Meer!« Nadja lehnte sich zurück. »Ich möchte das Meer nie wieder sehen. Ich hasse das Meer.«

Im Meer liegt Nikolai, dachte sie. Auf dem Meer verlor ich Rußland. Über das Meer hinweg fuhr ich in die ewige Sehnsucht nach Sibirien. Oh, wie hasse ich das Meer! Man sollte die Sonne herunterholen, damit alle Meere verdunsten!

»Gut«, sagte Gabriel erstaunt. »Dann fahren wir auf mein Gut in die Bretagne. Oder liebst du die Landschaft an der Loire? Du kannst dir wünschen, wohin du willst...«

»Ich bleibe in Paris, solange ich nicht weiß, wo Helena ist.« Nadja legte sich in die Kissen zurück, und Gabriel deckte sie zu wie ein Kind. »Ohne Helena ist die Welt dunkel. Begreifst du das, Jean Gabriel?«

Und Gabriel nickte beklommen, denn wie alle glaubte er nicht mehr daran, daß man Helena jemals wiedersah.

Am neunten Tag – Nadja war aufgestanden und bewunderte eine Kollektion Kleider, die die Directrice eines der größten Modehäuser von Paris ihr auf Bestellung Gabriels vorführte – brachte wieder ein Straßenjunge, wie damals, einen verschlossenen Brief.

Er blieb stehen, als Nadja mit klopfendem Herzen das Kuvert annahm und es festhielt, als brenne es in ihren Fingern. »Ach so«, sagte sie schwach. Sie gab ihm zwei Francs, und der Junge nickte zufrieden. »Wer hat dir den Brief gegeben?«

»Ein Mann im Auto, Madame.«

»Hat er etwas gesagt?«

»Nur Ihre Adresse, Madame.«

Nadja wandte sich ab und ging in das Schlafzimmer. Dort ritzte sie das Kuvert mit einer Nagelschere auf und holte einen Bogen Papier heraus. Das gleiche graue Papier wie bei dem ersten Brief.

Meine Liebe!

Es war ein Fehler, Dich mit meinem Freund Gabriel zusammenzutun. Ein Mann wie Gabriel wird Dich heiraten wollen. Er ist eben eine romantische Natur. Du aber, Geliebte, bist nicht zur Ehe geschaffen. Wer glaubt, Dich fesseln zu können, bindet sich selbst fest an einen Wahn. Du bist die ewige Geliebte, Dir gehört die ganze Welt; Sterne fallen in Deinen Schoß und Vulkane brechen auf, wo Du Deinen Fuß hinsetzt. Sonnen sind kalte Lichtreflexe gegen die Glut, die in Deinen Adern rauscht. Wer kann das besser beurteilen als ich, der nach einer Nacht mit Dir krank und elend vor Sehnsucht geworden ist?

Ich habe Dir Helena nicht zurückgegeben, weil Du mir dann für immer verloren wärst. So aber kommst Du zurück zu mir...

Helena geht es gut. Sie spielt schon wieder, wird braun und kann herzlich lachen. Nur ab und zu fragt sie: Wann kommt Mamuschka von der Reise zurück? – Ich habe ihr nämlich erzählt, daß Du weit wegreisen mußtest.

Nun fragen wir beide: Wann kommst Du zu uns, Geliebte?
Ein Wagen erwartet Dich wieder an der alten Stelle im Bois de Boulogne, an der großen Kaskade. Sonntag. Um acht Uhr abends.
Helena wird Dir entgegenkommen, wenn Du bei mir aus dem Wagen steigst.
Ich bete Dich an!
PS.: Laß Deinen russischen Grafen zu Hause. Es ist immer unangenehm, einen guten Menschen niederschlagen zu müssen.

Nadja warf sich auf das Bett zurück und starrte an die goldverzierte Decke. Der Brief flatterte zu Boden.

Sie spielt ... sie wird schon braun ... und sie fragt: Wann kommt Mamuschka ... O Helena ... du bist in den Klauen eines Satans. Mit einem Aufschrei warf sie sich herum und vergrub das Gesicht in die seidene Decke, die über das Bett gespannt war.

Gegen Mittag kam Gabriel von einer Vorstandssitzung seiner Bank zurück und fand Nadja wieder im Bett. Die Krankenschwester, die nur noch halbtags kommen sollte, winkte ab, als Gabriel die Tür zum Schlafzimmer öffnen wollte.

»Sie schläft, Monsieur. Es hat lange gedauert, bis sie ruhig wurde ...«

Gabriel zuckte zusammen. »Mein Gott! Ein Rückfall? Was ist denn geschehen?« Er rannte in den Salon und riß den Telefonhörer hoch. »Hat man Professor Lassinier schon verständigt? Warum gibt man mir keine Nachricht? Ich bin überall und jederzeit zu sprechen, wenn es um meine zukünftige Frau geht! Verdammt noch mal!« Er schrie, weil er keine andere Möglichkeit hatte, seine Sorge, seine Angst, seine Hilflosigkeit zu zeigen. »Warum reden Sie nicht, Schwester? Ich will Ihren Bericht haben! Nadja ging es doch blendend, als ich heute morgen fortfuhr!«

»Bitte, Monsieur. Das fand ich neben Frau Gurjewa auf dem Teppich.«

Die Krankenschwester hielt einen Brief hin, den ihr Gabriel mit finsterer Miene aus der Hand riß. »Ich mußte ihn lesen, um die Ursache des neuen Zusammenbruchs zu erkennen. Verzeihen Sie, Monsieur.«

Gabriel überflog die mit einer Schreibmaschine geschriebenen Zeilen, dann setzte er sich schwer in einen Sessel und las den Brief noch einmal ganz langsam. Sein gutmütiges Gesicht war wie versteinert.

»Das ist ein teuflischer Brief«, sagte er leise. »Das ist für eine Mutter eine satanische Folter. Es muß ein Verrückter sein, der so etwas schreibt! Jawohl, ein Verrückter!« Er faltete das Papier zusammen und schob es in seine Brusttasche. »Ich kann Nadja jetzt nicht sehen?«

»Nein, Monsieur. Ich habe ihr eine Injektion gegeben. Sie schläft ganz fest.«

»Am Sonntag um acht Uhr abends.« Gabriel starrte vor sich hin. Er schlang die Finger ineinander, daß sie knackten. »Er wird seine Geliebte bekommen! Und Augen wird er machen, wenn sie den Schleier fallen läßt.« Er stand auf, zögerte und nickte dann. Er zog den Brief aus der Tasche und gab ihn der Krankenschwester zurück.

»Legen Sie ihn wieder ins Schlafzimmer, Mademoiselle«, sagte er. »Und verraten Sie Nadja nicht, daß ich ihn gelesen habe...«

»Nein, Monsieur.« Die Krankenschwester sah Gabriel flehend an. »Wäre es nicht besser, wenn wir Madame so weit als möglich von Paris wegschafften?«

»Auf gar keinen Fall! Jetzt, nach diesem teuflischen Brief, wird sie Paris nie verlassen.«

»Dann die Polizei, Monsieur...«

»Um Himmels willen! Sie sind doch Krankenschwester. Sie wissen doch, wie Verrückte reagieren! Wir müssen so tun, als gäben wir ihm nach. Nur so wird er sich eine Blöße geben, an der wir ihn erkennen!«

»Das wird Madame nie überstehen, Monsieur.«

»Sie wird damit auch nichts zu tun haben. Das mache ich allein, und wenn es mich ein Vermögen kostet...«

Den ganzen Tag über blieb Gabriel zu Hause und grübelte. Er hatte über seinen Sekretär alle Besprechungen absagen lassen, lief in der großen Wohnung an der Avenue Foch ruhelos hin und her, machte Pläne und verwarf sie wieder. Den Brief hatte er fast auswendig gelernt, und ein Satz war es, der ihn stutzig gemacht hatte und über den er immer wieder stolperte: »Es war ein Fehler, Dich mit meinem Freund Gabriel zusammengetan zu haben...«

Mein Freund Gabriel! Wer in Paris hatte das Recht, so von ihm zu reden? Freundschaften konnte er an den Fingern abzählen... je reicher man ist, um so mehr Bekannte, aber um so weniger Freunde hat man. Mit dem Wachsen des Bankkontos sinken die Vertraulichkeiten. Ein Mann wie Rockefeller war einer der einsamsten Menschen... auch Jean Gabriel war auf dem Weg, in der Höhle eines goldenen Berges zu leben.

Mein Freund Gabriel.

Er ging in Gedanken alle Namen durch, die in seinem Leben eine Rolle gespielt hatten oder noch spielten. Erinnerungen kamen auf, Fetzen früherer Erlebnisse, an die er nie mehr gedacht hätte. Wie phantastisch ein Gehirn speichern kann, dachte er bewundernd. Da erinnert man sich plötzlich an Dinge, die so weit zurückliegen und so unwichtig sind. Man sieht plötzlich wieder die Gesichter vor sich, die Landschaft, Kleider und Namen, hört die

Stimmen und weiß selbst die Einzelheiten. Wo man überall gewesen ist! Was man alles erlebt hat in einem fünfzigjährigen Leben!

Freunde... welche Freunde hatte man jetzt noch?

Gabriel kam zu dem verblüffenden Ergebnis, daß nur vier Männer in Paris sich wirklich seine Freunde nennen konnten: der Großimporteur Jacques Lemaire, der Bankier Gérard Cassini, der Minister und Advokat a. D. Jules Montesson und der pensionierte General Eberhard de Carnot.

Lemaire hatte die Gicht und eine strenge Frau, die ihn keinen Tag ohne Beobachtung ließ. Montesson, das wußte Gabriel genau, weilte seit zwei Monaten zu Besuch bei seiner verheirateten Tochter in New Orleans. General Carnot stand jenseits von Gut und Böse, hatte sich nie für Frauen interessiert, sondern immer nur für die Aufstellung von Aufmarschplänen gegen die Deutschen. Auch jetzt hockte er in seiner Villa in Bois Colombes und rekonstruierte in seinem großen Sandkasten, mit Bleisoldaten und Kinderkanonen, die Marneschlacht und kam zu keinem Ergebnis, warum die Deutschen nicht im gestreckten Lauf Paris erobert hatten.

Gérard Cassini... hier stutzte Gabriel. Cassini war der einzige, der jünger war als Gabriel, der Geld genug hatte, sich ein Leben nach seinen ausgefallenen Wünschen zu gestalten, und der auch Gebrauch davon machte. Seine Liebesabenteuer waren bekannt in Paris... auch der Grund des Selbstmordes einer süßen, kleinen Schokoladenverkäuferin, die man eines Tages aus der Seine zog. Sie erwartete ein Kind – aber wer wollte Cassini etwas nachweisen?

Cassini! Gabriel starrte aus dem Fenster auf die Avenue Foch. Seine Finger trommelten unruhig gegen die Scheiben. Kleinigkeiten, Bemerkungen, hingeworfene Worte bekamen plötzlich einen Sinn.

Vor elf Tagen, im Golfclub. Cassini sagte leichthin: »Mein bester Jean, man munkelt, daß du und *La Russe*... ein Goldvögelchen, mein Bester. Aber es hat einen starken Schnabel und wird auch deinen Goldkäfig durchnagen...« Und Freitag vergangene Woche bei einem Essen der Bankdirektoren im *Coque d'Or:* »Du heiratest *La Russe,* mein Guter? Wie lange willst du noch leben?« Und dann die kurze Begegnung im *Moulin Rouge,* am ersten Abend mit Nadja. Cassini kam an ihrem Tisch vorbei, sein Lächeln war gemein, wie nur Freunde lächeln können, die die Geheimnisse des anderen kennen. Und Nadja hatte abwehrend, ja feindlich reagiert.

Cassini! Ein dummer, ein irrer Verdacht – aber er saß jetzt in Gabriels Herzen wie ein glühender Dorn. Man müßte mit ihm darüber sprechen, dachte er. Von Freund zu Freund! Und man sollte plötzlich kommen, ohne Anmeldung, einfach da sein und an dem hohen Tor von Cassinis Schloß im Wald in der Nähe von Versailles klingeln. Verdammt, das sollte man wirklich machen, und zwar sofort.

»Meinen Wagen!« rief Gabriel ins Haustelefon, das ihn mit der im Erdgeschoß liegenden Wohnung des Chauffeurs verband. »In zehn Minuten fahren wir!« Dann ging er zum Schlafzimmer, öffnete leise die Tür und steckte den Kopf hinein.

Nadja schlief noch. Bleich und zart, wie aus Porzellan modelliert, lag sie da. Die langen Haare, auf dem Kissen ausgebreitet, verstärkten den Eindruck ihrer Zerbrechlichkeit. Wie schön sie ist, dachte Gabriel und schluckte vor Ergriffenheit und Liebesschmerz. Gebe Gott, daß der Verrückte nicht Cassini ist!

»Sie bleiben hier, Mademoiselle«, flüsterte er der Krankenschwester zu. »Ich fahre weg. Lassen Sie Nadja nicht aus den Augen. Bis auf die Ärzte darf niemand zu ihr! Halten Sie alles von ihr fern.«

»Sie können sich auf mich verlassen, Monsieur.« Die Krankenschwester nickte ihm zu, und Gabriel schloß beruhigt wieder die Tür.

Bevor er die Wohnung verließ, ging er noch einmal in seine Bibliothek, schloß eine Schublade des großen Schreibtischs auf und entnahm ihr eine Pistole. Er ließ sie in seine Rocktasche gleiten und kam sich dabei sehr unbehaglich vor. Es wäre das erstemal, daß er eine Pistole gebrauchte, daß er überhaupt schoß; er haßte alles, was mit Waffen zusammenhing. Aber für Nadja würde er auch dies tun!

Vor dem Haus wartete der große Reisewagen Gabriels. Der Chauffeur riß die Tür auf und nahm die Mütze ab.

»Nach Versailles«, sagte Gabriel und ließ sich in die Polster fallen. Dann versank er wieder ins Grübeln, während der Wagen aus Paris hinausfuhr.

*

Sie erreichten den kleinen Ort Chaville in der Abenddämmerung und hielten vor der *Auberge des Gardes,* die auch eine Tankstelle hatte. Der Chauffeur drehte sich zu Gabriel um, als dieser unwillig an die Scheibe klopfte, die ihn von den Vordersitzen trennte.

»Verzeihung, Monsieur«, sagte der Chauffeur und öffnete das Klappfensterchen in der Trennscheibe. »Das Benzin ist verbraucht. Haben Sie nicht gemerkt, wie der Motor stotterte? Nach der Benzinuhr müßten noch zwanzig Liter im Tank sein, aber er ist leer! Man sollte die Uhr auch gleich reparieren lassen. In Versailles ist eine Werkstatt. Bleiben wir länger hier, Monsieur?«

»Ich weiß es nicht.« Gabriel tastete nach seiner Pistole in der

Tasche und stieg aus. Die *Auberge des Gardes* kannte er. Ein gutes Gasthaus, in dem die Honoratioren von Chaville verkehrten, der Gesangverein im hinteren Saal einmal wöchentlich übte und auch Parteiversammlungen der Royalisten stattfanden. Cassinis Schloß lag etwas außerhalb von Chaville, am Rand des Bois de Viroflay. Es war nur noch eine Fahrzeit von vielleicht fünfzehn Minuten.

»Gut. Tanken Sie, Émile«, sagte Gabriel. »Ich gehe einen Rotwein trinken.« Er knöpfte seinen Mantel zu und betrat das Lokal.

Um diese Zeit war die *Auberge des Gardes* nur schwach besucht. Ein paar Reisende saßen an einem Tisch und aßen Pfeffersteaks mit grünen Bohnen, der Apotheker von Chaville trank seinen Dämmerschoppen, es roch nach Pommes frites und gebakkenem Fisch. Gabriel sah deshalb verwundert zu einem Tisch in einer Nische, von dem in diese Stille hinein eine trunkene Stimme laut rief.

»Gaston? Wo bist du? Hölle und Teufel ... noch einen Pernod!«

Gaston, der Oberkellner, der in einem korrekten Smoking servierte, nahm Gabriel den Mantel ab und hob bedauernd die Schultern, als Gabriel zu der Nische hinnickte und ihn fragend ansah.

»Das ist Dr. Nicola. Sie kennen doch Dr. Nicola, Monsieur Gabriel? Es ist erschreckend ... seit einigen Wochen säuft er wie ein Schwamm. Immer Pernod. Keiner weiß, warum und wie es anfing. Seine Praxis verkommt, sein Haus sieht er kaum noch ... neunmal haben wir ihn hier vom Tisch weg nach oben getragen in ein Zimmer, weil er einfach nicht mehr gehen konnte. Sollte man da nicht mal einen anderen Arzt holen, der seinen Kollegen untersucht, Monsieur? So kann es doch nicht weitergehen. Und Dr. Nicola war ein guter Arzt. Alle haben ihn gern.«

»Gaston! Einen Pernod! Zum Teufel! Ich habe dich von einer Lungenentzündung geheilt, und nun verweigerst du mir einen Pernod? Das nächstemal lasse ich dich krepieren!« schrie Dr. Nicola aus seiner Ecke. Dabei hieb er mit der Faust auf den Tisch und ließ sein Glas klirren.

Gaston hob den Blick zur Decke. »Entschuldigen Sie, Monsieur«, sagte er, als habe er und nicht Dr. Nicola geschrien. Gabriel nickte und klopfte Gaston auf die Schulter. Eine dunkle Ahnung trieb ihn, etwas zu tun, was er sonst nie in Erwägung gezogen hätte.

»Bringen Sie ihm noch einen. Ich setze mich zu ihm.«

»Sie kennen nicht seinen Zustand, Monsieur. Er wird wieder einen verlangen und immer wieder, bis er unter den Tisch fällt.«

Gabriel schüttelte den Kopf und begab sich in die Ecke, wo Dr. Nicola saß. Die Haare hingen ihm ins Gesicht, und er scharrte mit den Füßen wie ein angebundenes Rennpferd. Aus wässerigen Augen starrte er Gabriel an und rümpfte dann die Nase.

»Weitergehen!« sagte er laut. »Während der Fütterung sind Raubtiere nicht zu reizen...«

Gabriel zog einen Stuhl heran und setzte sich neben Dr. Nicola. Gaston kam mit einem neuen Glas Pernod, und Nicola schnalzte mit der Zunge.

»Allen hat man ein Denkmal gesetzt«, rief er und umklammerte das Glas. »Von Caesar bis zum Erfinder des Klistiers. Nur nicht dem Genie, das Pernod erfunden hat! Sagen Sie, Monsieur, ist das nicht eine Kulturschande?«

»Gewiß.« Gabriel wartete ab, bis Dr. Nicola das Glas halb leergetrunken hatte. »Wir kennen uns doch, Doktor.«

»Patient von mir gewesen?« Dr. Nicola lachte bitter. »Wenn ich Ihnen jetzt den Puls fühle, würde ich sagen: Mensch, Sie sind ja tot. Mausetot! Ti-ta-tot! So einer bin ich jetzt!«

»Ich bin Jean Gabriel, ein Freund von Monsieur Cassini.«

Der Name hatte eine schreckliche Wirkung auf Dr. Nicola. Sein Gesicht verfärbte sich, es wurde tiefrot, die Augen quollen hervor wie bei einem erstickenden Frosch. Sein Kopf stieß nach vorn, während er gleichzeitig die Schultern hochzog. Wie ein Aasgeier, bevor er sich auf das Aas stürzt, sah er aus.

»Nennen Sie in meiner Gegenwart nicht diesen Namen!« brüllte Dr. Nicola und warf sein Glas um. »Gaston! Weg mit diesem Herrn! Wirf ihn hinaus! Hinaus!« Er kramte in den Taschen seines Anzugs und zog ein Bündel zerknitterter Geldscheine heraus. »Ich gebe dir alles, alles... nur wirf ihn hinaus! Sein Freund ist er! Sein Freund! Erlauben Sie, daß ich Sie anspucke...«

Gaston blieb im Hintergrund und rührte sich nicht. Ihm war das alles peinlich für Gabriel, und er schwor sich, ab morgen Dr. Nicola nicht mehr in die *Auberge des Gardes* einzulassen, mochte er auf der Straße auch noch so sehr toben und schreien.

Jean Gabriel war über die Wirkung des Namens Cassini genauso entsetzt wie Gaston. Aber sein Entsetzen war anders... es legte sich wie ein eiserner Reif um sein Herz.

Die Spur... durchrann es ihn heiß. Ich habe die Spur! Cassini ist es! Gabriel schob das Geld über den Tisch zurück zu Dr. Nicola und rief über die Schulter: »Noch einen Pernod für den Doktor!« Das machte Nicola sanftmütiger, er lächelte breit, aber böse und starrte Gabriel an.

»Ein besoffenes Schwein grunzt auch, Monsieur«, sagte er. »Bedenken Sie das.«

»Nehmen Sie das Geld, Doktor. Es ist ja sowieso das letzte, was Sie von Cassini bekommen haben.«

Mit Schrecken sah Gabriel, wie Dr. Nicola plötzlich nüchtern wurde. Er setzte sich kerzengerade hin und berührte den Pernod nicht, den ihm Gaston widerwillig hinstellte. Forschend starrte er Gabriel an.

»Was soll das heißen, Monsieur?« fragte er in normaler Lautstärke, die nur im Umkreis des Tisches zu verstehen war.

»Sie haben Helena operiert für einen namhaften Betrag. Es hat doch keinen Sinn, ihn jetzt zu versaufen.«

Dr. Nicola atmete tief auf. »Hat er Ihnen das gesagt?«

»Ja«, log Gabriel.

»Er hat versprochen, es niemandem zu sagen.«

»Sie sehen es ja...«

»Mein Gott, Sie lügen!« Dr. Nicola stützte den Kopf in beide Hände. »Nichts ist wahr! Gar nichts. Von welcher Operation reden Sie überhaupt? Operiert wird nur im Spital!«

»Doktor.« Gabriel beugte sich vor und legte seine Hand auf Nicolas Unterarm. »Warum spielen wir Blindekuh? Sie saufen aus Verzweiflung. Leugnen Sie es nicht!«

»Ich bin eine medizinische Hure!« stammelte Nicola. Er fiel sichtlich zusammen und schwankte im Sitzen. »Das ist schlimmer als alles andere! Ich habe meine ärztliche Ehre verloren... ich habe mich prostituiert für fünfunddreißigtausend Francs! Monsieur, ich bin die bestbezahlte Hure der Welt! Fünfunddreißigtausend Francs für eine Nacht! Das zahlte man nicht einmal der Pompadour!«

»Und nun ist Helena tot, nicht wahr?« sagte Gabriel heiser vor Erregung. »Die Operation mißlang...«

»Was?« Dr. Nicola zuckte hoch und spreizte seine Hände. »Sehen Sie sich diese Hände an, Monsieur! Wenn sie operieren, werden sie ein Wunderwerk! Mißlungen? Es war eine Appendektomie, wie sie glatter nicht sein konnte! Nach vier Tagen lief das Mädchen wieder im Zimmer herum! Nach zehn Tagen spielte es im Garten! Und das bei einem Appendix, der so dick wie ein Finger voll Eiter war!«

»Gratuliere, Dr. Nicola.« Gabriel atmete auf. Helena lebte. Das war eine Freudennachricht. »Sie besuchen Helena jeden Tag?«

»Ich bin der einzige, der zu ihr darf.« Nicola trank den Pernod aus und schnaufte. »Aber ich verstehe Cassini nicht. Wenn er schon ein Kind hat, von dem niemand wissen soll... dieses Spiel mit dem Tod, es in der Küche des Schlosses operieren zu lassen... Ein Rabenvater, Monsieur Gabriel!«

»Es ist nicht sein Kind!«

Dr. Nicola riß die Augen auf und lehnte sich zurück. Dann griff er an seine Kehle, zog den Schlips herunter und riß den Kragenknopf ab, als er das Hemd öffnete. Es war, als ersticke er.

»Nicht ...« stotterte er.
»Nein.«
»Woher wissen Sie das?«
»Ich kenne die Mutter.« Gabriel winkte Gaston, wegzubleiben. Émile, der Chauffeur, hatte getankt und kam nun ins Lokal. Auch ihm winkte Gabriel zu, sich irgendwohin zu setzen und zu warten. »Sprechen wir unter Freunden, Doktor: Das Kind ist entführt worden, um jemanden zu erpressen. Sie haben es operiert ...«
»Auch unter Erpessung. Ich ... mein Sohn hat Schulden gemacht. Spielschulden.« Nicolas Lippen zuckten. »Ich hätte nie ... nie operiert ...«
»Das ist jetzt alles unwichtig. Sie haben operiert, und Sie wissen, daß Sie sich schuldig gemacht haben! Darum saufen Sie ja auch. Cassini entführt, Sie operieren ... zwei schöne Burschen!«
»Fünfunddreißigtausend Francs«, stammelte Dr. Nicola. »Die bestbezahlte Hure der Welt ...«
»Seien Sie still!« Gabriel holte aus dem Rock ein Scheckbuch und legte es offen auf den Tisch. Dr. Nicola schüttelte den Kopf.
»Nein, Monsieur! Nein! Wissen Sie, daß ich einmal Polizeiarzt in Paris war? Jede Woche gingen hundertfünfzig Huren durch mein Ordinationszimmer. Ich kenne mich da aus. Auch Huren haben eine Ehre. Eine verdammte Hurenehre! Also auch ich! Ich verrate nichts!«
»Sie sind ein Rindvieh, Doktor.« Gabriel nahm einen Füllfederhalter, schraubte ihn auf und schrieb eine Zahl auf den Scheck. »Bitte«, sagte er dann. »Um bei Ihren Vergleichen zu bleiben: Soviel hat für eine Tat nicht mal die Dubarry bekommen!«
»Fünfzigtausend!« Dr. Nicola verdrehte die Augen. »Sind Sie etwa der Vater des Kindes?«
»In Kürze, ja.«
»Und was soll ich tun?«
»Fahren Sie mit Ihrem Wagen ins Schloß Cassini?«
»Ja.«
»Dann setzen Sie Helena morgen in den Kofferraum und fahren wieder ab. Ich werde mit der Mutter morgen nachmittag um drei Uhr bei mir auf Sie warten und das Kind in Empfang nehmen.«
Dr. Nicola starrte Gabriel an, als verstehe er überhaupt nichts. Dann winkte er Gaston, ließ sich noch einen Pernod bringen und wartete, bis sie wieder allein waren.
»Das stellen Sie sich so vor! Sobald das Kind vermißt wird, werden drei Autos losrasen und Ihre Wohnung, die Wohnung der Mutter und mich überwachen! Sie wissen, welch schnelle Wagen Cassini hat! Ich könnte ihm vielleicht entwischen, aber ich käme nie in Ihre Wohnung.«
»Dann ändern wir den Plan.« Gabriel sah nachdenklich an die

dunkle Täfelung der Holzdecke. »Wir sind um drei Uhr auf dem Quai de Montebello, gegenüber von Notre-Dame...«

»Ich kenne Paris!« unterbrach ihn Nicola beleidigt.

»Sie kommen vom Pont Michel, biegen nach links ab und setzen das Kind gegenüber der Rue Hôtel Colbert auf die Straße. Ich werde dort warten und das Mädchen in Empfang nehmen. Das kann sekundenschnell gehen, niemand bemerkt es, und niemand wird Ihnen etwas beweisen können, am allerwenigsten Cassini.« Gabriel riß das Scheckblatt aus dem Block und schob es Dr. Nicola zu. »Machen wir es so?«

»Warum rufen Sie nicht die Polizei?« fragte Nicola und ließ den Scheck unberührt liegen. »Sagen Sie bloß nicht, um mir nicht den Hals zu brechen.«

Gabriel trank sein Glas Rotwein aus, winkte Émile, dem Chauffeur, und erhob sich. »Ich möchte Skandale vermeiden, Doktor. Mit Cassini werde ich in der Stille fertig. Es gibt bessere Methoden als lautes Trommelschlagen.«

»So ist es.« Dr. Nicola nickte schwer. »Sie wissen alle voneinander zuviel, und der eine kann den anderen ans Messer liefern. Lassen Sie mich saufen, Monsieur... das ist anständiger, als in Ihren Kreisen zu leben, wo man unsichtbare Gasmasken trägt, weil jeder von Ihnen stinkt...«

Wortlos verließ Jean Gabriel die *Auberge des Gardes,* nachdem er Gaston ein reichliches Trinkgeld gegeben hatte unter der Bedingung, seinen Besuch in Chaville zu vergessen. Gaston versprach, Monsieur Gabriel seit Monaten nicht mehr gesehen zu haben.

»Sie wollten mir den Weg ansagen, Monsieur«, sagte Émile, als Gabriel ins Auto stieg. »Sie haben mich nicht informiert, wohin ich in Versailles fahren soll.«

»Zurück nach Paris!« Gabriel lehnte sich zurück und steckte sich eine Zigarre an. Das war ein Zeichen höchsten Wohlbehagens, denn Zigarren rauchte er nur nach einem guten Geschäft, einem vorzüglichen Wein oder einer schönen Frau. »Es hat sich erledigt...«

*

Der Tag war herrlich. Ein Frühlingstag, wie ihn nur Paris kennt und wie man ihn nur in Paris sehen, riechen, fühlen kann. Da prickelt die Sonne auf der Haut, da ziehen die Düfte der blühenden Bäume ins Herz; man sitzt auf der Straße vor den Cafés und Bistros, unter einer buntgestreiften Markise, auf einem zierlichen weißlackierten Eisenstühlchen, trinkt seinen Apéritif, schlürft seine Austern, lobt den Wein und erfreut sich an den kurzen Röcken der Mädchen, den schlanken Beinen auf dem Asphalt und den schwingenden Brüsten in den fast durchsichtigen Blusen.

An der Kaimauer, neben den grüngestrichenen Kästen der Bouquinisten, der Händler für antiquarische Bücher, alte Orden, Bilderrahmen, Reproduktionen von Gemälden, stehen Liebespaare und küssen sich, und das alles gehört so natürlich in diesen Frühling von Paris wie die sanftgeschwungenen Brücken über die Seine, wie die in der Sonne glänzende Fassade von Notre-Dame, wie Eiffelturm und Louvre, Arc de Triomphe und Moulin Rouge.

Frühling in Paris. Das ist etwas für Feinschmecker, auf deren Zunge selbst ein Windhauch Geschmack hat.

Für Nadja Gurjewa war dieser herrliche Tag ein Tag schrecklicher Angst. Was Jean Gabriel ihr berichtet hatte, trieb sie aus dem Bett. Die Ärzte wollten sie zwingen, liegenzubleiben, aber wer von ihnen kannte Nadja Grigorijewna? Wie eine Wölfin stand sie im Zimmer, ihre Augen flammten, und sie schrie mit geballten Fäusten: »Wer sich heranwagt mit einer Spritze, dem zerkratze ich das Gesicht! Ich soll im Bett liegen, wenn man meine Helenuschka bringt? Wer verlangt das? Die Medizin? Zum Teufel mit Ihrer Medizin! Ich bin gesund! Ich platze vor Gesundheit!« Sie nahm einen Stuhl, warf ihn gegen die Wand, und dort zerschellte er und brach auseinander. »Wollen Sie noch mehr Beweise?«

»Ist sie nicht herrlich?« sagte Gabriel im Salon zu den aus dem Schlafzimmer geflüchteten Ärzten. »Die ganze Wildheit Sibiriens ist in ihr! Ich danke Ihnen, meine Herren. Ich glaube, ich brauche Sie nicht mehr zu bemühen.«

Die Ärzte gingen. Verärgert und teils mitleidig. »Wir werden sehen«, sagte Professor Soucé, ein bekannter Internist. »Sibirische Wildheit! Es wird nicht lange dauern, und unser guter Gabriel wird mit schweren Kreislaufschwächen zu uns kommen. Wer hält solch ein Weib denn aus?« Kurz vor drei Uhr standen Nadja und Gabriel auf dem Quai de Montebello. An den antiquarischen Buchständen war Hochbetrieb; Frühling und Sonne, Blütenduft und Mädchenlächeln regen in Paris an, stundenlang bei den Bouquinisten in den Auslagen zu wühlen und über die Reproduktion eines Bildes oder eine originale Radierung – schon zu zehn Francs das Stück – eingehend zu diskutieren. Auf der Straße ratterten Autos und Pferdewagen, vor den Cafés und Bistros saßen die Künstler und Intellektuellen und alles, was sich dafür hielt, rauchten und tranken Rotwein, beobachteten die anderen Menschen und fühlten sich behaglich in dem königlichen Gefühl, viel Zeit für die Schönheiten von Paris zu haben. Unter den jung belaubten Bäumen zwischen Kaimauer, Fußgängerweg und Straße hatte man gelb gestrichene Klappstühle aufgestellt, und hier saß man zwanglos, blätterte in einem entdeckten Schatz des gegenüberliegenden Antiquariats oder sah den Mädchen auf die Beine, die in diesem Jahr besonders lang erschienen durch die Kürze der Röcke.

Nadja sah dies alles nicht. Sie lehnte an der Kaimauer, die Hände gefaltet und starrte auf die Straße. Wie bunte Flecke zog das Straßenleben an ihr vorbei, sie unterschied keine Formen mehr, nur Bewegung, und wenn sie sich zwang, Menschen oder Gegenstände zu erkennen, so lagen sie wie hinter einem Schleier. Mit stummer Sorge beobachtete Gabriel ihre unvorstellbare Kraft, hier zu stehen und auf ihr Kind zu warten. Er rauchte nervös und hastig eine Zigarette nach der anderen und blickte ab und zu auf seine goldene Uhr.

»Noch sieben Minuten«, sagte er, um nicht völlig schweigsam neben Nadja zu stehen. Sie nickte und schwieg.

Es ist unmenschlich, was sie jetzt ertragen muß, dachte Gabriel. Weiß man, ob Dr. Nicola die Möglichkeit hatte, Helena in seinen Wagen zu laden und abzufahren? Weiß man, ob er überhaupt etwas unternehmen wird? Was wird, wenn um drei Uhr kein Kind auf die Straße gesetzt wird, wenn man hier wartet und wartet und sich endlich sagen muß: Es ist sinnlos – fahren wir ab. Nadja wird es nicht mehr ertragen können. Es wäre nicht verwunderlich, wenn sie wahnsinnig würde.

Gabriel ging zu einem der Klappstühle, holte ihn zur Kaimauer und stellte ihn vor Nadja. »Das Stehen strengt dich an, Liebste«, sagte er gepreßt. »Und wir dürfen uns nicht selbst verrückt machen. Genau um drei Uhr ist natürlich unmöglich. Wissen wir, was Nicola für Schwierigkeiten hat?«

»Und wenn er gar nicht kommt?« fragte Nadja und sprach nun das aus, was Gabriel am meisten auf der Seele lag. »Ich habe dir das Ehrenwort geben müssen, nicht zu fragen, wer Helena entführt hat und woher du seinen Namen kennst.« Ihr Kopf schnellte hoch. In ihren Augen war wieder der geheimnisvolle Glanz, die glitzernde Starrheit, die auch im Blick Rasputins gelegen hatte. »Bei Gott, du wirst mir dann den Namen sagen, oder ich bringe dich um! Nur ›ja‹ brauchst du zu sagen. Ich weiß, wer es ist!«

Über Gabriels Gesicht zuckte es. »Wer ist es denn?« fragte er beklommen.

»Cassini!« Nadja sah ihn lauernd an. »Stimmt es?«

»Noch ist der Tag nicht zu Ende ... Er wird das Kind bringen.«

»Es ist Cassini! In deinen Augen lese ich die Bestätigung!«

Gabriel wandte sich um und sah hinunter zur Seine und hinüber zu dem langgestreckten Kirchenschiff von Notre-Dame. In der kleinen Parkanlage zu Füßen der Kathedrale gingen fröhliche, buntgekleidete Menschen spazieren; auf der breiten Kaimauer saßen junge Burschen und Mädchen und spielten auf Mandolinen und Mundharmonikas. Unten an der Seine hockten die Angler. Unbeweglich, wie kleine Steinpuppen, die aus der Fassade von Notre-Dame herausgebrochen und hinuntergefallen waren.

»Drei Uhr«, sagte Gabriel. »Ich gehe zur Straße.«

»Ich gehe mit.« Nadja stieß den Klappstuhl zur Seite. Und dann standen sie am Straßenrand, sahen jeden Wagen an, der vom Pont St. Michel herankam, warteten, ob er langsamer fuhr, ob er hielt, sich eine Tür öffnete, ein Kinderkopf erschien... Viermal hielt ein Taxi bei ihnen am Bordstein, weil man glaubte, Madame und Monsieur suchten ein Fahrzeug, und jedesmal zuckte Nadja zusammen, wenn ein Wagen hielt, und griff sich ans Herz.

Drei Uhr, zehn Minuten. Gabriel schob seine Uhr in die Weste zurück. Auch sein Gesicht war bleich und etwas verzerrt vor Erregung. Nadja hatte sich gegen einen der Bäume gelehnt und starrte in den blauen, von der Sonne wie mit Goldstaub überzogenen Himmel.

»Er muß kommen«, sagte Gabriel rauh. »Der Scheck über fünfzigtausend Francs ist gesperrt und wird erst freigegeben, wenn das Kind bei uns ist. Nicola konnte das Geld nicht vorher kassieren und irgendwohin verschwinden. Er muß kommen!« Er trat neben Nadja und legte den Arm um ihre Schulter.

So standen sie wieder am Straßenrand und warteten. Ein Zug Kürassiere ritt an ihnen vorbei, und Nadja schloß die Augen. Das Getrappel der Hufe hallte in ihr wie Kanonenschläge. Die bunten Uniformen erweckten Erinnerungen an die Palastgarde von Zarskoje Selo und an Nikolai Gurjew, der seiner Schwadron wie ein junger Held vorausritt.

Vorbei. Alles vorbei!

Was ist von uns geblieben? dachte sie, und noch immer dröhnte das Getrappel der Hufe an ihre Ohren. Mütterchen Rußland ertrinkt im Blut der Revolution, und wir russischen Emigranten, über die ganze Welt verstreut, leben wie die Ratten. O Väterchen Grigori – wenn du dein Rußland jetzt sehen könntest! Aber du hast es geahnt, und darum brachte man dich um.

Sie schrak hoch, und ihr Mund öffnete sich zu einem Aufschrei. Ein Wagen hielt mit quietschenden Bremsen vor ihnen.

Helena... Helena...

Aber es war wieder nur ein Taxi, und Gabriel winkte ärgerlich ab.

»Ich halte es nicht länger aus«, stammelte Nadja. »Wer kann das ertragen...«

Gabriel zog wieder seine Uhr hervor. Seine Hand zitterte dabei. Gleich halb vier. Die Ahnung, daß alles verloren war, dämmerte auch in ihm auf. Und mit dieser Ahnung stieg ein unaufhaltsamer Zorn hoch. Ich werde Cassini vernichten, dachte er kalt. Mag der Skandal auch mich überrollen, ich werde es für Nadja hinnehmen. Es gibt da einen dunklen Punkt, den Cassini kennt, jenes Geschäft im Krieg mit dem Balkan... aber ich opfere mich selbst, um

Cassini zu erledigen. Ich entblöße mich selbst, wenn dadurch Cassini in den Abgrund stürzt!

»Komm«, sagte er und legte den Arm um Nadja. »Wir warten bis vier Uhr...«

»Und dann?« Es war die klägliche Frage eines Kindes. So hilfesuchend klang sie, daß Gabriel mit den Zähnen knirschte vor Qual.

»Dann platzt mitten in Paris eine Bombe!«

Um vier Uhr neununddreißig Minuten fuhr ein Wagen an ihnen vorbei, den sie wie alle anstarrten, mit den Blicken verfolgten und dann aus den Augen verloren. Ein Mann mit Sonnenbrille und Sportmütze saß hinter dem Steuer. Allein. Und dann zuckte Nadja hoch, warf die Arme empor, wirbelte herum und stieß Gabriel vor die Brust, der sie auffangen wollte, weil er dachte, sie falle in Ohnmacht.

Irgendwoher, zwischen dem Rattern der Motoren, dem Klappern der Pferdewagen war eine kleine dünne Stimme aufgeklungen.

»Mama!« hatte sie gerufen. »Mamuschka... Mama...«

Und da sah Nadja sie... die kleine Gestalt mit den struppigen schwarzen Haaren, in einem rosa Kleidchen mit Spitzenüberwurf, blauen Schnallenschuhen und weißen Strümpfen. Sie lief den Kai entlang, an den Bücherständen vorbei und suchte zwischen den Bäumen und den promenierenden Menschen.

»Mamuschka...«

»Helena!«

Es war ein Aufschrei, so hell und jubelnd, so wild und vor Glück berstend, daß die Menschen sich umdrehten und Gabriel das Herz stockte. Mit ausgestreckten Armen stürzten das Kind und Nadja aufeinander zu, und als sie sich in die Arme fielen, sank Nadja mitten auf dem Kai in die Knie, riß Helena an sich, küßte und streichelte sie, und sie weinte und stammelte russische Zärtlichkeiten und rief immer wieder: »Helenuschka! Mein Engel!« als habe sie Helena nicht wiederbekommen, sondern als wolle man sie ihr wegnehmen.

Die Menschen auf dem Quai de Montebello gingen weiter. Sie machten sich Gedanken, aber sie blieben nicht stehen und fragten, wie es sonstwo üblich gewesen wäre.

In Paris kann jeder glücklich sein, wie er will... ob er auf der Kaimauer sitzt und küßt, oder ob er im Staub der Straße kniet und weint.

Sagten wir nicht: Es war ein herrlicher Frühlingstag über Paris? Die Bäume dufteten. Und der Himmel war wie Gold.

»Der Onkel hat meinen Koffer auf die Straße gestellt, dort hinten«, sagte Helena und zeigte zurück zum Pont St. Michel.

»Dann hat er gesagt: Lauf am Kai geradeaus... deine Mutti wartet dort...« Sie zupfte Nadja am Arm und lachte sie mit ihren großen dunklen Augen an. »Komm, Mamuschka... wir müssen den Koffer holen. Eine Puppe habe ich drin, die hat mir der Onkel Doktor auch geschenkt...«

»Sofort, mein Engel, sofort.« Nadja sah zurück zu Jean Gabriel, der abseits an einem Baum stand. Er nickte und setzte sich in Bewegung.

»Ich hole den Koffer...«

»Wer ist denn das?« Helena sah Gabriel kritisch an. »Wieder ein fremder Onkel?«

»Sieh ihn dir genau an, Helenuschka.« Nadja umarmte Helena, ihr Gesicht hatte jede Strenge, jedes Leid verloren... es war aufgeblüht und von ergreifender Schönheit. »Er wird dein neuer Vater sein...«

Gabriel stockte der Schritt. Aber dann lief er weiter, ja, er rannte wie ein übermütiger Junge... und wirklich, er pfiff sogar dabei und blinzelte den Leuten zu, die ihn erstaunt ansahen.

Meine Damen und Herren, Sie sehen hier den glücklichsten Mann von Paris!

*

Zwei Wochen später gab Jean Gabriel in seiner herrlichen großen Wohnung an der Avenue Foch ein Fest für seine Freunde und die Spitzen der Pariser Gesellschaft. Eine Woche lang wurde geputzt und geschmückt, neue Damaste kamen an die Fenster, über den Boden der großen, mit exotischem Parkett belegten Diele wurde ein riesiger dunkelroter Afghanteppich gebreitet, von dem sich die zierlichen gold-weißen Rokokomöbel abhoben, als seien sie schwerelos. Zwei neue Kristalleuchter wurden in den Salon gehängt, und mit zwei Wagen brachten Blumengeschäfte den Blütenschmuck in die Wohnung. Rote Rosen und weiße Nelken.

»Es sind zweitausend Stück!« sagte Saparin, der mithalf und in diesen Tagen mehr verdiente als in einem halben Jahr Taxifahren. »Allein von dem Geld, das die Blumen kosten, könnten wir fast ein Jahr leben! Mein Vögelchen, da bist du in das richtige Bauer geflogen. Pick dir die besten Körnchen heraus... unter einem Karat betrachte es als Beleidigung.«

Nadja lachte glücklich. Es sollte ihr Tag, ihr Abend, ihre Nacht werden. Es war der Beginn eines neuen Lebens.

»Alle werden sie kommen«, hatte Gabriel gesagt, als er die Antworten auf die Einladungen durchsah. »Sie platzen vor Neugier, *La Russe* ohne Maske zu sehen. Und Punkt Mitternacht werde ich sie überraschen, daß man noch lange davon sprechen wird: Ich werde dich als zukünftige Madame Gabriel vorstellen!

Damit bist du in die Pariser Gesellschaft eingeführt, und du wirst der strahlendste Stern unter allen Schönheiten sein. Paris wird dir zu Füßen liegen...«

Nadja nickte stumm. Nikolai, dachte sie erschrocken. Das waren seine letzten Worte auf dem Schiff, das sie in die neue Heimat bringen sollte. Nun wurde es Wahrheit. Aber der Glanz, der sie umgab, kam von einem Mann, den sie nicht liebte, sondern aus Dankbarkeit heiraten wollte. Eine Sonne ohne Wärme... konnte man in ihr leben?

Gabriel machte sich darüber keine Gedanken. Er hatte sich eine ganz private Freude ausgedacht. Außer den großen Namen von Paris hatte er auch bewußt Cassini eingeladen. Jeden Tag wartete er auf die Post wie ein verliebtes Mädchen auf einen Liebesbrief. Und Gérard Cassini sagte zu, als sei es selbstverständlich.

»Er kommt!« rief Gabriel und schwenkte die Antwort über seinem Kopf. Er war allein in seiner Bibliothek, goß sich einen Cognac ein und feierte seine Idee. »Er kommt wirklich! Mein lieber Freund, es wird ein Duell auf Tod und Leben geben...!«

Seit der Rückkehr Helenas war Nadja nicht mehr im *Moulin Rouge* aufgetreten. Ohne Zögern zahlte Gabriel zwanzigtausend Francs wegen Vertragsbruchs und bestellte gleichzeitig seine seit Jahren reservierte Loge ab. Das sprach sich herum und trug dazu bei, daß das Fest glanzvoller zu werden versprach als eine Filmpremiere im Trocadéro.

Der Tag begann mit einem Ausritt im Bois de Boulogne. Nadja ritt einen feurigen Schimmel, und seit über vier Jahren saß sie wieder im Sattel, fest und stark wie ein Kosak, der mit seinem Gaul verwachsen ist.

Gabriel schenkte nach dem Austritt Nadja diesen Schimmel. »Wie soll er heißen?« fragte er. Und Nadja rief: »Fedja!«

Nach dem Mittagessen im *Maxim* gingen sie durch die Straßen, die großen Boulevards hinunter, sahen sich die Schaufensterauslagen an und kamen zu Cartier, dem großen Juwelier.

»Sehen wir mal hinein«, sagte Gabriel scheinheilig. »Cartier hat immer schöne Sachen.«

Es war alles vorbereitet. Auf einem Samtkissen lag ein Diadem aus Rubinen und Brillanten, und Gabriel nahm es in beide Hände und setzte es Nadja in das aufgesteckte schwarze Haar mit dem Bronzeton, als sei es eine Krone.

»Königlich!« lobte Cartier ergriffen. Es gehörte zu seinem Beruf, schöne Frauen zu schmücken, aber hier schwankte selbst seine Stimme.

»Sie ist auch meine Königin!« sagte Gabriel stolz. »Schicken Sie das Diadem zu mir... Madame braucht es heute abend.«

Und dann der Abend!

Zwei Diener meldeten die Gäste an. Bankiers, Regierungsmitglieder, Exportkaufleute, Architekten, Filmkünstler und Angehörige des Adels, Botschafter, Rechtsanwälte und Verleger. Es war ein Defilee der großen Namen und berühmten Familien. Sie alle gaben Nadja die Hand, und Gabriel stand daneben und sonnte sich in dem Triumph, beneidet zu werden.

Als Cassini durch die Salontür kam, in einem nachtblauen Frack, eine weiße Orchidee im Knopfloch, zuckte Nadja zusammen. Mit eisigen Augen reichte sie Cassini ihre Hand, aber in dem Augenblick, in dem er sich darüber beugte und sie küssen wollte, zog sie ihm die Hand brüsk weg. Mit einem maliziösen Lächeln richtete sich Cassini wieder auf, griff an seine Orchidee und riß sie aus dem Knopfloch.

»Für Sie, Madame«, sagte er. »Sie heißt Königin der Nacht.«

»Danke.« Nadja nahm die Orchidee zwischen zwei Fingerspitzen, wandte sich um und ließ sie in einen Kübel fallen, in den die Diener das Einwickelpapier der mitgebrachten Blumen warfen. Gabriel grinste fröhlich.

»Mein lieber Cassini«, sagte er laut. »Es freut mich, Sie bei bester Gesundheit zu sehen. Sie werden sie brauchen...«

Der Kampfhandschuh war geworfen. Cassini verbeugte sich kurz und mischte sich wortlos zwischen die anderen Gäste, denen man Champagner servierte.

Und dann betrat ein Mann den Salon, bei dessen Anblick Nadjas Herz sich verkrampfte. Das ist nicht möglich, dachte sie. So etwas gibt es nicht. Sie sah sich nach Gabriel um. Er stand in einer Gruppe Bankiers und erzählte einen Witz. Mit aller Kraft zwang sie sich, wieder zurück zur Tür zu blicken, und wieder durchzuckte es sie schmerzhaft.

Das Unbegreifliche war keine Sinnestäuschung. Der neue Gast stand vor einem Diener, gab seinen Frackmantel ab, wickelte einen großen Strauß roter Rosen aus dem Seidenpapier und warf einen kurzen Blick in den goldenen venezianischen Spiegel in der Diele. Eine kleine Geste der Eitelkeit, eine Kontrolle, ob die weiße Frackschleife auch gerade saß.

Ein Mann wie Nikolai Gurjew! Groß, schlank, breitschultrig, mit gewellten schwarzen Haaren, nur das Bärtchen über der Lippe fehlte. Aber sonst war es wie eine Wiedergeburt Nikolais... es war sein Lächeln, sein Gang, seine Haltung, seine hoheitsvolle Höflichkeit, als er den Diener dankbar anlächelte, weil dieser ihm ein Stäubchen vom Frack bürstete. Es waren seine Augen, sein Blick, sein jungenhaftes offenes Gesicht, und als er jetzt in den Salon kam, die Rosen etwas linkisch in der Hand und Nadja bemerkte, ein wenig rot wurde und verlegen, war es ihr, als sei sie wieder siebzehn Jahre, die Musik spielte zum Neujahrsball in Zarskoje

Selo und der Gardehauptmann Gurjew nähme ihren Fächer und schrieb für alle Tänze dieser Nacht seinen Namen quer darüber.

Nikolai...

Starr stand Nadja da, als der Fremde sich verbeugte, ihre plötzlich kalte Hand an die Lippen führte und ihr die Rosen überreichte. Ein Diener neben ihr hatte den Namen genannt – Nadja hörte ihn wie ein fernes Rauschen. Sie fühlte, wie man ihr den Strauß wieder abnahm und zu den anderen Blumen und Vasen brachte, wie der Fremde, der aussah wie Nikolai, dessen Stimme den Klang von Nikolais Stimme hatte, einige Worte zu ihr sagte und dann wartete, daß sie antworte.

»Ich freue mich, Monsieur«, sagte sie mühsam und wunderte sich, daß ihre Stimme einen Klang hatte. »Ihre Rosen sind wunderbar.«

»Sie verblassen vor Ihnen, Madame. Und sie werden morgen verwelkt sein, weil nichts neben Ihnen bestehen kann.«

Aus der Bibliothek, die man ausgeräumt und in einen Tanzsaal verwandelt hatte, tönten die Klänge eines kleinen Streichorchesters. Ein Walzer war es, der erste Tanz an diesem Abend.

»Madame«, sagte der fremde Gast und verbeugte sich. Sein Gesicht glänzte wie das eines Jungen, der einen Streich gemacht hat. »Ich nehme das Glück wahr, als erster vor Ihnen zu stehen und Sie um diesen Walzer zu bitten.«

Nadja nickte stumm, legte die Hand auf den Arm des Fremden und tanzte mit ihm aus dem Salon hinüber in die leere Bibliothek. Sie sah nicht, wie Gabriel, der diesen ersten Walzer mit ihr tanzen wollte, auf sie zugekommen war und nun stehenblieb, ein wenig ratlos und verlegen. Er zuckte zusammen, als Cassinis Lachen hinter seinem Rücken erklang. Fröhlich, getragen von einem hämischen Triumph.

»Unser guter René Stanislas«, sagte er. »Ein guter Tänzer, ein reicher Mann, ein Junggeselle, ein Herzensbrecher und fünfzehn Jahre jünger als wir, Gabriel! Mit so etwas muß man rechnen! Soll ich den Diener mit einem Cognac schicken?«

Gabriel drehte sich langsam um. Sein Blick war hart und kalt. »Mit der Morgenpost werden Sie ein Schreiben von mir bekommen, Cassini«, sagte er scharf. »Meine Bank kündigt Ihnen die Beteiligung an der Erschließung Nordalgeriens. Ich weiß, daß Sie aufgrund meiner damaligen Zusage schon dreißig Millionen investiert haben.«

Cassini lächelte böse. »Angenommen, Gabriel! Sie wollen mich kaputtmachen! Aber ich habe die Kanonen auch geladen.«

»Bitte! Feuern Sie ab!«

»Nicht heute! Der Abend verspricht zu amüsant zu werden, um ihn mit Geschäften zu belasten.« Er blickte zur Bibliothek, wo

Nadja und René Stanislas gerade an der breiten Tür vorübertanzten, ein schwebendes, wie miteinander verwachsenes Paar, sich wiegend im Takt der Musik. Auch Gabriel sah sie. Seine Lippen zuckten unmerklich. »Warum soll ich mit Granaten schießen«, sprach Cassini weiter, »wenn in ein paar Tagen oder Wochen Erbsen genügen, um Sie umzufegen, Gabriel. Ich bedaure Sie... an dieser Frau werden Sie zerbrechen!«

»Wollen wir uns duellieren?« sagte Gabriel heiser.

»Nein! Wozu? Wegen Nadja Gurjewa? Sie braucht weder Ihr noch mein Blut, um glücklich zu sein!« Cassini atmete heftig. »Tanzen wir auch! Sehen Sie die schöne Blondine dort, Gabriel? Die Baronesse de Tagny. Zweiundzwanzig Jahre jung. Ich werde mich ihr den ganzen Abend widmen. Ihnen wünsche ich ein ähnliches Vergnügen...«

Gabriel kniff die Lippen zusammen, wandte sich ab und ging zur Bar, wo der alte General Carnot mit Gläsern und Flaschen die Marneschlacht erklärte, sein Lieblingsthema.

Die Kapelle machte eine kurze Pause, aber Stanislas ließ seinen Arm auf Nadjas Rücken liegen und wartete auf den zweiten Tanz. Das war unhöflich gegenüber den anderen Herren, die auch auf einen Tanz mit Nadja hofften, aber er kümmerte sich nicht darum und lachte jungenhaft, als ein Foxtrott begann und keiner ihm Nadja weggenommen hatte.

»Ich kann Sie mir vorstellen, Madame«, sagte er, als Nadja auch diesen Tanz stumm absolvierte, stumm aus Angst, ihre Stimme könne zittern und die Seligkeit verraten, die seit Minuten durch sie rann wie ein süßes Gift. »Wie Sie im Schloß des Zaren, unter den Augen von Alexandra Feodorowna, mit den Offizieren in ihren glänzenden Uniformen tanzten. Sie müssen, wo Sie auftraten, wie eine Sonne gewirkt haben.«

Nadja durchzog ein heißes Flimmern. »Was wissen Sie von Petersburg?« fragte sie leise. »Wieso habe ich am Hof...«

»Mein Großvater kam aus Rußland nach Frankreich. Mein Vater war schon Franzose, ich bin ein glühender französischer Patriot. Aber die Bindung zu Rußland riß nie ab. Tanten und Onkel leben noch auf ihren Gütern, das heißt, jetzt sind sie Emigranten wie Sie. Ich habe immer ein Ohr für den Osten gehabt, und eine Tante schrieb mir aus Petersburg, daß im Zarenschloß ein bezauberndes Mädchen lebe, eine Tochter Rasputins, was man gar nicht begreifen könne, denn ein Wunder sei's, daß von einem solchen Untier ein solcher Engel abstamme...«

Mit einem Ruck machte sich Nadja frei und trat an die Wand zurück. Ihr Blick flammte und war golden und gefährlich. »Wer meinen Vater beleidigt, den hasse ich! Und meine Mutter war eine wunderbare Frau!«

René Stanislas wischte sich mit einem seidenen Tuch über die erhitzte Stirn. Er war weit davon entfernt, erschrocken zu sein.

»Madame«, sagte er. »Es liegt an Ihnen, mir über Ihren Vater die Wahrheit zu erzählen. Was wissen wir über ihn? Nur Schlechtes. Ich war damals, als ich den Namen Nadja zum erstenmal hörte, fünfundzwanzig Jahre alt und glaubte alles, was in den Zeitungen über Rasputin stand. Ich verkehre seit Jahren in den Kreisen der russischen Emigranten und wußte, daß Nadja, die Tochter, in Paris ist. Als ich die Einladung bekam, fragte ich meine russischen Freunde, ob diese Nadja Gurjewa... und sie nickten.« Stanislas atmete tief auf. »Ich bin zu dem heutigen Abend gekommen, um Sie zu bewundern, Madame. Und nun hassen Sie mich.«

»Wie heißen Sie?« fragte Nadja schwach. Der Klang seiner Stimme, das Leuchten seiner Augen... Nikolai war wiedergekommen.

»René Stanislas. Eigentlich Stanislasky, aber wir haben seit dem Großpapa den Namen etwas französisiert...« Er sah Nadja mit jungenhaft bettelnden Augen an und bemerkte Gabriel, der sich von der Bar löste und zur Bibliothek strebte. Nur wenige Sekunden Zeit blieben ihm, das wußte Stanislas. »Ich möchte von Ihnen alles über Ihren Vater wissen«, sagte er schnell. »Übermorgen im Park der Tuilerien. Wenn Sie von der Place de la Concorde kommen, rechts, am dritten Weg. Dort steht eine Buschgruppe, gekrönt von einem Standbild der Nymphe. Ich warte auf Sie.«

»Sie sind verrückt, Stanislas!«

»Um vier Uhr nachmittags.« Gabriel war näher gekommen. Stanislas verbeugte sich galant. »Sagen Sie ja, Madame, und ich erlöse Sie sofort von mir.«

»Nein!« sagte Nadja leise. »Nein!«

»Aber ich warte...«

René Stanislas wandte sich ab, nickte Gabriel freundlich zu und ging an ihm vorbei in den Salon. Nadja sah ihm nach, und ihre Augen waren wie verschleiert.

Nikolai. Er geht wie Nikolai. Die gleichen Schultern, die gleichen Hüften. Selbst den Kopf trägt er so wie Nikolai. O Gott, ich habe ihn wieder...

»Amüsierst du dich gut, Liebste?« fragte Gabriel. Trauer lag in seiner Stimme. Das war das einzige, was er empfand, als er sie ansah.

Nadja nickte krampfhaft. »Ja«, sagte sie. »O ja, Jean! Ein schöner Abend und liebenswerte Gäste... Ich danke dir, daß du das alles für mich getan hast...«

Die Musik spielte wieder. Paare drängten zum Tanz in die Bibliothek. Gabriel legte seine Hand auf Nadjas Schulter.

»Noch einmal ein Walzer. Willst du?«

»Ja, aber ja, Jean.« Sie nickte, nahm seine Hand und ließ sich auf die Tanzfläche führen.

Aber es war kein seliges Wiegen mehr wie bei dem ersten Walzer. Sie tanzte hölzern, eckig, als habe sie Bleisohlen unter den zierlichen Schuhen, und Gabriel spürte es, aber er schwieg...

*

Um vier Uhr nachmittags bog Nadja in den dritten Weg rechts im Park der Tuilerien ein und sah schon von weitem aus den Büschen den nackten Oberkörper der steinernen Nymphe.

Zwei schreckliche Nächte lagen hinter ihr. Mit Selbstvorwürfen, mit Reue, mit Vernunft und mit Drohungen hatte sie versucht, sich selbst zu besiegen. Sie war stundenlang im Zimmer herumgegangen und hatte sich vor dem Spiegel entgegengeschrien: »Nein! Nein! Nein! Du bist undankbar! Jean hat dir Helena wiedergegeben! Du wirst ihn heiraten! Du mußt ihn heiraten!«

Dieses *Muß* aber war es, was sie immer wieder wegführte von einem Sieg über sich und ihr Herz, das nur zu klopfen schien, wenn sie an Stanislas dachte. »Ich bin verrückt!« sagte sie laut. »Mein Gott, ich bin verrückt! Ich kann Millionen haben, ich kann die reichste Frau von Paris sein... und was tue ich? Himmel, was will ich tun?«

Doch dann saß sie wieder in der Dunkelheit am Fenster, starrte auf die leere Straße und dachte an Nikolai Gurjew und an ihre Liebe, die mit ihm gestorben zu sein schien. Nun war das ein Irrtum, das spürte sie. Ihre Liebe blühte erneut auf, und es war keine Schande dabei, kein Verrat an Nikolai, denn René Stanislas war ihm so ähnlich, daß sie glauben konnte, vier Jahre Trauer seien nichts anderes gewesen als vier Jahre Warten auf Nikolais Rückkehr.

Sie hatte Saparin gefragt. »Helfen Sie mir, Boris Michailowitsch!« hatte sie verzweifelt gerufen. Und Saparin hatte geholfen. Er telefonierte sie drei Stunden später an.

»Geh zu ihm, Täubchen«, sagte er. »Stanislas hat drei Millionen. Nicht viel gegenüber Gabriel, aber immerhin genug für dich. Er ist Erbe einer Reederei in Brest. Zögere nicht, Vögelchen.«

»Geld! Geld!« hatte sie da geschrien. »Ihr denkt nur an Geld! Soll ich Gabriel verraten?«

»Liebst du ihn?«

»Nein.«

»Liebst du Stanislas?«

»Ja! Ich kann nichts anderes mehr denken als an ihn.«

»Und da fragst du mich, Täubchen?« Saparin lachte ins Telefon. »Breite die Arme aus und lauf ihm entgegen! Himmel und Hölle, was ist denn auf Erden wertvoller als Liebe? Danke Gott auf den Knien, daß du dein Herz wiedergefunden hast...«

Und so war es.

Unter der steinernen Nymphe mit den steilen, nackten Brüsten, halb verdeckt durch die hohen wuchernden Büsche, sah sie das Leuchten eines hellen Anzugs. Noch einmal zögerte Nadja, ihr Herzschlag trommelte wie die Pferdehufe einer Kosakentruppe. Gabriel ist verreist, durchfuhr es sie. Gestern ist er nach Marseille gefahren, zu einer seiner Bankfilialen. Erst am Freitag will er wiederkommen.

Drei Tage ohne Gabriel. Drei Tage mit Stanislas. O Jean... bester, guter Jean... wie kannst du es je verstehen... ich verrate dich... ich betrüge dich... und ich bereue es nicht... Ich bin nur ein Mensch, der wieder lieben kann. Endlich, endlich wieder lieben kann...

Und wie Saparin es ihr geraten hatte – aber sie dachte jetzt nicht an diesen Rat, sondern sie konnte nicht anders – rannte sie Stanislas entgegen, der aus den Büschen trat, mit ausgebreiteten Armen und selig geöffnetem Mund. Und Stanislas stürzte ihr entgegen, riß sie an sich... »Nadja!« rief er, und es war ein Schrei, als öffne er alle Pforten des Paradieses... und dann umklammerten sie sich, preßten sich aneinander, als wollten sie aus zwei Körpern einen einzigen schmelzen. Ein Leuchten war in ihren Augen, der den Tag in Silberglanz tauchte, und ihre Münder kamen sich entgegen wie zwei Flammen.

Mit geschlossenen Augen, nicht Mensch mehr, nur noch Liebe und Sehnsucht, empfing Nadja diesen Kuß, und es war der erste Kuß seit vier Jahren, den sie spürte mit ihrem ganzen Wesen.

Ich habe dich wieder, dachte sie selig. Ich spüre deine Lippen... Nikolai...

Hinter den Büschen, jenseits der steinernen Nymphe löste sich eine Gestalt und ging langsam zurück zur großen Promenade.

Gabriel hatte den Kopf tief gesenkt, seine Augen waren gerötet und seine Schultern nach vorn gedrückt.

Er ging langsam, müde und schwerfällig, und er schleifte das rechte Bein etwas nach, als sei er gelähmt von einer schrecklichen Trostlosigkeit.

Er wußte jetzt, daß er an Nadja Gurjewa zugrunde gehen würde.

14

Es war heiß. Die flimmernde Luft hatte sich wie ein Helm über die Gärten der Tuilerien gestülpt, die Fontänen der Springbrunnen glitzerten gegen die Sonne in allen Spektralfarben, nicht ein Windhauch bewegte die Zweige der hohen Bäume, und still war es im Park, von den fernen Kinderstimmen abgesehen, die auf der anderen Seite der großen Promenade von einem zwischen hohen Büschen liegenden Spielplatz herüberwehten. Um die runden Becken der Gartenteiche saßen die Müßiggänger auf gelbgestrichenen Klappstühlen und hoben die Gesichter in die Sonne, oder sie knieten am Rand der Bassins und fütterten die Goldfische, die hier so gut genährt und fett waren wie alte, bemooste Karpfen.

»Ich liebe dich«, sagte Nadja, und sie schämte sich nicht, es zuerst zu sagen. »O Himmel, ich liebe dich, René. Es ist, als ob sich die Welt verändert hätte...«

»Sie hat sich verändert, bei Gott.« René Stanislas streichelte ihr Haar und war gefesselt von ihren großen dunklen Augen, in denen ein Goldpunkt tanzte, so daß er sie immer anstarren mußte und völlig in ihren Bann geriet. »Haben wir überhaupt gelebt bis zum heutigen Tag?« Er umfaßte Nadjas Körper, drückte ihn an sich und spürte ihr Zittern, das Zucken ihrer Muskeln und die Sehnsucht, die sie durchrann. »Wann heiraten wir?«

»Morgen... heute... sofort...« Sie lachte, bog sich in seiner Umarmung zurück und warf die Arme hoch in die Luft. Er hielt sie fest um die Taille gepackt, und so lag sie in seinen Händen – ein Mensch, der sein Glück hinauslacht und sich nicht schämt, zu zeigen, was er empfindet. »Glaubst du daran, daß die Liebe wie eine Explosion ist? Plötzlich springt etwas auf, man zerbirst, das Blut rinnt und rinnt und man ist so glücklich dabei. Wie ein Wahnsinn ist sie! Ja, wie ein Wahnsinn! Sag... bin ich wahnsinnig?«

»Ja«, sagte Stanislas. »Ja. Du bist wahnsinnig. Deine Augen glühen...«

»Und mein Körper glüht. Alle Glieder glühen. Ich verbrenne und könnte dabei singen!«

Und wirklich, wie von Sinnen war sie. Vier Jahre Erstarrung fielen von ihr ab; wie ein Wolf kam sie sich vor, der hungernd durch die Taiga streicht und plötzlich einen Berg von Fleisch sieht, rot und dampfend von heißem Blut. Und mit mächtigem Satz, mit letzter verzweifelter Kraft springt er in das Fleisch, heulend und jaulend, beißt sich fest, wälzt sich in dem Blut und ist verrückt und blind und zerrissen vor Freude.

»Was soll aus uns werden?« sagte sie nach einiger Zeit. Sie hatten sich geküßt, als müsse der eine den anderen damit zum

Leben erwecken, sie hatten sich an den Sockel der steinernen Nymphe gelehnt, um nicht in ihrem Glück umzusinken und in das Gras zu rollen; verdammt, sie benahmen sich wirklich wie Irrsinnige, und es war gut, daß sie hinter den Büschen standen und niemand sie sah und daß vor allem Gabriel gegangen war, bevor ihre Herzen zersprangen und den Verstand mitrissen. Wer hätte so etwas ruhig ansehen können?

Stanislas lehnte an der steinernen Nymphe, über deren nackten Brüsten das Gold der Sonne lag. Seine schwarzen Locken waren zerzaust, Schweißperlen rannen ihm über die Nasenwurzel zum Mund. Er hatte den Hemdkragen aufgerissen und den Schlips heruntergezogen. Mit beiden gespreizten Händen fuhr sich Nadja durch die aufgelösten Haare. Sie atmeten beide schwer und hastig, und ihre Körper glühten.

»Du kommst mit mir in mein Haus«, sagte Stanislas.

»Wo ist dein Haus?«

»Am Bois de Boulogne. Boulevard Anatole France. Eine weiße kleine Villa in einem Park von Platanen und Buchen.« Stanislas lehnte den Kopf weit zurück gegen die Statue. Sein Hinterkopf ruhte auf den Zehen der Nymphe. »Ich gestehe, daß ich das Haus selten gesehen habe. Wenn du mich fragst, wie es eingerichtet ist – ich weiß es nicht. Möbel sind drin, ja, Gemälde, Steinplastiken, Teppiche, ein orientalischer Salon ... das weiß ich genau ... Alles Sachen, die mein Vater nicht in Brest gebrauchen konnte und zu mir hat bringen lassen. Ein Museum ist es! Ein Sammelsurium aus aller Welt. Mein Vater hat die ganze Erde bereist und war nie zimperlich mit Andenken. Nur nachher wußte er nie, wohin damit! Unsere ganze Familie ist ausgestattet mit seinen Reiseandenken. So hat er einmal der alten Tante Jeanne einen Hocker aus einem Elefantenfuß geschenkt. Tante Jeanne war damals achtzig Jahre alt.«

»Was wird dein Vater über mich sagen?« fragte Nadja.

»Ich werde Mühe haben, den alten Knaben von einem neuen Frühling fernzuhalten!« Stanislas lachte leise und zog Nadja an sich. »Es gibt keinen Mann, gleich welchen Alters, der dir nicht zu Füßen liegen würde!«

»Ich bin eine Tänzerin vom *Moulin Rouge*! Ein Tingeltangelmädchen! Deine Familie wird entsetzt sein!«

»Ich heirate nicht die Moral meiner Familie, sondern dich.«

»Ich bin arm!«

»Das ist das Zweitschönste an dir.«

»Ich bringe ein Kind mit.«

»Es wird mein Kind sein ... unser Kind.«

»Ich war für eine Nacht die Geliebte Cassinis und Gabriels. Weißt du das?« Sie war ernst geworden und begann ihre Haare aufzustecken und die Haarnadeln aus dem Gras zu sammeln. »Man wird das überall erzählen, auch deinem Vater ... die Frau René Stanislas' lag schon in anderen Betten ...«

Stanislas zündete sich mit bebenden Fingern eine Zigarette an. »Warum bist du so grausam, Nadja?« fragte er leise.

»Du sollst wissen, wen du heiraten willst! Ich bin alles, was eine Frau nicht sein darf, die einen Mann wie dich heiratet: Emigrantin, Tänzerin, Geliebte anderer Männer, arm, mit Kind, eine Frau, die sich jede Nacht zweimal vor Hunderten von Augen ausstellte, um Geld damit zu verdienen ... Was früher war, drüben in Rußland? Wer fragt danach? Bin ich jemals im Zarenschloß erzogen worden? War ich die Freundin der Großfürstinnen? Liebte mich die Zarin wie ihre eigenen Töchter? Hatte ich Hauslehrer, machte ich Hofbälle mit, war ich die Frau eines Gardeoffiziers des Zaren? War mein Vater der mächtige Rasputin?« Sie trat zwei Schritte zurück und senkte den Kopf. »Sieh mich an, René ... sieht man das alles noch? War das nicht alles ein Märchen? Von Zarskoje Selo zum Tingeltangel ... gibt es überhaupt einen solchen Weg? Ist nicht alles gelogen? Bin ich nicht ein billiges Animiermädchen und weiter nichts? Und so etwas will der Reeder Stanislas heiraten?«

»Du bist für mich die einzige Frau, die ich mit ganzer Seele liebe, und die erste Frau, zu der ich sagte, daß ich sie heiraten will! Alles andere werfe ich von mir!«

»Und das Gerede der Leute?«

»In unserem Haus im Bois, in dem großen Park haben wir eine eigene Welt! Und jeden, der in diese Welt eindringen will, vernichte ich!« Stanislas warf die Zigarette weg und zertrat sie im weichen Grasboden. »Ab morgen werden die Handwerker im Haus sein. Drei Wochen gebe ich ihnen ... dann nehme ich dich auf meine Arme und trage dich in unser Paradies. Und wenn hinter uns die Tür zufällt, beim Himmel ja, dann ist das so, als ob man einen Ort verlassen hat, an dem einen das Weiterleben ekelte.«

»In drei Wochen?« Nadja wandte sich ab und sah hinüber zum Louvre und zu den Kaskaden des runden Brunnens. »Und Gabriel?«

Nach dem Sturm der Liebe kam nun die Ernüchterung. So ist das immer ... wo der Wind weht, fallen die Blätter, und man hat Mühe, sie wegzukehren. »Wir haben an Gabriel nicht gedacht.«

»Ich werde mit ihm sprechen.«

»Und du glaubst, er hört dich an?«

»Wenn er ein Ehrenmann ist ...«

»Er wird *dir* vorwerfen, kein Ehrenmann zu sein.«

»Gabriel wird sich überzeugen lassen müssen, daß Liebe stärker ist als Dankbarkeit. Du hättest Gabriel geheiratet?«

»Ja«, sagte Nadja leise mit abgewandtem Blick.

»Und dann?«

»Auch daran gewöhnt man sich, eine Puppe auf einem goldenen Sofa zu sein.«

»Und dein Herz?«

»Das Herz! Wer hat mich in den letzten Jahren danach gefragt?« Sie lachte bitter und zog die Schultern nach vorn. »Mein Herz war Helena. Ich gebe alles für sie.«

»Es wird sich alles ändern.« Stanislas zog Nadja an den Schultern zu sich; hintereinander standen sie dann, seine Hände lagen auf ihren Brüsten, und sie fand das ganz natürlich, denn sie gehörte ihm voll und ganz, und alles, was er tat, war vorausbestimmt und richtig. Sie sahen in die grelle Sonne, hinüber zur Promenade, zu den Fischteichen, zu den glitzernden Fenstern der Tuilerien und des Louvre und zu den Kindern, die über die Wege tollten und sich hinter den Büschen versteckten. Ein Eisverkäufer schabte Eis aus zwei um den Hals gehängten Metallkästen; ein Blinder tappte, mit seinem weißen Stock um sich tastend, die große Promenade hinunter; zwei alte Frauen saßen auf einer Bank und stritten sich; von der Seine her tönte das Hupen eines Schiffes, das abfuhr, um Touristen die Schönheit von Paris vom Wasser aus zu zeigen.

Das Leben! Tausendfältig, immer neu, immer faszinierend, immer liebenswert. Wer das Leben nicht liebt, war nicht wert, daß er geboren wurde.

Nadja bewegte sich unter Stanislas' Händen und sah ihn mit weit zurückgelegtem Kopf an. Er küßte sie, und seine Hände hielten ihre Brüste fest.

»Komm zu mir...« sagte sie klar und unbefangen. »Avenue de New York, Ecke Place de l'Alma. Morgen abend...«

Er nickte, legte sein Gesicht auf ihre Schulter und genoß den Schmerz der Seligkeit.

Erst gegen Abend verließen sie die Gärten der Tuilerien. Goldrot hing die Sonne über Paris, die mächtige Kuppel von Sacré-Cœur flammte in Rot, als brenne sie, und die Spitze des Eiffelturms verschwamm in goldenen Wolken. Umarmt, aneinandergedrückt, so eng, daß sie sich beim Gehen behinderten, ein fast törichtes Bild, zwei erwachsene Menschen verliebt wie zwei Schüler zu sehen, die schon seufzen, wenn der eine den anderen anlächelt, gingen sie im Strom der anderen Passanten die große Promenade hinunter, um den achteckigen Teich herum und unterhalb der Terrassen durch das Gittertor, an dem man einst der Königin Marie Antoinette mit der Guillotine den Kopf abschlug, hinaus auf die Place de la Concorde.

Am Ende der Champs-Elysées glänzte der Arc de Triomphe in der untergehenden Sonne. Da blieben sie stehen, sahen stumm auf diese Schönheit und küßten sich. Die anderen Menschen waren ihnen gleichgültig, aber auch die anderen Menschen beachteten sie nicht. Ein Kuß in Paris gehört zum Leben wie ein Atemzug.

»Wie schön ist das Leben!« sagte Nadja leise. »O Gott, ich sehe wieder, wie schön es ist...«

Und das war ein Ausruf, mit dem die letzte Bindung zur Vergangenheit von ihr abfiel wie durchschnittene Fesseln.

*

Nadja kehrte nicht mehr in die Wohnung Gabriels in der Avenue Foch zurück.

Von Saparin, den sie durch Taxikollegen verständigen ließ, er solle sie anrufen, ließ sie Helena abholen.

»Laß alles da, Boris Michailowitsch«, sagte sie, als Saparin an die Kleider und den Schmuck erinnerte und sich die Haare raufte über soviel Ehrlichkeit. »Hol Helenuschka ab, so wie sie ist, und bring sie zu mir. Ich will nichts mitnehmen.«

»Der Schmuck, Nadja Grigorijewna!« schrie Saparin ins Telefon. »Von dem Schmuck können hundert Emigranten zehn Jahre bequem leben und sich sogar ab und zu einen Wodka leisten! Wenn Sie Skrupel haben – o heiliger Anastas, wer hat heute noch Skrupel? –, das Zeug selbst zu nehmen, so senden Sie es dem Konto ›Russische Hoffnung‹, oder stiften Sie für unsere orthodoxe Kirche in der Rue Daru eine große Ikone und dem Popen Dimitri, dem armen Hund, eine neue goldene Kamilawka. In seiner alten, aus Kiew geretteten, sieht er aus wie ein Mensch, der mit dem Kopf im Wasser schläft! Nadja! Seien Sie keine Närrin: Nehmen Sie den Schmuck mit.«

»Er gehört mir nicht, Boris Michailowitsch«, sagte Nadja streng. »Gabriel hat ihn mir gekauft, in der Annahme, daß ich seine Frau werde! Das ist vorbei.«

»Als ob Gabriel diese Million merkte!«

»Nur Helena! Bringst du etwas anderes mit, ist unsere Freundschaft zu Ende. Verstehst du? Und dann nimmst du einen Brief mit und legst ihn Gabriel auf den Schreibtisch.«

»Wenigstens das Diadem, Nadja...« jammerte Saparin. »Seien Sie nicht grausam. Das Diadem erinnerte mich an Rußland. Meine Mama trug so etwas Ähnliches bei den Bällen. Und wenn wir das Diadem auseinandernehmen und die Steinchen verkaufen... Nadja Grigorijewna, wir könnten uns zusammentun, ich kaufe noch vier Autos und beteilige Sie am Umsatz.«

»Sie sind ein schmutziger Mensch, Boris Michailowitsch«, sagte Nadja mit befehlender Stimme. »Reden Sie nicht weiter! Bringen Sie mir Helena. Wie kann ein Graf so weit sinken.«

»Den Grafen hat die Müllabfuhr mitgenommen!« Saparin

knirschte mit den Zähnen. Es ging ihm gegen den Strich, eine große Chance einfach zu verschenken. Aber er tat, was Nadja ihm befohlen hatte, wie er überhaupt alles tat, was sie wollte. Er liebte sie unendlich und vergeblich, das wußte er. Aber diese stille Liebe gab seinem Leben den ständigen Rhythmus der Betriebsamkeit, und diese brauchte er, um nicht, wie an Ostern oder Weihnachten, an die Vergangenheit zu denken, den Kopf auf den Tisch zu legen und loszuheulen wie ein sterbender Wolf.

In der Avenue Foch gab es dann noch eine böse Auseinandersetzung mit dem Butler Jean Gabriels. Er weigerte sich, Saparin das Kind herauszugeben, und wollte ihm die Tür vor der Nase zuschlagen. Aber Saparin hatte damit gerechnet und seinen Stiefel zwischen die Tür gestellt.

»Nicht so, mein Freundchen!« schrie er. »Oha! Hochnäsig ist er, der Nachttopfträger seines Herrn! Geh aus dem Weg, du Bettnässer, und gib Helena heraus.«

»Eine russische Wanze!« erwiderte der Butler stolz und klopfte die Hände ab, als staube Saparin. Aber gar nicht fein trat er Saparin dabei auf die Zehen, daß diesem die Tränen in die Augen traten und er vor Schmerz durch die Zähne pfiff. »Ich zerquetsche dich.«

Mit einem Ruck riß Saparin die Tür auf und gab dem Butler eine schallende Ohrfeige. Das war zuviel. Bleich trat der Diener zurück, zupfte seine Livree zurecht und wies in die Wohnung. Noch standen überall die Blumensträuße in riesigen Vasen und erinnerten an die Nacht, die Gabriels größter Triumph werden sollte und seine schrecklichste Niederlage wurde. Ohne ein weiteres Wort rannte Saparin durch die Räume, fand Helena in einem ausgeräumten Zimmer, in dem sich jetzt Spielsachen stapelten; sie war gerade dabei, ihren Puppen einen langen Tisch zu decken. Damasttischtücher und feinstes Porzellangeschirr hatte Gabriel heranschaffen lassen. Ein Kindermädchen schrie leise auf, als Saparin mit wirren Haaren und rollenden Augen die Tür aufriß.

»Keine Sorge, Püppchen!« sagte Saparin und winkte ab. »An was du denkst, darüber können wir uns unterhalten, wenn es dunkel ist. Jetzt hältst du den schönen Mund, siehst in die andere Ecke und wunderst dich über gar nichts mehr. Verstanden?«

»Monsieur...« stammelte da das Kindermädchen. Saparin knirschte mit den Zähnen.

»Ruhe! Oder soll ich dir den Rock herunterreißen?«

»O Himmel!« Das Mädchen floh in die entfernteste Ecke und sah starr mit an, wie Saparin Helena an die Hand nahm, ihr einen Kuß auf die Stirn gab und mit ihr das Zimmer verließ. In der Diele stand noch der Butler; er hatte eine rote Backe, denn Saparins Ohrfeigen waren schon auf seinen Gütern in Rußland berühmt gewesen. Wortlos ließ er Saparin vorbeigehen, aber als dieser schon fast im Treppenhaus war, hob er das Bein und trat Saparin kräftig in den Hintern. Saparin zuckte zusammen und drehte sich langsam um.

»Nur die Gegenwart von Helena Nikolajewna hindert mich daran, dich jetzt zu einem Eunuchen zu machen!« sagte er böse. »Aber vermeide es, irgendwann und irgendwo in meine Nähe zu kommen. Einen russischen Grafen zu treten... Freundchen, dafür wurde man früher aufgehängt! Merke dir mein Gesicht und renne, wenn du es irgendwo wiedersiehst...«

So kam Helena zu Nadja zurück, und Saparin nahm einen Brief mit, den er – welch ein Triumph war das! – persönlich abgab. Er klingelte, wußte, daß der Butler durch den Türspion blickte und freute sich, als die Tür langsam aufschwang. Der Diener hatte ein Stück Gummischlauch in der Hand.

»Keine Angst«, sagte Saparin und hielt ihm den Brief hin. »Heute gebe ich nur diesen Brief ab. Aber sehen wir uns ein drittes Mal, dann stecke deinen Gummischlauch weg. Es sei denn, du findest Gefallen daran, daß man ihn dir in den Hintern steckt und Pfeffer hineinbläst. Die Mongolen tun so etwas, und sie haben einen schönen Erfolg mit dieser Methode.«

Pfeifend, vergnügt über soviel Spaß, hüpfte Saparin die breite Steintreppe hinab. Finster sah ihm der Butler nach, spuckte aus und warf die Tür zu.

»Pack!« sagte er stolz. »Russischer Abfall! Daß man so etwas bei uns duldet...«

Eine Stunde später kam Jean Gabriel aus seiner Banksitzung zurück und sah den Brief, der auf einem silbernen Tablett auf seinem Schreibtisch lag. Schwer setzte sich Gabriel in einen der Gobelinsessel und strich sich mit beiden Händen über das Gesicht. Er brauchte den Brief nicht zu öffnen, er brauchte nicht zu fragen, wo Madame und das Kind seien... zwei Stunden lang hatte er die Sitzung hinausgezögert und immer wieder geredet und geredet. Verdammt, er hatte Angst gehabt, nach Hause zu fahren und das vorzufinden, was er nun sah: eine leere Wohnung, einen Brief, eine Niederlage, die Zerstörung eines Traums, das Ende einer Liebe, an die er sein ganzes Leben hängen wollte.

»Darf ich Monsieur etwas bringen?« fragte der Butler.

Gabriel schüttelte den Kopf. »Nein.«

»Einen Cognac?«

»Nein.«

»Ein Glas Champagner?«

»Nein!« schrie Gabriel. Er schlug mit der Faust auf den Tisch. Das Silbertablett sprang hoch und fiel auf den Teppich. Der schmale Brief flatterte unter den Schreibtisch, und der Butler kroch unter den Tisch und holte den Brief wieder hervor. »Lassen Sie mich allein!«

Und dann las Gabriel Nadjas Brief, und die schönen Worte, die erklären sollten, was nicht zu erklären war, zogen an seinen Augen vorbei, und sie hatten alle Töne, Stimmen und Klänge, und immer war es das gleiche: ein Lachen, ein leises Kichern, ein höhnisches Feixen.

Du bist ein alter Mann, Jean ... du bist ein alter, dicker, reicher, dummer, verliebter, genarrter, verlassener, armer Mann. Ganz Paris wird über dich lachen ... dafür wird schon Cassini sorgen. Und die Frauen werden dich anlachen, wenn du sie anschwärmst, und dich fragen: Wie ist das eigentlich, Jean ... warum lief Ihnen Nadja weg? Fehlt es Ihnen an Männlichkeit? – Und er würde dastehen, bleich und stumm, und den Spott über sich ausschütten lassen wie aus Jauchekübeln.

Verzeih mir, Jean ...

Ich hatte geglaubt, mit Dir sei das Glück endlich in mein Leben gekommen. So viel verdanke ich Dir. So unendlich viel. Aber dann kam René zu unserem Fest, und seit dieser Stunde weiß ich nicht mehr, was ich tue. Vielleicht ist es dumm, vielleicht ist es ein Unglück – ich will es gar nicht wissen. Ich weiß nur, daß ich glücklich bin. Gönne mir dieses Glück und verzeih mir, Jean ...

Gabriel legte den Brief zurück auf den Schreibtisch, zündete eine Kerze an, hielt das Papier an die Flamme und ließ den Brief in einem großen marmornen Aschenbecher verbrennen.

»Ich bin kein Übermensch«, sagte er laut, als er die Asche zwischen den Handflächen zerrieb und nur Staub übrigblieb. »Gott verdammt noch mal! Und wenn wir an dir zerbrechen sollen, Nadja Gurjewa, dann alle ... alle ... ohne Ausnahme! Reinen Tisch, meine Liebe. Das war immer mein Grundsatz: Keine Krümel übriglassen!« Er straffte sich und atmete tief. »Gut denn, gehen wir vor die Hunde!«

Er telefonierte nach seinem Wagen, ging in den Ankleideraum, schellte dem Butler und zog sich um. Er nahm einen schwarzen Anzug und schwankte als Kopfbedeckung zwischen einem englischen steifen Hut, einer Melone, und einem neutralen schwarzen Filzhut mit breiter Krempe. Er entschloß sich für den letzteren und zog sogar schwarze Handschuhe an.

»Ein Begräbnis, Monsieur?« fragte der Butler und bürstete den schwarzen Anzug an den Schultern ab.

»Ja«, sagte Gabriel kurz.

»Ein Bekannter, wenn ich mir die Frage erlauben darf?«

»Sehr bekannt.« Gabriel sah in den beleuchteten überlebensgroßen Spiegel des Ankleidezimmers. Er erkannte sich selbst kaum wieder. Dieser verfallene Mensch soll ich sein, dachte er erschrocken. Habe ich immer so ausgesehen? Nie ist es mir so aufgefallen wie jetzt. Vielleicht war es ein Fehler, so wenig in den Spiegel zu schauen? Ein Mann, dachte ich, ist immer interessant, wenn er Geld genug hat. Dann werden sich immer welche finden, die ihn bewundern.

Gabriel sah sein Spiegelbild ernst an, schüttelte langsam den Kopf und verließ seine Wohnung an der Avenue Foch.

»Boulevard Anatole France...« sagte er zu seinem Chauffeur. »Zu Monsieur Stanislas. Fahren Sie langsam, wir haben Zeit. Ich möchte mir Paris in der Abendsonne ansehen...«

*

René Stanislas war nicht im geringsten erstaunt oder überrascht, als ihm sein Diener den Besuch von Jean Gabriel meldete. In der weißen Villa mit Säulchen und Erkern rumorten, hämmerten, sägten und bohrten die Handwerker. Lastautos und Pferdewagen standen hintereinander in langer Schlange auf den Parkwegen. Packer schleppten Möbel ins Haus, einen weißen Flügel mit goldenen Intarsien, venezianische Spiegel und Leuchter aus buntem Muranoglas.

»Ich sehe, Sie bauen um«, sagte Gabriel mit einem schalen Geschmack im Mund, nachdem man sich die Hand gedrückt hatte.

»Ich schaffe ein Paradies für Nadja«, antwortete Stanislas ruhig.

»Ich weiß. Ich habe es hinter mir. Nun sitze ich allein in meinem Paradies und kann mit goldenen Äpfeln kegeln...«

»Ihr Risiko, Gabriel.« Stanislas ging voraus zu seiner Bibliothek, die als einziger Raum in der Villa nicht verändert wurde. Er bot Gabriel einen Ledersessel an, aber dieser blieb stehen und stützte sich auf seinen schwarzen Stock mit goldener Krücke. »Wer eine Frau wie Nadja liebt, muß mit solchen Risiken rechnen.«

»Sie auch, Stanislas!«

»Nein. Ich bin zwanzig Jahre jünger als Sie.«

»Sie sind reichlich grob und ungeschliffen!«

Stanislas lächelte. »Sie sind nicht gekommen, Gabriel, um mir Freundlichkeiten zu sagen. Warum sollen wir die Zeit damit vergeuden? Ich habe Sie erwartet, und nun sollten wir offen sprechen.«

Gabriel nickte. Er winkte ab, als Stanislas zum Bücherschrank ging, um einen Cognac zu holen. »Nadja lebt bei Ihnen?«

»Noch nicht. In drei Wochen etwa. Wir werden heiraten.«

»Sehr löblich.« Gabriel sah aus dem Fenster. Ein Wohnzimmer im Rokokostil wurde gerade ins Haus getragen. »Nadja liebt Rokoko. Hat sie Ihnen das auch schon gesagt?«

»Nein! Unsere privaten Gespräche waren kurz. Wir brauchten uns nur über Termine zu einigen... die übrige Zeit liebten wir uns.«

»Sie Flegel!« Gabriel war rot geworden. Er umklammerte den goldenen Griff seines Stockes. »Man sollte Sie verhauen wie einen frechen Jungen! Ich lade Sie als Gast ein, und Sie mißbrauchen meine Gastfreundschaft und nehmen mir Nadja weg!«

»Ihnen ist nichts weggenommen worden, Gabriel. Sehen Sie doch einmal klar und nüchtern! Nadja empfand Dankbarkeit...«

»Aus ihr wäre Liebe geworden!«

»Die Liebe eines alternden Mannes zu einer Frau, die gerade im Begriff ist, zu vollster Reife zu erblühen. Warum umhüllen Sie sich mit Illusionen, Gabriel? Nadja ist wie ein heißer Wind über der Steppe... Sie wären in diesem Sturm vertrocknet!«

Gabriel sah an Stanislas vorbei gegen die Wand. Es war grausam, was er hörte, aber es war genau das gleiche, was er sich in den letzten Stunden selbst gesagt hatte. Nur ist es einfacher, sich in der Stille dies zuzuflüstern, als es laut und hart aus dem Mund eines anderen zu hören. Er wehrte sich dagegen, diese Wahrheit anzunehmen, er stemmte sich gegen die Erkenntnis, Nadja kampflos abgegeben zu haben, weil er ein alter Mann war. Der Trotz in ihm war stärker als die Vernunft.

»Sie geben Nadja nicht frei?« fragte Gabriel heiser.

Stanislas sah ihn an, als ob Gabriel gleich umfallen würde, um über den Teppich zu rollen wie ein Clown – so unwahrscheinlich war die Frage. »Meinen Sie das ernst?« fragte er, als er sah, daß Gabriel wirklich auf eine Antwort wartete.

»Natürlich! Ich appelliere an Ihr Ehrgefühl.«

»Was verlangen Sie von mir? Soll ich Paris verlassen? Soll ich in einer algerischen Oase Datteln pflanzen? Soll ich in Indochina Reis verpacken oder den Dschungel roden? Dort irgendwo müßte ich nämlich hin, um Nadja zu vergessen und nicht in Versuchung zu kommen, sie doch zu entführen!«

»Ich sehe, wir verstehen uns nicht«, erwiderte Gabriel steif. »Mir bleibt nichts anderes übrig, als Sie zu beleidigen und ein Schwein zu nennen!«

»Gut! Wenn es Ihnen gefällt und Sie erleichtert!« Stanislas sah Gabriel ernst an. Erst jetzt fiel ihm auf, daß Gabriel ganz in Schwarz vor ihm stand, und ein schrecklicher Verdacht stieg in ihm auf.

Das ist nicht möglich, dachte er. So weit kann er es nicht treiben. Wir leben im 20. Jahrhundert und nicht mehr in vergangenen Zeiten.

Gabriel atmete tief auf. Er klemmte seinen Stock unter die Achsel und trat nahe an Stanislas heran. Man sah es seinem Gesicht an, wie es in ihm tobte. Seine Wangen zuckten, und die Augäpfel hatten sich gelb verfärbt, als würde sein ganzer Körper mit Galle überschwemmt.

»Monsieur Stanislas...« sagte Gabriel heiser. »Ich nenne Sie einen Lumpen, einen Hundsfott, ein Schwein... Geben Sie mir Gelegenheit, für diese Beleidigungen einzustehen?«

»Nein!« Stanislas preßte die Lippen aufeinander. Gabriel hatte die Schimpfworte gebrüllt. Sie dröhnten durch die Tür, und die nebenan arbeitenden Handwerker mußten sie gehört haben. »Nein. Wir leben nicht im vorigen Jahrhundert, Gabriel.«

»Sie Feigling!« brüllte Gabriel. »Sie lächerlicher, infamer Feigling!«

»Nein!« sagte Stanislas bleich. »Sie zwingen mich nicht zu einer Dummheit! Nein!«

»Sie Zuhälter!« schrie Gabriel. Nebenan hörte das Hämmern auf, außerdem stand ein Fenster zum Garten offen, wo die Möbelpacker interessiert an der Hauswand lehnten. »Ihr ganzes Leben lang haben Sie nur Huren besessen! Wann hatten Sie Ihren letzten Tripper?«

»Sie provozieren mich nicht!« knirschte Stanislas. Er war grün vor Wut, aber mit geballten Fäusten hielt er sich zurück. »Sie nicht, Gabriel!«

»Nun denn!« Gabriel war plötzlich ganz ruhig. Er ließ den Stock aus der Achselhöhle in die Hand hinabrutschen, faßte den goldenen Griff fester und schlug einmal mit aller Kraft zu. Der Schlag traf Stanislas beim Zurückweichen auf die linke Schulter, und die Metallspitze des Stockes riß den Stoff auf. Polsterwatte quoll hervor wie Eingeweide. Gabriel lächelte böse.

»Nur Watte? Alle Muskeln? Und Sie wollen es mit Nadja aufnehmen?«

Stanislas lehnte sich gegen seinen Schreibtisch. Seine Hände bebten. Er griff an die Schulter und stopfte die Polsterwatte in den Stoffschlitz zurück.

»Was verlangen Sie?« fragte er tonlos. »Soll ich Ihnen den Schädel einschlagen?«

»Ich will Ihre Forderung.«

»Das ist doch Irrsinn!«

»Ich werde in ganz Paris verbreiten, daß Sie ein Feigling sind und ein Zuhälter!« Gabriels Stimme war eiskalt. »Ich mache Sie gesellschaftlich kaputt, wenn Sie nicht reagieren wie ein Ehrenmann.«

»Himmel noch mal! Ich bin ein moderner Mensch!« schrie Stanislas. »Unsere Vorväter schlugen sich herum.«

»Säbel oder Pistole?« fragte Gabriel ungerührt. »Ihnen als Beleidigtem steht die Wahl frei.«

»Von mir aus Küchenlöffel!«

»Gut! Also Pistolen! Fünfzehn Schritt nach jeder Richtung von der Mitte aus! Drei Schuß... oder bis Kampfunfähigkeit?«

»Von mir aus bis zum Tod!« schrie Stanislas. »Das ist ja ein Affentheater!«

»Sehr gut!« Gabriel nickte zufrieden. »Sie haben mich eben einen Affen genannt! Ich fordere Sie ebenfalls! Morgen kommt mein Sekundant, um alles zu besprechen. Baron de Signy. Und Ihr Sekundant?«

»Der Milchmann Rameau.«

»Sie mögen spotten, Stanislas... es wird an einem Morgen im Bois de Boulogne bitterer Ernst werden.«

»Im Bois! Wie schön, dann habe ich nicht weit.« Stanislas lächelte schwach. »Zufrieden, Gabriel? Es ist bekannt, daß Sie immer alles erreichen, was Sie erreichen wollen. Darüber wundert man sich und rätselt um die Methoden. Eine kenne ich jetzt. Ich gratuliere Ihnen, Gabriel. Sie hätten das Zeug zu einem Politiker. Sie können überzeugen... nach den Mitteln fragt doch niemand.« Er stieß sich vom Schreibtisch ab und trat auf Gabriel zu. »Noch etwas?«

»Nein! Doch ja... sagen Sie Nadja nichts von diesem Duell im Bois.«

»Für so klug dürften Sie mich halten.«

»Danke.« Gabriel klemmte seinen Stock wieder unter. »Haben Sie Pistolen?«

»Nur uralte. Sie hängen als Schmuck an der Wand.«

»Dann bringe ich welche mit. Eingeschossen und geölt.«

»Das beruhigt ungemein, daß sie nicht um die Ecke schießen.«

»Können Sie überhaupt schießen?« fragte Gabriel an der Tür. Ihm fiel das plötzlich ein. Stanislas schüttelte den Kopf.

»Das letztemal habe ich mit einer Kinderkanone geschossen. Da war ich zwölf Jahre alt.«

»Und im Krieg?«

»Ich war wegen des Kriegsschiffbaus reklamiert.«

»Dann sind Ihnen Degen vielleicht lieber?«

»Meine letzte Handwaffe war ein Holzschwert. Ich spielte die Jungfrau von Orleans. Sie werden es nicht glauben, aber mit acht Jahren sah ich aus wie ein Mädchen. Lange blonde Haare hatte ich. Löckchen bis auf die Schultern. Erst mit siebzehn wurde ich dunkler und immer dunkler...«

»Bleiben wir bei Pistolen!« Gabriel stieß die Tür auf. »Ich lasse Ihnen sogar eine Woche Zeit um Üben! Ich will absolut als Ehrenmann an meinem Gegner handeln! Heute in acht Tagen wird Baron de Signy zu Ihnen kommen und das Treffen festlegen.«

Gabriel verbeugte sich korrekt, und Stanislas antwortete mit einer ebenso stummen Verbeugung. Dann stand er am Fenster, sah Gabriel in seinen großen Wagen steigen, gefolgt von den neugierigen Blicken der Arbeiter, und trat zurück zum Bücherschrank, öffnete das Barfach und trank drei Cognacs hintereinander. Dann ging er im ganzen Haus umher, ließ die Möbel umstellen und probierte den weiß-goldenen Flügel aus, ob er beim Transport verstimmt worden war. Das G und das zweigestrichene C stimmten nicht, und er ging, um einen Klavierstimmer anzurufen.

Ein Duell, dachte er bei all diesen Handlungen. Mit Pistolen. Fünfzehn Schritt von der Mitte... das sind knappe dreißig Meter. Ist das viel für Pistolen? Kann man da vorbeischießen oder muß man treffen, wohin man auch zielt?

Wie schwer ist so eine Duellpistole? Können einem die Hände zittern? Wie schießt man überhaupt? In einem Film, den er gesehen hatte und der den Duelltod Puschkins zeigte, standen sich die Gegner gegenüber und hatten die Arme mit den Waffen weit vorgestreckt. War das so richtig oder nur ein Filmgag?

Stanislas winkte seinen Diener heran, der im neuen Damensalon das Drapieren der Portieren überwachte.

»Stimmt es, daß General de Polignon sich in seiner Jugend einer Dame wegen duelliert hat?« fragte er. Es gab nichts, was der Diener Robin nicht erfahren hätte, denn er war einem Kegelclub beigetreten, dem die Diener der besten Familien von Paris angehörten.

»Man sagt es, Monsieur. Der General spricht selbst darüber. Aber ob es wahr ist...« Robin hob die Schultern.

»Wo wohnt der General de Polignon?«

»In Clichy, soviel ich weiß. Morgen früh kann ich Ihnen die genaue Adresse geben, Monsieur. Wir kegeln heute abend.«

»Vorzüglich!« René Stanislas ging zurück in die Bibliothek. Er hatte beschlossen, General de Polignon nicht nur um Rat zu fragen, wie man eine Duellpistole hält, sondern bei ihm auch das Schießen zu lernen.

*

Wie zu einem Fest hatte Nadja Gurjewa ihre Wohnung an der Avenue de New York geschmückt. Saparin hatte Blumen angeschleppt, Champagner und Austern, Weißbrot und Gänseleberpastete, Kaviar und frische Landbutter, Radieschen und Salate, Olivenöl und Sardellen.

»Wer viel ißt, ist müde«, sagte Saparin, während er half, den Tisch zu decken, die Salate zu putzen und die Soßen anzurühren. »Bedenken Sie, Nadja Grigorijewna, Sie sollen sich heute nicht den Bauch vollschlagen, sondern Stanislas erobern! Wie wäre es, wenn ich drei Hände voll Rosenblätter ins Bett streute? Es macht einen guten Eindruck, wenn man die Decke zurückschlägt und das Laken ist bedeckt mit Blüten.«

»Das läßt du bleiben!« Nadja lachte ausgelassen und glücklich. »Welche Ideen!«

»Damit habe ich in Petersburg bei den Frauen großen Erfolg gehabt!« Saparin rührte eine Gewürzsoße. Die Schüssel hatte er zwischen die Knie geklemmt. »Selbst die Sprödesten wurden weich wie Butter in der Sonne, wenn sie die Rosenblätter im Bett sahen. Sogar Marfa Stafinskaja, das Aas, das jeden Mann abblitzen ließ. Die Wetten standen auf tausend Goldrubel! Ich habe sie gewonnen! Durch Rosenblätter! Man muß eben ein Köpfchen haben!«

»Du bist ein Wüstling gewesen, Boris Michailowitsch!«

»Aber es war schön, Nadja Grigorijewna. Sehr schön!«

Um neun Uhr abends klingelte es.

Ein Bote brachte einen Strauß roter Rosen. Ohne Schreiben. Ohne Auftrag.

»Aha!« rief Saparin und klatschte in die Hände. »Er kennt das auch, der gute Stanislas! Rote Rosen. Laß sie mich rupfen und auf die Kissen streuen, Nadja!«

»Hol eine Vase«, lachte sie. »Das ist seine Ankündigung, daß er kommt.«

Und wieder klingelte es. Ein neuer Bote. Mit einem Strauß weißer Rosen.

Ein dritter Bote nach fünf Minuten. Mit gelben Rosen.

Und fünf Minuten später der vierte.

Rosa Rosen.

Und noch einmal, der fünfte Bote, mit einem Riesenstrauß aus gelb-rot geflammten Rosen. Mit ihm kam die Hausmeisterin herauf, atemlos und schwitzend. »Kommen noch mehr?« rief sie. »Das ist ja fürchterlich, Madame! Ich habe einen Pfannkuchen auf dem Feuer! Und alle fünf Minuten klingelt es. Pfanne weg vom Feuer, zur Tür, öffnen, Blumen nach oben, warten, bis der Bote zurückkommt, abschließen, zurück zur Pfanne, aufs Feuer, es brutzelt, der Teig wird braun... und wieder klingelt es, Pfanne weg vom Feuer, zur Tür... Madame, wer kann das aushalten? Kommen noch mehr Blumen?«

»Der Himmel weiß es!« lachte Nadja, umarmte die Hausmeisterin und küßte sie auf beide Wangen. Sie rochen nach Öl vom Pfannkuchenbacken. »Der Himmel und René! O Gott ... wie glücklich bin ich...«

Saparin lief durch die Wohnung, suchte Vasen und stellte die Rosensträuße auf. Als er keine Vasen mehr fand – wer bekommt schon auf einmal so viel Blumen? –, nahm er einen Putzeimer und einen hohen Emaillekochtopf und stellte die Rosen hinein.

»Schönheit wirkt überall«, sagte er weise, als Nadja den Kopf schüttelte. »Meine Liebe, man kann solche Rosen sogar in einen

Nachttopf stecken, und der Nachttopf ist veredelt!« Er nahm seine Chauffeurmütze, stülpte sie über sein kurzgeschorenes Haar und grüßte stramm. »Und jetzt verlasse ich das Feld, auf dem in Kürze die Schlacht geschlagen wird! Ich bitte mir aus, Nadja Grigorijewna, daß morgen früh der Gegner besiegt und demoralisiert auf dem Rücken liegt!«

»In meinen Armen!« rief Nadja. »Aber das wirst du nicht sehen!«

»So ist es immer. Um die schönsten Stunden betrügt einen das Leben, wenn man eine arme Wanze ist.« Saparin lächelte, ging zur Tür, blieb stehen und kam zu Nadja zurück. Wie ein Vater, der seine Tochter zum erstenmal in das Eheschlafzimmer schickt, nahm er ihren Kopf zwischen beide Hände und sah ihr in die flimmernden Augen.

»Töchterchen«, sagte er, und wirkliche Ergriffenheit war in seiner Stimme. »Ich weiß, daß heute dein Leben neu beginnt. Gott segne dich! Ich gönne dir alles Glück, das Gott geben kann.«

»Mein guter Boris Michailowitsch...« sagte Nadja leise und senkte den Kopf. Sie spürte, wie er über ihrem Haar das Kreuz schlug, und sie kam sich vor wie eine sibirische Magd, vor der sich gleich die Tür öffnet, und dann ist die warme Stube da, der große, breite gemauerte Ofen, die heiße Plattform eng unter der hölzernen Decke, und auf dieser Plattform sieht man die Decken und einen Kranz aus Strohblumen und Kissen, die mit gerupfter Wolle gefüllt sind. Das Brautbett, aus dem Rußlands Ewigkeit geboren wird.

Sie stand noch so da, als Saparin längst gegangen war, und es waren die letzten Minuten ihres alten Lebens, das in einem zweistöckigen Holzhaus in Podunskoje in Sibirien am Tobol begonnen und ein Schicksal durchlaufen hatte, das jetzt wie eine alte Sage war, unwirklich und fern bis auf die Tatsache, daß Rasputin, der heilige Teufel, ihr Vater war.

Es klingelte wieder. Und diesmal war es Stanislas selbst. Er hatte leere Hände, und das war gut so, denn so konnte er Nadja hochheben auf seine Arme und in die Wohnung tragen, und er verirrte sich nicht, er fand die Tür des Schlafzimmers, als kenne er die Wohnung genau, trat sie auf und trug sie zum Bett.

Und das Bett war schon aufgedeckt, und Laken und Kissen waren bestreut mit roten Rosenblättern wie damals in Petersburg. Da weinte sie vor Glück, umklammerte Stanislas' Nacken und drückte ihr heißes Gesicht schamhaft gegen seine Wange.

»Das war Saparin«, flüsterte sie. »Nicht ich...«

»Man sieht, ein Graf weiß, was sich gehört!« Stanislas lachte wie ein großer Junge. Er beugte sich vor und legte Nadja auf die Rosenblätter, setzte sich neben sie und begann sie auszukleiden, und sie hielt ganz still, war wie eine Puppe, mit der man spielt, bis sie nackt vor ihm lag und er begann, mit beiden Händen die roten Rosenblätter zusammenzuscharren und auf sie niederregnen zu lassen. Auf den weißen Hals, auf die festen, gewölbten Brüste, auf den flachen Leib, auf den schwarzgelockten Schoß und die runden, kräftigen Schenkel.

Dann kniete er vor ihr und küßte jedes Rosenblatt, hob es mit seinen Lippen ab und entkleidete sie so zum zweitenmal. Und sie lag da mit geschlossenen Augen und wußte, was es heißt, im Paradies zu sein...

*

In der Nacht – sie sah nicht auf die Uhr, aber es war noch dunkel, und der Himmel über dem Eiffelturm zeigte keine Dämmerstreifen – wachte sie auf, stützte sich auf die Unterarme und sah Stanislas in das ruhige, zufrieden schlafende Gesicht.

»Mein Mann!« sagte sie leise. »Mein Mann! Mein Mann!«

Ein so schönes Wort war das, daß sie es immer wiederholte, wie eine Grammophonplatte, die einen Sprung hat.

Mein Mann... mein Mann... mein Mann... mein Mann...

Dann legte sie sich wieder nieder, kroch an ihn, kuschelte sich in seine Achselhöhle, roch seinen herben Schweiß. So schlief sie wieder ein, und es gab unter dem Himmel von Paris kein glücklicheres Paar...

*

Auch Stanislas wachte einmal auf, aber er wagte sich nicht zu rühren, denn Nadja lag halb über ihm, und eine ihrer Brüste lag wie eine Frucht in seiner Hand. Ihr Haar duftete nach Rosen, ihr zarter weißer, warmer Körper war glatt wie aus Porzellan, und wenn sie atmete, tief und ruhig im Schlaf, bewegte sich ihre Brust in seiner Hand, als streichle sie ihn.

Mein Vögelchen, dachte Stanislas, und seit vier Generationen dachte er wieder russisch. Mein verzaubertes Schwänchen.

Und dann dachte er: Ja, es lohnt sich, sich für sie zu duellieren. Gabriel hat recht: eine solche Frau will erkämpft sein. Schießen wir uns also, Monsieur. Ich werde bei General de Polignon lernen, wo Kimme und Korn ist und wo man abdrücken muß...

Und er rührte sich nicht, streichelte mit dem Daumen die Brust in seiner Handfläche und atmete den Rosenduft ihres Körpers ein, bis er einschlief, müde von all dem Glück, das ihm gehörte...

*

Schon am nächsten Morgen nahm Stanislas den Schießunterricht bei General de Polignon auf.

Der General zeigte keinerlei Befremden, als Stanislas ihm sein Anliegen vortrug. Im Gegenteil, er klatschte in die Hände, und sein weißer Schnurrbart zitterte vor Begeisterung.

»Gabriel ist es?« rief de Polignon. »Mein Bester, dem werden wir eins vor die Weste ballern, daß die Ärzte zu Flickschneidern werden! Daß ich es noch erlebe, wie die Jugend sich zu den alten Idealen von Mannesehre bekennt! Mein lieber Stanislas – ich werde Ihnen die beste Pistolenausbildung geben, die je ein Franzose hatte!«

Und so war es.

Jeden Tag übten Stanislas und der alte General im Garten der Villa in Clichy das Schießen. Sie zielten auf große Pappscheiben und Bretter, und als Stanislas soweit war, aus dreißig Metern ein Brett von zehn Zentimeter Breite zu treffen, was – wie de Polignon sagte – in der Größe ungefähr der Stelle über dem Herzen entsprach, auf die es ankam, ging man dazu über, genauere Ziele mit einem Schuß zu treffen.

Der General stellte Strohpuppen auf und bemalte auf ihnen mit roter Mennigefarbe gewisse Stellen. So machte er einen kleinen Kreis in der Herzgegend, auf der Stirn, in der Gegend der Milz, zwischen den Augen – alle Achtung, der General gab sich große Mühe und wurde dabei wieder jung.

Stanislas zielte und schoß, zielte und schoß ... mal daneben, mal mitten in den roten Kreis, mal völlig an der Puppe vorbei, weil er gerade dann an Nadja dachte und an die Möglichkeit, daß Gabriel noch besser schießen konnte und ihn besiegte. Was geschah dann mit Nadja?

General de Polignon seufzte in seinen Schnurrbart hinein. Ein unbegabter Mensch, dachte er. Selten habe ich einen so schlechten Schützen gehabt. Keinerlei Einstellung zur Pistole hat er! Eine Waffe muß man lieben, wenn man sie gebrauchen will, aber dieser Mensch tut so, als sei es eine Qual, Pulverdampf zu riechen. Als Soldat völlig unbrauchbar! Als Duellant ... de Polignon sah in den Frühsommerhimmel und seufzte wieder. Es war nur zu hoffen, daß Jean Gabriel noch miserabler schoß ...

In den Stunden zwischen den Schießübungen und den wenigen Minuten, die Stanislas aufwandte, um in seinem Büro, das ohne ihn ebenso reibungslos lief, als wenn er zugegen gewesen wäre, nach dem Rechten zu sehen und die Zahlen zu lesen, die ihm der Buchhalter der Exportabteilung vorlegte, vollzog sich der Umzug Nadjas in die kleine weiße, säulengeschmückte Villa am Bois de Boulogne. Was Nadja in den Jahren der Not lieb geworden war, nahm sie mit in ihr Paradies ... da war der erste Sessel, den sie sich als Schürzennäherin verdient hatte, ein Bild von Marseille, wo sie Frankreich betreten hatte, zwei Tischdecken, die sie in den langen

Abenden in der Dachkammer im Quartier Latin bestickt hatte, und ein handgewebter Teppich, der nie fertig geworden war. Das Wertvollste aber waren zwei Dinge: die ausgebleichte, mit Blutflecken übersäte Uniform Nikolai Gurjews, die er auf seiner Flucht vom Straflager Ust-Tschenaja bis Wladiwostok getragen hatte, die Uniform, an der noch getrocknete russische Erde hing, Waldboden aus der Taiga, und in den Nähten grüne Nadeln sibirischer Zedern. Ein Heiligtum war das für Nadja Grigorijewna. Auf einem bestickten Bügel hing auch die letzte Gala-Uniform im Schrank, ein Meisterwerk des Schneiders Klobkow aus Wladiwostok, bevor er sowjetischer Stadt-Kommandant wurde, und wenn ein Feiertag war, Ostern, Weihnachten, Nikolais Geburtstag, der Hochzeitstag oder Helenas Geburtstag, dann holte Nadja diese Uniform aus dem Schrank und hängte sie neben den Tisch, der festlich gedeckt war. So war Nikolai immer dabei gewesen, die Erinnerung starb nie, und Rußland war überall.

Noch hämmerten und sägten die Handwerker in der Villa Stanislas, aber zwei Zimmer für Nadja und Helena waren schon fertig eingerichtet. Der Park war ein wundervolles Spielgelände für Helena, der Stanislas ein Pony schenkte, auf dem sie nun, bewacht von einem Kindermädchen, herumritt. Auch Nadja bekam ein Reitpferd, einen Rappen, aber sie ritt selten aus. Meistens fuhr sie in Paris herum, natürlich mit Saparin, und kaufte ein. Bezahlen brauchte sie nicht... sie zeigte nur eine Karte von Stanislas vor, und das war so gut wie Bargeld.

In diesen Tagen ließ sich Jean Gabriel wieder hinausfahren nach Chaville. In der *Auberge des Gardes* traf er Dr. Nicola nicht mehr an... er hatte sich ganz plötzlich nicht mehr sehen lassen und war auch aus Chaville weggezogen. Nach Paris. Die Arztpraxis hatte ein junger Kollege übernommen, der sehr fleißig war. »Plötzlich hatte der Doktor Geld!« sagte der Oberkellner der *Auberge des Gardes* und zuckte mit den Schultern. »Wird sich wohl in Paris total in Grund und Boden saufen!«

Gérard Cassini, dem Gabriels Besuch galt, empfing ihn in seinem alten grauen, aber modern ausgebauten Schloß wie einen guten Freund. »Mein Bester!« rief er mit ausgestreckten Armen. »Ein Treffen der von Nadja Verlassenen! Welch eine Ironie des Schicksals! Übrigens... Ihre Sache mit Dr. Nicola und dem Diebstahl des Kindes hier aus dem Schloß, das war ein Meisterwerk...«

Gabriel sah Cassini düster an. Er war nicht zu Späßen aufgelegt. Er kam sich vor wie ein Racheengel, den man als Weihnachtsengel verkennt. »Cassini«, sagte er deshalb streng. »Wie denken Sie sich Ihre Zukunft?«

»Freudig wie bisher!« Cassini sah Gabriel verblüfft an. »Nun, da unser Streit beigelegt ist...«

»Wieso? Wir sind mitten drin!«

»Gabriel, machen Sie keine makabren Witze. Wir sind beide von Nadja hintergangen worden! Wir sind ihre Opfer geworden! Es wäre einfacher und billiger gewesen, eine aufblasbare Gummipuppe ins Bett zu nehmen und sie bei Bedarf auf Nadjas Format aufzupusten ...«

»Das einzige Opfer bin *ich*!« Gabriel drückte das Kinn an den hohen Kragen, den er immer trug. »Ich habe Nadja mit ganzer Seele geliebt, und ich liebe sie noch! Sie ist ein Stück Natur, und so liebt sie auch, zwischen Sturm und Windstille, zwischen Sonnenglut und Eiswind. Was sie tut, man kann es ihr verzeihen. Die Lumpen sind die anderen, die ihre Natur ausnutzen!«

»So romantisch kann man es allerdings auch sehen. Aber nicht ich.« Cassini lächelte mokant. »Wir sind auf den Arm genommen worden, Gabriel.«

»Mit Stanislas habe ich gesprochen ... das ist erledigt!« Gabriel ließ sich nicht aus der Ruhe bringen. »Mit Ihnen, Cassini, rede ich jetzt. Sie werden es gemerkt haben ... Ihr Bankhaus balanciert am Rand des Konkurses, nachdem ich Ihnen die Beteiligung am Algerienprojekt gestrichen habe. Nachdem das bekannt wurde, fielen Ihre Algerienaktien um siebenundsechzig Punkte! Durch Mittelsmänner habe ich von Ihren dreißig Millionen Aktien dreiundzwanzig Millionen aufkaufen lassen! Mit anderen Worten: Ihre Bank gehört mir!«

Einen Augenblick war es totenstill in dem großen Kaminzimmer. Cassini war blaß geworden, holte sich eine Flasche Cognac und goß sich ein Glas ein. Gabriel winkte ab, als Cassini mit der Flasche zu ihm kam. Cassini stellte sie mit einem Knall auf den Rauchtisch.

»Was soll das heißen?« fragte er heiser.

»Eine solche Frage hätte ich bei Ihrer Intelligenz nicht erwartet«, sagte Gabriel kalt. »Sie sind am Ende, Cassini! Es gibt zwei Möglichkeiten: Entweder Sie arrangieren sich mit mir und werden Direktor meiner Bank in Algier, Tunis und Marokko – ein sehr schönes Arbeitsgebiet übrigens –, oder Sie wandern aus mit den wenigen Millionen, die Ihnen geblieben sind, und suchen sich in der Schweiz oder auf dem Balkan ein neues Wirkungsfeld!«

»Das ist nicht Ihr Ernst, Gabriel«, sagte Cassini leise.

»Mein vollster!«

»Und warum das alles?«

»Sie haben Nadja Unmenschliches angetan, als Sie Helena entführten! Dagegen ist Ihr Zusammenbruch gar nichts!«

»Sie ... Sie sind ja irrsinnig ...« stammelte Cassini. Plötzlich schrie er: »Und das alles wegen solch einer Hure! Wegen einer verlausten russischen Hure! Sind Sie wahnsinnig?«

Gabriels Gesicht wurde zur steinernen Maske. Er setzte seinen

Hut auf und nahm seinen Stock unter den Arm. »Gut!« sagte er eisig. »Sie wandern aus, Cassini! Ich lasse Ihnen ein halbes Jahr zur Abwicklung Ihrer Geschäfte. Wenn Sie Weihnachten noch in Paris sind, werden Sie in einem Strudel von Skandalen ertrinken. Verstehen wir uns?«

Cassini schwieg verbissen. Gabriel drehte sich um und ging steif, als sei er eine mechanische Puppe, aus dem Zimmer.

»So ein Idiot!« flüsterte Cassini, als die Tür zugefallen war. »So ein gefährlicher Idiot!«

Dann packte er die Cognacflasche, schleuderte sie an die Wand, aber auch das Zerschellen der Flasche löste nicht seinen inneren Krampf von Angst und Wut... er griff nach allem, was um ihn herum lag, und warf es gegen die Wand, bis das Zimmer aussah, als hätten die Hunnen darin gehaust.

*

An einem dieser Tage geschah es auch, daß an der Seine, auf dem Quai d'Austerlitz, in der Nähe des Pont de Bercy, ein ziemlich verwahrloster Mann umherwankte, die Spaziergänger anlachte und zwei Flaschen in die Luft hielt. Die eine war halb voll Pernod, die andere war mit Wasser gefüllt, in dem ein langer, dicker Regenwurm schwamm. Mit diesen Flaschen näherte er sich jedem, der an ihm vorbeiging.

»Messieurs – Mesdames!« schrie der zerlumpte Mann. »Hier sehen Sie ein Meisterwerk der Chirurgie! Ein Appendix!« Er hob die Flasche mit dem Regenwurm hoch. »Und nicht herausoperiert, o nein, keine dumme Appendektomie, kein Bauchschnitt, keine Narbe, haha... hiermit habe ich ihn geholt!« Er hob die Flasche mit Pernod hoch. »Herausgelockt habe ich ihn, auf natürlichem Weg, völlig schmerzlos! Wußten Sie, Messieurs, Mesdames, daß ein Appendix so auf Pernod reagiert? Was sagen Sie nun? Sollte man Dr. Nicola nicht ein Denkmal setzen? Ist er nicht wert, in die Académie Française aufgenommen zu werden?«

Dann begann er zu tanzen, trank in großen Zügen den reinen unverdünnten Pernod und hockte dann an der Seine, stierte ins Wasser und sprach lateinische Worte vor sich hin.

Um vier Uhr nachmittags – Passanten sahen unwillkürlich auf ihre Uhren – fiel Dr. Nicola vornüber vom Quai und klatschte in die Seine. Das Wasser schloß sich sofort über ihm... nur sein alter Hut mit dem durchgeschwitzten Satinband schwamm einsam auf dem Fluß und schaukelte stromabwärts.

Zwei Hafenarbeiter sprangen zwar sofort dem Versunkenen nach, aber sie fanden ihn nicht mehr. Es war, als sei Dr. Nicola auf dem Flußgrund weitergewandert, immer unter seinem Hut, der oben fröhlich davontrieb.

Erst gegen Abend, als es schon dunkelte, trieb ein Kleiderbündel auf der Seine. Matrosen eines Lastkahnes zogen das Bündel an langen Stangen mit eisernen Haken ans Ufer und brachten so Dr. Nicola zu den Menschen zurück.

Im Hôtel-Dieu, dem düsteren Krankenhaus bei Notre-Dame, obduzierte man ihn... er war nicht ertrunken, sondern an einem Herzschlag gestorben. Als er in die Seine kippte, war er schon tot... gestorben mitten im Gespräch mit seinem Regenwurm, der ein Appendix sein sollte.

In den Taschen des zerlumpten Anzugs von Dr. Nicola fand man noch einundzwanzigtausend Francs. Bis heute blieb es ein Geheimnis, woher er dieses Geld hatte und warum er sich zu Tode soff.

*

Einen Tag vor dem Duell erschien Baron de Signy im Haus Stanislas' und übermittelte förmlich Uhrzeit und Ort des Treffens. Stanislas war darauf vorbereitet... General de Polignon war bei ihm, nahm in strammer Haltung die Forderung entgegen und handelte einen dreimaligen Kugelwechsel aus.

»Die Waffen liefere ich!« sagte der alte General mit abgehackter Stimme. »Ich nehme an, Sie sehen mich als Ehrenmann an, Baron, und vertrauen darauf, daß ich ehrliche Waffen liefere! Mißtrauen jeder Art ahnde ich mit einer Forderung, Baron.«

Baron de Signy hob abwehrend die Hand und nickte. »Ihr ruhmreicher Name, General, bürgt mir für völlige Ehrlichkeit.«

Das war nun übertrieben, denn die Pistolen, die de Polignon stellen wollte, waren genau die Pistolen, an denen Stanislas geübt hatte. Er kannte von ihnen die Höhentoleranzen und wußte, wie weit er nach links oder rechts, oben oder unten halten mußte, um dann mitten ins Ziel zu treffen.

Das Duell fand an einem schönen, sonnigen Frühsommertag statt. Morgens stieg der Tau als leichter Nebel durch den Wald zur Sonne, streifig fielen die Strahlen durch das grüne Blattwerk, und die Farne und Gräser trugen durchsichtige, glitzernde Perlen. Die Erde roch kräftig nach Humus.

Nadja war ausgeritten. Sie liebte es, frühmorgens mit ihrem Rappen über die stillen Reitwege des Bois de Boulogne zu traben. Sie erinnerten sie an die herrlichen Waldschneisen von Udelnaja, wohin sie mit den Zarentöchtern und einem Zug Gardehusaren häufig geritten war.

Stanislas hatte sich vergewissert, daß der Duellort weitab von Nadjas Morgenwegen lag... in einem dichten Waldgebiet an der Allée de la Reine Marguerite und der Rue des Lacs à Madrid.

Pünktlich um sieben Uhr morgens trafen sie auf der Waldlichtung ein ... Stanislas und General de Polignon mit einer Kutsche, denn der General konnte nicht Auto fahren, wohl aber Pferde lenken, und das mußte er tun, wenn Stanislas verwundet wurde. Gabriel ließ sich von seinem treuen Chauffeur bringen. Auf der Fahrt zum Bois hatten sie auch den Baron de Signy abgeholt. Nur ein Fehler war allen unterlaufen ... der Duellarzt, vom General empfohlen, ein pensionierter Oberstabsarzt mit einem Glasauge – das Auge hatte er an der Somme durch einen deutschen Granatsplitter verloren –, besaß keinen eigenen Wagen, sondern kam mit einem Taxi an. Und dieses Taxi fuhr – man darf das Schicksal ruhig pervers nennen – Boris Michailowitsch Saparin.

Es gab für Saparin gar keinen Zweifel, als er, dem Arzt heimlich durch den Wald nachschleichend, auf der Waldlichtung Stanislas und Gabriel stehen sah, an ihrer Seite je ein Herr im schwarzen Anzug und Zylinder. Auf einem Klapptisch lag ein länglicher schwarzer Kasten. Dahinter stand ein Stuhl, der für den Arzt bestimmt war.

»O heilige Mutter von Kasan!« sagte Saparin und rannte durch den Wald zurück zu seinem Wagen. »Die Kerle sind verrückt! Aber so ist es! Einmal eine Frauenbrust gepackt, und der Verstand ist hin! Jetzt heißt es fliegen!«

Und Saparin, der treue, flog!

Er raste quer durch den Bois de Boulogne, unter Mißachtung aller Sperrschilder und Fußgängerwege, er benutzte Pfade, bei denen er still betete, es möge ihm kein Mensch entgegenkommen ... einmal sah ihn ein Parkwärter, der Blätter zusammenkehrte, und der Schreck des Mannes war so groß, daß ihm der Rechen aus der Hand fiel und er sich die Mütze vom Kopf riß, weil sein Hirn vor Entsetzen zu kochen begann.

»Mein guter alter Gaul!« sagte Saparin und streichelte das abgegriffene Lenkrad. »Halt durch! Halt durch, mein Alter. Nachher kannst du dir alle Achsen brechen ... aber jetzt heißt es, wie ein Kosakenpferd zu sein!«

Mit einem irrsinnigen Tempo bog Saparin in den großen Reitweg ein, auf dem er Nadja irgendwo im Wald vermutete. Was nun geschah, war wie eine Windhose, die über dem Bois de Boulogne stand. Der feine, tiefe Sand des Reitwegs wurde hochgeschleudert und fiel als Staubwolke zurück, heulend schraubte sich der Wagen durch den Weg, und dabei benutzte Saparin sogar seine Hupe, denn er selbst sah nicht mehr, wohin er fuhr, weil ihn der Sand völlig einhüllte. Blind raste er weiter und wußte, daß er in der richtigen Richtung fuhr, solange unter ihm der feine Sand aufwirbelte.

Aus dem Weg ... aus dem Weg ... alles, was verletzbar ist – aus dem Weg!

Eine Reitergruppe – Saparin sah sie gar nicht – flüchtete vor der irren, hupenden Staubwolke, die sich auf sie zuwälzte, entsetzt in die Büsche. Eine Polizeistreife, ebenfalls beritten, rang eine Sekunde lang mit der Alternative: Heldentum oder Überleben! Da ein toter Polizist dem Staat nicht mehr dienen kann, entschlossen sich die Reiter, ebenfalls seitlich in den Wald zu hetzen.

Und endlich, endlich an der Kreuzung des großen Reitwegs mit einem engen Pfad, wo Saparin notgedrungen halten mußte, um sich zu orientieren, sah er Nadja Gurjewa auf dem kleinen Pfad langsam durch die Sonnenstreifen reiten.

Saparin hupte wie irr, sprang dann aus dem Wagen und rannte mit fuchtelnden Armen Nadja entgegen. Sie hatte ihren Rappen herumgeworfen und starrte dem von oben bis unten mit Staub bedeckten Saparin entgegen.

»Nadja Grigorijewna!« schrie er außer Atem. Schweiß rann über sein staubiges Gesicht wie Bäche in kleinen Schluchten. »Sofort zurück! Reiten Sie! Reiten Sie! Zum Waldstück an der Allée de la Reine Marguerite! Mein Gott, fliegen Sie, Nadja! Sie duellieren sich! Mit Pistolen! Die Verrückten schießen sich tot!«

Nadja stieß einen hellen Schrei aus. Dann gab sie dem Rappen die Sporen, er stieg auf die Hinterläufe, Saparin warf sich platt in den Sand, und über ihn hinweg galoppierte Nadja mit dem Pferd in den Wald hinein.

Saparin blieb im Sand liegen, rollte sich auf den Rücken und schnappte nach Luft wie ein aufs Trockene geworfener Fisch. Aber er war glücklich, Nadja gefunden zu haben. Nur eine Frage bedrückte ihn: Kam sie rechtzeitig, um zwei Verrückte zu retten?

*

Das Zeremoniell, das General de Polignon zelebrierte, war umständlich und lang.

Zunächst schritt er den Duellplatz ab und untersuchte, ob der Waldboden auch eben war. Dann ließ er die Pistolen begutachten, die in dem schwarzen Kasten auf blauem Samt lagen. Er ließ jeden in die Läufe blicken und sich davon überzeugen, daß die Züge sauber geputzt waren.

»Muß das sein?« fragte Gabriel gequält.

»Es muß! Rost gibt Infektionen!« Der alte General lud die Pistolen und legte sie wieder zurecht. Dann begutachtete er das chirurgische Besteck des Arztes, vermißte eine Knochensäge und begann eine laute Diskussion über Amputationen am Kampfplatz. Er erzählte von 1870, wo ein Gefreiter im Schützengraben sein halbes Gehirn verloren hatte, weil eine Schrapnellkugel...

»Wann geht es denn los?« rief Gabriel und zog seinen Rock aus.

»Sofort!« General de Polignon stellte sich an die Plätze, wo die

Duellanten stehen sollten, und winkte ab: »Unmöglich!« schrie er. »Mein Mandant hat die Sonne im Gesicht. Das blendet und beeinträchtigt die Zielsicherheit! Gehen wir zwanzig Schritte weiter!«

Dort hatte Gabriel die Sonne im Genick, wie Baron de Signy feststellte. Hitze im Nacken verwirrt!

»Weiter nach rückwärts!« kommandierte der alte General. »Ein Duell soll alle Zufälle ausschließen und fair sein!«

Man wanderte dreimal auf dem Duellplatz herum, bis endlich die richtigen dreißig Meter Abstand gefunden waren, die keinerlei Behinderungen aufwiesen. Stanislas sah in den herrlichen blauen Sommerhimmel.

»Wenn wir weiter warten, kommt auch hierher die Sonne. Meine Herren, die Erde dreht sich bekanntlich und steht unseretwegen heute nicht still. Also los!«

Er warf seinen schwarzen Rock ab, nahm die Pistole und stellte sich auf. Gabriel tat es ihm gleich, und nun standen sie Rücken an Rücken und warteten auf das Kommando: »Los!«

Fünfzehn Schritte jeder, dann eine Kehrtwendung auf dem Absatz, Pistole hoch und schießen. Den ersten Schuß hatte Stanislas als der Beleidigte, und das war es, was dem alten General Sorgen machte. Schoß Stanislas vorbei, konnte man nur noch zu Gott beten!

»Das Reglement schreibt vor«, sagte de Polignon als letzten verzweifelten Versuch, etwas zu retten, »daß vor dem Kugelwechsel noch einmal an jeden der Herren appelliert wird, Vernunft anzunehmen und sich die Hände in Freundschaft zu reichen. Ich frage Sie, meine Herren, ob Sie –«

»Nein!« sagte Gabriel barsch als erster und unterbrach damit den General.

»Nein!« sagte auch Stanislas.

Der General wischte sich über sein rotes Gesicht. »Also dann. Haltung! Meine Herren ... los!«

Stanislas und Gabriel schritten vorwärts. Jeder zählte seine Schritte.

Vier – sieben – neun – zehn –

Durch den Wald preschte in diesen Sekunden Nadja wie der sagenhafte sibirische wilde Jäger. Sie hing über dem Hals ihres Rappens und hieb ihm die Sporen in die Weichen, daß der Gaul vor Schmerz aufschrie.

Elf – zwölf –

Stanislas sah wieder in den blauen Himmel. Und in diesen letzten Sekunden, bei diesen letzten Schritten wußte er plötzlich, daß er den Himmel, die Sonne, die grünen Bäume zum letztenmal sah. Aber das machte ihn nicht traurig oder ängstlich ... er ging stramm weiter und wunderte sich über seine Ruhe. Ich bin schon jenseits dieser schönen Welt, dachte er. Leb wohl, Nadja...

Dreizehn – vierzehn –

Nadja hatte den Waldrand erreicht. Sie sah die voneinander wegschreitenden Männer mit den Pistolen in den Händen, ihre weißen Hemden leuchteten in der hellen Morgensonne. Drei schwarzgekleidete Personen in Zylindern standen an einem Klapptisch und hielten ihre goldenen Taschenuhren in der Hand. Der General legte Wert auf ein genaues Duellprotokoll.

»Nein!« schrie sie grell. »Nein! Halt! Halt!« Noch vom rasenden Pferd warf sie sich herunter, rollte über den weichen Waldboden, sprang auf, und während der Rappe an den drei erschrockenen schwarzgekleideten Herren vorbeihetzte und der Klapptisch umfiel, rannte sie auf Stanislas zu, die Arme ausgebreitet, als wolle sie die Kugeln auffangen.

Fünfzehn –

Stanislas wirbelte herum. Er hatte Nadjas Aufschrei gehört, er sah das Pferd quer durch das Schußfeld galoppieren, er ahnte, daß Nadja auf ihn zulief, aber er sah nicht zur Seite, er zögerte nicht eine Sekunde. Mit einem Ruck hob er die Pistole, so wie es ihn der alte General gelehrt hatte, er sah die Brust, das weiße Hemd Gabriels in gerader Fortsetzung zum Lauf seiner Pistole und drückte ab.

Gabriel stand.

»Daneben!« stöhnte de Polignon. »Nun, lieber Gott, mach die Augen zu...«

Unendlich langsam, so schien es, hob Gabriel seine Pistole. Auch er sah Nadja heranstürzen, und sein Herz krampfte sich zusammen. Stanislas sah hinauf in den blauen Himmel, mit hängenden Armen stand er da, in der Rechten die Pistole, die erst wieder nachgeladen wurde, wenn auch Gabriel vorbeischoß.

Das Gesicht Gabriels wurde farblos, grau. Dann starrte er Stanislas an und drückte seine Pistole ab. Er schoß, bevor Nadja Stanislas erreicht hatte und sich vor ihn werfen konnte.

Einen Augenblick stand Stanislas noch aufrecht, nur sein Kopf zuckte, als die Kugel in seine Brust einschlug. Die Pistole fiel auf den Waldboden, auf dem weißen Hemd breitete sich ein roter, nasser Fleck aus. Den Kopf weit in den Nacken gelegt, schwankte Stanislas, sein Blick umfaßte noch einmal das ganze Firmament, und er sah jetzt sogar die Sonne, die sich über das Blätterdach des Waldes schob und die Lichtung erreicht hatte. Da lächelte er, sank in die Knie, und Nadja fing ihn auf und preßte seinen Kopf an ihre Brust.

»René...« stammelte sie. »René... mein Liebling... mein Herz... mein Alles...« Sie hielt Stanislas' Körper fest, so schwer er auch in ihren Armen hing, und das Blut lief aus seiner Brust über ihre Hände und Unterarme.

»Getroffen!« sagte Baron de Signy in aller Form. »Mein Kombattant hat Genugtuung! Doktor... bitte...«

Der Arzt, der alte General und der Baron liefen zu Stanislas und nahmen ihn aus Nadjas Händen. Vorsichtig legten sie ihn auf den Waldboden, der Arzt schnitt das Hemd auf und reinigte die Einschußwunde. Ganz still war es um sie herum, selbst Nadja schwieg und sah in das schmäler und bleicher werdende Gesicht Renés.

Gabriel hatte seinen Rock wieder angezogen und kam nun langsam näher. Mit zuckendem Gesicht blieb er bei der Gruppe stehen und starrte hinunter auf den entblößten Brustkorb und die blutende Wunde, auf die der Arzt blutstillende Watte drückte.

»Nadja...« sagte Gabriel leise. »Ich bitte dich, Nadja...«

Wie von Peitschen geschlagen wirbelte Nadja herum und sprang auf. Ihr Gesicht war verzerrt. Noch nie hatte Gabriel eine Frau gesehen, aus der soviel Haß und Schmerz schrie. Das hier war nicht mehr die Nadja, die er kannte... hier sprang ihn die ganze Wildheit Sibiriens an, die Gnadenlosigkeit des Wolfes, die kalte Grausamkeit des Tigers.

»Mörder!« schrie sie. »Mörder! Mörder!«

Sie hob die Fäuste, und Gabriel rührte sich nicht, als ihn ihr Hieb traf.

»Er lebt noch«, sagte der Arzt. »Sofort nach Hause! Beherrschen Sie sich, Madame... er lebt ja noch...«

Aber für Nadja war die Erde aufgebrochen und verschlang sie. Mit trommelnden Fäusten stand sie vor Gabriel und hieb auf ihn ein. Blut lief ihm aus der Nase, seine Lippen waren aufgeschlagen... und er rührte sich noch immer nicht, sondern ließ sich stumm und starr mißhandeln.

Erst als Baron de Signy sie von hinten umfaßte und wegriß, ließ ihre Wildheit nach; sie wandte sich von Gabriel ab und folgte dem alten General und dem Arzt, die Stanislas wegtrugen. Nicht zum Pferdewagen, sondern zum Auto Gabriels. Man hatte keine Zeit mehr, gemütlich durch den Bois zu fahren.

Sie faßte mit an, stützte den schlaffen, ohnmächtigen Körper unter der Hüfte und half, Stanislas in den Schatten zu tragen.

Und die Wunde blutete immer noch.

15

In der kleinen weißen Villa am Bois de Boulogne legte man René Stanislas nicht ins Bett, sondern auf den breiten Küchentisch. Die Köchin kreischte auf, als man ihren blutenden Herrn durch die Hintertür hereintrug und General de Polignon mit seinem Spazierstock alles, was auf dem Tisch stand, auf den Kachelboden fegte.

»Tücher her!« brüllte er, rannte zur Tür und schrie in das stille Haus hinein. »Personal her! Diener! Bettücher, Handtücher und Laken, schnell! Und Sie «, er wandte sich wieder an die Köchin, die zitternd, die Hände gefaltet, neben dem Herd stand und Stanislas und die starre Nadja anblickte, »Sie bringen Wasser! Kochendes Wasser! Verdammt, steht nicht so herum!«

Der Diener und ein Stubenmädchen stürzten in die Küche, die Arme voll Laken und Handtücher aus Frottierstoff. Vorsichtig hoben der Arzt, Baron de Signy und der alte General den Körper Stanislas' hoch, und der Diener deckte die Laken und die Handtücher über den Tisch.

Von diesem Augenblick an war es still. Wie versteinert stand das Personal an den Wänden; Nadja saß neben dem Tisch auf einem Stuhl, General de Polignon hatte seinen schwarzen Gehrock ausgezogen und half in Hemdsärmeln dem Arzt. Baron de Signy stand an der Hintertür. Draußen, im Wirtschaftshof, wartete Jean Gabriel. Er stand neben seinem Wagen und starrte auf die Küchenfenster, aber er wagte es nicht, das Haus zu betreten. Baron de Signy machte ihm Zeichen mit der Hand, aber er verstand sie nicht. Mit leerem Blick starrte er geradeaus und dachte an Nadja, die jetzt neben dem Sterbenden saß, und er dachte daran, wie sie ihn geschlagen hatte und wie aller Haß, den die Natur dem Menschen geben kann, über ihn hinweggefegt war.

Ich habe sie verloren, endgültig verloren, dachte er. Nicht Stanislas habe ich ins Herz geschossen, sondern mir selbst. Ich habe *mich* getötet. Sein Blut sieht man wegrinnen, mein Blut verströmt nach innen. Wie lange wird es dauern, und ich falle um und verende hier im Hof vor der Küchentür...?

»Die Kugel ist noch drin!« sagte der ehemalige Oberstabsarzt und legte die Sonde zur Seite, mit der er in der Wunde herumgetastet hatte. »Sie ist von einem Rippenbogen abgeprallt und hat die Herzspitze verletzt. Und dort sitzt sie nun. Wenn man sofort operieren könnte...«

»Wer hält Sie davon ab, Oberstabsarzt?« fragte de Polignon steif. »Sie haben doch alles bei sich.«

»Aber doch nicht, um den Thorax zu öffnen!«

»Wieso? Auf was waren Sie denn eingestellt?«

»Auf Fleischwunden. Auf... auf...« Der Oberstabsarzt a. D.

wandte sich ab, griff an sein Glasauge, nahm es aus der Höhle und putzte es. Wenn er sich aufregte, tränte die Augenhöhle immer. Die Köchin, die ihm gegenüberstand, schwankte leicht und wurde grünlich im Gesicht.

»Die Eröffnung des Thorax, die Operation am freiliegenden Herzen, meine Herren, das ist eine Operation, die nur die größten Chirurgen beherrschen, und selbst denen mißlingt sie zu neunzig Prozent. Vielleicht könnte es Professor Latour ... aber Monsieur Stanislas ist auf keinen Fall mehr transportfähig.«

»Das heißt ... er muß sterben!« sagte Nadja klar. Der Klang ihrer Stimme ließ alle zusammenzucken. General de Polignon exerzierte nervös mit seinem Spazierstock. Der Arzt schwieg. Die Köchin begann zu schluchzen.

Durch die Hintertür kam, gegen den stummen Widerstand des Barons de Signy, der einfach zur Seite gedrückt wurde, eine staubbedeckte, schwitzende Gestalt. »Kann ich helfen?« fragte sie.

Nadja sah sich um. »Boris Michailowitsch ... er stirbt ... er muß sterben, weil ihn niemand operieren kann ...« Sie lehnte den Kopf gegen die Tischkante. Die kalte, blasse Hand Stanislas' lag neben ihr. »Was soll ich tun? Mein Gott, was soll ich tun? Wenn jetzt Väterchen hier wäre! Er würde ihn retten können, glaubst du es? Väterchen Grigori würde ihn retten! Er konnte es!«

Saparin schwieg. Hier half auch kein Rasputin mehr, dachte er. Mit Streicheln entfernt man keine Bleikugel aus dem Herzen. Und auch mit Beten nicht. Hier ist ein scharfes Messer vonnöten und der verzweifelte Mut eines großen Chirurgen. Aber rührend ist es, daß sie an Grigori Jefimowitsch denkt, jetzt, in ihrer größten Not. Sie ist die Tochter Rasputins, nicht übersehen oder vergessen kann man's!

»Was geschieht?« fragte de Polignon knapp.

»Wir müssen warten und beten!« sagte der Arzt und putzte wieder über sein Glasauge. »Es ist fürchterlich, Messieurs, aber Schicksal ...«

»Ich werde fliegen«, sagte Saparin und starrte auf das gelblich werdende Gesicht Stanislas'. »Auf zehn Strafmandate kommt es nicht mehr an, und wenn ich meine Lizenz als Taxifahrer verliere, auch gut! Ich hole Professor Podolskij ...«

»Wer ist Professor Podolskij?« fragte der ehemalige Oberstabsarzt laut. Wenn Ärzte von anderen Ärzten hören, die mehr können sollen als sie selbst, werden sie immer böse. Ein Kreuz ist's damit – nicht einmal bei jungen Hunden ist der Futterneid so groß ...

»Wladimir Diogenowitsch Podolskij war der Chef der Krankenhäuser von Sewastopol! Wenn der Zar auf der Krim war, betreute er den Zaren und den Zarewitsch. Dreimal hat er Stichverletzungen am Herzen genäht... immer nach einem Duell!«

»Hier ist eine Kugel, die entfernt werden muß! Da hilft auch Ihr Professor Wladimir Dio – Himmel noch mal, wer soll den Namen aussprechen!« Der Oberstabsarzt stand in strammer Haltung vor dem Sterbenden. »Seien wir stark genug, Schicksale zu ertragen. René Stanislas stirbt wie ein Held in vorderster Front.«

»Damit ist ihm nicht gedient.« Nadja sprang auf, der Stuhl polterte auf den Kachelboden. Es war wie der Einschlag einer Granate in die lastende Stille. »Boris Michailowitsch... holen Sie Professor Podolskij! Schnell! Schnell! Laß dir Flügel wachsen, Borja...«

Saparin schluckte. Borja, dachte er. Sie nennt mich mit einem Kosenamen. Zum erstenmal nach vier Jahren. Über sein staubiges Gesicht zuckte es.

»Ich werde fliegen, Nadja Grigorijewna. Ich werde...«

Er drehte sich wie ein Kreisel herum, stieß Baron de Signy wieder zur Seite und rannte aus der Küche. Draußen im Wirtschaftshof traf er auf Gabriel, der ihm den Weg vertrat.

»Wie geht es Nadja?« fragte er heiser.

»Sehen Sie selbst nach!« schrie Saparin. »Wenn Stanislas stirbt, können Sie zwei Särge bestellen...«

Gabriel schwankte zu seinem großen Wagen zurück und suchte Halt an den Kotflügeln. Mit beiden Händen umklammerte er die Scheinwerfer. Dann sank sein Kopf auf die Brust, und er begann leise zu weinen.

Was Saparin in dieser halben Stunde auf den Straßen von Paris unternahm, waren Mordversuche an Fußgängern, Autofahrern, Polizisten und Fuhrwerken. Mit heulender Hupe raste er vom Bois de Boulogne die Allée de Longchamp hinunter, bog in die Avenue de la Grande Armée ein, umraste den Arc de Triomphe, fegte wie der Leibhaftige die Champs-Elysées hinunter, überquerte gegen alle Verkehrsregeln die Place de la Concorde und die Seine und heulte den Boulevard St. Germain hinab. Am Boulevard Raspail hielt er vor einem alten grauen Sandsteinhaus, nachdem er seinen Wagen so scharf gebremst hatte, daß dieser noch zehn Meter weiter schleuderte und eben noch gegen einen Obstkarren stieß, der umkippte und Bananen über die Straße verstreute. Ein wüstes Geschrei des Obsthändlers begann, aber Saparin stieß ihn einfach zur Seite und stürzte die Treppen des alten Hauses hinauf. Hinter ihm her fegte die Hausmeisterin wie eine Hexe, die zu spät zum Hexentanz kommt.

Und es gelang. Eine halbe Stunde später hielt vor der kleinen weißen Villa am Bois de Boulogne ein alter schwarzer Wagen, ein Chauffeur in der malerischen Uniform eines Tscherkessen, aber mit langem, herabhängendem tatarischen Schnurrbart, sprang heraus und riß die Tür auf, und ein kleines altes Männlein mit schlohweißem Haar und einem ebenso weißen langen Bart hüpfte auf den Hof. Saparin, der schon vorher eingetroffen war, kam aus der Küchentür. Hinter ihm erschien der neugierige Kopf des Oberstabsarztes. Das Lid über seinem Glasauge zuckte nervös.

»Kommen wir zu spät?« fragte Professor Podolskij. Eine hohe Greisenstimme hatte er, und er sprach nur russisch. Saparin hob die Schultern.

»Wer weiß das, Wladimir Diogenowitsch? Noch lebt er.«

»Na, dann sehen wir einmal nach.« Professor Podolskij blieb stehen und sah kurz auf Gabriel, der noch immer an seinem Wagen lehnte. Seine Augen waren vom Weinen gerötet und verschwollen. »Sie sind der Schütze, nicht wahr?«

»Ja...« stammelte Gabriel.

»Man sagte mir, es ging um eine Frau?«

»Ja.«

»Um Nadja Grigorijewna Gurjewa, die Tochter Rasputins?«

»Ja.«

»Idioten seid ihr alle! Alle! Ihr habt Rasputin nicht gekannt!« Podolskij sprach jetzt ein hartes, mühsames Französisch. »Wenn seine Tochter so ist wie er, gibt es keinen, dem sie gehört!« Er wandte sich ab und betrat die Küche.

Nadja stand neben dem Tisch und hielt Stanislas' Hände. Er war aus seiner tiefen Ohnmacht erwacht und sah sie an, aber er war zu schwach, um zu sprechen. Seine Lippen bewegten sich zwar, aber es waren lautlose Worte, die niemand deuten konnte. General de Polignon und Baron de Signy lehnten an dem Fenster zum Hof. Das Personal – Köchin, Diener und Stubenmädchen – hatte man weggeschickt. Sie brauchten nicht dabeizusein, wenn ihr Herr starb.

Professor Podolskij zog seine Jacke aus und warf sie seinem Chauffeur in der Tscherkessenuniform zu. Der Mann fing sie auf und faltete sie zusammen. Dabei starrte er Nadja wie einen Geist an und schnaufte durch die Nase.

»Ist das möglich!« sagte er dann, und Podolskij drehte den Kopf verwundert zu ihm. »Nadja Gurjewa...!« Er legte die Jacke auf einen Stuhl und kam mit krummen Beinen und wiegendem Schritt näher. Und da erkannte ihn auch Nadja. Ein mattes Lächeln glitt über ihr bleiches Gesicht.

»Ja. So sehen wir uns wieder...«

»Sie kennen sich?« fragte Saparin.

»Ja. Das ist Sergej Kubulai! Als Ataman führte er eine Kosakenabteilung der Weißen. Damals, südlich Tjumen, hat er Nikolai und mir das Leben gerettet.«

Kubulai, der wilde Reiter aus der Steppe, nun in Paris Chauffeur und Kammerdiener von Professor Podolskij, griff an seine Brust.

»Ich habe sie immer noch bei mir«, sagte er ergriffen. »Erinnern Sie sich, Nadja Grigorijewna... die Ikone von Väterchen Grigori. Glück hat sie mir gebracht. Ich bin den Roten entkommen, ich konnte ein Schiff finden, ich kam nach Paris. Und nun...«

»Nun reden wir herum!« rief Professor Podolskij mit seiner hellen Stimme. Er stand am Küchentisch, über Stanislas gebeugt, hielt dessen Handgelenk und zählte den kaum wahrnehmbaren Pulsschlag. »Die Kugel sitzt unterm Herzen?«

Diese Frage galt dem französischen Kollegen. Der Oberstabsarzt trat an den Tisch.

»In der Herzspitze. Ja.«

»Machen wir auf.«

»Das ist doch Wahnsinn, Herr Professor! Ohne Unterdruckkammer...«

»Es ist seine einzige Chance! Warten wir, stirbt er bestimmt. Warten wir nicht und machen auf, *kann* er sterben. Dieses *kann* ist wichtig, nur das allein! Sergej?«

Kubulai, der Kosaken-Ataman, trat vor wie auf dem Kasernenhof. »Wladimir Diogenowitsch?«

»Das große Besteck.« Podolskij sah sich um. »Heißes Wasser da?«

»Genug...« ließ sich General de Polignon vernehmen. Er trat vor und nahm die Hacken zusammen. »Gestatten. Mein Name ist...«

»Unwichtig!« Podolskij beugte sich über Stanislas. Er war noch wach, wenn auch die Augen trübe wurden und nach innen sanken. »Können Sie mich hören und verstehen?« fragte Podolskij.

Stanislas' Kopf bewegte sich kaum merklich. Es sollte ein Nicken sein. Über seine Lippen zitterte es wie eine Antwort.

»Vielleicht werden Sie sterben«, sagte Podolskij ehrlich, was General de Polignon als Taktlosigkeit ansah; brummend trat er vom Tisch zurück.

»Vielleicht rette ich Sie. Kommen Sie mit Ihrem Gott ins reine, Monsieur... es bleiben ein paar Minuten.«

Kubulai kam mit einem Koffer und klappte ihn auf. Schimmerndes chirurgisches Besteck lag auf weißen Mullkompressen. Podolskij krempelte die Ärmel seines Hemdes hoch, ging zu einer Schüssel und begann Hände und Unterarme einzuseifen. Der Oberstabsarzt zögerte, dann trat auch er an eine bereitstehende Schüssel und begann die gleichen Waschungen. Kubulai ordnete stumm die Operationswerkzeuge auf einem kleinen Seitentisch, an dem gestern noch Salat und Gemüse verlesen worden waren.

Nadja saß wieder neben Stanislas und hielt seine Hände. Sie weinte nicht; der Schmerz war so groß, daß alles in ihr brannte. Kubulai und Saparin unterhielten sich leise auf russisch. Im Hof wanderte Gabriel um seinen Wagen; er umkreiste ihn immer und immer wieder wie die afrikanischen Rinder einen Brunnen, aus dem sie Wasser pumpen.

»Ich wiederhole, Herr Professor«, sagte der Oberstabsarzt leise und beugte sich zur Seite, »daß diese Operation sinnlos ist. Wenn wir die Brustfellhöhle eröffnen, bekommt er sofort einen Pneumothorax.«

»Danke«, sagte Podolskij. »Ich kenne mich in Anatomie aus.«

Verbittert schwieg der Oberstabsarzt. Er will sich nur wichtig machen, dachte er ketzerisch. Nur glänzen will er als der mutige Chirurg! Und dabei weiß jeder Student im dritten Semester, daß niemand am offenen Herzen operiert werden kann!

»Er... er ist wieder ohne Besinnung...« sagte Nadja. »Und seine Augen, Wladimir Diogenowitsch...«

Podolskij trat an den Tisch und blickte auf Stanislas. Dann sah er Kubulai an und schüttelte den Kopf. Und jeder wußte, was diese stumme Geste bedeutete. Baron de Signy riß sich den Schlips herunter und öffnete den steifen Kragen, General de Polignon straffte sich. Kubulai und Saparin nahmen die Mützen ab, der Stabsarzt stand mit tropfenden Händen neben den Waschschüsseln. Nur Nadja schien noch nicht zu begreifen. Sie beugte sich über Stanislas und küßte seinen farblosen Mund. Lippen, kalt wie die Ewigkeit.

»Darf ich bleiben?« fragte Nadja und sah Podolskij flehend an. »Schicken Sie mich nicht hinaus, wenn Sie operieren. Ich habe es gelernt, Blut zu sehen und tapfer zu sein.«

»Eine halbe Stunde zu spät...« sagte Podolskij leise. »Er ist nach innen verblutet...«

Und da verstand auch Nadja Grigorijewna. Einen Moment stand sie starr, mit hängenden Armen, dann warf sie sich über Stanislas, umfaßte seinen Kopf mit beiden Händen und rief seinen Namen. Seine großen dunklen Augen blickten über sie hinweg, aber es war ein seelenloser Blick, verschleiert und ohne Leben. Die Wangen sanken ein, die Lippen öffneten sich, weiß und spitz beherrschte nun die Nase das ganze schöne Gesicht.

Podolskij rollte seine Hemdsärmel wieder herunter und schloß die Manschetten mit goldenen Knöpfen. Während die anderen noch in Erschütterung schwiegen, dachte er bereits praktisch. Nadja schien nichts mehr zu hören und zu sehen – sie lag über dem bleichen Körper Stanislas', an ihn angeklammert, stumm und verkrümmt, als solle sie mit ihm begraben werden, als sei sie ein abgesprengtes Stück von ihm.

»Ich bin nie hier gewesen, Messieurs«, sagte Podolskij laut in die beklemmende Stille hinein. »Sie wissen, daß Duelle verboten sind und der Sieger als Mörder verurteilt wird! Aber Sie müssen einen Totenschein haben.« Er streckte die Arme aus, und Kubulai reichte ihm die Jacke. »Rufen Sie den nächsten Arzt und erzählen Sie ihm etwas von Jagdunfall oder Selbstmord! Man wird keinerlei Zweifel haben.« Podolskij stockte, als habe er etwas vergessen, dann ging er zum Tisch zurück und beugte sich über Nadja. Nun sprach er wieder russisch, und nur Saparin und Kubulai verstanden ihn, und das Grauen strich über ihren Rücken.

»Nadja Grigorijewna«, sagte Podolskij ernst. »Verfluchen Sie nicht den Schützen, verfluchen Sie nicht die Liebe, verfluchen Sie nicht das Schicksal. Verfluchen Sie Ihren Vater...« Der Kopf Nadjas zuckte hoch. Ihre dunklen Augen flammten. Wild tanzten die goldenen Punkte in den Pupillen. Podolskij nickte. »Ja, genauso hat er mich angestarrt, Grigori Jefimowitsch Rasputin. Gott hat ihn verflucht und mit ihm alle, die aus ihm kamen! Sie laufen Ihrem Schicksal nicht davon, Nadja! Wie Kain sind Sie gezeichnet, weil Sie seine Tochter sind... Leben Sie wohl. Wenn es auch viele bezweifeln: Es gibt einen gerechten Gott!«

»Was... was habe ich getan?« sagte Nadja leise. Ihr Mund verzerrte sich. Beide Hände legte sie über die starren Augen Stanislas'. »Ich will nur ein Mensch wie alle anderen sein!«

»Das werden Sie nie, Nadja Grigorijewna. Sie sind eine Rasputina!«

Professor Podolskij strich sich über seine langen weißen Haare, winkte dem zögernden Kubulai und verließ die Küche wieder durch den Hintereingang. Kubulai, den Koffer mit den Instrumenten in der Hand, folgte ihm, nachdem er noch schnell zu Nadja an den Tisch gelaufen war und ihr die Hand gedrückt hatte.

Im Hof trat ihnen wieder Gabriel entgegen. Der große, schwere, selbstsichere Mann hatte sich erschreckend verändert. Hemd, Rock und Hose schienen ihm plötzlich zu groß geworden zu sein. Sie schlotterten um seinen Körper.

»Gerettet?« fragte er heiser.

»Tot!« sagte Podolskij ungerührt.

»Ich schwöre Ihnen: Ich habe an ihm vorbeigezielt! Ich wollte ihn nicht treffen! Um kein Feigling zu sein, mußte ich schießen, aber – bei meinem Augenlicht! – ich habe an seiner Brust vorbeigezielt.«

»Dann lassen Sie die Pistole zum Waffenmacher bringen und den Lauf richten.« Podolskij hob die schmalen Greisenschultern. »Der Mann ist jedenfalls tot. Herzschuß.«

»Ich schwöre Ihnen...« stammelte Gabriel. »Ich schwöre Ihnen bei allem...«

Podolskij schüttelte den Kopf, stieg in seinen Wagen, und Kubulai, der ehemalige Kosaken-Ataman, warf den Schlag zu und rannte um das Auto herum zum Steuer. Es sah ein wenig lächerlich aus, wie er in seiner fremden Tscherkessenuniform hinter dem Lenkrad hockte und die Erschütterungen des Wagens ihn durcheinanderrüttelten. Aber auch das Leben Kubulais war hart... am Tag machte er den Chauffeur und Kammerdiener des Professors, in der Nacht stand er als Portier vor dem Eingang einer miesen Tanzbar auf dem Montmartre, lockte Kunden in die Spelunke und warf die Betrunkenen aus dem Lokal wie nasse Katzen. Oft träumte er von seinen Steppen, seinen Pferden, seinen Kosaken und seinen wilden Ritten, und dann lehnte er in der Nische der Bartür, kaute an seinem hängenden Schnurrbart und war so einsam und traurig wie alle russischen Emigranten in dieser Lichterstadt Paris, die für sie nur die Schatten übrigließ.

In der Küche versuchten General de Polignon und der Oberstabsarzt, Nadja von dem toten Körper wegzuziehen. Sie krallte sich an ihm fest, und erst Saparin gelang es, sie zur Vernunft zu bringen.

»Nadja Grigorijewna«, sagte er zärtlich. »Sie haben Helena versprochen, mit ihr an diesem Morgen zum Rennplatz zu gehen. Helena ist fertig und wartet auf Sie. Sie freut sich so auf die Pferde...«

Nadja nickte und erhob sich. Noch einmal sah sie Stanislas in das nun schrecklich leere Gesicht, dann wandte sie sich abrupt ab und verließ die Küche.

*

Während der folgenden Wochen gab es keine Ruhe.

René Stanislas wurde auf dem Friedhof von St. Cloud beigesetzt, in einer marmornen Familiengruft, die er sich zu Lebzeiten hatte bauen lassen, weil er dieses St. Cloud liebte seit seinen Kindertagen, als er in dem riesigen Park und den lichten Wäldern gespielt hatte. Dann begann für Nadja ein Kampf, dem sie nicht gewachsen war. Und auch Saparin konnte ihr nicht mehr helfen. Wenn es darum gegangen wäre, Mut zu zeigen, mit der Waffe in der Hand zu streiten, Opfer zu bringen und unerhörte Stärke zu zeigen wie damals in Sibirien und bei der großen Wanderung quer durch Rußland bis nach Wladiwostok, oje, Nadja hätte gekämpft wie eine Wölfin, und sie hätte gesiegt wie immer. Aber hier war es ein stiller, verbissener, heimtückischer Kampf. Mit Paragraphen und Gesetzen wurde geschossen, mit Gutachten und Obergutachten, mit bestochenen Zeugen und gefälschten Beweisen.

Es begann damit, daß schon gleich nach dem Begräbnis – an dem Nadja nicht teilnahm, weil sie es nicht übers Herz brachte,

Stanislas in die Erde versinken zu sehen, für immer, wie einmal Nikolai in den Fluten des Roten Meeres versank und nur noch ein dürrer Blumenkranz auf den Wellen schaukelte – eine Kolonne Autos vor die kleine weiße Villa fuhr und ein Heer schwarzgekleideter Menschen sich in das Haus ergoß.

Zuerst war es der Vater Renés, der Reeder Marcel Stanislas aus Brest, der zu Nadja ins Zimmer kam. Er klopfte nicht an, er trat einfach ein und musterte Nadja, wie man eben eine Hure mustert, die ausgedient hat und nun auf eine Abfindung wartet, um endlich gehen zu können. Die andere Verwandtschaft wartete unterdessen im Salon. Man hörte ihr Stimmengewirr durch alle Decken und Türen.

»Ich glaube, ich erweise meinem Sohn einen Gefallen, wenn ich Ihnen zehntausend Francs übergebe«, sagte Marcel Stanislas steif und holte einen ausgeschriebenen Scheck aus der Tasche. Er legte ihn auf einen Rokokotisch und wartete auf eine Antwort.

Nadjas Lippen waren zusammengepreßt zu einem Strich. Sie nahm den Scheck und zerriß ihn schnell in kleine Schnipsel, die sie Marcel Stanislas vor die Füße warf.

»Wie Sie wollen! Ich schreibe nicht noch einmal einen Scheck aus. Also gehen Sie ohne Abfindung!« Marcel schob die Papierfetzen mit der Schuhspitze weg. »Mein Chauffeur wartet. Ich nehme an, Sie haben nicht viel persönliches Eigentum, und das Packen geht schnell. Kann ich noch etwas für Sie tun?«

Marcel wartete. Man sah, er vermied das Wort Madame, er vermied überhaupt jede Anrede, und das ist das Unhöflichste, was ein Franzose zu bieten hat. Nadja nickte kurz.

»Ja!« sagte sie laut. »Gehen Sie! Sie und Ihre Verwandtschaft. Ich bleibe!«

»Ist das nicht ein Irrtum?« Marcel lächelte mokant. »Ihre Aufgabe hat sich erledigt. Mein Sohn lebt nicht mehr.«

»Ich bin Besitzerin dieses Hauses«, sagte Nadja hart. »René hat es mir geschenkt.«

»Ich nehme das nicht zur Kenntnis. Sie lügen.«

»Bitte.« Nadja hielt ihm ein Blatt Papier hin. Es war die schriftliche Schenkungsurkunde. »›Ich habe von meinem Vater gelernt, wichtige Dinge schriftlich zu geben‹, hat René gesagt, als er diesen Brief schrieb.«

Über das Gesicht Marcels zuckte es, aber dann setzte er wieder die hochmütige Maske eines Mannes auf, unter dessen Würde es ist, Schmutz anzufassen. Mit spitzen Fingern nahm er das Schreiben aus Nadjas Hand, las es gar nicht durch, sondern zerriß es wortlos.

»Es gibt keine Schenkung!« sagte er dann fest.

»Was Sie zerrissen haben, war eine Kopie«, sagte Nadja ebenso kalt. Auf diese Stunde hatte sie sich vorbereitet. Saparin hatte sie gewarnt; er wußte es von der Friedhofsleitung her: Die ganze Familie kommt. Aus Brest, Marseille, Cherbourg und San Remo. Sie werden dich zerreißen wie Aasgeier, wenn du daliegst wie ein Stück wehrloses Fleisch. Zeig ihnen, wer du bist! Fletsche die Zähne wie ein Tiger! Zerkratz ihnen die Visage! René hat dich geliebt und war, wenn auch nur kurze Zeit, der glücklichste Mensch auf dieser Erde!

»Und das Original?« fragte Marcel heiser.

»Liegt bei meinem Anwalt!«

»Madame...« Zum erstenmal sprach er sie an. Marcel Stanislas war klug genug, um zu wissen, daß jetzt nicht Härte, sondern nur noch Verhandeln einen Sinn hatte. Und war das Verhandeln nicht erfolgreich, gab es einen langen, zähen Kampf, den der gewann, der die besten Anwälte und das meiste Geld für alle Instanzen und rechtlichen Möglichkeiten hatte. »Warum sollen wir uns die Schädel einschlagen? René war ein Feuerkopf. Ich gestehe, er hat einen blendenden Geschmack entwickelt, als er sich mit Ihnen liierte. Ich gönne dem Jungen die Freude an Ihrer Seite und die Erschöpfung in Ihrem Bett!« Nadja zuckte zusammen wie unter einem Peitschenschlag. Sie wurde blaß, und ihre Augen bekamen die gefährlichen goldenen Punkte. Was wußte Marcel Stanislas von den Augen Rasputins? Deshalb sprach er auch weiter.

»Aber nun ist René tot. Über den Schmerz eines Vaters hinaus fühle ich die Pflicht, seinen Nachlaß zu ordnen. Zum Nachlaß gehören auch Sie. Als lebendes Inventar. Die Villa, die Einrichtung, die Pferde, die Autos kann ich verkaufen, und ich werde es auch tun. Sie leider nicht. Aber ich werde Ihre Vorzüge offerieren in Bekanntenkreisen. Ich kenne genug reiche Junggesellen, aber auch erlebnishungrige Ehemänner, die gern in Renés Nachlaß einsteigen und Sie übernehmen...«

»Hinaus!« sagte Nadja gefährlich leise. »Gehen Sie sofort hinaus...«

»Gut! Beachten wir die Ehre, die jeder Mensch hat. Wie hoch schätzen Sie Ihre vorübergehende Trockenheit ein? Zwanzigtausend Francs? Mein letztes Angebot.«

»Wollen Sie, daß ich Ihnen einen Leuchter an den Kopf werfe?« Nadjas Hände zuckten. Bewundernd betrachtete Marcel sie und bedauerte, sich zu weit vorgewagt zu haben, um nun nicht mehr selbst in das Erbe seines Sohnes einsteigen zu können, wie er es nannte. Er sah ihr nach, wie sie zu einer Klingel rannte und auf den Knopf drückte. Mal sehen, wer jetzt kommt, dachte er. Hat sie im Schlafzimmer einen Advokaten versteckt? Nun ja, eine Urkunde hat sie, aber man wird sie anfechten.

»Wir Stanislas' haben harte Schädel«, sagte er. »Unser Urgroßvater kam aus Nishni-Nowgorod. Von ihm geht die Sage, daß er einmal mit einem Ochsen zusammenrannte, Kopf gegen Kopf, und der Ochse brach zusammen. Das hat sich nicht geändert, nur René schlug aus der Art.«

Die Tür klappte hinter Marcel. Neugierig sah er sich um. Saparin war hereingekommen. »Wer ist denn das?«

»Wirf ihn hinaus, Boris Michailowitsch«, sagte Nadja hart. Nun war es wieder wie in Rußland: Nur die Grausamkeit kam zum Ziel. »Nimm ihn und alle, die im Haus sind, und hinaus mit ihnen. Und gehen sie nicht freiwillig... nimm die Nagaika aus dem Kaminzimmer und peitsche sie hinaus! Mir wird übel, wenn ich sie sehe!«

Marcel Stanislas stand starr und mit zuckenden Backenmuskeln. Er war unschlüssig, was er tun sollte... Gegenwehr oder nachgeben!

Saparin ließ ihm nicht viel Zeit zur Überlegung.

»Entfernen wir uns, Monsieur«, sagte er dunkel und spreizte die Hände. »Wenn in unserem Dorf ein Männlein frech wurde, trat man ihn so lange in den Hintern, bis sein Gehirn wieder klargeschüttelt war! Beachten Sie, Monsieur, daß ich einen guten Tritt habe!«

Marcel Stanislas atmete tief auf. »Ich schlage mich nicht mit dem Pöbel!«

»Wenn es Sie beruhigt – ich bin Graf Saparin. Ich glaube nicht, daß Sie so schnell wieder zu einer gräflichen Ohrfeige kommen!«

»Grafen! Fürsten! Großfürsten! Generale! Admirale! Alles ein einziges russisches Pack! Diese Läuse haben in Frankreich noch gefehlt!« Marcel Stanislas ging hocherhobenen Hauptes zur Tür. Saparin hatte die Hände gefaltet... es war die einzige Möglichkeit, sich zu zwingen, ruhig zu bleiben. »Ich weiche dem Plebs... aber Sie werden von mir hören!«

Und so war es auch. Nadja hörte sehr deutlich von der Geldmacht Marcel Stanislas'. Schon drei Tage später ging es los. Zwei Rechtsanwälte fochten das inzwischen eröffnete Testament Renés an. Ein Testament, das er ohne Wissen Nadjas hinterlegt hatte, bevor er hinausfuhr zum Bois de Boulogne, zu dem unsinnigen Duell um die einzige Liebe Nadja Gurjewas. Ein Testament, in dem er Nadja zur Alleinerbin bestimmte. Es war ein Geschenk im Wert von sechs Millionen Francs.

»Wir werden auch die besten Anwälte nehmen!« sagte Saparin. »Ich habe am Sonntag beim Gottesdienst in unserer Kirche in der Rue Daru alle gesprochen, die Geld haben! Wir helfen Ihnen, Nadja Grigorijewna. Sogar die Fürstin Marina Arkadijewna Lepika. Sie stiftet tausend Francs. Sie sagt, Väterchen Grigori habe sie 1911 von der Fallsucht geheilt.«

»Was sind tausend Francs...?« sagte Nadja resigniert. »Es geht um sechs Millionen!«

Es zeigte sich, daß Nadja das richtige Gefühl hatte. Was die russischen Emigranten jeden Sonntag nach dem Gottesdienst in der orthodoxen Kirche zusammenlegten – Saparin ging wie ein Bettler mit dem Hut kassieren –, reichte nicht aus, dem Heer der Stanislasschen Anwälte eine Armee eigener Advokaten gegenüberzustellen. Die Mittel waren bald zu Ende, und da Gerechtigkeit zu allen Zeiten eine Frage des Kapitals und des längeren Atems war, wurde Nadja nach einigen Wochen von den Argumenten überspült und ertrank in Verleumdung und Schmutz.

Die Gründe der Anfechtung von Schenkungsurkunde und Testament waren vielfach: Zuerst sprach man von sexueller Hörigkeit, die einem Wahnsinn gleichzusetzen sei. Dann – als der Richter dies bezweifelte – führte man ins Feld, diese Schenkungen könnten im Alkoholrausch erschlichen sein. Dem widersprach das Datum des Testaments: der Tag vor Renés Tod. Aber das war ein verfängliches Argument, denn nun blitzte es in dem Hirn eines guten Anwalts, und er bewies in einem langen Schriftsatz, daß hier nun der Beweis liege: eine schleichende Schwermut, also ein Wahnsinn, denn wenn René Stanislas einen Tag vor seinem Selbstmord – das wurde nun als Todesursache bezeichnet – eine solche widersinnige letzte Verfügung traf, dann mußte er zu diesem Zeitpunkt schon nicht mehr im Besitz seiner geistigen Kräfte gewesen sein. Das Testament war also ungültig!

Noch einmal gelang es Nadja, diese These umzustoßen. Drei Direktoren sagten aus, daß René vierzehn Stunden vor seinem Tod noch mit ihnen konferiert hatte. Klug und sicher und völlig normal wie immer.

Was jetzt kam, war ein Lumpenspiel. Marcel Stanislas hatte lange gerungen, ehe er dazu seine Erlaubnis gab. Aber sechs Millionen sind mehr als ein reines Bild von einem Toten.

Die Anwälte legten zwei ärztliche Gutachten vor und die beeideten Aussagen von zwei Dienern, die René vor einem Jahr wegen Diebstahls (aber das stand nicht in den Akten) hinausgeworfen hatte: René Stanislas handelte in einem paralytischen Anfall, als er Testament und Schenkung aufsetzte. Es lag der Beweis vor, daß er schon seit drei Jahren an Syphilis litt. Die Diener hatten ein Gespräch mit einem Arzt belauscht.

Ist ein Paralytiker geschäftsfähig?

Und nun verneinten die Gerichte und gaben dem Antrag statt, René Stanislas rückwirkend zu entmündigen.

»Diese Schweine!« schrie Saparin, als der neue Beschluß in Nadjas Händen war. »Diese Schurken! Einen Toten zu beschmutzen! Ist das noch ein Vater?«

»Sechs Millionen, Boris Michailowitsch!« Nadja warf das Gerichtsschreiben in das Feuer des offenen Kamins. Herbst war es mittlerweile geworden, die Abende wurden kühl und feucht. »Ein Toter verfault, aber sechs Millionen tragen Zinsen.«

»Und was werden Sie jetzt tun?« schrie Saparin und lief im Zimmer hin und her wie ein gefangener Wolf.

»Nichts.«

»Nichts? Wieso?«

»Ich gebe auf.« Nadja hob die Arme und ließ sie an den Körper zurückfallen. »Hat es einen Zweck?«

»Die Zukunft Helenas!«

»Mit diesem dreckigen Geld? Nein! Helena kann ich allein ernähren und erziehen! Ich brauche das Geld der Stanislas nicht. Und wenn ich wieder tanzen gehe . . . oder Schürzen nähe . . . oder in den Markthallen Körbe schleppe . . . Ich bin noch jung, und ich habe mehr Kraft, als man mir ansieht.«

»Das weiß der Himmel! Wirklich! Sie sind wunderbar, Nadja!« Saparin schnaufte wie ein Walroß. »Werden wir Kompagnons . . . kaufen wir noch eine Autotaxe. Fahren Sie durch Paris, Nadja. Die erste Taxifahrerin von Paris! Und dann seien Sie klug, mein Täubchen . . . nehmen Sie alles mit, was man Ihnen bietet. Seien Sie skrupellos wie die anderen! Lassen Sie die Männer zahlen für jeden Blick, jeden Kuß, jeden Griff, jede Bewegung. Sammeln Sie Geld, Nadja . . . für Sie liegt es auf der Straße. Nur aufzuheben brauchen Sie es!«

Nadja schwieg. Sie starrte in die Flammen des Kamins und dachte an Nikolai Gurjew und Stanislas. Zweimal hatte sie geliebt, und zweimal öffnete sich danach ein Grab. Nun war es genug. Hatte Professor Podolskij die schreckliche Wahrheit erkannt? War ihre Liebe verflucht? Brachte sie Tod, wo man sich Glück ersehnte?

»Laß mich allein, Boris Michailowitsch«, sagte Nadja und beugte sich zu den Flammen vor. »Komm morgen wieder.«

Saparin blieb unschlüssig an der Tür stehen. Er sah, wie Nadjas Rücken zuckte.

»Sie sollten nicht zu nah an die Flammen gehen«, sagte er heiser. »Ihre langen Haare fangen schnell Feuer . . .«

Nadja schüttelte den Kopf. »Ich brenne nicht«, sagte sie dunkel. »Wie könnte die Tochter des Teufels brennen?«

Saparin ging aus dem Zimmer. Aber er blieb im Haus, wachte in einer verlassenen Dienerkammer und sah von der Treppe herab, daß das Licht die ganze Nacht brannte und Nadja bis zum Morgen am Kamin sitzen blieb.

Am nächsten Tag brachte er einen Brief zum Gericht.

Nadja Gurjewa verzichtete damit auf alle Ansprüche am Erbe René Stanislas'.

Und noch am gleichen Tag zog sie aus, um nicht zu erleben, wie die Verwandtschaft sich über die Dinge stürzte, die Renés und ihr Paradies hätten werden sollen. Nur ihr persönliches Eigentum nahm sie mit, auch die Geschenke Renés. Eine Perlenkette, eine Brillantbrosche und ein Armband aus Rubinen.

»Für die Brosche kaufen wir ein Auto!« sagte Saparin. »Und dann los! Paris kann man nicht beim ersten Anlauf erobern!«

Und so kam sie wieder in ihre alte Wohnung in der Avenue de New York, Ecke Place de l'Alma, und die Concierge begrüßte sie, als sei sie nur auf einer langen Reise gewesen. Nichts hatte sich verändert. Nur der Blick zum Eiffelturm, über die Seine hinweg, war schöner geworden, denn es war ja Herbst, und die Bäume leuchteten vor Nadjas Fenstern in den buntesten Farben.

»So ist das Leben, mein Engel«, sagte Nadja am ersten Abend in der alten Wohnung. Helena lag im Bett, ihr Püppchen im Arm, und Nadja saß auf der Bettkante und hatte zum Tagesabschluß ein altes russisches Märchen erzählt. »Es kann Gold und Diamanten vom Himmel regnen – wichtig ist, daß man ein guter Mensch bleibt.«

»Und wir sind gute Menschen, Mamuschka?«

»Wir zwingen uns, es zu sein.«

»Und ist das schwer, Mamuschka?«

»Schwer, mein Engel. Sehr schwer.«

Sie beugte sich über Helena und gab ihr einen Kuß. Und plötzlich wurde es feucht in ihren Augen.

Es war so herrlich, wieder weinen zu können.

*

Ende Oktober kam der Zirkus *Orlando* nach Paris und bezog in einer Halle auf dem riesigen Gelände der *Gare aux Marchandises*, wo auch die Reparaturwerkstätten der Staatsbahnen lagen, sein Winterquartier.

Bunte Plakate warben in ganz Paris für den Besuch der Vorstellungen, die Litfaßsäulen und Holzwände, Bauzäune und Bäume waren vollgeklebt mit Löwenköpfen, Elefanten, Trapezkünstlern, Kamelreitern und mit Seehunden spielenden Clowns. Drei Werbeautos fuhren die Avenues und Boulevards hinauf und hinunter und lockten mit schreiender Lautsprechermusik, die Bilder todesmutiger Artisten anzusehen und Eintrittskarten im Vorverkauf zu erwerben.

Auch Helena blieb bei einem Spaziergang vor einer der riesigen Plakatwände stehen und sah mit großen Augen auf die brüllenden Löwenköpfe und den Mann in weißer Uniform, der die Peitsche hob und die Bestien Männchen machen ließ wie gutmütige Pudelchen.

»Gehen wir da auch hin, Mamuschka?« fragte sie und zerrte an Nadjas Hand. »O bitte, bitte, Mamuschka.«

»Wenn du keine Angst hast, Helenuschka...«

»Angst? Wovor?«

»Vor den vielen wilden Tieren.«

»Ich habe keine Angst!« Das klang fest und selbstbewußt. »Habe ich Angst gehabt, als man mir den Bauch aufschnitt? Und bei dem fremden Onkel, der mich nicht zu dir ließ! Ich habe nur einen Tag geweint. Mehr nicht, Mamuschka! Nur einen Tag. Ich habe keine Angst.«

»Du bist ein tapferes Mädchen, ich weiß.« Nadja drückte Helena an sich, und als auf der Rue de Rivoli ein lärmendes Auto des Zirkus *Orlando* an ihnen vorbeifuhr, winkte sie und kaufte zwei Eintrittskarten. Ganz vorn am Manegenrand.

Es ging Nadja in diesen Wochen nicht schlecht, und auch die Zukunft sah nicht trostlos aus. Vier Tage nach ihrem völligen Verzicht auf das Erbe René Stanislas' erhielt sie die Mitteilung, daß auf der Nationalbank für sie ein Konto mit zwanzigtausend Francs eingerichtet worden sei. Der Einzahler wolle ungenannt bleiben.

Nadja lächelte bitter und schloß den Brief weg. Es wird für Helena sein, dachte sie. Von Marcel Stanislas nehme ich kein Geld an. Aber Helena wird mit diesem Geld studieren können. Sie soll nie wissen, wie bitter das Leben sein kann.

Aber das war nicht die einzige Unterstützung, die Nadja von unbekannter Seite erhielt. Jede Woche brachte der Geldbriefträger eine Anweisung über hundertfünfzig Francs, und diesmal stand Nadja vor einem Rätsel, denn als Absender war nur ein Schließfach im Hauptpostamt genannt. Zwei Wochen lang rührte sie das Geld nicht an, dann überwand sie ihre Scheu vor dem unbekannten Geschenk.

Saparin hatte es fertigbekommen, trotz der kritischen Wirtschaftslage die Brillantbrosche Nadjas gut zu verkaufen. Ausgerechnet ein Deutscher war es, ein dicker, feister Schieber, der an der Inflation in Deutschland verdiente und jeden Monat einmal nach Paris kam, um sich auszutoben, wie er es nannte. Saparin hatte ihn schon dreimal in die übelsten Viertel von Montmartre gefahren; beim viertenmal zeigte er ihm die Brosche und erzählte ihm wahrheitsgetreu, sie gehöre der Tochter Rasputins.

»Mein liebes Russenmännecken!« sagte der Deutsche und lachte breit. »Verkofen willste det Ding! Warum der Schmus? Tochter Rasputins! Da lacht mein Emil, der Papagei! Gib her! Für meine Olle is det jenau det Pflaster für die linke Brustwarze! Wieviel?«

Saparin nannte einen Preis, über den er sich innerlich schämte, und das will etwas heißen bei Boris Michailowitsch! Der Deutsche aber griff in seine Brusttasche, holte seine Brieftasche hervor und blätterte das Geld auf den Sitz der Taxe. Dann nahm er die wertvolle Brosche und schob sie achtlos in seine Manteltasche.

»Hurra!« schrie Saparin eine Stunde später und warf Nadja die Geldscheine auf den Tisch. »Hurra! Das bedeutet ein Luxusauto und ein halbes Jahr Leben dazu! Man soll nicht meinen, wie locker bei manchen das Geld sitzt! Sie spucken es aus wie Apfelkerne! Soll ich die zweite Taxe kaufen?«

»Ich überlasse es dir, Boris Michailowitsch«, sagte Nadja. »Ich glaube, ich habe gar keinen eigenen Willen mehr...«

Und Saparin bestellte einen schönen schwarzglänzenden Citroën. Nadja aber begann bei Saparin Fahrunterricht zu nehmen. Sie fuhren dazu hinaus zu einem großen Schuttplatz, wo Nadja gefahrlos ihre Runden drehen konnte, bremste und rückwärts fuhr, Schalten und Zwischengasgeben lernte und sich von Saparin den Motor, das Getriebe und das Differential erklären ließ.

Saparin war ein strenger Lehrer. Nadja mußte Zündkerzen auswechseln und sie reinigen; er täuschte eine Reifenpanne vor, und Nadja wechselte einen Reifen. Einmal baute er einen Fehler ein, und Nadja mußte ihn suchen. Der Wagen blieb plötzlich stehen und gab keinen Laut mehr von sich.

»Du bist ein Lump, Boris Michailowitsch!« rief Nadja aus dem Fenster, bückte sich und drehte den Benzinhahn wieder auf. »Man muß klüger sein, um eine Nadja Gurjewa zu übertölpeln!«

Kurzum... es fehlte nicht an Ablenkung nach den Tagen und Wochen der Verzweiflung. Auch *Moulin Rouge* meldete sich wieder mit einem verlockenden Angebot. Aber Nadja lehnte ab. Sie wollte nicht mehr tanzen. »Mein Körper gehört mir!« sagte sie entschieden, als Saparin sie ein »dummes Vögelchen« nannte. »Ich kann uns anders ernähren als durch Schmierigkeiten.« Davon war Saparin überzeugt – aber der schnellste und billigste Weg zum Glück führt nun einmal über die Matratze, vor allem, wenn man so herrlich aussah wie Nadja Gurjewa.

So war das Leben Nadjas im herbstlichen Paris, als sie mit der kleinen Helena den Zirkus *Orlando* besuchte. Es war die Nachmittagsvorstellung. Hunderte von Kindern saßen um die Manege, die Kapelle spielte, von den Stallungen wehte der herbe Geruch exotischer Tiere in die große Halle. Ein dummer August schoß Purzelbäume durch den mit Sägemehl vermischten Manegensand und rannte immer mit den Arbeitern zusammen, die Podeste hereinrollten und eine bunte Leinenplane in der Mitte der Manege ausbreiteten. Die Kinder jubelten und klatschten, und auch Helena zappelte auf ihrem Klappstuhl herum und kreischte, wenn der Clown über die Podeste stolperte und jämmerlich zu weinen begann.

Dann rollte die Vorstellung ab. Rassige Pferde tanzten, Seelöwen balancierten mit bunten Bällen, unter dem Hallendach flogen Trapezkünstler über- und untereinander von einem schwingenden Trapez zum anderen, ein Zauberer holte Tauben aus einem Zylinder und ließ eine Frau in einer Kiste verschwinden. Jongleure zauberten Schwerelosigkeit mit flammenden Fackeln, Chinesen drehten Teller auf dünnen, biegsamen Bambusstöckchen, dann marschierten die Elefanten ein, graue Kolosse aus der Urzeit, und Helena staunte mit offenem Mund über diese Tiere mit den langen Nasen, wie sie Nadja zuflüsterte.

In der Pause bauten die Zirkusarbeiter einen Gitterkäfig in der Manege auf. »Was kommt jetzt?« fragte Helena. »Mamuschka, kommen jetzt die wilden Tiere?«

»Ja, mein Engel, gleich kommen die Löwen.«

»Ich freue mich, Mamuschka! Ich freue mich!« Sie klatschte in die Hände und rutschte auf ihrem Stuhl hin und her.

Die Lichter in der Halle erloschen. Nur der große runde Käfig lag im gleißenden Scheinwerferlicht. Eine Stimme aus der Dunkelheit, die über viele Lautsprecher dröhnte, sprach zu den Besuchern.

»Und jetzt sehen Sie die beste Löwendressur der Welt. Orlandos in der Freiheit geborene und von Frank Castor dressierte Berberlöwen. Achten Sie auf den Löwen mit der dunklen Mähne. Vor einem Jahr lebte er noch im Atlasgebirge. Frank Castor hat ihn selbst gefangen und dressiert.«

Ein Scheinwerfer schwenkte zu einer Tür im Gitterkäfig. Lächelnd betrat ein schlanker mittelgroßer Mann die Manege und verneigte sich. Er trug hohe braune Stiefel, weiße Reithosen und ein blütenweißes Hemd. Auf den blonden Haaren saß keck, etwas nach hinten in den Nacken geschoben, ein weißer Tropenhelm. In der Hand hielt er eine Lederpeitsche und eine hölzerne Stange.

Nach dem Applaus peitschte er durch die Luft, es knallte wie ein Pistolenschuß, ein Zirkusdiener klappte die Tür zum Laufgang auf... und da hörte man schon von draußen das dumpfe Brüllen der Raubtiere und das Klappern des Laufgangs, wenn ihre schweren Körper gegen die Gitter prallten.

»Sie kommen, Mamuschka...« flüsterte Helena aufgeregt. »Die Löwen kommen...«

Es waren neun mächtige Berberlöwen mit breiten, zottigen Mähnen, keine Veteranen, sondern junge Löwen, die noch von der Freiheit ihrer afrikanischen Bergschluchten träumten. Brüllend trabten sie in die Manege und sprangen auf ihre breiten Holzpodeste, dehnten die Muskeln, schüttelten die Köpfe, rissen die Mäuler auf und zeigten ihre Reißzähne.

Frank Castor, der Dompteur, stand in der Mitte der Manege

und wartete ruhig, bis jeder Löwe seinen Platz eingenommen hatte. Dann rollte er die Podeste zu einer Pyramide zusammen und schlug mit der Peitsche in den Sand. Der Löwe mit der dunklen, fast schwarzen Mähne, den der Sprecher vorhin genannt hatte, sprang in den Sand und kam langsam, schleichend fast, mit glitzernden grünen Augen auf Castor zu.

»Macht er ihn jetzt tot?« flüsterte Helena heiser.

»Pst!« mahnte Nadja. Gebannt starrte sie auf den Löwen, der unaufhaltsam näher kam, unbeeindruckt von den Kommandos, die ihm Frank Castor zurief. Zwei Meter vor seinem Dompteur duckte er sich. Totenstill war es in der weiten Halle... Außerhalb des Manegenkäfigs standen die Zirkusdiener und andere Artisten und starrten auf den mächtigen, in seiner wilden Kraft wunderbaren Löwen. Zwei Feuerwehrleute standen dicht am Gitter. In den Händen hielten sie zwei Spritzen, bereit, sofort die Hähne zu öffnen und mit Wasserdruck die Löwen in Schach zu halten, wenn sie gefährlich wurden.

»Ali... hierher!« rief Frank Castor. »Ali! Allez! Ali!«

Der herrliche dunkelmähnige Löwe peitschte mit seinem Schweif den Manegensand. Und dann – ein vielstimmiger Schrei gellte durch die Halle – schnellte er hoch, sekundenlang flog sein hellbrauner Körper langgestreckt durch die Luft, die Vorder- und die Hintertatzen weit weggespreizt. Nadja umfaßte Helena und drückte sie entsetzt an sich... und dann war er über den ruhig dastehenden Castor hinweggesprungen, zentimeterbreit nur über den Tropenhelm. Hinter Castor landete er auf einem Podest, wo er sich hinhockte und triumphierend brüllte.

Die Lähmung wich. Beifall und Jubel ließen die Halle erzittern. Und der Sprecher sagte: »Das war eine einmalige Dressurleistung. Ein von der Erde aufspringender Löwe greift sonst immer, seiner Natur entsprechend, das Wild an! Mit dieser Dressur spielt Frank Castor jeden Tag mit seinem Leben...«

»Das ist ein ganz mutiger Onkel, nicht wahr, Mamuschka?« sagte die kleine Helena, ganz heiser vor Aufregung.

»Ja. Er ist ein mutiger Mann«, bestätigte Nadja und nickte.

Nach der Vorstellung besichtigten sie den Tierpark des Zirkus *Orlando*. Helena fütterte Kamele und Pferde, bewunderte Eisbären und gab Elefanten Büschel aus Gras, sah zum erstenmal ein Nilpferd und stand vor dem Zwinger der Wölfe. Nadja sah diese Tiere aus haßerfüllten Augen an. Sie dachte an ihre Mutter Helena Feodorowna und an das Drama auf dem Eis des Tobol, wo Wölfe den Schlitten überfielen und alles zerrissen.

»Komm!« sagte sie zu Helena und zog sie weg. »Laß uns von hier weggehen. Die Wölfe stinken...«

Vor den Käfigwagen der Löwen blieben sie am längsten stehen.

Helena konnte sich nicht von ihnen trennen... sie klammerte sich an das halbhohe Gitter, das zwei Meter vor den Wagen angebracht war, um die Besucher außer Gefahr zu halten, und sprach mit ihnen.

»Braver Ali...« sagte sie. »Du darfst nicht so laut brüllen, Simba... Warum stößt du Mahmud zur Seite, he, Ali?«

Sie hatte die Namen behalten, die Castor in der Manege gerufen hatte, und sie war glücklich, mit den Löwen sprechen zu können.

»Ein nettes Mädchen«, sagte eine Männerstimme hinter Nadja. »Sie unterhält sich mit den Löwen wie mit ihren Teddybären...«

Nadja drehte den Kopf herum und erkannte den Sprecher sofort. Er trug nun keine weiße Uniform und keinen Tropenhelm mehr, sondern einen braunen, gestreiften Anzug. Aber der Wildgeruch war noch um ihn. Er hing in seinen Poren, als sei er selbst ein Löwe.

»Sie haben die Löwen fabelhhaft dressiert«, sagte Nadja. Er hat ja blaue Augen, dachte sie. Und helle blonde Haare. Und wenn er lacht, ist er wie ein großer Junge, und sein Gesicht kann leuchten. Nie würde man glauben, daß soviel Mut in ihm ist. »Aber als er Sie ansprang, habe ich gezittert...«

»Sie saßen in der ersten Reihe, nicht wahr, Madame?« fragte Castor.

»Ja.«

»Loge neunzehn.«

»Zwanzig.«

»Stimmt. In neunzehn waren die Presseleute. Die machen mir immer die Tiere nervös mit ihrem Blitzlicht.« Castor trat neben Nadja. »Ich habe Sie genau gesehen, Madame. Und ich habe – fast mit Erschrecken – gedacht: Ihre Augen können ja leuchten wie die meiner Löwen. Bei Gott, Sie haben Raubtieraugen. Lassen Sie sehen... haben Sie wirklich solche Augen, oder lag es nur am Scheinwerferlicht?«

Er beugte sich vor, und Nadja sah ihn voll an. Sie lächelte dabei, und die goldenen Punkte in ihren Augen tanzten wieder. Frank Castor nickte.

»Hypnotische Augen, wirklich!« sagte er.

»Von meinem Vater.«

»Und wer war Ihr Vater?«

»Rasputin.«

Da lachte Castor laut und bog sich zurück. Er betrachtete das als einen guten Witz. Nadja war ernst geworden und wartete, bis er still war. Dann sagte sie hart:

»Es stimmt! Warum lachen Sie?«

»Wenn einem eine bezaubernde junge Dame sagt, sie sei ... also wirklich, wer soll da nicht lachen? Gut, Sie sind Russin, ich höre es an Ihrem Akzent, aber Rasputin ...«

»Und wo kommen Sie her? Sie sprechen auch kein reines Französisch.«

»Ich bin Deutscher.«

»Deutscher ...«

»Sie sagen es, als hätten Sie Schmierseife gegessen.«

»Ich mag die Deutschen nicht.«

»Warum?«

»Sie sind arrogant, großsprecherisch, neidisch, hinterlistig und immer bereit, Kriege zu führen und zu töten.«

»Man hat Ihnen diese Meinung von Kindesbeinen an eingeimpft, stimmt's? Kennen Sie Deutschland überhaupt? Hatten Sie denn jemals deutsche Freunde?«

»Nein! Was sie aus Rußland gemacht haben, genügt mir.«

Frank Castor war ernst geworden. Er sah, wie Helena weiter mit den Löwen redete und nicht zuhörte, was hinter ihrem Rücken gesprochen wurde.

»Ich möchte Ihnen ein anderes Bild von uns geben, Madame«, sagte er. »Denkt Ihr Mann auch so?«

»Ich habe keinen Mann mehr.«

»O Verzeihung.« Castor nagte an seiner Unterlippe. Nadja hatte sich wieder umgedreht, und er sah ihr jetzt in den Nacken und auf die aufgesteckten schwarzen Haare mit dem merkwürdigen bronzenen Schimmer. »Haben Sie Zeit, mich morgen bei der Probe zu besuchen?« fragte er leise.

»Zeit ja, aber kein Interesse.«

»Um elf Uhr bin ich im Zentralkäfig. Ich werde an der Kasse sagen, man soll Sie durchlassen.« Castor beugte sich etwas vor. »Bitte, kommen Sie ... Wissen Sie, daß ich in der Manege drei Fehler gemacht habe, nur weil ich Sie immer ansah? Gott sei Dank hat es keiner gemerkt, auch die Löwen nicht. Löwen sind nämlich schrecklich eifersüchtig!«

Nadja antwortete nicht. Sie trat zu Helena und nahm sie an der Hand. »Komm, Helenuschka«, sagte sie so laut, daß es Castor deutlich hörte. »Wir müssen weiter! Die Welt besteht nicht nur aus Löwen!« Und als Helena noch nicht gehen wollte, zog sie die Kleine vom Gitter weg und entfernte sich schnell zu den Pferdeställen hin.

»Elf Uhr!« rief ihr Frank Castor nach. »Im Zentralkäfig ...«

Und dieser Zuruf hallte in Nadja wider, als sie schon längst wieder zu Hause waren und Helena ihren Püppchen und Bärchen von den großen lebendigen wilden Brüdern erzählte.

*

Pünktlich um elf Uhr vormittags stand Nadja Gurjewa vor dem Rundkäfig und sah Frank Castor beim Aufbau der Löwenpyramide zu. Ohne lange Fragen hatte man sie von der Kasse zur Halle geführt und dort einfach stehenlassen. Außer einem Stalldiener war niemand in der Manege; Castor arbeitete allein, er war seinen Löwen wie ein Bruder, ja, er war der stärkste Löwe von ihnen, und darin liegt das Geheimnis des Gehorsams. In der Natur wird immer nur der Stärkere anerkannt.

Ein paarmal winkte Castor ihr zu und lächelte. Er trug wieder seine weiße Uniform und den Tropenhelm. Nadja setzte sich auf den Manegenrand außerhalb des Käfigs und beobachtete die Löwen, die jetzt, ohne das grelle Scheinwerferlicht, grauer und in ihrer schleichenden Dumpfheit noch gefährlicher aussahen.

»Pause!« sagte Castor und warf seine Holzstange weg. »Meine Herren«, er lachte seine Löwen an, die auf den Podesten entlang des runden Gitters hockten, »benehmt euch gut zehn Minuten lang!«

Mit ausgestreckten Armen kam er auf Nadja zu, nachdem er die Käfigtür hinter sich verriegelt hatte. Und ohne zu zögern zog er Nadja, als sie ihm die Hand gab, mit einem Ruck an sich und küßte sie. Mit beiden Fäusten stemmte sie sich von Castor ab. Ihre dunklen Augen flammten.

»Sind Sie verrückt?« zischte sie. »Lassen Sie mich los, oder ich schreie!«

»Schreien macht meine Löwen nervös! Bloß nicht schreien! Wollen Sie, daß ich nachher zerrissen werde?« Er hielt Nadja mit beiden Armen umfaßt, und sie machte sich steif und sprach durch zusammengepreßte Lippen.

»Lassen Sie mich los!«

»Wie heißen Sie?«

»Das geht Sie gar nichts an!«

»Sie heißen Nadja Grigorijewna Gurjewa ...«

»Woher wissen Sie das?«

»Ich habe mich gestern bei russischen Emigranten erkundigt. Haben Sie geglaubt, ich denke nicht mehr an Sie? Bis heute morgen um fünf Uhr habe ich mit einem russischen General, einer Fürstin und zwei Grafen getrunken, um Ihren Namen zu erfahren! Sie sind wirklich eine Tochter Rasputins. Und Ihre Raubtieraugen sind echt. Wissen Sie, daß die Löwen vor Ihnen Angst haben werden, wenn Sie sie ansehen?«

»Lassen Sie mich los!« Nadja befreite sich mit einem Ruck aus Castors Armen und trat zwei Schritte zurück. »Zum Teufel, sollen die Löwen Sie doch zerreißen!«

»Jetzt... jetzt...« sagte Castor atemlos. »Dieser Blick! Er würde die Löwen lähmen... Er verbrennt jeden Willen!«

»Adieu!« sagte Nadja laut.

Aber sie kam nicht dazu wegzugehen. Castor griff wieder nach ihrem Arm, und ehe sie sich wehren konnte, hatte er sie zur Käfigtür gedrängt, der Riegel sprang herum, die Tür klappte auf, noch ein Stoß... und Nadja stand in der Manege, innerhalb des Zentralkäfigs, umgeben von den stummen, sie anstarrenden Löwen. Hinter ihr fiel die Tür wieder zu. Castor holte Peitsche und Holzstange von einem Podest.

Unbeweglich stand Nadja neben den Holzleitern der Pyramide. Der beizende Geruch der Raubtiere benahm ihr fast den Namen.

»Sie sind wirklich wahnsinnig...« stammelte sie. »Sie sind ein Verrückter!«

»Hier können Sie mir nicht mehr weglaufen.« Frank Castor ließ seine Peitsche knallen. In die Löwen kam Bewegung. Sie sprangen einzeln von ihren Podesten und schlichen zur Manegenmitte. Dabei machten sie einen weiten, mißtrauischen Bogen um die fremde Gestalt, die so gar nicht nach Löwe roch. Nur der Löwe mit der dunklen Mähne blieb sitzen und starrte Nadja aus kleinen grünen Augen an. Das Maul war halb geöffnet und gab blutrote Lefzen frei.

»Was soll das?« fragte Nadja. Ihre Starrheit löste sich. Sie sah sich um. Die Halle war leer. Sie waren allein mit den Löwen. Castor lehnte sich neben seine im Sand liegenden Tiere an die blitzende Stange, auf die er bei der Vorstellung den flammenden Reifen steckte, durch den Mahmud springen mußte.

»Ich weiß viel über Sie, Nadja«, sagte er. »Sie waren die geheimnisvolle *La Russe* im *Moulin Rouge,* Ihr Verlobter fiel in einem Duell – offiziell heißt es Selbstmord in einem Anfall von Depressionen –, und nun leben Sie zurückgezogen mit Ihrem reizenden Töchterchen und wollen eine Autotaxe fahren lernen.«

»Machen Sie den Käfig auf, Sie Verrückter!« sagte Nadja laut.

»Pst! Nicht schreien! Die Löwen...« Castor blieb bei seinen Tieren stehen. Hinter Nadja hockte der schwarzmähnige Ali. Sein leises, dumpfes Knurren machte sie unbeweglich. »Nadja«, sagte Castor beschwörend, »Sie sind zu schade für solch ein Leben! Sie sind kein Bürger... Sie sind ein Revolutionär! In Ihnen fließt nicht das Blut der Bourgeoisie – in Ihnen tobt die Wildheit Sibiriens. Das wissen Sie ganz genau, und Sie unterdrücken sich selbst!«

»Lassen Sie mich hinaus!«

»Drehen Sie sich um, Nadja. Ihre Augen haben die Flamme, die alle versengt. Los... drehen Sie sich um... Sehen Sie Ali an...«

Langsam wandte sich Nadja um. Drei Meter von ihr hockte der große Löwe auf seinem Holzpodest. Er starrte sie kalt und feindselig an. Und als sie jetzt einen Schritt näher kam, riß er sein Maul auf und brüllte ihr entgegen. Der Kampfruf des Starken.

»Antworten Sie ihm, Nadja!« sagte Castor. Er war dicht hinter ihr, lautlos wie eine Katze war er herangekommen. Nadja zuckte zusammen und blieb stehen. Sie spürte Castors Hand in ihrem Rücken, der sie weiterdrücken wollte.

»Keine Angst!« flüsterte er. »Der Löwe merkt das sofort! Sie sind der Stärkere. *Sie!* Sprechen Sie ihn an.«

»Ali!« sagte Nadja laut. Sie erkannte ihre Stimme nicht mehr. Rauh war sie, wie abgeschmirgelt.

»Lauter...«

»Ali!«

Der herrliche Löwe brüllte zurück. Er streckte den Kopf vor, und sein spitzes Gebiß leuchtete gegen das Rot seines Schlundes. Die Tatzen gruben sich in das Holz des Podestes. Man hörte es knirschen.

»Geh näher...« sagte Castor hinter Nadja. »Ganz nahe. Und sieh ihn an. Blick ihm in die Augen, so, als wolltest du ihn mit deinem Blick töten! Und zeig ihm, daß du stärker bist...«

Noch einen Schritt... dann ein halber... Nadja stand vor dem Löwen, so nahe, daß sein heißer Atem über ihr Gesicht strich. Er roch nach fauligem Fleisch. Castor war an ihre Seite getreten, mit dem Peitschenknauf streichelte er Ali zärtlich über die breite Nase und tippte gegen die gefletschten Zähne.

»Zeig ihm die Kraft deiner Augen«, sagte er dabei. »Ali, mein Junge... dir hilft alle Auflehnung nicht mehr...«

Und plötzlich war von Nadja alle Angst, aller Widerstand gewichen. Sie sah den Löwen an und dachte dabei an ihren Vater, dessen Blick Krankheiten aus dem Körper gezogen und Irre geheilt hatte. Die Erinnerung an Podunskoje stieg in ihr auf... ganz nebelhaft... Ein eisiger Wind... der nackte Kustja im Schnee... die umherstehenden Bauern, der betende Pope Alexeij... und Väterchen Grigori, der den nackten Kustja eine Stunde lang im Schnee liegen ließ, und Kustja erfror nicht, sondern wurde von seinem Schwachsinn geheilt. Damals nannte man das ein Wunder, und überall in Sibirien sprach man davon.

»Ali...« sagte Nadja fast zärtlich. »Mein Ali... wir lieben uns doch, nicht wahr?« Und sie streckte die Hand aus, ehe Castor sie ergreifen und zurückhalten konnte, und streichelte dem plötzlich sanften Löwen den Kopf, strich ihm über die Augen, die Nase, die Schnauze und kraulte ihm das Fell unter dem dicken Hals. Und Ali hielt still, ja, er schloß die Augen, hob den Kopf und ließ sich weiter kraulen. Wie ein Stofftier saß er da, unbeweglich und still, nur die breite Nase zuckte leicht vor Wonne.

»Ich bin entthront...« sagte Frank Castor leise. Ergriffenheit schwang in seiner Stimme. »Nadja... Sie sind ein Wunder! Und so etwas will durch Paris Taxen fahren...«

*

Von dieser Stunde an war Nadja Gurjewa jeden Tag im Zirkus *Orlando*. Saparin, der auf einer Fortführung der Fahrstunden bestand, log sie vor, sie wolle ihn mit dem, was sie jetzt tue, überraschen. Es sei ein Geheimnis.

Man soll Boris Michailowitsch nicht für gutmütiger halten, als er war. Als Nadja die kleine Helena auch noch in einem Kindergarten anmeldete, wurde er vollends kopflos und lauerte Nadja auf. Und dann hatte er die Wahrheit schnell heraus. Er fuhr ihr eines Morgens nach und sah, daß sie in dem Hallenkomplex verschwand, in dem der Zirkus *Orlando* überwinterte und die Pariser mit seinen Vorstellungen begeisterte. Und Saparin sah auch, wie ein Mann in weißer Tropenuniform Nadja auf dem Platz zwischen Kasse und Manegenhalle begrüßte und ihr einen Kuß gab.

»Der Satan hole die Weiber!« schrie Saparin in seiner Taxe, warf seine Mütze zu Boden und trampelte auf ihr herum. »Einen Löwenbändiger hat sie! Womit soll ich wohl überrascht werden, he? Mit einem jungen Löwen? Mit einer abgebissenen Hand? Zum Jammern ist das! Oh, zum Weinen!«

Aber was half da alles Klagen? Am Abend, als Saparin zu Nadja kam, war alles klar. Er brachte ihr einen kleinen Stofflöwen mit und stellte ihn stumm auf den gedeckten Tisch zwischen die Suppenteller. Zweimal in der Woche aß Saparin bei Nadja Gurjewa. Sie kochte dann eine echte Rassolnike, das ist eine herzhafte Suppe aus Gurken, Sahne und Schweinenieren. Wenn Saparin diese Suppe löffelte, bekam er immer rote Augen und dachte an Rußland und an seine Güter, die jetzt Kolchosen waren.

Und heute war solch ein Tag.

Ohne sichtliche Verlegenheit bemerkte Nadja den kleinen Stofflöwen auf dem Tisch und füllte den Teller Saparins mit Rassolnike. »Ja«, sagte sie dann, als sie auch saß und das Weißbrot brach, »so ist das, Boris Michailowitsch.«

»Was ist so?« knurrte er. »Allez hopp! Ist das schon was?«

»Er ist ein todesmutiger Mann.«

»Ein Gaukler! Bei uns zogen sie mit dressierten Bären durch die Lande und bekamen wie Bettler ihre Kopeken.«

»Frank ist ein Künstler. Er ist stark und mutig, und seine Löwen sind herrliche Tiere. Sie gehören ihm. Jedes Tier kostet zehntausend Francs! Er verdient pro Vorstellung zweihundert Francs... das sind im Monat über achttausend Francs, mit den Nachmittagsvorstellungen. Ehrlich verdientes Geld!«

»Und eines Tages reißt ihm so eine Bestie den Kopf ab!«

»Seine Löwen lieben ihn!«

»O Himmel! Vielleicht schlafen sie auch noch in seinem Bett?« Saparin umklammerte den Löffel. Die schöne Nierensuppe schmeckte heute bitter. »Taxifahren, das ist ehrliche Arbeit! Wenn es da kracht, ist's nur ein Blechschaden und kostet nicht den Kopf. Und zweihundert Francs am Tag kannst du auch verdienen. Du bestimmt!«

»Hör damit auf, Boris Michailowitsch. Ich liebe Frank ...«

»Das habe ich befürchtet!« Saparin warf den Löffel weg, nahm den unschuldigen kleinen Stofflöwen und schleuderte ihn gegen die Wand. »Ist das ein Leben!« brüllte er. »So friedlich könnte man leben! So gut könnte es einem gehen! So glücklich könnte man sein! Und da kommt so ein Löwenbändiger und verdreht ihr den Kopf! O Täubchen, ich bringe ihn um! Ich hole ihn mitten aus seinen Löwen raus und drehe ihm den Hals um! Auch ich habe keine Angst! Ein Graf Saparin hat noch nie Angst gehabt!«

»Was nützt das Brüllen, Boris? Ich habe mich verliebt.« Ihre Augen bekamen einen milden Glanz. »Zum erstenmal ist es anders ...«

»Schwänchen ... Das sagst du immer.«

»Zum erstenmal sehe ich in einem anderen Mann nicht das Abbild von Nikolai. Zum erstenmal bin ich frei von der Erinnerung an ihn. Frank ist ganz anders als Nikolai ... er ist blond, hat blaue Augen und ist ein Deutscher.«

»Ein Deutscher! Welche Schande!« schrie Saparin.

»Ein ganz neues Bild kommt in meine Seele ... sein Bild. Soll ich nur leben mit der Erinnerung an einen Toten? Nikolai ... das war bisher ein Himmel, der nie verlosch, und in diesem Himmel lebte auch Stanislas. Aber jetzt ...« Nadja breitete die Arme aus, »jetzt betrete ich einen neuen Himmel ...«

»Du hast schon mit ihm geschlafen?« fragte Saparin düster.

»Nein! Aber ich werde es heute nacht tun.«

»Nadja!« Saparin schlug die Hände über dem Kopf zusammen. »Wie können Löwen einen Menschen so verändern!«

»Was verstehst du davon, Boris Michailowitsch. Du bist verheiratet mit deinen Autos.«

»Bleibt mir etwas anderes übrig?« schrie Saparin, warf die Arme wieder empor, drehte sich um und rannte aus der Wohnung.

Unten auf der Straße trat er seinen Wagen gegen die Räder, nannte das Fahrzeug ein dreckiges Ding und fuhr fluchend ab. Er kannte Nadja zu gut ... wenn sie liebte, riß sie Welten ein und baute sie neu auf. Und wenn man sie störte, begrub sie sich selbst unter den Trümmern.

Wie ein Mondsüchtiger war sie, der auf dem Dachsims wandelt. Nicht ansprechen durfte man sie, sonst stürzte sie ab ...

*

Der Morgen dämmerte durch das kleine verhangene Fenster des Wohnwagens. Es war heiß in dem engen Raum.

Nebeneinander lagen sie, rauchten und starrten an die weißlakkierte gewölbte Holzdecke des Wagens. Sie lagen nackt auf dem Klappbett, eng aneinandergedrückt, die Beine ineinander verschlungen. In der fahlen Dunkelheit glimmten nur die Punkte ihrer Zigaretten.

»Woran denkst du?« fragte sie. Ihren Kopf rieb sie an seiner Schulter.

»An uns.«

»Gibt es da noch Gedanken?«

»Viele ...«

»Gedanken machen traurig.«

»Nicht denken ist Selbstbetrug.«

»Laß uns uns betrügen ... es lebt sich schöner.«

»Und im März?«

»Was ist im März?«

»Im März verlassen wir das Winterquartier. Wir werden verschifft.«

»Verschifft? Wohin?«

»Nach Amerika. Zwei Jahre werden wir kreuz und quer durch Amerika ziehen.«

»Amerika ist schön.«

»Sehr schön.«

»Und bis März ist noch lang ...«

»Es ist schrecklich, zu denken, was im März sein wird.«

»Du sollst nicht denken. Küß mich.«

Er setzte sich auf und blickte auf ihren schönen Körper hinab. Seine Hände glitten über ihren Leib, über die Brüste, über die Schultern. Sie zitterte unter seinen Liebkosungen und seufzte leise.

»Ich fahre nicht ohne dich«, sagte er heiser. »Bei Gott, ich bleibe in Paris. Ich suche mir einen anderen Beruf ...«

»Ohne Löwen kannst du nicht leben.«

»Ohne dich auch nicht, Nadja!«

»Und wenn ich mitkomme?«

»Nadja!« Er schrie es fast. »Nadja! Weißt du, was du da sagst?«

»Ich weiß es genau.« Ihr Gesicht lag unter den aufgelösten Haaren wie unter einem Schleier. »Bring mir bei, wie man Löwen dressiert. Fünf Monate Zeit haben wir noch. Ob ich es bis dahin begreife?«

»O sicher, sicher, Nadja, mit deinem Blick ... und Helena?«

»Ich nehme sie mit. Die ganze Welt wird sie sehen ... gibt es eine schönere Freiheit?«

»Das... das willst du tun, Nadja?«

»Ja. Ich liebe dich doch, Frank.« Sie schob ihre Haare vom Gesicht, und wahrhaftig, ihre Augen leuchteten in der Dunkelheit. »Es ist mein Schicksal, Grenzen und Weiten überwinden zu müssen, um zu lieben. Und ich liebe dich... ich liebe dich... du verfluchter deutscher Barbar...«

Der Morgen dämmerte über Paris. Wie mit roten Federastern war der Himmel betupft. Auf dem Zirkusgelände erwachte der Alltag. Die Löwen brüllten, die Elefanten trompeteten, die Pferde bekamen schon frisches Stroh.

In dem engen Wohnwagen Nr. 28 schliefen sie noch, Körper an Körper, sich die Hände haltend. Sie lächelten im Schlaf und atmeten tief und ruhig.

Sie träumten von Amerika.

16

Boris Michailowitsch Saparin war verzweifelt.

Das drückte sich in drei Unfällen aus, die er mit seinem Auto verursachte, dumme Unfälle, aus Unachtsamkeit, und die Polizei drohte, ihm die Konzession als Taxifahrer zu entziehen, wenn sich das wiederholte. Im allgemeinen kann man mit der Pariser Polizei reden, sie soll – so behauptet man – die höflichste Polizei der Welt sein, aber Saparins Verzweiflung wurde langsam eine Gefahr auf der Straße, und da hilft keine Freundlichkeit mehr.

Ursache war der Entschluß Nadjas, bei Frank Castor in die Lehre zu gehen und statt Autofahren die Kunst der Löwendressur zu erlernen.

Saparin heulte wie ein hungriger Wolf und raufte sich die Haare. »Löwendompteuse will sie werden!« schrie er und lief in der Wohnung auf der Avenue de New York hin und her und durch alle Zimmer, als veranstalte er eine Polonaise. »Allez hopp! Mach Männchen, Ali! Gib Pfötchen, Simba! Willst du wohl nicht so in der Manege stinken, Muhamed? – O Himmel! Und das ist die Tochter Rasputins! Das ist die Frau des Gardemajors Gurjew! Auf dem Grund des Roten Meeres wird er sich in den Sand wühlen, der gute Nikolai Georgijewitsch! Ein Seebeben wird es geben! Löwen dressieren! Eine Nadja Gurjewa! Bist du verrückt, Täubchen?«

»Verliebt«, sagte Nadja still und lächelte vor sich hin. »Wenn du wüßtest, wie schön das ist.«

»Auch das geht vorbei! Wenn Hungernde satt geworden sind, träumen sie nicht mehr vom Essen!«

»Das geht nie vorbei. Nie!« Nadja lehnte sich zurück und kreuzte die Arme hinter dem Nacken. Sie starrte an die Decke und dachte an die herrlichen Nächte in dem kleinen, engen, nach Raubtier riechenden Wohnwagen, gleich hinter den Ställen, in denen nachts die Löwen brüllten, die Pferde wieherten und die Elefanten stampften. »Ich habe nur zweimal in meinem Leben geliebt... Nikolai und jetzt Frank.«

»Da mußt du dich verzählt haben«, rief Saparin und schlug die Hände über dem Kopf zusammen. »Und Stanislas?«

»War nur ein lebender Schatten Nikolais.«

»Und Gabriel?«

»Ich hasse ihn!«

»Und... und Saparin...« Saparin schluckte. Nun war es heraus. Nach fast vier Jahren. Und er hatte es sich anders vorgestellt, diesen Augenblick der Wahrheit. Er sah nun an die Wand, wurde rot wie ein Schuljunge, der ein Fenster eingeworfen hat, knackte mit den Fingern und wartete darauf, daß Nadja ihn schallend auslachte. Recht geschieht dir, dachte er. Ein alter Esel bist du. Nie hättest du das sagen dürfen! Die großen Träume behält man für sich, weil sie für die Umwelt lächerlich sind. Oh, welch ein Idiot bist du doch!

Aber Nadja lachte nicht. Sie sah Saparin ein wenig traurig an.

»Mein armer Boris Michailowitsch...« sagte sie leise. Saparin nickte heftig.

»Treten Sie mich in den Hintern, Nadja Grigorijewna!«

»Warum? Ich weiß, daß du mich liebst.«

»Sie wissen es?«

»Seit vier Jahren, Boris. Und wir beide wissen, wie sinnlos es wäre. Wir sind wie Bruder und Schwester, und das ist so schön und so innig, daß alles andere es nur zerreißen würde. Du bist mir mehr, Boris, als Bruder, Geliebter oder Mann... du bist für mich die Heimat. Du bist Rußland. Du bist der Himmel über Sibirien, der Wind über der Steppe, das Rauschen des Tobol, das Glockenläuten der Klöster auf den Hügeln, der Gesang der Lastenschlepper. Das alles bist du für mich. Du bist mein Rußland...«

Saparin drehte sich zur Wand. Er weinte. Die Stirn drückte er gegen die Tapete und schluchzte laut.

»Unser Mütterchen Rußland...« stammelte er. »Das ist es! Das ist es! Was soll ich ohne dich, Nadja, in diesem mistigen Paris? Ich werde nie ein Franzose, nie! Ich bin Russe! Der Graf Saparin! Auch wenn ich Taxen fahre und Trinkgeld nehme.« Er stand an der Wand und weinte weiter, und Nadja unterbrach ihn nicht, denn der Heimatschmerz eines Russen ist elementar wie die Natur, die ihn formte.

Erst nach einiger Zeit beruhigte sich Saparin und nahm seine Wanderung durch die Wohnung wieder auf. Sie konnten frei miteinander sprechen. Helena war bis zum Mittag im Kindergarten und lernte Lieder und Ringelreihenspiele, die Nadja am Nachmittag mit ihr im Kinderzimmer tanzen mußte.

»Du gibst den Plan nicht auf?« fragte Saparin.

»Nein.«

»Du willst Löwen dressieren?«

»Ja.«

»Und hinüberfahren nach Amerika?«

»Ja.«

»Und heiraten willst du ihn auch diesen Deutschen?«

»Ich würde ihn heiraten, selbst wenn er Bolschewist wäre!«

»O Himmel! Deutlicher könnte man es nicht sagen!« Saparin rannte wieder durch die Wohnung und ließ die Türen klappen. Er wußte keine anderen Argumente mehr. Er war wehrlos gegen diese Liebe, die über Nadja gekommen war. Immer hatte er das befürchtet, daß sie eines Tages ausbrach aus der Geborgenheit und eine Dummheit beging. Das wilde Blut ihres Vaters tobte nun einmal in ihr, es war nicht aufzuhalten und nicht auszutauschen. Als sie Stanislas kennenlernte, hatte Saparin aufgeatmet. Das wäre eine Heimat für Nadja gewesen, die kleine weiße Villa am Bois de Boulogne, die Reitpferde, der Park, der Reichtum. Und Saparin hätte in ihrer Nähe bleiben können... bei der heiligen Mutter von Kasan, es wäre alles schön gewesen. Und nun dies! Ein Löwenbändiger! Ein Zirkus, der nach Amerika fährt!

Kann man Saparin nun verstehen, wenn er außer sich war?

»Wann geht die Reise los?« fragte er, als nichts mehr nützte. Liebe ist eine Mauer, die zehn Heere nicht einrennen.

»Im März vielleicht.«

»Und wohin?«

»Ich weiß es nicht.«

»Wir haben nun November«, sagte Saparin mit leiser Hoffnung. »In vier Monaten kann noch viel geschehen.«

»Bis dahin will ich gelernt haben, die Löwengruppe allein vorzuführen«, sagte Nadja.

»Gott möge das verhindern!« Saparin stampfte mit den Stiefeln auf. »Willst du zerrissen werden?«

»Wissen wir, wie wir einmal enden, Boris? Du kannst auf der Straße sterben, in deinem geliebten Auto. Mir kann ein Stein auf den Kopf fallen. Oder eine dumme Erkältung, die auf die Lunge schlägt. Was wissen wir von unserer Zukunft?« Nadja erhob sich und ging ans Fenster. Der Blick über die Seine hinüber zum Eiffelturm, der sich braunblau gegen den Himmel abhob, war immer wieder ein Blick, der das Herz ergriff. »Ich liebe die Löwen.«

»Es ist schrecklich«, stöhnte Saparin und putzte sich die Nase.

»Wenn ich sie ansehe, werden sie zärtlich wie verspielte Katzen!« Sie lehnte die Stirn gegen die kalte Scheibe. Draußen wehte ein kühler Wind die letzten welken Blätter von den Bäumen. »Ich habe mich noch nie so glücklich gefühlt, Boris Michailowitsch. Nie mehr seit dem Tag, als ich Nikolai küßte. Und das ist nun zehn Jahre her. Was haben wir in zehn Jahren alles erlebt.«

»Und es liegen noch fünfzig Jahre vor dir!« Saparin faßte Nadja an den Schultern und zog sie an sich. »Nadja, bleib in Paris. Ich bitte dich. Paris könnte für uns Russen eine zweite Heimat werden. Es erinnert hier so viel an Petersburg. Aber niemals Amerika! Nie das Zirkuszelt! Nadja ... wir Russen sind doch wie welke Blätter ohne Heimat.«

»Ich habe Frank ...«

Und dabei blieb es. Es war vergeblich, was Saparin noch alles versuchte, und schließlich ging er, ohne seine Kourignia petchoni, das ist mit Sahne zubereitete Hühnerleber, gegessen zu haben, die Nadja gekocht hatte.

Jeden Nachmittag aber, und oft auch am Vormittag, fuhr Nadja Gurjewa zum Zirkus und übte mit Frank Castor die Löwendressur. Sie gewöhnte die Löwen an sich, indem sie sie fütterte, die Ställe reinigte, im kleineren Übungskäfig immer neben Frank stand und schließlich auch die Stange in die Hand nahm und die Raubtiere zu den Podesten und Leitern dirigierte. Sie lernte die Zurufe und Worte auswendig, an die Castor die Löwen gewöhnt hatte und die zur Dressur gehörten wie ein Stichwort, das dem Schauspieler das Signal zum Auftritt gibt. Im großen Zentralkäfig lernte sie, die sensationelle Nummer Castors allein durchzuführen. Dann stand Frank im Hintergrund, an die Gitterstäbe gelehnt, die Lederpeitsche in der rechten Hand, in der Linken eine Pistole, deren erster Schuß nur ein Schreckschuß war. Erst die zweite Patrone war scharf, und sie war lebensrettend, wenn ein angreifender Löwe sich vor dem Schreckschuß nicht zurückzog.

Ein paarmal stand der Direktor des Zirkus *Orlando* am Zentralkäfig und sah Nadja zu. Er war ein Grieche mit einem Namen, den niemand behielt und niemand aussprechen konnte, ein Name mit dreimal opolos am Ende; man nannte ihn einfach *Boß,* ein Wort, das mit den amerikanischen Truppen nach Europa gekommen war und genau das ausdrückte, was es bedeuten sollte: die harte Faust des Chefs. *Boß*... das klang wie ein trockener Schlag gegen das Kinn.

»Bravo, bravo!« sagte der *Boß* und klatschte in die Hände, wenn es Nadja gelang, die berühmte Löwenpyramide allein zu bauen, und sie mit schwingender Peitsche die dickmähnigen Raubtiere Männchen machen ließ. »Das ist eine Sensation! Nur fehlt noch der ganz große Knall, Castor! Das, wo einem der Atem stockt und das Herz in die Hosen fällt! Wie wäre es, wenn Nadja den Kopf in den Rachen von Ali steckte?«

»Nie!« sagte Frank Castor hart. »Das lasse ich nie zu!«

»Nadja kann mit Ali machen, was sie will!« Der *Boß* zeigte auf den Zentralkäfig. Nadja stand vor dem mächtigen Ali, und sie sahen sich an, beide mit glitzernden Augen. Eine Kraftprobe, die jeden Tag stattfand und von Nadja gewonnen wurde. »Bitte«, sagte der *Boß* triumphierend. »Das ist der Anfang, Castor!«

Nadja hatte die Lippen gespitzt. Und Ali, der König der Manege, der Berberlöwe, in dem noch die Weiten Afrikas träumten, streckte den Kopf vor und gab Nadja vorsichtig, ja zärtlich fast, einen Kuß.

Frank Castor war bleich geworden. »Laß das, Nadja...!« rief er leise.

»Übertreib es nicht! Ali ist unberechenbar! Er soll dich achten und fürchten, aber wehe, wenn er sich in dich verliebt! Er fängt dann an, *mich* zu hassen!«

»Sie reden von Löwen, als seien es Menschen!« sagte der *Boß* mit einem schiefen Lächeln. Frank Castor nickte. Nadja war von Ali weggegangen und rollte neue Podeste durch die Manege.

»Löwen können wie Menschen empfinden«, sagte er. »Ich habe im Käfig schon Eifersuchtsdramen erlebt, die nicht mehr aufzuhalten waren. Am Ende steht immer der Tod...«

»Uns fehlt die Weltsensation!« Der *Boß* griff in seine Brusttasche und holte ein paar Blatt Papier heraus. Es war die Korrespondenz mit dem amerikanischen Agenten, der den Zirkus *Orlando* für zwei Jahre verpflichtet hatte. Zwei Jahre quer durch den Kontinent, von New York bis San Francisco, von den großen Seen im Norden bis zu den riesigen Baumwollfeldern im Süden Carolinas und Alabamas. »Lesen Sie«, sagte er. »Sie sind der erste, dem ich's zeige. Man erwartet von uns, daß Amerika kopfsteht. Und Amerika ist verwöhnt, Castor. Das wissen wir alle. Dort drüben gelten nur Spitzenleistungen, und die fragen wenig danach, ob es gefährlich ist und das Leben dran hängt. Im Gegenteil... Tod in der Manege – das wäre noch ein Reklameschlager! So sind die in den USA!« Der *Boß* räusperte sich. Nadja rief den Löwen Mahmud zur Manegenmitte und hielt den Reifen hoch, durch den er springen sollte. »Ein entzückendes Mädchen im Käfig, gut, das ist etwas Neues«, sagte er. »Aber wenn das Mädchen sich eine Badekappe überzieht, und den Kopf in den Rachen...«

»Nie!« unterbrach Castor hart. »*Boß*, reden wir nicht mehr davon. Eher übe ich es ein.«

»Ein Mädchenkopf zieht mehr! Und Nadjas Engelsköpfchen... Castor, ich verdopple Ihre Gage! Wir alle geben uns Mühe, in Amerika zu glänzen. Die Bastellos üben den dreifachen Salto mortale am Trapez. Luigi will mit zehn Bällen auf einmal jonglieren. Calvado versucht, einen ganzen Elefanten aus der Manege wegzuzaubern! Und dann Sie! Die dressierten Berberlöwen... Nadja, die sibirische Elfe, legt ihren Kopf in den Löwenrachen! Amerika wird von uns sprechen!«

»Ich lasse es nicht zu«, wiederholte Castor. Er nahm seine Peitsche und ging vom Gitter weg. »Eher lege ich die Löwennummer nieder!«

»Castor, machen Sie keinen Quatsch!« rief der *Boß* ihm nach, aber Frank drehte ihm den Rücken zu und half Nadja, die Podeste der Pyramide wegzurollen.

Von der Idee des *Boß* sprach er nie mit Nadja. Er studierte mit ihr die alte Nummer ein, verfeinerte sie und fügte noch einen großen Manegenabgang ein: Ali mußte einen toten Löwen spielen, der nach Ende der Dressur auf nichts mehr hörte, auf keinen Zuruf, kein Peitschenknallen, keine Zärtlichkeiten. Erst wenn sich Nadja in den Manegensand kniete, den schweren Kopf des Löwen in ihren Schoß legte und ihn zärtlich auf die geschlossenen Augen küßte, sprang er auf, dehnte sich, trottete leise brummend zum Laufgang und hinaus aus der Manege.

Fast acht Wochen übten sie mit Ali an dieser Sensation. Jeden Morgen und jeden Nachmittag. Und dann hatte es Nadja erreicht, und der *Boß* klatschte in die Hände und zerraufte sich die Haare vor Begeisterung.

»Kopf im Rachen wäre besser!« sagte er zwar zu Castor. »Aber auch das verkaufen wir in Amerika. Castor, sehen Sie die Schlagzeilen vor sich? In den Zeitungen, auf den Plakaten, auf den Millionen Handzetteln? ›Der Kuß Nadjas erweckt selbst tote Löwen zum Leben!‹ Die Amerikaner werden die Kassen stürmen!«

»Doppelte Gage«, antwortete Frank Castor trocken.

Und er bekam sie.

Zwischen den langen Stunden der Dressur gehörten wenige Stunden der Liebe ganz allein Nadja und Frank. Dann lagen sie in dem Klappbett des Wohnwagens, die Vorhänge waren vor die Fenster gezogen, der Lärm des Zirkusalltags flutete an ihnen vorbei, aber hier, innerhalb der dünnen Holzwände, war eine Welt voller Zärtlichkeit und Glück.

Ab und zu kam Saparin und sah der Dressur zu. Er hockte wie ein trauriger Clown hinter dem Gitter auf einem Stuhl, bewunderte Nadja und ärgerte sich, daß er das tat. Mit Frank hatte er nur einmal gesprochen, und das war ebenso vergeblich gewesen wie bei Nadja. Wenn zwei Magneten aufeinanderkleben, nützt kein Zureden. Man muß sie auseinanderreißen, und wer sollte dies hier tun?

Auch Helena war oft im Zirkus. Sie gewöhnte sich sofort an dieses Leben. Sie liebte Tiere, und meistens war sie bei den riesigen Elefanten, saß an der Zeltwand und sprach mit den grauen Fleischkolossen wie mit ihren Puppen. Und die Elefanten verstanden sie. Ihre kleinen, klugen Augen bewachten das Kind, und als ein Stallbursche Helena einmal wegjagen wollte und sie am Arm ergriff, bekam er von zwei Seiten so mächtige Rüsselhiebe von den Elefanten, daß er meterweit durch die Luft flog und mit einer Gehirnerschütterung ins Krankenhaus gebracht werden mußte.

Und so kam Weihnachten, das neue Jahr begann, der Schnee schmolz in Paris schon im Februar, und Anfang März blühten die Krokusse in den Gärten, die Weiden leuchteten mit dicken Kätzchen, die Forsythien übergoldeten die anderen, noch kahlen, sperrigen Büsche. Im Bois de Boulogne trabten wieder die ersten Herrenreiter. Daß es Frühling wurde, merkte vor allem Saparin ... jetzt hatte er viele Taxifahrten in die Umgebung von Paris, und immer dahin, wo stille Waldwege waren. Dort hielt er dann, drückte die Mütze in die Stirn und rauchte eine Zigarette nach der anderen, bis man vom Hintersitz an die Trennscheibe klopfte. Zurück nach Paris ...

Immer unruhiger wurde Saparin in diesen Märztagen. Der Zirkus *Orlando* sollte Ende des Monats eingeschifft werden. Schon hingen überall die Plakate: Nur noch die letzten Tage in Paris – dann zwei Jahre in Amerika! Im Winterquartier strich man alle Zirkuswagen neu, die Werkstätten arbeiteten Tag und Nacht, der *Boß* verhandelte mit der französischen Staatsbahn wegen eines Sondergüterzugs nach Le Havre, wo das Schiff wartete. Nadja hatte die Wohnung auf der Avenue de New York gekündigt. Endgültig nun. Sie wußte, daß sie nicht wiederkommen würde. Die Concierge weinte heftig, was Saparin verstehen konnte, denn auch er lief jetzt nur noch traurig umher wie ein geprügelter Hund.

Im Februar hatte Saparin plötzlich Fieber. Sein Arm, der linke, schwoll dick an, und auch auf der Brust hatte er eine rote Beule. Er lag in Nadjas Wohnung, ließ sich kühlen und schluckte Fiebermittel, bis Nadja gegen den Willen Saparins doch Dr. Rampal rief.

Dr. Rampal untersuchte die Schwellungen und sah dann Saparin böse an. »Das ist die Höhe!« brummte er. »Und deswegen lassen Sie mich rufen?«

»Nadja hat es getan.« Saparin hielt die Hände Dr. Rampals fest. »Verraten Sie mich nicht. Ich spendiere Ihnen auch eine Flasche Calvados.«

»Ich trinke nur Pernod!« sagte Dr. Rampal dumpf. »Immerhin

haben Sie eine tolle Impfreaktion. Wogegen haben Sie sich denn impfen lassen?«

»Gegen alles, was verlangt wird. Pocken, Typhus, Cholera, Malaria...«

»Himmel noch mal! Alles auf einmal! Wo wollen Sie denn hin?«

»Nach Amerika...« Saparin schluckte. »Verraten Sie mich nicht, Doktor. Bitte...«

»Sie wollen auswandern?«

»Ja. Mein Antrag läuft schon vier Monate. Aber die amerikanischen Einwanderungsbehörden sind streng. Neun Zähne habe ich mir ziehen lassen müssen und ein Gebiß machen lassen, sonst wäre es gleich aus gewesen! Was man nicht alles tut! Doch jetzt bin ich durch. Die Impfungen waren das letzte. Ich werde mich Ende März in Le Havre einschiffen lassen...«

Dr. Rampal lehnte sich zurück und lachte. Er lachte selten, aber wenn er lachte, kam es aus vollem Herzen und hörte nicht so schnell wieder auf. »Sie laufen Nadja nach!« keuchte er. »Graf Saparin... Sie wandern wegen Nadja aus...?«

»Ich kann sie doch nicht allein lassen in dem großen, unbekannten Amerika«, sagte Saparin kläglich. Daß Dr. Rampal lachte, war ihm unangenehm. Nadja mußte es im Nebenzimmer hören. Ein fröhlicher Kranker ist er, der Boris Michailowitsch, mußte sie jetzt denken. Und bei mir zieht er eine Miene, als löse er sich auf wie Schnecken im Salz.

»Und was machen Sie drüben?« fragte Rampal nach einer Lacheinlage.

»Ich...« Saparin sah an die Decke, und dann drehte er den Kopf zur Wand. »Ich... reite...«

»Reiten? Wieso?«

»Als russischer Kunstreiter. Als Kosak. Wir haben damals allerlei Kunststücke auf dem Pferd gelernt. In der zaristischen Reitschule von Jelisawetgrad, beim 3. Husarenregiment.« Saparin schämte sich maßlos, aber es mußte heraus. Erstens befreite es, und zweitens würde Dr. Rampal doch nicht lockerlassen. »Ich heiße ›Boris, der letzte Kosak‹!« Saparin drehte sich um und ergriff wieder die Hände des Arztes. »Bei allen Himmeln, Doktor, verraten Sie mich nicht! Sie weiß es noch nicht! Vor drei Wochen habe ich den Vertrag unterschrieben.«

»Beim Zirkus?«

»Ja«, sagte Saparin erschüttert. »Beim Zirkus *Orlando*.«

Was soll man machen – Dr. Rampal bekam seinen zweiten Lachanfall, und Saparin drehte sich wieder wütend zur Wand.

*

Noch einmal versuchte Saparin, Nadja in Paris zu halten. Es war wirklich der letzte Versuch, zwei Wochen vor der Abfahrt des Sonderzugs vom Gare aux Marchandises. Ein zweiteiliger Versuch war es, gewissermaßen eine Zange, in der Nadjas Willen, Paris zu verlassen, zerdrückt werden sollte.

Saparin fuhr hinaus zu der Loire, der lieblichen Parklandschaft, in der es mehr Schlösser gibt als Rosinen in einem Topfkuchen. Eines davon gehörte Jean Gabriel, und zu ihm führte die Reise Saparins.

Gabriel hatte sich seit dem Duell aus Paris zurückgezogen. Er lebte wie ein Landedelmann auf seinem Gut, ritt durch seine eigenen Wälder oder an der herrlichen Loire entlang und kümmerte sich mehr um die Aufzucht von Rindern und die Mast von Schweinen als um seine Banken. Für sie hatte er einen Generaldirektor eingesetzt, mit dem er zweimal in der Woche konferierte. Natürlich geschah nichts, was Gabriel nicht wußte. Seine Hauptaufgabe hieß Gérard Cassini. Verzweifelt hatte Cassini dreimal versucht, Gabriel umzustimmen, er hatte an die Freundschaft ihrer Väter appelliert, an die Sinnlosigkeit, einer Frau wegen solch einen Zusammenbruch zu inszenieren... Gabriel blieb taub und stumm. Und so verließ Cassini im Januar Frankreich und ließ sich in Zürich nieder. Verbittert und aus allen Bankgeschäften in Frankreich ausgebootet.

Gabriel kaufte die Cassini-Bank, aber das war jetzt nur eine geschäftliche Transaktion, keine Rache mehr. Neben Rothschild und Oppenheimer war Gabriel nun der mächtigste Bankier in Europa, doch das kümmerte ihn wenig. Er lebte auf seinem Loireschloß, von der glänzenden Welt, die sein Geld regierte, abgeschlossen, und wurde wortkarg. Das Bild des umsinkenden Stanislas, der Schmerz Nadjas an seiner Leiche, das waren Dinge, über die Gabriel nicht hinwegkam. Hinzu kam die Erinnerung an die wenigen glücklichen Stunden mit Nadja. Sie waren der Höhepunkt von Gabriels Leben gewesen. Vor ihm verblaßte alles andere; was jetzt kam, war Alltag, Gewohnheit. Es vermochte Gabriel nicht mehr aus seinem Schloß zu locken; er saß in seiner großen Bibliothek und las französische Klassiker, hörte Schallplatten von Caruso oder angelte in der Loire.

Nun kam Saparin, und in Gabriel zuckte Unruhe auf. Der Gedanke, Nadja könne etwas geschehen sein, machte ihn fast krank. Zwar erhielt er jede Woche einen Bericht von einem Privatdetektiv aus Paris, der Nadja beobachtete, er wußte, daß sie im Zirkus *Orlando* Löwen dressieren lernte und hatte – niemand wußte es, und keiner sprach darüber – Frank Castor eine volle

Million angeboten, wenn er Nadja wegschickte, aber von heute auf morgen kann allerhand geschehen.

»Graf Saparin!« rief Gabriel, als Saparin von einem Diener durch die weite Halle des Schlosses geführt wurde. Gabriel kam die breite geschnitzte Treppe herunter, so schnell es ging. »Was ist mit Nadja? Hat ein Löwe sie angefallen? Lebt sie? Wohin hat man sie gebracht? Die besten Ärzte von Paris sollen...«

Saparin winkte mit beiden Armen ab. »Nichts ist geschehen, Monsieur Gabriel!« rief er. Er sah schlecht aus, übernächtig, hohläugig und sehr alt. »Aber weil nichts geschieht, ist es so schrecklich. Nadja fährt in zwei Wochen nach Amerika! Und sie wird, das weiß ich, nie zurückkommen nach Paris.«

Gabriel nickte schwer. Er lehnte sich an das Geländer der Treppe. »Ich weiß es, Graf. Aber was können wir da tun?«

»Das fragen Sie mich?« Saparin wischte sich über die Augen. »Sie schicken Nadja anonym Geld. Ich weiß es. Sie lieben Nadja noch immer. Es tut mir weh, das zu sagen...«

»Sie lieben Nadja auch, Graf.«

»Aber es ist hoffnungslos. Völlig! Damit finde ich mich ab, so wie ich weiß, daß ich Rußland nie wiedersehen werde. Aber Sie, Gabriel, Sie wären der Mann, der Nadja glücklich machen könnte! Ich sage das ohne Bitterkeit. Ich sage es mit dem Gefühl eines Bruders, der für Nadja nur das Beste will. Ich bitte Sie – versuchen Sie es noch einmal! Versuchen Sie, Nadja klarzumachen, wie sinnlos diese Liebe zu dem Löwendompteur ist! Mein Gott, ja, ich weiß... Nadja ist unaufhaltsam wie ein Schneesturm... aber auch durch Schneestürme haben wir uns schon durchgekämpft!«

Gabriel sah auf das alte, schon fast schwarze Parkett der Halle. Er atmete schwer. »Ich bin ein alter Mann, Graf«, sagte er resignierend. »Dieser Castor ist jung und schön...«

»Versuchen Sie es wenigstens.«

»Sie verzeiht mir nie den Tod Stanislas'!«

»Vielleicht doch, sie sieht jetzt Stanislas anders.«

»Durch diesen Frank Castor.«

»Es ist ja nur ein Versuch, Gabriel!« schrie Saparin.

Gabriel strich sich über die Augen. Wie alt ich in ein paar Monaten geworden bin, dachte er. Und was vor allem fehlt, ist der Mut. Was ist ein Mensch ohne Mut? Eine taube Nuß, die man ins Feuer wirft, und die, verbrennend, als einziges nur noch knacken kann.

Eine Stunde später fuhr Saparin nach Paris zurück. Auf dem Hintersitz der alten Taxe saß Gabriel.

*

Es war wirklich umsonst.

Nadja weigerte sich, Gabriel überhaupt zu empfangen. »Ihn sprechen?« schrie sie Saparin an. Sie ballte die Fäuste und stampfte mit den Füßen auf. Es sah chaotisch in der Wohnung aus. Kisten und Rohrplattenkoffer standen herum. Seesäcke waren mit Bettwäsche vollgestopft, der Haushalt befand sich bereits in Auflösung. »Was will er hier?«

»Das soll er dir selbst sagen, Nadja.«

»Ich will ihn nicht sehen. Ich will nicht!« Sie rannte ins Kinderzimmer und schloß sich ein. Geduldig klopfte Saparin so lange an die Tür, bis sie wieder öffnete und ihn wie eine Tigerin anfuhr. »Laßt mich in Ruhe!« schrie sie. »Oder ja! Ja! Laß ihn kommen! Ich werde ihn als Mörder aus der Wohnung peitschen! Wo ist er?«

»Er wartet draußen auf der Treppe.«

»Dort kann er verschimmeln!«

»Nadja . . .« Saparin trat auf sie zu, aber zum erstenmal, seit sie sich kannten, hob sie die Hand gegen ihn und behielt sie oben, um zuzuschlagen, wenn er näher kam. Mit einem Ruck blieb Saparin stehen.

»Was ist aus dir geworden, Nadja Grigorijewna?« sagte er leise. »Ich kenne dich nicht wieder.«

»Ich bin frei. Frei!« schrie sie ihn an. Ihr langes Haar umflatterte sie. Und wieder war in ihren Augen jene unheimliche Kraft, gegen die jedermann wehrlos war. Auch Saparin nickte schwer und wandte sich ab.

»So muß es also sein«, sagte er traurig. »Wie Ebbe und Flut ist das Leben . . . du hast recht, Nadjuscha . . .«

Er verließ die Wohnung, faßte den auf der Treppe wartenden Gabriel stumm unter und zog ihn auf die Straße.

Aber noch einmal versuchte es Saparin, wie schon erwähnt. Es war eine Verzweiflungstat, die sogar seine russische Seele verleugnete. Er überredete Nadja zu einer Spazierfahrt, fuhr mit ihr durch den Bois de Boulogne und hielt an einer engen Sackgasse. Kleine Villen mit Höfen, durch Zäune und Mauern verdeckt, lagen links und rechts der Straße. Die Straßendecke war grob gepflastert. Hier wohnte man abgeschlossen von der Welt; Paris im Rücken, den Wald vor sich, und die Zeit glitt an einem vorbei wie ein ruhiger Bach, der nicht einmal plätschert.

»Komm«, sagte Saparin und ging in die Sackgasse hinein. »Ich zeige dir etwas . . .«

Nadja sah sich um. Das erste Grün sproß aus den Bäumen. Ein Gärtner, das sah sie durch einen Zaun, grub Beete um. »Wohin?« fragte sie. Saparin winkte, er war schon zehn Schritte voraus.

Sie folgte ihm, und als er vor einer hölzernen Wand stehenblieb und den Finger gegen die Lippen legte, sah sie nichts als ein geneigtes Dach jenseits der Holzwand und einen kleinen Balkon mit weiß gestrichenem Holzgitter. Saparin winkte ihr wieder; durch einen Riß zwischen Brettern spähte er, trat dann zur Seite und ließ Nadja in den kleinen Hof des Hauses sehen.

Ein schlanker, zierlicher Mann kehrte mit einem Besen die Steinplatten. Sein Gesicht war bleich und vornehm, ein wenig hochmütig und kühl. Und auch jetzt, da er den Hof kehrte, war in seiner Haltung etwas Straffes, fast Königliches. Eine Frau trat aus der Tür in den Hof und sprach ein paar Worte mit ihm. Russisch war es. Und diese Frau war schön und schlank, und ihr Gesicht erinnerte an die Porzellanmalereien, mit denen die Salons in Zarskoje Selo geschmückt waren.

Nadja preßte den Kopf gegen die Holzwand. Ihre Finger kratzten über die braungrüne Farbe. Saparin, der dicht hinter ihr stand, legte beruhigend die Hände um ihre Schultern.

»Irena Nikolajewna...« flüsterte Nadja. Über ihren Körper lief ein Zittern. »Die Nichte des Zaren...«

»Sie ist es«, sagte Saparin leise.

»Und er... er... Das ist er!«

»Ja.« Saparin hielt Nadja fest, sie schwankte in seinen Händen. »Fürst Felix Felixowitsch Jussupoff...«

»Der Mörder meines Vaters...«

»Ja.«

Ein Ruck ging durch Nadjas Körper. Die Schwäche fiel von ihr ab. Starr stand sie an der Lücke der Holzwand und sah auf den Mann, der in jener schrecklichen Dezembernacht 1916 Rasputin erschoß, um Rußland zu erlösen, und der nun hier mit einem Reisigbesen einen Hof kehrte.

Sie starrte auf seine Hände, auf die Finger, die einmal die Pistole gegen ihren Vater abdrückten, die mit einem Gummiknüppel auf die Leiche einschlugen, blindwütig im Haß und nicht mehr mächtig seiner Sinne. Der Mann, mit dem Nadjas Jugend starb.

»Er ist es!« sagte sie dumpf. Und immer und immer wieder: »Ja, er ist es... er ist es... er ist es...«

»Er lebt in Paris.« Saparin zog Nadja von der Holzwand fort. »Er konnte sich vor der Revolution retten. Jetzt schreibt er ein Buch über den Mord an Rasputin. Auch einen Film will man drehen.« Saparin führte Nadja die enge Gasse hinab zu dem wartenden Wagen. Sie ging neben ihm her wie eine Maschine. Sie dachte an die Weite Rußlands, an Petersburg mit seinem kaiserlichen Glanz, an Zarskoje Selo, die kurzen, glücklichen Stunden mit ihrem Vater, dem Heiligen oder dem Teufel – ganz wie man will. »Bleibst du in Paris?« fragte Saparin heiser. »Du siehst, dein

Vater lebt weiter, und du bist seine Tochter. Du bist er ... und du gehörst nach Paris!«

Sie ging weiter und sagte nichts. Aber sie dachte: Er ist nicht in Paris ... ich habe Väterchen ausgestreut auf den vereisten Straßen von Petersburg. In einem Pappkarton trug ich ihn vor mir her, und die Asche flog über das Eis und taute es auf. Dann fiel neuer Schnee und immer wieder Schnee und deckte ihn zu, und als der Frühling kam und es taute, floß seine Asche weg in die Newa und mit ihr ins weite Meer. Nur die Erinnerung lebt, und sie lebt weit weg von Paris ... an den Ufern des Tobol, in der Urwäldern der Taiga, unter einem Himmel, wie er nirgendwo auf der Erde ist, nur dort, in Rußland.

»Komm, Boris Michailowitsch«, sagte Nadja, als sie am Wagen standen. »Laß uns fahren.«

»In die Wohnung?«

»Zum Zirkus. In zwei Wochen geht das Schiff ...«

Und Saparin nickte stumm.

*

Die Einschiffung in Le Havre war ein Theater für sich. Nur wer schon mit einem Zirkus gereist ist, weiß, was es heißt, einige hundert Tiere, die Zelte, Käfige, Wagen und Materialien auf ein Schiff zu verladen. Die Pferde und die anderen Tiere in den Käfigen waren kein Problem ... aber da waren die Elefanten, die man nicht an Bord marschieren lassen konnte, weil sie alle Gangways zertrampelten. Und die Giraffen waren mit ihren langen Hälsen überall im Weg, während die Lamas gleich Streit mit den Hafenarbeitern bekamen, weil sie um sich spuckten, hoheitsvoll und selbstbewußt. Eine kleine Welt wurde an Bord gehoben und geschoben, viel Geschrei gab es, Kommandos, die keiner befolgte, Krach, wenn in den Laderäumen nicht jeder Zentimeter ausgenutzt wurde, und offenen Aufruhr, als drei Affen ausbrachen und den Hafenarbeitern die Gefäße mit dem Mittagessen umwarfen.

Aber auch das geht einmal vorbei. Nachdem man die Elefanten einzeln mit einem Kran an Bord gehievt hatte – sie hingen in dicken ledernen Riemen und trompeteten bei der Himmelfahrt grell und durchdringend – und die Giraffen in einem Verschlag auf dem Oberdeck Platz gefunden hatten, da die Deckenhöhe der Laderäume nicht ausreichte, gingen die Artisten an Bord, schwitzend, müde und schmutzig, denn das Verladen der Tiere war ihre Aufgabe gewesen.

Drei Stunden vor der Abfahrt traf Saparin ein. Er hatte so lange in einer Wirtschaft gewartet und schlich sich nun mit seinem Seesack und einem Koffer an Bord wie ein Dieb. Er hatte sich genau erkundigt: Nadja und Frank Castor hatten ihre Kabine auf

Deck 1, wo auch die Löwenwagen standen. Er bekam eine Schlafstelle unter Deck im Bunker VI, der in einen großen Pferdestall umgewandelt worden war. Hier legte er sich ins Stroh, verstopfte sich die Ohren mit Watte und schlief. Er wollte den Abschied von Frankreich, von Europa, nicht miterleben. Mit dem, was er zurückließ, hätte er einmal ein zufriedenes Leben führen können. Zwei Autotaxen, eine kleine Wohnung, ein Mädchen Nanette, das drei Jahre von Saparins stiller Liebe zu Nadja profitiert hatte, eine Schar von Freunden, die ihn einen Idioten nannten, und das war noch der mildeste Name, den Saparin zu hören bekam, als er alle Brücken hinter sich abbrach.

Amerika, dachte er und wälzte sich im Stroh. So schlimm kann es nicht sein. Auch dort wohnen Menschen.

Als die Maschinen unter ihm stampften und der Schiffsleib erzitterte, wußte er, daß sie auf See waren und die Küste Frankreichs als Streifen im Meer unterging, so wie damals auch die russische. Damals, 1919. Die Küste der Krim.

Und nun lag wieder ein neuer Anfang vor ihm. In einem Zirkus. Boris, der letzte Kosak. Mit einer lächerlichen Tagesgage, denn was bezahlt man schon einem Reiter?

Graf Saparin drückte das Gesicht in das Stroh und biß die Zähne zusammen.

Die Pferde stampften und wieherten. Stallburschen gingen mit Eimern umher und gaben ihnen Wasser. Nebenan im Bunker V raunzte und polterte es durch die Wände. Dort hausten die Seehunde. Im Bunker IV standen die Elefanten unruhig, mit dicken Ketten gefesselt, in Strohbergen und schlugen mit den Rüsseln gegen die Wände, als wollten sie das Schiff zertrümmern.

Eine neue Arche Noah schwamm über das Meer.

Dem Land entgegen, an dessen Pforte die Freiheitsstatue ihre Fackel in den Himmel reckt.

Nördlich der Azoren, hinter der Biscaya-Schwelle, brach das Heldentum Frank Castors zusammen. Er hatte mannhaft versucht, es zu vertuschen. Er hatte alte Ratschläge befolgt und Rum getrunken und Sahne gegessen. Der Zirkusarzt hatte ihm Pillen und Tabletten gegeben – was half das alles? Mit wässerigen Augen und grünlichem Gesicht lag er in seiner Kabine auf dem Bett, würgte und verkrampfte sich, stürzte zum Toilettenkabinett und übergab sich, bis nur noch grüne Galle kam.

»Dagegen ist kein Kraut gewachsen«, sagte der Schiffsarzt, den Nadja holte. »Seekrank wird man, oder man wird es nicht. Ist man's, muß man hindurch. Da helfen zweitausend Jahre medizinische Wissenschaft nichts. Wenn nichts mehr drin ist, kommt nichts mehr raus. Und dann wird er wieder normal. Aber der Höhepunkt kommt noch ... wir haben Windstärke sieben und rauhe See.«

Nadja blieb an Franks Bett sitzen und war immer um ihn, sooft sie es konnte. Die Löwen fütterte sie selbst. Sie waren aufgeregt und böse. Das Schaukeln des Schiffes machte ihnen Angst, die fremde Umgebung, der Salzgeruch, das Möwengeschrei, die Untätigkeit, das Leben in den engen Käfigwagen. Sie hatten Sehnsucht nach dem großen Zentralkäfig, nach Musik und Applaus, nach den Podesten und Pyramiden, nach dem Staub der Manege und dem Zuruf Nadjas oder Castors. Vor allem Ali war beleidigt. Er fraß seine großen Pferdefleischportionen, zerknackte die dikken Knochen wie Streichhölzer, aber wenn Nadja nahe an die Gitter kam und ihn streicheln wollte, leuchteten seine grünen Augen böse auf, und die Krallen schoben sich aus den Tatzen.

Dreitausendfünfhundert Seemeilen von Le Havre bis New York ist ein langer Weg mit einem alten Frachter. Nadja sprach darüber mit dem Kapitän, und der hatte Verständnis für ihre Sorgen.

»Wir kommen bald in bessere Wetterlagen«, sagte er. »Dann können Sie einen Übungskäfig auf dem B-Deck aufbauen und Ihre Löwen täglich trainieren. Keiner von uns hat ein Interesse daran, daß ein so hübsches Mädchen aufgefressen wird...«

Aber noch tobte die See, und es wurde immer ärger. Das Schiff schlingerte von einer Seite zur anderen, Brecher krachten über das Vorschiff, die Nieten ächzten in den Schiffswänden. Im Bunker IV waren die Elefanten nicht zu beruhigen. Der Zirkusarzt gab ihnen ein Beruhigungsmittel ins Wasser, aber es nützte kaum. Wohl fühlten sich nur die Seehunde, sie rochen das Meer und klatschten fröhlich mit den Flossen.

Am achten Tag der Überfahrt erfaßte ein Brecher von der Seite das A-Deck. Er kam so plötzlich, daß niemand ihm ausweichen konnte. Donnernd überrollte er die Aufbauten, krachte auf die Käfigwagen der Löwen und schoß auf der anderen Seite wieder zurück ins Meer. Für das Schiff war es eine harmlose Woge, aber für die Löwen war sie verheerend gewesen. Die Seitenwand des Wagen 1 war eingedrückt worden, und dort in seinem Käfig hatte sich Ali geduckt, das Wasser erduldet und dann in ungeheurer Wut aufgebrüllt. Mit seinem schweren Körper sprang er gegen das eingedrückte Holz, die Pranken schlugen wie Paukenschläger, der mächtige Kopf rannte gegen die Wand, und dann war die Freiheit da. Das Holz splitterte vor ihm weg, und er setzte mit einem eleganten Sprung auf das nasse Deck.

Der erste, der den freien Löwen sah, war der Koch. Er blickte durch das Fenster der Kombüse, während er Teig für Pfannkuchen anrührte, und bemerkte einen großen braunen Schatten gegen die Aufbauten der Lüftungsanlage. Als er genauer hinsah, bewegte sich der Schatten und kam näher, hatte einen nassen, zottigen Mähnenkopf und brüllte dumpf.

»Alarm!« schrie der Koch und stürzte ans Bordtelefon. »Alarm an alle! Die Löwen sind los!«

Ein solcher Ruf wirkt Wunder. Überall in den Mannschaftskojen und den Bunkern klingelten die Alarmglocken, Matrosen rannten mit Gewehren bewaffnet zum Sammelplatz an der Kommandobrücke, die Maschinen wurden auf halbe Fahrt zurückgeschaltet. Durch die Kabinengänge rannten die Stewards. »Alle in den Kabinen bleiben!« schrien sie. »Die Türen verriegeln! Die Fenster bitte zu. Die Löwen sind los...«

Frank Castor lag in tiefem Schlaf und hörte nichts. Er war zu Tode erschöpft. Der Schlaf war mehr eine Ohnmacht... noch wehrte sich der Körper, aber es war kein Funken Kraft mehr in ihm. Der *Boß* war der einzige, der dem Befehl nicht folgte. Er rannte aus seiner Kabine, eine Pistole in der Hand, und fand auch gleich den Weg zum A-Deck, das verlassen und naß unter dem bleiernen Himmel lag. Vom Kabinenausgang konnte er die Käfigwagen sehen... die Löwen waren noch alle hinter Gittern, nur der Wagen 1 war aufgerissen und Ali in Freiheit.

»O Gott!« sagte der *Boß* und setzte sich auf die Treppenstufen des Kabinenausstiegs. »Ausgerechnet Ali!« Er lud die Pistole durch und begab sich mutig auf Deck.

Auch Saparin war an Deck gekommen, als er in seinem Pferdebunker hörte, was oben geschehen war. Er dachte nur an Nadja und raste die eisernen Treppen hinauf bis zur Luke. Frank Castor ist seekrank, das wußte er, wie er alles wußte, was auf dem A-Deck vorging. Er hatte einem Matrosen gleich bei der Abfahrt von Le Havre zweihundertfünfzig Francs geschenkt und erfuhr nun jeden Tag das Neueste vom Löwendeck, wie das A-Deck bald auf dem Schiff hieß.

Tobendes Meer und heulender Wind umgaben ihn, als er die Luke aufstemmte und ins Freie kroch. Er warf die eiserne Ausstiegstür gleich wieder zu und ergriff das, was er gerade in seiner Nähe sah. Es war ein Schrubber, mit dem die Leichtmatrosen an schönen Tagen die Decks reinigten. So bewaffnet schlich er sich weiter und achtete nicht auf die Zurufe von der Kommandobrükke, wo der Kapitän, zwei Offiziere und vier Matrosen, alle mit Gewehren, auf das Löwendeck starrten und Saparin zuwinkten, zurückzugehen.

Was Saparin sah, als er um die Entlüftungsanlage herumging, ließ ihm den Atem stocken. Er faßte seinen Schrubber fester und dachte, welche Ironie des Schicksals es doch war, daß ein Graf Saparin, dem einmal riesige Güter gehörten mit dreihundert Leibeigenen, nun auf einem Schiff mit einem Schrubber gegen einen Löwen kämpfte.

Nadja stand ihm gegenüber auf der anderen Seite des Decks,

dort, wo die Käfigwagen waren und der zersplitterte Käfig Alis. Sie hatte einen Stuhl in der Hand, die Lehne in den Fingern, und hielt die vier Stuhlbeine wie vier Lanzen vor sich. Das beste Mittel gegen Raubtiere, das hatte sie von Frank gelernt. Ein Stuhl mit vier starren Beinen, das ist eine Waffe, wenn dahinter Mut steht.

Ali, groß, mächtig, schlank, bis auf seinen Mähnenschädel, ein Koloß mit herrlichen Muskeln, stand ruhig mitten auf dem Deck. Sein Schweif mit der buschigen Quaste peitschte den nassen Plankenboden. Er starrte Nadja feindselig an, wandte dann den Kopf zur Seite, sah aufs Meer und brüllte verhalten. Dann leckte er über seine Schnauze, schüttelte den Kopf und kratzte mit den tödlichen Pranken über den Boden.

»Komm hierher, Ali...« sagte Nadja ruhig. Aufrecht ging sie auf den Löwen zu, den Stuhl vorgestreckt, die vier Beine wie Stacheln. »Hierher, Ali. Komm! Allez, mein Junge... geh auf Platz... auf Platz, Ali...« Die Manegenkommandos. Der Wille des Stärkeren, dem man gehorchen muß. Aber Ali, der freiheitstrunkene Ali aus dem Atlasgebirge von Algerien, rührte sich nicht. Nur sein Schweif peitschte die Bretter, und seine kalten grünen Augen starrten Nadja an.

Komm, Mensch, hieß dieser Blick. Wage dich heran, kleiner Mensch. Noch fünf Meter... noch vier... noch drei... dann bist du in meiner Sprunggrenze. Zitterst du? Hast du Angst? Ich sehe jede Bewegung von dir, jedes Zögern, jede Unsicherheit.

»Bleib stehen!« schrie in diesem Augenblick Saparin. »Nicht weiter, Nadja!«

Der Löwe Ali duckte sich und wirbelte herum. Sein Brüllen war furchterregend. Blutrot leuchtete sein Maul. Die freie Hand Nadjas fuhr hoch in die Luft.

»Boris!« schrie sie. »Zurück! Mein Gott! Er wird gehorchen! Was machst du hier?«

»Ich bin beim Zirkus.« Saparin hob wie um Verzeihung bittend die Schultern. »Du hast doch nicht angenommen, daß ich dich allein nach Amerika fahren lasse...«

»O Boris, Boris.« Nadja umklammerte die Stuhllehne. »Du Dummer, Lieber! Man sollte dich verprügeln...«

»Der Löwe, Nadjuscha! Erst der Löwe! Dann verprügle mich. Ich habe es schon mitgebracht!« Er hob den Schrubber hoch.

Nadja winkte ihm. »Wirf ihn mir zu!« rief sie. »Kannst du so weit werfen?«

»Ich versuche es!« Er warf den Schrubber über Ali hinweg zu Nadja, und er fiel kurz vor ihren Füßen auf die Planken. Der Löwe brüllte wieder und wandte sich zu Nadja zurück. Sie hatte den Schrubber aufgenommen und besaß nun zwei Waffen. Den Stuhl und den Stiel mit dem borstigen Querteil. Der Löwe schien zu ahnen, daß er im Nachteil war ... er duckte sich und brüllte dumpf und gefährlich.

»Ali! Hierher!« Nadjas Stimme war kalt und scharf. Das stumme Wechselgespräch zwischen Mensch und Tier war nun beendet. Jetzt galt nur der Mut. Jetzt siegte der Stärkere. Und dieser Sieg entschied über das ganze Leben, das wußten Ali und Nadja in diesen Sekunden genau.

Mit dem Stuhl in der Hand ging Nadja weiter vor. Ihr Blick hielt Ali fest ... gnadenlos und kalt. Und Ali sprang nicht ... er blieb sitzen und schlug nur mit mächtigen Prankenhieben gegen die Stuhlbeine, die ihn bedrängten.

»Los, Ali!« sagte Nadja hart. »Willst du wohl? Zurück, zurück!« Sie stieß die Stuhlbeine gegen seine breite Brust und gegen die zuckende Nase. Noch einmal wehrte sich Ali ... er biß in eins der Stuhlbeine und zermalmte es zwischen seinen Zähnen. Da schlug Nadja mit dem Schrubber zu, traf ihn zwischen die Augen und schabte mit den Borsten über Alis Gesicht.

Das brach den Widerstand. Knurrend drehte sich Ali um, ging an Nadja vorbei zu den Käfigwagen und blieb vor seinem zertrümmerten Käfig stehen. Nadja folgte ihm, warf den Riegel eines leeren Käfigs in Wagen 3, der am nächsten stand, herum, stieß das Gitter auf und zeigte hinein.

»Allez, Ali!« sagte sie kurz. »Hopp, mein Junge!«

Der mächtige Löwe sah sich um. Traurig waren seine Augen, er öffnete das Maul und ließ einen klagenden Ton hören. Dann sprang er in den Käfig. Nadja verriegelte die Tür, ließ das Schloß zuschnappen und warf Stuhl und Schrubber von sich. Erschöpft lehnte sie sich an das Gitter und sah auf das Raubtier.

»Warum hast du das getan, Ali?« fragte sie. »Du liebst mich doch ...«

Und der Löwe drehte sich zur Wand, legte den Kopf zwischen die Tatzen und benahm sich so wie einer, der sich schämt.

*

An einem sonnigen Apriltag sahen sie New York. An Coney Island vorbei, durch das Spalier der Blinkfeuer, das sie in die Upper Bay leitete, fuhr ihre Arche Noah durch das Tor zur Neuen Welt. Auf der Fackel der Freiheitsstatue lag glänzend die Sonne, und die Silhouette von Manhattan, der Wald von Wolkenkratzern, umweht vom Dunst der Millionenstadt, war so atemberaubend, daß Nadja, Frank Castor und Saparin an der Reling lehnten und sich stumm an den Händen hielten wie Kinder, die zum erstenmal einen Weihnachtsengel sehen.

Das Gewimmel auf dem Wasser war beängstigend. Feuerschutzboote umschwirrten die Dampfer wie Mücken, Lotsenkreuzer durchrasten die Fahrrinnen. An den Kais tat sich ein neuer, stählerner Wald auf, ein Gestrüpp von Kränen, Baggern und Lagerschuppen.

»Die neue Heimat«, sagte Frank Castor leise. »Nur ein Gesicht von Tausenden. Amerika hat Tausende Gesichter.«

»Ich freue mich auf Amerika«, sagte Nadja. Aber nur Saparin hörte den Unterton heraus, die stille Klage, die Angst vor dem Kommenden. Er sah Nadja von der Seite an, und sie wich seinem Blick aus. Nur hinterher, als sie einen Augenblick allein waren, weil Frank mit den Zollbeamten zu den Löwenkäfigen ging – denn auch amerikanische Beamte sind genau und wollen die Löwen zählen und sehen –, sagte sie: »Sieh mich nicht immer an wie ein getretener Hund! Ich freue mich. Ja, ich freue mich! Und ich liebe Frank mehr als je zuvor! Weißt du, daß Helena schon Papuschka zu ihm sagt?«

»Ich weiß.« Saparin nickte. »Ich muß zu den Pferden. Sei friedlich, Nadja...«

Sie sah ihm nach, wie er über Deck ging, breitschultrig und so, wie ein Kosak geht, und sie dachte: Es ist gut, daß er hier ist. Er hätte mir gefehlt. Er ist die Heimat, wirklich.

Und sie lächelte, ging in ihre Kabine, zog Helena warm an, kam wieder an Deck und zeigte ihr das schöne, freie, stolze Amerika, die Wolkenkratzer und die vielen Schiffe in der Upper Bay, im Hudson und im East River.

»Das ist wie im Märchen, Mamuschka!« rief Helena und starrte zur Sonnenkrone der Freiheitsstatue empor. »Davon habe ich geträumt...« Und Nadja zog Helena an sich und sagte: »Wir alle träumen von Märchen...«

So fuhren sie in New York ein.

*

Die erste Vorstellung des Zirkus *Orlando* sollte vier Tage später im Süden New Yorks, in Richmond auf Staten Island, stattfinden. In der Nähe des Waldes bei New Dorp hatte man die Zeltstadt aufgeschlagen. Die amerikanischen Manager hatten gut vorgearbeitet: Überall in New York hingen riesige Plakate mit dem Bild Nadjas und ihrer Löwen; in den Kinos wurden Bilder von ihr gezeigt; Lautsprecherwagen durchfuhren alle Stadtteile der Riesenstadt und riefen in die steinernen Wohnblocks hinein, daß Nadja mit einem Kuß einen Löwen vom Tod erweckt. Am Broadway, auf dem Dach einer Werbeagentur, strahlte ihr Name in Leuchtschrift durch die Nacht.

So gut war die Werbung, daß in einem Haus des Stadtteils Bronx vier Männer zusammenkamen und zu einem fünften sagten: »Brauchen wir einen ausländischen Konkurrenten, Mike? Haben wir nicht genug zu kratzen, daß unsere Viecher Futter kriegen? Und da kommen sie aus Europa und nehmen uns die Kunden weg! Das ist allerhand! Ich habe noch nie Verständnis dafür gehabt, daß Kapitäne mit ihren Schiffen grüßend untergehen. Das sind Idioten für mich! Ich strample weiter. Also, Mike ... es ist so einfach ... du brauchst nur eine Zigarette fallen zu lassen. Das Zeug brennt wie Zunder ...«

Es war ein Samstag, an dem die Galavorstellung des Zirkus *Orlando* stattfinden sollte. Die Vorstellung war seit Tagen ausverkauft, für einen Monat lief der Vorverkauf schon auf vollen Touren, der *Boß* war menschenfreundlicher denn je und lobte jeden, damit er noch besser wurde. Nadja und Frank hatten schwer gearbeitet. Die Löwen waren nach der langen Überfahrt störrisch, aber als sie sahen, daß Ali allen Befehlen folgte, gaben auch sie ihren Widerstand auf.

Am Nachmittag vor der Premiere war Kindertag und Tierschau. Wie immer stand Helena bei ihren geliebten Elefanten und sprach mit ihnen. Die Besucher schoben sich an ihr vorbei, fragten sie etwas, und Helena zuckte die Schultern und sagte auf russisch: »Nix poniemaj ...« Und dann war plötzlich die Hölle los, die Elefanten zerrten an ihren Ketten, hoben die Rüssel und trompeteten schrill, Rauch quoll durch das große Zelt, jemand schrie hell: »Feuer! Feuer!« Alle rannten voller Panik zu den Ausgängen, wo die Flammen schon an die Zeltleinwand schlugen. An Helena, die ratlos an den Elefanten-Trinkeimern stand, stürzten die Menschen vorbei, verzerrten Gesichts, rücksichtslos sich den Weg bahnend. Sie rissen Helena einfach um, schleuderten sie zwischen die polternden Eimer und stolperten über sie hinweg.

»Mama!« schrie Helena. »Mamuschka!«

Die Elefanten kreischten. Dicker Rauch zog durch das Zelt. Irgendwo prasselten die Flammen und fraßen sich ins Holz. Über den Zirkusplatz gellten die Feuersirenen; die eigene Feuerwehr und ein Löschzug aus New York ratterten zum Elefantenzelt, aus dem die Flammen lodernd herausschlugen.

»Meine Elefanten!« schrie der *Boß* verzweifelt. »Zwölf Elefanten!« Dann packte er einige Stallburschen und rannte in das brennende Zelt, nachdem er sich zuvor von den Wasserstrahlen der Feuerwehrschläuche hatte durchnässen lassen.

Und es gelang ... sie retteten alle zwölf Elefanten. Mit dem Mut der Verzweiflung hatten sie die Ketten aufgeschlossen, das andere taten die grauen Kolosse. Trompetend walzten sie alles nieder, durchbrachen das Feuer und zerrissen das Zelt, das nun überall loderte.

Seitlich des Feuers kämpfte in diesen Minuten Frank Castor mit der um sich schlagenden, schreienden Nadja. Er hielt sie fest, umklammerte sie, ließ sich von der ungeheuren Kraft, die sie plötzlich hatte, mitreißen und mitschleifen, ließ sich schlagen und treten und gab Nadja nicht frei.

»Es ist sinnlos!« schrie er immer wieder. »Es ist Wahnsinn! Nadja! Nadja!«

Verzweifelt kämpfte sich Nadja zum Zelt vor. Als das Feuer ausbrach, war sie gleich in ihren Wohnwagen gelaufen und fand ihn leer. Und von diesem Augenblick an wußte sie, wo Helena war. Es gab keine Macht auf dieser Erde, die sie abhalten konnte, ihr Kind aus dem flammenden Zelt zu retten.

»Haltet sie!« brüllte Castor, als es Nadja gelang, sich loszureißen. Sie rannte in die Flammen, aus denen ihr die Elefanten entgegenkamen. »Aufhalten! Haltet sie fest! Festhalten!«

Aber so schnell wie Nadja war keiner. Ehe man sie ergreifen konnte, stürzte sie sich in das brennende Zelt, und das letzte, was man sah, waren ihre wehenden Haare, um die die Funken stoben.

Frank Castor fiel auf die Knie und hieb in ohnmächtigem Schmerz auf die Erde. Dann sprang er wieder auf, ließ sich naßspritzen und rannte Nadja nach in die Flammen.

Qualm und sengende Hitze umgaben ihn, er rang nach Atem und bemühte sich, in dem Chaos von Feuer und Funken und Rauch etwas zu erkennen. Die letzten beiden Elefanten rasten an ihm vorbei, drei Stallburschen und der *Boß* krochen auf allen vieren am Boden, ihre Kleider brannten und sie wälzten sich im Sand, ehe sie aufsprangen und hinausrannten. Und dann sah er Nadja... sie stolperte aus dem Hintergrund des Zeltes, rußgeschwärzt und mit zerrissenen Kleidern, Funken in den Haaren und Brandflecken auf Armen und Beinen... aber sie trug Helena auf ihren Armen, ein schmales, lebloses Körperchen, mit hängenden Armen und Beinen und einem Köpfchen, das hin und her pendelte, als hinge es an einem dünnen Faden. Er konnte nicht erkennen, ob Helena noch lebte, aber er schrie auf, stürzte auf Nadja zu, nahm ihr Helena aus den Armen und rannte mit ihr durch die große Lücke, die die Elefanten in das Zelt gerissen hatten. Er hörte hinter sich Nadja keuchen, und als sie jenseits der Flammen waren, in einer Luft, die ihnen jetzt eisig vorkam, fielen sie beide ins Gras, man nahm ihnen das Kind ab, sie schnappten nach Luft und lagen dann still auf dem Rücken, und der Himmel über ihnen war merkwürdig lilarot mit gelben Streifen, wie er sonst nie zu sein pflegt.

Dann beugten sich die Feuerwehrleute über sie, stülpten ihnen Masken über und pumpten ihnen Sauerstoff in die qualmgefüllten Lungen. Und der erste Gedanke Nadjas, als die Welt wieder zu ihr zurückkehrte, galt ihrem Kind.

»Lebt Helena? Lebt meine Helenuschka?«

17

Sie lebte.

Aber der Zirkus lebte nicht mehr. Während die Feuerwehren das Elefantenzelt umstanden und alle Mühe hatten, den Funkenflug zum Pferdezelt zu verhindern, loderten an sechs verschiedenen Stellen des großen Rundzeltes die Flammen auf. Es brannte im Exotenstall, die Giraffen schrien vor Schmerzen, und es gab alte Zirkusleute, denen das Blut erstarrte, denn noch nie in ihrem Leben hatten sie Giraffen schreien hören. Vom anderen Ende des Platzes kamen neue Schrecken. Dort brannten die Eisbärwagen, und die riesigen weißen Tiere stießen die flammenden Holzwände durch und jagten voll Entsetzen in die Menschenmenge. Polizisten sahen keine andere Möglichkeit, als die Bären zu erschießen. Eine einsame Handspritze stand vor den Käfigwagen der Löwen und schleuderte Wasser über sie ... ein milder Regen, so wie man einen Rasen im Sommer sprengt, aber es half. Die Löwen kamen nicht in Gefahr. Der Tierwärter Richard war's, der hier stand, das Grauen des Infernos im Nacken, aber den Blick nur auf die Löwen gerichtet, und er pumpte und pumpte und betete innerlich, daß es genug Wasser gäbe.

Weinend saß der *Boß* auf einem Stuhl und starrte auf den Untergang seines Zirkus'. Das riesige Viermastzelt loderte in den Himmel wie ein brennender Öltank. Die Hitze wurde unerträglich. Nur von weitem wagten sich die Feuerwehren heran, und die Strahlen ihrer Motorspritzen trafen nur das Äußere des lodernden Zeltes, wo das Wasser in der Glut verdampfte. Im Inneren, dort, wo einmal die Manege war, wo die Sitzreihen amphitheatrisch emporstiegen, krachten die Holzstützen zusammen, brannten die Logenumrandungen und stieg ein undurchdringlicher Rauch von dem glimmenden, nach der Probe besprengten Sägemehl auf.

»Es hat keinen Sinn!« sagte der Polizeileutnant der Station Richmond auf Staten Island. »Bis jetzt brennt es an neun Stellen zugleich!« Er hockte in einem Auto, umgeben von zehn Polizisten, und sah auf die vergebliche Mühe der Feuerwehren, den Brand einzudämmen. »Eine saubere Arbeit, Jungs! Da waren Profis am Werk! Man sollte dem armen Orlando einen Kranz schicken und für eine Rückfahrkarte nach Europa sammeln ...«

Erst am nächsten Mittag war zu übersehen, daß der Zirkus *Orlando* endgültig gestorben war. Nur qualmende, stinkende Haufen, aus denen das verkohlte Holzgestänge herausragte wie geschwärzte tote Arme, waren alles, was übrigblieb. Die Wohnwagen hatte man retten können ... wie ein Ring umstanden sie die Trümmer, aus denen der Geruch verbrannten Fleisches ekelhaft aufstieg und über Richmond wehte. Eine Mauer weißblau lackierter Holzkarren, auf deren Treppen die Artisten hockten und rußgeschwärzt, mit vom Qualm geröteten Augen, ohne Hoffnung, ohnmächtig in Schmerz und Wut, warteten, was nun geschehen sollte.

In der Nacht schon hatte eine Kommission aus New York die Arbeit aufgenommen. Brandexperten, Kriminalpolizei, Versicherungsfachleute. Auch der französische Konsul war gekommen und versuchte den *Boß* zu trösten. Doch was ist Trost, wenn die Mühe von dreißig Jahren umsonst war?

»Man hat den Zirkus angesteckt!« sagte der *Boß* dumpf. »Einfach angesteckt! Das ist leicht... hundert Stellen, tausend Stellen brennen... Was sagen Sie dazu?«

»Was soll man da sagen?« Der französische Konsul sah hinaus auf den verwüsteten Platz. Aus den Trümmern zogen einige Arbeiter Balken und Stangen, halb verbrannte Bänke und verbogenes Eisengestänge. »Eine Katastrophe...«

»Eine Brandstiftung!« schrie der *Boß*. »Das ist amerikanische Auffassung vom Konkurrenzkampf! Ist einer unbequem... Feuer dran oder den Finger am Abzug des Revolvers! Es ist Ihre Pflicht, im Namen Frankreichs zu protestieren!«

Der Konsul sah auf seine Hände, sie lagen gefaltet auf dem silbernen Knauf seines Stockes. »Das ist doch nichts Politisches, Monsieur«, sagte er abweisend. »Das ist eine ganz gewöhnliche kriminelle Sache! Ein Unglück, wenn Sie so wollen!«

»Ich bin am Ende!« Der *Boß* lehnte den Kopf gegen die Holzwand seines Direktionswagens. »Es ist ein Schaden von mehreren Millionen! Ich bin pleite.«

»Eine Tragik...« Der Konsul erhob sich. Er kam sich sehr überflüssig vor. Man war höflich gewesen und hatte im Namen Frankreichs sein Beileid ausgesprochen. Zu weiteren Auslassungen war er nicht befugt. »Wie kann ich Ihnen helfen, Monsieur?«

»Geben Sie mir drei Millionen, das wäre die einzige Hilfe!«

»Und gerade sie ist undurchführbar.« Der Konsul klopfte dem *Boß* auf die Schulter, als letztes Zeichen von Mitgefühl und Jovialität, aber unverbindlich wie alle Worte. »Was wollen Sie machen?«

»Vielleicht schieße ich mir eine Kugel durch den Kopf!« sagte der *Boß* dumpf.

»Mut, mein Bester, Mut!« Der Konsul setzte seinen breitkrempigen Hut auf und zog sich die Handschuhe über. »Es gibt immer einen Weg.«

»Die überlebenden Tiere müssen fressen! Die Artisten wollen ihren Lohn haben. Die Arbeiter, Musiker, Techniker... alle wollen leben! Ich habe zweihundertvierzig Mann Personal!«

»Sie werden sich doch Rücklagen geschaffen haben?« sagte der

Konsul an der Tür. »Ein guter Geschäftsmann hat doch Rücklagen.«

»Sie reichen für eine Woche! Wissen Sie, was ein Zirkus jeden Tag kostet?«

»Nein! Aber bei einer guten Kalkulation ...«

Der *Boß* wandte sich ab, drehte dem Konsul unhöflich den Rücken zu, drückte sein Gesicht gegen die Holzwand und begann zu weinen. Betreten, ein wenig beleidigt, verließ der Konsul den Wohnwagen. Artisten, dachte er. Früher nannte man sie Vagabunden. Ein wenig ist davon noch in ihnen geblieben! So ein Brand ist tragisch, gewiß... aber wozu der Jammer? Allez hopp und Purzelbaum können sie überall machen. Gaukler gehen nie unter. Die Welt steht ihnen offen... der dumme August ist unsterblich.

Er ging an den rauchenden Trümmern vorbei, stieg in seinen Wagen und ließ sich nach New York zurückfahren. Die Morgenzeitungen brachten schon den Brand auf der Titelseite. Große Überschriften, Bilder des brennenden Zirkus. Ein Zeitungsverkäufer an der Ecke zur 5. Avenue schrie in die Menschenmenge: »Brandstiftung an französischem Zirkus in Richmond. Große Erregung in Frankreich. Gibt es diplomatische Verwicklungen?«

Das war eine billige Sensation. Noch wußte in Frankreich niemand von diesem Unglück. Eine Übertreibung war's, so etwas zu schreiben.

Dem Konsul war das sehr peinlich. Wirklich, sehr peinlich. Wie kann man einen Zirkus mit der Politik verknüpfen... obwohl das, wenn man logisch denkt, gar nicht so abwegig ist...

*

Nach einer Woche zerstreute sich der Zirkus *Orlando* in alle Winde. Der *Boß* hatte, in Tränen schwimmend, eine Rede gehalten, allen für ihre Treue gedankt und dann offen gesagt, daß er zum Bettler geworden sei. Das war zwar auch nicht wahr, denn die übriggebliebenen Tiere stellten ein ganz schönes Vermögen dar, doch einen neuen Zirkus aufzubauen war unmöglich. Man hätte wieder anfangen müssen wie der Großvater Orlando, der mit einer Tierschau durch Europa zog, dann ein kleines Zelt kaufte und sich ganz langsam emporarbeitete, bis er jenen Zirkus besaß, den der *Boß* vor dreißig Jahren von seinem Vater übernahm. Ein halbes Menschenalter fast hatte dann der Zirkus *Orlando* Millionen beglückt. Nun war der *Boß* müde und fühlte sich zu alt, um neu anzufangen.

»Da sind wir nun in Amerika!« sagte Saparin, als der Zirkus aufgelöst worden war. »Ihr habt noch eure Löwen... aber ich? Soll ich allein mit meinem Pferd Kosakenritte auf dem Broadway machen? Oder ein Taxi kaufen? Ehe ich New York kennenlerne, bin ich ein Greis! Was habt ihr vor?«

Nadja und Frank Castor hatten die Tage genutzt, sich mit Managern in Verbindung zu setzen. Helena lag in einem Krankenhaus in Richmond, in Watte und Brandbinden eingepackt. Die Ärmchen, die Schultern und die Oberschenkel waren von den Flammen erfaßt worden. »Danken Sie Gott, daß sie im Gesicht nichts abbekommen hat«, sagte der Arzt in Richmond zu Nadja, als man Helena verbunden hatte. »Die Haut sieht hinterher nicht schön aus.«

»Ich weiß«, hatte Nadja erwidert. »Sie wird rot und fleckig und verschrumpelt. Aber Helena lebt... das ist wichtiger, nicht wahr?«

»Ja, und sie wird weiterleben. Sie haben das Kind noch rechtzeitig aus den Flammen gerettet...«

Nun kam die neue Sorge hinzu. Die Sorge um die Existenz. Niemand kümmerte sich hier in Amerika um sie... sie konnten am Straßenrand, am Fluß, in einem Hausflur, an einem Baumstamm, irgendwo verhungern, die Menschen gingen an ihnen vorbei und sahen sie gar nicht an. Der gewonnene Krieg hatte Gold über Amerika ausgeschüttet... wer arm geblieben war, hatte die Pflicht, sich wegzuschleichen aus dem Schein des Reichtums.

»Wir haben ein Angebot aus Dallas«, sagte Castor. »In einem Varieté. Aber wir können nur vier Löwen mitnehmen. Die anderen kauft eine Tierhandlung. Tausend Dollar pro Stück.«

»Wenigstens etwas!« erwiderte Saparin. »Für meine krummen Beine bekomme ich keinen Cent. Nach Dallas also?« Er sah an die Decke des Wohnwagens und suchte seine geographischen Kenntnisse zusammen. Damals, im kaiserlichen Rußland, war Amerika für die meisten wie eine Stadt auf dem Mond. Für jeden echten Russen war Petersburg der Nabel der Welt. Amerika! Das war ein Klang damals, als wenn man von einem anderen Stern sprach. Und nun war man hier, abgebrannt und elend wie ein abgezogener Fuchs, und dachte darüber nach, wo Dallas lag.

»Pro Abend zehn Dollar«, sagte Castor. Seine Stimme war matt. Er hatte die vergangenen Tage kaum etwas gegessen. Stundenlang saß er vor den Löwenwagen und sah seine Tiere an. Wen soll ich verkaufen, dachte er dann. Ich liebe sie alle. An jedem von ihnen hängt mein Herz. Für jeden habe ich Blut gelassen, denn keinen gab's, der nicht schon zugeschlagen und getroffen hatte und Narben hinterließ auf dem Körper.

»Das ist ein Hungerlohn!« sagte Saparin. »Und du nimmst an?«

»Wir müssen es, Boris Michailowitsch.« Nadja stand an einem Spirituskocher und rührte in einem Topf. Es roch süßlich und fremd. Saparin schnupperte wie ein Hund.

»Was kochst du?« fragte er.

»Eine Maissuppe. Mais ist billig, Boris.«

»Wir werden von Borschtsch und Piroggen träumen«, sagte Saparin leise. »Gerösteter Stör... kandierte Walderdbeeren... Hühnerleber in saurer Sahne... Es kommt nie wieder, Nadja Grigorijewna. Nie wieder...«

An dem Tag, an dem Frank Castor, Nadja, Helena und vier Löwen auf dem Güterbahnhof verladen wurden, um nach Dallas zu fahren, verschwand auch Graf Saparin aus Richmond. Sie waren, außer dem *Boß*, die letzten, die die Trümmer verließen, die noch immer nach verbranntem Fleisch stanken und die Luft verpesteten. Die Polizeibehörden wühlten noch immer in den Überresten und suchten nach Spuren. Man tat es aus politischen Gründen, obgleich jeder wußte, wie sinnlos das war. Aber man wollte zeigen, wie genau die Polizei diesen Fall bearbeitete und daß man in einem Land lebte, wo Verbrechen nicht zur Tagesordnung gehörten, obwohl das immer behauptet wurde.

Die Tiere waren an Zoos und Handlungen verkauft worden. Die Preise dafür waren lächerlich. Wer in Not ist, findet selten Helfer, doch um so mehr Hyänen, die einem das letzte Fell zerreißen. Bei jedem Tier, das abgeholt wurde, stiegen dem *Boß* die Tränen in die Augen. Schließlich ging er gar nicht mehr vor die Tür, erst recht nicht, als seine geliebten Elefanten abgeführt wurden, sein ganzer Stolz. Er hörte das letzte Trompeten aus ihren Rüsseln, wie ein Abschied war's für immer, und er preßte die Hände gegen die Ohren und schluchzte laut.

Auch Nadja und Castor nahmen Abschied von den verkauften Löwen. Neben dem Käfigwagen gingen sie her, als ein Trecker ihn vom Platz zog, und sie sprachen mit den Löwen, die unruhig, ihr neues Schicksal ahnend, gegen die Gitter sprangen und dumpf und herzzerreißend brüllten. Dann standen sie am Rand des Platzes und sahen dem Wagen nach, hatten sich umarmt und bissen die Zähne zusammen. Als der Trecker mit dem rumpelnden Wagen um die Ecke bog, als zum letztenmal das Brüllen der Löwen erklang, ballte Castor die Fäuste und stöhnte. Nadja drückte seinen Kopf an sich und streichelte ihn wie ein Kind, das hingefallen ist und Schutz bei der Mutter sucht.

»Wir haben fünftausend Dollar«, sagte sie. »Das ist viel, Frank. Damit können wir neu anfangen. Fahren wir zurück nach Europa?«

»Nein!« Frank Castor atmete tief auf. Er wandte sich ab von der Straße und ging langsam zum Wohnwagenplatz zurück. »Amerika, heißt es, liebt die Mutigen! Wir wollen mutig sein, Nadja! Wir wollen uns diesen Erdteil erobern. Wir sind noch jung...«

»Und wir lieben uns...« sagte sie leise.

»Damit bezwingen wir Amerika!«

»Wir bezwingen es, ja!«

»Wenn du nicht wärst, Nadja...«

»Aber ich bin, Liebster...«

Sie küßten sich mitten auf dem Platz, neben den Trümmern.

Drei Tage später fuhren sie nach Dallas. Mit vier Löwen. Als Varieténummer. Für zehn Dollar am Tag.

Wie viele sind ausgezogen, Amerika zu erobern...?

*

Im Juni, nach einem Jahr, war es soweit, wie es Castor schon immer geahnt, aber nie ausgesprochen hatte.

Sie waren im Land umhergezogen, von Stadt zu Stadt, sogar in den kleinen Siedlungen führten sie ihre Löwen vor, wenn es ein Gasthaus gab mit einer Bühne. Sie lernten ganz Texas kennen, übernachteten in Ställen oder auf Farmen. Frank Castor kaufte sich einen alten Traktor, um unabhängig von den Bahnen zu sein, und so reisten sie umher wie die Bärenführer im Mittelalter, klebten an den Hauswänden der kleinen Städte ihre Plakate an und verkündeten den Cowboys und Rinderzüchtern: »Nadja, die Russin, kommt! Die einzige Frau, die einen Löwen küßt!«

Ein elendes, ein jammervolles Leben war's! Durch den Staub der Landstraßen zogen sie, über die Betonpisten der neuen Fernstraßen, sie übernachteten oft in der Prärie oder rumpelten mit ihren aneinandergekoppelten drei Wagen über schmale Wege, durch mannshoch wogendes Getreide. »Wie in der Ukraine ist's«, sagte Nadja, wenn Castor traurig und unglücklich in die Gegend starrte. »Ich fühle mich so wohl, Liebling!« Dann lächelte Castor schwach und wußte, daß sie ihm Mut machen wollte. Welch eine Frau, dachte er ergriffen. Mit ihr hat Gott ein Wunder geschaffen.

Nun aber, nach einem Jahr, waren sie zurückgekehrt nach Dallas, in das Varieté, von dem aus sie ihren Zug durch Texas unternommen hatten. Nichts hatte sich geändert. Die Tagesgage betrug zehn Dollar; im Gegenteil, man hatte Mühe, sie überhaupt zu erreichen, denn man brachte ja nichts Neues. Das alte Programm nur.

Die Löwen hungerten, die fünftausend Dollar waren verbraucht, die täglichen zehn Dollar reichten gerade hin, sich selbst zu ernähren. Das Pferdefleisch, das die Löwen bekamen, war unverschämt teuer. Nicht daß die Pferde in Texas knapp waren, man stolperte über Pferde, wohin man kam, denn was wäre Texas ohne Pferde – aber die Händler, die das Fleisch verkauften, waren Halunken und nahmen unerhörte Preise. Er muß es ja haben, das Fleisch, dachten sie. Er kann die Löwen nicht hungern lassen! Also wird er bezahlen, und wenn's mit zitternden Händen ist. Dollars stinken nicht, und wenn man sie auf den Tisch legt, sieht ihnen keiner an, wie sie verdient wurden.

So gingen die fünftausend Dollar weg, und es kamen Tage, an denen die Löwen nur die Hälfte ihrer gewohnten Portionen erhielten, sich um die Knochen rauften und in der kleinen Gittermanege auf der Varietébühne böse und störrisch wurden und Nadja aus hungrigen Augen anstarrten. Nur Ali, der herrliche Löwe aus Algerien, verzieh seiner Herrin den bohrenden Hunger. Er ließ sich von ihr küssen und streicheln, er spielte vollendet den toten Wüstenkönig, den Nadjas Kuß zum Leben erweckt, er ließ sie auf seinem breiten Rücken reiten, und die Zuschauer tobten und klatschten, und man sprach in ganz Dallas und Texas von der Russin, die mit einem Löwen spielte wie mit einem Kätzchen.

Was Nadja nicht kannte, war die Sorgenlast, die auf Castors Schultern lag. Nachts war er oft wach und sah Nadja an, wie sie schlief und so kindlich aussah im Traum. Dann krampfte sich sein Herz zusammen, und er sagte sich, daß er schuld sei an dem Elend, in dem sie lebten. Er hätte sie in Paris lassen sollen. Geweint hätte sie, ja, und verzweifelt wäre sie gewesen – aber wie lange? Paris ist eine Stadt, die jeden tröstet... und Saparin wäre bei ihr gewesen, und nach einiger Zeit hätte sie wieder gelächelt, dann gelacht, und neue Männer hätten ihr zu Füßen gelegen, ihr, der Nadja Gurjewa, von der ein Mann bis zu seinem Sterbebett träumte, wenn er sie einmal gesehen hatte.

Und immer stärker wurde diese Schuld, je mehr das Elend sie erfaßte. Zu einer Panik wurde sie, als Castor vor der Frage stand, noch einen Löwen zu verkaufen, um die anderen drei ernähren zu können. Er bettelte um mehr Gage, er rief die Manager an, er flehte nicht für sich und Nadja, sondern für die Löwen... aber man hob nur die Schultern, spuckte Kaugummi an seinem Kopf vorbei und sagte trocken: »Die Welt kommt in eine Krise, mein Lieber! Die Dollars blinken nicht mehr so wie früher. Es wird so weit kommen, daß Sie Ihre Löwen selbst auffressen und Nadja tanzen wird. Schönheitstänze, das ist Mode! Das ist Fleisch, das wir sofort bezahlen! Hundert Pfund blanke Haut... das bringt was ein! Aber Löwen? Der Bursche bei Metro-Goldwyn-Mayer brüllt sogar besser...«

Und dann kam die Nacht, die Castor gefürchtet hatte. Für den nächsten Tag war kein Fleisch mehr da, die Händler gaben keins auf Kredit, die Löwen mußten hungrig in den Käfig, zum erstenmal in ihrem Leben mit knurrendem Magen. Der Hunger machte sie gemein und gefährlich, listig und hinterhältig. Das Raubtier in ihnen erwachte wieder. Sie rochen Fleisch und waren bereit, es sich zu holen.

Nadja schlief fest, als sich Castor aus dem Bett schob und das Zimmer auf Zehenspitzen verließ. Auch Helena schien zu schlafen... in ihrem Bettchen in der gegenüberliegenden Ecke rührte sich nichts. In der Dunkelheit tappte Castor zu dem Käfigwagen, der hinter der Bühne auf dem Hof stand, durch den Laufgang mit dem Haus verbunden. Er setzte sich auf einen Schemel vor die Gitterstäbe und sah auf seine Löwen, die ihn ruhig, mit grünschimmernden Augen, anstarrten. Ali, allein in einer Box, drückte den dicken Kopf gegen das Gitter. Seine rote Zunge leckte knirschend die eisernen Stäbe.

»Es ist soweit«, sagte Castor heiser und strich mit der Hand über die Gitter. Die Löwen brummten leise. Die feuchte Nase Alis drückte sich gegen Castors Handfläche. »Ich habe nichts mehr zu fressen für euch. Ich muß euch verkaufen. Aber das kann ich nicht. Nein, das kann ich nicht. Ich bin am Ende. Ich habe keine Kraft mehr. Ich bin wie ausgebrannt. Versteht ihr das?«

Er sah die Löwen an, rückte näher an die Gitter und atmete tief den scharfen Raubtiergeruch ein. Nichts war schöner für ihn als ein Löwe. Eine ganze Zeitlang hatte er geglaubt, Nadjas Körper sei das Schönste, was Gott geschaffen hatte. Nun wußte er, daß es nicht so war... für ihn gab es nur die Löwen, das Spiel ihrer Muskeln unter der braunen Haut, die sichtbare Kraft in ihren Pranken und dem Nacken mit den flatternden Mähnen, das herrliche Brüllen, das einem das Herz zusammenkrampft in dem Bewußtsein, wie mächtig dieses Tier ist. O Himmel, was kann man dagegensetzen?

»Nadja wird euch verkaufen«, sagte Castor leise. »Ich kann es einfach nicht! Und ich will es auch nicht sehen! Ich weiß nicht, wohin ihr kommt... aber ihr werdet euer Fleisch haben, und es wird jemand geben, der sich um euch kümmert. Ich kann es nicht mehr, und deshalb bin ich nicht mehr wert, bei euch zu sein.«

Er stand auf, griff durch die Gitter und streichelte jedem Löwen über das Gesicht. Wie fromme Katzen leckten sie seine Hand, ihre Schwänze peitschten auf dem Käfigboden.

»Lebt wohl!« sagte Castor rauh. »Ich bin zu weich für diese Welt...«

Er setzte sich wieder auf den Schemel, griff in die Tasche, holte einen Trommelrevolver hervor und spannte den Hahn. Noch einmal sah er Ali an. Der Löwe hatte den Kopf auf die Vorderpfoten gelegt und beobachtete ihn regungslos. Die grünen Augen waren zwei glimmende Schlitze. Castor schloß die Augen, lehnte sich zurück an den Käfigwagen und umklammerte den Griff des Revolvers. Es ist schwer, zu sterben, dachte er. Verdammt schwer. Ein Mann, der sterben will, muß ein Held sein. Die meisten, die man Helden nennt, mußten sterben und wollten es nicht. So verwirrt sind die menschlichen Begriffe.

Hinter ihm rührte sich Ali. Er reckte sich gähnend und stand auf.

*

Nadja erwachte, weil jemand sie an den Haaren zog. Es war Helena, die aus ihrem Bett geklettert war und nun neben Nadja auf der Decke kniete. Sie hatte die Ärmchen noch verbunden.

»Papa ist weggegangen«, sagte sie kläglich. »Ganz leise. Auf Zehenspitzen. Ich habe es gesehen. Er hat gedacht, ich schlafe...«

»Er ist für einen Augenblick hinausgegangen«, sagte Nadja und küßte Helena. »Er kommt gleich wieder.«

»Er ist schon länger weg, Mamuschka. Und er hat seine Jacke mitgenommen...« Helena preßte sich an Nadja. Ihr kleiner Körper war heiß, und doch zitterte er. »Ich habe geträumt, Mamuschka. Und nun habe ich solche Angst...«

Nadja legte Helena neben sich, deckte sie zu und setzte sich im Bett auf. Sie horchte in die nächtliche Stille hinein. Nichts war zu hören als das leise Atmen Helenas und ab und zu ein Rumpeln, wenn ein Auto draußen über die Straße fuhr. Sie saß so ein paar Minuten und dachte, nun müsse Frank bald wiederkommen, wenn er nur nebenan zur Toilette gegangen war. Dann wurde sie selbst unruhig, stieg aus dem Bett, deckte Helena zu und war zufrieden, daß sie schlief, glücklich eingebettet in die mütterliche Wärme. Sie warf über ihr langes Nachthemd den alten Bademantel, den sie aus Paris mitgebracht hatte und in den sie sich hineinwickelte, wenn sie vor dem Auftritt in der Manege im Hintergrund neben dem Laufgitter stand und auf den Einsatz der Musik wartete. Dann warf sie den Bademantel ab, ein Zirkusdiener fing ihn auf, und in einem silberglitzernden Kostüm, das aus weißen hohen Stiefeln, einer Reithose und einer Russenbluse bestand, lief sie in die Manege, durch die Gittertür in den Zentralkäfig, verbeugte sich vor dem Publikum und nahm aus der Hand Castors Peitsche und Stock.

Fröstelnd hielt Nadja den Bademantel zu und blieb vor der Tür der Toilette stehen. Kein Licht schimmerte aus den Türritzen, sie klopfte, bekam keine Antwort und drückte die Klinke herunter. Dunkelheit gähnte sie an. Und jetzt erst wußte sie, daß Frank Castor heimlich davongeschlichen war, um nicht mehr zurückzukehren. Den Rock hat er mitgenommen, hatte Helena gesagt. Wenn man den Rock mitnimmt, ist der Weg nicht nur ein paar Schritte weit.

Stumm, das Gesicht von Angst entstellt, rannte Nadja weiter. Ohne darüber nachzudenken, warum sie dorthin lief, schlug sie die Richtung zu den Käfigwagen im Hof ein. Die Tür schwang krachend draußen gegen die Hauswand, als sie hinausstürzte und Frank auf dem Schemel sitzen sah, ganz nahe am Käfig. Er hielt etwas Dunkles, Stumpfes in der Hand und hob es langsam gegen seine Schläfe.

»Frank!« schrie sie grell. »Frank!« Sie warf die Arme hoch, stürzte auf ihn zu, und mit der Kraft einer Wahnsinnigen schlug sie ihm den Revolver aus der Hand, er fiel auf den Steinboden, sie trat danach und schleuderte ihn weit weg in die Dunkelheit. Irgendwo prallte er dagegen, es klang blechern, als liege er nun bei den Abfalleimern.

»Frank!« schrie sie wieder. »So willst du gehen? So? Du bleibst... du bleibst bei mir... du darfst nicht so gehen... nicht so... Die Welt besteht doch nur aus dir und mir... verstehst du das denn nicht... du und ich... du und ich... Es gibt nichts anderes...« Sie umklammerte ihn, sie hing an ihm, und er stand da mit hängenden Armen, schon erloschenen Augen und sah über ihr Haar hinweg gegen die Mauer, in den nächtlichen, klaren Himmel. Ihr Haar, das ihn umwehte, roch nach Heu. Nach frischem, in der Sonne geschnittenem Heu...

»Wir verhungern«, sagte Castor tonlos. »Mein Gott, wir verhungern. Die Löwen, du, Helena... ich... Man läßt uns verhungern...«

»Wir leben! Wir werden alle weiterleben!« Nadja wandte sich zu den Löwen um. Ihre Stimme war schrill. »Brüllt doch!« schrie sie. »Brüllt! Zeigt ihm, daß ihr lebt! Warum brüllt ihr nicht?«

»Sie haben Hunger«, stammelte Castor. »Ich bekomme kein Fleisch mehr... wir haben kein Geld mehr... Wir haben hundert Dollar Schulden...«

Sie hörte ihn nicht an, sie umarmte ihn, zog seinen Kopf an den Haaren zu sich herunter und küßte ihn wie trunken. »Wir werden Geld haben, viel Geld«, sagte sie, und nun weinte sie endlich und sprach doch weiter, voller Hoffnung. »Ich werde im Löwenkäfig tanzen... ich werde nackt tanzen... zwischen den Löwen... das hat es noch nie gegeben... das wird uns reich machen. Ich tue alles, alles... Ich liebe dich und unser Leben, Frank...«

Und sie standen vor dem Käfigwagen und küßten sich wie in der ersten Nacht, damals in Paris, in dem Wohnwagen auf dem Bahngelände.

Hinter ihnen brüllte Ali, dumpf, heiser, voller Eifersucht. Sein mächtiger, muskelbepackter Körper krachte gegen die Gitterstäbe.

*

Man sollte es nicht glauben: Saparin tauchte wieder auf!

Er kam nach Dallas geritten wie ein Cowboy, auf einem gescheckten Pferd mit dem typischen Sattel der Rinderhirten, trug einen breiten Hut, lederbesetzte Hosen und einen breiten Gürtel, an dem ein dicker Colt hing. Zuerst erkannte ihn Nadja gar nicht, als er in den Hof des Varietés kam, breitbeinig schaukelnd wie ein

Statist aus Hollywood, der immer nur wilde Pferde reiten muß. Dann lachte sie und breitete die Arme aus.

»Boris Michailowitsch!« rief sie. »Oder heißt du jetzt Ben Mike? Hast du die Prärie erobert?«

»So ähnlich, Nadja Grigorijewna.« Saparin schob seinen Hut in den Nacken. Er sah ein wenig abgezehrt aus, von der Sonne gegerbt und sehr verwegen. Einen unruhigen Blick hatte er, und anscheinend hatte er es sich angewöhnt, die Hände in der Nähe des Colts zu lassen. »Ein Mistleben ist's, Täubchen«, sagte er, als Nadja ihm ein Glas Fruchtsaft brachte. »Wo ist Frank?«

»Bei einem Händler. Wir verkaufen noch zwei Löwen.«

»Auch pleite?«

»Noch nicht. Ich werde eine neue Nummer aufbauen. Ich werde zwischen Ali und Sultan tanzen.«

»Nackt...« sagte Saparin und sah düster drein. »Das hattest du nicht einmal in Paris nötig, Nadja. Im *Moulin Rouge* hattest du etwas an...«

»Amerika ist nicht Paris, Boris Michailowitsch.«

»Da sagst du es! In der Kehle würgt es mich, wenn ich das Wort Amerika aussprechen muß! Welch ein Land! Was ist ein Mensch hier? Ein dollarspuckendes Scheißmännchen! O Gott, schon ein Leibeigener in Rußland war ein armseliges Geschöpf, aber er hatte zu essen, eine Lagerstatt, einen warmen Ofen, man kümmerte sich um seine Kleidung. Aber hier? Du kannst auf deinem Pferd verrecken, und sie heben dich aus dem Sattel und reiten weiter.«

Saparin trank sein Glas leer und streckte die Beine von sich. Sie saßen vor dem Käfigwagen auf Stühlen, und die Sonne schien heiß auf sie herunter. Die Löwen dösten. Nadja hatte sie gefüttert. Castor hatte eine Anzahlung von dem Händler mitgebracht, die gerade für das Fleisch gereicht hatte.

»Wo warst du?« fragte Nadja und betrachtete Saparin kopfschüttelnd.

»Überall, wo der Westen wild ist.« Saparin nahm eine Tasche von seinem Gürtel, holte eine Karte heraus und blickte hinein. Das Blatt war übersät mit roten Kreuzchen, mit denen er Städtenamen und Dorfbezeichnungen durchgestrichen hatte. Saparin seufzte und verzog den Mund. »Ich habe ihn bald durch«, sagte er. »Es bleibt nicht mehr viel. Denn dort, wo ich gewesen bin, kann ich nicht mehr hin. Sieh dir die Kreuze an... allerhand, was?«

»Wieso kannst du nicht mehr hin?« fragte Nadja. Saparin seufzte wieder auf.

»Ich bin Reisender der Firma Kicknats und Co. Auf den Farmen, bei den Cowboys, an die Siedler verkaufe ich Medizin.

Genauer gesagt: Tropfen. Kicknats Wundertropfen. Sie helfen garantiert gegen Pferdeschnupfen...« Saparin sah Nadja aus mitleidheischenden Augen an. »Verstehst du nun?«

»Ich ahne es.«

»Wo ich war, hängt man mein Bild aus und schießt darauf.«

»Die Tropfen helfen nicht?«

»Keine Spur. Aber sie kosten zehn Dollar pro Flasche.«

»Und es gibt gar keine Firma Kicknats und Co.?«

»Nein. Kicknats bin ich! Und die Tropfen bestehen aus Wasser und aufgelöstem Lakritz.«

»Boris Michailowitsch, was ist aus dir geworden!«

Saparin breitete die Arme aus und sagte traurig: »Amerika formt die Menschen nach ihrer Veranlagung. Ich wußte nie, daß ich ein verfluchter Chemiker bin!«

Ein wenig später, in dem Zimmer, das erbärmlich war und Saparin Tränen in die Augen trieb, wenn er an Nadjas Wohnung an der Avenue de New York in Paris dachte, saß er auf dem zerschlissenen Sofa und breitete große Geldscheine auf den Tisch.

»Das habe ich gespart«, sagte Saparin. »Zweitausend Dollar. Ich habe sie behütet und hätte jeden darum erschossen! Nun habe ich euch gefunden, und es wäre zu überlegen, ob wir nicht das nächste Schiff nehmen und abdampfen zurück nach Europa.« Er sah, wie Nadja sich abwandte und aus dem Fenster blickte, und er wußte, daß auch sie Sehnsucht nach Paris hatte, nach der Seine und den Kais mit den blühenden Bäumen, nach dem Jardin du Luxembourg und dem Blick über Paris von den Stufen der Sacré-Coeur, wo einem die Stadt zu Füßen liegt wie eine selige Geliebte. Aber sie gab es nicht zu. Wie ihr Vater war sie, der alles erzwingen wollte und daran zugrunde ging.

Saparin raschelte mit den Geldscheinen. »Paris...« sagte er mit weicher Stimme. »Weißt du noch, wie du nachts am Arc de Triomphe standest und hinuntersahst zur Place de la Concorde, die ganzen beleuchteten Champs-Elysées entlang, und du sagtest: ›Das ist eine Straße in den Himmel...‹«

»Warum bist du so grausam, Boris Michailowitsch?« fragte Nadja, ohne sich umzudrehen.

»Ich weiß, daß du Heimweh hast. Ich habe es doch auch, bei Gott! Ein Russe kann in Petersburg oder Paris leben, heißt es... und wir sind in Dallas! Wir gehören einfach nicht hierher! Laß uns wegfahren, Nadja Grigorijewna...«

Es war lange still zwischen ihnen, und Saparin wußte, daß diese Stille durchtobt war von einem inneren Kampf. Er schwieg deshalb und malte sich in der Phantasie aus, wie es sein müßte, wenn sie zurückkehrten nach Paris. August würde es dann sein. Ein blauer, heißer Himmel wölbte sich über die Stadt, die Spitze des

Eiffelturmes schwamm im sphärischen Blau, auf der Seine blitzten die Fenster der Ausflugsschiffe, in den Parks lagen die Menschen im Gras und freuten sich des Lebens...

»Wir fahren!« sagte Nadja plötzlich in die Stille hinein. Es war Saparin, als steche man ihn in den Hosenboden. »Der Vertrag läuft am Monatsende ab... dann fahren wir...«

»Hurra!« schrie Saparin, sprang auf und begann zu tanzen. Er stampfte nach Kosakenart über die Dielen und stieß schrille Schreie dabei aus. »Hurra! Hurra! Heij – Heij! Wir fahren! Wir fahren!«

Und er riß Nadja an sich und hüpfte mit ihr, drehte sich im Kreis, schlug in die Hände und sang mit heller, zitternder, in Freude erstickter Stimme, und Nadja tanzte um ihn herum wie eine sibirische Bauernmagd nach dem Osterfest.

»Wir fahren! Wir fahren! Heij! Heij! Wir fahren zurück nach Paris...«

*

Zum erstenmal an diesem Abend wollte Nadja ihre neue Nummer vorführen. Noch nicht nackt, aber sie trug sehr wenig auf dem Körper, als sie probte. Nur ein enges Flitterkostüm verhüllte sie, und während sie tanzte, sollte dieses Kostüm von ihr abfallen, bis ihr weißer Körper zwischen den braunen Löwenleibern glänzte und am Ende des Tanzes ermattet auf dem Rücken Alis zusammensank.

»Hundert Dollar pro Abend!« sagte der Varietémanager nach der ersten Probe und klopfte dem einsilbigen Castor auf die Schulter. »Und im Winter am Broadway... das ist sicher! Ich stelle Sie ganz groß raus! Ich werde auch Hollywood anrufen und die Nummer als Film verkaufen! Die Löwen-Venus... na, ist das ein Titel? Gratuliere, daß Sie den richtigen Job entdeckt haben! Jetzt wird es Geld regnen, Boy! So was wollen die Leute sehen!«

Saparin hatte unterdessen andere Sorgen. Er sah seine Rückkehr gefährdet durch die neuen Aussichten, viel Geld zu verdienen. Frank Castor hatte die beiden Löwen auf »Abruf« verkauft. »Ich hole sie wieder, wenn wir es können!« sagte er zu Nadja, und Nadja nickte glücklich, was Saparin mit tiefem Unbehagen sah. Dessenungeachtet kaufte er schon die Schiffskarten und rannte herum, um sich zu erkundigen, ob man sich wieder impfen lassen müßte. Er war fröhlich, als er erfuhr, daß dies nicht nötig sei und man nur ein ärztliches Zeugnis brauchte, daß man nicht die Syphilis habe.

So kam der Tag der Generalprobe. Saparin stand am Käfig, die Scheinwerfer warfen ein rötliches Licht in die kleine Bühnenmanege, über das Sägemehl hatte man eine bemalte Zeltbahn gelegt, die eine glühende Sonne zeigte. Statt des Orchesters sorgte ein junger, schwindsüchtiger Klavierspieler für Musik. Irgendwo im dunklen Zuschauerraum hämmerte ein Schreiner an einem Stuhl herum. Eine Dame hatte sich gestern beschwert, auf einem Nagel gesessen zu haben.

»Fangen wir an!« sagte Castor und betrat die Manege. Ali und Sultan hockten auf ihren Podesten. In der Seitenkulisse stand Nadja in ihrem durchsichtigen Flitterkostüm, und es kam Saparin vor, als habe er sie noch nie so schön gesehen, und bei allen Heiligen, er kannte sie in vielen Situationen. Der Löwe sah zu ihr hinüber. Seine grünen Augen waren starr.

»Musik!« rief Castor.

Der schwindsüchtige Klavierspieler begann zu klimpern. Ein russisches Tanzlied war's, aus der Gegend vom Don, wo die Wasser breit durch die Steppe fließen und die Mädchen weite Röcke haben und stramme Brüste. Sie tanzen am Abend und verkriechen sich mit den Burschen in den Scheunen. Ein gesundes Land ist's, o ja, Brüderchen.

Nadja kam aus der Kulisse. Die Tür flog auf, und dann war sie zwischen den Löwen, die von den Podesten sprangen, sie umkreisten, die Tanzende mit wiegenden Köpfen begleiteten und ab und zu aufbrüllten, wenn sie ein Bein über ihre Schädel schwang oder sich niederbeugte und sie zwischen die glitzernden Augen küßte.

Der Jüngling am Klavier hämmerte sich die Seele aus dem Leib. »Jetzt kommt die Stelle, wo ich alles abwerfe!« rief Nadja mit keuchendem Atem. Sie tat so, als löse sie die Knöpfe des Kostüms, das Licht wurde dunkler, nur ein Kreis tanzte mit Nadja zwischen den Gittern und hob ab und zu einen Löwenkopf ins Helle, strich über einen braunen Rücken, ließ eine Mähne aufflammen und verfolgte weiter den weißen Körper.

Mit ausgebreiteten Armen blieb Nadja mitten im Käfig stehen, wie ein Bild aus weißem Marmor... dann trottete Ali in den Lichtkreis, rieb seinen Kopf an ihren Schenkeln, und sie sank auf den Rücken des Löwen, Arme und Beine von sich gestreckt, als kreuzige man sie auf dem Raubtierrücken, und so trug Ali sie aus dem Lichtschein in die Dunkelheit zurück...

»Phantastisch!« sagte Frank Castor und warf seine Peitsche zu Boden. »Das ist das Schönste, was je einem Publikum geboten wurde. Davon wird die Welt sprechen...«

Er stürzte auf Nadja zu, riß sie vom Rücken des Löwen und trug sie in die Mitte der Manege. Dort küßte er sie, und der Beleuchter war so humorvoll, ein rosa Licht über das Paar zu legen.

Und dann ging alles schnell, schneller, als ein Mensch denken konnte. Nur Saparin erfaßte es, aber sein Aufschrei kam viel zu spät.

»Der Löwe!« schrie Saparin. »Der...«

Ein langer dunkler Schatten flog lautlos durch das rosa Licht. Mit der ganzen Schwere seines mächtigen Körpers warf sich Ali auf Frank Castor, stürzte ihn um wie eine Puppe, begrub ihn unter sich, während Nadja durch den Käfig rollte und gegen die Gitter stieß. Die Erinnerung an die Freiheit war da... das Atlasgebirge in Algerien, die rauhen Schluchten mit dem verfilzten Grund, die kahlen, in der Sonne rot leuchtenden Abhänge, in die der Wind Terrassen geschnitten hatte, die Geröllsteppe, die ausgetrockneten Salzseen, die vor ihm fliehenden, kreischenden Paviane und die scheuen Böcke, deren Hufe über das lose Felsgestein klapperten.

Da brüllte er auf, wie er jedesmal aufgebrüllt hatte, wenn er seine Beute geschlagen hatte, sein Kopf fuhr hoch, aus dem Rachen dampfte die Mordlust, seine Pranken gruben sich in den zuckenden Körper unter ihm, und dann warf er den Kopf herunter, grub die Zähne in den Nacken seines Opfers und zerbiß ihn. Es knirschte und knackte, wenn die Wirbel zerbrachen. Die Siegesmusik eines Löwen, der Sterbeton seines Gegners.

Noch einmal brüllte Ali auf. Er hob den Kopf hoch empor, das Blut tropfte von den Lefzen, seine Augen waren weit, als sähen sie die Sonne Afrikas... Oh, welch ein Triumph lag in diesem Gebrüll, vor dem sich alle Tiere duckten und die Steppe ehrfurchtsvoll schwieg.

Triumph! Er, der widerliche Mensch, wird nie mehr Nadja küssen! Der Herr bin ich. Ali! Hört ihr es...

Mit zuckendem Gesicht, aber mit ruhiger Hand zielte Saparin auf den Kopf des Löwen. Genau zwischen die Augen ging der Schuß... das siegreiche Brüllen brach ab, zu einem Gurgeln wurde es, der mächtige Leib fiel zusammen, aber noch im Sterben zerfetzten die Pranken unter ihm den blutenden Körper und rissen ihm den Rücken auf bis zu den Lungen. Dann sank der Kopf herab, die grünen Augen erloschen... und der Löwe deckte den Toten zu, preßte ihn in den Manegenstaub, und der letzte Seufzer aus dem blutenden Rachen glitt wie ein Hauch über den zerbissenen Nacken des Menschen.

Noch einmal schoß Saparin, aber es war nicht nötig, daß er dem Löwen die Wirbelsäule zersplitterte. Auch ein Löwe wie Ali stirbt nur einmal... Am Gitter saß Nadja im Staub und begriff nicht, was geschehen war. Sie sah Frank unter dem Löwen liegen, sie sah Alis Kopf sinken, sie bemerkte Blut, das über den Boden floß, sie hörte zwei Schüsse und sah Saparin am Gitter stehen, bleich, einem Gespenst gleich, den schweren Cowboyrevolver in der Hand. Und dann zog sie sich am Gitter hoch, während zwei Männer den ängstlich auf dem Podest hockenden Sultan mit Stockschlägen durch den Laufgang trieben, und sie ergriff die weggeworfene Peitsche, schwang sie, ließ sie knallen und rief mit hohler Stimme: »Ali! Auf Platz! Allez! Auf Platz, Ali!«

Saparin wandte sich ab und heulte wie ein Kind. Doch dann hatte er noch die Kraft, die Tür aufzureißen und den Käfig zu betreten.

Nadja stand vor Ali und Castor und starrte hinunter auf das blutige Knäuel von Mensch und Tier. Sie sah Franks aufgerissenen Nacken, seine in die Decke gekrallten Finger, die gebrochenen Augen und den Mund, aus dem das Blut tropfte.

Da schlug sie zu... schreiend, unmenschlich schlug sie auf den toten Löwenkörper ein, zog die Lederpeitsche durch das Fell, drehte dann die Peitsche um und trommelte mit dem bleiernen Knauf auf die Nase, den Rachen und über die erloschenen grünen Augen.

»Satan!« schrie sie dabei. »Du Satan! Satan! Satan!«

Drei Männer, einschließlich Saparin, mußten sie festhalten und aus dem Löwenkäfig schleifen, und sie schrie noch immer, unnatürliche Laute, Schreie einer sich auflösenden Seele; sie schleppten sie in ein Hinterzimmer, drückten sie auf ein Bett, und sie trat um sich und schrie weiter und begann mit den Nägeln ihren eigenen Körper zu zerkratzen.

Saparin band ihre Arme an den Bettpfosten fest, anders war es nicht möglich, ihre Selbstzerstörung aufzuhalten. Dann setzte er sich neben sie und begann sie zu ohrfeigen. »Nadja!« rief er dabei. »Wach auf, Nadja Grigorijewna! Wach auf! Nadja!«

Eine ganze Stunde tobte sie, dann hörte ihr Schreien auf, als habe man an einem Schalter gedreht. Sie lag, an den Armen gefesselt, völlig ruhig und starrte an die Decke.

»Nimm mich zu dir, Väterchen«, sagte sie, und ihre Stimme war so kindlich, daß Saparin, der neben ihr saß, erschrak. Er sah sich um und erschauerte. Leer war das Zimmer, aber er spürte, ein Gefühl im Nacken, als sei er nicht allein mit Nadja.

»Geh nicht ohne mich, Väterchen«, sagte Nadja und hob den Kopf. »Nimm mich mit. Nimm dein Töchterchen Nadja mit dir... ich will nicht mehr auf dieser Welt sein... Ich will zu dir, Väterchen... komm, laß mich deine Hand küssen...«

Saparin zog den Kopf zwischen die Schultern, kniete am Bett nieder und bekreuzigte sich. Er sah nichts... und doch wußte er tief in seiner Seele, daß Grigori Jefimowitsch Rasputin im Zimmer war und mit seiner Tochter weinte...

*

Es war der erste Augusttag, als die *Voltaire,* ein altes klappriges Dampfschiff, in den Hafen von Le Havre einfuhr und der Kapitän auf der Kommandobrücke tief aufatmete, daß er diese Fahrt von New York bis Frankreich gut überstanden hatte. Die Sirenen des Schiffes heulten, die Kräne am Kai schwenkten ein, nur wenige Menschen standen hinter den Schuppen und warteten auf die Ankommenden, denn außer Baumwolle und Trockenfleisch für das notleidende Europa kamen nur zehn Passagiere mit, armselige Rückwanderer, die in Amerika gescheitert waren.

Saparin klopfte an die Tür von Nadjas Kabine. »Frankreich!« rief er. »Wir sind da! Komm heraus, Nadja! Ein herrlicher Tag ist's! Le Havre sieht viel schöner aus als damals, als wir abfuhren. Das mußt du sehen!« Dann lief er an Deck zurück und stellte sich neben den Ingenieur, der ein Fernglas um den Hals hängen hatte.

»Darf ich einmal durch das Glas sehen?« fragte Saparin höflich. »Ich erwarte jemanden.«

»Bitte.« Der Ingenieur hob sein Glas über den Kopf und gab es Saparin. Mit klopfendem Herzen suchte Saparin den Kai ab, dann sah er, was er suchte, und er lächelte glücklich und lehnte sich an die Reling.

Mit einem Geheimnis kam er in Frankreich an. Als sie in New York an Bord der *Voltaire* gingen, hatte Saparin ein Telegramm aufgegeben, von dem Nadja nichts wußte. Ein Versuch von Saparin war es gewesen, eine Friedenshand, die er dem Schicksal entgegenstreckte. Er war nicht sicher, ob es Sinn hatte, und nun sah er die Erfüllung drüben am Kai stehen und bekam neue Angst, was Nadja dazu sagen würde. Er rannte zurück zur Kabine und klopfte wieder an die Tür. »Wir legen gleich an!« rief er durch das Schlüsselloch. »Das solltest du nicht verpassen! Die Heimat ist wieder da!«

Er wartete und dachte an die vergangenen Wochen. Schrecklich waren sie gewesen. Das Begräbnis Castors, an dessen Grube Nadja sich losriß und dem Sarg nachspringen wollte, die Tage des Wartens bis zur Abfahrt nach New York, in denen sie den letzten Löwen Sultan verkauften, die kurze Zeit in New York, wo an den Plakatwänden der Vorstadt noch die von Regen und Wind zerrissenen Plakate des Zirkus *Orlando* hingen mit Nadjas und Castors Bild, umrahmt von brüllenden Löwenköpfen, und schließlich die Überfahrt, wo sich Nadja in ihre Kabine einschloß, mit Helena spielte, durch das Bullauge ins Meer starrte und sich verfluchte, daß sie lebte.

»Ihr solltet mich erschlagen wie einen tollwütigen Fuchs!« sagte sie einmal zu Saparin. »Nehmt einen Knüppel und macht mich nieder. Ich bringe nur Unglück! Verflucht bin ich! Ihr erlöst euch alle, wenn ihr mich erschlagt...« Und Saparin hatte es schwer, ihr zuzureden und sie ruhig zu halten. Als es ganz schlimm mit ihr wurde, saß er an ihrem Bett und sang russische Lieder oder erzählte die schönen, wilden sibirischen Märchen, die auch Rasputin dem kranken Zarewitsch erzählt hatte ... die Geschichte vom Zarewitsch Wassili und der schönen Prinzessin Jelena, das Märchen vom tausendjährigen Baum am Jenissei, die Sage von Alenuschka und Ivanuschka, dem wilden Reiter mit dem goldenen Helm ... da wurde Nadja ruhiger und lauschte Saparins Stimme, schloß die Augen und legte ihre Hände in die seinen.

»Es ist alles vorbei, Boris Michailowitsch«, sagte sie dann. »Bin ich nicht selbst ein Märchen?«

»Du warst immer ein Märchen, Nadja Grigorijewna.«

»Ein böses Märchen, Boris.«

»Ein Märchen von der ewigen Liebe.«

»Ich möchte sterben.«

»Aber es gibt genug Menschen, die wollen, daß du lebst. Ich will es, Helena will es ... und auch andere. Denk an die sibirischen Schwäne. Nach jedem Winter dachten wir, sie leben nicht mehr, der Eissturm hat sie getötet, der Hunger in den Schnee geworfen ... Und dann kam der Frühling, das Eis brach auf den Strömen ... und die Schwäne waren wieder da und lebten und zogen schreiend über die Dörfer am Fluß. Wir sind wie sie, Nadja Grigorijewna ... wir kehren zurück, wenn die Sonne scheint. Und sie scheint draußen ... Komm, sieh sie dir an.«

*

Ein Gittersteg mit Planken wurde vom Kai herangeschoben. Stimmen schrien, dicke Taue flogen durch die Luft. Die zehn Rückkehrer verließen das Schiff. Niemand beachtete sie. Baumwolle und Trockenfleisch waren wichtiger. Als letzte gingen Nadja, Helena und Saparin von Bord. Sie hatten sich wie Kinder an den Händen gefaßt. Was sie zu tragen hatten, trug Saparin an einem Lederriemen über Brust und Rücken. Zwei einfache Koffer aus Pappe. Das war alles, was sie aus Amerika mitbrachten. Zwei Pappkoffer.

Sie betraten den Boden Frankreichs ärmer als damals nach der Revolution in Rußland. Damals trugen sie in ihrem Gepäck die Hoffnung. Sie war das erste, was sich abnutzte in der Fremde.

»Da steht jemand«, sagte Saparin leichthin und blieb zurück. »Tatsächlich, er wartet auf uns ... er holt uns ab ... So bekannt kommt er mir vor.«

Er blieb stehen, setzte die Pappkoffer auf den Boden und wischte sich den Schweiß von der Stirn. Nadja ging langsam weiter, Helena an der Hand. Sie trug ein leichtes Kleidchen, und man sah die großen Brandwunden an den Beinen, die rote, zusammengeschrumpfte Haut.

Ihnen entgegen kam ebenso langsam ein Mann. In zwei Meter

Entfernung blieben sie voreinander stehen und sahen sich eine Weile stumm an. Nadjas große dunkle Augen waren leer... es schien, als blicke sie durch den Mann hindurch wie durch einen gläsernen Körper.

»Du?« sagte sie endlich.

»Ja.«

Jean Gabriel senkte den Kopf. Wie furchtbar sie aussieht, dachte er. Wie zerstört sie ist. Wo ist die Göttin geblieben, die in meinen Armen tanzte?

»Ich bin müde«, sagte Nadja langsam.

»Mein Wagen wartet jenseits der Schuppen. Wir fahren sofort nach Paris zurück.« Gabriel trat näher. Er bückte sich, nahm Helena auf seinen Arm und starrte die Brandwunden an. Heiß durchzog es ihn, und er hätte schreien können vor Qual. »Unsere Wohnung an der Avenue Foch erwartet uns«, sagte er heiser. »Ich habe nichts verändern lassen. Es ist alles noch so, wie du es verlassen hast. Auch deine Kleider hängen noch im Schrank... und in der Schublade neben deinem Bett liegt auch noch der Schmuck.«

»Ich bin müde, Jean«, sagte Nadja. »Nichts als müde. Ein Wrack treibt an Land...«

»Ich liebe dich.« Gabriel faßte sie unter. Sie lehnte sich an ihn und sah zu ihm auf. Seine Augen weinten, aber sein Mund lächelte tapfer.

»Ich weiß es, Jean.«

»Ich habe dich immer geliebt.« Er legte den Arm um ihre schmalen Schultern und umfaßte mit dem anderen die kleine Helena. »Nun ist sie wieder da«, sagte er. »Meine Familie ist wieder da... Kommt, Paris erwartet uns. Paris will seine Königin wiederhaben...«

»Du bist so gut, Jean. So gut«, sagte Nadja. Und plötzlich warf sie sich herum, klammerte sich an Gabriel fest und drückte ihr Gesicht an seine breite Brust. »Beschütze mich!« schrie sie in ihn hinein. »Halt mich fest! Gib mir das Leben wieder... nur einen Hauch von Leben...«

Gabriel nickte. Er lächelte der verwirrten Helena zu, küßte Nadja die Tränen von den Augen und ging mit beiden über den Kai, dem großen Wagen entgegen, der hinter dem Schuppen wartete. Ein Chauffeur riß die Mütze vom Kopf und öffnete die Türen.

Boris Michailowitsch Saparin, Graf von Tschernosk und Rittmeister des Zaren, bückte sich und nahm die zwei Pappkoffer auf. Er schwang sie an den Lederriemen über den Rücken, zurrte sie zurecht, damit sich das Gewicht gut verteilte, und setzte sich in Bewegung.

Dabei pfiff er ein Lied und schritt kräftig voran, denn er wollte auch von Gabriel mitgenommen werden.

So ist das nun, dachte er, als er die Koffer zum Wagen schleppte. Verlieren kann man alles, wenn nur die Liebe unter den Menschen bleibt.

Aber weiß man, Brüderchen, ob man immer die richtige erwischt?

ZWEITES BUCH

BABKIN, UNSER VÄTERCHEN

1

Nun lag er da, stumm und steif, eingerahmt von flackernden Kerzen, und erweckte trotzdem nicht den Eindruck, als wäre er tot. Der Pope Sidor Andrejewitsch Waninow, der ihn gesegnet und das Kreuz über ihn geschlagen hatte, sprach ehrfurchtsvoll, mit dumpfer Baßstimme von der Majestät des Todes, und alle, die im Nebenzimmer versammelt waren, Frau und Kinder und die besten Freunde und Nachbarn, bekreuzigten sich ebenfalls und dachten einmütig: Endlich!

Er war schon ein merkwürdiger Toter, der gute, hochangesehene, reiche Basar-Inhaber Wadim Igorowitsch Babkin. Sein Geschäft, in dem man alles kaufen konnte, was ein Mensch so zum Leben braucht – falls die Ware vorrätig war –, befand sich am Marktplatz von Ulorjansk, also im Mittelpunkt des Städtchens. Babkins Basar war im ganzen Umkreis für reelle Preise bekannt, aber das rührte daher, daß niemand eine Vergleichsmöglichkeit hatte und notfalls hätte reklamieren können.

Wo, zum Beispiel, konnte man erfahren, was garantiert italienische Damenschuhe sonst kosteten, wenn es im Umkreis von zweihundert Werst kein Geschäft gab, das solch eine Seltenheit führte? Daß Babkin die italienischen Schuhe durch allerlei Kreuz- und Querverbindungen vom Schuhkombinat »Roter Adler« aus Perm bekam, wo in einer Seitenhalle diese eleganten Träume aus Leder gefertigt wurden, ahnte niemand. Am allerwenigsten aber wußte man, daß Babkin auch andere »seltene Angebote« mit einem Gewinn von dreihundert Prozent verkaufte.

Sein sichtbarer Wohlstand war verdient, das erkannte jeder in Ulorjansk an. Und wenn einmal – um ehrlich zu sein, geschah das öfter – eine so notwendige Ware wie gefütterte Mützen oder zu Tafeln gepreßter Tee nicht geliefert worden war, schloß sich Babkin seinen wütenden Kunden an, schimpfte kräftig auf den Fünfjahresplan, auf die Dummheit der Funktionäre und vergoß sogar Tränen mit einer Kundin, die seit einem Jahr vergeblich auf einen wollenen Unterrock wartete. Das machte Babkin beliebt, und man grüßte ihn höflich, wo immer er auftauchte.

Der Pope Waninow nannte ihn sogar einen gottgefälligen Menschen, weil Babkin im Winter Papierblumen für den Schmuck der kleinen Kirche stiftete, Waninow öfter zum Abendessen einlud und vor sechs Jahren das große Bronzekreuz neben dem Altar aufstellen ließ, ein wundervolles Schmuckstück vor der Ikonostase.

Ulorjansk, das möchte ich Ihnen raten, Genossen, sollten Sie sich nicht entgehen lassen, wenn Sie einmal in diesen Teil Sibiriens kommen. Das Städtchen liegt am herrlichen Fluß Tobol, an dem vor vielen Jahren der dämonische Rasputin lebte, und es hat nur einen Nachteil: Keine vernünftige Straße führt dorthin.

Im Frühjahr bei der Schneeschmelze und im Herbst, wenn die Regengüsse vom graugrünen Himmel prasseln, ist Ulorjansk vom übrigen Leben abgeschlossen und nur mit Spezialfahrzeugen zu erreichen, etwa mit Panzern. Aber was sollen Panzer in Ulorjansk? Daß es trotzdem in diesen Monaten fast alles in Ulorjansk zu kaufen gab, war das Verdienst von Babkin. Man kann ihn also gar nicht genug loben.

Die Frage ist nun berechtigt, wer den Wahnsinn begangen hat, hier eine Stadt zu gründen. Man muß da weit zurückgreifen, bis zu Iwan dem Schrecklichen und den unermeßlich reichen Kaufleuten Stroganoff, die den Kosaken Jermak mit einer Reiterschar von Abenteurern, Halunken und Weiberschändern losschickten mit dem Auftrag, das sagenhafte Land hinter dem Ural zu erobern und zu erforschen. Allein der gar nicht zu berechnende Reichtum dieses unendlichen Sibiriens an Nerzen, Zobeln, Blau- und Silberfüchsen, Hermelinen und Ottern in den Sümpfen und Wäldern war es wert gewesen, Jermak mit seiner Bande in diese neue Welt reiten zu lassen.

Hier nun – so weiß es die Überlieferung – an einem Teil des Tobol, wo man früher nur mit einem Boot ans Ufer kam, weil sich ringsum nichts als Wälder und Sümpfe ausdehnten, soll Jermak ein Lager aufgeschlagen haben. Aus rohen Holzstämmen baute er eine befestigte Station, die er Kreml nannte, ließ zwölf Mann und drei Weiber darin zurück, zog weiter nach Osten und kam nie wieder.

So, behauptet man, entstand Ulorjansk, benannt nach dem Anführer der ausgesetzten Zwölf, der Ulorjanskij hieß. Man raubte in den folgenden Jahren noch einige Frauen vom Nomadenstamm der Ewenken, und so wurde im Lauf der Jahrhunderte aus dem hölzernen Kreml des Jermak ein freundliches Städtchen.

Genaugenommen waren alle Bewohner von Ulorjansk ursprünglich miteinander verwandt, aber wir wollen hier keine Ahnenforschung betreiben, sondern von Wadim Igorowitsch Babkin berichten.

Zudem kam frisches Blut nach Ulorjansk, als in Tobolsk, der

stolzen Hauptstadt des Gebiets, einige berüchtigte Straflager gegründet wurden, vor allem für politische Wirrköpfe, wie es hieß, die nach ihrer Begnadigung trotzdem nicht mehr in ihre Heimat zurück durften, sondern ihre Freiheit in Sibirien genießen mußten. Auch nach Ulorjansk kamen solche Begnadigten, nicht nur Männer, sondern ebenfalls Frauen, und sorgten für eine Aufweichung der Inzucht und eine neue Blüte des Ortes.

So entstammte Babkin zum Beispiel der Verbindung zwischen einem Sträfling aus Odessa und einer Frau aus der Gegend von Nowgorod. Sie hatten zehn Kinder miteinander, neun davon wahre Prachtmenschen, anzusehen wie Gemälde, doch nur eines blieb am Leben – ein Außenseiter, an dem die Schönheit vorbeigegangen war: Babkin.

Und nun lag er also da auf seinem Sterbebett, die Hände gefaltet. War einfach umgefallen, so mir nichts, dir nichts, ohne Vorankündigung, ohne jemals krank gewesen zu sein, wenn man gelegentlichen Schnupfen oder kleine rheumatische Beschwerden außer acht läßt.

Dr. Bairam Julianowitsch Poscharskij, der langjährige Arzt der Familie, der seine außerhalb von Ulorjansk lebenden Patienten während des Winters mit dem Pferdeschlitten und im Sommer mit dem Jeep betreute, hatte nach kurzer Untersuchung festgestellt: »Meine lieben Trauernden, Wadim Igorowitsch erlag einem apoplektischen Insult...«

Das klang vortrefflich und sehr gelehrt, aber da es niemand verstand, fragte Nina Romanowna, Babkins Witwe, eindringlich: »Er ist tatsächlich tot?«

»So tot wie ein Fisch im vorigen Jahr«, erwiderte Dr. Poscharskij gefühlvoll. »Nehmt es tapfer hin, meine Lieben...«

»Aber sehen Sie nur, Genosse Arzt«, sagte Boris Witalowitsch Pyljow, der Schwiegersohn Babkins und Lehrer an der Schule von Ulorjansk, »was für rote Bäckchen er hat. Richtig rote Bäckchen – wie im Leben...«

»Das kommt vom Saufen«, erklärte Dr. Poscharskij, ehrlich wie immer. »Bei einem Säufer wird die rote Haut nicht weiß, auch wenn er tot ist. Sehen Sie, Genosse Lehrer, wie tot Ihr Schwiegerväterchen ist...« Er stieß dem starren Babkin eine lange Spritzennadel in die Bauchdecke, und nichts geschah. Kein Zucken, kein Lebenszeichen; es war, als wenn man in ein Kissen sticht.

Hier kam zum erstenmal der freudige Gedanke auf: Endlich!

Pyljow nickte anerkennend, legte den Arm um seine Frau Nelli Wadimowna, trat ins Nebenzimmer und verkündete die frohe Botschaft:

»Er ist wirklich tot!«

Danach bekreuzigten sich alle und seufzten tief. Die ganze

Familie war versammelt, nachdem Wadim Igorowitsch Babkin plötzlich umgekippt war und mit jungen sechzig Jahren diese Welt verlassen hatte.

Nur Natalja, die zweite Tochter, fehlte. Sie war vor vier Jahren spurlos verschwunden, einfach verschollen, nachdem ein Lastwagenfahrer sie nach Tobolsk mitgenommen hatte.

»Er hat sie umgebracht!« hatte Nina Romanowna tagelang geschrien, die Hände gerungen und Waninow, den Popen, angefleht, vor dem Allerheiligsten für Natalja zu beten. »Umgebracht hat er mein unschuldiges Töchterchen, mein silbernes Vögelchen... geschändet und erwürgt! So nur kann es gewesen sein, nur so! Ach, Natalja, mein Engelchen . . .«

Den Lastwagenfahrer konnte natürlich niemand aufspüren, und so erklärte man nach zwei Jahren Natalja für tot, senkte einen Gedenkstein in die Erde des Friedhofs und stiftete der Kirche ein Gnadenbild. Jetzt, dachte Nina in diesen Stunden neidisch, hat Babkin als erster die Freude, Natalja im Himmel wiederzusehen. Verdient hat er es nicht, nein, wirklich nicht. Hier muß man Gottes Weisheit kritisieren...

»Ein so guter Mensch war er«, sagte Sidor Andrejewitsch Waninow, der Pope. Er saß am Tisch, aß sauer-süß eingelegte Gurken, einen riesigen Blini, den ihm Walentina, die dritte Tochter Babkins, schnell gebacken hatte, und trank verzückt eine Flasche Brombeerwein, bei dessen Zubereitung Nina Romanowna wahre Kunstfertigkeit bewies. Ihre Beerenweine waren eine hochgepriesene Ergänzung zum Wodka. Ausgefuchste Kenner mischten sie sogar mit Wodka, was ein höllisches Gesöff ergab, dem niemand widerstand.

»Ein so treuer Mensch«, fügte Waninow hinzu und sah dabei Walentina an. Er mochte jetzt wohl an den versiegten Spendenfluß denken, denn Babkins Erben würden der Kirche gegenüber niemals so freigebig sein wie Wadim Igorowitsch. »Aber so ist es, meine Lieben: Wen Gott liebt, den will er an seiner Seite sehen...«

»Da reden Sie offensichtlich Widersprüchliches, Väterchen Sidor«, fing Pyljow, der Lehrer, einen uralten Streit wieder an. »Von den Hundertjährigen heißt es: Gottes Gnade schenkt ihnen ein langes Leben. Aber nach Ihrer jetzigen Behauptung müßte Gott die Hundertjährigen durch ein langes Leben bestrafen...«

»Man soll das ökonomisch sehen, Genosse Pyljow. Ökonomisch!« Väterchen Sidor hob den extrem langen Zeigefinger. Er war wirklich außergewöhnlich groß, was wohl seinen Ursprung darin hatte, daß Waninow jahrzehntelang mit erhobenem Zeigefinger seine Predigten begonnen und ihn dadurch zum ständigen Wachstum angeregt hatte. So wenigstens glaubten es die Bürger von Ulorjansk, versanken im Gebet und wagten nicht den Kopf zu heben, wenn Waninow ihnen mit seiner Baßstimme ihre Sünden vorhielt.

Boris Witalowitsch Pyljow wäre kein Lehrer gewesen, wenn er diese Erklärung des Popen so ohne weiteres hingenommen hätte. »Was heißt ökonomisch?« fragte er.

»Das weiß doch jeder.« Waninow aß mit Genuß den gefüllten Blini und sah Pyljow strafend an. »Du als Lehrer...«

»Soll das bedeuten, daß Wadim Igorowitschs früher Tod für uns alle etwas Gutes bringt?«

»Was sollen diese Fragen?« mischte sich Nina, die Witwe, ein. »Väterchen ist tot, liegt nebenan selig zwischen den Kerzen, und wir wollen ihm danken, daß er ein so gutmütiger Mensch gewesen ist.«

Hier hätte man eigentlich widersprechen müssen, aber – das ist nun mal der Brauch – über einen Toten soll man nichts Schlechtes reden, auf keinen Fall so lange nicht, wie er noch in seinem Sarg über der Erde liegt. Der sichtbare Tod veredelt... Hinterher, wenn die Erde auf ihm liegt, kann man den Verstorbenen getrost einen Hurenbock nennen.

Bedrückt und wortkarg saß man also herum, bis abends der Schreiner und Sargmacher Igor Grigorjewitsch Mischin erschien, einen Schreibblock unter dem Arm und einen Zollstock in der Rocktasche. Stumm vor Trauer umarmte er Nina Romanowna, küßte sie, ging dann weiter von Hinterbliebenem zu Hinterbliebenem, wiederholte seine Umarmungen und Küsse und zog sogar Dr. Poscharskij an sich, der sich nicht wehrte. Auch der Arzt brauchte Trost, denn er wußte wirklich nicht, woran Babkin gestorben war. Das kann man natürlich nicht laut sagen, man muß es in sich hineinfressen, und so etwas tut weh. Glaubt mir das, liebe Genossen!

»Wo... liegt er?« fragte Mischin fast flüsternd und ehrfurchtsvoll.

»Natürlich im Schlafzimmer, wo sonst!« Nina, die frischgebakkene Witwe, war ärgerlich. Ein Sarg nach Maß war Verschwendung, aber Babkin hatte das als einen seiner letzten Wünsche niedergeschrieben. *›Ich möchte nach meinem Tod in einem maßgefertigten Sarg von Mischin begraben werden...‹*

Das war ein Befehl, dem man sich nicht widersetzen konnte. Nina allerdings hielt diesen Wunsch für eine neue Schikane Babkins, denn so mußte man Wadim Igorowitsch noch mindestens drei oder vier Tage im Hause behalten; schneller war der Sarg auch von einem Künstler wie Mischin nicht herzustellen. Denn – so stand es geschrieben von Babkin – der Sarg sollte auch mit Schnitzereien versehen werden.

»Glaubst du, wir bahren ihn auf der Ladentheke auf?« knurrte Nina böse. »Was kostet so ein maßgearbeiteter Sarg, Igor Grigorjewitsch?«

»Das richtet sich ganz nach dem Geschmack, Genossin Babkina...« Mischin holte seinen Zollstock aus der Jackentasche. »Ja, nach dem Geschmack...«

»Geschmack! Ist das zu glauben! Willst du etwa den Sarg mit Marmelade oder Honig einreiben? Hat Wadim dir gesagt, was er gerne mag? Buttercreme, das war's. Die aß er immer nachmittags zum Tee. Ein Sarg mit Buttercreme... hat man so etwas schon gesehen! Und da nennt ihr Babkin einen gutmütigen Menschen!«

»Wer hilft mir?« fragte Mischin traurig und sah sich im Kreise um. »Wer erklärt es ihr? Genosse Pyljow, Sie als Lehrer, als gebildeter Mensch...«

Pyljow holte tief Atem und versuchte, seine Worte vorsichtig zu wählen.

»Mamuschka«, sagte er, sich herantastend. »Es geht nicht um Buttercreme, sondern um die Schnitzereien am Sarg.«

»Die Schnitzereien – beschmiert mit Buttercreme!«

»Ohne, Mütterchen...«

»Wieso haben sie dann einen Geschmack?«

»Man sagt das so in gewissen Kreisen. Geschmack ist eine Art von Kultur. Er verrät anderen Menschen, was man selbst für schön erachtet...«

»Ja, so war er«, sagte Nina, die Witwe, drückte ihr Taschentuch an die Nase und vergoß ein paar Tränen. »Da seht ihr, wie Wadim Igorowitsch war! Wenn er zärtlich war, nannte er mich ›Mein Döfchen‹... Zweiunddreißig Jahre lang mußte ich das ertragen...«

Sie sah den betroffenen Mischin an, der mit seinem Zollstock spielte. »Was kannst du schnitzen?«

»Alles, Genossin Babkina.«

»Dann schnitz die Köpfe von mir und meinen Kindern auf den Sarg...«

»Ist das dein Ernst?« Mischin sah sich wieder hilfesuchend um. »Soviel Zeit haben wir nicht...«

»Ich denke, du bist ein Künstler.«

»Unter acht Tagen schaffe ich das nicht. Nina Romanowna, man kann Babkin nicht so lange im Bett liegen lassen. September ist es, noch warm... Babkin würde uns weglaufen...«

»Laufen? Wie kann er laufen, du Idiot! Er ist doch tot!« schrie Nina, die Witwe.

Mischin verdrehte die Augen und sah dann flehend den Popen Waninow an. »Helfen Sie mir jetzt, Väterchen«, stöhnte er. »Ich finde die diskreten Worte nicht.«

Sidor Andrejewitsch erklärte der erstarrten Nina langsam und schonend, wie die Verwesung bei sommerlichen Temperaturen vor sich geht. Schon drei Tage im Bett seien im sibirischen September eine lange Zeit, eine Woche aber – unmöglich.

»Man kann das allerdings aufhalten«, sagte Waninow am Schluß. »Man könnte Babkin in die Kühltruhe legen. Alles Fleisch, alles Eis, alle gefrorenen Lebensmittel raus und Babkin rein. Nur kann man später aus der Truhe nichts mehr verkaufen, der Hygiene wegen, Nina Romanowna...«

»Dann schnitz, was du willst!« schrie Nina den armen Mischin an. »Mehr als dreihundert Rubel darf der Sarg nicht kosten! Dreihundert Rubel für eine Holzkiste! Von dreihundert Rubeln müssen Vater, Mutter und drei Kinder leben und werden noch fett dabei! Und er «– ihre Finger deuteten zur Schlafzimmertür – »wirft das Geld raus für den Tod! Das empört mich! Das ist eine Ohrfeige für den Sozialismus!«

Die Trauernden schwiegen betreten, weniger aus Höflichkeit als vielmehr vor Staunen, daß Nina Romanowna plötzlich sozial dachte. Man erinnerte sich noch gut an den armen Wanja Lwowitsch Gjunim, einen Kretin – dafür konnte er nichts –, dem niemand Arbeit geben wollte und der sich mit Betteln durchs Leben schlug.

Als er auch bei Babkin bettelte, belegte Nina ihn sofort mit Beschlag, ließ ihn Säcke und Kisten schleppen, unter deren Last er fast zusammenbrach, gab ihm Tritte in den Hintern, wenn er schwer atmend nach Luft rang und sich ein Sekündchen nur ausruhen wollte, und entlohnte ihn mit einem dünnen Kohlsüppchen, hart gewordenem Brot und zehn Kopeken pro Tag, die er bei Babkin wieder in Tabak umsetzte.

Ich frage: War das sozial, Genossen? Durchaus nicht, und nun dachte Nina Romanowna an eine fünfköpfige Familie, wenn es darum ging, Babkin einen würdigen Sarg zu kaufen. Da darf man wahrlich erstaunt sein, meine Lieben.

Der Schreiner Mischin gab sich einen Ruck, stieß die Tür zum Schlafzimmer auf, bekreuzigte sich auf der Schwelle, betrat den Raum und schloß die Tür wieder hinter sich.

Babkin, das muß man gestehen, war eine imponierende Leiche. Er lag so im Bett, wie er umgefallen war, in einer blauen Hose, einem gestreiften Hemd und einem weißen Kittel darüber, so daß man denken konnte, er sei Arzt oder wenigstens Apotheker gewesen. Nur die Schuhe – italienische natürlich – hatte man ihm geputzt und ein Handtuch darunter geschoben.

Sein rotbäckiges Gesicht verführte Mischin dazu, ihm freundlich zuzunicken und »Welch ein schöner Tag, Wadim Igorowitsch!« zu sagen. Erst danach fiel ihm ein, daß für einen Toten der

Sterbetag durchaus kein schöner Tag war, aber man muß Mischin verzeihen: Babkin sah aus, als wenn er nur ein Nickerchen hielte.

»Du erlaubst, daß ich dich ausmesse?« fragte Mischin etwas bedrückt. »Warum muß es eigentlich ein Maßsarg sein, Genosse, warum nicht ein fertiger? Diese Arbeit! Da habe ich neun schöne Särge auf Lager, sogar mit Metallkreuzen und einem geschnitzten Jesus auf dem Deckel, beste Ahornbretter, dreimal gebeizt. Die halten garantiert zwei Jahre, erst dann bricht der Deckel ein... Aber nein, ein Maßsarg muß es sein! Immer großkotzig, Genosse, genau wie im Leben. Der reiche Babkin! Vielleicht steht in deinem Testament auch noch, daß man dir in Ulorjansk ein Denkmal bauen soll, gleich neben Lenin. Zuzutrauen wäre es dir!«

Mischin setzte sich auf die Bettkante zwischen zwei lange Kerzen und entfaltete seinen Zollstock. Er legte ihn an der Leiche an, maß einen Meter und zweiundachtzig in der Länge und neunundsechzig Zentimeter in der Breite – man sieht darin, daß Babkin von imponierender Statur gewesen war –, notierte sich die Zahlen in seinem Maßbuch und klappte den Zollstock dann wieder zu.

»Glaub ja nicht, Wadim Igorowitsch, daß ich dir jetzt einen besonderen Sarg anfertige«, sagte Mischin und blickte Babkin dabei in das rosige Gesicht. »Ich werde einen vorhandenen lediglich nach deinen Maßen umbauen. Wer merkt das schon? Und fertige Schnitzereien klebe ich dir rundherum, daß es aussieht, als habe ein Holzbildhauer an den Brettern gearbeitet. Glaubst du, man betrachtet den Sarg mit der Lupe? Nicht einmal der Pope wird es merken und Nina Romanowna schon gar nicht... Die wird froh sein, wenn so schnell wie möglich Erde über dich geschaufelt wird. Das ist nun einmal so, mein lieber Babkin: Im Leben hast du die Leute betrogen und dich darüber gefreut. Nun, als Toter, betrügen sie dich und freuen sich noch mehr. Ich, zum Beispiel, bekomme von Nina dreihundert Rubel, wo dein Sarg nur vierzig Rubel wert ist. Gott hab' dich selig, mein guter Wadim Igorowitsch...«

Zufrieden kam Mischin zurück in die große Stube und nickte allen Hinterbliebenen mit leidvollem Gesicht zu. »Als wenn er schliefe...« sagte er und gab seiner Stimme einen zitternden Klang. Ein guter Sarghändler muß mit den Trauernden erschüttert sein. »Ich habe noch nie einen so schönen Toten gesehen.«

Dann schluchzte er auf, gab Nina wieder einen Kuß und war froh, als er endlich auf dem Marktplatz stand. Die Idee mit dem umgearbeiteten Vierzig-Rubel-Sarg beschwingte ihn.

Während er zu seiner Werkstatt zurückkehrte, dachte Mischin an verschiedene Begräbnisse, die unter seiner fachkundigen Leitung stattgefunden hatten. Am erinnerungswürdigsten waren, in seinen Augen betrachtet, die Feuerbestattungen. Natürlich gab es in Ulorjansk kein Krematorium, das lag in Tobolsk, aber wer es wollte, wurde verbrannt. Mischin sorgte für den Transport in die Hauptstadt, überwachte die Einäscherung, kam mit der Urne zurück und überreichte sie mit Tränen in den Augen den Erben.

Man hätte Mischin weniger gelobt und ihm gar nichts bezahlt, wenn man gewußt hätte, daß er den Sarg, in dem der liebe Tote gelegen hatte und der eigentlich mit verbrannt werden mußte, unversehrt zurückbrachte und wieder in sein Lager stellte. Und die Rubel für die Blumen versoff er in Tobolsk, aber er brachte Fotos von dem mit Blumen übersäten Sarg mit – nur stammten die von anderen Beerdigungen. Wer kann so etwas wissen, ja, wer ahnt auch nur solch eine Halunkerei? Jetzt war ein gutes Geschäft mit Babkin zu machen... ein kunstvoll geschnitzter Sarg, maßgefertigt, die Arbeit eines Holzbildhauers...

Man sieht, auch in Ulorjansk ist nicht alles so glänzend wie die grün oder blau gestrichenen Fensterläden...

*

Als Wadim Igorowitsch Babkin wie vom Blitz getroffen umfiel und sich auf der Erde wiederfand, genau vor dem Regal mit den Wasch-, Putz- und Scheuermitteln, kam ihm das äußerst merkwürdig vor. Bemerkenswerter war noch, daß er sich weder rühren noch rufen konnte. Er sah alles, hörte alles, roch sogar alles, aber ansonsten lag er da auf dem Boden wie ein trockenes Stück Holz.

Noch erstaunter war er, als sich Nina, sein Frauchen, mit einem schrillen Aufschrei neben ihm auf die Dielen warf, ihn umarmte, seine Augen küßte – was er noch nie gemocht hatte, weil die Feuchtigkeit ihrer Lippen seine Lider verklebte – und dann jammernd rief: »O Wadim... Wadimoschka... Wajenka... steh auf, sieh mich an, sag einen Ton! Warum liegst du denn da? Was ist passiert?«

Babkin fand diese Fragen blöd. Wenn er sie hätte beantworten können, wäre er grob geworden. Er wollte den Kopf heben, die Beine anziehen und Ninas schmatzenden Küssen entgehen, aber nichts rührte sich. Erst als Nina zu begreifen schien und losheulte: »Tot ist er! Eine Witwe bin ich! Ich arme Frau, mein Wadim ist von mir gegangen!« verspürte Babkin ein inneres Frieren in seinem bewegungslosen Körper.

Tot! Ich bin tot! Na, so was! Das soll ein Mensch begreifen, der noch alles sieht, hört und riecht! Alles ist wie vorher im Leben, nur bewegen kann ich mich nicht mehr. Ist das der Tod? Das sollte man den Lebenden mal erzählen, aber genau dies ist noch keinem Toten gelungen. Das ist das Fatale an der ganzen Sache: Man erlebt alles mit und gehört doch nicht mehr dazu.

Mit stummem Protest sah und hörte Babkin, wie Nina Romanowna alle, die im Basar einkauften, und das waren um diese Tageszeit meistens Frauen, aus dem Laden jagte und dann die große Tür zum Marktplatz abschloß. Verblüfft sah er auch, wie sein Frauchen zu einer Flasche Himbeerlikör griff und zwei kräftige Schlucke daraus trank. Nach dieser Stärkung verließ sie den Laden.

Babkin hörte die Hintertür zufallen, und dann lag er allein vor dem Regal mit den Wasch-, Putz- und Scheuermitteln und ärgerte sich maßlos, daß das Scheuermittel »Blitz aus Kasan« falsch ausgezeichnet war – um drei Kopeken zu niedrig.

Wenn man nicht alles selber tut, dachte er. Von vorn bis hinten wird man betrogen!

Da lag er nun, der gute Babkin, und fragte sich, wie es weitergehen sollte.

Er hatte schon vor vielen Toten gestanden und viele Särge zum Friedhof begleitet, aber es ist ein großer Unterschied, ob man selbst in solch einem Kasten liegt oder nur hinter ihm hergeht. Vor allem aber ist es bei der Erkenntnis, daß man als Toter alles sehen, hören und riechen kann, äußerst peinlich, sich an gewisse Dinge zu erinnern, zu denen nur Lebende fähig sind.

Da war damals zum Beispiel Oleg gestorben. Oleg Ardamatskij, der Erste Sekretär in der Stadtverwaltung. Babkin hatte an seinem Sarg gestanden, hatte Abschied genommen und leise zu dem Toten gesagt: »Das hast du nun von deiner ewigen Hurerei... Herzschlag! Hab ich dich nicht immer gewarnt, du Bock?«

Peinlich ist das, sag ich euch, Genossen. Wirklich peinlich. Ardamatskij hat's ja gehört...

Oder Xenia Romasowna, das ärgste Klatschweib von Ulorjansk. »Endlich ist dein Schandmaul stumm...« hatte Babkin an ihrem Sarg gemurmelt. »Wenn ich Gott wär', würde ich dir oben im Himmel die Lippen zusammennähen...«

Peinlich, peinlich...

Nun bin ich aber gespannt, was sie an meinem Sarg sagen werden, dachte Babkin. Und man muß daliegen und alles anhören, ohne ihnen ins Gesicht spucken zu können. Das wird die erste Qual der Hölle sein, verlaß dich darauf, Wadim Igorowitsch...

Er dachte noch an hundert andere Dinge, als Nina wieder in den Laden stürzte, gefolgt von Väterchen Sidor, dem Popen.

»Da liegt er«, jammerte sie und zerriß ein Taschentuch zwischen ihren Händen. »Fällt einfach um und ist tot! Kann man das begreifen? O Väterchen, was soll ich tun?«

»Beten und den Arzt bestellen.« Waninows schwarzer Baß, der bei den liturgischen Gesängen in der Kirche alle anderen übertönte, strotzte vor Kraft. Er kniete sich neben Babkin nieder, zeichnete das Kreuz auf des Toten Gesicht und sprach murmelnd ein Gebet.

Nina wartete, bis er fertig war, und sagte dann: »Dr. Poscharskij wird gleich kommen. Soll ich jetzt unsere Kinder rufen?«

»Nicht hier, vor einem Waschmittelregal. Wir tragen ihn in sein Bett, und dort soll man ihn dann beklagen... Ich bleibe bei ihm, bis Poscharskij kommt.«

Schluchzend verließ Nina den Basar, Waninow erhob sich von den Knien und setzte sich auf eine Tonne mit dem Waschmittel »Blütenrein«.

Gegenüber, in Griffnähe, stand das Regal mit den Tabakwaren, und der Pope langte hin, zog eine Zigarre aus Georgien heraus, nahm ein Streichholz, biß die Zigarrenspitze ab, zündete die Zigarre an und blies den ersten Qualm genüßlich über den Toten hinweg.

Babkin hatte das Bedürfnis, zu niesen, aber das gelang ihm nicht. Hat man schon jemals einen Toten niesen gehört? Erstaunlich war nur, daß er den Juckreiz in der Nase spürte, aber sein Körper sich nicht mehr dagegen wehren konnte.

Er dachte an den alten Komolow, der noch zwei Tage nach dem Tod seines Schwiegersohns die Leiche mit Fäusten und Fußtritten traktiert hatte, weil herausgekommen war, daß der Verblichene zwei bisher unbekannte außereheliche Kinder hinterließ, mit seiner Frau aber, Komolowas Tochter, kein einziges auf die Beine gebracht hatte. Wie schrecklich für den Schwiegersohn, nachträglich noch solche Schläge ertragen zu müssen, ohne sich wehren zu können!

Babkin wurde aus seinen Gedanken gerissen, denn Dr. Poscharskij stürmte, wie immer seine wie eine lange Leberwurst aussehende Arzttasche schwenkend, in den Basar. Einmal darauf angesprochen, erklärte er: »Das hat alles einen Sinn. So kann sich in den Injektions-Phiolen kein Bodensatz bilden!« Die Leute von Ulorjansk glaubten ihm das, weil es so gut klang. Injektions-Phiolen... Wir haben wirklich einen klugen Doktor.

Väterchen Waninow, der Pope, nahm wieder einen kräftigen Zug von der Zigarre. »Er ist hin, Bairam Julianowitsch«, sagte er und blies den Qualm wie ein Fabrikschlot von sich. »Du kannst hier nichts mehr tun. Der Himmel hat ihn schon vereinnahmt. Er steht vor Gottes Thron.«

Irrtum, wollte Babkin schreien. Ich bin noch hier, mitten unter euch, ihr Strolche! Und wie ich da bin! Ich sehe euch Halunken scharf wie ein Adler, ich höre euch wie ein Luchs, und Dr. Poscharskij stinkt nach Schweiß. Greif ins zweite Regal, hinter der Tür, da stehen Parfüms, und besprühe dich. So einen Geruch kann ja kein Toter aushalten...

»Trotzdem, ich muß meine Pflicht tun, Sidor Andrejewitsch.« Dr. Poscharskij kniete neben Babkin nieder, zog ihm die unteren Lider herunter und die oberen hoch, legte sein uraltes hölzernes Hörrohr an seine Brust, gab Babkin einige Ohrfeigen, als könnte er damit die Blutzirkulation wieder anfeuern, und erhob sich dann.

»Tot. Einwandfrei tot.«

»Und woran ist Babkin gestorben?«

»Wer weiß das? Man könnte es nur feststellen, wenn man ihn seziert. Aber dazu gibt Nina Romanowna nie ihre Einwilligung.«

»Nicht für einen herzhaften Händedruck.« Waninow legte seine Zigarre auf das Regal mit der Seife. »Aber für fünfhundert Rubel würde sie seine Leiche verkaufen. Es gibt nichts Geizigeres und Habgierigeres als Nina Romanowna.«

»Woher soll man fünfhundert Rubel nehmen, Väterchen Waninow?« Dr. Poscharskij betrachtete Babkin lange und intensiv. »Obgleich es mich reizen würde, ihn aufzuschneiden...«

So einer also bist du, dachte Babkin empört. Um deine Dummheit zu verdecken, willst du mich zerschneiden. Und Nina? Verkaufen würde sie mich für fünfhundert Rubel? Sieh an, sieh an, wie man über dein Weibchen denkt im Ort. Welch eine Bande habe ich jahrzehntelang höflich gegrüßt! Nun ist's zu spät, sie alle anzuspucken!

»Tragen wir Wadim Igorowitsch in sein Bett«, sagte Waninow. »Wenn man's genau überlegt, bin ich der einzige Geschädigte durch seinen Tod. Nina erbt ein stattliches Vermögen, du verdienst als Arzt an ihm, Mischin wird den Sarg liefern, Sablin, der Blumenhändler, wird die Ausschmückung übernehmen und zweihundert Prozent aufschlagen. Nur ich muß ihn umsonst beerdigen und verliere dabei noch einen fleißigen Spender für die Kirche. Nie werde ich sagen, daß Gott ungerecht ist – aber das Priesteramt ist ein entbehrungsreiches Amt...«

Hilflos mußte es Babkin über sich ergehen lassen, daß Waninow und Dr. Poscharskij ihn wie einen Sack aus dem Basar ins Haus und auf sein Bett schleppten, ihm die Hände über der Brust falteten und ein zusammengerolltes Handtuch unter sein Kinn schoben, damit sein Mund nicht aufklappte.

»Nun können sie kommen und trauern!« sagte Dr. Poscharskij zufrieden. »Er sieht gestorben schöner aus als im Leben.«

»Er hat nun auch keinen Ärger mehr. Gott war ihm gnädig. Wenn er im Leben gewußt hätte, was alles um ihn herum geschehen ist... ein glücklicher Mensch, so zufrieden dahinzugehen...« Väterchen Sidor sah Dr. Poscharskij fragend an. »Was willst du den Angehörigen sagen, Bairam Julianowitsch? Woran ist Babkin gestorben?«

»An einem apoplektischen Insult. Das versteht keiner, aber es klingt gut.«

»Und wenn sie es erklärt haben wollen?«

»Dann spreche ich lateinisch, und alle werden ergriffen sein.« Dr. Poscharskij rieb sich die Hände und nahm seine Tasche wieder an sich. »Ein Arzt, der verständliche Erklärungen gibt, ist fast wie ein Selbstmörder.«

Sie verließen das Schlafzimmer, setzten beide eine ergriffene Miene auf und sprachen dann der inzwischen versammelten Familie ihr Beileid aus.

*

Babkin war nun allein, lag steif auf seinem Bett und war maßlos empört über das, was er hatte anhören müssen.

Wenn es stimmt, daß man einmal wiedergeboren wird, werde ich ihnen allen Feuer unter die Hintern legen, dachte er. Hat man solche Strolche schon gesehen? Ein Pope und ein Arzt, die in die Hölle gehören... Und man liegt hier herum, hört und sieht das alles und kann sich nicht rühren! Ist das schon eine Art Buße für ein – seien wir jetzt wenigstens ehrlich – erfolgreich geheucheltes anständiges Leben? Aber betrügen und betrogen zu werden, sind zwei ungleiche Schuhe. Und es ist schmerzlich, jetzt zu erkennen, welch ein Idiot man gewesen ist!

Babkin wurde ein bißchen müde, schlief ein und erwachte wieder, als dicke Kerzen rund um sein Bett flackerten und eine Muttergottes-Ikone neben seiner rechten Gesichtshälfte an das Kissen geklemmt war. Er fühlte sich ausgeschlafen und frisch, hatte Durst auf ein Glas Bier, aber es war sinnlos, seinen Wunsch kundzutun; er lag steif und stumm da und wartete, was alles noch auf ihn zukommen mochte.

Wie in dem Film war es, den er einmal gesehen hatte, wo ein Scheintoter erleben mußte, daß man ihn beinahe lebendig begraben hätte.

Babkin packte eine schreckliche Panik. Wie, wenn er auch nur scheintot war? Wenn er in Wahrheit lebte und sich nur nicht rühren konnte? Wie der Mann im Film!

Es war doch unnatürlich für einen Toten, daß er alles sah, hörte und roch, obgleich ja noch keiner weiß, wie das Totsein wirklich ist. Aber normal war das nicht, was Babkin jetzt erlitt.

Er zwang sich mit aller Kraft, einen Muskel zu bewegen, die Hand zu heben, das Bein anzuziehen – nichts, aber auch gar nichts regte sich an seinem Körper. Nicht einmal der Schweiß brach bei diesen Anstrengungen aus seinen Poren, und dabei war es sommerlich warm, und alle in Ulorjansk schwitzten.

Ein wenig versöhnt mit seiner Verfassung war Babkin erst, als die Nachbarin Arune Jelisaweta an sein Bett trat, die Frau des Metzgers Isaak Narinskij, ein unverschämt, ja teuflisch schönes Weib, sich über ihn beugte und ihn zärtlich küßte. Dabei fielen ihre langen schwarzen Locken über seinen Kopf, und er konnte in dieser Lage im Ausschnitt ihres Sommerkleides die halbverhüllten, harten, runden Brüste sehen, nicht eingeschnürt durch einen dummen Halter.

Bei jedem lebendigen Mann hätte ein solcher Einblick verräterische Regungen hervorgerufen, aber hier veränderte sich nichts. Babkin lag da wie ein Klotz.

In dieser Minute war sich Babkin endlich sicher, daß er doch tot war. Endgültig. Aber er sah, hörte und roch alles. Wenn das die Hinterbliebenen wüßten...

Laß das sein, du dummes Luder! dachte Babkin, als ihm Arune Narinskaja die Augen zudrückte. Jetzt kann ich doch kaum etwas sehen. Mir bleibt nur ein Schlitz unter den Wimpern. Mach mir die Augen wieder auf, mein Schneebrüstchen!

Aber Arune ging weinend hinaus, fiel nebenan der Witwe Nina um den Hals und benahm sich, als sei sie selbst die Witwe.

Verzweifelt bemühte sich unterdessen Babkin, die Lider wieder zu öffnen, aber sein Körper versagte ihm auch diesen Dienst. Ergeben in sein Schicksal, ließ er noch einen stummen Fluch gegen Arune, das herrliche Weibchen, los und tröstete sich mit der Erwartung auf weitere interessante Begebenheiten.

Ein langweiliger Tag wurde es. Niemand kümmerte sich mehr um Babkin. Nur einmal kam Nelli, seine älteste Tochter, die Frau des Lehrers Pyljow ins Zimmer, erneuerte die Kerzen und verschwand schnell wieder.

So ist das nun, dachte Babkin voller Bitternis. Da liegt man und ist bereits abgeschrieben. Nebenan werden sie jetzt rechnen, was jeder erbt, und wie ich Nina, mein Weib, kenne, wird sie sogar die eigenen Kinder betrügen.

Verschweigen wird sie, daß unter dem Polster des Sofas dreizehntausend Rubel liegen, ein ungeheures Vermögen, für das ich auf Jahre hinaus in ein Lager käme. Und was mit den gehorteten »seltenen« Waren wie Strickpullover, Gummistiefeln, Kofferradios und Uhren geschieht, weiß jetzt nur noch Nina Romanowna. Das alles sieht man nun und kann nicht mehr eingreifen...

Am Abend kamen noch einmal der Pope Waninow und Dr. Poscharskij an sein Bett, saßen auf zwei Stühlen zu Babkins Füßen und unterhielten sich über den Tod. Poscharskij hatte den ganzen Tag über dem Rätsel gebrütet, wieso ein bisher leidlich gesunder Mensch wie Babkin plötzlich umfiel und nicht mehr war. Der Arzt fand keine Antwort auf diese Frage, las in medizinischen Büchern nach und kam schließlich zu dem Ergebnis, daß Babkin einen

Infarkt bekommen hatte. Einen Herzhinterwand-Infarkt, der solche Sekundentode auslösen kann.

Der Pope Waninow segnete beim Hinausgehen noch einmal den seligen Babkin, dann entstand vor der Tür eine erregte Diskussion. Babkin hörte seine Nina schreien, und schließlich kam Mischin, der Sargmacher, herein, beleidigte ihn schamlos, nahm seine Maße und gestand triumphierend, wie er sowohl Babkin als auch die Witwe übers Ohr hauen wollte.

Welch ein Glück für dich, daß ich stumm und steif bin! sagte Babkin im Inneren. O du Verbrecher, Igor Grigorjewitsch! Keine Ehrfurcht vor den Toten! Komm du nur zu uns, wenn deine Zeit abgelaufen ist. Durch alle Wolken werde ich dich jagen! Kein Erzengel wird mich daran hindern! Ein Schuft bist du, Mischin.

Dann wurde es wieder langweilig, bis tief in die Nacht hinein, wie sich Babkin ausrechnete. Er schlief ein wenig, wurde aber sofort wach, als jemand über sein Gesicht strich. Es war Väterchen Sidor, der Pope, und was jetzt folgte, in ununterbrochener Reihenfolge, hätte auch einen lebenden Babkin dazu gebracht, einen Herzschlag zu bekommen.

2

Sidor Andrejewitsch Waninow war als Pope bei allen sehr beliebt. In ganz Ulorjansk lebte kein Mensch, den er seinen Feind nennen konnte, obgleich es eine Reihe Parteimitglieder gab, die jedes Jahr einmal pflichtgemäß gegen die Verdummung der Leute durch die Religion demonstrierten, in der Nacht darauf aber in der Kirche auftauchten und fromme Lieder sangen.

Sogar der Stadtsowjet machte dabei mit, der Genosse Guri Jakowlewitsch Blistschenkow, der immer, wenn eine Delegation aus Tobolsk in der kleinen Stadt erschien, um die Gesinnung der Bürger zu kontrollieren, eine flammende Rede hielt und forderte, man solle aus der Kirche eine Nudelfabrik machen. Sie sei dringend notwendig.

Später, wenn die Parteidelegation wieder abgezogen war, erschien Blistschenkow zerknirscht bei Väterchen Sidor, kniete vor dem von Babkin gestifteten Bronzekreuz nieder und ließ sich von Waninow seine Sünde verzeihen. Man war sich ja einig: Nur um des lieben Friedens willen forderte man eine Nudelfabrik, die natürlich nie gebaut wurde.

Auch sonst war Väterchen Sidor eine unantastbare Person. Nicht, weil er Jesus Christus auf Erden vertrat, sondern weil er von fast jedem Bürger von Ulorjansk zuviel wußte. Was ihm im Laufe der Jahre gebeichtet worden war, reichte aus, um einen ganzen

Saal der Hölle zu füllen, aber Väterchen Waninow beschützte seine irdische Herde, vergab ihnen streng, aber gütig die Übeltaten und lebte von den Spenden der befreiten Sünder wie ein Bojar zu alten Zeiten.

Es war wirklich ein Glück, Sidor Andrejewitsch Waninow als Popen zu haben...

Gespannt wartete nun Babkin darauf, was dieser gütige und fehlerlose Mensch ihm zu sagen hatte. Er sah ihn, unter dem Schlitz der Lider hindurch, auf dem Stuhl am Fußende des Bettes sitzen, die Hände fromm gefaltet, den langen weißen Bart sauber gekämmt, ja, es sah sogar so aus, als habe er ihn vorher gewaschen.

»Mein lieber, armer Wadim Igorowitsch«, begann Waninow. Schon das war ungewöhnlich und veranlaßte Babkin, genau zuzuhören. »Nun bist du von uns gegangen, und ich kann sagen, daß ich erleichtert bin. Sehr erleichtert sogar. Eine innere Qual war's jedesmal, wenn ich dir gegenüberstand und du mich ansahst und unter meiner Anleitung dein Gebet gesprochen hast. Babkin, mein Lieber, nicht wert bin ich's, daß du vor mir das Kreuz schlugst. Wenn du mir an die Gurgel gegangen wärst, ich hätte mich nicht gewehrt. Ein Elender bin ich, zu schlecht, um dir unter die Augen zu treten. Verzeih mir, was ich dir angetan habe, auch ich bin nur ein schwacher Mensch und ein Mann dazu. Laß mich jetzt erzählen, wie alles gewesen ist – damals vor sechs Jahren. Oh, wie schäme ich mich...«

Babkin spürte ein Kribbeln im Blut. Vor sechs Jahren, dachte er. Was war vor sechs Jahren Ungewöhnliches geschehen? Er kam zu keinem Ergebnis und wartete gespannt, was der Pope weiter sagen würde. Waninow putzte sich die Nase, beugte sich vor, tätschelte Babkin den Fuß und schnaufte ergriffen.

»Erinnere dich, Babkin«, sagte er bedrückt. »Frühling war's, die Natur begann zu blühen, die Säfte stiegen hoch in die ältesten Bäume, vom Eichhörnchen bis zum Rentier – alles liebte sich. Kannst du verstehen, daß auch in mir das Frühjahr jubelte? Damals war ich vierundsechzig, kein Alter für einen Sibirier, o nein, da war noch Kraft in allen Gliedern...«

Waninow seufzte herzzerreißend, und auch Babkin hatte den Drang, zu seufzen. Aber natürlich blieb er stumm für seine Umwelt und mußte reglos anhören, was der Pope ihm nun beichtete.

»An einem Freitag«, fuhr Sidor Andrejewitsch fort, »ging ich mit meiner Angel zum Bach von Binowska, um mir, dem Herrn wohlgefällig, mein Abendessen zu angeln, einen schönen fetten Lachs, den ich mit einer Zitronensoße zubereiten wollte. Du weißt, wie gern ich Lachs mag, mein lieber, lieber Babkin...«

Wer weiß das nicht, dachte Babkin, staunend über diesen Anfang der Rede. Als wenn du es riechen könntest... Immer, wenn es bei uns Lachs gab, gekocht im Wurzelsud oder im Ofen mit Kastanien, warst du plötzlich da, hast die Mahlzeit gesegnet und dich an den Tisch gesetzt. Und geschmatzt hast du dabei wie ein Schweinchen...

Sidor Andrejewitsch räusperte sich, beugte sich vor und kratzte sich die klobige Nase.

»Also, ich komme zum Binowska-Bach, meine Angel mache ich zurecht, suche mir ein schönes, schattiges Plätzchen am Ufer, will den Köder auswerfen – und was sehe ich da? Na, was sehe ich, Wadim Igorowitsch? Nicht allein bin ich am Bach: da liegt ein Mädchen im Moos, entblößt, sage ich dir... was heißt entblößt: Nichts hatte es mehr an. Nackt war es, paradiesisch nackt. Liegt da allein in der Sonne, träumt vor sich hin, und es ist Frühling, Babkin, verstehst du? Frühling, und in allen Bäumen steigen die Säfte hoch... Glaub mir, ich zittere heute noch vor Scham...«

Waninow streckte die Hand aus, streichelte Babkins rechten Knöchel und versank in Zerknirschung.

Nanu, nanu, dachte Babkin erstaunt und lächelte wissend – nach innen natürlich. Was willst du mir da erzählen, Sidor Andrejewitsch? Allein an der Binowska, weit und breit keine Menschenseele, und da liegt vor dir im Moos schlafend ein paradiesisches Mädchen! Väterchen Waninow, na, na, na, was bist du bloß für ein Priester! Aber mir kannst du's gestehen. Wenn einer Verständnis für die Nöte der Männer im Frühling hat, dann bin ich es. Auch ich hab' dir nicht immer alles gebeichtet...

Waninow seufzte noch einmal tief und kämmte mit gespreizten Händen seinen bewundernswerten Bart.

»Babkin, meine Seele röstet in Scham wie Kartoffeln in einer Pfanne«, sagte der Pope stockend. »Aber nun bist du heimgegangen in den ewigen Frieden und kannst mir nicht mehr den Bart ausreißen oder mich mit Tritten durch die Kirche jagen. Oh, wie kenne ich dich! Das hättest du getan. Erinnere dich an diesen Tag im Frühling, mein Freundchen: Am Nachmittag kam dein Töchterchen Walentina vom Baden nach Hause und aß des Abends nichts von dem schönen Braten, den Nina immer mit Thymian würzt. Und dann weinte Walentina zwei Tage lang, und keiner wußte, warum. Später dann habt ihr die Lage erkannt. Einen dicken Bauch bekam es, dein Töchterchen, und im Februar wurde Aljoscha geboren, dein strammer Enkel. Oh, hast du damals Walentina verprügelt, immer und immer wieder, aber sie nannte den Namen des Vaters nicht. Jetzt weißt du es. Ich war's, mein lieber, lieber Wadim Igorowitsch... eine schwache Stunde, wo alle Säfte der Natur stiegen... Ach, ich verglühe in Scham.«

Babkin wollte hochzucken, Waninow an die Gurgel fahren, ihm wirklich den Bart abreißen und ihn mit Tritten durch die Gegend jagen – aber stocksteif lag er da, unbeweglich, ohne das geringste Zucken, sosehr er auch seine Muskeln anspannen wollte.

Du Hurenbock, schrie er im Inneren, du also warst es! Ach, wen hatte ich alles in Verdacht, aber wer denkt an den Popen! Walentina habe ich fast totgeprügelt, gedroht hab' ich ihr, sie für immer in ein Mädchenheim zu stecken, samt diesem Bastard, den sie in sich trug. Ein tapferes Mädchen ist sie, Waninow, du Ferkel, eine echte Babkin! Steinigen hätte ich sie können – sie hätte keinen Ton gesagt. Und dann kam Aljoscha zur Welt... ein süßes Kerlchen. Richtig stolz war ich – nach drei Töchtern endlich mal wieder etwas Männliches in der Familie. Und du Halunke hast ihn auch noch getauft, hast fromme Lieder dabei gesungen, und was hast du deinem Sohn geschenkt? Ein billiges Heiligenbildchen! Das alles kann man aber noch verzeihen... Verdammt jedoch sollst du dafür sein, daß ich seit fünf Jahren deinen Sohn großziehe und für ihn schon viele Rubel ausgegeben habe. Und was hast du in der ganzen Zeit getan? Bei uns gefressen hast du, Portionen hast du verschlungen, von denen sonst eine ganze Familie leben muß, und Aljoscha, das süße Kerlchen – Gott sei gelobt, daß er Walentina ähnlich sieht und nicht von dir die Knollennase geerbt hat –, hast du dich jemals um Aljoscha gekümmert? Ihn auf deinem sündigen Schoß geschaukelt, ihn deinen Bart zupfen lassen, mit ihm ein Spielchen gemacht? Nichts! Und wie war's in den anderen Jahren, wenn wieder im Frühling die Säfte stiegen? Na, erzähl schon, Waninow! Wieviel heimliche kleine Popen laufen in Ulorjansk herum?

Babkin brach erschüttert ab. Er hört mich ja nicht, dachte er verzweifelt. Ich bin ja fort aus dieser heuchlerischen Welt. Ich höre, sehe und rieche alles, aber ich bin trotzdem nicht mehr da. Plötzlich stieg ein heftiger Verdacht in ihm hoch; er wollte wieder aus dem Bett springen, aber er war ja steif wie ein Brett.

Was ist mit Walentina, schrie er Waninow im Geist an. Ist sie noch immer mit dir... O mein Töchterchen, mein armes Töchterchen, wie blind war ich doch, wie blind! Jetzt weiß ich, was es bedeutet, wenn sie zweimal in der Woche zur Singstunde in die Kirche ging. Sidor Andrejewitsch, ich möchte dich erwürgen!

Waninow erhob sich von dem Stuhl und faltete die Hände vor seinem Bart.

»Jetzt bin ich es los, Babkin«, sagte er dumpf. »Auch, daß noch zwei liebe Kinderchen danach gekommen wären, wenn Dr. Poscharskij nicht eingegriffen hätte. Viel hast du ihm zu verdanken, mein armer Babkin...«

Er segnete noch einmal den Toten und verließ dann mit wuchtigen Schritten das Zimmer.

Wadim Igorowitsch blieb die Luft weg. Noch zwei Kinderchen von Walentina... Gott, schick einen Blitz herunter und erschlag diesen Popen Waninow! Ich kann es ja nicht mehr!

Er beruhigte sich nur langsam und sah unter den Wimpern gespannt auf die Tür.

Sie öffnete sich zögernd. Nina Romanowna kam herein und setzte sich mit zerknirschter Miene auf den Stuhl zu seinen Füßen...

*

Man darf es nicht verschweigen: Nina Romanowna Prutkina war ein wirklich hübsches Weibchen gewesen, das schönste in Ulorjansk, als Babkin sie heiratete. Daß sie dann, als sie die Babkina war, sich änderte, streitsüchtig und geizig wurde, ein gefürchtetes Mundwerk offenbarte, gehässig über alles und jeden sprach und immer Recht haben wollte – was man einer Frau nie zugestehen darf! –, mochte daher rühren, daß sie die wohlhabendste Bürgerin von Ulorjansk geworden war. Zugeben muß man aber auch, daß sie zusammen mit Babkin im Basar schuftete von morgens bis abends und ihm so zwischendurch drei Töchter gebar.

Nichts war ihr zuviel. Sie schleppte Kisten und Säcke, bediente die Kunden, kümmerte sich um Kranke und Gebrechliche in der Stadt – ja, auch das tat sie, aber nur, damit die Leute sagten: Ja, die Babkina, die hat ein Herz für alle. Und sogar in die Partei hatte man sie aufgenommen wegen ihrer sozialen Einstellung. Babkin dagegen wurde von der Partei abgelehnt als neuer Kapitalist.

Ein rühriges Frauchen war Nina also, verehrt und gefürchtet, was ja oft zusammenpaßt.

Babkin starrte sie unter den halb geschlossenen Lidern hervor an. Was ist denn das, dachte er. Will sie mir auch noch etwas sagen? Weiß ich nicht alles von ihr? Hat sie etwa Geheimnisse zu verbergen? Nina, mein Weibchen, erzähl mir etwas Tröstliches nach der niederträchtigen Beichte von Waninow. Entlaß mich freudig aus dieser gemeinen Welt...

Nina Romanowna sah ihren toten Mann lange an, ehe sie zu sprechen begann. Im Gegensatz zu dem Popen machte sie durchaus nicht den Eindruck, bis zum Äußersten erschüttert zu sein. Sie putzte sich wohl zweimal die Nase, aber dann legte sie tapfer los.

»Mein lieber Wadim Igorowitsch«, sagte sie, »nun, da du nicht mehr unter uns bist, kann ich dir gestehen, daß du als Kaufmann und Betrüger deiner Kunden ein vorzüglicher Mann gewesen bist, der beste vielleicht im weiten Umkreis – aber doch ein Idiot, was das Leben außerhalb deines Basars angeht. Was hast du alles nicht gemerkt, oje! Nicht mal geahnt hast du's, und es geschah vor deiner Nase, wie man so sagt... im Salon und hier, wo du jetzt liegst, hinten im Lager für die Kartoffeln und im Magazin für die Kleidung. Sogar im Stall bei den Ziegen, und nichts, gar nichts hast du mitgekriegt.«

Babkin durchlief es eiskalt. Noch waren Ninas Worte dunkel und voller Rätsel für ihn, aber es bahnte sich etwas Schreckliches an, das hörte er am Ton. Die Spannung in ihm wurde fast unerträglich.

»Drei Töchter habe ich dir geboren«, fuhr Nina Romanowna fort, »doch als Ehemann warst du ein lahmer Gaul. Wer dich einen feurigen Liebhaber nennen will, hat keine Ahnung. Da waren andere Männer stürmischer als du, voller Zärtlichkeit und Phantasie oder bärenstark und mit hartem Griff...«

Babkin erstarrte, wie man so sagt – bei ihm war es ja nicht mehr möglich –, schrie innerlich auf und hatte das Gefühl, zu brennen. Nicht auch noch mit Sidor Andrejewitsch, schrie er seiner Frau zu. Nina, tu mir das nicht an. Erst schwängert er unser Töchterchen Walentina... und jetzt willst du mir gestehen, daß auch du... Ninotschka, Erbarmen! Erbarmen!

Nina Romanowna putzte sich wieder die Nase und sprach dann tapfer weiter:

»Du weißt es, Babkin: Ein schöner kräftiger Mann ist Isaak Guramowitsch. Er ist nicht nur fünf Jahre jünger als du – er kann auch eine ganze Rinderseite auf der Schulter tragen, als sei's ein Häschen. So stark ist er...«

Babkin hätte laut gestöhnt, wenn er es gekonnt hätte. Isaak Guramowitsch Narinskij, der Nachbar und Metzger – wer kannte ihn nicht in Ulorjansk? Ein Stier von Mensch, rotgesichtig und gutmütig, der zu jeder Kuh »Keine Angst, mein Kleines« sagte, bevor er sie mit einem einzigen Axthieb auf den Kachelboden schickte.

Narinskij und Nina – das war mehr, als man ertragen konnte. Aber es blieb Babkin, dem Unglücklichen, keine Zeit, sich länger darüber aufzuregen. Nina Romanowna sprach weiter – und jetzt, nachdem die letzte Scheu gefallen war, beherzter und lauter.

»Nun ist es so, mein lieber Babkin: Eine heißblütige Frau bin ich. Als wir jung waren, hast du es gewußt, aber je älter du wurdest, um so mehr hast du's vergessen. Was soll man tun, wenn im Körper die Sehnsucht brennt? Wie soll ein armes, vom Ehemann kaum noch beachtetes Weibchen glücklich werden? Mit Jakow Petrowitsch Sapanow habe ich mal darüber gesprochen...«

Der Briefträger, durchzuckte es Babkin. Hab' ich doch richtig gesehen, vor drei Jahren! Komme ich aus dem Lager, und wer fährt wie zwei ertappte Diebe auseinander? Nina und Jakow. Behaupten, Jakow habe ihr einen Witz ins Ohr geflüstert, und er erzählt ihn auch, einen ganz und gar dämlichen Witz, über den nicht einmal eine Ratte lacht... Wie ahnungslos warst du doch, Babkin, wie blind!

»Er ist kein schöner Mann, der Jakow Petrowitsch«, plapperte Nina weiter, »nein, das kann niemand von ihm sagen. Eher häßlich ist er, riecht nach billigem Machorka und oft auch nach Fusel. Aber kommt es auf das Äußere an, Babkin? Sapanows Qualitäten erkennt man erst, wenn er...« Sie winkte ab. »Was soll ich's erklären? Er ist ein pockennarbiger, aber fleißiger Mensch...«

Sie holte tief Atem und putzte sich zum vierten Mal die Nase. Ihr Sommer-Herbst-Schnupfen, dachte Babkin, innerlich taumelnd vor diesem Geständnis. Daß mir das jetzt wieder auffällt! Nach Nellis Geburtstag begann der Schnupfen, immer zum Ende des Sommers, ging dann bis in den Herbst hinein, und so plötzlich, wie er auftauchte, war er auch wieder verschwunden.

Dr. Poscharskij zuckte nur mit den Schultern, sagte, da könne man nichts machen, das sei eine Allergie, der Satan wisse, woher sie käme, und damit war Schluß. Ein Nichtskönner, diese Bairam Julianowitsch. Habe ich es nicht immer gesagt? Nichtskönner! Auch bei mir hat er sich geirrt – und nun liege ich tot da!

»Weißt du eigentlich, Babkin«, sagte Nina Romanowna, »welch ein guter und treuer Mensch Guri Jakowlewitsch Blistschenkow ist? Ein wirklicher Freund, das muß man sagen.«

Blistschenkow, durchfuhr es Babkin. Der Stadtsowjet. Der mächtigste Mann in Ulorjansk! Ging immer herum mit einer Menschenfressermiene, sprach nicht, sondern knurrte nur, aber wenn es am Tag der Oktoberrevolution hieß: Fahnen heraus, alles versammelt sich auf dem Marktplatz, dann stand er auf dem Rednerpult, konnte plötzlich vernünftig sprechen und erzählte jedes Jahr dasselbe: Alles würde besser, das Volk der Werktätigen werde bald in einem irdischen Paradies leben, Vorbild sein für alle Völker, es lebe Lenin...

Und dann ging er ins Bürgermeisterhaus, setzte sich an einen Tisch, der sich unter den köstlichen Speisen bog, und fraß und soff bis zum Umfallen.

Daß Babkin das »Büfett« geliefert hatte, nahm Blistschenkow als selbstverständlich hin. Geliefert natürlich ohne einen Rubel Bezahlung.

Ein solcher Mensch soll ein guter Mensch sein?

»Guri Jakowlewitsch hat ein warmes Herz«, unterbrach Nina Babkins Gedanken. »Niemand sieht ihm das an, aber er hat's. Im Winter des vorigen Jahres war's. Erinnere dich – ein schrecklicher Winter. Schnee wie noch nie, zu Bergen war er geweht, das Eis sprengte sogar die Bäume auseinander, nachts klang es wie Kanonenschießen, und halb Ulorjansk lag krank im Bett. Isaak Guramowitsch konnte eine Woche lang nicht schlachten, so arg hatte ihn das Fieber gepackt. Jakow Petrowitsch lag zu Hause und war so schlapp wie ein alter Lederriemen, und du, Babkin, bist hustend herumgelaufen, hast ein Dampfbad nach dem anderen genommen und warst nur noch eine bellende Kreatur. Aber der Genosse Blistschenkow strotzte vor Gesundheit. Weißt du noch? In den Basar kam er, um sich ein wollenes Hemd zu kaufen. Du hast wieder im Dampfbad gesessen, und ich habe Guri Jakowlewitsch bedient. O Babkin, hatte der einen breiten Oberkörper. Und wer seine schmalen Hüften kennt...«

O nein, nein, nein! schrie Babkin innerlich. Ausgerechnet Blistschenkow, dieser Erzheuchler! Küßt dem Lenindenkmal die Füße und schleicht dann abends hintenherum in die Kirche! Alles eine einzige Bande! Der Pope, der Nachbar Metzger, der Briefträger, der Stadtsowjet! In welch einer Welt habe ich da gehaust! Nur Betrug und Lüge! Oh, könnte man doch wieder leben...

»Wie soll ich es dir erklären, Babkin«, sagte Nina Romanowna, das Frauchen, für dessen Treue Babkin durchs Feuer gewandelt wäre. »Vor zweiunddreißig Jahren war ich in dich verliebt, wie nur ein junges Mädchen verliebt sein kann. Jetzt, ganz ehrlich sage ich es, bin ich verliebt in Blistschenkow. Warum wohl hat man mich in die Partei aufgenommen? Blistschenkow hat für mich in Tobolsk mit goldener Zunge geredet, bis die hohen Genossen den Antrag genehmigten. Kann sein, daß Guri und ich heiraten, natürlich erst nach dem Trauerjahr. Du kennst ja Ulorjansk! Man muß den Leuten die trauernde Witwe vorspielen, solange es schicklich ist...«

Vorspielen! Babkin hätte die Augen vor Wut verdrehen mögen. Eine gebrochene Witwe spielt sie der Umwelt vor und liegt mit Isaak, Jakow und Guri im Bett! Abwechselnd, so wie sie die Kartoffeln zubereitet – mal mit Salz, mal mit Speck und mal mit saurer Sahne...

Wo ist ein Mensch, der dich in meinem Namen anspuckt! Oje, oje, daß ich das anhören muß...

Nina Romanowna erhob sich vom Stuhl. Ihr Herz hatte sie ausgeschüttet – jetzt begann wieder das alltägliche Leben.

»Aber schön begraben sollst du werden, Babkin!« sagte sie und lächelte ihrem Mann verheißungsvoll zu. »Man wird singen und Musik spielen an deinem Grab, Blistschenkow wird eine Rede halten, Isaak wird einen halben Ochsen braten für all die Gäste, und wir alle werden dich laut beweinen. Zwar wird das teuer werden, gar nicht daran denken darf ich – aber das ist es mir wert, um dich würdig in die Erde zu bringen.«

Zum fünften Mal putzte sie sich die Nase, schlug das Kreuz über ihre bemerkenswerte Brust und verließ, plötzlich mit einem naturgetreu gespielten Schluchzen, das Zimmer.

Wadim Igorowitsch war so elend zumute, daß er hätte sterben mögen, wenn er nicht schon tot gewesen wäre. Welch ein Leben war das, dachte er. Welch ein trauriges Leben...

*

Der nächste, der ins Zimmer kam, sich mit Leidensmiene auf den Stuhl am Fußende des Bettes setzte und durch die flackernden großen Kerzen auf Babkin starrte, war Boris Witalowitsch Pyljow, Babkins Schwiegersohn und Lehrer an der Schule von Ulorjansk.

Mit Pyljow war das so eine Sache. Babkin hatte ihn nie gemocht – warum, das wußte er nicht zu erklären. Schon bei der ersten Begegnung mit Pyljow hatten sich ihm die Nackenhaare gesträubt wie bei einem Hund, der seinen fauligen Knochen verteidigt. Als Pyljow Babkins älteste Tochter heiratete, hatte der nur deshalb seine Einwilligung gegeben, weil Nelli behauptete, im Vorgriff auf eine gesunde und anständige Familie, bereits schwanger zu sein.

Das stellte sich nach der Hochzeit als Falschmeldung heraus. Babkin schrie von Betrug und mochte Pyljow noch weniger leiden. Sechs Jahre waren sie nun verheiratet, und noch immer war kein Kind da. Ein glatter Versager, dieser Boris Witalowitsch!

Babkin, der so gerne Großväterchen geworden wäre und es dann durch Walentinas Bankert geworden war, hatte Nelli immer bedauert. Sie war keine Schönheit, aber ein strammes Mädchen und hatte alles das, was man als Frau haben muß, an der richtigen Stelle. Was wollte der Lehrer Pyljow noch mehr? Nelli war gebaut für sieben Kinderchen – und keines kam. Gebt zu, Genossen, das ist eine Schande!

Pyljow kratzte sich die kleine Nase, wischte sich dann über sein etwas weibisch wirkendes Gesicht und lockerte seine Krawatte. Er war einer der wenigen Leute von Ulorjansk, die einen Schlips trugen, und verteidigte das damit, daß er als Lehrer eine Respektsperson sein müsse.

Wer hier am Tobol, im weiten Sibirien, eine Krawatte trug, dazu noch eine Krawatte von auffälligem buntem Muster – sie war rot-grün gestreift und bedruckt mit lauter silbernen Sternchen –, galt als etwas Besonderes. Der Luxus solch einer bunten Halsbinde wurde überall anerkannt.

»Mein liebes Väterchen Babkin«, begann Pyljow stockend.

Babkins Herz machte einen Sprung. Oje, dachte er. Wer so eine Rede anfängt, den beutelt das schlechte Gewissen. Red schon, du verdorrtes Moosbündel, inzwischen habe ich Übung im Zuhören.

»Ich mache es kurz, Väterchen«, sagte Pyljow. »Nicht viel ist zu sagen, ziemlich langweilig ist das Leben... Was soll da schon passieren?«

Typisch Pyljow, dachte Babkin böse. Von nichts weiß er, lebt dahin wie ein Stück Schulkreide, und um ihn herum brodelt das Chaos. Das Chaos der Familie Babkin. Was ich bisher gehört habe, reicht für sieben Höllen... Nur weiter, Pyljow, nur weiter!

»Ich habe Nelli, deine Tochter, geheiratet, aber warum habe ich das getan? Weil sie so schön ist? Nicht mal ein Blinder würde das behaupten. Nicht übel ist sie, da muß man ehrlich sein, aber ein so ästhetischer Mensch wie ich fühlt sich elend und wird allergisch gegen durchschnittliche Unvollkommenheit. Warum also, frag es nur, Väterchen Babkin, habe ich Nelli geheiratet? Weil sie Geld hat – ganz einfach! Zwar dein Geld, aber sie wird's einmal erben. Siehst du, die Rechnung ist aufgegangen! Jetzt erbt sie es. Nach Tobolsk werden wir ziehen und ein fröhliches Leben führen.«

Pyljow beugte sich etwas vor. Oh, könnte ich ihn jetzt ins Gesicht schlagen, dachte Babkin. So mitten hinein in das fade Gesicht, die mädchenhafte Nase plattwalzen – oh, wäre das ein Gefühl!

Pyljow war aber noch nicht fertig, er blieb sitzen und wedelte sich mit der bunten Sternenkrawatte Luft zu. Im Zimmer war es stickig warm, jemand hätte das Fenster aufstoßen müssen, doch die Ehrfurcht vor dem Toten verbot das Hereinlassen von frischer Luft.

»Bleiben wir bei der Ehrlichkeit, Väterchen«, sagte Pyljow leise. Babkin mußte sich anstrengen, um ihn zu verstehen. »Im Grunde wäre es Unsinn gewesen, Nelli zu heiraten... ich meine, vom Männlichen her betrachtet. Mit großer Mühe habe ich das mein Leben lang verschwiegen, keiner hat es bemerkt, und niemand traut's mir auch zu, aber dir, mein armer Babkin, kann ich es nun sagen, denn dein Schweigen ist ewig: Ich liebe nur Männer! Ganz ungefährlich ist das, denn mein Liebling Bobo, der Milizionär...«

Babkin schloß – natürlich nur bildlich gemeint – die Augen. Mein Schwiegersohn Boris Witalowitsch Pyljow ist ein Schwuler! Der Lehrer von Ulorjansk! Das war mehr, als man als Vater und guter Bürger ertragen konnte.

Aber man muß auch das hinnehmen... Stumm und steif liegt man da zwischen den Kerzen, und selbst Dr. Poscharskij weiß nicht, woran man gestorben ist! Das Schlimmste ist's für einen Toten, nicht zu wissen, warum er gestorben ist.

Da stelle ich eine Büchse mit Scheuerpulver ins Regal und liege plötzlich auf der Erde! Ganz ohne Schmerzen, nicht die geringsten Anzeichen einer Krankheit – falle einfach um und bin für die Welt nicht mehr da... Kann mir das jemand erklären? Ich höre doch alles, Genossen...

Pyljow erhob sich vom Stuhl, wechselte brav eine niedergebrannte Kerze aus und zog seinen Sternchenschlips wieder hoch. Korrektheit ist das halbe Leben eines Lehrers.

»Da ist aber noch etwas, Väterchen«, sagte Pyljow kühn. »Mütterchen Nina wird auf dem Erbe hocken wie eine Glucke auf den Eiern. Was macht man mit einer solch bösen Glucke? Na? Den Hals dreht man ihr um! Genau das wäre zu überlegen... was nützen mir sonst Nelli und ihr Erbe, wenn Nina Romanowna es bewacht wie Fafner?«

Babkin wußte nicht, wer Fafner war. Woher soll ein ehrlicher Mensch aus Ulorjansk wissen, daß einmal ein Drache mit Namen Fafner einen Germanskij-Schatz, Nibelungenschatz genannt, bewacht hat und von einem ziemlich einfältigen Jüngling, der sich Siegfried betitelte, erschlagen wurde? Ganz unmodern, nur mit einem Schwert! Blistschenkow hatte also doch recht mit seiner Behauptung: Die Deutschen sind uns weit unterlegen.

Diese Unwissenheit konnte man Babkin also nicht übelnehmen, aber sie ärgerte ihn doch sehr. Immer muß dieser Schwachkopf von Schwiegersohn akademisch sprechen, dachte er. Fafner! Was soll das bedeuten?

Neulich sagt er zu mir: »Väterchen, wenn die ökonomische Innovation Sibiriens ihren Kulminationspunkt erreicht hat, wird auch Ulorjansk in der Gesamtintegration eine sublime Rolle im konzernalen Aufbau der Industrie bekommen.«

Ich habe weise und zustimmend genickt – was blieb mir anderes übrig? Er hätte auch sagen können: Tschimlabumtratatätä... ich hätte ebenso genickt. Und jetzt soll Ninotschka, dieses ungetreue Aas, ein oder eine Fafner sein?

»Babkin, Väterchen«, sagte Pyljow wie ein Verschwörer. »Wir werden Mütterchen Nina wohl töten müssen, um an das Erbe zu kommen. Kein Problem, Wadim Igorowitsch... Stell dir vor – wie glücklich du sein wirst, dein Weibchen so schnell wieder bei dir zu haben! Familiensinn muß man haben, Väterchen, Familiensinn...«

Er winkte Babkin freundlich zu und verließ befriedigt das Zimmer. Nur als er die Tür aufstieß, begann er pflichtschuldig zu schluchzen.

Was muß ich noch alles erleben, dachte Babkin zum wiederholten Male, als er für eine Minute wieder allein in seinem Sterbezimmer war. Da liegt man nun, stumm und steif, alle halten einen für tot und erzählen mir mehr, als man im Leben jemals hätte ertragen können, und nun glauben sie, mich mit dieser Beichte selig in den Himmel entlassen zu können. Oje, ist das eine Welt! Sei froh, Wadim Igorowitsch, daß du morgen begraben wirst!

Er kam gar nicht mehr dazu, bei diesem Gedanken in Panik zu geraten, denn wer möchte schon gern, daß man über einem

Lebenden den Sarg zunagelt, weil Nelli Wadimowna, sein ältestes Töchterchen, mit rotgeweinten Augen an sein Bett trat.

War immer ein stolzes Mädchen, dachte Babkin zufrieden, meine Erstgeborene. Sittsam, züchtig, tüchtig in Schule und Haushalt, eine wahre Stütze von uns Alten, bis sie diesen widerlichen Pyljow kennenlernte, diesen hochgestochenen Lehrer, der überall Ehrfurcht verbreitet, wenn er Lateinisch spricht oder sein Wissen herumspritzt wie die Feuerwehr ihr Wasser.

Von da an, vor allem, als sie »Frau Lehrer« geworden war, trug Nelli die Nase so hoch, daß man befürchten mußte, es könne hineinregnen. Im Haus tat sie nur noch wenig, sie half nicht mehr im Magazin, sondern beschäftigte sich mit der sozialen Erziehung der Kinder, hielt Vorträge im großen Saal des Stadtsowjets Blistschenkow, trug bei den Feiern der Oktoberrevolution eine rote Fahne und erklärte ihrem Väterchen, er habe sich von der Idee des Kommunismus weit entfernt, da er so etwas wie ein Kapitalist geworden sei.

»Geschuftet habe ich dafür!« hatte Babkin sie damals angeschrien. »Ich und dein Mütterchen haben gearbeitet wie drei Stachanows zusammen, nichts ist mir in den Schoß gefallen, krumm sind wir unter der Last der Arbeit geworden! Und du taube Nuß willst mir sagen, was Sozialismus ist? Geh erst mal hin und bring ein Kind zur Welt...«

Nun stand sie also da am Fußende des Bettes, flackernd beleuchtet von den Kerzen, starrte auf ihr totes Väterchen und begann zu weinen.

Babkin wappnete sich mit Vorsicht: Wenn die stolze Nelli zu weinen begann, mußte er etwas Schreckliches zu hören bekommen. Sein Tod war kein Grund, um in Tränen auszubrechen, nicht bei Nelli Wadimowna. Zu oft hatte sie an Gräbern verkündet, daß mit der Geburt die Vergänglichkeit des Menschen schon vorprogrammiert sei.

Laß hören, dachte Babkin, auf alles gefaßt nach dem, was er bisher hatte schlucken müssen. Ziere dich nicht, Töchterchen. Vielleicht sterbe ich wirklich, wenn mein Herz vor lauter Erregung zusammenbricht.

»O Väterchen«, begann Nelli schluchzend, und das war schon sehr verdächtig. »Da liegst du nun, du guter Mensch, und hast immer nur an das Gute geglaubt. Aber wer kann schon Böses sehen, wenn er ständig zwischen Gurkenfässern und eingesalzenen Fischen lebt? Wir alle haben dich geliebt, auch wenn wir froh sind, daß du uns nun nicht mehr unter deiner Fuchtel hast und wir endlich Ruhe haben vor deinen unflätigen Beschimpfungen! Doch bevor wir die Erde über dich schaufeln, ist noch etwas zu erzählen...«

Nur zu, dachte Babkin, wieder wütend wie ein ausgebrochener Stier. Nur zu, Nelli! Wenn ich dich eine schimmlige Gurke nannte – war das nicht die reine Wahrheit? Unflätig war ich? Ha, es geschieht dir recht, daß du einen Schwulen zum Mann hast! Laß hören, du kommunistische Posaune...

»Ich habe Boris Witalowitsch Pyljow, den Lehrer, geheiratet. Aber warum denn nur? Nur, um von zu Hause wegzukommen, wo ich nur putzen und Kartons schleppen, nur die niedrigste Arbeit tun mußte. Und dann kamen auch noch deine Kunden nach hinten ins Lager, diese geilen Esel, und griffen mir unter den Rock. ›Ei, welch strammes Mädchen haben wir denn da‹, sagten sie und leckten sich die Lippen. ›Laß sehen, was du da unterm Leinen versteckst.‹ Ja, so war das, Väterchen, und von alldem hast du keine Ahnung gehabt. Dann sah ich Pyljow, den klugen Lehrer; ganz kurz war er erst in Ulorjansk, kam frisch von der Akademie in Tobolsk. Ich bin zu ihm gegangen, in sein Zimmer, habe mich ausgezogen und auf sein Bett gelegt. Nur aus Verzweiflung, Väterchen, glaub mir. Aus wilder Sehnsucht, mal etwas anderes zu sehen als dein Magazin und etwas anderes zu werden als ein duldsames Mütterchen, das aus dem Wochenbett nicht mehr herauskommt. Pyljow schien mir der richtige Mann zu sein...«

Nelli seufzte tief, wischte sich die Tränen vom Gesicht und sprach darauf weniger zerknirscht weiter:

»Aber was ist das für ein Mann! Nicht ein Kind hat er auf die Beine gekriegt, verkroch sich vor der Hochzeit hinter dem Popen und hielt mir einen Vortrag über die Keuschheit. Und nach der Hochzeit, schon in der ersten Nacht, bekam er Bauchkrämpfe und lag von da an neben mir wie ein schnarchendes Stück Fleisch. Die ganzen Jahre, Väterchen – ein Gefäß ohne Inhalt, eine Flasche ohne Saft. Womit habe ich das verdient, frage ich mich. Zieht da das Leben an mir vorbei und sieht mich gar nicht an! Ein schönes Mädchen bin ich doch. So kam ich ins Gespräch mit Sapanow, und Jakow Petrowitsch verstand mich. Er ist ein welterfahrener Mann, kennt als Briefträger die Menschen und weiß um viele geheime Schicksale. So einer von der Post sieht und hört ja manches, was uns anderen verborgen bleibt... Nun ja, Väterchen: Sapanow ist ein Mann und besucht mich nun jede Woche zweimal, wenn Pyljow seine geschichtlichen Abendkurse in der Volksbildungsgemeinschaft hält.«

Zum Jammern ist's, schrie Babkin in sich hinein. Was habe ich für eine Familie! Jeder schläft mit einem anderen, die Moral ist wie ein Sumpf, und ich bin herumgegangen mit stolzer Miene und habe immer geglaubt, die Babkins seien das Muster eines sowjetischen Haushalts.

Und ausgerechnet Sapanow, der Briefträger, mit dem auch

schon meine Nina... Ein schiefes Maul hat er, und wenn er lacht, sieht man tabakbraune Zähne! Keine Schönheit, wahrlich nicht – das gleicht auch nicht sein heller Tenor aus, mit dem er im Kirchenchor und im Folkloreverein singt; ja, sogar Arien schmettert er – wie neulich aus so einer Oper, die in Japan spielt und von einem Mädchen handelt, das sich Schmetterling nennt. Schon das ist Blödsinn: Wer heißt denn Schmetterling? Aber die Genossen klatschen und sind begeistert, sicherlich nur, um nicht zu zeigen, wie wenig sie davon verstehen. So ist das überall: Wenn man mit den Wölfen heult, ist man gut gelitten.

Dieser Sapanow! Ist der heimliche Liebhaber meiner Nelli! Ha, wenn ich noch lebte – mit der Peitsche würde ich ihn durch Ulorjansk jagen!

»Da ist aber noch was, Väterchen«, fuhr Nelli Wadimowna fort und putzte sich vorher die Nase. »Niemand hat gewagt, es dir zu sagen, aber nun, da du da steif und unfähig zur Rache daliegst, will ich es dir gestehen: Natalja, mein liebes Schwesterchen, von dem ihr alle glaubt, es sei tot, verschollen in der Taiga, gefressen von wilden Tieren – Natalja lebt.«

Jetzt, Herz, steh still, dachte Babkin ergriffen. Mach ein Ende, hör auf zu schlagen und laß mich sterben. Wer erträgt solches noch? Dazu muß man toter als tot sein, aber, ihr grausamen Lieben, ich lebe noch – ihr wißt es nur nicht!

Natalja, meine kleine, süße Nataljascha, mein zweites Mädchen, soll leben? Wo denn, nun sag es doch, Nelli, wo denn? Wo kann ich sie umarmen? Warum hat sie nie einen Laut von sich gegeben? Warum hat sie uns alle in dem Glauben gelassen, die Taiga habe sie gefressen? Hat sich weggeschlichen aus dem behüteten Elternhaus, um irgendwo ein eigenes Leben zu beginnen, was?

War ich wirklich solch ein Tyrann? War zu meinen Lebzeiten kein Auskommen mit mir, und alle brachen aus und betrogen mich? Welch ein armer, einsamer Mann war ich doch und hab' es nie gemerkt! Wie blind tappt doch jeder Mensch durch die Landschaft, und erst nach dem Tod sagt man ihm, wie abscheulich und nutzlos er für seine Umgebung war. Man möchte weinen, Nelli, wenn man als Toter noch weinen könnte.

»Natalja hat uns damals mit einem Lastwagen verlassen. Du weißt doch, Väterchen, es kamen viele Waren mit dem Lastwagen aus den Zentralmagazinen zu dir. Draußen am Jemnakbrunnen hat sie auf den Wagen gewartet, ist einfach eingestiegen und fort war sie. Drei Werst weiter hat sie ihr Hemd zerrissen und in den Wald geworfen... da hat man's später gefunden, und wir alle haben geglaubt, nun ist Natalja tot. Sogar einen Grabstein haben wir auf dem Friedhof errichtet, und Väterchen Waninow hat den

Segen gesprochen. Dabei war Natalja lebendig und lustig wie nie zuvor. War erst mit dem Lastwagenfahrer zusammen, ging dann nach Omsk, und eine solch große Stadt hat tausend Möglichkeiten für ein Mädchen wie Natalja. Zwei Jahre brauchte sie, bis sie als Kellnerin damals im Hotel Sibirsk zur Frau des Parteibeauftragten für Wasserwirtschaft wurde. Auf einer schönen Datscha wohnt sie jetzt, zwei Kinderchen hat sie schon... Nur ein Papierchen hat sie nicht, daß sie Natalja Wadimowna Tschubarjana heißt. In wilder Ehe lebt sie in Omsk. Tschubarjan, sagt sie, ist der Ansicht, daß, wenn man sich erst einmal ausgezogen hat, ein amtliches Papierchen völlig überflüssig ist...«

Ein Hurennest, jammerte Babkin innerlich, und sein Herz krampfte sich zusammen. Meine schöne, glückliche, mustergültige Familie – nichts anderes als ein Hurennest! Nichts stimmt mehr überein mit dem, was ich als mein erfülltes Leben betrachtet habe. Überall Lug und Trug! Eine Lawine aus Heuchelei!

Natalja lebt in einer schönen Datscha bei Omsk? Na ja, schon immer war sie die Schönste von meinen Töchtern, den besten Mann habe ich ihr gegönnt... Zu gern möchte ich diesen Parteisekretär Tschubarjan kennenlernen, meinen Schwiegersohn ohne Trauschein. Zwei Enkelchen hat er mir beschert, der Fleißige... dreifacher Großvater bin ich nun, und alle drei Lieblinge sind Bastarde! O Himmel, welchen Segen hast du über mich geschüttet, aber es sind Tropfen, so schwer, daß sie mich erschlagen können...

Unter fast geschlossenen Lidern hervor sah er Nelli, seine Älteste, an und haßte sie plötzlich, weil sie nicht mehr weinte, sondern auf einmal ziemlich fröhlich war. Nataljas Schicksal zu erzählen hatte ihr Spaß gemacht.

Man sah es ihr an: So etwas wäre auch das richtige für mich gewesen, stand deutlich lesbar in ihrem Gesicht. Nur zu dumm war ich, von Ulorjansk nach Tobol oder Omsk auszurücken. Statt dessen bin ich an diesen Pyljow geraten, der beim Anblick eines Frauenkörpers Bauchkrämpfe bekommt! Nun bin ich dreißig, noch nicht alt genug, aber zu träge, um Ulorjansk und Pyljow von einer Stunde zur anderen zu verlassen. Bei Sapanow, dem Briefträger, muß ich bleiben und mich bescheiden mit dem, was er hat. Glaub mir, Väterchen, ich bin keine glückliche, zufriedene Frau. Ich schlafe mit meiner Sehnsucht...

»Nun sei Gott mit dir, Väterchen«, sagte Nelli, obwohl sie in ihren Parteireden immer ausrief, es gäbe keinen Gott und Religion sei eine Manifestation des Unsinns. »Geh friedlich in den Himmel ein. Ärger hast du nun nicht mehr – und wir sind es los, unser beschwertes Gewissen. Rein sind wir alle vor dir, seliger Wadim Igorowitsch...«

Das Kreuz schlug sie über Stirn und Brust, sah Babkin noch einmal mit einem langen Blick an und verließ zufrieden das Sterbezimmer.

Babkin atmete auf. Von außen sah man das nicht, da war er steif wie ein Brett, aber innerlich, da konnte er atmen und spürte die Risse seiner Seele.

Wer kommt nun, dachte er gespannt. Der Nächste, bitte. Nur heran, nur heran... Schüttet euer Herz aus vor dem toten Babkin! Heißt es nicht, der Mensch käme ab und zu wieder auf die Welt? Der Leib verdorre zwar, aber die Seele sei unsterblich? Wenn das stimmt – oh, ihr Lieben alle, lauft weg und verkriecht euch, wenn ich auf die Erde zurückkomme. Fürchterlich werde ich unter euch aufräumen, ihr Schlangenbrut, ihr Mißgeburten einer Ziege! O Gott, mein Gott, schick mich so schnell wie möglich wieder zurück auf diese verworfene Welt!

Er röchelte vor Zorn, natürlich nach außen hin unhörbar, und starrte zur Tür, wer nun wohl als nächster hereinkommen würde.

*

Man soll es nicht glauben: Der Nachbar war's, Viktor Viktorowitsch Afanasjew, dieser Kretin, von dem Babkin einmal gesagt hatte, er sei eine Kreuzung zwischen Affe und Kröte.

Babkin bekam einen Schrecken, als er Afanasjew eintreten sah, in einem schwarzen Anzug, mit sauberem weißem Hemd und sogar einem schwarzen Schlips. Er sah aus wie ein biederer Genosse und war doch die Abgefeimtheit in Person.

Und wie er dasteht vor dem Bett und sich von den Kerzen bescheinen läßt! Erlöscht, ihr Kerzen... Wo dieser Mensch steht, ist Jaucheduft in der Luft!

Wer Viktor Viktorowitsch kannte – und wer in Ulorjansk kannte ihn nicht? –, sprach nur Gutes über ihn. Das war's vor allem, was Babkin auf die Nerven ging: Alle Welt grüßte Afanasjew, als sei er ein Ehrenmann, jeder gab ihm die Hand, ohne sie sich hinterher mit heißem Wasser und harter Bürste abzuschrubben, und wenn man von ihm redete, hieß es nur: Ein braver Genosse und Bürger; für jedermann hat er ein Ohr, und ein Wohltäter ist er zudem auch. Fürs Kinderheim hat er gestiftet, für die Komsomolzen, für den Bau eines Schwimmbades, für das Aufpolieren des bronzenen Lenindenkmals, für alles stiftet er, womit man sich einen Namen machen kann – und ist doch der größte Gauner, den die Sonne je beschienen hat!

Womit er seine Rubel gemacht hat? Ha, er verkaufte die »freien« landwirtschaftlichen Produkte, den Überschuß, den die Bauern in der weiten Umgebung nach Ablieferung des Sowchosensolls für sich behalten durften. Das alles verschob Afanasjew in dunkle Kanäle, von denen niemand wußte, wohin sie führten, und fett wurde er dabei wie ein Mastschwein, das nur in Milch gerührtes bestes Mehl bekommt.

Außerdem – der Teufel hole ihn – kaufte er Land auf, saß auf der Scholle wie ein Geier und wartete darauf, daß irgendwann einmal Ulorjansk für die Ansiedlung irgendeiner Industrie entdeckt würde. Dann würde er das zusammengeraffte Land verkaufen zu einem Preis, der einem die Hosen zerriß, und zur Beruhigung eine bestickte Festtags-Parteifahne stiften. Ja, so einer war Viktor Viktorowitsch.

Komm nicht näher an mein Bett, Halunke, dachte Babkin, sonst spucke ich dir zwischen die Augen...

Afanasjew sah erschüttert den toten Babkin an. Da hatte man sich jedesmal mit beleidigenden Worten angeschrien, wenn man sich irgendwo begegnete, und jetzt lag er stumm da, der gute Babkin, bleich und steif, und wenn man ihm sagen würde: Du bist der mustergültigste Heuchler, den je ein Wind umfächelt hat, dann konnte er sich nicht mehr wehren. Wie schön doch so ein Toter ist.

»Ähäm...« begann Afanasjew seine Abschiedsrede und kratzte sich den linken Handrücken. Der stumme Babkin nötigte ihm doch ein wenig Ehrfurcht ab. »Wer hätte das gedacht, Wadim Igorowitsch? Fällst einfach um und bist nicht mehr. Wo bleibt nun unser schöner Streit? Zwanzig Jahre haben wir ihn gepflegt, und plötzlich ist alles aus. Fehlen wirst du mir, mein lieber Babkin...«

Das mit den zwanzig Jahren stimmte.

Es begann damit, daß Babkin von einer uralten Tante vor knapp einundzwanzig Jahren völlig unerwartet am Stadtrand von Ulorjansk, in der besten Lage, ein Grundstück erbte. Ein unbebautes Feld, an dem vorbei sich die Stadt nach und nach ausdehnte. So oft und eindringlich man Tante Xenia Sidorowna auch ins Gewissen geredet hatte, sie möge das Stückchen Land verkaufen, um keine häßliche Baulücke entstehen zu lassen, immer hatte sie jeden vor die Tür gesetzt, der mit einem solchen Ansinnen kam.

»Nichts wird verkauft!« hatte sie geschrien. »Ihr Gauner! Ihr Betrüger! Eine alte Frau übers Ohr hauen, das wäre etwas für euch! Nicht mit Xenia Sidorowna!« Selbst Bürgermeister Blistschenkow blitzte bei ihr ab. »Nicht anders als die anderen bist du, Guri Jakowlewitsch!« lamentierte sie. »Laß mein Land ruhig eine Baulücke sein, um so wertvoller wird es!«

Recht hatte sie, die Alte... Und dann starb sie an allgemeiner Entkräftung, weil ihr Magen immer kleiner wurde und sie kaum noch etwas essen konnte. Es war, als würde sie von innen abgeschnürt.

Dr. Poscharskij, der ihren Verfall mit sichtbarem medizinischem Interesse verfolgte, hatte dafür einige lateinische Ausdrükke zur Hand, bei deren Klang allein jedem klar wurde, daß man daran sterben mußte. Es gab ein großes Begräbnis, und dann wartete alles gespannt auf die Testamentseröffnung.

Aus Tobolsk kam ein Rechtsanwalt, zog aus seiner Ledermappe ein Aktenstück und las in Anwesenheit der Zeugen Blistschenkow und Waninow, des Popen, den Letzten Willen der Xenia Sidorowna vor.

Welch eine Überraschung! Ausgerechnet Babkin erbte das umstrittene Stück Land. Die Hoffnung, darauf etwas Repräsentatives zu bauen, schwand für immer dahin. Babkin war noch zäher als Tante Xenia, das wußte jeder. Bei der verstockten Alten hätte Waninow, der Pope, es vielleicht noch erreicht, daß sie das Grundstück an die Stadt verkaufte, indem er ihr versprach, sie käme ohne Überprüfung ihres Lebenswandels direkt in den Himmel. Doch bei Babkin war jeder Versuch in den Wind geblasen.

Aber nein! Sechs Wochen, nachdem er die Erbschaft angetreten hatte, erhielt Babkin einen Brief aus Tobolsk von einem Rechtsanwalt Julian Michailowitsch Tunkel. Darin forderte ihn dieser mit nüchternen Worten auf, das Erbe sofort an den rechtmäßigen Besitzer zurückzugeben. Er möge beiliegendes Dokument – in beglaubigter Abschrift – durchlesen: ein Brief von Xenia Sidorowna, eindeutig datiert nach der Abfassung ihres Testaments, in dem sie das schöne Grundstück für zweitausendvierhundert Rubel verkauft hatte.

An wen wohl? Erraten, liebe Genossen: An Viktor Viktorowitsch Afanasjew.

Damals, vor zwanzig Jahren – im Januar geschah solches –, trat Babkin brüllend gegen die Wand seines Wohnzimmers, schwor, das Grundstück mit Dynamit in die Luft zu sprengen, was freilich nur den Erfolg gehabt hätte, daß man später einen Teil der Ausschachtungsarbeiten sparen konnte, bezeichnete Afanasjew als den größten Lumpen dieser Welt und beauftragte seinen Rechtsanwalt, Tante Xenias Brief anzufechten.

Auch als Viktor Viktorowitsch eine von Tante Xenia unterschriebene Quittung vorlegte und erklärte, sie habe das Geld in bar kassiert, blieb Babkin dabei, dies alles sei Betrug, eine grandiose Fälschung, ein Verbrechen, das zum Himmel stinke.

Genossen, wer kennt das nicht? Wenn man erst das Gericht einschaltet und dann die verschiedenen Instanzen bemüht, rollen einem die Rubel nur so davon, und die Rechtsanwälte umklammern heimlich die Bibel und bitten darum, dieser Prozeß möge noch lange währen.

Genau so war's. Nach elf Jahren endlich – der Wert des Grundstücks war längst mehrfach an die Rechtsanwälte vergeudet worden – entschied das Oberste Gericht in Omsk, Viktor Viktorowitsch habe die besseren Argumente, den Brief und die Quittung, und sprach ihm endgültig das Grundstück zu.

Danach lag Babkin mit einer Art Nervenfieber eine Woche lang im Bett, schwor, Afanasjew bei einer Begegnung im Wald oder am Fluß zu entmannen, und haßte niemanden auf dieser Welt heftiger als seinen Nachbarn.

Und nun stand Viktor Viktorowitsch an Babkins Bett, heuchelte Ergriffenheit und war doch voll von Zufriedenheit. Babkin beschwor seine Muskeln, ihm zu gehorchen. Aufspringen und Afanasjew anspringen wollte er – aber sein Körper reagierte nicht. Er blieb steif, wie es sich für einen Toten gehörte.

»Bevor du in die Hölle fährst, mein lieber Wadim Igorowitsch, denn selbst du wirst nicht glauben, daß dir der Himmel offensteht, nicht wahr«, fuhr Afanasjew fort, »ist es die Pflicht eines guten Menschen, wie ich einer bin, dir Klarheit auf den langen Weg mitzugeben. Machen wir es kurz, mein hingestreckter Freund: Natürlich gehört das Grundstück dir! Der Brief, die Quittung der ehrbaren Xenia Sidorowna, alle Dokumente waren gefälscht. Aber hervorragend gefälscht, gib es zu, Babkin. Selbst du bist darauf hereingefallen. Nun steht ein Häuserblock auf dem Grundstück, und ich kann von den Mieteinnahmen leben wie ein Bojar! Am Schwarzen Meer war ich voriges Jahr, in Sotschi, mein Lieber. Und nächstes Jahr leiste ich mir eine Fahrt nach Leningrad und werde auf der Ostsee segeln. Ein Leben ist das! Sieh ein, daß es gut war... Tot bist du nun, was hättest du von all den Rubelchen gehabt, na? Ich aber bin noch ein Baum voller Saft und werde hundert Jahre alt. Gesteh, es hat den Richtigen getroffen.«

Wenn es eines Anstoßes bedurft hätte, um eine Wiederauferstehung Babkins möglich zu machen – diese Rede hätte sie in Sekundenschnelle ausgelöst. Wie eine Explosion durchbebte es Babkin, aber sein Körper blieb weiterhin unbeweglich. Für ihn war es der endgültige Beweis, daß er wirklich tot war und daß es sich damit bestätigte: Tote hören und erleben weiterhin alles, was auf Erden vor sich geht, ohne eingreifen zu können. Das Rätsel des ewigen Lebens war damit gelöst, nur mitteilen konnte man es niemandem mehr – das war die große Qual und Strafe. Auch das Himmelreich war nicht das, was einem die Popen versprachen. Genau betrachtet, war das ganze Leben eine einzige Lüge, man begriff es bloß nicht.

Geh weg, Viktor Viktorowitsch, geh weg aus meinem Sterbezimmer, du Hundeschiß! Verdirb mir nicht das Glücksgefühl, aus dieser Welt entfernt worden zu sein. Wie herrlich wird es sein, euch alle nur noch aus der Ferne beobachten zu können und sich die Hände zu reiben, wenn ihr von anderen in den Hintern getreten werdet. Geh endlich weg von mir... zu sagen gibt es nichts mehr.

Ein unerfüllbarer Wunsch war's. Afanasjew nahm eine kleine Wanderung durch das Zimmer auf, lief sich gewissermaßen Mut an und trat dann wieder an das Bett. Tief Atem holte er, kratzte noch einmal seinen linken Handrücken und stieß ein verlegenes »Ähä« heraus.

»Da ist noch etwas, mein guter Wadim Igorowitsch«, sagte er, »was du wissen solltest. Hat's dich nicht gewundert, daß ich nie geheiratet habe? Gib es zu, ein ansehnlicher Mann bin ich doch. Es gab Zeiten, da verdrehten die Weibchen die Augen nach mir, und wenn ich die Lippen spitzte, wackelten sie mit den Hintern wie rossige Stuten. Aber ich bin allein geblieben, ohne Frau. Es gibt keine, die sich Afanasjewa nennen kann. Woher wohl dieser Zustand? Fragst du dich das nicht, mein liebster Freund? Oh, tiefe Gründe hat das. Ein Mädchen gab es mal, das hieß Nina Romanowna und wurde die Frau des widerlichen Babkin. Nie hast du erfahren, daß sie vorher in meinen Armen gelegen hatte, und nie hast du erfahren, daß sie später, eine reife schöne Frau und damals schon Mutter von zwei Töchtern, wieder in meinen Armen lag, während du dich um deine Kohlfässer gekümmert hast. Und höre, mein Guter: das Grundstück mit allem, was jetzt darauf steht, mit dem großen schönen Wohnblock und den Gärten drumherum, ich hab's in meinem Testament deiner Nina vermacht. Meinem Seelenfrieden zuliebe hab ich's getan, und so bleibt alles nun doch in der Familie Babkin, zumal ich glaube, daß Walentina, dein jüngstes Töchterchen, der Zeitrechnung nach auch von mir sein könnte...«

Erst Narinskij, der Metzger, Sapanow und Blistschenkow und jetzt auch noch Afanasjew, dieser Gauner! O Ninotschka, wer hat dir sonst noch den Rock ausgezogen? Ein Blinder war ich, wirklich ein Blinder, ein Trottel, ein Clown! Alle lachten über mich, und ich habe gedacht, sie lachten mir zu aus Freundlichkeit und Nächstenliebe. Hatte ich ein armes Leben, oje! Den Babkins gehört also irgendwann das Grundstück wieder, großzügig geschenkt im Bett... Wenn es wirklich eine Hölle gibt, Viktor Viktorowitsch, dann muß eine besondere Abteilung ganz allein für dich eingerichtet werden!

Geh endlich hinaus, Afanasjew! Und ich danke dir... Ich bin so froh, nicht mehr unter euch Bestien zu leben.

Babkin wartete ab, bis Afanasjew leise das Zimmer verlassen hatte, nicht, ohne vorher ein Gebet am Fußende des Bettes zu sprechen, und fragte sich, ob nun noch etwas kommen könnte, das alles Bisherige übertraf. Unvorstellbar war das... Wo gab es eine Steigerung über Afanasjews Gemeinheiten hinaus?

Ist denn kein einziger guter Mensch in meiner Umgebung,

dachte Babkin traurig. Gibt es keine guten Seelen mehr? Da kommen sie herein zu mir, laden ihren Dreck ab, und dann gehen sie erleichtert davon, als sei nichts geschehen. Muß man sich das bieten lassen, auch als Toter?

Babkin hielt den Atem an, als die Tür sich wieder öffnete.

O nein, das darf nicht sein, durchfuhr es ihn. Er auch? Mein lieber, lieber Gott im Himmel, schick einen Blitz herunter und erschlag sie alle.

*

Aljoscha Sidorowitsch Sawitzkij war ein Nachbar, den Babkin von Kindheit an mit bösen Blicken betrachtet hatte.

Sawitzkij, fünf Jahre älter als Babkin, hatte im kindlichen Alter ein Spiel daraus gemacht, den Nachbarjungen Wadim Igorowitsch zu verprügeln, wo immer er ihn traf. Und das war oftmals am Tag, in der Schule, auf der Straße, am Fluß, im Birkenwald, am Seeufer.

»Na, Mamasöhnchen?« sagte dann der starke Aljoscha Sidorowitsch etwa. »Hast heute noch nicht das Höschen vollgemacht? Helfen wir dem sofort ab ...« Und schon ging's los, mit Faustschlägen, Fußtritten, ekelhaften Ringergriffen – alles nur so zum Spaß, bis dem armen kleinen Babkin nichts anderes übrigblieb, als vor Angst tatsächlich in die Hose zu machen.

Zu Hause erzählte er nichts davon, aber er schwor sich, dem giftigen Sawitzkij einmal alle Schmach zurückzuzahlen. Jahre konnte das dauern, groß und stark mußte man dafür werden, um gegen ihn zu bestehen, und Babkin trainierte und unterzog sich allen Mühen, deren Endziel es war, starke Muskeln zu bekommen und jedermann Respekt einzuflößen. Er stemmte Hanteln und Gewichte, ließ sich im Boxring puddingweich schlagen, krachte auf die Ringmatten, zog Expander und wirbelte beim Judo durch die Luft, daß es eine wahre Pracht war.

Als Babkin sechsundzwanzig war, dünkte er sich soweit, um gegen Sawitzkij anzutreten und ihm alle Kinderschmach zu vergelten.

Am Ufer des Sees war's, als sie an einem Sommernachmittag zusammentrafen. Aljoscha Sidorowitsch lagerte da mit seiner Angebeteten, der hübschen Nina Romanowna, briet einen selbstgefangenen Fisch auf dem Holzfeuer und blickte schon sehr nachdenklich drein, als er Babkin heranschlendern sah.

»Jetzt verpestet er uns sogar die schöne Luft!« sagte Sawitzkij auch noch, und Nina, die Schöne, lachte etwas exaltiert.

»Na, na«, entgegnete Babkin und grinste siegessicher. »Brätst wohl den Fisch, um deinen eigenen Gestank zu überdecken? Wann, Aljoscha, hast du zum letztenmal unter dich gemacht?«

Diese Kindheitserinnerung ließ in Babkin alle Kräfte anschwellen. Sawitzkij sprang auch sofort auf, rollte wild mit den Augen und zog die Schultern hoch. »Du rostiger Eisentopf!« schrie er, ballte die Fäuste und streckte sie vor. Das sah imponierend aus, und er hoffte auch, Nina damit zu beeindrucken. »Komm her! Ich biege dir den Henkel nach hinten!«

»Die Sehnsucht des Menschen war immer, wie ein Vöglein fliegen zu können!« antwortete Babkin ganz ruhig. Damals war er noch ein junger Mensch mit etwas Bildung, was im Laufe der Jahre allerdings immer mehr abgeflacht war, obwohl es ja umgekehrt der Fall sein sollte. Das Alter bringt Weisheit und Erfahrung, sagt man doch immer, aber bei Babkin reduzierte sich später alles auf den begrenzten Raum seines Einkaufsmagazins.

An jenem Tag allerdings, mit sechsundzwanzig saftigen Jahren, konnte Wadim Igorowitsch noch solche Reden führen. »Willst du ein Vöglein sein, Aljoscha?«

Ein dumpfer Laut antwortete ihm. Dann schnellte Sawitzkij vor, und das war ein Fehler, den er zeit seines Lebens bereute.

Babkin erwartete ihn, wandte einen ganz einfachen Judogriff an, Aljoscha flog durch die Luft, wirklich wie ein etwas träger Vogel, und landete bäuchlings am Seeufer. Bevor er aufspringen konnte, sichtlich benommen, war Babkin schon bei ihm, ergriff ihn an Hemdkragen und Hosenboden, hob ihn hoch und schleuderte ihn in den See. Dort ging Sawitzkij sofort unter, kam prustend hoch und kroch aufs Land zurück. Nicht dieser Flug kostete ihn alle Nerven, sondern Nina, die lachend hinter dem brutzelnden Fisch saß und Babkin applaudierte, als habe er eine gute Zirkusnummer abgezogen.

Nina applaudierte Babkin ... das war das Ende aller Hoffnungen für Aljoscha Sidorowitsch, das zauberhafte Weibchen für sich zu gewinnen. Tief gekränkt, im Inneren zerrissen, saß Sawitzkij am Seeufer und verzichtete auf eine Fortsetzung des Kräftemessens. Babkin dagegen, sich seiner Überlegenheit bewußt, fraß vor Aljoschas Augen zusammen mit Nina den köstlichen Fisch auf, warf ihm die abgenagte Mittelgräte zu und sagte hämisch: »Damit mein Vögelchen nicht verhungert!«

Welche Schande! O welche Schande!

Das weitere kennen wir: Babkin heiratete später Nina Romanowna, zeugte drei Kinder mit ihr, alles Töchter, Gott sei's geklagt, vernachlässigte sein Krafttraining, wurde wie so viele Männer in der Ehe träge und dick, aber Sawitzkij versuchte trotzdem nicht mehr, mit Babkin einen handgreiflichen Streit anzufangen.

Nur eins war unangenehm: Aljoscha Sidorowitsch erbte den Viehhandel seines Onkels Leonid Michailowitsch und wurde somit

Nachbar von Babkin. Nur vier Häuser trennten sie voneinander. Die beiden Männer begegneten einander also jeden Tag – wie früher als Kinder –, grüßten sich mit fortschreitendem Alter auch wieder und traten später sogar in Geschäftsbeziehungen, weil Babkin von Sawitzkij Schweinchen und Kälber kaufte, sie selbst schlachtete, zerteilte, räucherte und verwurstete und – sein Nachbar, der Metzger Narinskij, wurde grün vor Ärger – damit einen guten Gewinn erzielte.

Babkins »Würste auf sibirische Art« wurden bis Perm verkauft, sie waren lange haltbar in Dosen und ein begehrter Wintervorrat für die Städter. Narinskij allerdings, auch das wissen wir jetzt, rächte seine Metzgerehre, indem er ab und zu mit Nina Romanowna schlief. Man darf sich nichts gefallen lassen – vor allem nicht in Sibirien!

Nun also kam Sawitzkij ins Sterbezimmer, bekreuzigte sich wie alle guten Christen vor dem Toten, legte sogar einen Strauß Feldblumen auf Babkins Bauch und betrachtete den dahingegangenen Nachbarn unverschämt lange. Babkin wußte genau, was Aljoscha jetzt dachte: Besser du als ich … und dabei bin ich auch noch fünf Jahre älter als du! Wenigstens diesen Triumph habe ich, von anderen Dingen ganz zu schweigen.

Aber gerade diese »Dinge« waren es, die Sawitzkij an Babkins Bett trieben. Bevor einer in den Himmel oder die Hölle kommt – weiß man, wohin? –, sollte man einen dicken Strich unter das Kontobuch des Lebens machen. So etwas reinigt auch ungemein die eigene Seele.

»Mein lieber Wadim Igorowitsch«, begann Sawitzkij.

Babkin stockte wieder der Herzschlag. Wer so anfing, wer ihn »lieber« nannte, hatte einen großen Haufen abzutragen. Aber wo kam der her bei Sawitzkij? Außer dem Viehkauf gab es nichts, was die Babkins mit den Sawitzkijs verband. Oder doch? Ihr guten Heiligen, was kommt jetzt ans Tageslicht? War ich denn in meinem Leben nur von Halunken umgeben?

»Wir haben uns nie gemocht, mein Bester, nie! Wenn wir uns sahen, rumorte in unseren Herzen der Wunsch: Schlag ihm jetzt den Schädel ein!«

Ehrlich ist er, dachte Babkin zufrieden. Genau so war's, Freundchen. Wir grüßten uns freundlich und knirschten innerlich mit den Zähnen. Und das vierunddreißig Jahre lang. Ist das eine Zeit! Aber so ist das Dasein, man schleppt lebenslang Dinge mit sich herum, die mit einem verwachsen sind wie ein Leberfleck. Du, Aljoscha Sidorowitsch, warst mein Leberfleck, den ich haßte, so oft ich ihn betrachtete. Daß du mich überlebt hast, ist eine Gemeinheit des Schicksals. Gott hätte das nicht zulassen dürfen. Im Himmel werd' ich ihn fragen, wer ihn dazu überredet hat, mich eher von der Erde wegzunehmen als dich! Da muß wirklich ein Irrtum vorliegen in der göttlichen Gerechtigkeit.

»Eigentlich ist es nicht viel, was ich dir zu sagen habe«, fuhr Sawitzkij fort. »Nur eine Kleinigkeit ist's, von minderer Bedeutung und eigentlich nicht wert, daß man darüber lange spricht. Aber ich will dich ruhig ziehen lassen, unbelastet von jeglicher Unwissenheit.«

Das klang direkt philosophisch und verbreitete natürlich Schrecken in Babkins Seele. Wenn jemand derartig weihevoll spricht, muß er mit seinem Gewissen schon arg am Boden liegen. Aber Sawitzkij und ein Gewissen! Da muß man lachen, Genossen! Das wäre, als wenn ein Fuchs mit einer Gans sonntags spazierenginge...

»Das war nämlich so, Wadim Igorowitsch«, sagte Sawitzkij mutig, »daß mir fast das Herz stehenblieb, als du vor vier Jahren zu mir kamst und erklärtest, du wolltest deinem Betrieb eine Dosenwurstherstellung angliedern. Gierig wie immer, hab' ich gedacht. Kann sich mit Rubelscheinen den Hintern abwischen, der Babkin, aber nein, nicht genug hat er, sondern muß immer weiter Geld scheffeln. Immer fetter wird er dabei und eines Tages in seinem Reichtum ertrinken. Ja, ersticken wird er an seinen Rubeln! Und nun liegst du da und hast Platz in einer hölzernen Kiste. Das ist das einzige, was ich dir gönne! Aber vor vier Jahren, da war ich sprachlos, zugegeben. Und was hast du gesagt? ›Aljoscha Sidorowitsch‹, hast du gesagt, ›kannst du mir gute Schweinchen und zarte Kälbchen liefern? Beste Qualität natürlich, aber billig müssen sie sein. Ein Sonderpreis, unter Freunden...‹ Ja, das hast du gesagt: Unter Freunden! Hinterher habe ich mich erkundigt, ob du in Behandlung beim Nervenarzt bist, aber keiner wußte etwas davon. Auch besoffen warst du nicht... Ich habe keine Wodkafahne an dir gerochen. Er meint es tatsächlich ernst, dachte ich. Wirklich, er will von dir Vieh kaufen, um Wurst daraus zu machen und noch reicher zu werden. Na warte, du Rubelschlund... das Beste, was ich bekommen kann, sollst du haben! Und so geschah's, Wadim Igorowitsch. Und du warst zufrieden mit jeder Lieferung, auch mit dem Preis.«

Das stimmt genau, dachte Babkin verwundert. Was soll das, Aljoscha? Über Dinge, die in Ordnung sind, hat bis jetzt noch keiner an meinem Sterbebett gesprochen. Du, ausgerechnet du, wolltest mich Armen damit erfreuen?! Das wäre eine zu harte Strafe, die ich mitnehme in die Ewigkeit. Tu mir das nicht an, bei all unserer Feindschaft nicht!

Sawitzkij beugte sich vor, ordnete seine Blumen auf Babkins Bauch und legte dann los.

»Wenn du wüßtest, mein Guter, wie ich dich betrogen habe!

Ha! Wie jedesmal läuft mir auch jetzt bei diesem Gedanken ein Wonneschauer über den Rücken! Was hast du von mir gekauft – du ahnst es nicht! Schöne Schweinchen, ja, zarte Kälbchen, ja – und bezahlt hast du dafür einen gerechten Preis. Unter Freunden, wie du sagst. Mir hüpft das Herz, wenn ich daran denke. Gekauft hast du Fleisch, das vom Veterinär abgelehnt wurde. Wegwerfen hätte ich es müssen, kein Stempelchen hatte es bekommen. Es waren allesamt Notschlachtungen wegen Krankheit; Schweinepest, Tuberkulose, was weiß ich. Nichts als wertloses Fleisch – und Babkin kauft es zu einem Freundschaftspreis! Muß man da nicht jubeln, Wadim Igorowitsch?«

Sawitzkij rieb sich die Hände. Tatsächlich, das tat er an einem Totenbett, vor einem, der dem Himmel nahe war und den er so schmählich betrogen hatte. Welch ein verdorbener Halunke!

»Aber mein Lieber, Pech hatte ich doch. Entdeckt wurde ich zwar nicht von dir, du Tropf, du warst viel zu dämlich dazu, sondern von Nelli, deinem Töchterchen. Ein kluges Mädchen ... Sieht sich eines Tages die frisch gelieferten Schweinehälften an, und was sagt sie zu mir: ›Komm mal her, du Erzgauner, du Schwanzhaar des Teufels, was drehst du uns da an? Freibankfleisch? Ohne Stempelchen vom Veterinär? Sind wohl am Rotz gestorben, die lieben Schweinchen, was? Soll man das meinem Väterchen Babkin melden? Das Gesicht wird er dir auf den Rücken drehen. Na, nun rede ...‹ Ich hab's gestanden, was blieb mir anderes übrig? Und was sagt dein süßes Töchterchen Nelli? ›Hör zu, Aljoscha Sidorowitsch‹, sagt es zu mir, ›keine einzige Kopeke ist das Fleisch wert, du aber kassierst bei Väterchen gute fette Rubel dafür. Was ist nun, wenn ich schweige, nichts verrate, nichts gesehen habe? Wäre das nicht die Hälfte deines ergaunerten Gewinns wert? Überleg es dir gut, Genosse Sawitzkij!‹ – Ha, was gab's da noch zu überlegen? Keine Strafe, weitere Lieferungen von wertlosem Fleisch und immer noch ein gutes Geschäft ... Nelli und ich waren uns einig, teilten den Gewinn, und da wir nun mal Partner waren, Nelli ein strammes Mädchen ist und ich trotz meiner Jahre ein noch leistungsfähiger Mann bin, verlegten wir die monatlichen Abrechnungen für ein Stündchen in mein Bett. Babkin, mein Guter, was will man mehr vom Leben? Geschenktes Geld und ein geschenktes Weibchen – und der Genosse Lehrer Pyljow drückte mir sogar begeistert die Hand, wenn ich ihm ein saftiges Lendenstück ins Haus brachte.«

Sawitzkij atmete tief durch. »Das war's, Babkin, du größtes Rindvieh auf dieser Erde ... Friede sei mit dir.« Er reckte sich, als sei er gerade aus dem Bett gestiegen, und ließ die Gelenke knacken. »Wie leicht fühle ich mich jetzt, wie ein Federchen! Es ist schon etwas Gutes, sein Gewissen zu erleichtern.«

Sawitzkij, für den Babkin im Augenblick keinen Schimpfnamen mehr fand, weil alle, die er kannte, und das war ein Sack voll, zu mild waren und alle Flüche zu zahm, bekreuzigte sich wieder, faltete sogar die Hände, sprach murmelnd ein Gebet und entfernte sich dann wie ein Erlöster.

Als die Tür hinter ihm zuklappte, dachte Babkin: Selbst die Beulenpest ist zu milde für ihn. Oh, wenn man noch einmal leben könnte...

Aber da ging die Tür schon wieder auf, und der nächste kam herein.

*

Walentina Wadimowna war mit ihren achtundzwanzig Jahren schon ein richtiges Hausmütterchen geworden. Nicht allein, weil sie ein Kind großzog, von dem keiner außer dem Popen und nun auch Babkin den Vater kannte und diese Tatsache es mit sich brachte, daß ein anständiger Bürger von Ulorjansk nicht bereit war, Walentina zu ehelichen – nur eine Menge unanständiger Anträge bekam sie als Entschädigung. Nein, Walentina hatte sich auch damit abgefunden, neben Nina, dem Mütterchen, den Haushalt zu führen, Väterchen Babkin zur Hand zu gehen und immer noch fleißig im Kirchenchor zu singen. Weshalb... na, das wissen wir ja nun.

Walentina besaß ein wahres Engelsstimmchen, jubilierte in den höchsten Tönen, klar und rein, und wenn die Babkins etwa in Swerdlowsk oder gar in Irkutsk gelebt hätten, wäre aus ihr sicherlich eine hervorragende Opernsängerin geworden. Aber in Ulorjansk verkümmerte ihr Talent; wer kommt schon in diese Abgeschiedenheit, um einen neuen Opernsopran zu entdecken?

Nun stand Walentina vor dem Bett ihres geliebten Väterchens, sah den Bleichen an und begann sofort zu weinen.

Nötig hast du's, dachte Babkin und wurde doch angerührt von ihrem ergriffenen Schluchzen. Und wie nötig! Läßt sich von einem Popen ein Kind machen! Von einem Greis! Ungeheuerlich ist das! Da läuft in Ulorjansk eine Menge strammer Männer herum, unverheiratet, bereit, Babkins Schwiegersohn zu werden, und was tust du, Walentina? Mit Waninow, einem Priester, sündigst du! Wer kann dir das verzeihen? Zittere deinem letzten Stündlein entgegen... Ich hab' es hinter mir, und was ich auch im Leben getan habe, es ist wie Limonade gegen die Säure, die ihr mir seitdem über meine Seele geschüttet habt!

»Mein Väterchen«, begann Walentina Wadimowna und unterbrach ihr Schluchzen ruckartig. Babkin fiel das sofort auf. Ein innerlich so zerbrochener Mensch kann doch eigentlich sein Leid nicht ausknipsen, als drehe er an einem Lichtschalter.

»Mein gutes Väterchen«, sagte Walentina noch einmal, »was soll ich dir gestehen? Schreckliches ist mit mir geschehen, und du hast es nicht gewußt. Nun muß es erzählt werden, deiner ewigen Ruhe wegen... Kein Auge bekäme ich nachts mehr zu, wenn ich dich so unwissend in die Ewigkeit ziehen ließe.«

Ich weiß alles, wollte Babkin schreien, aber er konnte es ja nur nach innen brüllen, äußerlich war er stumm und steif. Meine Jüngste – und das Liebchen des Popen. Pfui über dich, pfui! Hat's einen Sinn, sich jetzt noch – oder erst – zu schämen! Was soll's? Der Bastard ist da, ein süßes Kindchen – wer hätte Waninow so etwas zugetraut? Als Enkelchen hab ich's an mein Herz genommen, und ich liebe es. Erben wird es einmal viele Rubel, wenn auch Nina, meine Witwe und deine Mutter, dieses verdammte Aas, die Augen schließt... Schweigen wir also über deine Verruchtheit, Walentina, erzähl mir etwas Erfreuliches.

Was aber gab es im Hause Babkin in diesen Abschiedsstunden schon Erfreuliches zu berichten? Suchen mußte man das mit starken Lampen, als habe man ein sibirisches Diamantensteinchen im Strohvorrat verloren.

»Wie gut kennst du Väterchen Waninow, den Popen«, setzte Walentina ihre Beichte fort. »Im Kirchenchor haben wir immer fleißig geprobt, und wie das so bei Proben ist – man kommt sich näher, nicht nur musikalisch, auch menschlich. Die Töne machen das, Väterchen, der harmonische Zusammenklang, der Zauber der Melodie, das Wunder, was man mit ein paar Noten alles machen kann. Und Waninow, das weißt du ja, ist ein großer Sänger. Sein Baß läßt die Ikonostase erzittern und dringt in die Herzen ein. Ach, war ich damals ein junger, schwärmerischer Mensch, so gutgläubig und voll Hunger nach Zärtlichkeit...«

Der Blitz treffe Waninow, den Mädchenschänder, schrie es in Babkin. Hab ich's nicht gesagt: Ein reines Wesen ist Walentina, mein Töchterchen. Aber der alte bärtige Bock hat sie beschmutzt. Predigt wider die Sünde und läßt außerhalb der Kirche vor jedem Rock die Hosen fallen! Oje, oje... kein Vertrauen hast du zu deinem Väterchen gehabt, Walentina. Hättest es gleich sagen müssen: Sidor Andrejewitsch hat mir die Tugend gestohlen! An seinem Bart hätte ich ihn aufgehängt, an diesem langen, weißen Bart, der sein ganzer Stolz ist.

»Da lag ich nun eines Tages am Ufer des Binowska-Baches, ganz allein hinter einem Busch, wie's sich gehört, wenn man nichts mehr auf der Haut hat, sonnte mich und träumte, daß ich auf der Bühne eines Opernhauses stehe und die Mimi aus ›La Bohème‹ singe. Im Ohr klingt's mir wunderschön, Väterchen, nichts höre und sehe ich mehr um mich herum... Da fällt ein Schatten plötzlich über mich, und Waninow steht vor mir, eine Angel in den

Händen. War das ein Schrecken, glaub es mir. Starr vor Scham bin ich gewesen, um mich drehte sich der Bach, das Gras, der Wald... Und da sagt Sidor Andrejewitsch mit seinem dröhnenden Baß: ›Schäme dich nicht, mein Töchterchen. Wenn ein Mensch das Paradies sucht, findet er Gottes Güte!‹ Neben mich setzte er sich, streichelte meinen nackten Leib... Ein Gefühl war's, Väterchen, wie kann man's beschreiben? Zum erstenmal geschah's doch: Ein Fremder berührte mich. Ein Zittern überkam mich, fast ohnmächtig wurde ich davon. Und plötzlich war auch Väterchen Waninow im Paradies, zog seine Kleider aus und lag neben mir in der Sonne am Ufer des Binowska-Baches...«

Die Hölle möge dich erschlagen, Sidor Andrejewitsch, knirschte Babkin und verdrehte vor Wut die Augen. Die ganze Hölle! Was hast du meinem Töchterchen angetan! Liegt da und träumt von Opern, die Sonne wärmt sie, Schmetterlinge umgaukeln sie, die Vöglein singen auf den Zweigen – und da kommst du, der Lüstling im ehrwürdigen Priestergewand, und... Oh, laß mich nicht weiterdenken, du Schuft! Nicht an deinem Bart möchte ich dich aufhängen... nicht daran... Und du, Walentinuschka, schweig jetzt. Foltere das Vaterherz nicht noch mehr mit Einzelheiten. Dein Väterchen hat dir verziehen, du mein gequältes Lämmchen, meinen Segen hast du.

»So war's nun mal«, sagte Walentina Wadimowna und wischte sich die Tränen aus den Augenwinkeln. »Wenn der Chor geprobt hatte, blieb ich immer noch für ein Stündchen bei Waninow, die Noten ordnen, wie es hieß, und die Kerzen auswechseln... die Woche zweimal, daran kann man sich gewöhnen, Väterchen. Und hat's nicht Erfolg? Das Solo singe ich allemal, meine Stimme lobt jeder, und Sidor Andrejewitsch hat versprochen, daß mir einmal der Himmel offenstehen wird...«

Versprechungen, mein Täubchen, alles nur unverbindliche Versprechungen! Zum Fressen kam er immer zu uns, saß da herum und dröhnte Psalmensprüche, spielte mit seinem heimlichen Kind, der gütige Pope, und betrog uns alle, sobald er zur Tür hereinkam!

Mich wundert's nur, daß er nicht auch Nina, deiner Mutter, das Singen beigebracht hat... Mit Narinskij, dem Metzger, und Blistschenkow, dem Stadtsowjet, hat sie schon fleißig geübt. Was, da staunst du, mein Kindchen? Unser Mütterchen, ein halbes Jahrhundert alt, und treibt's wie eine Häsin... Bin ich nicht ein armer, geschlagener Mann, sag an? Beneidet hat man mich, als ich noch lebte... Davonrennen würd' jeder, wenn er, wie ich jetzt, die grausame Wahrheit kennt.

Geh hin in Frieden, mein zerrupftes Täubchen, mein weißes Schwänchen. Eine Betrogene bist du wie ich. Immer trifft es die Braven...

Auch Walentina versäumte es nicht, das Kreuz zu schlagen und ein stilles Gebet zu sprechen. Zögernd kam sie an die Seite des Bettes, beugte sich über Babkin und küßte ihn auf die eiskalte Stirn. Er wollte sie gerührt umarmen und an sich drücken, aber sein Körper war ja leblos und ihm nicht zu Diensten.

Mit liebendem Blick sah Babkin seiner Tochter nach, als sie das Zimmer wieder verließ. Ist nun Ruhe? dachte er. Wer kann noch kommen? Waren sie nicht alle hier, diese elenden Heuchler? Keinen will ich mehr sehen. Keinen! War ich im Leben vielleicht ein böser Mensch, so hab ich's jetzt genug gebüßt. Mag sein, daß ich das Fegefeuer dadurch gespart habe – oder war es das sogar? Nun laßt mich ruhig in die Ewigkeit ziehen.

Ist es eigentlich Tag oder Nacht, dachte Babkin weiter und gähnte innerlich. Die Fenster haben sie verhängt mit schwarzen Tüchern, die ihnen Mischin, der Sargmacher, geliehen hat. Nur die großen Kerzen brennen still vor sich hin, und an ihrem Niederbrennen kann man erraten, wie die Stunden davongegangen sind. Links neben dem Bett hängt eine Uhr an der Wand, aber ich kann ja den Kopf nicht zu ihr drehen. Eine einfache Uhr ist's...

Babkin hatte zuerst eine Uhr mit einem Gongschlag gehabt, aber Nina Romanowna schrak nachts immer hoch, wenn es neben ihr an der Wand Bing-bong machte, und wochenlang lag sie Babkin in den Ohren, bis er die Uhr auswechselte gegen eine, die stumm war.

Wäre die Gonguhr noch dagewesen, hätte Babkin jetzt gewußt, wie die Zeit verrann. So aber lag er herum und wußte nicht, ob es Tag oder Nacht war.

Irgendwann schlief er ein, was bedeutete, daß er seiner Umwelt entglitt, für die er sich sowieso nicht veränderte. Ein Toter hat bleich und bewegungslos zu sein, und beide Forderungen erfüllte Babkin.

So hörte er auch nicht, daß nebenan in der guten Stube sein Dahingehen kräftig begossen wurde, wobei Väterchen Pope den Ton angab und mißbilligend bemerkte, daß Blistschenkow, dieser eitle Parteifunktionär, sich bei jeder Gelegenheit an Nina Romanowna drängte und ihr sogar heimlich, wie er dachte, in den prallen Hintern kniff.

Natürlich, wer soviel erbt wie die Babkina, ist ein begehrenswertes Weibchen von der Stunde ihrer Witwenschaft an, auch für einen Stadtsowjet.

Als dann noch Sapanow, der Briefträger, kam und seine Balalaika mitbrachte, stieg die Stimmung, als wäre es ein Volksfest.

Wortkarg und mit umwölkter Miene saß nur Dr. Poscharskij in der Ecke. Er soff still vor sich hin, leerte Glas um Glas und sah trübsinnig zu, wie die anderen zu tanzen begannen.

»Was ist mit dir?« fragte Väterchen Waninow etwas außer Atem und beugte sich zu Dr. Poscharskij hinunter. Er hatte gerade mit Arune Jelisaweta, der Frau des Metzgers Narinskij, getanzt, und der Druck ihres beachtenswerten Busens lag noch auf ihm. »Kommst du nicht darüber hinweg, daß Wadim Igorowitsch nebenan liegt und sein Schimpfen verklungen ist? Gräm dich nicht, Bairam Julianowitsch, dein Totenschein war für uns alle ein Geschenk.«

»Wenn man nur wüßte, woran Babkin gestorben ist!« antwortete Dr. Poscharskij mit trübem Blick. »Woran? Keine Ruhe läßt mir das.«

»Ein Herzschlag, Brüderchen Doktor. Du hast's diagnostiziert.«

»Weil's einfach ist, Sidor Andrejewitsch. Herzstillstand. Jeder Tod ist Herzstillstand! Oder hat man schon einen Toten gesehen ohne ein stillstehendes Herz? Aber jeder Herzstillstand hat eine Ursache. Wo ist sie bei Babkin, frage ich, wo? Er war immer ein gesunder Mensch, der Gute, fast unanständig gesund für den Geschmack eines Arztes. Und da fällt er um und rührt sich nicht mehr. Nachdenklich macht das doch!«

»Mich nicht. Er ist dahin ... das ist die Hauptsache.« Väterchen Pope rülpste, sah hinüber zu Walentina, die mit dem widerlichen Bodenspekulanten Afanasjew tanzte und es duldete, daß er seine widerwärtigen Hände auf ihre Hinterbacken preßte. Ein Anblick, der Waninow den weißen Bart sträubte. Eingreifen mußte man da. Benimmt man sich so unter den Augen der Kirche?

»Was bringt das Denken, Poscharskij?« sagte Waninow philosophisch. »Nur Falten auf der Stirn und Kummer in der Seele. Beides ist Babkin nicht wert.«

»Genaugenommen dürfte er gar nicht tot sein!« Dr. Poscharskij ertränkte seinen Kummer in einem neuen Glas Wodka. »Wenn ich Babkin doch bloß sezieren dürfte. Ist er erst mal aufgeschnitten, weiß man mehr ...«

Waninow, der Pope, winkte ab und stürzte sich wieder in das Gewühl der Trauernden. Morgen liegt Babkin in der Erde, da ist es gleichgültig, woran er gestorben ist. Ein schönes, feierliches Begräbnis wird's werden. Wir alle werden weinen, wie's sich gehört, und Nina, die arme Witwe, stützen, die herzzerreißend »Wadim! O mein Wadim!« rufen wird.

Die Schalmeienbläser der Parteikapelle werden spielen, Blistschenkow, der himmelschreiende Heuchler, wird eine Rede halten, worauf noch mehr geweint wird, dann wird Mischin den Sarg zuschrauben – und dann hinein mit Babkin in die Grube.

Amen.

Wir alle werden befreit sein. Ein guter Mensch, dieser Babkin, gemessen an uns. Aber wer weiß das schon außer uns selbst!

Alle werden wir glücklich sein, wenn sich erst der Erdhaufen über seinem Sarg wölbt...

Babkin erwachte aus seinem Schlaf, noch immer ohne Zeitgefühl, ließ den Blick durchs Zimmer schweifen, soweit sein Gesichtsfeld reichte, und ärgerte sich sofort wieder.

Allein war er, keiner hielt Wache an seinem Totenbett, wie's sich gehörte, wenn einer ein ordentliches Leben hinter sich hat und ein so großes Erbe hinterläßt. Das enttäuscht, man muß das zugeben, Genossen, zumal hinzukommt, daß keinerlei Blumen auf Wadim Igorowitschs Bett lagen – bis auf die verwelkten Strünke, die Afanasjew ihm auf den Bauch gelegt hatte.

An dem Zustand dieser Blumen aber erkannte Babkin, daß eine Anzahl Stunden verstrichen sein mußte und daß es vermutlich Morgen geworden war.

Der Schreiner Igor Grigorjewitsch Mischin erschien, und hinter ihm trugen zwei Gehilfen den Sarg ins Zimmer.

Dreihundert Rubel für diese Kiste, die nur vierzig Rubel wert war! Ein Betrug von zweihundertsechzig Rubel wurde da neben ihm abgestellt. Babkin wäre grün vor Wut geworden, wenn er das gekonnt hätte.

Mischin betrachtete Babkin mit geübtem Blick, sah dann hinüber zum Sarg und wiegte den Kopf. Nicht nur, daß der Sarg das Billigste war, was überhaupt für einen solchen Zweck lieferbar war, er schien jetzt, bei eingehender Betrachtung des Toten, auch noch etwas eng zu sein.

Obwohl ein Dahingegangener seine unbequeme Lage nicht mehr spürt und auch keine Druckflecken mehr bekommt – Probleme verursacht noch immer das Hineinlegen, wenn der Sarg vorne und hinten und seitlich nicht paßt.

»Na, na«, sagte Mischin, deutlich erschrocken. »Bist ja breiter, als ich dachte. Hast schon im Leben immer Schwierigkeiten gemacht, und nun hört's auch im Tode nicht mit dir auf.«

Mischin scheuchte die beiden Gehilfen aus dem Zimmer, wartete, bis sich die Tür geschlossen hatte, holte dann einen Zollstock aus der Tasche und beugte sich über Babkin.

Hinweg! schrie es in Babkin. Igor Grigorjewitsch, ich spucke dich an! Muß ich das selbst als Toter noch ertragen, deinen widerlichen Geruch nach billigem Machorka und saurem Schweiß? Hören die Bestrafungen denn niemals auf? Warum läßt man mich so leiden? Ich bin kein musterhafter Mensch gewesen, bestimmt nicht; das Leben, liebe Genossen, zwingt einen oft dazu, anders zu handeln, als die Bibel es uns vorschreibt, aber zuviel an Strafe ist ungerecht! Seht doch nur, welche Gauner Afanasjew und Sawitzkij sind! Dagegen waren meine kleinen Gaunereien erträglich, gebt das zu!

Mischin maß gewissenhaft Babkins Körperbreite, verglich sie mit seiner Eintragung im Notizbuch und schüttelte wieder den Kopf.

»Möglich ist's, Wadim Igorowitsch«, sagte er darauf. »Ein bißchen quetschen muß man, aber das wird nicht anders sein, als wenn du mit der Eisenbahn von Tobolsk nach Nowo Sapkow fährst, zusammen mit Koffern, Kisten, Kartons und Säcken. Soll ich dir was erzählen, Babkin? Drei Sommer ist es her, da sitz ich noch im Zug, eingepfercht zwischen dicken Bauernweibern, die Zwiebeln und Gurken fressen. Da tropft's plötzlich auf meinen Kopf, erst langsam, dann schneller, immer schneller. ›Na, na, Genossinnen‹, sagte ich und blickte aus dem Fenster. ›Was ist denn das? Erklärt mir das!‹ – ›Nun ja –‹ sagt so eine Fette neben mir – ›kein Wunder ist's.‹ Dabei frißt sie an einer dicken Zwiebel und schmatzt, als quetsche sie Wasser durch einen Leinenbeutel. ›Das ist Warwa...‹ – ›Wer, bitte, Genossin, ist Warwa?‹ frage ich zurück. Und was sagt sie? ›Warwa ist mein Ferkelchen. Oben, über dir, Genosse, im Karton ist es. Eine kleine Blase hat es. So lang ist die Fahrt. Kümmern Sie sich nicht weiter darum, Genosse... ein paar Tröpfchen sind's ja nur...‹ Was sagst du dazu, Babkin: In einem staatlichen Eisenbahnwagen wirst du von Schweinchen vollgepinkelt! Ein Skandal ist das doch! Sieh, so etwas geschieht dir nicht. Nur ein wenig eng wirst du liegen... das wollte ich dir damit klarmachen.«

Mischin maß auch noch einmal die Länge von Babkin und war erfreut, daß der Sarg, diese elende Kiste, wenigstens hier paßte. Er klopfte noch einmal das Kopfkissen zurecht, sehr dumpfe Laute waren es, die Babkin verrieten, daß keine Federn im Bezug steckten, nicht einmal Kapok oder Wollflocken, sondern einfache Hobelspäne. Abfall, die Mischin sonst in seinem gemauerten Ofen verbrannte. Auch als er die wie wertvolles Moiré aussehenden Laken und Überdecken zurückschlug, raschelte es verdächtig.

So klingt kein Stoff, durchzuckte es Babkin. Keine Seide knistert so laut. O nein, so hohl kann überhaupt kein Stoff klingen. Und plötzlich wußte er's: Papier ist es... zu glänzender Seide gepreßtes Papier, weiter nichts! Wer es nicht anfaßt, wer's nur sieht, glaubt, der liebe Verblichene gehe, in wertvollen Stoff eingehüllt, in die Ewigkeit.

Man wagt es, Babkin, den reichen Babkin, in Papier zu begraben!

Aber Seide wird man berechnen! Ist erst der Deckel zu, wer will da noch kontrollieren?

Igor Grigorjewitsch Mischin, kein Höllenkessel ist groß genug für dich! Im Pech sollst du braten!

»Warte noch ein Weilchen, Babkin«, sagte Mischin und klappte den Zollstock zusammen. »Mit der Witwe ist noch ein Wörtchen zu reden. Wie sollst du losmarschieren? In einem Hemd oder in einem schwarzen Anzug oder so, wie du da liegst? Nina Romanowna wird es entscheiden. Ein schönes Hemdchen habe ich bei mir, gebleichter und bedruckter Nessel, billig wie ein Hühnchenschenkel, aber für dich, Babkin, soll's dreißig Rubel kosten! Betrug, wem Betrug gebührt, mein Guter. In deinem Leben hast du genügend andere übers Ohr gehauen...«

Er ging hinaus und hinterließ einen Babkin, dem schwindlig wurde vor Zorn. Was tun, dachte er, wenn er mir dieses Hemd überzieht? Nichts kann ich tun – welcher Tote hätte sich jemals wehren können! Nina, mein Weibchen, mein verfluchtes, lehne das Hemd ab. Höre meinen Ruf aus der Unendlichkeit... In meinem schwarzen Festtagsanzug laß mich begraben werden.

War es, daß Nina Romanowna tatsächlich so etwas wie eine innere Stimme hörte – wir werden's nie ergründen. Jedenfalls sagte sie zu Mischin, der sein Hemd anbot, mit strenger Stimme: »Nichts da, Igor Grigorjewitsch! So, wie er daliegt, wird er begraben!«

»In seinem Arbeitsanzug?« rief Mischin entsetzt. »Nina Romanowna, die Würde des Todes sollte man anständig bekleiden! Ein glänzendes Seidenhemd...«

»Sein Liebstes war sein Arbeitsanzug, wer weiß das besser als ich! Er behält ihn an! Was soll Wadim Igorowitsch mit einem Seidenhemd? Nie hat er eins getragen...«

»Er war ja auch noch nie tot!« gab Mischin zu bedenken. »Ein Arbeitsanzug! Soll etwa ein Kanalarbeiter mit seinen langen Gummistiefeln begraben werden?«

»Wenn er's will!«

»Wer kann ihn dann noch fragen? Aber seine Witwe, die muß es wissen.«

»Und ich weiß es!« schrie Nina Romanowna erbost. »Babkin, unser Väterchen, war das Herz des Basars. Jeder kannte ihn in seiner Kluft! Also trägt er sie auch im Tod!«

»Schlimm ist es«, stöhnte Mischin, als er an Waninow, dem Popen, vorbeiging, der sich wieder eingefunden hatte, zusammen mit Dr. Poscharskij und der trauernden Familie, »wenn Witwen im Geiz baden. Wann hat unsereiner schon Gelegenheit, einen so wohlhabenden Mann wie Babkin unter die Erde zu bringen? Für immer in Erinnerung wird er bleiben: Ein gutes Geschäft war das. Aber hier? Ein paar Kopeken kleben daran, mehr nicht. Ich werde Babkins gedenken müssen als Opfer seiner Witwe. Hat er das verdient? Immer mehr verroht die Menschheit...«

Mischin kehrte zurück ins Sterbezimmer und setzte sich mißmutig auf die Kante des Sarges. Mit umflortem Blick sah er Babkin an, der unter seinen Lidern böse Blicke gegen ihn schoß.

»Dein Weib«, sagte der Schreiner, »deine Witwe Nina Romanowna, ein wahres Aas ist sie! Wie konntest du sie nur heiraten? Wo hast du deine Augen gehabt, mein armer Wadim Igorowitsch? Die Galle selbst ist sie! Will dich begraben, so wie du bist, in diesem alten zerknitterten Anzug, mit dem Ölfleck auf dem Hemdkragen, mit den krumm gelaufenen Absätzen deiner Schuhe. Was für ein schreckliches Weib ist das! Dabei ließ sich alles so gut an: der Sarg, die Papierdecke, auf dem Deckel das Kruzifix aus bemaltem Blech – und plötzlich macht Nina Romanowna den Rubelsack zu! Babkin, in mir kommt echte Trauer auf, mein Herz beginnt zu zucken. Solch einen Heimgang hast du nicht verdient.«

Er erhob sich, deckte Babkin auf und bewegte dessen rechten Arm. Die Leichenstarre hat nachgelassen, stellte Mischin fest, erstaunlich früh. Keine Schwierigkeiten gab es, Wadim Igorowitsch in den zu engen Sarg zu quetschen. Um Nina zu ärgern, nur darum, steckte Mischin zwei Finger in den Mund und stieß einen schrillen Pfiff aus.

Aus dem Nebenraum stürzten die beiden Gehilfen herein, während der Lehrer Pyljow einen entsetzten Blick ins Zimmer warf. Mischin hörte noch, wie Walentina schluchzte, dann fiel die Tür wieder zu.

»Bringen wir's hinter uns!« sagte Mischin. »Hinein in die Kiste mit ihm. Oben und unten packt ihr an, ich stütze ihn in der Mitte. Genau über den Sarg, Genossen, halten wir ihn, und wenn ich sage ›los‹, öffnen wir unsere Finger. Dann fällt er rein, und wir brauchen nicht zu drücken. Glotzt nicht wie die Schafe. So, wie er ist, kommt er rein. Seine Witwe verschmäht das schöne Hemd! Bei Babkin kann man wahrlich sagen: Er ist erlöst!«

Sie packten ihn, wie Mischin angeordnet hatte, trugen ihn aus dem Bett zum Sarg und peilten die richtige Lage an, Mischin kommandierte »Los!« – und dann plumpste Babkin auf Holzwolle und Papierbettuch, schlug mit dem Kopf am Sargrand auf, aber er lag nach Mischins Meinung gut zwischen den Brettern, ein wenig zusammengestaucht zwar, aber dennoch vorteilhaft anzuschauen.

Mischin war zufrieden, rieb sich die Hände und schickte seine Gehilfen wieder hinaus.

»Warst nie ein schöner Mensch, Babkin«, sagte er und breitete die fürchterliche Papierdecke mit dem Moirémuster über Wadim Igorowitschs Körper. »Aber jetzt – vielleicht noch ein kleines Holzkreuz zwischen den Fingern – kann man dich fast eine Schönheit nennen. Kein verzerrtes Gesicht mehr, keine wutfunkelnden Augen, keine nach vorn gewölbten Lippen wie ein spukkendes Lama, keine zorngeschwellten Stirnadern... Frieden ist überall, seitdem du uns den Gefallen getan hast, umzufallen.«

Er stopfte die Papierdecke an Babkins Seite in den Sarg, zupfte sie gerade, schob das mit Holzspänen gefüllte Kissen unter seinen Kopf – welch eine Schande, jammerte Babkin innerlich, so behandelt und so schändlich begraben zu werden – und faltete ihm die Hände über der Brust.

Mag es nun Mischins lässige Arbeitsweise gewesen sein, oder kam es vom Hineinplumpsen des Körpers in den Sarg – das linke obere Seitenbrett hatte sich gelockert und stand etwas heraus. Mischin betrachtete es mit gerunzelter Stirn, klopfte mit der Faust dagegen, hieb dann mit drei gewaltigen Schlägen gegen das Brett, aber es ging keinen Millimeter zurück und sah äußerst häßlich aus.

»Zu fett bist du!« schimpfte Mischin und starrte Babkin böse an. »Vollgefressen wie eine Mastsau! Drückt sogar den Sarg auseinander, na so was! Noch nie ist mir das passiert. Die meisten Menschen werden dünner, bevor sie sterben – aber du brätst dir natürlich deine eigenen Kartoffeln! Bleibt so fett wie zuvor, der Hamster.«

Mischin kniete neben dem Sarg nieder, begutachtete die Wölbung und entschloß sich, mit Hammer und ein paar Nägeln das Brett wieder in Form zu bringen. Eigentlich hätte er Babkin dazu wieder herausnehmen müssen, aber Mischin tätschelte Wadim Igorowitsch nur die Wange und sagte: »Mein Alterchen, ein bißchen Hämmern regt dich jetzt nicht mehr auf.« Dann wühlte er in seinem mitgebrachten Werkzeugkasten.

Durch Babkin zog ein ihm unbekannter warmer Strom. Schon als er in den Sarg geplumpst war, hatte es ihn durchzuckt. Ein völlig fremdes Gefühl war's, ein Kribbeln von den Fußspitzen bis zu den Haarwurzeln, ein Jucken, das man nicht wegkratzen konnte, weil man ja tot war.

Jetzt fahre ich aus meiner Haut, dachte Babkin zufrieden. Endlich! Bisher war meine Seele noch im Körper eingeschlossen... Jetzt aber werde ich emporschweben ins Paradies. Auf Nimmerwiedersehen, schnöde, verlogene Welt. Jetzt werde ich frei und glücklich sein...

Mischin kam zurück, einen Hammer und ein paar lange Nägel in der Hand. Schnell muß es gehen, dachte er. Wie das aus der Küche duftet! Nina Romanownas Künste am Herd sind bekannt. Nach gebratenem Hühnchen riecht es, mit einem Hauch Thymian und Salbei, und Zwiebelgemüse wird es auch geben und hinterher einen Früchtepudding... Genossen, das Wasser läuft einem im Mund zusammen.

Sicherlich wird man mich einladen zum knusprigen Hühnchen,

der Sargmacher ist schließlich im Augenblick der wichtigste Mann, noch mehr als der Pope. Der Pope kann nur wortgewaltig reden, singen und segnen – am offenen Sarg! Was könnte er machen ohne Sarg? Nichts, sag' ich, gar nichts. Vorbei sind die Zeiten des Großen Vaterländischen Krieges, wo man die Toten in Säcken begraben mußte, weil jedes Holzbrett wichtig war für den Sieg.

Laß mir also ein Hühnerschenkelchen übrig, Nina Romanowna, auch ein Stückchen Brust kann es sein... Wenn der Sarg zugeschraubt ist, werdet ihr zufrieden sein. Auf dunkle Eiche hab' ich ihn gebeizt, nichts mehr zu sehen ist vom einfachen Fichtenholz. Erst wollte ich sogar Mahagonibeize nehmen, aber zu protzig ist das. Das traut den Babkins keiner zu, daß sie den Alten in Mahagoni begraben. Aber Eiche, hier in Sibirien, das ist auch schon ein Luxus, den man bestaunen wird.

Was ein geschickter Schreiner so alles mit Beize zaubern kann! Da müßte schon ein Holzfachmann kommen, um den kleinen Schwindel zu entdecken. Wer, Genossen, seid ehrlich, hat denn Ahnung von den verschiedenen Holzmaserungen? Nina Romanowna hat sie nicht... Vielleicht der Lehrer Pyljow, aber dem ist das alles egal. Ihm glaubt außerdem sowieso keiner, auch wenn ihm alle mit andächtigem Blick zuhören und so tun, als stünden sie auf der Treppe der Weisheit.

»Achtung, Babkin, es geht los!« sagte Mischin fröhlich ob des durch die Türritze duftenden Brathühnchens. »Ein paar Nägelchen, und deine Kiste ist wieder in Ordnung.«

Er kniete sich wieder neben den Sarg, direkt neben den Kopf Wadim Igorowitschs, setzte einen Nagel an das herausgebogene Brett und schlug zu.

Durch Babkins Körper zog wieder dieses warme Gefühl, verbunden mit dem Drang, die Arme auszubreiten und wegzufliegen wie ein Vogel.

Alles schön und gut, dachte er etwas verbittert, ich entschwebe, aber das Hämmern Mischins ist keine sphärische Begleitmusik. Wie erzählte uns doch Waninow, der heuchlerische Pope, immer: Ihr werdet hören Harfenklänge und Engelsstimmen... Nichts da: Mischin hämmert und treibt Nägel in den Sarg!

Ein richtiger Handwerker zeichnet sich dadurch aus, daß er es sich bequem macht und immer die kürzesten Wege einschlägt. So zog auch Mischin den Sargdeckel mit dem scheußlichen Blechkreuz zu sich heran, hämmerte weiter und hoffte, daß durch Babkins Körper der Sarg nicht so ausgebeult war, daß am Ende der Deckel nicht mehr paßte.

Eine Blamage wäre das! Man steht am Grab, Waninow hat den Segen gesprochen, man legt den Deckel auf, will ihn verschrauben, aber siehe da – er ist zu klein! Vieles kann man erklären, aber nicht, daß der Deckel über Nacht geschrumpft ist. Die Beteuerungen und Entschuldigungen von Handwerkern sind sonst wahre Kunstwerke an Beredsamkeit, aber hier würden sie nicht helfen.

Mischin stieg Hitze ins Gesicht. Den Sargdeckel ergiff er – was bewies, aus welch leichtem, minderwertigem Holz er bestand –, stülpte ihn über Babkin und sah mit Entsetzen, daß seine ärgsten Befürchtungen zutrafen: Nichts paßte mehr.

»Völlig ausgebeult hast du den Sarg!« schrie Mischin auf Babkin hinunter und schwang wütend den Hammer. »Nichts als Ärger hat man mit dir – im Leben und sogar im Tod! Willst du mich blamieren? Bloßstellen, du Halunke? Aber ich, Igor Grigorjewitsch, werd's dir zeigen!«

Er warf den Deckel weg, beugte sich haßerfüllt über den armen Babkin, starrte ihn mit giftigen Blicken an, und die Erregung schüttelte Mischin so arg, daß seine Finger sich öffneten und ihm der Hammer entglitt.

Er fiel, aus nicht großer Höhe zwar, aber trotzdem unangenehm schwer wegen seines Eigengewichts, auf Babkins Kopf, dort, wo seine Haare begannen, schrammte dann über die Stirn, die Schläfe hinunter und auf das schreckliche Sägespänekissen.

In Babkins Körper gab es eine Art elektrischen Schlag. Er krümmte sich, streckte sich – und mit einem Ruck richtete er sich auf.

Tatsächlich, wirklich, unbegreiflich: Babkin saß im Sarg, hatte die Augen geöffnet, starrte Mischin wutentbrannt an und sagte ganz deutlich:

»Du willst mich erschlagen, du Hund?«

Könnt ihr ahnen, Genossen, wie's ist, wenn der Himmel einfällt, die Sonne sich verdunkelt, die Meere über die Ufer treten und der Boden unter einem aufreißt? Ihr könnt es nicht? Dann fragt einmal Igor Grigorjewitsch Mischin aus Ulorjansk.

Mischin erstarrte zunächst, wie es in der Bibel heißt, zu einer Salzsäule, hörte Babkins Worte, sah die Welt um sich schwarz werden und fiel in kerzengerader Haltung nach vorne um, mit dem Gesicht auf die Dielen. Das unfaßbare Entsetzen drehte in seinem Hirn alle Schalter ab.

Auch Babkin brauchte eine lange Minute, ehe er begriff, daß er wieder lebte und als Lebender in einem Sarg nichts zu suchen hatte. Vorsichtig stieg er von der Holzspanmatratze, zerriß dabei die scheußliche Papierdecke, machte auf den Dielen einige Kniebeugen, um sich zu vergewissern, daß er keiner Täuschung erlag, kniff sich darauf in Arm und Bauch und spürte zufrieden den Schmerz.

Er hob den Fuß gegen Mischin und trat vorsichtig nach ihm, was er ebenfalls in seinen Zehen spürte, tappte auf seinen derben

Sohlen zum Fenster, zog die Vorhänge auf, riß die schwarzen Tücher weg und stieß die Fensterflügel auf. Frische, aber sehr warme Luft kam in das Zimmer, es war heller Tag.

Mittag muß es sein, aha. Es riecht nach gebratenem Fleisch, sie schlemmen also. Während ich Armer noch nicht mal unter der Erde bin, fressen sie sich rund und loben die Stunde, in der ich tot umfiel! Aber da kennt ihr Wadim Igorowitsch Babkin schlecht. Er kommt wieder! Wieso das möglich ist? Fragt nicht mich! Mischin hat mir den Hammer auf den Kopf geworfen, und meine Seele kehrte in den Körper zurück! Es gibt noch Wunder, Genossen! Lenin hat uns den Sowjetstaat gebracht, aber was ist das gegen die Wiedererweckung durch einen Hammer!

Liebe Freunde, ich lebe!

So völlig sicher allerdings war sich Babkin dessen doch noch nicht. Wer so plötzlich aus der Ewigkeit in die Gegenwart zurückspringt, darf mißtrauisch sein.

Kein Zweifel, alles um ihn herum war normal: Er roch den Hühnerbraten, durch das Fenster flutete das warme Tageslicht, vor ihm lag wie eine umgestürzte Säule der arme Mischin. Vogelgezwitscher hörte Babkin, ein Auto fuhr klappernd vorbei, und wenn er gegen das Fußende des Bettes klopfte, spürte er es an seinen Fingerknöcheln.

Seine Rippen schmerzten ihn jetzt, weil er in dem zu engen Sarg eingequetscht worden war, vor allem aber erinnerte er sich genau an alles, was seine Familie und seine Nachbarn ihm gebeichtet hatten im guten Glauben, er nehme die ungeheuerlichen Geständnisse still mit in die Unendlichkeit.

Was jetzt, fragte sich Babkin.

Da steht man nun und blickt seinen Sarg an, aus dem man hinausgehüpft ist. Hinter dieser Tür dort wird die Familie sitzen und mit gutem Appetit gebratene Hühnchen essen, ein wenig ungeduldig schon, daß der alte Babkin noch immer nebenan liegt und nicht schon längst in der Erde. Der Pope wird wieder für drei fressen und Walentina, mein schönes Töchterchen, mit Blicken beleidigen, frei von allem Schuldgefühl, daß er einen Bastard gezeugt hat...

Oje, oje, was für ein Leben ist das! Nun muß man einen ganzen Berg aus Lug und Trug abtragen, muß Rache nehmen für die bisher unbekannte Schmach. Ein großes Aufräumen wird's geben, Heulen und Zähneklappern werden durch das Zimmer schallen, Fäuste werden fliegen, Augen zuschwellen, Beulen sich wölben... Das bist du dir schuldig, Babkin, wo man dich so betrogen hat!

An der Tür klopfte es. Babkin zuckte zusammen, hatte einen Augenblick den Gedanken, zurück in den Sarg zu flüchten, blieb dann aber doch stehen und wartete ab.

»Kommst du?« rief es durch die Tür. Nina Romanownas Stimme war's. Sein Weib, das mit dem Nachbarn Narinskij, dem Parteisekretär Blistschenkow, dem Briefträger und wer weiß wem noch... Es begann in Babkins Ohren zu rauschen. »Hühnchen gibt's, Igor Grigorjewitsch. Bist du fertig?«

»Gleich...« antwortete Babkin und ahmte Mischins Stimme nach, so gut er konnte.

»Beeil dich... Laß das Brüstchen nicht kalt werden...«

Welch fröhliches Miststück, dachte Babkin erschüttert. Wie lustig Nina plötzlich reden kann. »Ähäm« und »Mmm« hat sie in den letzten Jahren nur gesagt. Das Allernötigste. Aber jetzt! Trällert wie eine Lerche und hüpft herum wie ein Zicklein! Welch eine Freude – und bloß, weil ich tot bin. Babkin, der große Esel!

Er reckte sich ein wenig, legte den Deckel über den Sarg, betastete das billige Kreuz aus Blech und empfand große Lust, Mischin so lange zu treten, bis der aus seiner Ohnmacht erwachte.

»Später, mein Lieber«, sagte Babkin leise und rieb sich die Hände. Er lauschte dem Klang seiner Stimme nach und erklärte sich selbst zum wiederholten Male: Du lebst, Wadim Igorowitsch. Mach dir nichts vor. Du lebst! Nicht mehr davonlaufen kannst du... Du bist wieder mitten unter ihnen, unter diesen Hyänen, die deine Seele zerrissen haben. Babkin, du lebst!

Er stieg über den noch immer reglosen Mischin hinweg, machte vor der Tür noch einmal drei Kniebeugen, ballte abwechselnd die Faust und spreizte die Finger, auch dreimal hintereinander, atmete tief durch, straffte sich, zog seine Hose hoch über die Hüften und drückte das Kinn an den Hals.

Ihr lieben Babkins, ich komme zurück!

Dann drückte er die Klinke herunter, stieß die Tür auf und überblickte den Tisch mit den dampfenden Hühnchen und dem Zwiebelgemüse.

»Guten Appetit, ihr Wölfe!« sagte Babkin in die plötzliche Stille hinein.

3

Eine Stille gibt es, die Unheil verkündet. Eine gefährliche Stille, wenn man so sagen will, in die dann der gesamte Lärm dieser Welt einbricht, das Trommelfell zerreißend, das Herz lähmend.

Nicht anders war es, als Babkin, das gute, tote Väterchen plötzlich in der Tür zum Sterbezimmer stand und mit einem satten Ton: »Guten Appetit, ihr Wölfe!« sagte.

Wie bei Mischin, der noch immer salzsäulenstarr mit dem

Gesicht nach unten auf den Dielen lag und nicht aus seiner Ohnmacht erwachen wollte, breitete sich auch rund um den Tisch eine ruckartige Lähmung aus. Nelli fiel die Gabel auf den Teller, der Pope Waninow bekleckerte sich den Bart mit Zwiebelgemüse, Pyljow, der Lehrer, glotzte wie ein gewürgtes Kalb, Walentina schloß die Augen, Narinskij, der Nachbar Metzger, ließ seinen Mund weit offenstehen, ein wirklich nicht schöner Anblick, und Nina Romanowna, die Witwe ohne toten Ehemann, kippte stumm von ihrem Stuhl auf die Bretter, und niemand half ihr, weil alle versteinert waren.

Aber nur ein paar Sekündlein war es so – dann brach ein Lärm aus, daß sich die Wände des Zimmers hätten biegen müssen. Alles sprang auf, schrie durcheinander, fuchtelte mit den Armen wild durch die Luft – ganz recht, wie losgelassene Irre benahmen sich alle.

»Der Satan hat die Macht ergriffen!« brüllte der Pope mit gewaltigem Baß. Er riß sein Brustkreuz an der breiten silbernen Kette hoch und hielt es Babkin entgegen, als beginne jetzt eine Teufelsaustreibung. Von einem Wunder Gottes sprach Waninow nicht... Wer einen Babkin wieder zum Leben erweckte, das konnte nur der Satan sein!

Narinskij hatte die Lage zuerst erfaßt. Er riß sich die Serviette vom Hals und stürzte hinaus.

»Hiergeblieben, Isaak Guramowitsch!« schrie Babkin. »Lauf nicht weg, du Bock. Wo du dich auch verkriechst, ich hole dich heraus!«

In panischer Angst raste Narinskij aus dem Haus und verschwand im Nachbargarten.

Der Lehrer Pyljow rang nach Atem, sein Kopf war rot wie eine Tomate, vom Tisch war er mit einem medaillenreifen Sprung an die Wand gesprungen und klebte nun dort mit hervorquellenden Augen, immer nur »Unmöglich! Unmöglich! Unmöglich!« murmelnd.

Nelli fiel auf die Knie, hob die gefalteten Hände zu Babkin hoch und schrillte: »Väterchen! Verzeih! Väterchen, töte mich nicht...«

Und was tat Nina? Ja, was tat sie? Sie zog sich an ihrer Stuhllehne hoch, starrte Babkin in hellem Entsetzen an und rief verzweifelt: »Warum tust du mir das an? Warum tust du das?« Nur wer ihre Beichte kannte, konnte den Sinn dieser Worte verstehen.

Als einzige benahm sich Walentina normal. Sie stürzte auf Babkin zu, umarmte ihn, schmiegte sich an ihn, küßte ihm das ganze Gesicht ab und weinte vor Freude.

»Mein Täubchen«, sagte Babkin mit vor Rührung erstickter Stimme. »Mein kleines Schwälbchen, nun wird alles gut zwischen uns. Väterchen wird in diesem Leben noch vieles zu tun haben.«

Der Pope hielt noch immer sein Brustkreuz hoch und kam mit gesträubtem Bart auf Babkin zu.

»Fahr zurück zur Hölle, Satanas!« brüllte er wieder. »Hinein in den Sarg! Stör nicht die Lebenden!«

Der einzige, der ruhig blieb und noch immer hinter seinem Teller mit dem gebratenen Hühnchen saß, war Dr. Poscharskij. Bei Babkins Erscheinen hatte er nur »Ah!« gesagt, Messer und Gabel hingelegt und sich zurückgelehnt.

Was das »Ah!« zu bedeuten hatte, konnte man nur raten; es klang so, als sei der innere Druck durch alle Zweifel an Babkins Tod wie Luft aus einem Kessel entwichen. Womit die ärztliche Unterschrift unter dem Totenschein allerdings nicht ausgelöscht war...

»Wer hier zur Hölle fährt, Sidor Andrejewitsch, wird sich noch zeigen!« schrie Babkin dem Popen ins Gesicht. »Friß dein Kreuz auf, solange du noch Zähne hast!«

Waninow verstand solches sofort. Er ließ das Kreuz auf die breite Brust zurückfallen, raffte sein langes, priesterliches Gewand und tat es wie Narinskij: Er flüchtete aus dem Haus.

Dafür begann jetzt Nina Romanowna zu schreien, raufte sich die Haare, kreischte, sie wollte sich auf der Stelle umbringen, warum ihr denn niemand ein langes Messer bringe, das man ins Herz stoßen könne, und flüchtete in die »schöne Ecke« des Zimmers. Sie kroch unter das Brett mit dem Ewigen Licht und dem Bild der lächelnden Madonna, als Babkin einen Schritt auf sie zutrat.

Nelli lag noch immer auf den Knien und betete laut und inbrünstig. Es schien ihr der einzige wirksame Schutz zu sein. Wer betet, dem schlägt man nicht auf den Kopf.

»So ist das nun, meine Lieben«, sagte Babkin laut und deutlich, mit kraftvoller Stimme, als habe er nie in einem Sarg gelegen. »Zurückgekommen bin ich, um alle noch einmal an meine Brust zu drücken: mein Weibchen und mein Töchterchen, meinen Schwiegersohn und die lieben Nachbarn Narinskij, Afanasjew und Sawitzkij. Und Väterchen Waninow, den rüstigen Popen. Euch alle werde ich umarmen und mich bedanken für das, was ihr mir gestern erzählt habt. Welch eine Welt habt ihr mir gezeigt! Alles habe ich gehört...«

»Alles!« stöhnte an der Wand der Lehrer Pyljow.

»Wir werden darüber sprechen, Boris Witalowitsch.« Babkin küßte sein Töchterchen Walentina auf die Stirn... Die einzige war sie, die nicht vor Angst, sondern vor Glück zitterte. »Mit allen werde ich sprechen!«

»Wer tötet mich?« rief Nina Romanowna wieder aus der »schönen Ecke«. »Wer kann das noch ertragen!«

Ganz ruhig, wir wissen es, war Dr. Poscharskij geblieben. Nun stand er auf, kam auf Babkin zu und sah ihn mit wissenschaftlichem Blick an.

»Umgeben sind wir von Halbidioten, Genosse! Kommen Sie mit.«

»Wohin, Bairam Julianowitsch?«

»Zurück ins Sterbezimmer.«

»Nie und nimmer! Diesen Raum gibt's für mich nicht mehr. Wenn ich noch einmal sterbe, dann dort auf dem Ofen! Wenn ich vertrocknet wie ein Stockfisch bin, erst dann ist sicher, daß ich tot bin. Vorher braucht das keiner mehr zu glauben, auch Sie nicht, Dr. Poscharskij, Sie Vollidiot von einem Arzt...«

»Eben darüber sollten wir miteinander sprechen, Wadim Igorowitsch. Ich will Sie noch einmal untersuchen.«

»Gesund bin ich. Gesund wie ein Böcklein. Fassen Sie mich nicht an!«

»Nur ein Viertelstündchen, tun Sie mir den Gefallen, Genosse...« Dr. Poscharskij gab seiner Stimme einen beschwörenden Klang. »Der Wissenschaft helfen Sie damit, der Entwicklung der Medizin, der Erforschung eines Phänomens. Bitte!«

Babkin nickte. Noch einen Rundblick warf er auf seine Familie, schob die Unterlippe verachtungsvoll vor und kehrte dann in sein Sterbezimmer zurück.

Dort empfing ihn ein neuer, heller Aufschrei. Mischin war aus seiner Ohnmacht erwacht, just in dem Augenblick, in dem Babkin wieder ins Zimmer zurückkam, und hätte der Schreiner noch Zweifel gehegt, so wurden sie jetzt völlig zerstört:

Babkin lebte! Er lief herum, ballte die Fäuste, und hinter ihm wischte sich Dr. Poscharskij den Schweiß vom Gesicht. Nein, man träumte nicht – Wadim Igorowitsch war von den Toten auferstanden, obwohl es noch nicht der Jüngste Tag war.

Weiß wie seine schreckliche Papierdecke im Sarg lief Mischin hinaus, rannte im Wohnzimmer Pyljow um, stolperte über die noch immer auf den Knien betende Nelli und raste aus dem Haus, vorbei an seinen beiden Gehilfen, die im Vorgärtchen in der Laube saßen, es sich gütlich taten an Hühnerfleisch und Kwaß, schön gekühlt und erfrischend, und nun zum drittenmal erlebten, daß jemand mit allen Anzeichen des Entsetzens aus Babkins Haus flüchtete.

Jetzt war's ihr Meister. Er rannte an ihnen vorbei, schrie ihnen zu: »Folgt mir, Genossen, folgt mir! Die Erde bricht auf!« – was sie für völlig idiotisch hielten. – Aber als Mischin weiterrannte, folgten sie ihm gehorsam, die Hühnchenstücke in beiden Händen mitnehmend.

»Sie sehen, Babkin«, sagte derweil Dr. Poscharskij im Sterbezimmer mit akademischem Ernst, »Ihr Weiterleben erzeugt weniger Freude als gründliches Entsetzen. Wie konnten Sie nur wieder auferstehen? Sie haben das Privileg Christi angetastet! Schämen Sie sich nicht?«

»Bairam Julianowitsch, ich habe den Verdacht: Ich war gar nicht tot!« antwortete Babkin betroffen. Mit Christus wollte er sich auf gar keinen Fall anlegen; es gab in der nächsten Umgebung genug zu tun.

»Nicht tot?« Dr. Poscharskij starrte Babkin böse an. »Unmöglich!«

»Ich gehe, höre, rieche, spreche...«

»Wieder! Das ist ja das Phänomen! Keine Atmung, kein Puls mehr, der Mensch ist tot. Das habe ich bescheinigt. Und nun stehen Sie auf, Wadim Igorowitsch, und geben die Medizin der Lächerlichkeit preis! Ist das edel?«

»Nein, Bairam Julianowitsch. Ich schäme mich ja auch – aber wichtiger ist wohl, daß ich lebe!«

»Wichtiger für Sie, Babkin! Aber uns alle stürzen Sie damit ins Unglück.«

»Das will ich meinen.« Babkin zwinkerte mit den Augen. »Nicht ausreichen wird mein weiteres Leben, bei allen ihre Strafe abzukassieren. Auch bei Ihnen, Dr. Poscharskij.«

»Aha! So wollen Sie das drehen! Babkin, Sie Lügner! Nicht ich habe Sie getäuscht – Sie haben mich in hinterhältigster Weise hintergangen! Sie sind tot und leben dennoch. Sagen Sie selbst, ist das nicht eine Gemeinheit? Geht man so mit einem Mediziner um? Was fällt Ihnen überhaupt ein, wieder zu leben? Warum sind Sie nicht dort geblieben, wo Sie waren!«

»Wer kann ruhig liegen, wenn einem Mischins Hammer auf den Kopf fällt? Sehen Sie doch, Doktor – ich kriege eine Beule...«

»Einem Toten macht ein Hammerwurf nichts aus!«

»Das wäre zum Beispiel ein Beweis, daß ich gar nicht tot war.«

»Nichts ist bewiesen! Höchstens könnte man die Angelegenheit damit erklären, daß Sie in einem Schwebezustand verharrt haben, wo die Seele normalerweise den Körper verläßt. Eine durch, ich weiß nicht was, entstandene Verzögerung der Trennung von Körper und Geist hat Sie wieder lebendig werden lassen. Mag sein, daß so etwas öfter vorkommt, als man denkt, aber bisher ist noch niemand aus diesem Zustand zurückgekehrt, um darüber zu berichten. Sie sind der erste, Babkin. Für die Wissenschaft sind Sie jetzt unersetzlich. Ein Buch werde ich über Sie schreiben. Jawohl, ein dramatisches Buch, das alle bisherigen Forschungen in Frage stellt. Ein entgleitender Hammer holt die Seele in den Körper zurück – was kann diese Ungeheuerlichkeit noch übertreffen! Das Babkinsche Phänomen – unter diesem Namen werden Sie unsterblich werden, Wadim Igorowitsch!«

Dr. Poscharskij legte den Arm um Babkin und führte ihn zum Bett. »Setzen Sie sich, ruhen Sie sich aus, atmen Sie tief durch... So eine Wiedererweckung geht ans Herz. Unterdessen gehe ich hinaus und beruhige Ihre Familie. Keine Aufregung, Wadim Igorowitsch, nicht in den nächsten Tagen, bis ich Ihren Blutdruck unter Kontrolle habe.«

Er drückte Babkin auf die Bettkante, und dann verließ der Arzt schnell das Zimmer. Ein raffinierter Bursche war er, fürwahr... Alle, die Babkin im Leben betrogen und belogen hatten, bekamen nun Zeit, zu verreisen, sich zu verstecken oder zur Verteidigung zu rüsten, auch Poscharskij selbst. Babkin war sein erster Scheintoter und hoffentlich auch der letzte, und daß es gerade ihn, Bairam Julianowitsch, treffen mußte, war ein grauenhaftes Schicksal.

Man mußte einfach dabei bleiben: Babkin war ein Phänomen, unerklärlich wie der Begriff Unendlichkeit. Das Firmament war unendlich, grenzenlos waren die Sterne, ringsum Milliarden Lichtjahre weit entfernt und weiter, immer weiter... Wer kann das begreifen?

Nur so, als eine Art Weltall-Rätsel, kann man Babkin hinstellen, um nicht seine Glaubwürdigkeit als Arzt zu verlieren. Und Waninow, der Pope, muß bestätigen. Irgendwo gibt es bestimmt auch dafür eine Bibelstelle.

*

Babkins Familie hatte sich etwas beruhigt. Man saß wieder um den Tisch herum, allerdings nicht, um weiterzuessen, sondern um gemeinsam die Angst zu überwinden: Väterchen Babkin ist wieder da! Was wird nun geschehen – in den nächsten Stunden, den nächsten Tagen? Oje, oje, was weiß er jetzt alles, was haben wir ihm alles gebeichtet, in gutem Glauben, er sei hinweggerafft aus dieser Welt.

Der Lehrer Pyljow war der erste, der das Wort ergriff. Noch immer war sein Kopf rot, und seine Augen glotzten wie bei einem Kalb. Sein tiefstes Geheimnis hatte er Babkin preisgegeben – ein leichtes war es nun für das auferstandene Schwiegerväterchen, ihn zu vernichten.

»Sie allein, Bairam Julianowitsch, sind der Schuldige«, sagte Pyljow heiser, »wenn in den nächsten Tagen Schädel eingeschlagen werden! Ihre verdammte Fehldiagnose...«

»Nichts war hier falsch diagnostiziert!« entgegnete Dr. Poscharskij stolz und furchtlos. »Wir haben es mit einem einzigartigen Phänomen zu tun...«

»Also doch eine schlimme Krankheit?« stotterte Nelli ergriffen.

»An der er bald richtig sterben wird?« fragte Nina Romanowna hoffnungsvoll.

»Phänomen kommt aus dem Griechischen!« Lehrer Pyljow hatte wieder einmal Gelegenheit, mit seinem Wissen zu protzen. »*Phainomenon* heißt es... das ›Erscheinende‹ – ein außergewöhnliches Ereignis, das kaum erklärbar ist. Wenn Wadim Igorowitsch ein *Phainomenon* ist, kann man nichts machen.«

»Ein... ein griechisches Ereignis?« stammelte Nina, die verhinderte Witwe. »Du lieber Himmel, was hat Babkin mit Griechenland zu tun?«

Pyljow winkte ab. Dämlichkeit widerte ihn seit jeher an. »Babkin war also scheintot?« fragte er Dr. Poscharskij. »Und Sie haben das nicht entdeckt? Welch ein Arzt!«

»Boris Witalowitsch!« rief Dr. Poscharskij und hob warnend die Hand. »Werden Sie nicht unverschämt! Beleidigungen beantworte ich mit Ohrfeigen! Fragen Sie Jurij Andrejewitsch, den Sattler aus der Ulanska Bratja Nummer 9! Ruft mich an, der Kerl, nachts um zwei Uhr, ich solle kommen, sofort, es sei sehr schlimm. Ich rase hin, sehe ihn im Sessel sitzen und frage ihn voller Mitleid: ›Na, Genosse, wo fehlt's denn?‹ Und was antwortet er mir, dieser Verbrecher? ›Doktor, gut, daß Sie da sind, ich weiß mir keinen Rat mehr. Den Drang habe ich, zu scheißen, aber es kommt nichts!‹ Ha! Was habe ich getan? Na? Rechts und links habe ich ihn geohrfeigt, gezüchtigt wie einen ungezogenen Hund. Ich wette: Jurij Andrejewitsch ruft mich nachts um zwei Uhr nicht mehr! Und auf Sie, Genosse Pyljow, warten auch Ohrfeigen, wenn Sie mich weiterhin in dieser Form attackieren!«

»Was ist nun mit Väterchen?« fragte Nelli weinerlich, noch immer auf den Knien liegend. »Wo ist er?«

»Sicher ist eines: Er lebt!« Dr. Poscharskij überhörte das vielfache Aufseufzen um sich herum, das schon mehr wie unterdrücktes Schreien klang. »Er sitzt auf der Bettkante und sinnt darüber nach, was er als angeblicher Toter alles gehört hat.«

»Wer tötet mich?« jammerte Nina Romanowna wieder. »Wer? Schnell muß es gehen... Er wird mich langsam zu Tode martern, wenn er tatsächlich weiterlebt.«

»Darüber besteht gar kein Zweifel. Babkin ist wohlauf.« Dr. Poscharskij kratzte sich die Nase und kam sich insgeheim sehr hilflos vor. »Man muß versuchen, ihn versöhnlich zu stimmen.«

»Ihn? Nie! Eher fließt der Ob nach Süden!« Pyljow sah sich mit wildem Blick um. »Meine Lieben, wir sind unter uns – sehen wir von dem Doktor ab. Laßt uns untereinander auch das Problem lösen. Wadim Igorowitsch ist tot, das weiß jeder in der Stadt, der Totenschein liegt vor – was will man mehr. Fragt jetzt noch einer, woran, wie und wann er gestorben ist? Gehen wir hinein und befördern wir ihn dahin, wohin er laut Bescheinigung gehört: in den Sarg!«

»Umbringen willst du ihn?« schrie Nelli auf. »Väterchen töten?«

»Weiß jemand etwas Besseres? Wir wissen nur, daß Babkin jetzt zuviel weiß und uns alle vernichten kann. Und wenn Babkin etwas kann, dann führt er es auch aus!«

»Nein!« Walentina war's, die zur Tür sprang und sich mit ausgebreiteten Armen davorstellte, als wolle sie Babkin verteidigen. »Nein! Vorher tötet auch mich!«

»Man könnte meinen, wir säßen in einem Theater, und man spielte ein miserables Rührstück!« sagte Dr. Poscharskij, angewidert von soviel unterschiedlichem Familiensinn. »Gleich gehe ich wieder hinein, gebe ihm ein Spritzchen, und dann wird er zwei Tage lang schlafen. In zwei Tagen kann man viel überlegen und einiges tun...«

»Welch eine glänzende Idee, Bairam Julianowitsch!« rief der Lehrer Pyljow und wurde sichtlich ruhiger. »Klüger sind Sie, als ich annehmen wollte. Ein Spritzchen... Babkin wird es nicht verweigern, es kommt ja von einem Arzt. Und wenn Sie die fünffache Menge nehmen, Genosse Doktor, dann...«

»Das wäre Mord!« sagte Dr. Poscharskij steif.

»Ein Versehen, Doktor. Ein unangenehmer Rechenfehler. Jedem kann das passieren. Ist der Mensch denn vollkommen? Babkin aber wird selig einschlafen – und alles ist so, wie es auf dem Totenschein steht: Herzversagen. Genial, Genosse Doktor...«

»Mord!« wiederholte Bairam Julianowitsch dumpf. »Mord! Mit mir? Ausgeschlossen! Ich werde Babkin nur beruhigen, ihn einschlafen lassen. Was dann in diesen zwei Tagen geschieht, ist eure Sache. Ich weiß von nichts.«

»Aber der jetzige Totenschein gilt?« rief Pyljow fast jubelnd.

»Tot ist tot.« Eine weise Antwort war das. Für Dr. Poscharskij konnte sich damit die große Sorge verflüchtigen, lächerlich gemacht zu sein, weil er einen Scheintod nicht erkannt hatte.

Tatsächlich, das war ein guter Weg. Babkin wurde begraben, nunmehr wirklich von dieser Erde genommen... Es wurde praktisch nachgeholt, was zwei Tage vorher schon bescheinigt worden war. Und welcher Arzt guckt sich einen Toten noch einmal an, wenn er den Totenschein schon unterzeichnet hat? Nie würde ihn, Poscharskij, ein Vorwurf treffen, zumal alle hier das größte Interesse hatten, Babkins Tod als endgültig anzusehen. »Ich gehe jetzt zu ihm, meine Lieben, und werde Babkin beruhigen. Spätestens in einer halben Stunde schläft er.«

Der Arzt schob Walentina zur Seite, die noch immer mit ausgebreiteten Armen die Tür versperrte, und klopfte höflich an.

Von drinnen antwortete Babkins Stimme, bei der alle heftig zusammenzuckten, und dann trat Dr. Poscharskij ein und schloß die Tür hinter sich.

Pyljow atmete tief auf. »Wir sind eine Familie«, sagte er und blickte sich zu allen anderen um, »in Freud und Leid und Verderben verbunden. Jeden von uns trifft Babkins Zorn, das steht außer Zweifel. Tragen wir jetzt gemeinsam die schwere Bürde: Noch heute muß es geschehen! Und morgen wird er begraben! Dann ist Ruhe bis an unser Lebensende...«

Alle nickten stumm, sogar Walentina, Babkins Augenstern.

So ist es im Leben, liebe Genossen: Wer zuviel von anderen weiß, kann frühzeitig sterben...

*

Babkin saß noch immer auf der Bettkante, die Hände zwischen die Knie geklemmt, und starrte gegen die tapezierten Wände. Schon darin zeigte sich der Luxus, in dem die Babkins lebten – die meisten Zimmer in Ulorjansk waren nur getüncht, zweimal: einmal weiß als Grundfarbe, und dann in einer anderen Farbe mit einer Gummirolle, die ein Muster aufdruckte.

»Nun?« fragte Babkin, als Dr. Poscharskij ins Zimmer kam.

»Was – nun?«

»Hat sich schon jemand von den Halunken aufgehängt?«

»Wadim Igorowitsch, Sie sehen die Probleme zu scharf...«

»Betrogen haben sie mich alle – jetzt werde ich kassieren!«

»Vergessen Sie nicht, daß Sie mit Nina Romanowna zweiunddreißig Jahre verheiratet sind...«

»Von denen sie mich dreiunddreißig Jahre betrogen hat! Mit Narinskij und Blistschenkow, Sapanow und Afanasjew... O Himmel, das sind nur die Namen, die ich jetzt kenne. Wer ist da noch, von dem ich keine Ahnung habe? Welch ein Weib, Bairam Julianowitsch! Gebiert mir drei Kinder und hintergeht mich Tag für Tag! Was steckt bloß in ihr? Habe ich so versagt, mein Guter?«

»Wer weiß das? Sie fragen mich? Lag ich neben euch im Bett?«

»Ha! Welch ein Gedanke!« Babkin zuckte hoch. »Auch Sie hätten ein Liebhaber von Nina sein können! Waren Sie es? Gestehen Sie es, Poscharskij. Alle haben gebeichtet – tun Sie's auch! Haben Sie auch bei Nina gelegen?«

»Pfui! Schämen Sie sich, Wadim Igorowitsch.« Dr. Poscharskij war beleidigt und stellte sich ans Fenster, mit dem Rücken zu Babkin. »Ich bin Arzt. Meine Therapien auch bei hysterischen Frauen sind wissenschaftlicher Natur. Sie haben meine Seele getroffen, Babkin.«

»Wem kann man noch glauben? Wem?« Babkin schlug die

Hände zusammen. »Was ich alles gehört habe, was sie mir alles erzählten – nur, weil ich endlich tot war... Das war die Hölle, Doktor! Nur so kann sie sein!«

»Und Sie?«

»Was heißt das: Und Sie?«

»Wenn alles nach innen blickt und sich Lasten von der Seele redet – wie ist's mit Ihnen, Wadim Igorowitsch? Ist Ihr Gewissen rein wie eine Engelshaut? Haben Sie nichts zu bereuen?«

»Davon ist jetzt nicht die Rede.« Babkin winkte ab. »Aber was man mir angetan hat...«

»Sie haben Nina nie betrogen? Nie?«

»Sprechen wir lieber von der Zukunft, Doktor«, sagte Babkin ausweichend. Keinem war geholfen, wenn man nun anfing, über ihn zu reden. »Wie soll es weitergehen?«

»Wie bisher...«

»Was muten Sie mir zu? Dumm wie bisher soll ich zusehen, wie Nina zu Narinskij schleicht. Wie Waninow, der heuchlerische Pope, mein Täubchen Walentina zerrupft – jedesmal nach dem Gesangsunterricht, nach dem sie die Noten ordnen muß. Die Noten ordnen! Und meine Tochter Nelli... von Sapanow, dem Briefträger, nimmt sie nicht nur die Post an. Von Sapanow, Doktor, dem häßlichsten Mann, den ich kenne und der sogar mit Nina Romanowna... Und weiter, Doktor: Ahnen Sie, was dieser Widerling Afanasjew mir gestanden hat? Wäre ich nicht schon tot gewesen, ich hätte tot umfallen können vor Zorn. Und so soll das weitergehen? Was ist das für ein Rat, den Sie mir da geben, Bairam Julianowitsch?«

»Ein weiser, Wadim Igorowitsch, denn nichts dergleichen wird sich wiederholen. Ein ruhiges Leben wird es werden...«

»Nie! Neue Schweinereien wird man hinter meinem Rücken ausbrüten. Wer einmal betrogen hat, läßt es nicht sein... Wie ein Bär ist er, der Honig geleckt hat. Nein, die Welt um mich herum ist verdorben und wird es bleiben, auch wenn man mich streicheln wird und kuhäugig ›Väterchen‹ zu mir sagt. Wem kann man noch vertrauen? Wem?«

»Schwer wird's werden, das erkenne ich an. Aber nun leben Sie wieder, Babkin, und müssen diese Welt ertragen. Einfacher wäre es gewesen, Sie hätten meinem Totenschein Folge geleistet.«

»Es lag nicht an mir, Doktor, glauben Sie's mir. Immer wollte ich mich bemerkbar machen, schon, als Sie mich untersuchten und sagten: ›Er ist hinüber. Herzversagen. Ihr könnt euch freuen...‹ Schon da wollte ich mich rühren, aber mein Körper versagte. Stumm und steif mußte ich daliegen und alles sehen und hören.« Babkin preßte das Kinn gegen den Hals. »Übrigens sagten Sie tatsächlich: ›Ihr könnt euch freuen!‹ Hört sich so das Beileid eines

Arztes an? Bairam Julianowitsch, Sie wußten eine ganze Menge, nicht wahr?«

»Ein Arzt hat Schweigepflicht, Babkin.« Dr. Poscharskij kam ans Bett und holte aus seiner Tasche eine flache, polierte Nickeldose. »Legen Sie sich hin, mein Freund.«

»Hinlegen? Warum? Ich habe genug gelegen.« Babkin stemmte die Beine auf den Boden, als wollte er dort Wurzeln treiben. »Herumlaufen werde ich wie ein Stier und ihnen allen, diesen Halunken, die Hörner ins Gedärm stoßen!«

»Eben darum ist es nötig, daß Sie sich hinlegen. Eine Injektion will ich Ihnen geben, Wadim Igorowitsch. Die soll Sie munter und kräftig machen, Ihr Herz anregen, die Muskeln stärken, das Blut fröhlich durch die Adern treiben...«

»Bairam Julianowitsch, Sie sind ein wirklicher Freund.« Babkin legte sich auf das Bett. Von jeher werden die Ahnungslosen betrogen, belogen und ausgenutzt. »Sie unterstützen meine Rache! Brav so!«

»Drehen Sie sich auf den Bauch!« Dr. Poscharskij trat näher und zog die Spritze auf, hielt sie gegen das Licht und drückte die Luft aus dem Glaszylinder. »Und Hose runter! Für einen Arzt ist der Hintern ein unersetzlicher Körperteil. Nichts kann so gut Injektionen aufnehmen wie er. Babkin, jetzt kommt ein Stichchen, und wenn Sie wieder aufstehen, können Sie ganze Wälder ausreißen...«

Die Injektion war kaum zu spüren, aber statt daß Babkin nun mit einem Satz hochspringen und seinen Rachefeldzug beginnen konnte, überfiel ihn jähe Müdigkeit und zog ihm die Lider hinunter, als seien sie mit Blei gefüllt. Ohne ein weiteres Wort schlief er ein... Kein Schlaf war das mehr, schon eher eine Betäubung.

Dr. Poscharskij wartete eine Minute, klopfte ihm dann auf das nackte Gesäß, erlebte keine Reaktion, drehte Babkin daraufhin um und deckte ihn mit der schrecklichen schwarzen Trauerdecke wieder zu.

Sein Werk war getan. Was die liebe Verwandtschaft nun mit Wadim Igorowitsch anstellte, war nicht sein, Poscharskijs, Problem.

Er packte sein Spritzenbesteck wieder ein und trat hinaus in die Wohnstube. Dort saßen erwartungsvoll die Babkins und starrten ihn an. Pyljow, von bewunderswerter Nervenstärke, aß sogar ein Schüsselchen von der Nachspeise.

»Was... was ist?« fragte Nina Romanowna leise.

»Er schläft wie ein Toter.«

»Das ist gut. Wie ein Toter! Das soll er auch bleiben.« Pyljow leckte sich über die weibisch wirkenden Lippen. »Kann man sich wenigstens jetzt auf Sie verlassen, Bairam Julianowitsch?«

»Was ich als Arzt verantworten konnte, habe ich getan.« Poscharskij kam an den Tisch, goß sich in ein stabiles Glas eine gehörige Menge Wodka ein und schüttete sie mit einem Zug hinunter. Man sah ihn überhaupt nicht schlucken, ein Beweis, welche Übung er darin besaß. »Wann soll ich wiederkommen?«

»Ist das nötig?« Pyljow grinste breit. Zum Hineinschlagen, dachte Dr. Poscharskij voller Bitterkeit. Wie kann man mit so etwas nur gemeinsame Sache machen? Nur, weil die eigene Blamage so schwer wiegt.

»Der Totenschein ist ausgeschrieben«, fuhr Babkins Schwiegersöhnchen fort. »Wir sehen uns beim Begräbnis wieder.«

»Ja, ja, beim Begräbnis.« Dr. Poscharskij soff noch einmal ein Glas voll Wodka, um den aufflackernden inneren Brand zu löschen und sein Gewissen auszuschwemmen. Er wollte noch etwas hinzufügen, aber alle Worte, die ihm einfielen, paßten jetzt nicht mehr.

Wie konnte man etwa sagen: Macht's gut, ihr Lieben! Oder: Gott sei mit euch! Hier war jetzt alles falsch – nur Stummheit war angebracht. Und schnelles Weggehen.

Das tat er dann auch, und alle Babkins atmeten auf, als hinter Dr. Poscharskij die Tür zufiel. Die Stille, die er hinterließ, hielt eine Weile an, bis Nina zaghaft fragte:

»Wer tut's denn nun? Und wie?«

Die Frage war berechtigt. Man war sich klar darüber, daß es geschehen mußte, aber über die Ausführung und vor allem, wer die Arbeit übernahm, hatte man noch nicht diskutiert. Und um gleich alle Spekulationen auszuschalten, sagte Nina gleich darauf: »Ich nicht. Schließlich war ich mit ihm zweiunddreißig Jahre verheiratet. Man muß das verstehen. Drei Töchter habe ich ihm geboren – da kann ich ihm doch nicht einfach den Hals durchschneiden.«

»Außerdem wäre dies unästhetisch!« sagte Pyljow angewidert. »Das viele Blut! Es muß lautlos, blutlos, ja, elegant geschehen. Vorvergiftet ist er ja – laß uns jetzt überlegen, was man dranhängen kann...«

»Ich gehe zu ihm.« Walentina, die Zarte, wischte sich über die Augen. »Überlegt, was ihr tun wollt. Vielleicht fällt mir etwas ein, wenn ich ihn ansehe...«

»Ein vortrefflicher Gedanke ist das!« Pyljow nickte zustimmend. »Schließlich sind wir keine Wegelagerer und Straßenmörder... Immer ästhetisch bleiben, meine Lieben, immer ästhetisch!«

Walentina machte einen Umweg über die Küche, ehe sie das Schlafzimmer betrat. Babkin, das Väterchen, lag wie vordem stumm und bleich und unbeweglich unter seiner schwarzen Trauerdecke und wirkte so, als könne man ihn wieder in den daneben stehenden Sarg umbetten.

Sie war etwas verwüstet, diese letzte Kiste. Die wie Seide wirkende Papierdecke war zerfetzt, das Sägespänekissen aufgerissen, sogar das Kruzifix auf dem Sargdeckel war verbogen, bei dem billigen Blech kein Wunder.

»Mein armes Väterchen«, sagte Walentina traurig. »Die einzige werde ich sein, der du verzeihst. Ich weiß es. Immer habe ich dich geliebt und muß jetzt zusehen, wie die anderen dich doch noch zum Toten machen. Wer kann das aushalten, Väterchen? Ich nicht – auch wenn Mütterchen darunter leiden wird. Ich helfe dir.«

Unter dem weiten Rock holte sie einen Deckeltopf, gefüllt mit guter Milch, hervor, setzte sich zu Babkin ans Bett und drückte mit der linken Hand seinen Mund auf. Mit der rechten schüttete sie ihm die Milch in den Rachen, massierte dabei seinen Hals, wenn die Milch wieder hinauslief, bis sie merkte, daß Väterchen instinktiv schluckte.

Danach ging es besser: Babkin trank, tief schlafend, aber seinen Reflexen gehorchend, die Milch, die Walentina ihm einflößte, stöhnte dann auf, wackelte mit der Nase, schlief aber weiter, und begann zu schnarchen. Das war ein gutes Zeichen. Bei einem schnarchenden Mann kann man darauf vertrauen, daß er kraftvoll wieder aufwacht.

Walentina schob ihren Milchtopf unter das Bett, küßte ihr Väterchen auf Stirn und Nase und kehrte dann in die Wohnstube zurück.

Nina, Nelli und Pyljow saßen um den Tisch und schwiegen, weil in der Zwischenzeit Bobo Alexandrowitsch Panin gekommen war, der Milizionär, um sich von der Wahrheit des Gerüchtes zu überzeugen, daß Babkin plötzlich tot umgefallen sei. Man ließ ihn in diesem Glauben, und Bobo Alexandrowitsch, begeistert ob dieser Tatsache, strahlte seinen heimlichen Geliebten Pyljow an. Immer hatte er Sorge gehabt, Babkin könne sein Verhältnis zu dem Schwiegersohn entdecken. Unausdenkbar wären die Folgen gewesen!

»Nun?« fragte Nelli und deutete mit Blicken an, daß Bobo von Babkins zwischenzeitlicher Auferstehung keine Ahnung hatte. »Hast du bei Väterchen gebetet? Soll ich dich ablösen, Tinaschka?«

»Nein, laß ihn in Frieden ruhen, Schwesterchen«, antwortete Walentina geistesgegenwärtig. »Neue Kerzen habe ich auch angezündet...«

»Kann man ihn sehen?« fragte Bobo eifrig. »Von einem lieben Menschen möchte auch ich Abschied nehmen.«

»Geh hinein.« Nina Romanowna nickte schwer.

Aber Walentina rief schnell: »Nein«, beugte sich über die Mutter und flüsterte ihr zu: »Väterchen schnarcht. Ein Toter schnarcht doch nicht!«

»Laß es lieber sein, Bobo Alexandrowitsch«, erklärte Nina schnell, und Pyljow, etwas ahnend, zog den Milizionär am Uniformrock wieder auf den Stuhl zurück. »Walentina sagt mir eben, er habe sich sehr verändert. Die Hitze, wissen Sie, Bobo! Kein erfreulicher Anblick mehr. Morgen früh, wenn noch der Tau liegt, wollen wir ihn zum Friedhof bringen. Sie sind dazu eingeladen, Genosse Panin.«

»O danke, danke. Weiß die Ehre zu würdigen. Das wird gewiß ein großes Begräbnis werden! Wer kannte Babkin nicht? Ganz Ulorjansk wird auf den Beinen sein. Ein richtiger Festtag.«

Bobo Alexandrowitsch blieb sitzen, trank Wodka, aß eine gefüllte Zwiebel, jetzt zwar kalt, aber dennoch eine delikate Sache, verdrückte vergnügt die frischen Butterbrezeln, die Nelli gerade aus dem Ofen geholt hatte, und blinzelte Pyljow liebevoll an.

Ein dummer Mensch war er, was Pyljow ungemein störte, aber auch ein lieber Mensch, jenseits aller Arglist, was ihn wiederum sympathisch machte. Seinen Beruf als Polizist betrachtete er als eine Ehre. Wenn er seine Uniform trug, fühlte er Moskau in der Brust. Ein guter Beamter war Bobo Alexandrowitsch, immer geradeaus sehend, nie um die Ecken – so wie ein Beamter eben sein soll. Jedermann lobte ihn, und das ist bei einem Polizisten absolut nicht selbstverständlich, gebt es zu, Genossen!

Als Nina einmal in die Küche ging, um neuen Wodka zu holen, folgte ihr Pyljow.

»Warum geht Bobo Alexandrowitsch nicht?« zischte sie ihn an. »Sitzt herum, frißt und säuft und stiehlt uns die Zeit. Die Stunden verrinnen...«

»Keine Aufregung, Nina Romanowna«, sagte Pyljow beschwichtigend. »Sehen wir das Gute daran: In der Dunkelheit ist unser Vorhaben leichter zu bewerkstelligen. Morgen in der Frühe, wenn Väterchen Babkin hinabgelassen wird ins Grab, ist alles vorbei. War eine gute Reaktion eben von dir... die Hitze, kein schöner Anblick mehr... Bobo ist ein Gefühlsmensch...«

Endlich, nach drei Stunden, verließ auch Panin, der Milizionär, wieder das Haus. Hinter den unendlichen Wäldern rund um Ulorjansk versank glutvoll die Sonne, der Boden atmete noch die Hitze des Tages, aus den Gärten zog vielfach gemischter Duft durch die Fenster.

Im Schlafzimmer saß Babkin wieder auf seinem Bett, etwas schwankend noch, benommen und wie vor den Schädel geschlagen, aber von Minute zu Minute munterer werdend. Die Milch hatte die Wirkung der Injektion abgeschwächt, ein schweres Erwachen war's, aber Wadim Igorowitsch rechnete das noch zu den Nachwirkungen. Vom Scheintod zurück ins Leben ist ein gewaltiger Schritt, das muß man einsehen. Man muß es dem Körper Schritt für Schritt klarmachen: Du bist wieder da! Hör zu, Lunge, du lebst... Hör zu, rechtes Bein, du lebst... Jawohl, glaub es nur, linker Arm, du lebst – und so weiter, bis der ganze Körper weiß: Du lebst! So einfach ist das also gar nicht, das Auferstehen!

Aber dann, wenn der Körper das begriffen hat, dann – oje! Babkin ballte die Fäuste und freute sich, daß er sie wieder ballen konnte.

Und jetzt, dachte er, lauft weg in alle Himmelsrichtungen, ihr Lügner und Betrüger! Babkin kommt und wird die offenen Rechnungen einkassieren! Sagen wird er euch, was ein betrogenes Leben ist...

*

Erfahrene Kriegsveteranen können es bestätigen: Äußerst selten kommt es vor, daß eine zweite Granate in einen schon vorhandenen Granattrichter fällt. Bei einem heftigen Granatfeuer ist man deshalb sicherer, wenn man in einen gerade entstandenen Trichter springt und, sich dem Schicksal ergebend, abwartet.

Wie gesagt, selten ist's, wenn doch einmal in das gleiche Loch eine neue Granate fällt. Aber genau das erlebten die Babkins, als sie nach einem üppigen Abendessen mit einer Tschaban-Suppe – das ist ein herrliches Gericht aus Hammelfleisch, Zwiebeln, Kartoffeln, Tomaten und allerlei Gewürzen – zufrieden am Tisch saßen und sich geeinigt hatten, Väterchen Wadim Igorowitsch im Schlaf mit einem dicken Kissen zu ersticken.

Pyljow, das kluge Lehrerchen, hielt für diese Tötungsart überzeugende Argumente bereit: Erstens war es lautlos. Zweitens hinterließ es keine Spuren äußerer Gewaltanwendung. Drittens war es ästhetisch, und viertens führte es garantiert zum Tode und schloß einen zweiten Scheintod völlig aus.

Pyljow, der gute Schwiegersohn, war auch bereit, diese Arbeit zu übernehmen. Der Anblick Bobos hatte sein Herz in Wallungen gebracht und seinen Rest von Gewissen besänftigt. Es mußte sein, ehe sie alle von Babkin vernichtet werden.

Diese harmonische Eintracht, in der scheinbar auch Walentina mitspielte, wurde jäh zerstört durch das Aufstoßen einer Tür. Die zweite Granate landete im Trichter: Babkin kam munter und tatenfreudig aus dem Sterbezimmer in die Wohnstube zurück. Er hob die Nase schnüffelnd in die Luft und sagte dann – wie immer zu seinen Lebzeiten:

»Habt ihr mir etwas Tschaban übriggelassen, ihr Fresser?«

Mit einem tiefen Seufzer fiel Nina Romanowna vom Stuhl. Keiner vermag zu sagen, ob die Ohnmacht echt oder nur gespielt war. Babkins Weibchen lag jedenfalls auf den Dielen und rührte sich nicht.

Nelli faltete wieder die Hände, Walentina senkte den Kopf, und Pyljow, der liebe Schwiegersohn, glotzte Babkin an, als käme ein Riesenkäfer ins Zimmer.

Alles kein schöner Anblick.

»Die Sprache verschlägt's euch, was?« sagte Wadim Igorowitsch mit sichtbarem Genuß. »Das Spritzchen von Dr. Poscharskij hat mir den noch fehlenden Rest des Lebens zurückgegeben! Munter bin ich wie ein Fischlein im frischen Wasser.«

Er setzte sich an den Tisch, auf den Stuhl, von dem Nina gefallen war und neben dem sie nun lag, zog die Schüssel zu sich heran und begann, die noch lauwarme Tschaban-Suppe daraus zu löffeln. Dabei sah er Pyljow an, der eine gelbliche Hautfarbe bekommen hatte.

»Was erschreckt dich so, Boris Witalowitsch? Um mich unter die Erde zu bringen, sind sechs Teufel nötig. Ihr aber seid nur drei.«

Er rechnet mich nicht mit, dachte Walentina glücklich. O Väterchen, wie böse sind sie alle um dich herum! Wenn du wüßtest, was sie beschlossen haben und was jetzt nicht mehr auszuführen ist. Welch göttliches Geschenk ist doch die Milch ...

Nachdem Babkin in der schweren Stille eine gehörige Portion Tschaban gegessen hatte, wischte er sich über den Mund, rülpste kräftig, was von den Zwiebeln kam, blickte dann zur Seite und betrachtete ohne großes Mitgefühl die noch immer ohnmächtig neben seinem Stuhl liegende Nina Romanowna, sein Weibchen über zweiunddreißig Jahre hinweg.

»Was hat sie bloß?« Die Frage war an alle Anwesenden gestellt.

»Ist es so einfach, einen Toten wieder leben zu sehen?« fragte Pyljow mit heiserer Stimme zurück. »Da kann man schon umfallen.«

»Vor allem, wenn man mit Sünden überladen ist!« Babkin knurrte wie ein erwartungsvoller Wolf, der ein Zicklein wittert, und erhob sich mit einem Ruck. Pyljow zog unwillkürlich seinen Kopf tief zwischen die Schultern.

»Was ... was hast du vor, Väterchen?« stotterte er und wurde noch gelber im Gesicht.

»Ein wenig spazieren gehe ich.« Babkin dehnte seinen Brustkorb mit einem tiefen Atemzug. »Frische Luft, Boris Witalowitsch. Niemand weiß, wie köstlich frische Luft ist, wenn man schon einmal tot war. Bisher hat das keiner erzählen können – ich kann's jetzt. In die Medizingeschichte wird das eingehen, sagt Dr.

Poscharskij. Kühlt ein Fläschchen Krimwein für nachher, wenn ich zurückkomme. Anstoßen muß man doch auf das neue Leben.«

Er atmete noch einmal tief ein, verließ dann das Zimmer, und gleich darauf klappte die Haustür zu. Pyljow starrte vor sich hin, als wolle er die ganze Welt anbrennen.

»So ist das nun!« schrie er plötzlich. »Er läuft wieder herum wie ein Stier. Was sollen wir jetzt tun? Unmöglich ist's, ihn weiterleben zu lassen. Morgen früh ist doch das Begräbnis!«

»Begrabt mich für ihn!« sagte Nina, aus ihrer Ohnmacht erwachend, aber auf den Dielen liegen bleibend. »Ob morgen früh oder einen Tag später, was macht das aus? Erwürgen wird er mich sowieso. Ihr kennt ja nicht die Wahrheit, die er jetzt weiß.«

»Mir genügt, was er von mir weiß«, sagte Pyljow dumpf. »Ich bin vernichtet. Habt ihr im Magazin einen dicken Strick?«

»Hunderte...« schluchzte Nelli, völlig aus der Fassung gebracht.

»Einer genügt für mich.« Pyljow stützte den Kopf in beide Hände. »Daß ich so enden muß! Erster Lehrer sollte ich werden, Leiter der Schule – welche Ehre für mich. Aber nun werde ich unter einem Balken hängen! Ihr Lieben alle, blickt weg, wenn ich jetzt weine.«

»Und was wird aus mir?« rief Nelli verzweifelt. »An mich denkt keiner! Soll ich mich neben Boris an den Balken hängen? Oh, warum haben wir das alles nur getan... oh, warum!«

»Warum! Warum! Warum!« Nina Romanowna zog sich an dem neben ihr stehenden Stuhl hoch und kam auf die Beine.

Einen verwirrten Blick hatte sie, aber den hatten sie alle bis auf Walentina. Die bemühte sich allerdings redlich, auch entsetzt dreinzusehen. Grund dazu hatte sie schon. Nur an den Popen Waninow brauchte sie zu denken, um zu ahnen, was Babkin, ihr Väterchen, mit ihm anstellen würde.

»Getan ist getan«, fuhr Nina fort. »Kann man's noch ändern? Wer hält Wadim Igorowitsch jetzt auf? Was ist ein menschenfressender Tiger gegen ihn?«

»So ist es!« sagte Pyljow mit schwerer Zunge. »Nur ist der Unterschied der: Einen Tiger darf man erschießen...«

»Babkin hat einen alten Militärrevolver versteckt«, rief Nina, plötzlich voller neuer Hoffnung. »Im Kleiderschrank, in einem Doppelboden...«

»Ah! Er hat einen Doppelboden, der Halunke!« schrie Pyljow. »Uns will er jagen, und selbst legt er sich Verstecke an! Sind wohl viele unbekannte schwarze Rubelchen im Doppelboden, was? Schädigt den Staat und läuft mit der Moral herum, als wär's ein Hemd, das ihm aus der Hose hängt! Betrügt die Gemeinschaft des Sowjetvolkes – und will uns strafen, weil wir kleinen menschlichen Schwächen erlegen sind! So einer ist er also! Hinweg mit ihm!«

Aber wie nun?

Bis zum Morgen blieb nicht mehr allzuviel Zeit, vor allem, wenn man Babkin ästhetisch umbringen wollte.

*

Arune Jelisaweta stockte der Atem, als Babkin nach kurzem Anklopfen das Haus betrat und ihr plötzlich gegenüberstand. Dann tat sie einen tiefen Seufzer, lehnte sich an die Wand und bekreuzigte sich. Nur so kann man sich vor Geistern schützen.

»Wo ist Isaak Guramowitsch?« fragte Babkin und rollte mit den Augen.

Arune erbleichte, aber im Gegensatz zu Nina Romanowna fiel sie nicht um. Ein Geist, der sprach, ein Toter, den sie vor ein paar Stunden noch am Bett beweint hattte, lief herum... Zu ungeheuerlich war das!

Mit Wohlwollen betrachtete Babkin den prallen Busen der Narinskaja, ihr mädchenhaftes Gesicht und ihre runden Hüften. Nichts Unbekanntes war das alles für ihn, aber für einen Wiedererwachten dennoch ein neues Vergnügen.

»Wo?« fragte er wieder und etwas härter.

»Bei Komolow in der Wirtschaft...« stammelte das dralle Weibchen und schlug wieder ein Kreuz. Wer hat schon Gelegenheit, mit einem Geist zu reden!

»Aha! Bei Komolow.« Babkin legte die rechte Hand auf Arunes Brust und stellte mit großer Zufriedenheit fest, daß ihn solches wieder erregte.

Voll zurück bin ich im Leben, dachte er fröhlich. Dr. Poscharskij ist doch kein Nichtskönner, sein Spritzchen hat Wunder gewirkt. »Ich werde auf ihn warten.«

Ohne Arunes Antwort abzuwarten, ging er ins große Zimmer, setzte sich in einen Korbsessel und streckte die Beine von sich. Arune folgte ihm schwankend, wie hypnotisiert.

Das Haus des Metzgers Narinskij war gut eingerichtet, nicht so wertvoll wie das des reichen Babkin, aber gemütlich und besser als der Durchschnitt der Ulorjansker Häuser. Ein Metzger verdient gut an dem, was er beiseite schaffen kann, trotz aller staatlicher Kontrollen. Mehl und Wasser strecken jede Wurst, und Fett und zu Pulver zermahlene Knochen tragen zum Wohlstand bei, wenn man sie ebenfalls daruntermischt. Man muß sein Handwerk nur verstehen.

Narinskij war ein guter Metzger – das sagt schon alles. Wen wundert's, daß es ihm gutging? Nur sein Geiz verhinderte ein fröhliches Leben, nach dem sich vor allem Arune sehnte, ein Frauchen, so knackig wie ein reifes Äpfelchen.

»Wo... wo kommst du her?« wagte Arune mit ganz leiser Stimme zu fragen. Ein wenig irre war sie geworden: Von einem Geist, der einem an die Brust faßt, und man merkte es sogar, hatte man bisher noch nichts gehört oder gelesen. Geister sind Luft, entmaterialisiert – aber Babkins bekannte Hand und seinen bekannten Griff hatte sie voll gespürt. Wer ist da nicht verwirrt? »Du... du wirst doch morgen begraben...«

»Geplant war's so. Aber nun bin ich hier und warte auf Isaak Guramowitsch.«

»Du... du bist nicht tot?«

»Komm her und faß mich an, Arunuschka.«

»Ich hab Angst...«

»Komm her!«

Zögernd kam sie näher, streckte die rechte Hand aus und berührte Babkin mit den Fingerspitzen. Kein Zweifel, das war ein Körper, keine Geisterluft. Wadim Igorowitsch war zur Erde zurückgekehrt – wer kann das begreifen?

Plötzlich begann Arune zu weinen, lehnte sich an den Sessel aus geflochtenen Weidenruten und an Babkins Schulter und fühlte das Tätscheln seiner Hand auf ihrem Gesäß. Auch das war ihr bekannt, aber ihr Gefühl dabei war weniger wohlig als unangenehm.

Auch als Babkin ihr über die Schenkel strich, schloß Arune nicht die Augen vor Lüsternheit, sondern vor Erschrecken. Wer ist schon jemals von einem Wiedererwachten gestreichelt worden? Niemand von uns, Genossen!

»Hast... hast du Durst?« fragte sie mit vergehender Stimme.

»Ein Weinchen wäre gut, meine Liebe.« Babkin unterbrach seine noch harmlosen Zärtlichkeiten, sah ihr mit glänzendem Blick nach, wie sie in die Küche lief und dabei ihre Hüften schwenkte, daß es eine wahre Pracht war.

Warum bloß, dachte Babkin, hat Narinskij sie mit Nina betrogen? Ein Rätsel ist das. Aber wer kann schon in das Herz eines anderen blicken oder in seine Gehirnwindungen, um Verworrenheiten zu erklären?

Arune mit Nina zu betrügen, ist fast, wie einen guten Braten gegen ein wäßriges Würstchen zu tauschen. Man kann's nicht begreifen.

Arune kam zurück, eine Flasche Wein und ein Glas in der Hand. Sie zitterte beim Gehen, goß das Glas voll, reichte es Babkin und wich dann zur Wand zurück.

»Was willst du von Isaak Guramowitsch?« fragte sie, als Babkin das Glas wieder absetzte.

»Ihm den Schädel einschlagen. Mit Nina betrügt er uns – stell dir das vor! Mit Nina Romanowna! Verrückt muß er sein... Aber trotzdem schlage ich ihm den Schädel ein! Schleicht heimlich zu ihr...«

»Und wir?« Die schöne Arune atmete heftig. »Was war mit uns? Bist du nicht auch, wenn ich ein Handtuch zum Fenster hinaushängte, zu mir...«

»Das ist etwas anderes!« Babkin winkte ab. »Nicht zu vergleichen ist das. Ein Mann in meiner Position muß weltoffen sein...«

»Auch Narinskij ist ein Mann.« Sie weinte wieder, ihr Körper zuckte dabei, und Babkin betrachtete mit Wohlwollen ihren auf und ab wogenden Busen. »Du erschlägst ihn? Wie soll ich als Witwe weiterleben? Zu jung bin ich noch für lange schwarze Kleider.«

»Wir werden sehen.« Babkin goß sich noch ein Gläschen voll. Ein guter Wein aus dem Kaukasus war es. Er kannte ihn, denn Narinskij hatte ihn ja von ihm gekauft. »Zum Beispiel könnten wir heiraten, Arune.«

»Wir?« Sie starrte ihn an, als sei er wirklich ein Geist. »Und Nina Romanowna?«

»Ich werde sie erschlagen wie Narinskij. Jedermann wird das gerecht finden, und alle werden lobend sagen: Sieh an, der Babkin! Der geächtete Witwer heiratet die arme Witwe. Welch eine große Seele! Nun steht die Welt wieder gerade. Was haben die beiden leiden müssen! – Genauso wird man sprechen.«

»Ich soll einen zweifachen Totschläger lieben?«

»Einen vielfachen Totschläger, mein Schwänchen.« Babkin dehnte und streckte sich im Sessel. »Da sind noch mehrere, denen es an den Kragen geht: Waninow, dem Popen, Afanasjew, Sawitzkij, Mischin, Sapanow, Bobo, Pyljow, meinem verdammten Schwiegersöhnchen, Blistschenkow, diesem Floh... Ha, ich rotte sie alle aus!«

»Und wann rottest du mich aus?«

»Ganz sicher, wenn auch du mich betrügst!«

Babkin hob den Kopf. Auf den Steinplatten vor dem Haus ertönten Schritte. Arune, die Süße, preßte die Fäuste an den Mund und biß hinein. Ihre Augen, die Babkin einmal – in seinem Alter wie ein Gockel reagierend – vom Himmel gefallene Sterne genannt hatte, weiteten sich in maßlosem Entsetzen. Sie wollte aus dem Zimmer laufen, aber eine Handbewegung Babkins hielt sie zurück.

»Da kommt er ja, der gute Isaak Guramowitsch«, sagte er gemütlich. »Paß auf, wie er gleich wegzulaufen versucht. Die Hosen wird er sich vollmachen, der Ehebrecher.«

»Mein liebes Täubchen!« rief draußen in der Diele eine fremde Stimme. Babkin erstarrte und schob den Kopf vor. »Wo ist es denn, mein zärtliches Kaninchen? Hast dich schon ausgezogen, was?«

Die Tür sprang auf, und herein kam ein Mensch, den Babkin noch nie gesehen hatte. Ein feines Herrchen, so sah er jedenfalls aus, in der einen Hand einen Strauß mit Blumen, in der anderen eine Flasche Sekt von der Krim. Ein schwarzes Bärtchen klebte ihm unter der Nase, und schwarze Locken hatte er auf dem Kopf. Vor allem aber war er jünger als Narinskij und viel jünger als Babkin, so um die Dreißig herum und damit auch noch jünger als Arune Jelisaweta. Verblüfft blieb er in der Tür stehen und betrachtete Babkin wie einen verirrten Regenwurm.

»Wer sind denn Sie, Genosse?« fragte er etwas hochmütig. »Keine Geschäftszeit mehr. Belästigen Sie nicht die Frau des Hauses. Denken Sie früher an Ihren Bedarf. Scheußlich – immer will sich die Trägheit durchsetzen.«

»Ich bin Babkin, Wadim Igorowitsch ... und trete Ihnen gleich in den Bauch!« sagte Babkin und erhob sich aus seinem Korbsessel.

»Und ich bin Gurjuk, Julian Viktorowitsch ... und werde Ihnen das Gesicht auf den Rücken drehen ...«

»Dann los, Freundchen!« Babkin duckte sich etwas. Zu Arune schielte er hin, die bleich an der Wand lehnte und an ihren Fäusten kaute. »Da kommt noch einer auf die Liste«, sagte er und atmete plötzlich schwer. »Nein, zwei kommen drauf ... du zärtliches Kaninchen ...«

»Zu Hilfe!« stammelte Arune. Es sollte ein Schrei werden, aber ihre Stimme ertrank in den Tränen, die ihr aus den Augen tropften. »Zu Hilfe! Hör eine Erklärung an, Wadim Igorowitsch.«

Erklärung! Was gab es da noch zu erklären? Der feine Mensch, der sich Gurjuk nannte, warf den Blumenstrauß an die Wand, ließ die Flasche Krimsekt fallen – sie zerplatzte nicht, was für die Güte sowjetischen Glases sprach – und rieb sich die Hände wie einer, der am Reck turnen wollte.

»Mein Alterchen«, sagte er fast gütig. »Ingenieur bin ich, von der neuen Silbermine. Vier Sportdiplome habe ich ... Komm nur her. Noch einen Rülpser tust du, dann bringen wir dich ins Krankenhaus. Viel Silberdraht wird man brauchen, um deine Knochen wieder zusammenzuflicken.«

Babkin schnaufte laut. Das Wort »Alterchen« brannte in seinem Herzen wie ein offenes Geschwür. Nun ja, sechzig ist man, das ist nicht zu leugnen, aber »Alterchen«, in diesem gehässigen Ton gesagt, war ein Schwertstreich gegen seine Männlichkeit.

Es gibt Sechzigjährige, die reiten einem Dreißigjährigen davon, vor allem in Sibirien ... Und da kommt so ein Stadtmensch daher, ein Ingenieur, sicherlich aus Tobolsk, und rollt mit den Muskeln!

Paß auf, Rotznäschen, was man gleich mit dir macht...

Was man nun erwartet, Genossen, es fand nicht statt. Die beiden Männer stürzten nicht aufeinander los, o nein. Sie wandten sich plötzlich einträchtig zu Arune um und spuckten vor ihr aus.

»Hürchen!« sagte der feine Gurjuk.

Und Babkin fügte hinzu: »Auch so ein spreizbeiniges Weib... zum Kotzen ist's! Julian Viktorowitsch, sollen wir uns deswegen die Knochen brechen?«

»Welch ein sinnloser Luxus wäre das!« entgegnete Gurjuk vornehm. »Wadim Igorowitsch, Sie haben auch mit ihr...?«

»Und wie oft!«

»Pfui!«

»Ja, pfui über sie!«

»Ein so strammes Weibchen und ein Greis...«

»Wir können uns noch schlagen«, sagte Babkin dumpf, »wenn Sie weiter an meiner inneren Jugendlichkeit zweifeln!«

»Mir genügt, was ich höre und sehe.«

»So ist's recht. Gehen wir.«

»Ja, gehen wir.« Gurjuk nahm seine Sektflasche vom Boden hoch. »Aber wohin?«

»Zu Komolow, in die Wirtschaft.«

»Was soll ich da?«

»Da sitzt Isaak Guramowitsch, ihr Männchen. Julian Viktorowitsch, helfen Sie mir, ihm den Schädel einzuschlagen.«

»So ist's.« Gurjuk spuckte noch einmal vor Arune aus, um seine Empörung zu unterstreichen. »Aber ist Narinskij nicht ein starker Mann, Wadim Igorowitsch?«

»Kein Problem für Sie mit vierfachem Sportlerdiplom.«

»Es war im Hochsprung...«

»Vortrefflich! Dann können Sie mit Stangen umgehen. Brechen wir uns jeder eine aus dem Zaun – und dann hinüber zu Komolow!«

»Welch eine gute Idee! Kommen Sie, Genosse.«

An der heulenden Arune vorbei verließen sie das Zimmer, traten auf die Straße, und Gurjuk ging zu einem verbeulten alten Auto, das vor dem Haus stand.

»Abschließen will ich es noch!« sagte Gurjuk harmlos, setzte sich hinein, ließ den Motor an und schoß davon wie ein Rennfahrer.

Fassungslos starrte ihm Babkin nach, bis er begriff, was man mit ihm gespielt hatte.

»Feigling!« schrie er dem wild über den schlechten Weg hüpfenden Wagen nach. »Oh, ist das eine Welt! Ist das eine Generation, diese Jungen! Nennen uns Alterchen und rennen vor jeder Wespe davon. Wie gut, daß ich noch aus altem hartem Holz bin!«

Er vergrub die Fäuste in den Hosentaschen, reckte das Kinn in die Luft und machte sich auf den Weg zu Komolow. Nur ein paar Schritte waren es; die Wirtschaft lag eine Straße weiter um die Ecke herum.

*

Jeder in Ulorjansk wußte es: Narinskij war ein starker Mann. Wer einem Hammel mit der bloßen Faust die Stirnknochen zertrümmern kann, ist ein starker Mann. Narinskij hatte es einmal vorgeführt, und alle hatten begeistert geklatscht.

Um so mehr verblüffte es alle Gäste bei Komolow, daß Isaak Guramowitsch aschfahl im Gesicht wurde, als Babkin in den Schankraum trat und laut sagte:

»Narinskij, ich bringe dir die Verdammnis!«

»Mein Gott, er lebt ja!« schrie Komolow auf und umklammerte den Thekenrand. »Wadim Igorowitsch, du hast doch im Sarg gelegen ...«

»Davon später!« Babkin winkte ab. Er sah sich um und freute sich, daß alle ihn voller Entsetzen anstarrten. »Wißt ihr, was Narinskij ist? Ha, ihr ratet es nie!«

»Wadim Igorowitsch«, sagte Narinskij mit zugeschnürter Kehle, »laß uns über alles diskutieren. Alles kann man bereden, glaub es mir, und die Dinge bekommen ein anderes Gesicht.«

So hatte man den starken Narinskij noch nie sprechen hören, aber Babkin, mutig wie noch nie in seinem Leben, hieb mit der Faust auf die Theke. Ein Zeichen war das ... Alles rückte von ihm und Narinskij ab, bildete einen Kreis um sie und wartete nun gespannt auf die kommenden Dinge.

Mikjew, der im Großen Vaterländischen Krieg Sanitäter gewesen war, zog sogar seine Jacke aus und legte Pflaster vor sich auf den Tisch. Die trug er immer bei sich; wenn man ihn deswegen befragte, sagte er stolz: »Man wird Sanitäter und bleibt es sein ganzes Leben lang. Kein Beruf ist das ... eine Berufung ist's!«

»Keiner weiß, was Narinskij ist?« schrie Babkin durch den Raum. »Ich sage es euch: ein Bär mit einem Hirschgeweih! Welch ein komisches Tier, Genossen! Aber nun gibt es dieses Wesen. Und wer hat ihm das Geweih aufgesetzt? Arune Jelisaweta, sein zuckriges Weibchen. Sitzt hier, der Ahnungslose, bei einem Gläschen Wodka, und was unternimmt unterdessen sein Täubchen? Lädt sich Kavaliere ein, die sie ein zärtliches Kaninchen nennen ...«

»Lüge!« brüllte Narinskij auf. Er sprang hoch wie ein Gummiball, warf die Arme in die Luft und wirkte wie ein angriffslustiger Gorilla. »Lüge! Niemand ist treuer als Arune! Wer etwas dagegen sagt, bete seinen letzten Psalm ...«

»Singe das Hohelied Salomos und frag einmal Gurjuk, Julian

Viktorowitsch, Ingenieur der neuen Silbermine... Kommt daher mit Blumensträußchen und Krimsekt und pfeift schon an der Tür: ›Ins Bettchen, es kommt der Mann vom Mond!‹ Und flugs deckt Arune die Matratze auf...«

Narinskij starrte wild um sich, machte dann einen Sprung auf Babkin zu, aber der stand wie ein Fels und erwartete ihn.

»Laß uns aufeinander draufschlagen, Wadim Igorowitsch!« schrie der Metzger. »Ein ehrlicher Kampf ist das! Aber diese Lüge...«

»Die Welt ist schlecht.« Babkin griff nach Narinskijs hocherhobenen Fäusten und drückte sie herunter. »Die Hände sollten wir uns geben – als Brüder im Leid, Isaak Guramowitsch. Beide sind wir betrogen worden von unseren Frauen. Das hebt das Problem zwischen uns auf.«

Auch wenn Narinskij mehr von Ochsen, Hammeln und Kälbern verstand als von geistvollen Überlegungen, das kapierte er. Mit rollenden Augen blickte er Babkin an, um sich noch einmal davon zu überzeugen, daß dessen Behauptungen wirklich keine billige Rache waren. Aber als Babkin ihm ganz freundschaftlich zunickte, stieß der Metzger einen dumpfen Seufzer aus, zog die Schultern hoch und stürmte wie ein angestochener Stier aus Komolows Wirtschaft.

»Das wär's, liebe Brüderchen«, sagte Babkin gemütlich und rieb sich die Hände. »Kommt wieder näher. Nicht hier gibt es jetzt blaue Flecken... Isaak Guramowitsch wird sie auf Arunes Haut malen!«

Zufrieden verließ er das Lokal, stellte sich auf die Straße in den leichten, warmen Sommerwind, atmete die köstliche Luft ein, die aus den Wäldern herüberwehte, und hakte auf der Liste in seinem Kopf den Namen Narinskij ab.

Wer nun? dachte er tatendurstig. Ihr verdammten Halunken, wer ist der nächste?

Afanasjew wohnte zu weit weg, am anderen Ende der Stadt – für ihn brauchte man Zeit. Jetzt war es Abend; man mußte sich um die kümmern, die in der Umgebung hausten. Vielleicht Mischin, den Sargmacher?

Morgen, dachte Babkin, er ist von allen der kleinste Lump. Sapanow, Bobo, Sawitzkij? Sie alle waren nicht unbedingt so wichtig, um sie jetzt aufzusuchen, wenn auch Sawitzkijs Betrug mit den kranken Schweinen tief in Babkins Seele brannte.

Am nächsten ist eigentlich Waninow, das Väterchen Pope. Mein heimlicher Schwiegersohn, der Erzeuger meines Enkels. Vor Augen führen muß man sich das mal: Da wird man Alterchen genannt und hat einen Schwiegersohn, der noch älter ist! Würde jemand wagen, zu Waninow Alterchen zu sagen?

In Babkin stieg heiliger Zorn hoch. Mein armes Schwänchen Walentina! Ein Engelsstimmchen hat es, trällert und jubiliert, und singen lernen will es bei dem Popen, doch was kommt dabei heraus? Ein Kind! Zugegeben, ein strammes, liebes Bürschchen mit einem echten Babkin-Gesicht, nicht mit dem Ochsenkopf von Waninow. Ein fröhliches Kind, aber doch ein armes Wesen, das seinen Vater nicht kennt, dessen Name immer ein Geheimnis geblieben wäre, wenn ich nicht tot dagelegen hätte. Ein Vater, der in der Kirche über die Keuschheit predigt...

Das war's, was Babkin vorwärtstrieb. Die Brust dehnte er noch einmal, stopfte sein Hemd korrekt in die Hose und schlug den Weg zur Kirche ein.

Sidor Andrejewitsch, ich komme!

*

Zu keiner Lösung war man im Hause Babkins gekommen. Wohl fand Nina Romanowna den alten Armeerevolver im Doppelboden des Kleiderschranks, aber der Lauf war verrostet, die Trommel knirschte, und den Patronen, die darin steckten, war auch nicht zu trauen. Etwas verschimmelt wirkten sie, voller Grünspan; sie mußten im Lauf der vielen Jahre einmal naß geworden sein.

»Sie taugen nichts!« sagte Pyljow enttäuscht und legte die Waffe aufs Bett mit den zerwühlten schwarzen Trauerlaken. »Weiß man, ob's nicht einen Rohrkrepierer gibt? Dann ist die Hand weg, Nina Romanowna, und Babkin lacht sich ins Fäustchen. Nein, so geht es nicht. Vielleicht kann man ihn mit einem Strick erdrosseln...«

»Ist das ästhetisch, Boris?« fragte Nelli etwas dümmlich.

»Großzügig betrachtet schon. Kein Blut fließt. Alles Schmutzige ist unästhetisch – ein Strick kann sauber arbeiten.«

»Aber die Würgemale am Hals sieht man...« warf Walentina tapfer ein. Der Zwang zum Mitspielen lastete schwer auf ihr.

»Man wird Väterchen bis zum Hals zudecken.« Nina Romanowna befreundete sich mit dem Gedanken ans Erwürgen. »Und wer sieht ihn denn noch an? Nur wir aus der Nähe, beim Abschied am Grab. Die anderen stehen weit genug entfernt. Boris Witalowitsch, nehmen wir ein Seil. Aber wer erwürgt ihn?«

»Natürlich Boris!« rief Nelli und strahlte ihren Ehemann an. Ein fleißiges Mädchen war sie, immerzu willig zu allem, was man von ihr verlangte. Und kochen konnte sie, daß die hochnäsigen Köche in den Hotels eigentlich ihre weißen Mützen an die Wand werfen müßten. Doch ihr Gemüt war so einfältig und ihr Denken geradeaus. Pyljow widerte so etwas an, aber er ertrug es wegen des nun fälligen Erbes.

»Wir sollten überlegen, wer so etwas machen kann«, sagte er nachdenklich. »Erdrosseln ist eine reine Nervensache... Haben wir diese Nerven noch? Meine Lieben, uns zittern zu sehr die Hände. Ein Gemüt ohne Reue brauchen wir, einen gewissenlosen Menschen!«

»Woher?« fragte Nina klagend. »Haben wir einen? Kennen wir einen? Oje, ist es schwer, jemanden umzubringen...«

»Denken wir mal an Mischin...«

»Igor Grigorjewitsch? Ein Feigling ist er!« rief Walentina sofort.

»Wenn man ihm dreihundert Rubel gibt?«

»Dreihundert Rubel? Bist du verrückt, Pyljow?« Nina schlug entsetzt die Hände über dem Kopf zusammen. »Sagt das so daher, dreihundert Rubel! Als wenn das nichts wäre! Wirft mit dem Geld nur so herum, der Genosse Lehrer. Bei allen Propheten, es muß doch einen billigeren Tod für Babkin geben. Kostet sein Begräbnis nicht schon genug? Der Sarg, die Spende für Waninows Kirchenkasse, der Leichenschmaus – noch im Tode macht mich Babkin arm!«

Pyljow schwieg. Ninas Geiz war bekannt; darüber zu streiten brachte nichts als viele Worte und nutzlosen Ärger. Tausende von Rubeln würde sie erben, nicht eingerechnet das Schwarzgeld, das Babkin angelegt und versteckt hatte – aber um Witwe zu werden und an dieses Geld zu kommen, feilschte sein Weibchen bei dreihundert Rubeln wie ein Armenier im Basar. Kann das jemand verstehen?

Pyljow wischte sich mit dem Handrücken über den Mund und dachte an seinen geliebten Bobo und ihren gemeinsamen Untergang, wenn Babkin reden würde.

»Fragen wir Waninow«, sagte er, etwas ermüdet von all den Ereignissen der letzten Stunden.

»Du kannst doch keinen Popen fragen, wie man Väterchen schnell, sicher und ästhetisch umbringen kann!« rief Walentina verzweifelt. In ihr stieg eine berechtigte Angst empor. Wenn jemand ein Interesse daran hatte, Babkin tot zu sehen, dann war es Sidor Andrejewitsch. Ein Pope mit einem heimlichen Kind – da verhängt man den Altar, löscht die Lichter vor der Ikonostase und lauert dem Vernichter seines Rufes auf.

»Einen unverbindlichen Rat soll er geben – rein theoretisch.« Pyljow tat es weh, was er noch hinzufügte, aber er sprach es dennoch aus: »Ist er nicht der klügste Mensch unter uns? Ein wenig klüger nur als ich – doch darauf kommt es an!«

»Hat nicht Dr. Poscharskij schon bei Väterchen versagt? Und ist er nicht noch klüger als Waninow?« warf Nelli ein. Es war einer der seltenen guten Gedanken, die sie manchmal hatte und mit denen sie immer wieder ihre Umwelt verblüffte. Es war dann, als sei in ihrem Hirn ein Lämpchen angeknipst worden, nur war's nicht von langer Dauer.

»Erinnern wir uns an Rasputin«, sagte Pyljow klug. »Das war auch ein Mensch aus dieser Gegend, vom Tobol, ganz in der Nähe. Wie war das damals, als man ihn umbringen wollte? Vergifteten Kuchen hat er gefressen – nichts! Erschossen hat man ihn, mit mehreren Kugeln – er lebte weiter. Erschlagen hat man ihn – der Kerl war nicht totzukriegen. In die eisige Newa warf man ihn, und da erst ist er ertrunken, weil er nicht schwimmen konnte. Nachlesen kann man das überall. Und Babkin ist ein Sibirier, der gleiche Schlag wie Rasputin. Steht von den Toten auf, überlebt Dr. Poscharskijs Spritze, hinterläßt uns einen verrosteten Revolver und verschimmelte Patronen... Wer wettet mit mir, daß auch der Strick reißt, wenn man ihn aufhängen will!« Pyljow atmete schwer nach diesem berechtigten Vergleich mit Rasputin. »Man muß voraussichtlich doch unästhetisch werden!«

»Blut?« stammelte Nina Romanowna tonlos. »Mein liebes Schwiegersöhnchen, das muß geschehen, wenn ich nicht dabei bin.«

Zum Verzweifeln war's... man kam und kam nicht weiter mit dem Problem, durch welche Methode man Babkin die ewige Seligkeit verschaffen sollte.

*

Es war, als habe Sidor Andrejewitsch geahnt, daß er einer der Ersten auf Babkins Liste war. Vorsorglich hatte er die Tür in dem kleinen Anbau verrammelt, durch die man in seine bescheidene Wohnung eintreten konnte. Auch die Verbindungstür zum Kirchenschiff hatte er verriegelt und eine Kommode davorgeschoben. Um seines Schutzes ganz sicher zu sein, lehnte neben Waninows Sessel ein langer, flacher Holzknüppel, mit dem früher die Frauen am Bach die Wäsche über den Steinen geschlagen und den Schmutz hinausgeprügelt hatten.

Aber natürlich war das kein Dauerzustand, das sah auch Waninow ein. Ein Pope gehört zu den Gläubigen, und eine Kirche ist für alle da, die Gottes Atem spüren wollen. Jeder Tag hat seinen Sinn und seine Aufgabe:

Man betet, hält Gottesdienst, singt mit dem Chor, übt mit den verschiedenen Gruppen, hört die Beichte, tröstet die Hilfesuchenden, spendet letzten Trost den Sterbenden, tauft und verheiratet, sammelt Spenden und repräsentiert den Herrn – man denke bloß nicht, einem Popen würde es langweilig zwischen seinen Ikonen und Kreuzen, Kerzenhaltern und Weihrauchgefäßen. Eine ständige, nervenzehrende Arbeit ist das, vor allem in einem so kleinen Ort wie Ulorjansk, wo Kirche und Pope der Mittelpunkt sind – nach dem Parteihaus natürlich. Das Parteihaus ist das höchste.

Waninow, sich seiner Aufgabe voll bewußt, hatte sich zu helfen gewußt. An die Kirchentür hatte er ein Schild geklebt, auf dem man, geschrieben mit einem dicken Rotstift, lesen konnte, daß das Gotteshaus wegen dringender kleiner Reparaturen vorerst geschlossen sei. Der strahlende Sommer erlaube es, Gottesdienste im Freien abzuhalten, hinter der Kirche oder vor dem Friedhof.

Waninow hielt das für einen genialen Gedanken: Geschützt durch die Menge der Gläubigen würde es Babkin unmöglich sein, ihn anzugreifen. Und durch die Türen – ha! – da kam er nicht mehr herein! Da müßte er sie schon mit Dynamit aufsprengen, und das hörte man werstweit.

Mein guter Wadim Igorowitsch, nichts ist es mehr damit, mich am Bart zu reißen!

Immerhin blieb Waninow vorsichtig und trug den Wäscheknüppel ständig mit sich herum. Er wunderte sich, als es dunkelte, daß Babkin noch nicht an seine Haustür gehämmert hatte. Es kann Taktik sein, dachte er. Ganz raffinierte Taktik: Wieg ihn in Sicherheit, um so ärger trifft ihn die Überrumpelung.

Doch wie's auch kommen mochte – in seinen Räumen fühlte sich Waninow unangreifbar und geborgen.

Um so mehr zuckte er zusammen, als es nach Einbruch der völligen Dunkelheit an der Verbindungstür von der Kirche zur Wohnung klopfte. Mit hohlem Blick faltete Waninow die Hände und senkte den Kopf. Herr, wenn ich auch ein Sünder bin – beschütze die Verfolgten.

»Wer da?« fragte er dröhnend. Sein tiefer Baß klang ungebrochen.

»Wadim Igorowitsch!« kam die Antwort aus der Kirche.

»Was willst du?«

»Beichten, Väterchen Pope.«

Welch ein raffinierter Fuchs, dachte Waninow und grinste verächtlich. Beichten – damit öffnet man bei allen Priestern die Türen, aber nicht bei mir. Nicht jetzt und nicht hier bei mir! Such dir etwas anderes aus, Babkin. Übrigens bist du bereits von deinen Sünden auf deinem Totenbett von mir befreit worden – auch wenn's ein Irrtum war. Die Aussegnung gilt, mein Guter. Troll dich nach Hause!

»Steht nicht draußen an der Tafel, daß die Kirche geschlossen ist?« schrie Waninow gegen die verrammelte Tür. »Das gilt auch für dich! Wieso bist du trotzdem eingetreten?«

»Für eine Beichte gehen alle Türen auf, Sidor Andrejewitsch.«

»Du hast nichts zu beichten. Du bist rein wie ein neugeborenes Lämmlein.«

»Auf dem Totenbett war ich's noch, Väterchen Waninow. Aber seitdem hat sich vieles verändert. Lasten von Sünden habe ich in kürzester Zeit auf mich geladen. Narinskij, Arune Jelisaweta, ein gewisser Gurjuk...«

»Was ist mit denen?«

»Nicht sicher ist es, ob sie noch leben...«

»O Herr im Himmel!« Waninow stöhnte laut und blickte heilsuchend zur Decke. Babkins Rachefeldzug hatte begonnen. Drei Opfer lagen schon auf dem Gesicht, und nun war er hier und wollte sein nächstes herauslocken. »Wadim Igorowitsch, du unglücklicher Mensch, was hast du da getan!«

»Nichts, Väterchen. Nur ein paar kleine Worte gesagt. Wie bei einem Schneeball ist's: Oben auf der Höhe läßt man ihn talwärts rollen, und wenn er unten ankommt, ist's ein riesiger Klumpen.« Babkin klopfte wieder gegen die Tür. »Mach auf, Väterchen Pope. Ein paar kleine Wörtchen habe ich auch mit dir zu reden.«

»Morgen, Babkin. Morgen nach dem Gottesdienst auf des Herrn freiem Feld...« sagte Waninow mit knirschenden Zähnen. »Nach Einbruch der Dunkelheit nehme ich nur Notbeichten an.«

»Ich bin in Not, Sidor Andrejewitsch.«

»Nie und nimmer! Keine Krankheit, keine Sterbestunde, keine innere Verzweiflung... hebe dich hinweg, du Satan!«

»Alle Welt vergißt plötzlich, daß ich schon tot war«, klagte Babkin durch die dicke Tür. »Wenn jemand auf dieser Erde ein Recht hat, mit einem Priester zu sprechen, bin ich es! Aber gut, gut denn, Waninow.« Babkin lehnte sich gegen die Tür, trat mit dem Fuß dagegen und gab damit kund, daß Worte bereits zuviel gesprochen waren.

Waninow griff nach seinem Wäscheknüppel, wog ihn in beiden Händen und holte, nur zur Übung, zu einem mörderischen Schlag aus. In der Luft zischte es, soviel Kraft lag in diesem Hieb.

Beruhigt stellte sich Waninow neben die Tür, bereit, sofort zuzuschlagen, wenn Babkins Kopf in den Trümmern erschien. Denn zertrümmern mußte er die Tür erst, bevor er hereinkommen konnte.

Aber wer dachte denn daran, so wertvolle, alte geschnitzte Türen einzuschlagen? Auch war das mit der bloßen Hand nicht möglich, etwas, das Waninow in seiner verständlichen Angst nicht bedachte. O nein, Babkin stellte es anders an, seinen Popen aus der schnell errichteten Festung zu holen.

»Hör zu, Sidor Andrejewitsch«, sagte er mit ruhiger Stimme, was Waninow als besonders gefährlich einstufte und womit er sogar recht hatte. »Einen schönen Tausch schlage ich dir vor: Du kommst heraus – und ich lasse deine Kruzifixe, Weihwassertöpfe, Weihrauchschwenker und Ikonen in Ruhe. Von den Kerzenständern ganz zu schweigen.«

»Nie wagst du das!« brüllte Waninow. Sein Bart sträubte sich vor Entsetzen. »Nie wirst du dich an Gottes Besitz vergreifen! Gesegnet ist alles, was du siehst.«

»Wer kann einem Verzweifelten mit solchen Worten helfen?« Babkin trat wieder gegen die Tür. »Kommst du aus deiner Höhle heraus, Waninow?«

»Nein!«

»Gott erbarme sich meiner Seele«, sagte Babkin dumpf. »Nun beginnt es ...«

Er ergriff ein Weihrauchgefäß, schlug es gegen einen mannshohen Kerzenständer aus Messing, vorsichtig, damit nichts zu Bruch ging, aber es klang sehr zerschmetternd und zerstörerisch.

In seiner Wohnung sank Waninow auf den Sessel und drückte den Wäscheknüppel gegen seine Brust.

»Hinüber sind sie!« schrie Babkin durch die Tür. »Zwei silberne Gefäße!«

»Gott sei bei dir!« brüllte Waninow zurück.

»Jetzt kommt ein Leuchter dran!«

»Der nächste Blitz wird dich treffen!«

Es klirrte laut, dann folgte ein schwerer Fall. Waninows Gesicht begann zu zucken.

»Zwei Leuchter vom Altar!« rief Babkin triumphierend. Dabei erzeugte er das Klirren nur mit zwei blechernen Tellern, die er hinter dem Altar gefunden hatte und auf denen durchziehenden Wandersleuten ein mildtätiges Essen gereicht wurde. Und der schwere Fall war auch ein übler Trick: Babkin ließ sich selbst auf den Boden fallen. »Kommst du heraus, Waninow?«

»Nein!«

»Wohlan... dann schlagen wir das Osterkreuz gegen die Wand.«

»Rühr es nicht an!« schrie Waninow in heller Verzweiflung. »Ein Geschenk des Patriarchen von Perm ist es!«

»Was kümmert's einen Verzweifelten, Sidor Andrejewitsch? Her mit dem Osterkreuz!«

Wieder klirrte es schaurig, und Waninow verdrehte die Augen, sank in sich zusammen und bebte.

Die ganze Kirche wird er demolieren – Ständer, Weihgefäße, Möbel, Ikonen. Wie die Tataren wird er hausen, schlimmer noch als die Bolschewisten zur Zeit der ersten Revolutionsjahre; die rote Soldateska war ein gemütlicher Männerverein gegen ihn! Sidor Andrejewitsch, kannst du das mit anhören, wie Babkin Stück um Stück zertrümmert?

»Was ist denn das?« hörte er Babkin durch die Tür rufen. »Eine hölzerne, bemalte Figur! Maria mit dem Kindchen im Arm. Welch ein leichtes Holz! Ist es Linde, Väterchen? An der Wand wird's in tausend Teile auseinanderspritzen ...«

»Rühr nicht die Heilige Mutter an!« brüllte Waninow. »Abfaulen werden dir die Hände!«

»Kommst du raus zur Beichte, Waninow?«

»Stell die Figur zurück!«

»Eine Idee kommt mir. Man kann mit der Holzfigur die Ikonen zerschlagen. Oder besser noch – ich nehme das Bronzekreuz. Mein Kreuz, das ich gestiftet habe. Ha, wie ein Hammer wird es sein, wie eine Axt... jeder Schlag eine Ikone. Jubeln wird mein armes Herz!«

»Nie wird Gott dir mehr verzeihen, nie!« Waninows dröhnende Stimme war gebrochen. Im Sessel hing er wie eine Masse Fleisch ohne Knochen und stöhnte vor sich hin. Als Babkin wieder gegen die Tür trat, verdrehte der Pope die Augen.

»Machst du die Tür auf, Väterchen?« fragte Babkin in höflichem Ton.

Waninow erhob sich ächzend aus seinem Sessel, kniete vor dem Kruzifix in der Ecke seines Zimmers nieder, betete um Beistand und vor allem Mut und zuckte schmerzvoll zusammen, als aus der Kirche neuer Zerstörungslärm hereindrang.

»Ich komme, Babkin!« brüllte er und sprang auf. »Halt ein mit deinem Frevel! Die ewige Verdammnis ist dir sicher!«

Babkin antwortete nicht. Jetzt stellt er sich auf, dachte Waninow, und es lief ihm eiskalt über den Rücken. Steht da und wartet, bis ich herauskomme. Was wird er in der Hand haben? Auch einen Knüppel? Wagt er es tatsächlich, einen Priester in seiner Kirche zu erschlagen? Vor den Augen Gottes? Vor dem Bild der Heiligen Mutter? Unter dem Blick aller Heiligen von der Ikonostase?

In welch einer Zeit leben wir nur! Nichts ist mehr heilig. Verprügeln darf man einen Mann wie mich, der geweiht ist. Nun gut, ich habe Walentina geschwängert, ein kräftiger Bub ist's geworden, zugeben mußt du das, Babkin, mein lieber Wadim Igorowitsch, auch ein Pope besteht aus Fleisch und Blut. Ein Mensch ist er wie du, und jeder von uns stolpert einmal über einen Stein, ist's nicht so? Wo kämen wir hin, wenn jedem, der einmal Unrecht tut, der Schädel eingeschlagen wird? Ausgerottet wäre die Menschheit im Nu, nichts lebte mehr... Darüber kann man doch mal in Ruhe sprechen, mein lieber Babkin.

Mit zittrigen Händen räumte Waninow die Kommode von der Tür, schloß sie auf, schob die drei Riegel zur Seite, stieß die Pforte auf und betrat wehrlos, die Hände über der Brust gefaltet, die Kirche. Ein Märtyrer, dem Ulorjansk einmal ein Denkmal setzen würde.

»Hier bin ich, Wadim Igorowitsch«, sagte Waninow dumpf. »Bediene dich... Im voraus seien dir alle Sünden an mir vergeben.«

Aber siehe da – kein Schlag erfolgte, niemand stürzte sich auf ihn ...

Feierliche Stille lag über dem Kirchenschiff. Die Kerzen brannten, das Ewige Licht, und nichts war zerstört: kein Weihrauchbekken, kein Ständer, keine Maria, keine Ikone, kein Kreuz. Es war, als habe hier nie ein Babkin gewütet.

Aber Wunder gibt es nicht ... nicht mehr in heutiger Zeit und schon gar nicht in Ulorjansk. Waninow raffte sein Gewand hoch, lief zur Kirchentür auf die Straße.

In der Abenddämmerung sah er Babkin über den Kirchenplatz davongehen, langsam, die Hände in den Hosentaschen, ein wenig nach vorn gebeugt, ein Sieger, der nicht Körper niederzwang, sondern Seelen.

»Gott segne dich!« sagte Waninow ergriffen. »Welch ein Schwein bin ich doch, feige und heuchlerisch! Ich schäme mich – aber niemand hat jetzt etwas davon.«

Er ging in die Kirche zurück, ließ die Tür ins Schloß fallen, setzte sich vor das schwere Bronzekreuz, das Babkin gestiftet hatte, und dachte: Wenn das alles war, Sidor Andrejewitsch, bist du gut weggekommen. Sich schämen ist die billigste Reue. Sie hinterläßt keine Flecken, keine blauen vor allem ...

Kaum zehn Minuten später klopfte es wieder an der Innentür. Nun zögerte Waninow nicht mehr, mutig riß er die Tür auf.

Pyljow, der Lehrer, stand davor, machte eine artige Verbeugung und sagte hastig: »Einen Rat brauchen wir, Väterchen Waninow, einen weisen Rat. Wir wissen einfach nicht mehr weiter ...«

*

Der Bürgermeister von Ulorjansk, der Genosse Guri Jakowlewitsch Blistschenkow, ließ sich von seiner Haushälterin Gulmira, einer dicken Kirgisin, die – nur Gott weiß, wieso – in dieses triste Städtchen verschlagen worden war, eine gewaltige Kabyrga servieren; das ist eine Hammel-Roulade mit Pfeffer und Knoblauch gewürzt. Da klingelte es an der Haustür.

»Nanu?« sagte Blistschenkow, blickte auf seine Uhr und schüttelte den Kopf. »Erwarten wir Besuch, Gulmira?«

»Mir ist nichts bekannt, Genosse.«

»Sieh nach, und wenn's ein Unbekannter ist, wirf ihn hinaus.«

Blistschenkow konnte sich auf die Befolgung dieser Anweisung blind verlassen. Niemandem war es bisher gelungen, den Turm Gulmira umzurennen. Gewagt hatte es auch keiner, denn wenn Gulmira in der Tür stand, voller Bosheit in ihrem breiten kirgisischen Gesicht, die Arme in die Hüften gestemmt, und einen anbellte: »He, was willst du hier, du Strolch«, dann fiel jedem alles Wünschen und Hoffen zusammen zu einem Aschenhaufen.

Bei solch einem Weib verstummten auch sofort alle Mutmaßungen, die man sonst anstellt, wenn ein Mann sich eine Haushälterin engagiert und mit ihr Tag und Nacht unter einem Dach lebt. Undenkbar, daß Blistschenkow auch nur einen Handgriff Gulmira gegenüber tat, der nicht korrekt war, sondern irgendwelche Tätigkeit außerhalb ihrer Pflichten einleiten sollte.

Um so verblüffender, ja, geradezu ergriffen war man in Ulorjansk, als man entdeckte, daß Gulmira doch einen Liebhaber besaß, den stillen und frommen Tokombajew. Kirgise war er wie sie, arbeitete als Wickler in einer kleinen Transformatorenfabrik, ein schmächtiges, mickriges Männlein, das – so stellte man sich das vor – bereits zwischen Gulmiras Brüsten völlig verschwinden mußte. Aber ihre Liebe war so groß; jeden Sonntag standen sie Hand in Hand in der Kirche, wobei Tokombajew wie ein vergreistes Kind neben einer fleischstrotzenden Mutter wirkte.

Blistschenkow zerteilte seine Kabyrga, wickelte den Faden von der Roulade ab, schöpfte Krautsalat auf den Teller und übergoß alles mit köstlicher brauner Butter. Aber zum Essen kam er nicht: Durch die Tür marschierte Babkin in die Stube.

Blistschenkow fuhr, wie von einem elektrischen Schlag getroffen, in die Höhe, griff nach dem Besteck und streckte Babkin Messer und Gabel entgegen, während seine Augen förmlich aus dem Kopf quollen.

»Gulmira!« schrie er heiser vor Entsetzen. »Gulmira!«

Ihr breites Gesicht erschien im Türrahmen, die kleinen, schrägstehenden Augen blinzelten Blistschenkow verständnislos an. »Genosse?«

»Habe ich nicht gesagt, kein Unbekannter...«

»Der Genosse Babkin ist kein Unbekannter.«

»Noch mehr ist er... er ist tot!«

»Ein Toter kann nicht klingeln und zu mir sagen: ›Gulmira, du Kirgisenelfe, laß mich schnell zu Guri Jakowlewitsch!‹«

Erschüttert sank Blistschenkow auf seinen Stuhl zurück und behielt Messer und Gabel abwehrbereit in den Händen. Mit irrem Blick starrte er Babkin an, der sich uneingeladen an den Tisch setzte und ihm freundschaftlich zuwinkte.

»Wie... wieso lebst du?« stammelte Blistschenkow. »Morgen ist doch dein Begräbnis...«

»Soll ich noch eine Kabyrga bringen?« unterbrach Gulmira das entsetzte Gestottere. »Noch eine habe ich im Topf...«

»Verzehr sie selbst, mein Rehlein«, sagte Babkin anstelle des völlig gelähmten Blistschenkow. »Auch der Genosse Parteisekretär und Bürgermeister wird seinen Fleischwickel nicht essen mögen. Wichtiges ist zu besprechen, Unaufschiebbares. Guri Jakowlewitsch, ein Küßchen von Nina Romanowna...«

Blistschenkow sank in sich zusammen. Ein Mann mit Geist war er, der sofort verstand, was man ihm da mit aller Fröhlichkeit um die Ohren schlug. Er nickte schwer, machte eine Handbewegung und jagte damit Gulmira aus dem Zimmer.

Sie war ihm bedingungslos ergeben wie ein Hund, der den Stiefel leckte, wenn er nach ihm trat. Kirgisentreue... solche Leute lassen sich zerreißen für den, den sie lieben.

»Halten wir uns nicht damit auf, was Nina mir am Totenbett erzählt hat«, sagte Babkin mit bewundernswerter Ruhe. Innerlich freilich kochte er fast über.

Da saß er also, einer der Liebhaber seiner Frau, in einem weißen Hemd und blauer Hose, das Hemd der Hitze wegen aufgeknöpft bis fast zum Gürtel, so daß man die stark behaarte Brust sah. Babkin hatte nie eine behaarte Brust gehabt; doch ja, seien wir ehrlich, ein paar Härchen kräuselten sich auch bei ihm zwischen den Brustwarzen, aber sie waren nicht erwähnenswert. Blistschenkow dagegen sah wie ein Affe aus, und Babkin konnte sich gut vorstellen, wie Nina sich in diesen Haarwust hineingekuschelt hatte. Eine Mutter von drei Töchtern!

Halt dich zurück, Babkin! Was bringen sie schon ein, die Faustschläge, die Blistschenkow verdient hat?

»Was... was hat sie erzählt?« stotterte Blistschenkow, vielleicht zum erstenmal in seinem Leben etwas erstaunlich Dummes sagend.

»Wiederholungen liegen mir nicht, Guri Jakowlewitsch. Du weißt es, ich weiß es – sonst niemand. Wenn Gulmira es wüßte, wärst du schon Schaschlik. Sehen wir zu, daß wir das Beste daraus machen, wir gemeinsam.«

»Ich lasse dich verhaften!« sagte Blistschenkow etwas gefaßter. »Ja, verhaften! Bedroht bin ich worden... das reicht aus! Wem glaubt man mehr: dir oder mir?«

»Eine dreckige Wühlmaus warst du schon immer; mich wundert's nicht, und erschrecken kannst du mich damit schon gar nicht.« Babkin beugte sich über den Tisch und lächelte Blistschenkow an.

Dieses Lächeln war es, das Guri Jakowlewitsch seiner Überlegenheit gänzlich beraubte. Was kam da noch nach? Was wußte Babkin alles? Ein betrogener Ehemann, der lächelt, übertrifft ein gefährliches Raubtier.

»Verhandeln sollten wir.«

»Verhandeln? Über was?« fragte Blistschenkow unsicher.

»Für euch alle, ihr Gauner, war ich tot. Was hättest du anschließend gemacht?«

»Eine schöne Grabrede habe ich schon fertig. Eine patriotische Rede. Wadim Igorowitsch, Ulorjansk hätte dich in Erinnerung behalten als einen seiner größten Bürger. Und was tust du? Du stehst wieder auf! Sitzt hier, trittst mir vor den Bauch...«

»Noch nicht!«

»Also gut – Nina...« Blistschenkow fand seine Fassung wieder. Dem ersten Entsetzen folgte nun die Vernunft. Wenn Babkin redete, würden andere, Mißgünstige, die Geschichte weitertragen bis nach Tobolsk, ja, bis nach Swerdlowsk zur Gebiets-Parteizentrale.

Ein Jammer wäre das! Es würde Fragen, Untersuchungen, Kontrollen, Berichte geben – das ruhige Leben in den Wäldern wäre vorbei.

Bisher lag Ulorjansk weit weg von allen Regierungsinteressen; das aber würde sich ändern, wenn es plötzlich in Swerdlowsk hieß: Seht euch mal Blistschenkow an, Genossen. Da treibt es einer in der Stille.

»Über alles kann man reden, Wadim Igorowitsch«, sagte Blistschenkow. »Sind wir nicht Freunde? Jahrelang? Ich bitte dich, das kann man doch nicht vergessen...«

»Wie wahr! Man kann es nicht vergessen.« Babkin betrachtete die Flasche, die auf Blistschenkows Tisch stand, ein Wein, den er nicht im Bazar führte und der also von der Konkurrenz gekauft war, was Wadim Igorowitsch erneut in Wallung brachte.

Er griff nach der Flasche, roch daran und stellte sie mit einem von Ekel verzerrten Gesicht zurück. »Armselig muß dir's gehen, wenn du diesen Essig säufst«, sagte er angewidert. »Hast ihn bei Maxakow gekauft, was? Maxakow ist ein Verbrecher wie ihr alle, aber das ist gut so: Ein Verbrecher betrügt den anderen. Auf diese Weise bleibt's in der Familie. Nur weil Maxakow manchmal, bei einzelnen Waren, ein paar Kopeken billiger ist, läufst du zu ihm. Und sag nicht, dein Gehalt sei miserabel... Wir alle wissen, bei welchen Gelegenheiten du die Rubelchen wegschaufelst...«

Blistschenkow verstand diese verdeckte Drohung nur zu gut. Nichts lief in Ulorjansk, weder ein Hausbau noch eine Geschäftseröffnung noch ein Grundstückskauf, ohne daß nicht Blistschenkows offene Hand über den Papierchen mit den Stempeln schwebte. Und was – ihr wißt es, Genossen – ist das Leben wert ohne amtliche Stempelchen? Eine Null ist wenigstens noch eine Zahl – aber ohne einen Stempel auf deinen Papieren bist du einfach gar nichts.

Vor allem Afanasjew, der Bodenbetrüger, konnte ein Lied davon singen. Bei ihm stand Blistschenkow unverrückbar an erster Stelle auf der geheimen »Spendenliste«. Und jetzt war es ganz sicher, daß Babkin diese Geheimnisse kannte.

»Worum geht es, mein lieber Wadim Igorowitsch?« fragte Blistschenkow liebenswürdig, aber mit Mordgedanken im Hirn.

»Eine verworrene Sache, Genosse, ganz verworren. Kommt da vor einiger Zeit Zapunow zu mir. Du kennst ihn. Dimitri Wladimirowitsch, der Schieler. Steht bei mir im Basar, schielt mich an und sagt doch: ›Wadim Igorowitsch, immer warst du ein guter Mensch, hast ein Herz gehabt für die Armen, hast oft in mein Körbchen ein paar Äpfelchen geworfen oder eine Melone oder Seife zum Rasieren, Gott danke dir dafür. Aber nun ist's an mir, dir zu danken.‹ Ja, so hat er gesprochen.«

Babkin holte tief Atem. Kein Wort davon, daß Zapunow die geschenkten Äpfelchen, Melonen und Rasierseifen mit anderen, verteuerten Artikeln doppelt bezahlt hatte – wer kennt schon die Kalkulation eines ehrlichen Kaufmannes? Den Kunden muß man das Gefühl vermitteln, beschenkt zu werden, dann rechnen sie nicht nach, was sie sonst noch kaufen.

Pyljow, der kluge Lehrer, nannte das Verkaufspsychologie, ein unaussprechliches Wort. Babkin bezeichnete es schlicht als Kundenbetreuung. Und wer von uns will nicht betreut werden?

»Sehr interessant«, sagte Blistschenkow verständnislos. »Aber was soll's?«

»Nun ja, Zapunow kam in das Hinterzimmer, rauchte dort eine von mir gestiftete Zigarre und begann zu schluchzen.«

»Dimitri Wladimirowitsch schluchzte? Warum denn das?«

»Ein tragischer Fall.« Babkin wischte sich über die Augen, als falle auch er in Ergriffenheit. »Was gestand mir Zapunow? ›Krank bin ich, Babkin‹, sagte er. ›Sehr krank. Sterbenskrank, fast schon tot. Daß ich bei dir noch ein Zigärrchen rauche, ist geradezu ein Wunder. Ich komme gerade aus Tobolsk, aus der großen Klinik, weißt du. Da haben sie Apparate, mit denen können sie in deinen Körper sehen. Sehen alles, die tüchtigen Genossen Ärzte, nichts bleibt ihnen verborgen. Und als sie in mich hineingeguckt haben, haben sie die Köpfe hin und her gewiegt und mich scharf angeblickt. Nur zu, habe ich mit all meinem Mut gesagt. Was ist? Wie sieht's in mir aus? – Da kam die Wahrheit heraus. Ein Geschwür am Magen, groß wie eine Kinderfaust. Nun denn, habe ich gesagt, dann holt sie raus. – Und die Ärzte haben gesagt. Zu spät. Da kann man nichts mehr machen, fahr nach Hause, Dimitri Wladimirowitsch, iß ganz vorsichtig, laß dir von deinem Arzt Mittel gegen die Schmerzen verschreiben und bereite dich auf dein Ende vor. – Ja, so ehrlich sind sie in Tobolsk. Mich hat es nicht erschreckt. Dreiundsiebzig bin ich jetzt, hab alle meine Verwandten überlebt und nie an das ewige Leben geglaubt.‹«

»Aber Zapunow lebt doch noch!« warf Blistschenkow ein. »Gestern ging er munter über den Roten Platz...«

Auch das gab's in Ulorjansk: einen Roten Platz. Das nur zur Information, Genossen.

»Du sagst es: noch! Aber seine Wochen sind gezählt.« Babkin überwand sich, goß sich vom Wein der Konkurrenz ein Gläschen ein und schlürfte ihn mit saurem Gesicht. Dann schüttelte er sich dramatisch und tat so, als habe der Wein ihm die Kehle verengt.

»Auch davon kann man sterben!« wisperte er. »Guri Jakowlewitsch, dieses Gesöff kostet dich ein paar Jahre Leben. Aber weiter: Zapunow schielte mich also an und sagte dann: ›Babkin, du guter Mensch, der Besten einer unter Gottes Himmel . . .‹«

»Er muß wirklich sehr krank sein«, warf Blistschenkow ein.

»›. . . unter Gottes Himmel, nun ist's an mir, dir etwas zu schenken. Zunächst – es stimmt nicht ganz, daß ich ein armer Mensch bin. Geizig war ich nur, das ist alles. Eine Henne brütet auf ihren Eiern, ich habe auf meinen Rubeln gebrütet. Mehr wurden sie nicht dadurch, aber es wurden auch nicht weniger. Das ist schon was wert in unserer Zeit, gib es zu. Ja, und draußen am See, bei den Zwölf Aposteln – keiner weiß das – gehört den Zapunows seit über zweihundert Jahren ein großes Stück Wald und Buschgelände . . .‹ – Blistschenkow, ich war überwältigt.«

»Mir geht's jetzt nicht anders.«

Blistschenkows Gedanken jagten sich. Wer kennt in Ulorjansk nicht die »Zwölf Apostel«? Ein gesegnetes Stückchen Land ist es, mit einem stillen, kristallklaren See in der Mitte, keine zwei Werst von der Stadtgrenze entfernt. Eine Parklandschaft, in die man maßgebliche Genossen aus den Städten gelegentlich zu einem Picknick einlud, zu einer Kahnfahrt, auch schon mal zu einer Nerzjagd – wirklich ein Fleckchen Paradies am Rand der großen Taigawälder. Und ein solches Kleinod gehört dem schielenden Zapunow? Unfaßlich!

»Das muß er beweisen«, sagte Blistschenkow gepreßt. »Sagen kann das jeder. Hat er darüber keine Urkunde?«

»Hat er, Guri Jakowlewitsch. Er brachte sie mit. Es handelt sich um ein uraltes Erbe, das in Swerdlowsk neu bestätigt wurde. Daran ist nicht zu zweifeln. Ein Teil der ›Zwölf Apostel‹ gehört Zapunow.«

Ach ja, erklären muß man noch, warum das Land »Zwölf Apostel« heißt.

Rund um den silbernen See stehen zwölf riesige Bäume, Jahrhunderte alt, gewaltige Eichen, »Apostel« genannt, von denen auch die Überlieferung nicht weiß, wie sie hierher nach Sibiren gekommen sind. Man weiß nur, daß an vier »Aposteln« im Jahre 1734 zehn Wegelagerer und Räuber gehenkt wurden und an den dicken Ästen hängen blieben, bis Krähen, Bussarde, Falken und andere Raubvögel sie abgepickt hatten und die Knochen einzeln zu Boden fielen. Doch das bedarf keiner großen Worte – in Sibirien ist man nicht so zimperlich; der Mensch paßt sich der rauhen Natur an.

Zapunow nun, das kam jetzt heraus, gehörten fünf von den »Zwölf Aposteln«. Dazu das Land drumherum und das Stückchen See, das an das Land grenzte – ein wahrhaft kapitalistischer Besitz, geduldet und bekräftigt durch die amtlichen Stempelchen aus Swerdlowsk.

Blistschenkow verschlug es die Sprache.

»Und nun?« fragte er.

»Machen wir es kurz: Zapunow vererbt mir das Land. Als Dank für meine Güte.«

»Das geht nicht!« Blistschenkow zuckte heftig zusammen. »Da habe ich ein Wort mitzureden. Nach Zapunows Tod fällt sein Besitz, da keine leiblichen Erben vorhanden sind, dem sowjetischen Volk zu! Babkin, das weißt du!«

»Ich weiß auch, daß du, Guri Jakowlewitsch, Zapunows ›fünf Apostel‹ öffentlich der Stadt einverleiben und heimlich an Afanasjew verkaufen wirst ...«

»Lüge, Wadim Igorowitsch!« empörte sich Blistschenkow. »Verleumdung! Nie hat mir jemand etwas nachweisen können. Alle Kontrollen ...«

»Aber mein Lieber!« Babkin winkte großzügig ab. »Kontrollen? Kommen die Genossen aus der Stadt, saufen unseren klaren sibirischen Wodka, bis sie umfallen, und unterschreiben am nächsten Morgen alles, was du ihnen unter die Nase schiebst. Willst du mir erzählen, wie so etwas abläuft? Mir? Eine Liste kann ich aufstellen mit allen Gaunereien zwischen dir und Afanasjew ...«

»Niemand kann das! Man müßte Afanasjew schon foltern ...«

»Nicht nötig.« Babkin lächelte mild. »Viktor Viktorowitsch ist ein gerissener Halunke, kein Zweifel. Aber mit Nina auf dem Schoß war er auch nur ein Mann ...«

»Nina?« Blistschenkow flatterten die Augenlider. »Afanasjew und Nina? Eine neue Lüge!«

»Der Mensch muß sich daran gewöhnen, daß nichts ihm allein gehört. Irgendeiner ist immer dabei ... das Kollektiv, die Steuern, die Partei oder ein anderer Mensch. Das aber erfährt man erst, wenn man tot ist. Nun ja, Nina Romanowna war immer ein fröhliches Weibchen, wenn sie nicht ihre Hysterie bekam. Sie war zuvorkommend zu vielen ... Da sind Narinskij, der Metzger, Blistschenkow, der Bürgermeister, Afanasjew, der Makler, und gelegentlich Sapanow, der Briefträger. Vielleicht noch mehr – aber diese vier reichen mir.«

»Mir auch, mein armer Babkin.« Blistschenkow stierte, tief ins Herz getroffen, vor sich hin. Seine Zuneigung zu Nina Romanowna konnte man echt nennen – und nun das! Es war ihm, als läge sein Herz in kaltem Wasser. »Wer hätte das gedacht!«

»Mein bescheidener Wunsch wäre nun der«, fuhr Babkin

fort, »daß die Stadt Ulorjansk, vertreten durch den Genossen Blistschenkow, das Erbe anerkennt, wenn Zapunow die ›fünf Apostel‹ mir überläßt. Zwar wird Afanasjew drohen, aber...«

»Nichts mehr wird Afanasjew tun!« sagte Blistschenkow dunkel. »Mich zu hintergehen mit Nina... mich!«

»Du vergißt den rechtmäßigen Ehemann... mich!«

»Natürlich, du auch. Auch du bist der Betrogene! Ein Lump, dieser Afanasjew!«

»Du vergißt wiederum, daß du und Nina – und ich, der Ehemann...«

»Wadim Igorowitsch, wir sind doch Freunde.«

»Schon, schon... aber nicht im Ehebett.«

»Zapunows Land gehört dir als Erbe«, sagte Blistschenkow, um dieses dunkle Kapitel zu begraben. »Versprochen!«

»Ein Vorvertrag wäre mir lieber, Guri Jakowlewitsch.«

»Hier in meiner Wohnung habe ich keine Stempel...«

»Deine Unterschrift genügt mir. Deine handschriftliche Bestätigung: Falls Dimitri Wladimirowitsch Zapunow sein Land bei den ›Zwölf Aposteln‹ nach seinem Tode dem Genossen Wadim Igorowitsch Babkin vererbt, wird die Übertragung ohne Einschränkungen von der Stadt Ulorjansk anerkannt. – Ja, so könnte das Schreiben lauten.«

Beschäftigen wir uns nicht weiter mit diesem Problem; Blistschenkow holte Papier und Schreibzeug, setzte das Schreiben nach Babkins Willen auf, unterschrieb es und war zufrieden, so glimpflich aus der Affäre herausgekommen zu sein.

Etwas anderes war es mit Afanasjew. Wenn er an den dachte, zuckten Blistschenkows Muskeln, juckte die Kopfhaut und wurde das Luftholen schwer.

»Einen guten Abend noch, Guri Jakowlewitsch«, sagte Babkin, steckte das Papier ein und klopfte Blistschenkow auf die Schulter. »Duftet köstlich, deine Kabyrga, auch wenn sie jetzt kalt ist. Wohl bekomm's. Nur trink den Wein nicht mehr von Maxakow... vergifte dich nicht früher, als es notwendig ist.«

Man muß ihm zugestehen: Babkin war ein höflicher Mensch. Blistschenkow stöhnte auf, als er das Zimmer verlassen hatte, und draußen war Gulmira hoch beglückt, weil Babkin zu ihr sagte: »Kannst kommen, mein Kirgisenpferdchen, und dir einen Korb voll Sachen bei mir holen – was immer du willst. Alles umsonst für dich. Brave Menschen werden stets belohnt; ich hab's gerade erfahren.«

Keine zehn Minuten brauchte Babkin im Schatten des Rathausbogens zu warten, bis er Blistschenkow in seinem Dienstwagen schnell davonfahren sah – in genau die Richtung, die Wadim Igorowitsch erwartet hatte.

Afanasjew kann ich mir sparen, dachte er fröhlich. Wirst ein dickes Köpfchen bekommen, Viktor Viktorowitsch.

Zufrieden mit sich und seiner aufgeschreckten Umwelt spazierte Babkin langsam durch die nachtstillen Straßen der Stadt, ein Mensch, glücklich in dem Bewußtsein, seine Arbeit gut getan zu haben.

Es hat schon seinen Wert, von den Toten wiederauferstanden zu sein.

*

Einträchtig saßen sie alle auf der Ofenbank, nebeneinander wie die Hühner: Nina, Nelli und Walentina. Ganz still waren sie, als Babkin nun zurückkam, seinen leichten Sommerrock über eine Stuhllehne hängte, sich an den Tisch setzte und das leere Glas vor sich betrachtete.

»Wo ist der Wein?« fragte er sanft.

»In der Küche, Väterchen.«

Das war Walentina. Babkin drehte sich nicht um zu seinen drei Weibern, er sah nur weiter das Glas an.

»Kalt?«

»Wie du es magst, Väterchen.«

Das war Nelli. Fehlt nur noch Nina, dachte Babkin. Ob sie es wagt, ein Wort an mich zu richten?

»Der Durst verbrennt mich.«

»Sofort hole ich die Flasche, Väterchen.«

Das war Nina. Aha, sie redet doch! Die Flasche holt sie! Flink wie ein Wieselchen ist sie zur Küche hinaus. Nennt man das normal? Nach zweiunddreißig Jahren Ehe? Welch ein Weibchen läuft da noch, daß die Dielen zittern?

Babkin wartete, bis Nina eingegossen hatte, steckte den Finger in den Wein, fand ihn gut gekühlt und blickte über den Glasrand hinweg auf seine drei Weiber.

»Alle haben sie nun genug«, sagte er gedehnt. »Waninow, Narinskij, Blistschenkow, Afanasjew... Das war ein guter Abend, das kann man sagen.«

»Du... du hast sie alle erschlagen?« stammelte Nelli. An Pyljows Worte dachte sie: »Wenn Babkin Rache nimmt, dann gründlich. Reiner Selbstschutz ist's, wenn wir ihn erwürgen.« Nun war Pyljow zu Waninow gegangen und stand vermutlich vor dessen entseeltem Leib.

Nelli begann zu weinen, denn das nächste Aufräumen mußte hier im Haus stattfinden. Wo war jemand, der sie schützte?

Babkin betrachtete das Glas Wein. »Erschlagen ist mir zu primitiv...«

»Erstochen?« stammelte Nina. »Alle hast du... o mein Gott!«

»Da man in meiner Lage mit allem rechnen muß – trink du zuerst einen Schluck Wein!« Babkin hielt ihr das Glas hin. »Habe das oft gelesen: Vergiften gehört zu den Freuden der Ehefrauen.«

»Wie werde ich dich je vergiften wollen, Wadim Igorowitsch?« rief Nina entsetzt. »Ich, die ich dich liebe.«

»Oje!« Babkin rollte mit den Augen. »Trink und rede keine Lügen.«

Gehorsam setzte Nina Romanowna das Glas an die Lippen, nahm einen großen Schluck und reichte den Wein an Babkin zurück. Gespannt wartete Babkin ab. Fiel sie um? Trat Schaum aus ihrem Mund? Verdrehte sie die Augen? Zuckte ihr Körper?

Nichts dergleichen geschah. Zurück zur Ofenbank ging Nina und setzte sich wieder nach Hühnerart in die Reihe neben ihre Töchter.

Babkin trank nun mit Genuß, lobte innerlich seinen Wein gegen das Gesöff von Maxakow und aß auch noch ein Stück von dem Mohnkuchen, der geschnitten in einem Flechtkorb lag.

»Wo ist Pyljow?« fragte er plötzlich. Nelli zuckte zusammen.

»Wer weiß das, Väterchen?«

»Und Sapanow, dieser Schleicher von Briefträger?«

Nelli erbleichte. Ihre Lider zuckten, und die Mundwinkel flatterten.

»Zu Hause wird Jakow Petrowitsch sein. Du warst nicht bei ihm?«

»Noch nicht. Gott schuf die Welt in sechs Tagen… gönnt mir wenigstens zwei.« Babkin trank noch einmal, schnippte die Kuchenkrümel vom Tisch und seiner Hose und lehnte sich zurück. »Wann ist meine Beerdigung?«

»Morgen früh um acht, Väterchen…«

»So früh?« Er sah seine drei Frauen böse an. »Habt ihr es eilig, mich in die Erde zu versenken!«

»Nur der Hitze wegen ist's, nur deswegen«, klagte Nina und drückte die Hände auf ihr Herz. »Nicht mehr quälen wollten wir dich, wenn du in der Sonne liegst. Um acht Uhr ist es noch erträglich.«

»Welche Fürsorge. Ich danke euch, meine Lieben.« Babkin erhob sich vom Stuhl. »Geht zu Bett. Ich setze mich in den Sessel ans Fenster.«

»Du schläfst nicht an meiner Seite, Wadim?« flüsterte Nina Romanowna.

»In diesem Bett? Im Sterbezimmer? Neben meinem Sarg? Unter den schwarzen Tüchern? Wer kann so etwas verlangen?«

»Das Schlafzimmer ist hergerichtet wie früher. Nichts erinnert dich mehr daran, daß du schon tot warst.«

»Im Sessel bleibe ich!« sagte Babkin laut. »Keine Widerrede!

Den Sonnenaufgang will ich sehen... Keiner kann das begreifen, der nicht schon im Sarg lag...«

Zu Bett ging man also, und Babkin blieb allein zurück. Er schob den Sessel ans offene Fenster und atmete die herrliche, vom Duft aus den Gärten erfüllte Luft ein.

Wie lange werde ich nun wirklich leben, dachte er. Und: Warum bin ich umgefallen und war für alle Welt tot? Sogar für Dr. Poscharskij. Etwas muß doch in mir kaputt sein; kein Mensch fällt ohne Grund einfach um und ist steif und stumm. Welche Krankheit trage ich in mir herum? Warum erkennt sie keiner? Soll man nach Tobolsk fahren wie Zapunow und sich untersuchen lassen von den Klinikärzten? Was ist, wenn sie auch zu mir wie zu Zapunow sagen: »Genosse Babkin, nur noch ein paar Wochen, dann ist's soweit. Schick den Sarg nicht zurück, heb ihn gut auf, in greifbarer Nähe, du wirst ihn bald brauchen.« Oje, wie benimmt man sich da?

Doch was kann es sein, was mir fehlt? Schmerzen habe ich nicht, kein Geschwür wie Zapunow, keine Beschwerden beim Gehen, beim Wasserlassen oder im Darm, ich huste nicht und sauge kraftvoll Luft in meine Lungen... Was also, so frage ich, habe ich in mir, daß ich einfach umgefallen bin? Was kann man feststellen in Tobolsk, wenn sie mich mit ihren großen Apparaten durchleuchten?

Viele Fragen und keine Antworten. Das bedrückte Babkin, wie es jeden von uns bedrücken würde, wenn er in seiner Lage wäre. Er fühlte sich jetzt müde und erschöpft, machte es sich in dem Sessel bequem und betrachtete den Mond, die Sterne, die wenigen silbern schimmernden Wolken, die vorüberzogen, und hatte plötzlich Angst, wirklich zu sterben.

So schön ist das Leben, auch wenn man laufend betrogen wird... Wenn man hinaufblickt in den Nachthimmel, in diesen Himmel über Sibirien, vergißt man alles.

Babkin, Väterchen, bete, daß du noch lange leben magst...

*

Um acht Uhr am nächsten Morgen setzte sich Babkin in seinen kleinen Lieferwagen und fuhr zu dem nahen Friedhof, um sein Grab zu besichtigen.

Sobakin, der Totengräber, im Nebenberuf auch noch Ableser der Stromzähler im Bezirk I von Ulorjansk, hatte das Grab, fleißig, wie ein Halbamtlicher nun einmal sein muß, schon am Vortag ausgehoben, aber die Grube nicht mit Tannen- und Birkenreisern ausgelegt, weil Waninow, der Pope, ihm die unerklärliche Anweisung gegeben hatte: »Nicht weiter! Es gibt da eine kleine Schwierigkeit mit Babkin.«

Erstaunlich war auch, daß nicht die Totenglocke läutete, fanden die vielen ehrbaren Bürger von Ulorjansk, die zum Friedhof gekommen waren, um Babkin einen ihm gebührenden Abschied zu bereiten. Wer kannte Babkin nicht? Er gehörte zu Ulorjansk wie der Fluß.

Überhaupt war an diesem Tag vieles anders als gewöhnlich. In der Kirche hielt Waninow keinen Bittgottesdienst für Babkins arme Seele, der Kirchenchor, ein besonderer Stolz der Ulorjansker, stand nicht zu Chorälen bereit, auch Sobakin, der sonst immer am Grab die Blümchen zum Hineinwerfen verteilt, war nirgendwo zu sehen. Keine Delegationen waren aufmarschiert, die Fahne der Partei fehlte – wirklich alles sehr rätselhaft!

Man munkelte zwar, mit Babkins Leiche gäbe es Schwierigkeiten, medizinisch gesehen, aber öffentlich war nicht bekannt geworden, daß das Begräbnis verschoben worden war. Fragte man die Mitglieder vom Kirchenchor und der Ehrenformationen, so zuckten auch die nur mit den Schultern.

»Nichts Genaues weiß man«, erklärten sie, nicht schlauer als andere. »Väterchen Waninow hat uns nur sagen lassen: ›Ihr erhaltet noch Nachricht.‹ Die Nachricht ist aber bis jetzt nicht gekommen. Warten wir also.«

Muß man noch sagen, daß das Warten sich lohnte?

Pünktlich um acht fuhr Babkin mit seinem Lieferwagen vor den Friedhof, bremste quietschend, wartete ein paar Sekunden, bis alle zu ihm hinsahen, und stieg dann aus.

Der Erfolg war sehenswert.

Vierzehn Frauen fielen in Ohnmacht und legten sich neben das Grab, ungefähr dreiundzwanzig Frauen knieten nieder und beteten, neun Männer, sonst starke Burschen vom Holzkombinat »Lenin«, denen kein Baum in der Taiga widerstand, schwankten bedenklich, und die Mehrzahl aller trauernden Gäste stimmte in ein lautes, dumpfes Seufzen ein.

»Was ist, meine lieben Freunde?« fragte Babkin und kam näher. Einige Frauen liefen schreiend weg, zwei Holzarbeiter griffen nach den Schaufeln neben dem Grab und schwangen sie durch die Luft wie Dreschflegel, nur Schota Leonidowitsch Baiburt, ein etwas einfältiger Grusinier, schrie mit heller Stimme: »Halleluja! Hosiannah! Der Jüngste Tag bricht an!«

Dann strömte die Menschenmenge wie eine Woge zu Babkin hin. Man drückte und umarmte ihn, küßte sein Gesicht, bis es anschwoll vor soviel Liebe, hob ihn auf die Schultern von Smolnow, einem riesigen Vorarbeiter der Baubrigade, und trug ihn herum, kreuz und quer über den Friedhof, um sein Grab herum und dann hinein in die Kirche.

Dort stand allein mit umwölkter Stirn, übernächtigt und bleich, Waninow neben dem von Babkin gestifteten großen Bronzekreuz und verhinderte nicht, daß die ergriffene Menge Babkin vor den Altar trug und dort niedersetzte. Ein wiederauferstandener Toter gehört dorthin.

»Ostern!« schrie Baiburt, der Beschränkte, ergriff Waninows silberne Handglöckchen und ließ sie klingeln. »Ostern! Auferstehung! Ulorjansk wird ewig leben...«

Und dann sangen sie alle, die gekommen waren, Babkin zu begraben, einen Choral, wie ihn diese Kirche noch nie gehört hatte. Ein gläubiges Jubilieren war's.

»Nimm, o Herr, jetzt uns're Seelen,
wasche sie von Sünden rein,
öffne deines Paradieses Pforten,
daß befreit wir ziehen hinein...«

»Da siehst du, was du angerichtet hast«, sagte Waninow und beugte sich tief zu Babkin hinab. »Elender, wie kannst du das wiedergutmachen?«

»Sollte ich mich etwa begraben lassen?« flüsterte Babkin betroffen.

»Besser für uns alle wäre es gewesen.«

»Lebend?«

»Wer hätte das schon gemerkt?«

»Ich...«

»Steif warst du wie ein Brett.«

»Wende dich an Mischin. Hätte er mir nicht den Hammer auf den Kopf geworfen, läge ich jetzt noch stumm da.«

»Eine Ausrede, ja, eine verdammte Ausrede ist das, Babkin! Welches Spiel hast du mit uns getrieben? Niemand wird dir das verzeihen! Legt sich hin, spielt den Toten, hört sich alles an und steht zu gegebener Zeit wieder auf. Infam, Wadim Igorowitsch! Teuflisch! Welches Unglück bringst du über uns alle...«

Noch während die Ergriffenen sangen, verließ Babkin die Kirche, setzte sich in seinen Lieferwagen und fuhr zu seinem Haus.

Dort lief Pyljow, sein Schwiegersöhnchen, wie in einem Käfig hin und her, beschimpfte Nina und Nelli mit groben Worten und nannte sie schlaffe Weiber, weil sie nicht fähig gewesen waren, Babkin festzuhalten.

Außerdem, hatte Pyljow gebrüllt, sei das Chaos in Ulorjansk ausgebrochen: Narinskijs Gesicht war zerkratzt, als hätte er unter einem Tiger gelegen, Arune Jelisaweta lief herum mit einem blauen Auge und einer Beule auf der Stirn, Blistschenkow lag auf seinem Sofa und kühlte seine geschwollene Nase, und Afanasjew war in der Nacht noch mit drei Rippenbrüchen zu Dr. Poscharskij gebracht worden und behauptete, er sei die Kellertreppe hinuntergefallen. Sawitzkij, der Viehhändler, war ganz in der Frühe nach Tobolsk geflüchtet.

Merkwürdigerweise war nur Waninow ungeschoren davongekommen, aber die Stunden der Angst hatten ihn völlig verändert. Ahnungsvoll wartete er auf Babkins zweiten Besuch. Und Pyljow selbst war sicher, den heutigen Tag als den schwersten seines Lebens durchstehen zu müssen.

»Mein Frühstück!« sagte Babkin mit lauter Forschheit. »Drei Spiegeleier, einen Pfannkuchen mit Brombeeren und Quark mit Honig!« Erst danach bemerkte er Pyljow und zog seinen Kopf zwischen die Schultern. »Sieh an, unser Lehrerchen mit der Bruderliebe. Wo hast du Bobo gelassen?«

»Wem hast du das schon alles erzählt, du Teufel?« knirschte Pyljow und atmete pfeifend aus und ein.

»Noch keinem. Klarkommen müssen erst wir zwei. Wie steht's mit Nelli? Hast du's ihr erklärt?«

»Was soll er mir erklären?« rief Nelli aus der Küche, wo bereits die Eier in der Pfanne brutzelten. Von der Kirche kamen die ersten Trauergäste zurück und riefen: »Lang lebe Wadim Igorowitsch«, als sie an Babkins Haus vorbeizogen.

»Unwichtig, Nelli«, rief Pyljow schnell zurück. »Eine Männersache! Väterchen verwechselt da einiges.« Und leiser zu Babkin sagte er:

»So ist es doch. Sollten wir nicht erst unter vier Augen reden? Dinge gibt es, Väterchen, die man vergessen kann, nicht wahr? Ach nein, was hast du nicht alles schon vergessen in deinem Leben. Denken wir nur an das verschimmelte Brot, das du gemahlen und unter die Dosenwurst gemischt hast. Ein vollkommener Irrtum – es sollte Paniermehl sein. So etwas kann doch vorkommen, nicht wahr? Welcher Mensch trägt denn dauernd Engelsflügel...«

Die Sache mit der Wurst war Babkin peinlich. Zum ersten Mal erfuhr er jetzt, daß Pyljow, ausgerechnet der, von dieser Panscherei wußte. Und wenn Boris Witalowitsch bisher darüber geschwiegen hatte, so gewiß nicht aus Familiensinn, sondern um im richtigen Augenblick ein Druckmittel in der Hand zu haben. Ja, so einer war er!

In Babkin stieg wieder heiliger Zorn empor, nicht wegen der Dosenwurst, sondern wegen Pyljows Hinterhältigkeit.

So ist es richtig, dachte er wütend. Betrügt seine Frau, mein Töchterchen Nelli Wadimowna, mit einem Mann, belügt alle Welt, um Leiter der Schule zu werden, gesteht mir, Nelli nur geheiratet zu haben, weil sie einmal einen Sack voller Rubel erben wird, spielt den großen Klugen und hat sein ganzes Wissen doch nur zusammengelesen. Ein Ekel von Mensch ist er – und steht nun da und will mich erpressen mit meiner überall gelobten Dosenwurst! Welch ein widerlicher Kümmerling!

»Das mit der Wurst kann niemand beweisen«, sagte Babkin abwehrend.

»Beschwören kann ich's. Noch ist ein Eid hoch angesehen bei Gericht.«

»Man kann dagegenschwören!« rief Babkin. Sein Gesicht zuckte. »Hast du noch was im Jackenärmel?«

»Hier im Haus gibt es einen Kleiderschrank, der hat einen doppelten Boden«, sagte Pyljow süffisant. »Wer legt sich, frage ich, doppelte Böden zu? Ein braver Kommunist? Ein ehrlicher Bürger unseres Staates? Ein pflichtbewußter Steuerzahler? Hat so jemand einen doppelten Boden nötig? O nein, sage ich... Mit doppelten Böden arbeitet nur einer, der darin Geheimnisse vergräbt, Betrügereien am Volksvermögen, Heimlichkeiten gegenüber dem Sozialismus. Habe ich recht, Schwiegerväterchen? Kann man's so sehen?«

Wer hätte das gedacht, sagte sich Babkin wehmütig. Er weiß es, frag den Teufel, von wem. Wehrlos macht er mich, der Bobo-Liebhaber. Ausgeliefert bin ich ihm, sein Schweigen muß ich erkaufen. Ach, was wäre mir alles erspart geblieben, wenn ich tot geblieben wäre!

»Wenn man das Leben so betrachtet«, sagte Babkin gedehnt, »ist es wahr, daß man über alles reden kann. Man dreht ein Ding durch die Mühle der Worte, und schon sieht's anders aus. So wie aus einem Sack Korn ein Sack Mehl wird – dieselbe Substanz, aber ein anderes Aussehen.«

»Ich wußte, daß wir uns einig werden«, erwiderte Pyljow mit einem Grinsen, dessen Gemeinheit Eisen schmelzen konnte. »Ah, da kommen deine Spiegeleier, Väterchen. Wohl bekomm's. Und der Pfannkuchen duftet schon in der Pfanne. Ein guter Tag sei damit begonnen.«

Pyljow verabschiedete sich schnell, um das Gespräch nicht unnötig auszudehnen. Einen klugen Kopf muß man haben, lobte er sich selbst, während er zu seiner Wohnung eilte.

Schulfrei war heute, wegen Babkins Begräbnis. Man konnte das nicht mehr rückgängig machen – wer rechnet schon damit, daß ein Toter wieder munter wird. So hatte Pyljow Zeit, sich in den kleinen Stadtpark auf eine Bank zu setzen und weiter nachzudenken.

Seht ihr, das ist ästhetisch. Man brauchte Babkin gar nicht umzubringen – seine Nachgiebigkeit war durch Geisteskraft zu erreichen. Der Dosenwurst wegen würde er schweigen, als sei er tot; welch ein Erfolg der Überlegungen!

Eigentlich hatte ihn, Pyljow, der raffinierte Pope auf diese Idee gebracht. Bei ihrem nächtlichen Gespräch über die Möglichkeit, wie man den gefährlichen Auferstandenen doch noch verstummen lassen konnte, hatte Waninow gefragt: »Weiß denn niemand etwas, was Babkin gern verschwiegen haben möchte?«

Und da hatte sich Pyljow an eine Erzählung Nellis erinnert, daß man heute einen ganzen Sack voll Brotreste zermahlen und in den Wurstbrei gemischt hatte. Nicht nur, daß man auf diese Weise ein Drittel mehr Dosen herstellen konnte, es schmeckte auch noch gut, wenn man mit Thymian nachwürzte.

Außerdem: Wer in Perm oder Kujbyschew, Berjosniki oder Kasan sibirische Dosenwurst ißt, rechnet damit, einem ganz eigenständigen Geschmack zu begegnen. Das ist ja der Reiz der Sache: Wurst aus Sibirien. Da spürt man das Urtümliche auf der Zunge...

Pyljow beglückwünschte sich: Die Sache mit der Wurst war ein Volltreffer, genauso wie der Schrank mit dem doppelten Boden. Nie würde es Babkin jetzt noch einfallen, ein Wort über Bobo zu sagen. Die Freiheit seiner, Pyljows, Neigungen war errungen. Beglückwünsche dich, Boris Witalowitsch – deinetwegen darf Babkin munter weiterleben. Was mit den anderen geschieht... ist's meine Sache?

Unterdessen saß Babkin vor den leeren Tellern am Tisch, hatte seine Eier und den Pfannkuchen gegessen und schlürfte jetzt Tee aus einer hohen Tasse. Tee, gesüßt mit Honig. Zur Stärkung der Nerven, wie er sagte. Er hatte sie nötig; der Tag hatte gerade erst begonnen, von der Uhrzeit her müßte er, Babkin, jetzt in der Erde liegen, und Sobakin, der Totengräber, schaufelte das Grab zu. Nina, die Witwe, aber würde Hunderte von Händen schütteln, keine Träne mehr vergießen, sondern fröhlich plaudern. Und am Abend, wer weiß, kamen Afanasjew oder Sawitzkij, Blistschenkow oder gar Narinskij, um die nun Alleinstehende zu trösten.

Welch eine Bande!

»Was soll ich mit dir tun, Nina Romanowna?« fragte Babkin und sah seine Frau sinnend an. »Meine Vorfahren ertränkten in solchen Fällen ihre Weiber im Fluß. Es gab einen Babkin im Jahre 1698, der pflegte bei Streitigkeiten seine Frau an den Haaren aufzuhängen. Bei kleinen Streitigkeiten! Oje, was müßte ich dann mit dir machen! Hast du einen Vorschlag, Nina?«

»Du darfst mich töten...« stammelte sie, kreideweiß werdend.

»Hüten werde ich mich! Damit es überall bekannt wird: Getötet hat er sie, weil sie ihm Hörner aufsetzte! Wer ist dann gestraft, du oder ich? Über mich wird man lachen und heimlich sagen: Das gönnen wir ihm! Ist einer der reichsten Männer von Ulorjansk, aber sein Weibchen läuft wie eine Katze zu den Katern. Nein, nein, ich muß mir etwas ausdenken...«

Er ließ Nina in verzweifelter Angst zurück und blickte hinüber zu Nelli, die darauf wartete, den Tisch abzuräumen.

»Und du?« fragte Babkin. »Was machst du hier? Warum bist du

nicht bei deinem Mann, du Schlampe? Oder im Jugendheim, um von Lenin zu erzählen? Oder bei den Komsomolzen, um über die Gefährdung unserer Welt durch die Amerikaner zu sprechen? Wo nimmst du dummes Luder bloß die Frechheit her, geistvolle Reden zu halten?«

Nelli, seit Babkins Auferstehung am Ende ihrer Nerven, begann sofort zu weinen. »Ein … ein Feiertag ist doch heute. Alle anderen Veranstaltungen sind abgesagt, Väterchen.«

»Ein Feiertag? Welcher denn?«

»Dein Begräbnis …«

»Ein Feiertag!« sagte Babkin dumpf. »Jetzt ist's heraus … Wenn Babkin stirbt, wird gefeiert. Diese elende Welt! Vielleicht sogar noch mit Tanzmusik …«

Genauso war's auch. Sechs Musiker waren schon bestellt gewesen: Waninow, der Retter in jeder Not, hatte noch rechtzeitig verhindern können, daß sie auftauchten.

»Die größten Halunken habe ich erledigt«, sagte Babkin nachdenklich und schlürfte noch einmal Tee aus der hohen Tasse. »Aber was bringt's? Der Betrogene bleibe ich doch. Sogar Natalja, dem fernen Töchterchen, habe ich innerlich seine Hurerei vergeben … leben tut sie jetzt, sagt ihr, mit einem Parteifunktionär. Damit ist sie gestraft genug. Mein Tisch ist so ziemlich rein – bis auf die Löcher, die hineingebrannt sind.«

»Alles wird nun anders werden, Väterchen«, sagte Walentina tröstend. »Und Löcher kann man stopfen oder mit einer Decke zudecken …«

»Was habe ich eine kluge Familie!« Babkin erhob sich, griff nach seinem Gehstock mit silberner Krücke und schwang ihn durch die Luft. Niemand in Ulorjansk hatte solch einen Stock; aus Nowgorod war er auf langen Wegen nach Sibirien gekommen, wo ihn Babkin in Tobolsk bei einem Gebrauchtwarenhändler gekauft hat, und nun beneideten ihn alle darum. »Nutzen wir den Tag.«

»Wohin willst du, Väterchen?« rief Nelli besorgt. Seit seiner Auferstehung war Babkin nicht mehr zu trauen. Die vergangenen Stunden hatten es bewiesen: Er war in der Lage, hinter sich einen Trümmerhaufen zurückzulassen.

»Durch die Stadt gehe ich! Jeder soll sehen, daß ich lebe.«

»Und Dr. Poscharskij?«

»Was ist mit ihm?«

»Lächerlich machst du ihn!« Nina rang die Hände. »Wenn du wenigstens im Bett bleiben würdest, nur zwei Tage. Um neue Kräfte zu sammeln, werden wir sagen. Noch recht schwach ist er … Damit könntest du Dr. Poscharskij retten. Es ist geradezu ungehörig gegenüber einem so guten Arzt, plötzlich von den Toten aufzuerstehen und fidel herumzulaufen, als sei nichts gewesen. Auf Bairam Julianowitschs Ruf solltest du Rücksicht nehmen; dein langsames Erholen rettet ihn. Sei nett zu ihm – er hat dir nichts getan.«

»Wißt ihr das?« rief Babkin empört. »Habt ihr dagelegen und alles angehört, was man einem Lebenden sonst nicht sagt? Bairam Julianowitsch – ich sage euch, was er mir angetan hat: eine falsche Diagnose mit einem unmöglichen lateinischen Namen! Mit einer Spritzennadel hat er mich in den Bauch gestochen, geohrfeigt hat er mich, um Waninow zu zeigen, wie tot ich bin, und was hat er noch gesagt? Ha: Meine rote Gesichtsfarbe käme vom Saufen! Mir das, einem durch und durch mäßigen Menschen! Und was steht auf dem Totenschein? Lest es doch ... lest ihn ... lauter Lügen! Was er da alles hingeschrieben hat – so krank kann gar kein einzelner Mensch sein. Soll man das alles übersehen?«

Er verließ das Haus, Nelli räumte den Tisch ab, Walentina öffnete den Basar, obzwar draußen ein Schild verkündete: *»Geschlossen. Gott, der Herr, hat W. I. Babkin zu sich genommen.«* Und Nina Romanowna rief den Sargmacher Mischin an, er solle seine elende Kiste endlich wieder abholen.

»Nie!« schrie Mischin ins Telefon. »Nie betrete ich dieses Haus wieder. Hat sich einer um mich gekümmert, als ich mit stockendem Herzschlag auf dem Boden lag? Wer kann nachempfinden, wie es ist, wenn man einen Toten liebevoll im Sarg zurechtrückt, und plötzlich steht er auf und beleidigt einen auch noch! Nina Romanowna, machen Sie mit dem Sarg, was Sie wollen – abholen werde ich ihn nicht. Aber bezahlen müssen Sie ihn.«

»Keine Kopeke!« schrie Nina zurück. »Einen ungebrauchten Sarg müssen Sie zurücknehmen.«

»Irrtum, meine Liebe, er ist gebraucht. Babkin lag schon drin ...«

»Als Lebender! Gewissermaßen eine Liegeprobe ...«

»Den Überwurf hat er zerfetzt, das Kissen zerrissen, ein Brett herausgedrückt, und als ich ihn fürsorglich hineinlegte, war er für alle tot. Sehen wir es einmal ganz anders, Nina Romanowna ... für mich wäre sogar ein Schmerzensgeld zu erwägen. Dieser Schreck hätte tödlich für mich sein können ...«

Man hörte, wie irgendwo im Hintergrund ein paar Schreie ertönten, und dann begann Mischins Stimme heftig zu zittern, als er ins Telefon rief: »Er kommt! Er ist in der Werkstatt! Meine Gehilfen flüchten vor ihm. O weh, o weh, mein Herz ...«

Mischin legte auf, und Nina ahnte, daß Babkin jetzt dem Halsabschneider Mischin die richtige Antwort gab.

Doch weit gefehlt. Zwar war Babkin in die Schreinerwerkstatt gekommen, zwar waren die Gesellen, diese Feiglinge, nach allen Seiten weggestoben – sie wußten ja noch nichts von Babkins wundersamer Auferstehung –, und wenn auch Mischin, gelb wie eine Zitrone, auf seinem Stuhl klebte, Babkin war milde gestimmt. Er stieß lediglich seinen schönen Gehstock dreimal auf die Erde und stützte sich dann darauf.

»Igor Grigorjewitsch«, sagte er freundlich, »ahnst du, warum ich komme?«

»Es war alles ein Versehen, Wadim Igorowitsch. Alles ...« stammelte Mischin. Der Angstschweiß lief ihm kalt über die Stirn.

»Was war ein Irrtum?«

»Der zu enge Sarg. Vermessen muß ich mich haben – oder das Maßband war nicht in Ordnung.«

»Es war in Ordnung. Du hast es in meinem Basar gekauft! Was man bei Babkin kauft, ist immer einwandfrei.«

»Dann waren's meine Augen ... immer schlechter werden sie«, klagte Mischin. »Einen Kranken kann man nicht bestrafen.«

»Bestrafen! Später, Mischin. Bedanken will ich mich ...«

»Bedanken?« Mischin riß die Augen auf.

»Deinen Hammer hast du mir auf den Kopf geworfen, davon wurde ich wach. Das Leben hast du mir gerettet. Ohne dich hätten sie mich lebendig begraben. Stell dir das vor, Igor Grigorjewitsch ...«

»Unvorstellbar ist das, Wadim Igorowitsch.«

»Nun sieh, wie könnte ich meinen Lebensretter bestrafen!« Babkin ließ den Stock in seinen Händen pendeln. »Nur ist da einiges, das man klären sollte, nämlich das, was geschehen wäre, wenn Babkin wirklich tot da läge. Vierzig Rubel kostet diese Mißgeburt von Sarg, also zweihundertsechzig Rubel weniger, als du der armen Witwe Babkina berechnet hast. Aus Papier war meine Decke, die Unterlage ebenso, das Kissen gefüllt mit Hobelspänen. Das Kreuz ist aus bemaltem Blech, hineingestopft wie einen Sack Kartoffeln habt ihr mich in den Sarg, daß sich die Bretter bogen, und für das alles wolltest du auch noch vierhundert Rubel haben. Macht zusammen siebenhundert Rubel für eine Arbeit, die nur vierzig wert ist. Hast du mitgerechnet, Igor Grigorjewitsch?«

»Nina Romanowna hat angerufen, ich solle den Sarg abholen!« rief Mischin verzweifelt. »Ich schenke ihn euch ... Damit ist alles erledigt.«

»Für wen? Für mich?« Babkin schüttelte den Kopf. »Geliefert war die Kiste, hineingestopft habt ihr mich ... Damit war ein Geschäftsvertrag erfüllt, wie wir Kaufleute sagen. Siebenhundert Rubel muß die Witwe Babkina zahlen, aber um sechshundertsechzig Rubel wolltest du sie betrügen. Rechne ich richtig, Mischin?«

»Auf die Seite kommt's an, auf der man steht!« rief Mischin und wurde noch gelber im Gesicht. »Wer im Fluß ertrinkt, wird seine Schönheit nicht besingen ...«

»Sei nicht poetisch, Mischin... zahle sechshundertsechzig Rubel...«

»Wadim Igorowitsch, laß uns noch einmal nachdenken!«

»Dazu hatte ich genügend Zeit in deiner mistigen Kiste.« Babkin ließ den Gehstock durch die Luft kreisen. Mit flackernden Augen verfolgte Mischin dieses drohende Spielchen. »Hol die Rubelchen aus der Schublade, Igor Grigorjewitsch.«

»Das Leben habe ich dir gerettet, Babkin!« schrie Mischin. »Du selbst hast es gesagt.«

»Das eine hat mit dem anderen nichts zu tun. Einen Toten wolltest du betrügen, da ist es nur recht, wenn der Lebende jetzt kassiert. Jedes Gericht wird das einsehen.«

»Gericht? Anzeigen willst du mich?«

»Weißt du, was der Richter sagt, wenn er deinen Sarg besichtigt?«

»Vierhundert Rubel, Babkin! Vierhundert Rubel biete ich dir.«

»Welch ein Charakter! Will handeln bei so einem ernsten Gegenstand. Hat keine Pietät im Leib, der Kerl, und handelt mit Särgen... Das wird ganz Ulorjansk erschrecken.«

»Immer trifft es die armen Menschen«, sagte Mischin kläglich. »Sechshundertsechzig Rubel – ein schlechter Monat wird das für mich werden.« Eine Schublade schloß er auf, holte ein Bündel Geldscheine heraus und zählte die Rubel ab.

Wortlos steckte Babkin das Geld ein, klopfte dann auf seine gefüllte Tasche und lächelte Mischin an.

»Noch etwas?« stöhnte Mischin ahnungsvoll.

»Es wäre möglich, daß ich wirklich einmal sterbe, Igor Grigorjewitsch«, sagte Babkin.

»Sicherlich.«

»Dann werde ich im besten Sarg liegen, den du machen kannst. Das härteste Holz, hörst du. Mindestens fünfzig Winter muß es überstanden haben! Dazu eine Seidendecke, Gänsedaunen in den Kissen, ein massives Kruzifix auf dem Deckel, mit weißem Brokat alles innen ausgeschlagen... für vierzig Rubel!«

»Wadim Igorowitsch, du ruinierst mich«, stammelte Mischin verzweifelt.

»Alles wird niedergeschrieben in einem Brief, den man bei meinem Ende öffnen wird. Sind wir uns einig, Mischin?«

»Mögest du noch lange leben, Babkin.«

»Ich danke dir. Es ist immer gut zu wissen, daß man echte Freunde hat.«

Babkin grüßte den gebrochenen Mischin, indem er die Silberkrücke an die Stirn hob, und verließ mit tiefer Zufriedenheit die Schreinerei. Es störte ihn nicht, daß Mischin hinter ihm fürchterlich zu fluchen begann, ihm die Hölle an den Hals wünschte und irgend etwas, was er gerade greifen konnte, an der Wand zerschlug.

»Und nun zu Dr. Poscharskij, Wadim Igorowitsch«, sagte Babkin zu sich und federte in den Kniegelenken. »Wenn man's genau betrachtet, ist er an allem schuld.«

*

Niemand in Ulorjansk, auch der Gehässigste nicht, hätte behaupten können, Dr. Poscharskij sei ein Säufer. Aber nein! Immerzu hielt er seinen Patienten die Gefährlichkeit des Trinkens vor, nannte den Wodka ein Elixier des Satans – was vor allem Manykin, den Betriebsleiter der Wodkabrennerei »Fortschritt« in Ulorjansk ständig ärgerte –, zeigte in besonders markanten Fällen von Trunksuchtfotos, auf denen verblödete Alkoholiker in die Kamera grinsten, aber das half wenig bei einer Bevölkerung, die im Winter vierzig Grad Frost erdulden muß und der die Ofenwärme allein nicht genügt. Man halte also fest: Dr. Poscharskij betrachtete Alkohol, medizinisch gesehen, als Gift.

Um so mehr war es verwunderlich, daß sich Bairam Julianowitsch in der vergangenen tragischen Nacht derart besoffen hatte, daß er am Morgen vor seinem Bett, auf den Dielen liegend, aufgewacht war und nun mit einem Schädel, der sich quadratisch anfühlte, ein spätes Frühstück in sich hineinquälte.

Babkins Scheintod hatte ihn schwer mitgenommen, ärger als es der Doktor zeigte. Die stille Klage, warum gerade ihm etwas medizinisch so Seltenes begegnen mußte, war noch übertroffen von der Angst, alle Welt könne ihn dafür verantwortlich machen und ihn der Lächerlichkeit preisgeben.

Das wäre das Ende, denn wer – seien wir ehrlich, Genossen – geht noch zu einem Arzt, über den man lacht, weil ihm Tote auferstehen? So etwas bedeutete, die schöne Praxis in Ulorjansk aufzugeben, irgendwo anders hinzuziehen und von neuem anzufangen – und das im Alter von sechsundsechzig Jahren. Welch ein Ende für einen Mediziner!

Rätselhaft war auch, wieso Babkin nach einer Spritze, wie er sie bekommen hatte, so schnell wieder aufwachen konnte.

Am Mittel muß das liegen, hatte Dr. Poscharskij wütend gedacht. Nur daran! Wasserhell ist es, und weiß man, ob man in der pharmazeutischen Fabrik nicht wirklich Wasser dazu gemengt hat, um das Soll zu übertreffen und eine Prämie zu kassieren? Möglich ist alles in diesem Land.

Bairam Julianowitsch hatte daraufhin seiner Frau Iwetta, zwanzig Jahre jünger als er und von der umwerfenden Schönheit einer Grusinierin, eine Injektion angeblich gegen Heuschnupfen gegeben, unter dem sie leider litt. In Wirklichkeit war es das Schlafmittel gewesen, das er auch Babkin gespritzt hatte.

Die schöne Iwetta sank darauf innerhalb von zehn Minuten in einen Schlaf, der einer Narkose glich. Bewiesen war damit, daß die pharmazeutische Fabrik ein reines, ungepanschtes Mittel geliefert hatte.

Verzeiht, Genossen vom Kombinat »Lob der Wissenschaft« in Kasan!

An Babkin allein lag es... Eine Natur mußte er haben, die über das allgemein Menschliche hinausging. Ein Urtyp, anthropologisch ausgedrückt. Ein Phänomen, wie schon gesagt.

Dr. Poscharskij öffnete selbst die Tür, als es klingelte, denn Iwetta lag ja noch regungslos im Bett und pfiff leise beim Atmen vor sich hin. Ihr Blutdruck war normal, die Herztätigkeit auch... Poscharskij hatte alles gemessen und war zufrieden.

»Sie?« sagte er gedehnt, als er Babkin vor der Tür stehen sah. »Haben Sie mir nicht versprochen, kein Aufsehen zu erregen? Warum bleiben Sie nicht zu Hause?«

»Sie müssen mir etwas verschreiben, Genosse Doktor.« Babkin kam in die Wohnung und blickte sich suchend um. »Ein Kräftigungspräparat. Ist Iwetta Borissowna ausgegangen?«

»Sie schläft...«

»Jetzt noch? Ha, Bairam Julianowitsch, Sie stinken nach Schnaps! Und wie Sie stinken! Ein kleines Fest gestern? Was ist denn gefeiert worden? Darf man zu irgend etwas gratulieren? Und Iwetta hat's gepackt, sie schläft noch; ist ja so zart – und dann der harte Wodka.«

»Babkin, was wollen Sie wirklich bei mir?« fragte Dr. Poscharskij. Er schloß die Tür und spürte so etwas wie einen kalten Griff an seinem Herzen. »Sie sollten sich schonen. So etwas wie ein Wunder sind Sie.«

Er ging voraus in das ziemlich große Wohnzimmer, blieb dort stehen, bot Babkin keinen Stuhl an, sondern legte eine Hand vor den Mund und hauchte hinein. Dann schnüffelte er daran und sah Babkin streng an.

»Rieche ich wirklich so nach Wodka?«

»Bestialisch, Bairam Julianowitsch.«

»Ich rieche nichts.«

»Wer im Schnaps schwimmt, dem riecht alles gleich.«

»Es ist nur Ihretwegen, Wadim Igorowitsch«, sagte Dr. Poscharskij und gab sich keine Mühe mehr, sein Elend zu verbergen. »Ihr medizinisches Rätsel lastet auf meiner Seele...«

»Sie haben sich an meiner Leiche benommen wie ein kleiner Junge, der Doktor spielt. Lustig und erstaunlich war's, das anzusehen.«

»Vermeiden Sie bitte, Wadim Igorowitsch, von Ihrer Leiche zu sprechen. Welch dunkles Kapitel ist das in meinem Leben!«

»Wir könnten es aufhellen, Bairam Julianowitsch«, gab Babkin zu bedenken. »Ich schweige über Ihre Untersuchungsmethoden, und Sie helfen mir. Ein glattes Gegengeschäft.«

Dr. Poscharskij blickte Babkin etwas neugierig, aber mit größter Vorsicht an. Mißtrauen war Wadim Igorowitsch gegenüber immer angebracht, zu lange kannte man sich schon.

»Babkin...« sagte er vorsichtig und gedehnt, »Teuflisches haben Sie im Sinn. Nur in Ihre Augen braucht man zu sehen...«

»Sie wissen, daß Nina mich jahrelang betrogen hat.«

»Nein...«

»Warum lügen Sie, Dr. Poscharskij? Natürlich wissen Sie es. Und geschwiegen haben Sie vor mir...«

»Ein Arzt sieht viel und redet wenig. Die Schweigepflicht, Babkin...«

»Das ist es, was ich von Ihnen erbitte, Bairam Julianowitsch. Handeln und schweigen... Wie schnell wir uns näherkommen!«

»Ich verstehe Sie nicht, Babkin.«

»Nina Romanowna, mein fleißiges Weibchen, weiß weder aus noch ein. Als Toter war ich ihr mehr willkommen denn als Lebender. Wie schön wäre das alles geworden – eine fröhliche Witwe mit fünfzig Jahren, immer noch knackig und dazu reich. Ha, welch ein Leben stand ihr bevor!«

Babkin blickte Dr. Poscharskij offen an, ein Biedermannsblick war es, der gar nicht zu dem paßte, was er jetzt aussprach. »Man sollte ihr ein besonderes Leben gönnen. Bairam Julianowitsch, Sie werden Nina ein Spritzchen geben...«

»Hinaus!« schrie Dr. Poscharskij empört. »Babkin, hinaus! Ja, was ist das denn? Trägt mir einen Mord an...«

»Das Gegenteil, mein Lieber, das Gegenteil. Sie geben Nina ein Spritzchen, das sie überschäumen läßt; wir bringen die Arme nach Tobolsk in eine geschlossene Anstalt, und bis man dort merkt, wie es wirklich um sie steht, können Jahre vergehen. Ist das eine Idee?«

»Eine gute Idee, eine wunderbare Idee!« schnaubte Dr. Poscharskij erschüttert. »Die Idee eines Teufels! Hinaus, Babkin, sage ich, hinaus!«

»Wie kommt's, daß ein Mensch mit Ihrer Intelligenz, Bairam Julianowitsch, so schwer die realen Dinge des Lebens begreift?« sagte Babkin fast wehmütig. »Kein Hund wird vor Ihnen mehr mit dem Schwanz wedeln, wenn alle Welt erfährt, daß meine Auferstehung kein Wunder, sondern lediglich die Folge einer Fehldiagnose von Dr. Poscharskij war.«

»Wadim Igorowitsch, ich flehe Sie an«, stammelte Dr. Poscharskij und begann heftig zu schwitzen. »Irren gehört zur menschlichen Substanz...«

»Aber ein Irrtum, durch den ein Mensch lebendig begraben werden kann – na, na...«

»Ich bin vernichtet, Babkin. Haben Sie doch Mitleid...«

»Mehr als das – ich schweige!«

»Mein Freund! Mein geliebtes Brüderchen...« Dr. Poscharskij wollte Babkin umarmen und an seine Brust drücken, aber der wehrte mit einer Handbewegung ab und trat einen Schritt zurück, um nicht doch noch ein Opfer von Poscharskijs Aufwallung zu werden.

»Ein Kaufmann bin ich, Bairam Julianowitsch«, sagte er fest. »Und bei einem Kaufmann gilt: Ware gegen Geld. Kein Geld – keine Ware.«

»Wieviel?« stöhnte Dr. Poscharskij.

»Ha! Sie wagen es, mir Geld anzubieten?« schrie Babkin empört. »Begreifen Sie nicht, daß dies nur ein Gleichnis war. Ich habe bildlich gesprochen, wie man so sagt. Mein Ware Schweigen bezahlen Sie mit Ihrem Geld – einem Spritzchen für meine liebe Nina Romanowna.«

»Ich sterbe«, stöhnte Dr. Poscharskij noch einmal laut auf, sank in einen Sessel und verdrehte schaurig die Augen. »Sie töten mich, Babkin. Mein Herz... oh! Hören Sie: Es schlägt nicht mehr. Es zittert nur noch. Es flimmert, wie wir Mediziner sagen... der Beginn des Todes.«

»Bitte, Bairam Julianowitsch, bezeichnen Sie sich nicht als Mediziner! Wer Lebende begraben läßt...«

»Töten Sie mich, Babkin. Sofort, töten Sie mich!« wimmerte Dr. Poscharskij. »Welche Qualen...«

»Merkwürdig ist das.« Babkin wischte sich über das Gesicht. »Alle, mit denen ich vernünftig sprechen will, wollen plötzlich sterben oder umgebracht werden. Warum bloß? Was ist denn passiert? Ein Arzt hat sich geirrt, und alle, die den angeblich Toten im Leben belogen und betrogen haben und das nun beichteten, geraten in Panik. Über alles kann man reden, auch über das! Bin ich unbescheiden, wenn ich als Entschädigung ein Spritzchen verlange?«

»Keine solche Spritze, Babkin!«

»Seien wir großzügig.« Babkin winkte lässig ab. »Entsprechende Tabletten oder Kapseln tun es auch. Oder Tropfen... Was gibt es da Gutes, Bairam Julianowitsch?«

»Medikamente, die euphorisch machen.«

»Was ist das?«

»Man wird fröhlich, überdreht fröhlich... verrückt fröhlich.«

»Nichts für Nina Romanowna. O Gott, bloß das nicht. Das Gegenteil, Dr. Poscharskij muß es sein. Wie hirnlos muß sie dasitzen – nur so bekomme ich sie in die Anstalt von Tobolsk.«

»Mehr Ehre verlangt Opfer... recht haben Sie wie immer«, sagte Bairam Julianowitsch und stemmte sich aus dem Sessel hoch. Noch einmal schluchzte er in sich hinein, was sehr dramatisch aussah, aber Babkin in keiner Weise beeindruckte, dann ging er zu einem Schrank, schloß ihn mit einem Schlüssel auf, den er wohlverwahrt in der linken Hosentasche trug, und öffnete ihn.

Ein paar Fächer voller Medikamentenpackungen wurden sichtbar – der Giftschrank, wie man so sagt. Babkin starrte die Packungen an und benetzte sich dann mit der Zunge die Lippen.

»Alles gefährliche Medikamente?«

»Was hier liegt, reicht aus, um ganz Ulorjansk zu vergiften. Das heißt, zu betäuben.«

»Ungeheuer, Bairam Julianowitsch. Und was werden Sie mir für meine Nina Romanowna geben? Sie soll nicht betäubt werden, sondern für eine gewisse Zeit verblöden.«

»Ich gebe Ihnen ein Sedativum mit...«

»Genosse, sprechen Sie russisch! Mir genügt mein kluger Schwiegersohn mit seinem lateinischen Gerede.«

»Nach diesen Tropfen wird Nina Romanowna ganz ruhig werden...«

»Wie schön!«

»Willenlos wird sie werden; das Mittel dämpft die sensorischen, vegetativen und besonders die motorischen Zentren im Gehirn.«

»Lassen Sie mich die Packung küssen, Bairam Julianowitsch. Genau das ist's, was ich brauche. Nina Romanowna wird ganz still sein?«

»Es kommt auf die Dosierung an.«

»Die doppelte Menge werde ich ihr geben... nein, die dreifache!«

Mit zitternder Hand reichte Dr. Poscharskij das Medikament zu Babkin hinüber, der es schnell in seine Tasche steckte. Dann schloß Bairam Julianowitsch den Schrank wieder ab, sank in den Sessel zurück und faltete die Hände.

»Gott, verzeih mir«, stammelte er. »Sieh es an: Ich wurde gezwungen. Babkin, gehen Sie jetzt, gehen Sie ganz schnell. Wenn ich Sie noch länger ansehen muß, versagt wirklich mein Herz.«

Babkin hielt es für klug, nichts mehr zu erwidern, und verließ das Haus in großer Zufriedenheit, ja, Fröhlichkeit. Auf der stillen Straße blieb er stehen, blickte an den Häuserwänden empor und erkannte ein paar Gesichter, die ihn hinter verhängten Fenstern anstarrten. Die ein wenig zur Seite gerafften Vorhänge verrieten die Gaffer.

Babkin schwang seinen Gehstock mit der schweren silbernen Krücke ein paarmal durch die Luft und machte sich dann auf den Weg, um weiter mit seiner Vergangenheit aufzuräumen.

Wer jetzt, dachte er. Wer fehlt? Bobo Alexandrowitsch Panin, der schwule Milizionär? Babkin, was soll's? Das ist Pyljows Problem, und seine Angst, daß alles bekannt wird, ist seine größte Strafe.

Jakow Petrowitsch Sapanow, der Briefträger mit dem Froschgesicht? Nun ja, er bringt nicht nur Briefe ins Haus, er öffnet auch seine Hose bei Nelli, meinem Töchterchen, und gelegentlich bei Nina, meinem Weibchen. Ohrfeigen könnte man ihn dafür, aber andererseits ist er bei Nina nicht der Einzige und Nelli ein strammes Weibchen mit einem Mann – na, wir wissen ja, was mit Pyljow los ist. Kann man's Nelli verübeln? Aber warum gerade Sapanow, der häßlichste Mann von Ulorjansk? Einige Fragen werden immer offen bleiben...

Gehen wir noch einmal zu Waninow, dem Popen, beschloß Babkin. Der heimliche Vater meines Enkels – warum gibt es keinen Blitz, der ihn spaltet? Verführt meine zarte Walentinaschka am Flußufer und predigt am Sonntag wider die Sünde. Ihn kann man nicht heftig genug am Bart zerren...

Langsam wanderte Babkin durch die Stadt, blieb vor der Kirche stehen und stützte sich auf seinen wertvollen Stock.

Waninow, der Wadim Igorowitsch hatte kommen sehen, klebte förmlich hinter der Gardine am Fenster seiner Wohnung und beäugte ihn mißtrauisch.

Er hat etwas vor, dachte der Pope, sonst wäre er nicht wiedergekommen. Was will er noch? War's ihm nicht genug, einen vor Angst greinenden Popen zu sehen? War's nicht genug Triumph? Geh weiter, Wadim Igorowitsch!

Aber Babkin ging nicht weiter. Als er sich wieder in Bewegung setzte, führte sein Weg genau auf die Kirche zu.

Waninow seufzte, schlug das Kreuz und sagte erschüttert:

»Wen Gott straft, den straft er gründlich.«

*

Man soll nicht glauben, daß nur Babkin an diesem Vormittag damit beschäftigt war, seine Vergangenheit aufzuarbeiten. O nein, da verkennt man die Mitglieder der Familie Babkin, die sich schon als fröhliche Hinterbliebene gesehen hatten und nun durch die Wiederauferstehung von Väterchen bitter enttäuscht wurden.

Und nicht nur das! Nach der allgemeinen Beichte am Totenbett war nichts mehr so wie vordem. Jeder hatte Schmutzflecken angesetzt, die man nicht so einfach wegreiben konnte, hatte Löcher in der Seele, die keiner mehr stopfen konnte.

Vor allem aber war man sich klar darüber, daß das weitere Leben nie mehr so sein würde wie das vergangene: Babkin hatte sie nun alle in der Hand, und wenn er wollte, konnte er jeden auswringen wie einen Scheuerlappen.

Gebt es zu, Genossen: So geht's nun wirklich nicht! Welch ein Dasein würde das werden!

Pyljow, das kluge Bürschchen von Lehrer, den die Babkins noch einmal zu Rate zogen, hatte da wieder die beste Idee, das gefährlich gewordene Väterchen zu liquidieren.

»Meine Lieben«, sagte er zu Nina Romanowna, der verhinderten Witwe, Nelli, seiner Frau, und Walentina, seiner Schwägerin. »Bisher hat alles versagt: Er wachte nach der Spritze auf, erhängen konnten wir ihn nicht, ihn erdolchen ist ein blutiger, unästhetischer Akt, selbst ihn zu erschießen war unmöglich. Und auch vergiften kann man ihn nicht, weil er jeden Teller bei Tisch austauscht und uns zuschiebt, und keiner weiß vorher, wer Babkins Teller bekommt... Fürchterlich ist es, mit solch einem Menschen leben zu müssen!«

Pyljow holte tief Atem. »Kann Väterchen eigentlich schwimmen?«

Die drei Frauen schwiegen verblüfft. Kann Wadim Igorowitsch schwimmen? Mit dieser Frage hatte sich noch keiner beschäftigt; man hatte Babkin auch noch nie in schwimmender Position gesehen.

Nur Nina Romanowna erinnerte sich undeutlich an einen Sommerabend vor langer Zeit, an dem Babkin mit ihr, einem bildschönen Mädchen von siebzehn Jahren mit langen blonden Zöpfen und runden Augen, am Ufer des nahen Propjet-Sees gelegen hatte und auch in dessen Wasser gestiegen war. Nackt sogar, was damals eine ungeheuerliche Schamlosigkeit bedeutete, aber es hatte Nina gefallen.

Ob Babkin nun in dem See geschwommen oder nur im seichten Wasser herumgeplanscht hatte, daran konnte Nina Romanowna sich nicht mehr erinnern. Sie war damals mit der Betrachtung von Babkins sportlichem Körper vollauf beschäftigt gewesen. Später dann ging Babkin immer allein zum Angeln; ob er dabei auch geschwommen hatte, wer weiß das?

»Wenn Väterchen nicht schwimmen kann«, sagte Pyljow nachdenklich, »dann könnte man ihn diskret ertränken. Das macht keinen Lärm, kein Blut fließt, es sieht aus wie ein Unfall, und es ist eine sichere Sache. Also rundherum ästhetisch. Wir laden Wadim Igorowitsch zu einem Badeausflug ein – heiß genug ist es ja –, fahren an den Propjet-See, gehen gemeinsam ins Wasser und drücken ihn dort, wir alle zusammen, unter Wasser. Dann wird Nina schreiend Alarm schlagen, man wird Babkin bergen. Dr. Poscharskij wird den Tod durch Ertrinken feststellen, und wir können Väterchen endlich begraben. Ist das eine Idee, meine Lieben?«

Man muß zugeben: Die Idee war überzeugend. Nur einen

Fehler hatte sie: Wie bekam man Väterchen an den See und vor allem in den See? Daß jemand an Land, auf einer Uferwiese, ertrank, hatte es noch nicht gegeben.

»Walentina muß ihn zu diesem Ausflug überreden«, sagte Nina Romanowna und schaute dabei ihre jüngste Tochter liebevoll an. »Sie ist Väterchens Liebling.«

»Versuchen werde ich's, Mütterchen.« Walentina erwiderte ihren Blick mit einer Unbefangenheit, die keinerlei Zweifel aufkommen ließ. Dabei dachte sie: Das muß man Väterchen sofort sagen; später am See kann es zu spät sein. »Wann wollen wir schwimmen gehen?«

»So schnell wie möglich!« rief Pyljow, der liebe Schwiegersohn. »Jeder Tag kann unser Verderben nur vergrößern. Weiß man, was Babkin noch alles im Schilde führt? Hilflos sind wir ihm ausgeliefert.«

Während die Familie sich wohlgestimmt einig wurde, Babkin im See zu ertränken, betrat Wadim Igorowitsch feierlich, wie sich's geziemt, die Kirche. Er bekreuzigte sich, verharrte in einem kurzen, stummen Gebet vor der Ikonostase und begrüßte Christus am Kreuz mit einer tiefen Verbeugung. Waninow, der ihn hinter einer gedrechselten und bemalten Holzsäule beobachtete, mahlte mit den Zähnen wie ein Wiederkäuer.

Nicht zum Beten ist er hergekommen, nie und nimmer, dachte der Pope und spürte wieder die Angst in sich hochsteigen. Was soll man nun tun? Auf ihn zutreten und ihn als Seelenhirte ansprechen, oder soll man sich wieder in seinem Zimmer einschließen und abwarten, was er jetzt anstellt? Darf man Vorsicht so einfach Feigheit nennen? Im übrigen: Auch wenn Gott hinter einem steht – nicht jeder Priester ist ein Held.

Waninow wurde aus seinen Überlegungen gerissen, als Babkins Stimme laut und voll in der leeren Kirche dröhnte:

»Komm hervor, Sidor Andrejewitsch!« rief er. »Ich weiß: Irgendwo hast du dich versteckt und lauerst hier herum. Vater meines Enkels, elender Halunke, komm hervor, ich habe noch einmal mit dir zu reden. Hier vor den Heiligen, vor der Muttergottes, vor dem Kruzifix ...«

Waninow kroch in sich zusammen und rührte sich nicht hinter seiner Säule hervor. Die Anrede »Vater meines Enkels« ließ nichts Gutes ahnen. Wer sich so ausdrückte, war zu keiner emotionslosen Auseinandersetzung fähig. Warten wir also weiter ab, Väterchen!

Babkin spazierte in der Kirche umher wie einer, der die hier angesammelten bäuerlichen Kunstschätze bewunderte. In Wahrheit aber suchte er Waninow, von dem er wußte, daß er sich hier verborgen hielt. Was er eigentlich von dem Popen wollte, wußte

Babkin selbst nicht präzise zu sagen. Ihm erst einmal gegenüberstehen – das Weitere ergab sich dann fast von allein.

»Waninow«, sagte Babkin nach einiger Zeit, »was soll's? Ob jetzt oder morgen oder übermorgen – weglaufen kannst du nicht. Und wenn ich dich bei der Sonntagsmesse erwische... ich bekomme dich.«

So ist's, gab Waninow ihm recht. Auch die Märtyrer liefen nicht weg, ein Kapitän geht mit seinem Schiff unter, solange noch andere an Bord sind, also stellen wir uns der Notwendigkeit, mutig zu sein.

Er kam hinter seiner gedrechselten Säule hervor, strich über seinen majestätischen weißen Bart, zupfte sein Priestergewand gerade und starrte Babkin mit rollenden Augen an. Wer Waninow so sah, konnte sich gut Moses vorstellen, wie er vom Berg Sinai stieg und seine Sippe um das Goldene Kalb tanzen sah.

»In einer Kirche schreit man nicht!« sagte Waninow würdevoll. »Vor Gott herrscht Demut.«

»So ist's, Sidor Andrejewitsch«, erwiderte Babkin. »Laß uns deshalb in deine Wohnung gehen.«

»Nein!« Waninow verspürte plötzlich die Segnungen des Glaubens. Hier, vor der Ikonostase, war er sicher. Selbst ein Babkin scheute davor zurück, vor allen Heiligen zu fluchen, unflätige Worte zu gebrauchen oder gar um sich zu schlagen. »Gott kann alles hören – ob hier oder in meiner Kammer. Was hast du zu sagen, Wadim Igorowitsch?«

»Etwas mitnehmen möchte ich, Waninow.«

»Von hier? Aus der Kirche?«

»So ist's.« Babkin zeigte zu einem Seitenaltar, vor dem, wie überall, ein Ewiges Licht flackerte. »Habe ich nicht vor Jahren dieses Kruzifix da gestiftet?«

»Eine wundervolle Bronzearbeit.« Waninow drückte das Kinn an. »Ein Schmuckstück.«

»Ich will es zurückhaben.«

»Das Kreuz?« Waninows mächtige Baßstimme erhob sich drohend. »Elender! Schenkt der Kirche ein Kreuz, geweiht wird es, heilig ist es – und kommt nun daher und will es zurückhaben. Wadim Igorowitsch, wo ist deine Seele geblieben?«

»Wenn man das wüßte, Waninow. Ich suche sie selbst, glaub es mir. Sie ist weg, sage ich seit meiner Auferstehung immer wieder zu mir. Muß einfach dageblieben sein im Jenseits, aus dem ich zurückgerissen worden bin. Ist das möglich? Du als Pope mußt es doch erklären können. Gibt es das: Die Seele ist schon im Himmel, aber der Mensch lebt noch auf der Erde?«

»Bisher ist so ein Phänomen noch nicht aufgetaucht«, sagte Waninow. »Wieso spürst du, daß du keine Seele mehr hast?«

»Ich könnte dich umbringen und dabei Choräle singen...« Babkin rieb sich die Hände. »Wie nennt man so etwas?«

Waninow wich erschrocken und wieder von Angst durchrieselt bis zum Seitenaltar zurück, schlüpfte hinter den eisernen Ständer, auf dem Babkins gestiftetes Kruzifix stand, und verkrallte die Hände in seinem Bart.

»Wenn Gott nach einer Beichte die Sünden vergibt, sollte auch der Mensch nach einem Geständnis Milde walten lassen!« erklärte Waninow mit Überzeugung. »Du willst das Kreuz zurückhaben. Warum?«

»Wegtragen aus dieser Kirche will ich es und stiften dem heiligen Demetrius von Kasan. Verwundert dich das, Sidor Andrejewitsch? Geh weg vom Kreuz! Es soll nicht nach dir stinken!«

»Geschenkt bleibt geschenkt!« brüllte Waninow. »Was soll man den Gläubigen von Ulorjansk erzählen, wenn ihr geliebtes Kruzifix weg ist? Babkin hat es zurückgeholt – soll ich das sagen? Warum hat er es zurückgeholt?«

»Um es vor dir zu retten! Gestiftet war es zum Lob Gottes – aber was für ein Diener Gottes treibt hier sein Unwesen? Na? Ein Heuchler, ein Jungfrauenschänder, ein Bastardvater, ein Lügner... Aus dem Weg, Sidor Andrejewitsch! Das Kreuz kommt zu mir zurück!«

Fast gleichzeitig stürzten sie zu dem Kruzifix hin, gleichzeitig umklammerten sie das Kreuz – Babkin am unteren Querbalken, der Fußstütze Christi, Waninow am geheiligten Korpus selbst – und gleichzeitig zerrten sie daran, Babkin nach vorn, Waninow nach hinten.

Welch ein Anblick! Da kämpften sie um Zentimeterchen, mal nach vorn, mal zurück. Stark und kräftig waren sie beide, und das schwere bronzene Kreuz hatte ebenfalls sein Gewicht, was schon dadurch bewiesen war, daß seinerzeit zwei Mann Babkins Geschenk in die Kirche schleppen mußten und gewaltig dabei schwitzten.

»Laß es los!« keuchte Waninow und blies seinen Atem Babkin ins Gesicht. Die Adern schwollen an seinen Schläfen und seinem Hals, so sperrte er sich gegen Babkin, der ihm gegenüber nicht minder kräftig in seine Richtung zog. »Du beschädigst die Füße des Herrn...«

»Und deine Fettfinger liegen an seinem Bauch!« röchelte Babkin und rang nach Luft. »Übergeben wird er sich gleich... Herr im Himmel, ich leide mit dir.«

Und so ging es weiter, Ruck hin, Ruck her, begleitet von Ächzen und Stöhnen, Seufzern und Husten aus gepeinigten Lungen, vom Geknirsche der Zähne und dem Scharren der nach einem festen Stand suchenden Stiefel.

Schweiß troff von den Gesichtern, als sei jede Pore eine kleine Quelle, und rot waren ihre Köpfe, als hätten sie in glühender Sonne gelegen. Aber keiner von ihnen gab auch nur einen Zentimeter nach, und verlor man bei einem Ruck ein bißchen an Boden, stellte der Gegenruck das Gleichgewicht wieder her.

Babkin begannen nach ein paar Minuten die Beine zu zittern und das Herz zu schmerzen. Starr sah er Waninow an, der mit weit offenem Mund und prustend wie eine alte Dampflok in keiner besseren Verfassung war als er. Aber seine Kraft ließ nicht nach, und so war Babkin gezwungen, noch mehr aus seinen Muskeln herauszuholen, obwohl er sich sagte: Es geht nicht mehr.

Ruck hin... Ruck her... Der Schweiß verschleierte den Blick, brannte in den Augen, lief in den offenen Mund, rann über den Hals. In den Adern am Kopf und in der Brust hämmerte schmerzhaft das Blut, und ab und zu, als sei man sich wortlos einig, unterbrachen die beiden Kämpfer das Gezerre.

Dann drückten sie die Stirnen an das Kruzifix und erfrischten sich an dem kühlen Metall, hauchten sich gegenseitig mit ihrem heißen, röchelnden Atem an. Aber danach strafften sie sich wieder, sahen sich mit funkelnden Augen an und griffen von neuem zum Kreuz.

Ruck hin... Ruck her...

»Nur über meine Leiche bekommst du es...« keuchte Waninow und schielte dabei fürchterlich vor Entkräftung. »Nur, wenn du auch mein Herz mit herauszerrst...«

»Dann mach deinen Kittel auf!« schrie Babkin mit dampfendem Atem. »Laß sehen, ob da überhaupt ein Herz ist... Gib es auf, Sidor Andrejewitsch, ich bin der Stärkere!«

Es waren, wie man so sagt, die letzten Worte von Babkin, wenn man davon absieht, sein röchelndes »O Gott!« noch hinzuzurechnen.

Um ihn herum veränderte sich plötzlich die Welt. Alles wurde wundervoll glänzend, Waninows schweißtriefender Schädel vergoldete sich, das Kruzifix war plötzlich so leicht, als sei es aus Watte – überhaupt: Es gab keine Schwere mehr, seine schmerzenden Beine schwebten, die Ikonostase schien zu blühen wie ein Zaubergarten, und selbst noch, als Babkin zu Boden sank, war es ihm, als falle er in eine duftende Wiese, die noch kühl vom Morgentau war.

Auch den Krach hörte er nicht. Als Babkin das Kruzifix plötzlich losließ, wurde – dem physikalischen Gesetz gehorchend – Waninow das Opfer seiner eigenen Zugkraft. Mit dem Kruzifix in beiden Händen schoß er rückwärts in den Altar, brach mit ihm zusammen, ging zwischen den Trümmern unter, stieß sich mehrmals das zersplitternde Holz in den Körper und lag dann unbeweglich in einem Haufen von Holz, gestickten Decken und Kerzenhaltern, niedergedrückt von dem auf seiner Brust liegenden bronzenen Kreuz, das – man weiß es jetzt – zwei Männer hatten tragen müssen.

Waninow brauchte einige Minuten, um sich in den Trümmern so weit zu erholen, daß er sich unter dem Kreuz wegwälzen und aus den Trümmern des Altars steigen konnte. Gesiegt, rief es in ihm. Gesiegt! Ich habe Babkin besiegt! Das Kreuz bleibt bei mir! Sollte man jetzt nicht die Glocken läuten?

Schwankend zog er sich an einer Säule hoch, holte noch ein paarmal tief Atem und sah sich dann nach Babkin um.

Wadim Igorowitsch lag auf dem Rücken, die Arme weggespreizt, als sonne er sich, aber sein Blick war leer und starrte in die Kirchenkuppel. Auch sein Atem war weg, was Waninow sofort auffiel. Nach einem solchen Kampf japst der Unterlegene nach Luft, aber er liegt nicht da, als sei er aus Holz geschnitzt.

»O nein!« sagte Waninow erschüttert und zweifelnd zugleich. »Wadim Igorowitsch, Brüderchen, tu uns das nicht an ... nicht noch einmal! Heb den Kopf und sage: Ich lebe. Babkin, mein Lieber, rühr dich ...«

Er tastete über Babkins Gesicht: Der Schweiß war kalt, über die Lippen kam kein Hauch mehr, die gebrochenen Augen waren wie mattes Glas, und die Hand, die Waninow zögernd ergriff, fühlte sich plötzlich fremd an, schlaff und wie vom Körper losgelöst.

Wenn er jetzt wirklich tot ist, dachte Waninow, muß ich für seine Seele beten ... Ist er es wieder nicht, so schadet's auch nicht – also beten wir.

Er neigte das Haupt, faltete, neben Babkin kniend, die Hände und sprach die Bitte um Erlösung von allen Sünden und um die Aufnahme in das göttliche Reich. Dann sang er noch eine Strophe des Totenchorals ganz leise in seinen vom Schweiß nassen Bart hinein, segnete Babkin und erhob sich dann, um Dr. Poscharskij zu holen.

*

Im Garten arbeitete gerade Sobakin, der Totengräber und Zählerableser, grub ein Beet um und schwang sich sofort auf sein Fahrrad, als Waninow ihn anschrie: »Hol den Genossen Arzt! Schnell! Schnell! Babkin scheint einen schlechten Tag zu haben.«

Danach lief Waninow in die Kirche zurück, verschloß zum erstenmal, seit er Priester war, die Pforte und hockte sich neben Babkin auf die Erde. Er lag noch immer so da wie vor einigen Minuten, und jeder, der ihn angesehen hätte, würde gesagt haben: Was wollt ihr? Der Mann ist tot.

Nur bei Babkin war man sich da nicht so sicher, das verstehen wir alle, Genossen.

Fast eine Stunde dauerte es, bis Dr. Poscharskij von rückwärts durch die Privatwohnung Waninows die Kirche betrat. Ein einziger Blick zeigte ihm, warum man ihn gerufen hatte. Poscharskij ließ seine Arzttasche fallen, suchte Halt auf einem Chorstuhl und warf den Kopf in den Nacken.

»Nein!« sagte er dumpf. »Nein! Nicht schon wieder! Das übersteigt meine Kräfte.«

»Wadim Igorowitsch ist tot.« Mit feierlicher Stimme gab Waninow seine Überzeugung kund. »Wirklich tot ...«

»Wer sagt das, Sidor Andrejewitsch?« keuchte Poscharskij.

»Ich war Zeuge, als er starb.«

»Was besagt das? Es gab auch Zeugen, als Babkin vor dem Regal mit Wasch-, Putz- und Scheuermitteln in seinem Basar umfiel und tot war. Und was war er? Scheintot! Was soll ich hier?«

»Babkins Tod feststellen, Bairam Julianowitsch ...«

»Nie! Nie und nimmermehr! Bei Babkin stelle ich nichts mehr fest. Vor knapp zwei Stunden war er noch bei mir, giftig wie eine Schlange – und jetzt soll er wieder tot sein? Wer glaubt ihm das, he?« Dr. Poscharskij zeigte auf den zertrümmerten Altar. »War er das?«

»Nein – nur die Auswirkung eines physikalischen Gesetzes. Eine Art Fliehkraft ...« Waninow umschritt den toten Babkin ein paarmal, als umwandle er einen heiligen Schrein. »Ich sage dir: Jetzt ist er tot! Keine Atmung.«

»Hatte er beim erstenmal auch nicht ...«

»Keine Reflexe ...«

»Besagt gar nichts!«

»Der leere, gebrochene Blick ...«

»Kann eine Eigenart des Krampfes sein ...« Dr. Poscharskij beugte sich aus seinem Chorstuhl etwas nach vorn und betrachtete Babkin mit flackernden Augen.

Zugegeben: Wenn man Babkin so liegen sah, gab es keinen Zweifel mehr an seiner Entseelung. Aber genauso hatte er auch neulich auf dem Totenbett gelegen und hatte doch alles gehört und gesehen. Soviel Glück, daß Babkin nun wirklich tot war, zweifelte Poscharskij an.

»Du solltest ihn untersuchen, Bairam Julianowitsch«, sagte Waninow, der Pope.

»Nein! Diesen Menschen fasse ich nicht wieder an.«

»Ich habe für ihn gebetet und gesungen – ich habe meine Pflicht getan.«

»Wie ergreifend!« rief Dr. Poscharskij höhnisch. »Welch ein risikoloser Beruf! Wacht Babkin wieder auf, hat's ihm nicht weh getan und auch nichts genützt. Ein Gebetchen und ein gesungenes Verschen ... Aber was verlangt man von mir? Ich soll einen für tot erklären, der uns schon einmal aus dem Sarg gesprungen ist. Ich allein muß die Verantwortung tragen!«

»Dafür bist du ein Arzt, Bairam Julianowitsch. Wir kümmern uns um die Seele, du um den Körper. Wir können Babkin doch nicht einfach in der Kirche liegenlassen.«

»Warum nicht?«

»Und wenn er zu stinken beginnt...«

»Das ist eine Idee!« Dr. Poscharskijs Miene hellte sich auf. »Das wäre ein Beweis, daß er wirklich tot ist. Dann stelle ich den Totenschein aus, ohne mich zu blamieren. Laß ihn hier liegen, Sidor Andrejewitsch.«

»Vor dem zertrümmerten Altar?«

»Natürlich nicht. Hinten in der Gerümpelkammer! Gibt's dort einen Tisch? Ja? Vortrefflich! Wir legen ihn auf den Tisch und warten ab... Nicht übelnehmen kann er uns das, wenn er wieder aufwacht.«

Sie hoben Babkin vom Boden auf und trugen ihn ächzend nach hinten in die Gerümpelkammer der Kirche. Tatsächlich, es gab dort einen Tisch. Waninow blies den Staub von der Platte, sie legten Babkin drauf und waren so gütig, ihm die schlaffen Hände zu falten. Sie fühlten sich eisig an, die Finger, aber auf einen fragenden Blick von Waninow schüttelte Dr. Poscharskij wieder den Kopf.

»Das ist kein Argument. Kennen wir alles. Wadim Igorowitsch scheint prädestiniert zu sein, in einen Scheintod zu verfallen. Ein medizinisches Phänomen, sage ich, noch kaum in der ärztlichen Literatur erwähnt. Ich werde darüber schreiben und alles für die Nachwelt festhalten. Ich werde es das ›Ulorjansker Asphyxie-Phänomen‹ nennen.«

»Aber die Augen wollen wir ihm trotzdem zudrücken, Bairam Julianowitsch.«

»Du sagst es. Was mich jetzt an Babkin stört, ist sein Blick.« Dr. Poscharskij drückte also Babkin die Lider herunter und kam sich danach weniger beobachtet vor.

Die beiden Männer verließen die Kammer, kehrten in Waninows Wohnung zurück, und Sidor Andrejewitsch berichtete, wie es dazu gekommen war, daß Babkin wieder umfiel.

»Die Überanstrengung... sag ich's doch, sag ich's doch! Das ist bei Babkin wie bei einem elektrischen Schutzschalter. Gibt es irgendwo eine Überhitzung – knack, schaltet bei ihm alles aus.« Dr. Poscharskij sah Waninow stolz an. »Ist das nicht eine fabelhafte Erklärung des Phänomens? Leicht verständlich, volkstümlich – jedermann begreift's. Sein Bronzekreuz wollte er wiederhaben? Gekämpft habt ihr darum? Wer kann Babkin noch verstehen? Du hast ihm doch nichts getan, Waninow...«

»So ist's.« Der Pope senkte den Kopf, um Poscharskij nicht ansehen zu müssen. »Wer sagt es aber jetzt der armen Nina Romanowna?«

»Was?«

»Daß Wadim Igorowitsch wirklich tot ist.«

»Ist er das? Ich wehre mich, daran zu glauben. Auch seine Familie wird's nicht glauben. Keiner kann es glauben, der das alles erlebt hat mit ihm.«

»Trotzdem muß man die Familie unterrichten, sonst melden sie Babkins Verschwinden, und die Miliz beginnt ihn zu suchen.« Waninow lehnte sich zurück und starrte gegen die Holzdecke des Zimmers. »Eine Todesnachricht sollte der Arzt überbringen...«

»Ich lehne bei Babkin das Wort ›tot‹ vorläufig kategorisch ab!« rief Poscharskij empört. »Heikle seelische Dinge zu übernehmen ist Pflicht eines Priesters.«

So saß man eine Stunde herum, traktierte sich mit langen Reden über des anderen Pflichten und wurde sich doch nicht einig. Schließlich war es Waninow, der sich seufzend erhob.

»Also gut, gehen wir gemeinsam. Das verteilt die Last.«

Ein salomonisches Wort, dem sich Dr. Poscharskij nicht entziehen konnte.

Das war es, was er immer an den Priestern so bewunderte: Für alle Fälle im Leben hatten sie einen klugen Satz zur Hand, dem kaum widersprochen werden konnte.

*

Wer nun erwartet, daß bei den Babkins überschäumende Freude ausbrach, daß man sich umarmte und küßte, Nina Romanowna den besten Krimwein holte und kräftig auf Babkins endlichen Tod angestoßen wurde, der täuscht sich gründlich.

Genau das Gegenteil war der Fall: Lähmendes Entsetzen breitete sich aus, als Waninow und Poscharskij im Haus erschienen und erklärten, Babkin läge wahrscheinlich tot in der Gerümpelkammer der Kirche.

Wahrscheinlich – das war das Wort, das jedem in den Magen fuhr. »Wahrscheinlich« ist das Unsicherste von der Welt. »Wahrscheinlich« kann man drehen und wenden, wie man will, und hat doch nie Gewißheit. »Wahrscheinlich« ist dehnbarer als Gummi.

»Daß er uns das antut!« jammerte Nina Romanowna und legte schützend die Arme um ihre beiden neben ihr sitzenden Töchter. »Schon wieder! So kurz nacheinander! Besitzt er denn gar kein Schamgefühl? Was soll man von uns denken? Was wollen wir tun? Wieder bei Mischin einen Sarg bestellen? Uns wieder vor aller Welt blamieren? Ah, welche Gemeinheit von Wadim Igorowitsch, uns wieder in diese Situation zu bringen!«

»Noch lebt er ja vielleicht«, versuchte Dr. Poscharskij sie zu beschwichtigen und dankte Walentina mit einem freudigen Blick, als sie eine Flasche Wodka und einige Gläser brachte.

Sein Weibchen Iwetta schlief noch immer nach dieser verdammten Injektion, deren Wirkung Babkin so rätselhaft schnell abgeschüttelt hatte. Und so kommt es, dachte Poscharskij, daß man sich ans Saufen gewöhnen kann. »Noch ist er jedenfalls nicht amtlich tot! Das ist er erst, wenn ich den Totenschein ausschreibe. Und ich werde mich hüten, das jetzt schon zu tun.«

»Angenommen, er ist wirklich tot –«, fragte Waninow, nahm Walentina die Flasche aus der Hand und setzte sie an seine dicken Lippen. Zufrieden rülpste er und gab die Flasche dann an Dr. Poscharskij weiter. »Was dann?«

»Ein Fest, wo sich die Tische biegen, werde ich geben!« rief Nina Romanowna unter Tränen. »Wie bei den Ewenken werde ich ein Riesenfeuer anzünden. Getanzt werden soll bis zum Umfallen!« Sie holte tief Luft. »Aber hofft nicht darauf. Wie ich Babkin, unser Väterchen, kenne, steht er morgen zum zweitenmal auf.«

Man hing noch diesem trüben Gedanken nach, als Pyljow ins Haus stürzte, mit verzerrtem Gesicht und aufgerissenem Kragen. Er war auf dem Weg zur Schule gewesen und japste nun nach Luft, so schnell war er zurückgelaufen.

»Was höre ich da?« schrie er hysterisch. »Wadim Igorowitsch ist wieder umgefallen? Er liegt wieder tot auf dem Rücken?«

»Wer sagt das?« schrie Dr. Poscharskij zurück.

»Sobakin habe ich getroffen. Seinen Koffer will er packen und wegziehen aus Ulorjansk. Wer kann's ihm verübeln? Kommt in die Kirche, will in der Gerätekammer eine Schaufel holen, und wer liegt da auf einem Tisch, stumm und steif? Unser Babkin! Sobakin bekam solch einen Schock, daß er mit der Stirn gegen die Wand rannte und sich einen Riß zuzog. Ist es denn wirklich wahr, meine Lieben?«

»Wahr ist, daß er auf einem Tisch in der Gerümpelkammer liegt«, sagte Waninow und nahm Dr. Poscharskij die Wodkaflasche ab. »Unsicher ist, ob er nun wirklich tot ist. Bairam Julianowitsch wagt keine Diagnose mehr. Er verläßt sich darauf, daß Babkin morgen riechen muß, wenn er uns nicht wieder getäuscht hat. Unsere einzige Hoffnung ist ein sichtbarer natürlicher Verfall.«

»Und... und wenn er nicht eintritt?« Nina Romanowna hatte diesen schrecklichen Gedanken.

»Dann weiß ich, was ich tue«, knirschte Pyljow, zu allem entschlossen. »Dann nutze ich die Stunde. Dieses Mal enttäuscht uns Babkin nicht mehr...«

Immerhin unterrichtete man alle Betroffenen, von Narinskij,

dem nachbarlichen Metzger, bis hin zu Blistschenkow, dem Genossen Bürgermeister. Aber keiner rührte sich von der Stelle. Gemeinsam hatten sie nur den gleichen Gedanken: Der Himmel strafe Babkin, der so grausam mit dem Sterben spielt.

4

In der Nacht, wo niemand mehr sie sehen konnte, schlich sich die Familie Babkin in die Kirche, um ihr Väterchen auf dem Tisch in der Gerümpelkammer zu betrachten.

Echte Trauer kam nicht auf, wen wundert's? Vielmehr beschimpften Nina Romanowna, Schwiegersohn Pyljow, Tochter Nelli und – mitgerissen von den harten Worten – dann auch der Pope Waninow den so still Daliegenden.

Nur Walentina schloß sich der allgemeinen Empörung nicht an; sie weinte still vor sich hin und betete stumm für ihr Väterchen.

»Steh auf!« schnauzte Nina ihren erstarrten Gatten an. »Nicht wieder dieses Spiel mit uns! Rühr dich gefälligst, du Simulant! Uns betrügst du nicht mehr! Was soll das Theater? Macht dir wohl Spaß, uns alle zu quälen und vor aller Welt lächerlich zu machen? Ha! Bist du ein Teufel – erst jetzt merke ich das! Nach über zweiunddreißig Jahren!«

Und Pyljow sagte fast feierlich: »Beim erstenmal konntest du dich nicht rühren... Na, wie ist es jetzt? Wieder alles gelähmt? Wollen das doch mal sehen...« Er beugte sich über den armen Babkin, gab ihm eine Ohrfeige, zwickte ihn in das eiskalte Fleisch, stieß sogar die Spitze eines herumliegenden Nagels in seinen Armmuskel – Babkin rührte sich nicht.

»Wie damals!« sagte Waninow ergriffen. »Genau wie damals. Keinen Mucks! Aber er hört und sieht alles...«

»Nicht mehr lange, Genossen.« Pyljow krempelte die Ärmel seines Hemdes hoch. »Unter uns sind wir. Gemeinsame Leidtragende. Gemeinsam Schweigende.« Mit wilden Augen blickte er um sich, spreizte die Finger und sog pfeifend den Atem ein. »Wir werden vollenden, was die Natur unvollkommen begonnen hat.«

»Was willst du tun, Boris Witalowitsch?« fragte Waninow.

»Ihn gründlich erwürgen...«

»Nein!« schrie Walentina hell auf. »Nein! Väterchen, wach auf! Wach auf! Komm ins Leben zurück...«

Sei es, daß Babkin keine Möglichkeit hatte, sich zu wehren, oder daß er nun wirklich tot war, oder sei es, daß er sich nach Ruhe sehnte vor dieser schrecklichen Welt – er zeigte keinerlei Regung, kein Zucken, kein Blinzeln, kein Anspannen der Muskeln.

Steif wie eine Steinfigur lag er auf dem alten Tisch, mit gelblichem Gesicht und jetzt eingesunkenen Augäpfeln. Sein Mund war ein wenig geöffnet und zeigte die dritten Zähne, die ihm der Zahnarzt Leonid Semjonowitsch Sablin in Tobolsk eingesetzt hatte. Ein kräftiges Gebiß, Sablins beste Arbeit... Vier Wochen später war er im Wahnsinn gestorben. Böse Zungen behaupteten, er habe Babkins Behandlung seelisch nicht durchstehen können.

»Später!« rief Waninow und ergriff Pyljows Hände. »Später, mein Sohn... Dazu ist noch Zeit genug. Wenn Wadim Igorowitsch morgen abend noch so knackig daliegt wie heute, kannst du es versuchen. Verändert er sich, wär's vergebliche Mühe gewesen.«

Eine halbe Stunde blieben die Babkins und Pyljow am Tisch stehen und verabschiedeten sich dann.

»Wenn er wieder aufsteht, ohne daß wir zugegen sind«, fragte Pyljow, »was dann, Genosse Pope? Es muß gehandelt werden.«

»Verlangt von einem Geweihten keine Untat!« rief Waninow empört. »Wie wär's, wenn ihr Wache bei Babkin haltet?«

»Die Idee ist gut.« Pyljow sah seine Verwandtschaft an. »Sobald er ein Zucken von sich gibt, soll man mich rufen. Walentina, du hast die erste Wache. Dich wird Nelli ablösen. Dann wacht Mütterchen Nina bei ihm, am frühen Morgen komme ich dann selbst. Ist's so recht?«

Alle nickten wortlos, betrachteten noch einmal Babkin, ihr Väterchen, und verließen dann die Kirche durch den Hinterausgang. Walentina blieb zurück, setzte sich neben Babkin auf einen verrotteten Stuhl, faltete die Hände im Schoß und hielt Wache. Keine Scheu plagte sie, kein Schaudern vor einer Leiche. Sie saß neben ihrem Väterchen und wünschte ihm den ewigen Frieden.

Die Nacht wurde ziemlich unruhig in der Kirche.

Zunächst erschien gegen zwei Uhr morgens der Bürgermeister von Ulorjansk, der Genosse und Parteifunktionär Blistschenkow, eingehüllt in einen schwarzen Umhang, als habe er den Film »Zorro« gesehen, der natürlich in der Sowjetunion nie laufen würde, und sah sich Babkin genau an.

Waninow, der ihn begleitete und genau wußte, daß er auf seinen Schlaf verzichten mußte, denn Blistschenkow würde nicht der letzte Besucher sein, nickte schwer.

»Es ist schwer zu glauben, Guri Jakowlewitsch«, sagte er. »Wir wissen uns keinen Rat.«

»Was sagt Dr. Poscharskij?«

»Er weigert sich, eine Diagnose zu stellen und den Totenschein auszuschreiben.«

»Ist er der einzige Arzt in Ulorjansk? Vier Ärzte haben wir außer Bairam Julianowitsch. Welche Phantasielosigkeit! Ich lasse sofort Dr. Bereschkow rufen, er wird das Papier unterzeichnen... und morgen mittag ist Babkin unter der Erde.«

»Und wenn er noch lebt?«

»Davon kann er uns dann keine Kunde mehr geben.«

»Das ist Mord, Genosse Bürgermeister.«

»Mord?« Blistschenkow hob die Stimme. »Wir haben einen amtlichen Totenschein! Nur der gilt! Keine fragwürdigen Hypothesen! Soll alles wieder von vorn anfangen? Ohne mich, Sidor Andrejewitsch.«

»Auch ohne mich, Guri Jakowlewitsch.«

»Ich lasse Dr. Bereschkow holen.«

»Es würde Dr. Poscharskij beleidigen.«

»Wie kann er beleidigt sein, wenn er zu feige ist?« Blistschenkow lehnte sich an den Tisch, berührte dabei Babkins Hand und zuckte vor der Kälte zurück. »War er auch damals so kalt?«

»Das hat niemand kontrolliert. Für uns alle war er tot.«

»Überall Dilettantismus. Wie soll sich die große sowjetische Idee durchsetzen, wenn überall nur Schwachköpfe sitzen?« Blistschenkow sah noch einmal Babkin an und trat vom Tisch zurück.

Walentina, die stumm neben ihrem Väterchen Wache hielt, atmete auf. »Wie soll es weitergehen, Genosse Waninow?« fragte der Bürgermeister.

»Wir warten bis zum nächsten Abend. Dann sehen wir mehr.«

Blistschenkow starrte den Popen verblüfft an, begriff dann, was hinter den Worten stand, und nickte mehrmals. Das Einfachste vergißt man oft, dachte er und ging zufrieden aus der Gerümpelkammer.

»Gut, gut«, sagte er nur, nickte Walentina zu und vergaß nicht, sich vor dem Kreuz zu verneigen. Es war ja Nacht, und kein Genosse sah es außer Waninow. Bei der nächsten öffentlichen Rede mußte man die Religion wieder beschimpfen, das war notwendig. Aber untereinander wußte man ja, was hinter den offiziellen Plakaten immer noch weiterlebte.

Kurz nach dem Weggang von Blistschenkow erschien Afanasjew mit zitternder Fistelstimme. »Es würde meinen Ruin einleiten. Sidor Andrejewitsch, wenn du wüßtest. Man muß noch einmal mit ihm reden. Ich muß wissen, was er dem Genossen Blistschenkow alles über mich gesagt hat. Weckt Babkin sofort auf.«

»Vergebliche Mühe. Pyljow hat schon einen Nagel in seinen Arm gestoßen – er rührt sich nicht. Er blutet nicht mal...«

»Er... er ist also wirklich tot?« Afanasjew sank gegen die Wand der Kammer.

»Abwarten.«

Afanasjew holte röchelnd Atem. »Kann man nicht noch einmal versuchen, was neulich gewirkt hat? Ruft Mischin und sagt ihm, er solle seinen Hammer auf Babkins Kopf fallen lassen. Vielleicht hilft das wieder...«

»Eine Idee.« Waninow sah Afanasjew lobend an. »Wir werden es gleich versuchen. Daß noch keiner daran gedacht hat.«

»Rufen wir sofort Mischin!«

Aber Mischin, aus dem Bett geholt und von der neuen Nachricht nicht nur überrascht, sondern niedergeschmettert, schrie sofort am Telefon, daß er nicht daran dächte, noch einmal seinen Hammer fallen zu lassen.

»Mich kostet dieser Tod zwar den besten Sarg, das beste Begräbnis, die besten Brokatstoffe, die luxuriöseste Ausstattung – aber ich nehme es auf mich. Laßt die Finger von Babkin! Wer ihn wieder aufweckt, müßte gesteinigt werden. Es ist erst Ruhe in Ulorjansk, wenn ein Meter Erde auf ihm liegt.«

»Du verkennst die Lage, Igor Grigorjewitsch!« schrie Afanasjew verzweifelt zurück. »Verkennst sie völlig! Sein Tod drückt uns allen vielleicht die Gurgel zu. Es kann sein, daß er Aufzeichnungen hinterläßt... O Gott, zum Aufhängen ist's.«

»Ich kann's noch ertragen!« sagte Mischin, schwankend zwischen Härte und innerem Schluchzen. »Ich werfe keinen Hammer mehr auf Babkin. Gebt mir Nachricht, wenn ich mit dem schönen Sarg kommen soll. Zwanzig Jahre Garantie, auch bei feuchtem Boden. Ich kann's verkraften, Viktor Viktorowitsch... das ist mir meine Ruhe wert.«

Seufzend legte Afanasjew den Hörer auf. Waninow erkannte an seiner Haltung, daß es ein schlimmes Gespräch gewesen war.

»Mischin will nicht?« fragte er.

»Nein, er will nicht. Ihm ist ein toter Babkin wertvoller.«

»Wie vielen in Ulorjansk. Trag es mit Würde, Afanasjew.«

»So kann nur ein Pope reden, in dessen Händen die Rubel rieseln, aber aus dem nur billige Worte wieder herauskommen.« Afanasjew warf einen vernichtenden Blick auf den starren Babkin und verließ die Kirche.

Zwei Stunden später löste Nelli ihre Schwester Walentina ab. »Nichts Neues?« flüsterte sie. »Er regt sich nicht?«

»Nein. Er ist wirklich tot, Nelli...«

»Wer glaubt ihm das?«

»Sieh, wie sich sein Gesicht verändert. Damals blieb es gleich.«

»Ich sehe keinen Unterschied«, meinte Nelli und setzte sich auf Walentinas Stuhl; allerdings schob sie ihn einen Meter von dem Tisch und dem darauf liegenden Väterchen weg.

»Wie geht es Mütterchen?«

»Narinskij ist bei ihr und tröstet sie.«

»Und Arune Jelisaweta, seine Frau?«

»Sie sitzt im Bett, sagt Narinskij, und weint Tränen wie ein Wasserfall.« Nelli kroch in sich zusammen und hatte Angst, mit Babkin allein zu sein. »Schlaf gut, Schwesterchen.«

Walentina nickte und verließ die Kammer. Draußen wartete Waninow, strich über seinen Bart, ließ seinen Blick an Walentina hinuntergleiten und fragte väterlich:

»Erschüttert siehst du aus, Walentja, hohläugig. Findest du Ruhe zu Hause? Wäre es nicht gesünder, bei mir zu schlafen?«

»Was bist du nur für ein Mensch!« rief Walentina erbost, so wütend, daß Waninow sich hastig zwei Schritte aus ihrer Reichweite entfernte. »Da drinnen liegt mein totes Väterchen, und du denkst an Hurerei! Wie abgrundtief schlecht bist du doch!«

»Nur beschützen will ich dich, mein Schwänchen ... dein gebrochenes Herz zusammenflicken ...«

»Und mir ein neues Kind machen, was? Das ist vorbei mit uns, Sidor Andrejewitsch. Versprochen habe ich es Väterchen, dich nie wieder an mich heranzulassen!«

»Wußte ich's doch!« schrie Waninow. »Was Babkin mit mir angestellt hat, war nicht alles. Die Hauptsache schlägt er mir jetzt um die Ohren. Oh, ich Armer! Ich bin der größte Geschädigte ...«

Er ließ Walentina aus der Kirche, kehrte zur Kammer zurück, trat an den Tisch und ballte die Fäuste.

»Wadim Igorowitsch«, knirschte er, »der größte Halunke unter dem Himmel bist du. Der letzten Freude meines Alters hast du mich beraubt. Was soll ich an deinem Grab predigen, wenn du wirklich tot bist? Soll ich singen: Hosianna, wir sind ihn los? Meine Hände werden zittern, wenn ich das Weihrauchgefäß über dir schwenke und dich mit Weihwasser benetze. Ha, den Weihrauchkessel müßte ich dir ins Gesicht schleudern ... Aber vielleicht wachst du davon wieder auf. Sieh mich an, Babkin: Zum Greis hast du mich gemacht ohne Walentina ...«

Er verließ gebeugt die Gerümpelkammer und ließ Nelli in sprachlosem Erstaunen zurück. Sie begriff das alles nicht ... Wie kann man auch begreifen, daß der ehrwürdige Pope und Walentina ... gesteht es ein, Genossen: Ihr hättet euch auch gewundert und lange darüber nachgedacht.

Gegen Morgen, zusammen mit Nina Romanowna, die Nelli ablöste, kam Narinskij in die Kirche, gemeinsam mit Sapanow, dem Briefträger, und Bobo, dem Milizionär.

»Er sieht wirklich anders aus als neulich«, sagte Bobo mit geübtem Polizistenblick. »Er muß tatsächlich tot sein.«

»Abwarten.« Narinskij, der eine Flasche Wodka ganz allein geleert hatte, lehnte sich schwankend an die Tischkante. Seine Augen rollten trunken hin und her, in Abständen von einer halben Minute durchrüttelte ihn ein heftiger Schluckauf. »Nur Ruhe, mein Freund, nur Geduld. An einen Stier denke ich da, den wir geschlachtet haben. Den Schuß bekam er, bumm, fiel er um. Aber wie wir ihn an den Ketten hochziehen wollen, springt der Bursche plötzlich auf und stürmt auf uns zu. Zwei Schwerverletzte hat's gegeben, Freunde. Seitdem sage ich: keine Eile. Erst, wenn er aufgeschlitzt ist...«

»Wir können doch Wadim Igorowitsch nicht aufschlitzen!« schrie Nina Romanowna grell.

»Wer will denn das?« Narinskij schwankte zu dem Stuhl, den Nelli für ihre Mutter geräumt hatte, ließ sich darauf fallen und vergrub seinen Kopf in beiden Händen. »Alles ist so tragisch«, stammelte er. »So tragisch. Man kann nur noch weinen.«

Und das tat er auch... Betrunken lehnte er den Kopf an die Wand und begann zu schluchzen, und Bobo, von jeher ein Mensch, der Mitleid empfinden konnte, holte sein Taschentuch heraus und trocknete Narinskij mehrmals das Gesicht.

Als die frühe Morgensonne noch bleich über den Wäldern emporstieg und das Grün der Bäume mit einem Dunstschleier ganz merkwürdig färbte, kam Dr. Poscharskij wieder in die Kirche, trat vor Babkin, hob schnuppernd die Nase, zog ein Augenlid von ihm hoch, drückte den Zeigefinger kurz in seinen Hals und sagte dann mit zufriedenem Ton:

»Wadim Igorowitsch Babkin ist wirklich tot. Ich verbürge mich dafür. Einem Begräbnis steht nichts mehr im Wege.«

»Gelobt sei der Herr!« rief Waninow mit gewaltigem Baß. »Nimm unseren Bruder gnädig auf. Amen.«

Es war der Augenblick, wo alle Anwesenden sich in die Arme fielen und zu weinen begannen. Bis heute wagt man nicht zu entscheiden, ob aus Trauer oder aus Freude.

*

So ein russisches Begräbnis hat es in sich – wem sage ich das, Genossen! Und wenn ein Mensch wie Babkin nun wirklich tot ist, ein solch angesehener Mann, der sichtlich nur Freunde hinterläßt, die ehrlich um ihn trauern, dann kann man damit rechnen, daß es ein großes Begräbnis wird, ein besonderer Tag, eine Art Volksmarsch zum Friedhof, angeführt von Bürgermeister Blistschenkow, mit roten Fahnen und einer Musikkapelle der Sowchose »Vorwärts«. Der Kirchenchor wurde zusammengeholt und probte unter Waninows persönlicher Leitung zwei Choräle, die mehr nach Jubel klangen als nach Trauer.

Nur Walentina fehlte im Chor, und das schmerzte Waninow tief. Sobakin, der Totengräber, hob mit zwei Gehilfen ein großes Grab aus, denn der Sarg, den Mischin lieferte, sprengte alle normalen Maße und benötigte den Platz von sonst zwei Gräbern.

»Acht Mann müssen ihn tragen!« verkündete Mischin stolz. »Sechs brechen darunter zusammen, ich sag's euch. Eisenhartes Holz! Und so groß, daß Babkin sich darin herumrollen könnte.

Was er kostet? Fragt mich nicht, Genossen... Babkins Tod ist mir das wert.«

Man durfte also Großes erwarten – in der Kirche, auf dem Weg zum Friedhof, am Grabe selbst. Anschließend hatte die Witwe Nina Romanowna zum Umtrunk und zu einem kleinen Essen geladen. Den Saal der Stadthalle hatte man dafür gemietet, weil allein die Ehrenformationen der Verbände und Vereine in Babkins Garten keinen Platz mehr finden würden.

»Jetzt sieht man erst, wie beliebt dieser Babkin war«, sagte ein ahnungsloser Mensch, der mit einer Gruppe von Ingenieuren vor gerade fünf Tagen nach Ulorjansk gekommen war. »Fast wie ein Staatsbegräbnis ist das ja. War er ein so bedeutender Mann?«

»Er kannte jeden«, antwortete ein Eingeweihter. »Das genügt, daß alle Zeuge sein wollen, ob Babkin auch wirklich begraben wird.«

Der Neuling in Ulorjansk begriff natürlich nicht, was damit gesagt werden sollte.

Zudem zeigte Babkins Begräbnis in einmaliger Deutlichkeit, was kommunistische Organisation heißt: Um sechs Uhr morgens stellte Dr. Poscharskij einwandfrei Wadim Igorowitschs Tod fest. Um neun Uhr ware alle Delegationen unterrichtet, um zehn Uhr probte die Kapelle der Sowchose »Vorwärts« den Trauermarsch, das Lied der sibirischen Pioniere und die Nationalhymne.

Um elf Uhr lieferte man die ersten Blumengebinde, Körbe und Kränze an, ebenfalls um elf jubilierte der Kirchenchor, bis zwei Uhr nachmittags war der Festsaal der Stadthalle geschmückt, und das Schmieren der belegten Brote begann.

Um drei Uhr nachmittags war Babkins Grab ausgehoben und mit Tannengrün ausgelegt, um fünf Uhr begann der Marsch der Trauergäste und der Delegationen zum Friedhof, um sechs Uhr am Nachmittag sollte Babkin begraben werden...

Was sagt man nun? War das eine Organisation? Wer machte das den Ulorjanskern nach? So etwas gelingt nur in einer kommunistischen Volksgemeinschaft. Blistschenkow nahm sich vor, dieses Ereignis als Thema seiner nächsten Parteirede zu nehmen.

Der Einfachheit halber hatte die Familie Babkin den Verblichenen in der Kirche gelassen. Ihn hin- und herzutragen war eine Dummheit; wenn schon jemand in der Kirche vor der heiligen Ikonostase stirbt, dann hat er verdient, bis zuletzt unter dem Blick der Heiligen zu verweilen.

Es wäre jedoch nicht Babkins Begräbnis gewesen, wenn alles so glatt vonstatten gegangen wäre, wie man es geplant hatte.

Schon die Eile, mit der man Babkin in die Erde senken wollte, war ungewöhnlich. Kaum jemand, selbst der uralte Adyl nicht, ein ehemaliger sibirischer Pelzjäger, konnte sich erinnern, daß jemals ein Begräbnis um sechs Uhr abends stattgefunden hatte.

Beerdigungen hielt man am frühen Morgen ab, jedenfalls im Sommer, weil es dann noch angenehm kühl war. Denn war erst die Sonne hochgestiegen, lastete die Hitze schwer auf Wäldern, Seen, Sümpfen und Flüssen. So frostig ein sibirischer Winter sein kann, so heiß sind die kurzen sibirischen Sommer.

Babkin aber sollte begraben werden bei fast dreißig Grad Hitze im Schatten – eine dumme, irreführende Feststellung übrigens, denn wo, frage ich, gibt's an einem offenen Grab schon mal Schatten? Nicht in Ulorjansk.

»Gerade die Hitze ist's, die zur Eile zwingt«, erklärte Waninow jedem, der seiner Verwunderung Ausdruck verlieh. »Welch ein Sommer! Der heißeste seit vierzig Jahren! Und ausgerechnet da muß Babkin von uns gehen. Konnte er nicht im Winter sterben? Da hätte man ihn vereisen können und anständig von ihm Abschied nehmen, ohne Zeitdruck und mit allen ihm gebührenden Ehren. Aber jetzt...«

Immerhin sah Babkin in seinem offenen Sarg noch immer bemerkenswert aus. Mischin hatte ihn ein wenig verschönert, etwas von Nina Romanownas braunem Puder auf sein Gesicht getupft, ihm den schwarzen Anzug angezogen und eine rote Nelke ins Knopfloch gesteckt, als ginge es zu einer Hochzeit und nicht in den Himmel. Das einzige, was Mischin nicht ändern konnte, waren die eingefallenen Wangen und die tiefen Augenhöhlen des Verblichenen, aber das nahm man diskussionslos hin.

Liebe Freunde, es war eine ergreifende, grandiose, unvergeßliche Totenfeier für Ulorjansk. So voll war die Kirche, daß die letzten Trauergäste förmlich an den Wänden klebten und kaum genug Luft bekamen, um mitzusingen: »Geh hin zum Herrn, du treuer Bruder...«

Außerdem waren ein paar Unverschämte dabei – wie bei allen solchen Feiern –, die sich besonders aufplusterten und breit machten, damit sie um sich herum mehr Spielraum hatten, was zu heftigen gezischten Auseinandersetzungen und versteckten Rippenstößen führte.

Als Waninow, imponierend in seiner Größe und mit seinem langen weißen Bart, in einem prächtigen Ornat mit viel Goldstikkerei und mit dem ganzen Einsatz seiner gewaltigen Baßstimme singend die heilige Hostie hochhielt, war es unmöglich, sich niederzuknien. Ein paar alte Weiblein versuchten es trotzdem, wurden heillos von den Umstehenden eingeklemmt und kamen nicht wieder hoch, was wiederum einige Unruhe in der Kirche auslöste.

Vorn vor dem offenen Sarg, Babkin, das Väterchen, in seiner letzten Würde mit Tränen betrachtend, stand die Familie. Nina Romanowna mußte von ihren Töchtern gestützt werden, das Bild einer völlig gebrochenen Witwe bot sie, und wenn es in Rußland

Sitte gewesen wäre, wie in Indien die Witwen mit dem toten Ehemann zu verbrennen, man hätte erwartet, daß Nina freiwillig in das Feuer sprang.

Zum Glück wurde dieser Brauch in Rußland nicht gepflegt. Hier durfte ein Witwendasein noch Freude bringen...

Mit einem Choral endete die Totenfeier in der Kirche. Einer Sturmflutwoge gleich quollen die Menschenmassen ins Freie. Die Ehrendelegationen formierten sich; die Kapelle der Sowchose »Vorwärts« stellte sich hinter den Fahnen auf, Blistschenkow, der Bürgermeister, einen roten Stern auf der Brust, übernahm neben der Familie Babkin die Spitze, und dann trugen acht Genossen ächzend den übergroßen und überschweren Sarg Mischins aus der Kirche, wuchteten ihn auf einen flachen Karren und dachten böse an die Strecke zum Grab, wo man Babkin wieder tragen mußte.

Verkürzen wir den Weg zum Friedhof: Die Fahnen blähten sich in einem heißen Wind, die Kapelle »Vorwärts« spielte fleißig Trauermärsche, Waninow schritt imponierend und hocherhobenen Hauptes unmittelbar hinter dem Sarg her, immer in Babkins Gesicht blickend, was ihn seelisch allerdings keinesfalls ergriff.

Nina Romanowna mußte von Pyljow fast geschleppt werden, so kraftlos hatte Babkins Tod sie gemacht, und hinter ihnen folgten die Trauergäste mit gesenktem Haupt. Auch Dr. Poscharskij war natürlich unter ihnen, allein dafür verantwortlich, daß Babkin diesmal auch wirklich tot war.

Am Grab nun – noch stand der Sarg offen am Rand der Grube – hieß es, endgültig Abschied zu nehmen. Erst danach schraubte man den Deckel zu und senkte den Sarg in die Erde. In Rußland ist das so. Diese letzten Minuten am Grab sind die wichtigsten der ganzen Beerdigung.

Schon wollte Nina Romanowna, von Schwiegersöhnchen Pyljow gehalten, die letzten lieben Worte sprechen, so glaubhaft schmerzvoll wie ihr ganzes bisheriges Auftreten war, als ein leiser Aufschrei die Menge erschütterte.

Arune Jelisaweta Narinskaja, die Frau des Metzgers Narinskij, stürzte nach vorn, fiel neben dem Sarg vor Babkin auf die Knie, streichelte sein Gesicht und rief: »Leb wohl, mein geliebter Wadim Igorowitsch, leb wohl... Ich weiß, nur eine einzige Frau hast du geliebt: mich! Oh, ich danke dir dafür, mein Unvergessener...«

Das hätte Arune Jelisaweta nicht sagen dürfen. Aus der Menge ertönte ein heller Aufschrei, und Lidija, die Frau des Bäckers Noskow, fiel neben Arune auf die Knie und warf sich über Babkin.

»Wie haben wir uns geliebt!« weinte sie und umklammerte Babkins Schulter. »War ich nicht dein Täubchen? Oh, wie glücklich waren wir! Warum bist du von uns gegangen, mein Schatz... mein unsterblicher Schatz.«

Pjotr Romanowitsch Noskow, der Bäcker, stand wie benommen da und glotzte in die Gegend. Erinnerungen zuckten auf: Wenn er um sechs Uhr morgens aus der Backstube kam, in der seine Arbeit schon um drei Uhr begann, war Lidija oft auch schon auf den Beinen und lief, ein Liedchen trällernd, durch das Haus. Fröhlich, glücklich, zufrieden. Natürlich war sie zufrieden: Babkin war gerade von ihr weggeschlichen. O Schande!

Noskow senkte den Kopf, dachte an Mord und schämte sich fürchterlich.

Doch nicht genug damit.

Kaum hatte Lidija ihren Kummer hinausgeweint, da kam neue Bewegung in die Menge: Iwetta Andrejewna, die so unwahrscheinlich hübsche Frau von Dr. Poscharskij, eine Grusinierin mit all der Glut des Südens, warf sich dem Sarg entgegen, drückte Lidija zur Seite und bettete ihre Brüste auf Babkins Brust.

»Nur wir wissen, was Liebe ist, Wadim Igorowitsch!« rief sie leidenschaftlich. »Nur wir haben sie genossen! Den Himmel haben wir aufgerissen... o mein ewiger Geliebter!«

Nun gab es kein Halten mehr.

Dr. Poscharskij, einem Herzschlag nahe, klammerte sich an Narinskij, dem Metzger, fest, der entweder seine Frau Arune vom Sarg oder Babkin aus dem Sarg reißen wollte – so genau hörte man das aus seinem Gebrüll nicht heraus.

Noskow, der Bäcker, von jeher ein romantischer Mensch, was man an seinen Brötchen sah, die er oben mit einem gebackenen Röslein verzierte, raufte sich die Haare – aber das war alles nichts gegen Nina Romanowna, der völlig entkräfteten Witwe.

Plötzlich war sie von ungeheurer Energie und Tatkraft erfüllt. Obwohl Nelli, Walentina, Pyljow und auch noch Afanasjew sie festhielten, zerrte sie wie ein Stier an der Umklammerung, und ihre Stimme übertönte allen Lärm.

»Laßt mich zu ihm!« schrie Nina. »Bevor er in die Hölle fährt, will ich ihn noch anspucken! Den Kopf dreh' ich ihm auf den Rücken! Loslassen, Genossen! Väterchen Pope, begrab ihn nicht! Überlaß ihn allen Geschädigten!«

Sie holte tief Luft und sah dann Pyljow und Afanasjew, die sich an sie klammerten, an. »Er fühlte sich als der ewig Betrogene und hat uns alle betrogen. Ist das zu begreifen? Wo hatten wir nur unsere Augen? Nein, begrabt ihn nicht – werft ihn auf den Abfallhaufen!«

Waninow, ein paar Sekunden völlig erstarrt, stieß den neben ihm stehenden Dirigenten der Kapelle »Vorwärts« hart in die Rippen. »Spiel etwas!« brüllte er. »Irgend etwas. Nur Musik! Musik! O mein Gott, was für eine Welt ist das!«

Dubrowin, der Dirigent, nickte. Er hob den Taktstock, die

Kapelle »Vorwärts« setzte ein und spielte die sowjetische Nationalhymne. So stand's im Programm: Beim Grab Nationalhymne. Stück Nummer 4. Davon wich man nicht ab, denn Ordnung muß sein. Wie sollen sonst die Fünf-Jahres-Pläne klappen?

Waninow verdrehte schaurig die Augen und rannte zum Sarg. Immerhin hatte die Nationalhymne die Wirkung, daß etwas Ruhe und Besinnung in die Menschenmenge kam. Einige Veteranen standen sogar stramm unter Ignorierung der Dinge, die an Babkins Sarg passierten, und es bildeten sich Gruppen, die über eheliche Treue und heimliche Liebe diskutierten.

»Mit meiner Frau...« stammelte Narinskij, der Metzger. »Dabei war ich Babkins bester Freund. Wer hätte ihm das zugetraut?«

»Und mit meiner Frau...« Noskow, der Bäcker mit den Rosenbrötchen, wischte sich über die Augen. »Nein, keiner hätte ihm das zugetraut. Schleicht sich morgens um drei in mein Haus! Das muß einer erst mal begreifen. Und ich war immer sein Freund...«

»Und ich war sein Arzt!« sagte Dr. Poscharskij, heiser vor Zorn. »Immer war ich für ihn da, Tag und Nacht. Und wie dankt er es mir? Mit Iwetta schläft er! Wohl immer, wenn ich auf Krankenbesuch war. O Himmel, schleudere ihn ins Weltall!«

»Ein unbegreiflicher Mensch!« sagte Narinskij beinahe ehrfürchtig. »Tag und Nacht muß er zu den Weibern unterwegs gewesen sein, aber im Basar war er auch immer, ganz gleich, zu welcher Zeit man kam. Wer kann das begreifen? Auch für Babkin hatte der Tag nur vierundzwanzig Stunden. Eigentlich muß man ihn bewundern...«

Am Sarg hatten mittlerweile Mischin und der Totengräber Sobakin mit sanfter Gewalt Arune, Lidija und Iwetta von Babkin weggezogen, stülpten den Deckel über den Sarg und drehten die kunstvoll verschnörkelten Bronzeschrauben hinein.

Schluß mit allem Irdischen... nun beginnt die große Reise.

Nina Romanowna tobte noch immer. Jetzt beschimpfte sie Arune als Hure, Lidija als Nachtwanze und Iwetta als Giftweib. Sie hörte mit ihren Beschimpfungen selbst dann nicht auf, als Waninow, noch ein wenig bebend, an den geschlossenen Sarg trat, ihn mit Weihwasser besprengte und das Zeichen für das Hinuntersenken in die Grube gab.

Die Fahnen senkten sich, Blistschenkow trat an das Grab, aber er konnte seine schöne Rede nicht loswerden; die Stimmung um ihn herum war zu sehr elektrisiert und keiner mehr für Reden so recht empfänglich. Das ärgerte ihn maßlos, und so sagte er am Rande des Grabes nur leise zu Babkin hinab:

»Das war dein letzter Streich, Wadim Igorowitsch. Dieses Begräbnis geht in die Geschichte von Ulorjansk ein. Lauf mir bei der wirklichen Auferstehung bloß nicht über den Weg...«

Nach einer Stunde – Gott sei's gedankt – war alles vorbei.

Die Trauergäste strömten zur Stadthalle, wo das Büfett aufgebaut war und es herrliches kaltes Bier geben sollte, die Kapelle »Vorwärts« war unter fröhlicher Marschmusik abmarschiert, gefolgt von den Delegationen mit ihren Fahnen, Narinskij hatte seiner Frau außerhalb des Friedhofes, also auf profanem Boden, eine kräftige Ohrfeige gegeben, Noskow beachtete seine Lidija nicht, als sei sie heiße Luft für ihn, und Dr. Poscharskij fragte Iwetta mit hochrotem Kopf und japsendem Atem: »Die Fehlgeburt im vergangenen Jahr... war das unser oder Babkins Kind?«

Und als Iwetta ehrlich sagte: »Babkins...«, sank Dr. Poscharskij auf einen Grabstein und blieb dort sitzen, bis Waninow ihn hochzog und in seine Wohnung mitnahm.

Bis das Grab zugeschaufelt war, stand Nina Romanowna mit ihren Töchtern und Pyljow auf dem Friedhof und starrte auf den Erdhügel, den Sobakin jetzt mit einer Schaufel festklopfte. Zwei Gehilfen schleppten die Kränze und Blumensträuße heran, um das Grab damit zu schmücken.

»Da kommt er nicht wieder raus!« sagte Nina Romanowna plötzlich. Tiefe Zufriedenheit klang aus ihrer Stimme.

»Das ist jetzt vorbei«, bestätigte Pyljow.

»Ein Weiberheld – und ich habe nichts davon gemerkt...«

»Auch er hat von anderen Dingen nichts gemerkt... das hebt sich auf, Mütterchen...«

»Aber ich habe es ihm am Totenbett gebeichtet – er nicht! Wer hat ihm bloß den üblen Trick mit dem Scheintod beigebracht? Wer kann's gewesen sein?«

»Dieses Rätsel wird bleiben. Immerhin, Mütterchen, wir haben uns gut geschlagen und verteidigt...«

»O ja, Boris Witalowitsch, das haben wir. Es ist Babkin nicht gelungen, mich vor seinem wirklichen Tod noch zu enterben. Alles gehört mir.« Nina Romanowna sah zum Grab und wurde erstaunlich weich und freundlich. »Sag selbst: Hat er dafür nicht doch ein Blümchen verdient?«

»Das hat er gewiß, Nina Romanowna«, sagte Pyljow. Er dachte an das Erbe, das Nelli und damit auch er bekommen würden, und war plötzlich ebenfalls Babkin gegenüber milde gestimmt. »Wo sind unsere Rosen?«

»Weggeworfen habe ich sie. Ha, da hinter dem Stein von Issakow liegt er noch, der Strauß.«

»Holen wir ihn.«

Pyljow ging zum Grabstein des Eisenhändlers Issakow, ergriff den Strauß roter Rosen und drückte ihn Nina Romanowna in die

Arme. Die Berührung mit den Blumen war wie ein Signal: Plötzlich fiel Trauer über die Witwe, sie begann ehrlich zu weinen und schwankte als verlassene Frau zum Grab.

Dort rupfte sie ein paar Rosen aus dem Strauß, warf sie über den Grabhügel und sagte ergriffen: »Wadim Igorowitsch, was soll's! Wir sind doch alle nur Menschen...«

Und Nelli erklärte, nachdem sie ihre Rosen abgelegt hatte: »Väterchen, wir werden dich sehr vermissen...«

Walentina aber schluchzte voll wirklichem Leid: »Väterchen, Väterchen, wer beschützt mich jetzt? Waninow hat heimlich wieder meinen Hintern gestreichelt...«

Nur Pyljow ging nicht ans Grab. Was sollte er auch sagen? Und außerdem: Babkin hätte sich doch wieder geärgert. Da war es pietätvoller, gar nichts zu tun.

*

Zwei Tage später stand auf einem Steinsockel das große Bronzekreuz, das Babkin der Kirche gestiftet hatte. Waninow hatte sich schweren Herzens davon getrennt – aber: »Es gehört zu ihm!« sagte er jedem, den er traf. »Sein Herz hing an dem Kreuz. Nun möge es seinen ewigen Schlaf bewachen.«

Die Wahrheit jedoch – das sagte Waninow natürlich nicht – war, daß das Kruzifix in der Kirche ihn stündlich an Babkin erinnerte und ihm als moralische Warnung im Weg war, wenn er Walentina wieder in seine Arme ziehen würde.

So ist's nun mal: Nichts hatte sich geändert, nur ein Mensch, den alle mochten, war nicht mehr unter ihnen.

Ja, im Gegensatz zu vielen anderen Toten sprach man über Babkin überall nur Gutes und Lobendes, erinnerte sich an viel Erfreuliches und ließ das Gallige einfach weg.

Worin man selbst verstrickt ist, soll man mit Vergessen zudekken. Es lebt sich dann ruhiger.

Drei Wochen später gab es am Grab von Wadim Igorowitsch noch eine kleine interne Feier.

Am Steinsockel, auf dem sein Bronzekreuz stand, wurde eine Tafel enthüllt. Auf ihr prangten die schönen Worte:

Hier ruht nach einem unruhigen Leben
– Gott hat ihm die Hand gegeben –
Babkin, unser Väterchen

Es steht noch immer da, das Kreuz; für alle Zeiten wird es dort stehenbleiben, jede Woche mit frischen Blumen geschmückt, sogar im eisigen Winter.

Ihr könnt es euch ansehen, liebe Freunde...

Aber wer kommt schon nach Ulorjansk?